日華大辭典
（八）

林茂 編修

蘭臺出版社

注音索引

注音索引

ち
疵(ち) 5016
祠(ち´) 5016
茨(ち´) 5016
詞(ち´) 5017
慈(ち´) 5018
辞(辭)(ち´) 5019
磁(ち´) 5022
雌(ち´) 5023
此(ちˇ) 5024
次(ち`) 5031
伺(ち`) 5034
刺、莿(ち`) 5035
賜(ち`) 5039
擦(ちㄚ) 5039
冊、冊(册)(ちさ`) 5044
廁(廁)(ちさ`) 5044
側(ちさ`) 5045
惻(ちさ`) 5048
測(ちさ`) 5048
策(ちさ`) 5050
猜(ちㄞ) 5051
才(ちㄞ´) 5052
材(ちㄞ´) 5054
財(ちㄞ´) 5055
裁(ちㄞ´) 5058
纔、纔(ちㄞ´) 5063
采(ちㄞˇ) 5064
彩(ちㄞˇ) 5064
採(ちㄞˇ) 5065
菜(ちㄞ`) 5072
操(ちㄠ) 5075
曹、曹(ちㄠ´) 5077
漕(ちㄠ´) 5077
草(ちㄠˇ) 5078
湊(ちㄡ`) 5081
參、參(參)(ちㄢ) 5082

蠶(蠶)(ちㄢ´) 5085
殘(ちㄢ´) 5087
慚(ちㄢ´) 5092
慙(ちㄢ´) 5092
慘、慘(慘)(ちㄢˇ) 5092
燦(ちㄢ`) 5094
倉、倉(ちㄤ) 5094
滄(ちㄤ) 5095
蒼(ちㄤ) 5095
艙(ちㄤ) 5096
藏(藏)(ちㄤ´) 5096
層(ちㄥ´) 5097
粗(ちㄨ) 5098
徂(ちㄨ´) 5102
從(ちㄨ`) 5102
醋、醋、醋(ちㄨ`) 5103
簇、簇(ちㄨ`) 5104
蹴(ちㄨ`) 5104
蹉(ちㄨㄛ) 5105
挫(ちㄨㄛ`) 5106
措(ちㄨㄛ`) 5106
撮(ちㄨㄛ`) 5107
錯(ちㄨㄛ`) 5111
催(ちㄨㄟ) 5112
摧(ちㄨㄟ) 5113
粹(粹)(ちㄨㄟ`) 5114
脆(ちㄨㄟ`) 5115
悴(ちㄨㄟ`) 5116
毳、毳(ちㄨㄟ`) 5116
翠(ちㄨㄟ`) 5116
膵(ちㄨㄟ`) 5117
篡(ちㄨㄢ) 5117
竄(ちㄨㄢ`) 5117
爨(ちㄨㄢ`) 5117
村(ちㄨㄣ) 5118

存、存(ちㄨㄣ´) 5119
忖(ちㄨㄣˇ) 5121
寸(ちㄨㄣ`) 5121
匆(ちㄨㄥ) 5124
怱(ちㄨㄥ) 5124
葱(ちㄨㄥ) 5124
聰(聰)(ちㄨㄥ) 5124
樅(ちㄨㄥ) 5124
從(從)(ちㄨㄥ´) 5124
淙(ちㄨㄥ´) 5127
叢(ちㄨㄥ´) 5127

ㄙ
司(ㄙ) 5129
糸(絲)(ㄙ) 5129
私(ㄙ) 5132
思(ㄙ) 5136
偲(ㄙ) 5149
斯(ㄙ) 5149
嘶(ㄙ) 5154
死(ㄙˇ) 5154
巳(ㄙ`) 5161
四(ㄙ`) 5155
寺(ㄙ`) 5171
似、似(ㄙ`) 5172
祀(ㄙ`) 5174
嗣(ㄙ`) 5175
飼(ㄙ`) 5175
駟(ㄙ`) 5176
洒(灑)(ㄙㄚˇ) 5176
撒、撒(ㄙㄚˇ) 5177
颯(ㄙㄚ`) 5178
薩、薩(ㄙㄚ`) 5179
色、色(ㄙㄜ`) 5179
嗇(ㄙㄜ`) 5185
瑟(ㄙㄜ`) 5186
腮、腮(ㄙㄞ) 5186
鰓、鰓(ㄙㄞ) 5186

塞、塞、塞(ㄙㄞ`) 5186
賽(ㄙㄞ`) 5187
搔、搔(ㄙㄠ) 5188
艘(ㄙㄠ) 5191
騷(騷)(ㄙㄠ) 5191
繰(ㄙㄠ) 5193
掃(ㄙㄠˇ) 5196
嫂(ㄙㄠˇ) 5197
搜(搜)(ㄙㄡ) 5197
溲(ㄙㄡ) 5198
蒐(ㄙㄡ) 5198
嗾(ㄙㄡˇ) 5198
藪、藪(藪)(ㄙㄡˇ) 5199
嗽(ㄙㄡ`) 5199
三(ㄙㄢ) 5200
傘(ㄙㄢˇ) 5214
糤(ㄙㄢˇ) 5215
散(ㄙㄢˇ) 5215
森(ㄙㄣ) 5220
桑(ㄙㄤ) 5221
喪(ㄙㄤ) 5221
僧(ㄙㄥ) 5222
甦(ㄙㄨ) 5223
蘇、蘇(ㄙㄨ) 5223
俗(ㄙㄨ´) 5223
夙(ㄙㄨ`) 5226
素、素(ㄙㄨ`) 5226
宿(ㄙㄨ`) 5232
速(ㄙㄨ`) 5235
訴(ㄙㄨ`) 5238
粟(ㄙㄨ`) 5239
肅(肅)(ㄙㄨ`) 5239
溯、溯(ㄙㄨ`) 5240
塑(ㄙㄨ`) 5240
遡、遡(ㄙㄨ`) 5241
唆(ㄙㄨㄛ) 5241

注音索引

娑、婆(ㄙㄨㄛ) 5241	送(ㄙㄨㄥˋ) 5276	佚(ㄧˋ) 5361	雅(ㄧㄚˇ) 5418
梭、梭(ㄙㄨㄛ) 5241	頌、頌(ㄙㄨㄥˋ) 5279	役、役(ㄧˋ) 5361	軋(ㄧㄚˋ) 5419
簑(ㄙㄨㄛ) 5242	誦、誦(ㄙㄨㄥˋ) 5279	抑(ㄧˋ) 5364	訝(ㄧㄚˋ) 5419
縮(ㄙㄨㄛ) 5242	ㄧ	邑(ㄧˋ) 5365	錏(ㄧㄚˋ) 5419
所(ㄙㄨㄛˇ) 5244	一(ㄧ) 5281	易、易(ㄧˋ) 5365	耶(ㄧㄝ) 5420
索(ㄙㄨㄛˇ) 5251	伊(ㄧ) 5328	芸(藝)(ㄧˋ) 5367	噎(ㄧㄝ) 5420
瑣(ㄙㄨㄛˇ) 5252	衣、衣(ㄧ) 5329	疫、疫(ㄧˋ) 5368	揶(ㄧㄝˊ) 5420
鎖(ㄙㄨㄛˇ) 5253	医(醫)(ㄧ) 5331	益、益(ㄧˋ) 5369	椰(ㄧㄝˊ) 5420
睢(ㄙㄨㄟ) 5255	壱(壹)(ㄧ) 5332	異(ㄧˋ) 5370	爺(ㄧㄝˊ) 5420
雖(ㄙㄨㄟ) 5255	依、依(ㄧ) 5333	液(ㄧˋ) 5376	也(ㄧㄝˇ) 5421
随(隨)(ㄙㄨㄟˊ) 5256	揖(ㄧ) 5335	翌(ㄧˋ) 5378	冶(ㄧㄝˇ) 5422
髓(髓)(ㄙㄨㄟˇ) 5257	欹(ㄧ) 5335	訳(譯)(ㄧˋ) 5378	野(ㄧㄝˇ) 5422
砕(碎)(ㄙㄨㄟˋ) 5258	夷(ㄧˊ) 5335	逸、逸(ㄧˋ) 5380	夜、夜、夜(ㄧㄝˋ) 5428
祟(ㄙㄨㄟˋ) 5259	宜(ㄧˊ) 5335	意(ㄧˋ) 5382	頁(ㄧㄝˋ) 5434
歳(ㄙㄨㄟˋ) 5259	怡(ㄧˊ) 5336	溢(ㄧˋ) 5386	掖(ㄧㄝˋ) 5434
遂(ㄙㄨㄟˋ) 5262	洟(ㄧˊ) 5336	義(ㄧˋ) 5387	腋(ㄧㄝˋ) 5434
隧(ㄙㄨㄟˋ) 5263	移(ㄧˊ) 5339	裔(ㄧˋ) 5390	業、業(ㄧㄝˋ) 5435
燧(ㄙㄨㄟˋ) 5263	貽(ㄧˊ) 5342	詣(ㄧˋ) 5390	葉(ㄧㄝˋ) 5437
穂(穗)(ㄙㄨㄟˋ) 5263	飴(ㄧˊ) 5342	駅(驛)(ㄧˋ) 5390	謁(ㄧㄝˋ) 5439
邃(ㄙㄨㄟˋ) 5264	疑(ㄧˊ) 5343	億(ㄧˋ) 5391	靨(ㄧㄝˋ) 5440
酸(ㄙㄨㄢ) 5264	儀(ㄧˊ) 5345	毅(ㄧˋ) 5391	崖(ㄧㄞˊ) 5440
蒜(ㄙㄨㄢˋ) 5267	誼(ㄧˊ) 5345	憶(ㄧˋ) 5391	睚(ㄧㄞˊ) 5440
算(ㄙㄨㄢˋ) 5267	遺、遺(ㄧˊ) 5346	縊(ㄧˋ) 5391	夭(ㄧㄠ) 5440
孫(ㄙㄨㄣ) 5268	頤(ㄧˊ) 5349	翳(ㄧˋ) 5392	妖(ㄧㄠ) 5440
筍(ㄙㄨㄣˇ) 5269	彝(ㄧˊ) 5349	翼(ㄧˋ) 5393	腰(ㄧㄠ) 5441
損(ㄙㄨㄣˇ) 5269	乙(ㄧˇ) 5350	臆(ㄧˋ) 5393	邀(ㄧㄠ) 5443
松(ㄙㄨㄥ) 5271	已(ㄧˇ) 5350	繹(ㄧˋ) 5394	肴(ㄧㄠˊ) 5443
菘(ㄙㄨㄥ) 5273	以(ㄧˇ) 5352	議(ㄧˋ) 5394	羲(ㄧㄠˊ) 5444
嵩(ㄙㄨㄥ) 5273	倚(ㄧˇ) 5355	囈(ㄧˋ) 5396	揺(搖)(ㄧㄠˊ) 5444
鬆(ㄙㄨㄥ) 5274	椅(ㄧˇ) 5356	圧(壓)(ㄧㄚ) 5396	遥(遙)(ㄧㄠˊ) 5446
悚(ㄙㄨㄥˇ) 5275	艤(ㄧˇ) 5356	押(ㄧㄚ) 5399	窯(ㄧㄠˊ) 5446
竦(ㄙㄨㄥˇ) 5275	蟻(ㄧˇ) 5357	鴉(ㄧㄚ) 5408	謡(謠)(ㄧㄠˊ) 5447
慫(ㄙㄨㄥˇ) 5275	刈、刈(割)(ㄧˋ) 5357	鴨(ㄧㄚ) 5408	咬(ㄧㄠˇ) 5447
聳(ㄙㄨㄥˇ) 5275	赤(ㄧˋ) 5358	牙(ㄧㄚˊ) 5408	窈(ㄧㄠˇ) 5448
宋(ㄙㄨㄥˋ) 5276	屹(ㄧˋ) 5359	芽(ㄧㄚˊ) 5409	要(ㄧㄠˋ) 5448
	曳(ㄧˋ) 5359	涯(ㄧㄚˊ) 5416	葯(ㄧㄠˋ) 5454
		亜(亞)(ㄧㄚˇ) 5416	薬(藥)(ㄧㄠˋ) 5454
		唖(啞)(ㄧㄚˇ) 5417	

曜(ーㄠˋ) 5457	言、言(ーㄢˊ) 5506	因(ーㄣ) 5564	嬰(ーㄥ) 5627
鷂(ーㄠˋ) 5457	岩(ーㄢˊ) 5524	姻(ーㄣ) 5567	膺(ーㄥ) 5627
幽(ーㄡ) 5457	延(ーㄢˊ) 5526	音、音(ーㄣ) 5567	罋(ーㄥ) 5627
悠(ーㄡ) 5458	沿(沿)(ーㄢˊ) 5529	殷(ーㄣ) 5571	嚶(ーㄥ) 5627
憂(ーㄡ) 5459	炎(ーㄢˊ) 5530	茵(ーㄣ) 5571	罌(ーㄥ) 5627
優(ーㄡ) 5461	研(ーㄢˊ) 5530	陰、陰(ーㄣ) 5571	瓔、瓔(ーㄥ) 5627
尤(ーㄡˊ) 5465	塩(鹽)(ーㄢˊ) 5532	堙(ーㄣ) 5574	鸚(ーㄥ) 5627
由、由、甴(ーㄡˊ) 5465	筵(ーㄢˊ) 5536	湮、湮(ーㄣ) 5574	纓(ーㄥ) 5628
油(ーㄡˊ) 5467	蜒(ーㄢˊ) 5536	慇(ーㄣ) 5574	鷹、鷹(ーㄥ) 5628
疣(ーㄡˊ) 5470	閻(ーㄢˊ) 5536	吟(ーㄣˊ) 5575	鸚、鸚(ーㄥ) 5629
蚰(ーㄡˊ) 5470	巌、巌(嚴)(ーㄢˊ) 5536	寅(ーㄣˊ) 5575	迎(ーㄥˊ) 5629
游、遊(ーㄡˊ) 5470	癌(ーㄢˊ) 5539	淫(ーㄣˊ) 5575	盈(ーㄥˊ) 5631
猶(ーㄡˊ) 5472	顏(ーㄢˊ) 5539	銀(ーㄣˊ) 5576	蛍(螢)(ーㄥˊ) 5631
郵(ーㄡˊ) 5472	巌(ーㄢˊ) 5543	引(ーㄣˇ) 5579	営(營)(ーㄥˊ) 5631
楢、楢(ーㄡˊ) 5474	广(ーㄢˇ) 5544	飲、飲(ーㄣˇ) 5597	蠅(ーㄥˊ) 5633
遊、游(ーㄡˊ) 5474	衍(ーㄢˇ) 5544	隠、隠(ーㄣˇ) 5601	贏(ーㄥˊ) 5634
友(ーㄡˇ) 5478	偃(ーㄢˇ) 5544	印(ーㄣˋ) 5604	郢(ーㄥˇ) 5634
宥、有(ーㄡˇ) 5480	掩(ーㄢˇ) 5544	胤(ーㄣˋ) 5607	影、影(ーㄥˇ) 5634
酉(ーㄡˇ) 5490	眼、眼(ーㄢˇ) 5545	蔭(ーㄣˋ) 5607	潁(ーㄥˇ) 5635
又(ーㄡˋ) 5491	罨(ーㄢˇ) 5552	慭(ーㄣˋ) 5608	応(應)(ーㄥˋ) 5636
右、右(ーㄡˋ) 5493	演(ーㄢˇ) 5553	殃(ーㄤ) 5608	映(ーㄥˋ) 5639
幼(ーㄡˋ) 5495	儼(ーㄢˇ) 5554	秧(ーㄤ) 5608	硬(ーㄥˋ) 5642
佑(ーㄡˋ) 5497	厴(ーㄢˇ) 5554	鞅(ーㄤ) 5608	
宥(ーㄡˋ) 5497	宴(ーㄢˋ) 5555	羊(ーㄤˊ) 5609	
柚、柚(ーㄡˋ) 5497	晏(ーㄢˋ) 5555	佯(ーㄤˊ) 5609	
祐(ーㄡˋ) 5497	堰(ーㄢˋ) 5555	洋(ーㄤˊ) 5610	
釉(ーㄡˋ) 5497	焔(焰)(ーㄢˋ) 5556	揚(ーㄤˊ) 5612	
誘(ーㄡˋ) 5498	硯(ーㄢˋ) 5556	陽(ーㄤˊ) 5613	
鼬(ーㄡˋ) 5500	雁、鴈(ーㄢˋ) 5556	楊(ーㄤˊ) 5615	
奄(ーㄢ) 5500	献(ーㄢˋ) 5557	瘍(ーㄤˊ) 5616	
咽、咽、咽(ーㄢ) 5500	燕(ーㄢˋ) 5560	仰(ーㄤˇ) 5616	
烟(ーㄢ) 5501	諺(ーㄢˋ) 5560	痒(癢)(ーㄤˇ) 5617	
焉(ーㄢ) 5503	験、験(驗)(ーㄢˋ) 5560	養(ーㄤˇ) 5618	
煙(ーㄢ) 5503	嚥(ーㄢˋ) 5561	怏(ーㄤˋ) 5620	
嫣(ーㄢ) 5505	艶(艷)(ーㄢˋ) 5561	恙(ーㄤˋ) 5620	
臙(ーㄢ) 5505	贋(ーㄢˋ) 5563	様(樣)(ーㄤˋ) 5621	
妍(ーㄢˊ) 5506		英(ーㄥ) 5624	
		桜(櫻)(ーㄥ) 5626	

注音索引

III

疵（ち）

疵、瑕、傷、創〔名〕瑕疵、缺陷、毛病、創傷

茶碗に疵が有る（茶杯上有瑕疵）

新しい机に疵を付ける（給新桌子弄上瑕疵）

此の林檎は大分疵が付いた（這些蘋果大半都有毛病）

名声に疵が付く（名聲敗壞）

気が弱いのが玉に疵だ（可惜懦弱是他的毛病）

決して君に疵は付けません（決不會讓你丟臉）

玉に疵（美中不足）

疵を求める（吹毛求疵）

疵無き玉（完整無缺、白碧無暇）

疵痕、傷痕、傷跡〔名〕傷痕、傷疤

疵痕が出来る（結成傷疤）

疵痕の有る頭（有傷疤的臉）

直った痕が疵痕に為る（痊癒的痕跡結成傷疤）

疵痕が取れた（傷疤復原了）

疵薬、傷薬〔名〕創傷藥

疵口，傷口，疵口，傷口〔名〕傷口

傷口を包帯する（包紮傷口）

傷口に薬を塗る（往傷口敷藥）

傷口を縫う（縫傷口）

傷口が塞がる（傷口痊癒）

疵付く、傷つく〔自五〕受傷，負傷、弄出瑕疵，遭受損壞，受到創傷

手が疵付いた（手受了傷）

疵付いた足を引き摺って歩く（拖著負傷的腿走路）

威信が疵付く（威信受到損壞）

疵付いた名声（遭到敗壞聲譽）

疵付いた心（受到創傷的心靈）

気立ての良い、疵付き易い娘（性情溫和容易受騙的姑娘）

疵付ける、傷付ける〔他下一〕弄傷、損傷、傷害、敗壞

うっかりして指を疵付けた（一不小心把手指弄傷了）

大事な絵を疵付ける（把珍貴的畫弄損傷）

感情を疵付ける（傷害感情）

自尊心を疵付ける（傷害自尊心）

彼の積極性を疵付ける（挫傷他的積極性）

名誉を疵付ける（敗壞聲譽）

学校の名を疵付ける（敗壞學校名聲）

我が党の輝きを些かも疵付ける事は出来ない（絲毫都不能損壞我黨的光輝）

疵咎め、傷咎め〔名,自サ〕（由於治療不當）傷口惡化。〔轉〕揭別人的瘡疤

疵物、傷物〔名〕缺陷品。〔轉〕失貞的姑娘

疵物を叩き売りする（減價賣缺陷品）

祠（ち／）

祠〔漢造〕祠

淫祠（祭祀邪神的廟宇）

社祠（祠堂，小廟＝社、祠）

霊祠（靈驗的祠堂）

神祠（神祠、神社）

祠官〔名〕祠官、神官（＝神主）

祠号〔名〕〔宗〕神社的稱號

祠堂〔名〕祠堂、佛堂

祠、叢祠〔名〕（宝倉、神庫的變化）祠堂、小廟

茨（ち／）

茨〔漢造〕蓋屋用的茅草

茨、荊、棘〔名〕有刺灌木的總稱。〔植〕植物的刺，荊棘（＝棘、刺）。〔轉〕充滿苦難

茨を開く（披荊斬棘）

茨垣（有刺灌木的圍牆）

茨の道（艱苦的道路）

茨を負う（負荊請罪、背負苦難）

茨を逆茂木に為た樣（比喻非常艱苦的〔行程等〕）

茨、荊棘〔名〕有刺灌木（=茨、荊、棘）、薔薇（=薔薇）

茨線〔名〕有刺鉛絲、鐵蒺藜

詞（ㄘˊ）

詞〔名、漢造〕詞、語←→辭

祝詞（祈禱詞=祝詞、祝賀詞=祝辭）

祝詞（〔神道〕祈禱文）

誓詞（誓詞、誓言）

歌詞（歌詞、和歌中使用的詞句）

賞詞（讚賞之詞）

頌詞（頌詞）

文詞（文詞）

分詞（分詞）

填詞（填詞、長短句）

作詞（作詞、作歌詞）

通詞、通辭、通事（〔江戶時代〕翻譯，譯員、居間傳話）

宋詞（宋詞）

品詞（詞類、詞的品類）

名詞（名詞）

動詞（動詞）

冠詞（冠詞）

副詞（副詞）

助詞（助詞）

序詞（前言、序曲）

形容詞（形容詞）

形容動詞（形容動詞）

接続詞（接續詞）

感動詞（感嘆詞）

連体詞（連體詞）

間投詞（感嘆詞）

前置詞（前置詞）

詞華、詞花〔名〕詞藻、華文麗藻

詞華集（詩文集錦）

詞客〔名〕文人

詞曲〔名〕詞和曲、韻文、戲曲、歌謠

詞兄〔名〕對同輩文人的敬稱

詞章〔名〕辭章（韻文和散文的總稱）

謡曲の詞章（謠曲文）

浄瑠璃の詞章（淨琉璃唱詞）

詞宗、詩宗〔名〕大詩人、詩文大家、詞的泰斗、對詩（詞）人的敬稱

詞藻、詩藻〔名〕詞藻、詩歌、文章、文才、寫詩詞的才能

古代の詞藻や韻律（古代的詞藻與韻律）

詞藻が豊かだ（詞藻豐富）

詞藻に乏しい（詞彙貧乏）

彼の一生涯に残した詞藻は集められて全集が作られた（他畢生遺留的詩文蒐集起來編成了全集）

詞藻に富む詩人（有才華的詩人）

詞林〔名〕詞林、詩歌和文章、詞壇、辭書

詞、辞、言葉〔名〕詞，話、詞藻，措詞、小說戲曲的對白、歌劇說唱中的口白

言葉遣い（說法、措詞）

書き言葉（書寫語言）

話し言葉（口語、白話）

田舎言葉（鄉音、土話）

編集者の言葉（編者的話）

祝いの言葉（祝詞）

言葉の多い人（愛說話的人）

言葉数の少ない人（話少的人）

驚いて言葉が出ない（嚇得說不出話來）

御互いに言葉が通じない（彼此語言不通）

言葉が身に染みる（語重心長、感人肺腑）

医学上の言葉で言えば（若用醫學上的語言來說）
言葉が喉に支えて出て来なかった（言哽於喉）
言葉で言い表す（用言語表達）
言葉で言い表せない（用語言表達不出來）
言葉を掛ける（搭話打招呼）
言葉を尽くす（言至意盡、費盡唇舌）
言葉を交わす（交談）
言葉を換えて言えば（換句話說）
言葉の文（用詞措詞）
言葉に文が有る（話裡有話）
言葉に花が咲く（談笑風生）
言葉の先を折る（打斷別人的話）
言葉の端を捕らえる（抓別人的話柄）
言葉の行き違い（話不投機）
言葉を返す（答覆、頂嘴、抗議）
言葉を書き指す（信沒寫完）
言葉を飾らずに言えば（坦率地說）
言葉を誤魔化す（含糊其辭、把話岔開）
言葉を番える（約定）
言葉を咎める（抓別人話柄）
言葉を濁す（含糊其辭）
言葉を挟む（插嘴）
言葉を控える（慎言、少說話）
詞がはっきりしている（說得清楚）
詞が穏やかである（語調和氣）
彼の子は詞が悪い（那孩子說話野）
詞巧みに誘う（花言巧語地勸誘）
詞の用い方が不適当だ（用詞不當）
詞が足りない（詞不達意）
詞激しく叱責する（疾言厲色）

詞書〔名〕（和歌，俳句的）序言、（書卷等的）說明

慈（ち／）

慈〔漢造〕慈愛
　仁慈（仁慈）
　大慈大悲（廣大無邊的慈悲）

慈愛〔名〕慈愛（＝慈しみ，愛しみ、可愛がる）
　慈愛に満ちた母（非常慈愛的母親）
　慈愛に富む（很慈愛）
　私は幼少の時から親の慈愛を知らない（我從小就沒得到父母的慈愛）
　慈愛深い（非常慈愛的）

慈育〔名〕慈愛下養育

慈雨、滋雨〔名〕甘雨、甘霖
　干天の慈雨（久旱逢甘霖）

慈恩〔名〕慈恩

慈眼、慈眼〔名〕〔佛〕慈眼、佛眼

慈顔、慈顔〔名〕慈祥面孔
　母の慈顔（母親的慈祥面孔）

慈訓〔名〕慈訓

慈恵〔名〕慈惠、慈善
　慈恵院（慈會院）
　慈恵行為（慈善行為）

慈心〔名〕慈愛之心、慈悲之心

慈善〔名〕慈善、施捨、救濟
　貧民に慈善を施す（對貧民進行救濟）
　慈善心（慈善心）
　慈善家（慈善家）
　慈善市（慈善會）（＝バザー）
　慈善事業（慈善事業）
　慈善鍋（歲末救世軍為貧民乞求施捨，吊在街頭的）施捨鍋，救濟鍋
　慈善興行（慈善演出）

慈悲〔名〕〔佛〕慈悲、憐憫
　無慈悲の人（狠心人）
　慈悲を請う（請求憐憫）

慈悲の心が深い人（頗有善心的人）

慈悲を垂れる（垂憐）

人様の御慈悲で生活する（靠旁人施捨為生）

何卒慈悲を御掛け下さい（請您發發慈悲吧！）

彼は慈悲も情も知らない人だ（他是個沒有良心的人）

慈悲買（因憐憫而買）

慈悲心（慈悲心、惻隱之心）

慈悲深い（大發慈悲的、深感憐憫的）

慈悲心鳥（〔動〕鷦鳩）（=十一）

慈父〔名〕慈父。〔敬〕父親

先生は慈父の様に優しい方だ（老師是一位像慈父一樣和藹可親的人）

慈母〔名〕慈母

慈母の慈しみを受けて育つ（在慈母的慈愛中成長）

生徒を愛する事慈母の様だ（愛學生如慈母一樣）

慈姑〔名〕〔植〕慈菇

慈しむ、愛しむ、慈しぶ、愛しぶ〔他五〕憐愛、疼愛、慈愛（=可愛がる、憐れむ）←→虐げる

子を慈しむ（疼愛孩子）

慈しみ、愛しみ、慈しび、愛しび〔名〕慈愛

母の慈しみ（母愛）

辞（辭）（ちˊ）

辞〔名、漢造〕詞語（=詞、辭、言葉）、辭（中國文體之一）、語法（日語單詞中的）辭、辭退，辭別←→詞

送別の辞（送別詞）

開会の辞（開會詞）

感謝の辞も無い（不知用什麼言詞表達謝意才好）

辞を低くする（低聲下氣）

辞を低くして彼の同意を求めた（低聲下氣地請求他同意）

帰去来辞（歸去來辭）

言辞（言詞、言論、講話）

美辞（美言、巧語）

祝辞（賀詞）

訓辞（訓詞、訓話）

修辞（修辭）

固辞（堅持辭退）

拝辞（辭別、辭謝）

告辞（致詞、訓話）

賛辞、讚辞（讚頌之詞）

式辞（致詞、祝詞）

弔辞（弔辭）

遁辞（逃避之詞）

辞す〔自、他五〕辭（=辞する）

〔自、他サ〕（辞する的文語形）辭、推辭、告辭

脱退も辞さない（退出也在所不辭）

辞する〔自、他サ〕辭、告辭、推辭

父母の膝下を辞する（離開父母的膝下）

此の世を辞する（與世長辭）

委員を辞する（辭去委員職務）

彼は社長の職を辞する（他辭去經理的職務）

職を辞して帰郷する（辭職還鄉）

死をも辞せず（雖死不辭）

勧誘を辞する（拒絕勸導）

ストライキも辞せず（雖罷工也不辭職）

国の為には如何なる犠牲をも辞す可きではない（為國家應不惜任何犧牲）

辞意〔名〕詞意、辭職之意

辞意を洩らす（吐漏出辭職之意）

辞意を翻す（打消辭職的念頭）

辞意を表明する（表明辭意）

辞意を述べる（說明辭意）

辞彙〔名〕辭彙、辭典（=辞典）

ち

辞宣、辞儀〔名、自サ〕推辭，辭謝、（普通用〝御辞儀〟）鞠躬，行禮（=挨拶、会釈）
　辞儀は却って失礼だ（推辭反而不禮貌）
　御辞儀無しに頂きます（不客氣地收下）
　御客さんに御辞儀し為さい（給客人行個禮）

辞義〔名〕辭義、詞義

辞去〔名、自サ〕辭去、告辭、告別
　倉皇と為て辞去する（匆匆告辭）
　丁寧に辞去の言葉を述べる（鄭重地致告別辭）
　夕刻、先生の御宅を辞去した（傍晚告別了老師的家）

辞謝〔名、他サ〕辭退、謝絕（=辞退）
　御礼を述べて辞謝する（婉言謝絕）

辞退〔名、他サ〕辭退、謝絕
　招待を辞退する（謝絕邀請）
　御礼を述べて辞退する（婉言謝絕）
　立候補を勧められたが、辞退した（勸我參加競選我辭退了）

辞書〔名〕辭書、辭典、詞典（=辞典）
　国語辞書（國語辭典、日語辭典）
　辞書を引く（查辭典）
　辞書で調べる（查辭典）
　此の語は此の辞書には出ていない（這詞在這辭典裡沒有）
　辞書と首っ引きで本を読む（抱著辭典讀書）
　辞書体（辭典體－書的編排順序與辭典一樣）

辞典〔名〕辭典、詞典、辭書
　ポケット辞典（袖珍辭典）
　漢和辞典（漢和辭典）
　国語辞典（國語辭典、日語辭典）
　辞典を引く（查辭典）
　其の辞典が世の出て以来（自從那部辭典問世以後）

辞譲〔名〕謙讓
　辞譲の心は礼の始め也（謙讓之心禮之始也）

辞色〔名〕言辭和神色
　辞色を励まして言う（正顏厲色地說）
　辞色を和らげる（和顏悅色）

辞職〔名、自他サ〕辭職
　総辞職（總辭）
　辞職の意志を表明する（表明辭意）
　辞職を願い出る（提出辭職）
　辞職を迫る（迫令辭職）
　辞職を勧告する（勸告辭職）
　辞職を思い止まらせる（使打消辭意）
　病気で辞職する（因病辭職）
　大学の総長を辞職した（辭掉了大學校長的職務）
　氏の辞職の願いは入れられなかった（他的辭呈未被接受）
　彼の願いにより辞職を許された（根據他的請求辭職獲准）
　辞職願い、辞職願（辭職書辭呈）

辞任〔名、自サ〕辭職（=辞職）
　責任を負って辞任する（引咎辭職）
　強制的に辞任させる（迫令辭職）

辞世〔名〕辭世，逝世、絕命詩，臨終時的詩歌
　辞世の句（臨終的詩句）
　此の歌は彼の辞世と為った（這歌成為他的絕命歌）

辞表〔名〕辭職書、辭呈
　辞表を提出する（提出辭呈）
　辞表を出す（遞辭呈）
　辞表を叩き付ける（拋出辭呈）
　辞表を受理する（接受辭呈）
　辞表を却下する（駁回辭呈）

辞柄〔名〕藉口、託辭（=言い草）
　辞柄を設ける（託辭）

病気と言う辞柄を設けて（藉口有病）

辞林〔名〕辭林、辭典、字典

辞令〔名〕辭令，措辭、任免證書，任命令
　外交辞令（外交辭令）
　社交辞令（社交辭令）
　辞令を尽くして勧誘に努める（用盡措辭努力勸誘）
　辞令に巧みである（巧於辭令）
　解職の辞令（免職令）
　辞令が下りる（委任狀下來了）
　君の辞令が官報に出ている（你的委任狀已登在政府公報上）

辞、詞、言葉〔名〕詞，話、詞藻，措詞、小說戲曲的對白、歌劇說唱中的口白
　言葉遣い（說法、措詞）
　書き言葉（書寫語言）
　話し言葉（口語、白話）
　田舎言葉（鄉音、土話）
　編集者の言葉（編者的話）
　祝いの言葉（祝詞）
　言葉の多い人（愛說話的人）
　言葉数の少ない人（話少的人）
　驚いて言葉が出ない（嚇得說不出話來）
　御互いに言葉が通じない（彼此語言不通）
　言葉が身に染みる（語重心長、感人肺腑）
　医学上の言葉で言えば（若用醫學上的語言來說）
　言葉が喉に支えて出て来なかった（言哽於喉）
　言葉で言い表す（用言語表達）
　言葉で言い表せない（語言表達不出來）
　言葉を掛ける（搭話、打招呼）
　言葉を尽くす（言至意盡、費盡唇舌）
　言葉を交わす（交談）
　言葉を換えて言えば（換句話說）
　言葉の文（用詞、措詞）
　言葉に文が有る（話裡有話）
　言葉に花が咲く（談笑風生）
　言葉の先を折る（打斷別人的話）
　言葉の端を捕らえる（抓別人的話柄）
　言葉の行き違い（話不投機）
　言葉を返す（答覆、頂嘴、抗議）
　言葉を書き指す（信沒寫完）
　言葉を飾らずに言えば（坦率地說）
　言葉を誤魔化す（含糊其辭、把話岔開）
　言葉を番える（約定）
　言葉を咎める（抓別人話柄）
　言葉を濁す（含糊其辭）
　言葉を挟む（插嘴）
　言葉を控える（慎言、少說話）
　辞がはっきりしている（說得清楚）
　辞が穏やかである（語調和氣）
　彼の子は辞が悪い（那孩子說話野）
　辞巧みに誘う（花言巧語地勸誘）
　辞の用い方が不適当だ（用詞不當）
　辞が足りない（詞不達意）
　辞激しく叱責する（疾言厲色）

辞む、否む〔他五〕拒絕、否定
　申し出を辞む（拒絕請求、批駁申請）
　辞むに言葉無し（沒有話可以拒絕）
　此の事実を辞む事は出来まい（不能否定這個事實吧！）

辞める、罷める、止める〔他下一〕辭職、停學
　仕事を辞める（辭掉工作）
　会社を辞める（辭去公私職務）
　学校を辞める（輟學）
　彼は数年前に学校の教師を辞めた（他幾年前就辭去學校教師的職務）

彼は品行が悪いので学校を辞めさせられた（他由於品行不端被學校開除了）

止める、已める、罷める〔他下一〕停止、放棄、取消、作罷、戒除

止め！（〔口令〕停！）

討論を止めて採決に入る（停止討論進入表決）

雨が降ったら行くのを止める（下雨就不去）

旨く行かなかったら、其れで止めて下さい（如果不好辦的話就此停止吧！）

競走を中途で止める（賽跑中途不跑了）

どんな事が有っても私は止めない（無論如何我也不罷休〔放棄〕）

仕事を止めて一休みしよう（停下工作休息一下吧！）

喧嘩を止めさせる（調停爭吵）

彼を説得して其の計画を止めさせる（勸他放棄那個計畫）

旅行を止める（不去旅行）

酒も煙草も止める（酒也戒了菸也不抽了）

癖を止める（改掉毛病）

彼に酒を止めさせよう（勸他把酒戒掉吧！）

そんな習慣は止めなくては為らぬ（那種習慣必須改掉）

磁（ち／）

磁〔漢造〕磁性、磁力、瓷器

電磁波（電磁波）

耐磁性（耐磁性）

帶磁（起磁、帶磁、磁化）

陶磁器（陶瓷器）

青磁、青磁、青瓷（青瓷）

白磁、白瓷（白瓷）

磁位〔名〕〔理〕磁位、磁勢

磁引力〔名〕磁力

磁化〔名〕〔理〕磁化

磁化の強さ（磁化強度）

磁化率（磁化率）

磁荷〔名〕〔理〕磁量

磁界〔名〕〔理〕磁場（＝磁場、磁場）

磁界の強さ（磁場強度）

磁殻〔名〕〔理〕磁殼

磁気〔名〕〔理〕磁氣、磁力

鉄に磁気が生ずる（鐵帶磁力）

磁気機雷（〔軍〕磁雷）

磁気羅針儀（磁羅盤）

磁気力（磁力）

磁気録音（磁錄音）

磁気学（磁學）

磁気化学（磁化學）

磁気共鳴（磁共振）

磁気感応（誘導）（磁感應）

磁気飽和（磁飽和）

磁気分極（磁極化）

磁気薄膜記憶装置（〔計〕磁薄膜存儲器）

磁気モーメント（磁矩）

磁気カード（磁卡）

磁気コア（〔計〕磁心）

磁気コンデンサ（陶瓷電容器）

磁気スペクトル（〔理〕磁譜）

磁気ディスク（〔計〕磁盤）

磁気テープ（磁帶）

磁気ドラム（〔計〕磁鼓）

磁気遮蔽（磁屏蔽）

磁気子午線（地球子午線）

磁気図（地磁圖）

磁気赤道（地磁赤道）

磁気変態（〔理〕磁性變態）

磁気抵抗（〔理〕磁阻）

磁気歪（〔理〕磁致伸縮）

磁気瓶（〔理〕磁瓶）

磁気異方性（〔理〕磁各向異性）

磁気異常（磁異常・磁畸）

磁気探鉱（〔礦〕磁法探礦）

磁気探傷（〔電〕〔鐵製品的〕磁力探傷）

磁気嵐（磁暴）（=デリンジャー現象－太陽黒子引起地球磁場突然不規則變化干擾電訊）

磁気量（〔理〕磁量）

磁気増幅器（〔電〕磁放大器）

磁気熱量効果（〔理〕熱磁效應）

磁気漏洩（〔理〕磁漏）

磁器〔名〕瓷器（=瀬戸物）

磁器の製造法は１５１３年頃中国から日本に輸入された（瓷器製法在1513年左右由中國傳到了日本）

磁器は唐津焼、瀬戸焼等が良い（瓷器是唐津瓷，瀬戸瓷等好）

磁極〔名〕〔理〕磁極

磁区〔名〕〔理〕磁場

磁子〔名〕〔理〕磁子

磁石、磁石〔名〕磁鐵（=マグネット）、磁鐵礦、指南針

馬蹄形磁石（馬蹄形磁鐵）

棒磁石（條形磁鐵）

電磁石（電磁鐵）

磁石は鉄を引く（磁鐵吸鐵）

磁石を掘り出す（開採磁鐵礦）

磁石を頼りに歩く（靠指南針走路）

磁石盤（羅盤）

磁石に針（比喻男女容易接近）

磁心〔名〕〔理〕磁心

磁針〔名〕〔理〕磁針

磁針に南北を示す（指す）（磁針指向南北）

磁針方位（磁方位）

磁針検波器（磁性檢波器）

磁性〔名〕〔理〕磁性

磁性の有る鉄片（有磁性的鐵片）

反磁性体（反磁性體）

磁性を与える（磁化、附磁）

磁性を除く（退磁、去磁）

磁性引力（磁性引力）

磁性薄膜（磁性薄膜）

磁製坩堝〔名〕磁坩鍋

磁選機〔名〕〔礦〕磁力選礦機

磁束〔名〕〔理〕磁通量

磁束計（磁通量計）

磁束密度（磁通量密度）

磁泥〔名〕（製造瓷器用的）瓷泥

磁鉄〔名〕〔礦〕磁鐵

磁鉄鉱（磁鐵礦）

磁電管〔名〕磁控管（=マグネトロン）

磁電気〔名〕〔理〕磁電

磁土〔名〕陶土、高嶺土

磁場、磁場〔名〕磁場

磁場方向（磁場方向）

磁北〔名〕〔理〕磁北

磁北極（北磁極）

磁流〔名〕〔理〕磁通量

磁流鉄鉱〔名〕〔礦〕磁黃鐵礦

磁力〔名〕〔理〕磁力

磁力が働く（磁力起作用）

磁力電話機（磁力電話機）

磁力録音機（磁力錄音機）

磁力計（磁力計）

磁力線（磁力線）

磁路〔名〕〔理〕磁路

雌（ち∨）

雌〔漢造〕陰性的、柔弱

ち

雌黄 [しおう]〔名〕〔礦〕雌黄，雄黄。〔植〕藤黄
雌核 [しかく]〔名〕〔生〕雌核
雌器 [しき]〔名〕〔植〕雌蕊群
雌山 [めさん]〔名〕山產多的山←→雄山
雌蕊、めしべ [しずい、めしべ]〔名〕〔植〕雌蕊←→雌蕊雄蕊
　雌蕊群、雌蕊群（雌蕊群）[しずいぐん、めしべぐん]
雌性 [しせい]〔名〕〔生〕雌性←→雄性
　雌性生殖器（雌性生殖器）[しせいせいしょくき]
　雌性前核（雌原核）[しせいぜんかく]
雌伏 [しふく]〔名、自サ〕雌伏←→雄飛
　雌伏十年（雌伏十年）[しふくじゅうねん]
　雌伏して機を熟するのを待つ（雌伏而待時機成熟）[しふくしてきをじゅくするのをまつ]
雌雄、牝牡 [しゆう、めすおす]〔名〕雌雄、優劣，勝負
　鶏の雛の雌雄を鑑別する（鑑別小雞的雌雄）[にわとりのひなのしゆうをかんべつする]
　雌雄同株（雌雄同株）[しゆうどうしゅ]
　雌雄異株（雌雄異株）[しゆういしゅ]
　雌雄同体（雌雄同體）[しゆうどうたい]
　雌雄異体（雌雄異體）[しゆういたい]
　雌雄を決する（決勝負）[しゆうをけっする]
　雌雄を争う（爭勝負）[しゆうをあらそう]
めすおす、めすおす [めすおす、めすおす]〔名〕雌雄、公母
　雌雄を識別する（識別公母）[めすおすをしきべつする]
　其の雌雄が分らない（分不出公母來）[そのめすおすがわからない]
　雌雄エルボー（〔機〕內外螺紋彎管接頭）[めすおすelbow]
雌、牝、女 [めす、めす、め]〔造語〕雌、母、牝←→雄、牡、男
　雌花（雌花）[めばな]
雌牛、牝牛 [めうし、めうし]〔名〕母牛←→雄牛、牡牛
雌株 [めかぶ]〔名〕〔植〕雌株
雌滝、女滝 [めだき、めだき]〔名〕雌瀑布（兩條瀑布中水勢緩和水面狹小者）←→雄滝、男滝
雌竹、女竹 [めだけ、めだけ]〔名〕〔植〕山竹
雌蝶 [めちょう]〔名〕雌蝶、（婚禮時裝飾酒壺用的）紅白紙疊的蝴蝶←→雄蝶
雌螺旋、雌捻子 [めねじ、めねじ]〔名〕螺絲帽、螺絲母←→雄捻子

雌蜂 [めばち]〔名〕〔動〕雌蜂
雌花、雌花 [めばな、しか]〔名〕〔植〕雌花←→雄花
雌日芝 [めひしば]〔名〕〔植〕儉草
雌豚 [めぶた]〔名〕母豬
雌松 [めまつ]〔名〕〔植〕赤松←→雄松
雌、牝 [めす、めす]〔名〕雌，母，牝。〔罵〕女人←→雄、牡
　雌馬（母馬）[めすうま]
　其は雌か雄か（那是母的公的？）[それはめすかおすか]
雌 [めん]〔名〕〔俗〕雌、牝（=雌、牝）
雌鳥、雌鶏、雌鳥 [めんどり、めんどり、めどり]〔名〕雌鳥、母雞←→雄鳥

此（ち‿）

此 [し]〔漢造〕這、這個、這個人、這裡（=此の、此れ、此処）
此岸 [しがん]〔名〕此岸。〔佛〕現世，塵世，凡世←→彼岸
此、是 [これ]〔代〕此、這個（=此れ）
　此は何事ぞ（這是怎麼回事！）[これはなにごと]
此処、此所、此、是、爰、茲 [ここ]〔代〕（指地點，事物）這裡、最近，現在，目前
　此処の人人（這裡的人們）[ここのひとびと]
　此処に置くよ（放在這裡）[ここにおくよ]
　此処は人目が多いから外へ行こう（這裡耳目眾多我們到外面去吧！）[ここはひとめがおおいからそとへいこう]
　何卒、此処へ御掛け下さい（請到這裡來坐）[どうぞここへおかけください]
　貴方が此処の係りですか（你是這裡的負責人嗎？）[あなたがここのかかりですか]
　私は此処の者です（我是這裡的人）[わたしはここのものです]
　此処から東京迄は二千キロ有る（從這裡到東京有兩千公里）[ここからとうきょうまではにせんkilometerある]
　此処の所は良く分らない（這裡還不大明白）[ここのところはよくわからない]
　此処丈の話だが（這話只能在這裡說）[ここだけのはなしだが]
　事此処に至る（事已至此）[ことここにいたる]
　此処が大事な点だから良く考え為さい（這點很重要要慎重考慮）[ここがだいじなてんだからよくかんがえなさい]
　此処二、三日が山場です（這兩三天是高潮）[ここに、さんにちがやまばです]
　此処一か月は忙しかった（這一個月很忙）[ここいっかげつはいそがしかった]
　此処当分休業致します（近日暫停營業）[こことうぶんきゅうぎょういたします]

此処ぞと思った時に為ないとチャンスを逃す（在認為正是時機時候而不做就要失掉機會）

愈愈此処だと言う時に（在關鍵時刻）

此処暫く御見えに為りません（這幾天他沒來）

此処許りに日は照らぬ（此處不留爺自有留爺處）

此処いら〔代〕〔俗〕這附近、這一帶（=此処ら、此処等）

此処いら料理屋が有る筈だ（這一帶會有餐廳的）

此処いらで止めよう（就此停下吧！）

此処彼処、此所彼所〔代〕這裡那裡、到處

此処彼処を彷徨う（到處流浪）

此処彼処と搜す（到處尋找）

此処な〔連體〕〔古〕這裡的、這個（=此の）

〔感〕噯呀（=此れは此れは）

此処に、此に、是に、爰に、茲に〔副〕於，茲（=此の時に、此の所に）

〔接〕（用於引起話題或轉換話題）茲，那麼，且說（=偖）

此処に此れを証明す（茲證明…）

此処に於いて、此に於いて、是に於いて、爰に於いて、茲に於いて（於是）

此処に於いて一大決心を為た（於是下了一大決心）

此処の所〔副〕暫時、目前（=此処暫く、今の所）

此処ら、此処等〔代〕這一帶，這附近（=此の辺、此の辺）、這程度（=此の位、此等）

此処等は元荒地だった（這一帶過去是荒地）

此処等で一眠り（在這裡睡一下子）

此処等で止めよう（到此為止吧！）

此処等で如何ですか（這些夠了嗎？這些和您意嗎？）

此許〔代〕此處、現在（=此処、此所、此、是、爰、茲、此の所）、我（=私）↔其処許

此方〔代〕這裡、這邊（=此方、此方）、我（=私、我）

此方〔代〕（比此方、此処鄭重些）這裡，這邊、這位、我，我們

何卒此方へ（請到這邊來）

鬼さん此方、手の鳴る方へ（〔捉迷藏〕鬼啊！這裡，來捉拍手的）

此方の岸から彼方の岸迄泳ぐ（從這岸游到對岸）

此方へいらっしゃって何年に為りますか（您到這裡有幾年了？）

此方は王さんで此方は張さんです（這位是王先生這位是張先生）

此方さんは先刻御目に掛かりましたね（這位剛才見過了）

もしもし、此方は田中ですが（〔打電話〕喂喂！我是田中）

勝利は此方の物だ（勝利是屬於我們的）

此方は何時でも結構です（我們隨時都可以）

そんな事は此方の知った事ではない（那與我無關）

此方〔代〕（比此方隨便的說法）這邊，這裡、我，我們（=此方、此方）

此方へいらっしゃい（請到這邊來）

風は此方へ吹きます（風往這邊吹）

此方にも考えが有る（我也有我的考慮）

もう勝負は此方の物だ（勝利已經屬於我們的了）

然うなりゃ此方の物だ（要是那樣的話我們就勝利了）

此方〔代〕這裡（=此方）、這個人（=此の人）、我（=私）、您（=貴方）、以後，未來（=此の方）以前（=以前）

此方彼方（這裡那裡）（=彼方此方、彼方此方）

此方とら〔代〕〔俗〕我，我們

此方とらの知ったこっちゃあねえ（我不曉得與我無關）

此方の人〔代〕〔古〕（妻子稱丈夫）你（=貴方）

此方様〔代〕〔古〕（江戶時代婦女用語）您，這位（=此方の御方、貴方さん）

此の〔連體〕這、這個

此の人（這個人）

此の本（這本書）

此の場所（這個地方）

此の頃（最近這幾天）

此の外（此外）

此の二、三年来（這兩三年以來）

此の後ろに在る（在這後面）

此の点に注意せねばならぬ（必須注意這點）

此の目でちゃんと見たのだ（那是我親眼看到的）

此の間、此のあいだ〔名〕最近、前幾天、前些時候

本の此の間の事でした（就是前幾天的事）

つい此の間迄（直到最近）

此の間は色色御世話に為りました（前幾天承蒙您多方照顧）

此の間の土曜日駅で彼に会った（最近的星期六在火車站遇見了他）

こないだ〔名〕〔俗〕最近、前幾天（＝此の間）

此の間、此間〔名〕其間、這個期間（＝此の期間）

此の間暫く野に下った（期間暫時下野了）

会議は夜迄続いた、此の間彼は一言も喋らなかった（會議持續到夜裡期間他一言都未發）

此の間の事情（其間的情況）

此の上、此上〔副〕此外、再、既然這樣、事已至此

此の上議論は無用だ（無需再討論）

此の上言う事は無い（再也沒有可說的）

此の上の喜びは無い（非常喜悅）

此の上は何の望みも無い（此外再也不希望什麼了）

此の上望みのは無理と言う物だ（再貪求就不應該了）

君は此の上何が欲しいのか（此外你還要甚麼？）

此の上御厄介を掛けては無遠慮に過ぎます（再麻煩您就太不客氣了）

此の上はもう我慢出来ない（再也忍受不了了）

此の上は決して冗談を言わない（我決不再開玩笑了）

此の上好い物は無い（再沒有比這個更好的）

此の上は一刻も早く帰って欲しい（既然這樣就趕快回來吧！）

此の上とも（今後更加）

此の上とも宜しく（今後請更多加關照）

此の上（も）無い（無上無以復加）

此の上（も）無い名誉（無上光榮）

此の上（も）無い美人（絕代美人）

此の上（も）無い贅沢（窮奢極欲）

釣りには此の上（も）無い場所（最適於釣魚的地方）

此の上（も）無く幸福だ（無上幸福）

此の上（も）無く喜んだ（無比高興）

此の方、此方〔名〕以來、以後

〔代〕〔敬〕這位（＝此の人）、您（＝貴方）

十年此の方（十年以來）

我国は建国此の方（我國建國以來）

此の方が先日御話した方です（這位舊識前幾天跟您提到的那位）

此の方は私の先生です（這位是我的老師）

此の方、此方〔代〕（對晚輩而言）我

〔連語〕這個（＝此方、此方の方）←→其の方

此の方が分り易い（這個易懂）

彼れより此の方が良い（這個比那個好）

此の期、此期〔名〕緊要關頭、關鍵時刻

此の期に及んで何を言うか（事到如今還說甚麼？）

此の頃、此頃〔名〕近來、這些日子、現在

此の頃の出来事（最近發生的事）

此の頃の青年（現在的青年）

此の頃は良い天気続きだ（近來連續都是好天氣）

此の際、此際〔名〕這時、這種情況

此の際止むを得ない（在這種情況下是不得已的）

此の際だから我慢しよう（因為是這種情況忍耐下來）

此の際御協力を願います（由於這種情況請大力支援）

此の先、此先〔名〕今後、將來、前面

今は安心だが、此の先如何為るか分らない（現在是放心了但不知將來會怎樣）

此の先君は如何する積りだ（將來你打算如何？）

此の先にはもう人家は無い（前面再沒有人家了）

郵便局は直ぐ此の先です（郵局就在前面）

此の中、此中〔名〕〔舊〕前幾天、前些時候、一直（＝此の頃、先頃、先日、過日）

此の中は母校に帰っていた（前幾天回母校去了）

此の節、此節〔名〕如今、近來、最近（＝近頃）

此の節は物騒な話が多い（最近常鬧事情）

此の節の若い者（如今的青年）

此の度、此度〔名〕這次、這回（＝今度）

此の度御隣に越して来ました（這回我搬到您的隔壁來了）

此の度は御目出度う御座いました（這次恭喜您了）

此度〔名〕這次、這回（＝此の度）

此の段、此段〔名〕（書信用語）特此

此の段御通知申し上げます（特此奉告）

此の手、此手〔名〕這一手，這方法、這種，這類

此の手で攻めよう（用這一手攻吧！）

此の手の品は未だ有りますか（這一種商品還有嗎？）

此の所、此所〔名〕最近、近來

此の所ずっと風邪気味なのです（最近一向有點感冒）

此の後、此後〔名〕今後、此後、將來（＝今後）

此の分、此分〔名〕這樣、這種情況

此の分では直ぐに回復するよ（照這種情況看來馬上就會康復）

此の分なら雨には為るまい（看這樣子不會下雨）

此の分だと成功疑い無しだ（這樣下去的話一定能成功）

此の辺、此辺〔名〕這裡、附近（＝此の辺り）、這種程度（＝此の程度）

此の辺に料理屋は有りませんか（附近有沒有餐廳？）

此の辺の意味が分らない（這裡的意思不明白）

では此の辺で切り上げます（那麼就到此為止）

此の程、此程〔名〕最近（＝此の頃）、這回，這次（＝此の度）

此れは此の程刊行された本だ（這是最近新出的書）

此の程帰国した許りです（最近剛剛回國）

前回は失敗したが、此の程は旨く成功した（上次失敗了可是這次順利地成功了）

此の前、此前〔名〕上次、前次、最近

此の前会った時（上次見面時）

此の前御知らせした通り（像上次通知那樣）

此の前の日曜日（上星期天）

此の前の内閣（上一屆內閣）

此の前は何時会いましたかね（上次是甚麼時候見到你的呢？）

此の儘、此儘〔名〕就這樣、就按現在這樣

此の儘では駄目だ（就這樣不行）

此の儘放って置く（就這樣擱下不管）

此の儘に為ては置けない（不能就這樣置之不理）

此の儘此処に二、三日滞在しよう（就這樣在這裡待了兩三天了）

此の儘の状態が暫く続くだろう（現在這樣情況暫時會繼續下去）

着換えずに此の儘で出掛けられない（不換衣服就這樣不能出門）

彼の不始末を此の儘済ます事は出来ない（他的過錯不能就這樣白白放過）

此の故に、此故に〔連語、接〕因此、所以

此の世、此世〔名〕人世，人間，現世，今世，此生←→彼の世

此の世ながらの天国（人間的天堂）

此の世の地獄（人間地獄）

此の世を去る（去世）

父はもう此の世に居ない（父親已經去世了）

彼れが此の世の別れであった（那次就是今生的永別了）

此の様、此様〔形動〕這樣、如此（=此の通り）

此の様な人（這樣的人）

此の様に為さい（這麼做吧！）

彼は以前は此の様ではなかった（他以前不是這樣子的）

此の様に増産が続けば五カ年計画は四カ年で完成するだろう（照這樣繼續增産下去的話五年計畫四年就可完成）

此は、是は〔感〕（は讀作わ）（表示驚嘆）哎呀（=此れは、まあ）

此は如何に〔連語〕（常用作插入語）（看到意外事，驚訝時用語）這是怎麼回事、多麼奇怪

ドアを開けると、此は如何に、主人が床に倒れて死んでいた（開門一看，這是怎麼回事？主人倒在地上已經死了）

此はそも〔感〕（は讀作わ）這到底是…

此はそも如何に（這到底是怎麼回事）（=此は如何に）

此奴、此奴〔代〕〔俗〕（表厭惡，輕蔑、但有時也表親密）這個東西、這個小子、這個傢伙

此奴（奴）！（你這個壞蛋！）

此奴が悪いんだ（是這個傢伙的不對）

此奴、そんな悪戯を為て！（好小子你又在惡作劇！）

此奴が僕の弟何です（這是我的弟弟）

此奴は中中旨いから食って見ろ（這東西很好吃你嚐嚐看）

此奴は素晴らしい（這東西好極了）

此ん〔連體〕〔俗〕（此の的轉變）這個

此ん畜生（這個混蛋）

此んにゃろ（這個小子）（=此の野郎）

此れ、此、是、芝、惟、維〔代〕此，這、此人，這個人、此時，現在，今後

〔副〕（寫作是、芝、惟、維）（用於漢文調文章）惟

〔感〕（招呼，提醒注意或申斥時用）喂

此は僕の最近の作品だ（這是我的作品）

此にサインして下さい（請在這上面簽名）

此か彼かと選択に苦しむ（這個那個不知選擇哪個才好）

此ではあんまりじゃ有りませんか（這樣豈不是太過分了嗎？）

此は問題に為る事でもないかも知れませんが（這也許不算個問題不過…）

世間知らずの人は此だから困る（不通世故的人就是這樣真叫人沒辦法）

此位の冒険は平気だ（冒這點風險算不了甚麼）

此で私も一安心だ（這樣一來我也可放心了）

今日は此で止めに為よう（今天就到此為止吧！）

では此で失礼（那麼我就此告辭了）

此が私の弟（女房）です（這是我弟弟〔妻子〕）

此は私の友人です（這是我的朋友）

此からの日本（今後的日本）

此迄に無い出来栄え（空前的成績）

此迄は水に流して下さい（以前的事情不要再提了）

時惟九月十五日（時惟九月十五日）

此、何処へ行く（喂！往哪裡去）

此、静かに為て呉れ（喂！安靜一點）

此、泣くんじゃない（喂！不要哭）
此、冗談も好い加減に為ろ（喂！少開玩笑了）
此即ち（此即）
此と言う（值得一提的特別的一定的）
此と言う道楽も無い（也沒有特別的愛好）
此に依って此を見れば（由此看來）
此は此と為て置いて（這個暫且不說）
此を以って（因此、以此）
此に要するに（要之、總而言之）

此れ限り〔連語〕只有這些、最後一次（＝此切り）

此れから、此から〔連語〕從現在起，從這裡起、現在，今後，將來

此から二年すると（兩年之後）
此からの若い者（今後的年輕人）
此から一層勉強する（今後要更加用功）
此から斯うしない様に（以後可別這樣做）
此から十分注意し無ければ為らない（以後得十分注意才行）
此から先どんな事が有るか分らない（不知道將來會發生什麼事情）
君達は此からだ（你們的好日子在後頭呢）
此から説明します（我現在來說明一下）
話の面白い所は此からだ（故事的有趣地方還在後頭呢）
本当に暑いのは此からだ（真正的熱天還在後頭呢）
此から出掛ける処だ（我正要出門）
此からと言う時に其の作家は死んだ（那作家正在大有可為的時候死去了）
此から道路は林に入る（道路從這裡起進入森林）
此から川の岸迄生產隊の土地です（從這裡起到河岸是生產隊的土地）

此れ切り、此れ切り〔連語〕只有這些、只此一次、最後一次

此れ切り（しか）無いのか（只有這些嗎？）
知っているのは此れ切りだ（就知道這些）
もう此れ切り言わないよ（我只說一次）
此れ切りだから聞いて下さい（我只說這一次請你聽好）
御前の顔を見るのは此れ切りだ（這是我最後一次和你見面了）

此れっ切り〔連語〕只有這些、只此一次（＝此れ切り）

此れ位，此れぐ位、此れく位，此位〔名〕這麼些、這個程度

此れ位の高さ（這麼高）
此れ位の損は平気だ（這麼些損失我不在乎）
此れ位の事でへこたれは為ない（決不為這一點事氣餒）
本は此丈じゃない、もう此れ位二階に在る（書不只這些還有一些在樓上呢）
此れ位の損で済んだのは幸せな方だ（遭到這點損失就了結還算幸運）

此れ此れ、此此〔名〕如此這般

理由は此れ此れだ（理由就是如此這般）
用事は此れ此れ云云とはっきり言い為さい（你有什麼事要如此如此地說清楚）
此れ此れの場合には此れ此れと言えと教えられた（他叫我在這樣的場合要如此這般地說）

此れは此れは、此は此は〔連語、感〕（表驚嘆，意外）哎呀

此は此は、有り難う（哎呀！這太謝謝了）
此は此は、ようこそ（哎呀！歡迎歡迎）
此は此は中村君じゃないか（哎呀！這不是中村君嗎？）
此は此は大した物だ（哎呀！這可真了不起）

此れや此の、此や此の〔連語〕此即…

此れ式、是れ式〔名〕〔俗〕這麼一點點（＝此れ位、此位）

此れ式の事でへこたれるな（不要為這麼一點小事洩氣）
此れ式の事に驚く物か（這點小事嚇不倒我）

ち

此れ式の事で決心を変える積りは無い（我不想為這點小事改變決心）

此れ式の金で何が買えるか（這麼一點錢能買什麼？）

此れは是〔連語〕這就是⋯。這正是⋯（=此れは即ち）

此れは為り、此は為り〔連語、感〕（表意外，驚訝）這下子可糟了

此は為り、財布を失くした（這下子可糟了把錢包丟了）

此は為り、とんでもない濡れ衣です（這下子可糟了這是萬萬想不到的冤枉）

此れ丈、此丈〔連語〕只有這個、只有這些、這麼些

欲しいのは此丈だ（我需要的只有這個）

此丈は上げられない（只有這個不能給你）

此丈は本当だ（只有這個是真的）

其の案に反対する理由は此丈じゃない（反對那案的理由還不只這些）

此丈の金で何も買えない（這點錢甚麼也不能買）

此丈言って未だ分らないのか（我說了這麼多妳還不明白嗎？）

此れ許り、此許り、此許〔連語〕這麼一點（=此れ位）、只有這個（=此丈）

此許りの事で弱音を吐くな（不要為這點小事氣餒）

此許りの金（這麼一點點錢）

此許りでは何も為らない（這麼一點點毫不管用）

此許りの米では一人分の食事にも足りない（這麼一點米連一個人都吃不夠）

彼の人には良心等此許りも無い（那個人連一點良心都沒有）

此許りは御許し下さい（只有這個請你原諒）

此許りは如何しても上げる訳には行かない（只有這個無論如何都不能給你）

此れっぱかし、此っぱかし〔連語〕這麼一點、只有這個（=此許り）

此れっぽっち、此っぽっち〔連語〕〔俗〕這麼一點、只有這個（=此許り）

勇気等此っぽっちも無い（連一點勇氣都沒有）

彼の言う事には此っぽっちの真実も無い（他的話一點真實都沒有）

此れ程、此程〔連語、副〕如此，這麼，這樣，這種程度

此程頼んでも聞いて呉れないのですか（這麼懇求你還不答應嗎？）

此程悪いとは思わなかった（沒想到壞到這種程度）

此程怖かった事は有りません（再也沒有這麼可怕的了）

此程面白い話は聞いた事が無い（這麼有趣的故事從來沒聽見過）

此程の馬鹿とは知らなかった（沒想到竟然糊塗到這種地步）

此程酷い地震は此の辺では初めてだ（這麼厲害的地震在這一帶是第一次）

此程言っても未だ自分間違いが分らないのか（我這麼跟你說你還不明白自己的錯誤嗎？）

此れ迄、此迄〔連語〕從前，過去，到現在為止、到這種程度，到這種地步、到此為止

此迄と同様（一如既往）

此迄通り仲良くしましょう（我們和好如初吧！）

此れは私が此迄読んだ小説の中で一番面白い物だ（這是我現在為止讀過最有趣的小說）

私は此迄にこんな辛い思いを為た事が無い（我從來沒有這樣為難過）

彼は此迄より余程良く働いて居ります（他做事比過去好得多了）

此迄に為るには大変だった（弄到這種地步可不容易啊！）

子供を此迄に育て上げるには親の苦労も並大抵じゃ有るまい（把孩子扶養到這種程度父母不知藥費多少心血？）

もう此迄と思った（我想完蛋了）
最早此迄だ（已經完蛋了）
此迄が先方の所有地だ（到這裡為止是他們的土地）
今日は此迄に為て置こう（今天就到此為止吧！）

此れ見よがし、此見よがし〔連語、形動〕誇耀、炫耀
此見よがしに振る舞う（擺出一炫耀的架式）
最新流行のスーツを此見よがしに着る（炫耀地穿著一套最時髦的西裝）
若い夫婦は良く此見よがしに手を取って歩いて行く（年輕夫婦總是炫耀地手拉著手）

次（ち丶）

次〔漢造〕次、次數、次序、旅次
日次（日程、規定日期、日子好壞）
月次（每月、月在天空的位置）
年次（每年、年度、長幼順序）
序次（次序、順序）
順次（順次、依次、逐漸）
目次（目次、目錄）
席次（坐次、名次）
途次（途中）
路次（途中、沿途）
歲次（歲次、歲序、年度）
第一次（第一次）
第二次（第二次）
二次会（第二次會、再次舉行的宴會）
今次（這次、最近一次）

次亜〔名〕次亞
次亜臭素酸（次溴酸）
次亜硝酸（連二次硝酸）
次亜硫酸（亞硫酸）
次亜塩素酸（次氯酸）
次亜燐酸（次磷酸）

次位〔名〕第二位
次位を占める（佔第二位）
次位に位する（居第二位）
人気投票で次位に為る（群眾投票居第二位）

次韻〔名〕（漢詩的）次韻、步韻

次回〔名〕下次、下回←→前回今回
次回の興行（下次演出）
次回のオリンピック大会（下屆奧運）
次回に譲る（移到下次）
次回のプログラム（下次的節目單）

次会〔名〕下次會議

次官〔名〕次長、副部長
外務次官（外交部副部長）
政務次官（政務次官）
事務次官（事務次官）

次官、助、輔、弼、亮、佐、介〔名〕〔古〕（根據大寶令，設於各官署輔佐長官的）次官、長官助理

次期〔名〕下期
次期に繰り越す（滾入下期）
次期の国会（下屆國會）
次期（の）選挙には立候補する（下屆選舉參加競選）

次客〔名〕（茶道）坐在主賓次位的客人

次兄〔名〕二哥

次元〔名〕（數理）次元，維度（=デイメンション）。
〔轉〕立場、著眼點
直線は一次元、平面は二次元、立体的な空間は三次元である（直線是一次元平面是二次元立體空間是三次元）
四次元の世界（四次元的世界）
次元を異に為る（立場不同）
君と僕との考え方は異に為ている（你和我的想法著眼點不同）
相手の次元に立って考えて欲しい（希望你站在對方的立場考慮一下）

次元解析（〔理〕量綱分析）

次号〔名〕（雜誌等的）下一期←→前号
　次号完結（下期續完）
　次号予告（下期預告）

次高音〔名〕〔樂〕女中音（＝アルト）
　次高音歌手（女中音歌唱家）

次札〔名〕〔商〕二標
　次札はB氏で、入札は三千万でA氏の手に落ちた（B氏得了二標實際以三千萬日圓落到了A氏手中）

次子〔名〕次子（＝次男）

次週〔名〕下週、下星期（＝来週）←→前週
　次週のプログラムを御知らせします（預告下週的節目）
　次週は休日が二日有る（下週有兩天假日）
　次週上映（下週上映）

次女、二女〔名〕次女、第二個女兒

次序〔名〕次序、順序（＝順序）
　次序を正す（糾正順序）

次章〔名〕下一章
　次章で述べる（在下一章敘述）

次硝酸塩〔名〕〔化〕鹼式硝酸鹽

次硝酸蒼塩〔名〕〔化〕次硝酸鉍

次数〔名〕〔數〕次數、度數

次席〔名〕次席、副職、第二位、第二把手
　彼の次席に座る（坐在他的次席）
　次席で卒業する（以第二名畢業）
　課長が不在なので次席の者が其の代理を為ている（科長不在由副科長代理）
　次席検事（次席檢察官）

次善〔名〕次善、次善的方法
　次善の策（次善之策、第二善策）

次代〔名〕下一代
　次代を受け継ぐ者（接班人）
　次代を担う人人（擔負下一代的人們）

次代の子女の利益を保障する（保障下一代子女的利益）
　次代に為ると益益発展するだろう（到了下一代將更會發展起來）

次中音〔名〕〔樂〕次中音

次長〔名〕次長、次官
　建設局次長（建設局副局長）
　編集次長（副總編輯）

次点〔名〕得分居第二位（的人）、票數僅次於當選者（的人）
　彼は選挙で次点であった（他在選舉中得票僅次於當選者）
　次点で落選する（以僅次於當選者的票數而落選）
　次点者（得分居第二位的人、落選中得票最多的人）

次男、二男〔名〕次子、二兒子←→長男、三男
　次男坊（次子）

次年〔名〕下一年

次表〔名〕下列的表
　次表に掲げる（列在下表中）

次便〔名〕下次信件
　委細は次便で（詳情見下次來信）

次葉〔名〕（書籍，雜誌）下頁、次頁←→前葉

次燐酸〔名〕〔化〕連二磷酸

次類〔名〕〔生〕次等

次郎〔名〕次子（＝次男）

次第〔名〕次序，順序、情況，情形

〔接尾〕聽任，全憑

〔副〕（以次第に）逐漸，慢慢

〔接助〕（接動詞連用形下）立刻，馬上，隨即

　式の次第は会場に掲示する（儀式的程序公布在會場裡）
　次第書（程序表節目單）
　事の次第は斯うです（事情的經過的這樣）
　次第に依っては捨て置けぬぞ（根據情況不能置之不理）

此の様な次第で誠に済みません（由於這種情況實在對不起）

まあざっとこんな次第です（情形大體就是這樣）

枯れ次第（任其枯萎）

人の言い成り次第に為る（唯命是從任人擺布）

何事も人次第だ（事在人為）

此れから先は君の腕次第だ（今後就看你的本事如何了）

万事は彼の決心次第だ（一切要看他的決心如何了）

其の日其の日の風次第（隨風飄泊到處流浪）

地獄の沙汰も金次第（有錢能使鬼推磨）

次第に遠ざかる（逐漸遠離）

次第に元気が抜けた（逐漸沒力了）

次第に空が暗く為った（天空逐漸黑了）

見付け次第直ぐに知らせる（一旦看到立刻通知）

手紙が着き次第直ぐに来て呉れ（接到信後請你馬上就來）

機会の有り次第（一旦有了機會就…）

現品を受け取り次第金を渡します（一旦收到現貨立即付款）

次妻、後妻〔名〕〔古〕後妻（＝後添い、後連れ）、忌妒，吃醋（＝妬み）

次ぐ〔自五〕（與継ぐ、接ぐ同辭源）接著、次於

地震に次いで津波が起こった（地震之後接著發生了海嘯）

不景気に次いで起こるのは社会不安である（蕭條之後接踵而來的是社會不安）

田中に次いで木村が二位に入った（繼田中之後木村進入了第二位）

殆ど毎日の様に戦闘に次ぐ戦闘だ（差不多天天打仗）

勝利に次ぐ勝利の道を突き進んだ（從一個勝利走向一個勝利）

大阪は東京に次ぐ大都市だ（大阪是次於東京的大城市）

其に次ぐ成果（次一等的成績）

英語に次いで最も重要な外国語は日本語だ（次於英語非常重要的外語是日語）

接ぐ、継ぐ〔他五〕繼承、接續、縫補、添加

王位を接ぐ（繼承王位）

志を接ぐ（繼承遺志）

父の仕事を接ぐ（繼承父親的工作）

骨を接ぐ（接骨）

布を接ぐ（把布接上）

若芽を台木に接ぐ（把嫩芽接到根株上）

靴下の穴を接ぐ（把襪子的破洞補上）

夜を日に接いで働く（夜以繼日地工作）

炭を接ぐ（添炭、續炭）

告ぐ〔他下二〕〔古〕告（＝告げる）

国民に告ぐ（告國民書）告ぐ継ぐ次ぐ注ぐ接ぐ

注ぐ〔他五〕注、注入、倒入（茶、酒等）（＝注ぎ入れる）

茶碗に御茶を注ぐ（往茶碗裡倒茶）

杯に酒を注ぐ（往杯裡斟酒）杯盃 杯盃

もう少し湯を注いで下さい（請再給倒上點熱水）

次〔名〕下次，其次，接著，第二、隔壁。〔古〕驛站

次の日（次日、第二天）

次の駅（下一站）

次の如し（如下）

次を読む（接著念、讀下去）

次の汽車に乗る（坐下一班火車）

次に取る可き戦法（下一步的打法）

次の出方を見守る（看對方下一步如何動作）

部長の次に位する（居於部長之次）

次の間に下がる（退到隔壁房間）

次の部屋に誰が居るのか（誰在隔壁呢？）

ち

東海道五十三次（東京到京都之間的五十三個驛站）

次から次に（へと）（接二連三、接連不斷）

問題は次から次に出て来る（問題接二連三地出現）

次から次へと身を挺して突き進む（謙仆後繼）

宿次、宿継（〔古〕由一驛站送往下一驛站）

次次〔副〕一個接一個，接二連三，連續不斷、陸續、相繼、紛紛、節節、依次、按著順序

次次に（と）起こる（不斷發生接踵而起）

次次に（と）客が来る（客人絡繹不絕）

次次と（に）用事が出て来る（事情接連不斷地發生）

人を次次に呼び入れる（把人一個接一個地叫進去）

闘いの波を次次と盛り上げている（使戰鬥的浪潮一浪高過一浪）

我我は次次と勝利を収めている（我們節節勝利）

次次と突き進む、次次に立ち上がる（前仆後繼）

次次と其に答えて動き出す（紛紛起來響應）

中小企業は次次と倒産して行く（中小企業紛紛破產）

有望の新人が次次と（に）現れる（有希望的新人相繼出現）

次次と新しい事物が現れる（新生事物層出不窮）

次次に渡す（按著順序往下傳）

次次に（と）仕事が片付いて行く（工作按部就班地處理妥善）

次の間〔名〕隔壁的小房間，套房、〔古〕封建領主居住的鄰室－家臣等伺候的房間）

次の間付きの部屋（帶套房的房間）

次の間に鏡台や衣桁等が有る（套房裡擺著梳妝台和衣架等）

次の間へ下がる（退居鄰室）

次いで〔副、接〕接著、隨後、其次

歓迎の挨拶が有り、次いで宴会に移った（致歡迎詞隨後轉入宴會）

東京に次いで大きな都会（僅次於東京的大城市）

伺（ちヽ）

伺〔漢造〕窺伺、伺候

奉伺（問候、請安）

伺候、祗候〔名、自サ〕伺候、請安

大典には天皇の側近くに伺候した（即位典禮時在天皇身邊伺候）

首相は宮中へ伺候した（首相進宮請安）

伺う〔他五〕（聞く、問う、尋ねる、訪れる的自謙說法）拜訪、請教、打聽、聽說

何時御伺いしましょうか（什麼時候拜訪您好呢？）

今夜御伺い致します（今晚去拜訪你）

明日御伺いする積りです（我打算明天去看您）

先生の御宅に伺う（到老師家裡去拜訪）

もう一つ伺い度い事が有ります（還要向您打聽〔請教〕一件事）

御意見を伺い度い（我願聽聽您的意見）

一寸伺いますが（對不起請問…）

御病気の様に伺っていますが、如何ですか（聽說您不舒服了現在如何呢？）

彼は其の事を貴方から伺った様に申して居ります（他說那是從您那裡聽來的）

窺う〔他五〕窺視，偷看，窺伺（=狙う）、窺見，看出

隣の様子を窺う（偷看鄰家的情況）伺う覗う

相手の顔色を窺う（窺視對方臉色）顔色顔色

人の顔色を窺う（察顔觀色）

時機を窺う（等候時機．伺機．相機）

人の鼻息を窺う（仰人鼻息）

敵の隙を窺う（找敵人的漏洞．抓敵人的弱點）
復讐のチャンスを窺う（伺機復仇）
天下の大勢を窺う（觀察天下大勢）
其の一端から全体を窺う（藉一斑而窺全豹）
彼の話から其の学識の深い事が窺われた（從他的談話中可以看出他的學識很淵博）
彼の発言は任務達成の自信を窺わせている（從他的發言中可以看出完成任務的信心）

伺い、伺〔名〕打聽、拜訪、問候、請示、詢問、祈求神諭
御機嫌伺いを為る（問安、請安）
伺いを立てる（請示、詢問、祈求神諭）
伺いを出す（打報告請示）
伺い書（請示的報告）
伺い済（請求過了、已獲批准）

刺、刺（ちヽ）

刺、刺〔漢造〕刺、諷刺
風刺、諷刺（諷刺、嘲諷）
名刺（名片）
有刺鉄線（鐵蒺藜）
有刺植物（有刺植物）
刺殺、刺殺（刺殺）

刺客、刺客、刺客〔名〕刺客
刺客の手に倒れる（死於刺客之手）

刺激、刺戟〔名、他サ〕刺激、使興奮
子供に刺激の強い食べ物は向かない（不宜給孩子刺激性強的食物）
電灯が眼を刺激して眠られない（電燈刺激眼睛睡不著）
此の薬は舌に強い刺激を与える（這種藥對舌頭有強烈的刺激）
其の音は神経を刺激するので、止めて下さい（這種聲音刺激神經停下來吧！）
刺激療法（刺激療法）

刺激の無い生活（單調的生活）
刺激的な小説（有刺激性小說）
病人を刺激する様な話を為ては行けない（不能說刺激病人的話）
労働者を刺激するのは会社の損だ（刺激工人對公司不利）
刺激的作用（刺激作用）
刺激量の法則（〔生〕刺激量定律）

刺史〔名〕〔史〕（中國的）刺史、日本地方官〝国守〟的中國式名稱

刺繍〔名、他サ〕刺繍
機械で刺繍する（用機器刺繍）
金糸で花鳥を刺繍する（用金線刺繍花鳥）
胸には花の模様が刺繍して有る（上衣胸部繡著花朵）
刺繍枠（刺繍框架）
刺繍針（繡花針）
刺繍工匠（刺繡工人）

刺青、刺青〔名〕刺青、紋身
腕に刺青を為る（在腕上刺青）

刺青、入墨、文身〔名〕刺青，紋身（=彫物）、（古代刑法）黥刑
背中に刺青を為る（在背上刺青）
刺青者（受過黥刑的人）

刺創〔名〕刺傷、扎傷

刺胞〔名〕〔動〕（腔腸動物的）刺細胞
刺胞類（刺胞亞門）

刺絡〔名、他サ〕〔醫〕放血術、靜脈切開術

刺、棘〔名〕刺。〔轉〕說話尖酸，話裡帶刺
サボテンの刺（仙人掌的刺）
葉に刺が有る（葉上有刺）
指に刺さった刺を抜く（拔出刺進手指的刺）
手に刺が立った（手上扎了刺）
喉に魚の刺を立てた（喉頭扎了魚刺）
彼の言葉には刺が有る（他的話裡帶刺）

ち

刺を含んだ言葉（帶刺的話）

刺刺しい〔形〕（說話）帶著刺，不和藹
　刺刺しい言葉（帶刺的話語）
　刺刺しく言う（說話不和藹）
　刺刺しい口調で応答した（用帶刺的口氣回答）

刺立つ〔自五〕扎刺、話裡帶刺
　骨が喉に刺立っている（骨頭扎在喉嚨）
　刺立った話し振りだ（說話帶刺）

刺抜き〔名〕拔刺、拔刺的鑷子

刺さる〔自五〕扎、扎進、刺入
　指に刺が刺さった（指頭上扎進了刺）
　喉に魚の骨が刺さった（魚骨頭卡在喉嚨裡）
　自転車のタイヤに画鋲が刺さっている（腳踏車輪胎上扎了一個圖釘）
　太っているので注射の針が良く刺さらない（因為太胖注射針不能輕易扎進）

刺す〔他五〕行刺、縫綴、〔棒球〕刺殺，出局
　匕首で人を刺す（拿匕首刺人）
　靴底を刺す（縫鞋底）
　雑巾を刺す（縫抹布）
　一塁で刺す（在一壘出局）

刺す、螫す〔他五〕螫、（用粘鳥竿）捕捉
　蜂が手を刺す（蜜蜂叮到了手）
　蚊に刺された（被蚊子叮了）
　鳥を刺す（用粘鳥竿捕鳥）

刺す、差す〔他五〕刺，扎、撐（船）
　其の言葉が私の胸を刺した（那句話刺痛了我的心）
　針で刺す（用針刺）
　肌を刺す寒風（刺骨寒風）
　此の水は身を刺す様に冷たい（這水冷得刺骨）
　胃が刺す様に痛い（胃痛如針扎）
　棹を刺して船を岸に着ける（把船撐到岸邊）

差す〔自五〕（潮）上漲，（水）浸潤、（色彩）透露，泛出、呈現、（感覺等）起、發生、伸出，長出。〔迷〕（鬼神）付體。
〔他五〕塗，著色、舉，打（傘等）。〔象棋〕下、走、呈獻，敬酒，量（尺寸）。〔轉〕作（桌椅、箱櫃等）、撐（蒿、船）、派遣
　潮が差す（潮水上漲）
　水が差して床下が湿気る（因為水浸潤上來地板下發潮）
　差しつ差されつ飲む（互相敬酒）
　顔に赤みが差す（臉上發紅）
　顔にほんのり赤みが差して来た（臉上泛紅了）
　熱が差す（發燒）
　気が差す（內疚於心、過意不去、預感不妙）
　嫌気が差す（感覺厭煩、感覺討厭）
　噂を為れば影が差す（說曹操曹操就到）
　気が差して如何してもそんな事を言えなかった（於心有愧怎麼也無法說出那種話來）
　樹木の枝が差す（樹木長出枝來）
　差す手引く手（舞蹈的伸手縮手的動作）
　魔が差す（著魔）
　口紅を差す（抹口紅）
　顔に紅を差す（往臉上塗胭脂）
　雨傘を差す（打雨傘）
　傘を差さずに行く（不打傘去）
　将棋を差す（下象棋）
　君から差し給え（你先走吧！）
　今度は貴方が差す番ですよ（這次輪到你走啦！）
　一番差そうか（下一盤吧！）
　杯を差す（敬酒）
　反物を差す（量布匹）
　棹を差す（撐船）
　棹を差して川を渡る（撐船過河）

差す、射す〔自五〕照射

光が壁に差す（光線照在牆上）
雲の間から日が差している（太陽從雲彩縫中照射著）
障子に影が差す（影子照在紙窗上）
朝日の差す部屋（朝陽照射的房間）

差す、挿す〔他五〕插，夾，插進，插放、配帶、貫，貫穿

花瓶に花を差す（把花插在花瓶裡）
簪を髪に差す（把簪子插在頭髮上）
鉛筆を耳に差す（把鉛夾在耳朵上）
柳の枝を地に差す（把柳樹枝插在地上）
差した柳が付いた（插的柳樹枝成活了）
腰に刀を差している（腰上插著刀）
武士は二本を差した物だ（武士總是配帶兩把刀）

差す、注す、点す〔他五〕注入，倒進，加進，摻進、滴上，點入

水を差す（加水、挑撥離間、潑冷水）
コップに水を差す（往杯裡倒水）
杯に酒を差す（往酒杯裡斟酒）
酒に水を差す（往酒裡摻水）
醬油を差す（加進醬油）
機械に油を差す（往機器上加油）
ランプに油を差す（往燈裡添油）
目薬を差す（點眼藥）
朱を差す（加紅筆修改）
茶を差す（添茶）

差す、鎖す〔他五〕關閉、上鎖

戸を差す（關門、上閂）

差す、指す〔他五〕指示、指定、指名、針對、指向，指出、指摘、揭發、抬

黒板の字を指して生徒に読ませる（指著黒板上的字讓學生唸）
地図を指し乍説明する（指著地圖說明）
磁針は北を指す（磁針指示北方）
時計の針は丁度十二時を指している（錶針正指著十二點）
先生は僕を指したが、僕は答えられなかった（老師指了我的名但是我答不上來）
名を指された人は先に行って下さい（被指名的人請先去）
此の語の指す意味は何ですか（這詞所指的意思是什麼呢？）
此の悪口は彼を指して言っているのだ（這個壞話是指著他說的）
船は北を指して進む（船向北行駛）
台中を指して行く（朝著台中去）
犯人を指す（揭發犯人）
後ろ指を指される（被人背地裡指責）
物を差して行く（抬著東西走）

刺す〔他五〕刺，扎，穿、粘捕、縫綴。〔棒球〕出局，刺殺

針を壺に刺した（把針扎在穴位上）
匕首で人を差す（拿匕首刺人）
ナイフで人を刺して、怪我を為せた（拿小刀扎傷了人）
短刀で心臓を刺す（用短刀刺心臟）
足に棘を刺した（腳上扎了刺）
銃剣を刺されて倒れた（被刺刀刺倒了）
魚を串に刺す（把魚穿成串）
胸を刺す様な言葉（刺心的話）
刺される様に頭が痛む（頭像針刺似地疼）
肌を刺す寒気（刺骨的寒風）
黐で鳥を刺す（用樹皮膠黏鳥）
雀を刺す（黏麻雀）
雑巾を刺す（縫抹布）
畳を刺す（縫草蓆）
靴底を刺す（縫鞋底）
一塁に刺す（在一壘刺殺在、一壘出局）
二、三塁間で刺された（在二三壘間被刺殺）

刺す、螫す〔他五〕螫
　蜂に腕を刺された（被蜜蜂螫了胳臂）
　蜂が手を刺す（蜜蜂叮了手）
　蚤に刺された（被跳蚤咬了）
　蚊に刺された（被蚊子咬了）
　虫に刺されて腫れた（被蟲咬腫了）

止す〔造語〕（接動詞連用形下、構成他五型複合動詞）表示中止或停頓
　本を読み止す（把書讀到中途放下）
　煙草を吸い止した儘で出て行った（把香煙沒吸完就放下出去了）
　不図言い止して口を噤んだ（說了一半忽然緘口不言了）

為す〔他五〕讓做、叫做、令做、使做（=為せる）。〔助動五型〕表示使、叫、令、讓（=為せる）
　結婚式を為した（使舉行婚禮）
　安心為した（使放心）
　物を食べ為した（叫吃東西）
　もう一度考え為して呉れ（讓我再想一想）

刺股、刺叉〔名〕（江戶時代捕捉犯人用的）鋼叉
　刺股で相手の首を押さえる（用鋼叉叉住對方的脖子）

刺し、刺〔名〕（插入袋中取米糧樣品用）糧食探子（=米刺し）
　刺しを使って米の質を調べる（用探子取樣檢查米的質量）

刺し網、刺網〔名〕刺網
　刺し網漁船（刺網漁船）

刺椿象〔名〕〔動〕食蟲椿象
　刺椿象科（食蟲椿象科）

刺し傷、刺傷〔名〕刺的傷、扎的傷
　釘の刺傷（釘子扎的傷）
　刺傷だらけの顔（全是刺傷的臉）

刺傷〔名、自サ〕刺傷

刺し毛、刺毛〔名〕〔植〕刺毛

刺毛〔名〕〔植〕螫毛。〔動〕刺毛

刺し子、刺子〔名〕（消防衣或摔跤服等用多層的布）縫補的厚布片
　雑巾を刺子に縫う（用多層布縫製抹布）

刺し込む、差し込む、挿し込む〔他五〕插入、扎進（=突き入れる、差し入れる）←→抜き出す
　プラグを刺し込む（插上插頭）
　楔を刺し込む（插入楔子）
　錠に鍵を刺し込んで開ける（把鑰匙插入鎖裡打開）
　鳥の翼の下に頭を刺し込んだ（鳥把頭縮在翅膀下）

刺し殺す、刺殺す〔他五〕刺殺
　強盜に刺し殺された（被強盜刺殺了）

刺殺、刺殺〔名、他サ〕刺殺。〔棒球〕刺殺，觸殺（=タッチ・アウト）
　喧嘩の一方が刺殺された（打架的一方被刺死了）

刺し違える〔自下一〕用力對刺
　敵と刺し違えて死ぬ（和敵人互刺而死）

刺し継ぎ、刺継〔名、他サ〕織補
　洋服の刺継を為る（縫製西裝）
　袖を刺継する（縫補袖子）

刺し貫く、刺貫く〔他五〕刺穿、刺透（=刺し通す、刺通す）
　刀で腹を刺し貫く（用刀刺穿肚子）
　槍で鎧を刺し貫いた（用長矛刺穿鎧甲）

刺し通す、刺通す〔他五〕刺穿、刺透（=刺し貫く、刺貫く）
　短刀を胸に刺し通す（用匕首刺穿胸部）
　刀で体を刺し通す（用刀刺穿身體）
　彼は刀を刺し通されて倒れた（他被刀刺穿倒下了）

刺し縫い、刺縫い〔名〕（把幾層布）縫在一起、周圍細綉，中間粗綉的一種刺繡方法

刺し棒〔名〕（趕家畜用）刺棒

刺身〔名〕〔烹〕生魚片
　鮪の刺身（鮪魚生魚片）
　鯉の刺身（鯉魚生魚片）

刺身に為て食べる（做成生魚片來吃）
刺身を作る（做成生魚片）
刺身の妻（做生魚片的配料、〔轉〕微不足道的陪襯）
刺身庖丁（切生魚片的窄刃刀）

刺草、蕁麻〔名〕〔植〕（日本產）蕁麻
刺草織（蕁麻織物）

刺虫〔名〕〔動〕雀甕、楊癩子

賜（ㄘˋ）

賜〔漢造〕賜、賜給
恩賜（恩賜、賞賜）
下賜（〔天皇〕賜給、賞賜）
賞賜（賞賜、賞賜品）
天賜（天賜、恩賜）

賜宴〔名〕（天皇）賜宴、宴請

賜暇〔名〕准假、請准的休假
三週間の賜暇で帰省する（准假三星期回家探親）
賜暇を願い出る（請假）
賜暇戦術（請假戰術－工人運動的一種集體請假鬥爭方式）

賜金〔名〕撫恤金
傷病賜金（傷病撫恤金）
一時賜金（一次付清的撫恤金）
恩給は打ち切られ、一時賜金を貰った（退休金取消了領取了一次付清撫恤金）

賜餐〔名〕（天皇）賜餐
賜餐の光栄に浴する（蒙受賜餐光榮）

賜杯〔名〕（天皇賜的）優勝杯、（皇帝）贈給臣下的杯
天皇賜杯（天皇的賜杯）

賜与〔名、他サ〕賜予、賜與
賞金を賜与される（被賜與獎金）

賜る,賜わる、給る、給わる〔他五〕蒙賜（=頂く，戴く）、賞賜（=下さる）←→差し上げる

何彼と御教示を賜り有り難う御座います（承蒙您指正謝謝）
陪食の栄を賜る（蒙賜陪宴的光榮）
天皇より賜った杯（天皇賞賜的杯）
勲章を賜る（賜予勳章）

賜り〔名〕賜、賞賜

賜り物〔名〕賞物、賞賜品（=賜物）

賜、賜物〔名〕賞賜、賞物、結果
天の賜（天賜）
人類への賜（對人類的賞賜）
私の今日有るは彼の賜だ（我之所以有今天完全是他的恩賜）
努力の賜（努力的結果）

賜う、給う〔他五〕〔敬〕給、賜（=御与えに為る、下さる）
〔接尾〕（接動詞連用形下）表對長上動作尊敬（=御…に為る、…為さる、…遊ばす）
金一封を賜う（賜予一筆錢）
御褒めの言葉を賜う（賜予褒獎的言詞）
早く行き賜え（趕快去吧！）

賜う、給う〔他五〕〔敬〕給、賜。〔接尾〕（接動詞連用形下）表示對長上動作的尊敬（=賜う、給う）

賜ぶ、給ぶ、食ぶ〔他四〕〔敬〕給、賜。〔接尾〕（接動詞連用形下）表示對長上動作的尊敬（=賜う、給う）

擦（ㄘㄚ）

擦〔漢造〕摩擦
摩擦（摩擦、意見分歧）
破擦音（以破裂開始的摩擦音，如 ts, dz 之類）

擦音化〔名、他サ〕（音聲學）摩擦音化、使成為摩擦音

擦弦楽器〔名〕〔樂〕擦奏弦樂器←→撥弦楽器

擦剤〔名〕〔藥〕塗抹劑

擦過〔名、他サ〕擦過、摩擦（=擦る、掠る）
擦過傷（擦傷）
自転車から転んで擦過傷を負った（從腳踏車上摔倒受了擦傷）

ち

擦筆〔名〕（粉筆畫或鉛筆畫，畫陰影用的）錐形擦筆
　擦筆画（用擦筆畫的畫）

擦る、掠る〔他五〕擦過，掠過，抽頭，剝削。〔書法〕寫出飛白、（容器）見底，拂底
　ボールが頭を擦った（球從頭上擦過）
　弾丸が右の肩を擦った（槍彈擦右肩而過）
　春風が頬を擦る（春風拂面）

擦り、掠り〔名〕抽頭、文字的飛白、俏皮話（=地口、洒落）、擦傷（=掠り傷）
　擦りを取る（抽頭、剝削）

擦れる、掠れる〔自下一〕擦過，掠過，嘶啞，寫出飛白
　毬が顔を擦れる（球從臉上掠過）
　風邪を引いて、声が擦れた（因為感冒聲音嘶啞）
　字が擦れる（寫的字露出飛白）

擦る〔他五〕摩擦、擦、揉、搓、蹭
　護謨で擦り消す（用橡皮擦掉）
　泥を擦り落とす（用泥土搓掉）
　手を擦って暖める（搓手取暖）
　タオルで体を擦る（用毛巾擦身）
　薬缶を磨き粉で擦る（用去污粉搓水壺）
　目を擦って眠気を覚ます（揉眼睛解睏）
　此の染みは幾等擦っても取れない（這塊污垢怎麼擦都擦不掉）

擦れる〔自下一〕摩擦（=擦れ合う）
　ズボンが擦れて織り目が出る（褲子磨得露出線來）
　満員で肩と肩が擦れる（人滿擠得摩肩擦背）

擦り付ける〔他下一〕擦上、用力蹭。〔轉〕嫁禍於人（=擦り付ける、擦り付ける）
　傷口に薬を擦り付ける（給傷口擦上藥）
　猫が頭を人の膝に擦り付ける（貓把頭往人的膝蓋上蹭）
　罪を人に擦り付ける（嫁禍於人）

擦る、摩る〔他五〕摩擦、撫摸
　子供の頭を擦る（撫摸孩子的頭）
　手を擦る（搓手）
　胸を擦る（摩擦胸部）
　顔を擦る（撫摸臉）
　御肩を擦りましょうか（我來給您按摩一下肩膀吧！）
　腕を擦って待つ（摩拳擦掌以待）

擦り付ける〔他下一〕嫁禍於人（=擦り付ける、擦り付ける）
　罪を人に擦り付ける（嫁禍於人）

擦る、摩る、磨る、擂る、摺る、刷る〔他五〕摩擦（=擦る）、研磨、磨碎，損失，消耗，賠，輸
　タオルで背中を擦って垢を落とす（用毛巾擦掉背上的污垢）
　鑢で磨ってから鉋を掛ける（用銼刀銼後再用刨子刨）
　マッチを擦って明かりを点ける（劃火柴點燈）
　擦った揉んだ（糾紛）
　擦った揉んだの挙句、到頭離縁に為った（鬧了糾紛之後終於離婚了）
　墨を磨る（研墨）
　胡麻を擂る（阿諛、逢迎、拍馬屁）
　擂鉢で胡麻を擂る（用研鉢磨碎芝麻）
　株に手を出して大分磨った（做股票投機賠了不少錢）
　すっからかんに磨って終った（輸得精光）

刷る、摺る〔他五〕印刷
　色刷りに刷る（印成彩色）摘る剃る為る
　千部刷る（印刷一千份）
　良く刷れている（印刷得很漂亮）
　鮮明に刷れている（印刷得很清晰）
　此の雑誌は何部刷っていますか（這份雜誌印多少份？）
　ポスターを刷る（印刷廣告畫）
　輪転機で新聞を刷る（用輪轉機印報紙）

掏る〔他五〕扒竊、掏摸

掏摸に掏られた（被小偷偷了）掏る 磨る 擂る 刷る 摺る 擦る 摩る 為る

掏摸に御金を掏られた（錢被小偷偷走了）

電車の中で財布を掏られた（在電車裡被扒手扒了錢包）

人の懐中を掏ろうと為る（要掏人家的腰包）

剃る〔他五〕〔方〕剃（=剃る）

鬚を剃る（刮鬍子）刷る 磨る 摩る 摺る 擦る 掏る 擂る 為る

為る〔自サ〕（通常不寫漢字、只假名書寫）（…が為る）作，發生，有（某種感覺）。價值。表示時間經過。表示某種狀態

〔他サ〕做（=為す、行う）充，當做

（を…に為る）作成，使成為，使變成（=に為る）

（…事に為る）（に為る）決定，決心

（…と為る）假定，認為，作為

（…ようと為る）剛想，剛要、（御…為る）〔謙〕做

物音が為る（作聲、發出聲音、有聲音=音を為る）音音音音

稲光が為る（閃電、發生閃電、有閃電）稲妻

寒気が為る（身子發冷、感覺有點冷）

気が為る（覺得、認為、想、打算、好像）←→気が為ない

此のカメラは五千円為る（這個照相機價值五千元）

彼は五百万円為る車に乗っている（他開著價值五百萬元的車）

こんな物は幾等も為ない（這種東西值不了幾個錢）

デパートで買えば十万円は為る（如果在百貨公司買要十萬元）

一時間も為ない内にすっかり忘れて終った（沒過一小時就給忘得一乾二淨了）

三日も為れば帰って来る（三天後就回來）

さっぱり為た人（爽快的人）

彼の男はがっちり為ている（那傢伙算盤打得很仔細）

頭がくらくらと為てぽっと為る（頭昏腦脹）

幾等待っても来ない（怎麼等也不來）

仕事を為る（做工作）

話を為る（説話）

勉強を為る（用功、學習）

為る事為す事（所作所為的事、一切事）

為る事為す事旨く行かない（一切事都不如意）

為る事為す事皆出鱈目（所作所為都荒唐不可靠）

何も為ない（什麼也不做）

其を如何為ようと僕の勝手だ（那件事怎麼做是隨我的便）

私の言い付けた事を為たか（我吩咐的事情你做了嗎？）

此から如何為るか（今後怎麼辦？）

如何為る（怎麼辦？怎麼才好？）

如何為たか（怎麼搞得啊？怎麼一回事？）

如何為て（為什麼、怎麼、怎麼能）

如何為ても旨く行かない（怎麼做都不行、左也不是右也不是）

如何為てか（不知為什麼）

今は何を為て御出でですか（您現在做什麼工作？）

委員を為る（當委員）

世話役を為る（當幹事）

学校の先生を為る（在學校當老師）

子供を医者に為る（叫孩子當醫生）

彼を議長に為る（叫他當主席）

彼は娘をピアニストに為る積りだ（他打算要女兒當鋼琴家）積り心算心算

本を枕に為て寝る（用書當枕頭睡覺）眠る

彼は事態を複雑に為て終った（他把事態給弄複雜了）終う仕舞う

品物を金に為る（把東西換成錢）金金
借金を棒引に為る（把欠款一筆勾銷）
三階以上を住宅に為る（把三樓以上做為住宅）
絹を裏地に為る（把絲綢做裡子）
顔を赤く為る（臉紅）
赤く為る（面紅耳赤、赤化）
仲間に為る（入夥）
私は御飯に為ます（我吃飯、我決定吃飯）
今度行く事に為る（決定這次去）
今も生きていると為れば八十に為った筈です（現在還活著的話該有八十歲了）
卑しいと為る（認為卑鄙）卑しい賤しい
此処に一人の男が居ると為る（假定這裡有一個人）
行こうと為る（剛要去）
出掛けようと為ていたら電話が鳴った（剛要出門電話響了）
隠そうと為て代えて馬脚を現す（欲蓋彌彰）表す現す著す顕す
御伺い為ますが（向您打聽一下）
御助け為ましょう（幫您一下忙吧！）

擦り落とす〔他五〕刮掉、擦掉、磨去、銼掉
雑巾で窓ガラスの汚れを擦り落とす（用抹布擦掉玻璃窗的污垢）

擦り替える、摩り替える〔他下一〕頂替、偷換
代用品を擦り替える（以代用品頂替）
物を偽物と擦り替える（用假物頂替）

擦り滓、擦滓〔名〕燒過的火柴棒

擦り鉦、摺り鉦〔名〕（歌舞伎等用的樂器）鉦

擦り疵，擦疵、擦り傷，擦傷〔名〕擦傷
転んで脛に擦傷を拵えた（摔倒擦傷了小腿）
テーブルに擦傷を付けない様に注意し為さい（當心別把桌子磨損）

擦傷〔名、他サ〕擦傷（=掠り傷）

擦り切る〔他五〕磨斷、耗盡、花光
靴紐を擦り切った（鞋帶被磨斷了）
酒で財産を擦り切った（喝酒把錢財耗盡了）

擦り切れる〔自下一〕磨破、磨斷、磨損
ズボンの裾が擦り切れた（褲脚被磨破了）
縁の擦り切れたカラー（褶邊磨破了的衣領）
縄が擦り切れ掛けている（繩子快磨斷了）
筆が擦り切れた（毛筆磨禿了）
絨毯が擦り切れて来た（地毯磨得露出織紋了）

擦り切れ、磨り切れ〔名〕磨斷、磨破、磨損（=磨滅、摩滅）

擦り消す、磨り消す〔他五〕擦掉、抹掉、消除
鉛筆で付けたマークを擦り消す（擦掉鉛筆畫的記號）
リストから彼の名前が擦り消された（他的名字從名單上抹掉了）

擦り込む、擂り込む〔他五〕擦進去、揉搓進去、研磨進去。
〔自五〕諂媚、逢迎
クリームを皮膚に擦り込む（把面霜擦在皮膚裡）
蜂に刺された患部にアンモニア水を擦り込む（在被蜜蜂叮的患處擦些氨水）
塩の中に胡麻を擦り込む（把芝麻研進鹽裡〔做芝麻鹽〕）

擦り付ける、摩り付ける〔他下一〕塗擦、塗抹、磨蹭
パスタを患部に擦り付ける（在患處塗上軟膏）
犬が主人の体に顔を擦り付ける（狗把頭貼到主人身上磨蹭）
頭を地に擦り付けて謝る（叩頭謝罪）
火打金で火打石を打ったり、火打石を強く擦り付けたりして火を出す（用火鎌打火石或用力擦火石取火）

擦り抜ける、摺り抜ける〔自下一〕擠過去、蒙混過去

人込みの間を擦り抜けて前へ出る（從人群中擠到前面）

群衆を擦り抜け様と企んでいる（企圖欺騙群眾蒙混過去）

其の場は旨く擦り抜けた（當場巧妙地蒙混過去了）

擦り半，擦半〔名〕（火警時）急打的警鐘（聲）（=擦り半鐘、擦半鐘）。〔轉〕火災臨近

擦り半鐘、擦半鐘〔名〕（火警時）急打的警鐘（聲）（=擦り半、擦半）

擦り膝，擦膝、磨り膝、磨膝〔名〕膝行（日本人在草蓆上跪著往前蹭）

擦り棒，擦棒，擂り棒，擂棒〔名〕研杵、擂杵

擦り剥く〔他五〕擦破、蹭破

　転んで膝の皮を擦り剥く（摔倒把膝蓋擦破）

　脛を擦り剥く（擦破小腿的皮）

擦り剥ける〔自下一〕擦破、磨破、蹭破

　膝の皮が擦り剥ける（膝蓋的皮擦破了）

擦り寄る〔自五〕貼近、靠近、挪到跟前

　擦り寄ってひそひそ話を為る（靠近身邊說悄悄話）

　少し宛擦り寄って来る（一點一點地挪到眼前）

擦れる、摩れる、磨れる、摺れる〔自下一〕摩擦（=擦れる）、磨損，磨破、久經世故

　木の葉の擦れる音（樹葉摩擦沙沙響聲）

　擦れて足に肉刺が出来た（腳上磨了個泡）

　彼は多少擦れた処が有った（他有些油條）

　袖口が擦れて終った（袖口磨破了）

　石段が擦れてすべすべに為っている（石階被磨平了）

擦れ，擦，摩れ，摩〔造語〕磨蹭，磨傷，磨練、久經世故，圓滑，油條

　靴擦（鞋磨損）

　床擦が出来る（長褥瘡）

　世間擦（世故圓滑）

　仕事擦している（對工作圓滑）

擦れ合う〔自五〕互相摩擦、反目、不和、鬧意見

街頭は人の肩と肩が擦れ合う程の混雑であった（大街上行人摩肩接踵壅擠不堪）

些細な事で二人は擦れ合っている（由於一點小事兩個人在鬧意見）

擦れ枯らし〔名〕久經世故、老江湖（=擦れっ枯らし）

　酷い擦れ枯らしで手が付けられない（是個老油條不好對付）

　擦れ枯らしの女（久經世故的女人）

擦れっ枯らし〔名〕久經世故、老江湖（=擦れ枯らし）

擦れ擦れ〔名〕幾乎接觸、差一點碰上、幾乎逼近、僅僅，勉勉強強

　飛行機が海上（家の屋根）を擦れ擦れに飛ぶ（飛機掠過海面〔屋頂〕飛去）

　船は岩と擦れ擦れに通った（船緊貼著岩石駛過去了）

　弾丸が頭上擦れ擦れに飛んだ（子彈幾乎貼近頭皮掠空而過）

　其の地区は地下水位が高く、地面が海面擦れ擦れで、可也低湿地である（那地區地下水位高，地面和海面幾乎貼近，是相當低窪潮濕的地帶）

　定刻擦れ擦れに到着した（在接近規定時刻抵達了）

　百円擦れ擦れの御金でオーバーを一着買った（花一百元左右買了大衣）

　擦れ擦れで最終バスに間に合った（勉勉強強趕上末班公車）

擦れ違う〔自五〕交錯、不吻合，不一致

　上り急行と下り急行は台中で擦れ違う（上行快車和下行快車在台中錯車）

　道が狭いので二台の車が擦れ擦れに擦れ違う（路面狹窄兩輛車貼近交錯而過）

　肩と肩とが擦れ違う（擦肩而過）

　町で彼に会ったが、うっかり擦れ違って終う所だった（在街上遇見了他差一點一不小心就錯過去了）

　彼は擦れ違っても、挨拶一つしない（他即使迎面擦肩而過也不打聲招呼）

　議論が擦れ違う（議論不一致）

ち

擦れ違い〔名〕交錯、錯過、錯開
　一人の男が擦れ違いに駆け過ぎた（一個男人擦過我的身邊跑過去了）

擦る〔他五〕擦上，塗上，推諉，轉嫁
　顔に墨を擦る（臉上塗墨）
　軟膏を擦り込む（塗敷藥膏）
　罪を他人に擦る（嫁禍於人）

擦り合い〔名〕互相推諉（轉嫁）
　無益な責任の擦り合い（沒用的互相推諉責任）

擦り付ける〔他下一〕擦上，塗上，推諉，轉嫁（＝擦り付ける、擦り付ける）
　カンバスに絵の具を擦り付ける（把顏料塗在畫布上）
　人に罪を擦り付ける（嫁禍於人）
　責任を只管相手に擦り付けようと為る（一味想把責任推給對方）

冊、册（冊）（ちさゝ）

冊、册〔漢造、接尾〕冊、冊子、書籍、冊封、寫字的紙條
　書冊（書冊、書籍）
　分冊（分冊、分成幾冊）
　別冊（附冊、增刊、附刊）
　大冊（大冊子、大部頭的書、大厚本書）
　小冊（小冊子、小書）←→大冊
　小冊子（小冊子、小書）
　一冊（一冊）
　三冊（三冊）
　四冊（四冊）
　数冊（數冊）
　短冊，短尺，短冊，短尺（詩籤、長方形）

冊子〔名〕冊子、本子
　原稿を綴じて冊子に為る（把原稿訂成冊）

冊子、草紙、草子、双紙〔名〕（指古書）訂好的書冊、（江戶時代的）繪圖小說、仿字本。用假名寫的故事，隨筆，日記簿

　浮世草子、浮世草紙（浮世草紙－描寫商人生活的繪圖通俗小說）
　花月草紙（花月草紙－能樂的謠曲）

冊数〔名〕冊數
　此の全集は冊数が多い（這部全集冊數很多）
　ノートの冊数を数える（數筆記本的冊數）

冊封〔名、他サ〕〔古〕（中國皇帝）冊封（皇后，爵位等）

冊立〔名、他サ〕冊立（皇后，皇太子等）
　皇太子は正式に冊立された（皇太子已正式冊立）

厠（廁）（ちさゝ）

厠〔漢造〕大小便的地方

厠〔名〕〔舊〕廁所、便所

トイレ〔名〕廁所（＝トイレット）

トイレット〔名〕化妝、化妝室、盥洗室、廁所（＝便所、手洗い、トイレット．ルーム）
　バス．トイレット付きの部屋（帶浴室和廁所的房間）
　トイレットに流す（把東西倒在廁所裡沖掉）
　トイレットを流す（沖洗廁所）
　一寸トイレットに立つ（入廁．解手去）
　トイレット・ケース（化妝盒、化妝箱）
　トイレット・セット（成套的化妝用具）
　トイレット・ソープ（香皂）
　トイレット・パウダー（化妝粉）（＝白粉）
　トイレット・ペーパー（衛生紙）
　トイレット・ルーム（化妝室、盥洗室、廁所）

便所〔名〕便所、廁所（＝トイレ）
　水洗便所（水沖式廁所）
　公衆便所（公共廁所）
　便所は今塞がっている（廁所裡現在有人）
　便所へ行く（上廁所）

便所へ行き度いのですが（我想上廁所）
財布を便所に落とした（錢包掉在廁所裡了）
便所、頼所〔名〕依靠的地方（=頼み所）
手洗い、手洗〔名〕洗手、洗手盆、洗手用的水、廁所
手洗い鉢（洗手盆）
手洗いの水が凍った（洗手盆的水凍了）
御手洗いは何方ですか（廁所在那裏？）
御手洗い〔名〕廁所、盥洗室
御手洗いは何処でしょうか（廁所在哪裡？）
御手洗いに参り度いのですが（〔女〕我想去洗洗手）
御手洗、御手洗〔名〕神社門旁洗手（嗽口）處、洗手（臉）

側（ちㄜˋ）

側〔漢造〕側，側面、一方、斜向一邊、隱約
君側（君側、君主旁邊）
左側、左側（左側）
左側通行（靠左邊走）
右側、右側（右側）
舷側（船舷）
展転反側、輾転反側（翻來覆去）
側圧〔名〕〔理〕側面壓力
側圧を掛ける（加側壓）
側衛〔名〕〔軍、體〕側衛、側翼、邊鋒
側芽〔名〕〔植〕側芽、腋芽
側臥〔名、自サ〕側臥（=橫臥）←→仰臥
側鎖〔名〕〔化〕側鏈、支鏈
側鎖説（側鏈説）
側索〔名〕〔解〕側柱
側糸〔名〕〔植〕側絲、隔絲
側軸〔名〕〔機〕側軸
側室〔名〕側室妾←→正室
側室に迎える（娶作小老婆、納為妾）
側車〔名〕自行車，摩托車的附座

側車付きオートバイ（帶附座的摩托車）autobicycle
側生〔名〕〔植〕側生
側生芽（側生芽）
側生根（側生根）
側生枝（側生枝）
側生歯（側生齒）
側線〔名〕〔鐵〕側線，傍軌。〔動〕（魚類，兩棲類身體兩側的）側線。〔體〕界線，界線外場地
側側、惻惻〔形動〕悽惻
側側と為て胸を迫る（悽惻動人）
側堆石〔名〕〔地〕側磧
側対歩〔名〕（馬的）側對步
側註〔名〕旁註
側頭〔名〕〔解〕太陽穴（=顳顬、蟀谷）
側燈〔名〕側燈、邊燈
側背〔名〕〔軍〕側翼
側背を突く（攻擊側翼）
側板〔名〕〔動〕惻板
側葡枝〔名〕〔植〕短葡枝
側聞、仄聞〔名、他サ〕傳聞、風聞
側聞する所では…（據傳聞…）
側噴火〔名〕〔地〕側噴發
側壁〔名〕側壁、側面的間壁
側辺〔名〕側面（=側面）
側脈〔名〕〔植〕（葉的）側脈
側面、側面〔名〕側面、側翼、旁邊、一面，片面
角柱の側面（角柱的側面）
敵軍の側面を突く（攻擊敵軍的側翼）
彼を側面から援助する（從旁援助他）
側面図（側面圖）
側面攻撃（側面進攻）
側面観（側面觀）
彼にそんな側面も有った（他也有那樣的一面）
側面的な見方に過ぎない（只是一種片面的看法）

側路〔名〕〔電〕旁路電阻

側路〔名〕捷徑（＝間道）

側火口〔名〕（火山的）側火口

側火山〔名〕寄生火山（＝寄生火山）

側近〔名〕服侍左右（的人）、親信，左右
　彼は首相側近の一人だ（他是首相的一個親信）
　彼は長く社長の側近を務めていた（他長期在總經理左右工作）
　側近筋（親信者方面）
　側近政治（親信當政）

側屈〔名〕〔醫〕側彎

側光〔名〕側光，側燈。〔轉〕側面消息，雜聞
　数数の興味有る側光を投じる（拋出許多有趣的側面消息）

側溝〔名〕（道路，鐵路排水用的）側溝

側根〔名〕〔植〕側根

側、側〔名〕側，邊、方面（＝一方、一面），旁邊，周圍（＝周り、側）

〔漢造〕側，邊、方面、（錶的）殼、列，行，排
　川の向こう側に在る（在河的對岸）
　箱の此方の側には絵が書いてある（盒子的這一面畫著畫）
　消費者の側（消費者方面）
　敵の側に付く（站在敵人方面）
　教える側も教えられる側も熱心でした（教的方面和學的方面都很熱心）
　井戸の側（井的周圍）
　側の人が煩い（周圍的人說長話短）
　当人よりも側の者が騒ぐ（本人沒什麼周圍的人倒是鬧得凶）
　側から口を利く（從旁搭話）
　両側（兩側）
　通りの右側（道路的右側）
　南側に工場が有る（南側有工廠）
　労働者側の要求（工人方面的要求）

　私の右側に御座り下さい（請坐在我的右邊）
　金側の腕時計（金殼的手錶）
　二側に並ぶ（排成兩行）
　二側目（第二列）

川、河〔名〕河、河川
　大きな川（大河、大川）
　小さい川（小河）
　川の向こう（河對岸）
　川を渡る（渡河、過河）渡る涉る亘る
　川を下る（順流而下）
　川を溯る（逆流而上）
　川が干上がる（河水乾了）

皮〔名〕（生物的）皮，外皮、（東西的）表皮，外皮、毛皮，偽裝，外衣，畫皮
　林檎の皮（蘋果皮）河川革側側
　胡桃の皮（胡桃殼）
　蜜柑の皮を剥く（剝桔子皮）剥く向く
　木の皮を剥く（剝樹皮）
　木の皮を剥ぐ（剝樹皮）剥ぐ接ぐ矧ぐ
　虎の皮を剥ぐ（剝虎皮）
　骨と皮許りに痩せ痩けた（瘦得只剩皮和骨、骨瘦如柴）痩せ瘠せ瘦ける
　饅頭の皮（豆沙包皮）
　布団の皮（被套）
　熊の皮の敷物（熊皮墊子）
　嘘の皮を剥ぐ（揭穿謊言）
　化けの皮を剥ぐ（剝去畫皮）
　化けの皮が剥げる（原形畢露）剥げる禿げる剝げる接げる矧げる
　皮か身か（〔喻〕難以分辨）

革〔名〕皮革
　革の靴（皮鞋）川河側靴履沓
　革のバンド（皮帶）
　革製品（皮革製品）

彼方側〔名〕對面（=向う側）、對方（=相手の方）
此方側は寒いから、彼方側へ移りましょう（這面會冷挪到對面吧！）
此方側は皆賛成なのだが、彼方側に反対の人が居る然うだ（這方面都贊成可是聽說對方有人反對）

側、傍〔名〕側、旁邊、附近
テーブルの側に椅子を置く（在桌子旁邊放張椅子）
父母の側を離れる（離開父母身邊）
側でぼんやり見ている（在旁邊呆呆地看著）
駅の側の郵便局（火車站附近的郵局）
学校の側に住んでいる（住在學校附近）

御側〔名〕（君王或主人的）側近、近臣、身旁侍奉的人、貼身的人
御側に仕える（在身旁侍奉的人）
御側去らず（側近的寵臣）

側める〔他下一〕使人側目
人が目を側める乱行だ（使人側目的胡作非為）

側から〔連語〕隨…隨…、剛…就…
教わる側から忘れて終う（現學現忘）
拵える側から皆食べて終う（剛做好就全吃光了）

側近く〔連語〕附近、左右
側近くで見る（在旁邊看）

側杖、傍杖〔名〕牽連、連累、殃及池魚（=巻き添え、連累、累連、とばっちり）
側杖を食う（受牽連遭池魚之殃）
隣の火事の側杖で水浸しに為る（鄰居失火連累我家淹了水）

側仕え〔名、自サ〕（在貴人左右）近侍，內侍（的人）（=側役）

側目〔名〕側目看、從旁邊看、第三者的眼光

側目〔名〕側目看、憎恨的心情看

側妻、側女、妾〔名〕在旁服侍的女人、妾（=妾、手懸け）

側役〔名〕近侍（=側仕え）

側用人〔名〕〔史〕（江戸時代將軍的）近臣

側、傍〔名〕側、旁邊
側から口を出す（從旁插嘴）
側で見る程楽でない（並不像從旁看的那麼輕鬆）
側の人に迷惑を掛ける（給旁人添麻煩）

旗、旌、幡〔名〕旗，旗幟。〔佛〕幡、風箏（=凧）
旗を上げる（升旗）旗機畑畠傍端旗
旗を下ろす（降旗）下ろす降ろす卸す
旗を広げる（展開旗子）広げる拡げる
旗を振る（揮旗、掛旗）振る降る
旗を掲げる（掛旗）
大勢の人が旗の下に馳せ参じる（許多人聚集在旗下）大勢大勢
旗を押し立てて進む（打著旗子前進）
国連の本部には色色の国の旗が立っている（聯合國本部豎立著各國的國旗）立つ経つ建つ
旗が風にひらひら翻っている（旗幟隨風飄動）
旗を掲げる（舉兵、創辦新事業）
旗を巻く（作罷，偃旗息鼓，敗逃，投降，捲起旗幟）巻く撒く蒔く捲く播く

畑、畠〔名〕旱田，田地（=畑、畠）
畑を作る（種田）旗側傍端
畑で働く（在田地裡勞動）

畑、畠〔名〕旱田，田地、專業的領域
大根畑（蘿蔔地）
畑へ出掛ける（到田地裡去）
畑を作る（種田）
畑に麦を作る（在田裡種麥）
畑仕事（田間勞動）
経済畑の人が要る（需要經濟方面的專門人才）
其の問題は彼の畑だ（那問題是屬於他的專業範圍）

君と僕とは畑が違う（你和我專業不同）
商売は私の畑じゃない（作買賣不是我的本行）

端〔名〕邊、端
　河端（河邊）
　道端（路邊）
　井端（井邊）
　炉の端（爐邊）
　池の端を散歩する（在池邊散步）

機、織機〔名〕織布機
　機を織る（織布）
　家に機が三台有る（家裡有三台織布機）

将〔副〕又、仍（=又、矢張り）
〔接〕或者、抑或（=或は）
　雲か霞か将雪か（雲耶霞耶抑或雪耶）将旗機傍端畑畠圃秦側幡艢
　散るは涙か将露か（落的是淚呢?還是露水呢?）

秦〔名〕（姓氏）秦

側受けジャッキ〔名〕〔機〕側承千斤頂

惻（ちㄜˋ）

惻〔漢造〕悲痛、不忍、誠懇

惻隱〔名〕惻隱、同情
　惻隱の情に動かされる（動惻隱之心）

惻惻、側側〔形動〕悽惻
　惻惻と為て胸に迫る（悽惻動人）

測（ちㄜˋ）

測〔漢造〕測量、推測
　目測（目測）
　観測（觀測、觀察）
　計測（測量、計量）
　推測（推測、猜測）
　検測（檢測）
　実測（實地測量、實際測量）
　予測（預測、預料）
　憶測、臆測（臆測、揣測、猜測、推測）
　不測（不測、難以預料）

測鉛〔名〕測錘、鉛錘
　測鉛で深さを測る（用鉛錘測深度）

測音器〔名〕測音器

測鎖〔名〕（測量）測鏈（=測鏈）

測算〔名、他サ〕測量計算

測樹器〔名〕（測量樹木高度，直徑的）測樹器

測深〔名〕測深
　測深器（測深器）
　測深鉛錘（測深鉛錘）

測線〔名〕測量用的線

測地〔名、自サ〕測量土地
　測地線（〔數〕測地線）
　測地学（大地測量學）

測知〔名、自サ〕推測、猜測
　測知し得ない（不可推測）

測定〔名、他サ〕測定、測量
　距離を測定する（測量距離）
　正確に測定する（準確測定）
　測定を誤る（測定錯誤）
　測定法（測定法）
　測定器（測量儀器）
　測定誤差（測量誤差）

測程〔名〕〔海〕測程
　測程儀（測程儀）
　測程線（測程索）

測滴計〔名〕〔理〕（表面張力）滴重計

測度〔名〕〔數〕測度、測量度數

測熱滴定〔名〕〔理〕溫度滴定

測微〔名〕測微
　測微器（測微計）
　測微顕微鏡（測微顯微鏡）

測風法〔名〕風速，風向測定法

測流器〔名〕流速計

測量〔名、他サ〕測量
　高低（水準）測量（高低〔水平〕測量）
　山の高さを測量する（測量山的高度）
　海の深さを測量する（測量海的深度）
　測量図（測量圖）
　測量士（測量技術員）

測角器〔名〕〔數〕量角器

測桿〔名〕測桿
　水準測桿（水平測桿）

測器〔名〕測量用具、觀測氣象的器具

測気管〔名〕空氣純度測定管、起爆管

測距儀〔名〕〔理〕測距儀

測光〔名〕〔理〕測光法、光度學
　測光計（光度計）

測候〔名、自サ〕氣象觀測
　測候所（氣象台）

測高〔名〕測高
　測高術（法）（測高術〔法〕）
　測高器（用三角法測量高度的儀器、沸點氣壓計）

測る、計る、量る〔他五〕丈量、測量、計量、推量
　升で計る（用升量）
　秤で計る（用秤稱）
　物差で長さを計る（用尺量長度）
　土地を計る（丈量土地）
　山の高さを計る（測量山的高度）
　利害得失を計る（權衡利害得失）
　数を計る（計數）
　相手の真意を計る（揣測對方的真意）
　一寸話した丈ので、彼の人の気持を計る事が出来ない（只簡單地談了一下還揣摩不透他的心意）
　己を以て人を計る（以己之心度人之腹）

謀る、図る〔他五〕圖謀，策劃、謀騙，謀算，謀求，推測，預料
　事を謀るは人に在り（謀事在人）
　自殺を謀る（企圖自殺）
　彼等は大統領の殺害を謀った（他們企圖謀殺總統）
　人を謀って謀られる（騙人者反被人騙）
　人を謀って陥る（謀害別人）
　巧く謀られた（被人巧騙）巧い旨い上手い甘い旨い美味い
　まんまと謀られた（被人巧聘）
　策を弄して巧く人を謀る（用策略巧騙別人）策索鞭答
　利益を謀る（謀利益）利益（神佛保佑、功德、恩德）
　国家の独立を謀る（謀求國家的獨立）
　発奮して富強を謀る（奮發圖強）
　人民の為に幸福を謀る（為人民謀幸福）
　図書館建設を謀っている（計畫建設圖書館）
　豈謀らんや（豈知、孰料、哪曾想）
　豈此の理有らんや（豈有此理）

諮る、計る〔他五〕商量、磋商、協商、諮詢
　内閣に計る（向內閣徵求意見）
　案を会議に計る（將方案交會議商討）
　親に計る（和雙親協商）

測り，量り，計り，測，量，計〔名〕稱量，計量、份量，秤頭、限度，盡頭。〔古〕目的，目標
　計り不足（份量不夠秤頭不足）
　彼の店は計りが良い（甘い）（那商店給的份量足）
　計りを誤魔化していた店（少給份量的商店）
　計り無し（無邊無際地）
　計りも無く（無限度地）

秤、称、衡〔名〕秤、天平
　発条秤（彈簧秤）

ち

ㄘ

竿秤（さおばかり）、棹秤（さおばかり）（桿秤）
皿秤（さらばかり）（盤秤、天平）
台秤（だいばかり）（磅秤）
秤（はかり）に掛（か）ける（用秤稱）
秤竿（はかりざお）（秤桿）
秤目（はかりめ）（秤星、稱量的份量）
秤皿（はかりざら）（秤盤、天平盤）
秤錘（はかりおもり）（砝碼、秤陀）

測（はか）り難（がた）い、量（はか）り難（がた）い、許（はか）り難（がた）い〔形〕難以測量、難以預測、不可理解

測り難い程の深さ（難以測量的深度）
彼の心中は測り難い（他的內心不可理解）
事故と言う物は何時起こるとも測り難い（何時發生事故很難預料）
彼の未来は如何なるか測り難い（他將來如何很難預料）

策（ちㄜˋ）

策（さく）〔名、漢造〕計策，策略，方略（＝謀（はかりごと））、鞭策。〔古〕簡冊，竹簡

最上（さいじょう）（最善（さいぜん））の策（最上策）
万全（ばんぜん）の策（萬無一失的計策）
賢明（けんめい）の（な）策（明智的策略）
窮余（きゅうよ）の策（窮極之策、沒有辦法的最後一步棋）
策を立てる（定計策）
策を巡らす（策劃、擬定計策）
策を弄する（玩弄計策、耍花樣）
策を講ずる（謀求對策）
策を授ける（与える）（授予計策）
策を施す（運用策略）
策を誤る（失策、弄錯計策）
外に策が無い（沒有其他辦法）
策の施しようが無い（無計可施）
互いに策を弄して争っている（互相勾心鬥角）
其は当を得た策ではない（那並不是適當可取的辦法）
国策（こくさく）（國家的政策）
政策（せいさく）（政策）
方策（ほうさく）（方策）
失策（しっさく）、失錯（しっさく）（失策）
施策（しさく）（施策、對策）
時策（じさく）（時局的對策）
上策（じょうさく）（上策）
下策（げさく）（下策）
得策（とくさく）（上策、好辦法）
拙策（せっさく）（愚策、笨拙的辦法）
奇策（きさく）（奇計、巧計）
詭策（きさく）（詭計、奸計）
画策（かくさく）、劃策（かくさく）（策劃）
献策（けんさく）（獻策、建議）
賢策（けんさく）（賢明的計畫）
建策（けんさく）（制定計策）
秘策（ひさく）（秘謀、秘計）
対策（たいさく）（對策、考試、應付的方法）
大策（たいさく）（重要策略、重大計畫）
対抗策（たいこうさく）（對策）
小策（しょうさく）（小計策、小手法、小花招）
商策（しょうさく）（商業政策、營業方針計畫）
散策（さんさく）（散步、隨便走走）
警策（けいさく）、警策（きょうさく）（為防止坐禪者打盹敲擊肩頭用的長方形木板、趕牛馬的鞭子、鞭策）

策（さく）する〔他サ〕策劃、籌劃（＝画策（かくさく）する）
勢力挽回を策する（策劃恢復勢力）
謀反を策する（策劃造反）
法案の握り潰しを策する（策劃擱置法案）

策応（さくおう）〔名、自サ〕策應
同盟軍と策応して進撃する（和同盟軍策應配合進攻）

策源地（さくげんち）〔名〕策動根據地
悪の策源地（罪惡的溫床）

北京は五四運動の策源地であった（北京是五四運動的策源地）

策士〔名〕策士、謀士、智囊
　彼は中中の策士だ（他是個了不起的謀士）
　其の政党は策士揃いだ（那個政黨智囊很多）
　策士（は）策に溺れる（倒れる）（聰明反被聰明誤）

策戦、作戦〔名〕戰略、作戰、計謀
　X策戦（〔代號〕X行動計畫）
　策戦の誤り（作戰計畫的錯誤、行動計畫的錯誤）
　策戦を考える（研究戰略）
　じっくりと策戦を練って試合に臨む（精心製訂戰略迎接比賽）
　作戦線（戰線）
　作戦準備完了（〔報告〕作戰準備完畢）
　作戦地帯（作戰地帶）
　作戦地図（作戰地圖）
　作戦基地（作戰基地）
　作戦目標（軍事行動目標）

策定〔名、他サ〕策畫制定
　基本方針を策定する（制定基本方針）

策動〔名、自サ〕陰謀策劃
　国家権力乗っ取りの策動（奪取政權的陰謀活動）
　反対派は陰で策動している（反對派正在暗中策動）
　策動家（策動家、陰謀家）

策謀〔名、自他サ〕計策、謀略
　策謀を巡らす（策劃計謀）
　彼の策謀に引っ掛かった（中了他的計謀）
　策謀活動（陰謀活動）
　策謀家（策略家、陰謀家）

策略〔名〕策略、計策、計謀
　策略に富んだ武将（足智多謀的武將）
　策略を用いる（使用策略、用計）
　策略を巡らす（計畫策略）
　策略に乗る（中計）
　策略を使って敵を打ち破る（使用策略打敗敵人）
　彼等は勢力挽回の為有らゆる策略を弄している（他們為了挽回勢力玩弄所有的策略）
　策略的（策略性的、策略上的、權宜的）
　策略家（策略家）

策、鞭、笞〔名〕鞭子、皮鞭、教鞭
　鞭を揚げる（揚鞭）
　鞭を振る（揮動鞭子）
　鞭を鳴らす（抽響鞭子）
　鞭で打つ（用鞭子抽打）
　鞭で打たれる（挨抽鞭子）
　鞭を受ける（挨鞭子抽打）
　鞭を加える（鞭打）
　鞭を当てて馬を飛ばす（加鞭策馬）
　彼の男はびしびし鞭を呉れて遣る必要が有る（他要狠狠地用鞭子抽打）
　愛の鞭（愛情的鞭策）
　先生が鞭で黒板の字を指し示す（老師用教鞭指點黑板上的字）

猜（ㄘㄞ）

猜〔漢造〕推測、懷疑

猜忌〔名、他サ〕猜忌、猜疑
　猜忌の念を抱く（心懷猜忌）
　人を猜忌する（猜忌別人）

猜疑〔名、他サ〕猜疑、猜忌
　猜疑心が強い（疑心重）
　心中猜疑して止まない（心中猜疑不止）
　人を猜疑の目で見る（用猜疑的眼光看人）

猜む、嫌む、嫉む、妬む〔他五〕忌妒（=嫉む，妬む、嫉妬する）

ち

人に嫉まれる（遭人忌妒）

他人の成功を嫉んでは行けない（不可忌妒人家的成功）

人を嫉むのは卑しい事だ（忌妒他人是可卑的）

猜み、嫉み〔名〕忌妒（=嫉み、妬み）

妬む、嫉む〔他五〕嫉妒，嫉羨，嫉恨，憤恨

人の名声を妬む（嫉妒別人有聲望）

彼は同輩に酷く妬まれている（他遭受同輩深深的嫉恨）

妬んで然う言うのだ（他因為嫉恨才那麼說的）

妬み、妬、嫉み、嫉〔名〕嫉妒、嫉妒心

妬みを受ける（遭受別人嫉妒）

妬みを持たない（沒有嫉妒心）

妬みを感じる（感到嫉妒）

才（ㄘㄞˊ）

才、才〔名〕才能、才智、才幹、才華

〔接尾〕（船貨或石材體積單位）一立方日尺（約等於0、0278立方米）（木材體積單位）才（粗3×3、長364公分）（容量單位）一勺的十分之一（約等於1、8毫升）（紡織品單位）一平方英尺（約等於92平方厘米）。表示年齡的〝歲〞的俗寫

才の有る人（有才能的人）

数学（音楽）の才が有る（有數學〔音樂〕才能）

才を恃む（恃才）

才を伸ばす（發展才能）

才に走る（恃才好勝）

才に溺れる（過分恃才而失敗）

才を働かす（開動腦筋）

才が利く（有才氣）

才の利かない人（腦筋遲鈍的人）

十八才（十八歲）

満一才（滿一歲）

万才、万歳（萬歲、萬幸）

天才（天才）

秀才（秀才、有才華的人）

英才、穎才、鋭才（英才、才智聰穎的人）

奇才（奇才）

機才（機敏才智的人）

鬼才（奇才、才能過人）

学才（才學）

楽才（音樂的才能）

文才（文學上的才能）

芸才（技藝才能、藝術和學識）

多才、多材（多才）

多芸多才（多才多藝）

非才、菲才（沒有才能、學疏才淺）

短才（不才、菲才）

不才（不才、菲才、無能）

異才、偉才（大才、奇才）

逸才、逸材（卓越的才能、卓越的人才）

俊才、駿才（英才、高材生）

頓才（機智、機靈、隨機應變的才能）

鈍才（蠢才）

小才（小才幹）

口才（口才、辯才）

才〔名〕生來具有的素質能力（=才能）。〔轉〕學問，教養

才の男（有音樂才藝的人）

才〔名〕（與角同源）才能（=才覚）

才媛〔名〕才女、有才華的女性

女子大出の才媛（女子大學畢業的才女）

平安時代には紫式部、清少納言等、数多くの才媛が出た（平安時代出現了紫式部，清少納言等許多才女）

才華〔名〕才華

才覚〔名〕才智、機智、機靈（=頓才、頓智）、計畫，計策，主意（=工夫）

〔名、自サ〕籌措（=工面）

才覚の有る（利く）人（足智多謀的人）

智恵才覚（聰明才智）

其は良い才覚だ（那是個好主意）

才覚者（足智多謀的人、有才智的人）

金の才覚を付ける（設法籌款）

金の才覚を付かない（籌不到款項）

金を才覚する（籌款）

十万円程才覚する（籌措十萬日圓左右）

才学〔名〕才能和學識

才学共に優れている（才學兼優）

才幹、材幹〔名〕才幹、才能（=才能、腕前）

才幹の有る人（有才幹的人）

学識才幹共に人に優れている（學識才幹都過人）

才気〔名〕才氣、才華

才気（の）有る人（有才華的人）

才気に走った人（恃才好勝的人）

才気に任せて出過ぎた事を為る（恃憑才氣出風頭）

才気煥発（才氣橫溢）

彼は才気煥発（縦横）の詩人である（他是一位才氣橫溢的詩人）

才器、材器〔名〕才器、才具、才幹（=才幹）

才技〔名〕才能、技能、本領（=技、技量）

才芸〔名〕才藝、才能和技藝

才芸有る人（富有才藝的人）

才芸に秀でた女性（才藝出眾的女人）

才子〔名〕才子

当世の才子（當代的才子）

才子才に倒る（聰明反被聰明誤）

才子多病、佳人薄命（才子多病，佳人薄命）

才女〔名〕才女（=才媛）

彼女は才女である（她是個才女）

才識〔名〕才智和見識

才識の有る人（有才識的人）

才色〔名〕才色、才貌

彼女は才色兼備だ（她才貌雙全）

才色兼備（才貌雙全）

才人〔名〕才子、有才能的人

彼は中中の才人だ（他是個了不起的才子）

彼は才人の誉れが高い（他享有才子的盛名）

才藻〔名〕文采（=文才）

才蔵〔名〕相聲的配角。〔轉〕善於隨聲附合的人，唯唯諾諾的人，應聲蟲

才蔵が滑稽な身振りを為る（相聲配角做滑稽姿勢）

才知、才智〔名〕才智

才知に長けた人（才多智廣的人）

才知煌く人（才華煥發的人）

才知縦横の人（足智多謀的人）

才槌〔名〕小木槌

才槌頭〔名〕前後凸出的槌頭、南北頭

才徳〔名〕才德

才徳兼備の人（才德兼備的人）

才取り、才取〔名〕經紀人，掮客（=ブローカー）、（幫瓦工運遞灰磚的）力工

才取棒（遞灰桿－力工用於遞灰料，桿頭裝有容器或木板）

才能〔名〕才能、才幹

語学的才能（學語言的才能）

隠れた才能（不外露的才能）

並の才能（普通的才能）

素晴らしい才能の有る人（具有卓越才能的人）

音楽の才能が有る（具有音樂的才能）

才能に恵まれる（富有才華）

才能に溢れる（才華洋溢）

才能を発揮する（發揮才能）

才能を働かす（施展才能）

才能を悪用する（濫用才能）

ち

自分の才能を持ち腐れに為る（埋沒自己的才能、不能利用自己的才能）
ピアノに優れた才能を示す（在鋼琴上顯示優秀的才能）
此の仕事なら、彼は十分才能を振う事が出来るだろう（要是這項工作他可以充分發揮才能吧！）

才走る〔自五〕聰明過分、鋒芒外露
如何にも才走った顔を為ている（顯出非常聰明的樣子）
頭が良くても、才走る人は嫌われる（雖然腦筋聰明鋒芒外露討人嫌）

才弾ける〔自下一〕賣弄小聰明、乖巧（＝こましゃくれる）
彼は才弾けた男だ（他是一個賣弄小聰明的人）

才弾け者、才弾者〔名〕有小聰明的人、乖巧的人

才筆〔名〕好文章、寫作才能
才筆に任せて書き擲る（大展文才揮筆成章）
若い頃は新聞記者と為て其の才筆を謳われた物だ（年輕時作為一個新聞記者他的文才曾大受稱讚）
才筆を振う（發揮文才、大展文筆的才華）

才物〔名〕才子、有才華的人、多才多藝的人←→鈍物
彼の男は中中の才物だ（他是一個很有才華的人）

才鋒〔名〕敏銳的才氣

才望〔名〕才能和名望
才望の有る人（有才能有名望的人）

才名〔名〕才名、富有才華的名聲

才略〔名〕才能和智謀、巧計
才略の有る人（有才略的人）
彼は才略に長けた人だ（他是一個足智多謀的人）
今度と言う今度は完全に彼の才略に引っ掛かった（這一回完全中了他的巧計）

才量〔名〕才智和度量、（貨物的）體積和重量，容積，尺碼

才量貨物（按容積計算的貨物）
才量建て運賃（按容積計算的運費）
才量噸（尺碼噸）（＝容積噸）

才力〔名〕才力、才能

才六、菜六、賽六〔名〕〔隱〕學徒，小伙計（來自骰子六的背面是一・擲骰子出一與丁稚的諧音）、東京人對關西人的蔑稱（＝賽六）

才腕〔名〕幹練的手腕、才幹、才能
企業の経営に才腕を振う（在企業經營上發揮才能）
彼の才腕を買う（賞識他的才幹）

材（ㄘㄞˊ）

材〔名、漢造〕（也讀作杤）木材、材料、人材
良い材を使った普請（使用優良木材的建築）
材用植物（作木材用的植物）
材の如何を問わず（不問材料如何？）
建築材（建築材料）
有為の材（前途有為的人材）
材を広く野に求める（向民間廣求人材）
我国の大学は社会に有用の材を養成する処である（我國大學是培養社會有用人材的地方）
木材、木材（木材）
良材（好材料、卓越的人材）
印材（刻圖章的材料）
教材（教材）
資材（資材、器材、材料）
画材（繪畫器材、繪畫題材）
題材（題材、主題材料）
素材（素材、原材料、題材）
逸材、逸才（卓越的才能、卓越的人材）
詩材（詩的材料）
薬材（藥材）
石材（石料）

げんざい
　　原材（原材料）

　　けんざい
　　建材（建築材料）

　　けんざい
　　硯材（製硯的材料）

　　けんざい
　　堅材（堅硬的木材）

　　はいざい
　　廃材（廢料、無用之材）

　　ばいざい
　　媒材（媒介物、溶劑）

　　よざい
　　余材（剩餘的木材、剩餘的材料）

　　せいざい
　　製材（木材加工）

　　じんざい
　　人材（人材）

　　しんざい
　　心材（〔建〕心材）

　　かくざい
　　角材（四角木材、方材）

ざいしつ
材質〔名〕木材的性質、材料的性質

ざいしゅ
材種〔名〕木材的種類、材料的種類

ざいせき
材積〔名〕木材的體積、石材的體積

ざいもく
材木〔名〕木材、木料（＝木材）

　　やま　　ざいもく　　き　だ
　　山から材木を切り出す（從山上砍伐木材）

　　せいざいじょ　ざいもく　　いた　かくざい　　つく
　　製材所で材木から板や角材を作る（在木材加工廠用木材做成木板和木塊）

　　ざいもくや
　　材木屋（木材廠）

　　ざいもくどんや
　　材木問屋（木材批發商）

　　ざいもく　お　ば
　　材木置き場（木材堆積場）

　　ざいもく　ひ　ば
　　材木挽き場（鋸木廠）

　　ざいもくわた
　　材木渡し（木材浮橋）

ざいりょう
材料〔名〕材料，原料，素材，題材，資料。〔商〕（證券行情漲落的）因素，成分

　　けんちくざいりょう
　　建築材料（建築材料）

　　じっけんざいりょう
　　実験材料（實驗用的材料）

　　きせいざいりょう
　　既成材料（已加工的材料）

　　しゅげい　ざいりょう　か
　　手芸の材料を買う（買做手工藝的材料）

　　はなし　ざいりょう　な
　　話の材料に為る（成為談話的題材）

　　けんきゅう　ざいりょう　あつ
　　研究の材料を集める（蒐集研究的資料）

　　news　ざいりょう　ていきょう　　く　　　な
　　ニュースの材料を提供して呉れたの名は言えない（提供消息資料的人名不能公開）

　　らっかんざいりょう
　　楽観材料（樂觀因素）

　　つよきざいりょう
　　強気材料（看漲的因素）

　　よわき　やす　ざいりょう
　　弱気（安）材料（看跌的因素）

　　よわざいりょう
　　弱材料（看跌的因素）

　　う　ざいりょう
　　売り材料（看跌的因素）

　　か　ざいりょう
　　買い材料（看漲的因素）

　　あくざいりょう
　　悪材料（壞因素、不良條件）

　　こうざいりょう
　　好材料（好因素、看漲的因素）

　　ざいりょうかぶ
　　材料株（具有漲價因素的股票）

さいかん　さいかん　さいかん　　　　　　　　　　　**さいのう　うでまえ**
材幹、才幹、才翰〔名〕才幹、才能（＝才能、腕前）

　　さいかん　あ　ひと
　　才幹の有る人（有才幹的人）

　　がくしきさいかんとも　ひと　すぐ
　　学識才幹共に人に優れている（學識才幹都過人）

さいき　さいき　　　　　　　　　　　　　　**さいかん**
材器、才器〔名〕才器、才具、才幹（＝才幹）

財（ㄘㄞˊ）

ざい
財〔名、漢造〕（也讀作さい）錢財、財寶、財產、財富、財貨、物資

　　ざい　つ
　　財を積む（累積財富）

　　ざい　な
　　財を成す（發財、致富）

　　ざい　むさぼ
　　財を貪る（貪財）

　　かざい
　　家財（家產）

　　かざい
　　貨財（財貨、金錢和財物）

　　しざい
　　私財（個人財產）

　　しざい
　　資財（資產、財產）

　　ちくざい
　　蓄財（存錢、存的財產）

　　さんざい
　　散財（花費、揮霍、浪費）

　　りざい
　　理財（理財）

　　ぶんかざい
　　文化財（文化遺產）

　　せいさんざい
　　生産財（用於生產其他產品的物資）

　　しょうひざい
　　消費財（消費品）

ざいか　　　　　　　　　　　　　　　　　　　　**ざいぶつ**
財貨〔名〕財物，財富，財貨，物資（＝財物）

　　せんそう　ため　ただい　ゆうけいむけい　ざいか　うしな
　　戦争の為、多大の有形無形の財貨が失われた（因為戰爭損失了大量有形無形的財富）

　　ざいか　と　　くに
　　財貨に富んだ国（物資豐富的國家）

財界〔名〕金融界、經濟界、工商界
　財界事情（金融界情況）
　財界の大立者（巨頭）（金融界巨頭）
　財界の不況（工商界的不景氣）
　財界の動き（金融界的動向）
　財界が活気を帯びた（金融界顯出活躍氣氛）
　財界は恐慌を来たしている（金融界發生了恐慌）

財経〔名〕財政和經濟
　財経の事情に詳しい（熟悉財經方面的情況）

財源〔名〕財源、錢財的來源
　財源に富む（財源豐富）
　財源に乏しい（財源缺乏）
　財源を求める（尋求財源）
　新しい財源を開拓する（開闢新的財源）
　財源を捻出する（設法籌措財源）
　財源が枯渇している（財源枯竭）
　山林は其の県の重要な財源である（山林是那縣的重要財源）

財産〔名〕財産（=資産、身代、身上）
　財産を作る（累積財産、發財）
　財産を管理する（管理財産、理財）
　財産を継ぐ（繼承財産）
　財産を失う（喪失財産）
　国家の財産を保護する（保護國家財産）
　信用は無形の財産だ（信用是無形的財産）
　彼には食べて行ける丈の財産が有る（他有足夠維持生活的財産）
　健康は一大財産である（健康是一筆大財産）
　財産と為て美術品を買う（買藝術品作為財産）
　財産家（財主富翁）
　財産刑（剝奪財産的刑罰）←→体刑
　財産権（對財産的所有權或佔有權）
　財産所得（財産收入）
　財産所得税（財産所得税）
　財産税（財産税）
　財産相続（財産的繼承）←→身分相続
　財産目録（財産目録－商業簿記的一種，列有資産，負債及財産價格）
　財産法（財産法）

財政〔名〕財政、（個人的）經濟情況（=金回り）
　財政の建て直す（財政的重建）
　財政を整理する（整理財政）
　其の市の財政は豊かとは言えない（那市的財政不能算是富裕）
　国家は財政難に陥っている（國家陷於財政困難的狀況）
　今は財政は苦しいからテレビを買うのは止めた（現在因為經濟困難不買電視了）
　そんな贅沢は私の財政が許さない（我的經濟情況不允許我那樣奢侈）
　彼の財政は逼迫している（他的經濟情況很差）
　国家財政（國家財政）
　地方財政（地方財政）
　赤字財政（赤字財政、入不敷出的財政）
　財政混乱（財政紊亂）
　財政窮乏（財政困窘）
　財政年度（會計年度）
　財政通（財政專家）
　財政インフレ（財政通貨膨脹－因增發紙幣而引起）
　財政投融資（國家的投資貸款－對各種公共事業等投資或貸款的總稱）
　財政犯（財政犯－違反財政法規的犯罪行為）
　財政法（財政法）
　財政赤字（財政赤字）
　財政家（財務專家）
　財政学（財政學）
　財政関税（財政關税）←→保護関税

財政資金（財政資金）←→民間資金
財政収支（財政收支）
財政的（財政的財政上的）

財団〔名〕財產集團、財產法人（=財団法人）
　財団を設立する（設立財團）
　鉄道財団（鐵路財團）
　工場財団（工廠財團）
　国際財団（國際財團）
　財団法人（財團法人、基金會）←→社団法人

財嚢〔名〕錢包（=財布）、所有的錢財，經濟情況
　財嚢を叩く（傾囊）

財閥〔名〕財閥，壟斷資本集團（=コンツェルン德 Konzern）、大資本家，富豪
　彼は三井財閥の大番頭だ（他是三井財閥的資方總代理人）
　住友財閥（住友財閥）
　新興財閥（新興財閥）
　財閥解体（解散財閥 - 二次大戰後根據駐日盟軍總部的命令形式上分散日本財閥經濟力）

財物、財もつ〔名〕財物，金錢和物品，錢財和物資、財寶（=宝物）
　恐喝に由る財物取得（勒索財物）
　人の財物を奪う（窃取する）（搶奪〔竊取〕別人的財務）
　火災で多大の財物を焼失した（因為火災燒毀了大量的財物）
　職権を利用して国家の財物を占有する（利用職權侵占國家財物）

財宝〔名〕財寶、財富藏
　莫大な財宝（巨大的財富）
　財宝の山を築く（累積財寶如山）

財務〔名〕財務
　学校の財務を司る人（掌管學校財務的人）
　財務報告書（財務報告）
　財務省（〔美國〕財政部）
　財務長官（〔美國〕財政部長）
　財務官（財務官財務專員）
　財務諸表（財務報表決算表）
　財務行政（財務行政）
　財務管理（財務管理）
　財務顧問（財務顧問）

財用〔名〕費用，經費、錢財的用途，錢材的運用

財欲〔名〕〔佛〕（五欲之一）取得財物的欲望

財力〔名〕經濟力、經濟負擔能力
　財力の有る人（有經濟力的人）
　財力の有る人に経費を賄って貰う（讓有經濟力的人負擔經費）
　財力が物を言う社会（經濟力量起作用的社會）
　財力に物を言わせる（使財力發揮作用）
　財力に乏しい（缺乏財力）

財布〔名〕錢包（=金入れ）
　革の財布（皮錢包）
　中身の重い財布（沉甸甸的錢包）
　財布を満たす（裝滿錢包）
　財布を落とした（把錢包丟了）
　財布と相談する（問問腰包）
　一家の財布を握っている（掌握全家的財政大權）
　其は大分財布に堪えるね（這可是一筆很大的花費、這對我的錢包可夠瞧的）
　財布の口（紐）を締める（緊縮開支）
　財布の尻を押える（掌握財政大權）
　財布の底と心の底は人に見せるな（腰包和內心都不可亮底、個人祕密不可告人）
　財布の底を叩く（傾囊）
　財布の紐が長い（一毛不拔、吝嗇）
　財布の紐が緩む（亂花錢、浪費）
　財布の紐を握る（掌握財政大權）
　財布尻（錢包、錢包底、錢包中剩下的錢）

ち

ち

財、宝〔名〕寶貝，財寶，珍品。〔舊〕（一般用御宝）錢，錢財

金、銀、宝石の宝を山と積む（金銀寶石等財寶堆積如山）

此の絵は昔から私の家に伝わる宝です（這畫是從我家上代傳下來的寶物）

宝を盛った盆（聚寶盆）

彼は国の宝だ（他是國寶）

正直は宝だ（誠實是寶貴的）

御宝が無くて困っている（沒有錢很窘困）

宝の持ち腐れ（空藏寶玉、懷才不遇、白白糟蹋東西）

宝の山に入りながら手を空しくして帰る（入寶山空手而回、空失良機、毫無所得）

宝は湧き物（財寶有時會從天而降）

宝物（寶物）

裁（ㄘㄞˊ）

裁〔漢造〕剪裁、裁縫、判斷、法院、形式

断裁、断截（裁切）

和裁（日式剪裁）

洋裁（西式縫紉）

剪裁（剪裁）

決裁（裁決、審查、批准）

勅裁（日皇裁決）

直裁（立刻裁決、親自裁奪）

地裁（地方裁判所、地方法院）

最高裁（最高裁判所、最高法院）

家裁（家庭裁判所、家庭案件法院）

制裁（制裁）

自裁（自殺）

親裁（〔天皇〕親自裁決）

総裁（總裁、董事長、總經理）

独裁（獨裁、專政、獨斷、獨行）

体裁（體裁、樣式、外表、形式）

裁する〔他サ〕剪裁（=裁つ）、裁判，裁決，判斷（=裁く、定める）、作文章，寫信

是非を裁する（判斷是非）

裁可〔名、他サ〕（國王的）批准、認可

国王の御裁可を仰ぐ（請求國王批准）

御裁可を経る（經國王批准）

裁許〔名、他サ〕批准（=裁可）

御裁許下さる様御願い致します（請予以批准）

請願事項を裁許する（批准申請事項）

裁決〔名、他サ〕裁決、裁斷、裁判、裁定

裁決に従う（遵守裁決）

裁決を仰ぐ（請求裁決）

裁決流るる如し（裁決如流）

裁断〔名、他サ〕裁剪、剪裁、裁斷、裁決

服地を裁断する（剪裁衣料）

裁断機（剪裁機）

裁断師（剪裁師）

正しい（拙い）裁断（正確〔不恰當〕的裁決）

裁断を下す（下判斷做出裁決）

裁断を仰ぐ（請求裁決）

何方の言い分が正しいが、先生の裁断に御任せしましょう（哪方面說的正確聽從老師來裁決吧！）

裁定〔名、他サ〕裁定、裁決

裁定し難い問題（難以裁決的問題）

裁定に従う（服從裁定）

裁定を下す（〔棒球等〕裁定）

委員会の裁定を受ける（接受委員會的裁定）

裁定書（裁決書）

裁判〔名、他サ〕〔法〕裁判、審判

犯人を裁判を掛ける（審判犯人）

汚職事件の裁判を為る（審判貪汙案件）

人民裁判を行う（舉行人民公審）

捕虜を裁判に掛ける（付する）（把戰俘交付審判）

裁判に勝つ（負ける）（勝〔敗〕訴）

裁判が開かれる（開庭審判）

裁判を開く（開庭審判）

上級裁判所が裁判の遣り直しを命じる（上級法院命令重新審判）

其の事件は裁判中です（那案件正在審理中）

裁判地（審判地點）

裁判機関（審判機關）

裁判官（法官）

裁判官忌避（〔根據當事人請求，與案件有特殊關係的〕法官迴避出庭）

裁判権（審判權）

裁判沙汰（訴訟、打官司）

裁判所（法院法、庭）

裁判書（審判書）

裁判長（庭長、首席法官）

裁縫〔名、自サ〕縫紉、針線工作（＝縫物、針仕事）

裁縫の稽古を為る（學習縫紉）

裁縫が上手だ（縫紉做得好）

裁縫を習う（學習縫紉）

裁縫を教える（教導縫紉）

忙しくて裁縫する時間が無い（忙得沒時間做針線活）

私も裁縫が出来る（我也會縫紉）

裁縫科（縫紉課程）

裁縫学校（縫紉學校）

裁縫教授（教縫紉）

裁縫師（裁縫師）

裁縫道具（縫紉用具）

裁縫道具入れ（針線盒、縫紉工具箱）

裁縫袋（針線包）

裁縫鳥〔名〕〔動〕長尾縫葉鶯

裁量〔名、他サ〕裁量、酌情處理

自分の裁量で（憑自己斟酌決定）

君の裁量に任す（任憑你斟酌處理）

適当に裁量して処理する（適當地斟酌處理）

自由裁量の権限が無い（無隨意處理權）

裁く〔他五〕（也寫作捌く）裁判、審判、排解

事件を裁く（審理案件）

公平に裁く（公平地審判）

裁かれる者（受審者被告）

裁く人（審判者）

喧嘩を裁く（排解爭吵勸架）

捌く〔他五〕銷售，推銷（＝売る、売り捌く）、解開，理整齊、妥善料理，出色處理

商品を捌く（推銷商品）

売れなくて困っているから其方で何とか捌いて呉れ（賣不動真傷腦筋在你那裡給我設法銷出去吧）

麻を捌く（理麻、攏麻、梳麻）

山積する事務を一人で捌いた（一個人處理掉大批積壓的工作）

手綱を巧みに捌く（靈巧地操縱韁繩）

此の難問は僕には捌けない（這個難問題我處理不了）

裁き〔名〕裁判、審判、裁決

法廷で裁きを受ける（在法庭受審判）

裁きを為る（審判、裁決、判決）

神の最後の裁き（〔宗〕上帝的最後審判）

裁き手〔名〕裁判者、通情達理的人

裁つ〔他五〕裁剪

用紙を裁つ（裁剪格式紙）

着物を裁つ（裁剪衣服）

上着を寸法に合わせて裁つ（按尺寸裁剪衣服）

立つ〔自五〕站，立，冒，升，離開，出發，奮起、飛走，顯露，傳出、（水）熱，開，起（風浪等）、關，成立，維持，站得住腳，保持，保住，位於，處於，充當，開始，激動，激昂，明確，分明、

ち

有用，堪用、嘹亮，響亮、得商數、來臨，季節到來

二本足で立つ（用兩條腿站立）立つ 経つ 建つ 絶つ 発つ 断つ 裁つ 起つ 截つ

立って演説する（站著演說）

其処に黒いストッキングの女が立っている（在那兒站著一個穿長襪的女人）

居ても立っても居られない（坐立不安）

背が立つ（直立水深沒脖子）

煙が立つ（冒煙）煙煙

埃が立つ（起灰塵）

湯気が立つ（冒熱氣）

日本を立つ（離開日本）

怒って席を立って行った（一怒之下退席了）

旅に立つ（出去旅行）

米国へ立つ（去美國）

田中さんは九時の汽車で北海道へ立った（田中搭九點的火車去北海道了）

祖国の為に立つ（為祖國而奮起）

今こそ労働者の立つ可き時だ（現在正是工人行動起來的時候）

鳥が立つ（鳥飛走）

足に棘が立った（腳上扎了刺）

喉に骨が立った（嗓子裡卡了骨頭）

矢が彼の肩に立った（他的肩上中了箭）

虹が立つ（出現彩虹）

噂が立つ（傳出風聲）

人の目に立たない様な所で会っている（在不顯眼的地方見面）

風呂が立つ（洗澡水燒熱了）

今日は風呂が立つ日です（今天是燒洗澡水的日子）

波が立つ（起浪）

外には風が立って来たらしい（外面好像起風了）

戸が立たない（門關不上）

彼処の家は一日中立っている（那裡的房子整天關著門）

理屈が立たない（不成理由）

計画が立った（訂好了計劃）

彼の人の言う事は筋道が立っていない（那個人說的沒有道理）

三十に為て立つ（三十而立）

世に立つ（自立、獨立生活）

暮らしが立たない（維持不了生活）

身が立つ（站得住腳）

もう彼の店は立って行くまい（那家店已維持不下去了）

顔が立つ（保住面子）

面目が立つ（保住面子）

義理が立つ（盡了情分）

男が立たない（丟臉、丟面子）

人の上に立つ（居人之上）

苦境に立つ（處於苦境）

優位に立つ（占優勢）

守勢に立つ（處於守勢）

候補者に立つ（當候選人、參加競選）

証人に立つ（充當證人）

案内に立つ（做嚮導）

市が立つ日（有集市的日子）

隣の村に馬市が立った（鄰村有馬市了）

会社が立つ（設立公司）

気が立つ（心情激昂）

腹が立つ（生氣）

値が立つ（價格明確）

証拠が立つ（證據分明）

役に立つ（有用、中用）

田中さんは筆が立つ（田中擅長寫文章）

歯が立たない（咬不動、〔轉〕敵不過）

声が立つ（聲音嘹亮）

良く立つ声だ（嘹亮的聲音）

驚いて声も立たぬ（嚇得連聲音都發不出）

九を三で割れば三が立つ（以三除九得三）

春立つ日（到了春天）

角が立つ（角を立てる）（不圓滑、讓人生氣、說話有稜角）

立つ瀬が無い（沒有立場、處境困難）

立っている者は親でも使え（有急事的時候誰都可以使喚）

立つ鳥跡を濁さず（旅客臨行應將房屋打掃乾淨、〔轉〕君子絕交不出惡言）

立つより返事（〔被使喚時〕人未到聲得先到）

立てば歩めの親心（能站了又盼著會走-喻父母期待子女成人心切）

立てば芍薬、座れば牡丹、歩く姿は百合の花（立若芍藥坐若牡丹行若百合之美姿-喻美女貌）

立つ、経つ〔自五〕經過

時の立つのを忘れる（忘了時間的經過）

余りの楽しさに時の立つのを忘れた（快樂得連時間也忘記了）

日が段段立つ（日子漸漸過去）

一時間立ってから又御出で（過一個鐘頭再來吧！）又叉復亦股又又復復亦亦股股

月日の立つのは早い物だ（隨著日子的推移）早い速い

時間が立つに連れて記憶も薄れた（隨著時間的消逝記憶也淡薄了）連れる攣れる釣れる

彼は死んでから三年立った（他死了已經有三年了）

立つ、建つ〔自五〕建、蓋

此の辺りは家が沢山立った（這一帶蓋了許多房子）

家の前に十階のビル building が立った（我家門前蓋起了十層的大樓）

公園に銅像が立った（公園裡豎起了銅像）

截つ、断つ、絶つ〔他五〕截、切、斷（=截る、切る、伐る、斬る）

布を截つ（把布切斷）

二つに截つ（切成兩段）

大根を縦二つに断ち切る（把蘿蔔豎著切成兩半）

紙の縁を截つ（切齊紙邊）

同じ大きさに截つ（切成一樣大小）

切る、斬る、伐る、截る〔他五〕切，割，剁，斬，殺，砍，伐，截，斷，剪，鑿、切傷、砍傷、切開、拆開、剪下、截下、修剪、中斷，截斷，掛上、限定、截止、甩掉、除去，瀝乾、（撲克）洗牌，錯牌，攤出王牌、衝破、穿過、打破、突破、（網球或乒乓等）削球，打曲球。〔數〕截開，切分、（兩圓形）相切、扭轉、拐彎。〔古〕（用整塊金銀）兌換（零碎金銀），破開

〔接尾〕（接動詞連用形）表示達到極限、表示完結，罄盡

（作動詞用通常寫作切る、受格是人時也寫作斬る、是木時寫作伐る、是布紙等也寫作截る）

肉を切る（切肉）

庖丁で野菜を切る（用菜刀切菜）

首を切る（斬首、砍頭）

腹を切る（切腹）

木を切る（伐木、砍樹）

縁を切る（離婚、斷絕關係）

親子の縁を切る（斷絕父子關係）

手を切る（斷絕關係〔交往〕）

薄く切る（薄薄地切）

細かく切る（切碎）

短く切る（切短）

二つに切る（切斷、切成兩個）

鋏で切る（用剪子剪）

髪を切る（剪髮）

切符を切る（剪票）

ち

石を切る（鑿石頭）
ナイフで指を切る（用小刀把手指切傷）
斧で右足を切った（用斧頭把右腳砍傷）
肩先を切られる（肩膀被砍傷）
ガラスの破片で手を切られる（守備玻璃碎片劃傷）
肌を切る様な風（刺骨的寒風）
身を切る様な寒風（刺骨的寒風）
身を切られる思い（心如刀割一般）
布地を切る（裁剪衣服料子）
腫物を切る（切開腫包）
封を切る（拆封、拆信）
十ヤード切って呉れ（煩請剪下十碼）
縄を少し切って呉れ、長過ぎるから（繩子太長請將它剪掉一點）
小切手を切る（開支票）
爪を切る（剪指甲）
木の枝を切る（修剪樹枝）
言葉を切る（中斷話題、停下不說）
スイッチを切る（關上開關）
ラジオを切る（關上收音機）
テレビを切る（關上電視機）
電話を切る（掛上電話聽筒）
一旦切って御待ち下さい、番号が違っていますから（號碼錯了請暫時掛上聽筒稍等一下）
電話を切らずに置いて下さい（請不要掛上聽筒）
日限を切る（限定日期）
日を切って回答を迫る（限期答覆）
出願受付は百人で切ろう（接受申請到一百人就截止吧！）
先着順十名で切る（按先到的順序以十人為限）
小数点以下一桁で切る（小數點一位以下捨掉）

露を切る（甩掉露水）
野菜の水を切る（甩掉蔬菜上的水）
濡れた箒の水を切る（甩掉濕掃把上的水）
米の水を切る（瀝乾淘米水）
トランプを切る（洗牌）
さあ、切って下さい（來請錯牌）
切札を切る（攤出王牌）
スペードで切る（用黑桃蓋他牌）
先頭を切る（搶在前頭、走在前頭）
船が波を切って進む（船破浪前進）
空気を切って飛んで来る（衝破空氣飛來、凌空飛來）来る来る
乗用車が風を切って疾走する（小轎車風馳電掣地飛馳）
肩で風を切る（急速前進、奮勇前進）
行列を切る（從行列橫穿過去）
直線一が円零を切る（〔數〕直線一穿過圓零）
十字を切る（畫十字）
元を切って売る（虧本出售）売る得る得る
百メートル競走で十秒を切る（百米賽跑打破十秒）
球を切る（削球、打曲球）球玉弾珠魂靈
三角形の一辺を等分に切る（把三角形的一邊等分之）
A円がB円を切る（A圓和B圓相切）
ハンドルを切る（扭轉方向盤）
舵を左に切る（向左轉舵）
カーブを切る（拐彎、轉彎）
弱り切る（衰弱已極、非常為難）
疲れ切っている（疲乏已極）
腐り切った資本主義（腐朽透頂的資本主義）
読み切る（讀完）
言い切る（說完）

思い切る（死心，斷念、毅然下決心）

夜の明け切らない中から仕事に掛かる（天還沒亮就出工）

小遣いを使い切る（把零用錢花光）

全部は入り切らない（裝不下全部）

人民は政府を信頼し切っている（人民完全信賴政府）

切っても切れぬ（割也割不斷、極其親密）

切っても切れぬ関係（唇齒相依、息息相關、難分難解的關係）

切っても切れぬ間柄（唇齒相依、息息相關、難分難解的關係）

広範な民衆と切っても切れない繋がりが有る（和廣大民眾血肉相連）

口を切る（開口，開封、帶頭發言，先開口說話）

首を切る（砍頭，斬首，撤職，解雇）

札片を切る（隨意花錢、大肆揮霍）

白を切る（裝作不知道）白不知

堰を切った様に（像決堤一般、像洪水奔流一般、像潮水一般）

啖呵を切る（說得淋漓盡致、罵得痛快淋漓）

見えを切る（〔劇〕〔演員在舞台上〕亮相、擺架子，矯揉造作、故作誇張姿態、假裝有信心勇氣）

裁ち〔名〕裁剪、裁剪法（=裁ち方）

裁ち上がり、裁上り〔名〕（衣服）裁剪

見事な裁ち上がりだ（裁剪得很好）

裁ち板、裁板〔名〕〔縫紉〕裁剪衣服的案板

裁ち売り、裁売〔名、他サ〕（魚肉等）零星出售（=切り売り）

裁ち掛ける、裁掛ける〔他下一〕開始剪裁

裁ち方〔名〕〔縫紉〕裁剪法

衣服の裁ち方を教える（教導裁剪衣服）

裁ち方が良いから体に良く合う（因為裁剪得好很合身）

裁ち切る，裁切る，断ち切る，断切る〔他五〕裁斷、切斷、割斷、斷絕

電線を裁ち切る（切斷電線）

紙を二つに裁ち切る（把紙切斷成兩半）

連絡を裁ち切る（斷絕聯繫）

敵の退路を裁ち切る（截斷敵人的退路）

補給路を裁ち切る（截斷補給線）

裁ち切れ，裁切れ、裁ち布，裁布〔名〕按尺寸剪裁下的布片

裁ち屑、裁屑〔名〕（布，紙等剪裁後剩下的）下腳料

裁ち台、裁台〔名〕〔縫紉〕裁衣的案板（=裁ち板、裁板）

裁ち縫う、裁縫う〔他五〕縫紉、裁縫（=裁縫する）

裁ち縫い、裁縫い〔名、他サ〕縫紉、裁縫（=裁縫）

裁ち庖丁、裁庖丁〔名〕裁刀、切布紙刀

裁ち物、裁物〔名〕剪裁的布或紙

裁ち物を為る（裁剪）

裁ち物板（裁衣案板）

裁ち物庖丁（裁刀）

裁っ着け、裁着〔名〕日本瘦腿裙褲

纔、纔（ㄘㄞˊ）

纔、纔〔漢造〕剛、方、只有

纔か，纔、僅か，僅〔副，形動〕僅，才，稍，微，少，一點點，勉勉強強（=少し，些か、聊か、微か、幽か）

纔か百メートル（僅僅一百米）

纔か（の）三日間（僅僅三天）

纔か数語（寥寥數語）

纔かに此れっぽっちしか食べられない（僅僅能吃這麼一點兒）

残りは纔か五個しかない（剩下的僅僅五個）

纔かな努力（少許的努力）

纔かな（の）御金（很少的錢）

彼の人の病気は重くて、纔かに生きているに過ぎない（他病很重只不過勉強活著）

縱かに身を以て逃げた（僅以身免、死裡逃生）

縱かな（の）違い（微小的差別）

縱かに覚えている（略微記得）

彼は縱かの成績でもう満足している（他得了微小的成績就自我滿足起來）

縱かな事で争う（為一點小事爭論）

仮令縱かの時間でも十分利用し無くては為らない（即使是點滴時間也要好好利用）

駅迄はもう縱かです（到車站只有一點距離了）

縱か許りの見識（一點點見識、一孔之見）

采（ㄘㄞˇ）

采〔名、漢造〕（也寫作賽〔=骰子、賽子〕）骰子。〔古〕封地（=采邑）、指揮（=采配）

采の目に切る（切成骰子塊狀）

采を振る（搖骰子，擲骰子、進行指揮，主持）

采は投げられた（大勢已定、木已成舟、一不做二不休）

風采（風采、相貌）

神采、神彩（精神和風采）

文采、文彩（華麗的色彩、文藝方面的才華）

喝采（喝采，歡呼、喝采聲）

納采（納彩、交換訂婚禮品）

采詩〔名〕收集詩歌

采地〔名〕〔古〕封地

采の目、賽の目〔名〕骰子點數、骰子塊狀

馬鈴薯を采の目に切る（刻む）（把馬鈴薯切成骰子塊狀）

采配〔名〕（古代主將指揮士卒的）麾令旗。〔轉〕指揮，命令

采配を振る（進行指揮，發號施令，主持，操縱）

陰で采配を振る（背後操縱）

全工場の生産活動の采配を振る（指揮全工廠的生產工作）

家内の事は全て細君が采配を振っている（一切家務由妻子主持）

彼は数百人の技術者に采配を振っている（他指揮著幾百名技術人員）

采目、賽目〔名〕骰子點數、骰子塊狀（=采の目、賽の目）

采邑〔名〕采邑、封地

采六、才六〔名〕〔隱〕學徒，小伙計（來自骰子六背面是一、擲骰子用語、出一與丁稚的諧音）、東京人對關西人的蔑稱（=贅六）

采振り木〔名〕〔植〕東亞唐棣（=四手桜）

采女、采女〔名〕古時服侍天皇飲食的後宮宮女

采偏、ノ米偏〔名〕（漢字部首）采字旁

彩（ㄘㄞˇ）

彩〔漢造〕彩色、顏色

色彩（色彩、顏色、傾向）

光彩（光彩）

虹彩（虹彩、虹膜）

迷彩（迷彩、偽裝）

生彩（生動活潑）

精彩（精彩、光彩、彩色艷麗、生動活潑）

水彩（水彩）

五彩（五彩、彩釉）

風彩、風采（風采、相貌）

神彩、神采（神采、精神和風采）

彩雲〔名〕彩雲、彩霞

彩雲を覆われる（被彩雲遮蔽）

彩画〔名〕彩色畫

彩管〔名〕畫筆（=絵筆）

彩管を振う（揮畫筆作畫）

彩旗〔名〕彩旗

彩球〔名〕〔天〕（太陽的）色球層（=彩層）

彩層〔名〕（（太陽的光球外側的）色球層（=彩球）

彩光〔名〕彩色光

彩光弾（彩光信號彈）

彩色，綵色，彩色〔名、他サ〕彩色、上色、著色

壁の彩色（牆壁上的著色）
美しい彩色された皿（上著美麗顔色的碟子）
彩色を施す（塗色上顔色）
花瓶の表面には細かな模様が彩色して有る（花瓶表面塗上細緻的彩色花紋）
彩色磁器（彩瓷）
彩色土器（彩陶）
彩色画（彩色畫）
彩色筆（上彩色用的毛筆）
彩飾〔名、他サ〕（畫稿，抄本等的）彩飾、畫飾
彩度〔名〕彩色的純度、彩色的飽和度
彩陶〔名〕彩陶
彩陶壺（彩陶罐）
彩筆〔名〕美麗的筆、裝飾美麗的畫或文章
彩票〔名〕彩票
彩墨〔名〕彩色畫和水墨畫
彩どる、綾取る〔他五〕（用花紋，圖案等）裝飾、點綴（把工作時繫在兩肩上吊衣袖用的帶子）結成十字形
文章を彩どる（潤色文章）
彩る、色取る〔他五〕上色，著色，彩色，化粧，裝飾，點綴
壁を薄い黄色に彩る（把牆塗上淺黃色）
野も山も緑に彩られた（山野都披上了綠裝）
こってりと彩った役者の顔（濃妝豔抹的演員的臉）
花で食卓を彩る（用鮮花點綴食桌）
桜花で彩られている島島（全是一片櫻花的島嶼）
彩、彩り、色取り〔名〕上色，著色，彩色，化粧，裝飾，點綴，增添趣味
此の絵は彩りが面白くない（這畫的彩色不好）
ポスターの彩りが良い（招貼畫的彩色很好）
余興が会に彩りを添える（餘興給集會增加趣味）

大勢の名歌手が出演して、其の音楽会に彩りを添えた（好多名歌手演出給音樂會增添了色彩）
料理の彩りが上手だ（各種菜色搭配得很好）
彩漆、色漆〔名〕彩漆
彩む、彩む〔他四〕著色
彩〔名〕用金泥，銀泥彩色
彩絵、濃絵〔名〕濃彩的畫

採（ㄘㄞˇ）

採〔漢造〕採、採取
伐採（採伐、砍伐）
収採（採收）
採火〔名、自サ〕（為了點燃奧運聖火，利用透鏡從太陽）取火
採火式典（取火典禮）
採金〔名、自サ〕開採金礦、提取黃金
採金地（採金地）
採金者（掏金者）
シアン化採金法（氰化提金法）
採掘〔名、他サ〕開採、採礦
金山を採掘する（開採金礦）
石炭を採掘する（採煤、挖煤）
採掘出来る埋蔵量（可採儲量）
採掘地（礦區）
採掘場（礦場開採場）
採掘高（開採量）
採掘価値（開採價值）
採掘法（開採方法）
採掘権（開採權）
採血〔名、自サ〕〔醫〕（為了驗血或輸血）取血
献血者から採血する（從獻血者取血）
保菌者から採血して菌を培養する（從帶菌者取血來培養病菌）
採決〔名、自サ〕表決

挙手（起立）に由る採決（舉手〔起立〕表決）
採決を行う（進行表決）
採決を要求する（要求表決）
採決の結果本案に対する賛成は二十、反対は六十であった（表決結果對本案表示贊成的二十票，反對的六十票）
其の決議案は採決の結果三十対零で可決された（那決議案表決結果以三十票對零票通過）
其の問題は採決に至らなかった（那問題沒有提交表決）

採工〔名〕（礦物等）開採工人

採光〔名、自サ〕採光
此の部屋の採光は良くない（這房間採光不好）
採光を良くする為、窓を大きく造る（為了採光好開大窗戶）
此の家は採光の具合を良く考えて建てて有る（這房子是充分考慮了採光修建的）

採鉱〔名、自サ〕採礦
採鉱には露天掘りと坑内掘りの二種類が有る（採礦有露天採礦和地下採礦兩種）
採鉱権（採礦權）
採鉱冶金学（採礦冶金學）

採算〔名〕（收支的）核算
採算が合う（取れる）（合算、划算、有利）
あんまり安く売ると採算が取れない（賣得太便宜就不合算了）
採算の取れる条件で取引を為る（以合算的條件進行交易）
採算抜きで大金を掛けている（不惜工本投鉅額資金）
嘗ての農村人民公社は生産隊を基本採算単位と為た（過去農村人民公社曾以生產隊為核算基本單位）
今迄水素が燃料と為て使われなかったのは、コストの点で採算が取れなかった為だ（迄今為止氫氣沒能用做燃料，是由於成本方面不合算的原故）

採算価格（核算價格、有利的價格）
採算点（成本價格）
採算割り（虧本、打破成本）
独立採算制（獨立合算制）
採算株（利潤多的股票）

採餌〔名、自サ〕（動物）吃食物、吃飼料
採餌方法（飼養方法、餵食方法）
採餌場（餵食場）

採取〔名、他サ〕採取、拾取、提取
海草を採取する（拾取海草）
砂鉄を採取する（採取鐵礦砂）
標本採取の為旅行する（為了採標本而旅行）
大豆から豆油を採取する（從大豆提取豆油）
石油からガソリンを採取する（從石油提取汽油）
採取権（採取權）

採種〔名、自サ〕採種、留種
油菜から採種する（留油菜種）
採種畑（留種地、種子地）

採集〔名、他サ〕採集、蒐集、收集
山へ行って高山植物の標本を採集する（到山上去採集高山植物標本）
昆虫採集に出掛ける（出去採集昆蟲）
方言の語彙の採集の為に地方へ旅行する（為了蒐集方言詞彙到各地去旅行）
採集家（採集家收集家）

採薪、采薪〔名、自サ〕撿柴、拾柴

採寸〔名、自サ〕量（身體）尺寸

採石〔名、自サ〕開採石材、挖掘石材
採石機（採石機）
採石業（採石業）
採石場（採石場）
採石夫（採石工人）
採石法（〔法〕採石法）

採石權（採石權）

採水器〔名〕（為了測溫或化學分析用）水樣收集器

採草〔名〕割草，打草、採集海草
　採草地（打草地）

採桑〔名、自サ〕採集桑葉

採択〔名、他サ〕採納，通過、選擇，選定
　決議を採択する（通過決議）
　請願が採択された（請願被採納）
　採択に付する（提交表決）
　前の会議で採択された議案（上次會議通過的議案）
　起草委員会で、彼等は自己の起草した声明草案を無理矢理させ様と計った（他們企圖在起草委員會中，強行通過自己起草的聲明草案）
　教科書の採択委員会（教科書的選定委員會）
　先生が学級用の参考書を採択した（老師選定了本學期用的參考書）

採炭〔名、自サ〕採煤、挖煤
　此の炭鉱では一日五百噸宛採炭する（這煤礦每天採煤五百噸）
　採炭夫（採煤工人）
　採炭場（煤礦場）
　採炭切羽（採煤採掘面）
　採炭量（採煤量）
　採炭機械（採煤機器）

採長補短〔連語〕取長補短

採泥器〔名〕採泥器、挖泥器

採点〔名、他サ〕評分、計分
　五点採点制（五級計分制）
　甲乙丙の文字に由る採点（甲乙丙的文字評分法）
　採点が甘い（給分很寬）
　採点が辛い（給分很嚴）
　百点満点で答案を採点する（以一百分為滿分來評考卷分數）
　期末テストが済んだ後先生は採点に忙しい（期末考完後老師忙著評分數）
　採点簿（計分冊）
　採点者（評分人）
　採点カード（計分卡）
　採点表（分數表）

採土器〔名〕採土器、土壤試樣採取器

採納〔名、他サ〕採納、接受（=取り入れる）
　意見を採納する（採納意見）
　寄付を採納する（接受捐助）

採伐〔名、他サ〕採伐（=伐採）

採否〔名〕採用與否、採納與否、錄用與否
　採否を決める（決定採用與否）
　此の問題の採否は君に任せる（這問題是否可行由你決定）

採譜〔名、他サ〕引用旋律（把民謠，歌謠等的旋律引用到樂譜裡）

採訪、採訪〔名、自他サ〕（主要指歷史或民俗學研究者到地方）採訪、到當地搜集資料
　採訪日誌（採訪日記）

採綿器〔名〕摘棉機

採毛〔名、自サ〕採取動物的毛

採藥〔名、自サ〕採藥

採油〔名、自サ〕開採石油、提煉油，榨油
　新しい油田から採油する（從新油田開採石油）
　採油権（石油開採權）
　採油井（石油生產井）
　菜種から採油する（從菜子榨油）
　採油原料（榨油原料）

採用〔名、他サ〕採用，採取、任用，錄用
　採用原稿（採用的稿件）
　新しい教授法（理論）を採用する（採用新的教學法〔理論〕）
　此の説は広く採用された（這學說已被廣泛採用）

少数意見は結局採用されなかった（少数意見結果未被採用）

半年乃至一年間試用した後、正式に其の機械を採用する（經過半年至一年的試用，正式地採用那個機器）

本採用（正式錄用）

仮採用（試用）

社員に採用する（採用為公司職員）

応募者の中から試験に依って採用する（從報名中通過考試錄用）

採用人員三十名（採用人數三十人）

タイピストと為て御採用下さい（請錄用我作打字員）

採用申し込み（錄用申請）

採用試験（錄用考試）

採卵〔名、自サ〕〔農〕採卵

採録〔名、他サ〕採錄，收錄，選錄，摘錄，錄音

此の辞書には沢山の新語は採録して有る（這辭典裡收錄了很多新詞）

此の講演は昨日中山堂で採録した物です（這篇演講是昨天在中山堂採錄的）

採る、取る〔他五〕採摘，採集，採用，錄取，採光

山に入って薬草を採る（進山採藥）

柴を採る（打柴）

茸を採る（採蘑菇）

採った許りの林檎を食う（吃剛採摘的蘋果）

庭の花を採って部屋を飾る（採摘院子的花點綴房間）

入学試験の結果五百名の中六十名しか採らなかった（入學考試的結果五百人中，只錄取了六十人）

其の会社は試験して人を採る（那公司用考試錄取人員）

彼の学校は留学生を採らない（那學校不招留學生）

カーテンを上げて光を採り入れる（打開窗簾把光線放進來）

壁には明かりを採る為の小さな窓が有る（牆上有個採光的小窗戶）

取る、採る、執る、捕る、撮る、摂る〔他五〕（手的動詞化）（一般寫作取る）取，執，拿，握，捕、（寫作捕る）捕捉。捕獲，逮捕、（一般寫作取る或採る）採摘，採集，摘伐、（寫作取る）操作，操縱，把住，抓住、（一般寫作執る）執行，辦公、（寫作取る）除掉，拔掉、（寫作取る）摘掉，脫掉、（寫作取る）刪掉，刪除、（寫作取る）。去掉，減輕、（寫作取る）偷盜，竊取，剽竊，搶奪，強奪，奪取，強佔，併吞，佔據、（寫作取る）預約，保留，訂閱、（一般寫作採る）採用，錄用，招收、（寫作取る）採取、選取，選擇、（寫作取る）提取，抽出、（一般寫作採る）採光、（一般寫作取る）購買，訂購、（寫作取る）花費，耗費，需要、（一般寫作取る或摂る）攝取，吸收，吸取、（一般寫作取る）提出，抽出、（寫作取る）課徵，徵收、（寫作）得到，取得，領取，博得、（寫作取る）抄寫，記下，描下，印下、（一般寫作撮る）攝影，照相、（寫作取る）理解，解釋，領會，體會、（寫作取る）佔（地方）、（一般寫作取る）擔任，承擔、（寫作取る）聘請、（寫作取る）娶妻，收養，招贅、（寫作取る）繼承、（寫作取る）（棋）吃掉、（寫作取る）（妓女）留客，掛客、（寫作取る）索取，要帳，討債、（一般寫作執る）堅持、（寫作取る）賺，掙、（寫作取る）計算、（寫作取る）鋪床、（寫作取る）〔相撲〕摔交、（寫作取る）玩紙牌、（寫作取る）數數、（寫作取る）擺（姿勢、陣勢）、（寫作取って）對…來說、（寫作取る）打拍子，調整（步調）

其処の新聞を取って来為さい（把那裏的報紙拿來）

雑誌を取って読み始める（拿起雜誌開始閱讀）

手を取る（拉手）

見本を自由に御取り下さい（樣本請隨意取閱）

手に取る様に聞こえる（聽得很清楚-如同在耳邊一樣）

手を取って教える（拉著手數、懇切地教、面傳口授）

手を取って良く御覧為さい（拿起來好好看看）

御菓子を取って上げましょうか（我替您拿點心吧！）

其の塩を取って下さい（請把鹽遞給我）

郵便屋さんは一日に三回郵便物を取りに来る（郵差每天要來取郵件三次）

駅に預けて有る荷物を取りに行く（到火車站去取寄存的東西）

取りに来る迄預かって置く（直到來取存在這裡）

川から魚を捕る（從河裡捕魚）

森から仔狐を捕って来た（從樹林捉來一隻小狐狸）

猫が鼠を捕る（貓捉老鼠）

此の鯉は村外れの川で捕ったのだ（這條鯉魚是在村邊河邊捉來的）

山に入って薬草を採る（進山採藥）

柴を採る（打柴）

茸を採る（採蘑菇）

採った許りの林檎を食う（剛剛摘下來的蘋果）

庭の花を採って部屋を飾る（摘院裡的花點綴房間）

船の舵を取る（掌舵）

飛んで来たボールを取る（抓住飛來的球）

政務を執る（處理政務）

役所は午前九時から午後五時迄事務を執っている（機關由早上九點到下午五點半工）

昨日の大火事では消防署長が直接指揮を執った（昨天的大火消防隊長親臨現場指揮）

庭の雑草を取る（除掉院子裡的雜草）

此の石が邪魔だから取って呉れ（這塊石頭礙事把它搬掉）

此の虫歯は取る可きだ（這顆蛀牙應該拔掉）

洋服の汚れが如何しても取れない（西服上的油汙怎麼都弄不掉）

魚の骨を取る（把魚刺剔掉）

薬を撒いて田の虫を取る（撒藥除去田裡的蟲）

果物の皮を取る（剝水果皮）

眼鏡を取る（摘掉眼鏡）

帽子を取って御辞儀を為る（脫帽敬禮）

外套を取ってクロークに預ける（脫下大衣存在衣帽寄存處）

時時蓋を取って坩堝を揺り動かす（不時掀開蓋子搖動坩鍋）

此の語は取った方が良い（這個字刪掉好）

一字取る（刪去一個字）

痛みを取る薬（止痛藥）

アスピリンは熱を取る薬です（阿斯匹林是解熱藥）

疲れを取るには風呂に入るのが一番良いです（洗澡是消除疲勞的最好方法）

留守の間に御金を取られた（家裡沒人時錢被偷了）

人の文章を取って自分の名で発表する（剽竊他人文章用自己的名字發表）

脅して金を取る（恫嚇搶錢）

人の夫を取る（搶奪別人的丈夫）

天下を取る（奪取天下）

城を取る（奪取城池）

陣地を取る（攻取陣地）

領土を取る（強佔領土）

早く行って良い席を取ろう（早點去佔個好位置）

込んでいたので、良い部屋が取れなかった（因為人多沒能佔住好房間）

明日の音楽会の席を三つ取って置いた（預約了明天音樂會的三個位置）

御金は後で持って来るから、此の品物を取って置いて下さい（隨後把錢送來請把這東西替我留下）

帰るのが遅く為り然うだから、夕食を取って置いて下さい（因為回去很晚請把晚飯留下來）

ち

子供の為に牛乳を取る（替孩子訂牛奶）

最後の切札と為て取って置く（作為最後一招保留起來）

此の新聞は捨てないで取って置こう（這報紙不要扔掉留起來吧！）

彼から貰った手紙は全部取って有る（他給我的信都保留著）

旅行の為の金は取って有る（旅費留著不動）

週刊雑誌を取る（訂閱周刊雜誌）

世界文学は取って有るか（訂了世界文學嗎？）

入学試験の結果五百名の中六十名しか採らなかった（入學考試的結果五白名中只錄取了六十名）

其の会社は試験して人を採る（那家公司通過考試錄用職員）

彼の学校は留学生を採らない（那所學校不招留學生）

寛大な態度を取る（採取寬大態度）

決を取る（表決）

断固たる処置を取る取る（採取斷然措施）

其は利口な人の取らない遣り方だ（那是聰明人不採取的辦法）

私の文章が雑誌に取られた（我的文章被雜誌採用了）

一番好きな物を取り為さい（選你最喜歡的吧！）

此と其では、何方を取るか（這個和那個選哪一個？）

選択科目では日本語を取った（選修課程選了日語）

次の二つの方法の中何れかを取る可きだ（必須選擇下面兩個方法之一）

私は利口者よりも正直者を取る（我寧選誠實人不選聰明人）

酒は米から取る（酒由米製造）

例に取る（提出作為例子）

米糠からビタミンを取る（從米糠提取維他命）

羊から羊毛を取る（從羊身上剪羊毛）

石炭からガスを取る（從煤炭提取煤氣）

牛乳からクリームを取る（從牛奶提取奶油）

カーテンを上げて光を採り入れる（打開窗簾把光線放進來）

壁には明かりを採る為の小さいな窓が有る（牆上有個採光的小窗戶）

彼が熱心に筆を執っている（他在一心一意地執筆寫作）

忙しくて筆を執る暇が無い（忙得無暇執筆）

野菜は角の八百屋から取っている（青菜在拐彎的菜店買）

電話を掛けて饂飩を取る（打電話叫麵條）

料金を取る（收費）

手間を取る（費工夫）

毎月子供に一万円取られる（每月為孩子要花上一萬日元）

部屋代の外電気代を取られる（除了房租還要交電費）

会費は幾等取るか（會費要多少錢？）

入場料を参百円取る然うです（聽說門票要三百日元）

店が込んでいて、買物に時間を取った（商店裡人太多買東西費了很長時間）

栄養を取る（攝取營養）

昼食を取りに行く（去吃午飯）

日に三食を取る（一天吃三餐）

何卒御菓子を御取り下さい（請吃點心）

千円から参百円を取ると七百円残る（從一千日元提出三百日元剩七百日元）

給料から生活費を取った残りを貯金する（從工資提出生活費剩餘的錢存起來）

国民から税金を取る（向國民課稅）

罰金を取る（課罰款）

満点を取る（得滿分）
賄賂を取る（收賄）
学位を取る（取得學位）
英語の試験で九十点を取った（英語考試得了九十分）
競技会で金メダルを取った（在運動場上得了金牌）
正直だと言う評判を取った（博得誠實的評論）
自動車の免許は何時取ったか（什麼時候領到汽車駕駛執照的？）
此の学校を出ると、教師の資格が取れる（由這所學校畢業就能取得教師資格）
会社では一年に二十日の休みを取る事を出来る（公司裡一般每年可以請二十天假）
型を取る（取型）
記録を取る（作紀錄）
ノートを取る（作筆記）
指紋を取られる（被取下指紋）
書類の控えを取る（把文件抄存下來）
寸法を取る（記下尺寸）
靴の型を取る（畫下鞋樣）
写真を撮る（照相）
青写真を撮る（曬製藍圖）
記録映画を撮る（拍紀錄影片）
大体の意味を取る（理解大體的意思）
文字通りに取る（按照字面領會）
其は色色に取れる（那可作各種解釋）
悪く取って呉れるな（不要往壞處解釋）
変に取られては困る（可不要曲解了）
場所を取る（佔地方）
本棚は場所を取る（這書架佔地方）
家具が場所を取るので部屋が狭く為る（家具佔地方房間顯得狹窄）
余り場所を取らない様に荷物を積んで置こう（把行李堆起來吧！免得太佔地方）

斡旋の労を取る（負斡旋之勞）
仲介の労を取る（當中間人）
責任を取る（引咎）
師匠を取る（聘請師傅）
嫁を取る（娶妻）
弟子を取る（收弟子）
養子を取って跡継ぎに為る（收養子繼承家業）
おっと、危ない、此の角を取られる所だった（啊！危險這個角棋差點要被吃掉）
一目を取る（吃掉一個棋子）
客を取る（〔妓女〕留客、掛客）
勘定を取る（要帳）
掛を取る（催收賒帳）
彼は固く自説を執って譲らなかった（他堅持己見不讓步）
月に十万円を取る（每月賺十萬日元）
働いて金を取る（工作賺錢）
何の位の給料を取るか（賺多少工資？）
学校を卒業して月給を取る様に為る（從學校畢業後開始賺工錢）
タイムを取る（計時）
脈を取る（診脈）
床を取る（鋪床）
相撲を取る（摔跤）
さあ、一番取ろう（來吧！摔一交）
歌留多を取る（玩紙牌）
数を取る（數數字）
糸を取る（繰絲）
写真を撮る前にポーズを取る（在照相前擺好姿勢）
陣を取る（擺陣）
私に取っては一大事だ（對我來說是一件大事）
手拍子を取る（一齊用手打拍子）

歩調を取る（使步調一致）
命を取る（要命、害命）
仇を取られる（被仇人殺死）
機嫌を取る（奉承、討好、取悅）
年を取る（上年紀）
取って付けた様（做作、不自然）
取って付けた様な返事（很不自然的回答）
取らぬ狸の皮算用（打如意算盤）
引を取る（遜色、相形見絀、落後於人）

菜（ㄘㄞˋ）

菜〔漢造〕蔬菜、菜餚
　白菜（白菜）
　野菜（蔬菜、青菜）
　蔬菜（蔬菜、青菜）
　甜菜（甜菜＝砂糖大根）
　葷菜（蔥，蒜等氣味強的菜）
　葉菜（葉菜）
　根菜（根菜）
　花椰菜（菜花、花椰菜）
　鮮菜（新鮮蔬菜）
　前菜（〔西餐餐前的〕冷盤，小吃）
　惣菜、総菜（家常菜、副食）
　奠菜（死者靈前供菜）
　一汁一菜（一湯一菜、粗茶淡飯）
　一汁三菜（一湯三菜）

菜園〔名〕菜園
　菜園作り（種菜）
　空き地を利用して菜園を作る（利用空地種菜）

菜果〔名〕蔬菜和水果

菜館〔名〕菜館、飯館

菜根〔名〕菜根。〔轉〕粗食，粗糙的飯食

菜色〔名〕菜色，面有菜色，臉色不好

菜食〔名、自サ〕菜食、素食←→肉食

　菜食は健康に良い（素食對身體有益）
　菜食動物（草食動物）
　菜食主義者（素食主義者）

菜箸〔名〕（分菜或做菜用）長筷子

菜圃〔名〕菜園（＝菜畑）

菜〔名〕〔植〕青菜，蔬菜、油菜（＝油菜）
〔造語〕（也寫作葅、魚、肴）酒餚（＝魚、肴）
　菜を造る（種菜）
　菜を漬ける（醃菜）
　菜を摘む（摘菜）
　菜切り庖丁（切菜刀）
　菜の花（油菜花）
　菜種（油菜子）
　青菜（青菜、綠菜＝菜っ葉）
　酒菜（酒餚）

名〔名〕名字，名稱，姓名、名聲,名譽,名義,名目
　名を付ける（起名）
　私は果物と名を付く物なら何でも好きだ（凡是叫做水果的我全都愛吃）
　家の犬に白と言う名を付けた（我給家裡的狗取名叫小白）
　名を変える（改名換姓、化名）
　名を指す（指名）
　名を後世に伝える（名垂後世）
　名を揚げる（揚名）
　名を後世に揚げる（揚名於後世）
　名を成す（成名）
　彼は作家と為て名を成す（他以作家成名）
　名を成さしめる（使之成名）
　名に立つ（出名）
　会社の名に於いて（以公司名義）
　慈善の名に隠れて（假冒慈善之名）
　校長の名で通知する（以校長的名義通知）

社会改革を名と為て（以改革社會為名、以改革社會為藉口）

そんな事を為たら学校の名を傷付ける（做那種事會有損學校的名譽）

名を借りる（冒名、藉口）

政治革新に名を借りる（藉口政治革新）

慈善に名を借りて私利を図る（以慈善為藉口圖謀私利）

名を汚す（破壞名譽）

名を落す（弄壞了名聲、敗壞了名譽）

名を正す（正名）

名を釣る（沽名釣譽）

名を隠す（隱姓埋名、匿名）

名を売る（賣名）

此は何と言う名ですか（這叫什麼呢?）

姓は南郷、名は正義（姓南郷名正義）

名を残す（留名）

後世に名を残す後世（留名千古、留芳百世）

歴史に名を残す（名垂青史）

名を竹帛に垂れる（垂名竹帛）

人は一代名は末代（人死留名）

名を末代に留める（留名後世）

名許りで実が無い（有名無實）

名有り実無し（有名無實）

名は実の賓（實力比名聲重要）

名に負う（負盛名、名實相符）

名に為負う（負盛名、名實相符）

名は体を表す（名實相應）

名丈の事は有る（名符其實、名不虛傳）

名を捨てて実を取る（捨名取實）

申請書に名を書き込む（申請書上填上姓名）

巨匠の名に背かぬ（不負名匠之名）

名も無し（無名）

名の無い星は宵から出る（無名小子喜歡出風頭）

骨を埋めて名を埋めず（埋骨不埋名）

名の勝つは恥成り（名不符實最可恥）

名を取るより得を取れ（要名不如要利）

名を取った（有了名望）

名〔名〕通稱、姓名、名譽

戒名（法號、法名）

俗名（僧侶出家前俗名、生前的名字、俗稱）

俗名（動植物等的俗名、庸俗不足道的名聲、俗名）

本名（本名、真名）

仮名、仮名（假名、匿名）

仮名（日文字母）

家名、家名（姓氏、家聲、長子的地位）

大名（諸侯、奢侈，豪華的人）

大名（大名、盛名、大名）

小名（小諸侯）

称名、唱名（念佛）

高名（著名，有名、戰功）

高名（您的大名、高名）

功名（功名、野心）

名〔接頭〕〔造語〕表示出色、超群、有名的意思（=優れた、名高い）

〔接尾〕〔助數〕表示名義，名稱、人數（=人）

名演説を振う（作一場出色的演說）振う篩う奮う揮う震う

名刀を振う（揮名刀）

名コーチャ（名教練）

名作家（名作家）

野球の名コーチ（棒球的名教練）

少年野球の名投手（少年棒球的名投手）

学校名（學校名）

会社名（公司名）

二十名の生徒（二十名學生）

五十名の団体（五十名的團體）

十四名の観光団体（十四名的觀光團）

氏名（姓名、姓與名）
姓名（姓名）
盛名（盛名、大名）
声名（聲明）
無名（無名、不知名、不具名）
有名（有名、著名、聞名）
勇名（盛名、勇敢名聲）
知名（知名、有名、出名）
地名（地名）
家名（一家的姓氏、家的繼承人、一家的名聲）
画名（善畫的聲譽、畫家的聲望）
雅名（雅號、文雅的名字）
仮名（匿名）仮名（日文字母）真名〔漢字〕
仮名（本名以外臨時的名稱）
本名（本名、真名）
科名（科名）
課名（課名）
下名（在下，鄙人、下列人名、正文後的署名）
人名（人名）
筆名（筆名）
件名（件名）
県名（縣名）
原名（原來的名字）
署名（簽名、簽的名）
書名（書名）
題名（題名、標題）
隊名（隊名）
代名詞（代名詞）
尊名（尊名、大名）
芳名（芳名、大名）
法名（出家人或死者的戒名）
俗名（俗稱、出家前的俗名、生前的名字）

戒名（法名、法號）
俗名（動植物等的俗名、庸俗不足道的名聲、俗名）
属名（生物的屬名）
種名（生物的種名）
襲名（繼承藝名）
醜名（臭名）
賊名（賊名）
改名（改名、更名）
階名（音階名）
音名（表示音的高度的名稱）
市町村名（市鎮村名）
学名（學名、學術上名稱、學術聲望）
漢名（漢名）
官名（官銜）
艦名（艦名）
和名（日本名）
唯名論（唯名論）
匿名（匿名）
記名（記名、千名）
指名（指定）
市名（市名）
四名（四人）
除名（除名、開除）
連名（聯名）
知名度（知名度）
売名（愛出風頭、沽名釣譽）
俳名、俳名（俳句詩人的筆名）
命名（命名、取名）
才名（才名）
罪名（犯罪名稱、犯罪聲譽）
悪名、悪名（臭名、壞名聲）
英名（英名）

栄名<ruby>（榮耀名聲）</ruby>
　<ruby>きょめい</ruby>
　虚名（虛名）
　<ruby>ぎょめい</ruby>
　御名（日皇名）
　<ruby>きょうめい</ruby>
　嬌名（美麗名聲）
　<ruby>ぎょうめい</ruby>
　驍名（驍勇的名稱）
　<ruby>こうめい</ruby>
　高名（著名、有名、您的大名）
　<ruby>こうみょう</ruby>
　高名（著名，有名=高名、戰功）
　<ruby>こうみょう</ruby>
　功名（功名）
　<ruby>こうめい</ruby>
　校名（學校名稱）
　<ruby>こうめい</ruby>
　行名（行名）
　<ruby>ちょめい</ruby>
　著名（著名、有名、出名）
　<ruby>びめい</ruby>
　美名（好名聲、好聽的名目）
　<ruby>ぎめい</ruby>
　偽名（假名、冒名）
　<ruby>おめい</ruby>
　汚名（汙名、臭名、壞名譽）
　<ruby>すうめい</ruby>
　数名（數名）
　<ruby>ひゃくめい</ruby>
　百名（百名）
七〔名〕（只用在數數時）七、七個（=七、七つ）
　五、六、七、八（五六七八）
七〔名〕（常用來七與一混同）七，七個，第七（=七、七つ）。〔喻〕多
　七月（七個月）
　七曲がり（〔道路等〕彎彎曲曲、曲折）
　七重（七層、多層）
七、〔名、漢造〕（也讀作七）七、七個、七組、七次、多次（=七つ）
汝、己〔代〕〔古〕（自稱）我（=自分）、（對稱）你（=御前、貴方、汝、爾）
汝、爾〔代〕（な〔汝〕むら〔貴〕之意）你（=汝、御前）
　汝自身を知れ（要自知）
　汝に出でて汝に帰る（出乎爾者反乎爾者也）
汝〔代〕（動詞ます〔在〕的名詞化）（比汝敬意少）你（=御前）
菜切り〔名〕切菜刀
　菜切り庖丁（切菜刀）

菜種〔名〕油菜子
　菜種糟（菜油糟）
　菜種油（菜子油）
菜っ葉〔名〕菜葉、青菜（=菜）
菜っ葉服〔名〕藍色工作服、穿藍色工作服的工人
　日曜は菜っ葉服を着て畑仕事を為る（星期天穿上藍色工作服做莊稼事）
菜漬け、菜漬〔名〕泡菜、醃菜
菜の花〔名〕〔植〕油菜、油菜花、芥菜花
菜畑、菜畑〔名〕菜地、油菜地
菜飯〔名〕菜飯、和菜一起煮的飯
菜蕗、款冬、蕗、薹〔名〕〔植〕款冬
御菜、御数、御菜〔名〕菜、副食品
　漬物を御菜に為て飯を食べる（用鹹菜下飯）
　御菜許り食べている（光吃菜）
　今晩の御菜は旨かった（今天晚飯的菜很好吃）
　美味しい御菜（好吃的菜）
　御菜食い（光吃菜、能吃菜〔的人〕）

操（ちゃお）

操〔漢造〕拿在手裡、操縱、操守
　志操（操守、節操）
　貞操（貞操、貞節）
　節操（節操、操守）
　情操（情操、情趣、休養）
　体操（體操、體育課）
操業〔名、自サ〕（工廠裡的）機械操作←→休業
　一日八時間操業する（一天操作八小時）
　操業を短縮する（縮短作業時間）
　短縮を停止する（停工）
　其の工場は完全操業を為ている（那家工廠完全開工）
　操業開始（開工）
　操業休止（停工）

操業短縮（〔因為生產過剩〕縮短作業時間或部分歇業）

操觚〔名〕從事文墨、寫文章
操觚界（文學界、新聞界）
操觚者（文人、作家、記者）

操行〔名〕操行（＝行い、品行）
操行が良い（品性好）
操行が悪い（品行不良）
操行の良い人（品性好的人）
操行の悪い人（品行惡劣的人）
学校で操行点はＡだった（在學校的操行分數是甲）

操作、操作〔名、他サ〕操作，操縱，駕駛、安排，籌措，竄改
機械を操作する（操縱機器）
マスコミに由る巧妙な世論操作が行われている（利用宣傳工具巧妙地操縱輿論）
資金を旨く操作する（善於運籌資金）
帳簿上の操作で税金を誤魔化す（以竄改帳簿來漏税）
操作卓（〔計〕控指台）（＝制御卓）
操作員指令（〔計〕操作員命令）（＝オペレーター・コマンド）

操糸〔名、自サ〕繰絲、煮繭抽絲

操車〔名、自サ〕〔鐵〕調度
事故に因り臨時のダイヤで操車する（因為發生意外按臨時行車表調配車輛）
操車場（〔鐵路〕調車場）

操守〔名〕操守、節操、堅貞（＝操）
操守の堅い人（堅貞不屈的人）

操縱〔名、他サ〕操縱，駕駛，駕馭、控制，支配
自動操縱飛行機（無人駕駛飛機）
飛行機を操縱する（駕駛飛機）
操縱出来る（可以控制）
部下を操縱する（支配部下）
彼等はすっかり彼に操縱されていた（他們完全被他操縱了）
操縱者（操縱者、駕駛員）
操縱士（飛機駕駛員、飛行員）

操船〔名、自他サ〕駕船
操船の技術（駕船的技術）
操船余地（船隻可實施通航的寬廣海面）

操舵〔名、自サ〕掌舵
操舵手（舵手）
操舵装置（操舵裝置）
操舵室（操舵室）

操短〔名、自サ〕（為了限制生產）縮短開工時間、減少開工時間（＝操業短縮）
操短が行われる（實行縮短開工時間）

操典〔名〕〔軍〕操典
歩兵操典（步兵操典）

操法〔名〕（機械器具）操作法

操〔名〕節操、操守、貞操
操を守る（守貞、守節）
操を破る（汚す）（失貞、失節）
操を売る（變節）
操を立てる（守節）

操る〔他五〕耍，操，玩弄、駕駛，駕馭，操縱，擺弄，掌握
人形を操る（耍木偶）
櫓を操る（搖櫓）
舟を操る（駕船）
馬を巧みに操る（善於駕馭馬）
人の自由を操る（任意擺弄人）
物価を操る（操縱物價）
世論を操る（操縱輿論）
外国語を自由に操る（精通外語）
英語を上手に操る（擅長英語）

操り〔名〕操縱，耍、木偶，木偶戲（＝操り人形）

操り人形〔名〕木偶、木偶戲

操り人形を操る（耍木偶）

操り芝居〔名〕木偶戲

曹、曹（ㄘㄠˊ）

曹、曹〔名〕輩

〔漢造〕軍官、司法官、衙門

汝が曹（汝輩、爾輩、汝等）

我が曹（吾曹、吾輩）

法曹（法界人士、法律工作者的總稱－尤指法官和律師）

軍曹（〔軍〕中士）

海曹（海軍中士－位於〔准海尉〕之下・〔海士〕之上）

陸曹（陸軍中士－位於〔准陸尉〕之下・〔陸士〕之上・又分一二三等）

東曹（東曹）

西曹（西曹）

曹灰長石〔名〕〔礦〕富拉玄武岩

曹灰硼石〔名〕〔礦〕鈉硼解石

曹長〔名〕（舊制）陸軍上士

曹長石〔名〕〔礦〕曹長石

曹洞宗〔名〕〔佛〕（禪宗的一派）曹洞宗

曹子、曹司〔名〕（古代宮廷或官府中）官吏或女官使用的房屋、尚未繼承家業的貴族弟子、武士的嫡出

曹白魚、鰽〔名〕〔動〕鰽魚

曹達、ソーダ〔名〕碳酸鈉（=炭酸ナトリウム德）、鈉鹽的總稱、汽水、蘇打水（=ソーダ水）

ソーダ・クラッカー（蘇打餅乾）

ソーダ工業（製鹼工業）

ソーダ・パルプ（鹼法紙漿）

ソーダ硝石（天然硝石）

ソーダ石鹼（鈉皂）

ソーダ・ファウンテン（以賣汽水為主的冷飲店、冷飲櫃、裝有龍頭的汽水容器）

漕（ㄘㄠˊ）

漕〔漢造〕划船、航運

競漕（賽艇）

力漕（使勁划、盡全力划）

回漕、廻漕（用船運輸）

運漕（水運、海運、船運）

転漕（〔兵糧〕陸運轉海運）

漕運〔名〕船運（=運漕）

漕手〔名〕〔體〕划槳手

漕ぎ手〔名〕划手、槳手

前オールの漕ぎ手（前槳手）

上手な漕ぎ手（高明的划手）

下手な漕ぎ手（拙劣的划手）

熟れた漕ぎ手（熟練的划手）

漕艇〔名〕划艇（特指比賽用划艇）

漕艇法（划艇法）

漕法〔名〕划法（=漕ぎ方）

漕ぐ〔他五〕划（船），搖（櫓）。〔轉〕踩（自行車），盪（鞦韆）

ボートを漕ぐ（划小船）

櫓を漕ぐ（搖櫓）

船を漕ぐ（划船、打瞌睡）

講義中に船を漕ぐ（聽課時打瞌睡）

自転車を漕ぐ（踩自行車）

漕ぎ〔名〕划（船）

一漕ぎする（划一下船）

漕ぎ方止め（〔口令〕停槳！）

第二位のボートが一漕ぎに追い付いて行く（第二條船每划一槳就追上一步）

漕ぎ方（划法）

漕ぎ出す〔他五〕開始划、划出去

沖へ漕ぎ出す（向海上划去）

調子を揃えて漕ぎ出す（動作一致地划出去）

漕ぎ着ける〔他下一〕划到、努力達到

小船で島に漕ぎ着ける（坐小船划到島上）

収支の償う処迄漕ぎ着ける（努力達到收支相抵）

其の仕事をやっと半分迄漕ぎ着けた（那工作好不容易完成了一半）

やっとの事で妥協に迄漕ぎ着けた（好容易算達成了妥協）

漕ぎ船〔名〕划槳的小船

漕ぎ寄せる〔他下一〕划靠、划到…跟前

漕ぎ渡る〔他五〕划船渡過

草（ち幺ˇ）

草〔名、漢造〕草（＝草）、草書（＝草書）、簡陋，卑賤，起草，創始

　本草（草本藥草、植物）
　水草、水草、水草（水草、水藻）
　嫩草（嫩草）
　緑草（綠草、青草）
　野草、野草（野草）
　香草（有香味的草）
　芳草（芳香的草、春天的草）
　毒草（毒草）←→薬草
　除草（除草）
　採草（割草、採取海草）
　雑草（雜草）
　薬草（藥草）
　牧草（牧草）
　福寿草（〔植〕側金盞花）
　起草（起草、草擬）
　真行草（真行草，草書，楷書，行書、〔轉〕〔生花，俳句，造園，繪畫等的形式〕真行草－端正，豪放及兩者之間）

草する〔他サ〕起草、寫稿
　宣言文を草する（草擬宣言書）
　一文を草する（寫一篇文章）

草案〔名〕草案、草稿←→成案
　憲法草案（憲法草案）
　民法草案（民法草案）
　草案を起草する（起草草稿）
　報告書の草案を作る（寫報告的草稿）

草庵〔名〕茅廬、茅屋
　山中に草庵を結ぶ（在山中搭茅廬）

草の庵〔連語〕草庵、草舍、簡陋的草房

草画〔名〕（水墨畫的）草畫、簡筆畫

草仮名〔名〕草假名－把漢字草體進一步簡化，並與假名同樣作用的文字、變體假名和平假名的總稱

草魚、ソーヒイ〔名〕〔動〕草魚（＝ソーヒイ、草魚）

草魚、草魚〔名〕〔動〕（來自中文）草魚（＝草魚）

草原、草原、草原〔名〕草原、草原地帶（＝ステップ）
　草原を駆け回る（奔馳在草原上）
　草原動物（草原動物）
　草原で寝転がる（躺在草地上）

草稿〔名〕草稿、底稿、手稿（＝下書き）
　草稿無しに演説する（不帶草稿演講）
　草稿を離れる（離開講稿）
　演説の草稿を作る（寫演講草稿）

草紙、草子、草子、冊子〔名〕訂好的書、（江戶時代）用假名書寫的帶圖小說、（用假名寫的）日記，隨筆
　浮世草紙（浮世草紙－描寫商人生活的繪圖通俗小說）
　花月草紙（花月草紙－能樂的謠曲）

草字〔名〕草書、草體的漢字

草質〔名〕〔植〕草質、草本
　草質根（草質根）
　草質茎（草質莖）

草書〔名〕草書、草體（＝崩し字）
　草書で書く（用草體寫）

草食〔名、自サ〕草食←→肉食
　草食動物（草食動物）

草聖〔名〕草書的名人

弘法大師は草聖と言われた（弘法大師被稱做草聖）

草草、匆匆〔名、副〕草草地，簡略地，匆忙地，怠慢、（書信末尾用語）草草，不盡欲言

用件丈伝えて草草に切り上げた（只把事情傳達後就草草地結束了）

草草の間に其を処理した（匆匆忙忙地把它處理完畢）

御草草様（〔謙〕慢怠了、怠慢了）

先ず御礼迄、草草（在此致謝感激不盡）

草創〔名〕草創，初創，創始、（寺院等）初建

草創期（草創期）

プロ野球の草創期（職業棒球草創期）

草卒、匆卒、怱卒、倉卒、早卒〔名、形動〕倉促、匆忙、突然

草卒の間（倉促之間）

草卒為る断定（倉促的判斷）

草卒の際其の人の名を聞き漏らした（匆忙之中聽漏了他的姓名）

草卒の客（不速之客、突然來的客人）

草体〔名〕草書字體

草地〔名〕草地、草原

草地〔名〕草地、牧草地

草堂〔名〕草堂，草庵。〔謙〕舍下，草舍

草墩、草墪〔名〕宮中坐具的一種（稻草為心，上鋪錦布，高約四十公分，諸臣上殿，女藏人陪膳的坐椅）

草筆〔名〕草書、用草書寫

草本〔名〕草本、植物（＝草本植物）←→木本

草本植物（草本植物）

草昧〔名〕蒙昧、未開化

太古草昧の時代（太古未開化時代）

草莽〔名〕草莽，草叢，民間，在野

草莽の臣（在野的人）

草木、草木〔名〕草木、植物

山川草木（山川草木）

草木灰（草木灰）

草木にも心を置く（草木皆兵）

草木も靡く（望風歸順）

草木も眠る丑三つ時（萬籟俱寂的深更半夜）

草木も揺るがず（天下太平）

草廬〔名〕草廬，茅廬（＝草庵）

草露〔名〕草上的露水、〔喻〕事物的短暫，無常

草、艸〔名〕草，雜草，飼草，稻草、草綠色（＝草色）

〔造語〕（作接頭詞用）非正規的，非專業的，臨時的，鄉間的

庭に草が生える（院子內長草）

草を取る（除草）

草を毟る（拔草）

草を摘む（摘草）

牛に食べさせる草を刈る（割餵牛的草）

草葺きの屋根（草葺的屋頂）

草相撲（非正式的相撲）

草競馬（鄉間的賽馬）

草（の根）を分けて探す（仔細尋找、到處尋找）

草も揺るがず（微風不起、悶熱、天下太平）

草を結ぶ（結草銜環、〔喻〕報恩）

風知草（〔植〕知風草＝風草、道芝）

蔓草（蔓草＝這う草）

瘡〔名〕濕疹、胎毒

瘡〔漢造〕腫瘤，膿包、刀傷

痘瘡（〔醫〕天花＝疱瘡、天然痘）

凍瘡（凍瘡＝凍傷、霜燒）

唐瘡（梅毒）

疱瘡（〔舊〕〔醫〕天花）

金瘡（刀傷）

草熱〔名〕（夏天草叢被太陽曬後產生的）青草的熱氣

草市〔名〕〔佛〕（陰曆七月十二日晚至次日早晨，出售盂蘭盆節供佛用的草花及其他用品的）草花市場

草苺〔名〕〔植〕鍋莓

草入り水晶、草入水晶〔名〕〔礦〕鬃晶（結晶中含針狀綠簾石結晶或電氣石結晶的水晶）

草色〔名〕草綠色

草蜉蝣〔名〕草蜻蛉

草籠〔名〕〔舊〕割草用的盛草筐

草鎌〔名〕〔農〕割草用的鐮刀

草亀〔名〕〔動〕草龜、金龜、山龜、秦龜

草刈り、草刈〔名〕割草（的人）

　　草刈り機械（割草機）
　　草刈り鎌（割草用的鐮刀）

草枯れ、草枯〔名、自サ〕草被霜雪凍枯、草枯的季節、冬天

草冠、草冠、草冠〔名〕（漢字部首）草部、草字頭

草切り〔名〕〔動〕嘓嘓的一種。〔農〕鋤刀

草夾竹桃〔名〕〔植〕草夾竹桃

草競馬〔名〕小規模賽馬、鄉間賽馬

草肥え、草肥〔名〕草肥、綠肥（＝綠肥）

草杉葛〔名〕〔植〕天門冬

草相撲〔名〕業餘相撲比賽、非專業的摔跤比賽（＝素人相撲）

草摺り、草摺〔名〕（古代鎧甲，腰以下的部分）護腿，腿甲、把草花研碎用其汁液在和服上染色（＝草摺染め）

草双紙〔名〕（江戶時代）通俗繪圖小說、（以婦女，兒童為對象的）通俗讀物、合訂本的別名

草丈〔名〕〔植〕草的高度、作物生長的高度
　　草丈が短い（作物長得矮）

草団子〔名〕加有艾蒿嫩芽的糯米粉糰

草取り、草取〔名、自サ〕除草、除草器、除草的人
　　田の草取りを為る（除水田裡的草）

草薙剣〔連語〕〔史〕草薙劍－日本國三種神器之一

草陰、草蔭〔名〕草蔭、繁茂草叢的遮蔭處、草叢中

草の陰〔連語〕草蔭、繁茂草叢的遮蔭處、黃泉（＝草葉の陰）

草葉の陰〔連語〕黃泉、九泉之下

死んだ父も草葉の陰から喜んでいるでしょう（死去的父親也將含笑於九泉之下）

草葉〔名〕草葉
　　草葉色（草綠色）
　　草葉色に染める（染成草綠色）
　　草葉の玉（草葉上的露珠）
　　草葉の露（〔喻〕生命短暫、易於消逝）
　　草葉の床（露宿、露宿時舖的草）

草の根デモクラシー〔名〕（普及到各個角落的）群眾性的民主主義－美國共和黨曾經提出的標語

草根〔名〕草根

草根木皮、草根木皮〔名〕草根樹皮。〔轉〕中草藥
　　薬に為る為草根木皮を採集する（為了製藥採集草根樹皮）

草花、草花〔名〕草花、草本花、草的花
　　草花を鉢に植える（把草花栽在花盆裡）

草雲雀〔名〕蟋蟀科的昆蟲

草笛〔名〕用草葉作的笛子、（民間節日演奏用的）七孔橫笛

草深い〔形〕野草繁茂的、偏僻的、鄉村的
　　草深い田舎に住む（住在偏僻的鄉村）

草葺き、草葺〔名〕草葺、草頂
　　草葺きの屋根（草頂）
　　草葺きの小屋（茅屋）

草藤〔名〕〔植〕草藤

草蒲団〔名〕草墊、代替褥子舖的草

草帚、草箒〔名〕草作的掃把

草木瓜〔名〕〔植〕日本木瓜

草枕〔名〕露宿（＝野宿）、旅行（＝旅）、不能安枕的旅途睡眠（＝旅寝）、（枕詞）"旅"結ふ""結ぶ""仮""露"等的枕詞

草毟り〔名、自サ〕拔草
　　畑の草毟りを為る（拔旱田裡的草）

草生す、草産す〔自五〕長草
　　草生した墓（長了草的墳墓）

草結び〔名〕用草搭房子、草創，創始，先驅、結親，結婚

草叢、叢〔名〕草叢
　草叢に虫が集く（草叢中蟲聲唧唧）
　草叢に集く虫の音（草叢中蟲聲唧唧）

草餅〔名〕草味年糕

草物〔名〕（生花）草本花草、草花的總稱

草紅葉〔名〕秋季下霜後變成紅黃色的野草

草屋〔名〕草房，茅屋（＝草屋）、堆放飼草的棚子

草屋根〔名〕草葺的屋頂

草屋〔名〕草屋，茅屋（＝藁屋、草屋）。〔謙〕舍下

草野球〔名〕業餘棒球比賽

草藪〔名〕草叢
　草藪に身を隠す（藏身於草叢中）

草山〔名〕草木繁茂的山、（江戶時代）飼料和肥料用草堆積場（＝草場）

草連玉、黃蓮花〔名〕〔植〕黃蓮花

草分け、草分〔名〕開拓，開拓者。〔轉〕創始（人），先驅（者）
　日本野球界の草分け（日本棒球界的創始人）
　草分け時代（草創時期）

草藁〔名〕（餵牛馬的）乾草（＝秣）

草臥れる〔自下一〕疲勞，疲乏，穿舊，用舊，使用過久
〔接尾〕（接動詞連用形後）表示疲乏，厭膩
　三十キロも歩いたので本当に草臥れて終った（走了三十公里路真累壞了）
　草臥れた洋服を着た老人（穿著舊西服的老人）
　待ち草臥れる（等累了、等煩了）
　遊び草臥れる（玩累）

草臥〔名〕疲憊、疲勞
　昨日の草臥が未だ残っている（昨天的疲憊還沒恢復過來）
　風呂に入って草臥を取る（洗個澡消除疲勞）

草臥儲け、草臥儲〔名〕徒勞、白費力
　骨折り損の草臥儲け（徒勞無功）

　無計画で仕事を為るのは草臥儲けを為る丈だ（無計畫地進行工作只會是徒勞無功）

草臥休み、草臥休〔名〕為消除疲勞而休息（＝草臥休め、草臥休）

草臥休め、草臥休〔名〕為消除疲勞而休息（＝草臥休み、草臥休）
　昨日遠足だったので今日は草臥休めで学校は有りません（昨天郊遊去了今天學校為解除疲勞而放假）

草石蚕、草石蚕〔名〕〔植〕草石蠶、甘露子

草鞋、草鞋〔名〕草鞋（＝藁沓）
　草鞋を作る（編製草鞋）
　草鞋を脱ぐ（由旅途歸來、到旅館住下、賭徒流浪到某地落戶）
　草鞋を履く（穿草鞋、出外旅行、賭徒逃往他鄉流浪）
　二足の草鞋を履く（一身兼任互不兩立的職業—如賭徒兼捕吏、互相矛盾）
　草鞋掛け（穿著草鞋）（＝草鞋履き）
　草鞋掛けで出掛ける（穿著草鞋出門）
　草鞋銭（買草鞋的錢、〔轉〕微少的旅費）
　本の草鞋銭ですが、取って置いて下さい（這只不過是一點點盤纏請收下）
　草鞋履き（穿著草鞋）（＝草鞋掛け）
　草鞋履きで山に登る（穿著草鞋上山）
　草鞋虫（〔動〕〔俗〕鼠婦、潮蟲）

草履〔名〕草鞋
　草履を履く（穿草鞋）
　草履を脱ぐ（脫草鞋）
　草履掛け（履き）で行く（穿著草鞋去）
　草履取り（〔古時上層武士出門時給他〕攜帶草鞋的人）
　藁草履（稻草鞋）

草履虫〔名〕〔動〕草履蟲

湊（ちヌ丶）

湊〔漢造〕聚集

ち

湊合、総合、綜合〔名、他サ〕綜合、集合←→分析

色色の説を綜合して見ると（把種種說法綜合起來看…）

綜合計画（綜合計畫）

綜合メーカー（綜合製造廠）

綜合ビタミン（綜合維生素）

綜合大学（綜合大學）

綜合病院（綜合醫院）

綜合雑誌（綜合性雜誌）

綜合芸術（綜合藝術）

綜合競技（綜合競賽）

湊、港、水門〔名〕（"水の門"之意）港口、碼頭（=水戸，水門、瀨戸、川口）

港を出る（出港）

此の船は何時港を出ますか（這船幾時出港呢？）

港に入る（入港）

港に寄る（停靠碼頭）

客船が港に着いた（客船抵達碼頭了）

もう其の内に港に着くでしょう（不久就到達港口了吧！）

色色な船は港から出て行った（各種船從港口出航了）

大型客船が港に停泊している（巨型客輪停泊在碼頭）

参、參（參）〔ちㄢ〕

参〔漢造〕（也讀作"しん"）參考、參加、聚集、到會、晉見、覲見、參差不齊、參議院。〔地〕參河國

日参（每日參拜、每天到固定地方去）

見参（晉見，謁見、拜見、接見、請過目）

降参（投降、折服、認輸）

不参（不去、不參加、不出席）

不参加（不參加）

古参（老手、老資格、舊人）

新参（新來、新參加、新服侍主人〔的人〕）

帰参（回來、被驅逐子女得到老人允許歸回家園、武士等再事舊主）

持参（帶來〔去〕）

推参（造訪、冒昧）

朝参（上朝、進宮）

代参（代人參拜神佛〔的人〕）

墓参（上墳、掃墓=墓参り）

衆参両院（參議院和眾議院兩院）

三河国、参河国（昔東海道十五國之一）

参する〔自サ〕參與、參預、參加（=与る）

帷幄を参する（參與作戰計畫）

企画を参する（參與籌畫）

参じる〔自上一〕拜訪、參拜廟宇（=参ずる）

明日は是非とも参じます（明天一定前去拜訪）

参ずる〔自サ〕拜訪、拜見、參禪、參加（=参じる、参る、参上する）

参院〔名〕參議院（=參議院）

参議院〔名〕參議院（日本國會的上院，參院議員任期六年，每三年改選半數）←→衆議院

参加〔名、自サ〕參加、加入

参加を申し込む（報名參加）

競技（祝賀行事）への参加を呼び掛ける（號召參加運動比賽〔慶祝活動〕）

戦争（会議）を参加する（參加戰爭〔會議〕）

世界卓球選手権大会に参加する（參加世界乒乓球錦標賽）

労働者が企業管理に参加する（工人參加企業管理）

日本側からは関係部門の責任者が会談に参加する（日本方面有關部門的負責人參加會談）

参加チーム（參加隊）

参加国（參加國成員國）

参加支払い（〔票據承兌或支付遭到拒絕時，第三者為維持出票人信譽而作的〕參加支付）

参加引受〔さんかひきうけ〕（〔票據承兌遭到拒絕時，第三者為維持出票人信譽而作的〕參加承兌、榮譽承兌）

参稼報酬〔さんかほうしゅう〕職業棒球隊員的年度報酬

参賀〔さんが〕〔名、自サ〕進宮朝賀
　首相は本日参賀した（首相今天進宮朝賀了）

参会〔さんかい〕〔名、自サ〕到會、參加集會、出席會議（＝出席）
　参会の大衆（與會群眾）
　全国各地の代表者が参会した（全國各地的代表出席了會議）
　今晩の座談会には参会の予定だ（預定出席今天晚上的座談會）
　参会者（與會者、到會者）
　参会国（與會國、參加國）

参画〔さんかく〕〔名、自サ〕參與計畫、參與策畫
　内閣の改造に参画する（參與改組內閣的策畫）

参学〔さんがく〕〔名、自サ〕修學、修佛學

参看〔さんかん〕〔名、他サ〕參看、參照、參閱
　第三章参看（參閱第三章）

参観〔さんかん〕〔名、他サ〕參觀
　参観を許す（許さない）（准許〔拒絕〕參觀）
　学校（工場）を参観する（參觀學校〔工廠〕）
　授業を参観学習する（觀摩教學）
　校長が参観人を案内している（校長陪伴著參觀者）

参議〔さんぎ〕〔名、自サ〕參與國家大政（的人）。〔史〕參議

参究〔さんきゅう〕〔名、自サ〕〔佛〕參禪、學道

参勤、参覲〔さんきん、さんきん〕〔名、自サ〕〔古〕晉謁（特指江戶時代大名到江戶謁見將軍在幕府供職）
　参勤交代（〔江戶時代，大名每隔一年從自己領國〕輪流到幕府供職的制度）

参府〔さんぷ〕〔名、自サ〕〔史〕（江戶時代）諸侯到江戶謁見將軍，並留在幕府供職（＝参勤、参覲）

参宮〔さんぐう〕〔名、自サ〕參拜（伊勢）神宮
　伊勢参宮を為る（參拜伊勢神宮）
　首相は参宮の為西下した（首相西下參拜伊勢神宮了）
　明日参宮する（明天去參拜伊勢神宮）

参詣〔さんけい〕〔名、自サ〕參拜、朝山
　神社に参詣する（參拜神社）
　伊勢参詣（參拜伊勢神宮）
　参詣人（者）（朝山拜廟的人、香客）

参向〔さんこう〕〔名、自サ〕前往、趣謁（＝出向く）
　此方から参向します（由我前往）

参考〔さんこう〕〔名、他サ〕參考、借鏡
　尚参考に為る点が有る（尚有可供借鏡之處）
　日本の事情を調べるなら、此の本がとても参考に為ると思います（要是研究日本情況的話我認為這本書很值得參考）
　資料を集めて、今後の参考に為る（收集資料作為今後的參考）
　参考に出来る様な本が一つも無い（沒有一本可供參考的書）
　人の意見を参考に為て原案を作る（參考別人的意見制定草案）
　後の参考の為に取って置き為さい（請保存起來作為將來的參考）
　単なる御参考迄に申し上げます（我講的話僅供參考）
　参考人（參考人、作證人）
　参考文献（參考文獻）
　参考書（參考書、工具書）

参候〔さんこう〕〔名、他サ〕到貴人處拜訪問候

参仕〔さんし〕〔名、自サ〕為公效力（＝奉仕）

参事〔さんじ〕〔名〕參事
　参事官（參事官）
　参事会（參事會－二次大戰後廢止）

参酌〔さんしゃく〕〔名、他サ〕參酌、參考
　大衆の意見を参酌して計画を立てる（參考群眾意見訂計畫）
　前例を参酌して処理する（參考舊例辦理）

ち

品物の売れ行きを参酌して仕入れを為る（參考貨品銷售情況來進貨）

参集〔名、自サ〕聚集、集合（＝集合）
当日参集した群衆は数万人に達した（那天聚集前來的群眾達萬人）

参照〔名、他サ〕參照、參閱、參考（＝参考）
前後参照（前後參照、互相參照）
第一章第三節参照（參閱第一章第三節）
此の項目に就いては十五ページを参照する事（關於本項請參閱第十五頁）
参照電極（〔化〕參考電極）

参上〔名、自サ〕拜訪，趨謁（＝参る、伺う）
明日御宅へ参上致します（明日趨府拜訪）
直に参上致します（立即趨訪）

参進〔名、自サ〕參謁、晉見
御前に参進して奉祝の詞を申し上げる（晉謁台前致賀詞）

参政〔名、自サ〕參與政治
参政権（參政權）

参戦〔名、自サ〕參戰、參加作戰
世界の各国が参戦して、未曾有の大戦に為った（世界各國參戰形成了空前的大戰）

参禅〔名、自サ〕參禪、（學習）坐禪
禅寺に参禅する（到禪寺參禪）

参内〔名、自サ〕進宮、晉謁天皇（現在常用〝参入〞）
首相が本日参内した（首相今天進宮了）

参朝〔名、自サ〕進宮、上朝（＝参内）

参入〔名、自サ〕進宮（＝参内）、進入，進來（＝参上）
聖域に参入する（進入聖地）

参着〔名、自サ〕到達（＝到着）。〔商〕見票即付（＝一覽払い）
江戸へ参着（到達江戸）
参着払い手形（即期票據）
参着為替手形（即期匯票）
此の手形は参着後三十日払いだ（這個票據見漂後三十日付款）

参殿〔名、自サ〕上殿、〔敬〕登門拜訪，晉謁

参堂〔名、自サ〕拜廟，參拜佛堂。〔敬〕（用於舊式書信）登門拜訪，造謁（＝参上）
明日参堂致す可く候（明日將登門拜訪）

参道〔名〕（神社，寺院境域内）參拜用的道路
明治神宮表参道（明治神宮正面的進路）
参道の両側には店が立ち並んでいる（參拜道路兩側商店林立）

参拝〔名、自他サ〕參拜
恭しく参拝する（恭恭敬敬地參拜）
御陵に参拝する（參拜皇陵）

参謀〔名〕〔軍〕參謀。〔轉〕智囊，顧問
本部参謀（總參謀部）
参謀総長（總參謀長）
参謀次長（副參謀長）
彼は某大臣の参謀だ（他是某部長的參謀）
某氏の参謀と為て活躍する（作為某人的參謀而活動）

参与〔名、自サ〕參與，參預，參加、（職稱）參贊
国家の政事に参与する（參與國家大事）
立法に参与する権利（參預立法的權利）
会議の参与者（與會者）
参与権（參與權）
内閣参与（內閣參贊）
市参与（市參贊）
参与会議（參贊會議）

参洛〔名、自サ〕到京都去（＝上洛）

参列〔名、自サ〕參加、出席、觀禮
記念碑の除幕式に参列する（參加紀念碑的揭幕式）
開業式には多数の参列者が有った（有很多人參加了開業式）
参列台（觀禮台）

参籠〔名、自サ〕一定期間閉居在神社，寺院裡唸佛吃齋（＝御籠り）

参差〔形動〕参差（不齊）
　参差と為て揃わず（參差不齊）

参商〔名〕星宿的參和商

参る〔自五〕〔敬〕（〝行く〞〝来る〞的自謙語和鄭重語）來、去。認輸折服（＝負ける、降参する）。受不了，吃不消，不堪，累垮（＝弱る、困る）。
　〔俗〕死（＝くたばる、死ぬ）。（常用〝…参っている〞的形式）迷戀、神魂顛倒（＝惚れ込む）。（舊時婦女寫信以〝参る〞的形式，寫在受信人名字右下的敬語）鈞啟、鈞鑒
　〔他四〕獻上，奉上（＝差し上げる）。（〝飲む〞〝食う〞〝着る〞〝用いる〞的尊敬語）吃、喝、穿、用。（〝為す〞〝致す〞的自謙語）做

　後程参ります（我隨後就來〔去〕）
　子供を連れて参る積もりで御座います（我想帶著孩子來〔去〕）
　間も無く車が参ります（汽車一下子就來）
　直ぐ参りますから、暫く御待ち下さい（我馬上就來請稍等一下）
　今度は何時参りましょうか（下次什麼時候再來〔去〕）
　では御一緒に参りましょうか（那麼我們就一起去吧！）
　〝行って参ります〞（〔臨行對長輩招呼用語〕我走了！）
　今直ぐ取って参りますから（我馬上就拿來）
　日一日暖かく為って参りました（一天比一天暖和起來）
　帰りに李さんの家に寄って参ります（回來時順便到李先生家去一下）
　春めいて参りました（春意漸濃）
　一本参った（輸了一局）
　すっかり参った（大敗）
　参った、もう許して呉れ（我服了饒了我吧！）
　此でも参らないか（你還不服輸嗎？）
　俺は未だ参っていないぞ（我可還沒認輸呢！）
　物価の高いのには参る（物價之高實在受不了）
　斯う物価が上がっては参って終う（物價這麼上漲可真受不了）
　毎日雨が降り続いて参った（每天連續下雨真吃不消）
　私は幾等寒くても参らないね（多麼冷我都不怕）
　寒さに参った（冷得受不了）
　第三問には参った（第三道題可把我難住了）
　彼の馬鹿には参った（那混蛋真沒法對付）
　彼の厚かましいのには参った（那厚臉皮我算服了）
　今度の病気には彼も大分参った様だ（這場病看來可把他折磨得夠受了）
　今日は非常に働いたのですっかり参った（今天工作特別賣力完全累垮了）
　中途で参ったなんて言っちゃ駄目だよ（半路途中說受不了可不行）
　病気で到頭参って終った（終於因病死去）
　其の女に参っている（迷戀那個女人、為那女人神魂顛倒）
　彼奴は彼女に参っている（他為她神魂顛倒）
　相撲一番参ろう（來摔一場跤吧！）
　参らぬ仏に罰は当たらぬ（不拜佛不遭殃、你不惹他他不犯你）

参る、詣る〔自五〕參拜（＝参詣、詣でる）
　御寺に参る（拜佛去）
　御墓に参る（上墳、掃墓）

蚕（蠶）（ㄔㄢˊ）

蚕〔漢造〕蠶
　養蚕（養蠶）
　壮蚕（第四或五齡的蠶）
　原蚕（原蠶、夏蠶）
　柞蚕（柞蠶）
　蟻蚕（剛孵出的幼蠶＝毛蚕）

稚蠶(幼蠶)
天蠶(天蠶=天蠶糸蠶)
春蠶、春蠶(春蠶)
夏蠶、夏蠶(夏蠶)
秋蠶、秋蠶(秋蠶)

蠶業〔名〕養蠶業、蠶絲業

蠶具〔名〕養蠶設備

蠶繭〔名〕蠶和繭。〔轉〕養蠶

蠶渣、蠶沙、蠶砂〔名〕蠶渣(蠶糞,蠶沙,蠶吃剩的桑葉的混合物,用作肥料)

蠶座〔名〕養蠶的器具、鋪蠶紙的蠶箔

蠶糸〔名〕蠶絲
蠶糸試驗場(蠶絲試驗場)
蠶糸輸出業組合(蠶絲出口商同業公會)
蠶糸業(蠶絲業)

蠶紙〔名〕蠶紙、蠶連(紙)

蠶兒〔名〕蠶的幼蟲、蠶蟻、蠶花

蠶室〔名〕蠶室、養蠶的房間

蠶種〔名〕蠶種、蠶子

蠶食〔名、他サ〕蠶食、逐步侵占
隣国の領土を蠶食する(蠶食鄰國領土)
外国市場を蠶食する(逐步打進外國市場)

蠶糞〔名〕蠶糞(=蠶糞、蠶滓)

蠶卵〔名〕蠶卵、蠶子
蠶卵紙(蠶紙、蠶連紙)

蠶齡〔名〕蠶齡－第一次脫皮叫第一齡,到第五齡為成熟

蠶豆、空豆〔名〕〔植〕蠶豆

蠶薄、蠶薄,簇〔名〕〔農〕蠶薄,蠶箔,蠶簇－用麥稈等做成,讓蠶織繭的工具=蠶の簾)

蠶〔名〕("子"之意)蠶(=蠶)
御蠶樣(蠶寶寶)
春蠶(春蠶)
夏蠶(夏蠶)
蠶棚(蠶架)
沙蠶(沙蠶－生長於淺海泥中,用作釣餌=餌虫)

子、兒〔名〕子女←→親、小孩、女孩、妓女藝妓的別稱、(動物的)仔、(派生的)小東西、利息
〔接尾〕(構成女性名字)(往昔也用於男性名字)子
〔造語〕(表示處於特定情況下的人或物)人、東西

子を孕む(懷孕)
子を生む(生孩子)
子を養う(養育子女)
子無しで死ぬ(無後而終)
百姓の子(農民子女)
百姓の子(一般人民子女)
子が出来ない様に為る(避孕)
此の子は悪戯で困る(這孩子淘氣真為難)
中中良い子だ(真是個乖孩子)
彼の子は内のタイピストだ(這女孩是我們的打字員)
其処に良い子が居る(那裏有漂亮的藝妓)
犬の子(幼犬)
牛の子(牛犢)
虎の子(虎子)
魚の子(小魚)
子を持った魚(肚裡有子的魚)
芋の子(小芋頭)
竹の子、筍、笋(筍)
元も子も無くする(連本帶利全都賠光)
花子(花子、阿花)
秀子(秀子、阿秀)
売り子(售貨員)
振り子(〔鐘〕擺)
張り子(紙糊的東西)
江戸っ子(土生土長的東京人)
老いては子に從う(老來從子)
可愛い子には旅を為せよ(愛子要他經風雨見世面、對子女不可嬌生慣養)

子は（夫婦の）鎹（孩子是維繫夫婦感情的紐帶）

子は三界の首枷（子女是一輩子的累贅）

子故の闇（父母每都溺愛子女而失去理智）

子を見る事親に若かず（知子莫若父）

子を持って知る親の恩（養兒方知父母恩）

小〔接頭〕小，微小←→大、微少、一點、稍微，有點、差不多，左右

小商人（小商人）

小声（小聲）

小雨（小雨）

小金（少許的錢、零錢）

小憎らしい（有點討厭）

小綺麗な部屋（滿整潔的房間）

人を小馬鹿に為る（很有點瞧不起人）

小汚い（有點髒）

小利口（小聰明）

小一円程（一塊來錢）

小一里許り（將近一里左右）

小一時間（將近一小時左右）

個、箇〔名，接尾，漢造〕個、個人、個體←→全

個と全との関係（個人和總體的關係）

林檎五個（五個蘋果）

一個、一箇（一個、〔隱〕一百日元、流量單位〔每秒一立方尺〕）

各個（各個、個別）

好個（恰好、正好）

蚕飼い〔名〕養蠶（者）

蚕滓〔名〕蠶屎（＝蚕糞）

蚕糞〔名〕蠶糞、蠶屎（＝蚕糞、蚕滓）

蚕棚、蚕棚〔名〕蠶棚、養蠶用的架子

蚕棚〔名〕（養蠶的）蠶架。〔俗〕疊架式的臥鋪（＝多段 bed）

蚕棚の様にベッドが設えてあった（床擺設得像蠶架一樣）

蚕〔名〕〔動〕蠶

蚕を飼う（養蠶）

蚕が糸を吐く（蠶吐絲）

蚕が上がる（蠶作繭、蠶上簇）

御蚕包でいる（全身綾羅綢緞）

御蚕〔名〕〔動〕蠶。〔俗〕絲綢

御蚕包〔名〕〔俗〕滿身綾羅綢緞、奢侈的生活

御蚕包で育った（從小嬌生慣養）

御蚕包の暮らし（奢侈的生活）

残（ちㄢˊ）

残〔名、漢造〕剩餘、殘餘（＝残り、残高）、殘暴、毀壞

差し引き千円の残に為る（收支相抵剩下一千日圓）

老残（年老體衰）

敗残、廃残（殘兵敗將、沒落、零落、殘廢）

衰残（衰殘、衰弱）

生残（殘存、倖存＝生き残り）

凶残、兇残（兇殘）

無残、無惨、無慚、無慙（悽慘、殘酷，殘暴，殘忍、〔佛〕（犯罪而）不感到慚愧）

残雲〔名〕殘雲

残映、残影〔名〕殘影、殘痕、遺跡

江戸文学の残映を留める（留下江戶文學的殘影）

残炎〔名〕餘暑（＝残暑）

残煙、残烟〔名〕餘煙

残桜〔名〕剩下的櫻花（＝残花）

残鶯〔名〕老鶯（＝老い鶯）

残火〔名〕餘火、餘燼 **残火**〔名〕残り火、残火

残り火、残火〔名〕燒剩的灰、餘燼

残り火に灰を掛ける（餘燼蓋上灰）

残り火の不始末が火事の原因だ（未收拾好餘燼是失火的原因）

残花〔名〕殘花、（其他花凋謝後）剩下的花

残害〔名、他サ〕殘害、殘殺、殺害
　無数の人が敵に残害された（無數的人被敵人殘害了）

残骸〔名〕殘骸、遺骸
　戦場には敵の残骸が累累と為ている（戰場上敵人的遺骸累累）
　墜落した飛行機の残骸（墜毀的飛機殘骸）
　焼跡の残骸（火災後的廢墟）
　衝突の現場には自動車の残骸が転がっている（撞車現場上翻倒著汽車的殘骸）

残額〔名〕餘額、剩餘的數量（＝残り）
　残額は幾等に為るか（餘額是多少？）
　残額は差し引き五千円に為る（收支相抵剩下五千日圓）
　残額は後期へ繰り越す（餘額結轉下期）

残寒〔名〕餘寒
　春雪と残寒（春雪和餘寒）

残簡〔名〕斷編殘簡

残気〔名〕〔醫〕殘餘氣－用力呼氣後餘留在肺內的空氣

残基〔名〕〔化〕（分子的）殘基、根基部

残期〔名〕剩餘的期間（時期）
　今回の大会は残期幾許も無い（這次大會餘期不多）

残菊〔名〕開剩的菊花
　残菊を愛でる（欣賞殘菊）

残虐〔名、形動〕殘酷、殘暴、殘忍
　残虐行為（殘酷暴行）
　極めて残虐な（の）行為（非常殘暴的行為）
　残虐の限りを尽くす（竭盡殘暴之能事）

残響〔名〕殘響，餘響，餘韻。〔理〕回響，回聲，反響

残業〔名、自サ〕加班
　仕事が多いので残業（を）為る（因為工作多而加班）
　残業手当（加班費）

残金〔名〕剩下的錢、剩餘的欠款
　残金は此丈です（只剩下這些錢）
　残金は幾等も無い（餘款不多）
　負債の残金（尚未還清的尾款）
　残金は月末迄御待ち下さい（剩餘的欠款月底再還）

残欠、残闕〔名〕殘缺、殘缺物
　宋版の残欠（宋版書的殘篇）
　残欠の有る書籍（有殘缺的書）

残月〔名〕（天亮後的）殘月
　残月が淡く西空に掛かっている（殘月淡淡地掛在西方的天空）

残りの月〔名〕殘月（＝残んの月）

残券〔名〕剩下的票、票根

残光〔名〕（落日）餘暉（＝残照）

残肴〔名〕殘羹剩肴
　残肴を漁る（找點殘餚吃）

残効〔名〕餘效、後效、副作用

残香〔名〕餘香、遺香、留下來的香氣

残り香，残香，残り香，残香〔名〕餘香、遺香、留下來的香氣（＝移り香）
　残り香が為る（有餘香、有遺香）

残刻、残酷、惨酷〔名、形動〕殘酷、殘忍
　残酷な白色テロ（殘酷的白色恐怖）
　実に残酷な人だ（真是一個殘酷的人）
　残酷な仕打ちを受ける（受到殘酷的對待）
　残酷に取り扱う（殘酷對待）
　残酷に弾圧する（血腥鎮壓）
　彼の映画は残酷を売り物に為ている（那影片靠殘酷的鏡頭叫座）

残恨〔名〕遺恨（＝遺恨）

残痕〔名〕殘痕、留下的痕跡（＝痕跡）

残渣〔名〕殘渣（＝残り滓）

残作用〔名〕副作用、後效（＝残効）

残菜〔名〕剩菜（＝厨芥）

残滓、残滓〔名〕殘渣（＝残り滓）
　封建主義の残滓を一掃する（肅清封建主義的殘渣）

残り滓〔名〕殘渣、無價值的東西
残殺〔名、他サ〕殘忍的殺害
残暑〔名〕餘暑、秋熱、秋老虎
　今年は残暑が酷い（今年入秋後還熱得很）
　台北の残暑は斯う何です（台北的秋熱就是這樣）
　残暑未だ厳しい折から、御変り有りませんか（目前秋熱海很厲害您可好？）
残照〔名〕夕陽餘暉
　残照が空を美しく彩っている（夕陽餘暉美麗地渲染著天空）
　残照を背に受けて帰路を急ぐ（背著夕陽餘暉急忙趕路回家）
残燭〔名〕殘燭
残生〔名〕餘生
　残生を民主主義事業に捧げる（把餘生獻給民主主義事業）
　残生をのんびり（と）暮す（悠然度過餘生）
残生鉱床〔名〕〔礦〕殘餘礦床
残星〔名〕（天亮後的）殘星
残積層〔名〕〔地〕殘積層
残積土〔名〕〔地〕殘積土
残雪〔名〕殘雪
　残雪が消える（殘雪融化）
　頂上は未だ残雪に覆われている（山頂上還覆蓋著殘雪）
残像〔名〕餘像、餘感
　映画は残像を利用した物だ（電影是利用視覺上餘像作用的）
残存、残存〔名、自サ〕殘存、殘留、殘餘
　山間には昔の風俗が今も残存している（在山區現在還殘存著以前的風俗）
　敵の残存勢力を掃蕩する（肅清敵人的殘餘力量）
　残存部数は幾許も無い（殘存部數不多）
　残存者が僅か三人であった（倖存者只有三人）
　残存膨脹（〔理〕殘餘膨脹永久膨脹）

残高〔名〕餘額（＝残額、残り高，残高）
　現金残高（現金餘額）
　銀行預金残高（銀行存款餘額）
　差し引き残高（收付餘額）
　手許残高（手頭餘額）
　繰越残高（結轉餘額、滾存餘額）
　勘定残高（結算餘額）
　残高勘定（結餘帳戶）
　残高表（餘額表、資產負債表）
　残高は次のページ（次期）へ繰り越す（餘額結轉次頁〔下期〕）
残り高、残高〔名〕餘額（＝残高）
残置〔名、他サ〕留置、留下
残敵〔名〕殘餘的敵人
　残敵を掃蕩する（掃蕩殘敵）
残徒〔名〕剩下的黨徒、漏網的黨徒
残土〔名〕剩餘的土
　残土処理（處理殘土）
残灯〔名〕殘餘燈火
残党〔名〕殘餘的黨徒
　残党も捕えられた（餘黨也被捕獲了）
残盗〔名〕殘餘的盜匪
残念〔形動〕遺憾，抱歉，可惜（＝遺憾）、懊悔、悔恨（＝口惜しい、無念）
　若い時に良く勉強しなかったのが残念だ（年輕時沒好好學習真遺憾）
　私が御援助出来ないのは如何にも残念です（非常抱歉我不能幫助你）
　あんなに若死を為て実に残念な事です（那麼年輕就死了實在可惜）
　其の知らせを聞いて残念で為りません（聽到這消息覺得非常惋惜）
　先日か御会い出来ず、残念でした（残念な事を為ました）（前幾天沒能和您見面抱歉得很）
　残念ですが、外に約束が有りますので、私は参加出来ません（遺憾得很因為另有約會我不能参加）

ち

御忠告を聞かなかった事を残念に思います（我很懊悔沒有聽您的勸告）

もう十も若ければと残念で為りません（恨不得再年輕十歲那該多好！）

残念ながら（很遺憾、很抱歉、可惜得很）

残念ながら彼に会う機会を得なかった（可惜我沒有機會跟他見面）

残念ながら御依頼に応じ兼ねます（很遺憾我不能接受您的委託）

彼は残念ながら又失敗しました（非常可惜他又失敗了）

残念賞（安慰獎）

残年〔名〕餘生（=余命）

残日数〔名〕剩餘日數

残任〔名〕剩餘任務、剩餘任期

残任期（剩餘任期）

残忍〔名、形動〕殘忍、殘酷（=残酷、残虐）

残忍な人（殘忍的人）

残忍な（の）性格（殘忍的性格）

残忍極まる行為（殘忍透頂的行為）

残忍極まる姿（青面獠牙的凶相）

残忍を極める（殘忍透頂）

残忍性（殘忍性）

残杯〔名〕杯中剩酒

残杯冷肴（殘杯冷餚）

残飯〔名〕剩飯

残飯を（恵んで）貰って食う（討人家的剩飯）

残品〔名〕剩貨、存貨

残品整理の大売出し（清理存貨大拍賣）

残部〔名〕剩餘部分、剩餘部數

残部は今晩中に出来上がる（剩下部分今天晚上完成）

残部僅少に付き御早く御注文下さい（存書無幾請早日訂貨）

残物〔名〕剩餘物、剩下的東西（=残り物、屑）

残物には碌な物が無い（剩餘物沒有什麼好東西）

残り物〔名〕剩下的東西（=余り物）

残り物ですが、何卒（是些剩下的東西請吃吧！）

残り物で失礼ですが（只是些剩下的東西對不起）

残り物に福が有る（吃剩的東西有福氣）

残兵〔名〕殘餘兵力（=敗残の兵）

残片〔名〕碎片、殘餘的斷片

難破船の残片すら見当たらない（連遇難船的碎片也找不到）

残亡〔名〕敗亡、滅亡

残暴〔形動〕殘暴

残本〔名〕賣剩的書刊、賣不掉的書刊

残本は問屋に返本する（賣剩下的書刊退回原批發商）

残務〔名〕剩下的工作、善後工作

残務整理（處理剩下的工作）

会社が解散して残務整理を為る（公司解散辦理散後清理工作）

残夢〔名〕殘夢、餘夢

残夜〔名〕殘夜、黎明前

残油〔名〕剩下的油

残余〔名〕殘餘、剩餘（=残り）

残余の金額は如何処分するのか（剩餘的款項如何處理？）

残余の者は次船に乗る（剩下的人坐下班船）

残余額（餘額）

残余原子価（餘原子價）

残余生産物（殘餘產物、副產品）

残余財産（剩餘財產、剩餘遺產）

残余電流（剩餘電流）

残陽〔名〕夕日（=残照）

残掠〔名、他サ〕殘害掠奪

残留〔名、自サ〕殘留、餘留、剩下（=残り留まる）

大部分は引き揚げたが、未だ少数(が)残留している（大部分都回去了但還有少數人留在那裏）

残留部隊（留駐部隊、剩下的部隊）

残留物（殘留物、剩餘物）

残留抵抗（〔理〕剩餘電阻）

残留歪（〔理〕殘存應變）（=永久歪）

残留鉱床（〔礦〕殘留礦床）

残留磁化（〔理〕剩餘磁化強度）

残留線（〔理〕剩餘射線、住留譜線）

残量〔名〕〔數〕剩餘量

残塁〔名、自サ〕〔棒球〕殘壘、（未攻下）剩下的堡壘

三者残塁（三個跑壘者留在壘上）

残涙〔名〕淚痕

残類〔名〕剩下的同類（=残盗）

残す、遺す〔他五〕留下，存留，遺留。〔相撲〕（頂住對方的進攻）叉開腳站穩

書付を残して行った（留下字條走了）

残して置いて明日食べろ（留著明天再吃吧！）

少しも痕跡を残さない（一點都不留痕跡）

彼は酒を一滴も残さず飲んで終った（他一滴不留把酒全喝光了）

指紋を残さない様に手袋を嵌める（為了不留指紋戴上手套）

小金を残す（積存零錢）

働いて金を残す（做事存錢）

莫大な財産を残す（遺留大筆財産）

死んで後に妻子を残す（死後撇下妻子）

彼が残したのは借金丈だ（他只留下了債務）

彼は妻と四人の子供を残して死んだ（他撇下妻子和四個孩子死了）

後世に名を残す（名垂後世）

物理学上に確固たる足跡を残す（在物理學上留下不可磨滅的功績）

土俵際で辛うじて残す（在相撲場地邊勉強站住腳）

残る〔自五〕留下，殘留，遺留。〔相撲〕（頂住對方的進攻）叉開腳站穩（=残った）

家に残る（留在家裡）

最後迄残る（留到最後）

彼の帰った後迄残った（一直等到他走後）

卓上には未だ林檎が残っている（桌上還剩下蘋果）

十から七を引くと三残る（十減三剩七）

幾等働いても残らない（怎麼做都不會剩）

疱瘡の痕が残る（天花留下瘢痕）

先生の話は未だ私の心に残っている（老師話至今還留在我的心中）

其は私の記憶にはっきり残っている（那件事我記憶猶新）

遠い山山には未だ雪が残っている（遠遠的群山上餘雪未消）

其の風習は地方へ行くと未だ残っている（那風俗地方上還有）

彼の後には未亡人と令息が残っている（他死後撇下了寡婦和兒子）

人を死んでも名が残る（人死留名）

残る隈なく〔副〕到處、遍地

残る隈なく捜す（到處尋找）

残り、残〔名〕殘餘、剩餘

財産の残り（剩下的財産）

借金の残り（剩下的債務）

残り少なくなる（剩下的不多）

残りの仕事（未處理完的工作）

残りの半分（剩下的一半）

売れ残りの商品（賣剩的商品）

残りの金はちゃんと銀行に預けてある（剩下的錢如數存在銀行裡）

十から八を引けば残りは二だ（十減八剩二）

残り金（剩下的錢）

残り多い〔形〕遺憾的，可惜的（=残り惜しい）、依戀的，捨不得的（=名残惜しい）

ち

一寸油断して負けたので実に残り多い気が為る（由於一時疏忽輸了覺得真可惜）
此の儘別れるのは残り多い（捨不得就這麼分手）

残り惜しい〔形〕遺憾的,可惜的（=残り多い）、依戀的,捨不得的（=名残惜しい）
残り惜しい気が為る（覺得可惜）
残り惜しく思う（感到遺憾）
別れるのは残り惜しい（捨不得分手）
残り惜しげに立ち去った（依依不捨地走了）

残り屑〔名〕剩下的碎屑、零星的東西、零碎的布頭

残り少な〔形動〕剩餘不多、所剩無幾
砂糖が残り少なに為った（白糖剩不多了）
今年も残り少な為った（今年也快過完了）

残り少ない〔形〕剩餘不多、所剩無幾
残り少ない人生を有意義に過ごす（有意義地度過餘生）

残り無く〔連語、副〕無餘、全部（=残らず）
残り無く全部食べて終った（一點不剩全吃光了）

残り灰〔名〕燃燒後剩下的灰、餘燼

残った〔連語〕〔相撲〕（裁判鼓勵力士的喊聲）離場地還有餘地 - 意為勝負未定還應努力爭取
残った、残った！（還有餘地！加油！）

残らず〔副〕全部（=全て、皆、すっかり）
一銭も残らず（分文不剩）
残らず調べた（全都查了）
残らず売り払う（全部賣掉）
残らず打ち明ける（全都講出來）
一人残らず戦死した（全部陣亡了）
彼は残らず食べた（他全吃光了）
君の知っている事を残らず聞かして呉れ（把你知道的全部告訴我）
着物は残らず質に入れて終った（衣服全送進當鋪裡去了）

残んの〔連語、連體〕（残りの的音便）剩餘的
残んの雪（殘雪）
残んの月（殘月）
残んの灯火（殘燈）

慚（ㄘㄢˊ）

慚〔漢造〕羞愧

慚愧、慙愧〔名、自サ〕慚愧
慚愧に堪えない（非常慚愧）
深く慚愧する次第で有ります（深感慚愧）

慚死、慙死〔名、自サ〕羞死
人を慚死せしめる（使人羞死）
彼は責任を負って慚死す可きだ（他應該引咎羞愧而死）

慙（ㄘㄢˊ）

慙〔漢造〕難為情

慙愧、慙愧〔名、自サ〕慚愧
慙愧に堪えない（非常慚愧）
深く慙愧する次第で有ります（深感慚愧）

慙死、慙死〔名、自サ〕羞死
人を慙死せしめる（使人羞死）
彼は責任を負って慙死す可きだ（他應該引咎羞愧而死）

慙色〔名〕愧色、慚愧的樣子

惨、慘（慘）（ㄘㄢˇ）

惨、慘〔名、形動、漢造〕悽慘、悲慘、殘酷
惨たる光景（悽慘的情景）
火事の現場は惨と為て目も当てられない（火災現場悽慘慘不忍睹）
惨と為て声無し（慘然無聲）
其の惨言う可からず（其慘狀不可言喩）

悲惨、悲酸（悲慘、悽慘）

凄惨、悽惨（悽慘）

陰惨（陰慘、悽慘）

無惨、無残、無慚、無慙（悽慘、殘酷,殘暴,殘忍,〔佛〕（犯罪而）不感到慚愧）

惨禍〔名〕慘禍、嚴重的災害
戦争の惨禍を蒙る（遭受戰爭的災難）

旅行の途中惨禍に遭う（旅行途中遇到惨禍）

惨害〔名〕浩劫、嚴重的災害、嚴重的破壞（=惨禍）

戦争の惨害（戰爭的浩劫）

爆撃の惨害を受けた（受到了轟炸的嚴重破壞）

台風が農作物に惨害を与えた（颱風給農作物造成了嚴重破壞）

地震の因って其の地方一帯は甚大な惨害を蒙った（由於地震那地方一帶遭受了嚴重浩劫）

惨況〔名〕惨況、惨狀（=惨狀）

惨苦〔名〕悽惨痛苦、沉重的痛苦

様様な惨苦を嘗めた（備嚐種種悽惨痛苦）

惨刑〔名〕酷刑、殘酷的刑罰

惨劇〔名〕惨劇、悲惨事件

惨劇を演ずる（演出惨劇、造成悲惨事件）

惨劇が起こった（發生了惨案）

惨事〔名〕悲惨事件、惨案

惨事を引き起こす（造成惨案）

一家五人焼死の惨事（全家五口被燒死的惨案）

惨状〔名〕惨狀、悲惨情景

惨状を目撃する（目睹惨狀）

目も当てられない惨状を呈する（呈現惨不忍睹的惨狀）

其の惨状は言語に絶する（那種惨狀非筆墨所能形容）

惨絶〔形動〕惨絶

惨憺、惨澹〔副、形動〕悽惨，悲惨（=物凄い）、惨憺，費盡心血、暗淡（=薄暗い）

惨憺たる光景（悽惨的景象）

最後は惨憺たる（と為た）結果に終った（最後以悲惨結果而告終）

成績は実に惨憺たる物だ（成績實在太惨）

焼け跡は実に惨憺たる物だった（火災後廢墟真是悽惨）

惨憺たる苦心（惨澹的苦心）

苦心惨憺して仕事を仕上げる（苦心惨憺地完成工作）

惨憺たる一年（暗淡的一年）

惨毒〔形動〕惨毒

惨敗、惨敗〔名、自サ〕惨敗、大敗

今日の試合は全く惨敗を喫した（今天比賽完全惨敗）

敵が惨敗した（敵人大敗）

惨落〔名、自サ〕（行情）惨跌（=暴落）

相場が惨落した（行情惨跌）

惨烈〔名〕非常悽惨、悽惨萬狀

惨烈を極める（極其悽惨）

惨刻，惨酷，殘刻，殘酷〔名、形動〕殘酷

惨酷な行為（殘酷的行為）

余りに惨酷な光景で見るに忍びない（那情景簡直惨不忍睹）

惨酷に取り扱う（虐待）

惨酷極まりない（惨絶人寰）

惨殺〔名、他サ〕惨殺、殘殺

斧で惨殺した物らしい（好像用斧頭砍死的）

村の住民は老若男女の別なく侵略者に惨殺された（村裡居民不分男女老幼都遭到了侵略者的殘殺）

惨殺事件（凶殺案）

惨殺死体（兇殺屍體）

惨殺者（兇殺犯、兇手）

惨死〔名、自サ〕惨死、死得悲惨

惨死を遂げる（死得悲惨悲惨地死去）

爆撃に因って惨死する（因遭受轟炸而惨死）

惨聞〔名〕悲惨的風聞

惨め〔形動〕惨、悽惨、悲惨、惨痛

惨めな生活（悲惨的生活）

惨めな思いを為る（感到很惨）

九三年間と言う物惨めな暮らしを為た（整整過了三年悲惨的生活）

雨に降られて惨めだった（淋了雨真惨）

ち

慰められて却って惨めな思いが為た（受到慰問反而覺得悲慘）

惨い、酷い〔形〕悽慘的、殘酷的
彼は目の下の者に酷く惨い（他對下面很殘酷）
彼奴は惨い男だ（他是一個很殘暴的人）
見る丈惨い有様だ（慘不忍睹）
何と惨い末路だろう（多麼悽慘的下場啊！）
弱者に惨い仕打ちを為る（用殘酷手段對待弱者）

惨たらしい、酷たらしい〔形〕悽慘的、殘酷的、殘忍的（＝惨い、酷い）
惨たらしい一生を過ごした（度過了悲慘的一生）
惨たらしい死に方を為る（死得悽慘）
惨たらしい方法で処刑する（用殘酷的方法處死）
惨たらしい処刑（酷刑）

惨たらしさ、酷たらしさ〔名〕慘相、慘狀、殘忍、悽慘的程度

燦（ㄘㄢˋ）

燦〔形動タルト〕燦爛、輝煌（＝煌びやか、鮮やか）
燦たる栄耀（輝煌的榮譽）
太陽は燦と為て輝く（陽光燦爛、太陽輝耀）
名は燦と為て後世に残る（名垂千古）

燦燦〔形動タルト〕燦爛、輝煌
燦燦たる陽光（燦爛的陽光）
陽光の燦燦と（為て）降り注ぐ五月（陽光燦爛的五月）

燦然〔形動タルト〕燦然、燦爛
燦然と輝く悠久なる文化（輝煌燦爛的悠久文化）
燦然たる光を放つ（放出燦爛的光輝、光芒四射）
燦然と為て輝く（燦然輝耀）
輝くたる勝利を勝ち取る（取得輝煌勝利）

燦点〔名〕〔動〕（鳥的）翼斑透明斑

燦爛〔形動タルト〕燦爛、輝煌
燦爛たる宝石（燦爛奪目的寶石）
燦爛たる星（燦爛的星光）
燦爛たる光を放つ（放射出燦爛光芒）
太陽は燦爛と輝いている（太陽燦爛地照耀著）
我国の民生主義建設の前途は光輝燦爛たる物である（我國民生主義建設的遠景是光輝燦爛的）

倉、倉（ㄘㄤ）

倉、倉〔漢造〕倉庫、匆忙、驟然
穀倉、穀倉（穀倉、糧倉）
営倉（〔舊時軍營中的〕禁閉室、禁閉處分）
船倉，船艙、船倉，船蔵（（船艙））
船倉，船蔵（船艙、船塢）

倉庫〔名〕倉庫、貨棧
倉庫に入れる（放入倉庫）
倉庫証券（倉庫證券）
倉庫料（租棧費）
倉庫渡し（貨棧交貨）
倉庫管理人（倉庫管理員）

倉皇、蒼惶〔形動タルト〕倉皇、匆忙
倉皇と為て逃げる（倉皇逃走）
倉皇と為て彼女はアパートへ戻った（她匆忙返回公寓）

倉卒、草卒、匆卒、忽卒、草卒〔名、形動〕倉促、匆忙、突然
倉卒の間（倉促之間）
倉卒為る断定（倉促的判斷）
倉卒の際其の人の名を聞き漏らした（匆忙之中聽漏了他的姓名）
倉卒の客（不速之客、突然來的客人）

倉廩〔名〕倉廩、糧倉
倉廩実ちて礼節を知る（倉廩實而後知禮儀－管子）

倉、庫、蔵〔名〕倉庫、棧房、穀倉、糧倉

売れ残りの品を倉に終う（把賣剩下的商品放入倉庫）
御米を倉に入れる（把米放進糧倉）
倉が建つ（〔喻〕十分賺錢、大賺其錢）
倉入れ、蔵入れ〔名、他サ〕入庫，落棧、入庫或落棧的物品
御倉入れ（入庫）
倉敷、倉敷料〔名〕倉庫租金
倉敷料を払う（付倉租）
倉出し、蔵出し〔名、他サ〕出庫，提貨、剛出庫（的酒等）
倉入れした貨物を倉出しする（提取庫存的貨）
倉出しの酒（剛出庫的酒）
倉荷〔名〕庫存貨、棧存品
倉荷証券（棧單）
倉主、蔵主〔名〕倉庫的所有者
倉米、蔵米〔名〕倉庫裡的米、（江戶時代）在江戶淺草米倉及各諸侯米倉儲存的祿米、（江戶時代）各地諸侯，通過大阪的自營商店倉庫，出售的糧食
倉渡し、蔵渡し〔名、他サ〕〔商〕倉庫交貨
倉渡し一俵三万円（倉庫交貨一草袋三萬日圓）

滄（ㄘㄤ）

滄〔漢造〕青綠色
滄海、蒼海〔名〕滄海
滄海の一粟（滄海一粟）
滄海変じて桑田と為る（滄海變桑田）
滄海桑田（滄海桑田）
滄桑〔名〕滄桑、滄海桑田
滄桑を閲する（飽經滄桑）
滄桑の変（滄桑之變、變化很大）
滄溟〔名〕滄海、大海（＝大海原）

蒼（ㄘㄤ）

蒼〔漢造〕藍色、深藍色、慌張

蒼天（蒼天、碧空）
蒼惶、倉皇（倉皇）
蒼鉛〔名〕〔化〕鉍
次硝酸蒼鉛（硝酸氧鉍）
蒼鉛中毒（鉍中毒）
蒼鉛剤（鉍製劑）
蒼鉛華（赭鉍礦）
蒼海、滄海〔名〕滄海
滄海の一粟（滄海一粟）
滄海変じて桑田と為る（滄海變桑田）
滄海桑田（滄海桑田）
蒼穹〔名〕蒼穹、太空
蒼空〔名〕蒼天、青空（＝青空）
蒼勁〔形動〕（文字，文章等）蒼勁有力
蒼勁な字（蒼勁有力的字）
蒼頡，倉頡、蒼頏，倉頏〔名〕（中國傳說中人物）倉頡（造字）
蒼古、蒼枯〔形動タルト〕蒼古、古雅
蒼惶、倉皇〔形動タルト〕倉皇、匆忙
蒼惶と為て逃げる（倉皇逃走）
蒼惶と為て彼女はアパートへ戻った（她匆忙返回公寓）
蒼朮〔名〕〔植〕蒼朮（用作健胃，利尿，解熱，鎮痛劑）
朮、白朮〔名〕〔植〕蒼朮（用作健胃，利尿，解熱，鎮痛劑）
蒼生〔名〕蒼生、人民（＝人民）
蒼然〔形動タルト〕蒼然、蒼鬱、蒼老、蒼茫
古色蒼然（古色蒼然）
暮色蒼然と為て（暮色蒼茫）
蒼蒼〔形動タルト〕蒼蒼，蒼藍、蒼老、繁茂、鬱鬱蔥蔥
蒼蒼たる密林（鬱鬱蔥蔥的密林）
蒼天〔名〕蒼天，碧空（＝青空）、上蒼，老天爺、春天的天空
蒼白〔名、形動〕蒼白
蒼白な顔（蒼白的臉）

ㄘ

顔面が蒼白に為る（臉色蒼白）

蒼白い、青白い〔形〕青白色的、蒼白的

蒼白い月の光（青白色的月光）

彼は病気で蒼白い顔を為ている（他因為生病臉色蒼白）

蒼白い（蒼白き）インテリ（intelligentsiya）〔蔑〕白面書生 - 嘲笑缺乏實踐能力的知識份子）

蒼氓〔名〕蒼生、人民

蒼茫〔形動タルト〕蒼茫

蒼茫たる大海原（蒼茫大海）

蒼茫たる大地（蒼茫大地）

蒼蠅、蒼蝿，青蠅〔名〕〔動〕綠豆蠅，綠頭蒼蠅。〔罵〕糾纏不休的人

蒼ざめる、青ざめる〔自下一〕（因疾病，恐怖而臉色）變蒼白

蒼ざめた顔を為ている（面色蒼白）

彼の顔は急に蒼ざめた（他的臉色忽然蒼白了）

艙（ㄘㄤ）

艙〔名〕船隻內部

艙口〔名〕〔船〕艙口、升降口（=ハッチ hatch）

艙口檢查（艙口檢查）

蔵（藏）（ㄘㄤˊ）

蔵〔名、漢造〕收藏，貯藏、隱藏、躲藏、倉庫。〔佛〕藏

山田氏の蔵（山田氏所藏）

貯蔵（儲藏、儲存）

密蔵（密藏、真言宗的經典）

秘蔵（秘藏、珍藏、珍愛）

収蔵（收藏、貯藏）

包蔵（包藏）

所蔵（所藏、收藏）

珍蔵（珍藏）

尚蔵（珍藏）

家蔵（家藏）

架蔵（收藏架上）

無尽蔵（無窮盡、取之不竭）

国立博物館蔵（國立博物館藏）

館蔵（館藏）

旧蔵（舊藏）

久蔵（久藏）

吸蔵（〔化〕吸留）

退蔵（隱藏、囤積）

埋蔵（埋藏、蘊藏）

宝蔵（寶庫）

土蔵（外塗泥灰的倉庫、當鋪的別稱）

経蔵（經集、經樓、經堂）

三蔵（三藏 - 佛教聖典，經藏、律藏、論藏的總稱、精通佛教各種聖典的高僧的敬稱）

大蔵経（大藏經=一切經）

大蔵（國庫）

大蔵省（日本財政部）

死蔵（不用而死藏）

私蔵（私人收藏）

自蔵（自己收藏內裝）

地蔵（地藏菩薩）

虚空蔵（虚空藏菩薩）

声聞蔵（聲聞藏菩薩）

蔵する〔他サ〕貯藏、收藏、包藏

書籍を蔵する（藏書）

尚多くの問題を蔵する（內部還存著許多問題）

蔵経〔名〕大藏經的略稱

蔵書〔名〕藏書

国立図書館の蔵書（國立圖書館的藏書）

蔵書家（藏書家）

蔵書印（藏書圖章）

蔵相〔名〕大藏大臣、財政部長

蔵精器、造精器 〔名〕〔植〕精子囊

蔵置 〔名、他サ〕貯藏、保管
　蔵置期間（貯藏期間）

蔵匿 〔名、他サ〕藏匿、隱藏
　犯人を蔵匿する（藏匿犯人）
　蔵匿者（隱藏者）

蔵版 〔名、他サ〕所藏的版本
　文部省蔵版（文部省藏本）

蔵品 〔名〕收藏品、庫存品
　彼の資料館は蔵品が多い（少ない）（那個資料館收藏品很多〔很少〕）
　蔵品を増やし度い（想増加些收藏品）

蔵鋒 〔名〕〔書法〕不露筆鋒。〔轉〕（才華）不露鋒芒 ←→露鋒

蔵本 〔名〕藏書（＝蔵書）

蔵卵器、造卵器 〔名〕〔植〕（羊齒類的）卵囊

蔵王 〔名〕藏王菩薩，金剛藏王（＝蔵王権現）、藏王山

蔵、倉、庫 〔名〕倉庫，棧房，穀倉，糧倉
　売れ残りの品を倉に終う（把賣剩下的商品放入倉庫）
　御米を倉に入れる（把米放進糧倉）
　倉が建つ（〔喻〕十分賺錢、大賺其錢）

蔵入れ、倉入れ 〔名、他サ〕入庫，落棧、入庫或落棧的物品
　御倉入れ（入庫）

蔵浚え 〔名、他サ〕清倉、廉價出售庫存品（＝蔵払い）
　蔵浚え大売出し（清倉大拍賣）

蔵出し、倉出し 〔名、他サ〕出庫，提貨、剛出庫（的酒等）
　倉入れした貨物を倉出しする（提取庫存的貨）
　倉出しの酒（剛出庫的酒）

蔵主、倉主 〔名〕倉庫的所有者

蔵払い 〔名、他サ〕清倉、廉價出售庫存品（＝蔵浚え）
　蔵払いの為全商品三割引（為了清理存貨全部商品減價三成）

　デパートで蔵払いの大売出しを為ている（百貨公司正在清倉大拍賣）

蔵番 〔名〕倉庫管理人、倉庫看守人

蔵開き 〔名、自サ〕（商店等在正月擇吉）正式開張營業
　デパートは一月五日頃蔵開きする（百貨店在一月五日前後正式開張營業）

蔵米、倉米 〔名〕倉庫裡的米、（江戶時代）在江戶淺草米倉及各諸侯米倉儲存的祿米、（江戶時代）各地諸侯，通過大阪的自營商店倉庫，出售的糧食

蔵店 〔名〕（四面塗白灰的）倉庫式房屋的商店

蔵元 〔名〕倉庫管理者、（設有酒庫的）釀酒廠、醬油廠、（江戶時代）出入於蔵屋敷的商人

蔵屋敷 〔名〕（江戶時代）（諸侯在大津，大阪，江戶等商業城市設立的）儲藏兼出售糧食等的倉庫

蔵渡し、倉渡し 〔名、他サ〕〔商〕倉庫交貨
　倉渡し一俵三万円（倉庫交貨一草袋三萬日圓）

蔵人、蔵人 〔名〕〔史〕掌管宮廷中文書，總務等事務的官員

蔵人所 〔名〕〔史〕掌管宮廷中文書，總務等事務的機關

層（ち∠ˊ）

層 〔名、漢造〕層、層次、樓層、地層、社會階層
　層を為す（成層）
　層相重なる（層層疊疊）
　一層（一層、第一層、越發、更加）
　大層、大相（非常、過份）
　重層（多層、復層）
　十層（十層）
　階層、界層（層、階層）
　高層（高層、高氣層、高空）
　上層（上層、上流）
　下層（下層、底層）
　電離層（電離層）

ㄘ

高木層（喬木層）
低木層（灌木層）
高層建築（高層建築物）
地層（地層）
断層（斷層、差異、分歧）
石炭層（煤炭層）
洪積層（洪積層）
逆転層（〔氣〕逆溫層）
古生層（古生層）
中間層（〔氣〕中圈，中層＝中間圈）
中堅層（中堅層）
商人層（商人層）
読者層（讀者層）
層位〔名〕〔地〕層位、地層
層位学（地層學）
層位学者（地層學家）
層位トラップ（地層圈閉）
層一層〔副〕更加（＝もっともっと、愈愈、益益）
長引けば援助が層一層必要に為る（時間一拖長就更加需要支援）
層一層の努力が必要だ（需要更加努力）
層雲〔名〕〔氣〕層雲
層化〔名〕分層、〔地〕層理
層灰岩〔名〕〔地〕層凝灰岩
層崖〔名〕〔地〕斷層崖
層孔虫類〔名〕〔生〕層孔蟲科
層準〔名〕〔地〕層位
層状〔名〕層狀
層状を為す（成層狀）
層状岩（成層岩）
層状格子（〔理〕層形點陣）
層積雲〔名〕〔氣〕層積雲
層層〔形動タルト〕層層
層層累累（層層疊疊）

層層重なる死体（屍體累累）
層層たる建築が聳えている（聳立著成群的大廈）
層倍〔接尾〕（助數詞用法）〔俗〕倍
此の研究が成功すれば従来の何層倍もの動力を出す事が出来る（這研究如能成功就可以發出比過去大幾倍的動力）
薬九層倍（賣藥一本萬利）
層面〔名〕〔地〕層理面
層理〔名〕〔地〕層理
層流〔名〕〔理〕層流←→乱流
層楼〔名〕高樓

粗（ㄘㄨ）

粗、麁、麤〔漢造〕粗、粗糙、粗劣、草率
精粗（精粗、優劣、好壞）
粗悪、麁悪〔形動〕（質量）低劣、差←→精巧
粗悪に為る（使低劣）
品質粗悪な品物（品質低劣的東西）
彼処の店の品はどうも粗悪だ（那商店東西品質很不好）
粗悪品（次品、次貨）←→優良品
粗衣、麁衣〔名〕粗衣、布衣
粗衣粗食に甘んじる（滿足於布衣粗食）
粗菓〔名〕〔謙〕粗點心（＝粗末な菓子）
粗菓ですが、如何ですか。手製ですのよ（不是什麼好點心，請吃一點吧！是自己做的呢！）
粗景、麁景〔名〕（商店用語）菲薄的贈品、小贈品（＝粗末な景品）
粗肴〔名〕粗餚、家常菜
粗酒粗肴（薄酒粗餚）
粗肴ですがいかがですか（家常菜請嚐嚐）
粗鉱〔名〕原礦石
粗鋼〔名〕粗鋼、原鋼
粗剛、疎剛〔名、形動〕粗糙而硬

粗剛な厚い皮から白っぽい芽を吹いている（從粗硬的厚皮上發出白色芽來）

粗豪、疎豪〔形動〕粗獷豪放

粗忽、楚忽〔名、形動〕疏忽，粗心，魯莽、錯誤，過失，失禮

粗忽な人（粗枝大葉的人）

とんだ粗忽を致しました（太不小心了、太失禮了）

粗忽者（粗心的人、輕率浮躁的人、心不在焉的人）（=おっちょこちょい）

粗骨粉〔名〕粗骨粉

粗細、麁細〔名〕粗雜和細密

粗菜、麁菜〔名〕粗菜、粗糙的副食

粗雜、疎雜〔形動〕粗糙、馬虎

粗雜な仕上げ（做得粗糙）

細工の粗雜な机（手工粗糙的桌子）

頭が粗雜だ（頭腦不細緻）

粗雜に扱う（馬虎地處理）

粗雜な物を棄てて精髄を取る（去粗取精）

粗餐、麁餐〔名〕便餐、便飯（=粗飯）

粗餐を呈し度い（敬備便餐）

粗糸、麁糸〔名〕粗絲、便宜的絲

粗紙、麁紙〔名〕粗紙、便宜的紙

粗酒、疎酒〔名〕〔謙〕薄酒、便酌

粗酒石〔名〕〔化〕（酒桶沉澱）粗酒石

粗食，疎食、粗食、疎食〔名、自サ〕粗茶淡飯、簡單飲食（=疎食，疏食，蔬食，疎食，疏食，蔬食）←→美食

粗食に慣れる（習慣於簡單飲食）

粗衣粗食に甘んじる（滿足於簡單的生活）

粗製〔名〕粗製（的東西）←→精製

粗製塩（粗製鹽）

粗製品（粗製品、劣貨）

粗製濫造（粗製濫造）

粗拙、疎拙〔形動〕粗拙

粗拙な作品（粗拙的作品）

粗相、疎相、麁相〔名、自サ〕疏忽、大小便失禁

とんだ粗相を致しました（我太疏忽了、實在對不起）

粗相を為て茶碗を毀した（一疏忽把飯碗打碎了）

此の子は時時粗相する（這孩子常大小便失禁）

粗鬆、疎鬆〔形動〕粗鬆

粗鬆な筆使い（粗鬆的筆法）

粗造、麁造〔名〕粗製

粗造り、粗造〔名〕粗製（的東西）

粗造りの建物（草草蓋起的房子）

粗糙、麁糙〔形動〕粗糙

粗朶、麁朶〔名〕砍下來的樹枝，木柴、柴火

粗朶を切る（砍柴）

粗朶を焼べる（添柴火）

粗大、疎大〔形動〕粗枝大葉、又大又笨重

粗大な調査（粗枝大葉的調查）

粗大芥（大件垃圾 - 指廢棄家具，冰箱，電視等）

粗茶、疎茶〔名〕粗茶。〔謙〕茶（=不味い茶）

粗茶ですが、何卒（請喝茶）

粗糖〔名〕粗糖←→精糖

粗銅〔名〕〔化〕粗銅

粗葉〔名〕〔謙〕粗菸、粗葉子

粗葉ですが、粗葉御一服（這煙不太好請抽一袋吧！）

粗飯、麁飯〔名〕〔謙〕便飯、粗茶淡飯

粗飯を差し上げ度いと存じますから今晚七時に御来宅下さい（想請您吃頓便飯請今晚七點到我家來）

粗描〔名、他サ〕粗略的描寫、大致的描寫

粗品，麁品、粗品〔名〕〔謙〕粗品、粗禮、微薄的禮品、不值錢的東西

粗品ですが何卒御収め下さい（是一點微薄的東西，請收下吧！）

〝粗品〞と書いて御届けして下さい（請寫粗品二字送去）

粗品進呈（敬贈菲儀）

粗布（そふ）, 麁布（そふ）、粗布（あらぬの）〔名〕粗布、粗布衣服

粗服（そふく）、麁服（そふく）〔名〕粗服、粗布衣服、用便宜衣料做的衣服

粗放（そほう）、疎放（そほう）〔名、形動〕疏放、不緻密
　粗放性格（不拘小節的性格）
　粗放農業（粗放農業）

粗紡（そぼう）〔名〕〔紡〕粗紡、紡成粗紗

粗暴（そぼう）、麁暴（そぼう）、疎暴（そぼう）〔名、形動〕粗暴
　粗暴な人間（粗暴的人）
　態と粗暴に振る舞う（故意舉止粗暴）

粗樸（そぼく）、粗朴（そぼく）〔名、形動〕樸素、純樸、質樸
　粗樸な人（樸素的人）
　粗樸な考え方（單純的想法）
　粗樸な理論（質樸的理論）

粗笨（そほん）、麁笨（そほん）〔名、形動〕粗笨、粗雜、不細緻
　予算案の組み方が全く粗笨だ（預算案編得很不細緻）

粗末（そまつ）、麁末（そまつ）〔形動〕粗糙，簡陋，不精緻、粗暴，疏忽，簡慢、浪費
　粗末な食事（粗茶淡飯）
　細工が粗末だ（手工不精緻）
　粗末な宿屋（簡陋的旅店）
　御粗末でした（〔飯後主人的客套話〕簡慢得很、怠慢了）
　親を粗末に為るな（不要簡慢父母）
　一針でも粗末に縫っては行けません（一針都不能馬虎）
　一銭の金でも粗末には出来ない（一分錢都不能浪費）

御粗末（おそまつ）〔名〕（〝粗末〟的客氣說法，含有輕蔑，謙遜式自嘲的口吻）粗糙，不精緻，簡慢
　御粗末な演技（不高明的演技）
　私の御粗末な頭を持って為ては…（就以我笨拙的頭腦…）
　御粗末様（〔款待後的客氣話〕簡慢得很、不成敬意）

粗慢（そまん）、疎慢（そまん）〔名、形動〕疏忽、怠慢（＝疎（おろそ）か）

粗密（そみつ）、疎密（そみつ）〔名〕疏密
　人口の粗密を調査する（調查人口的疏密）
　織り方の粗密の差が大きい（織法疏密相差很大）

粗面（そめん）〔名〕〔地〕粗糙面
　粗面岩（粗面岩）
　粗面玄武岩（粗玄岩）

粗野（そや）、疎野（そや）〔名、形動〕粗野、粗魯
　粗野な態度を取る（態度粗野）
　粗野に振舞う（舉止粗魯）
　言葉遣いは粗野だが、気性がさっぱりしている（雖說話粗魯但脾氣直爽）
　そんな粗野振舞を為ると笑われるよ（舉止那麼粗魯可要招人笑話的）

粗略（そりゃく）、疎略（そりゃく）、麁略（そりゃく）〔名、形動〕疏忽、怠慢、魯莽
　客を粗略に扱う（怠慢客人）
　大切な預り品を粗略に為ては行けない（重要的寄存品保管不可疏忽）

粗粒玄武岩（そりゅうげんぶがん）〔名〕〔地〕粒玄岩

粗（あら）〔造語〕粗糙、沒加工的、稀疏的
　粗木（粗木料）
　粗造り、粗造（粗製〔的東西〕）
　粗削り（略為刨過）
　粗熟し（粗略壓碎）
　粗目に塗る（稀疏地塗上）

荒（あら）〔造語〕狂暴、凶猛、粗野、粗糙、荒廢
　荒波（怒濤）
　荒鷲（猛鷲）
　荒武者（粗野的武士）
　荒療治（粗糙的治療處置）
　荒物（粗雜物）
　荒縄（粗草繩）
　荒小田（荒廢的田地）

新（あら）〔造語〕新、尚未用過
　新手（新手、新兵）

新身（新刀）

新湯（沒人洗過的澡水）

粗い〔形〕粗的、粗糙的、稀疏的←→細かい

目の粗い網（洞眼粗大的網）

粗い縞（粗條紋）

粒が粗い（粒子粗）

粗い計算（粗糙的計算）

粗い計画（粗糙的計畫）

細工が粗い（手藝粗糙）

表面が粗い紙（表面粗糙的紙）

粗い手触り（摸著粗糙）

荒い〔形〕粗暴的、劇烈的、凶猛的、亂來的

荒い気性（粗暴的性格）

語調が荒い（語氣粗暴）

波が荒い（波濤洶湧）

鼻息が荒い（盛氣凌人）

金遣いが荒い（亂花錢）

洗い〔名〕洗、（用冷水或冰冷縮了的）生魚片

洗いに遣る（拿去叫人洗）

洗いが利く（經洗、耐洗）

洗いが足りない（洗得不淨）

生野菜を食べる時は洗いを充分に為よう（生吃蔬菜時要洗乾淨）

鯉の洗い（鮮鯉魚片）

洗いに為る（做成冷鮮魚片）

粗らか、荒らか〔形動〕粗野、粗暴（＝荒荒しい）

声粗らかに怒鳴り付ける（厲聲申斥）

粗粗〔副〕大致、大概←→細細

事情を粗粗知らせる（把情況大致通知一下）

粗板〔名〕（尚未刨光的）粗木板

粗織り〔名〕粗紡（織物）

粗方〔名、副〕大體上、基本上、大部分

粗方理解した（大體上理解了）

仕事の粗方は終わった（工作大體上做完了）

粗方の人は帰った（大部分的人已經回去了）

金は粗方使って終った（錢大部分用完了）

年内の仕事は粗方終った（年內的工作大致做完了）

火事で家は粗方焼けて終った（由於失火房子大部分已經燒掉了）

粗金、鉱〔名〕礦石、礦砂、鐵（＝鉄）

粗壁、荒壁〔名〕粗抹過的牆、抹上粗泥灰的牆

粗壁を塗る（把牆抹上粗泥灰）

粗皮〔名〕（樹木，穀類的）粗皮、表皮、←→甘皮、（還沒鞣過的）生皮

粗鉋，荒鉋、粗鉋，荒鉋〔名〕粗刨子、大刨子

粗木、荒木〔名〕（沒去皮的）木料

粗削り、荒削り〔名、形動〕粗略刨過、粗糙，草率，馬虎，不拘小節

粗削りの材木（粗略刨過的木材）

粗削りな作品（粗糙的作品）

此の文章は粗削りな処が有る（這篇文章有地方寫得草率）

粗削りの性格（馬虎〔不拘小節〕的性格）

粗粉〔名〕（做點心用）粗糯米粉

粗漉し〔名〕粗略過濾

粗拵え〔名〕開頭的準備工作

粗拵えを遣る（做準備工作）

粗熟し〔名〕粗略壓碎、先略做準備

粗熟しを遣る（先略做準備）

粗菰、荒菰〔名〕編織粗糙的草蓆

粗薦、粗薦〔名〕編織粗糙的草蓆

粗捜し、粗探し〔名、自他サ〕找毛病、找錯誤、吹毛求疵

彼は良く人の粗捜しを為る（他好找別人的錯誤）

粗捜し的批評（苛刻的批評）

粗捜し癖（好吹毛求疵的脾氣）

粗筋、荒筋〔名〕概略、概要、大概

計画の粗筋（計畫的概要）

ち

映画のプログラムには粗筋が書いてある（電影說明書上寫著大概的情節）

前回迄の粗筋（〔章回小說〕截至上回的概要）

粗玉、新玉、璞〔名〕璞玉、沒有琢磨過的玉石

粗玉の、新玉の〔連語〕（冠於年，月，日，春的枕詞）新

粗玉の年の始（新年開始）

粗砥、荒砥〔名〕粗磨刀石

粗研ぎ、荒研ぎ〔名〕粗磨

粗煮〔名〕魚乾燒

粗糠〔名〕稻殼（=籾殼）

粗糠で鶏を飼う（用稻殼餵雞）

粗塗り，荒塗り，粗塗，荒塗〔名〕粗略抹過、抹第一遍（=下塗り）←→上塗り

粗塗りの壁（粗略抹過的牆）

粗塗り（を）為る（抹第一遍）

壁の粗塗り丈は済んだ（牆只抹了第一遍）

粗彫り、荒彫り〔名〕粗雕、粗雕刻物

粗筵、荒筵〔名〕粗蓆子

粗、略〔副〕大約，大略，大致（=大方、凡そ、大体）←→すっかり、丁度

我我は粗同年輩である（我們年齡大致相仿）

円周は直径の粗三倍に当てる（圓周大概等於直徑的三倍）

道路の舗装工事が粗完成した（道路的鋪修工程大致完成了）

出発の日時は粗決まった（出發日期大致決定好了）

粗目〔名〕粗糖（=粗目糖）、白天融化晚上又凍結的粗粒積雪（=粗目雪）

徂（ㄘㄨˊ）

徂〔漢造〕往、到、死亡

徂徠〔名、自サ〕往來、來去（=行き来）

促（ㄘㄨˋ）

促〔漢造〕催、促、急

催促（催促、催討）

督促（督促、催促）

局促、局趣（侷促）

促音〔名〕〔語〕促音（發音時與下一音節開頭的輔音，形成頓挫或摩擦，而成為一個音節的發音、如〝買った〟用小〝つ〟表示）（=詰まる音）

促音便〔名〕〔語〕促音便－音便的一種、單詞的詞中或詞尾的ち、ひ、り的元音脫落後變成促音的現象。（如〝持ちて〟變成〝持って〟、〝取り組む〟變成〝取っ組む〟）

（廣義也包括音節間促音介入、〝矢張り〟變成〝矢っ張り〟、〝真白〟變成〝真っ白〟）

促進〔名、他サ〕促進

工業と農業が互いに促進し合う（工業和農業互相促進）

文明の進歩を促進する（促進文明的進步）

促進剤（催化劑、觸媒）

促成〔名、他サ〕促成、人工加速培育

促成野菜（人工催育蔬菜）

促成栽培（促成栽培）

促迫〔名〕急促、急迫（=逼迫）

促迫呼吸（急促呼吸）

促す〔他五〕催促、促使（=催促する）

注意を促す（促使注意）

返事を促す（催促回信）

出席する様に促す（催促去出席）

物事の変化を促す（促使事務的變化）

彼に直ぐ来る様に促し為さい（你去催促他快來）

農業の発展は工業及び国民経済全体の急速な発展を促す（農業的發展促進工業及整個國民經濟的發展）

彼は頷いて（話の）先を促した（他點頭催促著往下說）

催促〔名、他サ〕催促、催討（=急き立てる、促す）

催促の手紙を出す（發催促信函）

借金の催促を受けた（被人催討欠款）
貸し金を催促する（催討欠債）
催促して取り立てる（催收）
早く来る様に電話で催促する（打電話催促快來）
仕事が期日迄に出来ないので、矢の様な催促を受けている（因工作沒能按期做好受到了火急催促）
催促状（催促信、催討的信）

醋、酢、酸（ちㄨˋ）

酢、酢、酸〔名〕醋
料理に酢を利かせる（醋調味）
野菜を酢漬けに為る（醋漬青菜）
酢で揉む（醋拌）
酢で溶く（醋調）
酢が利いてない（醋少、不太酸）
酢が（利き）過ぎる（過份、過度、過火）
酢で（に）最低飲む（數叨缺點、貶斥）
酢でも蒟蒻でも（真難對付）
酢に当て粉に当て（遇事數叨）
酢に付け粉に付け（遇事數叨）
酢にも味噌にも文句を言う（連雞毛蒜皮的事也嘮叨）
酢の蒟蒻のと言う（說三道四、吹毛求疵）
酢を買う（乞う）（找麻煩、刺激、煽動）
酢を嗅ぐ（清醒過來）
酢を差す（向人挑戰、煽惑別人）

簾、簀〔名〕（竹，葦等編的）粗蓆、簾子、（馬尾，鐵絲編的）細網眼，細孔篩子
竹の簀（竹蓆、竹簾）
葦簾（葦簾）
簀を掛ける（掛簾子）
簀を下ろす（放簾子）
簀を巻き上げる（捲簾子）
水囊の簀（過濾網）

巣、窠、栖〔名〕（蟲、魚、鳥、獸的）巣，穴，窩。〔轉〕巣穴，賊窩。〔轉〕家庭、（鑄件的）氣孔
鳥の巣（鳥巣）酢醋酸簾簀
蜘蛛が巣を掛ける（張る）（蜘蛛結網）
蜘蛛が巣に掛かる（蜘蛛結網）
蜂の巣（蜂窩）
巣を立つ（〔小鳥長成〕出飛、出窩、離巣）
巣に帰る（歸巣）
鳥が巣を作る（鳥作巣）
雌鳥が巣に付く（母雞孵卵）
悪の巣（賊窩）
彼の森は強盜の巣に為っている（那樹林是強盜的巣穴）
其処は丸で黴菌の巣だ（那裡簡直是細菌窩）
二人は彰化で愛の巣を営んで（構えて）いる（兩人在彰化建立了愛的小窩）
巣を構う（作巣，立家、設局，聚賭）

醋貝、酢貝〔名〕〔烹〕醋拌蛤類（多指醋拌鮑魚）
醋橘、酸橘〔名〕〔植〕（德島縣產）酸橘
醋大、措大〔名〕書生、窮書生
醋酸、酢酸〔名〕〔化〕醋酸、乙酸
氷酢酸（冰醋酸）
無水酢酸（醋酸酐）
酢酸発酵（醋酸發酵）
酢酸塩（醋酸鹽）
酢酸銅（醋酸銅）
酢酸鉛（醋酸鉛）
酢酸絹糸（醋酸纖維素）
酢酸細菌（醋酸菌）
酢酸繊維素（醋酸纖維素）
酢酸ウラニル（醋酸雙氧鈾）
酢酸アミル（醋酸戊酯）
酢酸エステル（醋酸酯）

ち

酢酸エチル（醋酸乙酯）
酢酸カリウム（醋酸鉀）
酢酸カルシウム（醋酸鈣）
酢酸ビニル（醋酸乙烯）
酢酸フェニルエチル（醋酸苯乙酯）
酢酸ブチル（醋酸丁酯）
酢酸プロピル（醋酸丙酯）
酢酸ベンジル（醋酸芐酯）
酢酸メチル（醋酸鉀酯）

簇、簇（ㄘㄨˋ）

簇、簇〔漢造〕叢聚的
簇出、叢出〔名、自サ〕簇出、輩出、成串（簇，束，群）產生
　簇出する流行語（成堆成串的流行語）
　其の時代には偉人が簇出した（在那個時代偉人輩出）
簇生，族生，簇生，叢生〔名、自サ〕簇生、叢生
　簇生植物（叢生植物、形成群落的植物）
　簇生葉（簇生葉、叢生葉）
　笹が簇生している（叢生的細竹子）
簇、叢、群〔名〕群、叢（＝群れ）
　一群の雀（一群麻雀）
　一簇の草（一叢〔簇〕草）
簇がる、叢がる、群がる〔自五〕群聚、群集
　群がって襲い掛かる（合夥襲擊）
　前に子供の一群が群がっている（前面聚集著一群小孩）
　人人はわっと群がって来た（人們一下子就群集過來了）
　蠅が食べ物に群がる（蒼蠅群聚在食物上）
　広場には人が群がっていた（廣場上聚集了許多人）
簇がり、叢がり、群がり〔名〕群、叢（＝群れ）
　人の群がりに紛れ込む（混入人群中）

蹴（ㄘㄨˋ）

蹴〔漢造〕踢
　一蹴（一腳踢開、不費力地擊敗對方、拒絕）
蹴球〔名〕足球（＝フットボール）、足球，橄欖球的總稱
　蹴球の試合（足球比賽）
　蹴球チーム（足球隊）
　蹴球選手（足球選手）
　我国では蹴球が盛んだ（我國足球很盛行）
蹴る、蹶る〔他五〕踢、衝破（浪等）、拒絕←→飲む、呑む
　此の馬は人を蹴る癖が有る（這匹馬有踢人的毛病）
　横っ腹を蹴られる（腰窩被踢）
　席を蹴って退場する（憤然離席退場）
　浪を蹴って進む（破浪前進）
　ゆっくり水を蹴って泳ぐ（輕輕地划著水游泳）
　賃金値上げの要求を蹴る（拒絕提高工資的要求）
蹴合う〔自五〕互踢、對踢
蹴合い〔名、自サ〕互踢、對踢、鬥雞
　鶏に蹴合いを為せる（鬥雞）
　軍鶏の蹴合いを見る（看鬥雞）
　蹴合い場（鬥雞場）
　蹴合い鶏（鬥雞用雞）
蹴上がり〔名〕〔體〕（雙腿踢起）躍上單槓
蹴上げる〔他下一〕踢起、向上踢
　相手の急所を蹴上げる（踢到對方要害）
　馬が急に後足を蹴上げた（馬突然踢起了後腿）
蹴上げ〔名〕踢起，向上踢、踢起來的泥、台階一級的高度
蹴板〔名〕〔建〕（門腳護板）踢板
蹴落とす〔他五〕踢落，踢掉、排擠，擠掉

山頂から石を蹴落とす（從山頂上把石塊踢下去）

同僚を蹴落として出世する（排擠同事自己飛黃騰達）

蹴返す〔他五〕回踢、踢回去、踢翻、踢倒、再踢一回

球を蹴返す（把球踢回去）

好意を蹴返されて流石に胸の中が煮えたらしい（好意被頂回來心中似乎不禁非常惱火）

蹴返し〔名〕〔相撲〕由內向外踢對方的踝骨處，同時用手扭倒對方的招數、走路時衣服底裙張開

蹴込む〔他五〕踢開門進入、破門而入

〔自五〕賠錢、虧本

蹴込み〔名〕進門後脫鞋台前垂直部分、樓梯各級的垂直部分、人力車乘者踏板

蹴殺す〔他五〕踢死

犬を蹴殺す（把狗踢死）

蹴転ばす〔他五〕踢翻、踢得亂滾

蹴倒す〔他五〕踢倒、賴帳

喧嘩の相手を蹴倒す（把吵架的對方踢倒）

借金を蹴倒す（賴帳不還）

蹴手繰り〔名〕〔相撲〕踢腿拉臂側摔

蹴出す〔他五〕踢出、節約（開支），節省出（結餘）

予算から余りを蹴出して置く（從預算中節省出節餘來）

蹴出し〔名〕（婦女穿和服時內裙上的）襯裙（＝裾除け）

赤い蹴出すを出した娘さん（露出紅色襯裙的姑娘）

蹴立てる〔他下一〕踢起、頓足

車が埃を蹴立てる（車揚起灰塵）

船が波を蹴立てて進む（船破浪前進）

橇が雪を蹴立てて滑り込んで来た（雪橇揚著雪花滑過來了）

席を蹴立てて立ち上る（頓足離席而去）

蹴違える〔他下一〕踢錯方向、踢扭筋

蹴違い〔名〕錯誤、失敗、失策、差錯

蹴違いが起こった（出了差錯）

蹴散らす〔他五〕踢散，踢亂、衝散，驅散

蹴散らかす〔他五〕（蹴散らす的強調說法）踢散，踢亂，衝散，驅散

多くの敵を蹴散らかす（把許多敵人衝散）

蹴躓く〔自五〕絆倒、挫折

石に蹴躓く（石頭絆倒）

事業は一つ蹴躓くと後が旨く行かない（事業一遇到挫折以後就不好辦了）

蹴爪、距〔名〕（雄雞等爪後角質突出）距、牛馬等蹄後小趾、（昆蟲）脛節突起。〔建〕虎爪式柱座

蹴飛ばす〔他五〕踢開、踢倒、拒絕

足腰の立たない程蹴飛ばす（踢開使對方站不起來）

申し出を蹴飛ばした（拒絕了申請）

蹴っ飛ばす〔他五〕〔俗〕踢開，踢倒、拒絕（＝蹴飛ばす）

蹴鞠〔名〕（作遊戲）踢的球、（平安末期以後貴族的）踢球遊戲（＝蹴鞠）

蹴鞠〔名〕（盛行於平安朝末期的）蹴球戲（＝蹴鞠）

蹴破る〔他五〕踢破、擊破，打散

doorを蹴破る（踢破門）

敵軍を蹴破る（擊破敵軍）

蹉（ㄘㄨㄛ）

蹉〔漢造〕浪費光陰、失掉機會

蹉跎〔形動タリ〕遭遇不佳，志願難伸、浪費光陰，失掉良機

蹉跌〔名、自サ〕跌倒，絆倒（＝躓く）、挫折，失敗（＝行き詰まる）

一生に蹉跌を来す（貽誤終生）

事業（研究）が蹉跌した（事業〔研究〕失敗了）

計画に蹉跌を来した（給計畫帶來了挫折、使計畫遭到了失敗）

躓く〔自五〕（意為爪突く）摔倒，絆倒，跌跤、失敗，受挫

石に躓いて転んだ（絆在石頭上摔倒了）

ち

足元が暗いから注意して歩かないと躓きますよ（因為腳底下黑暗不小心走會絆倒在東西上）

事業に躓く（為事業受到挫敗）

一度躓くと中中立ち直れない（一旦受挫折不容易翻過身來）

躓く度に其丈物事が分る様に為る（經一事長一智）

斯う言う人間は躓かない筈が無い（這種人沒有不跌跤的）

私は彼に躓いた（我為他栽了跟斗）

転ぶ〔自五〕滾轉（=転がる）、倒下，跌倒。〔轉〕趨勢發展、事態變化、（江戶時代信奉基督教的人受鎮壓而）改信佛教、藝妓與客人共宿

鞠が転ぶ（球滾）

転ぶ様に走る（滾轉地跑）

躓いて転ぶ（絆倒）

ばったり地上に転ぶ（突然倒在地上）

転んで又起きる（跌倒又爬起來）

転んだ人を起こして遣（把跌倒的人扶起來）

子供が滑って転んだ（小孩滑倒了）

彼は転んで片足を折った（他跌倒摔斷了一條腿）

何方へ転んで損は無い（倒向哪邊都不吃虧）何方何方何方

転ばぬ先の杖（未雨綢繆、事先做好準備）

転んでも徒では起きない（總忘不了撈一把、雁過拔毛）

挫（ㄘㄨㄛˋ）

挫〔漢造〕挫、挫折

頓挫（頓挫、挫折、停頓）

挫骨〔名、自サ〕骨折、折了的骨頭

挫傷〔名、他サ〕挫傷、扭傷

挫傷を受ける（受挫傷）

階段から落ちて足を挫傷させた（從樓梯摔下來把腳扭傷了）

挫折〔名、自サ〕挫折

研究に挫折を来す（給研究帶來挫折）

幾度も挫折感を味わう（多次感到氣餒）

どんな困難に有っても挫折しない（儘管碰到甚麼樣的困難都不氣餒）

敵の計画を挫折させる（挫敗敵人的計畫）

彼は一度の失敗に挫折する様な人じゃない（他不是那種失敗一次就會氣餒的人）

一度挫折すると、其丈見識が広くなる（吃一虧、長一智）

挫創〔名、他サ〕挫傷、扭傷（=挫傷）

挫滅〔名、自サ〕碰碎、擊破

頭部挫滅（頭部撞傷）

挫く〔他五〕挫，扭、挫敗，灰心，氣餒

腰を挫く（扭腰）

手首を挫く（挫手腕）

足を挫く（扭腳）

人が努力しようと言う気持を挫いては行けない（對人們的賣力不要潑冷水）

高慢な鼻を挫く（挫其銳氣）

強きを挫き弱きを助ける（抑強扶弱）

挫ける〔自下一〕挫傷，扭傷、沮喪，頹廢←→貫く

手が挫ける（手腕扭傷）

足が挫けた（腳扭到）

彼は一度位の失敗で挫ける様な人ではない（他不是一個一次失敗就沮喪的人）

措（ㄘㄨㄛˋ）

措〔漢造〕放，置、舉止

挙措（舉措、舉止）

措辞〔名〕措詞

巧みな措辞（巧妙的措詞）

措辞に注意する（注意措詞）

措大、醋大〔名〕書生、窮書生

措置〔名、他サ〕處理、處理方法
　措置を誤る（處理錯誤）
　臨機応変の措置を取る（採取隨機應變的措施）
　有効な予防治療の措置を取った（採取了有效的防治措施）
　適当に措置する（適當地處理）
措定〔名、他サ〕〔哲〕假定、設想
措く、擱く、置く〔他五〕放置、置之不理、放棄
　其の儘に為て措く（置之不理）
　只でか措かない（絕不能饒你）
措く、擱く〔他五〕除外、作罷、停止，擱下
　此が出来るのは彼を措いて適任者は無い（能辦這件事的除他之外沒有合適的人）
　煩い意見は措いて貰おう（你別嘮叨了）
　感嘆措く能わず（不勝感嘆）
　此の事件は一先ず措いて次へ進もう（這件事先擱著往下談吧！）
　筆を措く（擱筆、寫完）
措いて〔連語〕（常用 "…を措いて" 形式）除…之外（=差し置いて、以外に）
　彼を措いて適任者は居ない（除他以外沒有更合適的人）
　此れを措いて他に途は無い（除此別無他途）

撮（ちㄨㄛˋ）

撮〔名、漢造〕（容積的單位之一）撮（"勺" 的十分之一或百分之一）、摘取、照相、攝影
撮影〔名、他サ〕攝影、照相、拍電影
　記念写真を撮影する（拍紀念照）
　撮影して貰う（請人來拍照）
　夜間撮影を為る（夜間攝影）
　野外撮影を為る（拍外景）
　映画を撮影する（拍電影）
　撮影を禁ず（禁止攝影）
　撮影機（攝影機、照相機）
　撮影者（攝影者、拍照者）
　撮影場（室）（攝影場〔室〕）
　撮影所（電影製片廠）
　撮影師（攝影師）
　撮影用照明具（攝影燈具）
　撮影台本（〔電影〕分鏡頭劇本）
撮像管〔名〕（電視）攝像管
撮土〔名〕一撮土、一點點的土地
撮要〔名〕摘要
　世界史撮要（世界史摘要、世界史大綱）
撮む、摘む、抓む〔他五〕捏，抓，撮、拿起來吃、摘取、（用撮まれる的形式）被迷住，迷惑
　鼻を撮む（捏鼻子）
　箸で豆を撮む（用筷子夾豆）
　手で撮んで食べる（用手抓著吃）
　御気に召したらもっと御撮み下さい（你若愛吃就請再吃些）
　要点を撮んで話す（扼要述說）
　狐に撮まれた様だ（如墜五里霧中、莫名其妙）
撮み、摘み、抓み，抓〔名〕捏，抓，撮、（用作助數詞）一撮，一捏、（器具上的）提紐，繩栓。〔烹〕小吃，下酒菜
　一撮みの塩（一撮鹽）
　鍋蓋の撮み（鍋蓋上的提紐）
　beerの御撮み（配啤酒的小吃）
撮み上げる、摘み上げる〔他下一〕捏上來、捏起來
　角砂糖を撮み上げる（捏起方糖）
撮み洗い〔名、他サ〕（不全洗）只洗髒的地方
　洋服を撮み洗い（只洗西裝髒的地方）
撮み食い〔名、他サ〕（不用筷子）抓著吃、偷吃、〔俗〕吞沒（公款）
　撮み食いは行儀が悪い（抓著吃不禮貌）
　子供が撮み食いを為る（孩子偷吃）
　公金を撮み食いする（吞沒公款）
　撮み食いの味は格別（偷吃味道特別香）

撮み出す〔他五〕捏出，檢出、揪出去、轟出去
　米の中の籾を撮み出す（檢出米裡的稻穀）
　静かにし無いと撮み出すぞ（老實點不然就把你揪出去）

撮み取る〔他五〕摘取、選取
　林檎を撮み取る（摘取蘋果）

撮み取り検査〔名〕（統計）抽樣檢查

撮み菜〔名〕間拔下來的菜

撮み物〔名〕〔烹〕小吃、簡單酒菜（＝御撮み）
　ビールの撮み物に塩豆を出す（拿出鹽豆作啤酒的下酒菜）

撮る〔他五〕攝影、拍照
　カラー写真を撮る（照彩色相片）
　青写真を撮る（曬製藍圖）
　記録映画を撮る（拍紀錄片）

取る、採る、執る、捕る、撮る、摂る〔他五〕（手的動詞化）（一般寫作取る）取，執，拿，握，捕。（寫作捕る）捕捉、捕獲、逮捕。（一般寫作取る或採る）採摘，採集，摘伐。（寫作取る）操作，操縱、把住，抓住。（一般寫作執る）執行，辦公。（寫作取る）除掉，拔掉。（寫作取る）摘掉，脫掉。（寫作取る）刪掉，刪除。（寫作取る）去掉，減輕。（寫作取る）偷盜，竊取，剝竊、搶奪，強奪，奪取，強佔，併吞，佔據。（寫作取る）預約，保留、訂閱。（一般寫作採る）採用，錄用，招收。（寫作取る）採取，選取，選擇。（寫作取る）提取，抽出。（一般寫作取る）採光。（一般寫作取る）購買，訂購。（寫作取る）花費，耗費，需要。（一般寫作取る或摂る）攝取，吸收，吸取。（一般寫作取る）提出，抽出。（寫作取る）課徵，徵收，〔寫作〕得到，取得，領取，博得。（寫作取る）抄寫，記下，描下，印下。（一般寫作撮る）攝影，照相。（寫作取る）理解，解釋，領會，體會。（寫作取る）佔（地方）。（一般寫作取る）擔任，承擔。（寫作取る）聘請。（寫作取る）娶妻，收養、招贅。（寫作取る）繼承。（寫作取る）〔棋〕吃掉。（寫作取る）〔妓女〕留客，掛客。（寫作取る）索取，要帳，討債。（一般寫作執る）堅持。（寫作取る）賺，掙。（寫作取る）計算。（寫作取る）鋪床。（寫作取る）〔相撲〕摔交。（寫作取る）玩紙牌。（寫作取る）數數。（寫作取る）擺（姿勢，陣勢）。（寫作取って）對…來說。（寫作取る）打拍子，調整（步調）
　其処の新聞を取って来為さい（把那裏的報紙拿來）
　雑誌を取って読み始める（拿起雜誌開始閱讀）
　手を取る（拉手）
　見本を自由に御取り下さい（樣本請隨意取閱）
　手に取る様に聞こえる（聽得很清楚－如同在耳邊一樣）
　手を取って教える（拉著手數，懇切地教、面傳口授）
　手を取って良く御覧為さい（拿起來好好看看）
　御菓子を取って上げましょうか（我替您拿點心吧！）
　其の塩を取って下さい（請把鹽遞給我）
　郵便屋さんは一日に三回郵便物を取りに来る（郵差每天要來取郵件三次）
　駅に預けて有る荷物を取りに行く（到火車站去取寄存的東西）
　取りに来る迄預かって置く（直到來取存在這裡）
　川から魚を捕る（從河裡捕魚）
　森から仔狐を捕って来た（從樹林捉來一隻小狐狸）
　猫が鼠を捕る（貓捉老鼠）
　此の鯉は村外れの川で捕ったのだ（這條鯉魚是在村邊河邊捉來的）
　山に入って薬草を採る（進山採藥）
　柴を採る（打柴）
　茸を採る（採蘑菇）
　採った許りの林檎を食う（剛剛摘下來的蘋果）
　庭の花を採って部屋を飾る（摘院裡的花點綴房間）
　船の舵を取る（掌舵）

飛んで来たボールを取る（抓住飛來的球）
政務を執る（處理政務）
役所は午前九時から午後五時迄事務を執っている（機關由早上九點到下午五點半工）
昨日の大火事では消防署長が直接指揮を執った（昨天的大火消防隊長親臨現場指揮）
庭の雑草を取る（除掉院子裡的雜草）
此の石が邪魔だから取って呉れ（這塊石頭礙事把它搬掉）
此の虫歯は取る可きだ（這顆蛀牙應該拔掉）
洋服の汚れが如何しても取れない（西服上的油汙怎麼都弄不掉）
魚の骨を取る（把魚刺剔掉）
薬を撒いて田の虫を取る（撒藥除去田裡的蟲）
果物の皮を取る（剝水果皮）
眼鏡を取る（摘掉眼鏡）
帽子を取って御辞儀を為る（脫帽敬禮）
外套を取ってクロークに預ける（脫下大衣存在衣帽寄存處）
時時蓋を取って坩堝を揺り動かす（不時掀開蓋子搖動坩鍋）
此の語は取った方が良い（這個字刪掉好）
一字取る（刪去一個字）
痛みを取る薬（止痛藥）
アスピリンは熱を取る薬です（阿斯匹林是解熱藥）
疲れを取るには風呂に入るのが一番良いです（洗澡是消除疲勞的最好方法）
留守の間に御金を取られた（家裡沒人時錢被偷了）
人の文章を取って自分の名で発表する（剽竊他人文章用自己的名字發表）
脅して金を取る（恫嚇搶錢）
人の夫を取る（搶奪別人的丈夫）
天下を取る（奪取天下）
城を取る（奪取城池）

陣地を取る（攻取陣地）
領土を取る（強佔領土）
早く行って良い席を取ろう（早點去佔個好位置）
込んでいたので、良い部屋が取れなかった（因為人多沒能佔住好房間）
明日の音楽会の席を三つ取って置いた（預約了明天音樂會的三個位置）
御金は後で持って来るから、此の品物を取って置いて下さい（隨後把錢送來請把這東西替我留下）
帰るのが遅く為り然うだから、夕食を取って置いて下さい（因為回去很晚請把晚飯留下來）
子供の為に牛乳を取る（替孩子訂牛奶）
最後の切札と為て取って置く（作為最後一招保留起來）
此の新聞は捨てないで取って置こう（這報紙不要扔掉留起來吧！）
彼から貰った手紙は全部取って有る（他給我的信都保留著）
旅行の為の金は取って有る（旅費留著不動）
週刊雑誌を取る（訂閱周刊雜誌）
世界文学は取って有るか（訂了世界文學嗎？）
入学試験の結果五百名の中六十名しか採らなかった（入學考試的結果五百名中只錄取了六十名）
其の会社は試験して人を採る（那家公司通過考試錄用職員）
彼の学校は留学生を採らない（那所學校不招留學生）
寛大な態度を取る（採取寬大態度）
決を取る（表決）
断固たる処置を取る取る（採取斷然措施）
其は利口な人の取らない遣り方だ（那是聰明人不採取的辦法）
私の文章が雑誌に取られた（我的文章被雜誌採用了）

ち

一番好きな物を取り為さい（選你最喜歡的吧！）

此と其では、何方を取るか（這個和那個選哪一個？）

選択科目では日本語を取った（選修課程選了日語）

次の二つの方法の中何れかを取る可きだ（必須選擇下面兩個方法之一）

私は利口者よりも正直者を取る（我寧選誠實人不選聰明人）

酒は米から取る（酒由米製造）

例に取る（提出作為例子）

米糠からビタミンを取る（從米糠提取維他命）

羊から羊毛を取る（從羊身上剪羊毛）

石炭からガスを取る（從煤炭提取煤氣）

牛乳からクリームを取る（從牛奶提取奶油）

カーテンを上げて光を採り入れる（打開窗簾把光線放進來）

壁には明かりを採る為の小さいな窓が有る（牆上有個採光的小窗戶）

彼が熱心に筆を執っている（他在一心一意地執筆寫作）

忙しくて筆を執る暇が無い（忙得無暇執筆）

野菜は角の八百屋から取っている（青菜在拐彎的菜店買）

電話を掛けて饂飩を取る（打電話叫麵條）

料金を取る（收費）

手間を取る（費工夫）

毎月子供に一万円取られる（每月為孩子要花上一萬日元）

部屋代の外電気代を取られる（除了房租還要交電費）

会費は幾等取るか（會費要多少錢？）

入場料を参百円取る然うです（聽說門票要三百日元）

店が込んでいて、買物に時間を取った（商店裡人太多買東西費了很長時間）

栄養を取る（攝取營養）

昼食を取りに行く（去吃午飯）

日に三食を取る（一天吃三餐）

何卒御菓子を御取り下さい（請吃點心）

千円から参百円を取ると七百円残る（從一千日元提出三百日元剩七百日元）

給料から生活費を取った残りを貯金する（從工資提出生活費剩餘的錢存起來）

国民から税金を取る（向國民課稅）

罰金を取る（課罰款）

満点を取る（得滿分）

賄賂を取る（收賄）

学位を取る（取得學位）

英語の試験で九十点を取った（英語考試得了九十分）

競技会で金メダルを取った（在運動場上得了金牌）

正直だと言う評判を取った（博得誠實的評論）

自動車の免許は何時取ったか（什麼時候領到汽車駕駛執照的？）

此の学校を出ると、教師の資格が取れる（由這所學校畢業就能取得教師資格）

会社では一年に二十日の休みを取る事を出来る（公司裡一般每年可以請二十天假）

型を取る（取型）

記録を取る（作紀錄）

ノートを取る（作筆記）

指紋を取られる（被取下指紋）

書類の控えを取る（把文件抄存下來）

寸法を取る（記下尺寸）

靴の型を取る（畫下鞋樣）

写真を撮る（照相）

青写真を撮る（曬製藍圖）

記録映画を撮る（拍紀錄影片）
大体の意味を取る（理解大體的意思）
文字通りに取る（按照字面領會）
其は色色に取れる（那可以作各種解釋）
悪く取って呉れるな（不要往壞處解釋）
変に取られては困る（可不要曲解了）
場所を取る（佔地方）
本棚は場所を取る（這書架佔地方）
家具が場所を取るので部屋が狭く為る（家具佔地方房間顯得狹窄）
余り場所を取らない様に荷物を積んで置こう（把行李堆起來吧！免得太佔地方）
斡旋の労を取る（負斡旋之勞）
仲介の労を取る（當中間人）
責任を取る（引咎）
師匠を取る（聘請師傅）
嫁を取る（娶妻）
弟子を取る（收弟子）
養子を取って跡継ぎに為る（收養子繼承家業）
おっと、危ない、此の角を取られる所だった（啊！危險這個角棋差點要被吃掉）
一目を取る（吃掉一個棋子）
客を取る（〔妓女〕留客、掛客）
勘定を取る（要帳）
掛を取る（催收賒帳）
彼は固く自説を執って譲らなかった（他堅持己見不讓步）
月に十万円を取る（每月賺十萬日元）
働いて金を取る（工作賺錢）
何の位の給料を取るか（賺多少工資？）
学校を卒業して月給を取る様に為る（從學校畢業後開始賺工錢）
タイムを取る（計時）
脈を取る（診脈）

床を取る（鋪床）
相撲を取る（摔跤）
さあ、一番取ろう（來吧！摔一交）
歌留多を取る（玩紙牌）
数を取る（數數字）
糸を取る（繅絲）
写真を撮る前にポーズを取る（在照相前擺好姿勢）
陣を取る（擺陣）
私に取っては一大事だ（對我來說是一件大事）
手拍子を取る（一齊用手打拍子）
歩調を取る（使步調一致）
命を取る（要命、害命）
仇を取られる（被仇人殺死）
機嫌を取る（奉承、討好、取悅）
年を取る（上年紀）
取って付けた様（做作、不自然）
取って付けた様な返事（很不自然的回答）
取らぬ狸の皮算用（打如意算盤）
引を取る（遜色、相形見絀、落後於人）

撮り落す〔他五〕漏拍、沒有拍上
　撮影す可き処を撮り落す（漏拍應拍的地方）
撮り方、撮方〔名〕攝影術拍照法
　写真の撮り方が良い（悪い）（相片照得好〔不好〕）
　写真の撮り方を知らない（不會照相）
撮り直す〔他五〕〔攝〕重拍
撮り直し〔名〕〔攝〕重新拍照

錯（ㄘㄨㄛˋ）

錯〔漢造〕交錯、混雜、錯誤、錯亂
　交錯（交錯、錯雜）
　失錯、失策（失策、失敗）
　倒錯（顛倒、反常）

錯塩〔名〕〔化〕絡鹽

錯化合物〔名〕〔化〕絡合物

錯感覚症〔名〕〔醫〕感覺異常症、感覺倒錯

錯誤〔名〕錯誤、錯亂

　錯誤に陥る（陷入錯誤）

　重大な錯誤を犯す（犯嚴重錯誤）

　時代錯誤（時代錯誤、不符合時代精神）

錯語症〔名〕〔醫〕語言錯亂症

錯雑〔名、自サ〕錯綜、複雜（=錯綜）

　錯雑した事件（內情複雜的事件）

　錯雑した構造（錯綜複雜的構造）

　事態を益益錯雑させる（使事態更加複雜）

錯視〔名〕錯視、視覺上的錯覺

　錯視図形（引起視覺錯誤的圖形）

錯字症〔名〕〔醫〕書寫倒錯

錯節〔名〕錯節

錯綜〔名、自サ〕錯綜、複雜、交錯

　錯綜する枝（交錯的樹枝）

　事情が錯綜する（情況錯綜複雜）

　事件は益益錯綜して来た（事情更加複雜起來了）

　欧州諸国の国土は犬牙錯綜している（歐洲各國國土犬牙交錯）

錯体〔名〕〔化〕絡化物

錯聴〔名〕錯聽

錯滴定〔名〕〔化〕絡合滴定（法）

錯落〔名、形動〕交錯、錯雜、混雜、混亂

錯乱〔名、自サ〕錯亂混亂

　精神が錯乱している（精神錯亂了）

　一時的に錯乱状態に為る（一時呈精神錯亂狀態）

　色色な事が頭の中で錯乱して、訳が分らなく為った（許多事情混在腦子裡弄不清了）

錯列〔名〕〔數〕交錯排列

錯角〔名〕〔數〕錯角

錯覚〔名、自サ〕錯覺

　錯覚に陥る（陷入錯覺）

　錯覚に起こす（產生錯覺）

　丸で自分の家に居る様な錯覚を起こす（引起似乎在自己家裡的錯覺）

　声が似ていたので自分の知っている人と錯覚した（因為聲音相似就誤認為是自己認識的人）

錯簡〔名〕（古代書籍）錯頁、文章或文字錯亂

　此の本には錯簡が有る（這本書裡有錯頁）

錯行〔名〕相互交錯。〔理〕（光線的）偏向，偏差，光差，象差。〔天〕光行差

催（ㄘㄨㄟ）

催〔漢造〕催促、舉辦

　開催（召開、舉辦）

　共催（共同主辦）

　主催（主辦）

催淫剤〔名〕催慾劑、春藥

催経剤〔名〕通經藥、催月經的藥（=通経剤）

催告〔名、他サ〕〔法〕催告、催告的通知

　株の払い込みを催告する（催告繳納股款）

催促〔名、他サ〕催促、催討（=急き立てる、促す）

　催促の手紙を出す（發催促信函）

　借金の催促を受けた（被人催討欠款）

　貸し金を催促する（催討欠債）

　催促して取り立てる（催收）

　早く来る様に電話で催促する（打電話催促快來）

　仕事が期日迄に出来ないので、矢の様な催促を受けている（因工作沒能按期做好受到了火急催促）

　催促状（催促信、催討的信）

催促がましい〔形〕催促的樣子、催促似的

　催促がましい顔付（催促似的神情）

催乳剤〔名〕催乳劑

催馬楽〔名〕（唐樂的催馬樂而來）中古以後歌謠的一種

催眠〔名〕催眠
　自己催眠（自我催眠術）
　催眠療法（催眠療法）
　催眠剤（薬）（安眠藥）
　催眠術（催眠術）
　催眠状態（催眠狀態）

催涙〔名〕催涙
　催涙ガス（催涙瓦斯）
　催涙性（催涙性）
　催涙弾（催涙彈）

催す〔他五〕舉辦，主辦、（生理上）覺得。〔古〕催促，引誘
〔自五〕預兆、徵兆
　歓迎会を催す（舉辦歡迎會）
　此処では五千人の宴会を催す事が出来る（這裡可以舉行五千人的宴會）
　涙を催す（覺得要流涙）
　吐き気を催す（覺得噁心）
　便意を催す（想要大便）
　御飯が済んだら急に眠気を催した（吃過飯忽然發睏了）
　雨の催す夜（要下雨的夜晚）
　寒気が催して来た（全身發起冷來）

催し、催〔名〕舉辦，主辦、集會，藝文活動、（生理上的）預兆，徵兆
　其は台北の催しです（那是台北主辦的）
　中日友好協会の催しで歓迎会が開かれた（由中日友好協會主辦舉行了歡迎會）
　メーデーには公園で園遊会の催しが有る（五一勞動節公園裡有園遊會）
　歓迎の催しを盛大に遣る（隆重地舉行歡迎會）
　豊作を祝う為に種種の催しが有った（為了慶祝豐收舉行了各種集會）
　降雨の為、催しが中止に為った（因雨集會中止了）

　通じの催しが無い（沒有想要大便的感覺）
　吐き気の催しが無ければ安心して宜しい（不覺得噁心要吐就可以放心）

催し物、催物〔名〕集會、藝文活動
　国慶節を祝う催し物（慶祝國慶日的藝文活動）

催い〔造語〕將要…的樣子、有…的徵兆
　雨催い（要下雨的樣子）
　雪催い（要下雪的樣子）

催合う、最合う〔他五〕共同做、合夥做
　五人で催合う様に決定する（決定五人合夥做）

催合い、最合い〔名〕〔俗〕共同合夥、合辦
　催合いで井戸を使う（共用一口井）
　一瓶を催合いで飲む（共飲一瓶）
　催合いで商売を為る（合夥經商）

摧（ㄘㄨㄟ）

摧〔漢造〕折斷、毀壞
摧骨器〔名〕〔醫〕折骨器、斷骨器
摧破、砕破〔名、自他サ〕破碎、弄碎、摧毀
摧く、砕く〔他五〕弄碎，打碎、挫敗，摧毀、淺顯易懂地說、（以心を砕く形式）絞盡腦汁，煞費苦心
　土を砕く（把土塊弄碎）
　瓶を粉粉に砕く（把瓶子打得粉碎）
　敵の勢いを砕く（挫敵人的銳氣）
　古典を砕いて説明する（把古典著作淺近易懂地加以解釋）
　五円札を砕く（把五元鈔票換開）
　問題の解決に心を砕く（為解決問題而傷腦筋）
　皆で心を砕いて研究した（大家煞費苦心地進行了研究）
　身を砕く（粉身碎骨、費盡心思、竭盡全力）

摧ける、砕ける〔自下一〕破碎，粉碎、（銳氣，氣勢等）減弱，軟化、融洽起來，平易近人、淺近易懂，容易理解

花瓶は棚から落ちて砕けて終った（花瓶從架子上掉下來粉碎了）

意志が砕ける（意志衰退）

張り切っていて気持が砕ける（鼓起的勇氣沒了）

彼の人は砕けていて感じが良い（那人平易近人給人好印象）

砕けて説明する（淺顯地加以說明）

此の心理状態をもっと砕けた言葉で言い直すと（若把這種心態改用更加淺顯易懂的話來說⋯）

当たって砕けよ（不管成敗姑且一試看看、聽天由命碰碰運氣）

粋（粹）（ㄔㄨㄟˋ）

粋〔名、形動、漢造〕精粹，精華、通達事理、瀟灑，風流，俊俏、

通曉花柳界，戲曲界的情況（=粹）←→野暮（土氣）

東西文化の粋（東西文化的精華）

粋を選り抜く（選拔精華）

粋を集める（蒐集精華）

彼女の服装は流行の粋を集めていた（她的服裝非常時髦）

粋な扱い（體貼入微的接待）

粋を利かす（體貼人情識相知趣）

粋を利かして其の座を外した（知趣地離開了座位）

粋な装いを為る（打扮得俊俏）

粋な人（花柳戲曲界的老行家風流人）

粋は川へ陷る（善泳者溺）

粋は身を食う（風流足以傷身）

純粋（純粹、地道、純真）

精粋（精粹精華）

無粋、不粋（不風流、不風雅、不懂風趣）

粋狂、酔狂〔名、形動〕好奇，異想天開，想入非非，酒瘋，醉後發狂

粋狂で出来る仕事ではない（不是一高興就能做得好的事）

君も随分粋狂だね（你也太好奇〔想入非非〕了）

粋人〔名〕多才多藝的人，風流人物，雅士、通曉人情世故的人、通曉花柳界，戲曲情況的人

絵を書くし、字も旨いし、俳句も出来るし、彼の人は中中粋人だ（他能寫會畫又會作俳句真是個多才多藝的人）

若い者の気持ちも分る粋人（理解年輕人心情的人）

粋〔名、形動〕漂亮，俊俏，風流，瀟灑，花柳界的老在行←→野暮（土氣）

粋な男（風流人）

粋な服装を為ている（穿著漂亮）

彼女は髪を粋に結っている（她頭髮梳得俏皮）

帽子を粋に傾けて被っている（歪戴著帽子很俊俏）

粋筋の女（花柳界的女人）

粋事〔名〕（男女間的）風流事、色情事

粋筋〔名〕風流事、花柳界方面

粋筋の女（花柳界的女人）

息〔名〕呼吸，喘氣、氣息，生命，步調，心情

息が苦しい（呼吸困難）

息を為る（呼吸、喘氣）

大きく息を為る（大喘氣）

息を為なくなる（停止呼吸、嚥氣）

息が荒い（呼吸困難）

息衝く暇も無い（連喘氣的功夫都沒有）

未だ息が有る（還有口氣）

息が絶える（斷氣）

父は昨夜息を引き取りました（父親昨天夜裡死了）

息も絶え絶えだ（奄奄一息）

息を吐く（吐氣）

息を吸う（吸氣）

冬の朝は息が白く見える（冬天早晨呼出的氣顯得白）
窓硝子は人の息で曇っていた（窗玻璃因人的呵氣形成一層霧）
息が合う（步調一致、合得來）
息が合わない（步調不一致、合不來）
彼の二人の俳優は息がぴったり合っている（那兩位演員配合得很好）
息が有る（続く）限り（只要有口氣、有生之日）
息が掛かる（受影響庇護）
息が通う（氣息尚存、還有口氣）
息が切れる（氣絕、接不上氣）
息が衝ける（緩口氣、鬆口氣）
息が詰まる（呼吸困難、憋氣）
息が弾む（上氣不接下氣、氣促）
息も衝かずに（一口氣地）
息も衝かせぬ（沒有喘息的時間、瞬息）
息を入れる（換口氣、歇口氣、休息一下）
息を切らす（弾ませる）（呼吸困難、接不上氣）
息を殺す（凝らす）（屏息、不喘大氣）
息を吐く（深呼吸，喘大氣、喘息，鬆口氣）
息を継ぐ（喘口氣、歇口氣）
息を詰める（屏氣、憋住氣）
息を抜く（歇口氣、休息一下）
息を呑む（喘不上氣、倒吸一口涼氣）
息を引き取る（斷氣、死亡）
息を吹き掛ける（吹氣、喝氣）
息を吹き返す（緩過氣來、甦醒）

域〔名〕域、標準、階段、境地

〔漢造〕範圍、區域、地方

芸は既に名人の域に達している（技藝已達到專家的境地）

其の国の電子工業は未だ実験の域を脱しない（那國家的電子工業還沒有脫離實驗的階段）
地域（地域、地區）
区域（區域、地區、範圍）
境域（境域、領域）
領域（領域、範圍）
神域（神社院内）
震域（地震的區域）
浄域（神社寺院等的院內、靈地、淨域）
小域（〔生〕小翅室）
流域（流域）
異域（異域、外國）
西域、西域（〔史〕西域）
声域（〔樂〕聲域）

閾〔名〕門檻。〔心〕閾限

識閾（識閾）
刺激閾（刺激閾）
弁別閾（辨別閾）

脆（ㄘㄨㄟˋ）

脆〔漢造〕容易破碎的
脆化〔名、自サ〕〔工〕脆化、變脆
脆弱、脆弱〔名、形動〕（脆弱為脆弱之訛）脆弱、薄弱、虛弱

脆弱化（〔理〕脆化）
脆弱な体（脆弱的身體）
脆弱な論拠（脆弱的論據）
帝国主義の本質は凶悪でありながら脆弱である（帝國主義的本質既兇惡又脆弱）

脆性〔名〕脆性
脆性破壊（〔海〕脆性破壞）
脆性塗料（脆性塗料）

脆い〔形〕脆的，易壞的、脆弱的，不堅強的
glassガラス食器は綺麗だが脆い（玻璃餐具很漂亮但是容易壞）

ち

岩が風化して脆い為っている（岩石風化變脆了）
情に脆い人（感情脆弱的人）
涙に脆い人（心軟愛掉淚的人）
脆い負け方を為る（不堪一擊地敗北）
脆くも死んだ（一下子就死了）
彼は脆くも騙された（他輕易地受了騙）
其の要塞は案外脆く陷落した（那要塞沒想到一攻就陷落了）
脆さ〔名〕脆，脆弱、脆性，易脆性

悴（ㄘㄨㄟˋ）

悴、瘁〔漢造〕疲勞
　憔悴（憔悴、消瘦）
　尽瘁（盡力、效勞）
悴容、萎容〔名〕衰容、憔悴的面容（＝窶れた顔立ち）
悴、倅、伜〔名〕（對自己的孩子）〔謙〕犬子、（對他人的兒子，晚輩的蔑稱）小子。〔俗〕〔謔〕（自己的）陰莖
　此が私の倅です（這是我的小兒）
　彼のひょろ長い男が社長の倅か（那個瘦瘦長長的是總經理的小子嗎？）

毳、氆（ㄘㄨㄟˋ）

毳、氆〔漢造〕鳥獸的細毛
毳、毛羽〔名〕（紙面或布面上的）絨毛，細毛、（地圖上）表示山脈的細線條、付著在蠶繭上的蠶絲
　毳が立つ（起絨毛）
　紙を揉んで毳を立てる（揉搓紙使起絨毛）
　毳立機（〔紡〕起毛機）
毳毳〔名〕（紙面或布面上的）絨毛，細毛（＝毳）
〔副、自サ〕花俏刺目庸俗的華麗
　毳毳した赤色のシャツを着ている（穿了一件花俏的紅襯衫）
毳毳しい〔形〕花俏刺目的、華麗而庸俗的
　毳毳しい着物（花俏刺目的衣服）
　毳毳しい宴会（華美庸俗的宴會）
　毳毳しい服装を為ている（穿得花裡花俏）
　毳毳しい形を為た女（打扮得花枝招展的女人）
毳立つ、毛羽立つ〔自五〕（紙，布等）起毛、翹稜
　毳立った布（起毛的布）
毳燒、毛羽燒〔名〕〔紡〕燒去紡織品表面上的絨毛（紡織的整理工序之一）
毳〔名〕長毛、軟毛、絨毛（＝氆，和毛，産毛）
氆、和毛〔名〕（人）柔軟的毛髮、（鳥獸等）軟毛，乳毛，絨毛（＝産毛、綿毛）、（植物）茸毛

翠（ㄘㄨㄟˋ）

翠〔漢造〕綠色
　翡翠（〔礦〕翡翠）
　翡翠、川蝉（〔動〕翠鳥、魚狗）
　青翠（青翠、青色和綠色）
　蒼翠（蒼翠）
翠煙〔名〕綠色的煙霧、籠罩在遠處綠樹上的煙霧
翠玉〔名〕翠玉（＝エメラルド emerald）
翠色〔名〕翠綠色（＝緑色）
　山山は翠色滴る許りだ（山巒碧綠如滴）
翠黛〔名〕蒼翠的山色、描眉的墨（＝黛）
翠帳紅閨〔名〕貴婦人的閨房
翠銅鉱〔名〕〔礦〕綠銅礦
翠波〔名〕碧波
翠眉〔名〕翠眉
翠微〔名〕淺綠色的遠山、淺綠色的山中靄氣、山腰
翠嵐〔名〕翠嵐（＝山嵐）
翠巒〔名〕翠綠的山巒
　車窓より翠巒を望む（從車窗眺望翠綠的山巒）
翠柳〔名〕翠柳
　翠柳が立ち並んでいる（翠柳成行）
翠緑〔名〕翠綠（＝緑色）
　翠緑玉（綠寶石）
翠嶺〔名〕綠色山峰

翠簾〔名〕翠簾、綠色簾子

翠、緑〔名〕翠綠,青翠、綠色,深藍色,樹的嫩芽、松樹的嫩葉、發亮,有光澤

　緑したたる翡翠の指輪（碧綠欲滴的翡翠戒指）

　緑したたる木の葉（翠綠的樹葉）

　松の緑（松樹的嫩葉）

　緑の髪（發亮的頭髮、烏髮）

膵（ㄔㄨㄟˋ）

膵〔名〕〔解〕胰臟（＝膵臟）

膵液〔名〕胰液

　膵液素（胰酶製劑）

　膵液ジアスターゼ（胰澱粉酶）

膵管〔名〕胰腺管

膵石〔名〕胰結石

膵臟〔名〕〔解〕胰臟

　膵臟炎（胰臟炎）

　膵臟結石（胰結石）

膵島〔名〕〔解〕胰島（＝ランゲルハンス島）

簒（ㄔㄨㄢˋ）

簒〔漢造〕奪取

簒奪〔名、他サ〕簒奪

　権力簒奪（簒奪權利）

　王位を簒奪する（簒奪王位）

　党と国家の指導権を簒奪しようと為た（想要簒奪黨和國家的領導權）

　簒奪者（簒奪者）

簒立〔名〕〔古〕簒位

竄（ㄔㄨㄢˋ）

竄〔漢造〕逃匿、放逐、更改文字

竄する〔他サ〕流放、發配（＝流す）

竄入、攙入〔名、自サ〕竄入,跑進、混入,混進

此の文章は書写の間に竄入した部分が多い（這篇文章有不少在抄寫過程中弄錯混進的部分）

竄流〔名〕流刑、發配（＝流罪、島流し）

爨（ㄔㄨㄢˋ）

爨〔漢造〕炊、灶

御爨殿、御三どん〔名〕〔俗〕（在廚房工作的）女僕、下廚房,做飯菜（＝御三）

妻が病気なので毎日御爨殿を為る（因太太生病每天自己燒飯做菜）

日曜日は妻に代わって御爨殿だ（星期天替我太太下廚房做飯菜）

爨ぐ、炊ぐ〔他五〕炊、燒飯

　飯を炊ぐ（燒飯）

炊く、焚く、炷く、薫く〔他五〕燒、焚（寫作焚く）、煮（寫作炊く）、薰（寫作炷く、薫く）

　薪を焚く（燒柴火）

　ストーブを焚く（燒爐子、生爐子）

　火を焚く（燒火）

　火を焚いて暖を取る（燒火取暖）

　風呂を焚く（燒洗澡水）

　風呂が温ければ焚きましょ（洗澡水不熱就燒一燒吧！）

　飯を炊く（煮飯、燒飯）

　御菜を炊く（煮菜、燉菜）

　香を薫く（焚香、燒香、點香、薰香）

焼く〔他五〕焚,燒、燒製,燒烤,焙,炒,燒熱、曬黑。〔攝〕沖洗。〔醫〕燒灼

　紙屑を焼く（燒廢紙）

　落ち葉を掃き集めて焼く（把落葉掃在一起燒掉）

　匪賊に因って村の家は残らず焼かれて終った（村裡的房屋被土匪燒得一乾二淨）

　木を焼いて炭を作る（燒木製炭）

　陶磁器を焼く（燒製陶瓷器）

餅を焼く（烤年糕）

飯を油で焼く（用油炒飯）

煮る〔他上一〕煮、燉、熬、烹

煮た魚（燉的魚）

大根を煮る（煮蘿蔔）

良く煮る（充分煮）

ぐたぐた煮る（咕嘟咕嘟地煮）

肉は良く煮た方が良い（肉燉得爛些較好）

自分の物だから煮て食おうと焼いて食おうと勝手だ（因為是自己的東西我愛怎麼做就怎麼做）

煮ても焼いても食えない（非常狡猾、很難對付）

彼は煮ても焼いても食えない奴だ（他是個很難對付的傢伙）

村（ㄘㄨㄣ）

村〔漢造〕村、村莊

山村（山村）

農村（農村）

漁村（漁村）

僻村（偏僻的村莊）

寒村（荒村、貧寒的鄉村）

全村（全村）

離村（離村、離鄉）

孤村（孤村）

村營〔名〕村營

村営の工場（村營工廠）

村営連絡船に乗る（乘村營連絡船）

村会〔名〕村議會

村会議員（村議會議員）

村議〔名〕村議會議員（＝村会議員）

村史〔名〕村子的歷史

村社〔名〕〔宗〕村子的神社－神社的規格之一

村塾〔名〕鄉間私塾

村正〔名〕村長（＝里正）

村政〔名〕村的自治行政

村勢〔名〕全村情況

村勢一覧（全村概況）

村税〔名〕村裡徵收的地方稅

村荘〔名〕鄉間的別墅

村長、村長〔名〕村長

村道〔名〕村裡的道路、用村裡經費修築維護的道路

村道を良くする（把村道維修好）

村童〔名〕農村的孩子、村裡的孩子

村内〔名〕村內、村裡

村内視察（村內視察）

村費〔名〕村裡費用

村費で村道の普請を為る（用村費修建村道）

村夫子〔名〕鄉村學究

村夫子然と為ている（好像一個村夫子）

村夫子然と為た男（一個像村夫子的人）

村民〔名〕村民

村民挙って投票する（村民全都投票）

村有〔名〕村子所有

村有地を開墾する（開墾村有土地）

村有林（村有林）

村邑〔名〕村落、村里

村落〔名〕村落、村莊

此処彼処に村落が点在する（到處都散落著一些小村落）

村吏〔名〕〔舊〕村的公務員

村立〔名、自他サ〕村立

村立小学校（村立小學）

村〔名〕村莊、鄉村

村の人人（村裡的人們）

彼は一人で村を出て行った（他獨自離開了村子）

村芝居（鄉下劇）

群、叢、簇〔造語〕群、叢
一群の雀（一群麻雀）
一叢の草（一叢草、一簇草）

斑〔名、形動〕（顏色）不均勻，有斑點（=斑）。（事物）不齊，不定。（性情）易變，忽三忽四
染めに斑が無い（顏色染得很均勻）
斑の無い様に染める（把布染勻）
斑を取る（除去斑點）
大きさに斑が有る（大小不等）
成績に斑が有る（成績忽好忽壞）
斑の有る気質（脾氣多變）
彼女は気分が斑で、泣いたかと思うと笑うと言う具合である（她沒個準性子哭笑無常）

村方〔名〕（江戶時代）包含農村漁村的一般農村（=在方、在所、田舍）

村里、村里〔名〕鄉村、村莊
村里離れた所（離開村莊的地方）
間も無くひっそりと為た村里に着いた（不久到了一個寂靜的村莊）

村雨、叢雨〔名〕陣雨
村雨だから、構わずに行こう（是陣雨沒關係還是走吧！）
村雨の合間を出掛けた（趁陣雨停下來的時間出去了）

村路〔名〕鄉間道路

村時雨〔名〕（秋末冬初的）陣雨、驟雨

村芝居〔名〕農村劇、村裡人演的戲（=田舍芝居）

村外れ〔名〕村外、村頭
村外れの森には墓場が有る（村頭的樹林裡有墓場）
村外れ迄散歩する（散步到村頭）

村八分〔名〕（江戶時代）村民對違犯村規的人家實行的斷絕往來制度
彼を村八分に為る（全村都不與他往來）
村八分に為れる（受到全村都不與他往來的制裁）

村払い〔名〕（江戶時代）驅逐出村（的刑罰）

村人〔名〕村民
村人達は皆 喜んでいる（村裡的人們都很高興）

村役人〔名〕（江戶時代）村吏

村役場〔名〕村公所、鄉政府

そん、ぞん（ㄘㄨㄣˊ）

存、存〔漢造〕活著、具有、存心、考慮、看望，探視，犒勞←→亡
現存、現存（現存、現有）
生存、生存（生存）
共存、共存（共存共處）
並存，併存、並存，併存（並存、共存）
依存、依存（依存、賴以生存）
異存（異議、反對意見）
一存（自己個人的意見）
遺存（遺存、存留）
所存（主意、想法、打算）
既存（既存、原有、現有）
保存（保存）
温存（珍惜地保存、力圖保存、姑息不改）
実存（實存、實在、存在）

存する〔自サ〕存在，生存，活著，全憑，在於
〔他サ〕保存、保留
尚疑問が存する（尚有疑問）
月に生物は存じない（在月球上不存在生物）
彼の偉大さは其の人格に存する（他的偉大在於他的人格）
其の地方は今尚此の美風を存する（當地現在仍保存著這種美好的風俗）

存在、存在〔名、自サ〕存在、存在物、有用的人，存在的理由，存在的意義，存在的價值
存在を認める（承認存在）
存在を疑う（懷疑其存在）
其は今尚存在している（它至今仍然存在著）

ち

然う言う人物は歴史上に存在しない（那樣的人物在歷史上不存在）

彼は歴史上最も不可解な存在の一人である（他是歷史上最不可思議的人物之一）

独立国と為ての存在を失う（失去作為獨立國的資格）

彼は其の小説で存在を認められる様に為った（他因為那部小說得到社會上的公認）

存在理由（存在的理由、存在的意義）

存在論（〔哲〕本體論）

ぞんざい 〔形動〕草率、粗魯

存在な口を利く（說話粗魯）

字を存在に書く（寫字草率）

品物を存在に扱う（對東西不愛護）

彼は仕事が存在だ（他工作草率）

存続 〔名、自他サ〕延續、連續

良い習慣は存続させ度い（希望好的習慣保存下去）

彼は死んでも著書は存続する（他雖然去世著作仍將永存）

会の存続を望む（希望會繼續存在下去）

存続期間（存在其間）

存置 〔名、他サ〕保存、保留↔廃止

研究所を其の儘存置する（把研究所原封不動地保存下去）

local線の存置を決定する（決定保留支線）

存廃 〔名〕存廢、保留和取消

制度の存廃を協議する（商討制度的存廢問題）

夏時間の存廃に就いて議論する（就夏季時間的存廢問題進行討論）

存否 〔名〕存廢、有無、生存與否、保存和取消

存否を確かめる（查明死活）

遭難者の存否を聞く（打聽遇難者是否還活著）

遭難機の乗員の存否は不明である（遇難飛機乘員死活還不清楚）

規則の存否を検討する（研究規則的存廢問題）

該当する者の存否を調べる（調查有無符合條件者）

存亡 〔名〕存亡

国家の存亡に関わる問題（關係到國家存亡的問題）

危機存亡の秋（危急存亡之秋）

存亡の機（決定存亡的關鍵時刻）

存滅 〔名〕存在和滅亡

存立 〔名、自他サ〕存在

存立を危くする（危及存在）

国家の存立を脅かす（威脅國家的存在）

存じる 〔自、他上一〕（老）知道，認識、想，打算、認為（=存ずる）

其の方なら存じて居ります（要是那個人的話我知道的）

其は存じませんでした（那個我是不知道的）

良い洋服屋を御存じですか（您知道那裡有好西服店沒有？）

知らぬ存ぜぬの一点張り（一問三不知）

明日出発しようと存じます（打算明天動身）

是非伺い度く存じます（我一定去拜訪您）

宜しと存じます（我認為可以）

存ずる 〔自、他サ〕（自謙）知道，認識、想，打算、認為（=存じる）

其の方なら存じて居ります（要是那個人的話我知道的）

其は存じも寄らぬ事です（那事我一點都不知道）

彼の方の事は少しも存じません（有關他我一點都不知道）

是非伺い度く存じます（我一定去拜訪您）

有り難う存じます（謝謝）

大変結構だと存じます（我認為很好）

存じ上げる 〔他下一〕（"知る"、"思う"的自謙語）知道、想，認為

彼の方は良く存じ上げて居ります（那一位我很熟悉）

存じ掛け無い〔形〕沒想到、想不到（=思い掛け無い）

存じ寄り〔名〕〔舊〕〔謙〕意見，想法，看法，熟人，朋友

私の存じ寄りでは（根據我的看法）

其の件に就いては些か存じ寄りも御座います（關於那件事我也略有想法）

近くに私の存じ寄りの家が御座います（這附近有一家我的熟人）

存意〔名〕意思、意見

我輩の存意では（照我的意見）

存外〔副、形動〕意外、沒想到

彼の子は存外利口だ（沒想到那孩子倒很聰明）

其の問題は存外複雑だ（那問題出乎意料很複雜）

試合で存外な成功を収めた（比賽獲得意想不到的成功）

存じ、存知〔名〕知道、了解（=承知）

彼の話は御存知ですか（那件事您知道嗎？）

存知〔名、他サ〕知道、曉得（=存じ、存知）

然様な事は存知しない（那樣的事我不知道）

存生〔名、自サ〕生存，活著（=存命）

祖母存生の砌（祖母還在世的時候）

存命〔名、自サ〕在世、健在（=存生）

存命中の級友（還活著的同學）

父母共存命で、元気に暮らして居ります（父母都健在很健康）

父の存命中は御世話に為りました（父親在世時候多謝關照）

存念〔名〕考慮、意見、經常考慮的事

存分〔副、形動〕盡量、盡情、充分

思う存分言う（想說什麼就說什麼）

思う存分遊んだ（盡興地玩樂）

存分に才能を発揮する（盡量發揮才能）

存分に懲らしめて遣った（狠狠地予以懲罰）

存分の批判を受ける（受到徹底的批判）

忖（ㄘㄨㄣˇ）

忖〔漢造〕細細思量、思量測度

忖度〔名、他サ〕忖度、揣度、推察

彼の心中を忖度する（揣度他的內心）

相手の気持ちを忖度する（揣度對方的心情）

己を以って他を忖度する（以己度人）

寸（ㄘㄨㄣˋ）

寸〔名、漢造〕寸（長度單位，一尺的十分之一）尺寸，長短，極少，極小（按日本度量衡制、曲尺一寸約0、03公分、鯨尺一寸約3、78公分）

寸が足りない（尺寸不夠、太短）

此の帽子は君には一寸寸が足りないよ（這帽子對你來說尺寸有些小）

寸が詰まる（尺寸短、不夠長）

寸を詘げて尺を信ぶ（詘寸信尺、捨小取大－出自〝文心雕龍〞）

寸を与えれば尺を望む（得寸進尺、得隴望蜀）

一寸（一寸、極短的距離、極短的時間）

一寸、鳥渡（一下子、稍微、不太）

方寸（一方寸、心）

寸意〔名〕寸意、寸心（=寸志）

寸陰〔名〕寸陰

寸陰を惜しむ（惜寸陰）

寸恩〔名〕小恩、一點點恩惠

一寸をも忘れない（不忘寸恩）

寸暇〔名〕片刻的閒暇

寸暇を惜しんで読書する（珍惜一點點空閒時間讀書）

内外多忙で寸暇も無い（公私繁忙沒有一點點閒暇）

寸暇を盗んで新刊書を漁る（忙裡偷閒涉獵新書）

寸隙〔名〕片刻的閒暇（=寸暇）、一點點空隙

すんげき　寸劇〔名〕短劇
　クラス会で寸劇を遣る（在班會上演短劇）
　歌謡の間に寸劇が入る（歌謠中間插短劇）

すんげん　寸言〔名〕簡短的話、簡短的評語

すんこう　寸口〔名〕（中醫診脈的）寸口，脈窩

すんこう　寸功〔名〕微小的功勞
　寸功を立てる（立微功）
　寸功も立てない（寸功未立）

すんごう　寸毫〔名〕（多接否定句）絲毫（=本の僅か）
　寸毫の疑いも無い（絲毫不疑、毫不懷疑）
　寸毫も疑わない（絲毫不疑、毫不懷疑）
　寸毫も惜しまず（毫不吝惜）

すんこく　寸刻〔名〕片刻、少許時間（=寸時、僅かな時間）
　寸刻も疎かに為ず勉強する（爭分奪秒地學習）
　寸刻を争う事態（分秒必爭的緊急情況）

すんし　寸志〔名〕寸心、寸意、一點心願、菲儀，薄儀，菲薄的禮品
　寸志ですが御納め下さい（不成敬意請笑納）
　些か寸志を表す（聊表寸心、一點菲薄的表示）
　寸志の御礼（一點小意思）

すんじ　寸時〔名〕寸暇、片刻（=寸刻、寸暇、極僅かな時間）
　寸時も惜しんで読書する（把握時間看書）
　寸時も忽せに出来ない（片刻都不能忽略）

すんしゃく　寸尺〔名〕寸與尺、不大的尺寸。〔舊〕尺寸（=寸法、長さ）
　二本の大木の長さは寸尺の差だ（兩棵大樹的高度相差不多）
　寸尺を取る（量尺寸）

すんしゃく　寸借〔名、他サ〕挪用少許金錢（財物）、暫時借用
　寸借詐欺（到處詭稱暫時挪借而長期不還或逃之夭夭的詐騙）

すんしょ　寸書〔名〕（常用謙稱自己的信）寸書、短信（=寸楮）
　寸書を差し上げる（敬致短簡）

すんしん　寸心〔名〕寸心、微意（=寸志）

すんしん　寸進〔名、自サ〕些許的前進（進步）
　寸進尺退（前進一寸後退一尺、因小失大）

すんずん　寸寸〔形動〕寸斷、稀碎（=切れ切れ、ずたずた）
　手紙（写真）を寸寸に裂く（把信〔相片〕撕得稀碎）
　寸寸に切る（切碎）

すんせつ　寸節〔名〕（謙稱自己的節操）少許的氣節（節操）
　晩年の寸節を守り通す（保持晩節）

すんぜん　寸前〔名〕臨近、迫在眉睫
　戦いが寸前に迫る（戰爭迫在眉睫）
　ゴール寸前で後の人に抜かれた（眼看就要到終點被後面的人趕了過去）
　試験寸前で（に）風邪を引いた（在考試前夕感冒了）
　崩壊寸前の危機に直面する（面臨即將崩潰的危機）
　滅亡寸前と言う状態に置かれている（瀕臨滅亡的狀態）

すんぜんしゃくま　寸善尺魔〔連語〕好事少壞事多、善良少邪惡多
　寸善尺魔の世の中（不如意事常八九）

すんたいしゃくしん　寸退尺進〔連語〕退寸進尺、退一步進十步。〔喻〕（為了蓄積力量）先稍後退然後向前猛進

すんたらず　寸足らず〔名、形動〕不夠尺寸。〔蔑〕（身材低於常人的）矮子
　彼奴は寸足らずだ（那小子是個矮子）

すんだん　寸断〔名、他サ〕寸斷、粉碎
　洪水で鉄道は寸断された（洪水把鐵路沖得寸斷）
　古い着物を寸断してモップを作る（把舊衣服撕碎做抹布）
　手紙を寸断する（把信撕得粉碎）

すんち　寸地〔名〕寸地、寸土（=寸土）

すんちょ　寸楮〔名〕寸簡、短簡（=寸書）
　寸楮を呈する（呈上寸簡）
　寸楮を以って御礼申し上げます（謹呈寸簡聊表謝忱）

寸詰まり〔名，形動〕不夠尺寸、短尺寸 ←→寸伸び、寸延び

　寸詰まりな（の）上着（短小的上衣）

　ズボンが寸詰まりに為る（褲子短了）

　子供がずんずん伸びるので着物は皆寸詰まりに為った（孩子長得飛快褲子都短了）

寸鉄〔名〕寸鐵、警句

　身に寸鉄を帯びず（身無寸鐵）

　手に寸鉄を持たず（手無寸鐵）

　寸鉄集（警句集）

　寸鉄人を刺す（寸鐵傷人一針見血）

　彼の文章は寸鉄人を殺す底の物だ（他的文章具有寸鐵殺人的氣勢）

寸土〔名〕寸土、寸地（＝寸地）

　祖国の寸土を守る（保衛祖國的寸土）

　真っ向から対決し、寸土も必ず争う（針鋒相對寸土必爭）

寸取り虫、寸取虫〔名〕〔動〕尺蠖（＝枝尺蠖）

寸伸び、寸延び〔名〕尺寸稍長、一點點地拖延 ←→寸詰まり

寸秒〔名〕極短的時間

　寸秒を争う（分秒必爭）

寸描〔名〕小品、簡短的描寫（＝スケッチ）

寸評〔名〕短評

　新聞紙上で寸評を発表する（在報紙上發表短評）

寸分、寸分〔名，副〕微少、些許、一點點（＝些か、少し許り）

　兄と寸分たがわぬ顔（和哥哥一模一樣的面孔）

　寸分も隙の無い服装を為ている（穿著非常合身的服裝）

　寸分の狂いも無い（分毫不差）

　寸分の隙も見せない（無懈可擊）

寸歩〔名〕微小的步子

　寸歩譲らず（寸步不讓）

寸法〔名〕尺寸，長短。〔俗〕打算，計畫，步驟，順序，情況

　上着の寸法を取る（量る）（量上衣的尺寸）

　寸法が狂う（走了尺寸）

　寸法を間違える（量錯尺寸）

　物差で寸法を取る（用尺量尺寸）

　帽子の御寸法は（你戴多大尺碼的帽子？）

　ちゃんと寸法が出来ている（我已胸有成竹）

　王君の後釜に君を末様と言う寸法何だ（我計畫讓你接替王君的工作）

　其処へ僕が出て行くと言う寸法さ（安排的是到時候我再出現）

　寸法が狂った（計畫被搞亂了）

　商売も今の所まあまあと言った寸法です（目前買賣的情況也就是勉強維持）

寸法通り〔連語、副〕照計畫那樣、像預先安排那樣

　寸法通り行く（按計畫進行）

　万事寸法通り行った（一切順利）

　世の中の事は然う寸法通り行く物ではない（世上的事情並不都是那麼稱心如意的）

寸余〔名〕一寸多

寸裂〔名，他サ〕撕碎

寸話〔名〕簡短的談話

　政界寸話（政界短訊）

寸切り〔名〕（把香腸，蘿蔔等圓形長物橫切的）切片，薄片、筒形茶碗口上帶藍道的地方

　大根を寸切りに為る（把蘿蔔切成薄片）

寸胴〔名〕圓柱筒形插花筒（＝寸胴切、寸胴切）

〔形動〕〔俗〕上下一樣粗、胖嘟嘟

　寸胴の筒（上下一樣粗的筒）

　彼女は寸胴で、スタイルが悪い（她上下一樣粗姿態不好看）

　寸胴切り、寸胴切（切片＝寸切り、插花用一個竹節長的竹筒、〔茶室園景觀賞用的〕樹墩）

寸莎、苆、寸莎、苆〔名〕（和泥灰，塗牆等用的）麻刀

ㄘ

寸 〔名〕古代的長度單位之一（約三公分）。〔古〕馬身高測量用語（以四尺為標準，超過叫一寸，二寸，七寸，八寸，九吋以上太高）

十寸 〔名〕（馬身高）五尺（約1、5公尺）
　十寸一寸（馬五尺一寸高）

匆（ㄘㄨㄥ）

匆 〔漢造〕急忙的樣子
匆匆、草草 〔名、副〕草草地，簡略地，匆忙地，怠慢、（書信末尾用語）草草，不盡欲言
　用件丈伝えて匆匆に切り上げた（只把事情傳達後就草草地結束了）
　匆匆の間に其を処理した（匆匆忙忙地把它處理完畢）
　御匆匆様（〔謙〕慢怠了、怠慢了）
　先ず御礼迄、匆匆（在此致謝感激不盡）
匆卒、草卒、怱卒、倉卒、早卒 〔名、形動〕倉促、匆忙、突然
　匆卒の間（倉促之間）
　匆卒為る断定（倉促的判斷）
　匆卒の際其の人の名を聞き漏らした（匆忙之中聽漏了他的姓名）
　匆卒の客（不速之客、突然來的客人）

怱（ㄘㄨㄥ）

怱 〔漢造〕急促、匆忙的樣子
怱怱 〔名〕怱怱
　烏兎怱怱（光陰怱怱）
怱卒、草卒、匆卒、倉卒、早卒 〔名、形動〕倉促、匆忙、突然
　怱卒の間（倉促之間）
　怱卒為る断定（倉促的判斷）
　怱卒の際其の人の名を聞き漏らした（匆忙之中聽漏了他的姓名）
　怱卒の客（不速之客、突然來的客人）
怱忙 〔名、形動〕匆忙、匆匆
　怱忙を極める（很忙）
　怱忙の間（匆忙中）

葱（ㄘㄨㄥ）

葱 〔漢造〕草名，葉中空成管狀，可做菜
葱花線 〔名〕〔建〕葱花飾、葱花拱
葱 〔名〕〔植〕葱
　葱畑（葱地）
葱坊主 〔名〕葱花
葱鮪、葱鮪 〔名〕〔烹〕以葱和鮪魚為材料的火鍋（＝葱鮪鍋）
葱 〔名〕葱的古稱

聡（聰）（ㄘㄨㄥ）

聡 〔漢造〕聽覺力好、天資好有智慧
聡明 〔名、形動〕聰明
　聡明な人（聰明人）
　聡明で勇敢な民族（聰明勇敢的民族）
聡い 〔形〕聰明的，伶俐的（＝賢い）、精明的，敏感的，敏銳的（＝鋭い）
　聡い子（聰明的孩子）
　聡い小僧（機靈的小傢伙）
　耳が聡い（耳朵靈）
　利に聡い人（見利就鑽的人）

樅（ㄘㄨㄥ）

樅 〔漢造〕木名，高數丈，葉扁長，互生，實橢圓形，材可造紙及器具
樅 〔名〕〔植〕樅、冷杉
　樅材のテーブル（冷杉木的桌子）
籾 〔名〕稻穀（＝籾米）、稻殼（＝籾殻）
　林檎を籾と一緒に箱に詰める（把蘋果和稻殼一同填入箱子裡）
紅、紅絹 〔名〕紅絹、紅綢
　紅裏の着物（紅綢裡子的和服）

從（從）（ㄘㄨㄥˊ）

従〔名、漢造〕次要，第二位、從者，僕人←→主、跟隨、從事、僕從

〔接頭〕（同級中次於正的）從、副（=從）←→正

　従たる地位（從屬地位）

　主でなく従である（不是主要而是次要）

　主従の関係を明確に為る（明確主從關係）

　社会全体の利益を主と為個人の利益を従と為る（把社會全體的利益放在首位個人利益放在次要地位）

　主従二人（主僕二人）

　随従（隨從隨員聽從順從）

　陪従（陪同隨從侍從）

　侍従（侍從隨從）

　専従（專職）

　服従（服從）

　面従（當面服從）

　盲従（盲從）

　聴従（聽從）

　扈従、扈従（扈從隨從）

　主従、主従（主從主僕主要和從屬）

　追従（追隨迎合模仿效法）

　追従（奉承逢迎諂媚）

従〔接頭〕（同級中次於正的）從、副（=從）←→正

　従三位（從三位）

従因〔名〕次要原因

従価〔名〕從價、按價←→従量

　従価五分の関税（從價百分之五的關稅）

　従価賃金（滑動工資）

　従価税（從價稅）

従業〔名、自サ〕工作、做事

　従業時間（工作時間）

　従業員（業務員、職工）

従局〔名〕〔無〕從屬電台

従組〔名〕職工工會（=従業員組合）

従軍〔名、自サ〕從軍、隨軍

　通訳官と為て従軍する（以翻譯資格從軍）

　従軍記者（隨軍記者）

従兄〔名〕堂兄、表哥（=従兄弟）←→従弟、従姉、従妹

　此れが私の従兄です（這是我的堂兄）

従弟〔名〕堂弟、表弟←→従兄

　僕は彼の従弟に当たる（我是他的表弟）

従兄弟、従兄弟〔名〕堂兄弟 表兄弟（=男の従兄弟）←→従姉妹、従姉妹

　父の兄弟が多いので従兄弟も多い（父親兄弟多所以我的堂兄弟也多）

従姉〔名〕堂姊、表姊（=従姉妹）←→従妹

　彼女は私の従姉に当たる（她是我的堂姐）

従妹〔名〕堂妹、表妹（=従姉妹）←→従姉

　彼女は僕の従妹に当たる（她是我的表妹）

従姉妹、従姉妹〔名〕堂姊妹，叔伯姊妹、表姊妹（=女の従姉妹）←→従兄弟、従兄弟

従兄弟、従姉妹〔名〕堂兄弟（姊妹）、表兄弟（姊妹）

　従兄弟合わせ、従姉妹合わせ（讓表兄弟姊妹配成夫妻）

　従兄弟違い、従姉妹違い（父母的堂兄弟姊妹、父母的表兄弟姊妹）

　従兄弟同士、従姉妹同士（堂兄弟姊妹的關係、表兄弟姊妹的關係）

　従兄弟大小父（祖父母的堂兄弟、祖父母的表兄弟）

　従姉妹大小母（祖父母的堂姊妹、祖父母的表姊妹）

　従兄弟小父（父母的堂兄弟、父母的表兄弟）

　従姉妹小母（父母的堂姊妹、父母的表姊妹）

　従兄弟語り、従姉妹語り（表兄弟姊妹結婚）

　従兄弟煮、従姉妹煮（〔按順序加入小豆，牛蒡，芋頭，蘿蔔，豆腐等煮的〕雜燴）

　従兄弟嫁（堂兄弟的妻子、表兄弟的妻子）

従祖父、大伯父、大叔父〔名〕祖父母的兄弟

従祖母、大伯母、大叔母〔名〕祖父母的姊妹

従士〔名〕隨員、隨從武士

従事〔名、自サ〕從事

著作に従事する（從事著作）
政治に従事する（從事政治）
学究的研究に従事する人人（從事學術研究的人們）

従軸〔名〕〔機〕從動軸

従車〔名〕〔機〕從動輪

従者〔名〕隨員、隨從人員
　従者を引き連れる（帶領隨員）

従順、柔順〔名、形動〕柔順，溫順，順從，聽話（=大人しい、素直）←→強情
　従順な子供（聽話的孩子）
　従順に人の言う事を聞く（老老實實聽人話）
　従順な動物（溫順的動物）
　見掛けは従順に見える（表面看起來很溫順）

従節〔名〕〔機〕從動件，隨動件。〔語法〕從句

従前〔名〕從前、以前
　従前の通り（一如既往）
　従前の仕来りに従う（按照從前的慣例行事）

従僧〔名〕（高僧或住持的）隨從僧侶

従属〔名、自サ〕從屬
　強国に従属する弱小国（從屬於強國的弱國）
　従属国（附屬國）
　従属犯（從犯）
　従属変数（從屬變數）
　従属関係（從屬關係）
　従属的地位（從屬的地位）

従卒〔名〕勤務兵
　将軍に付いている従卒（跟隨將軍的勤務兵）

従的〔名、形動〕次要的、從屬的
　従的原因（次要原因）

従犯〔名〕〔法〕從犯←→正犯
　殺人罪の従犯（殺人罪的從犯）

彼は従犯で、他に主犯が居る筈だ（他是從犯另外應該還有主犯）

従物〔名〕〔法〕附件、附屬品

従文〔名〕〔語法〕從句

従兵〔名〕勤務兵
　従兵が御茶を運んで来る（勤務兵把茶端來）

従僕〔名〕僕從（=下男、僕）

従来〔名副〕從來、以前、直到現在
　従来の考え（過去的想法）
　従来こんな問題を起こった事が無い（從來沒有發生過這樣問題）
　従来の仕来りを守る（遵守以前的慣例）
　会は従来通り続ける（會議照舊繼續開）

従量税〔名〕從量稅←→従価税
　従量税率（從量稅率）

従量料金制〔名〕從量費用制

従輪〔名〕〔鐵〕（火車的）從動輪

従横，縦横、従横，縦横〔名〕縱橫、縱情，盡情，隨意，毫無拘束
　縦横に線を引く（縱橫畫線）
　縦横に活躍する（大肆活躍）
　問題を縦横に論ずる（透徹地討論問題）

従容〔形動タルト〕從容
　従容と為て死に就く（從容就義）

従う、随う〔自五〕跟隨、聽從、服從、遵從、順從、伴隨、仿效
　先生に従って山を登る（跟著老師登山）
　情欲を理性に従わせる（使情慾服從理性）
　無理に従わせる（強硬服從）
　心の欲する所に従う（隨心所欲）
　草が風に従う（草隨風動）
　実力に従って問題を与える（按照實力出題）
　君の意見に従って行動する（按造你的意見行事）
　時代の流行に従う（順應時代的流行）

年を取るに従い物分りが良くなる（隨著年齡增長對事物的理解也好多了）

登るに従って道が険しくなる（越往上爬路越陡）

河に従って曲る（順河彎曲）

古人の筆法に従って書く（仿照古人筆法書寫）

従って〔接〕因此、因而

品は上等、従って値段も高い（東西好所以價錢也貴）

毎日遊んで許りいる、従って学校の成績も悪い（每天只是貪玩所以學校成績也不好）

従える、随える〔他下一〕率領、使服從

部下を従えて（率領部下）

供の者を従える（帶著夥伴）

敵を従える（征服敵人）

淙（ㄘㄨㄥˊ）

淙〔漢造〕水聲、樂器聲

淙淙〔形動タルト〕淙淙

淙淙たる谷川の流れ（澗水淙淙）

淙淙と為て流れる（水流淙淙）

叢（ㄘㄨㄥˊ）

叢〔名、漢造〕〔解〕（血管，淋巴管，神經等）叢、草叢、叢生

肺神経叢（肺神經叢）

淵叢（淵藪、薈萃的地方）

叢書、双書〔名〕叢書（=シリーズ）

一纏めに為て、叢書と為て出版する（湊在一起作為叢書出版）

叢生、簇生〔名、自サ〕叢生、簇生

叢生植物（形成群落的植物）

叢生葉（叢生葉、簇生葉）

叢談〔名〕談叢、故事集

叢氷〔名〕大塊浮冰

叢林〔名〕叢林。〔佛〕僧林

叢話〔名〕叢話、故事集

叢、群〔造語〕叢，群（=群れ）

一叢の雀（一群麻雀）

一叢の草（一叢草）

村〔名〕村莊、鄉村

村の人人（村裡的人們）

彼は一人で村を出て行った（他獨自離開了村子）

村芝居（鄉下劇）

斑〔名、形動〕（顏色）不均勻，有斑點（=斑）。（事物）不齊，不定、（性情）易變，忽三忽四

染めに斑が無い（顏色染得很均勻）

斑の無い様に染める（把布染勻）

斑を取る（除去斑點）

大きさに斑が有る（大小不等）

成績に斑が有る（成績忽好忽壞）

斑の有る気質（脾氣多變）

彼女は気分が斑で、泣いたかと思うと笑うと言う具合である（她沒個準性子哭笑無常）

斑〔名〕（顏色）斑駁，斑雜、花斑，斑點（=斑、斑）

豹は黄褐色で黒い斑が有る（豹身黄褐色有黑色斑點）

色が斑だ（色彩斑駁）

木木の間を漏れる日の光で道は斑に為っていた（由於穿過樹縫的陽光，道路照得花花搭搭）

斑蛇（花蛇）

斑牛（花牛）

斑馬（非洲產的斑馬）

斑、駁〔名〕（主要指獸類的毛色）斑紋、斑點（=斑、斑）

斑猫（花貓）

白と黒の斑犬（黑白色的花狗）

斑〔名〕斑點、斑紋（=斑、斑）

虎斑（虎斑）

黒い斑が有る（有黑斑）

斑入りの花（帶斑點的花）

斑の有る朝顔（有斑紋的牽牛花）

叢菊、群菊〔名〕叢生的菊花

叢草、群草〔名〕叢生的草

叢雲，群雲，村雲、叢雲〔名〕叢雲、天叢雲劍（＝叢雲の剣、天の叢雲の剣）

月が叢雲に隠れる（叢雲遮月）

月に叢雲花に風（好景不常、好事多磨）

叢雨、群雨、村雨〔名〕陣雨、驟雨

叢雨の合間を出掛けた（趁陣雨停下來的時間出去了）

叢時雨、群時雨、村時雨〔名〕陣雨，驟雨、（秋冬之交）忽降忽停的陣雨

叢竹、群竹〔名〕叢竹

叢松、群松〔名〕叢生的松樹

叢がる、群がる、簇がる〔自五〕群聚、聚集

羊が草原に叢がっている（羊群聚集在草上）

門前には出迎の人が大勢叢がっている（門前聚集著很多迎接的人）

小さい魚が叢がって泳いでいる（小魚聚集成群在游著）

菓子の欠片に蟻が叢がっている（點心殘渣上螞蟻成群）

叢り、群り、簇り〔名〕群，叢（＝群れ）

人の叢りに紛れ込む（混入人群中）

叢、草叢〔名〕草叢、野草繁茂的地方

叢に虫が集く（草叢中蟲聲唧唧）

司 (ム)

司 〔漢造〕主持、官署、官吏

写経司（奈良時代設立的寫經所－為了遂行大規模的寫經而設立）

上司（上司、上級）

郡司（群吏、一群官吏）

国司（古代朝廷任命的地方官＝国の司）

殿司殿主（〔禪宗〕負責佛殿清掃，燈燭，香花，供物的僧人）

保護司（昭和二五年設立－對犯過罪的人的更生保護和再犯預防的慈善家）

行司（相撲裁判員、喻裁判者）

司会 〔名、自他サ〕主持會議，掌握會場（的人）

今度の会は僕が司会する（這次的會由我來主持）

司会者（會議的主席、會議主持人、司儀）

司教 〔名〕〔宗〕（天主教的）主教

大司教（大主教）

司婚者 〔名〕結婚典禮的司儀

公民館長が司婚者と為る（公民館長當結婚典禮的司儀）

司祭 〔名〕〔宗〕（天主教的）司祭，神父，（基督教的）牧師

司祭館（天主教神父的邸宅）

司宰 〔名〕掌管（的人）

司式 〔名〕司儀

司書 〔名〕圖書館等的管理（員）

僕は国立図書館の司書を為ている（我是國立圖書館的館員）

司書補（候補圖書管理員）

司書教諭（掌管學校圖書館的教師）

司政 〔名〕司政、掌管地方行政

司政官（二次大戰初期日本在佔領區執行軍事管制的司政官）

司政長官（司政長官＝司政官）

司厨 〔名〕司廚、伙食管理員

司厨員（伙食管理員）

司厨士（具有調理士資格的廚師）

司直 〔名〕司法當局、審判官

司直の手が其の事件に伸びた（司法當局干預了那個事件）

司直の取り計らいで彼と家族の面会が許された（由於司法當局的關照他被允許和家屬見面了）

司馬 〔名〕中國古代官名（司徒，司空，司馬等三公之一）、姓氏

司法 〔名〕司法←→立法、行政

司法官（司法官）

司法行政（司法行政）

司法警察（司法警察）

司法年度（司法年度）

司法権（司法權）←→立法権、行政権

司法裁判（司法裁判）

司法試験（司法考試）

司法書士（司法代書人）

司法保護（司法保護）

司令 〔名、他サ〕司令

司令官（司令官）

司令長官（海軍的司令長官）

司令部（司令部）

司令室（司令室）

司令塔（機場的指揮塔、船艦的操舵室）

元帥の司法杖（元帥杖）

戦闘司令所（戰鬥指揮部）

司、官 〔名〕〔古〕衙門，官署（＝役所）、有司，官吏（＝役人）、官職，官位（＝役目）

司馬（官府的馬）

菓子司（御用點心鋪）

司人（官吏）

司位（官職、官位）

司る、掌る 〔他五〕掌管，管理、主持，擔任（＝担当する、支配する）

国政を司る（掌管國政）

事務を司る（主持工作）

糸（絲）(ム)

糸 〔漢造〕線，紗，生絲、線狀物、弦樂器、一的萬分之一

蚕糸（蠶絲）

製糸（繰絲）

綿糸（棉紗）

ム

絹糸（けんし）、絹糸（きぬいと）（絲線）
繭糸（けんし）（蠶絲、繭和絲）
中国糸（ちゅうごくし）（中國絲）
柳糸（りゅうし）（柳絲＝柳の糸やなぎのいと）
糸毫（しごう）（一點點、絲毫不差）（十絲為一毫）
糸価（しか）〔名〕生絲價格、生絲行情
　最近は糸価の変動は激しい（最近生絲價格的變動很大）
糸鞋（しがい）〔名〕（雅樂舞蹈演員穿的）絲線編的鞋
糸球体（しきゅうたい）〔名〕〔動〕小球、血管小球、神經纖維球
糸状（しじょう）〔名〕絲狀、線狀
　糸状菌（しじょうきん）（〔植〕線狀菌）
　糸状体（しじょうたい）（〔解〕絲狀物）
　糸状虫（しじょうちゅう）（〔動〕絲蟲）
糸胞（しほう）〔名〕〔動〕（原生動物的）絲胞
糸粒体（しりゅうたい）〔名〕〔生〕線粒體
糸（いと）〔名〕線，紗，絲，（弦樂器的）弦、生絲、釣線、風箏線、〔喻〕似線的東西、生絲（＝生糸）
　絹糸（きぬいと）（絲線）
　毛糸（けいと）（毛線）
　麻糸（あさいと）（麻線）
　生糸（きいと）（生絲）
　練り糸（ねりいと）（熟絲）
　糸屑（いとくず）（線頭、廢線）
　針孔に糸を通す（めどにいとをとおす）（認針、往針眼裡穿線）
　糸を抜く（いとをぬく）（〔手術後〕拆線）
　糸を紡ぐ（いとをつむぐ）（紡線）
　糸を解す（いとをほぐす）（解開線團）
　三味線の糸（しゃみせんのいと）（三弦琴的弦）
　バイオリンの糸（violinのいと）（小提琴的弦）
　糸を楽器に付ける（いとをがっきにつける）（把弦上到樂器上）
　糸が切れる（いとがきれる）（弦斷）
　糸を締める（いとをしめる）（緊弦）
　糸が入ると賑やかだ（いとがはいるとにぎやかだ）（〔宴會席上〕一彈起三弦琴就熱鬧了）
　糸を垂れる（いとをたれる）（垂釣）
　糸を手繰る（いとをたぐる）（往回倒釣絲）
　竿と糸（さおといと）（釣竿和釣線）
　糸を伸ばす（いとをのばす）（放長風箏線）
　蜘蛛の糸（くものいと）（蜘蛛絲）
　青柳の糸（あおやぎのいと）（柳絲）
　糸の様な細い声（いとのようなほそいこえ）（〔病人等〕極其細小的語聲）
　糸よりも細い命（いとよりもほそいいのち）（生命垂危）
　糸の様に痩せている（いとのようにやせている）（骨瘦如柴）
　糸を引く（いとをひく）（〔發酵或發霉食品〕有黏絲，〔糖汁等〕拔絲、久久持續不斷、暗中操縱，背後指揮）
　誰か糸を引いているに違いない（だれかいとをひいているにちがいない）（一定有人在背後操縱）
　某国が陰で糸を引いている然うだ（ぼうこくがかげでいとをひいているそうだ）（聽說某國在背後操縱）
糸操（いとあやつり）〔名〕提線木偶（＝南京操り）
糸入り（いといり）〔名〕半絲半棉的織物、摻絲棉織物
糸織り、糸織（いとおり、いとおり）〔名〕捻絲線織的平紋綢
　糸織り姫、糸織姫（いとおりひめ）（織女星）（＝七夕姫たなばたひめ）
糸切り、糸切（いときり、いときり）〔名〕（用線切下後）陶器底部留下的線紋、陶器底部（略微高出的部分）（＝糸底いとぞこ）、剪線。〔烹〕切成細絲
　糸切り鋏み（いときりばさみ）（剪線的小剪子）
　糸切り団子（いときりだんご）（用線切的米糰）
　糸切り歯、糸切歯（いときりば、いときりば）（人的犬齒）
糸屑（いとくず）〔名〕線頭、廢線
糸口、緒（いとぐち、いとぐち）〔名〕線頭、頭緒，線索，端緒、開始，開端
　こんがらかって緒が見付からない（こんがらかっていとぐちがみつからない）（紊亂得找不到線頭）
　解決の緒が付く（かいけつのいとぐちがつく）（有了解決的眉目）付く附く突く尽く着く憑く衝く就く搗く撞く潰く
　緒を得る（いとぐちをえる）（找到頭緒）得る得る売る
　緒が開く（いとぐちがひらく）（找到頭緒）開く開く
　其の秘密は探索する緒が無い（そのひみつはたんさくするいとぐちがない）（那個秘密無從探查）
　緒を開く（いとぐちをひらく）（開頭）開く開く
　出世の緒と為る（しゅっせのいとぐちとなる）（成為飛黃騰達的開端）為る成る鳴る生る
　事業がやっと緒に付く（じぎょうがやっといとぐちにつく）（事業終於就緒）
糸繰り（いとくり）〔名〕紡線，織絲、紡線女工，織絲女工、（繞線的）線框糸枠（いとわく）

糸繰り唄（織絲歌）
糸繰り車（紡車）
糸繰り機械（織絲機）
糸車〔名〕紡車（=糸繰り車）
糸毛（の車）〔名〕〔古〕車廂用五彩繩裝飾的牛車（婦女乘用）
糸蒟蒻〔名〕（用蒟蒻粉製成的）線狀涼粉
糸桜〔名〕垂櫻（=垂れ桜）
糸捌き〔名〕操作線的手法、（箏或三弦琴的）彈法
　巧みな糸捌き（巧妙的彈法）
　糸捌きが巧い（彈得好）
糸尻〔名〕陶器底部的線紋、陶器底部（略微高出的部分）（=糸底）
糸印〔名〕（裁縫時用）紉線作的標記
　糸印を付ける（用紉線作標記）
糸杉〔名〕〔植〕絲柏、側柏（=サイプレス）
糸菅〔名〕〔植〕苔草
糸筋〔名〕線條，線道、線條似的細長的東西、（箏或三弦琴的）弦
　最早糸筋程の日影も射さぬ（已經沒有一絲陽光了）
　糸筋の雨（如絲的細雨）
糸筋〔名〕〔動〕肌絲、肌纖維
糸薄〔名〕〔植〕芒
糸底〔名〕陶器底部的線紋、陶器底部（略微高出的部分）（=糸尻，糸切り，糸切）
糸竹〔名〕絲竹，管弦樂器（樂器的總稱）（=糸竹）、音樂
　糸竹の道（音樂之道）
糸竹〔名〕絲竹、管弦、音樂
　糸竹の道に勤しむ（學習音樂）
糸立て、糸立〔名〕帶線的柿漆紙口袋
糸経〔名〕麻線編的草蓆（旅行時遮雨或陽光用）
糸作り〔名〕〔烹〕（切）生魚絲、醋拌生魚絲
糸紡ぎ〔名〕紡紗（的人）
糸通し器〔名〕穿線器
糸取り〔名〕紡線（=糸繰り）、（兒童遊戲）翻花鼓（=綾取り）
糸蜻蛉〔名〕〔動〕（蜻蜓的一種）豆娘
糸錦〔名〕（用金、銀、彩色線織的）錦緞

糸鋸〔名〕鋼絲鋸、弓形鋸（=糸鋸）
糸引〔名〕紡線（=糸繰り）、〔古、隱〕月經（因古時婦女的經期不外出勞動，專在家裡紡線）
糸引鯵〔名〕〔動〕絲鯵
糸姫〔名〕紡紗女工（的美稱）
糸鬢〔名〕線鬢（江戶時期流行的一種男子髮型，頂上剃光，只留鬢角一條，梳成頂髻）
糸ふけ〔名〕（釣魚時）水面上的釣線因魚觸動而搖動
糸偏〔名〕（漢字部首）絞絲旁、〔俗〕纖維製品
　糸偏景気（紡織業景氣）
糸巻き、糸巻〔名〕纏線板、（三弦琴等樂器上的）弦軸、（纏線板形的）婦女髮型、絲線纏的刀把
糸柾（目）〔名〕（木材上）密而直的木紋
糸道〔名〕（久彈三弦琴的人佐食指尖上的）凹下處、三弦琴的彈法（技巧）
糸蚯蚓〔名〕〔動〕（用作金魚等餌食的）線蚯蚓
糸脈〔名〕〔古〕（對貴夫人的）走線診脈
糸蒸し〔名〕〔紡〕蒸紗
糸目〔名〕細線、（風箏的）提線、（由一貫重的蠶抽出的）生絲的重量、（陶器等上刻的）細紋、柳樹芽、（用作釣餌的）沙蠶
　凧の糸目を直す（調整風箏提線）
　糸目模様（細花紋）
　金に糸目を付けない（不吝惜金錢）
糸柳〔名〕〔植〕垂柳（=垂れ柳）
糸遊、遊糸〔名〕（春天原野上蒸發出來的）游絲狀熱氣（=陽炎）
糸撚り，糸撚、糸縒り，糸縒〔名〕捻線、紡車（=糸撚り車、糸撚車）
糸撚り車、糸撚車（紡車）
糸枠〔名〕（繞線的）線框（=糸繰り）
糸瓜〔名〕〔植〕絲瓜、絲瓜瓢。〔俗、蔑〕無用，不值一提，沒有價值的事物
　糸瓜で擦る（用絲瓜瓢擦）
　糸瓜草履（絲瓜瓢做的白草履）
　邪魔も糸瓜も有る物か（管他礙事不礙事呢！）
　義理も糸瓜も有る物か（什麼情面不情面的）
　規則も糸瓜も有る物か（什麼規則不規則的）

ム

糸瓜の皮とも思わぬ（不算什麼、毫不介意、不當一回事）
糸瓜野郎（廢物、不中用的人）
此の糸瓜野郎（你這塊廢料）

私（ム）

私〔名、漢造〕（旁人的）秘密、私人隱私←→公
　私を暴く（揭發秘密）
　公私を混同する（公私不分）
　公私（公私）
　公平無私（大公無私）

私案〔名〕個人的想法
　此れは私の私案に過ぎない（這只不過是我個人的想法）
　家で私案を作って見る（在家裡試作個人的方案）

私意〔名〕個人意，見個人想法、私心
　此の部分は私意に依って書き改めた（這部分按照我個人的意見改寫了）
　私意を差し挟む（挾雜私心）
　公共の為の仕事を遣る時に私意を差し挟むのは好くない（為大家做事時不要挾思）

私印〔名〕私人圖章←→公印、官印
　私印を偽造する（偽造私人圖章）

私営〔名〕私人經營←→公営
　此の鉄道は私営だ（這條鐵路是私營的）
　私営事業（私營企業）

私益〔名〕私人利益、個人利益←→公益
　私益を謀る（謀私利）

私怨〔名〕私怨、私仇
　私怨を晴らす（報私仇）
　私怨を抱く（懷私怨）

私恩〔名〕私人恩情
　官職を利用して私恩を売る（利用職權賣人情）

私家〔名〕私人的家、自己的家、私人、個人
　私家集（個人詩歌集）
　私家版（私人出版）

私学〔名〕私人學說、私立學校←→官学
　私学の経営は難しい（辦私立學校困難）
　私学出（私立學校畢業）

私感〔名〕個人感想

私記〔名〕私人記錄

私議〔名、他サ〕私下議論，背地議論、背地毀謗、私見

私企業〔名〕〔經〕私人企業←→公企業

私曲〔名〕私弊、營私
　私曲を営む（營私）
　公職に在る者は私曲が有っては行けない（身居公職的人不可營私舞弊）

私金〔名〕屬於國家或地方公共團體以外的金錢←→公金

私刑〔名〕私刑（＝リンチ）
　私刑を加える（施以私刑）

私経済〔名〕私人經濟，個體經濟、集體經濟←→公経済

私見〔名〕（自謙）個人意見、個人見解
　私見に依れば（據我看來）
　此れは私の私見に過ぎない（這不過是我個人的看法）

私権〔名〕私權、私法上的權利←→公権
　私権の享受（享有私權）
　私権の喪失（喪失私權）

私語〔名、自サ〕私語、耳語、小聲說話（＝私語，囁き、ひそひそ話、whisper）
　私語を禁ず（不准私語）
　会場の観客は小さな声で私語している（會場内觀眾在竊竊私語）
　私語を立ち聞きする（竊聽私語）
　試験中私語する事を禁ず（考試時不准小聲說話）

ささめく〔自五〕竊竊私語、喃喃細語（＝私語く、囁く、ひそひそ話す、whisper）
　人人がささめき合っている（人們在互相竊竊私語）

私語〔名〕私語、耳語、喃喃細語（聲）（＝私語、囁き、ひそひそ話、低い音声、whispering）、（樹葉的）沙沙作響（聲）、（水流的）潺潺聲
　人人の私語が聞える（聽見人們的私語聲）
　木の葉の私語が聞える（樹枝沙沙作響）

私語、私語〔名〕私語、低聲細語（=ひそひそ話、私語、whisper）

私語く、囁く〔自五〕低聲私語、喃喃細語、耳語（=ささめく、ひそひそ話す、小声で言う、whisper）
　こっそり囁く（竊竊私語）
　耳元で囁く（附耳私語、咬耳朵）
　恋を囁く事も出来ない（也不能談情說愛）
　相手の耳に一言二言囁く（在對方耳邊嘀咕一兩句）
　二人は幾度も互いに囁き合った（兩個人互相竊竊私語了多少次）

私語、囁き〔名〕私語、耳語、低聲細語（=囁く事、囁く事、私語、whisper）、（樹葉的）沙沙作響（聲）、（水流的）潺潺聲
　恋の囁き（愛情的喃喃細語）
　小川の囁き（小溪的潺潺聲）
　囁き千里（八丁）（私語傳千里、隔牆有耳）

私考〔名、自サ〕自己的想法、個人的見解、個人的考證

私行〔名〕私人行為、私生活
　人の私行を暴く（揭發旁人的私生活）

私交〔名〕私交、私人交往
　私交上（在私人關係上）

私講師〔名〕（德國大學由民間研究機關或政府機關等聘用的）民間講師

私恨〔名〕私恨、私怨（=私怨）

私財〔名〕個人財產、私人財產
　公共事業に私財を投じる（為公共事業拿出自己的財產）
　私財を投じて慈善事業を行う（拿出自己的財產舉辦慈善事業）

私事、私事〔名〕私事，個人的事（=わたくしごと）、秘密的事，隱私（=内緒事）←→公事、公事
　私事と公事とを混同させては為らない（不能把私事和公事混同起來）
　人の私事に亘る（涉及到別人的私事）
　他人の私事に口出しする物ではない（不要議論別人的私事）
　他人の私事に口を入れる（干預別人的私事）

　此れは私事ですから、構わないで下さい（這是私事請不要管）
　此処には急度私事が有るに違いない（這裡一定有秘密的事）
　私事を暴く（揭發隱私）
　人の私事に穿鑿立てを為る（深入打聽別人的隱私）
　話が私事に亘って恐縮です（談話涉及個人隱密很不禮貌）
　他人の私事を彼是と取り沙汰するのは良くない（隨便議論別人的隱私不好）

私產〔名〕私產、私有財產
　私產を以て学校を建てる（用私產建立學校）

私室〔名〕私室、個人的房間、個人辦公室
　院長の私室（院長個人辦公室）
　此れより先は私室（私人房間非請勿入）

私讐〔名〕私仇

私淑〔名、自サ〕（不能直接受教而）衷心景仰
　私の私淑している人（我衷心景仰的人）
　彼はKantに私淑している（他曾敬仰過康德）

私塾〔名〕私塾
　私塾を開く（開設私塾）
　当時私は田中さんが開いていた英語の私塾に通っていた（當時我曾在田中先生開設的英文私塾上學）

私書〔名〕私人信件、私人文件
　私書の秘密は守られねば為らない（私人信件必須予以保密）
　私書函（私人信箱=私書箱）
　私書箱（繳納規定費用的郵局私人信箱）
　私書偽造（偽造私人文件）

私署〔名、自サ〕個人簽名

私消〔名、他サ〕私吞、侵吞、貪污
　公金私消（貪污公款）

私娼〔名〕私娼、暗娼←→公娼
　私娼狩りを為る（抓私娼）
　私娼を取り締まる（取締私娼）
　私娼を置く（開地下妓院）
　私娼窟（私娼寮）

私傷〔名〕因私事受傷←→公傷

私小説、私小説〔名〕以自己生活體驗為題材的一種小說、自敘體小說、以第一人稱寫的小說（=イッヒロマン德Ich-Roman）

私情〔名〕私情、私心
　私情に駆られる（左右される）（為私情所驅使）
　私情に取われない（拘泥しない）（不講私情）
　私情に拘らない（不拘情面）
　私情と為ては罰するに忍びないが、法律は犯す訳には行かない（從私情來說不忍處罰但法律卻不容違犯）
　公職に有り乍私情に溺れるのは良くない（身居公職而拘泥於私情是不對的）
　私情に差し挟む（挾私）

私心〔名〕私心
　私心に取われずに人の意見を聞く（沒有私心地聽取別人的意見）
　全く私心が無い（大公無私）
　私心の無い行い（無私的行為）
　私心を去る（去掉私心）
　私心を差し挟む（夾雜私心）

私信〔名〕私人信件、秘密通信
　他人の私信を公開するとは卑劣極まる（公開別人私信卑鄙至極）

私人〔名〕私人←→公人
　此の席へは私人の資格で出て来ました（出席這個會是以個人資格來的）

私製〔名、他サ〕私人製造←→官製
　私製葉書（私製明信片）

私生活〔名〕私生活
　私生活に立ち入る（干預私生活）

私生子〔名〕〔法〕私生子（=私生児）（日本現行民法改稱為"嫡出で無い子"）

私生児〔名〕私生兒、私生子（=私生子）
　私生児を認知する（認領私生子）

私設〔名〕私人設立←→公設
　其の鉄道は私設だ（那條鐵路是私人修建的）
　私設秘書（私人秘書）
　私設郵便箱（私人信箱）

私撰〔名〕私人撰編←→勅撰、官撰
　私撰和歌集（私人撰編得和歌集）
　私撰集（私撰集）

私線〔名〕私有鐵路線、私設電線

私選〔名、他サ〕私人選擇
　私選の弁護人（刑事案件中私人選擇的律師）

私蔵〔名、他サ〕私人收藏（的東西）
　私蔵の骨董（私藏的骨董）
　私蔵の茶器を展覧する（展出私人收藏的茶具）
　私蔵本（個人收藏的書）

私大〔名〕私立大學
　私大出（私立大學畢業〔生〕）

私宅〔名〕私人住宅（=自宅）
　役所は留守だったので私宅を尋ねて見る（因為不在機關所以到他家裡去看看）

私鋳〔名〕私鑄
　私鋳銭（私鑄錢）

私通〔名、自サ〕通姦
　二人は私通の疑いを掛けられた（他們兩人被認為有通姦嫌疑）

私邸〔名〕私宅←→官邸、公邸
　総理大臣を私邸を訪問する（到家裡去訪問總理大臣）

私的〔形動〕私人的、個人的←→公的
　私的な事（私事）
　私的な繋がりが有る（有私人聯繫）
　公の仕事に私的な利害を考えては行けない（對公家的事情不能考慮私人利害）
　私的感情（私人感情）
　私的生活（私生活）

私鉄〔名〕私營鐵路←→国鉄
　私鉄労働組合（私營鐵路工會）

私田〔名〕（律令制）持有者的田地←→公田、私有的田地

私党〔名〕私人的黨、營私的黨←→公党
　私党を組む（結私黨、結黨營私）

私闘〔名、自サ〕私鬥、為私利而鬥
　私闘を繰り返して国を滅ぼす（因反復私鬥而亡國）

私道〔名〕私人修建的道路←→公道
地所内に通路と為て私道を設ける（在自己的土地内修築私用道路作通道）
私道負担（買土地時另付私人道路費用）

私年号〔名〕（對朝廷制定的年號而言）神社寺院等民間使用的年號（例如日本文化史上的〝白鳳〟等）

私版〔名〕個人出版、私人自費的出版物（=私家版）←→官版
私版本（個人出版的書）

私費〔名〕私費、自己出資（=自費）←→官費、公費
私費を投じて公園を造る（自己出錢修建公園）
私費で留学する（自費留學）
私費留学生（自費留學生）
私費生（自費生）

私服〔名〕便服←→官服、便衣警察
軍人が家へ帰って私服に着替える（軍人回到家裡換上便服）
私服の刑事（便衣警察）
私服巡査（便衣警察）
私服が張り込んでいる（四面埋伏著便衣警察）

私腹〔名〕私囊
私腹を肥やす（飽私囊、貪污肥己）
公共事業の収益で私腹を肥やす（用公共事業的得收入謀私利）

私物〔名〕個人私有物←→官物、公物
其れは僕の私物だ（那是我個人的私有物）
私物の時計を無くした（丟了我個人的錶）

私物〔名〕私有物（=私物）。〔轉〕重要的東西，秘藏的東西、陰部

私憤〔名〕私憤←→公憤
私憤を晴らす（泄私憤）
彼の仕打に対して私憤を抱く（對他的做法懷私憤）

私文書〔名〕私人文件←→公文書
私文書偽造（偽造私人文件）

私兵〔名〕私人軍隊

私募〔名〕〔經〕（為防止行情急變在交易所外）大批買賣股票、私募，非公募（發行股票時只向平素有關係方面募集）

私法〔名〕私法←→公法
公法を制定する（制定私法）
私法人（私法人）←→公法人

私報〔名〕秘密通知、個人的報導、私人電報

私民〔名〕〔古〕（屬於貴族並為其效勞的）私民

私有〔名、他サ〕私有←→公有、国有
土地の私有（土地私有）
私有物（私有物）
私有財産（私有財產）
私有地（私有地）←→公有地、国有地

私用〔名、他サ〕私事←→公用、私用，個人使用、私自使用，盜用
私用で出掛ける（因私事外出）
私用の電話（私事的電話）
私用に供する（供私人使用）
私用の便箋（私人用的信紙）
官物（公金）を私用する（盜用公物〔公款〕）

私欲、私慾〔名〕私慾
私利私欲（私利私慾）
私欲に走る（追求私慾）
私欲に目が眩む（私慾衝昏頭腦、利令智昏）
私欲を満たす（滿足私慾）

私利〔名〕私利
私利を図る（圖謀私利）
私利の為に利用する（為私利而利用）
只管私利の念に動かされる（只為私心所支配）
私利私欲の無い精神（毫無自私自利之心的精神）

私立〔名〕私立（=わたくしりつ）←→国立，公立、私立學校
私立大学（私立大學）
私立の養老院（私立的養老院）
私立探偵（私立偵探）
僕は私立に入学する（我入私立學校）

ム

私立〔名〕〔俗〕私立(=私立)（本來可讀為〝私立〞、但因與〝市立〞讀音混淆、故作這樣讀法，而市立一般讀為〝市立〞）

私掠船〔名〕（戰時特准進攻敵人商船等的）武裝民船

私領〔名〕私有地、莊園

私論〔名〕私人的評論、自己的意見

私話〔名〕私事談的話、私語(=私語、私語，囁き、私語、私語、私語)

私〔代〕（標準的第一人稱代稱、比〝私〞稍隨便一些）我
　私だった然うだ（我也是那樣）
　其れは私だ（那是我）

私〔代〕〔俗、女〕我(=私)

私〔代〕〔俗〕（〝私〞的轉變、主要是婦女自稱）我(=私)

私〔名〕私，私事←→公。〔舊〕秘密、私利、私自、偏私
〔代〕（比〝私〞更鄭重的標準說法）我
　私の用件（私人的事情）
　公用でなく私の用向きで来た（不是為公事而是為私事來的）
　公と私の区別をはっきりする（付ける）（公私分明）
　私に医療を行う（秘密治療）
　私に医業を為す（秘密行醫）
　私を図る（謀求私利）
　私の無い人（無私的人）
　公の為に私を忘れる（為公而忘私）
　私に兵を動かす（私自動兵）
　彼の遣り方には私が有る（他的做法不公平）
　会社の人事に私が有る（公司的人事不公平）
　彼は公平で私の無い人だ（他是大公無私的人）
　私は構わない（我沒關係）
　此の写真が私です（這張照片就是我）
　私が御説明申し上げます（我來說明一下）
　私には私の苦衷が有る（我有我的苦衷）
　私だったらそんな事は為ないね（若是我的話可不作那種事）

私する〔他サ〕私吞、據為己有、當作己有
　公金を私する（私吞公款）
　公の利益を私する（把公共利益據為己有）
　権力を私する（僭取權力）
　他人の物を私する（把別人東西據為己有）

私〔代〕（女）我（比〝私〞隨便些、比〝私〞更為謙恭）

私、儂〔代〕（老年男人常用的第一人稱、一般含有妄自尊大之意）我、俺(=私)
　儂が説明して遣ろう（我來給說明一下吧！）
　左様な事は儂は知らん（那種事我不曉得、與我無關我不管）

私〔代〕（手藝工人等的用語）我、俺(=私)

私〔代〕（私之訛）〔俗〕我、俺（江戶時代身分低賤者使用）

私〔代〕（有朝氣手藝工人等的用語）我(=私)

私か，私，秘か，秘、密か，密、竊か，竊〔形動〕秘密、暗中、偷偷、悄悄
　私かな足音（悄悄的腳步聲）
　私かに忍び込む（偷偷溜進來）
　心中私かに喜ぶ（心中暗喜）
　私かな期待を抱く（暗自期待著）
　私かに其の後を付けて行く（悄悄地跟蹤在後面）

思（ム）

思〔漢造〕思，想、思慕、感情
　意思（意思、想法、打算=思い）
　沈思（沉思）
　追思（追思）
　熟思（熟慮）
　三思（三思、熟慮）
　相思（相思、相愛）
　秋思（秋思、傷感）
　詩思（詩思、詩情、詩興）
　客思、客思（客思、旅情）
　旅思（旅思）

思案〔名、自サ〕思量，考慮，盤算，打主意（=工夫、考え）、憂慮，擔心（=心配）
　思案が決まった（主意打定了）
　仕事が行き詰まり、如何しても思案が付かない（工作不能進展怎麼也想不出主意來）
　他に好い思案も無い（也沒有別的好主意）
　此処が思案の為所だ（這才是要仔細考慮的關鍵時刻）
　思案の他（意想不到、出乎意料、不可理解）
　思案を凝らす（仔細思量、老謀深算、挖空心思）
　思案を廻らす（反復考慮、用心細想）
　彼此思案する（左思右想）
　良く思案してから着手する（仔細考慮以後再著手做）
　如何して完成しようかと思案する（盤算怎樣完成）
　思案の種（憂心事、愁人事）
　思案顔（憂愁的神色、面帶愁容）
　思案投げ首（想不出辦法、無計可施、一籌莫展）
　思案に余る（想不出主意）
　思案に落ちぬ（想不通、百思莫解）
　思案に暮れる（想不出辦法、一籌莫展）
　思案に沈む（沉思、苦思冥想）
　思案に尽きる（不知所措、想不出主意來）
思惟〔名、自サ〕思考、〔哲〕思維，意識
　国際情勢は極めて複雑であると思惟する（認為國際局勢很複雜）
　純粋思惟論（純粹理性論）
　思惟と存在（思維和存在）
　思惟方式（思維方式、思想方法）
思惟〔名、自サ〕〔佛〕區別對象，入禪前的一念，觀察淨土的莊嚴、思維（=思惟）
思議〔名、他サ〕思索,、考慮、推測
思郷〔名〕思念故郷（=望郷）
　思郷の思い（思郷之念）
思考〔名、自他サ〕思考、考慮（=考え、思案）
　私の思考する所に依ると（我的想法是…、據我想）

　君は思考上の誤りを犯している（你的想法錯了）
　余りのショックで思考が止まった（由於打擊太大腦袋一時木了）
　思考力（思考力）
思索〔名、自他サ〕思索
　思索に耽る（沉思、冥想）
　思索を凝らす（凝思）
　人間は思索する事に因って進歩する（人類靠思索而進步）
思春期〔名〕青春期（=青春期）
　思春期の少女（青春期的少女）
　思春期に達する（到達青春期）
思想〔名〕思想、想法
　新しい思想が胸に浮かんだ（胸中湧現出新的思想）
　彼は過激な思想を持っている（他懷有激進思想）
　思想に乏しい作家（缺乏思想性的作家）
　彼は今思想的に行き詰まっている（他現在思想上走頭無路）
　思想犯（思想犯）
　思想家（思想家）
　思想劇（思想劇）
　思想界（思想界）
　思想団体（思想團體）
　思想戦（思想戰）
思潮〔名〕思潮
　文芸思潮（文藝思潮）
　近代の思潮（現代思潮）
思念〔名、自他サ〕思念
　思念に耽る（沉迷於思念）
思弁、思辨〔名、他サ〕思辨、思考
　困窮の末、思弁する力を失って仕舞う（窮困的結果失去了思考能力）
　思弁哲学（思辨哲學）
思慕〔名、他サ〕思慕、懷念
　小学校時代の先生を思慕する（懷念小學時代的老師）

亡き母に対して思慕の情を寄せる（對去世的母親懷思慕之情）
思慕の念に堪えない（思慕不已、不勝懷念）

思慮〔名〕思慮、考慮
思慮の深い人（深謀遠慮的人）
思慮を欠く（欠考慮）
思慮有る行動（經過深思的行動）
思慮を働かす（運用智慧、開動腦筋）
思慮分別（慎重思考）

思料、思量〔名、他サ〕思量、思考
思量する所が有る（有所思量）

思国、思邦、国慕び〔名〕〔古〕思鄉、懷念故鄉
思国の歌（思鄉之歌）

思い〔名〕思想，思考，思索，感覺，感懷，感情，想念，思念，懷念，願望，意願，志願，思慕，愛慕，戀慕，憂慮，憂愁，煩惱
思いに沈む（沉思）重い
思いに耽る（沉思）
思いを凝らす（凝思、苦心思索）
思いを述べる（吐露心思、表達思想）
思いを廻らす（反復思考、左思右想）
全局に思いを廻らす（胸懷全局）
思いは千千に砕ける（千思萬想）
他人に依って思いの儘に為れる（任人擺布）
一日三秋の思い（一日三秋之感）
不快な思いを為る（感覺不愉快）
誠に至れり尽せりの態度に唯頭の下がる思いでした（那種無微不至的態度真是令人衷心感激）
寒い思いを為る（覺得冷）
面白い思いを為る（覺得有趣）
恥ずかしい思いを為る（覺得羞恥）
悲しい思いを為る（感覺悲傷）
楽しい思いを為る（感覺快樂）
苦しい思いを為る（感覺痛苦）
蘇生の思いを為る（有再生之感）
溜飲が下がる思いでした（覺得非常痛快）
嫌な思いを為せない（不使人難堪）
断腸の思い（悲痛到極點）

思いを台湾に馳せる（想念台灣）
祖国に思いを馳せ、世界に眼を放つ（胸懷祖國放眼世界）
彼は随分母思いだ（他是個非常想念母親的人）
思いが叶う（如願以償）
思いを遂げる（如願以償）
思いの儘に為る（隨心所欲）
去るも留るも君の思いの儘だ（去留悉聽君便）
思いが残る（夙願未遂）
思いを打ち明ける（吐露衷曲）
限り無い思いを寄せる（抱無限的思慕）
思いを晴らす（雪恨）
そんな思いを為る必要は無い（不必那麼憂愁）
思い内に有れば色外に現れる（思有於內色形於外、思於中則形於色-大學）
思い半ばに過ぎる（思過半矣、可想而知-易經）
此の一事を見ても彼の考え方の幼稚さは思い半ばに過ぎる者が有る（只看這一件事他的幼稚想法就可想而知了）
思いも寄らない（意想不到、出乎意外、不能想像）
思いも寄らない事だ（真是出人意外）
思い邪無し（思無邪-論語）
思いを掛ける（思慕、懷念）
思いを寄せる（思慕、懷念）
思いを焦がす（渴慕、熱戀）
思いを晴らす（雪恨、消愁、得遂心願）
思いを遣る（解悶、散心）

重い〔形〕（分量）重，沉重、（心情等）沉重，不舒服、（腳步或行動等）遲鈍，懶得動彈（情況或程度等）重大，重要，嚴重←→軽い
重い石（沉重的石頭）
体が重い（身體重）
鉄は水より重い（鐵比水重）
荷物には軽いのも有れば、重いのも有る（擔子有輕有重）

重い荷物を選んで担ぐ（選重擔挑）
心が重い（心情沉重）
気が重い（精神鬱悶）
彼の人は口が重い（他嘴緊〔不愛講話〕）
頭が重い（頭沉）
足が重い（腿沉、懶得走路）
腰が重い（懶得動彈）
尻が重い（屁股沉）
重い足を引き摺る（拖著沉重的腳步）
気持が重く為る（心情沉重起來）
産が重い（難產）
責任が重い（責任重大）
罪が重い（罪重、罪情嚴重）
重い病気に罹った（患了重病）
病気が重く為る（病情惡化）
彼の傷は別に重くない（他的傷勢並不嚴重）
重い役を勤める（擔任重要職務）
彼の人は重く見られている（他很受重視）
人民の利益の為に死ぬのは、泰山よりも重い（為人民利益而死死有重於泰山）

思い合う〔自五〕相思，相愛、想法一致，不謀而合
二人は互いに深く思い合っていた（兩個人一直感情深厚互相愛慕）
其れ程思い合っているなら、一緒に為った方が良い（既然那樣相愛就結成夫婦好了）

思い合わせる〔他下一〕聯繫起來思考、綜合考慮
彼此思い合わせて見る（彼此聯繫起來想一想）
彼是思い合わせる（多方面考慮）

思い明かす〔他五〕一直想到天亮、徹夜沉思、長思達旦

思い上がる〔自五〕驕傲起來、自滿起來、驕傲自大（=自惚れる）
思い上がった態度（自高自大的態度）
思い上がった野望（狂妄的野心）
幾等か成績が上がったからと言って思い上がっては為らない（我們不應當因為有了一些成績就驕傲自大）
彼は御世辞で褒められた丈なのに思い上がっている（人家只奉承了一下他卻翹起尾巴來了）
少し業績が上がるとすっかり思い上がって仕舞う（作出點成績就覺得了不起了）
人を思い上がらせる（使人頭腦發熱）
思い上がるのも好い加減に為ろ（不要那麼狂妄自大！少來裝蒜！）

思い当たる〔自五〕想起，想到，想像到、覺得有道理，覺得對
不図思い当たった事が有る（忽然想到了一件事）
事件の原因に就いては、思い当たる節が有る（關於事件的原因我想起一些情況來）
彼の動機に就いては少しも思い当たる所が無い（關於他的動機我一點也猜想不出來）
僕の言う事が今に思い当たるだろう（我的說話你很快就會覺得對）

思い余る〔自五〕想不通，想不開、不知如何是好，想不出辦法，想不出主意
思い余って自殺した（想不開自殺了）
思い余って私に相談しに来た（想不出辦法前來和我商量）

思い至る、思い到る〔自五〕想到

思い入る〔自五〕沉思熟慮、仔細思量

思い入れ〔名〕深思熟慮，沉思默想。〔劇〕沉思的表情
〔副〕〔舊〕盡情地，狠狠地、痛快地（=思う存分）
思い入れが立たない（想不出辦法）
思い入れたっぷりに（富有沉思表情地）
其の役者は思い入れ宜しく台詞を吐いた（那位演員作出了富有沉思表情之後道白了）

思入れ〔名〕深思熟慮，沉思默想（=思い入れ）、估計行市漲落投機（=思惑，思わく）

思い浮かぶ〔自五〕想起來、回憶起來
其の歌を聞いて抗日戦争中の解放区が思い浮かんだ（聽到那首歌曲想起了抗日戰爭期間的解放區來）
不図思い浮かんだ事が有る（忽然想起了一件事）
彼の計画が思い浮かぶ（想出那個計畫）

素晴らしい趣向が思い浮かんだ（想起了一個好主意）

思い浮かべる〔他下一〕想起、憶起（＝思い出す）

其の映画を見て私は少年時代を思い浮かべた（看到那部電影使我想起了少年時代）

容易に其の場面を思い浮かべる事が出来る（我能很容易地憶起那個情景來）

魯迅と聞けば直ぐに〝狂人日記〟や〝阿Q正伝〟を思い浮かべる人が多い（一提到魯迅很多人就想起〝狂人日記〟和〝阿Q正傳〟來）

思い描く〔他五〕想像、心中描繪

未来の社会主義社会の麗しい情景を思い描く（在心中描繪未來社會主義社會的美好情景）

思い置く〔他五〕遺憾（＝思い残す）

思い置く事は更に無い（再也沒有遺憾的事情）

思い起こす〔他五〕想起、憶起（＝思い出す）

解放戦争時代を思い起こす（憶起解放戰爭年代）

先生の教えを思い起こす（重溫老師的教導）

思い起こせば三十年前の事だ（回憶起來那是三十年前的事了）

昔の苦しみを思い起こす（憶起過去的苦難）

過去を思い起こし、未来に思いを馳せて、心の高鳴るのを抑える事が出来ない（思念過去展望未來不禁心潮澎湃）

思い思い〔副〕各隨己意、各按所好、各行其是

思い思いの道を進む（各走各的道路）

思い思いの意見を述べる（各抒己見）

銘銘思い思いに選ぶ（各自隨便挑選）

思い思いに遣って良い（可以各自隨便去做）

彼等は思い思いに帰途に就いた（他們各自分別回去了）

家路に急ぐ道すがら、思い思いに好きな曲目の一節を口吟む（在趕著回家的路上各自隨意哼一段喜愛的唱曲）

思い及ぶ〔自五〕思及、想到（＝思い付く）

誰も其処迄は思い及ばなかった（誰也沒有想到那一點）

誰だって事件が起きようとは思い及ばなかった（誰也沒意料到會出事）

其れ以上の物は思い及ばない（想不出更好的來）

思い返す〔他五〕再想一遍，再考慮一番、重新考慮，改變主意，回想，反省

話す可き事を念の為思い返して見る（為了慎重起見把要說的話再考慮一番）

行こうと為たが思い返して止めた（本來想要去的但重新考慮一下沒有去）

思い返して決心を翻した（重新考慮一下改變了決心）

今思い返しても、彼処でしくじったのが残念で有る（就是現在回想起來也很遺憾的是在那一點上失敗了）

天を恨み人を咎める事有らじ、我が過ちと思い返さば（回想起是自己的錯誤那就既不怨天也不尤人）

思い掛けない〔形〕意想不到、沒料想到

思い掛けない災難に遭った（遭到了意想不到的災難）

此れは思い掛けない成功だ（這是意外的成功）

彼が死ぬとは本当に思い掛けない（真想不到他會死）

此処で貴方に会おうとは思い掛けなかった（真沒料想到會在這裡遇見您）

私は思い掛けない所で其の本を発見した（我在意想不到的地方發現了那本書）

思い掛けなく三十年振りの戦友に遇った（想不到遇見了一別三十年的老戰友）

思い切る〔他五〕斷念、死心、想開（＝諦める）

洋行を思い切った（決心不出國了）

都会へ出るのを思い切る（決心不到城市去）

もう見込みが無いから思い切った方が良い（已經沒希望了最好死心了吧）

今と為っては思い切る事も出来ない（事到如今欲罷不能）

思い切って仕舞え（死了心吧！）

如何しても思い切れない（怎麼也死不了心）

彼は其のプランを思い切らした（我讓他決心放棄了那個計畫）

思い切り〔名〕斷念，死心，想開、決心，決意（＝諦め）

〔副〕狠狠地、盡情地、痛快地（＝思う存分、思い入れ）

　思い切りが良い（想得開、達觀、果斷）
　思い切りが悪い（想不開、不肯死心、缺乏果斷）
　思い切りが付いたかね（想通了嗎？）
　思い切りの良い人は失敗しても失望しない（想得開的人失敗了也不沮喪）
　思い切り悪口を言う（狠狠地罵）
　思い切り打ちのめす（狠揍）
　思い切り戦う（狠狠地鬥）
　思い切り安く売る（豁出去廉價出售）
　思い切り泣いた（痛哭一場）
　思い切り腕前を発揮する（大顯身手）
　思い切り怒り付けて遣る（痛斥一陣）
　海へ行って思い切り泳いで見度い（真想到海裡痛痛快快游泳一下）
　敵を思い切り遣っ付ける（狠狠打擊敵人）

思い切った〔連體〕果斷的，大膽的，斷然的、徹底的，猛烈的，極端的

　思い切った措置を取る（採取果斷的措施）
　思い切った手段を取る（採取果斷的手段）
　思い切った事を言う（說話果斷、說話乾脆）
　彼は随分思い切った事を為る人だ（他是一個做事非常果斷的人）
　随分思い切った計画だ（是一項非常大膽的計畫）
　思い切った治療を為る（施行徹底的治療）
　彼は思い切った考えを抱いている（他懷有極端的想法）

思い切って〔連語〕下決心、大膽地、斷然地

　何でも思い切って遣って見る（什麼事情都大膽地試一下）
　思い切って力を入れる（狠下工夫）
　思い切って反対する（斷然反對）
　思い切って言う（大膽地說、斷然地說）
　思い切って承諾する（慨然應允）
　思い切って一万円奮発しよう（乾脆我就給你一萬日元吧！）

　私は思い切って〝いいえ〟と答えざるを得なかった（我不得不直截了當地回答說〝不〟）

思いきや〔副〕（來自文語動詞〝思ぶ〟的連用形＋過去助動詞〝き〟＋反問助詞〝や〟）從未想到、出乎意料、不料

　行ったと思いきや（以為去了不料…）

思い子〔名〕疼愛的兒子

　弟は母の思い子だ（弟弟是母親最疼愛的兒子）

思い焦がれる〔自下一〕思慕、想念渴望（＝焦がれる）

　朝な夕なに思い焦がれる（朝思暮想）
　彼の人に思い焦がれる会い度いと思い焦がれている（渴望要見到他）

思い事〔名〕願望、心事

　思い事が叶う（如願以償）
　思い事が有る様だ（好像有心事）

思い込む〔自五〕深信，認定、下決心、迷戀、沉思，深思

　必ず勝つと思い込む（確信必勝）
　君は無論来る物と思い込んでいた（我深信你一定會來的）
　彼奴は西洋の物は何でも良いと思い込んでいる（他認定西洋的東西什麼都是好的）
　彼は嘘を本当だと思い込んでいる（他把謊言信以為真）
　皆は私が漏らしたのだ思い込んでいるらしい（大家似乎認定了這件事是我洩漏的）
　天下に敵する者無しと自分で思い込んでいた（自以為天下無敵）
　彼は一旦斯うと思い込んだら中中動かない（他一旦下定決心這樣就輕易不改變主意）
　君は何を思い込んでいるのか（你在沉思什麼？）

思い差し〔名〕〔俗〕為意中人斟酒表示愛情的一杯酒

　其れは思い差しですよ（那是一杯表示愛情的酒呀！）

思い定める〔他下一〕決定、決心

　ペンを捨てて銃を取ろうと思い定める（下決心投筆從戎）

思い沈む〔自五〕沉思、憂鬱有心事

思い死に〔名、自サ〕想死、因單相思而死、憂思而死

思い知る〔他五〕體會到、領會到、認識到、感覺到
- 自分の無力を思い知る（痛感自己的無能）
- 其の困難さを思い知る事が出来る（那種困難情形可想而知）
- 奴等に思い知らして遣る（一定讓他們認識認識〔我的厲害〕）
- 此れで思い知るだろう（這一下子可體會到了吧！這一下子可得到教訓了吧！）
- 思い知ったか（體會到了嗎？得到教訓了嗎？）

思い過ごす〔他五〕思慮過度、考慮過多、胡亂猜疑
- 思い過ごして病気に為る（思慮過度而生病）
- 思い過ごすのは反って毒だ（過慮反而有害）

思い過ごし〔名〕考慮過多、多餘的操心、胡亂猜疑
- 其れは君の思い過ごしだ（那是你過慮了）
- 思い過ごしなら好いん丈ど、今日は何時もより顔色が悪い様な気が為るよ（但願是我的過慮我覺得你今天的臉色似乎不如平常好）

思い染む〔自四〕銘刻於心、鑽牛角尖、想個不休

思い初める〔他下一〕開始愛上、起戀慕心
- 人知れず彼女を思い初めた（暗自對她起了戀慕心、暗中愛上了她）

思い出し笑い〔名、自サ〕回想起來自己發笑
- 時時一人で思い出し笑い（を）為る（有時一個人想起來發笑）

思い出す〔他五〕想起來、聯想起來、開始想
- 死んだ戦友を思い出す（想起死去的戰友）
- 其の事は今でも時時思い出す（那件事情現在也有時想起來）
- 其の映画を見て昔の苦しみを思い出した（看了那個電影想起了過去的苦難）
- 其の名が如何しても思い出せない（他的名字我怎麼也想不起來）
- 思い出すのも涙の種だ（一想起來就禁不住流淚）
- 丁度好い言葉が思い出せない（想不出最恰當的詞）
- 煙を見ると火を思い出す（一看見煙就聯想到火）
- 思い出した様に（一陣一陣地、忽冷忽熱地、偶而心血來潮）
- 思い出した様にどっと降る雨（一陣一陣的驟雨）
- 彼は時時思い出した様に此方へ出て来る（他偶而一高興就到這兒來）

思い出〔名〕回憶，追憶、紀念
- 昔の思い出（往昔的回憶）
- 故郷の思い出（故郷的回憶）
- 楽しい思い出（愉快的回憶）
- 悲しい思い出（悲哀的回憶）
- 思い出の記（懷舊談、回憶錄）
- 思い出を語る（談回憶、追懷往事）
- 其の日は思い出の多い日であった（那天是特別值得回憶的一天）
- 此処は私の少年時代の思い出の多い所だ（這裡是特別使我追懷童年時代的地方）
- 今日の事は好い思い出に為るでしょう（今天的事將會成為很好的紀念）
- 此れを思い出に差し上げます（把這個送給您作為紀念）
- 今日の思い出に写真を撮って置きましょう（拍個照片作為今天的紀念吧！）
- 思い出草（紀念品、令人回憶的事物）
- 思い出の糸を手繰る（從一個回憶聯想出很多回憶）
- 思い出話（懷舊談、回憶錄、回憶的故事）
- 抗日戦争の思い出話（抗日戰爭回憶錄）
- 昔の思い出話を為る（談往事、話舊）

思い立つ〔他五〕打主意、起念頭、想起要（做）、決心要（做）、計畫（做）
- 旅行を（為ようと）思い立つ（想起要旅行）
- 急に思い立って遣って見度く為った（忽然想起要做一下）
- 彼は何でも思い立った事を直ぐ為なければ承知しない（他不論甚麼事只要想起要做就非馬上做不可）
- 斯う思い立ったら矢も立ても堪らない（一旦決心要這樣做就迫不急待地非做不可）

思い立つ日（思い立った）が吉日（哪天想做哪天就是好日子、決心要做最好馬上做）

思い違い〔名、自サ〕想錯、誤會、誤解

其れは君の思い違いだ（那是你想錯了、那是你的誤會）

君は思い違い（を）為ている（你想錯了、你誤會了）

君は僕の心を思い違いしている（你把我的意思誤解了）

私は其の事に就いて全く思い違いを為ていた（關於那件事我完全誤會了）

思い付く〔自、他五〕想出、想起、想到

不図思い付いた（忽然想起來了）

新しい考えを思い付いた（想到了一個新的主意）

新しい計画を思い付いた（想到了一個新的計畫）

丁度好い言葉が思い付かない（想不出正合適的話）

忘れていた事を思い付いた（把忘記的事情想起來了）

台北に行こうと思い付いた（忽然想起要到台北去）

今迄終ぞ其れを思い付かなかった（過去壓根兒就沒有想到那一點）

何か思い付いた事が有ったら仰って下さい（您如果想到了什麼請談出來）

思い付き〔名〕一時想起，隨便一想，偶然的想法、主意，設想，打算

思い付きの計画（偶而想出來的計畫、沒經慎重考慮的計畫）

思い付きの話を為る（說些隨便想到的話）

単なる思い付きじゃ駄目だ（只憑一時高興的想法是不行的）

咄嗟の思い付き（急中生智）

其れは好い思い付きだ（那是個好主意）

良い思い付きが不図彼の胸に浮かんだ（一個好主意忽然湧上他的心頭）

其れに就いて一、二の思い付きが有ります（關於這一點我有一兩個想法）

思い続ける〔他下一〕一直想、不斷地想

故郷の事を思い続けている（不斷地想念家鄉情況）

日夜思い続けて来た願いが叶った（日夜一直想的願望實現了）

思い募る〔自五〕越發想念、殷切思慕

嫌われれば嫌われる程思い募る（他越討厭我我越想念他）

思い詰める〔他下一〕越想越鑽牛角尖、左思右想想不開、越想越苦惱、思慮過度

そんなに思い詰めなさんな（別那樣想不開）

余り思い詰めると体に悪い（思慮過度對身體有害）

一週間も思い詰めて漸く一策を案じた（左思右想想了一個星期好容易想出一個辦法來）

彼は一本気で、思い詰めると何を仕出かすか分らない（他是個死心眼的人左思右想也想不開說不定會弄出什麼事來）

思い通り〔名〕想像的那樣，稱心如意、任意，隨意

此れは思い通りの物だ（這正是我所希望那樣的東西）

事は彼の思い通りに運んでいる（事情正像他所希望那樣進展著）

事毎に思い通りに為る（事事稱心如意）

仕事が思い通りに為らない（工作不如意）

計画は思い通りに行った（計畫如願以償）

思い通りの贅沢を為る（任意奢侈）

思い止まる、思い止まる〔他五〕打消主意、放棄念頭

計画を思い止まった（取消了計畫）

旅行を思い止まった（放棄了旅行的念頭）

彼は話然うと為たが思い止まった（他本想講話可是又不講了）

説いて思い止まらせる（勸說他打消那個念頭）

彼は都会に残るを思い止まって農村へ赴いた（他放棄了留在城市的念頭奔赴農村去了）

思い直す〔他五〕重新考慮、改變主意、轉變念頭

思い直して旅行を止めた（改變了主意不去旅行了）

外出しようと為たが、思い直して家に居る事に為た（本想要出門改變了主意決心呆在家裡）

辞職しようかと思ったが思い直した（本想要辭職但又改變了主意）

思い做し〔名〕想像、主觀感覺、心理作用

思い做しか顔色が悪い（也許是我的主觀感覺他的臉色不太好）

思い做しか今日は浮かぬ顔を為ていた（也許是我的心理作用他今天有點愁眉不展的樣子）

思い悩む〔自五〕憂思、焦慮、苦惱、發愁、傷腦筋、沮喪、垂頭喪氣

如何して好いのか思い悩んでいる（正在傷腦筋不知怎麼辦好）

難局の打開策に思い悩む（為設法扭轉困難局面而苦思焦慮）

思い残す〔他五〕遺恨，遺憾，懊悔，留戀，牽掛

死んでも思い残す事は無い（死亦無憾）

任務は果たしたからもう思い残す事は無い（因為已經完成了任務再也沒有什麼牽掛了）

思い残し〔名〕遺恨，遺憾，懊悔，留戀，牽掛

もう何の思い残しも無い（已經沒有任何遺憾〔留戀〕）

思いの丈〔名〕（主要指男女間）傾心思慕、癡情

思いの丈を述べる（傾吐思慕之情）

思いの外〔副〕出乎意料地、意想不到地、意外地（＝案外）

今日は思いの外仕事が捗った（今天工做進展得意外順利）

今日は降雨が少なかったのに米の収穫は思いの外多かった（今年雨量很少可是稻穀的產量倒是出乎意外很高）

思いの外上出来であった（出乎意外非常成功）

思いの外良い天気に為った（沒想到天氣好了）

日本語が思いの外に話せるので吃驚しました（想不到他日語說得很流暢使我出了一驚）

思いの儘〔副〕隨意地、任意地、隨心所欲地（＝思う儘）

思いの儘に為る（按自己的意思做、為所欲為）

思いの儘に為れる（任人擺布）

フランス語が思いの儘に話せる（能夠運用自如地說法語）

此の事は私の思いの儘に為らない（這件事由不得我）

思いの儘に為らぬ事も有る（不能隨心所欲的事也是有的、事情並不能盡如人意）

思う儘〔名、副〕盡情、如意、隨心所欲（＝思いの儘）

思う儘に為る（為所欲為）

人を思う儘に操る（任意擺布人）

思う儘に駆け巡る（縱橫馳騁）

思う儘に為せて置く（讓他按照自己的意思行事、使他隨心所欲）

英語を思う儘に話して見度い（我希望能用英語隨意地講話）

思う儘を書き為さい（把你自己的想法如實地寫出來）

思い人〔名〕意中人、情人（＝恋人）

思い者〔名〕〔俗〕情人，意中人（＝恋人）、妾，小老婆（＝妾）

思う人〔名〕親友、情人、疼愛自己的人

思い惑う〔自五〕（左思右想）感到為難、猶豫不決、拿不定主意（＝思い迷う）

如何したら好いかと色色思い惑う（左思右想不知如何是好）

心の中では、彼是と思い惑っている（心裡七上八下）

進む可きか、退く可きか思い惑った末、進む事に決めた（應該前進呢還是應該後退呢想來想去結果決定前進）

思惑、思わく〔名〕（來自思う的古名詞形）想法，打算，看法，評價，預期，期望。〔商〕估計行情，估計行市漲落投機

自分の思惑を話す（談自己的想法）

其れは思惑が有って為た事だ（那是存心做的）

彼は何か思惑が有って親切に為ているのだ（他是有所企圖才懇切相待的）

彼には何か思惑が有るらしい（他好像有什麼打算）

何の思惑も有りません、此処が好きだから居るのです（我並沒有任何企圖只是因為喜歡才呆在這裡的）
思惑通りには行かない（不能隨心所欲）
彼の人は余り世間の思惑を気に為過ぎる（他對社會上的看法有些過於介意）
人の思惑許り気に為ていないで、言う可き事は言い為さいよ（別光介意別人的看法要把應當說的話說出來）
彼は他人の思惑も構わず思う儘に遣る（他毫不顧忌別人的評論自行其是）
思惑が外れる（期待落空、事與願違）
思惑通りに為る（如願以償）
思惑で株を買い占める（投機壟斷收買股票）
思惑売買を為る（做投機買賣、買空賣空）
思惑取引（投機交易）
思惑投資（投機性投資）
思惑輸入（投機性進口）
思惑売り（估計行市跌落而投機拋售）
思惑買い（估計行市上漲而投機買進）
思惑師（投機商人）
思惑筋（投機商人幫）
思惑違い（打錯主意、打錯算盤、估計錯誤）
思惑話（別有用心的話、有所企圖的話）

思い迷う〔自五〕（左思右想）感到為難、猶豫不決、拿不定主意（＝思い惑う）
如何したら好いかと色色思い迷う（左思右想不知如何是好）

思い回す〔他五〕左思右想，想來想去，反復思考（＝思い回らす、思い巡らす）、回憶，回顧
思い回せば思い回す程嫌に為る（越想越厭煩）
昔の事を思い回す（回想過去的事）

思い回らす、思い巡らす〔他五〕左思右想，想來想去，反復思考（＝思い回す）
次次と思い回らす（翻來覆去地思索）
千千に思い回らす（千思萬想）
彼是と下らない事を思い回らす（胡思亂想一些無聊的事情）
色色思い回らした末承諾する事に決めた（反復思考之後決定同意）

思い乱れる〔自下一〕胡思亂想、心緒紊亂
思い乱れて心が落ち着かない（心緒紊亂不能平靜）
千千に思い乱れる（千頭萬緒心思紊亂）

思い見る、惟る〔他上一〕仔細思考（＝惟る）
熟熟思い見るに（仔細想來）

思い設ける〔他下一〕設想、預想、預料
そんな事が有ろうとは思い設けなかった（沒想到會有那樣的事）
思い設けた通りだ（不出所料）

思いも寄らない、思いも寄らぬ、思いも寄らず〔連語〕萬沒想到、不能想像、出乎意料
御婆さんは、良く思いも寄らない事を聞く物だ（老婆婆總是愛打聽些意想不到的事）
真逆君がこんなに早く来るとは思いも寄らなかった（萬沒料到你會來得這麼早）
思いも寄らない事に三日間で調査が完了した（沒想到三天就完成了調查）
相対性理論、量子論、斯う言った十九世紀の学者には思いも寄らなかった新しい理論が提出された（相對論量子論這些對十九世紀的學者來說不能想像的新理論提了出來）
彼は思いも寄らぬ事故の為に死んで仕舞った（他因意想不到的事故死去了）
昨日思いも寄らず彼の人が訪ねて来た（萬沒想到昨天他前來訪問）

思い遣る〔他五〕體諒，體貼、想像，推測，遐想，遙想，（用思い遣られる形式）可想而知，可以體諒、令人擔心，不堪設想
人の難儀を思い遣る（體諒別人的困難）
彼の心中を思い遣って助けて遣った（我體諒她的心情幫助了他）
少しは困っている人の事も思い遣ると好い（多少也該體諒一下有困難的人）
老人には若い者の心が思い遣れぬ事が有る（老人有時體諒不到年輕人的心情）
彼は思い遣ると言う事が無い（他不懂得體貼人）
嘸かしと思い遣る（想必是那樣）
故郷の有様を思い遣る（遙想故鄉的情況）
遠い昔の事を思い遣る（遙想老年間的舊事）

ム

彼の悲嘆が思い遣られる（他的悲傷是可以理解的）
此の険悪な天候に航海者の難儀が思い遣られる（在這樣的壞天氣裡海元的困難是可以想像的）
今からそんなでは行く末が思い遣られる（現在就這個樣子前途是不堪設想的）
こんな事を為ていると将来が思い遣られる（這樣下去前途不堪設想）

思い遣り〔名〕體諒，體貼、關心，關懷
思い遣りの有る人（能諒人的人）
思い遣りの無い人（不體諒人的人）
思い遣りの有る処置（能夠體貼人的處理方法）
心からの思い遣りを示す（表示熱情的關懷）
他人に対して思い遣りが有る（能體諒別人）
斯う長く待たせるとは君も実に思い遣りが無い（讓人等人這樣久你也真不體貼人）

思い煩う〔自五〕憂慮、煩惱、擔憂
何か思い煩っている様子だった（好像心裡有什麼煩惱似的）
戦友の病気を思い煩う（擔憂戰友的病）
明日の事を思い煩う事勿れ（莫為明天的事煩惱）

思い詫びる〔自上一〕憂慮、煩惱、擔憂（=思い煩う）
此の先如何為る事かと思い詫びる（為將來憂心忡忡）

思う、想う、憶う、懷う〔他五〕想、相信、以為，認為，覺得，感覺、預想、推想、猜想、想要、想念、愛慕、擔心、回憶、猜疑
私も然う思う（我也這樣想）
思っている事が話せなかった（沒能夠說出心裡的想法）
物を思い乍歩く（一邊思索一邊走）
思う事を其の儘言う（心裡怎麼想就怎麼說）
私は其れが正しいと思います（我相信那是正確的）
昔の人は太陽は地球を回る物と思っていた（以前的人以為太陽是圍繞地球轉的）
私は彼がそんな馬鹿な事を為るとは思わない（我不相信他會做那樣的傻事）

思う程の結果が得られない（得不到預想的結果）
仕事は思ったより楽だった（工作比預想的容易）
彼は来るだろうと思う（我預料她會來的）
両国間に戦争が起るとは思わない（我推想兩國之間不會發生戰爭）
五十位だと思った（我還以為你五十歲左右呢？）
まあ僕の喜びを思って見て下さい（請您想一想我是多麼高興！）
思った程悪くない（不像想像那麼懷）
明日は雨だと思う（我想明天會下雨）
寒いと思う（覺得冷）
恐ろしく思う（覺得可怕）
恥ずかしく思う（覺得害羞）
有難く思う（感謝）
此れは変だと思った（我覺得這很奇怪）
彼の人を前から悪く思っていた（我從前舊決得他不好、我從前就對他沒有好感）
こんな事は小さな事だと思う（我認為這樣的事是小事一椿）
世間では彼を学者だと思っている（一般認為他是個學者）
君は僕を誰だと思うのか（你當我是誰？）
君の英語を聞くと英国人かと思う（一聽你說英語就以為你是個英國人似的）
私は彼を泥棒だと思った（我把他當作小偷了）
寝度いと思う（想睡覺）
行き度いと思う（想去）
思う様に行かない（不能隨心所欲）
思う様に書けない（不能得心應手地寫）
中中思う通りに為らない（很難稱心如願）
力が思う様に出ない（力不從心）
彼女はパイロットに為ろう思っている（她希望當個飛行員）
父は私を鉄道労働者に為ようと思っている（我父親打算讓我當個鐵路工人）

私は此の雨がもう二、三日続けば良いと思っている（我盼望這場雨能再下兩天就好了）

二度と行くまいと思う（再也不想去了）

祖国を思う（懷念祖國）

思い思われる（兩相思）

二人は思い思われる仲だ（他們倆是情侶）

君には思う人が居るのか（你有意中人嗎？）

彼は全快しないと思う（我擔心他不會痊癒的）

彼は人の事等は少しも思わない（他絲毫也不關心別人的事）

何処かで彼に会った様に思う（記得在哪裡見過他）

少年時代の事を思う（回憶童年往事）

其の事件を思えば今でもぞっとする（想起那事件來現在還令人不寒而慄）

私には如何しても其れを彼が遣った様に思えて為らない（我總是懷疑那是他做的）

僕の遣り方は一体何処か悪いのかと思った（我很詫異我的做法究竟錯在哪裡）

思うて通えば千里も一里（愛情不厭千里遠）

思うとも無しに（有意無意地）

思う仲の小諍い（夫婦感情越好越免不了吵架）

思うに別れ思わぬに添う（冤家聚頭同諧老、鴛鴦離散各一方、比喩男女姻緣頗難如願）

思う念力岩をも通す（精誠所至金石為開）

思う様に為らない（行かない）（不能隨心所欲）

思えば（想起來）

思った通り（像想像的那樣）

何と思ったか（忽然想起）

何とも（屁とも）思わぬ（毫不在乎、不當一回事）

人を見たら泥棒と思え（防人之心不可無）

夢にも思わなかった（做夢也沒想到）

子を思う親の心（天下父母心）

思う様〔副〕盡情地、盡量地、痛快地、充分地（=思う存分、思いの儘）

思う様遊ぶ（盡情地玩）

思う様酒を飲んだ（痛飲了一頓）

思う様〔名、形動〕隨心、如意、如願（=思う通り）

思う様に為る（隨心如願）

物事は思う様に為らぬ物だ（事情不能盡如人意）

思う様に出来ない（不能隨心所欲）

中中思う様に行かない（很難隨心所欲）

思う存分〔副〕盡情地、盡量地、放手地

思う存分に為る（暢所欲為）

思う存分（に）笑う（盡情地笑）

思う存分（に）泣く（盡情地哭）

思う存分（に）食べる（盡量地吃）

思う存分高らかに歌う（縱情高歌）

思う存分楽しむ（盡情歡樂）

思う存分に金を使う（揮金如土）

思う存分言って遣った（狠狠地說了他一頓）

思う存分の一生（心滿意足的一生）

思う存分戦ったのですから、勝ち負けは如何でも好いのです（盡最大努力進行了戰鬥勝負在所不惜）

思う壺〔名〕（壺來自賭博搖骰子的罐）預想、預料、心願

思う壺に嵌る（恰如所願、正中下懷、陷入圈套）

思う壺に嵌ったと北叟笑む（以為正中下懷暗自竊笑）

相手が攻めて来れば此方の思う壺だ（如果對方攻來正合我方的心願）

敵を此方の思う壺に嵌まり込ませる（迫使敵人就範）

絶対、あん畜生の思う壺に嵌るんじゃないぞ（可千萬不能讓那些畜生稱心如意！）

思うに、惟うに〔副〕想來、我以為

思うに彼は善人である（想來他是個好人）

思えらく、以爲えらく、謂えらく〔副〕想來、我以為

余思えらく此れ只事為らずと（我以為此事非同小可）

思える〔自下一〕可以那樣想、自然會那麼想

思わしい〔形〕（多用否定形式）滿意的、中意的、如意的、合意的（=望ましい、好ましい、願わしい）

ム

思わしい品が見付からない（找不到滿意的東西）

どうも思わしい結果が出ない（總也得不出滿意的結果）

此の品物も思わしくない（這東西也不稱心）

成績はどうも思わしくない（成績實在不怎麼理想）

彼の健康は思わしくない（他的健康不怎麼好）

彼の病気は思わしくない（他的病情不怎麼好）

益益思わしく為る（每況愈下）

生産は最初は思わしくなかったが間も無く軌道に乗った（生産最初並不令人滿意可是不久就上了軌道）

仕事が思わしく捗らない（工作不能順利進展）

仕事の進み具合が思わしくない（工作進展情況並不理想）

一時に余り思わしくない立場に置かれている（暫時處境不佳）

思わず〔副〕不由得、意外地、不由自主地、情不自禁地、不知不覺地、意想不到地

思わず涙が出た（禁不住落下淚來）

思わず本音を吐く（情不自禁地說出真心話）

余り滑稽なので思わず吹き出した（因為太滑稽不由得大笑起來）

思わず大きな声を叫ぶ（不由得大聲喊叫）

思わず口走る（脫口而出）

思わず喝采する（情不自禁地喝采）

思わず失敗した（意想不到地失敗了）

一寸した不注意から思わずこんな負傷を為た（由於稍微疏忽沒想到受了這樣的傷）

思わぬ〔連体〕意外的、意想不到的（=思いも寄らない、思いも寄らぬ、思いも寄らず）

思わぬ不覚を取る（遭到意想不到的失敗）

思わぬ巻き添えを食らう（受到意外的連累）

思わせる〔他下一〕（思う的使役形式）使人想到、使人感到、使人認為、使人相信、使人思考、使人想念、使人憶起、給人印象、耐人尋味

其れは砂漠の中のオアシスを思わせた（宛如沙漠中的綠洲）

正に大軍の出陣を思わせる（儼然如勁旅出征的陣勢）

彼奴はヒトラーを思わせる顔を為ている（他的長相使人聯想起希特勒的面孔）

此の旋律は波のうねりを思わせる（這個旋律使人聯想起波浪的翻滾）

誰も此れはと思わせる説を打ち出さない（誰也拿不出能使人信服的主張）

思わせ振り〔名、形動〕暗中示意、故弄玄虛、故做姿態、賣弄風情、嬌柔造作

思わせ振りを言う（話裡暗加示意、煞有介事地說）

彼の人は思わせ振りを為るのが好きだ（他就喜好故弄玄虛）

思わせ振りは止し給え（那套嬌柔造作收起來吧！）

奴は一寸思わせ振りを遣っているのだ（這傢伙是想要愚弄我們一下）

上げる気も無いのに思わせ振りな真似は止し為さい（你既沒有給的意思就別騙弄人了）

思われる〔自下一〕（思う的的被動形式）被看作、被認為、被思慕（思う的自發形式）總覺得、總認為、看來（思う的可能形式）可以認為、能夠認為

人に良く思われる（被人認為好）

人に悪く思われる（被人認為壞）

彼は学者と思われていた（人們一直認為他是個學者）

私は御前に悪く思われ度くない（我不願意你對我有壞印象）

彼は芸術家だと思われたがっている（他總希望被人看作是個藝術家）

二人は思い思われる仲だ（兩個人相思相愛）

斯う言った闘争は、尚続く物と思われる（這一類鬥爭看來還得鬥下去）

彼の様子が変に思われる（總覺得他的樣子可疑）

どうも本当と思われる（總覺得是真的）

雨が降り然うに思われる（看來要下雨的樣子）

此の論文を書いたのはどうも彼の人じゃないかと思われる（我總覺得寫這篇文章的可能就是他）

此れは本当とは思われない（這不能認為是真的）
人間業とは思われない（難以設想是人力所能做到的）

思しい、覚しい〔形〕好像是、仿佛是、總覺得
外国人と思しい（一個好像是外國人的人）
彼の父と思しい人が出て来て挨拶した（一個仿佛是他父親的人出來招呼我們）
昨夜真夜中と思しい頃雷が鳴った（昨天半夜時候仿佛打雷了）
彼の人と思しい声を聞こえる（聽到好像是他的聲音）

思し召す〔他五〕（"思う""考える"的高度尊敬形式）想、認為、打算
此の問題に就いて如何思し召しますか（對於這個問題您認為如何？）
彼の人を如何思し召しますか（您認為他怎樣？）

思し召し、思召〔名〕〔舊、敬〕意思，想法，尊意，高見，意願，意向，（對異性的）愛慕，喜歡（稍帶玩笑的口氣）
思し召しは如何ですか（您的高見如何？）
思し召し通りに致しましょう（就按您的意思辦吧！）
折角の思し召しですが頂戴致し兼ねます（雖然是您的一番心意我實在不好意思接受）
神の思し召しの儘に（聽天由命）
寄付の金額は思し召しで結構です（捐款的數目悉聽尊便）
彼女は彼の男に思し召しが有るらしい（她好像對他有些意思）
思し召しに叶う（中意、喜歡）

偲（ム）

偲ぶ、慕ぶ〔他五〕回憶，追憶，懷念，想念
故郷を偲ぶ（懷念故鄉）忍ぶ
父母を偲ぶ（懷念父母）
故人を偲ぶ（懷念死者）
昔を偲ぶ（緬懷往昔）
在りし日を偲ばせる品品（使人追念往日的各種物品）
志賀氏を偲ぶ会（追念志賀先生的會）

此れを亡き友を偲ぶ縁と為よう（借此來記念亡友吧！）
其の城を見ると天正時代が偲ばれる（看到那座城使人緬懷天正時代）

忍ぶ〔自五〕隱藏，躲避，偷偷地，悄悄地（＝隱れる）
〔他五〕忍耐，忍受（＝耐える）
木蔭に忍ぶ（躲在樹後）
縁の下に忍ぶ（躲在走廊地板下）
人目を忍ぶ（躲避旁人耳目）
世を忍ぶ（隱居、遁世）
夜毎に忍んで来る（每晚悄悄地來）
兵を密林の中に忍ばせる（把兵埋伏在密林裡）
恋人の許に忍んで行く（偷偷地到情人那裏去）
忍ぶ恋路（秘密戀愛）
恥を忍ぶ（忍辱）
忍び難い（難以忍受）
其の惨状は見るに忍びない（那種慘狀慘不忍睹）
不自由を忍んで下宿生活を為る（忍受不方便過寄宿生活）
私はそんな事を為るに忍びない（我不忍做那種事情）
彼を正視に忍びなかった（不忍正視他）

斯（ム）

斯〔漢造〕此、這、這個
波斯国（波斯）（＝ペルシア）

斯界〔名〕該界、斯道
斯界の権威（這方面的權威）
彼は斯界の大立者と言われている（據說他是該界的要人）

斯学〔名〕這門學問
斯学の大家（這門學問的權威）
此の様な研究が完成した事は斯学の為に喜ぶ可き事だ（完成了這樣的研究對這門學問來說是可喜的事）
斯学の発達に寄与する（為這門學問的發展做出貢獻）

斯業〔名〕斯道、這一事業
　斯業に貢献する（為這一事業做出貢獻）
　斯業の発展に尽くす（為發展這一事業盡力）

斯道〔名〕此道，這方面、（孔孟的）仁義之道。〔俗〕好色之道
　斯道の権威（這方面的權威）
　斯道の大家（這方面的大家）
　斯道の為に気を吐く（為這行爭一口氣）
　彼は斯道の為に尽くす所が多大であった（他在這方面貢獻是很大的）

斯文〔名〕斯文、斯道（尤指儒教）

斯かる、斯る〔連體〕如此的、這樣的（=斯く有る、斯うした、斯くの如き、斯う言う、こんな）
　斯かる状態に満足す可きで無い（不應該滿足於這樣的現狀）
　斯かる次第に就き（因為情況是這樣所以）
　斯かる次第に就き御了承下さい（事已如此請予諒解）

係る、掛かる、掛る、架かる、架る、懸る、繋る
〔自五〕垂掛懸掛、覆蓋、陷落、遭遇、架設、著手，從事，需要，花費，濺上，淋上，稍帶（某顏色），有（若干）重量，落到（身上），遭受、（魚）上鉤，（鳥）落網、上鎖、掛電話、有傳說、燙衣服、攻擊，進攻、懸賞、增加、交配、發動、上演、演出、關聯、牽連、依賴、依靠、提到、上稅、課稅、來到、結網、修飾、坐上、搭上、綑綁、較量，比賽

〔接尾〕表示動作正在進行、即將，眼看就要
　壁に額が掛かっている（牆上掛著畫）
　着物が釘に掛かっている（衣服在釘子上掛著）
　赤いカーテンの掛かった部屋（掛著紅窗簾的房間）
　凧が木の枝に掛かる（風箏掛在樹枝上）
　明るい月が中天に掛かる（皓月當空）
　風鈴が軒に掛けっている（風鈴掛在屋簷下）
　気（心）に掛かる（懸念、掛心）
　山の頂に雲が掛かる（雲籠罩山巔）
　霞が掛ける（有一道霞）
　計略に掛かる（中計）
　彼の罠に掛かる（上他的圈套）
　敵の手に掛かる（落在敵人手中）
　縄に掛かる（落網、被捕）
　人手に掛かる（被人殺死）
　敵の手に掛かって殺される（遭受敵人殺害）
　彼に掛かっちゃ敵わない（碰上他可吃不消）
　人の扇動に掛かっては為らない（不要受人扇動）
　此の川には橋が三つ掛かっている（這條河架有三座橋）
　虹が掛かる（出虹）
　小屋が掛かる（搭小屋）
　本気で仕事に掛かる（認真開始工作）
　彼は新しい著述に掛かっている（他正從事新的著作）
　未だ其の事業には掛かっていない（那項事業還沒著手）
　さあ、仕事に掛かろう（喂，開始幹活吧！）
　今丁度掛かっている所だ（現在正在幹著）
　食事を終わって勉強に掛かる（吃過飯後開始學習）
　新築に百万円掛かる（新蓋房子花了一百萬日圓）
　此の制服は幾等掛かったか（這套制服花了多少？）
　時間が掛かる（費時間）
　一時間も掛からない内に本を読んで仕舞った（沒用一小時的時間就把書讀完了）
　仕事は六月迄掛かる（工作需要做到六月）
　其の事業は莫大な費用が掛かる（那項事業需要鉅款）
　手間が掛かる（費工夫、費事）
　手数が掛かる（費事）
　帽子に雨が掛かる（帽子淋上雨）
　此の布は雨が掛かると色が褪める（這布淋上雨就掉色）
　自動車が直ぐ側を通ったので、泥水がズボン掛かって仕舞った（因汽車緊從身旁過去褲子濺上了泥水）

とばっちりが掛かる（濺上了飛沫、受到牽連）
赤に少し青が掛かる（紅色稍帶藍色）
此の荷物は重過ぎて、秤に掛からないでしょう（這東西太重怕秤不了吧！）
此の魚は五キロ掛かる（這魚有五公斤重）
私に疑いが掛かっているとは、ちっとも知らなかった（我一點也不知懷疑到我身上）
中国の将来は君達青年の双肩に掛かっている（中國的前途全落在你們青年身上）
重荷は貴方方の肩に掛かっている（重擔落在你們的肩上了）
迷惑に掛かる（遭受煩擾）
御声が掛かる（得到有權有勢者的推薦）
彼の昇進は大臣の御声掛かりだ（他的升級是部長推薦的）
大きな魚が釣針に掛かった（一條大魚上了鉤）
鳥が網に掛かる（鳥落網）
此の部屋には鍵が掛かっていては入れない（這間房子鎖著門進不去）
此のドアは錠が掛からない（這個門鎖不上）
友達から電話が掛かって来た（朋友給我掛來電話了）
次期大臣の声が掛かる（傳說下次要當大臣）
アイロンの良く掛かった服を着ている（穿著一件燙得筆挺的衣服）
敵に掛かる（向敵人進攻）
食って掛かる（爭辯）
敵将の首に百両掛かっていた（斬獲敵將首級懸賞一百兩）
馬力が掛かる（加足馬力）
気合が掛かる（鼓足勁、運足氣）
此の馬に種馬が掛かっている（這馬已經配上種馬的種）
モーターが掛かる（發動機開動）
ラジオが掛かる（收音機響起來）
寒いので車のエンジンがなかなか掛からない（因為天冷汽車引擎發動不起來）
芝居が掛かる（上演戲劇）

其の劇場には何が掛かっていますか（那劇場在上演甚麼戲）
本件に掛かる訴訟（涉及本案的訴訟）
国の面目に掛かる（關係到國家的面子）
国家の信用に掛かることだ（關係到國家的信用問題）
事の成否は一に掛かって君の努力に在る（事情的成敗完完全全在於你的努力如何）
彼の発明に掛かる掛かる機械（他所發明的機器）
屋根に梯子が掛かっている（梯子靠在屋頂上）
欄干に掛かって月を眺める（憑欄賞月）
医者に掛かる（請醫師看病、看醫生）
彼は未だ親に掛かっている（他還依靠父母生活）
甥の世話が自分に掛かっている（外甥由我來照顧）
老後は次男に掛かる（老後依靠次子）
君が遣る気が有るか無いかに掛かっている（就看你有沒有意思幹了）
議題が会議に掛かる（議題提到會議上）
進めと言う号令が掛かった（前進的號令發出來了）
税金が掛かるかどうか分らない（是否要上稅不清楚）
町を出て原野に掛かる（走出市鎮來到原野）
峠に掛かる（來到山頂）
船が掛かる（有船停泊）
蜘蛛の巣が掛かった天井（結了蜘蛛網的天花板）
花が美しく咲くの美しくは咲くに掛かる（花開得鮮艷裡的鮮艷是修飾開花的）
其の鍋はガスに掛かっている（那鍋坐在煤氣上）
襟のホックが巧く掛からない（領鉤扣不上）
槍の穂先に掛かる（扎在長矛尖上）
荷物に縄が掛かる（繩子捆著行李）
紐が掛かった行李（細繩捆著行李）
嗚呼、誰でも掛かって来い（喂，不管誰來較量較量！）

ム

ム

君等は彼に掛かっては丸で赤ん坊だ（你們和他較量簡直就是小孩子）

御目に掛かる（遇見、見面、拜會）

御目に掛ける（給看、供觀賞、送給）

嵩に掛かる（盛氣凌人、跋扈、趁勢）

口が掛かる（聘請、被邀請）

箸にも棒にも掛からぬ（軟硬不吃、無法對付）

遣りかかっている（正在做）

来かかっている（正向這邊來）

其処へ自動車が通りかかった（正好汽車開了過來）

落ち掛かった橋（眼看就要塌下來的橋）

死に掛かった犬（就要死的狗）

泳ぎが出来ないので溺れ掛かった（因為不會游泳眼看就要淹死了）

罹る〔自五〕患病，生病，染病，遭受（災難）

病気に罹る（得病、生病）

肺病には罹った事が無い（肺病我倒是沒有得過）無い綯い

子供がジフテリヤに罹っている（孩子得了白喉）

此の病気は一度罹ると、後は罹らない（這種病得過一次就不再得了）

重ね重ね不幸に罹る（屢遭不幸）

こんな災難に罹ろうとは思わなかった（沒想到會遭受這樣的災難）

斯く〔副〕如此、這樣（＝斯う、此の様に）

斯く言うのも老婆心からだ（所以如此說也是出於一片婆心）

斯くの如き方法（這樣的方法）書く掻く描く欠く画く昇く

斯くの如くして（這樣地）

斯く言えばとて（雖說如此）

斯く為る上は（既然如此）

書く〔他五〕寫（字等）、畫（畫等）、作，寫（文章）、描寫，描繪

字を書く（寫字）書く画く掻く欠く斯く

手紙を書く（寫信）

鉛筆で書かないで、ペンで書き為さい（別用鉛筆寫要用鋼筆寫）

絵を書く（畫畫）

山水画を書く（畫山水畫）

平面図を書く（畫平面圖）

黒板に地図を書く（在黑板上畫地圖）

文章を書く（作文章）

卒業論文を書く（寫畢業論文）

彼は今新しい小説を書いている（他現在正在寫一本新小說）

新聞に書かれる（被登在報上、上報）

此の物語は平易に書いて有る（這本故事寫得簡明易懂）

口で言って人に書かせる（口述讓別人寫）

此の事に就いて新聞は如何書いて有るか（這件事報紙上是怎麼樣記載的？）

欠く〔他五〕缺、缺乏、缺少、弄壞、怠慢

彼の人は常識を欠いている（那人缺乏常識）

塩は一日も欠く事が出来ない（食鹽一天也不能缺）

暮らしには事を欠かない（生活不缺什麼）

必要欠く可からず（不可或缺、必需）

歯を欠く（缺牙）

刃を欠く（缺刃）

窓ガラスを欠く（打破窗玻璃）

礼を欠く（缺禮）

勤めを欠く（缺勤）

掻く〔他五〕搔，扒，剷，撥，推，砍，削，切、攪和、做某種動作，有某種表現

痒い所を掻く（搔癢處）書く欠く描く画く斯く

髪を掻く（梳頭）

背中を掻く（撓脊梁）

田を掻く（耕田）

犬が前足で土を掻く（狗用前腳刨土）

往来の雪を掻く（摟街上的雪）

庭の落ち葉を掻く（把院子的落葉摟到一塊）

人を掻き分ける（撥開人群）

首を掻く（砍頭）

鰹節を掻く（削柴魚）

水を掻いて進む（划水前進）

泳ぐ時、手と足で水を掻き乍前へ進む（游泳時用手和腳划水前進）
芥子を掻く（攪和芥末）
漆を掻く（攪和漆）
胡坐を掻く（盤腿坐）
汗を掻く（出汗、流汗）
鼾を掻く（打呼）
裏を掻く（將計就計）
恥を掻く（丟臉、受辱）
べそを掻く（小孩要哭）
瘡を掻く（長梅毒）
寝首を掻く（乘人酣睡割掉其頭顱、攻其不備）

斯く斯く〔副〕如此這般（＝此の通り、此の様だ）
水害の状況は斯く斯く（である）と報告する（如此這般地報告了水災的情況）
斯く斯くの事実を君は知っているか（如此這般的事實你了解嗎？）
斯く斯くの次第だ（情況就是這樣）

斯くして〔副、接〕如斯、這樣（＝斯うして）
斯くして侵略戦争は終に失敗した（就這樣侵略戰爭終於失敗了）
斯くして其の翌日、次の様な事が起こった（於是第二天就發生了如下的事情）

斯くて〔接〕於是、就這樣（＝斯うして、此の様に為て）
斯くて戦いは終った（就這樣戰鬥結束了）
斯くて十年の歳月を獄窓に送った（於是在獄中度過了十年的歲月）

斯くの如く〔連語、副〕如此這樣（＝此の様に）
斯くの如く惨めな敗北を受けたのは始めてた（這樣遭受慘敗還是第一次）
斯くの如くして実験は終に成功した（實驗就這樣終於成功了）

斯くの如き〔連語、連體〕如此的、像這樣的（＝此の様な）
斯くの如き失敗は二度と繰り返すな（不要重複這樣的失敗）

斯く許り〔副〕這麼（點）（＝此れ程）
斯く許りの事で心配は無用（這點事用不著擔心）

斯く迄（に）〔連語、副〕〔舊〕（至于）這樣、（到）這般地步）（＝此れ程迄、こんなに迄）
斯く迄に力を入れても駄目だとは…（這麼盡力也還不成）
斯く迄に酷いとは思わなかった（沒想到嚴重到這般地步）

斯くも〔副〕這樣（＝こんなに）
何故斯くも悲しいのか（為何這樣悲傷呢？）

斯程〔副〕這樣、這麼（＝此れ程、こんなに）

斯様〔形動〕這樣、如此（＝此の様）
斯様な次第で（因為是這樣、在這樣情況下）
斯様に考えて見れば（這樣想來、由此觀之）
斯様云云と述べる（如此這般地敘說）
斯様な辺鄙な処へようこそいらっしゃいました（您來到這麼偏僻的地方歡迎歡迎）

斯う〔副〕（〝斯く〞的轉變）如此、這樣、這麼
〔感〕啊、嗯、這個（用於一時想不起來適當的話時）
実は斯うだ（實際是這樣）
ああ言えば斯う言う（你說東他說西）
斯う為るとは思わなかった（沒想到會成這樣）
斯う暑くては堪らない（這麼熱可受不了）
僕は斯うだと思う（我認為是這樣）
斯う為ては為らない（不要這麼作）
斯う遣れば良いのだ（這麼作就行了）
斯う迄旨くは作れない（作不了這麼好）
斯う言う問題はややこしい（這種問題麻煩）
兎角斯う為た人間が成功するのだ（總是這樣人成功）
昔は斯うではなかった（過去不是這樣）
斯うと知ったら、来るのじゃなかった（如果知道這樣就不來了）
斯う為ると煩くなった（這麼一來可麻煩了）
斯う、なんだか落ち着かない気が為る（嗯、總覺得有些不穩當）

請う、乞う〔他五〕請求、乞求、希望（＝願う、望む）
援助を請う（請求援助）
和を請う（求和）
人に物を請う（向人要東西）
御指示を請う（請您指示）
先生の来会を請う（請先生到會出席）

斯う斯う〔副〕如此如此 如此這般（=斯く斯く、云云，然然）
　斯う斯う云云（如此這般）
　斯う斯う言う人（如此這般的人）
　斯う斯う言う次第で（由於如此這般的情況）
　斯う斯う為ろと言う（說要如此這般地做）

斯うっと〔感〕（思索某事時）嗯！啊！唔！
　斯うっと、如何為ようかな（嗯！怎麼辦好呢？）
　如何為ようかな、斯うっと、まあ斯う遣って置け（怎麼辦好呢？嗯！就這麼辦吧！）
　斯うっと、じゃ私が自分で行こう（嗯！那麼我親自跑一趟吧！）

嘶（ㄙ）

嘶〔漢造〕馬叫、聲音沙啞

嘶く〔自五〕馬嘶、馬叫
　馬が一声高く嘶いた（馬高聲叫了一聲）

嘶き〔名〕馬嘶、馬叫
　原っぱで馬の嘶きが聞こえる（原野上聽到馬嘶聲）

嘶える〔自下一〕（馬）嘶（=嘶く）
　馬が一声高く嘶える（馬高嘶一聲）

死（ㄙˇ）

死〔名、自サ、漢造〕死，死亡（=死ぬ）、死罪。〔棒球〕死球、無生氣，無活力、殊死
　死の瀬戸際（瀕臨死亡）
　死の門出（前去送死）
　死が切迫する（死期臨近）
　死に瀕している（瀕死、垂死）
　死に至らしめる（終致死去）
　死に臨む（面臨死亡）
　死に就く（就死、死去）
　死を覚悟する（決心死掉、豁出命去）
　死を悼む（悼亡、追悼）
　死を決して戦う（決一死戰）
　死の床に横たわる（臨床不起而死）
　不慮の死を遂げる（死於非命）
　彼は危くを免れた（他倖免於死）
　死すとも屈せず（寧死不屈）
　死して後止む（死而後已）
　死一等を減ずる（減死罪一等）
　死中に活を求む（死裡求生）
　死の商人（軍火商）
　死の灰（原子塵）
　死は或いは泰山より重く、或いは鴻毛より軽し（死或重於泰山或輕於鴻毛-司馬遷）
　死を致す（致死）
　死を賜う（君主賜死）
　死を視る事帰するが如し（視死如歸）
　生死、生死（生死、死活）
　生死流転（生死輪迴）
　急死（突然死去）
　窮死（因貧窮而死）
　枯死（枯死）
　戦死（戰死、陣亡）
　惨死（慘死、死得悲慘）
　慙死、慚死（羞愧而死）
　焼死（燒死）
　溺死（溺死、淹死）
　轢死（壓死）
　縊死（縊死）
　餓死（餓死）
　横死（橫死、死於意外）
　必死（必死、拼命、〔象棋〕一定將死）
　決死（決死、拼死）
　半生半死（半生半死）
　万死（萬死）
　安楽死（安樂死、無痛苦致死術）
　酔生夢死（醉生夢死）
　不老不死（長生不老）
　四死球（四死球）
　二死後（棒球二人出局後）
　一死満塁（棒球一人出局滿壘）
　一死以て国恩に報いん（以一死以報國恩）

死する〔自サ〕死（=死ぬ）

死して後止む（死而後已）

死せる諸葛生ける仲達を走らす（死諸葛嚇走活仲達-三國志）

死せる〔連體〕（"る"是文語助動詞"り"的連體形）死去的、已死的

　死せる孔明、生ける仲達を走らしむ（死孔明嚇走活仲達）

　死せる魂（死靈魂-果戈里的長篇小說）

死なす〔他五〕使死亡、使喪命（＝死なせる）

死なせる〔他下一〕使死亡、使喪命（＝死なす）

　子供の出世を見せてから死なせたかったが（能讓他看到孩子成材再死該多好呀！）

死なれる〔自下一〕（來自"死ぬ"的被動形）（遭到）死亡、喪命

　父に死なれる（父親去世）

　子供に死なれる（死去孩子）

　彼に死なれて遺族は困った（他這一死遺屬困難了）

死に、死〔名〕死（＝死ぬ事）

〔接頭〕表示責罵、不起作用、徒勞無益

　死に畜生（死東西）

　死に金（死錢）

　死に学問（死學問）

死に足、死足〔名〕〔相撲〕力士行將向後跌倒，兩腳尖向上，只憑腳後跟支持的姿勢（認為已輸）

死に石、死石〔名〕〔圍棋〕死子白下的子

死に急ぐ〔自五〕急於死、想早死

死に一倍、死一倍〔名〕父母死後加倍償還的借債（借據）

死に顔、死顔〔名〕遺容、死時的面容←→生顔

　安らかな死に顔（安詳的遺容）

　死に顔が好い（遺容和善）

死に学問、死学問〔名〕死學問、無用的學問、不實用的學問

　学んで実行しないのは死に学問を為ているのだ（學而不實踐就是讀死書）

死に掛かる、死に懸る〔自五〕將死、快要死

　死に掛かった人（將死的人、快要死的人）

死に掛ける、死に懸ける〔自下一〕將死、瀕死、垂死（＝死に掛かる、死に懸る）

　病院に駆け付けた時はもう死に掛けていた（跑到醫院時已經快嚥氣了）

死に方〔名〕死的方法、死時的情況

　男の死に方（男子漢的死法）

　幸福な死に方を為る（幸福地死去）

　惨めな死に方を為る（死得很慘）

　人は色色な死に方を為る物だ（人死的情況各自不同）

　如何言う死に方を為たのかね（他是怎樣死的）

　溺死なんてのは嫌な死に方だ（溺死可不好受）

死に金、死金〔名〕棺材本，準備自己死時用作喪葬費的錢、死錢、不起作用的錢←→生金

　箪笥の中の死に金（衣櫥裡不用的錢）

　死に金を使う（白花錢、花錢不起作用、錢沒花在刀口上）

　彼は死に金を投じている（他把錢白扔了）

死に神、死神〔名〕死神、催命鬼、追命鬼

　死に神に取り付かれた（被死神揪住了）

死に変わる、死に変る〔自五〕〔佛〕輪迴，投胎轉世、死後容貌改變

死に際、死際〔名〕臨終，臨死、臨死的情況

　死に際の遺言（臨終遺言）

　死に際に懺悔する（臨死懺悔）

　父の死に際に間に合う（趕上給父親送終）

　死に際が惨めだった（臨死很慘）

　死に際に楽を為た（臨死沒受罪、舒舒服服地死去）

死に様〔名〕臨死的樣子（＝死に様、死様）、死的方式（＝死に方）

　視苦しい死に様を為る（見せる）（死得不體面、死得很難看）

　何と言う死に様だ（死得多麼窩囊）

　私は戦場で色色な人の死に様を見た（我在戰場上看到了各式各樣人的死相）

　彼奴の死に様を見度い物だ（我倒要看看他怎麼死、他是不會得好死的）

　二目と見られない死に様（慘不忍睹的死相）

死に様、死様〔名〕臨死的樣子（＝死に様）、死的方式（＝死に方）

死に仕度、死仕度〔名〕死的準備

死に装束、死装束〔名〕（剖腹自殺時穿的）白色服裝、白壽衣

　死に装束の御吟様（穿白色服裝的吟公主）
　知人が寄り合って死に装束を縫う（親友們集會到一起縫壽衣）

死に損なう、死損う〔自五〕自殺未遂，尋死沒死、沒能死掉，該死未死

　自殺を図ったが薬の分量を間違えて死に損なった（他打算自殺但把藥的劑量弄錯了沒有死）
　四十過ぎた頃大病を為て死に損なって非常に達者に為った（四十多歲鬧了一場大病後來身體非常健康）

死に損ない、死損い〔名〕自殺未遂（者），尋死沒死（的人）。〔罵〕該死的，老不死的、年紀過老的人

　此の死に損ない奴（你這個老不死的〔該死的〕）

死に時、死時〔名〕死的時候、該死的時候、就義時

　今が死に時だ（現在是赴難的時候）
　男の死に時（男兒就義的時候）
　死に時を得た（死得其所）

死に場、死場〔名〕死的地方、值得死的地方（=死に処，死処、死に所，死所）

死に場所、死場所〔名〕死的地方、值得死的地方（=死に処，死処、死に所，死所）

　死に場所を探す（找尋死的地方、尋死）
　人民の為に死ぬ事は死に場所を得たと言う事が出来る（為人民而死就是死得其所）
　死に場所を捜している中に友達に呼び止められた（在正要尋死的時候被朋友喝住了）
　此処を死に場所と為る積もりだ（決心死在這裡）
　私は此処を死に場所と定めた（我決定在這裡做一輩子）

死に恥、死恥〔名〕死得不光彩、死後遺羞←→生き恥

　死に恥を晒す（死後遺羞）
　子が父の死に恥を晒す（兒子給死去的父親丟臉）

死に果てる〔自下一〕完全死了，全部死了（=死んで仕舞う）、死絕，死盡（=死に絶える）

　此の植物は既に死に果てて仕舞った（這個植物已經完全死了）

死に節、死節〔名〕〔建〕（木材的）腐節

死に身、死身〔名〕難免一死←→生き身、拼命←→捨て身、好像死人一樣毫無生氣

　生き身は死に身（生者必死）
　死に身に為って働く（拼命工作）

死に目、死目〔名〕臨終、臨死（=死に際，死際、末期）

　父の死に目に間に合わなかった（沒有趕上給父親送終）
　親の死に目に会えない（趕不上給父母送終）

死に欲、死欲〔名〕將死而慾望加深

　死に欲の付いた老人（將死而貪婪不止的老人）

死ぬ〔自五〕死←→生まれる、停止，不生動，無生氣←→生きる、無用，糟塌。〔圍棋〕死棋。〔棒球〕出局

　国の為に死ぬ（為國捐軀）
　安らかに死ぬ（安詳地死去）
　笑って死ぬ（含笑而死）
　突然死ぬ（突然、死去暴卒）
　ぽっくり死ぬ（突然死去、暴卒）
　年若くして死ぬ（年輕輕地夭折）
　交通事故で死ぬ（因交通意外死去）
　旅先で死ぬ（在旅行中死去、客死）
　五十歳で死ぬ（五十歲時死亡）
　毒を飲んで死ぬ（服毒自殺）
　死ぬ迄働く（工作到死）
　死んだ父と同じ年に為る（到了父親死去的年紀）
　今こそ死ぬ可き時だ（現在正是該死的時候）
　死んだ振りを為る（裝死）
　凍えて死ぬ（被凍死）
　殴られて死ぬ（被打死）
　自動車で轢かれて死ぬ（被汽車壓死）
　死ぬ程辛い（難受得要死）
　死ぬ程叩きのめす（狠狠揍個半死）

惜しまれて死ぬ（死得令人惋惜）
死ぬか生きるかの切実な問題（生死攸關的生死問題）
死んだのも同然の身（如同死了一般、行屍走肉）
死んでも放さない（死也不放）
未だ死んで間も無い（死後還不久）
人間は何時かは死ぬのだ（人總是要死的）
其れでは死んでも死に切れない（那樣的話死也不瞑目）
彼の時は死ぬかと思った（那時以為會死掉的）
こんな辛い思いを為る位なら死んだ方が増しだ（早知這樣難授倒不如死掉）
死んだ積もりに為ればどんな事でも出来る（只要豁出死什麼事情都辦得到）
風が死ぬ（風息）
死んだ目（無神的眼睛）
字が死んでいる（字太呆版）
此の絵は死んでいる（這幅畫不生動）
然う為ると文が死んで仕舞う（這樣一來句子就不生動了）
死んだ金（不起作用的錢）
其れでは金が死んで仕舞う（那麼就把錢白扔了）
折角の絵もこんな所に掛けては死んで仕舞う（這麼精采的畫掛在這裡簡直是白糟蹋了）
石が死ぬ（棋子死了）
白は囲まれて黒石が死ぬ（被白子包圍上黑子死了）
此の隅の石が死んだ（這角落上的子死了）
本塁寸前でタッチ（touch）されて死ぬ（在快進本壘時被觸殺出局）
死ぬ者貧乏（誰死誰沒福）
死ぬる子は眉目良し（夭折的孩子總是長得漂亮）
死んだ子の年を数える（數叨亡兒的年齡、喻追悔莫及）
死んでの長者より生きての貧乏（好死不如賴活）

死んで花実が為る物か（沒有生命談什麼開花結果、喻捨命最愚蠢）
死んでも命が有る様に（死氣白賴地想活下去）

死因〔名〕死亡原因
大酒が死因と為った（狂飲成了致死原因）
大酒大酒
死因は判明しない（死因不明）
死因処分（〔法〕死後處理－在本人死後，開始生效的處理，如遺囑，遺贈）←→生前処分
死因贈与（〔法〕死後生效的贈與）

死花、紙花〔名〕葬儀用的假花（＝死花花）

死に花、死花〔名〕光榮的死，臨死的榮譽、死後留名
死に花が咲く（死得光榮）
死に花を咲かせる（光榮犧牲）
何か一仕事して死に花を咲かせ度い物だ（但願您做一番事業而後光榮地死去）

死灰〔名〕死灰、〔喻〕無生氣的東西
死灰復燃ゆ（死灰復燃）

死の灰〔名〕〔俗〕死灰、原子灰（核爆炸時產生的放射性微塵）
死の灰を浴びる（落了一身原子灰）

死海〔名〕〔地〕死海
死海写本（1947年以來發現的死海古抄本書）

死骸、屍骸〔名〕死屍，屍首，屍體、遺骸（＝亡骸、屍）
犬の死骸（狗的屍體）
死骸を引取る（領屍）
遭難者の死骸を収容する（收容死難者的屍體）

死角〔名〕〔軍〕死角。〔轉〕攻不下的角落，尚未影響到的地方
死角に為っている建物の下を潜って進む（彎腰穿過死角的建築物下面前進）
死角を利用して敵に接近する（利用死角接近敵人）

死火山〔名〕〔地〕死火山←→活火山、休火山
箱根山は死火山だ（箱根山是死火山）

死荷重〔名〕〔理〕靜負荷，固定負載、底載
死荷重応力（底載應力）

死活〔名〕生死存亡
　死活に関る（生死攸關）
　死活を掛ける（拼命）
　国家の死活に関する大問題（有關國家存亡的重大問題）
　其れは我我に取っては死活問題である（那對於我們來說是生死攸關的問題）

死諫、屍諫〔名〕死諫、被處死的覺悟來諫言主君

死期、死期〔名〕死期、臨終（＝臨終、死に際）
　死期に（が）近付く（接近死期、垂死）
　死期が迫る（死期迫近、瀕死）
　死期を早める（加快死期）
　彼の死期が来た（他的死期已到）
　死期を予知する（預感到快要死了）
　死期に臨んで言い残す事は無い（臨終沒有要留的遺囑）

死球〔名〕〔棒球〕死球（＝デット、ボール）
　死球を喫する（吃一死球）

死去〔名、自サ〕死去、去世、逝世（＝死亡）
　彼の死去は皆に惜しまれた（他的逝世為大家所惋惜）
　父は今朝四時死去しました（父親於今晨四時故去了）

死菌〔名〕死菌

死句〔名〕〔佛〕過於庸俗缺乏禪味的句子。〔轉〕沒有餘韻的詩句或俳句

死苦〔名〕〔佛〕死苦（四苦、八苦之一）、非常痛苦（像死那樣痛苦）
　死苦と戦う（與痛苦戰鬥）

死刑〔名〕死刑
　死刑を宣告される（被宣判死刑）
　死刑に処する（處以死刑、處死）
　死刑に処せられる（被處以死刑）
　死刑に為る（被處以死刑）
　死刑を執行する（執行死刑、處決）
　死刑を廃止する（廢除死刑）
　死刑に為ても飽き足らない犯罪行為（處死刑也不夠的犯罪行為、罪該萬死）
　死刑廃止論（死刑廢除論）
　死刑存置論（死刑保存論）

　死刑囚（死囚、死刑罪犯）
　死刑囚独房（死囚獨居牢房）

死後〔名〕死後、後事←→生前
　彼氏は死後其の絵が認められた（他的畫死後方得到承認〔重視〕）
　死後強直（死後僵直）
　死後行為（死後生效的法律行為-如遺囑）
　死後硬直（死後僵直＝死後強直）
　死後を頼む（委託後事）
　死後は引き受けた。心配するな（後事我全包下來了別擔心）

死後〔名〕死後、前妻死後

死に後れる、死に遅れる〔自下一〕他人已死而自己還活著、該死沒死、活得過久
　娘に死に後れる（女兒死了而自己還活著）
　自分丈死に後れて天涯孤独の身です（只有自己還活著成為天涯孤客）
　死に後れては恥（該死不死是恥辱）
　仲間に死に後れて一人山中に隠れ住む（沒和夥伴一起死掉一個人隱居在山裡）
　心中で女の方が死に後れて苦悶していた（男女一起情死時女方當時沒死了在那裏折騰著）

死語〔名〕已不使用的語言、廢詞
　アイヌ語は死語に近い状態だ（愛努語已經快沒人使用）

死債〔名〕死債

死罪〔名〕死罪，死刑、（古時上表文、寫信等表示）失禮之罪
　死罪一等を減じて島流しに為る（減死罪一等流放到孤島上去）
　死罪に問われる（被處死刑）
　死罪に処せられる（被處死刑）

死産、死産〔名、自サ〕〔醫〕死產
　死産児（死產兒）

死屍〔名〕死屍（＝死骸、屍）
　死屍累累と為て（死屍累累）
　死屍に（を）鞭打つ（鞭屍）

死児〔名〕死兒
　死児を生んだ（生了個死胎）

死児の齢を数える（計亡兒之齡、喻嘮叨追悔莫及之事）

死者〔名〕死者、死人←→生者、生者
　事故で多数の死者が出た（因意外死了很多人）
　事故で多数の死者を出した（因意外死了很多人）
　死者の冥福を祈る（祈禱死者冥福）
　死者は数十名に及んだ（死者達數十人）
　敵に沢山の死者を出させた（打死很多敵人）

死守〔名、他サ〕死守
　陣地を死守する（死守陣地）

死囚〔名〕死刑囚犯

死臭、屍臭〔名〕屍首的臭味

死重〔名〕〔機〕死重、靜重

死処、死所〔名〕死的地方、值得死的地方
　彼の死処は不明だ（他的死處不明）
　死処を得た（死得其所）

死に処、死処、死に所、死所〔名〕死的地方、值得死的地方
　死に処を得た（死得其所）

死生、生死〔名〕死生、生死（=生死）
　死生知らず（不顧死活生死不顧）
　死生の境を彷徨う（傍徨於生死存亡之關頭）
　死生の巷に出入する（出生入死）
　死生命有り（死生有命）
　死生を共に為る（共生死）

死傷〔名、自サ〕死傷，傷亡、傷亡者、死者和傷者（=死傷者）
　事故で五人が死傷した（因意外死傷五人）
　敵に多大の死傷を被らす（使敵人遭受慘重傷亡）
　死傷十五名を出した（死傷十五人）
　死傷実に五十名に上った（傷亡竟達五十名）
　多数の乗客が死傷した（很多乘客傷亡）
　死傷者（傷亡者，死者和傷者）

死水〔名〕死水、不流動的水←→活水

死に水〔名〕臨死給喝的一口水、最後的一口水
　死に水を取る（給喝最後一口水、送終）

　父の死に水を取る（給父親送終）

死絶〔名〕斷氣而死、家系斷絶

死に絶える〔自下一〕死光、絶種
　彼の一家は死に絶えた（那一家人死光了）
　恐竜は死に絶えた動物である（恐龍是絶了種的動物）

死戦〔名〕決死戰、殊死戰

死線〔名〕（設在監獄等周圍跳越即遭開槍射擊的）死線、生死關頭
　死線を彷徨う（徘徊在死亡線上）
　死線を超えて（越過死線、死裡逃生）
　彼は幾度か死線を超えて来た人だ（他是經過幾次死裡逃生的人）

死相〔名〕死相
　病人には既に死相を現れている（病人已經露出了死相）

死蔵〔名、他サ〕積藏不用
　貴重な書物を死蔵している（死藏著寶貴的書）

死体、屍体〔名〕屍體、屍首（=屍）←→生体
　死体を引き取る（領屍）
　死体を焼く（焚化屍體）
　死体は未だ発見されない（屍體尚未找到）
　死体検案（驗屍）
　死体仮置場（停屍間）
　死体解剖（屍體解剖）
　死体遺棄（屍體遺棄）

死に体〔名〕〔相撲〕已經不能再比賽下去的姿勢←→生き体

死胎〔名〕死胎
　死胎分娩（死産）

死地〔名〕死地、險地
　死地に赴く（前去送死）
　死地に入って活を求める（死裡求生）
　彼は辛うじて死地を脱した（他好不容易逃出了險地）
　死地に追い込む（趕入絶境）
　死地に陥れて後生く（置之死地而後生-孫子）

死中〔名〕險境、絶境

死中に活を求める（死裡求生）

死出〔名〕〔佛〕去世（=死出の旅）。〔佛〕冥府、黃泉（=死出の山）
死出の旅（〔佛〕去世）
死出の旅に上がる（死）
死出の山（〔佛〕冥府、黃泉）

死点〔名〕〔機〕（沖程的）死點、（車床的）死頂尖（=デッド、ポイント）、有死亡危險的地點

死都〔名〕死城
死都ポンペイ（義大利龐貝死城）

死闘〔名、自サ〕殊死戰鬥
死闘を続ける（繼續進行殊死的戰鬥）
死闘を繰り返す（反復死鬥）
失地奪回を目指して死闘する（以奪回失地為目標而殊死戰鬥）

死毒、屍毒〔名〕〔化〕屍碱

死肉、屍肉〔名〕死屍、死動物的肉
戦場で死肉を漁る禿鷹（在戰場上尋覓死屍的禿鷹）

死人〔名〕死人（=死人、死に人、死人）
死人を柩に収める（把死人裝在棺材裡）
事故で死人が出る（因為事故死了人）
死人を収容する（收容死人）

死人〔名〕〔方〕死人（=死人）
災害で死人の山が出来た（由於災害死人堆成了山）
死人色（死人似的蒼白面色）

死に人、死人〔名〕死人（=死人）

死の商人〔名〕軍火商

死馬〔名〕死馬
死馬の骨（死馬的骨頭、喻以前非常有用現已毫無價值之物）
死馬の骨を買う（買死馬骨頭、喻收羅無用之人以便宣揚出去讓賢者來歸-戰國策）

死馬〔名〕死馬、罵馬的話
死馬に鍼を刺す（喻徒勞無功）

死斑、屍斑〔名〕〔解〕屍斑
死体は死後六時間位経つと死斑が現れる（屍體死後過六小時左右就現出屍斑）

死票〔名〕（選舉的）廢票、無效票

死病〔名〕絕症（=死に病）
死病に取り付かれる（患不治之症）
癌が死病で無く為る日が持たれる（期待有一天癌證不再是不治之證）

死物〔名〕死物，無生命物、廢物，無用之物
死物と化した動物（變成死物的動物）
死物を活用する（廢物利用）
死物寄生（〔植〕腐生）

死に物狂い、死物狂い〔名〕拼命、不顧死活、拼死拼活
死に物狂いの努力（全力以赴）
死に物狂いに為る（豁出命幹、拼死拼活）
死に物狂いに為って勉強する（拼命地用功）
敵は死に物狂いの足搔きを為る（敵人作垂死的掙扎）
死に物狂いに働く（不要命地工作）

死文〔名〕空文，具文，無內容的文章，不適用的文章
此の法律は既に死文と化している（這個法律已成了具文）

死別〔名、自サ〕死別（=死に別れ）←→生別、生き別れ
夫に死別する（死去丈夫）
彼は子供の頃両親に死別した（他在童年就死去了父母）

死に別れる〔自下一〕死別←→生き別れる
妻に死に別れる（與妻死別、妻子去世）
彼は幼い時父母に死に別れた（他小時候父母就去世了）
彼女は早くも夫に死に別れた（她很早就死去了丈夫）

死に別れ〔名〕死別（=死別）←→生き別れ
生き別れと死に別れ（生離死別）

死法〔名〕已廢的法律、已經失效的法律

死亡〔名、自サ〕死亡（=死去）
祖父は昨日死亡した（祖父昨天死去了）
死亡診断書（死亡診斷書）
死亡通知（訃聞）
死亡保険（死亡保險）
死亡者（死者）
死亡届（死亡報告）

死亡率（死亡率）
死没、死歿〔名、自サ〕死亡、逝世
　交通事故で死没する者が年年増加している
　（由於交通意外而死亡的人逐年增加）
死魔〔名〕〔佛〕死魔、死神
死脈〔名〕〔醫〕死脈、〔礦〕掘盡的礦脈
死命〔名〕死命
　敵の死命を制する（制敵人死命）
　敵に死命を制せられる（被敵人掐住脖子）
死滅〔名、自サ〕死滅、死絕（＝死に絶える）
　蓮の実は二千年経っても猶死滅しない事が
　分かった（明確了蓮子經過兩千年還死不了）
死面〔名〕（death mask 的譯詞）人死後用石膏套
取的面型、遺容（＝デスマスク）
死面盤〔名〕〔機〕（帶電部分不表現在盤面上的）
死配電盤
死靈〔名〕冤魂（＝怨霊）、死者的靈魂←→生き霊
　死霊が祟る（鬼魂作祟）
　死霊に取り付かれる（被鬼魂纏住）
死力〔名〕全部力量、最大的努力
　死力を尽くして戦う（拼死戰鬥）

巳（ム丶）

巳〔漢造〕（地支的第六位）巳
　上巳、上巳（陰曆三月三日－日本五大節日
　之一－女兒節，桃花節）
巳〔名〕（地支的第六位）巳、方位名（正南與東
南之間，由南向東三十度的方位）、巳時（指上
午十點鐘或自九點至十一點鐘）
死〔名、自サ、漢造〕死，死亡（＝死ぬ）。死罪。〔棒球〕
死球、無生氣，無活力、殊死
　死の瀬戸際（瀕臨死亡）
　死の門出（前去送死）
　死が切迫する（死期臨近）
　死に瀕している（瀕死、垂死）
　死に至らしめる（終致死去）
　死に臨む（面臨死亡）
　死に就く（就死、死去）
　死を覚悟する（決心死掉、豁出命去）
　死を悼む（悼亡、追悼）

死を決して戦う（決一死戰）
死の床に横たわる（臨床不起而死）
不慮の死を遂げる（死於非命）
彼は危くを免れた（他倖免於死）
死すとも屈せず（寧死不屈）
死して後止む（死而後已）
死一等を減ずる（減死罪一等）
死中に活を求む（死裡求生）
死の商人（軍火商）
死の灰（原子塵）
死は或いは泰山より重く、或いは鴻毛より
軽し（死或重於泰山貨輕於鴻毛－司馬遷）
死を致す（致死）
死を賜う（君主賜死）
死を視る事帰するが如し（視死如歸）
生死、生死（生死、死活）
生死流転（生死輪廻）
急死（突然死去）
窮死（因貧窮而死）
枯死（枯死）
戦死（戰死、陣亡）
惨死（慘死、死得悲慘）
慙死、慚死（羞愧而死）
焼死（燒死）
溺死（溺死、淹死）
轢死（壓死）
縊死（縊死）
餓死（餓死）
横死（橫死、死於意外）
必死（必死、拼命、〔象棋〕一定將死）
決死（決死、拼死）
半生半死（半生半死）
万死（萬死）
安楽死（安樂死、無痛苦致死術）
酔生夢死（醉生夢死）
不老不死（長生不老）
四死球（四死球）

ム

二死後（棒球二人出局後）
一死満塁（棒球一人出局滿壘）
一死以て国恩に報いん（以一死以報國恩）

四 〔名、漢造〕四（＝四、四、四、四つ、四）、四壞球（＝四球）、四個、四次、四方

四の五の言う（說三道四、說長道短、嘮嘮叨叨）
再三再四（三番五次、一而再再而三）
一天四海（普天之下）

市 〔名、漢造〕市、城市、交易

裁判所は市の中心に在る（法院在市中心）
市当局（市當局）
互市（交易、貿易、通商）
城市（城市、城邑）
都市（都市、成侍）
坊市（坊間、市街）
京都市（京都市）
特別市（特別市）

士 〔名〕人（多指男人）、人士、士（江戶時代等級社會的士農工商四民之首）武士（＝侍）

〔漢造〕士宦、軍人、士（日本自衛隊最低級）、有某種資格的人、男子美稱

篤学の士（好學之士）
同好の士を集めて研究会を催す（把愛好相同的人召集在一起開研究會）
逸士（逸士）
進士（古代中國科舉的進士、日本按大寶令制官吏考試及格的進士）
人士（人士）
兵士（士兵）
騎士（歐洲中世的騎士、騎馬的武士）
奇士（奇士）
棋士（下棋的人）
勇士（勇士）
遊士（風流韵士＝雅男）
武士（武士）
富士（富士山）
陸士（陸軍士官學校的簡稱）
海士（〔海上自衛隊官階之一〕海士〔在〝海曹〞之下〕）
空士（日本航空自衛官最低的軍階）
一士（一等陸〔海、空〕士自衛官－相當於舊制一等兵）
下士（下級軍官、身分低的武士）←→上士
下士官（日本陸軍下級軍官）
上士（江戶時代各藩的上級武士、身分高的優秀男子、菩薩）
博士、博士（博士）
修士（碩士、修道士）
学士（學士）
楽士、楽師（音樂家、音樂演奏者）
弁士（能說善辯的人、講演者、無聲電影的解說員）
文士（文人、作家、小說家）
栄養士（營養師）
計理士（會計師－現在改稱〝公認会計士〞）
弁護士（律師）
代議士（議員）
運転士（司機、高級船員）
壮士（壯士、打手、無賴）
高士（高潔人士、隱士）
隠士（隱士）
名士（名士）
志士（志士、愛國志士）
紳士（紳士、泛指男人）←→淑女
都人士（都市人）
居士（居士、男子的戒名）←→大姉（女居士）
信士（信士－用於按佛教儀式殯葬的男子戒名之下、守信之士）←→信女

師 〔名、漢造〕軍隊。〔軍〕師（軍事編制單位）、老師、法師、有專門技能的人、接名人姓名下表示敬稱

問罪の師を興す（興問罪之師）
十八個師の大兵団（十八個師的大兵團）
師に就いて音楽を学ぶ（跟老師學音樂）
小川氏を師と仰ぐ（尊小川先生為師）
王師、皇師（帝王的軍隊、帝王的老師）

舟師（水師、海軍）
水師（水師、海軍）
出師（出兵）
京師（京都、京城）
教師（教師，老師、傳教士）
恩師（恩師、受教很多的良師）
先師（先師，死去的老師、先賢，前賢）
旧師（先師）
法師（法師，和尚、表示特定狀態下的人或物）
影法師（人影）
つくつく法師（寒蟬）
律師（嚴守戒律的高僧、次於僧都的僧官）
導師（佛，菩薩、主持佛事葬禮的首座僧）
禅師（禪師）
牧師（牧師）
仏師（做佛像的手藝人）
絵師、画師（畫家、畫匠、畫師）
経師（裝裱經文字畫的技工、專門書寫經文的人）
医師（醫師）
薬剤師（藥劑師）
写真師（攝影師）
講談師（說書先生、講評詞的演員、講評書的人）
指物師、差物師（木工、小木匠）
鋳物師、鋳物師（鑄工）
塗師（漆匠）
箔師（貼金師）
手品師（魔術師）
浪曲師（浪花曲師）
業師（善於使用招數的力士、善弄權勢的人、策略家）
仕事師（土木建築工人、企業家）
勝負師（賭徒、亡命徒、日本象棋專門棋手）
山師（山間勞動者、探礦採礦業者、投機家、冒險家、騙子）
詐欺師（騙子）

ぺてん師（騙子）
大島伯鶴師（大島伯鶴先生）
神田伯山師（神田伯山先生）

身〔名〕身，身體（＝体）。自己，自身（＝自分）。身份，處境。心，精神。肉。力量，能力。生命，性命。（刀鞘中的）刀身，刀片。（樹皮下的）木心，木質部。（對容器的蓋而言的）容器本身

身の熟し（舉止、儀態）
襤褸を身に纏う（身穿破衣、衣衫襤褸）
身を寄せる（投靠、寄居）
身を隠す（隱藏起來）隠す画く劃す隔す
身を引く（脫離關係、退職）引く退く惹く挽く轢く牽く曳く弾く
身を交わす（閃開、躲開）交わす飼わす買わす
政界に身を投じる（投身政界）
身を切る様な北風切る（刺骨的北風）斬る伐る着る北風北風
身を切られる様な思いが為る（感到切膚之痛）摺る擦る擂る刷る摩る掏る磨る
身の置き所が無い（無處容身）
彼は金が身に付かない（他存不下錢――有錢就花掉）付く附く突く衝く憑く漬く撞く着く
怒りに身を震わせる（氣得全身發抖）震う揮う奮う振う篩う
仕事に身も心も打ち込む（全神貫注地做事情）
身を任せる（〔女子〕委身〔男人〕）
旅商人に身を窶す（裝扮成是行商）
身の振り方（安身之計、前途）
身を処する（處己、為人）処する書する
身を修める（修身）修める治める収める納める
身を持する（持身）持する次する辞する侍する治する
身に覚えが有る（有親身的體驗）
身に覚えの無い事は白状出来ません（我不能交代我沒有做的事）
身の回りの事は自分で為為さい（生活要自理）

早く帰った方が身の為だぞ（快點回去對你有好處）
身の程を知らない（沒有自知之明）
私の身にも為った見給え（你也要設身處地為我想一下）
身を滅ばす（毀滅自己）滅ばす亡ばす
身を持ち崩す（過放蕩生活、身敗名裂）
乞食に身を落とす（淪為乞丐）
生花に身が入る（全神貫注於插花、對插花感興趣）入る入る
仕事に身が入る（做得賣力）
君はもっと仕事に身に入れなくては行けない（你對工作要更加盡心才行）入れる容れる
嫌な仕事なので、どうも身が入らない（因為是件討厭的工作做得很不賣力）
其の言葉が身に沁みた（那句話打動了我的心）染みる滲みる沁みる浸みる凍みる
御言葉はに染みて忘れません（您的話我銘記不忘）
魚の身（魚肉）魚魚魚魚
身丈食べて骨を残す（光吃肉剩下骨頭）残す遺す
鶏の骨は未だ身が付いている（雞骨頭上還有肉）未だ未だ
身に叶うなら、何でも致します（如力所能及無不盡力而為）叶う適う敵う
其は身に適わぬ事だ（那是我辦不到的）
身を捨てる（犧牲生命）捨てる棄てる
刀の身を鞘から抜くと、きらりと光った（刀身從刀鞘一拔出來閃閃發光）
身が固まる（〔結婚〕成家、〔有了職業〕生活安定，地位穩定）
身から出た錆（自作自受、活該）
身に余る（過份）
身に余る光栄（過份的光榮）
身に沁みる（深感，銘刻在心、〔寒氣〕襲人）染みる滲みる沁みる浸みる凍みる
寒さが身に沁みる（寒氣襲人、冷得刺骨）
身に付く（〔知識或技術等〕學到手、掌握）

努力しないと知識が身に付かない（不努力就學不到知識）
身に付ける（穿在身上，帶在身上、學到手，掌握）
チョッキを身に付ける（穿上背心）
ピストルを身に付ける（帶上手槍）
技術を身に付ける（掌握技術）
身につまされる（引起身世的悲傷、感到如同身受）
身に為る（為他人著想，設身處地、有營養、〔轉〕有好處）
親の身に為って見る（為父母著想）
身に為る食物（有營養的食品）
身に為らぬ（對己不利）
身の毛も弥立つ（〔嚇得〕毛骨悚然）
身二つに為る（分娩）
身も蓋も無い（毫無含蓄、殺風景、太露骨、直截了當）
初めから全部話して終っては、身も蓋も無い（一開頭全都說出來就沒有意思了）
身も世も無い（〔因絕望、悲傷〕什麼都不顧）
身を売る（賣身〔為娼〕）売る得る得る
身を固める（結婚，成家、結束放蕩生活，有了一定的職業、裝束停當）
飛行服に身を固める（穿好飛行服）
身を砕く（粉身碎骨、費盡心思、竭盡全力、拼命）
身を削る（〔因勞累、操心〕身體消瘦）削る梳る
身を粉に為る（不辭辛苦、粉身碎骨、拼命）粉粉
身を粉に為て働く（拼命工作）
身を殺して仁を為す（殺身成仁）
身を沈める（投河自殺、沉淪，淪落）沈める鎮める静める
身を捨ててこそ浮かぶ瀬も有れ（肯犧牲才能成功）
身を立てる（發跡，成功、以…為生）
医を以て身を立てる（以行醫為生）
身を尽す（竭盡心力、費盡心血）

身を以て（親身，親自、〔僅〕以身〔免〕）
身を以て示す（以身作則）示す湿す
身を以て体験する（親身體驗）
身を以て庇う（以身庇護別人）
身を以て免れる（僅以身免）

実〔名〕果實（=果物）、種子（=種）、湯裡的青菜或肉等（=具）、内容（=中身）
実が為る（結果）為る成る鳴る生る
今年の林檎の実は為らないでしょう（今年的蘋果樹不結果〔要歇枝〕）今年今年
此の葡萄は良く実が為る（這種葡萄結實多）
草の実を蒔く（播草種子）蒔く撒く播く巻く捲く
実の無い汁（清湯）
実の無い話（沒有內容的話）
花も実も有る（名實兼備）有る在る或る
彼の先生の講義は中中実が有る（那位老師的講義內容很豐富）
実を結ぶ（結果、〔轉〕成功，實現）結ぶ掬ぶ
二人の恋愛は実を結んで結婚した（兩人的戀愛成功結了婚）

三〔造語〕三、三個（=三、三）
一、二、三、四（一二三四）
一、二、三、四（一二三四）
二片、三片（兩片三片）
三月（三個月）
三年（三年）

巳〔名〕（地支的第六位）巳、方位名（正南與東南之間，由南向東三十度的方位）。巳時（指上午十點鐘或自九點至十一點鐘）

深（接頭）用作美稱或調整語氣
深雪（雪）深身実未見箕巳御味王彌三
深空（天空）
深山（山）

御〔接頭〕（接在有關日皇或神佛等的名詞前）表示敬意或禮貌（=御）
御国（國、祖國）
御船（船）

箕〔名〕〔農〕簸箕

箕で煽る（用簸箕簸）
爪で拾って箕で零す（滿地撿芝麻、大簸灑香油）（入不敷出）

四（ムヽ）

四〔名，漢造〕四（四、四、四、四つ、四）、四壊球（=四球）、四個、四次、四方
四の五の言う（說三道四、說長道短、嘮嘮叨叨）
再三再四（三番五次、一而再再而三）
一天四海（普天之下）

四夷〔名〕古代中國週邊的異民族（東夷、西戎、南蠻、北狄）

四囲〔名〕四周、周圍（=周り）
四囲の情勢（周圍的形勢）
四囲の人人（四周的人）

四有〔名〕〔佛〕四有（生有、死有、本有、中有）

四塩化〔名〕〔化〕四氯化
四塩化珪素（四氯化硅）
四塩化炭素（四氯化碳）
四塩化チタン（四氯化鈦）

四円座標〔名〕〔數〕四圓座標

四恩〔名〕〔佛〕四恩（天地或三寶、國王、父母、眾生之恩）

四音音階〔名〕〔樂〕四度音階

四価、四価〔名〕〔化〕四價
四価元素（四價元素）

四化蠶〔名〕〔動〕四化蠶（一年繁殖四代的蠶）

四戒〔名〕〔佛〕四戒（解脫戒、定共戒、道共戒、斷戒）、（擊劍）四戒（驚、怖、疑、惑）

四界〔名〕四界（天界，地界，水界，陽界）。〔佛〕地，水，火，風（=四大）

四海〔名〕四海、全國、天下、世界
四海を平定する（平定天下）
四海波静か也（四海昇平）
四海兄弟（同胞）（四海之內皆兄弟）

四角〔名、形動〕方形、四角形、四方形
四角な机（方桌）
四角に切る（切成四方形）

ム

彼の人は四角な顔を為ている（那個人是四方臉）
板の角を四角に削る（把板子的角削成方形）
四角な文字（漢字-尤指楷書）
四角形（四角形）
四角号碼（四角號碼----漢字檢索法的一種）
四角錐（四角錐）
四角柱（四角柱）

四角四面〔名、形動〕四角四方。〔轉〕非常拘謹、過於認真
四角四面の御堂（四角四方的佛堂）
四角四面な人（非常拘謹的人規規矩矩的人）
四角四面な態度（非常拘謹的態度過於認真的態度）
四角四面の野暮天（古板守舊的人）

四角張る〔自五〕成四方形，成四四方方、拘謹起來、嚴肅起來、裝出規規矩矩的樣子、採取鄭重其事的態度
肩が四角張る（端起肩膀）
彼の人の顔は四角張っている（那個人的臉四四方方的）
四角張った振る舞い（鄭重其事的舉止）
そんなに四角張らないで楽に為為さい（不要那麼拘謹、請隨便些）
四角張って物を言う（鄭重其事地說、一本正經地說）

四つ角、四角〔名〕四個犄角、十字路口（=四つ辻）
四角を右に曲ると学校が見える（從十字路口向右一拐就看見有個學校）
四角に交番が有る（十字路口有個派出所）

四角い〔形〕四角的、四方的
四角い顔（四方臉）
四角い形の板切れ（小方塊板）

四月〔名〕四月（=卯月）
四月馬鹿（愚人節-每年四月一日）（=エープリル、フール）

四気〔名〕四季氣候（春暖、夏熱、秋涼、冬寒）

四季〔名〕四季
四季を通じて（一年到頭）
四季咲き（四季開的花、常年開的花）
四季咲きの花（一年四季都開花的花）
四季折折の花（四季應時的花）
四季折折の眺め（一年四季的景致）
四季の移り変わり（四季的變遷）
四季報（季刊雜誌）
四季絵（四季景物畫）
四季施、仕着せ（雇主按季節供給佣人的衣服、長上貨公司給予的東西、照例的事）
四季施を遣る（供給衣服）
盆暮の四季施（年節給佣人的衣服）
月給の外に御四季施が有る（除了工資外還供給衣服）
四季施代（主人給佣人的衣服錢）
御四季施の名刺（公司給印的名片）
御四季施の文句（官樣文章、老一套的詞句）

四基化合物〔名〕〔化〕四元化合物

四球〔名〕四個燈球，四個電子管。〔棒球〕四壞球（=フォア、ボール）
四球のラジオ（四個電子管的收音機）
四球で一塁に出る（因投手投四個壞球打手因而進到一壘）

四丘体〔名〕〔解〕四疊體

四教〔名〕四教（詩，書，禮，樂）、（論語）:文（學問），行（實踐），忠（誠實），信（信義）、（婦人）婦德，婦言，婦容，婦功

四極〔名〕〔理〕四極
四極放射（四極放射）
四極真空管（四極真空管）

四苦〔名〕〔佛〕四苦（生、老、病、死）

四苦八苦〔名、自サ〕〔佛〕四苦八苦（生、老、病、死、加上愛別離苦、怨憎會苦、求不得苦、五陰盛苦）、千辛萬苦，非常苦惱
四苦八苦して得た金（辛辛苦苦得來的錢）
四苦八苦の目に逢った（遭受了千辛萬苦）
不景気で小商人は四苦八苦の有様だ（因為生意蕭條小本經營苦得要命）
病気と借金で四苦八苦する（病債纏身苦得要命）

四隅〔名〕四隅（東北、東南、西南、西北）
四隅八方（四面八方）

四隅〔名〕（方形物的）四角
　四隅に柱を立てる（在四角立上柱子）
四君子〔名〕四君子（繪畫中的蘭、竹、梅、菊）
四芸〔名〕四藝（指琴、棋、書、話）
四穴〔名〕校音笛之一種（長約七厘米、直徑約一、五厘米、一端堵死、正面三孔、背面一孔的管樂器）
四元〔名〕〔數、機〕四元
　四元鋼（四元鋼）
　四元合金（四元合金）
　四元法（四元法）
　四元数（四元數）
　四元法（四元數算法）
四弦、四絃〔名〕四條弦、琵琶、四弦琴
四原型〔名〕〔生〕四原型
四股〔名〕〔相撲〕足
　四股を踏む（左右兩腳高舉用力踏地-格鬥前的準備運動）
　四股名、醜名（綽號、相撲力士的藝稱-如双葉山、大鵬等）
四顧〔名、自他サ〕四顧、環顧、環視
四更〔こう〕〔名〕四更（晨一時至三時）（=丑の刻）
四項〔名〕〔數〕四項
　四項式（四項式）
四国〔名〕四個國家。〔地〕（日本）四國地方，四國島（指阿波、讚岐、伊予、土佐四個國-即今之德島、香川、愛媛、高知四縣）
　四国八十八箇所（四國島上的八十八處弘法大師的遺跡）
　四国稗（〔植〕四國稗）
四か国、四箇国〔名〕四國、四個國家
　四か国条約（四國條約）
　四か国共同管理機構（四國共同管理組織）
四鰓類〔名〕〔動〕四鰓目
四散〔名、自サ〕四散、離散、散亂
　一家四散（一家離散）
　叱られた子供等が四散した（挨申斥的孩子們跑散了）
　現場には衣類、食器等が四散していた（現場上散亂地放著衣物餐具等）
四酸化アンチモン antimony〔名〕〔化〕四氧化二銻

四酸化窒素〔名〕〔化〕四氧化二氮
四酸化物〔名〕〔化〕四氧化物
四三酸化鉄〔名〕〔化〕四氧化三鐵
四肢〔名〕四肢（=手足）
　四肢を動かす（活動四肢）
　四肢を切断された死体（被割去四肢的屍體）
　四肢麻痺（四肢麻痺）
四趾動物〔名〕四趾動物
四時〔名〕四季、（一月中的）四時（晦,朔,弦,望）。〔佛〕（一天中坐禪的）四時（旦,晝,暮,夜）
　四時の眺め（四季的景色）
　山は四時姿を変えない（山容四季不變）
四時〔名〕（四時的習慣用法）四時（=四時）
四つ時〔名〕〔古〕巳時初、亥時初（午前或午後十時）（=四、四つ）
四軸海綿体〔名〕〔動〕四軸目
四軸船〔名〕四槳船
四捨五入〔名、他サ〕四捨五入
　小数点以下は四捨五入する（小數點以後四捨五入）
四周〔名〕四周、周圍
　運動場の四周（操場的四周）
四臭化炭素〔名〕〔化〕四溴化碳
四十、四十、四十〔名〕四十
　四十代の人（四十多歲的人）
　四十腕、四十腕（到四十歲左右發生的慢性腕痛）
　四十雀（〔動〕山雀）
　四十九日（〔佛〕七七、死後第四十九天舉辦的佛事=七七日）
　四十暗がり（到四十歲左右發生的視力衰退=老眼、四十暗み）
　四十八手（〔相撲〕四十八著-頭,手,腰,足,各十二著、〔轉〕權術,訣竅）
　四十日（四十天=四十日）
　四十、四十路（四十、四十歲）
　四十年（四十年、四十歲）
四重〔名〕四重、四層
　四重電信（四路多工電報）

四重奏（〔樂〕四重奏）
弦楽四重奏（弦樂四重奏）
四重唱（〔樂〕四重唱）
混声四重唱（混聲四重唱）
男声四重唱（男聲四重唱）

四旬節〔名〕〔宗〕四旬齋、大齋期（基督教復活節前四十天的齋戒期）
四旬節の断食礼拝（四旬齋的齋戒禮拜）

四書〔名〕四書（大學、中庸、論語、孟子）
四書五経（四書-大學，中庸，論語，孟子、五經-易經，書經，詩經，禮記，春秋）

四乗〔名〕〔數〕四乘方
四乗冪（四次冪）
四乗根（雙二次根）

四箴〔名〕四箴、四勿（非禮勿視、非禮勿聽、非禮勿言、非禮勿動）

四神〔名〕四方的神（東-青龍、西-白虎、南-朱雀、北-玄武）

四声、四声〔名〕（漢字的）四聲（平、上、去、入）

四姓、四姓〔名〕（古時日本的）四大族姓（源氏、平氏、藤原氏、橘氏）（古時印度的）四姓（婆羅門、刹帝利、毘舍、首陀羅）（＝カスト）

四聖〔名〕四聖（釋迦牟尼、基督、孔子、蘇格拉底）

四足〔名〕四足，四條腿，獸類，畜類
昔は四足を食わなかった（從前不吃獸類肉）
四足獣（四足獸）

四つ足〔名〕四足，四條腿，獸類，畜類（＝獣）
四つ足の台（四條腿的台座）
四つ足は食べぬ（不吃獸肉）

四則〔名〕〔數〕四則（加、檢、成、除）

四体〔名〕四體（頭，胴，手，足-身體）、（俳句）四體（雅體，野體，俗體，鄙體）

四諦〔名〕〔佛〕四諦、四段真理（苦諦，集諦，災諦，道諦）

四大〔名〕〔佛〕（構成萬物的）四大元素（地，水，火，風）、〔古〕（認為由四大構成的）身體、（老子道德經的）四大（道，天，地，王）
四大不調（〔特指僧侶〕生病）
四大空に帰す（四大皆空、死亡）

四長雄蕊〔名〕〔植〕四強雄蕊

四柱〔名〕〔建〕四根柱
四柱式建物（古建築正面有四根柱子的立面形式）

四通八達〔名、自サ〕四通八達
バス交通網は四通八達している（公車交通網四通八達）
此の地方は鉄道が四通八達している（這地方鐵路線四通八達）

四手〔名〕（神前所掛常綠樹枝或稻草繩上的）裝飾用紙條（古時用布條）、（矛，槍上的）纓。〔植〕一種樺木科落葉喬木

四つ手〔名〕四隻臂支開（的東西）、〔相撲〕雙方交手互扭的姿勢、（淺水捕魚用）抬網，罩網（＝四つ手網）
四つ手網（〔淺水捕魚用的〕抬網，罩網）
四つ手運搬機（兩邊有柄的抬物架）

四天王〔名〕〔佛〕四大天王、〔轉〕（部下，門人中）四大金剛，最出色的四人
彼等は立浪部屋の四出だ（他們是立浪力士門下的四大支柱）

四王天、四王天〔名〕〔佛〕六欲天的第一個、（皈依佛法者的守護四天王）-持國天王（東方）、增長天王（南方、）廣目天王（西方）、多聞天王（北方）

四頭筋〔名〕〔解〕四頭肌

四の五の〔連語〕〔俗〕說三道四
四の五の言わずに（不必說三道四、別廢話）
四の五の言わずにさっさと歩け（別囉嗦快走！）

四倍、四倍〔名〕四倍
四倍体、四倍体（〔生〕四倍體）
四倍に為る（使成四倍）
四倍の分け前（四倍的份）
四倍体（〔植〕四倍體）

四発、四発〔名〕〔空〕四個發動機（引擎）
四発（の）爆撃機、四発（の）爆撃機（四引擎轟炸機）

四半〔名〕一塊正方形布、（箭術）二寸方的標的〔造語〕四分之一
四半斤（四分之一斤）
四半円（〔建〕四分之一圓）

四半分（四分之一）

四半期（一年的四分之一期間、三個月、季度）

四半敷（〔建〕用方石板斜鋪〔的道路等〕）

四百四病〔名〕〔佛〕百病、人類的各種疾病

四百四病に効く薬（萬靈藥）

四百四病の外（相思病、戀愛的煩惱）

四百余州〔名〕〔古〕四百餘州（指全中國）

四拍子、四拍子〔名〕四拍子、（伴奏日本歌謠的）笛，鼓，大鼓，小鼓四種主要樂器

四部の四拍子（四分之四拍子）

四不像〔名〕〔動〕四不像（偶蹄目鹿科）

四部〔名〕四部、分四部分

四部合唱（四重唱、四部合唱）

四部合奏（四重奏）

四部作（戲曲，歌劇等的四部曲）

四分板〔名〕四分厚（約1、2厘米）木板

四分一〔名〕四分之一、含有銅三分銀一分的合金

四分音〔名〕〔樂〕四分音

四分音符〔名〕〔樂〕四分音符

四分六〔名〕四比六、四六開、四與六的比例

四分六に分ける（按四六之比分開）

交渉成立の見込みは暗く、四分六と言う所である（談判成功的希望不大看來只有四六開）

四分六で、此方が有利だ（按四六開對我方有利）

世の中は四分六で、必ずしも自分の思う通りには行かない（世上百般都是四六開不一定都符合自己的想法）

四分〔名、他サ〕分成四份、一分為四

四分の一（四分之一）

四分法（四分法-中國古代太陰曆法之一）

四分儀（〔天〕象限儀）

四分値（〔數〕四分位數）

四分円（〔數〕象限）

四分五裂（四分五裂）

皆の意見は四分五裂している（大家意見紛紜）

其の時国は四分五裂の有様だった（當時國家處於四分五裂的狀態）

会は解散して一同四分五裂して仕舞った（會解散後大家分道揚鑣了）

四分染色体（〔植〕四分體）

四分子（〔生〕四分體）

四分法（〔理〕四分法）

四分胞子（〔植〕四分孢子）

四房〔名〕〔相撲〕相撲場上四面掛的穗子（流蘇）

四片〔名〕〔植〕四數、四重、四個一組

四片花（四數花）

四辺〔名〕四邊、四周（=辺り、近所）

四辺形（四邊形）

四辺に人影を見ない（四下無人）

四辺を窺う（窺視四周）

四辺の防備を固める（鞏固邊防）

四方〔名〕四方（東南西北）(=四方)、四周（=周り,周囲）、四海、四角、各方面

四方から来る（從四面八方來）

此の山の頂上からは二十マイル四方が見える（從這座山頂可以看到二十哩周圍）

四方はずっと生垣である（周圍都是籬笆）

四方の諸侯（天下諸侯）

四方に適材を求める（徵求海內人材）

三尺四方（各邊三尺的正方形）

四方八方を探し回る（到處尋找）

四方八方から囲まれる（四面八方被包圍）

四方八方に連絡する（向各方面進行聯絡）

四方拝（四方拜-每年一月一日天皇向天地四方遙拜祈禱五穀豐登的儀式）

四方〔名〕（東西南北）四方、周圍、各方面（=四方、彼方此方、方方、諸方）

四方山（〝四方八方〞的轉變）（〔俗〕各種各樣，東拉西扯，〔古〕世間，社會、周圍的山）

四方山の話を為る（閒聊、談些山南海北的話）

四方山話に時の経つのを忘れた（東拉西扯地閒聊不知不覺地時間已經過去了）

四望〔名、自サ〕向四方眺望、四方的景色

四放珊瑚類〔名〕〔動〕四射珊瑚

四木、四木〔名〕（江戸時代活上重視的）四種有用樹木（茶、桑、漆、楮）

四本柱〔名〕〔相撲〕相撲場上的四根柱、坐在四根柱旁的檢查員
　満員御礼の札が四本柱に貼られた（相撲場的四根柱上張貼了對客滿表示感謝的條子）

四万六千日〔名〕〔佛〕七月十日觀世音廟會的日子（據說這一天朝拜觀世音其功德相當於平時的四萬六千天的功德）

四民〔名〕（江戸時代的）四民（士，農，工，商）、〔轉〕各階級的人
　四民平等（四民平等、人人平等）

四眠〔名〕（蠶的）四眠
　四眠蚕、四眠蠶（四眠蠶、第四齡蠶）

四面〔名〕四面，四周、第四面、（地面，房屋）四方，寬長相等
　四面に海に囲まれた日本（四面環海的日本）
　四面に敵を受ける（四面受敵）
　四角四面（正方形、〔轉〕一絲不苟）
　十間四面の土地（六丈見方的一塊土地）
　四面楚歌（四面楚歌）
　四面楚歌の声を聞く（聽到四面楚歌之聲）
　終に四面楚歌と為る（終於到了四面楚歌的地步）
　四面体（〔數〕四面形）
　四面銅鉱（〔礦〕黝銅礦）

四友〔名〕文房四寶（筆，墨，硯，紙）、（雪中開花的四種畫體材的花）玉椿、蠟梅、水仙、山茶花

四沃化〔名〕〔化〕四碘化
　四沃化珪素（四碘硅）

四隣〔名〕街坊四鄰、周圍的國家
　四隣に鳴り響く大声（響震四鄰的大聲）
　四隣の迷惑も顧みない（妨礙四鄰也不顧）
　威を四隣に振るう（威震鄰國）

四裂〔名〕〔植〕四分裂（的葉子、花瓣）

四つ裂き〔名〕肢解為四部份
　四つ裂きに為る（肢解成四部份）

四六〔名〕四和六、（印刷）十二開（＝四六判）
　四六時中（一天到晚、一整天、經常、始終）

四六判（〔印〕〔印刷用紙舊規格〕十二開-109公分X78,8公分、〔書籍規格之一〕十二開-19公分x13公分）

四六倍判（〔印〕八大開-6、5X10吋）

四六半截（〔印〕小八開紙、小八開本）

四六文（漢文的四六駢體文）

四六駢儷体（四六駢儷文）

四緑〔名〕四綠（九星之一、方位東南）

四〔名〕四（＝四，よっつ）（用於一，二，三，四…數數時）（也讀作四）
　四年（四年）

四畳半〔名〕（鋪四張半草蓆的）小房間、（狹義指招妓遊樂的日本式酒館等的）小房間
　四畳半趣味（在精緻小房間裡招妓飲酒取樂的日本情趣）

四人、四人、四人〔名〕四個人
　四人組（四人幫、四人一夥）
　四人組の強盗（四人一夥的強盗）
　四人乗り（四人合乘的馬車汽車等）
　兄弟は四人（弟兄四人、姐妹四人）

四年〔名〕四年、第四年
　四年級（四年級）
　四年生（四年級學生）
　四年毎に起る（每四年發生一次）
　四年に一度（每四年一次）

四幅〔名〕四幅（四幅布縫在一起的寬度）
　四幅の敷き布団（四幅寬的褥子）
　四幅布団、四幅蒲団（裡，面各用四幅布縫的四幅寬被子）

四列〔名〕四列、四行、四排
　四列に並んで進む（排成四行前進）
　四列縦隊（四列縱隊）

四〔名〕四、四個（＝四，よっつ）（"四"的長音、只用於一，二，三，四…數數時）

四、四つ〔名〕（"つ"是雅語的接辭）四，四個（＝四，よ，よっつ）、四歲。〔古〕巳時，亥時（現在午前或午後的十點鐘）。〔相撲〕（摔跤開始時雙方）四手相交的姿勢，交手的姿勢
　四に渡る（互相交手）

四に組む（〔相撲〕雙方開始交手、〔轉〕公開對抗，對峙，全力以赴地作鬥爭）

四つ折り〔名〕折成四折
　手拭を四つ折りに為る（把手巾折成四折）
　四つ折り判の本（四開本的書）

四日〔名〕四日、四天
　三月四日（三月四日）
　四日の旅（四天的旅行）
　其れを遣るのに四日間掛かった（做那件事花了四天時間）

四日市喘息〔名〕（由於空氣污染而引起的）過敏性氣喘（來自三重縣四日市因石油聯合企業對空氣污染而引起的公害性疾病）

四日熱〔名〕〔醫〕三日瘧

四つ切り〔名〕〔攝〕四開的印相紙（25、5厘米x30、5厘米）、四開的照相底板

四つ組〔名〕四個一組

四つ児〔名〕四胞胎、一胎生的四個孩子

四つ相撲〔名〕〔相撲〕作出交手互扭架勢的相撲
　堂堂と四つ相撲を取る（比喻旗鼓相當地對峙）

四つ竹〔名〕〔樂〕響板、竹板
　四つ竹を鳴らして踊る（敲著響板跳舞）

四つ辻〔名〕〔舊〕十字路口（=四つ角）
　町の四つ辻（街上的十字路口）

四つ葉飾り〔名〕〔建〕四葉形裝飾、四葉式裝飾

四つ這い、四つん這い〔名〕〔俗〕爬、匍匐、匍匐狀
　四つん這いに為る（成匍匐狀）
　四つん這いに倒れる（匍匐倒地）
　四つん這いに為って部屋に入る（爬進屋裡）
　地べたに四つん這いに為る（趴在地上）
　四つん這いで歩く（爬行）

四つ身、四身〔名〕〔縫紉〕一種兒童和服（用四倍於身長的布料做成五六歲至十二三歲的童裝）。〔相撲〕雙方互相交手的姿勢
　四つ身に持ち込む（形成互相交手的姿勢）

四つ目、四目〔名〕有四隻眼或方格（的東西）、用四個方塊組成的圖案、方格籬笆（=四つ目垣）
　四つ目の怪物（四隻眼的怪物）
　四つ目を回した家（圍著方格籬笆的房屋）

四つ目垣、四目垣〔名〕方格籬笆

四つ目錐、四目錐〔名〕四棱鑽

四爪錨〔名〕〔海〕四爪錨

四つ割り〔名〕分成四等份、分成四部分
　四つ割りに為る（分成四等份）

四つ〔名〕（〝つ〟是雅語的接辭）四，四個（=四、四、四、四）

四〔名〕（〝四〟的撥音化）四、四個（=四つ）
　十二は四の倍数（十二是四的倍數）
　四等分する（平分成四份）

四Hクラブ〔名〕（流行語）四H俱樂部（美國和日本的一種農村青少年組織）（來自頭head，手hand，心heart，健康health的首字）

四次〔名〕〔數〕四次
　四次方程式（四次方程式）

四次元、四次元〔名〕〔數、理〕四維、四維空間

四者〔名〕四人、四方
　四者協定（四方協定）

四色刷〔名〕〔印〕四色版

四色問題〔名〕〔地〕四色問題（世界地圖上不同國家用不同顏色標示時至少需要四種顏色）

四線式〔名〕〔電〕四線式、四線制
　四線式中継器（四線式繼電器）
　四線式回線（四線回路）

四端子回路〔名〕〔計〕四端網絡

四等分〔名、他サ〕四等分
　林檎を四等分する（把蘋果平分成四份）

四二酸化窒素〔名〕〔化〕四氧化二氮

四弗化珪素、四弗化珪素〔名〕〔化〕四氟化硅

四量体〔名〕〔化〕四聚物

四輪、四輪〔名〕四輪、四個輪子
　四輪車（四輪車）
　四輪ブレーキ（四輪制動器）

四阿、東屋〔名〕（庭園中的）涼亭

寺（ム丶）

寺〔漢造〕寺
　社寺（神社和寺院）
　仏寺（佛寺、寺院=寺）
　末寺（分寺院）
　本寺（總寺院）

廃寺（廢寺、破廟、無住持的廟）
国分寺（國分寺－奈良時代為祈禱和平在日本各諸侯國內建立的寺院）

寺院〔名〕寺院
　寺院に詣でる（參拜寺院）
　寺院を建立する（建立寺院）

寺運〔名〕寺院的命運
　寺運が衰える（寺運衰落）

寺格〔名〕寺院的等級、寺院的地位（如總寺院、別院等）
　寺格が高い（寺院的等級高）

寺号〔名〕〔佛〕寺院名

寺刹〔名〕寺、寺院

寺社〔名〕寺院和神社
　此の地方は有名な寺社が多い（此地有名的寺院神社多）
　寺社奉行（〔史〕管理寺院神社的長官）

寺僧〔名〕廟裡的和尚
　玄関で案内を請うと寺僧が現れた（在門口一敲門寺僧出來了）

寺中〔名〕寺内、大寺中的小寺

寺塔〔名〕寺院的塔

寺内〔名〕寺院内
　寺内に墓地が有る（寺院内有墓地）

寺宝〔名〕寺院的珍寶、廟裡的寶物

寺務〔名〕寺院的事務、掌管寺院事務的僧侶

寺務所〔名〕寺院事務所

寺門〔名〕廟門。〔佛〕〝園城寺〞的別稱（＝園城寺）
　←→山門
　寺門派（天台宗的寺門派）

寺領〔名〕寺院的領地

寺歴〔名〕寺院的經歷

寺ら〔名〕寺院、賭博場抽頭錢（＝寺銭）、（江戶時代）私塾（＝寺子屋）
　尼寺（尼姑庵）
　寺に参る（拜佛）
　御寺の和尚さん（寺院裡的和尚）
　寺の道具（法器）
　寺巡り（到處參拜寺院）
　寺詣で（參拜寺院）

　寺参り（參拜寺院）

寺預け〔名〕〔史〕（室町時代）（使罪犯）入寺院受管制（＝寺入り）

寺入り〔名,自サ〕〔史〕進入私塾、（江戶時代）（失火者閉居寺院）反省、（戰國時代）（敗將入寺院）隱遁、（室町時代）（使罪犯）入寺院受管制（＝寺預け）

寺請け（状）〔名〕〔史〕（寺院提出的）信徒證明（＝寺証文）

寺証文〔名〕〔史〕（寺院提出的）信徒證明（＝寺請け状）

寺男〔名〕寺院的男僕

寺守り〔名〕寺院的男僕（＝寺男）

寺子〔名〕（江戶時代）私塾學生
　寺子屋（私塾）

寺小姓〔名〕住持的侍童

寺小屋、寺子屋〔名〕（江戶時代）私塾

寺侍〔名〕（江戶時代）大寺院中管事的武士

寺銭〔名〕（賭場）抽頭錢
　寺銭を出す（給頭錢）

寺啄〔名〕〔古〕啄木鳥（＝啄木鳥、啄木鳥）

寺参り〔名〕上寺廟參拜（＝寺詣で）

御寺さん〔名〕〔敬〕（寺院的）方丈、住持

似、似（ム丶）

似〔漢造〕像
　類似（類似、相似）
　近似（近似、類似）
　相似（相似、類似）
　酷似（酷似、很相像）
　疑似、擬似（疑似）

似我蜂〔名〕〔動〕蟳蠊翁

似〔造語〕（接在體言後面）似、像
　御父さん似（像爸爸）
　他人の空似（沒有血統關係而面貌酷似）

荷〔名〕（攜帶或運輸的）東西，貨物，行李、負擔，責任，累贅
　荷を送る（寄東西、運行李）
　荷が着く（貨到）
　荷を運ぶ（搬東西）
　荷を引き取る（領取貨物〔行李〕）

馬に荷を付ける（替馬裝載貨物）
荷が重過ぎる（負擔過重）
子供が荷に為る（小孩成了累贅）
肩の荷を卸す（卸下肩上的負擔〔責任〕）
荷を担う（負擔責任、背上包袱）
年取った母親の世話が荷に為っていた（照料年邁的母親曾是他的負擔）
社長を辞めて荷を卸した（辭去經理卸下了重擔）
荷が下りる（卸掉負擔、減去負擔）
荷が勝つ（責任過重、負擔過重）
荷が勝ち過ぎる（責任過重、負擔過重）
此は私には荷が勝った仕事だ（這項工作對我來說負擔過重）

煮〔名〕煮（的火候）

〔造語〕煮、燉的食品
煮が足りない（煮得不到火候）
水煮（水煮、清燉）
下煮（先煮、先下鍋燉〔的食品〕）
クリーム煮（奶油烤〔魚、肉〕）
鯖の味噌煮（醬燉青花魚）
雑煮（煮年糕-用年糕和肉菜等合煮的一種醬湯或清湯食品）

二、弐〔名〕二，二個、第二、其次。（三弦的）中弦，第二弦。〔棒球〕二壘手、不同

〔漢造〕（人名讀作二）二、兩個、再，再次、並列、其次，第二、加倍
二足す二は四（二加二是四）
二の膳（正式日本菜的第二套菜）
二の糸（三弦的中弦）
二の次（第二、次要）
二の矢を番える（搭上第二支箭）使える遣える仕える支える問える痞える
二の足を踏む（猶豫不決）
二の句が告げない（愕住無言以對）
二の舞（重蹈覆轍）
二に為て一でない（不同、不相同、不是一回事）
一も二も無く（立刻、馬上）

二郎、次郎（次子＝次男）
信二、信二（信二）

丹〔名〕紅土，紅顏料、紅色，朱色、塗成紅色的東西
丹塗り橋（油成紅色的橋）
丹の鳥居（〔神社前的〕紅色華表）

尼〔名、漢造〕尼僧、尼估（＝尼）
比丘尼（比丘尼）
修道尼（修女）

尼〔名〕尼姑（＝比丘尼）、修女（＝修道尼）。〔俗〕〔罵〕臭娘們，臭丫頭
尼に為る（削髮為尼）尼天甘雨海女亜麻
此の尼奴（這個臭娘們！）
此の尼、出て行け（你這個臭娘們！滾出去！）

似合う〔自五〕相稱、相配（＝釣り合う）
此の洋服は貴方に良く似合う（這件西裝對你很適稱）
彼の二人は似合った夫婦だ（他倆是般配的夫婦）
普段の彼には似合わない遣り方だ（他的做法一反常態）
母は年に似合わず元気だ（媽媽雖然上了年紀卻很健康）
君にも似合わない事を言う（這不像你說的話）
ネクタイは服に好く似合う（領帶和服裝很適配）

似合い〔名〕相稱、相配
似合いの夫婦（適配的夫婦）

似合わしい、似合しい〔形〕適合的、適宜的、適稱的、相稱的（＝相応しい）
そんな事を為るのは君に似合わしくない（做那樣的事和你不相稱）
一国の首相に似合わしい人物（適合做一國首相的人物）

似顔〔名〕肖像畫、速寫人像畫（＝似顔絵）
先生の似顔を描く（畫老師的肖像畫）

似顔絵〔名〕肖像畫，速寫人像畫、（浮世繪中的）美人像，演員像
似顔絵画家（肖像畫家）

似通う〔自五〕相似、類似

ム

ム

二人は似通った癖が有る（兩人有類似的毛病）
彼等は互いに似通った処が無い（他們互相沒有相似之處）

似気無い〔形〕不適合的、不像的
子供に似気無い大胆な行動（不像小孩的勇敢行動）
彼に似気無い事を言う（說些不像他平時說的話）

似非、似而非〔接頭〕似是而非、假冒、誑騙（=まやかし、誤魔化し）
似非学者（冒牌學者）
似非紳士（假紳士）
似非社会主義（冒牌社會主義）
似非君子（偽君子）

似非者〔名〕冒充者，騙子、下賤人、古怪的人，難對付的人
似非者の空笑い（小人諂笑）

似非物〔名〕假貨，劣貨，冒牌貨，不值錢的東西，沒有價值的東西

似非理屈〔名〕詭辯、歪理、似是而非的論點
似非理屈を言う人（詭辯家）

似非笑い〔名、自サ〕假笑、裝笑、嘲笑

似而非なる〔連語〕似是而非（=偽、贋）
似而非なる物（似是而非之物）
似而非なる芸術家（徒有其名的藝術家、冒牌藝術家）

似ても付かない〔連語〕一點也不像、毫無共同之處（=似ても似付かない）

似ても似付かない〔連語〕一點也不像、毫無共同之處（=似ても付かない）
似ても似付かない姉妹（一點也不像的姉妹）
声は似ているが、顔付は似ても似付かない（雖然聲音像但是臉孔一點也不像）

似無し、二無し〔形ク〕〔古〕無二、無比（=二つと無い）

似る〔自上一〕似、像
娘は母親に良く似ている（女兒很像媽媽）
私も似た話を聞いた事が有る（我也曾聽到過類似的話）
私は父よりも母の方に余計似ている（我與其說像父親倒不如說更像母親）
彼等は性格が良く似ている（他們性格很相似）
似而非なり（似是而非）
似ても似付かぬ（毫不相似、毫無共同之處）

煮る〔他上一〕煮、燉、熬、烹
煮た魚（燉的魚）
大根を煮る（煮蘿蔔）
良く煮る（充分煮）
ぐたぐた煮る（咕嘟咕嘟地煮）
肉は良く煮た方が良い（肉燉得爛些較好）良い好い佳い善い良い好い佳い善い
自分の物だから煮て食おうと焼いて食おうと勝手だ（因為是自己的東西我愛怎麼做就怎麼做）
煮ても焼いても食えない（非常狡猾、很難對付）
彼は煮ても焼いても食えない奴だ（他是個很難對付的傢伙）

似せる〔他下一〕模仿、仿效、仿造
本物に似せて作る（仿造真的做）
真珠に似せた首飾り（仿造珍珠的項錬）
絹に似せて作った織物（仿造真絲造的紡織品）
其れは上手に本物に似せて有る（那個仿造得像真的一樣）

似寄る〔自五〕相似、相像、類似（=似通う）

似寄り〔名〕相似、類似（的東西）
似寄りの柄（類似的花樣）
其れと似寄りの品を捜している（我在找和這類似的商品）
もう一つ似寄りの物語が有る（還有一個類似的商品）
二人は似寄りの夫婦だ（他倆是適配的夫婦）

祀（ム丶）

祀〔漢造〕祭奠
祭祀（祭祀、祭祀的儀式）
奉祀（奉祀、供奉）
合祀（合祀、祭在一起）

祀る、祭る〔他五〕祭祀、祭奠、供奉
祖先を祭る（祭祀祖先）

彼は何の神様を御祭りした御宮ですか（那是供奉什麼神的廟呢？）
出雲大社は大国主命を祭る（出雲大社供奉大國主命）
其の剣は山頂に運ばれて社に祭られた（那把劍被運上山頂供奉在祠裡了）

嗣（ㄙˋ）

嗣〔漢造〕繼承（人）
　後嗣（後嗣、繼承人）
　家嗣（家嗣）
　嫡嗣（嫡子、嗣子）
　継嗣（後嗣、繼承人）
　遺嗣（遺嗣）

嗣君〔名〕嗣君

嗣子〔名〕嗣子（跡継、後継）
　嗣子は未だ幼少だ（嗣子尚幼）
　徳川家定には嗣子が無く、家の後継問題が起きた（徳川家定沒有嗣子發生了徳川家的繼承問題）

世嗣、世継〔名〕繼承、繼承人，嗣子（=跡取、相続人）

飼（ㄙˋ）

飼〔漢造〕飼養

飼育〔名、他サ〕飼養（家畜）
　豚を飼育する（養豬）
　僕の家ではアンゴラ兎を飼育している（我家裡養著安哥拉兔）
　飼育法（飼養法）
　飼育場（飼養場）
　飼育係り（飼養員）
　飼育頭数（飼養頭數）
　亭主飼育法（〔謔〕駁夫術）

飼養〔名、他サ〕飼養（=飼う）
　人工飼養器（人工飼養器）
　羊を飼養する（養羊）
　家畜の飼養を勧める（勸養家畜）
　飼養池（飼養池）
　飼養場（飼養場）
　飼養法（飼養法）
　飼養者（飼養者）

飼料〔名〕飼料（=飼料）
　牛馬の飼料（牛馬的飼料）
　家畜に飼料を遣る（餵家畜）
　馬に飼料を遣る為に止まった（為了餵馬兒停下）
　飼料用穀類（飼料用糧食）

飼い料、飼料〔名〕飼料、（家畜的）飼養費
　馬に飼料を遣る（給馬餵飼料）

飼う〔他五〕飼養（動物等）
　豚を飼う（養豬）
　蚕を飼う（養蠶）
　牛を五頭飼っている（養著五頭牛）
　池に魚を飼う（在池裡養魚）

買う〔他五〕買（=購う）、招致（=招く）、尊重，重視，讚揚，讚許（=認める）、主動承擔←→売る
　月給で本を買う（用月薪買書）飼う買う
　幸福は金では買えない（幸福不是用錢能買到的）
　其の車を幾等で買いましたか（那輛車多少錢買的？）
　安く買う（買得便宜）安い廉い易い
　高く買う（買得貴）
　相手の歓心を買う（博得對方的歡心）
　売られた喧嘩を買う（打來就招架）
　人の恨みを買う（招人仇恨）恨み恨み憾み
　禍を買う（惹禍）禍厄災い居る鋳る要る射る煎る炒る入る
　彼は真面目な所を買われて居る（他做事認真這一點受到人們稱讚）
　彼の努力は買って遣られば成らぬ（他的努力應該被稱讚）
　私は彼の男を可也は買って居る（我相當器重那個人）
　彼の意見を買う（重視他的意見）
　自ら買って出る自ずから（自告奮勇）
　仲裁を買って出る（主動出面調停）

飼い犬、飼犬〔名〕家犬、飼養的狗←→野良犬
　飼犬に手を噛まれる（被自己養的狗咬了手、比喻落得恩將仇報）

飼い兎〔名〕家兔、飼養的兔

飼い桶〔名〕飼料桶

豆と草を飼い桶に入れて遣る（把豆子和草放在牲口槽裡）

飼い草、飼草〔名〕飼料用草
　羊に飼草を遣る（給羊吃飼草）

飼口〔名〕飼養牲畜的傭人

飼い殺し、飼殺し〔名〕飼養到死、養活一輩子
　老馬を飼い殺しに為る（把老馬飼養到死）

飼い手〔名〕養主、飼養者（＝飼い主）

飼い鳥、飼鳥〔名〕家禽、飼養的小鳥←→野鳥

飼い馴らす、飼馴らす〔他五〕馴養
　飼い馴らされた熊（飼養馴順了的熊）
　チンパンジーを飼い馴らして芸を仕込む（馴養黑猩猩教它耍把戲）

飼い主、飼主〔名〕飼養主、所有主
　飼主の無い犬（沒有主人的狗）
　犬には飼主が分る（狗認識主人）
　迷子の伝書鳩の飼主を捜す（尋找迷失路途的傳信鴿的主人）

飼い葉、飼葉〔名〕（餵牛馬等的）乾草
　馬に飼葉に遣る（給馬餵乾草）
　飼葉桶（馬槽、秣槽）

駟（ムˋ）

駟〔漢造〕四套馬的馬車

駟馬〔名〕駟馬
　駟馬も追う能わず（一言既出駟馬難追）

洒（灑）（ムㄚˇ）

洒、洒〔漢造〕灑、灑脫
　瀟洒、瀟灑（瀟灑、漂亮）

洒洒落落〔形動タルト〕瀟灑（＝洒落）
　洒洒落落たる（として）態度（瀟灑的態度）

洒脱〔名、形動〕灑脫、瀟灑、灑落
　洒脱の人物（瀟灑的人物）
　洒脱に見える（顯得灑脫）
　彼は洒脱な人柄の持主だ（他是個灑脫的人）
　何処か洒脱な処が有る人だ（有些灑脫之處的人）

洒落〔名、形動〕灑落、灑脫、瀟灑
　洒落の（な）人（灑脫的人）
　洒落な画風（灑脫的畫風）

洒落臭い〔形〕〔俗〕傲慢的、裝蒜的、臭美的（＝生意気だ）
　洒落臭い奴だ（裝蒜的傢伙）
　洒落臭い事を言うな（少說放肆的話）
　俺を殴る積りか洒落臭い（要打我？好放肆！）

洒落〔名〕玩笑話，打趣話，俏皮話，戲謔話，詼諧話、（常用御洒落形式）（穿戴打扮）漂亮華麗，好打扮
　駄洒落（無聊的笑話）
　古臭い洒落（老掉牙的俏皮話）
　二つの意味を引っ掛けた洒落（雙關語的俏皮話）
　上品な洒落（文雅的玩笑話）
　軽い洒落（小玩笑）
　洒落の落ち（雙關語的妙處）
　洒落を言う（說詼諧話、開玩笑）
　洒落を飛ばす（說詼諧話、開玩笑）
　洒落が分る（懂得幽默）
　洒落が旨い（俏皮話說得妙）
　洒落を通じなかった人（不懂幽默的人）
　彼の人の洒落は皆どっと笑った（對他說的俏皮話大家哄堂大笑）
　下手な洒落は止め為さい（拙劣的俏皮話別說了）
　御洒落な人（好打扮的人）
　御洒落を為る（漂亮地打扮）

洒落女、白女〔名〕好打扮的女人

洒落込む〔自五〕（突然）心血來潮
　熱海行きと洒落込む（心血來潮要到熱海去）
　正月はハワイ旅行と洒落込む（新年時心血來潮要到夏威夷去旅行）
　昨日は芝居見物と洒落込んだ（昨天一高興看了一場戲）

洒落た〔連體〕詼諧的，幽默的、漂亮的，俏皮的
　洒落た事を言う（說俏皮話）
　もう一度洒落た口を利いて見る（你再開個玩笑看！）
　洒落た真似を為るな（不要學俏皮）

洒落た帽子（俏皮的帽子）
洒落た柄（漂亮的式樣）
洒落た名（新穎的名字）
洒落た庭（別緻的庭院）

洒落っ気〔名〕（"洒落気"的強調與）好開玩笑，愛打趣，好詼諧，好出風頭、好打扮的心情
　見せ掛けは怖いが、中中洒落っ気の有る人だ（外表看來嚴肅可怕卻是個好詼諧的人）
　彼の娘は洒落っ気が無い（那姑娘不好打扮）
　老人なのに洒落っ気が有る（雖上了年紀卻愛打扮）

洒落のめす〔自五〕〔俗〕一直開玩笑、無休止地打趣
　二人が洒落のめして歩いている（兩人走路一直再開著玩笑）

洒落本〔名〕（江戶中期描寫花街柳巷色情的）詼諧小說

洒落者〔名〕俏皮人，滑稽人，好詼諧的人，愛打扮的人，打扮得漂亮

洒落る〔自下一〕漂亮打扮、說俏皮話、別緻，風趣，狂妄，自傲
　洒落た恰好の女の人（打扮得很漂亮的女人）
　此の頃は洒落ていますね（近來打扮得可真漂亮呀！）
　洒落た事を言う（說俏皮話）
　中中洒落た家だ（是一所很別致的房子）
　彼の店は洒落た料理を出す（那家飯館供應獨具風味的飯菜）
　洒落た真似を為る（舉止傲慢）
　洒落た事を抜かすな（少說狂妄話）

御洒落〔名、形動〕好打扮、愛俏皮（的人）
　彼の人は御洒落だ（那人愛漂亮）
　御洒落のな女（好打扮的女人）
　男の癖に御洒落を為る（一個男子漢還愛打扮）
　彼女は今朝御洒落を為て来た（她今晨打扮得漂漂亮亮地來了）

洒掃〔名、他サ〕灑掃（＝清掃）

洒ぐ、漱ぐ、雪ぐ、滌ぐ〔他五〕洗濯、漱口、雪除，洗掉
　洗濯物を良く濯ぐ（用水好好洗滌的衣物）
　瓶を濯ぐ（洗滌瓶子）
　口を漱ぐ（漱口）
　恥を雪ぐ（雪恥）
　汚名を雪ぐ（恢復名譽）

漱ぐ、嗽ぐ〔自五〕漱口、含漱（＝嗽を為る）

漱ぎ、嗽ぎ〔名〕漱口、含漱

漱ぐ、嗽ぐ〔自五〕漱口、含漱（＝嗽ぐ、漱ぐ）

雪ぐ、濯ぐ〔他五〕雪恥（＝雪ぐ）、洗刷（＝洗い落とす）
　恥を雪ぐ（雪恥）恥辱

灌ぐ、注ぐ〔自五〕流，流入、（雨雪等）降下，落下
〔他五〕流，注入、灌入、引入、澆、灑、倒入、裝入、（精神、力量等）灌注，集中，注視
　川水が海に灌ぐ（河水注入海裡）灌ぐ注ぐ濯ぐ雪ぐ
　雨がしとしとと降り灌ぐ（雨淅瀝淅瀝地下）
　滝壺に数千丈の滝が灌ぐ（萬丈瀑布落入深潭）
　田に水を灌ぐ（往田裡灌水）
　涙を灌ぐ（流淚）
　鉛を鋳型に灌ぐ（把鉛澆進模子裡）鉛
　鉢植に水を灌ぐ（往花盆裡澆花）
　コップに水を灌ぐ（往杯裡倒水）
　世界情勢に心を灌ぐ（注視國際情勢）心
　注意を灌ぐ（集中注意力）
　溢れん許りの情熱を社会主義建設に灌いでいる（把洋溢的熱情傾注在社會主義建設中）

撒、撒（ㄙㄚˇ）

撒、散〔漢造〕撒、散布

撒水〔名、自サ〕（也習慣讀作"撒水、散水"）灑水
　道路に撒水する（向道路上灑水）
　撒水車（灑水車）
　撒水自動車（灑水汽車）
　撒水電車（灑水電車）

ム

撒水、散水 〔名、自サ〕（"撒水"的轉變）灑水
　撒水車（灑水車）
　撒水タンク（灑水箱）
　撒水灌漑工事（灑水式灌溉工程）

撒播、散播 〔名、他サ〕（農）撒播（種子）

撒布 〔名、他サ〕（也習慣讀作"撒布、散布"）撒、灑、散布（＝振り撒く）
　消毒剤を撒布する（撒消毒劑）

撒布、散布 〔名、他サ〕〔正確讀法應作"撒布"〕撒、撒放、散布（＝撒き散らす）
　ビラを撒布する（散發傳單）
　飛行機で農薬を撒布する（用飛機撒農藥）
　撒布剤（往腋下等撒的藥）

撒兒沙、撒爾沙、サルサ 〔名〕〔植〕洋菝葜（百合科菝葜屬落葉灌木）

撒く 〔他五〕撒，灑、擺脫，甩掉
　飛行機からビラを撒く（從飛機上撒傳單）巻く 捲く 蒔く 播く
　殺虫剤を撒く（撒殺蟲劑）
　畑に肥料を撒く（往地裡撒肥料）
　金を撒く（揮霍金錢）
　往来に水を撒く（往大街上灑水）
　旨く尾行の私服を撒いた（巧妙地甩掉了跟蹤的便衣）
　誰か後を付けている様だったが、ぐるぐる回って撒いて遣った（好像是有人在釘梢兜了幾個圈子把他擺脫了）

播く、蒔く 〔他五〕播，種、漆泥金畫（＝蒔絵を為る）
　種を播く（播種）撒く 巻く 捲く
　小麦を播く（播小麥）
　蒔かぬ種は生えぬ（不種則不收、不勞則不獲）

巻く、捲く 〔自五〕形成漩渦、喘不過氣
〔他五〕捲，捲上、纏，纏繞、擰，上（弦、發條）、捲起、圍，包圍、（登山）迂迴繞過險處。
〔連歌、俳諧〕連吟（一人吟前句、另一人和吟後句）
　急な流れで水が巻く（因水流很急水打漩渦）
　疲れて息が巻く（累得喘不過氣來）
　紙を巻く（捲紙）
　蛇が蜷局を巻く（蛇盤成盤狀）蜷局 塒
　毛糸を巻いて球に為る（把毛線纏繞成團）刷る 摺る 擦る 掏る 磨る 擂る 摩る
　糸を糸巻きに巻く（把線纏在捲線軸上）
　ゲートルを巻く（打綁腿）〔法 guetre〕
　足に包帯を巻く（幫腳纏上繃帶）
　時計の螺旋を巻く（上錶弦）螺旋振子捻子 螺旋
　尻尾を巻く（捲起尾巴、〔喻〕失敗，認輸）
　錨を巻く（起錨）錨 碇 怒り
　簾を巻く（捲起簾子）
　証文を巻く（銷帳、把借據作廢）
　城を巻く（圍城）城 白代
　遠巻きに巻く（從遠處包圍）
　百韻を巻く（連吟百韻）
　管を巻く（醉後說話嘮叨、沒完沒了地說醉話）
　舌を巻く（驚嘆不已、非常驚訝）

撒き餌、撒餌 〔名〕（給魚，鳥等）撒餌、撒的餌
　撒き餌を為る（撒餌）

撒き散らす 〔他五〕散撒、揮霍
　灰を撒き散らす（撒灰）
　自動車が排気ガスを撒き散らす（汽車噴散廢氣）
　飛行機からビラを撒き散らす（從飛機上散發傳單）
　黴菌を撒き散らす（散布細菌）
　湯水の様に金を撒き散らす（揮金如土）

颯（ㄙㄚˋ）

颯 〔漢造〕風聲

颯然 〔形動タルト〕颯然、風吹貌（＝颯颯）

颯颯 〔形動タルト〕（風聲）颯颯
　颯颯たる風の音（風聲颯颯）
　颯颯たる松風（颯颯松風）松風
　寒風颯颯と為て松の梢を吹く（寒風颯颯吹動松樹梢）

颯爽 〔形動タルト〕颯爽、英勇、精神抖擻、氣概軒昂

颯爽たる英姿（颯爽英姿）
颯爽たる秋風（颯爽秋風）秋風
颯爽たる馬上の勇姿（氣概軒昂的馬上英姿）
颯爽と為て出発する（精神抖擻地出發）

颯と〔副〕颯然、倏然、忽地、忽然、突然、一下子
風が颯と吹き過ぎる（風忽地刮過去）
夕立が颯と来た（驟雨倏然到來）
雨が颯と降り出して、颯と止んだ（雨忽地下起來忽然又停了）
颯と集まり、颯と散る（忽聚忽散）
颯と迸り出る火花（刷拉飛濺的火花）
彼女は颯と顔を赤らめた（她忽地臉紅起來）
猫が颯と逃げた（貓嗖地跑了）
車から颯と飛び下りた（一下子就跳下車來）
彼は私を見ると、颯と隠れた（他一看見我忽地躲藏起來）
彼は颯と棒を引っ掴んで打ち掛かって来た（他一把操起棍子打了過來）

颯と〔副〕颯然（=颯と）
颯と吹き来る（颯然吹來）

薩、薩（ㄙㄚˋ）

薩、薩〔漢造〕音字、薩摩國的簡稱
菩薩（〔佛〕菩薩、〔古〕朝廷授給高僧的稱號、〔古〕〔仿照佛教〕對神的尊稱）

薩埵〔名〕〔佛〕（來自梵語）眾生，有生之物、菩薩（=菩提薩埵、菩薩）

薩長〔名〕〔史〕薩門藩和長門藩（=薩摩と長門）
薩長連合（薩長兩藩聯盟）

薩摩〔名〕〔地〕薩摩（現在鹿兒島縣西半部分）、地瓜（=薩摩芋）、琉球鹿兒島產的上等布（=薩摩上布）、薩摩棉布（=薩摩絣）、薩摩陶瓷器（=薩摩焼）
薩摩上布（琉球，鹿兒島產的藍色帶碎白點花紋細麻布）
薩摩揚げ、薩摩揚（油炸魚丸）
薩摩芋，甘藷，甘藷，甘薯（地瓜，番薯-據說於十七世紀初由福建經琉球傳至薩摩故名）
薩摩絣（原產琉球後由薩摩仿造的碎白點花紋的棉布）
薩摩汁（加肉菜的大醬湯）
薩摩の守、薩摩守（坐霸王車〔的人〕-起源於平安時代末期薩摩地方長官〝平忠度〞與〝只乗り〞〔白坐車船〕同音）
薩摩隼人（薩摩武士）
薩摩琵琶（薩摩琵琶）
薩摩焼（薩摩陶瓷器）

色、色（ㄙㄜˋ）

色〔漢造〕顏色、臉色、色情、景色、〔佛〕色（五蘊之一-色，受，想，行，識）
原色（三原色-紅，黃，藍、原來色彩）
顕色（顯色）
間色（中間色、兩個以上的原色構成的混合色）
寒色（藍色系統的顏色、令人產生寒冷感覺的顏色）←→暖色、温色
暖色（暖色-紅，黃，橙等）←→寒色
温色（暖色-紅，黃，橙等、溫和的面色）
淡色（淡色）
単色（單一色彩）
音色、音色（〔樂〕音色）
男色、男色（男同性戀）←→女色
女色（女色）
助色団（〔化〕助色團）
白色（白色、政治上的白色恐怖）
黒色（黑色）
染色（染色、染的色）
浅色団（化〕淺色團）
全色性（〔理〕泛色性）
染色体（〔生〕染色體）
染色質（〔生〕染色質）
染色糸（〔植〕染色線）
着色（上顏色）
配色（配色）
敗色（失敗的趨勢）
売色（賣笑、賣淫=売笑、売春、売淫）

ム

変色（變色、褪色、掉色）
天然色（天然色）
保護色（保護色）
顔色、顔色（顔色、臉色）
容色（容貌姿色）
気色（氣色，神色，心情，感覺）
気色（樣子，狀態、預兆、苗頭、氣色，神色、感覺，情緒）
喜色（喜悅的神色）
基色（繪畫的底色）
擬色（模擬色）
才色兼備（才貌雙全）
好色（好色）
黄色、黄色（黃色）
紅色（紅色）
漁色（漁色）
春色（春色、春光）
秋色（秋色）
愁色（愁容）
収色（〔理〕色差得消除）
重色（重塗一層顏色）
暮色（傍晚的景色）
補色（互補色）
潤色、潤飾（潤色、渲染）
純色（純色）
脚色（把小說事件等改編為戲劇或電影、誇大其詞）
特色（特色、特點、特長）
異色（特色、不同的顏色）
古色（古色、古雅）
物色（尋找、根據相貌尋人、東西的顏色）
地方色（地方色彩）
国際色（國際色彩）

色〔名、漢造〕〔佛〕色（五蘊之一-色，受，想，行，識）、顏色、臉色、色情、景色
色即是空（色即是空）
彩色（著色、上色、塗顏色）
五色（五色、五彩）
景色（景色、風景、風光）
諸色、諸式（日用商品，各種商品、物價）
極彩色（五彩、濃妝）
気色（樣子，狀態，預兆，苗頭，氣色，神色、感覺，情緒）

色界〔名〕〔佛〕色界（三界之一-欲界，色界，無色界）

色覚〔名〕色覺（識別顏色的感覺）
色覚異常（色覺異常）

色学〔名〕顏色學

色感〔名〕色彩感、辨別顏色的能力，對顏色感受的能力（=色覚）
色感の乏しい作品（缺乏色感的作品）
鋭い色感（對色彩的敏銳感覺）

色原体〔名〕〔化〕發色團，生色團、色素原、色母

色光〔名〕〔攝〕色光

色差〔名〕色差、顏色差別

色彩〔名〕色彩，彩色，顏色。〔轉〕色彩，傾向，特色
色彩を帯びる（帶色彩）
色彩を付ける（上色）
色彩に富んでいる（色彩豐富）
壁には色彩の美しい絵が掛けて有る（牆上掛著顏色鮮豔的畫）
保守的色彩（保守傾向）
地方的色彩（地方色彩）
偏った色彩の無い人（不偏頗的人）
宗教的色彩が濃厚だ（宗教色彩濃厚）
政治的色彩を帯びる（帶有政治色彩）
色彩に富んだ文章（頗具特色的文章）
色彩cellophane影絵映画（彩色玻璃紙動畫影片）
色彩効果（色彩效果）
色彩感覚（審美眼光、對顏色的感受能力、辨別顏色的能力）
色彩調節（色彩調解=カラー、コンディショニング）

色材〔名〕〔化〕色料、顏色、著色劑

色紙〔名〕（書寫和歌，俳句等用的）方形厚紙籤。〔縫紉〕（補衣服時從裡面貼的）墊布。〔烹〕切成薄的方塊
　　色紙に俳句を揮毫する（在厚紙籤上寫俳句）
　　色紙切（方塊）
　　色紙形（四方形）
色紙〔名〕（裝飾或摺疊玩藝用的）彩色紙
　　壁に色紙を貼る（往牆上貼彩色紙）
色視症〔名〕〔醫〕色盲
色情〔名〕色情、情慾
　　色情をそそる（引起色情、挑起情慾）
　　色情狂（色迷、色鬼）
　　色情耽溺（沉溺色情）
色身〔名〕〔佛〕有色有形之身、佛在下界的化身←→法身
色神検査〔名〕色感檢查
　　色神検査を受ける（接受色感檢查）
色素〔名〕色素
　　色素が沈殿して顔色が黒く為る（色素沉澱臉色變黑）
　　色素細胞（色素細胞）
　　色素体（〔植〕色素體、載色體）
　　色素類脂質（脂色素）
色相〔名〕〔理〕色調，色澤（=色合い、色合）。〔佛〕色相
色層分析〔名〕〔化〕色層分離法
色即是空〔連語〕〔佛〕色即是空
色帯〔名〕〔動〕（昆蟲的）橫帶
色沢〔名〕色澤（=色艶）
色調〔名〕色調（=色合い、色合）
　　冷たい色調（冷色調）
　　鮮やかな色調（鮮明的色調）
　　柔らかい色調で描かれた風景画（用柔和的色調畫的風景畫）
　　春には淡い色調の服を着る（春天穿淺色的衣服）
　　沈んだ色調の画（陰沉色調的畫）
　　色調計（〔理〕色輝計）
色度〔名〕色度、色品
　　色度図（色度圖、色品圖）
　　色度計（色度計、比色計）
　　色度試験（色度試驗）
　　色度調節（色度調解）
色燈〔名〕色燈
　　色燈信号機（色燈信號機）
　　色燈二位式（紅綠雙向信號式）
色道〔名〕色情事、玩弄女性的手法
色表、色票〔名〕〔理、化〕比色圖表
色魔〔名〕色魔、色鬼、色狼（=女誑し）
　　色魔に騙される（受色狼的騙）
色名〔名〕顏色的名稱
色弱〔名〕〔醫〕色弱、輕度色盲
色盲〔名〕〔醫〕色盲
　　赤緑色盲（紅綠色盲）
　　色盲は男の子に多く現れる（色盲多出現在男孩身上）
色欲、色慾〔名〕色慾，情慾、色情和利慾
　　色慾に身を持ち崩す（因色慾而毀滅自己）
　　色慾に溺れては為らない（不可沉溺於色慾）
　　色慾を慎む（節慾）
　　彼は色慾共に強い（他的情慾和利慾都很強）
色〔名〕色、彩色，顏色、色澤、色彩、膚色、臉色，氣色、神色、景色、音色、樣子，狀態、化妝，修飾。〔轉〕（交涉，交易等）讓步，放寬條件、女色、色情、情夫，情婦、種類
　　赤い色（紅色）
　　柔らかい色（柔和的顏色）
　　濃い色（深色）
　　薄い色（淺色）
　　色が落ちる（掉色）
　　色が褪せる（褪色）
　　色鉛筆（彩色鉛筆）
　　色の無い硝子（透明玻璃）
　　色が悪い（色澤不好）
　　色が上がる（顏色染得好）
　　あくどい色（濃豔的顏色）
　　色が白い（臉色白）
　　喜びの色が彼女の顔に現れた（她喜形於色）

ム

其の人の顔は憂慮の色を帯びていた（他面帶愁容）
彼は其の知らせに色を失なった（他聽到那個消息大驚失色）
憤然と為て色を為す（憤然作色）
色を為して忠告する（正顏厲色地勸告）
怒りの色を見せる（面現怒容）
色が黒く為る（皮膚黑了）
琴の音色（箏的音色）
秋の色が深く為った（秋色已深）
成功の色が濃い（成功在望）
色を付ける（塗脂粉、化妝）
値段に色を付ける（減價、讓價）
色良い返事（好說好商量的回答）
其の御値段ではあんまりです。も少し何とか色を付けて下さい（要價太高呀請稍減一點吧！）
色を好む（好色）
色に溺れる（迷戀女色）
色を漁る（漁色）
色気違い（色鬼）
大きさが幾色も有る（有各種大小不同的規格）
此れは一色丈ですか（只有這一種嗎？）
一色に就いて二つ宛貰おう（每樣要兩個）
色取り取り（形形式式、五光十色、各式各樣）
色の白いは七難を隠す（一白遮百醜）
色は思案の外（男女誰愛上誰不能以常識判斷）
色も香も有り（色香俱全、名實兼備、情理兩盡）
色を替え品を替える（用盡各種手段、變換各種花招）
色を付ける（塗脂粉，潤色，著色，點綴，讓價）
色を為す（變色、發怒）

色合い、色合〔名〕色調、色彩，傾向
着物の色合いが何とも言えず良い（衣服的顏色配合得好極了）
夕映えが刻刻色合いを変えて、黄金色に為って行く（晚霞一會兒一變顏色逐漸變成金黃色）
時代の特殊な色合い（時代的特殊色彩）

色揚がり〔名〕染的顏色鮮豔

色揚げ〔名、他サ〕重染、重染的效果
色揚げを為る（重染）
染め直しの色揚げが良く出来た（重染後的顏色很好）

色悪〔名〕（歌舞伎的）反派小生←→実悪、色鬼

色褪せる〔自下一〕褪色，掉色、變舊，陳舊
着物が色褪せて仕舞った（衣服褪色了）
色褪せた思い出（陳舊的回憶）

色褪〔名〕褪色，掉色

色糸〔名〕採線

色色、種種〔名、形動、副〕種種、各種各樣、各式各樣、形形色色（=樣樣）
デパートで色色な物を買った（在百貨店買了各樣東西）
其れは色色に解釈出来る（那可作種種解釋）
色色な（の）人が集る（聚集了各色人等）
色色遭る事が有る（有種種要做的事）
色色と考えて見たが名案が浮かばない（左思右想有種種要做的事）
友達と色色話を為た（和朋友們東南西北地聊了一陣）
色色（と）慰めて遣る（多方進行安慰）
世間は色色だ（世上的人形形色色）
色色と有り難う（謝謝你種種幫助）

種種〔副、名ナ〕種種、各種、多種、多方
種種の理由を挙げて（舉出種種理由）
種種雑多の物（各種各樣的東西）
種種慰める（多方安慰）
種種様様の飲み物（各種各樣的飲料）
種種の方法（各種辦法）
種種相（各種現象.各種表現.不同方面）
社会の種種相（社會上各種現象）

種種〔名〕種種、樣樣、各種各樣（=色色、樣樣）
種種の雑事に追われる（忙於各種雜務）

色漆、彩漆〔名〕彩漆

色絵〔名〕彩色畫←→墨絵、彩繪（陶磁器）
色鉛筆〔名〕彩色鉛筆
色落ち〔名、自サ〕褪色，掉色
　色落ちが為る（掉色）
色男〔名〕美男子、〔俗〕情夫（＝色）、好色的男子
色女〔名〕美女、情婦（＝色）
色温度〔名〕〔理〕色溫
色香〔名〕色與香、（女人的）美色
　薔薇の花の色香（玫瑰花的顏色和香味）
　女の色香に迷う（迷於女色）
　彼女の顔には未だに昔の色香が残っている（她風韻猶存）
色柄〔名〕彩色花樣
　色柄を考える（研究花樣）
色ガラス〔名〕色玻璃
色革〔名〕帶顏色的皮革（＝染革）
色変わり、色変り〔名、自サ〕變色、顏色不同、與眾不同、重染（＝色直し）
　生地が日に焼けて色変わりが為る（衣料曬得褪色）
　色変わりのズボン（顏色不同的褲子）
　仲間内での色変わり（在一夥裡與眾不同）
色薬〔名〕彩釉
色狂い〔名〕色鬼、耽溺於女色（＝女狂い）
色気〔名〕色調（＝色合い）、色情，春心、（女人的）魅力，誘惑力、風韻、情趣、慾望、野心、有女人在場的氣氛（＝女っ気）
　着物の色気が良い（衣服的色調好）
　色気が付く（知春、春情發動）
　彼女は未だ色気が出ない（她還情竇未開）
　色気たっぷりの女（風騷的女人、撩人的女人）
　色気の有る目付きで見る（用含情脈脈的眼神看）
　色気を添える（增添風趣）
　色気の無い話（乾燥無味的話）
　色気の無い返事（冷淡的回答）
　大いに色気が有る（野心勃勃）
　彼は彼の女に色気が有る（他對那女人有野心）
　大臣の椅子に色気を見せる（覬覦大臣的位置）
　色気抜きの宴会（沒有藝妓陪酒宴會）
色気付く〔自五〕（果實等）現出成熟的顏色、（青年男女）春情發動
色気違い〔名〕色情狂、色鬼、色迷
色消し、色消〔名、形動〕〔理〕消色差、煞風景，減色，掃興，有傷大雅
　色消しレンズ（消色差透鏡）
　下手な歌で色消した（唱得很糟真掃興）
　色消しな事を為る（大煞風景、令人掃興）
　幾等美人でも其れを鼻に掛ける様じゃ色消しだ（無論長得怎麼漂亮若是自以為美得不得了可大煞風景了）
　彼の言葉使いでは色消しだ（說話那種腔調未免大煞風景）
色恋〔名〕戀愛、色情、追求異性
　色恋に憂き身を窶す（為戀愛而神魂顛倒）
色高温計〔名〕（比）色高溫計
色事〔名〕戀愛，色情。〔劇〕戀愛場面（＝濡れ事）
　色事に耽る（耽溺色情、貪色）
　色事師（擅長戀愛場面的演員、〔轉〕色魔，專門勾搭女性的男人）
色好み〔名〕好色
　色好みの人（好色的人）
色好い〔連語〕令人滿意的、符合心意的、毫無難色的
　色好い返事（令人滿意的答覆）
色盛り〔名〕女人最美的年紀、女人最有魅力的年紀
　色盛りの女（妙齡的女人）
　女の三十歳は色盛りだ（女人三十歲最富於誘惑力）
色里〔名〕煙花柳巷（＝色町、花街）
色町〔名〕〔舊〕煙花柳巷（＝色里）
　色町に遊ぶ（逛妓院）
色様様〔名〕各種各樣、形形色色
　色様様の花（各種各樣的花）
色仕掛け、色仕掛〔名〕利用女色、美人計

色仕掛けで取引を承知させる（利用女色使對方同意成交）

色指数〔名〕〔天〕色指數

色品〔名〕〔古〕各種東西、各種方法、戀愛的手法

色収差〔名〕〔理〕色差

色白〔名、形動〕皮膚白（的人）
　色白の（な）女（皮膚白的女人）

色刷り，色刷，色摺り，色摺〔名〕彩色印刷
　色刷りに為る（彩印）
　色刷りの漫画（彩色漫畫）

色出し法〔名〕染色加深法

色チョーク〔名〕彩色粉筆

色付く〔自五〕（樹葉，果實成熟等）變色、知春，情竇初開（=色気付く）
　楓が色付く（楓葉呈現紅色）
　柿の実が色付いて来た（柿子漸熟呈紅色了）
　蜜柑の実が色付く（橘子漸黃）
　娘の色付く年頃（女孩情竇初開的年紀）

色付ける〔他下一〕著色、使呈現顏色

色付け〔名〕著色，彩色、使金屬等現出美麗的顏色、商店讓價，加送贈品（=御愛想）
　焼物の色付けが美しい（磁器的彩色很美）

色っぽい〔形〕妖艷的、有魅力的
　色っぽい目付き（嬌媚的眼神）
　色っぽく見える（看上去妖艷動人）
　身の熟しが色っぽい（舉止嬌媚）

色艶〔名〕色澤，光澤、氣色、臉色、風趣，趣味、性的魅力（=色気）
　色艶の好い織物（色澤鮮艷的衣料）
　真珠の色艶が美しい（珍珠的光澤美麗）
　彼の猫の毛の色艶が好い（那隻貓的毛光亮）
　色艶を付ける（著色）
　色艶の好い顔（豐潤的臉色）
　病気で顔の色艶が悪い（因病臉色不好）
　色艶を付けて話す（說得有聲有色）
　彼の人の話には色艶が有る（那人說起話來有風趣）
　四十過ぎても未だ色艶が衰えぬ（雖然年過四十風韻不減）

色止め、色止〔名〕（染物時加媒染劑）定色、使不褪色
　色止めを要しない染料（不需媒染劑的染料、直接染料）

色取る，彩る〔他五〕著色，塗上顏色、化妝、裝飾，點綴
　壁を薄い黄色に色取る（把牆塗上淺黃色）
　野も山も緑に色取られた（山野都披上了綠裝）
　こってりと色取った役者の顔（濃妝艷抹的演員的臉）
　花で食卓を色取る（用鮮花點綴食桌）
　桜花で色取られている島島（滿是一片櫻花的島嶼）

色取り，色取，彩り，彩〔名〕著色，彩色、配色，配合、裝飾，點綴
　此の絵は色取りが面白くない（這幅畫的彩色不好）
　ポスターの色取りが良い（招貼畫的彩色配得漂亮）
　余興が会に色取りを添える（餘興給集會增加趣味）
　大勢の名歌手が出演して、其の音楽会に色取りを添えた（好多名歌手出演給音樂會增添了色彩）
　料理の色取りが上手だ（各種菜餚搭配得很好）
　色取り月、色取月（〔古〕陰曆九月的別稱）

色鳥〔名〕（俳句）秋天的小鳥

色直し〔名、自サ〕（結婚儀式後新娘脫下禮服）改換便服、重染、（產後一百零一天，產婦和嬰兒）換上有顏色的服裝

色抜き〔名〕（重染時）脫色、（宴會等）沒有藝妓陪酒

色葉〔名〕紅葉、變紅的樹葉

色文〔名〕〔舊〕情書（=恋文、love letter）

色本〔名〕淫書（=春本）、（染色，印刷等的）顏色樣本

色蒔絵〔名〕彩漆泥金畫

色回り〔名〕顏色均勻
　色回りの好い胡瓜（全綠了的黃瓜）

色斑〔名〕色斑、底色不均勻

色斑の無いカラーテレビ（沒有部分顏色不正常的彩色電視）

色目〔名〕秋波，眉目傳情，色調（＝色合い、色合）
　色目を使う（送秋波、眉目傳情）
　着物の色目が良い（衣服的顏色調和）

色眼鏡〔名〕有色眼鏡。〔轉〕偏見，成見
　色眼鏡を掛ける（戴有色眼鏡）
　色眼鏡で人を見る（用成見看人）

色めく〔自五〕呈現出美麗顏色，欣欣向榮，活躍起來，興奮起來，動搖起來，動情，春情發動
　春に為ると草木が色めいて来る（一到春天草木欣欣向榮）
　総選挙気構えで政界は色めいて来た（政界由於準備大選而活躍起來）
　見物人が色めく（觀眾興奮起來）
　敵が色めいて来た（敵軍動搖了）
　聯合艦隊壊滅の報を受けて色めく（聽到連合艦隊覆滅的消息而動搖起來）

色めき立つ〔自五〕緊張起來、活躍起來、動搖起來
　俄然、警察が色めき立つ（警察馬上緊張起來）
　〝世界新記録が出ました〟との知らせに観客は色めき立った（一宣布〝創造了世界新記錄〟觀眾突然活躍起來）

色物〔名〕帶彩色的衣服（衣料，紙張等）、雜耍（相聲，曲藝，戲法，雜技的總稱）

色模様〔名〕（布帛上）染色花樣、（歌舞伎的）戀愛場面

色焼け〔名〕（皮膚）曬黑、（因經常用化妝品）皮膚略現黑色、（衣服等因日曬）褪色

色分け〔名、他サ〕用彩色區別開、區別，分類
　地図を国別に色分けする（把地圖上的各國用不同彩色加以區別）
　仕入品を色分けする（把進貨加以分類）

嗇（ㄙㄜˋ）

嗇〔漢造〕氣量狹小，一味儉省

嗇い、吝い〔形〕〔舊〕吝嗇（＝けち）
　嗇い親父だ（吝嗇的老頭）
　親父の嗇さには呆れる（父親那種吝嗇勁可真夠瞧的）

吝嗇、けち嗇〔名、形動〕吝嗇
　吝嗇漢（吝嗇漢）
　吝嗇家（吝嗇鬼＝けちん坊）
　吝嗇家と言われて程の倹約した生活を為ている（過著甚至被人說成吝嗇鬼的儉樸生活）

けち〔名、形動〕吝嗇（＝吝嗇）、卑賤，簡陋，不吉利、（市面）蕭條，（人情）淡薄
　けちな男（吝嗇鬼）
　けちな人（吝嗇鬼）
　けちな奴（吝嗇鬼）
　高が一万円位けちするな（只不過一萬日元你別小氣）
　けちな事を言うな（別說小氣話）
　けちな顔を為ている（其貌不揚）
　けちな根性（劣根性）
　けちな野郎（下流的東西）
　彼は決してそんなけちな事は為ない（他決不會做那種卑比的事）
　成程其が君のけちな手だな（果然這就是你的卑劣技倆）
　けちな服（破舊的衣服）
　けちな贈り物（簡單的禮品）
　けちな家に住む（住在簡陋不堪的房子）
　けちな家に住んで居る（住在簡陋不堪的房子）
　彼は何時もけち臭い格好を為ている（他穿著總是那樣寒酸）格好恰好
　けちが付く（有不吉利的兆頭、倒霉起來、不順利）
　けちが付いた家（不吉祥的房屋）
　計画にけちが付いた（計畫要倒霉了－出師不利）
　斯うけちが付いては仕事を遣る気に為らない（一開頭就這樣不吉利我也不想做了）
　けちを付ける（挑毛病、說壞話、潑冷水）
　人の作品にけちを付ける（對別人的作品挑毛病）
　人の仕事にけちを付ける（挑別人工作的毛病、對別人的工作說壞話）
　彼奴は何にでもけちを付けたがる（那傢伙對什麼都愛吹毛求疵）

縁起の悪い事を言って彼に吝嗇を付けて遣る（說不吉利話找他麻煩）
吝嗇な時世（不景氣的時代）時世時世

瑟（ㄙㄜˋ）

瑟〔漢造〕古時弦樂器名、畏縮收斂的樣子、夫婦和好、風聲、眾多的樣子、嚴密的樣子
　琴瑟（夫婦、夫婦間的愛情）
　彼の夫婦は琴瑟相和している（那對夫妻感情融洽）
大瑟〔名〕瑟

腮、顋（ㄙㄞ）

腮、顋〔漢造〕嘴巴的部分
鰓〔名〕〔動〕鰓
　鰓の有る（有鰓的）
　鰓の無い（無鰓的）
　鰓が過ぎる（說大話、誇口）
顎〔名〕顎，下巴（=顎）、魚鰓（=魚の鰓）

鰓、鰓（ㄙㄞ）

鰓、鰓〔漢造〕魚類的呼吸器，在頭的兩邊，是一種絲狀的肉
鰓弓〔名〕（魚的）鰓弓
鰓腔〔名〕〔動〕（魚的）鰓腔、鰓室
鰓篩〔名〕〔動〕（魚鰓的）格篩
鰓室〔名〕〔動〕（魚的）鰓室、鰓腔
鰓板〔名〕〔動〕（魚的）鰓板
鰓嚢、鰓嚢〔名〕〔動〕（魚的）鰓嚢
鰓弁〔名〕〔動〕（魚的）鰓瓣
鰓葉〔名〕〔動〕（魚的）鰓葉、鰓瓣
鰓裂〔名〕〔動〕（魚的）鰓裂、鰓孔（=鰓孔、鰓孔）
鰓籠〔名〕〔動〕（魚的）鰓筐
鰓〔名〕〔動〕鰓
　鰓の有る（有鰓的）
　鰓の無い（無鰓的）
　鰓が過ぎる（說大話、誇口）
鰓孔、鰓孔〔名〕〔動〕〔魚〕鰓孔、鰓裂
鰓呼吸〔名〕〔動〕鰓呼吸
鰓心臟〔名〕〔動〕鰓心
鰓蓋、鰓蓋〔名〕〔動〕（魚的）鰓蓋
鰓骨、鰓骨〔名〕〔動〕鰓骨、顎骨的別名
顎〔名〕顎，下巴（=顎）、魚鰓（=魚の鰓）

塞、塞、塞（ㄙㄞˋ）

塞〔漢造〕邊塞、要塞（同〝砦〟）、堵塞
　辺塞（邊疆、邊遠地區）
　防塞（堡壘=砦）
　要塞（要塞）
塞翁が馬〔連語〕塞翁失馬
　人間万事塞翁が馬（人間萬事有如塞翁失馬、人間萬事禍福不定）
塞内〔名〕塞內（古代中國長城以南地區）、要塞內部，堡壘內部←→塞外
塞外〔名〕塞外（古代中國長城以北地區）、寨外，城堡外面
塞く、堰く〔他五〕堵住，堵塞、攔阻，妨礙
　流れを塞く（擋住水流）咳く急く
　親に塞かれた恋（被父母阻擋的戀愛）
　塞かれて募る恋の情（愛情越阻擋越熱烈）
塞、堰〔名〕堤壩（=堰）
　塞を築く（修築堤壩）
　塞を切る（決堤、洪水奔流）
　塞を切った様に涙が流れた（淚水奪眶而出）
　観衆は塞を切った様に場内に雪崩れ込んだ（觀眾像潮水般湧進了會場）
急く〔自五〕急、著急、急劇
　気が急く（著急）
　急いて事を仕損じる（忙中出錯）
　然う急くな（別那麼著急）
　気許り急いて少しも捗らない（光著急一點也沒有進展）
　息が急く（氣喘吁吁）
咳く〔自五〕咳嗽（=咳く、咳を為る）
　頻りに咳く（不斷地咳嗽）堰く急く
咳〔名〕咳嗽（=咳）
　咳が出る（咳嗽）
　咳を止める（止咳）
　咳を為る（咳嗽）
　咳に噎せる（咳得喘不過氣來）
　やっと咳が収まった（終於止了咳）

激しく咳を為る（咳嗽得很厲害）
百日咳（百日咳）
乾咳（乾咳）

塞敢えず、塞き敢えず〔連語〕不能自制、控制不住、無法阻擋
涙が塞敢えず（熱淚滾滾不能自制）
汗塞敢えず（汗流不止）

塞き上げる〔他下一〕擋住流水以提高水位
川の水を塞き上げる（擋住河水提高水位）

塞き止める〔他下一〕堵住、擋住（＝塞ぐ）
黄河を塞き止める大型ダム（擋截黃河的大壩）
川を塞き止めて発電所を造る（擋河建造發電所）
脳炎の蔓延を塞き止める（控制住腦炎的蔓延）

塞〔漢造〕邊塞、要塞（同砦）、堵塞
閉塞（阻塞、堵塞）
逼塞（窘迫、困窘、沉淪、淪落，〔江戶時代〕閉居家中白天不准外出的刑罰）

塞源〔名、自〕堵塞根源
抜本塞源（從根本上除掉弊端的根源）

塞流コイル〔名〕〔電〕扼流圈

塞、砦、塁〔名〕〔古〕（設在城外的）城寨、柵壘、堡壘、要塞
山の頂上に塞を築く（在山頂上築堡壘）

塞ぐ〔自五〕堵，塞，閉（＝塞がる）、（也寫作鬱ぐ）鬱悶

〔他五〕閉，堵，塞，阻擋（＝塞げる）←→開ける、占用，占有
穴が塞ぐ（窟窿堵著）
塞いだ顔（悶悶不樂的面容）
気が塞ぐ（心裡鬱悶）
何を塞いでいるのだ（你怎麼悶悶不樂？）
目を塞ぐ（閉眼）
穴を塞ぐ（堵洞）
耳を塞いで聞こうと為ない（充耳不聞）
紙で隙間を塞ぐ（用紙塞縫）
責めを塞ぐ（敷衍塞責）
腹を塞ぐ（充腹）
席を塞ぐ（占位子）
場所を塞ぐ（占地方）
時間を塞ぐ（占去時間）
石が道を塞ぐ（石頭擋道）
敵の帰り道を塞ぐ（堵住敵人歸路）

塞ぎ〔名〕〔電〕閉合，接通、堵，塞（的東西）、鬱悶，不暢快
塞ぎ電鍵（閉塞電鍵）
塞ぎ継電器（閉塞繼電器）
塞ぎを為る（塞上、堵上）
塞ぎの虫（精神鬱悶）

塞ぎ込む〔自五〕鬱悶、不痛快、不舒心
一日中家の中で塞ぎ込んでいる（整天在家悶悶不樂）
心配事で塞ぎ込んでいる（由於憂慮心情不舒暢）

塞ぎの虫〔名〕悶悶不樂、精神鬱悶、心情不舒暢

塞がる〔自五〕關，閉、堵，塞、占用，占滿←→空く
眠くて目が塞がる（睏得睜不開眼睛）
開いた口が塞がらない（〔嚇得〕目瞪口呆）
息が塞がる（呼吸不順暢）
工事で道が塞がる（因為施工道路不通）
泥で管が塞がる（泥堵住管子）
何の部屋も塞がっている（哪個屋子都有人占著）
時間が塞がっている（騰不出時間來）
手が塞がっている（騰不出手來）
席が塞がった（座無空席）

塞げる〔他下一〕堵塞（＝塞ぐ）

塞ぐ〔他四〕〔古〕堵塞（＝塞ぐ）

賽（ムㄞˋ）

賽、采、骰子〔名〕骰子、色子
賽を振る（擲骰子、搖骰子）

賽する〔自、他サ〕施捨香錢後禮拜、還願

賽の目、采の目〔名〕骰子點數、小四方塊
賽の目に切る（切成小四方塊）
賽の目に刻む（切成小四方塊）
賽の目に切った肉（肉丁）

賽子、骰子〔名〕骰子、色子（=賽、采、骰子）
　賽子を振る（擲骰子、搖骰子）
賽錢〔名〕（參拜神社或寺院時捐獻的）香錢（一般說御賽錢）
　賽錢を上げる（捐香錢）
　賽錢箱（香錢箱）
賽日〔名〕參拜寺廟神社（多在一月十六日和七月十六日）
賽の河原〔名〕〔佛〕冥河河灘（據說是兒童死後，靈魂前往受難的冥土，兒童的亡魂為了供養父母堆石造塔，不斷為鬼所破壞）（=三途の川の河原）。〔轉〕白費力氣，徒勞無益（=賽の河原の石積み）

搔、掻（ㄙㄠ）

搔〔漢造〕用指甲抓爬
搔爬〔名、自サ〕刮除，刮除術，刮宮，子宮內容刮除術
　搔爬手術を行う（做人工流產手術）
搔痒〔名〕搔癢
　隔靴搔痒の感（隔鞋搔癢之感）
　搔痒症（搔癢症）
搔く〔他五〕搔，扒，剷，撥，推，砍，削，切，攪和、做某種動作，有某種表現
　痒い所を搔く（搔癢處）書く欠く描く画く斯く
　髪を搔く（梳頭）
　背中を搔く（撓脊梁）
　田を搔く（耕田）
　犬が前足で土を搔く（狗用前脚刨土）
　往来の雪を搔く（摟街上的雪）
　庭の落ち葉を搔く（把院子的落葉摟到一塊）
　人を搔き分ける（撥開人群）
　首を搔く（砍頭）
　鰹節を搔く（削柴魚）
　水を搔いて進む（划水前進）
　泳ぐ時、手と足で水を搔き乍前へ進む（游泳時用手和脚划水前進）
　芥子を搔く（攪和芥末）
　漆を搔く（攪和漆）
　胡坐を搔く（盤腿坐）
　汗を搔く（出汗、流汗）
　鼾を搔く（打呼）
　裏を搔く（將計就計）
　恥を搔く（丟臉、受辱）
　べそを搔く（小孩要哭）
　瘡を搔く（長梅毒）
　寝首を搔く（乘人酣睡割掉其頭顱、攻其不備）
書く〔他五〕寫（字等）、畫（畫等）、作，寫（文章）、描寫，描繪
　字を書く（寫字）書く画く搔く欠く斯く
　手紙を書く（寫信）
　鉛筆で書かないで、ペンで書き為さい（別用鉛筆要用鋼筆寫）
　絵を書く（畫畫）
　山水画を書く（畫山水畫）
　平面図を書く（畫平面圖）
　黒板に地図を書く（在黑板上畫地圖）
　文章を書く（作文章）
　卒業論文を書く（寫畢業論文）
　彼は今新しい小説を書いている（他現在正在寫一本新小說）
　新聞に書かれる（被登在報上、上報）
　此の物語は平易に書いて有る（這本故事寫得簡明易懂）
　口で言って人に書かせる（口述讓別人寫）
　此の事に就いて新聞は如何書いて有るか（這件事報紙上是怎麼樣記載的？）
欠く〔他五〕缺、缺乏、缺少、弄壞、怠慢
　彼の人は常識を欠いている（那人缺乏常識）
　塩は一日も欠く事が出来ない（食鹽一天也不能缺）
　暮らしには事を欠かない（生活不缺什麼）
　必要欠く可からず（不可或缺、必需）
　歯を欠く（缺牙）
　刃を欠く（缺刃）
　窓ガラスを欠く（打破窗玻璃）
　礼を欠く（缺禮）

勤めを欠く（缺勤）

掻き、掻〔接頭〕表示用手做某種動作表示加強語氣、表示持續某一動作、突然間，一下就
　落葉を掻き拾う（拾落葉）
　小石を掻き集める（把小石頭集在一起）
　人を掻き分ける（用手推開人）
　掻き落す（刮掉）
　人を掻き集める（把人集攏起來）
　掻き口説く（沒完沒了地勸說）
　掻き曇る（突然烏雲密布）
　空が急に掻き曇る（天空突然陰上來）

掻き揚げる〔他下一〕（把頭髮等）梳上去，攏上去、（把燈火）撥亮
　鬢の解れを掻き揚げる（把蓬亂的鬢髮攏上去）
　手で髪を掻き揚げる（用手往上攏頭髮）

掻き揚げ、搔揚げ〔名〕〔烹〕（用干貝，小蝦，青菜裏上麵炸的）炸十錦、挑燈心

掻き集める〔他下一〕摟在一起，扒到一處、蒐集，湊在一起（＝掻き寄せる）
　落葉を掻き集める（把落葉摟在一起）
　各方面から人を掻き集める（從各方面蒐羅人才）
　方方から資金を掻き集める（從各方面籌集資金）
　道具を掻き集める（搜集工具）
　彼方此方から掻き集める（東湊西拼）
　皆の金を掻き集めて勘定を払った（把大家的錢湊起來付了帳款）

掻き合わせる〔他下一〕（用手）合攏在一起（＝寄せ合わせる）
　着物の襟を掻き合わせる（把和服的領子合攏起來）

掻き板〔名〕（翻砂的）刮砂板、梳板

掻き抱く〔他五〕（掻き是加強語氣的接頭詞）抱緊、緊緊地抱
　母が子供を確と掻き抱く（媽媽緊緊地抱孩子）

掻き起こす、掻き起す〔他五〕撥起
　炭火を掻き起こす（撥起炭火）

掻き型〔名〕（翻砂的）刮型、刮板造型

掻き消える〔自下一〕（剛才還有的東西）突然消失、一下子消失
　煙の様に掻き消えたと思うと、又ぱっと現れた（像煙似地剛一消失忽然又出現了）

掻き消す〔他五〕（消す的加強說法）完全消除、（把已寫得東西）抹掉，消除
　薄い靄が掻き消された（薄霧盡散）
　我我の話は騒音で掻き消された（我們的話被噪音鬧得聽不見了）
　彼の姿は掻き消す様に見えなくなった（他的影子像煙消雲散似的不見了）

掻き疵、搔疵〔名〕（被指甲等）搔的傷痕

掻き切る、搔っ切る〔他五〕（一下子）割斷
　喉笛を掻き切る（抹脖子自殺）
　腹十文字に掻き切って相果てた（肚子上拉個十字自殺了）

掻き口説く〔他五〕（口説く的加強說法）（死皮賴臉地）央求、千方百計地說服、（甜言蜜語地）追求
　写真機を買って呉れと父を掻き口説く（反復央求父親給買一架照相機）
　相手を掻き口説く（說服對方）
　彼の手此の手で女を掻き口説く（千方百計地追求女人）

掻き曇る〔自五〕（曇る的加強說法）（天）突然陰上來
　相手を掻き曇る（天突然陰上來了）
　一天俄かに掻き曇る（霎時間滿天烏雲）

掻き暮れる〔自下一〕（天）全黑、完全黑天、（眼睛）模糊，看不清
　日は何時とも無く掻き暮れた（天不知不覺地完全黑了）
　涙に掻き暮れる（哭成淚人、哭著過日子）

掻い暮れ〔副〕〔舊〕（下接否定）完全（＝皆目、全く）
　掻い暮れ分らぬ（完全不懂）

掻き込む〔他五〕扒摟，往自己身上兜攬、匆忙吃，狼吞虎嚥
　トランプの札を手元に掻き込む（往手邊扒攏撲克牌）
　飯を口に掻き込む（急急忙忙往嘴裡扒飯）
　御飯を掻き込む（狼吞虎嚥）

掻っ込む〔他五〕（掻き込む的音變）塞入，撥入、匆匆吞食
　泥棒は大急ぎで現金を鞄に掻っ込むと直ぐ逃走した（小偷匆忙地將錢塞入皮包就逃走了）
　御茶漬を掻っ込む（大口大口吞泡飯吃）
　朝飯を掻っ込む（匆匆忙忙地吃早飯）

掻い込む〔他五〕夾著，抱著、舀入，舀進
　本を掻い込む（夾著書）
　槍を掻い込む（夾長矛）
　子供を小脇に掻い込む（把小孩夾在腋下）
　盥に水を掻い込む（往盆裡舀水）

掻き壊す〔他五〕抓壞、抓破

掻き探す、掻き捜す〔他五〕翻騰著尋找

掻き攫う〔他五〕一下子搶走、奪取

掻っ攫う〔他五〕〔俗〕（攫う的強調形式）搶奪（=攫う）
　横合いから手を出して掻っ攫う（從一旁一把搶奪）

掻き出す〔他五〕（用手）掏出，扒出、搜出、開始扒，開始搜
　竈から灰を掻き出す（從灶裡把灰扒出來）
　ボートの水を掻き出す（把小船裡的水掏出來）

掻い出す〔他五〕（掻き出す的轉變）掏出、汲出
　船底の水を掻い出す（掏出船底的水）

掻き立てる〔他下一〕撥起（炭火），挑亮（燈蕊）、攪拌、挑動、豎起
　炭火を掻き立て乍ら記者と語った（一邊撥著炭火一邊和記者談話）
　燈心の火を掻き立てる（把燈蕊得火挑亮）
　卵を混ぜて泡を掻き立てる（把蛋攪起泡來）
　人の好奇心を掻き立てる（挑起人的好奇心）
　虚栄心を掻き立てる（挑起虛榮心）
　外套の襟を掻き立てる（把大衣的領子立起來）

掻き玉、掻玉〔名〕蛋花湯（=掻き卵, 掻卵、掻き玉汁, 掻玉汁）
　掻き玉汁、掻玉汁（蛋花湯）

掻き卵、掻卵〔名〕蛋花湯（=掻き玉, 掻玉、掻き玉汁, 掻玉汁）

掻き取る〔他五〕刮離、刮下來

掻取コンベヤー〔名〕刮板式輸送機

掻い取り、掻取〔名〕（古武士家中）婦女禮服（現作新娘禮服用）（=打ち掛け、裲襠）

掻き撫でる〔他下一〕撫摸，撫愛、梳（投法）
　手で髪を掻き撫でる（用手撫平頭髮）

掻撫で〔名〕（掻撫で的音便）膚淺、平凡、平庸
　掻撫での学者（膚淺的學者）

掻き均らす〔他五〕耙平、摟平
　凸凹の地面を掻き均らす（摟平高低不平的地面）

掻き鳴す〔他五〕彈（琴等）
　琴を掻き鳴す（彈和琴）
　何処とも無く琴を掻き鳴す音を聞こえる（不知從哪裡傳來彈和琴的聲音）

掻き退ける〔他下一〕推開、扒開，扒到一旁
　人を掻き退けて前へ出る（排開人群跑到前面去）
　熊手で落葉を掻き退ける（用耙子扒開落葉）

掻き混ぜる〔他下一〕攪拌，混和、〔轉〕搗亂，攪亂
　セメントを掻き混ぜる（攪拌水泥）
　小麦粉に水を差して掻き混ぜる（往麵粉裡加水攪拌）

掻き混ぜ〔名〕攪拌，混和
　掻き混ぜ機（攪拌機、混和器）

掻き回す〔他五〕攪和，攪拌，亂翻，亂弄。〔轉〕攪亂，搗亂
　匙で掻き回す（用湯匙攪拌）
　卵を丼に落として箸で掻き回す（把雞蛋打在大碗裡用筷子攪拌）
　火を掻き回す（撥弄火）
　引き出しの中を掻き回す（亂翻抽屜）
　会社の中を掻き回す（擾亂公司內部）
　此以上クラスの中を掻き回されたら、大変です（如果班上再被攪亂的話那可不得了）

掻き乱す〔他五〕攪亂、擾亂、搗亂
　髪を掻き乱す（把頭髮弄亂）
　心の平和を掻き乱す（擾亂心緒的平靜）
　秩序を掻き乱す（擾亂秩序）

掻き毟る〔他五〕揪、揪掉、搔破

髪の毛を掻き毟る（揪頭髮）

顔を掻き毟る（搔破臉）

其れを聞いて胸を掻き毟られる思いが為た（聽到那件事心如刀絞一般）

掻き餅、欠き餅〔名〕（供神用的）乾年糕片

掻き餅を焼く（烤年糕片）

掻き寄せる〔他下一〕扒在一起、摟在一起（=掻き集める）

散らばった一円玉を掻き寄せる（把零散的一塊錢硬幣摟到一塊）

落ち葉を掻き寄せる（把落葉摟到一處）

掻き分ける〔他下一〕用手推開，用手撥開、撥弄開，區分開

群衆の中を掻き分けて行く（從人群中擠過去）

砂の中から石を掻き分ける（從沙子裡把石頭撥出去）

掻っ払う〔他五〕（掻っ是接頭詞）乘隙迅速行竊

猫が魚を掻っ払って逃げた（貓偷偷地把魚叼跑了）

店の品を掻っ払ったのは此奴だ（偷店裡東西的就是這傢伙）

掻っ払い〔名、自サ〕乘隙迅速行竊（的人）

掻っ払いを働く（乘隙行竊）

掻っ払いが横行する（小偷横行）

掻、掻い〔接頭〕（〝掻き、掻〞的音便）（多接在他動詞前）表示用手、表示加強語氣

掻い出す（掏出）

掻い潜る（鑽進）

掻い繰る（用兩手交替地纏）

掻い摘んで話す（概括地說）

掻い潜る〔自五〕（掻い是接頭詞掻き的音便）鑽進去（=潜る）

法の網を掻い潜る（鑽法律漏洞）

掻い繰る〔他五〕雙手交替地纏（繩線等）（=手繰る）

毛糸を掻い繰る（雙手倒毛線）

手綱を掻い繰る（用雙手拉韁繩）

掻い繕う〔他五〕整理，修飾，彌縫，掩飾

身形を掻い繕う（整理裝束）

欠点を掻い繕う（掩飾缺點）

掻い摘む〔他五〕概括、摘要

掻い摘んで言えば（概括言之）

掻い摘んで説明する（扼要地說明）

掻い摘んだ紹介（扼要的介紹）

掻い乾す〔他五〕淘乾

池の水を掻い乾す（淘乾池水）

掻い掘り〔名、他サ〕淘乾、淘井

池を掻い掘りする（把池水淘乾）

沼の掻い掘りを為て魚を取る（排乾池沼的水捕魚）

掻巻〔名〕薄棉睡衣

掻巻を掛ける（蓋上薄棉睡衣）

掻い遣る〔他五〕用手推開（=払い除ける）

艘（ㄙㄠ）

艘〔接尾〕（助數詞用法）艘、隻

〔漢造〕船的總稱（=船）

一艘（一艘、一隻）

数艘（數艘）

騒（騷）（ㄙㄠ）

騒〔漢造〕擾亂、吵嚷、詩文

物騒（騷然不安、危險、不安定）

騒音、噪音〔名〕噪音、嘈雜聲（=喧しい音）←→楽音

騒音を減らす（減少噪音）

物凄い騒音を発する（發出可怕的噪音）

騒音防止条例（噪音防止條例）

騒客、騒客〔名〕詩人（=騒人）

騒人〔名〕〔古〕詩人（=騒客、騒客）

騒擾〔名、自サ〕騷擾、暴亂（=騒乱）

騒擾事件が起こる（發生騷擾事件）

騒擾罪で検挙される（因騷擾罪被逮捕）

騒乱〔名〕騷擾、擾亂、暴亂

各地で騒乱を起る（各地發生暴亂）

騒乱罪で逮捕される（因騷擾罪被捕）

騒然〔形動タルト〕騷然、吵吵嚷嚷

物情騒然（群情騷然）

議場は一時騒然と為った（會場一時為之騷然）

騒然と為て聞き取れない（吵吵嚷嚷聽不清楚）

騒騒しい〔形〕吵鬧的，嘈雜的，喧囂的、不安寧的
　ラジオの音が騒騒しくて、勉強が出来ません（收音機吵得不能用功）
　御騒騒しい事で（受驚了）
　戦争の気配が濃く世の中が騒騒しい（戰爭的氣氛很濃社會上動盪不安）

騒動〔名、自サ〕騒動、擾亂、鬧事、暴亂
　御家騒動（家庭糾紛）
　学校騒動（學潮）
　米騒動（搶糧暴動）
　騒動を起こす（掀起暴亂）
　騒動が治まった（風潮平息了）
　騒動を静める（平息暴亂）
　其の知らせで家の中は上を下への大騒動に為った（由於那個消息全家陷入了極度的混亂）

騒ぐ〔自五〕吵鬧，喧嚷、慌張、不穩、不安寧、騷動、鬧事、（一般使用被動形式）轟動一時
　火事だと騒ぐ（吵嚷說失火啦）
　教室で騒いでは行けない（不要在教室裡吵嚷）
　そんなに騒がないで下さい（請不要那樣吵嚷）
　酒を飲んで大いに騒ぐ（喝了酒胡亂）
　心（胸）が騒ぐ（心裡慌亂）
　彼は詰まらない事にも直ぐ騒ぐ（他為一點小事也立即慌張起來）
　彼は少しも騒がず答弁した（他從容不迫地進行了答辯）
　彼は此の知らせを聞いても、別に騒がなかった（他聽到了這個消息也沒怎樣慌張）
　今に為って騒いでも始まらない（事到如今慌張也沒有用）
　入場の求めで騒ぐ（吵吵鬧鬧地要求入場）
　米価引下げの報に農民が騒ぎ出した（聽到降低米價的消息農民們鬧起來了）
　辺境の住民が騒ぐ（邊疆的居民鬧起事來）
　公害で世間が騒いでいる（因公害問題群眾騷然）
　昔は随分騒がれた物だ（以前曾是轟動一時的）

騒ぎ、騒〔名〕吵鬧，嘈雜聲、騷亂，事件，糾紛、轟動一時
　何と言う騒ぎだ（多麼吵鬧！）
　此の騒ぎと来たら（你看這個吵鬧勁）
　酒が回って騒ぎが酷く為る（酒勁上來以後鬧得更凶）
　離婚騒ぎ（離婚事件、離婚問題）
　喧嘩騒ぎ（吵架事件）
　上を下への大騒ぎ（鬧得天翻地覆）
　底抜け騒ぎを為る（大肆喧鬧）
　騒ぎを起こす（吵鬧、鬧事）
　謂れも無く騒ぎを起こす（無理取鬧）
　嫉妬に因る騒ぎ（爭風吃醋）
　騒ぎが大きく為ったので、当局も捨てて置けなくなった（因為事件鬧大了當局也不能置之不理）
　騒ぎが大きいので、行って見たが、詰まらない映画だった（這部影片因為轟動一時所以我也去看了但是很無聊）
　新しいニュースが入って、騒ぎは大きく為った（收到了新消息更加轟動起來了）
　…所の騒ぎじゃない（豈止那種程度的小問題，哪裡還談得上）
　痛い所の騒ぎじゃない（豈止是痛痛得要命）
　暑い所の騒ぎじゃない（熱得要死）
　彼に取っては笑う所の騒ぎじゃない（對他來說可不是鬧著玩的事情）
　此の不景気に物見遊山所の騒ぎじゃない（這樣不景氣哪裡還談得上遊山玩水）

騒ぎ立てる〔自下一〕吵嚷，鬧哄。〔轉〕叫囂，起哄
　勉強も碌碌遣らず何を騒ぎ立ているのだ（不好好學習亂吵嚷什麼！）
　彼女が騒ぎ立てたので、泥棒は慌てて逃げて仕舞った（因為她一吵嚷小偷就慌慌張張地逃跑了）
　謂れも無く騒ぎ立てる（無理取鬧）
　詰まらない事で騒ぎ立てる（為一點小事大吵大嚷）

大いに騒ぎ立てる（大肆叫嚷、興風作浪、大作文章）

騒がす〔他五〕騷擾、驚動、轟動（=騒がせる）

騒がせる〔他下一〕騷擾、驚動、轟動
世間を騒がせる事件（轟動社會的事件）
其の疑獄は全国を騒がせた（那個大貪污事件轟動了全國）
こんな事で隣近所を騒がせて済みません（為了這樣事使四鄰不安真抱歉）
御騒がせ致しました（驚動您了－真對不起）

騒がしい〔形〕嘈雜的，喧鬧的，喧囂的，騷然的，議論紛紛
教室が騒がしい（教室嘈雜）
騒がしい物音で眠れない（因為嘈雜的聲音睡不著）
騒がしく喋る（喧嘩地講話）
騒がしく為ないで下さい（請不要吵鬧）
周りが騒がしくて良く聞こえません。もっと大きい声で言って下さい（周圍吵鬧得聽不清楚請妳大聲點講）
憲法の改正問題で騒がしい（因為憲法修改問題議論紛紛）
戦争等が逢って騒がしい時代に彼は生きて来た（他在砲火連天動盪不安的年代裡活了過來）
世の中が騒がしい（舉世騷然、群情鼎沸）

騒騒〔副、自サ〕吵吵嚷嚷，亂哄哄，（東西輕微觸碰聲）沙沙，簌簌
会場は未だ騒騒している（會場還亂哄哄的）
騒騒と為ていた場内は急に静かに為った（人聲嘈雜的會場上登時沉靜起來了）
梢を騒騒と動かして風が吹いていた（風吹樹梢沙沙作響）
木の葉が春の風に騒騒していた（樹葉因春風簌簌作響）

繰（ム幺）

繰〔漢造〕（同繰）煮繭抽絲

繰る〔他五〕紡，捻，繅，纏繞，（用軋棉機）軋，依次拉出，陸續抽出，依次數，依次翻
糸を繰る（繅絲、紡線）
綿を繰る（軋棉花）
雨戸を繰る（一扇一扇地拉出防雨窗）
日数を繰る（計算天數）
日数を繰りながらchristmasを待っている（數著日子盼望著聖誕節）
絵本を繰る（翻圖畫書）
本のpageを繰る（翻書頁）

来る〔自カ〕來，來到，到來，由來，引起，產生、發生、出現、提起、說起
〔補動〕（表示動作、狀態的繼續）一直在、起來、回來
汽車が来た（火車來了）
春が来た（春天來了）
駅へ迎えに来る（到車站來迎接）
来る日（來日）
来る年（明年）
切手を買って来るよ（我去買郵票來）
食事に行って来ます（我去吃飯）
遠くから来た客（從遠方來訪的客人）
英語から来た詞（由英文轉來的詞）
彼の病気は過労から来た物だ（他的病是由於過度勞累引起的）
食べ過ぎから来る病気（因吃太多引起的疾病）
疲れから来たのだと思います（我想是過勞所引起）
来る日も来る日も（天天、日復一日）
北京へ来る途中で（在來北京的路上）
そら、busが来た（喂！公車來了）
御客が沢山来た（來了很多客人）
何時中国に来たのですか（你是什麼時候來到中國的？）
春が来た（春天來到了）
もう直に正月が来る（新年馬上到來）
春の来るのももう間の無い（春天的來臨已經迫近）
手紙が来ていないか（沒來信嗎？）
御手紙が来ました（這裡有給您的信）
自動車が来ています（汽車已經來了）

ム

事務室には未だ電気が来ていなかった（辦公室還沒拉上電線）
来る者は拒まない（來者不拒）
其の思想はインドから来た（那種思想來自印度）
ラテン語から来た言葉（來自拉丁語的詞）
彼の病気は疲労から来るのだ（他的病是由於疲勞而引起的）
ぴんと来る（馬上意識到）
頭に来る（頭痛、瘋狂、非常生氣）
野球と来たら飯より好きだ（一提起棒球比吃飯還喜愛）
其の人と来たら全く問題に為らない（提到那個人簡直不在話下）
今迄喋って来た（一直說到現在）
疲れて来る（疲倦起來）
電車が混んで来る（電車壅擠起來）
忘れ物を取って来る（把忘帶的東西取來）
用を済まして来る（辦事情去）
図書館へ行って来た（我到圖書館去了）
本を買って来る（我去買書來）
友人を迎えに駅へ行って来ました（到車站去接了朋友）
今展示会を見て来た所です（我剛才去看了一下展覽會）
落ちて来る（落下來）
帰って来る（歸來）
雨が降って来た（下起雨來了）
向うから歩いて来た（從對面走過來）
今迄喋って来た（一直說到現在）
何とか今日迄遣って来た（好歹熬到了今天）
世の中が段段分って来た（社會上的事情漸漸明白）
六十年生きて来た（一直活了六十年了）
面白く為って来た（愈來愈有趣了）
暖かく為って来た（暖和起來了）
寒く為って来た（冷起來了）
日増しに良く為って来た（一天比一天好起來）
疲れて来る（疲倦起來）

彼は映画と来たら丸で気違い（一提到電影他就什麼也不顧了）
野球と来ると飯より好きだ（一提到棒球連飯也不吃）
甘い物と来たら目が無い（一提到甜食沒有不喜歡）
春が遣って来る（春天的氣息一步一步地接近了）
彼奴は又遣って来た（那傢伙又大搖大擺地來了）又復亦又叉
友達がアメリカから遣って来た（朋友從美國老遠地來）

刳る〔他五〕挖、旋、錐、鑽、刨（＝刳る、抉る、剔る）
穴を抉る〔鑽洞〕刳る来る繰る
　襟を大きく刳る（把領口挖大些）
　木を刳って舟を造る（刨木為舟）

繰り〔名〕繰絲、推測，猜想、（謠曲中）最高的調子
繰り上げる、繰上げる〔他下一〕提前、提上來（＝引き上げる）←→繰り下げる
　開演を一時間繰り上げる（提前一小時開演）
　次点を繰り上げて当選に為る（把第二名提上來使之當選）
繰り上げ〔名、他サ〕提前
　授業の繰り上げを為る（提前上課）
　繰り上げ投票（提前投票）
繰り下げる、繰下げる〔他下一〕推遲、延期←→繰り上げる
　三日繰り下げる（延期三天）
　授業を五時間目に繰り下げる（把課程推遲到第五節上）
繰り下げ〔名、他サ〕推遲、延期
　投票日の繰り下げ（投票日的延期）
　特別番組の為ニュースは三十分の繰り下げに為た（因有特別節目把新聞推遲了三十分鐘）
繰り合わせる〔他下一〕安排、調配、抽出（時間事情等）
　仕事を旨く繰り合わせて暇を作る（很好地安排工作騰出時間來）
　御繰り合わせ下さって御出席頂けませんか（能否請您勻出時間出席呢？）

繰り合わせ〔名〕安排、調配、抽出（時間事情等）
　時間の繰り合わせが付かない（騰不出時間來）
　何とか為て繰り合わせを付けましょう（想辦法安排吧！）
　万障御繰り合わせの上御出席下さい（務請撥冗光臨）

繰り糸、繰糸〔名〕紡線、紡的線

繰り入れる、繰入れる〔他下一〕轉入，滾入、依次捯過來
　残額は来年度分の会計に繰り入れる（把餘額轉入下年度的帳裡）
　釣り糸を繰り入れる（把釣魚線捯過來）

繰り入れ〔名〕轉入，滾入
　繰り入れ金（轉入的款項）

繰り返す、繰返す〔他五〕反復、重復、再一次
　失敗は二度と繰り返すな（不要再失敗了）
　繰り返して言う（反復地說）
　歴史は決して繰り返す事は無い（歴史決不可能重演）
　始めから繰り返せ（從頭再來一次！）

繰り返し〔名〕反復、重復
　繰り返しの部分をもう一度歌う（再唱一次重復的部分）
　詩の繰り返し（詩中的重複句、詩中的疊句）
　歌の繰り返し（歌中的重複句、歌中的疊句）

繰り返し繰り返し〔副〕再三重復、再三反復
　繰り返し繰り返し言い聞かせる（再三反復地說給聽）

繰り替える、繰替える〔他下一〕調換，更換、挪用、轉用
　此の御金の使い道は繰り替える事が出来る（這筆錢的用途可以更換）
　物件費の一部を人件費に繰り替える（把購置費的一部分轉用為人事費用）

繰り替え〔名〕調換、變更、挪用、轉用
　此の御金の使い道は繰り替えが効かない（這筆錢的用途不能變更）
　繰り替え払い（挪用支付）

繰り越す、繰越す〔他五〕轉入，滾入、撥歸、結轉
　次年度へ繰り越す（轉入下年度）
　前期より繰り越す（從上期轉入）
　次のページへ繰り越す（轉下頁）
　残金を来月分の生活費に繰り越す（把結餘轉入下月份的生活費中）

繰り越し〔名、自サ〕轉入，滾入
　予算の次年度への繰り越しを許さない（不准把預算轉入下年度）
　繰り越し金（滾存金）
　繰り越し高（滾存額）
　繰り越し明許費（事先經過國會通過的許可轉入下一會計年度的經費）

繰り言、繰言〔名〕嘮叨、牢騷、抱怨
　老人の繰り言（老人的嘮叨）
　返らぬ繰り言を言う（發無用的牢騷）

繰り言葉、繰言葉〔名〕繞口令

繰り込む、繰込む〔自五〕魚貫而入、一個挨一個地進入、湧入
〔他五〕編入，編進、把零數進上去、捯回來、抽回來、投入
　会場に繰り込む（魚貫地進入會場）
　行列は公園に繰り込んだ（隊伍湧進了公園）
　修繕費を予算に繰り込む（把修理費編入預算內）
　凧の糸を繰り込む（把風箏線拉回來纏上）
　五万の兵を繰り込む（投入五萬兵力）

繰り込み理論〔名〕〔理〕重正化理論、再歸一化理論

繰り出す、繰出す〔他五〕紡出、撒放、派出、陸續送出、挺出、伸出
〔自五〕出動、一起出發、陸續出去
　綱を繰り出す（放出繩子）
　釣り糸を繰り出す（撒出釣魚線）
　管の先から糸を繰り出す（從繞線管的尖端不斷地放出線來）
　新手の兵を繰り出す（派出生力軍）
　槍を繰り出す（挺長矛而刺）
　花見に繰り出す（大家都去觀賞櫻花）

繰り出し梯子〔名〕伸縮梯子

繰り戸、繰戸〔名〕（日式房屋的）平拉木板門

繰り取る、繰取る〔他五〕捲線、繰絲

ム

繭から糸を繰り取る（繅絲）

繰り延べる、繰延べる〔他下一〕延期、展期、延長
雨の為三日間繰り延べる（陰雨延期三天）

繰り延べ〔名〕延期、展期、延長
旅行は雨の為来週に繰り延べに為る（旅行因雨延期到下禮拜）
繰り延べ払い（延期付款）
繰り延べ投票（延期投票）

繰り引き〔名〕逐步撤回、逐漸收回

繰り開く、繰開く〔他五〕展開、打開、翻開
地図を繰り開いて見る（打開地圖看）

繰り広げる、繰広げる〔他下一〕展開、進行
慶祝の行事を繰り広げる（展開慶祝活動）

繰り回す、繰回す〔他五〕週轉、通融、安排
何とか繰り回して見る（設法通融一下看看）
やっと繰り回しが付いた（好容易才週轉開了）

繰り戻す、繰戻す〔他五〕依次捯回去、反復、重復（=繰り返す、繰返す）

繰り寄せる、繰寄せる〔他下一〕捯、兩手替換著把線或繩子拉回或繞好、逐漸逼近
毛糸の玉を繰り寄せる（往手裡捯毛線團）
投げた網を繰り寄せる（收回撒出去的網）

繰り綿、繰綿〔名〕皮棉、原棉、皮花

掃（ムㄠˇ）

掃〔漢造〕掃、除去
清掃（清掃、灑掃）
一掃（掃除、清除）

掃海〔名、他サ〕掃雷、清除水雷
湾内を掃海する（清除海灣內的水雷）
掃海艇（掃雷艇）
掃海作業（掃雷作業）

掃除〔名、他サ〕掃除、打掃、清除
大掃除（大掃除）
拭き掃除（擦拭）
部屋を掃除する（打掃屋子）
掃除が行き届いている（打掃得很徹底）
虫下しで御腹の掃除を為る（用驅蟲劑清理腸胃）
掃除屋（糞便清潔工）
掃除機（吸塵器）

掃射〔名、他サ〕掃射
地上の敵に機銃掃射を浴びせる（機槍掃射地面上的敵人）
機関銃で掃射する（用機槍掃射）

掃討、掃蕩〔名、他サ〕掃蕩
残敵を掃討する（掃蕩殘敵）
完全に掃蕩する（徹底掃蕩）
掃蕩戦（掃蕩戰）

掃滅、剿滅〔名、他サ〕掃蕩、肅清
敵を掃滅する（掃蕩敵人）
掃滅作戦（掃蕩戰）

掃く、刷く〔他五〕打掃、（用刷子等）輕塗。〔農〕掃集（幼蠶）
箒で庭を掃く（用掃帚掃院子）吐く履く佩く穿く排く
部屋を掃いて綺麗に為る（把屋子打掃乾淨）
眉を掃く（畫眉）
薄く掃いた様な雲（一抹薄雲）

履く、穿く、佩く、帶く、著く〔他五〕穿
靴を履く（穿鞋）履く穿く吐く掃く刷く佩く
スリッパ（slipper）を履く（穿拖鞋）
雨靴を履く（穿雨鞋）
下駄を履く（穿木屐）
此の靴は履き心地が良い（這雙鞋穿起來很舒服）心地心地良い善い好い
此の皮靴は少なくとも一年履ける（這雙皮鞋至少能穿一年）
靴下を穿く（穿襪子）
ズボン（jupon）を穿く（穿褲子）
スカート（skirt）を穿く（穿裙子）

吐く〔他五〕吐出、吐露，說出、冒出、噴出
血を吐く（吐血）
痰を吐く（吐痰）
息を吐く（吐氣、忽氣）
彼は食べた物を皆吐いて終った（他把吃的東西全都吐了出來）

ゲエゲエするだけて吐けない（只是乾嘔吐不出來）

彼は指を二本喉に突っ込んで吐こうと為た（他把兩根手指頭伸到喉嚨裡想要吐出來）

意見を吐く（說出意見）

大言を吐く（說大話）

彼も遂に本音を吐いた（他也終於說出了真心話）

真黒な煙を吐いて、汽車が走って行った（火車冒著黑煙駛去）

遥か彼方に浅間山が煙を吐いていた（遠方的淺間山正在冒著煙）

泥を吐く（供出罪狀）

泥を吐かせる（勒令坦白）

泥を吐いて終え（老實交代！）

佩く〔他五〕佩帶（＝帯びる）
　剣を佩く（佩劍）穿く履く吐く掃く

掃き集める〔他下一〕掃在一起（＝掃き寄せる）

掃き清める、掃清める〔他下一〕掃乾淨、平定
　部屋を掃き清める（打掃房間）

掃き捨てる〔他下一〕掃了扔掉

掃き掃除、掃掃除〔名、自サ〕掃除、清掃、打掃←→拭き掃除、拭掃除

掃き出す、掃出す〔他五〕掃除、清掃出去
　塵を庭へ掃き出す（把垃圾掃到院子裡）
　塵を掃き出す（把塵土掃出去）

掃き出し窓〔名〕（日式房屋的）垃圾口

掃き立て、掃立て〔名〕剛剛掃完，剛打掃過。〔農〕把幼蠶從蠶紙掃到蠶箔上
　掃き立ての部屋（剛打掃過的房間）
　蚕の掃き立てを為る（把幼蠶從蠶紙掃到蠶箔上）

掃き溜め〔名〕垃圾堆（＝芥溜め）
　芥を掃き溜めへ捨てに行く（把垃圾扔到垃圾堆）
　其処は実に不潔で掃き溜めの様だ（那裡真髒和垃圾堆一樣）
　掃き溜めに鶴（鮮花插在牛糞上）

掃き寄せる〔自、他下一〕掃在一起
　掃き寄せた物（掃攏的垃圾）

　庭の落葉を掃き寄せる（把院子落葉掃在一起）

掃墨、灰墨〔名〕灰墨油、煙墨

嫂（ㄙㄠˇ）

嫂〔漢造〕對兄妻的稱呼、尊稱朋友之妻

嫂、兄嫁〔名〕嫂（＝兄の妻）

搜（搜）（ㄙㄡ）

搜〔漢造〕搜查、尋找
　博搜（廣泛搜集）

搜衣摸床〔名〕〔醫〕（因高燒而）抓被摸床（病篤的現象）

搜査〔名、他サ〕搜查、查訪
　捜査を開始する（開始搜查）
　捜査を打ち切る（停止搜查）
　家宅捜査（抄家、搜查住宅）
　捜査カード（搜查證）
　捜査本部（搜查總部）
　捜査網（搜查網、法網）
　文化財の行方を捜査する（查找文物的下落）
　家出娘を捜査する（查找出奔的女孩）

搜索〔名、他サ〕搜索，搜尋。〔法〕搜查
　遭難した機体を捜索する（搜索遇難飛機）
　徹底的に捜索する（徹底搜查）
　家宅を捜索する（抄家、搜查住宅）
　捜索願いを出す（提出搜查請求）
　其れは警察で捜索中の殺人犯であった（他是警察正在搜查的殺人犯）
　捜索権（搜查權）
　捜索令状（搜查證）
　捜索区域（搜查範圍）

搜す、探す〔他五〕尋找，尋求、搜尋、搜查、探訪，探索
　引き出しの中を捜す（翻找抽屜裡）
　人の身体を捜す（搜查身體）
　所持品を捜す（搜查攜帶物品）
　口（勤め口、仕事、職）を捜す（找工作、找職業）
　突破口を捜す（尋找突破口）

ム

手探りで捜す（用手摸索著找）
血眼に為って捜す（拼命尋找）
鵜の目鷹の目で捜す（瞪著眼睛到處尋找）
人の作品等の穴を捜す（挑剔別人作品等的錯處）
途中で落とした物を捜しに行く（去尋找自己在路上遺失的東西）
何処を捜しても無い（到處尋找都沒有）
捜せず仕舞だ（到底也沒能找到）
家の中を隈なく捜したが見当たらなかった（把家裡都搜尋遍了也沒找到）
君は何を捜しているのか（你在找什麼？）
七度捜して人を疑え（要經過仔細尋找後再懷疑別人）
景勝の地を探す（探訪名勝）
インフレ退治の方法を探す（探索消滅通貨膨脹的方法）

捜し当てる、探し当てる〔他下一〕找到、搜尋到
友人の家をやっと捜し当てた（好容易才找到了朋友的家）
必要な本を旨く捜し当てた（幸運找到了自己需要的書）
捜し当てる迄苦心と言ったら無かった（不知道費了多少苦心才找到）
複雑な断層の中に秘められている豊かな原油を捜し当てた（在地質複雜的斷層中找到了豐富的石油）

捜し出す、探し出す〔他五〕找出、搜尋出
人の居所を捜し出す（找到某人的住處）
良い地位を捜し出した（找到了好職位）
其の語は此の辞書から捜し出した（那個詞從這部辭典裡查出來了）
草の根を分けても捜し出して見せる（我一定要千方百計搜尋出來）

捜し回る、探し回る〔自五〕到處尋找、到處搜尋
方方捜し回ったが、適当な人物が見当たらない（到處物色也沒找到合適的人）
家中捜し回ったけれども、如何しても無い（家裡到處找遍怎麼找也沒有）

捜し物、探し物〔名〕尋找的東西
捜し物を為る（尋找東西）
捜し物が出て来た（尋找的東西找到了）

溲（ムヌ）

溲〔漢造〕小便

溲瓶、溲瓶，尿瓶〔名〕尿壺、便壺、夜壺
溲瓶で病人の小便を取る（用尿壺替病人接尿）

蒐（ムヌ）

蒐〔漢造〕搜集

蒐荷、集荷〔名、自他サ〕各地物産上市、集聚各地物産、集聚的物産
林檎の蒐荷が捗らない（蘋果上市情況不見進展）
蒐荷機関（收購單位）

蒐集、收集〔名、他サ〕收集、搜集
塵蒐集車（垃圾車）
郵便切手の蒐集（集郵）
彼の古書の蒐集は有名だ（他搜集古書是很有名的）
蒐集癖（搜集癖）
蒐集家、收集家（收藏家）
郵便切手の蒐集家（集郵家）

蒐書、集書〔名、他サ〕收集圖書、搜集的圖書

嗾（ムヌ〵）

嗾〔漢造〕教唆、指使

嗾ける〔他下一〕教唆，唆使、挑動，煽動（＝嗾す、唆す）
犬を嗾ける（唆使狗）
流言を放って民衆を嗾ける（散布流言挑動群眾）
子供達を嗾けて喧嘩させる（教唆孩子們吵架）

嗾す、唆す〔他五〕唆使、教唆、慫恿、引誘、勸誘
唆されて学校をサボった（被慫恿翹課了）
唆されて罪を犯させる（教唆別人犯罪）
唆して間柄を裂く（挑撥離間）
女学生を唆してダンスホールへ行く（引誘女學生到舞廳去）

学生を唆して勉強させる（勸導學生用功）

薮、藪（藪）（ムヌ〵）

薮〔漢造〕草叢、鳥獸聚集處

淵藪、淵叢（事物聚集處）

薮〔名〕草叢，灌木叢（＝棘、蓬）、竹叢（＝竹藪）、斜視（＝藪睨み）、淺綠色蕎麵條（＝藪蕎麦）、庸醫（＝藪医者）

薮を開いて畑に為る（把灌木叢闢為耕地）

薮を切り開く（開闢灌木叢）

薮から突然虎が飛び出した（突然從竹林中跳出了隻老虎）

薮に鳥が鳴く（鳥在草叢裡叫）

美人だが少々薮だ（長得蠻漂亮就是有點斜視）

薮に掛ける（遇上個庸醫）

薮から棒（突然、憑空而起）

薮から棒に縁談を持ち出す（突然提出婚事）

薮から棒に聞かれても如何言って好いか解らない（沒頭沒腦地問我也不知該怎樣說）

薮から棒に出て行って終うとは、如何した訳だ（平白無故地走掉到底怎麼回事）

薮を突いて蛇を出す（自惹麻煩、自尋煩惱、打草驚蛇）

薮の中の荊（近朱者赤近墨者黑）棘茨

薮に馬鍬（本來不可能卻硬要做下去）

薮医者〔名〕庸醫、拙劣的醫師（＝藪、藪井竹庵，藪医竹庵）

薮医者に掛かって病気を拗らした（讓庸醫把病耽誤了）

薮医者の玄関（裝闊的門面）

薮医者の手柄話（越沒有本領越自吹自擂）

薮井竹庵、薮医竹庵〔名〕〔俗〕（將庸醫加以人名化）庸醫

薮入り、薮入〔名〕傭人一年兩次的假期（正月和七月十六日允許回家）

薮入りに宿下がりを為る（傭人假日回家）

薮鶯〔名〕樹叢中的黃鶯

薮蚊〔名〕〔動〕豹腳蚊

薮陰〔名〕叢林陰處、叢林後邊

薮枯らし、薮枯〔名〕〔植〕白粉藤、烏菇莓（＝貧乏葛）

薮萱草〔名〕〔植〕千葉萱草

薮柑子〔名〕〔植〕紫金牛

薮知らず〔名〕迷宮、曲徑（＝八幡の藪知らず）

薮虱〔名〕〔植〕竊衣

薮蕎麦〔名〕淺綠色的蕎麵條

薮畳〔名〕茂密的樹叢、（歌舞伎）做成竹叢的大道具

薮椿〔名〕〔植〕山茶花

薮睨み、薮睨〔名、自サ〕斜視，斜眼、（見解、行事）片面主觀，有偏差

薮睨みの人（斜眼的人）

美人だが少々薮睨みだ（長得蠻漂亮就是有點斜眼）

其は薮睨みの考えだ（那是主觀片面的想法）

考えが薮睨みだ（想法有偏差）

薮原〔名〕灌木叢生的原野

薮蛇〔名〕（來自藪を突いて蛇を出す）自惹麻煩、自尋煩惱

うっかり口を出して薮蛇に為る（無意中說了一句話惹起麻煩）

下手に発言して薮蛇に為った（冒冒失失地發言惹了麻煩）

嗽（ムヌ〵）

嗽〔漢造〕痰塞氣逆喉裡發聲、（通漱）盪口

嗽〔名、自サ〕嗽口、含嗽

外から帰ったら必ず嗽（を）為る事（從外邊回來一定要嗽口）

嗽薬（嗽口藥水）

嗽茶碗（嗽口的碗）

嗽盥（盛嗽口水的盆）

嗽ぐ，漱ぐ，嗽ぐ，漱ぐ〔自五〕嗽口、含嗽（＝嗽を為る）

嗽ぎ、漱ぎ〔名〕嗽口、含嗽

嗽ぐ，漱ぐ〔自五〕漱口、含漱（＝嗽ぐ，漱ぐ）

漱ぐ、濯ぐ、滌ぐ、洒ぐ、雪ぐ〔他五〕洗濯、漱口、雪除，洗掉

洗濯物を良く濯ぐ（用水好好洗滌的衣物）

瓶を濯ぐ（洗滌瓶子）

口を漱ぐ（漱口）

恥を雪ぐ（雪恥）
汚名を雪ぐ（恢復名譽）

咳 〔自五〕咳嗽（= 咳く、咳を為る）
頻りに咳く（不斷地咳嗽）堰く急く

咳 〔名〕咳嗽（= 咳）
咳が出る（咳嗽）
咳を止める（止咳）
咳を為る（咳嗽）
咳に噎せる（咳得喘不過氣來）
やっと咳が収まった（終於止了咳）
激しく咳を為る（咳嗽得很厲害）
百日咳（百日咳）
乾咳（乾咳）

咳く 〔他五〕咳嗽
苦し然うに咳く（咳嗽得很難受）

咳 〔名〕咳嗽、清嗓子（=咳、咳き払い，咳払）
場内は咳一つ聞えない（場内鴉雀無聲）
老人が咳を為る（老人咳嗽）
主人の咳が聞える（聽得見丈夫的咳嗽聲）

三（ム ろ）

三 〔名〕三（=三つ）、第三、（三弦）音調最高的一根弦、（棒球）三壘手
三に四を足すと七（三加四得七）
一に二を加えると三に為る（一加二等於三）
一には甲、二には乙、三には丙（第一是甲、第二是乙、第三是丙）
三の糸（音調最高的弦）

三Ｃ 〔名〕（流行語）（60年代）三大件（car 汽車、cooler 冷氣、colour television 彩色電視機）
（70年代初期）國際性會議（Conference 正式會議、congress 研究會議、convention 大會）
（70年代）現代三項情報技術（computation 計算、control 控制、communication 通信）
海外の三Ｃに出席する日本人の数も鰻上りだ（日本人出席海外國際性會議的人數也直線上升）
三Ｃ革命（現代三項情報技術的革命）

３Ｄ映画 〔名〕（three dimensions picture 的譯詞）立體電影

３ＤＫ 〔名〕（流行語）（日本工團住宅的標準形式之一）三個居室外加餐廳兼廚房的一套住宅（ＤＫ來自 dining room，kitchen 的首字）

３ＬＤＫ 〔名〕（流行語）（日本工團住宅和公營住宅的建築形式之一）三個寢室，一個起居室，外餐廳和廚房的一套住宅（ＬＤＫ來自 living room，dining room，kitchen 的首字）

３Ｅ革命 〔名〕（流行語）三Ｅ革命（70年代的技術革新是能，電子學，新奇材料、亦即３Ｅ-energy，electronics，Exoticmaterial）

３Ｆ時代 〔名〕（流行語）三Ｆ時代（謂現代是食物，武器，燃料三者成為主要問題的時代、３Ｆ-food，fire，fuel）

３Ｆ爆彈 〔名〕三Ｆ氫彈、裹鈾氫彈（３Ｆ來自氫彈起爆用的核分裂 "fission"，氫彈的核聚變 "fusion"，天然鈾的核分裂 "fission"）

３Ｓ運動 〔名〕（標語）三Ｓ運動（一種提高生產率的運動，３Ｓ主張經營管理勞動的專門化 "specialization"、產品部件規格種類的標準化 "standardization"、產品和操作方法的單純化 "simplification"）

三十 〔名〕三十、三十歲
第三十（第三十個）
三十で結婚する（三十歲結婚）

三十、三十路 〔名〕三十、三十歲
三十余り（三十多歲）
三十の坂を越える（已過三十歲）

三十日、晦日 〔名〕每月的三十日、每月最後一天（= 晦）←→一日、朔
三十日に決算する（月底結帳）
三十日払い（月底付款）

三十日 〔名〕（日的讀法）三十日（=三十日、晦日）

三一致 〔名〕（法 trios unites 的譯詞）西方古典劇法則（時間一致、地點一致、劇情一致）

三一 〔名〕（ピン一是葡語 pinta〔點〕的轉變）兩個骰子的點數為三和一，身份低的武士，嘍囉
三一の目が出す（出么三短）
三一奴（武士的奴僕）

三十一文字、三十一文字 〔名〕和歌、短歌（每首由五七五七七共三十一個假名構成）
三十一文字を嗜む（愛好和歌）

三十二分音符〔名〕〔樂〕三十二分音符

三十二相〔名〕〔佛〕三十二相（佛身所具有的三十二種優美的形象）。〔轉〕（女人容貌姿態上的）一切美相
　　三十二相備わった娘（絕色佳人）
　　三十二相備わった子町娘（絕色佳人）

三十三所〔佛〕（供奉觀音菩薩的）三十三所寺院

三十五milli〔名〕三十三毫米寬膠卷、使用三十五毫米寬膠卷的照相機

三十六計〔名〕（古兵法）三十六計。〔轉〕逃跑，逃掉
　　三十六計逃ぐるに如かず（三十六計走為上策）
　　三十六計を決め込む（下決心要逃跑）
　　三十六計の奥の手を出す（來個三十六計走為上計、溜之大吉、逃之夭夭）

三十八度線〔名〕（朝鮮的）北緯三十八度線

三二酸化〔造語〕〔化〕三氧化二
　　三二酸化窒素（三氧化二氮）
　　三二酸化Titan（三氧化二鈦）

三二酸化物〔名〕〔化〕三氧二某化合物

三三〔名〕（連珠）三三（五子連珠時，同時有兩處成為相連的三個棋子）

三三九度〔名〕結婚儀式的交杯酒（用三支酒杯每杯三次共九次）
　　三三九度の盃を交す（結婚行交杯酒儀式）

三三五五〔副〕三三五五、三三兩兩（＝ちらほら）
　　彼等は三三五五打ち語らいつつ行った（他們三三兩兩地說著話走過去）
　　三三五五と集まって来る（三三兩兩地匯集過來）
　　三三五五と群を為す（三五成群）

三五〔名〕陰曆十五日夜晚（特指八月十五日夜晚）、三三五五，三五成群、三星五帝

三七日、三七日〔名〕〔佛〕三七（人死後第二十一天）、三七舉辦的佛事
　　三七日を済ませる（辦完三七佛事）

三七草、山漆草〔名〕〔植〕三七（菊科多年生草本有止血作用）

三八式〔名〕三八式步槍（來自明治三十八年制定的式樣）（＝三八式步兵銃）

三八面体〔名〕〔礦〕三八面體

三位数〔名〕三位數

三位〔名〕位階的第三位（分正三位和從三位）。〔宗〕聖父（上帝），聖子（基督），聖靈的總稱
　　三位一体（聖父，聖子，聖靈三位一體、三者同心協力團結一致）

三韻句法〔名〕（意terzarima的譯詞）三行詩節押運法（如但丁神曲中所用）

三猿、三猿、三猿〔名〕（用雙手捂著眼睛、捂著耳朵、捂著嘴）三種姿態的猴子形象（寓有不看、不聽、不說之意）（來自見ざる、聞かざる、言わざる的諧音）
　　三猿主義（三不主義－不看、不聽、不說的消極處世態度）

三塩化〔名〕〔化〕三氯化
　　三塩化燐（三氯化磷）
　　三塩化沃素（三氯化碘）
　　三塩化砒素（三氯化砷）
　　三塩化antimon德（三氯化銻）

三塩化酢酸〔名〕三氯醋酸（＝トリクロル酢酸）

三塩基〔名〕〔化〕三元、三鹼（價）
　　三塩基酸（三元酸、三鹼〔價〕酸）

三円測角器〔名〕〔理〕三圓（反射）測角器

三価〔名〕〔化〕三價
　　三価の元素（三價的元素）
　　三価染色体（三價染色體）

三夏〔名〕夏季的三個月（孟夏、仲夏、季夏的總稱）

三化螟蛾〔名〕〔動〕三化螟蛾

三化螟虫〔名〕〔動〕三化螟蟲（三化螟蛾的幼蟲、水稻的大害蟲）

三箇日〔名〕正月的頭三天（元旦、初一、初二）
　　三箇日が過ぎると店屋も商売を始める（過了正月頭三天商店就開市）
　　三箇日は商売を休む（年初一到初三不做買賣）

三階〔名〕三樓、三層樓
　　表三階（三樓的正面〔房間〕）
　　私の部屋は三階です（我的房間在三樓）

三界〔名〕〔佛〕三界（欲界，色界，無色界、過去，現在，未來）、全世界

ム

〔接尾〕（接地點名詞下）表遙遠的地方，天涯海角、（接時間名詞下）強調時間很長
　子は三界の首枷（孩子是永世的累贅）
　彼の男は三界を家と為ている（他以四海為家）
　ブラジル三界迄出掛けて行く（到遙遠的巴西去）
　一日三界（整整一天、一天之內）

三回忌〔名〕死後三周年的忌辰、逝世三周年紀念（＝三周忌）

三角〔名〕三角形、〔數〕三角學（＝三角法）、三角鼎立
　三角の地所（三角形的一塊地）
　紙を三角に切る（把紙剪成三角形）
　三角定規（三角尺、三角板）
　目を三角に為て怒る（怒目而視）
　三角巾（〔繃帶用〕三角巾）
　三角巾で骨折した腕を吊る（用三角巾把骨折胳臂吊起來）
　三角形、三角形（〔數〕三角形）
　三角関係（三角關係、三角戀愛）
　三角関数、三角函数（三角函數）
　三角関係で苦しむ（因三角戀愛而苦惱）
　三角測量（三角測量法）
　三角州、三角洲（〔河口〕三角洲＝デルタ）
　三角柱（〔數〕三角稜柱）
　三角州を開発して農耕地と為る（開墾三角洲使成耕地）
　三角点（〔測量用〕三角點）
　三角法（〔數〕三角法、三角學）
　三角浪（三角浪）
　三角法に依って解く（用三角法解題）
　三角比（〔數〕三角比）
　三角切れ（〔衽、襖用的〕三角形布條）
　三角航路（〔海〕三角航程）
　三角座（〔天〕三角座）
　三角数（〔數〕三角形數）
　三角錐（三稜錐）
　三角地帯（三角地區）
　三角樋（V形簷槽）
　三角同盟（三角同盟）
　三角闘争（三角鬥爭）
　三角ビーカー（〔化〕錐形燒杯）
　三角フラスコ（錐形燒瓶）
　三角筋（〔肩〕三角肌）
　三角結線（〔電〕三角形接線〔法〕）
　三角恒等式（〔數〕三角恆等式）
　三角貿易（三角貿易）
　三角方程式（〔數〕三角方程式）
　三角翼（〔空〕三角形機翼）

三角〔名〕（古代宮中女官隱語）蕎麥（＝蕎麦）

三角草〔名〕〔植〕獐耳細辛（＝雪割草）

三角、三つ角〔名〕三個角、三岔路口

三学〔名〕〔史〕（西洋中世紀學校）三學科（語法、修辭、邏輯）

三月〔名〕三月（一年的第三個月）（＝弥生）
　三月の声を聞くともう春だ（一聽說到了三月春天就要到了）

三月〔名〕三個月（＝三ヵ月、三ケ月、三箇月、三個月）

三冠〔名〕（來自triplecrown的譯詞）獲得三項冠軍、三項冠軍獲得者
　三冠王（〔棒球〕三冠王、三項冠軍的優勝者）
　三冠馬（〔賽馬〕〔在五月獎、日本大賽馬獎、菊花獎、都是冠軍的〕三冠軍馬）

三韓〔名〕〔史〕三韓（古朝鮮-馬韓、辰韓、弁韓、的總稱）、新羅，百済，高句麗的總稱

三寒四温〔名、連語〕三寒四溫（華北朝鮮地帶冷三天暖三天的冬日氣候）

三官能分子〔名〕〔化〕三官能分子（具有三個官能團的分子）

三帰〔名〕〔佛〕三歸（皈依佛、法、僧三寶）
　三帰が仏教徒の根本条件と為れる（三歸背認為作佛教信徒的根本條件）

三期〔名〕〔商〕（期貨交易的）三個交割期限（在三月為期的交易中指本月底、下月底、第三月底）

三期作〔名〕〔農〕（同一耕地上）一年種收三次（水稻）、種三季，三造
　三期作の水稲（三造水稲）

三儀〔名〕三牲（＝三牲）

三牲〔名〕三牲、宗廟供奉的牛，豬，羊（=三儀）、祭孔儀式的大鹿，小鹿，豬，豬，雞，魚

三脚〔名〕三條腿、三角架（=三脚架）、三脚凳（=三脚椅子）

　三脚テーブル（三脚桌）

　三脚台（三脚架、三脚支撐物）

　三脚ジャッキ（三脚千斤頂）

　三脚デリック（三脚起重機）

　三脚架（〔相機、望遠鏡、測量儀器等的〕三腳架）

　三脚架を立てる（据える）（支起三脚架）

　三脚椅子（〔寫生、釣魚等用的〕三脚凳、馬踏子）

三級所有制〔名〕〔舊〕（中國農村人民公社對生產資料的）三級所有制

三行広告〔名〕〔報紙〕三行小廣告（主要招聘、求職、尋人、招租等簡單廣告）

三行連句〔名〕三行押韻的詩節

三行半、三下り半〔名〕〔俗〕休書、離婚書（因一般只寫三行半故名）

　三行半を書く（寫休書）

三曲〔名〕（箏、三弦和胡琴或尺八）三種樂器合奏曲、三重奏

三極〔名〕〔無〕三極

　三極（真空）管（三極管）

三軍〔名〕陸海空三軍、全軍，大軍。〔史〕三軍（中國周朝兵制、大國出兵上中下三軍各一萬二千五百人、共三萬七千五百人）

　三軍を指揮する（指揮三軍）

　三軍を率いて戦いを臨む（率領全軍應戰）

　三軍を叱咤する（叱咤三軍、統帥三軍）

　三軍も師を奪う可き也、匹夫も志を奪う可からず（三軍可奪帥也匹夫不可奪志也）

三兄〔名〕三哥←→長兄次兄

三景〔名〕（日本）三大名勝

　日本三景（日本三景-松島、天橋立、嚴島）

　松島、天橋立、嚴島を日本三景と言う（松島、天橋立、嚴島稱為日本三景）

三形性〔名〕〔動〕三態性、三態現象

三權〔名〕〔法〕統治權的三種權力、三權（行政權，立法權，司法權）

三權分立（三權分立）

　三權分立の原則（三權分立的原則）

三元〔名〕上元（一月十五日），中元（七月十五日），下元（十月十五日）、一月一日、元旦、（天，地，人）三才、（中國明代科舉）進士前三名

三元〔造語〕〔化〕三元

　三元電解質（三元電解質）

　三元合金（三元合金）

三元外交〔名〕（七十年代世界外交問題焦點的中美蘇）三角外交（=三角外交）

三元聯立方程式〔名〕〔數〕三元聯立方程式

三弦、三絃〔名〕三弦琴（=三味線）、三根弦、（雅樂使用的三種樂器）琴，箏，琵琶

三原色〔名〕三原色（顏色指紅藍黃、光線指赤綠青）

　全くの色は三原色の配色に因って出来る（所有顏色都是由三原色配合而成的）

三原子水素〔名〕三原子的氫、超重氫、氚（=トリチウム、三重水素）

三顧〔名、自サ〕三顧、三請（來自劉備三顧諸葛亮茅廬）、〔轉〕（上級對下級）禮遇

　三顧の礼を取る（行三顧之禮、再三拜訪聘請）

三皇〔名〕三皇（伏羲，神農，黃帝、天皇氏，地皇氏，人皇氏）

　三皇五帝（三皇五帝）

三后〔名〕三皇后（太皇太后、皇太后、皇后的總稱）

三更〔名〕三更半夜（夜間十一點至一點之間）

三校〔名〕（印刷）第三次校對

三綱〔名〕三綱（儒教提倡的封建道德規範-父為子綱、君為臣綱、夫為妻綱）

　三綱五常（三綱五常）

三光〔名〕三光鳥的簡稱、日，月，星

三辰〔名〕日，月，星（北斗星）（=三光）

三公社五現業〔名〕三公共企業和五政府事業部門（三公社-日本國有鐵道，日本電信電話公社，日本專賣公社、五現業-郵政，國有林野，印刷，造幣，酒類專賣）

三号雑誌〔名〕壽命短暫的刊物（比喻一般共產主義刊物，濫造雜誌出到三期就停刊）

　彼の雑誌も三号雑誌に終わるだろう（那雜誌也將以壽命短暫而終）

三傑〔名〕三個傑出人物、蕭何，張良，韓信，諸葛亮，關羽，張飛。（明治維新三傑）西鄉隆盛，大久保利通，水戶孝光

三項式〔名〕〔數〕三項式

三交代、三交替〔名〕（把二十四小時分）三班輪班工作

労働者が一日三交代で働いている（工人日夜分三班工作）

三交代制（三班制）

三光鳥〔名〕〔動〕三光鳥、練鵲

三国〔名〕三個國家、〔古〕中國，日本，印度〔史〕（中國古代三國）魏，蜀，吳。〔史〕（朝鮮三國）新羅，百濟，高句麗

三国間貿易（三國間貿易）

三国演義（三國演義）

三国志（三國志）

三国一（天下第一-古代日本人認為中國，日本，印度就是全世界）

三国一の花婿（天下第一的佳婿、最理想的新郎）

三国伝来（由印度經中國傳入日本）

三国人（第三國人=第三国人）

三国同盟（〔史〕德，奧，意-1882年、〔史〕日，德，意-1940年）

三献、三献〔名〕〔古〕三獻（公卿貴族正式會議上的禮節-獻酒三次每次三杯共九杯）

三叉、三差〔名〕三岔（=三叉、三又）

三叉路（三岔路）

三叉神経痛（三叉神經痛）

三叉、三又〔名〕（河流，道路，樹枝等）分為三股（的地方）、三腳起重架、三叉鉤子。〔電〕三通，T型管接頭

三叉の分かれ道（三岔路口）

三叉で柿を採る（用三叉鉤子摘柿子）

三叉、三股〔名〕（往高處掛東西的用丫字型）叉桿、三腳起重機（=三叉、三又）

三股、三叉、三又〔名〕（河流，道路，樹枝等）分為三股（的地方）、三腳起重架、三叉鉤子。〔電〕三通，T型管接頭

道が三股に為っている（路分三岔）

三股の分かれ道（三岔路口）

三股で柿を採る（用三齒叉子摘柿子）

三才〔名〕天，地，人。〔喻〕宇宙萬物、三個有才能的人、三歲

三才図絵（三才圖繪）（明朝王圻著有插圖的百科辭典）

三才の子供（三歲小孩）

三才の童子も此を知る（連三歲小孩都知道）

三彩〔名〕（上三種顏色釉子的）三彩陶瓷器

唐三彩（唐三彩、唐朝的三彩陶瓷器）

三下がり、三下り〔名〕〔樂〕三降調（把三弦琴的第三弦比基本調降低一度的音調）

三下〔名〕（賭徒中）最下等的小人（=三下奴）

三下に見る（蔑視人、藐視人）

三上〔名〕三上（古代文人所謂作文構思的三個好地方-馬上、枕上、廁上）

三上〔名〕（姓氏）三上

三酸化〔造語〕三氧化

三酸化物（三氧化物）

三酸化硫黄（三氧化硫）

三酸化砒素（三氧化砷）

三酸化二窒素（三氧化二氮）

三酸塩基〔名〕〔化〕三元鹼、三（酸）價鹼

三尸〔名〕（道教）三尸虫

三始〔名〕元旦（=元日、三元）

三思〔名、自サ〕三思、熟慮

事三思を要する（事要三思）

三思を要する問題だ（那是要仔細考慮的問題）

三時〔名〕三點鐘、（御三時）午後三點給孩子吃的點心（=御八つ）

御三時にビスケットを与える（午後的點心給孩子餅乾吃）

もう三時の時間ですよ（已經到下午茶的時間啦！）

三事〔名〕君，師，父，利用，厚生，正德，清，慎，勤

三次〔名〕第三，第三次。〔數〕三次，立方

三次に亘る選挙（第三次選舉）

三次電圧（第三電壓）

三次産業（第三產業-商業，服務業等）

三次回路（第三電路）

三次製品（第三次加工品）

三次生産（三次生產）

三次方程式（三次方程式）

三次放物線（三次拋物線）

三次根（立方根）

三次曲線（三次曲線）

三次元〔名〕（長寬高）三次元、三度

三次元の世界（立體的世界）

三次元の空間（三次元的空間）

三次元映画（立體電影）

三次元構造（〔化〕三度構造）

三次元応力（〔機〕三向應力）

三次元流れ（三維流）

三次元レーダー（立體雷達）

三次反応〔名〕〔化〕三級反映

三次〔名〕三次（廣島縣中北部地名，農產集散地）、備後國（廣島縣）產的便條紙

三枝の礼〔名〕三枝之禮（小鴿子總是停在母鴿所棲樹枝下第三枝上、以示尊敬父母）

鳩に三枝の礼有り（鴿友三枝之禮）

三色、三色、三色〔名〕三種顏色

三色菫、三色菫〔名〕〔植〕三色菫（=パンジー）

三色昼顔〔名〕〔植〕三色牽牛花

三色〔名〕三種顏色（=三色、三色）、三原色（紅黃藍）

三色版（三色版-用三種顏色配合印成天然色的照相版）

三色受像管（〔電視〕三色顯像管）

三色性（〔理〕三向色性）

三者〔名〕三人、第三人（=第三者）

甲、乙、丙の三者の中から人選する（從甲乙丙三人中遴選）

三者の立場から発言する（站在第三者的立場發言）

三者会談（三方會談）

三者三様（三者三樣）

三者鼎立（三者鼎立）

三舎〔名〕三舎（古中國軍隊三日的行程）

三舎を避ける（退避三舎）避ける

鬼神も三舎避ける勢い（連鬼神也敬而遠之的凶猛氣勢）鬼神鬼神鬼神

三斜〔名〕〔理〕三斜

三斜晶系（三斜晶系）

三尺〔名〕三尺、三尺長的腰帶（=三尺帶、兵兒帶、扱き帶）、三尺長的刀劍

三尺の童子（三尺童子、小孩子、無知的人）

三尺を締める（繫腰帶）

三尺の秋水（三尺秋水、明亮亮的寶劍）

三種〔名〕三種類、第三類郵件（定期發行的報紙，雜誌）（=第三種郵便物）

三種の神器〔名〕（作為歷代天皇繼承皇位的標誌）三種寶物（八咫鏡、天叢雲劍、八坂瓊曲玉）。

〔俗〕三件珍品（如洗衣機、吸塵器、電冰箱）

三秋〔名〕秋季的三個月（初秋，中秋，晚秋）、三度秋天、三年

一日三秋の思い（一日不見如隔三秋）

三臭化〔造語〕〔化〕三溴化

三臭化物（三溴化物）

三臭化アリル（三溴化丙烯）

三周忌〔名〕死後三周年的忌辰、逝世三周年紀念（=三回忌）

三周忌を執り行う（舉行逝世三周年紀念）

三従〔名〕（女子三從）從父、從夫、從子

三重、三重、三重，三つ重ね〔名〕三層

三重の箱（三層的箱子）

三重に為っている箱（三層的箱子）

三重の塔（三重塔）

三重に並べる（擺成三層）

三重に為る（弄成三層、套三層）

三つ重ねのサンドイッチ（三層三明治）

三重結合（〔化〕三鍵）

三重殺（〔棒球〕三殺=トリプルプレー）

三重結び（〔海〕三重索結）

三重盗（〔棒球〕三重盜壘）

三重苦（瞎、聾、啞三種苦難）

三重奏（三重奏=トリオ）

三重式火山（〔地〕三重火山）

三重唱（三重唱）
三重子（〔化〕氚核=三重陽子）
三重水素（三重氫、氚=トリチウム tritium）
三重陽子（〔化〕氚核=トリトン）
三重点（〔理〕三相點、三態點）
三重ロール（〔機〕三輥式軋機）roll

三出葉〔名〕〔植〕三出葉
三春〔名〕春季的三個月（孟春，仲春，季春）、三度春天，三年
三旬〔名〕三旬（月的上，中，下旬）、三十天
三女〔名〕第三個女兒、三個女性
三唱〔名、他サ〕三呼
　万歳を三唱する（三呼萬歲）
　彼の音頭で万歳を三唱する（他領頭三呼萬歲）
三硝酸グリセリン〔名〕〔化〕硝化甘油（=ニトログリセリン）glycerin
三乗〔名、自サ〕〔數〕三次乘方、立方
　AプラスXの三乗（A加X的立方）plus
　三を三乗すると二十七に為る（三的三次方是二十七）
　三乗根（立方根）
　三乗冪（三次冪）
三畳紀〔名〕〔地〕三疊紀
　三畳紀の地層（三疊紀的地層）
三食〔名〕一日三餐
　三食は従業員食堂で取る（三頓飯都在員工餐廳吃）
　一日に三食食べる（一天吃三餐）
三振〔名、自サ〕〔棒球〕三振出局（=ストライク、アウト）
　巧妙な投球に次次と三振する（由於投球巧妙打手接二連三地三振出局）
　巧妙なピッチングで次次と相手を三振を取る（以巧妙的投球接二連三把對方三振）pitching
三針〔名〕〔錶〕指長針，短針，秒針、長三針（鐘表）
　三針二十一石（三針二十一鑽）
三進法〔名〕〔數〕三進位制、三進位計數法
三審制度〔名〕〔法〕三審制度
三親等〔名〕〔法〕三等親、第三等親（=三等親）

三等親〔名〕〔法〕三等親、第三等親（=三親等）
三途の川〔名〕〔佛〕（死者走向冥府途中渡過的）冥河
　三途の川を渡る（渡冥河、死亡）
三水〔名〕（漢字部首）三點水（氵）
　三水偏（三點水偏旁）
三竦み、三竦〔名〕三者互相牽制的僵局（來自蛇怕蝦，蝦怕青蛙，青蛙怕蛇的典故）
　優勝争いは三竦みの状態に為った（冠軍賽成了三者互相牽制的僵局）
　政権の中心に三党は三竦みの状態に在る（以政權為中心三個政黨形成互相牽制的僵局）
三助〔名〕〔俗〕（澡堂中）搓澡服務員、擦背工人
　彼は若い時分風呂屋の三助を為ていた（他在年輕時當過澡堂的擦背工人）
三寸〔名〕三寸、比喻短
　胸三寸（心裡）
　全ては君の胸三寸に在る（一切都在你心中）
　舌先三寸（辯才）
　舌先三寸で丸め込む（憑辯才進行拉攏）
　三寸の舌、三寸舌（三寸不爛之舌、辯才=口先）
　三寸の舌を振う（辯論 玩弄三寸不爛之舌）
　三寸の舌に五尺の身を減ぼす（三寸之舌能毀五尺之軀、比喻禍從口出）
　三寸見通し（眼力高明）
　三寸人参（粗短的胡蘿蔔）
三世〔名〕〔佛〕三世，三生（前世、今世、來世）、三世，三代（父、子、孫）
　主従は三世の縁（主僕是三世修來的因緣）
　主従主従
　親子は一世、夫婦は二世、主従は三世（親子之緣一世、夫婦之緣今世來世、主僕關係前世今世來世因緣深）
　三世相（相面算命）
三世〔名〕三代、第三代
三省、三省〔名、自サ〕再三反省
　三省して何等疚しい所が無い（經過再三反省覺得心中無愧）

さんしょう **三省**〔名〕（律令制）式部省，民部省，兵部省、〔唐〕中書省，門下省，尚書省

さんせい、さんしょう **三聖、三聖**〔名〕三個聖人（孔子，釋迦牟尼，耶穌）、老子，孔子，釋迦、老子，孔子，顏回、文王，武王，周公、堯，舜，禹

さんしょう **三聖**〔名〕〔佛〕（天台宗）三個聖道（藏教、圓教、別教）、（天台宗）三大師（傳教、慈覺、智証）

さんせいじ **三生兒**〔名〕三胞胎（=三つ子）

さんせいぶんけい **三成分系**〔名〕〔化〕三元系、三組份系

さんせきとう **三石塔**〔名〕〔考古〕三石塔

さんせん **三選**〔名、他サ〕（同一職務）三次當選
  三選市長（三次當選的市長）
  委員に三選される（三次當選為委員）

さんせん **三遷**〔名〕三次遷居
  孟母三遷の教え（孟母三遷教子）
  三遷の教え（孟木三遷之教）

さんぜんおん **三全音**〔名〕〔樂〕三全音

さんぜんせかい、だいぜんせかい **三千世界、大千世界**〔名〕〔佛〕三千世界，大千世界。〔轉〕廣大的世界
  三千世界に子を持った親の心は皆一つ（全世界做父母的心都是一樣的）

さんせんべん **三尖弁**〔名〕〔解〕三尖瓣
  三尖弁閉鎖不全症（三尖瓣閉鎖不全症）

さんそんゆう **三損友**〔名〕三損友（便辟、善柔、便佞）←→三益友（直、諒、多聞）

さんそう **三相**〔名〕〔電〕三相
  三相電動機（三相〔交流〕電動機）
  三相回路（三相電路）
  三相交流（三相交流電流）
  三相誘導電動機（三相感應電動機）

さんぞう **三藏**〔名〕三藏（經藏，律藏，論藏）、精通經律論的高僧、齋藏，內藏，大藏
  三藏法師（三藏法師、唐玄奘的俗稱精、通經律論的高僧）

さんそうかんばんせん **三層甲板船**〔名〕三層甲板船

さんぞん **三尊**〔名〕〔佛〕彌陀三尊（阿彌陀，觀世音，勢至）、釋迦三尊（釋迦，文殊，普賢）、藥師三尊（藥師如來，日光天，月光天）

さんた **三太**〔名〕〔古〕學徒，小伙計（=小僧、丁稚）、狗起前腳用後腳站立拜拜（=ちんちん）
  犬に三太させる（叫狗用後腳站立、叫狗拜拜）

さんだゆう **三太夫**〔名〕貴族，富豪家中的總管

さんたろう **三太郎**〔名〕〔蔑〕傻瓜、笨蛋（=馬鹿、阿呆）
  大馬鹿三太郎（大傻瓜、大笨蛋）

さんたい **三体**〔名〕真，行，草三種書法字體、〔能樂〕最基本婦女，老人，兵士模仿三種形象。〔理〕（物質的）三態

さんたいもんだい **三体問題**〔名〕（力學、天）三體問題

さんだい **三台**〔名〕三台星的簡稱、大政大臣，左大臣，右大臣

さんだい **三代**〔名〕三代（父，子，孫）（=三世）、第三代、夏，商，周、明治，大正，昭和
  三代で成し遂げた発明（經過三代努力而完成的發明）
  三代将軍家光（第三代德川幕府家光）
  売り家と唐様で書く三代目（祖父的辛勤置產孫子蕩產敗家）
  三代文学（明治，大正，昭和三代的文學）
  三代相恩（祖父以來三代受君主或封建主的恩澤、連續三代做官）

さんだいばなし、さんだいばなし **三題噺、三題咄**〔名〕把客人出的三個題目當場穿插編成單口相聲

さんたいよう **三大洋**〔名〕三大洋（太平洋、印度洋、大西洋）

さんたいりく **三大陸**〔名〕三大陸（亞洲 Asia、非洲 Africa、拉丁美洲 LatinAmerica）（=アーラ AALA）

さんタク **三タク** taxi〔名〕三輪出租汽車（=三輪タクシー さんりん taxi）

さんたんとう **三炭糖**〔名〕〔化〕丙糖

さんたん、さんたん **三嘆、三歎**〔名〕三嘆、再三讚嘆
  一読三嘆する（一讀三嘆）
  此の詩は三嘆に値する（這首詩值得高度讚美）
  三嘆して措かない（再三讚嘆不已）措く 置く 擱く 於く

さんだん **三段**〔名〕三階段、（報章的）三欄
  三段に亘る記事（佔三欄的報導）渡る 涉る 亙る

さんだんがまえ、さんだんがまえ **三段構え、三段構**〔名〕三道防線、三種對策
  今度の敵に対しては三段構えを以て臨む（對這次的敵人布設三道防線〔採三種對策〕）
  明日の会談には三段構えで行く（對於明天的談判要採用三種對策）

ム

三段の構え [名]〔撃劍〕（作為基本形態的）上、中、下三段的姿勢

三段戰法 [名]〔排球〕以傳，托，扣三項動作作為基本之攻打法

三段飛び，三段飛、三段跳び，三段跳 [名]〔體〕三級跳遠

三段目 [名]〔相撲〕列在名單第二排的三級力士

三段論法 [名]〔邏輯〕三段論法（大前提、小前提、結論三種判斷而成的推理方式）
　三段論法で論じる（用三段論法推論）
　省略三段論法（省略三段論）
　双肢的三段論法（二難推理、兩刀論法）

三ちゃん農業 [名]（流行語）指男人外出工作，農村只剩祖父，祖母，媽媽從事農業，（三ちゃん=祖父ちゃん、祖母ちゃん、母ちゃん）

三朝 [名] 三個朝代、元旦、三日，三號
　三朝に仕えた元老（三朝元老）仕える使える支える遣える問える痺える

三対小葉 [名]〔植〕三對小葉

三訂 [名、他サ] 三度修正、修訂第三版

三都 [名]（江戶時代）三大城市（京都、江戶、大阪）

三度 [名] 三次
　三度の飯（三頓飯）
　彼はギターが三度の飯よりも好きだ（他愛吉他甚於吃三頓飯）
　彼は山に登るのが三度の飯より好きだ（他愛爬山甚於一日三餐）
　三度に一度は本当の事を言う（三次之中有一次是真話）
　仏の顔も三度（事不過三、佛雖慈悲屢次觸犯也會動怒、比喻人的忍耐是有限度的）

三度笠 [名]（用菅茅編的）深草帽
　三度笠を被った旅人（戴著深草帽的旅人）旅人旅人旅人

三度飛脚 [名]（江戶時代每月三次、往返於江戶，京都，大阪間的）定期郵遞人員

三度豆 [名] 菜豆、扁豆

三度目 [名] 第三次、夜食，宵夜（=夜食）
　三度目の試合（第三次比賽）
　三度目の正直（三次為定、比喻輸贏或占卜第三次才確實可靠）

三度目の定の目（三次為定、比喻輸贏或占卜第三次才確實可靠）

三冬 [名] 冬季的三個月（孟冬、仲冬、季冬）、三個冬天三，年

三等 [名] 三等，第三等，三級。〔俗〕程度低
　三等客（三等車的旅客）
　三等で旅行する（坐三等車旅行）
　三等品（三等品）
　三等郵便局（三等郵局）
　三等切符（三等車票）
　三等乘車券（三等車票）
　宝籤の三等（第三等彩票）
　三等重役（〔公司〕級別低的董事）

三頭筋 [名]〔解〕三頭肌

三頭政治 [名] 三頭政治、三個首要人物結合行專制政治（特指古羅馬的三人執政）

三等分 [名、他サ]〔數〕三等分、平均分成三份

三糖類 [名]〔化〕三糖

三徳 [名] 智仁勇三達德、三種用途、三種有利之處、（江戶時代流行放手紙，牙籤，字條用的）三用荷包

三讀会、三讀会 [名] 議案的第三次宣讀、表決前最後一次宣讀

三男 [名] 三子、第三個兒子←→長男、次男

三人、三人 [名] 三人，三個人、第三者
　三人寄れば文殊の知恵（三個臭皮匠勝過一個諸葛亮、人多出韓信）
　女三人寄れば囂しい（三個女人在一起等於半畝田的青蛙）姦しい囂しい
　三人寄れば公界（三個斟議無法保密）
　三人三様（一樣米養百樣人）
　三人官女（女兒節擺飾娃娃的一個）

三人称 [名]〔語法〕第三人稱

三年 [名] 三年（=三年、三カ年）、多年
　三年生（三年級學生）
　三年生植物（三年生植物）
　三年味噌（三年前做的豆醬）
　三年酒（三年前釀造很烈的好酒）
　三年竹（已生長三年的成熟竹子）
　魚の三年物（已生長三年的魚）

石の上にも三年（功到自然成、在石頭上坐上三年也會暖和的）

三年も鳴かず飛ばず（比喻一飛沖天、一鳴驚人）

災いも三年立てば用を立つ（災後三年、時來運轉）

三年、三歳〔名〕三年

三年忌〔名〕三周年忌辰（=三回忌、三周忌）

三の膳〔名〕（正式和餐的）第三道菜（一般有湯，生魚片，碗蒸）←→一の膳、二の膳

三の酉〔名〕每年十一月酉日舉行的廟會（=酉の市）

三の丸〔名〕城郭的第三道圍牆←→本丸、二の丸

三番〔名〕（〔能樂〕祝福舞中在〔千歳〕〔翁〕之後出台的）帶黑色面具的老人、（歌舞伎）開幕時的祝福舞。〔轉〕事物的開端（=三番叟）

三番叟〔名〕（〔能樂〕祝福舞中在〔千歳〕〔翁〕之後出台的）帶黑色面具的老人、（歌舞伎）開幕時的祝福舞。〔轉〕事物的開端（=三番叟）

三番鳥〔名〕黎明報時的雄雞

三番勝負〔名〕三次比賽決勝負、三盤兩勝決勝負

三羽烏〔名〕（部下、門生、某方面）最傑出的三人

航空界の三羽烏（航空界的三傑）

三拝〔名、自サ〕三拝

三拝九拝（三拝九叩、再三敬禮-書信結尾寒暄語）

三拝九拝して頼む（再三磕頭作揖地請求）

三拝九拝の礼を取る（頂禮膜拝、行三拝九叩禮）

三倍〔名〕三倍

三倍に為る（成為三倍）

三倍も増産した（生產增加了三倍）

三倍体〔名〕〔生〕三倍體（具三倍染色體的生物體）

三杯酢、三盃酢〔名〕用糖、醬油、醋各一杯混和而成的調味料

三白眼、三白眼〔名〕三白眼（黑眼珠偏上，左右下三方露出白眼珠的眼睛）

三板、舢板〔名〕（中國）舢板、小船（=舿）

三ばん〔名〕（競選的三個重要條件）地盤、看板、鞄（即地盤，名聲，金錢）

三半規管〔名〕〔解〕半規管

三つ半（鐘）〔名〕〔古〕（附近失火時）連敲三下的警鐘

三百代言〔名〕〔舊〕訟師，訟棍（來自明治前期沒有資格的律師報酬三百文）。〔蔑〕不可靠的律師，司法黃牛。〔轉〕玩弄詭辯的人

彼は三百代言で名が知られている（他的詭辯出名）

三百代言的な事を言う（玩弄詭辯性詞句）

三百代言を並べる（羅列詭辯）

三拍子〔名〕〔音〕拍子為強弱弱的節奏、用三種樂器（小鼓，大鼓，太鼓等）打拍子、主要的三種條件

ワルツは三拍子である（華爾滋是三拍子、圓舞曲是三拍子）

三拍子揃う（萬事俱備、具備一切條件）

財産・学問、人格と三拍子揃っている（財、學、品三様俱全）

飲む、打つ、買うの三拍子（吃喝嫖賭無所不為）

彼は飲む、打つ、買うの三拍子揃った道楽者だ（他是個吃喝嫖賭無所不為的浪蕩子）

三品〔名〕三種東西、〔商〕棉花，棉紗，棉布

三品取引所（棉花，棉紗，棉布交易所）

三部〔名〕三部分、三部門

コンクールは作曲、声楽、器楽の三部に分かれている（競演分作曲聲樂樂器三部分）

三部曲（三部曲）

三部作（分成三部的作品）

三部合唱（三部合唱）

三府〔名〕東京府，大阪府，京都府

三伏〔名〕三伏天、盛夏、仲夏

三伏の暑熱（三伏酷暑、仲夏的酷熱）

三伏の候、如何御暮らしですか（〔書信用語〕時值盛夏近況如何？）候

三複線〔名〕〔鐵〕三組雙軌線（來去各有三路軌道並列的複線）←→複複線

三弗化（造語）三氟化

三弗化臭素（三氟化溴）

三弗化塩素（三氟化氯）

ム

三分〔名、他サ〕三分，分成三份。〔數〕三等份，用三除
　天下を三分する（三分天下）
　三分鼎足（鼎足三分）
　出席者の三分の二以上に依る多数決を要する（需要出席者三分之二以上的多數表決）

三分子体〔名〕〔化〕三聚物（=三量体）

三量体〔名〕〔化〕三聚物（=三分子体）

三分法〔名〕（邏輯）三分法

三平汁〔名〕鮭魚頭蔬菜湯

三平方の定理〔名〕〔數〕勾股定理、華達哥拉斯定理（=ピタゴラス定理）

三碧〔名〕（陰陽家所謂九曜星的）第三星

三変系〔名〕〔化〕三變物系

三遍〔名〕三回
　三遍回って煙草に為よ（巡夜三次再抽菸休息吧！喻做事不要忙於休息要做到萬無一失）

三弁模様〔名〕〔建〕三葉形、三葉花樣

三方〔名〕三方面，三個方向、（給神佛，貴族獻食用）帶底座的方木盤（因底座三面有孔，故名）
　三方山に囲まれている（三面圍繞著山）

三方桐〔名〕（前面和兩側用梧桐木做的）三面桐五屜櫃←→総桐、前桐

三方金〔名〕（書籍上，下，側面）三面燙金的特製精裝本

三方晶系〔名〕〔礦〕三方晶系

三方錐〔名〕三角錐體）、三稜錐（體）

三方柱〔名〕三角柱（體）、三稜柱（體）

三宝〔名〕三件寶物、〔佛〕三寶（佛，法，僧）。佛的別稱。孟子（土地，人民，政事）老子（慈，儉，不敢為天下先）道家（耳，目，口）。農，工，商
〔接尾〕任意，隨便（=為るの儘）
　行成三宝（聽其自然、漫不經心、信步而行）（=行成放題）
　御前はどうも行成三宝で困る（你太慢不經心了）
　言成三宝（隨便說說、唯命是從）
　彼は如何にでも君の言成三宝に為る（他完全聽從你的擺布）

三宝柑〔名〕三寶柑（在日本改良過的柑橘品種之一）

三宝荒神〔名〕〔佛〕佛法僧三寶的守護神、灶神

三盆〔名〕上等白糖、精製白糖、細白糖（=三盆白）

三盆白〔名〕上等白糖、精製白糖、細白糖（=三盆）

三本足〔名〕三條腿
　杖を付いて三本足で歩く（拄著拐杖三條腿走路）

三枚〔名〕三枚，三張、（烹飪）把魚切成三片（去魚頭剔出脊椎骨將肉片切成兩塊）
　紙三枚（三張紙）
　三枚に下ろす（把魚身切成三片）

三枚肉〔名〕五花三層肉（=肋肉）

三枚目〔名〕〔俗〕（戲劇、電影）丑角，喜劇演員，滑稽演員（=道化方）。〔轉〕被人取笑的人，滑稽的人
　彼の俳優は三枚目だ（那個演員是丑角）
　どんだ三枚目だ（沒想到出了洋相）

三昧〔名〕（梵語 samadhi 的音譯、也譯作〝三摩地〞或〝三摩提〞）三昧、正定、集中精神破除雜念
〔造語〕（一般讀作三昧）聚精會神，專心致志，一心不亂、盡情，任性，隨心所欲
　三昧に入る（進入專一虛寂的狀態）
　三昧境（三昧境地、精神的無我狀態）
　贅沢三昧の暮らし（窮奢欲極的生活）
　読書三昧の毎日を送る（每天專心讀書）
　為度い三昧（為所欲為）
　刃物三昧に及ぶ（動起刀來）

三悪道〔名〕〔佛〕（三悪道的轉變）三惡道（謂作惡業者將赴地獄道、餓鬼道、畜生道）

三民主義〔名〕三民主義（民主主義、民權主義、民生主義）

三（命）名法〔名〕〔生〕（屬、種、亞種的）三名法

三メートル.ライン〔名〕〔排球〕三米線、限制線

三面〔名〕三個面孔、三方面。〔數〕三個平面，第三平面、（報紙）第三版，社會新聞

三面角（三面角）

三面体（三面體）

三面鏡（三面梳妝鏡）

三面図（三面圖-設計圖的正面、側面、平面三個圖）

郷里の新聞社で三面の主任を為た（郷里報紙第三版的編輯）
三面記事（第三版消息、社會新聞）
三面記事を賑わす事件（刊登在社會版的事件）
三面記者（專門採訪社會新聞的記者）
三面種（構成社會新聞的材料）
三面六臂（三頭六臂、能力過人、特別能幹）
彼は三面六臂の働きを示した（他表現了超人的能力）
三面六臂の大活躍（大顯身手）

三毛作〔名〕一年三熟（＝三期作）←→一毛作、二毛作
我国の南方は三毛作を為る処が多い（我國南方一年三次種的地方很多）

三毛〔名〕白黑茶三色、雜色的貓，花貓
三毛猫（花貓）

三文〔名〕三文錢，少數的錢、不值錢
三文の値打ちも無い（一文不值）
三文の値打も無い絵（沒有價值的畫）
三文文学（沒有價值的文學、低級文學）
三文雑誌（沒有價值的雜誌、無聊的雜誌）
三文小説（低級小說）
三文文士（下流文人、無聊文人）
三文判（現成的廉價印章、粗製濫造的圖章）

三門〔名〕（左右中相連的）三座門、（由三個門構成的）寺院前的正門（常與山門混淆）

三役〔名〕〔相撲〕前三名大力士（"大関" "関脇" "小結" 現在還包括 "横綱" 的總稱）、（內閣、政黨、工會、公司等的）三個重要職位，三首腦
彼は会社の三役の一人だ（他是公司的三首腦之一）

三友〔名〕益者三友，損者三友、松，竹，梅、琴，詩，酒

三余〔名〕（最適當的讀書時期）冬（年之餘），夜（日之餘），陰雨（時之餘）

三様〔名〕〔植〕三樣、三種
三様開花（開三種花）
三様花の植物（開三種花的植物）

三葉〔名〕〔植〕三葉
三葉の植物（三葉植物）

三葉虫〔名〕（古生物）三葉蟲
三葉虫類（三葉蟲類）

三葉形類〔名〕〔動〕三葉蟲型類

三葉、三つ葉〔名〕三個葉。〔植〕鴨兒芹
三葉葵（三葉葵）
三葉飾り（〔建〕三葉形飾）

三葉黃蓮〔名〕〔植〕三葉黃蓮

三業〔名〕三種接客營業（料理屋，芸者屋，待合的總稱）、三種接客營業許可地區（＝三業地）

三里〔名〕（針灸）三里

三陸〔名〕〔地〕三陸（陸前，陸中，陸奧的總稱-現在宮城，岩手，青森沿岸地方）

三略〔名〕（中國兵書）六略（＝六韜三略）

三流〔名〕三個流派、第三流，低級
三流の旅館（三級旅館）
三流画家（三流畫家）
三流作家（三流作家）

三硫化〔造語〕三硫化
三硫化砒素（三硫化二砷）
三硫化アンチモン antimon 德（三硫化二銻）

三稜鏡〔名〕〔物〕三稜鏡（＝プリズム）

三稜草、実栗〔名〕〔植〕黑三稜

三輪〔名〕三個車輪
三輪トラック truck（三輪卡車）
オート auto 三輪（三輪摩托車）
三輪車（三輪車）
三輪車で荷物を運搬する（用三輪車運貨）

三燐酸〔名〕〔化〕三磷酸（＝トリポリ tripoli 燐酸塩）

三隣亡〔名〕（迷信）（九星之一）禁忌修建動土的日子

三塁〔名〕〔棒球〕第三壘（＝サード、ベース third base）、三壘手
三塁打（三壘打）
三塁手（三壘手）
三塁打を打った（打了一個三壘打）

三裂葉〔名〕〔植〕三裂葉

三連〔造語〕三個相連、連續三次
三連音符（三連音符）
三連勝（三次連勝）

三連双晶〔名〕〔礦〕三連晶
三和音〔名〕〔樂〕三和弦
三割打者〔名〕〔棒球〕擊球率在0、300以上的擊球
三郎〔名〕三男，三兒子、（同類中的）第三個，老三
　四国三郎（日本第三大河-吉野川）（利根川-阪東太郎、築後川-築紫二郎）
三味、三味〔名〕日本三弦琴（＝三味線、三味線）
三味線、三味線〔名〕日本三弦琴（＝三味、三味）
　三味線を弾く（彈三弦琴、說支吾搪塞的話）
　三味線の撥（彈三弦琴用的撥子）
三鞭酒〔名〕（法champagne）香檳酒（＝シャンペン）
　三鞭酒の栓を音を立てて抜く（叭地一聲把香檳酒瓶塞啟開）
　三鞭酒の口をポンと抜く（叭地一聲把香檳酒瓶蓋拔掉）
　三鞭酒の杯を上げて祝う（舉起香檳酒杯祝酒）
三従兄弟、三従姉妹〔名〕從堂兄弟、從堂姐妹（＝又從兄弟、又從姉妹）
三和土、叩き，叩、敲き，敲〔名〕水泥地
　庭の土間を三和土に為る（把院子的泥地修成水泥地）
三〔造語〕三、三個（＝三、三）
　一、二、三、四（一二三四）
　一、二、三、四（一二三四）
　二片、三片（兩片三片）
　三月（三個月）
　三年（三年）
三日月〔名〕新月，牙月，娥眉月、月牙形
　三日月眉（月牙眉、峨眉）
　三日月のパン（月牙形的麵包）
　三日月湖（月牙湖）
三日月形、三日月形〔名〕新月形、月牙形
　三日月形の物（月牙形的東西）
三行半、三下り半〔名〕〔古〕休書、離婚書
　三行半を書く（寫休書）
三稜草、実栗〔名〕〔植〕黑三稜
三毛〔名〕白黑茶三色、雜色的貓，花貓
　三毛猫（花貓）

三絢糸、三子糸〔名〕三股線
三島虎魚〔名〕〔動〕日本瞻星魚、紅膝
三筋の糸〔名〕三弦琴的別稱（＝三味線）
三十〔名〕三十、三十歲
　第三十（第三十個）
　三十で結婚する（三十歲結婚）
　三十代の人（三十多歲的人）
　三十に為て立つ（三十而立）
　三十に為った許りだ（剛到三十歲）
　三十の尻括り（三十以後才知天高地厚）
三十、三十路〔名〕三十、三十歲
　三十余り（三十多歲）
　三十の坂を越える（已過三十歲）
三十日、晦日〔名〕每月的三十日、每月最後一天（＝晦）←→一日、朔
　三十日に決算する（月底結帳）
　三十日払い（月底付款）
三十日〔名〕（日的讀法）三十日（＝三十日、晦日）
三田〔名〕慶應大學的別稱
　出身は三田（他是慶應大學出身的）
三田〔名〕兵庫縣南東部的地名-三田牛的產地
三月〔名〕三個月（＝三ヵ月、三ケ月、三箇月、三個月）
三月〔名〕三月（一年的第三個月）（＝弥生、花見月）
　三月の声を聞くともう春だ（一聽說到了三月春天就要到了）
　三月の声を聞くと大学入試だ（一到三月就是大學入學考試的時候）
　三月節句（三月三上巳節-少女節、偶人節）
三年〔名〕三年（＝三年、三ヵ年）、多年，很久的年月，很久的期間
　三年生（三年級學生）
　三年生植物（三年生植物）
　三年味噌（三年前做的豆醬）
　三年酒（三年前釀造很烈的好酒）
　三年竹（已生長三年的成熟竹子）
　魚の三年物（已生長三年的魚）
　石の上にも三年（功到自然成、在石頭上坐上三年也會暖和的）

三年も鳴かず飛ばず（比喩一飛沖天、一鳴驚人）

災いも三年立てば用を立つ（災後三年、時來運轉）

三年、三歳〔名〕三年

三年忌〔名〕三周年忌辰（＝三回忌、三周忌）

三七、三七日、三七日〔名〕〔佛〕三七、死後第二十一天、三七舉辦的佛事

三七日〔名〕三七、死後第二十一天、三七舉辦的佛事、嬰兒出生後第二十一天

三七日を済ませる（辦完三七佛事）

三布、三幅〔名〕（縫紉）三幅（寬）

三布布団（三幅寬的被子）

三幅物〔名〕寬幅布

三幅対、三幅対〔名〕三幅一組的掛軸、三個一組，三件一套，三人一組、不相上下的三個人

此の山水画は三幅対に為っている（這個山水畫是三幅一套的掛軸）

彼の壺は三幅対だ（那壺是三個一套的）

馬乗り三幅対（三人組的騎手）

彼の三人の踊りは三幅対だ（那三個人舞蹈不相上下）

三、三つ〔名〕三、三個、三歲（＝三、三、三つ）

三褌〔名〕〔相撲〕兜襠布（＝褌、褌、回し）、兜襠布在背後交叉處（＝後褌、三つ結）

三折、三つ折り〔名〕三折、三疊

三折に為る（折成三折）

三日〔名〕（每月的）三日，初三、三天

来月の三日に申し込んで下さい（請在下個月三日提出申請）

三日熱（間日熱）

三日会社を休む（〔公司職員〕請三天假）

三日と続かない（堅持不了多久）

三日に上げず（經常、不間斷、屢次）

三日先知れば長者（有先見之明）

其の内閣は三日天下に終わった（那內閣以短命告終）

三日坊主（沒有定性的人）

彼は何でも三日坊主だ（他做什麼都沒有定性）

三日〔名〕三天，第三天，三晝夜（＝三日）、月初第三天（特指正月第三天）

三日〔名〕三天（＝三日、三日）

三重ね、三つ重ね〔名〕三層一套

三重ねの杯（三件一套的酒杯）

三重ねのサンドイッチ（三層三明治）

三角、三つ角〔名〕三個角、三叉路口

三楜〔名〕〔植〕（龍膽科）睡菜

三口、三つ口、兔唇〔名〕兔唇（的人）（＝兔唇、欠唇）

三口の人（豁嘴的人）

三組、三つ組み〔名〕三個一組、三個一套

三組の杯（三件一套的酒杯）

三子，三つ子、三兒，三つ兒〔名〕一胎三子、三歲小孩

三子を産む（一胎三個小孩）生む熟む倦む膿む績む

三子でも知っている（連三歲小孩也懂）

三子の魂百迄（江山易改秉性難移、從小看老）

三子〔名〕三人、三男、櫻草，春龍膽，董、老莊思想家（老子，莊子，列子）、儒家（孟子，荀子，揚子）

三子糸、三絢糸〔名〕三股線

三揃、三つ揃い〔名〕三個一套（的東西）、一套西服（上衣，長褲，背心）

三揃の背広（三件一套的西裝、成套的西服）

三つ球〔名〕（四個球去掉一球的）三球賽法

三巴、三つ巴〔名〕三個巴形的花紋、三個漩渦狀的圖案、三人（三方，三路）混戰

三巴の混戦（三人混戰）

三巴に為って争う（成了三者的爭奪）

三葉、三つ葉〔名〕三個葉。〔植〕鴨兒芹

三葉飾り（三葉形飾）

三葉葵（三葉葵）

三葉黃蓮〔名〕〔植〕三葉黃蓮

三つ半（鐘）〔名〕〔古〕（附近失火時）連敲三下的警鐘

三股、三叉、三叉〔名〕（河流，道路，樹枝等）分為三股（的地方）、三腳起重架、三叉鉤子。〔電〕三通，T型管接頭

道が三股に為っている（路分三岔）

ム

三股の分かれ道（三岔路口）
三股で柿を採る（用三齒叉子摘柿子）

三椏〔名〕〔植〕三椏、黃瑞香

三身、三つ身〔名〕（用半件成人衣料製成的）三、四歲兒童穿的和服

三目、三つ目〔名〕三隻眼、有三個格（眼，稜）的東西、結婚（或小孩誕生）後第三天

三目小僧（三隻眼妖怪）
三目の祝い（結婚後第三天的祝賀、小孩生後三天的慶賀）
三目錐（三角錐〔鑽〕）

三目滑車〔名〕〔海〕（拉索用）三眼滑車

三紋、三つ紋〔名〕（和服背後及兩袖上的）三個家徽

三紋付きの羽織（帶有三個家徽的和服大掛）

三指、三つ指〔名〕三指（拇指，中指，食指）、用三指著低頭地行最敬禮

三指付いて御辞儀を為る（單手用三指行最敬禮）

三趾鷗〔名〕〔動〕三趾鷗

三撚縄、三つ撚縄〔名〕三股繩、撐繩

三つ〔名〕（三、三つ的促音化）三、三個、三歲

三つ目（第三〔個〕）
三つ目の曲がり角（第三個拐角）
梨二つと林檎三つ（兩個梨子和三個蘋果）

傘（ㄙㄢˇ）

傘〔漢造〕傘、傘狀物

鉄傘（〔體育場等〕鐵架圓頂屋）
落下傘（降落傘）

傘下〔名〕屬下、門下、手下、部下、勢力下、旗幟下、系統下、隸屬下

某教授傘下の英才（某教授門下的英才）
陸軍の傘下に属する工場（屬於陸軍系統的工廠）工場
将軍の傘下に馳せ参ずる（投奔將軍的帳下、作將軍的部下）
航空会社の傘下に入る（加入航空公司的屬下）
傘下の会社（附屬公司、子公司）

傘寿〔名〕八十歲、慶祝八十壽辰（傘 的簡字讀作八十）

傘伐作業〔名〕〔林〕傘伐作業（分期砍伐-經十年以上使森林更新的一種採伐法）

傘伐林〔名〕〔林〕傘伐林

傘〔名〕傘

傘を差す（打傘、撐傘）傘笠嵩瘡量量
傘を差して歩く（打著傘走）
傘を差さずに行く（不打傘去）
風で傘が御猪口に為る（風把傘吹翻過去）
傘を広げる（撐開傘）
傘を畳む（把傘折起）
傘を窄める（把傘折起）
傘の柄（傘柄、傘柄）
傘一本（一把傘）
傘の骨（傘骨）
雨傘（雨傘）
傘一張、傘一張（一把油紙傘）
晴雨兼用の傘（晴雨傘）
日傘（洋傘）
蝙蝠傘（洋傘、旱傘）
唐傘（油紙傘）
折り畳み傘（折疊傘）

傘〔名〕紙傘、雨傘

傘を広げる（撐開傘）
傘を窄める（折起傘）
傘を差す（撐傘、打傘）
傘番組（〔電視、廣播的〕預備節目）

笠〔名〕笠、草帽、傘狀物

田植えの人達は皆笠を被っている（插秧的人們都戴著草帽）
蓑と笠（蓑衣和斗笠）
ランプの笠（燈罩）笠傘嵩瘡量
電燈の笠（燈罩）
茸の笠（菌傘）
松茸の笠（松蘑菇的菌傘）
笠に着る（依仗…的勢力〔地位〕）
親の威光を笠に着て威張る（依仗父親的勢力逞威風）
職権を笠に着て不正を働く（利用職權做壞事）

笠の台が飛ぶ（被斬首、被解雇）台台台

かさ
暈〔名〕〔天〕（日月等的）暈，暈輪，風圈，模糊不清的光環

　　日暈（日暈、日光環）暈傘笠嵩瘡
　　月暈（月暈、月暈圈）
　　月に暈が掛かっている（月亮有暈圈）
　　月は暈を被り、明日の雨を知らせていた（月亮周圍出現風圈預兆第二天要下雨）
　　じっと見詰めると、其の電灯の明るみは七色の暈に包まれている（目不轉睛地一看那電燈的亮光周圍包著七色的模糊光環）

かさ
嵩〔名〕體積、容積、數量。〔古〕威勢

　　嵩（が）高い（體積大）嵩笠傘暈瘡
　　嵩の大きい品（體積大的東西）
　　車内に持ち込める荷物の嵩には制限が有る（能攜帶到車裡的行李體積是有限制的）
　　川の水（の）嵩が増す（河水的水量增加）
　　川の水（の）嵩が増える（河水的水量增加）
　　嵩に掛かる（蠻橫、跋扈、威壓、盛氣凌人、乘優勢而壓倒對方）
　　語気鋭く嵩に掛かった口調で言った（以語氣尖銳壓倒對方的口吻說）

かさ
瘡〔名〕瘡（＝出来物）、〔俗〕梅毒，大瘡（＝梅毒）

　　瘡が出来る（生瘡）
　　瘡を掻く（長瘡、患梅毒）掻く書く欠く斯く画く

毬〔名〕（橡樹、松樹等的）果實殼

　　松毬（松果、松塔）

かさがた
傘形〔名〕傘形、傘狀

　　傘形発電機（傘形發電機）
　　傘形碍子（傘狀絕緣體）
　　傘形空中線（傘形天線）

かさがみ　からかさがみ
傘紙、傘紙〔名〕油紙傘用紙（岐阜県、高知県生產的最好）

かさのり
傘海苔〔名〕傘海苔（綠藻類、傘海苔科的海藻）

かさはぐるま
傘歯車〔名〕傘齒輪、錐齒輪

かさぼね
傘骨〔名〕傘骨

かさまつ、かさまつ
傘松、笠松〔名〕傘狀的松樹

かさや、かさや
傘屋、笠屋〔名〕製造，銷售或修理傘，斗笠的人（店鋪）

じん
糂（ムㄣˇ）

糂〔漢造〕（同糝）飯粒

じんだ
糂汰〔名〕糠醬（＝糠味噌）、麴和糠加鹽拌成的食品

さん
散（ムㄢˋ）

さん
散〔漢造〕分散，零散，散漫，藥散

　　離散（離散）
　　分散（分散、色散、方差）
　　発散（散發、散度）
　　解散（解散、散會）
　　退散（逃離、散去）
　　離合集散（忽聚忽散）
　　胡散（形跡可疑）
　　閑散（閒散、清靜）
　　胃散（胃散）
　　屠蘇散（屠蘇散）

さん
散じる〔自上一〕散落（＝散る）、散失（＝無くなる）、逃散（＝逃げる）←→集う

〔他上一〕散，丟失（＝散らす）、消散（＝晴らす）
　　交通事故の現場に集まった人人が散じた（車禍現場集聚的人群散去）参じる
　　家財が散じる（家中的財物家具都沒了）
　　財を散じる（散財）
　　鬱を散じる（散鬱、消愁）
　　気を散じる（散心、解悶）

さん
散ずる〔自サ〕散落（＝散る）、散失（＝無くなる）、逃散（＝逃げる）←→集う

〔他サ〕散，丟失（＝散らす）、消散（＝晴らす）（＝散じる）
　　国を亡び民は散ずる（國亡民散）参ずる
　　財を散ずる（散財）
　　黄白を散ずる（行賄）
　　鬱を散ずる（排遣鬱悶、消愁）
　　気を散ずる（消遣、散心、解悶）

さんいつ、さんいつ
散逸、散佚〔名、自サ〕散逸、散失（＝散失）←→収蔵
　　宝物の散逸を防ぐ（防止寶物的逸失）
　　貴重の史料が散逸した（貴重史料散失了）

さんかい
散会〔名、自サ〕散會
　　議会は午後六時に散会した（議會在下午六點散會）

祝賀会は午前十二時に散会した（慶祝會在上午十二點散會了）

議会は一時間程で散会した（會議開了一個小時就散會了）

議会は突然散会と為った（會議突然宣告結束）

散開〔名、自サ〕（隊形等）分散開、疏散開

部隊を散開させる（命令部隊散開）

部隊は散開して前進する（部隊散開前進）

散開隊形（散開隊形）

散開星団（〔天〕疏散星團）

散萼〔名〕〔植〕脫落的萼

散居〔名、自サ〕（村落人家）散居、分散居住

散華〔名、自サ〕〔佛〕（作佛事時）散花、（在戰場上）陣亡

花花しく散華する（轟轟烈烈地陣亡）

戦場で散華した（在戰場上光榮犧牲了）

散形花序、繖形花序〔名〕〔植〕繖形花序、傘形花序

散見〔名、自サ〕散見、到處可見

諸書に散見する（散見於各書）

此の作家の推理小説は色色な新聞に散見される（這位作家的推理小說散見於各報）

散光〔名〕〔理〕漫射光、亂射的光線

散光星雲〔名〕〔天〕瀰漫星雲

散孔材〔名〕（木材工業）散孔材

散在〔名、自サ〕散在、分布

校友は全国に散在している（校友分散在全國各地）

此の辺りには石器時代の遺物が散在している（這一帶散布著許多石器時代的遺物）

散在した村（分散的村莊）

山麓には別荘が散在している（別墅星羅棋布在山麓）

散在神経系〔名〕〔動〕擴散神經系（統）

散剤〔名〕藥粉（＝粉薬）←→錠剤

散財〔名、自サ〕散財、揮霍，大量花錢←→蓄財

そんな散財は御止め為さい（不要那麼揮霍吧！）

どんだ散財を掛けて済みません（讓您破費真是過意不去）

散財させて済まない（讓您破費真是不好意思）

思わぬ事で散財して終った（由於意想不到的事情花了許多錢）

散策〔名、自サ〕散步（＝散步）

食後の一時を散策に費やす（把飯後的一段時間用於散步）

買物の序でに町を散策する（買東西順便逛街）

朝の浜辺を散策する（在早晨的海邊散步）

散散〔副、形動〕厲害，嚴重，凶狠（＝甚だしい）、悽慘，狼狽、零散，紛紛（＝散り散り，ばらばら）

散散苦労した（費了好大的力）

散散に暴れる（大鬧一場、殺個痛快）

散散苦心した（花了很大力氣）

散散叱られる（大受責罵）

散散（に）文句を言う（大發牢騷）

散散醜態を演じる（醜態百出、大大出醜）

散散不平を言う（大發牢騷）

散散言い度い事を言う（暢所欲言 說個夠）

散散悪口を言う（痛罵一頓）

散散に殴る（痛打一頓）

散散威張り散らす（作威作福）

散散負ける（徹底敗北、慘敗）

散散食う（大吃一頓）

散散に悩まされる（麻煩得要死）

散散に泣く（痛哭流涕）

散散働かせる（叫人家拼命工作）

散散な目に会った（倒了大霉、落個狼狽不堪）

彼は信用して散散な目に会った（信任了他結果可吃了大苦頭）

散散に油を絞られた（大受申斥、被狠狠地訓斥了一頓）

父に散散油を絞られた（被父親狠狠地訓了一頓）

散散待たせる（就叫他等著！）

ピクニックは雨に祟られて散散だった（郊遊被雨淋得一蹋糊塗）

敵は散散打ち負かされた（敵人慘敗了、敵人被打得落花流水）

将棋で彼を散散負かして遣った（下象棋把他打得落花流水）
花が散散に落ちた（落英繽紛）

散ざ〔副〕〔俗〕狠狠地、盡情地（=散散）
散散悪口を言う（痛罵一頓）
散散苦労した（夠辛苦了）

散散っぱら〔副〕〔俗〕狠狠地、凶狠地、痛快地（=散散）
散散っぱら悪態を付く（大罵特罵、痛罵一頓）

散散、散り散り〔名、形動〕四散、分散、離散
一家が散散に為る（一家離散、妻離子散）
戦争で一家が散散に為って終った（由於戰爭妻離子散）
散散ばらばらに為っている部品を纏める（把亂七八糟的零件收拾起來）
散散ばらばらに為って逃げる（四散奔逃）
敵は打たれて散散ばらばらに為って逃げる（敵人被打得七零八落四散奔逃）

散士、散史〔名〕（文人墨客的雅號）逸人、逸士、野史
東海散士（東海逸人）

散失〔名、自サ〕散失、佚失（=散逸、散佚）

散人〔名〕（文人墨客的雅號）散人，逸人、閒散的人，無用的閒人
荷風散人（荷風散人）

散水、撒水、灑水〔名、自サ〕灑水、撒水、噴水
散水車、撒水車（灑水車）
散水車で道路に散水する（用灑水車在馬路上灑水）
散水タンク（灑水箱、噴水箱）
散水灌漑工程（噴水式灌漑工程）

散生葉〔名〕〔植〕星散葉

散銭〔名〕香油錢（=賽錢）

散銭〔名〕少數的錢、散錢，零錢（=小錢 端錢、端金）
そんな散銭は要らない（那麼一點錢我不要）

散村〔名〕散居的村落←→集村

散大〔名、自サ〕〔醫〕瞳孔散大
瞳孔散大（瞳孔放大-死的前兆）

散大筋〔名〕〔解〕擴張肌

散弾、霰弾〔名〕（獵槍用）小球形子彈、（散彈）零散飛來的子彈、霰彈（子母彈，榴散彈= 榴霰彈）
散弾で鳥を打つ（用散彈打鳥、用鉛沙子打鳥）
散弾銃（散彈槍）

散弾〔名〕散彈、流彈、單發子彈、只打一發的子彈、獵槍用子彈（=散弾、霰弾）

散弾効果〔名〕〔無〕散粒效應

散茶〔名、自サ〕（碾成粉末狀的）綠茶粉（=抹茶、躧茶）、剛煎好的茶（=出花、煮花）、散茶（江戶吉原最高級的妓女=散茶女郎）

散超〔名〕散超（在某一期間政府的支付超過收入=散布超過）←→揚げ超

散点〔名、自サ〕散布、散落（=散らばる）
湾内の其処此処は大小の舟が散点している（海灣内到處停放著大大小小的船隻）

散瞳〔名〕〔醫〕瞳孔放大
散瞳剤（散瞳劑）

散熱〔名、自サ〕散熱

散発〔名、自他サ〕零星發生←→統発、偶而發生不時發生←→頻発、零星發射←→連発
小競合が散発する（零星發生小衝突）
最近各地に地震が散発している（近來地震在各地零星發生）
鋭い諷刺を散発する（不時地發出尖銳的諷刺）
彼は間の抜けた冗談を散発した（他時而說些不能引人發笑的笑話）
銃声が散発的に聞える（傳來零星的槍聲）

散髪〔名、自サ〕理髪，剪髪（=理髪、斬髪）、披頭散髪（=散切り、散切）
散髪屋（理髮店=床屋）
散髪に行ってさっぱりした（剪了頭髮很清爽）
散髪代（理髮費）
急いで散髪して呉れ（快一點來替我理髮）

散飛界〔名〕（砲彈的）飛散範圍

散票〔名〕零星選票、選舉中的游離票、選票分散布集中

散布、撒布、撒布〔名、自他サ〕散布、撒放
島島が海上に散布している（群島分布在海上）

床下に石灰を散布する（往地板上撒石灰）
石灰石灰
病虫害防除の為に農薬を散布する（為了防止病蟲害噴灑農藥）
宣伝車からビラを散布する（從宣傳車上散發傳單）
散布剤（撒的藥）

散文〔名〕散文←→韻文
散文体（散文體）
散文で書く（用散文體寫）
散文家（散文家）
韻文を散文に変える（把韻文改成散文）
散文的（散文的、散文體的、平淡無味的、沒有詩意的、庸俗的）←→詩的
散文的な詩（散文體的詩）
散文的な男（庸俗的人、無聊的人）

散粉〔名、自サ〕（殺蟲劑等）撒藥粉
散粉機（撒藥粉機）

散兵〔名〕〔軍〕散兵
散兵壕（散兵壕）
散兵線（散兵〔戰爭〕線）

散歩〔名、自サ〕散步（＝散策）
散歩に出る（出去散步）
町を散歩する（在街上散步、逛街）
散歩に出掛ける（出去散步）
校庭を散歩する（在校園裡散步）
公園へ散歩に行く（到公園去散步）
犬を散歩させる（讓狗出去散步）
腹熟しに其の辺を散歩する（為了消化到附近散步）
夕暮れの街を友人と散歩する（跟朋友在黃昏的街上溜達）

散房花、繖房花〔名〕〔植〕傘房花、繖房花
散房花序（傘房花序、繖房花序）

散米〔名〕（祭神時）在神前撒米驅邪（＝打撒）

散漫〔名、形動〕散漫、渙散、鬆懈←→縝密
散漫な文章（結構鬆散的文章）
夏は仕事が散漫に成り易い（夏天工作容易鬆懈）
注意力が散漫だ（精神不集中）

散漫な注意（注意力散漫、思想不集中）
頭脳の散漫な人（粗心的人、馬馬虎虎的人）
頭が散漫な人（粗心的人、馬馬虎虎的人）

散薬〔名〕藥粉（＝粉薬）←→錠剤、水薬、タブレット
散薬を一服飲む（吃一包藥粉）

散し薬〔名〕止痛消腫膏

散乱〔名、自サ〕散亂，凌亂（＝散らばる）。〔理〕散射
部屋には紙屑が散乱している（屋子裡滿地丟撒著廢紙）
机には食器が散乱している（桌上杯盤狼藉）
部屋中は本や衣服が散乱していた（滿屋子書和衣服凌亂不堪）
紙屑が床に散乱している（滿地亂丟廢紙）
紙切れが散乱している（碎紙凌亂）
光の散乱（光的散射）

散り乱れる〔自下一〕紛紛四散 紛紛潰散（＝乱れ散る）

散切り、散切〔名〕（明治初期流行的男士髮型）剪掉髮髻批散的頭髮、（明治時代從事押解犯人赴刑場或埋葬刑屍的）一種被視為賤民的人（＝非人）
散切り頭（披散頭髮的髮型）
頭を散切りに為ている（剪成披散的頭髮）

散楽、猿楽、申楽〔名〕古代技藝，雜耍等的總稱、（鎌倉時代）滑稽戲，能樂，狂言的前身

散楽〔名〕散樂（古代俗樂，雜樂的民間藝術）（對比於正樂，雅樂，官樂）、（奈良時代）餘興滑稽演藝、散樂、猿樂、申樂

散〔名〕散裝，散放，零錢，硬幣（＝散銭，小銭、端銭、端金）
散で売る（零售）
散で売って呉れませんか（請零售給我吧！）
散積み（散裝）
散売りのコーヒー（散裝出售的咖啡）
散のマッチ（散裝的火柴）
散銭（散錢、零錢）
散で失礼ですが（對不起都是零錢）

散荷〔名〕散裝貨

肋肉〔名〕五花肉（＝三枚肉）

散斑〔名〕玳瑁的斑紋、鱉甲紋

散らかす、散かす〔他五〕亂扔、亂拋、使凌亂（＝散らす）↔片付ける

　部屋に紙屑を散らかす（扔得一屋廢紙）
　部屋を散らかして置く（把屋子弄得雜亂無章）
　玩具を散らかしって放しに為ないで片付け為さい（把亂扔的玩具好好收拾起來）玩具

散らかる、散かる〔自五〕凌亂、亂七八糟（＝散らばる、散る）

　部屋が散らかっている（屋裡弄得亂七八糟）
　部屋は足の踏み場も無い程散らかっていた（屋裡弄得亂七八糟無法走動）
　街路にビラが散らかっている（街上到處都是傳單）
　道路に塵が散らかっている（路上滿是垃圾）
　芥芥

散らす、散す〔他五〕分散開，使消散、散布，傳播、消腫、（使精神）渙散，散漫、弄亂（＝散らかす、散かす）、分配（牌等）（＝配る、分ける）↔集める

〔接尾〕（接動詞連用形下）胡亂

　群衆を散らす（驅散人群）
　喧嘩を見る群衆を散らす（驅散看熱鬧的人群）
　敵を散らす（驅散敵人）
　兵を四方に散らす（把兵向四面分散開）
　髪を散らす（把頭髮散開）
　噂を散らす（散布傳言）
　花を散らす（撒花）
　風が花を散らす（風把花吹散）
　腫物を散らす（消腫）
　毒草は膿を散らす薬（蕺菜是化膿消腫藥）
　膿を散らす薬（消腫藥）
　気を散らす（精神渙散）
　カルタの札を散らす（分配紙牌）
　部屋を散らして行けない（不要把屋子弄得亂七八糟）
　読み散らす（亂讀一通）
　食い散らす（亂吃一陣、吃得亂七八糟）
　悪口を言い散らす（謾罵一通）
　彼は大声で怒鳴り散らした（他破口大罵）
　金を借り散らす（四處告貸）
　紙屑を投げ散らす（到處亂扔廢紙）

散らし、散し〔名〕散開，分散、（廣告）傳單、散壽司（＝散らし寿司）、（把詩歌句子）分散開寫（＝散らし書き）

　散らし髪、散し髪（披散開的頭髮）
　散らし髪の女（披散著頭髮的女人）
　散らし髪に為る（披散開頭髮）
　散らし模様、散し模様（零散的花紋、碎花）
　散らし金箔、散し金箔（散開貼的金箔）
　散らし書き、散し書（把詩句等分散開寫在詩籤或畫冊等上）
　散らしを撒く（發廣告單）
　散らしでカルタを取る（把牌攤開抓）
　散らし鮨 散し鮨 散らし寿司 散し寿司（散壽司－上面撒著青菜魚蝦肉等的醋飯）
　散らし薬、散し薬（止痛消腫藥）

散らばる〔他五〕分散，分布、零散，凌亂↔集まる

　支店は全国に散らばっている（全國到處都有分店）
　全国に散らばっていた同級生が久し振りに集まった（分散全國的同班同學相隔多年聚集在一起了）
　空一杯に散らばった星（滿天星斗）
　机の上に散らばっている（桌上亂七八糟）
　散らばっている本を片付け為さい（把亂七八糟的書整理一下）
　散らばっている芥を掃き集める（把滿地的垃圾掃到一處）

散る〔自五〕謝，落、分散，離散、凌亂、消散、傳播，傳遍，擴散、滲透、渙散，散漫

　花が散る（花落）
　花と散る（裝烈成仁）
　観客は三三五五と散って行った（觀眾三三五五地散了）
　映画が終ると人人は思い思いに散って行った（電影結束後人們三三兩兩地散了）

ム

霧が散る（霧散）
雲が散って青空に為る（雲彩消散露出藍天）
波が散る（波浪碎成浪花）
岩に当って飛沫が散る（擊在岩石上的浪花四濺）飛沫
紙屑が散る（到處是紙屑）
広場に紙屑が散っている（廣場上到處是紙屑）
噂が町中に散る（消息傳遍全城）
痛みが散る（止痛）
毒が散る（毒散、消腫）
腫れが散る（腫消）
悪い紙はinkが散る（壞紙墨水洇）
気が散る（精神散漫）

散り掛ける、散掛る〔自五〕散落在…上、開始散落
肩に桜が散り掛ける（櫻花飄落在肩上）
もう梅も散り掛ける頃（梅花也快要謝了）

散り敷く、散敷く〔自五〕落滿、蓋滿、鋪滿
花が庭に散り敷く（院子裡落滿了花）
庭には黄色い花が散り敷いて非常に奇麗だ（院子裡落滿了黃色的花非常美麗）

散り残る、散残る〔自五〕尚未凋謝
散り残った花を摘み取る（摘下未凋謝的花）

散り蓮華、散蓮華〔名〕（蓮花瓣形的）小磁羹匙
ちり鍋に散蓮華を添える（小鍋配上小磁羹匙）

森（ムㄣ）

森〔漢造〕繁密、安靜、莊重
林森（林森－國民政府主席）

森閑、深閑〔形動〕寂靜、萬籟無聲
辺りは森閑と為ていた（附近一帶鴉雀無聲）
家の中は森閑と為ていた（家裡鴉雀無聲）

森厳〔形動〕森嚴、莊嚴
森厳の気が人を襲う（森嚴之氣襲人）
森厳の気に覆われている（在莊嚴的氣氛中）
森厳な神域（莊嚴的神社院內）

森森〔形動〕（森林茂密）森森、森然（聳立）、森嚴
森森と生い茂った大木（森森茂密的大樹）
高山には森森と生い茂った大木が沢山有ります（高山上有許多長得茂密參天的大樹）
高山森森と為て鳥声聞えず（高山森然聳立不聞鳥聲）

森羅万象〔名、連語〕包羅萬象、萬物、宇宙
古代人は森羅万象な中に神を認めた（古代人認為宇宙萬物中都有神）

森林〔名〕森林（＝林）
森林から木を切り出す（由森林採伐木材）
森林資源を保護する（保護森林資源）
森林鬱蒼と茂っている（森林蒼鬱繁茂）
森林公園（森林公園）
森林資源（森林資源）
森林地帯（森林帶）
森林動物（森林動物）
森林開発（開發森林）
森林の保護（森林的保護）

森、杜〔名〕森林、樹林（特指神社周圍樹木繁茂林地）
森の中を抜ける（穿越森林）
森の都（綠意盎然的都市、仙台的別名）
鎮守の森（鎮守神廟周圍的樹木）
森の奥深くに、美しい湖が有った（森林的深處有一個美麗的湖）
此の動物は深い森の中に棲息する（這種動物生活在森林深處）
木を見て森を見ず（見樹不見林）

森番〔名〕看守山林的人
森番を置いて盗伐を防ぐ（布置看守山林的人以防盜伐）

林〔名〕林、樹林。〔轉〕林（事物集中貌）
唐松の林に入る（走進落葉松的樹林）唐松落葉松入る入る
松林（松林）
松の林（松樹林）
林の小道を散歩する（在林中小路散步）

林で栗鼠が木に登った（在林中松鼠爬到樹上了）木樹木木上る登る昇る
林で鶯が鳴いている（黃鶯在林中啼）鳴く啼く泣く無く
工場の近くは煙突の林（工廠附近煙囪林立）工場工場工廠
工場が沢山有るので、煙突が林の様に立っている（工廠多煙囪林立）
日本には林と言う名字が有る（在日本也有姓林的人）日本日本日本名字苗字
学問の林（學林、學問之林）
辞の林（辭林）辞 詞 言葉 辞

桑（ㄙㄤ）

桑〔漢造〕桑樹、桑門（出家）（沙門sramana的音譯）、扶桑（神木名）
　蚕桑（養蠶的工作）
　山桑（山桑、〔植〕山法師的別名）
　仏桑花（朱槿）
　扶桑（東海日出之處、日本、太陽、仏桑花）
桑園〔名〕桑田（=桑田、桑畑）
桑果〔名〕〔植〕桑葚
桑港〔名〕舊金山（=サン、フランシスコ）
桑実胚〔名〕〔生〕桑葚胚
桑田〔名〕桑田（=桑園、桑畑）
　桑田変じて滄海と成す（滄海桑田）
桑門〔名〕〔佛〕僧人（=桑門）
　桑門に入る（入佛門、出家）
　桑門同様の身の上（跟出家人一樣的身世）
桑〔名〕〔植〕桑
　桑を摘む（採桑葉）積む詰む
　桑の実鍬（桑葚）
　蚕に桑（の葉）を遣る（用桑葉餵蠶）
鍬〔名〕（刨土或除草等用的）鎬、鎬形鋤
　処女地に鍬を入れる（開墾處女地）鍬桑入れる容れる
　鍬を肩に為て帰る（荷鋤而歸）帰る返る還る孵る変える換える替える代える蛙 蛙
桑苺〔名〕〔植〕桑蘭
桑子、桑子，桑蚕，野蚕〔名〕〔動〕桑蠶、野蠶（=蚕、野蚕、山蚕、桑蚕）

桑畑、桑畠〔名〕桑田（=桑園、桑畑）
桑原〔名〕桑田，桑園（=桑園、桑田、桑畑，桑畠）、避雷時念的咒語
　ああ、雷だ、桑原桑原（哎呀！打雷了！上天保佑！上天保佑！）
　桑原桑原と言う気持です（祈求老天爺保佑的心情）
桑弓〔名〕桑弓、用桑木製的弓（古時生男孩，用桑弓射四方，以祝嬰兒發基）

喪（ㄙㄤ）

喪〔漢造〕服喪、弔喪、失去、死亡
　国喪（國喪）
　大喪（大喪-天皇為先帝，皇后，皇太后服喪）
　沮喪、阻喪（沮喪）
喪家〔名〕有喪事的人家、無家
　喪家の犬（喪家之犬、無精打采的瘦狗）
喪具、葬具〔名〕殯葬用具、葬禮用品
　喪具屋（殯葬用具店）
喪失〔名、他サ〕喪失（=失う）←→獲得
　権利の喪失（權利的喪失）
　自信を喪失する（失掉自信）
　記憶の喪失（喪失記憶）
　自信喪失（喪失信心）
　権利を喪失した（失去了權利）
喪車、葬車〔名〕靈車
喪心、喪神〔名、自サ〕失神、昏迷
　悲痛の為に喪心する（因悲痛而失神）
　喪心状態（昏迷狀態）
　驚愕の為喪心する（嚇得昏過去）
喪〔名〕喪事、喪禮、喪期、居喪、服喪
　喪に服する（服喪）
　喪が明ける（喪期服滿）
　喪を発する（發喪）
　喪を秘する（秘不發喪）
面〔名〕（面的轉變）表面（=面、表）
　池の面（池面）
　水の面（水面）
　此面 彼面（這面那面）

ㄙ

ム

面、面 [名] 臉，面孔（=顔）、表面（=面、表）
  面長（おもなが）（長臉）
  池の面（いけのおも）（水池表面）
  水の面（みずのおも）（水面）

藻 [名]〔植〕藻類

茂 [漢造] 茂盛（=盛ん、豊か、優れた立派）
  繁茂（はんも）（繁茂）
  鬱茂（うつも）（旺盛繁茂）

喪主、喪主 [名] 喪主

喪章 [名] 喪章
  喪章を付ける（帶喪章、戴孝）

喪中 [名] 服喪期間、守制期間
  喪中に付き年末年始の礼を欠礼致します（因為守制恕不辭歲拜年）
  喪中に付き年賀を失礼致します（因居喪恕不拜年）

喪服 [名] 喪服
  喪服を着る（穿孝服）
  喪服に身を包む（穿孝服）
  喪服を着っている（穿著孝服）
  喪服を付ける（穿孝）

僧（ムム）

僧 [名]〔佛〕僧侶、僧人、出家人
  仏法僧（佛法僧三寶、三寶鳥）
  老僧（年老的和尚）
  高僧（高僧、官位高的僧侶）
  名僧（名僧、高僧）
  聖僧、聖僧（高僧）
  禅僧（禪宗和尚）
  清僧（守戒律的僧人）
  尼僧（尼姑）
  山僧（山寺的僧侶、愚僧、貧僧）
  愚僧（〔自謙〕愚僧、貧僧、小僧、老納）
  拙僧（〔自謙〕貧僧、小僧）
  虚無僧（虛無僧、普化宗僧人-戴深草笠吹尺八雲遊四海）
  破戒僧（破戒僧）
  学問僧（努力向學的僧人、外國留學的僧人）
  小僧、少僧（年少僧侶、拙僧）
  請僧（法會等請僧、被召請的僧人）

僧庵 [名] 僧庵

僧衣、僧衣 [名] 僧衣、法衣、袈裟（=衣）

僧位 [名]（朝廷贈封的）僧位、僧人等級（如法印、法眼、法橋等）

僧院 [名]〔佛〕寺院、（基督教）修道院

僧家、僧家 [名] 寺院（=寺）、僧侶（僧、僧侶）

僧階 [名]〔佛〕僧人的等級（=僧位）

僧官 [名] 僧官（朝廷授予僧侶的官職如僧正、僧都、律師、又分大小權三等-如大僧正、小僧正、權僧正等）

僧形 [名]（剃髮身穿袈裟的）僧人打扮
  僧形の人（僧人打扮的人）

僧号 [名] 僧號、僧人名

僧正 [名]〔宗〕主教。〔佛〕僧正，大法師
  大僧正（大主教、僧官的最高位、〔僧侶的隱語〕鰯-沙丁魚）

僧職 [名]〔佛〕僧職、主持
  僧職に就く（就僧職）
  僧職に在る身（僧職在身、擔任僧職）

僧都、僧都 [名]〔佛〕僧都（僧官之一次於僧正）

僧籍 [名] 僧籍、僧人身分
  僧籍に入る（入空門）
  頭を丸めて僧籍に入る（入空門、落髮為僧）

僧俗 [名] 僧侶和俗人

僧体 [名] 僧侶打扮←→俗体

僧団 [名]（進行特殊修行的）僧團、教團

僧徒 [名] 僧人、僧侶

僧堂 [名]〔佛〕禪堂、和尚坐禪的房間

僧尼 [名] 僧人和尼姑

僧服 [名] 僧衣、法衣
  僧服を纏う（穿僧衣）

僧兵 [名]〔史〕僧兵（特指平安時代末期京都延歷寺和奈良興福寺的私兵）

僧房、僧坊 [名] 僧房、禪房

僧帽 [名] 僧帽

僧帽弁 [名]〔解〕僧帽瓣、二尖瓣
  僧帽弁狭窄症（二尖瓣狹窄）

そうもん
僧門〔名〕僧門，僧人的家、出家
　　そうもん　はい
　　僧門に入る（入佛門、出家）
そうりょ
僧侶〔名〕僧侶、和尚
　　そうりょ　な
　　僧侶に成る（當和尚）
そうりん
僧林〔名〕僧侶聚集的地方、大寺院

甦（ㄙㄨ）

そ
甦〔漢造〕死而復生
そせい
甦生、蘇生〔名、自他サ〕復活（＝甦る事）
　　じんこうこきゅう　　おぼ　　　　ひと　　そせい
　　人工呼吸で溺れた人を甦生させる（用人工
　　呼吸法使溺水者復活）
　　ひさ　ぶ　　　　あめ　　いね　　そせい
　　久し振りの雨で稲が甦生する（久旱逢雨稻
　　子復甦了）
よみがえ　　よみがえ
甦る、蘇る〔自五〕甦生，復活（＝生き返る）、
復興，復甦、重新想起
　　し　とこ　　　　　きせきてき　　　よみがえ
　　死の床から奇跡的に甦った（病入膏肓的
　　病人奇蹟般地復活了）
　　Renaissance　　　　　　Greciaげいじゅつ
　　ルネッサンスに因ってギリシア芸術が
　　よみがえ
　　甦る（希臘藝術因文藝復興而復甦）
　　さわ　　　　　やま　　くうき　　　よみがえ　　ここち　　し
　　爽やかな山の空気に甦った心地が為た
　　（山上的新鮮空氣使人心曠神怡）心地（襯
　　布）
　　よみがえ　　よう　ここち　　し
　　甦った様な心地が為た（覺得死而復生）
　　ひとあめふ　　　　　くさき　　　よみがえ
　　一雨降って草木は甦った（一場雨草木復
　　甦了）草木草木
　　ひさ　ぶ　　　　あめ　　くさき　　　よみがえ
　　久し振りの雨に草木は甦った（久旱後的
　　甘霖使草木復活了）
　　おさな　ころ　　きおく　　　よみがえ　　　く
　　幼い頃の記憶が甦って来る（幼時的記憶
　　浮現出來）幼い幼い
よみがえ　　よみがえ
甦り、甦り〔名〕甦生（＝甦生、蘇生）

蘇、蘇（ㄙㄨ）

そ　す
蘇、蘇〔漢造〕〔植〕紫蘇、甦醒（＝甦生、蘇生）、ソビエチ
（蘇維埃社會主義共和國聯邦）
そしょく
蘇軾〔名〕中國北宋文人，政治家
そせい　　そせい
蘇生、甦生〔名、自他サ〕甦醒、復活（＝甦る事）
　　できししゃ　　そせい
　　溺死者を蘇生させる（使溺死者甦醒）
　　じんこうこきゅう　　おぼ　　　ひと　　そせい
　　人工呼吸で溺れた人を蘇生させる（用人工
　　呼吸法使溺水者復活）
　　ひさ　ぶ　　　　あめ　　いね　　そせい
　　久し振りの雨で稲が蘇生する（久旱逢雨稻
　　子復甦了）
　　てあて　　う　　　　そせい
　　手当を受けて蘇生する（經過護理甦醒過來
　　了）
　　あさがお　　なえ　　つゆ　　う　　　そせい
　　朝顔の苗が露を受けて蘇生する（牽牛花的
　　幼苗受到露水又活過來了）
　　そせい　　おも　　　な
　　蘇生の思いが為る（感到好像死而復生）
そてつ
蘇鉄〔名〕〔植〕蘇鐵、鳳尾松
　　そてつるい
　　蘇鉄類（蘇鐵類）
そみんしょうらい
蘇民将来〔名〕（怯病符上寫的）怯病之神的名
字、（一種六角柱狀的）求福的護符
そほう　　そほう　　そほう
蘇芳、蘇方、蘇枋〔名〕（馬來sapang）〔植〕蘇木、
蘇枋提煉的暗紅色染料
よみがえ　　よみがえ
蘇る、甦る〔自五〕甦生，復活（＝生き返る）、
復興，復甦、重新想起
　　し　とこ　　　　　きせきてき　　　よみがえ
　　死の床から奇跡的に甦った（病入膏肓的
　　病人奇蹟般地復活了）
　　Renaissance　　　　　　Greciaげいじゅつ
　　ルネッサンスに因ってギリシア芸術が
　　よみがえ
　　甦る（希臘藝術因文藝復興而復甦）
　　さわ　　　　　やま　　くうき　　　よみがえ　　ここち　　し
　　爽やかな山の空気に甦った心地が為た
　　（山上的新鮮空氣使人心曠神怡）心地（襯
　　布）
　　よみがえ　　よう　ここち　　し
　　甦った様な心地が為た（覺得死而復生）
　　ひとあめふ　　　　　くさき　　　よみがえ
　　一雨降って草木は甦った（一場雨草木復
　　甦了）草木草木
　　ひさ　ぶ　　　　あめ　　くさき　　　よみがえ
　　久し振りの雨に草木は甦った（久旱後的
　　甘霖使草木復活了）
　　おさな　ころ　　きおく　　　よみがえ　　　く
　　幼い頃の記憶が甦って来る（幼時的記憶
　　おさな　いとけな
　　浮現出來）幼い幼い
よみがえ　　よみがえ
蘇り、甦り〔名〕甦生（＝甦生、蘇生）

俗（ㄙㄨˊ）

ぞく
俗〔名、形動〕通俗，庸俗（＝下品）。〔佛〕在家人，
俗人、風俗←→雅
　　これ　　ぞく　　い　　　おたふくかぜ
　　此が俗に言う御多福風邪（這就是一般所說的
　　腫炸腮）
　　ぞく　　いそ　　　まわ　　　い
　　俗に急がば回れと言う（俗話說欲速則不達）
　　ぞく　　い　　かた　　す
　　俗な言い方を為れば（通俗地說）
　　ぞく　　にんげん
　　俗な人間（俗不可耐的人）
　　かれ　　ぞく　　にんげん
　　彼は俗な人間だ（那是個俗不可耐的人）
　　ぞく　　せかい
　　俗の世界（俗世）
　　ぞく　　しゅみ
　　俗な趣味（低級的嗜好）
　　ふうぞく
　　風俗（風俗、風計）

ム

習俗（習慣和風俗）
世俗（世俗、世人）
民俗（民間風俗）
良風美俗（良風美俗）
雅俗（雅俗、雅語和俗語）
凡俗（庸俗、凡人）
低俗（庸俗、下流）←→高尚
脱俗（超俗）
超俗（超俗）
僧俗（僧人和俗人）
在俗（在俗＝在家）←→出家

俗悪〔名、形動〕庸俗惡劣、低級←→優美
　俗悪な趣味（低級趣味）
　段段俗悪に為る（逐漸的變為庸俗惡劣）
　俗悪な音楽（庸俗的音樂）
　彼の趣味は俗悪だ（他的嗜好太低級了）

俗受け、俗受〔名、自サ〕受一般大眾歡迎、為一般人喜愛、通俗
　俗受けの為る歌（受群眾歡迎的歌）
　此の番組は俗受け為ない（這個節目曲高和寡）
　俗受けを狙う（迎合一般人的趣味）
　俗受けを狙った映画（迎合一般人喜好的電影）

俗縁〔名〕〔佛〕塵緣、僧人出家前的親屬
俗画〔名〕通俗的畫
俗学〔名〕世俗的學問、粗淺的學問
俗楽〔名〕通俗音樂，民間音樂（三弦琴、箏曲、俗謠之類）、低級音樂←→雅楽
俗眼〔名〕俗見
　俗眼には彼の偉さは解らない（在一般人眼裡不理解他的偉大）

俗気, 俗気、俗気、俗気〔名〕俗氣
　俗気の多い人（很庸俗的人）
　彼の人は俗気が無い（他不庸俗）
　俗気の離れた人（脱俗的人）
　俗気が強い（俗氣很重）

俗言〔名〕俗語，俗話、風評，傳說←→雅言
俗諺〔名〕俗諺（＝俚諺）
　貧すれば鈍すると言う俗諺が有る（有那麼一句話〝人窮志短馬瘦毛長〞）

俗語〔名〕俗話，口語，白話（＝口語）←→雅語，俚語（＝スラング）←→標準語，共通語

俗才〔名〕應付俗事的才能、處世的才能
　俗才に長けている（長於俗才）

俗字〔名〕俗字←→正字、別字，白字（漢字不正確的使用方法）
　当用漢字は俗字を母胎と為て制定された（當用漢字是以俗字為基礎制定的）
　文部省が薦める代用漢字は一種の俗字である（文部省推薦代用漢字是一種別字）

俗耳〔名〕世俗之耳
　俗耳に入り易い（為一般人所易懂）
　彼の高邁な意見は俗耳には入るまい（他的富有遠見的建議未必能被一般人接受）

俗事〔名〕俗事、瑣事
　俗事に追われて研究が捗らない（為瑣事所纏研究工作遲遲不進）
　俗事に追われる（被俗事所纏繞）
　俗事に関わらない（不關俗事）
　俗事に煩わされる（被俗事所纏繞）
　俗事を超越する（超脱俗事）

俗趣〔名〕庸俗的趣味、低級趣味
俗儒〔名〕平凡的學者平庸的學者
俗臭〔名〕俗氣、粗俗（＝俗っぽい）
　彼の作品は何処か俗臭を帯びている（他的作品有些俗氣）
　俗臭紛紛たる坊主（俗氣薰人的和尚）

俗習〔名〕世俗的習慣、世俗的風氣
　日常生活では俗習に従わなければならぬ事も有る（日常生活中有時也不得不從俗）

俗書〔名〕通俗的書，俗淺的書、粗俗的書法（＝俗筆）
俗称〔名〕俗稱←→学名、出家前的俗名（＝俗名）
　警察官の事を俗称御巡り様と言う（警察俗稱巡警）

俗情〔名〕人情世故、俗念，追求名利的庸俗想法、俗事的煩惱
　彼は俗情に通じていない（他不通人情世故）
　俗情を離れる為の外遊（為了逃避世俗煩惱的出遊）

俗信〔名〕民間信仰、迷信

俗心〔名〕俗念（=俗念）

俗人〔名〕〔佛〕俗人、在家人←→僧侶、粗俗的人，庸俗的人，膚淺的人
　俗人には此の趣が解らない（粗人不懂得這種情趣）
　彼奴は金で何方にでも付く様な俗人だ（那傢伙是個見錢眼開的庸俗的人）

俗塵〔名〕〔佛〕塵俗、紅塵
　俗塵から遠ざかる（遠離俗世）
　俗塵を洗う（脫離塵世、洗掉塵緣）
　俗塵を避ける（逃避塵世）

俗世、俗世〔名〕〔佛〕俗世、塵世、人世

俗世間〔名〕俗世（=世の中）
　俗世間ではそんな考えば通用しない（在現實社會裡那種想法是行不通的）
　俗世間ではそんな理想主義は通用しない（一般社會裡那種理想主義是行不通的）
　俗世間とは縁を切る（與世俗脫離關係）

俗姓、俗姓〔名〕〔佛〕俗姓、和尚出家前的姓

俗説〔名〕世俗之說、民間傳說
　俗説に依ると（據一般傳說）
　俗説に依るば（據一般傳說）

俗僧〔名〕俗僧、花和尚

俗体〔名〕在家人的打扮←→僧体、粗俗的樣子、（詩歌等）通俗體

俗諦〔名〕〔佛〕俗諦、俗淺的佛法←→真諦

俗談〔名〕閒談（=世間話）、俗話（=俗言、俗語）

俗調〔名〕平凡的調子、庸俗的格調

俗っぽい〔形〕低級的、庸俗的、通俗的
　俗っぽい流行歌（低級的流行歌）流行歌
　俗っぽい言い方を為る（用通俗的方法說、說話通俗、說話庸俗）
　俗っぽくて見られた物ではない（俗不可堪）

俗伝〔名〕社會上的傳說
　此の史料は俗伝と一致する（這個史料與俗傳一致）
　此の史料は俗伝と違う（這個史料與俗傳不一樣）

俗に〔副〕世俗、普通、一般
　此が俗に言う美人局だ（這就是一般所說的美人計、這就是一般所說的仙人跳）
　日照り雨を俗に狐の嫁入りと言う（出太陽下雨俗話叫狐狸出嫁）

俗念〔名〕〔佛〕俗念、追求名利的念頭
　俗念を起こす（起凡心）
　俗念を去る（去掉俗念）
　俗念を去らなければ真の悟りは得られない（不去掉俗念就不能得到真的覺悟）

俗輩〔名〕庸俗之輩（=俗物共）

俗離れ、俗離〔名、自サ〕脫離俗、不平凡（=世間離れ）
　彼は俗離れした人間だ（他是個不平凡的人）
　此の和尚の絵は下手だが俗離れしている（這幅和尚的畫雖然不好可是沒有俗氣）

俗筆〔名〕庸俗的書法

俗物〔名〕俗物、俗人、庸俗人、平凡人
　上役に取り入る事しか知らない俗物だ（是一個只會奉承上級的俗人）
　彼奴は全くの俗物だよ（那傢伙實在是個庸俗之輩啊！）
　彼は陳腐な男でもなければ、又俗物でもない（他既不是個陳腐的男子也不是庸俗的人）

俗文〔名〕通俗文體，用通俗的話寫的文章←→雅文、書信文，尺牘文

俗本〔名〕通俗的書

俗名〔名〕（出家前）俗名←→法名、僧侶生前的名字←→戒名、俗稱
　西行は俗名を佐藤義清と言った（西行的俗名叫佐藤義清）

俗名〔名〕俗名、（動植物的）俗稱←→学名、庸俗，不足道的名聲

俗務〔名〕俗務、瑣事
　俗務に追われている（忙於瑣事）
　俗務多端である（俗務纏身）
　俗務に煩わされて勉強が出来ない（被瑣事所擾不能用功）

俗向〔名〕通俗、大眾化
　俗向の雑誌（通俗的雜誌）

俗用〔名〕俗事、瑣事（=俗事）
　俗用に追われてすっかり御無沙汰しました（被俗事纏身疏於問候）

俗謡〔名〕民謠、通俗歌謠、流行歌、俚曲、小調（=小唄）
　俗謡を集める（蒐集民謠）

俗吏〔名〕俗吏、小吏（=木端役人）

俗流〔名〕庸俗之輩（=俗輩）

俗礼〔名〕俗禮、世俗的禮節

俗論〔名〕俗論、庸俗的議論←→正論
　俗論と闘う（和庸俗的議論作鬥爭）
　俗論に従う（隨從俗論）
　あんな俗論の相手に為っていられない（沒有閒工夫理會那種庸俗的議論）

俗話〔名〕家常話、街頭巷尾的談論

俗化〔名、自サ〕庸俗化
　古都の俗化を防ぐ（防止古都的庸俗化）
　俗化していない土地（未庸俗化地區）
　随分俗化したなあ（相當庸俗化了）

俗歌〔名〕一般流行歌謠、民謠（=俗謡）

俗界〔名〕塵世（=俗世間）←→仙境
　俗界の衆生（俗世眾生）
　俗界を捨てる（拋棄塵世）
　俗界に交じって俗化しない（出於汙泥而不染）

俗解〔名、他サ〕通俗的解釋

俗客〔名〕俗人（=俗人）

俗間〔名〕世間（=世間）
　俗間の事情を通ずる（通達社會的情況）

俗曲〔名〕俗曲、俗謠

俗骨〔名〕俗骨，俗人、俗人通有的性格

夙（ㄙㄨˋ）

夙〔漢造〕早

夙成〔名〕〔古〕早熟、少年老成

夙夜〔副〕夙興夜寐、早起晚睡
　夙夜公務に精励する（早起晚睡地勤奮處理公務）

夙に〔副〕清晨，早晨（=朝早く）、自幼，從小，幼時（=幼時に）、早就，老早就
　夙に目覚める（一清早就醒了）
　夙に起きて散策する（清晨早起散步）
　夙に神童の名が有った（從小就有神童之名）
　彼は夙に神童と称せられていた（他自幼就有神童之稱）
　夙に発明家の志を抱いていた（早就有當發明家的志願）抱く抱く
　夙に知っていた（早就知道）
　此の計画は夙に敵国に察知されていた（這計畫老早就被敵國察覺了）敵国敵国

素、素（ㄙㄨˋ）

素、素〔造語〕本來的，不加修飾的，不掺雜其他成分的、平凡的，沒有財勢地位的
〔接頭〕表示超越一般，超越常度
　素顔（不施脂粉的臉）
　素見（光看不買）
　素手（赤手空拳）
　素通り（過門不入）
　素饂飩（陽春麵、素麵條）
　素泊まり（只住宿不吃飯）
　素焼き（素陶）
　素町人（窮市民）
　素ばしこい（非常敏捷）
　素早い（非常快速）
　水素（氫）

素っ〔接頭〕〔俗〕（素的變化）表示一無所有、加強語氣
　素っ裸（裸體、一絲不掛）
　素っ剥がす（剝掉）
　素っ頓狂（瘋癲）
　素っ頓狂な声（尖聲怪叫）
　素っ飛ばす（使飛跑、使疾駛）
　自動車を素っ飛ばす（開快車）

素っ飛ばす〔他五〕使飛跑，使疾駛、（失う、無くす的加強語氣）丟掉

素っ飛ぶ〔自五〕〔俗〕猛飛、猛跑
　靴が素っ飛ぶ（鞋子猛飛出去）
　素っ飛んで来た（飛奔而來）

素っ頓狂、素っ頓興、素頓狂〔形動〕（頓狂的強調形式）〔俗〕突然發瘋（似的）、突然著魔（似的）、瘋瘋癲癲
　素っ頓狂な声を出す（發出怪聲）
　素っ頓狂者（冒失鬼）
　彼は素っ頓狂な振舞を見て御覧（請看他那種瘋瘋癲癲的舉止）

素っ裸〔名〕（素裸的口語形式）赤身，裸體、心胸坦蕩、精光，一無所有
　素っ裸に為って泳いでいる（裸泳）
　上半身素っ裸（光著上半身）
　素っ裸に為って冷水摩擦を為る（脱光用冷水擦身體）
　僕の今の話は素っ裸だ（剛才是我肺腑之言）

素裸〔名〕裸體（=素っ裸、丸裸）
　素裸に為る（把衣服脫光）
　子供達が素裸に為っていて河で泳いでいる（孩子們脫得光溜溜的在河裡游泳）

素っ破抜く〔他五〕〔俗〕揭發，揭露，暴露（=暴く）、突然拔刀、搶先（=出し抜く）
　陰謀を素っ破抜く（揭發陰謀）
　事件の内幕を新聞が素っ破抜いた（報紙揭露了事件的內幕）内幕
　秘密を素っ破抜く（揭露祕密）
　秘め事を素っ破抜く（揭露隱情）
　刀を素っ破抜く（突然拔出刀子）
　他人を素っ破抜く（搶在他人前頭）

素っ破抜き〔名〕揭發，揭露，暴露、突然拔刀、搶先，佔先
　新聞に敵の素っ破抜きが出ている（報上揭發了敵人的陰謀）

素足〔名〕光腳、赤腳（=裸足）
　素足に靴を穿く（光腳穿皮鞋）履く 吐く 掃く 刷く 佩く
　素足に下駄を突っ掛ける（光腳穿木屐）
　素足で歩く（光著腳走路）
　慌てて素足で飛び出した（光著腳慌張跑出去）

素跣〔名〕赤足、光腳（=素足、裸足）

素甘〔名〕白糖年糕

素袷〔名〕（晚春、初秋不穿貼身襯衣的）空心夾襖

素謠〔名〕（沒有樂器伴奏的）謠曲清唱

素襖、素袍〔名〕（江戶時代）武士禮服

素踊り、素踊〔名〕不化裝的舞蹈

素顔〔名〕沒化裝的臉（=地顔）←→化粧、本來面目、實況、沒喝醉時的臉（=素面、素面）←→醉眼
　彼女は素顔の方が良い（她不施脂粉好看）
　彼女は素顔の方が綺麗だ（她不施脂粉好看）
　彼女は化粧を為ているよりも素顔の方が美しい（她不施脂粉倒更好看）
　写真より素顔の方が良い（相片不如本人好看）
　台北の素顔（台北的本來面貌）
　素顔じゃ言えないよ（不喝上幾杯說不出口來）

素描、素書、素描〔名、他サ〕素描 水墨畫（=デッサン）

素描〔名、他サ〕素描，水墨畫（=デッサン）、簡單的描繪
　一人前な画家に為るには何年間も素描を練習しなければならない（要成為畫家必須練習幾年素描）
　新役員の横顔を素描する（簡單描繪新幹部的一些側面）

素語り、素語〔名〕（沒有三弦琴伴奏的）說唱（特指〝淨瑠璃〞的說唱）

素寒貧〔名、形動〕〔俗〕赤貧、窮光蛋
　素寒貧に為る（窮得精光）
　素寒貧な奴（窮光蛋）
　彼は全く素寒貧だ（他一貧如洗）

素見〔名、他サ〕只問價錢而不買（=冷やかし）

素性、素姓、素生、種姓〔名〕出身，血統，門第（=生まれ、血筋、家柄、育ち）、來歷，經歷，身世（=身元、来歴、由緒）、秉性（=生まれ付きの性質）
　素性が卑しい（出身卑賤）
　物腰に素性の良さが窺われる（從待人接物就可知出身之好）
　彼は素性がよい（他出身好）
　彼の人は氏も素性も無い人だ（他是個出身低微的人）
　素性の良い犬（出身純的犬）

ム

素性の分から無い人（來歷不明的人、陌生人）
素性の知れない出物（來歷不明舊貨）
素性の知れない人（來歷不明的人、陌生人）
素性を調べる（調查身分血統）
素性を隱す（隱瞞身世）
素性を暴く（揭露身世）
素性を明かす（坦白交代來歷）
彼は如何しても素性を明かさなかった（他怎麼也不吐露自己的身世）
素性は争われない物だ（秉性難移）
素性が素性だからぬ（天生的秉性改不了、到底是出身說明問題）

素町人〔名〕日本古時身分卑賤的商人、窮市民，市井小民

素手〔名〕徒手、空手、赤手空拳（＝手ぶら、空手）
素手で魚を捕らえる（空手捕魚）
原始人は素手で魚を摑む（原始人空手捕魚）
素手で草を毟る（徒手拔草）
素手で草毟りを為る（徒手拔草）
素手で鶴嘴を握る（空手握鎬）
素手でハンドルを握る（空手握著方向盤）
素手で帰る（空手而歸）
今日素手で帰れない（〔討帳等〕今天可不能空手而回
素手で敵に立ち向かう（徒手與敵人搏鬥）
素手で引き揚げる（空手而歸）
素手で病気見舞に行く（空手去探望病人）
素手で家を起す（白手起家）
素手で人の家を訪ねる（空手去串門）
素手で商売を始める（赤手空拳做起買賣）
素手から身代を築いた（白手起家）
素手で触れ様物なら火傷を起す（要是空手觸摸就會引起燙傷）

素敵、素適〔名、形動〕（由素晴らしい的素＋的構成通常只寫假名）極好、絕妙、很漂亮（＝素晴らしい）
素敵な思い付き（好主意）
貴方のドイツ語は素敵だ（你的德語好極了）
素敵な美人（絕色美人）
素敵な男性（俊俏的男人）
素敵な絵（極漂亮的畫）
素敵な御馳走（山珍海味、佳餚）
素敵な贈物（很好的禮物）
素敵な景色（絕佳的風景）
まあ、素敵（好棒啊！好美啊！）
素敵な家に住んでいる（住在很漂亮的家）

素敵に、素適に〔副〕非常地、異常地（＝非常に）
素敵に面白い（非常有趣）
天気が素敵に良い（天氣非常好）
素敵に速い（非常快）
素敵に嬉しい（高興極了）

素通し、素通〔名〕透明、沒有度數的眼鏡，平光眼鏡
素通しの電球（透明的電燈泡）
窓掛けを掛けないと道から素通しだ（不掛窗簾從路上可一望到底）
室内が明るいから、カーテンを掛けないと道から素通しだ（屋裡很亮若不掛窗簾從街上看得一清二楚）
素通しの眼鏡（平光眼鏡）

素通り、素通〔名、自サ〕過而不入、過門不入
友人の家を素通りを為る（走過朋友家門口而不入）
家の前を素通りする（過家門而不入）
先生の家の前を素通りする（走過老師家門口而沒進去）
名古屋は素通りで大阪迄直行した（名古屋不下車一直坐到大阪）
素通りは酷いじゃないか（過門不入太不像話了）

素泊り、素泊まり〔名、自サ〕只住宿不吃飯
素泊りで一泊三千円です（光住宿一晚要三千日元）

素直〔形動〕坦率，直率，老實，純樸，天真，不成熟，大方，工整，道地，純正，不矯飾，筆直，沒有虛飾
素直な子供（天真的小孩）
素直に友人の忠告に従う（虛心地聽從朋友的忠告）

彼の話し方は素直だ（他說話坦率）
素直に白状する（坦白交代）
素直に同意を表す（坦率地表示同意）
好意を素直に受ける（誠摯地接受好意）
素直さが足りない（不夠老實）
素直な字を書く（字寫得工整）
素直な踊り（舞蹈動作很自然）
素直な髪の毛（柔軟直溜的頭髮）
素直に伸びた木（筆直的樹）

素練り〔名〕〔化〕撕捏、捏合

素肌、素膚〔名〕不施脂粉的皮膚，本來的皮膚、露出肌膚，不穿襯衣，不穿貼身衣
素肌が綺麗だ（肌膚美麗）
赤ちゃんの様な奇麗な素肌（像嬰兒般的美麗肌膚）
素肌に為る（赤身露體）
素肌に和服を着る（不穿襯衣直接穿上和服）
素肌を出す（露出肌膚）
素肌にワイシャツを着る（不穿內衣光穿襯衫）

素話〔名〕沒有茶點的談話、無伴奏的單口相聲

素早い〔形〕〔動作〕飛快，敏捷（＝敏捷）、〔頭腦〕機靈，靈活，反應快
素早く準備を為る（飛快地做準備）
彼は素早い身の熟して塀を乗り越えた（他動作敏捷地跳過牆）
素早く時流に乗る（緊跟時代潮流）
彼女は料理を作りのが素早い（她做菜很俐落）
地震が有った時、皆素早く机の下に隠れた（地震發生時大家敏捷地躲到桌子下）
情報が素早い（消息靈通）
難しい質問に素早く答える（對很難的質問立刻作出回答）
素早い投球（投快球）
眼が良く利き、動作が素早い（眼明手快）

素晴らしい〔形〕極好的，極美的，極優秀的、盛大的，宏偉的
素晴らしい天気（極好的天氣）
素晴らしい景気（非常繁榮）
素晴らしい美人（絕色美人）
素晴らしい成績（極優秀的成績）
素晴らしい成功（極大的成功）
素晴らしい暑い日（極熱的天）
素晴らしい女性（了不起的女性）
自分で素晴らしいと思っている（自命不凡）
素晴らしい御馳走（山珍海味）
素晴らしい効果が有る（卓有成效）
彼は英語が素晴らしく上手だ（他英文非常好）
山頂からの眺めは素晴らしかった（從山頂眺望的風景美極了）
素晴らしい歓迎を与った（受到盛大的歡迎）
素晴らしい歓迎を受けた（受到盛大的歡迎）
素晴らしく立派なhotel（非常雄偉的飯店）
素晴らしい事業（雄偉的事業）

素晴らしく〔副〕非常、極其（＝大変、非常に）
彼は日本語が素晴らしく上手だ（他日語非常好）
彼は素晴らしく元気だった（她精神非常飽滿）
今日は雲一つなくて、素晴らしく良い天気だ（今天萬里無雲天氣非常好）

素引き、素引〔名、自サ〕（不搭箭）試拉弓弦、弓箭虛發，虛張聲勢，無的放矢

素振り、素振〔名〕假作打球的動作。〔轉〕假作姿態
素振りを装う（裝出打球的動作）装う

素振り、素振〔名〕態度、舉止、樣子、表情
素振に見せる（在態度上表現出來）
嫌な素振も見せない（毫無不願意的表情）
嬉しい然うな素振（高興的樣子）
怪しい素振を為る（舉止可疑）
素振で知らせる（用表情暗示）
思う事は必ず素振に現れる（心裡有事一定在神態上露出）

素乾し，素乾、素干し，素干〔名、他サ〕曬乾、陰乾（＝陰干し、陰乾し）
素乾しの大根と玉子を炒めると美味しい（蘿蔔乾和蛋一起炒很好吃）

ム

洗濯物を素乾しに為る（把洗的衣物陰乾不用日曬火烤）

素面〔名〕〔撃剣〕不帶護面、不喝酒時的本來面目（=素面、白面）←→酔眼

素面素小手で戦う（不帶面具和護手而對打）

素面の時は大人しい（不喝酒時很老實）

素面では一寸言い難い事だ（要是不喝上兩杯不好意思說出口的話）

素面、白面〔名〕不喝酒時，沒喝酒時的狀態樣子

素面では言い難い（不借點酒氣不好意思說）

素面では踊れない（不借點酒氣不能跳舞）

彼は素面の時は大人しい（他不喝酒時很規矩）

全く素面である（根本沒喝醉）

素戻り、素戻〔名〕白跑一趟、空手而歸

用事を果たさず素戻りを為た（事情沒辦成徒勞而返）

素焼き、素焼〔名〕（不掛釉）素燒、素陶器、（為保存或加工）乾烤的魚（=白焼）

素焼きな鉢（瓦盆）

素焼きな陶器（素陶器）

素焼きの土器（土瓷）土器

素焼きの鍋（砂鍋）

鰻の素焼き（乾烤鱔魚）

素焼き板（素燒板、耐火墊板）

素槍〔名〕（不帶刺的）直頭扎槍、亮晶晶的扎槍

素読み、素読〔名〕〔印〕（不照原稿的最後校對）通讀，清校、光唸不講解（=素読）

素読み、素読〔名、他サ〕光唸不講解（=素読）

素読〔名、他サ〕（不去理解意思）只照字面朗讀（=素読み，素読，素読み，素読）

国語の素読（朗讀語文）

素浪人〔名〕〔古〕〔蔑〕窮困的無業遊民

素、元〔名〕本錢，資本（=資本、元手）、成本（=元値、原価）

商売を始め様にも素が無い（想做買賣卻沒本錢）本許基下旧原故

素を掛ける（下本錢）

素を掛ける仕事（是個需要下本錢的事業）

素が取れない（虧本、不夠本）

こんな値段で売っては素が取れない（賣這樣的價錢無法收回成本）

元も子も無くなる（賠了夫人又折兵）

商売が失敗して元も子も無くして終った（由於生意失敗連本帶利都賠光了）

素を下げる（降低成本）

素を切って売る（賠本賣）

本、元、素〔名〕本源，根源←→末、根本，根基、原因、起因、本錢，資本、成本、本金、出身，經歷、原料，材料、酵母、麴、樹本，樹幹、樹根、和歌的前三句，前半首

〔接尾〕（作助數詞用法寫作本）棵、根

禍の本（禍患的根源）

本を尋ねる（溯本求源）

話を本に戻す（把話說回來）

此の習慣の本は漢代に在る（這種習慣起源於漢朝）

電気の本を切る（切斷電源）

本を固める（鞏固根基）

外国の技術を本に為る（以外國技術為基礎）

農業は国の本だ（農業是國家的根本）

本が確りしている（根基很扎實）

失敗は成功の本（失敗是成功之母）

本を言えば、君が悪い（說起來原是你不對）

風邪が本で結核が再発した（由於感冒結核病又犯了）

本を掛ける（下本錢、投資）

本が掛かる仕事だ（是個需要下本錢的事業）

商売が失敗して本も子も無くして仕舞った（由於生意失敗連本帶利都賠光了）

本も子も無くなる（本利全丟、一無所有）

本が取れない（虧本）

本を切って売る（賠本賣）

本を質す（洗う）（調查來歷）

本を仕入れる（購料）

紅茶と緑茶の本は同じだ（紅茶和綠茶的原料是一樣的）

聞いた話を本に為て小説を書いた（以聽來的事為素材寫成小說）

木の本に肥料を遣る（在樹根上施肥）

庭に一本の棗の木（院裡一棵棗樹）
一本の菊（一棵菊花）

下、許〔名〕下部、根部周圍、身邊、左右、跟前、手下、支配下、影響下、在…下

桜の木の下で（在櫻樹下）
旗の下に集る（集合在旗子周為）
親許を離れる（離開父母身邊）
叔父の許に居る（在叔父跟前）
友人の許を訪ねる（訪問朋友的住處）
勇将の許に弱卒無し（強將手下無弱兵）
月末に返済すると言う約束の下に借り受ける（在月底償還的約定下借款）
法の下では皆平等だ（在法律之前人人平等）
先生の合図の下に歩き始める（在老師的信號下開始走）
一刀の下に切り倒す（一刀之下砍倒）
山下、山元、山本（山麓，山腳，山主，礦山主，礦山所在地，礦坑的現場）

旧、元〔名〕原來，以前，過去，本來，原任，原來的狀態

元首相（前首相）
元の校長（以前的校長）
元の儘（一如原樣、原封不動）
元からの意見を押し通す（堅持原來的意見）
品物を元の持主に返す（物歸原主）返す帰す反す還す孵す
私は元、小学校の先生を為ていました（以前我當過小學教員）
又元の工場に戻って働く事に為った（又回到以前的工廠去工作）工場工場
此の輪ゴムの伸びて終って元に戻らない（這橡皮圈沒彈性了無法恢復原狀）
一旦した事は元は戻らぬ（覆水難收）
元の鞘へ（に）収まる（〔喻〕言歸於好、破鏡重圓）収まる納まる治まる修まる
元の木阿弥（恢復原狀、依然故我-常指窮人一度致富後來又傾家蕩產恢復原狀）

素より、元より、固より、本より〔副〕本來，原來，根本，當然，固然，不用說

其は素より承知の上だ（那是我原先就知道的）
辛い事は素より覚悟の登山だ（早就料到登山是件辛苦的事）
試験の失敗は素より覚悟していた（早就有了試驗失敗的心理準備）
私は素より反対する気持は有りません（我根本就沒有反對的意思）
此は素より極端な例ですが（這當然是個極端的例子）
ドイツ語は素より英語も日本語も知っている（德語不用說還會英語和日語）
彼は英語は素よりフランス語、ドイツ語にも堪能だ（他英文不用說法語德語都能精通）
素より会に出席します（當然要出席會議）堪能堪能
夏は素より春や秋でも海で泳いでいる（夏天不用說春天秋天也在海邊游泳）
遊園地は休日は素より、平日も混雑する（遊園地假日就不用說平常也很壅擠）
条件が有れば素よりの事、無ければ条件を付けて遣る（有條件當然好沒有條件也要創造條件）

素地、生地〔名〕本色，素質，本來面目，（衣料等的）質地、布料、衣料、素胎，胚子（未塗釉藥的陶瓷胚等）

生地が出る（露出本來面目、現出原形）
彼奴は気取っていて中中生地を出さない（那個傢伙裝模作樣不輕易露出本來面目）
生地の儘で、化粧を為ない（本來面目不施脂粉）
洋服の生地（西服料）
ナイロン生地（尼龍衣料）
生地が細かい（質地細緻）
生地が荒い（質地粗糙）荒い粗い洗い
此の生地を千円分下さい（請把這個衣料替我裁一千日元）
生地を三ヤール必要だ（衣料需要三碼）
生地見本（衣料樣品）
生地綿布（〔未經加工的〕胚布）
生地煉瓦（胚磚、磚胚）

宿（ㄙㄨˋ）

宿〔名〕住宿、旅店、驛站、星宿
〔接尾〕（助數詞用法）住宿的次數
〔漢造〕（也讀作すく）住宿、旅店、舊有、前世、年老

- 宿に着く（來到旅店）
- 品川の宿（品川驛站）
- 二十八宿（二十八星宿）
- 一宿一飯の恩義（一宿一飯的恩情）
- 旅宿（旅店、旅館）
- 下宿（住公寓、供膳宿公寓、低級廉價旅館）
- 合宿（集訓、集體宿舍）
- 寄宿（寄宿、寄居）
- 野宿（露宿、在野地過夜）
- 露宿（露宿）
- 止宿（寄宿、投宿、下榻）
- 投宿（投宿、住店）
- 耆宿（元老、大家）
- 同宿（同住一個旅店）

宿する〔自サ〕住宿、止宿（＝泊まる、宿る）
- 京都に宿する（宿於京都）

宿す〔自五〕住宿、止宿（＝宿する、泊まる、宿る）

宿痾〔名〕宿疾
- 宿痾が癒える（宿疾痊癒）
- 宿痾の為死亡する（因宿疾去世）

宿悪〔名〕舊惡、往昔的劣跡（＝旧悪）、（佛）前世的罪孽 ↔ 宿善
- 宿悪が露顕する（往昔的劣跡暴露出來）

宿明け〔名〕值完夜班

宿意〔名〕宿願，以前的心願、宿怨、舊仇（＝宿怨）
- 宿意を果たす（宿願以償）
- 宿意を晴らす（報舊仇）

宿雨〔名〕連綿雨（＝長雨）、連夜雨

宿運〔名〕宿命（＝宿命）
- 宿運拙く戦いに敗れる（命運不佳敗下陣來）

宿営〔名、自サ〕〔軍〕宿營、野營、兵營
- 宿営地の周囲を警戒する（在宿營地周圍警戒）
- 野外に宿営する（在野外宿營）
- 兵隊達は村民の所に宿営した（軍隊宿營在村民家裡）

宿衛〔名、他サ〕值夜守衛（者）

宿駅〔名〕驛站（＝宿場）
- 宿駅毎に馬を換える（在每個驛站換馬）

宿怨〔名〕宿怨
- 宿怨を晴らす（報宿怨）
- 宿怨を抱く（懷宿怨）抱く

宿縁、宿縁、宿縁〔名〕〔佛〕前世因緣（＝宿因）

宿因〔名〕〔佛〕前世因緣（＝宿縁、宿縁、宿縁）

宿送り，宿送〔名〕驛傳、驛遞（＝宿継ぎ，宿継、宿次ぎ，宿次）

宿継ぎ，宿継、宿次ぎ，宿次〔名〕〔古〕驛傳、驛遞（＝宿送り、宿送）

宿学〔名〕宿有名望的學者

宿駕籠〔名〕〔古〕往來驛站間的轎子

宿願〔名〕宿願、夙願（＝宿望）
- 宿願を果たす（償宿願）
- 長年の宿願を終に果たした（多年的夙願終於實現了）
- 宿願叶って祖国に帰った（宿願得償返回了祖國）叶う適う敵う
- 漸く宿願を達した（總算實現了宿願）

宿望〔名〕宿願、夙願（＝宿願）、多年來的聲望、以前的聲望
- 宿望が叶う（宿願以償）
- 宿望を達する（實現宿願）
- 彼は終に長年の宿望を遂げた（他終於實現了多年的心願）

宿坊〔名〕〔佛〕禪房、寺內住宿處、齋館
- 宿坊に宿る（住在寺院的宿舍裡）

宿業、宿業〔名〕〔佛〕前世的報應
- 前世の宿業の為かも知れない（也許是由於前世的報應）

宿根〔名〕〔佛〕宿根。〔植〕宿根（地上莖枯萎後還活著等春季復發莖葉的地下莖）、宿根草，多年生草（＝宿根草）

宿根草〔名〕〔植〕宿根草，多年生草（如百合、菊花）

宿罪〔名〕〔佛〕前世的罪業

宿志〔名〕宿願、夙願（＝素志）
　宿志を遂げる（達成宿願）
　宿志を貫く（貫徹初衷）

宿舎〔名〕宿舍、投宿處，住宿處，旅館
　公務員宿舎（公務員宿舍）
　宿舎を捜す（找旅館）
　静かなホテルに宿舎を決める（決定住在幽靜的旅館）
　一行は到着後直に宿舎に入った（一行人員到達後馬上就進入投宿處）
　一行は其の日の宿舎に当てられたホテルで体を休めた（一行人在當天下榻的飯店安頓下來）
　宿舎を割り当てる（分配住宿處）

宿主、宿主〔名〕〔生〕（寄生蟲）宿主、寄主
　中間宿主（中間寄主）

宿主〔名〕〔生〕宿主，寄主（＝宿主）、店主人，房東

宿所〔名〕住宿處
　在京中は友人の家を宿所と為ていた（在京期間住在朋友家裡）
　旅行に先立って宿所を決める（在旅行前定下住處）

宿将〔名〕老將、老手、富有經驗者
　野球界の宿将（棒球界老將）
　政界の宿将（政界老手）

宿酔〔名〕宿醉（＝二日酔い）

宿世、宿世、宿世〔名〕〔佛〕前世、前生、前世因緣
　宿世の業（前世的罪孽）
　拙き宿世（可悲嘆的前世報應）
　宿世の縁（前世因緣）

宿善〔名〕〔佛〕前世的善根←→宿悪

宿題〔名〕功課、課外作業、懸案，有待將來解決的問題
　夏休みの宿題（暑假作業）
　冬休みの宿題（寒假作業）
　宿題帳（作業本）
　算数の宿題（算數的作業）
　先生は毎日宿題を出す（老師每天出作業）
　宿題を為てから遊びに行く（做完作業再出去玩）
　将来解明す可き学界の宿題（須待將來解決的學界的問題）
　長年の宿題が解決した（多年的懸案終於解決了）
　宿題と為て残される（作為懸案保留）
　此の問題は宿題に為っている（這問題是個懸案）

宿直〔名、自サ〕值夜，值夜人員（＝宿直、泊まり番）←→日直
　宿直員（值夜人員）
　宿直室（值夜室）
　昨日の宿直は誰だ（昨天是誰值夜？）
　僕は昨晩宿直でした（昨晚我值夜）
　今晩は宿直の当番です（今晚輪我值夜班）
　宿直すると手当を貰える（值夜班可以領補貼）

宿直〔名〕〔古〕（在宮中或官署）值夜班（現用宿直）、（為貴人）侍寢

宿敵〔名〕宿敵、多年來的敵人
　宿敵を倒す（打倒宿敵）
　宿敵を打倒する（打倒宿敵）

宿徳〔名〕德高的老人、前世積的福德

宿年〔名〕多年

宿場〔名〕宿驛，驛站（＝宿駅）
　東海道の宿場（東海道上的驛站）
　宿場町（有驛站的村鎮）

宿泊〔名、自サ〕住宿、投宿
　宿泊所（旅館、宿營地）
　宿泊する場所（投宿的地方）
　宿泊料（住宿費）
　友人の所に宿泊する（住在朋友家裡）
　宿泊設備（住宿設備）
　宿泊人（投宿者、房客）

宿外れ〔名〕〔古〕驛站附近、驛站的外邊

宿弊〔名〕積弊、多年的惡習
　長年の宿弊を一掃する（剷除多年來的積弊）
　宿弊を打破する（破除積弊）

宿便〔名〕〔醫〕停滯腸內的糞便
  宿便を排泄する（排泄腸內停滯的糞便）
宿命〔名〕宿命、注定的命運
  宿命論（宿命論）
  宿命論を傾く（傾向於宿命論）
  宿命論者（宿命論者）
  宿命と思って諦める（認命而死心）
  両者の対立は宿命的な物だ（兩者的對立是命中註定的）
  彼の早世は宿命だったのだ（他的夭折是命中註定的）
宿料〔名〕〔舊〕旅館費、住宿費（=宿賃）
  宿料を払う（付住宿費）
宿老〔名〕耆宿，老前輩、（武士統治時代）高官、（江戶時代）村鎮總管
  政界の宿老（政界的元老）
宿割り、宿割、宿割り，宿割〔名、自サ〕分配住處（=部屋割り）
  団体の宿割りを為る（給團體分配住處）
  宿割りを決める（分配住處）
  宿割りを為る（分配住處）
宿禰〔名〕〔古〕（對臣下或近臣的親密稱呼）賢卿、姓氏之一（日本天武天皇時代所訂八姓第三姓）
宿〔名〕家，住處（=住処）、過夜，下榻、旅館、傭人的父母家或保證人，女傭介紹所。〔舊〕（妻稱夫）當家的
  埴生の宿（小土房、陋室）
  宿無し（無家的人、無棲身之地）
  知り合いの家を宿を為る（住在熟人家裡）
  友人の家を宿に求める（在朋友家借宿）
  宿を取る（定旅館）
  駅の近くに宿を取る（在車站附近旅館落腳）
  宿の女中（旅館的女服務員）
  御宿は何方でしょうか（您住在哪個旅館？）
  宿下がり（傭人請假回家或回職業介紹所）
  女中は宿へ下がっている（女傭回介紹所了）
  宿は未だ戻りません（當家的還沒回來）
宿す〔他五〕留宿，留住。〔轉〕懷孕，保有，藏有，映照
  友達を宿す（留朋友住宿）
  旅館に宿す（讓住在旅館）
  因果の胤を宿す（珠胎暗結）
  子を宿す（懷孕）
  病毒を宿す（種下病毒）
  禍根を宿す（留下禍根）
  胸に秘密を宿す（把秘密藏在心裡）
  目に涙を宿す（眼裡含著淚水）
  水に影を宿す（影子映在水裡）
  草の葉に露を宿す（草葉上掛著露珠）
宿る〔自五〕住宿，宿（=泊まる）、寄生，寄居、懷孕、存在、映照
  山小屋に宿る（宿在山間小屋）
  小さな村で宿る家も無い（小村莊連投宿之處都沒有）
  獅子座に宿る（宿在獅子星座）
  人体に回虫が宿る（蛔蟲寄生在人體中）
  子が宿る（懷孕）
  健全な精神は健全な身体に宿る（健全的身體寓於健全的精神）
  胤が宿る（有身孕）
  葉に露が宿る（葉上結著露珠）
  池に宿る月（映在池中之月）
  鳥は木に宿る（鳥棲息在樹上）
宿り〔名〕投宿（處），住宿（處）、旅居之處，臨時住處、旅館、星宿、星座
  何処に御宿りですか（您住在哪裡？）
  仮の宿り（暫時住所）
  宿り木、寄生木（寄生植物的總稱、檞寄生）
  宿りを取る（定旅館）
  寄生蠅（寄生蠅）
宿替え、宿替〔名、自サ〕搬家、遷居（=引っ越し、転居）
  何度も宿替えする（屢次搬家）
  二度宿替えした（搬了兩次家）
  御臍が宿替えする（〔喻〕可笑已極）
宿借り、宿借〔名〕房客，租房（=借家、借家、借家、借家、借宅）、寄居蟹、寄居蟲、食客，寄食（=居候）
宿下がり、宿下り〔名〕傭人請假回家（或回職業介紹所）

宿銭〔名〕住宿費（=宿賃）
　宿銭を払う（付住宿費）

宿賃〔名〕住宿費（=宿銭）
　一晩千円の宿賃（一晩上一千日元的旅館費）

宿帳〔名〕（旅館的）住宿登記簿
　氏名を宿帳に付ける（把姓名寫在住宿登記簿上）
　宿帳を調べる（查住宿登記簿）

宿無し、宿無〔名〕無家（的人）、沒有一定住址（的人）
　宿無しに為る（無家可歸）
　私は宿無しに為って終った（我無家可歸了）
　宿無し子（流浪兒）

宿引き、宿引〔名〕旅館招攬生意的人（=客引）

宿元、宿許〔名〕住處，住址，投宿處，旅館，寓所，傭人（或其保證人）的家、傭工介紹所（=請宿、慶庵、慶安、桂庵、口入れ屋）
　宿元を御知らせ下さい（請把住址通知我）
　宿元に下がる（臨時請假回傭工介紹所）

宿屋〔名〕住宿處，寓所（=宿泊所）。〔舊〕旅店，旅館，客棧（=旅籠屋、旅館）、（妓院的）下處（=揚屋）
　宿屋の女将（旅店的女主人〔內掌櫃〕）
　宿屋を取る（訂旅館）
　宿屋に泊まる（住在旅館裡）
　宿屋住い（住旅店）
　宿屋住いを二週間続けた（住了兩個多禮拜的旅館）

宿六〔名〕〔俗〕（妻稱夫）當家的（=亭主）←→嚊．嬶
　家の宿六は未だ帰らない（當家的還沒回來）

速（ㄙㄨˋ）

速〔漢造〕速，快，敏捷←→遲、速度
　遅速（快慢）
　早速（立刻、馬上、趕緊、火速）
　迅速（迅速）
　拙速（拙而速、品質不高但速度快）←→巧遅
　急速（迅速、快速）
　球速（〔棒球〕球的速度）
　敏速（敏捷、靈敏、俐落、迅速）
　神速（神速）
　秒速（秒速）
　時速（時速）
　等速（〔理〕等速）
　加速（加速、增加〔的〕速度）←→減速
　減速（減速、速度減低）
　過速（超速）
　風速（風速）
　音速（〔理〕音速、聲速-在空氣中攝氏零度時、秒速為331米、時速約為1200公里）
　超音速（超音速）

速乾〔名〕速乾、快乾
　速乾インキ（快乾墨水）

速記〔名、他サ〕（運用速記術的）速記、（一般聽寫的）筆記，速記
　速記を習得する（學習速記）
　演説を速記する（把演說速記下來）
　速記術（速記術）
　松本教授の講義は速記し易い（松本教授的課容易記筆記）
　要点は速記し易いようにゆっくり話す（為便於記筆記重點的地方說得慢些）話す放す離す

速急、即急〔形動〕急速
　速急に対策を立てる（急速擬定政策）立てる裁てる断てる絶てる経てる建てる発てる

速球〔名〕〔棒球〕快球
　速球を投げる（投快球）投げる凪げる薙げる和げる
　速球投手（快球投手）

速決〔名、他サ〕速決、迅速決定
　速戦速決する（速戰速決）

速攻〔名、他サ〕（戰爭或比賽的）速攻、快攻
　速攻を掛ける（發起速攻）掛ける搔ける駈ける書ける欠ける翔ける懸ける
　敵に対して速攻戦術を取る（對敵人採取速攻戰術）取る捕る獲る盗る執る採る摂る撮る

速効〔名〕快速生效←→遅効
　速効性肥料（速效性肥料）

速算〔名、他サ〕（用珠算等）快算
　速算表（速算表）

ム

速指計器〔名〕〔理〕速示儀表（指針不擺的儀表）

速示檢流計〔名〕〔理〕不擺電流計

速写〔名、他サ〕速寫、快照，迅速拍照，快鏡拍攝
　小型速写写真機（袖珍快照照相機）

速射〔名、他サ〕速射、快速射擊
　機関銃の速射（機槍的快速射擊）
　速射砲（速射砲）

速修〔名、他サ〕（外語或技術等的）速修、速成

速成〔名、自他サ〕速成
　私は三カ月のドイツ語速成教授を受けた（我學了三個月的德語速成課程）
　優れた科学者は速成出来ない（優秀的科學家不是可以速成的）
　速成科（速成科）三カ月三ヶ月三箇月三個月

速戦即決〔名、自サ〕速戰速決
　速戦即決の戦法を取る（採取速戰速決的戰術）取る捕る獲る盜る執る採る摂る撮る

速達〔名〕快信、快件、快遞（＝速達郵便）
　速達の手紙（快信）
　速達で送る（寄快件）送る贈る
　速達で出す（寄快件）
　普通便は二、三日掛かるが、速達なら其の日に着く（平信得兩三天寄快信當天就到）
　速達料（快件郵資）着く付く附く就く吐く衝く憑く搗く尽く

速断〔名、他サ〕從速決定，從速判斷、輕率的判斷
　速断を迫られる（迫使從速決定、不得已要當機立斷）迫る逼る
　もう駄目だと思うのは速断だ（認為已經無法挽救是輕率的判斷）
　此で成功は確実だと速断しては為らない（不能輕率地判斷說這樣就算確實成功了）

速度〔名〕速度
　初速度（初速度）
　終速度（終速度）
　等速度（等速）
　変速度（變速）
　一秒間十五メートルの速度で（以每秒十五米的速度）

　速度を増す（加速、提高速度）増す益す
　速度を減じる（減速、減低速度）
　速度を落とす（減速、減低速度）
　仕事の速度が鈍る（工作效率低落）
　速度を落とせ（〔牌示〕慢行、減速）
　制限速度時速五十マイル（〔牌示〕時速限五十英里）
　速度違反（違章超速）
　速度計（速度計、示速器、速度指示器）
　回転速度計（轉速計、轉速表）
　速度制限（速度限制、速度極限）
　速度制限を為る（限制速度）
　速度定数（〔理〕速度常數）

速答〔名、自サ〕速答、快答

速読〔名、他サ〕速讀、快讀
　速読術（速讀法）

速筆〔名〕筆快、寫得快←→遲筆

速歩〔名〕小跑、駕車小跑，騎馬小跑（＝速歩　速足）
　速歩で進む（小跑前進）

速歩、速足〔名〕快走，走得快、快步
　速歩で使いに行って来る（快去快回地跑一趟差使）使い遣い
　速歩で歩く（快步走）
　速歩で丘を駆け下りた（快步跑下了山崗）丘岡陸阜
　駆足から速歩に移る（由跑步改為快步）移る遷る映る写る
　速歩（進め）（〔口令〕快步走！）

速報〔名、他サ〕速報，快報、簡短的新聞報導
　選挙速報（選舉快報）
　開票結果を速報する（即刻報導開票結果）

速力〔名〕速率、速度（＝スピード）
　速力が速い（速度快）速い早い
　速力が遅い（速度慢）遅い晩い襲い
　速力が増す（速度增加）増す益す
　速力が減じる（速度降低）
　速力を早める（加快速度）早める速める
　速力を上げる（加快速度）上げる揚げる挙げる

速力を緩める（放慢速度）緩める弛める
全速力で（以全速）
一時間六十マイルで（以每小時六十英里的速度）
凄まじい速力で工事を仕上げる（以驚人的速度完工）
此の自動車は最大時速１５０マイル迄速力が出る（這部汽車的最大時速可達到每小時一百五十英里）

速やか〔形動〕快、迅速
速やかに行動する（迅速行動）
速やかな処置が必要だ（必須採取緊急措施）
速やかに返答する（火速回答）
速やかに震災防止、救援活動に取り組んだ（迅速投入防震抗災救援活動）

速い、早い〔形〕早←→遅い、晩い、為時尚早，還不到時候，快，迅速、急、敏捷，靈活
朝起きるのは早い（早上起得早）
生まれる一月早い（早生一個月）
明日はもっと早く御出でよ（明天再早一點來）
一日早く帰って来た（提早一天回來了）
予定より早いので、未だ誰も来ていない（比預定時間還早所以誰都還沒來）
君、其の年で結婚するのは未だ早い（你這年齡結婚還太早）
君は結論を下すのが早過ぎる（你下結論還為時尚早）
寝るには未だ早い、もう暫く本を読もう（睡覺還太早再看一會書吧！）
足が速い（走得快）
走るのが速い（跑得快）
本を読むのが速い（看書看得快）
速く為ないと間に合いませんよ（不快點就來不及了）
速ければ速い程良い（越快越好）
彼は速く此の方法をマスターした（他很快就掌握了這種方法）
出来る丈速く解決する（盡快解決）
汽車で行った方が速い（坐火車去快）
速い馬（快馬）
速い船（快船）
流れが速い（水流急）
気が速い（性急、易怒、易激動）
呼吸が速い（呼吸急促）
速い話が（簡單說來、直截了當地說）
頭の巡りが速い（頭腦靈活）
仕事が速い（工作敏捷）

速さ、早さ〔名〕速度、早晚的程度
光の早さ（光速）
進歩の早さ（進步的速度）
此の早さで行けば二時間で着く（按這個速度走兩小時就到）

速まる、早まる〔自五〕倉促，輕率，貿然、過早，提前，忙中出錯，著急誤事
早まった事を為る（貿然行事）
早まった事を為て呉れるな（可不要貿然從事）
早まって人に疑いを掛ける物ではない（不要輕易懷疑人）
彼は早まって皆に其のニュースを流して仕舞った（他輕率地向人們洩漏了那件消息）
遠足は三日早まり、明日行く事に為た（郊遊提前三天改在明天去）
早まって喜んでは為らない（不要高興得太早了）
早まると事を仕損じる（忙中有錯）
早まって意味を取り違える（忙中領會錯了意思）

速める、早める〔他下一〕加快，加速、提前
足を早める（加快步伐）
速力を早める（加快速度）
工事の進行を大幅に早めた（大大加快了工程進度）
自分の滅亡を早める丈だ（只能加速自己的滅亡）
開会の時刻を早める（提前開會時間）
取り入れの時期を早める（提前收割期）

速駕籠、早駕籠〔名〕快轎、信差所乘坐夜不停的快轎

早変わり，速変り，早変わり，早変り〔名、自サ〕
（戲劇）演員在同一場內迅速改變姿態而變演別的腳色。
〔喻〕搖身一變
行商人からデパートの経営者に速変りする（由街頭小販搖身一變成為百貨公司的董事）

早変わり，早変り，早替わり，早替り〔名、自サ〕演員在同一場戲中迅速換裝扮演兩個角色、搖身一變
役者が老人から鬼に早変りして登場した（演員搖身一變由老人改扮成鬼怪出場了）
彼は中年の紳士に早変りした（他搖身一變而為中年紳士了）
役人から会社の重役に早変りする（由官吏搖身一變而為公司的董事）

速船、舸〔名〕速度快的船，（平安、鎌倉時代）戰鬥用的高尾船

早船、早舟〔名〕快船、快划的小船

速見、早見〔名〕一看即懂、一目了然
早見表（一覽表、簡表）
計算早見表（簡便計算表）
電話番号早見表（電話號碼簡表）

速目，速め，早目，早め〔名、形動〕提前、眼尖、催生藥（=早目薬）
少し早目に行こう（早一點去吧！）
早目に登校する（提前到學校去）
勿論早目に来て呉れれば尚良い（能提前來當然更好）
早目な（の）準備（提前的準備）
早目早耳（眼尖耳靈、消息靈通）

訴（ムㄨˋ）

訴〔漢造〕訴訟，控告、訴說
告訴（告訴、控告）
上訴（上訴、向上級申訴）
直訴（直接上訴、越級上訴）
控訴（上訴）
密訴（密告）
公訴（公訴）
哀訴（哀訴、哀告）
泣訴（泣訴、哭訴）
愁訴（訴苦、自訴症狀）
自訴（自首）
勝訴（勝訴）
敗訴（敗訴）

訴因〔名〕〔法〕訴訟的原因、起訴的理由
彼は起訴された四つの訴因全部に就いて有罪と判定された（他被起訴的四項罪狀都被判為有罪）

訴願〔名、他サ〕（法）請願、請求
罪の軽減を訴願する（請求減刑）
集団訴願（集團請願）

訴求〔名、他サ〕（運用廣告、宣傳等）吸引顧客

訴件〔名〕〔法〕訴訟的案件、訴訟事件

訴権〔名〕〔法〕訴訟權、控訴權

訴訟〔名、自サ〕訴訟←→示談
訴訟を起す（提起訴訟）
訴訟を却下する（駁回訴訟）
訴訟を取り下げる（撤回訴訟）
土地問題で訴訟する（由於土地問題提起訴訟）
訴訟に勝つ（訴訟勝利、勝訴）
訴訟に敗れる（訴訟失敗、敗訴）
刑事訴訟（刑事訴訟）
民事訴訟（民事訴訟）
訴訟代理人（訴訟代理人）
訴訟依頼人（訴訟委託人）
訴訟事件（訴訟案件）

訴状〔名〕〔法〕起訴書、訴訟狀
訴状を提出する（呈遞起訴書）

訴追〔名、他サ〕提起公訴、對法官彈劾
訴追条件（起訴條件）
国会で裁判官を訴追する（在國會上彈劾法官）

訴人〔名、自サ〕起訴人，原告，起訴，告狀
訴人の甲に出頭を求める（要求原告甲出庭）

訴う〔他下二〕訴訟，控訴，控告（=訴える）

訴える〔他下一〕訴訟，控訴，控告、申訴，訴苦，訴諸，感動，打動
人に訴えられる（被人控告）

裁判所に訴える（向法院控告）
苦痛を訴える（叫苦）
法律違反の廉で訴えられた（以違法被起訴了）
苦しさを訴える（訴苦）
苦しみを訴える所も無い（有苦無訴處）
不平を訴える（發牢騷）
武力を訴える（訴諸武力）
理性に訴える（訴諸理性）
腕力に訴える（動武）
暴力に訴える（訴諸暴力）
人に訴える力が弱い（感動人的力量微弱）
人の心に訴える（動人心弦）
此の絵は少しも私に訴えない（這幅畫對我一點感動力也沒有）

訴え 〔名〕訴訟，控告，控訴、申訴，訴苦，呼籲
損害賠償の訴え（賠償損失的訴訟）
火事被害者の訴え（火災被害者的控訴）
訴えを取り下げる（撤銷控告）
裁判所に訴えを起す（打官司）
訴え事（訟事）
訴え人（原告）
人人の切実な訴えに耳を貸そうとも為ない（對於人們的苦苦申訴置若罔聞）
無言の訴え（無言的申訴）
両国関係正常化の訴え（兩國關係正常化的呼籲）

粟（ムㄨˋ）

粟 〔名〕〔古〕粟，小米（＝粟）、稻米（＝籾米）
粟を食む（食祿、作官）

粟粒 〔名〕小米粒（＝粟粒）、極小的東西、雞皮疙瘩
粟粒大の土地（極狹小的土地、立錐之地、彈丸之地）
粟粒結核（〔醫〕粟粒結核）
粟粒結節（〔醫〕粟粒疹）

粟 〔名〕穀子、小米
粟粒（小米粒）沫泡

糯粟（粘穀子）
粟餅（小米年糕）
粟飯、粟飯（小米飯-小米和米一起煮的飯）
粟粒程（微乎極微）
膚に粟を生じる（身上起雞皮疙瘩）
濡れ手に（で）粟（不勞而獲、輕而易舉地發財）

泡、沫 〔名〕泡、沫、水花
石鹼の泡（肥皂泡）粟
泡が立つ（起泡沫）
泡を立てる（使起泡）
口から泡を吹く（口吐泡沫）
彼の望みは水の泡と消えて終った（他的希望歸於泡影了）
長い間の苦心も水の泡に為って終った（長年的苦心也前功盡棄了）
泡を食う（驚慌.著慌）喰う
行き成り怒鳴られてすっかり泡を食った（突然哀申斥而驚慌失措）
泡を食って逃げ出す（驚慌逃走）
一泡吹かせる（使人嚇一跳.使人大吃一驚）
水泡、水泡、水泡（水泡）

粟粒 〔名〕小米粒
粟粒の様に小さい（像小米粒般那樣小）

粟立つ 〔自五〕起雞皮疙瘩
寒さで皮膚が粟立つ（因為冷皮膚上起雞皮疙瘩）
其を見ると肌が粟立つ（這種光景令人不寒而慄）

肅（肅）（ムㄨˋ）

肅 〔形動、漢造〕肅靜、嚴肅
満場肅と為て声無し（滿場鴉雀無聲）
人人は肅と為て襟を正した（人們嚴肅正襟而坐）
静肅（肅靜）
厳肅（嚴肅、嚴峻）

肅と為て 〔副〕肅靜、肅然
満場肅と為て声無し（滿場鴉雀無聲）

ム

人々は粛と為て襟を正した（人們嚴肅正襟而坐）

粛学〔名、自サ〕（二次大戰期間用語）整頓大學內部（藉以開除進步的學者）

粛学に依って言論を圧迫する（假藉整肅大學內部壓制言論）

粛軍〔名、自サ〕整肅軍隊紀律、整肅軍隊異己份子

粛啓〔名〕〔信〕敬啓者（＝拜啓）

粛啓、時下秋冷の候益々御清祥の事と拝察致します（敬啓者時值秋涼恭維尊體康泰是禱）

粛白〔名〕〔信〕敬啓者（＝粛啓、拜啓）

粛殺〔名〕肅殺

粛殺の気（肅殺之氣）氣氣候候

粛粛〔形動〕肅靜、莊嚴肅穆、肅然，謹愼貌

粛粛と為て馬を進める（肅靜驅馬前進）
粛粛たる行進（莊嚴肅穆的行進）

粛正〔名、他サ〕整頓、整飭

綱紀を粛正する（整頓綱紀）
綱紀粛正（整頓綱紀）
選挙粛正（整飭選擧）

粛清〔名、他サ〕肅清、清洗

汚職を粛清する（肅清貪污）
反党分子を粛清する（肅清反黨份子）

粛然〔副、形動〕肅然、寂靜、寂然←→騷然

粛然と為て襟を正す（肅然起敬）
辺りは粛然と為て物音一つ聞えない（周圍寂靜無聲）

粛党〔名、自サ〕清黨、整黨

粛党を行う（進行清黨）
一日も速く粛党する必要が有る（有必要儘早清黨）
自由党は選挙後逸早く粛党を始めた（自由黨在選擧後馬上就開始清黨了）

溯、遡（ㄙㄨˋ）

溯、遡〔漢造〕逆流而上、追想

溯源，遡源，溯源，遡源〔名、自サ〕溯源、溯本求源、追根究柢

溯江、遡江〔名、自サ〕逆江而上

揚子江を遡江する（溯長江而上）

溯行、遡行〔名、自サ〕逆流而上

川を遡行する（逆流而上）

溯航、遡航〔名、自サ〕逆流航行

溯及、遡及、溯及〔名、自サ〕追溯

此の事件は三年前に遡及する（這個事件要追溯到三年以前）
刑法不遡及の原則（刑法上不追溯既往的原則）
遡及力（有追溯既往的效力）
遡及して支払われる給与（補發的工資）
此の規定は終戦の時迄遡及する（這一規定上溯到停戰時為止有效）

溯る、遡る〔自五〕逆流而上，溯航、回溯，上溯，追溯

川を遡る（逆流而上）
河を泳いで遡る（逆流往上游）
舟で河を遡る（坐船逆流而上）
船を漕いで川を遡る（划船逆流而上）
太古に遡る（追溯到上古）
根源に遡る（追本溯源）
遡って原因を調べる（追究原因）
話は十年前に遡る（事情追溯到十年前）
既往に遡って未来を展望する（回溯過去展望未來）

塑（ㄙㄨˋ）

塑〔漢造〕（用黏土、石膏等）塑造

彫塑（雕塑、雕刻和塑像）
紙塑（紙塑、用造紙材料造型）

塑性〔名〕〔理化〕可塑性

塑性が有る（有可塑性）
塑性変形（塑姓變形）
塑性限界（塑姓極限）
塑性流動（塑性流動、黏滯流）
塑性流れ（塑性流動、塑性変形）
塑性粘土（塑性黏土）
塑性領域（塑性區域、塑性範圍）

塑像〔名〕塑像

塑像を造る（製造塑像、雕塑像）

塑造〔名〕塑造、造型
塑造芸術（造型藝術）

溯、遡（ㄙㄨˋ）

溯、遡〔漢造〕（同溯）逆流而行、追憶往事

遡源，溯源、遡源，溯源〔名、自サ〕溯源、溯本求源、追根究柢

遡江、溯江〔名、自サ〕逆江而上
揚子江を遡江する（溯長江而上）

遡行、溯行〔名、自サ〕逆流而上
川を遡行する（逆流而上）

遡航、溯航〔名、自サ〕逆流航行

遡及、遡及、溯及〔名、自サ〕追溯
此の事件は三年前に遡及する（這個事件要追溯到三年以前）
刑法不遡及の原則（刑法上不追溯既往的原則）
遡及力（有追溯既往的效力）
遡及して支払われる給与（補發的工資）
此の規定は終戦の時迄遡及する（這一規定上溯到停戰時為止有效）

遡る、溯る〔自五〕逆流而上，溯航，回溯，上溯，追溯
川を遡る（逆流而上）
河を泳いで遡る（逆流往上游）
舟で河を遡る（坐船逆流而上）
船を漕いで川を遡る（划船逆流而上）
太古に遡る（追溯到上古）
根源に遡る（追本溯源）
遡って原因を調べる（追究原因）
話は十年前に遡る（事情追溯到十年前）
既往に遡って未来を展望する（回溯過去展望未來）

唆（ㄙㄨㄛ）

唆〔漢造〕教唆、示唆（＝唆す、嗾す）
教唆（教唆、唆使）
示唆、示唆（唆使、暗示）

唆す、嗾す〔他五〕唆使、教唆、慫恿、引誘、勸誘

唆されて学校をサボった（被慫恿翹課了）
唆されて罪を犯させる（教唆別人犯罪）
唆して間柄を裂く（挑撥離間）
女学生を唆してダンスホールへ行く（引誘女學生到舞廳去）
学生を唆して勉強させる（勸導學生用功）

娑、裟（ㄙㄨㄛ）

娑、裟〔漢造〕往來行動的樣子、舞的樣子

娑婆、裟婆〔名〕（梵 saha 音譯）〔佛〕人世，俗世、（囚犯、軍隊用語）自由世界
娑婆はどうせ苦界だ（人世終究是苦海）
もう娑婆には用が無い（活著已沒有什麼意思了）
娑婆の暮らしに嫌気が差した（塵世的生活我已經膩了）嫌気嫌気
娑婆に居るのも今日限りだ（今天是活在人世的最後一天了）
もう一度娑婆の風に当たり度い（想再吸一吸自由世界的空氣）
今度に出たら屹度真人間に為る（這次出獄重返社會一定重新做人）
後二年で娑婆に出られる（再過兩年就可出獄了）
娑婆で見た弥次郎（〔對熟人〕裝作不認識）

娑婆気、裟婆気、娑婆っ気〔名〕名利心
娑婆気が有る（有名利心）
娑婆気を捨てる（拋棄名利心）
娑婆気が多い（名利心重）
彼の男は未だ娑婆気が抜けない（他還沒擺脫名利心）
坊主の癖に娑婆気が強い（一個出家人名利心卻很重）

娑婆塞ぎ、裟婆塞げ〔名〕好吃懶做的人（＝穀潰し）、醉生夢死

梭、梭（ㄙㄨㄛ）

梭、梭〔漢造〕織布引緯線的器具、很快的

梭貝〔名〕梭貝（海兔科的卷貝）

梭魚、鯍〔名〕梭子魚、油鯽

簑（ㄙㄨㄛ）

簑〔漢造〕用草編成的雨衣
簑〔名〕簑衣
　簑を着て田に出る（穿著簑衣下水田）
簑貝〔名〕〔動〕索氏銼蛤
　簑貝科（銼蛤）
簑笠〔名〕簑和笠、披簑戴笠
簑笠子〔名〕〔動〕簑鮋
簑亀〔名〕〔動〕簑龜（＝石龜）
簑毛〔名〕簑衣上（像羽毛似的）下垂的草葉、鷺鷥頸部下垂的羽毛
簑虫〔名〕〔動〕簑蟲、簑蛾、結草蟲

縮（ㄙㄨㄛ）

縮〔漢造〕縮
　圧縮（壓縮、〔把文章等〕縮短）
　伸縮（伸縮）
　収縮（收縮）
　恐縮（〔對對方的厚意感覺〕惶恐〔表示感謝或客氣〕、〔給對方添麻煩表示〕對不起，過意不去，〔感覺〕不好意思，羞愧，慚愧）
　萎縮（萎縮）
　畏縮（畏縮）
　防縮（〔紡織品的〕防縮）
縮減〔名、他サ〕縮減、削減
　予算は一割方縮減された（預算被削減了一成左右）
縮合〔名〕〔化〕縮合、聚合、凝聚、冷凝
　縮合環（稠環）環環
縮刷〔名、他サ〕縮印、縮版印刷
　原本を縮刷して売り出す（縮印原版書出售）
　縮刷版（縮印版）
縮写〔名、他サ〕（用照相方法）縮小（地圖或書籍的原版）
　地図を縮写する（縮小地圖）
　原本の二分の一の縮写を作る（製原版二分之一的縮版）作る造る創る
縮尺〔名、他サ〕縮尺←→現尺
　此の地図は五万分の一の縮尺だ（這幅地圖的縮尺是五萬分之一）
　此の絵を縮尺して模写する（把這幅畫按比率尺縮小後加以複製）
　縮尺図（縮小比率圖）
縮絨〔名〕〔紡〕縮絨、縮呢工程
　縮絨工場（縮呢廠）工場工場
縮重合〔名〕〔化〕縮合聚合（作用）
縮小〔名、自他サ〕縮小、縮減←→拡大、拡張
　軍備縮小（裁減軍備）
　人員を縮小する（裁減人員）
　原物を縮小して模型を作る（縮小原物製造模型）作る造る創る
　予算は修正されて縮小した（預算經修改後縮減了）
　縮小均衡（〔經〕縮小經濟規模保持收支平衡）←→拡大均衡
縮図〔名〕縮圖
　人世の縮図（人世的縮影）
　原画の三分の一の縮図（原畫三分之一的縮圖）
縮退星〔名〕〔天〕白矮星
縮瞳〔名〕〔醫〕縮小瞳孔
　縮瞳薬（縮瞳藥）薬薬
縮帆〔名、自サ〕〔海〕收帆
縮版〔名〕縮版
縮閉線〔名〕〔數〕漸屈線、法包線
縮緬〔名〕縐綢、泡泡紗
　縮緬の着物（縐綢的衣服）
　小紋縮緬（小花縐綢）
縮緬紙〔名〕縐紋紙
縮緬キャベツ〔名〕〔植〕羽花甘藍
縮緬雑魚〔名〕小乾白魚、〔動〕白子魚
縮緬皺〔名〕縐紋、小縐紋
　縮緬皺の膚（有小縐紋的皮膚）膚肌
縮かまる〔自五〕〔俗〕蜷曲（＝縮かむ）
　縮かまって寝る（蜷著身體睡覺）寝る錬る練る煉る
縮かむ〔自五〕（身體或四肢）抽縮、蜷曲、拘攣
　寒くて指先が縮かむ（手指尖凍得拘攣）

怖くて縮かむ（嚇得縮成一團）怖い恐い強い

縮くれる〔自下一〕卷曲、起皺，出褶（=縮れる）

縮こまる〔自五〕抽縮、蜷曲（=縮かまる）
　恐ろしくて縮こまる（嚇得縮成一團）恐ろしい怖ろしい
　寒くて縮こまる（凍得蜷著身體）
　松吉は布団を頭から被って、寝床の中に縮こまっていた（松吉用被子蒙著頭在被窩裡縮成一團）

縮まる〔自五〕縮小，縮短、收縮，抽縮（=縮む）、起皺，出褶
　距離が縮まる（距離縮短）
　身が縮まる程寒い（凍得身體抽縮）
　木材は乾燥するに連れて縮まる（木材隨著乾燥而收縮）木材木材
　此のシャツは洗濯しても縮まらない（這件襯衫洗也不縮水）
　命が縮まる様な気が為る（覺得好像要少活多少年似的）為る為る
　皮膚が縮まる（皮膚起皺）

縮める〔他下一〕縮短，縮小、截短，弄小、蜷曲，縮回、減少，削減、使起皺褶，弄出皺紋
　期限を縮める（縮短期限）
　戦線を縮める（縮短戰線）
　命を縮める（縮短壽命）
　先頭との差を縮める（縮小和領先者的差距）
　紙の寸法を縮める（把紙的尺寸裁小）
　着物を五寸許り縮める（把衣服截短五寸）
　足を縮めて寝る（蜷著腿睡）
　舌を縮める（縮回舌頭）
　首を縮める（縮回脖子）
　経費を縮める（削減經費）
　文の長さを三分の一に縮める（把文章壓縮成三分之一）
　眉の間を縮める（皺起眉頭）

縮む〔自五〕縮，縮小，抽縮、出褶，起皺紋，畏縮，退縮，惶恐，縮回去，縮進去
　木綿の生地を水に浸けると縮む（棉布一浸水就縮水）

　着物の丈が縮んだ（衣服的身長縮短了）
　皮膚が縮む（皮膚起皺）
　アイロンで縮んだ処を伸ばす（運熨斗熨開褶皺）伸ばす延ばす展ばす
　隅の処に縮んでいる（縮在屋角）
　身も縮む思う（惶恐萬狀）
　蝸牛の角が縮んだ（蝸牛角縮回去了）

縮み、縮〔名〕縮小，縮短、抽縮，畏縮，退縮，縐綢，縐布，縐紗，泡泡紗（=縮み織り）
　伸び縮み（伸縮）
　縮みを見込む（把抽縮估計在內）
　縮みのシャツ（縐紗的襯衫）

縮み上がる〔自五〕縮小很多、抽縮得厲害
　洗濯したら縮み上がった（一洗縮水了好多）
　恐ろしくて縮み上がる（惶恐萬狀）
　父に叱られて縮み上がる（被父親訓誡得縮成一團）
　縮み上がる程の痛さ（疼得直拘攣）

縮み織り、縮織〔名〕縐綢，縐布，縐紗，泡泡紗（=縮み）

縮み込む〔自五〕縮進去，縮回去、非常惶恐
　父に叱られて縮み込んだ（被父親訓誡得惶恐萬狀）

縮み止め〔名〕防縮
　縮み止めが為て有る（〔布料等〕經過防縮處理）

縮らす〔他五〕使卷曲、使起縐褶
　薬で髪を縮らす（用藥水燙髮）

縮らせる〔他下一〕使卷曲（=縮らす）

縮れる〔自下一〕卷曲、起皺，出褶
　生れ付き髪が縮れている（頭髮生來就卷曲著）
　アイロンで縮れている布を伸ばす（用熨斗把褶皺的布燙平）

縮れ〔名〕卷曲、褶皺
　髪の縮れを直す（修整頭髮的卷曲）直す治す

縮れ毛〔名〕卷毛、卷髮
　彼女は生れ付き縮れ毛だ（她天生是卷髮）
　羊の縮れ毛（羊的卷毛）

所（ㄙㄨㄛˇ）

所〔漢造〕處所，地點、特定地點、機關、（動作的）內容、表示被動

　　住所（住所、住址）（＝住処）
　　居所、居処（住處，住址、〔法〕居所，寓所－指僅在一定期間繼續居住的地方）
　　居所、居所（住處、〔古〕臀部，屁股）
　　地所、地所（土地，地面、地皮，地產）
　　支所（分所、分公司、辦事處）
　　死所、死処（死的地方、〔有死的價值的〕死所）
　　場所（場所，地方、現場、所在地、席位，座位、地點，位置、〔相撲〕〔大會的〕會期，會場）
　　派出所（〔派出工作人員辦事的〕辦事處，事務所、〔警察〕派出所）
　　近所（近處、附近、左近、近鄉）
　　名所（名勝〔古蹟〕）
　　余所、他所（別處，別的地方、遠方，他鄉、別人家、不願，漠不關心，漠然視之）
　　役所（官署、官廳、衙門、政府機關）
　　屯所（駐地，駐屯地、〔舊〕警察署）
　　便所（便所、廁所）（＝トイレ）
　　行在所（行宮）（＝行宮）
　　駐在所（警察派出所）
　　研究所（研究所）
　　停留所（公車站、電車站）

所為〔名〕所為，所做的事（＝仕業）、緣故（＝所為）
　　人間の所為とも思われない（不像是人類能做出來的）

所為〔名〕原因，緣故、歸咎（大多用於產生壞的效果時）
　　失敗を人の所為に為る（把失敗歸咎於別人）
　　頭がふらふらするのは熱の所為だ（頭暈是因為發燒的緣故）
　　僕等が遅刻したのは全く君の所為だ（我們遲到了全怪你）
　　誰の所為でもない（誰也不能怪）

　　其は気の所為だ（那是你神經過敏）
　　皆私の所為です（全都是我的錯、全都怪我）

所員〔名〕（研究所或事務所等的）所員、職員、工作人員
　　研究所の所員に為る（成為研究所的所員）

所演〔名〕演出（曲藝等）
　　大家所演の能（大師演出的能樂）

所縁、所縁，縁〔名〕因緣、關係（＝由縁）
　　彼とは一寸した所縁が有る（和他多少有點關係）
　　私には縁も縁も無い人だ（是與我毫無關係的人）
　　渋民村は啄木所縁の地である（澀民村是和啄木有因緣的地方）

所懐〔名〕所懷、所感
　　所懐の一端を述べる（略述所懷）

所轄〔名、他サ〕所轄，所管、管轄（的範圍）
　　其其所轄の官庁に報告する（分別呈報各該管官署）
　　此の事件は本省の所轄ではない（此事件不歸本部管轄）
　　所轄署（主管官署）

所感〔名〕所感、感想
　　年頭所感（新年有感）
　　所感を述べる（陳述感想）
　　一言所感を述べさせて戴き度い（請允許我談幾句感想）
　　昨夜の会に就いて御所感を承り度い（關於昨天晚上的會想聽聽您的感想）

所管〔名、他サ〕所管、主管（的範圍）
　　大蔵省の所管に属する事務（屬於財政部所管的事務）
　　此の役所で所管する業務（本機關所管轄的業務）
　　所管行政（主管行政）
　　所管大臣（主管大臣）
　　所管官庁（主管官署、該管官署）

所願〔名〕所願、願望
　所願成就を祈る（祈禱願望實現）祈る祷る

所期〔名、他サ〕所期、期待、預期
　所期の如く（正如所騎）
　所期に添う（如願以償）添う沿う
　所期の成績を上げる（取得預期的成績）上げる揚げる挙げる
　所期の目的を達した（達到預期的目的）

所行、所業〔名〕（指不好的）行為、行徑、所作所為
　怪しからぬ所行（粗暴的行為、下流行徑）
　他人の所行を批評する（批評別人的行為）

所化〔名〕〔佛〕僧侶的弟子、寺中的修行僧

所見〔名〕所見，觀察結果、意見，看法、印象，見聞
　銀座所見（銀座風光）
　レントゲン写真に拠る所見（根據X光照片觀察的結果）
　所見を述べる（陳述意見）述べる陳べる延べる伸べる
　所見を伺う（聽取意見）伺う窺う覗う
　此の人に就いては他に所見が無い（關於這個人沒有其他印象）

所言〔名〕所說、所述

所作〔名〕舉止，動作，行為。〔劇〕作派（=所作事）、〔古〕工作
　落ち着いた所作（鎮靜〔沉著〕的舉止）
　所作事〔劇〕〔劇中有特殊表情的〕舞蹈，作派、〔歌舞伎中〕用"長唄"伴奏的舞蹈，舞劇〔=振事〕）

所載〔名〕（報紙、雜誌、書刊中）所載、刊載、登載
　昨日の新聞紙所載の論文（在昨天報上登載的論文）昨日昨日
　前号所載の通り（如前期〔雜誌〕所載）
　夕刊所載の小説（晚報登載的小説）

所在〔名〕（人的）住處，所在地、（物的）所在，下落、（建築物等）座落、隨地，各處、工作，行為
　彼は所在を晦ました（他躲起來了）晦ます眩ます暗ます
　所在が知れない（不知在哪裡）
　船の所在が不明に為った（船的下落不明了）
　責任の所在を明らかに為る（弄清責任之所在）
　其の本の所在は現在知られていない（現在不知道那本書在哪裡）
　県庁所在地（縣政府的所在地）
　所在の敵を破る（擊敗各處的敵人）
　所在が無い（無聊、無事可作）
　所在無い（無聊、無事可作）
　所在無くて退屈だ（因無事可作覺得無聊）
　所在無さに子供を相手に半日暮した（因為無所事事逗孩子度過了半天）

所産〔名〕所產、果實
　研究の所産（研究的果實）
　多年努力の所産（多年努力的結果）

所司〔名〕〔史〕（鎌倉時代）"侍所"的次長（侍所為監督武士的機關）、（室町時代）"侍所"長官

所司代〔名〕〔史〕（室町時代）所司代理、（江戶時代）警衛京都並管理政務的官職

所思〔名〕所思、所想
　所思の一端の述べる（略述所思）述べる陳べる延べる伸べる

所持〔名、他サ〕所持，所有、攜帶
　証明書を所持する人（帶著證明書的人）
　其の旅人は大金を所持している（那個旅客攜帶著巨款）旅人旅人旅人大金大金
　体を調べたら此の短刀を所持していた（一檢查身上帶著這把短刀）
　所持金（所帶款項）
　此処に所持金が一万円有る（這裡帶有一萬日元）
　所持者（持有者）
　免許証の所持者（持有執照的人）
　所持品（攜帶的物品）
　所持品を調べる（檢查攜帶的物品）

所収〔名〕所收、所集
　所収の論文（所收的論文）
　所収作品（所收的作品）

所出〔名〕生，所生、出生、出處
　所出を明らかに為る（弄清出處、明確出處）

ム

所有者（所有者、物主）
　所有者の無い品（沒有物主的東西）
　土地の所有者（土地所有者）
所有物（所有物）
　此は山田氏の所有物だ（這是山田先生的所有物）
所有格（〔語法〕所有格）
所有欲（所有欲）
　彼は所有欲の強い人だ（他是個所有欲很強的人）
所有権（所有權）
　土地の所有権（土地所有權）
　所有権を持っている（具有所有權）
所有権侵害（侵犯所有權）

所与〔名〕所與，給予（物）、（據以推論或解決問題的）與件，前提條件
　所与の課題に就いて思考する（就所給的題目進行思考）
　所与の条件の下で研究を続ける（在所給的條件下繼續進行研究）

所用〔名〕所用、使用、所用物品、事情，事務
　本人の所用の間は譲渡しない（本人使用期間不能轉讓）
　所用が有って外出する（因事外出）
　所用の為学校に出て来なかった（因有事未來校）

所要〔名〕所要、所需、必要（的事物）
　所要（の）時間（所要的時間）
　所要の経費（所需經費）
　所要（の）条件（必要條件）

所領〔名〕領地、所領土地
　所領を没収する（沒收領地）

所労〔名〕〔舊〕疲勞、疾病，因勞致疾（＝患い）
　所労の為休養する（因病休養）

所論〔名〕所論（的事物）、論點
　彼の所論は疑わしい（他的論點值得懷疑）
　彼の所論は未だ学界で認められない（他的論點尚未得到學界的承認）

所謂〔連体〕所謂、常說的、一般人說的、大家所說的
　所謂君子（所謂的君子）
　所謂貴公子（所謂的闊少爺）
　ああ言う人が所謂戦後派だ（那樣的人就是所謂的戰後派）

所以〔名〕（故的變化）原因，理由，來由，道，方法
　人の人たる所以は何か（人之所以為人的理由是什麼？）
　此其の名が有る所以である（這就是所以有那個名字的來由）
　以上が此の案を出した所以である（以上就是提出此案的理由）
　私の結婚しない所以は此処に在る（這就是我不結婚的理由）在る　有る　或る
　此が旧友に尽す所以であろう（這或許就是對老朋友盡友誼的辦法）

所〔名〕〔俗〕（所、処的口語表現）地方、（東西的量）左右，上下、（事情的）程度
　油の多い所を下さい（〔買肉時〕給我肥的地方）
　其処ん所をもう一度読んで呉れ（把那個地方再念一遍）
　明日僕所へ遊びに来ないか（明天不上我這裡來玩嗎？）明日　明日　明日
　千円が所下さい（給我來一千元左右的）
　茶を五百円が所買う（買五百日元左右的茶葉）飼う
　もう一寸の所だ（再稍微加把勁、再稍來上一點）一寸一寸
　良い所後二日だろう（往好說還能維持兩天）
　早い所頼む（拜託快一點）

所、処〔名〕（所在的）地點，地方，處所。（大致的）地方，位置，部位，當地，鄉土，地方，地區，住處，家，工作地點，處，點，部分

〔形式名詞〕事，事情。（某種）範圍。（以所だ、所に、所へ、所を等形式）（正當）…時候、…場面。（某種）情況。（某種）程度。（表示思想或活動的內容）所。（某動作）剛要開始，剛剛

（常以所と為る形式、來自漢語〝所〟的直譯、表示被動）所

しょがん 所願〔名〕所願、願望
　所願成就を祈る（祈禱願望實現）

しょき 所期〔名、他サ〕所期、期待、預期
　所期の如く（正如所期）
　所期に添う（如願以償）
　所期の成績を上げる（取得預期的成績）
　所期の目的を達した（達到預期的目的）

しょぎょう 所行、所業〔名〕（指不好的）行為、行徑、所作所為
　怪しからぬ所行（粗暴的行為、下流行徑）
　他人の所行を批評する（批評別人的行為）

しょけ 所化〔名〕〔佛〕僧侶的弟子、寺中的修行僧

しょけん 所見〔名〕所見，觀察結果，意見，看法、印象，見聞
　銀座所見（銀座風光）
　〔德 Rontgen〕レントゲン写真に拠る所見（根據X光照片觀察的結果）
　所見を述べる（陳述意見）
　所見を伺う（聽取意見）
　此の人に就いては他に所見が無い（關於這個人沒有其他印象）

しょげん 所言〔名〕所說、所述

しょさ 所作〔名〕舉止，動作，行為。〔劇〕作派（＝所作事）、〔古〕工作
　落ち着いた所作（鎮靜〔沉著〕的舉止）
　所作事〔劇〕〔劇中有特殊表情的〕舞蹈，作派、〔歌舞伎中〕用"長唄"伴奏的舞蹈，舞劇〔＝振事〕

しょさい 所載〔名〕（報紙、雜誌、書刊中）所載、刊載、登載
　昨日の新聞紙所載の論文（在昨天報上登載的論文）
　前号所載の通り（如前期〔雜誌〕所載）
　夕刊所載の小説（晚報登載的小說）

しょざい 所在〔名〕（人的）住處，所在地、（物的）所在、下落、（建築物等）座落、隨地、各處、工作，行為
　彼は所在を晦ました（他躲起來了）
　所在が知れない（不知在哪裡）
　船の所在が不明に為った（船的下落不明了）
　責任の所在を明らかに為る（弄清責任之所在）
　其の本の所在は現在知られていない（現在不知道那本書在哪裡）
　県庁所在地（縣政府的所在地）
　所在の敵を破る（擊敗各處的敵人）
　所在が無い（無聊、無事可作）
　所在無い（無聊、無事可作）
　所在無くて退屈だ（因無事可作覺得無聊）
　所在無さに子供を相手に半日暮した（因為無所事事逗孩子度過了半天）

しょさん 所産〔名〕所產、果實
　研究の所産（研究的果實）
　多年努力の所産（多年努力的結果）

しょし 所司〔名〕〔史〕（鎌倉時代）"侍所"的次長（侍所為監督武士的機關）、（室町時代）"侍所"長官

しょしだい 所司代〔名〕〔史〕（室町時代）所司代理、（江戶時代）警衛京都並管理政務的官職

しょし 所思〔名〕所思、所想
　所思の一端の述べる（略述所思）

しょじ 所持〔名、他サ〕所持，所有、攜帶
　証明書を所持する人（帶著證明書的人）
　其の旅人は大金を所持している（那個旅客攜帶著巨款）
　体を調べたら此の短刀を所持していた（一檢查身上帶著這把短刀）
　所持金（所帶款項）
　此処に所持金が一万円有る（這裡帶有一萬日元）
　所持者（持有者）
　免許証の所持者（持有執照的人）
　所持品（攜帶的物品）
　所持品を調べる（檢查攜帶的物品）

しょしゅう 所収〔名〕所收、所集
　所収の論文（所收的論文）
　所収作品（所收的作品）

しょしゅつ 所出〔名〕生，所生、出生、出處
　所出を明らかに為る（弄清出處、明確出處）

所述〔名〕所述、所說
本書の所述に拠ると（據該書所述）拠る依る由る因る撚る縋る寄る

所所、処処〔名、副〕處處、到處、各處
所所の学校（各處的學校）
市内の所所に火災が起こった（市内各處發生了火災）起る興る熾る怒る
所所方方を流れ渡る（到處流浪）
所所方方に問い合わせて見たが、彼の行方は依然と為て分からない（已向各處聯繋問過但他的下落依然不明）

所所〔名〕處處，到處，各處，這兒那兒，有些地方（=彼方此方、此処彼処）
店が所所に散らばっている（到處散在著商店、這兒那兒都有商店）
会話の所所を立ち聞きする（偷聽談話的片段）
ペンキが所所剥げている（有些地方油漆剝落了）剥げる禿げる接げる矧げる
警官が街角の所所に立っている（各個街角站著警察）
野原には所所に花が咲いている（野地裡這兒那兒開著花）
此の文章は所所間違っている（這篇文章有些地方錯了）文章文章

所信〔名〕所信、信念
所信を披瀝する（談自己的信念）
所信を貫く（貫徹信念）貫く貫く抜く
所信を曲げない（堅持自己的信念）
首相の所信表明演説（首相表明信念的演說）

所生〔名〕父母，生身父母，子女，親身子女、出生地
所生の恩（生身之恩、父母之恩）

所説〔名〕所說、主張、意見
人の所説を論駁する（駁斥別人的意見）
所説を翻す（推翻意見、改變主張）
彼の所説を攻撃する（攻擊他的主張）

所詮〔副〕結局、畢竟、反正、歸根到底（下面常接否定判斷）
所詮は彼の負けだろう（結果將是他的失敗）

所詮叶わぬ望み（終歸實現不了的願望）叶う適う敵う
彼は所詮助かるまい（他終歸性命難保）
所詮駄目だと諦めている（認為反正不成而死了心）締める絞める閉める占める染める

所相〔名〕〔語法〕被動式（＝受身）←→能相

所動〔名〕被動（＝受身）←→能動

所蔵〔名、他サ〕所藏、收藏
所蔵の骨董（收藏的骨董）
古今の名画を所蔵する（收藏古今名畫）
太田教授の所蔵に掛かる貴重資料（太田教授所藏的珍貴資料）
此等は皆李君の所蔵です（這些都是李君的收藏）

所属〔名、自サ〕所屬、附屬
政府所属の財産（屬於政府的財產）
大学所属の研究所（大學的附屬研究所）
私の所属は未だ決っていない（我的所屬尚未一定、我的職務尚未決定）未だ未だ
会社に所属する（屬於公司、受公司領導）

所存〔名〕〔舊〕主意、想法、打算（＝考え）
如何なる所存か分からない（不知道打的什麼主意）分る解る判る
彼は一体如何言う所存なのか（他到底是什麼意思）言う云う謂う
来月帰国する所存する（打算下月回國）

所帯，世帯，世帯〔名〕（自立門戶的）家庭
一人所帯（一個人的家庭）
所帯を持つ（成家、建立家庭）
所帯が苦しい（家裡生活艱苦）
彼の家は所帯が大きい（那一家家裡人口多）
所帯の遣り繰り（操持家務）
此のアパートには十二所帯住んでいる（這個公寓住著十二戶）
彼の家は男所帯だ（那一家是個沒女人的家庭）
新しく所帯を持った若夫婦（新安家的青年夫婦）
彼女は所帯の持ち方を知らない（她不會管理家務）

家の息子も愈愈所帯を持つ様に為る（我兒子也快成家了）
世帯主、世帯主，所帯主（戸主家長）
所帯を畳む（拆散家庭）
所帯数（戸數）
所帯崩れ（新婦因操持家務而容光憔悴）
所帯染みる（因考慮生活問題而失去青春的蓬勃朝氣、顯出為家務操勞的神氣、一味考慮柴米油鹽等事）
所帯道具（家庭用具-鍋，碗，盆，櫥櫃）
所帯持ち（成家立業、養家帶口的人、操持家務）
所帯窶れ（因操持家務而面容憔悴）

世代、世代、世代 〔名〕世代、一代（=ゼネレーション）
古い世代（老的一代）
若い世代（年輕的一代）
次ぎの世代を背負って立つ（肩負著下一代的重任）
後の世代に為れば為る程良く為る（一代更比一代強）
後の世代を立派に教育する（很好地教育下一代）
世代交番（交代）（世代交替）

所長 〔名〕（事務所等的）所長、處長、主任
出張所の所長（辦事處主任）

所定 〔名〕所定、規定
所定の様式（規定的樣式）
所定の用紙に書いて下さい（請寫在規定的格式紙上）
所定時間を超過しないように（不要超過規定的時間）
所定の場所に集合する（在規定的地方集合）

所天 〔名〕〔古〕所天、敬仰服從的對象（如子對父、妻對夫、臣對君等）

所伝 〔名〕所傳，流傳、傳說
某家所伝の資料を調査する（調查某家族家傳的資料）
重代所伝の宝物（累代相傳的寶物）宝物
所伝に拠れば（根據傳說）

所動 〔名〕被動（=受身）←→能動

所得 〔名〕所得，收入，收益、所得，所有（物）
勤労所得（勞動所得）
月十五万円の所得が有る（每月有十五萬日元的收入）有る在る或る
本年度の所得は増加した（本年度的收益增加了）
所得税（所得稅）
所得額（所得金額〔數量〕）
此は当然私の所得に為る（這個東西當然歸我所有）

所得顔 〔名〕得意洋洋的神情
新大臣が所得顔で登院する（新任大臣得意洋洋地來到國會）
所得顔に振る舞う（擺出得意洋洋的樣子）
花が所得顔に咲き誇る（香花怒放）

所内 〔名〕（事務所或研究所等的）所內

所念 〔名〕所懷、所感

所報 〔名〕（研究所等的刊物）所報
国語研究所の所報（國語研究所的所報）

所務 〔名〕（研究所等的）所務、事務

所望 〔名、他サ〕〔舊〕所望，希望、希求物、要求，請求
所望の品品（所希望的各種東西）
所望の物を与える（給予所要的東西）
君の所望の通りに為る（就按你所希望的那樣辦）
御所望と有らば差し上げます（您如果希望就送給您）
歌を所望する（要求唱一首歌）
踊りをもう一度所望する（要求再舞蹈一次）
一場の演説を所望された（被要求做一場表演）

所由 〔名〕原由（=所以）

所有 〔名、他サ〕所有
土地を所有する（擁有土地）
土地は国家の所有だ（土地歸國家所有）
其の家は今では私の所有に為っている（那間房子現在歸我所有了）
所有地（所有地）
所有主（物主）

ム

所有者（所有者、物主）
所有者の無い品（沒有物主的東西）
土地の所有者（土地所有者）
所有物（所有物）
此は山田氏の所有物だ（這是山田先生的所有物）
所有格（〔語法〕所有格）
所有欲（所有欲）
彼は所有欲の強い人だ（他是個所有欲很強的人）
所有権（所有權）
土地の所有権（土地所有權）
所有権を持っている（具有所有權）
所有権侵害（侵犯所有權）

所与〔名〕所與，給予（物）、（據以推論或解決問題的）與件，前提條件
所与の課題に就いて思考する（就所給的題目進行思考）
所与の条件の下で研究を続ける（在所給的條件下繼續進行研究）

所用〔名〕所用，使用，所用物品、事情，事務
本人の所用の間は譲渡しない（本人使用期間不能轉讓）
所用が有って外出する（因事外出）
所用の為学校に出て来なかった（因有事未來校）

所要〔名〕所要、所需、必要（的事物）
所要（の）時間（所要的時間）
所要の経費（所需經費）
所要（の）条件（必要條件）

所領〔名〕領地、所領土地
所領を没収する（沒收領地）

所労〔名〕〔舊〕疲勞、疾病，因勞致疾（＝患い）
所労の為休養する（因病休養）

所論〔名〕所論（的事物）、論點
彼の所論は疑わしい（他的論點值得懷疑）
彼の所論は未だ学界で認められない（他的論點尚未得到學界的承認）

所謂〔連体〕所謂、常說的、一般人說的、大家所說的

所謂君子（所謂的君子）
所謂貴公子（所謂的闊少爺）
ああ言う人が所謂戦後派だ（那樣的人就是所謂的戰後派）

所以〔名〕（故的變化）原因，理由，來由，道，方法
人の人たる所以は何か（人之所以為人的理由是什麼？）
此其の名が有る所以である（這就是所以有那個名字的來由）
以上が此の案を出した所以である（以上就是提出此案的理由）
私の結婚しない所以は此処に在る（這就是我不結婚的理由）
此が旧友に尽す所以であろう（這或許就是對老朋友盡友誼的辦法）

所〔名〕〔俗〕（所、処 的口語表現）地方、（東西的量）左右、上下、（事情的）程度
油の多い所を下さい（〔買肉時〕給我肥的地方）
其処ん所をもう一度読んで呉れ（把那個地方再念一遍）
明日僕所へ遊びに来ないか（明天不上我這裡來玩嗎？）
千円が所下さい（給我來一千元左右的）
茶を五百円が所買う（買五百日元左右的茶葉）
もう一寸の所だ（再稍微加把勁、再來上一點）
良い所後二日だろう（往好說還能維持兩天）
早い所頼む（拜託快一點）

所、処〔名〕（所在的）地點，地方，處所。（大致的）地方，位置，部位，當地，鄉土，地方，地區，住處，家，工作地點，處，點，部分

〔形式名詞〕事，事情。（某種）範圍。（以所だ、所に、所へ、所を等形式）（正當）…時候、…場面。（某種）情況。（某種）程度。（表示思想或活動的內容）所。（某動作）剛要開始，剛剛

（常以所と為る形式、來自漢語〝所〞的直譯、表示被動）所

（英文等關係代名詞的直譯、僅加強語氣、構成連體修飾語）所

〔接助〕（用た所形式）表示後述事項是前述事項的結果、表示在前述事項範圍內後述事實屬實

〔接尾〕〔古〕（表示貴人的人數）位（=方）

座る所が無い（沒有坐的地方）

其の店の在る所を教えて下さい（請告訴我那家商店在哪裡？）

バスの乗る所は何処ですか（搭公車的地方在哪裡）

此は乾燥した所に置く方が良い（這個放在乾燥的地方較好）

此処は昔、城の有った所です（這裡是古時有座城的地方）

其の湖は私の家から楽に行ける所に在る（那個湖在從我家一走就到的地方）

洋服の裾の所が破れて仕舞った（西裝下擺那裡破了）仕舞う 終る 敗れる 破れる

駅の出口の所で待っていて下さい（請在車站出口處等我）

所の物知りに聞いて見よう（問問當地的百事通吧！）聞く 聴く 訊く 利く 效く

所に依って人間の気質も違う（由於鄉土不同人們的脾氣也不一樣）

此の地方は林檎の多い取れる所だ（這個地方是盛產蘋果的地方）

両覇の争奪する所、其処には必ず不穏な情勢が現われる（凡是兩強爭奪的地方那裡總會出現不穩的局勢）表れる 現れる 顕れる

便利な所（方便的地方）

明日君の所へ行くよ（明天到你那裡〔加〕去）行く 行く

僕の所は家族が多い（我家裡人多）多い 蔽い 覆い 被い 蓋い

小野さんの御所は知りません（不知道小野先生的住處）

兄の所に泊まっている（住在哥哥家裡）泊まる 止まる 留まる 停まる

此の小説は終りの所が面白い（這小說的結尾處很有趣）

必要な所に線を引いて下さい（請在必要的地方畫線）引く 挽く 轢く 弾く 惹く 牽く 曳く 退く

貴方の悪い所は直ぐ怒る事です（你的短處是動不動就發脾氣）

其処が此の映画の面白い所だ（那裡正是這部影片有趣的地方）

貴方と私では見る所が違うのだ（你和我觀點不同）

君の知る所ではない（不關你的事、不是你應該知道的事）

君の言う所は正しい（你說的對）

其は私の望む所だ（那正是我希望的事）

彼が来ない所を見ると何か急用でも出来たらしい（從他不來看來可能有了什麼急事）

聞く所に拠ると改訂版がもう出た然うだ（聽說改訂版已經出版）

私の知っているのは大体こんな所です（就我所知大體就是這樣）

今読んでいる所だ（現在正在念呢？）

門を出ようと為る所で（へ）雨が降り出した（剛要走出大門的時候下起雨來了）

私が話している所へ彼が遣って来た（正當我說話的時候他來了）

泥棒が逃げようと為る所を警察官が捕まえた（小偷正要逃跑的時候被警察逮住了）

皆揃った所で膳部が出た（當全部都到齊的時候菜就上來了）

御忙しい所を御出で下さいまして有り難う御座います（您在百忙之中來到這裡非常感謝）

良い所に来たね。一緒に御茶を飲まないか（來得正好一起喝茶吧！）

勉強している所を写真に撮られた（正當用功的場面被照上了相）

既にの事に溺死する所だった（差一點就淹死了）

もう少しで轢き殺される所だった（差一點就被壓死了）

昔なら御手打ちと言う所だった（早些年的話就該打死了）

ム

此方から御侘びを為なければならない所です（倒是應該由我來向您道歉）
此位の所で許して下さい（請原諒我只能做到這個程度）許す赦す
早い所頼む（請快一點）
突然悟る所が有った（突然有所醒悟）
見聞した所を述べる（談談所見所聞）
君の言う所が正しい（你所說的對）
思う所が叶う（如願以償）叶う適う敵う
私の知る所ではない（非我所知、我可不知道）
今行く所です（現在正要去）
今帰って来た所だ（現在剛回來）
此から食事に為る所です（現在剛要開飯）
人の妬む所と為る（成為人之所嫉妒）
敵の攻撃する所と為った（受到敵人攻擊）
其の規定が及ぶ所の対象（那項規定所涉及的對象）
彼女が熱愛する所の生け花（她所熱愛的插花）
遣って見た所、案外易しかった（做起來一看沒想到很容易）易しい優しい
御祝いを上げた所とて、迚も喜んで呉れた（一給他賀禮把他樂壞了）
彼に話した所、喜んで引き受けた（跟他一說他欣然答應了）喜ぶ慶ぶ歓ぶ悦ぶ
態態言った所、生憎留守でした（特意去了卻偏巧不在家）
尚も調べた所、重大な事実を発見した（又一調査發現了嚴重事實）
一寸見た所、何処も異状は無い（略微一看哪裡也沒有異狀）
皇子二所（兩位皇子）
只一所深き山へ入りたまひぬ（只一個人進入了深山）
所変われば品変わる（一個地方一個樣、十里不同風百里不同俗）
所も有ろうに（〔哪裡不好〕偏偏、竟然）
所も有ろうにこんなに窮屈な宿屋へ案内したとは（竟然把我領到這樣狹小的旅館來）

所を得る（適得其所、稱心如意）得る得る売る

所が〔接〕然而、可是、不過
〔接助〕（用…た所が所形式）—…、剛要…（=所）
新聞は軽く扱っていた様だ、所が、此は大事件なんだ（報紙似乎輕描淡寫地登了一下不過這可是一件大事）
旨く行くだろうと思った。所が、失敗した（認為會進行得很順利可是失敗了）
出掛けようと為た所が客が来たので遅れて終った（剛要出門來了客人因而來晚了）
頼んだ所が快く引き受けて呉れた（一拜託他欣然答應了）
来ないだろうと思っていた所が案の定来なかった（認為不會來了果然沒有來）

所で〔接〕（表示突然轉變話題）可是
〔接助〕（多用た…所で的形式）即便、縱令
所で、例の件は如何為ったか（可是那件事怎麼樣了？）
所で、諸君に一つ相談が有る（可是有件事要和諸位商量一下）
もう此以上話した所で無駄だ（即便再多說也是白費）
どんなに本を沢山買った所で読まなければ何にも為らない（即使買多少書不看也沒用）
今出掛けた所で会えない（即便現在就去也見不到）
安いと言った所で五万円は下るまい（即使便宜也不會少於五萬日元）
高いと言った所で五千円位な物だ（即使貴也不過五千日元左右）
今嘆いて見た所で始まらない（即使現在慨嘆也沒用）
何回遣った所で僕が勝つに決まっているよ（縱令做多少次也是我一定贏）

所へ〔接助〕正在這個當兒、這時（=其処へ）
店へ入った所へ、彼女が遣って来た（我剛走進店裡她走過來了）

所替え〔名〕改變住址

所書き〔名〕寫上住址、記住址的卡片（本子）、住址
　此の所書きは間違っている（這個住址寫錯了）
　此の手紙には差出人の所書きが無い（這封信沒有發信人住址）
　勤務先と自宅の所書き（工作地點和自宅的地址）

所柄〔名〕（某）處所（場面）的情形，性質
〔副〕按某處（場面）的情況說
　所柄を弁えない言行（不適合場面的言行）
　所柄、其は駄目だ（按此處情況來說那辦不到）
　所柄、雪景色も一入（到底是這裡雪景格外不尋常）
　所柄、人の出入りが多い（這裡到底出出進進的人多）
　所柄、女の服装も鄙びている（到底是地區關係婦女的服裝也是鄉村打扮了）

所嫌わず〔副〕到處隨便、不論哪裡
　所嫌わず煙草の吸殻を捨てては行けない（不要到處隨便丟煙蒂）捨てる棄てる

所自慢〔名〕誇耀鄉土
　彼の所自慢が又始った（他又誇起他的家鄉來了）

所狭い〔形〕狹窄、擠的
　机に所狭い迄に置き並べる（書桌上擺得滿滿的）

所狭し〔形ク〕〔古〕地方狹窄
　所狭しと暴れ回る（像擱不下他似地橫蹦亂跳）

所育ち、所育〔名〕當地長大（的人）、土生土長（的人）

所違い〔名〕弄錯地址
　友人を訪れたが所違いを為た為逢えなかった（訪問朋友因弄錯地址未能見著）逢う合う

所習〔名〕地區的風俗

所払い〔名〕〔史〕（江戶時代）驅逐出境

所番地〔名〕地址門牌
　貴方に手紙を書こうにも所番地が分からない（想給你寫信也不知道地址門牌）分る解る判
　所番地を教えて下さい（請告訴我地址門牌）

所斑〔名、形動〕斑駁、不均勻

此の所〔名〕最近、近來
　此の所ずっと風邪気味なのです（近來一直有點感冒）

所〔副助〕（常用…所じゃない形式）豈止…。豈但…。慢說…（就連…也…）。哪談得上
　其所じゃない（豈止是那樣）
　痛い所（の騒ぎ）じゃない（豈止是痛-簡直疼得要命）
　困る所の騒ぎじゃない（豈止是為難-簡直沒有辦法）
　落ち着いて勉強する所じゃない（哪裡能定下心來用功、根本就不能定下心來用功）

所〔接尾〕（接動詞連用形下）值得…的地方，應該…的地方、生產…地方、們
　見所（值得看的地方、所見）
　聞き所（值得聽的地方、所聞）
　掴み所（抓手、抓撓）
　置き所が無い（沒有放的地方）
　打ち所が悪い（撞的地方不好）
　茶所（產茶區）
　米所（稻米產地）
　幹部所（幹部們）

所か〔接助〕（通過否定前述事項強調後述事項）哪裡談得上、哪裡是…、豈止…、非但…、慢說…（連…也…）
　独身所か子供が三人も有る（哪裡是獨身還有三個孩子呢？）三人三人
　儲かる所か損許りしている（哪裡談得上賺錢淨賠錢啦！）
　フランス語所か英語も知らない（慢說法語連英語都不懂）
　好き所か大好きだ（豈止喜歡喜好極了）

索（ㄙㄨㄛˇ）

索〔名〕繩索、鋼索
〔漢造〕索，繩索、探索、尋求、索然，寂寞

ム

繋留索（拴住縄）
絞首索（絞首縄）
縄索（縄索）
鋼索（鋼索、鋼纜、鋼絲縄）
思索（思索）
捜索（捜索，捜尋、〔法〕捜査）
探索（探索、捜索、捜尋）
段索（〔船〕縄梯横索）
摸索、摸索（摸索、探尋）
詮索（〔詳細〕探索、探討、査詢）
検索（検索、検査、査看）
腱索（〔解〕索、腱）

索引 〔名〕索引（=インデックス）
　人名（の）索引（人名索引）
　五十音順の索引（按五十音順序的索引）
　索引を作る（作索引）作る造る創る
　索引を付ける（加上索引）付ける附ける着ける浸ける搗ける憑ける衝ける漬ける
　此の辞書の巻末には漢字索引が有る（這本辭典的卷尾有漢字索引）

索隠 〔名〕尋求隱藏的義理、索引
索具 〔名〕（船上的）索具、縄索、帆纜
　船に索具を取り付ける（給船配上索具）
索索 〔形動タルト〕害怕擔心、（風或琴聲等）響徹
　松風索索（松籟索索）松風 松風
索耳 〔名〕〔海〕繋索耳、羊角
索止め 〔名〕〔海〕繋索耳、羊角（=索耳）
索出 〔名、他サ〕尋找出、捜尋出、査出
　Lenin全集から其に関する解説を索出する（從列寧全集中査出有關的解説）
索条 〔名〕鋼索，鋼纜，鋼絲縄（=ワイヤ、ロープ）、〔解〕索，索帯
　索条鉄道（纜索鐵道、纜車鐵道）
　索条体（索狀體）
索然 〔形動タルト〕索然（無味）
　興味索然と為ている（興致索然）
　身辺索然と為た感じが有る（感覺身旁索然）

　此の映画は登場人物が類型に堕しているので、見ていて索然たる物が有る（這部影片登場人物失於概念化看著索然乏味）
索敵 〔名〕〔軍〕捜索、偵察（敵人）
　索敵機（偵察機）
　索敵行動（偵察行動、捜索行動）
索道 〔名〕（架空）索道（=空中ケーブル、ロープ、ウエー）
　石炭は索道で運搬される（用架空索道運煤）
索寞、索漠、索莫 〔形動タルト〕落寞、冷落、寂寞、荒涼
　索寞たる風景（落寞的風景）
　索寞たる荒野（荒涼的曠野）荒野荒野荒野
索麺、素麺 〔名〕挂麺
　索麺を茹でて食べる（煮挂麺吃）
索取り綱 〔名〕〔海〕引纜繩
索目、綱目 〔名〕繩結。〔海〕索孔，索眼，索圈（帆上繩索穿過的孔眼）
索輪 〔名〕〔海〕索環

瑣（ㄙㄨㄛˇ）

瑣 〔漢造〕瑣碎、細碎
　煩瑣（繁瑣、麻煩）
瑣瑣 〔形動タルト〕細碎、累贅
些些 〔形動タルト〕些許、些微（=僅か許り）
　些些たる事件（微不足道的事件）
瑣細、些細 〔形動ノ〕細微、瑣細（=些か、聊か、僅か、纔か）
　些細な（の）事（瑣事、瑣碎的事情、微不足道的事情）
　些細な（の）金（微不足道的錢、很少的錢）
　些細な事に拘る（拘泥小節）
　些細な事を論議する（争論些微小事）
　些細な事を大袈裟に為る（小題大作）
　極些細な事から口論に為る（因為一點瑣碎的事情爭吵起來）
　そんな些細な事で怒る物ではない（不要為那樣一點小事生氣）
　彼は些細な事でも疎かに為ない（他對於細微的事情也不疏忽）

両者間には些細な違いが有る（二者之間有細微的差別）

瑣事、些事〔名〕瑣事、小事、細節（=詰まらない事）

些事に追われる（瑣事纏身）

些事に拘らない（不拘泥細節）

そんな些事に拘っては居られない（無暇顧及那些小事）

瑣末〔形動〕瑣碎、瑣細、零碎、細小（=瑣細、些細）

瑣末な（の）事に拘るな（不要拘泥小節）

瑣末な（の）事で喧嘩する（為瑣事吵架）

鎖（ㄙㄨㄛˇ）

鎖〔漢造〕鎖，鎖鍊，封鎖

金鎖（金鎖）錠

鉄鎖（鐵鎖鍊、枷鎖）

連鎖（連鎖，關係、鎖鍊〔=鎖〕）

閉鎖（封鎖、關閉、封閉）

封鎖（封鎖、凍結）

鎖交〔名〕〔電〕鏈接、互鏈、交鏈、連環

鎖交磁束（交鏈磁通、互鏈通量）

鎖港〔名，自サ〕鎖港、封閉港口

鎖国〔名，自サ〕閉關自守←→開国

徳川幕府は切支丹の影響を恐れて鎖国を行った（徳川幕府怕受天主教的影響實行了閉關自守）切支丹キリスタン葡Christao

日本は二百余年の鎖国で、大層世界の進歩から遅れた（日本因為閉關自守二百餘年遠遠落後於世界的進步）遅れる 後れる 送れる 贈れる

鎖国主義（閉關自守主義）

鎖国政策（閉關自守政策）

鎖骨〔名〕〔解〕鎖骨

鎖式化合物〔名〕〔化〕鏈式化合物

鎖状〔名〕鏈状

鎖状電光（〔電〕鏈狀電光）

鎖状巻線（鏈狀線圈）

鎖状分子（鏈形分子）

鎖状炭化水素（〔化〕鏈碳氫化合物、鏈烴）

鎖線〔名〕（繪圖的）鏈狀線

鎖電〔名〕鏈狀閃電、閉關自守叉狀閃電

鎖鑰〔名〕鎖和鑰匙、要地

鎖、鏈、鑠〔名〕鎖鏈，鏈子。〔轉〕聯繫，關係（=繋がり）

鎖で繋ぐ（用鎖鏈鎖住）腐り鏈、鎖、鑠、齣、闋

鎖を外す（解開鏈子）

時計の鎖（表鏈）

犬は鏈で繋いで有る（用鎖鏈拴住狗）

Aの所の鏈を外してBの所に付ける（把A處的鏈子摘下來繫在B處）

中国人民は自分達を縛る鎖を切って立ち上がった（中國人民切斷束縛在自己身上的鎖鏈站起來了）

鎖を絶つ（斷絕關係）

誤解から二人の間の鎖が切れた（由於誤解兩個人之間的關係斷絕了）

説教を一鏈した（講了一番大道理）

講談を一齣聞く（聽一段評書）鎖

齣、闋〔名〕（音樂、曲藝、評書、戲劇等的）齣、段

鎖編〔名〕（毛衣的）鎖鏈狀花樣的織法

鎖鈎〔名〕〔機〕鏈鈎

鎖帷子〔名〕〔古〕連環甲

鎖鎌〔名〕帶鎖鏈的鐮刀（古代的一種武器）

鎖珊瑚〔名〕〔礦〕鏈珊瑚

鎖吊橋〔名〕鎖鏈吊橋、鋼索吊橋

鎖縫い〔名〕〔縫紉〕鏈狀花樣的刺繡

鎖歯車〔名〕〔機〕鏈輪

鎖す、差す〔他五〕關閉、上鎖

戸を差す（關門、上閂）

差す〔自五〕（潮）上漲，（水）浸潤、（色彩）透露，泛出，呈現、（感覺等）起，發生、伸出，長出、（迷）（鬼神）付體

〔他五〕塗，著色、舉，打（傘等）、（象棋）下，走、呈獻，敬酒、量（尺寸）。〔轉〕作（桌椅、箱櫃等）、撐（篙、船）、派遣

潮が差す（潮水上漲）

水が差して床下が湿気る（因為水浸潤上來地板下發潮）

差しつ差されつ飲む（互相敬酒）

顔に赤みが差す（臉上發紅）

顔にほんのり赤みが差して来た（臉上泛紅了）

熱が差す（發燒）
気が差す（內疚於心、過意不去、預感不妙）
嫌気が差す（感覺厭煩、感覺討厭）
噂を為れば影が差す（說曹操曹操就到）
気が差して如何してもそんな事を言えなかった（於心有愧怎麼也無法說出那種話來）
樹木の枝が差す（樹木長出枝來）
差す手引く手（舞蹈的伸手縮手的動作）
魔が差す（著魔）
口紅を差す（抹口紅）
顔に紅を差す（往臉上塗胭脂）
雨傘を差す（打雨傘）
傘を差さずに行く（不打傘去）
将棋を差す（下象棋）
君から差し給え（你先走吧！）
今度は貴方が差す番ですよ（這次輪到你走啦！）
一番差そうか（下一盤吧！）
杯を差す（敬酒）
反物を差す（量布匹）
棹を差す（撐船）
棹を差して川を渡る（撐船過河）

差す、射す〔自五〕照射
光が壁に差す（光線照在牆上）
雲の間から日が差している（太陽從雲彩縫中照射著）
障子に影が差す（影子照在紙窗上）
朝日の差す部屋（朝陽照射的房間）

差す、挿す〔他五〕插，夾，插進，插放、配帶、貫，貫穿
花瓶に花を差す（把花插在花瓶裡）
簪を髪に差す（把簪子插在頭髮上）
鉛筆を耳に差す（把鉛夾在耳朵上）
柳の枝を地に差す（把柳樹枝插在地上）
差した柳が付いた（插的柳樹枝成活了）
腰に刀を差している（腰上插著刀）
武士は二本を差した物だ（武士總是配帶兩把刀）

差す、注す、点す〔他五〕注入，倒進、加進，摻進、滴上，點入
水を差す（加水、挑撥離間、潑冷水）
コップに水を差す（往杯裡倒水）
杯に酒を差す（往酒杯裡斟酒）
酒に水を差す（往酒裡摻水）
醤油を差す（加進醬油）
機械に油を差す（往機器上加油）
ランプに油を差す（往燈裡添油）
目薬を差す（點眼藥）
朱を差す（加紅筆修改）
茶を差す（添茶）

差す、指す〔他五〕指示、指定、指名、針對、指向、指出、指摘、揭發、抬
黒板の字を指して生徒に読ませる（指著黑板上的字讓學生唸）
地図を指し乍説明する（指著地圖說明）
磁針は北を指す（磁針指示北方）
時計の針は丁度十二時を指している（錶針正指著十二點）
先生は僕を指したが、僕は答えられなかった（老師指了我的名但是我答不上來）
名を指された人は先に行って下さい（被指名的人請先去）
此の語の指す意味は何ですか（這詞所指的意思是什麼呢？）
此の悪口は彼を指して言っているのだ（這個壞話是指著他說的）
船は北を指して進む（船向北行駛）
台中を指して行く（朝著台中去）
犯人を指す（揭發犯人）
後ろ指を指される（被人背地裡指責）
物を差して行く（抬著東西走）

刺す〔他五〕刺，扎，穿、粘捕、縫綴。〔棒球〕出局，刺殺
針を壺に刺した（把針扎在穴位上）
匕首で人を差す（拿匕首刺人）
ナイフで人を刺して、怪我を為せた（拿小刀扎傷了人）
短刀で心臓を刺す（用短刀刺心臟）
足に棘を刺した（腳上扎了刺）
銃剣を刺されて倒れた（被刺刀刺倒了）

魚を串に刺す（把魚穿成串）
胸を刺す様な言葉（刺心的話）
刺される様に頭が痛む（頭像針刺似地疼）
肌を刺す寒気（刺骨的寒風）
黐で鳥を刺す（用樹皮膠黏鳥）
雀を刺す（黏麻雀）
雑巾を刺す（縫抹布）
畳を刺す（縫草蓆）
靴底を刺す（縫鞋底）
一塁に刺す（在一壘刺殺在、一壘出局）
二、三塁間で刺された（在二三壘間被刺殺）

刺す、螫す 〔他五〕螫
蜂に腕を刺された（被蜜蜂螫了胳臂）
蜂が手を刺す（蜜蜂叮了手）
蚤に刺された（被跳蚤咬了）
蚊に刺された（被蚊子咬了）
虫に刺されて腫れた（被蟲咬腫了）

刺す、差す 〔他五〕刺，扎、撐（船）
其の言葉が私の胸を刺した（那句話刺痛了我的心）
肌を刺す寒風（刺骨寒風）
針で刺す（用針刺）
此の水は身を刺す様に冷たい（這水冷得刺骨）
胃が刺す様に痛い（胃如針扎似地痛）
棹を刺して船を岸に付ける（把船撐到河邊）

止す 〔造語〕（接動詞連用形下、構成他五型複合動詞）表示中止或停頓
本を読み止す（把書讀到中途放下）
煙草を吸い止した儘で出て行った（把香煙沒吸完就放下出去了）
不図言い止して口を噤んだ（說了一半忽然緘口不言了）

為す 〔他五〕讓做、叫做、令做、使做（＝為せる）
〔助動五型〕表示使、叫、令、讓（＝為せる）
結婚式を為した（使舉行婚禮）
安心為した（使放心）
物を食べ為した（叫吃東西）
もう一度考え為して呉れ（讓我再想一想）

鎖ざす，鎖す，閉ざす，閉す 〔他五〕關閉，鎖上、封閉，封鎖、（陰暗的感情）憋在心裡

門を閉ざして人を入れない（把門關上不讓人進來）
国を閉ざす（鎖國）
道を閉ざす（封鎖道路）
港は氷に閉ざされている（港口被冰封上了）
不安に胸が閉ざされる（心裡滿懷不安）
悲しみに閉ざされる（心中充滿悲傷）

錠 〔名〕鎖
〔接尾〕（助數詞用法）（數藥片）片
〔漢造〕鎖、藥片
錠を下す（上鎖、鎖上）
錠を掛ける（上鎖、鎖上）
錠を外す（打開鎖頭）
錠を開ける（打開鎖頭）
錠を挟じ開ける（撬開鎖頭）
此の戸は錠が掛からない（這個門鎖不上）
錠が掛けて有る（鎖著）
一回三錠宛飲む（每次各服三片）
手錠、手鎖（手銬）
施錠（上鎖、加鎖）
鉄錠（鐵鎖）
南京錠（荷包鎖）
糖衣錠（糖衣錠）
健胃錠（健胃錠）

錠前 〔名〕鎖（＝錠）
錠前を掛ける（鎖上）
錠前を付ける（安上鎖、裝上鎖）
錠前を挟じ開ける（把鎖頭撬開）
錠前が利かない（鎖頭不好用）
錠前付き戸棚（帶鎖的櫥櫃）
錠前屋（鎖匠、鎖鋪）

睢（ムㄨㄟ）

睢 〔漢造〕睜著眼睛向上看

睢子、鶚 〔名〕〔動〕鶚、魚鷹

雖（ムㄨㄟ）

雖 〔漢造〕雖然、儘管、就是、縱然

雖も 〔接助〕（接在助詞と下）雖然、即便…也

当らずと雖も遠からず（雖不中不遠矣）
小児と雖も知っている（即便是小孩也知道）

随（隨）（ㄙㄨㄟˊ）

随、隨〔漢造〕跟隨，伴隨、隨和，聽從

追随（追隨，跟隨，跟著跑，步後塵，當尾巴，仿效，效法）

付随、附随（附隨、隨帶）

夫唱婦随（夫唱婦隨）

不随意（不隨意，不如意，不自由、受限制）

気随（〔舊〕隨隨便便、無拘無束〔=我儘 気儘〕）

随意〔名、形動〕（俗語形式也作隨意）隨意、任意、隨便（=勝手）

随意の行動を取る（採取自由行動）取る 摂る 採る 執る 盗る 獲る 捕る 撮る

随意に処理する（隨便處理）

行くも留まるも御随意に（去留隨便）行く往く逝く 行く往く逝く 留る止る泊る

何卒御随意に取って下さい（請您隨便拿吧！）

如何とも御随意に（悉聽尊便）如何如何如何

服装随意（服裝隨便-不穿禮服）

縦覧随意（免費入場）

随意科目（大學等的選修課）

随意筋（隨意肌、橫紋肌）

随意選択（隨便選擇、任意挑選）

随意契約（自由合約-不採取投標方式隨意選擇對方）

随一、隨一〔名〕第一、首屈一指（=第一）

台北随一の名勝地（台北首屈一指的名勝地）

随員〔名〕隨員

首相の随員（首相的隨員）

随縁〔名〕〔佛〕隨緣

随感〔名〕隨感、隨想

一日の見聞と随感を日記に書く（把一天的見聞和隨感寫在日記上）書く掻く欠く描く

随感録（隨感錄）一日一日一日一日

随気〔名〕隨便、任性（=気儘）

随喜〔名、自サ〕〔佛〕隨喜，皈依（佛教）。〔轉〕衷心感激

随喜の涙（感激的眼淚）

随喜の涙を零す（感極而泣）零す溢す

随行〔名、自サ〕隨行，隨從、跟隨、隨員，隨行者

大使に随行して日本に行った（隨從大使去日本了）行く往く逝く 行く往く逝く

随行員（隨員）

随行者（隨員、隨行人員）

大使には一人も随行者が居なかった（大使一個隨員也沒有）

大使には一人も随行者が無かった（大使一個隨員也沒有）

随時〔副〕隨時（=何時でも）、有時，時常，常常（=折折）

随時入学を許す（准許隨時入學）許す赦す

入院は随時する事が出来る（可以隨時住院）

質問が有れば随時御受けします（隨時接待訊問）

天気の良い時随時洗濯する（天氣好的時候時常洗衣服）良い好い善い 良い好い善い

随従〔名、自サ〕聽從、順從、隨從，隨員

他人の言に随従する（聽從人言）言言

随従する者は十名であった（隨從者有十人）

随従を連れて視察に向かう（帶隨員去視察）

随順〔名、自サ〕順從、遵從、恪守

政府の法令に随順する（遵守政府的法令）

随処、随所〔名、副〕隨處、到處（=至る所）

随処に見られる現象（到處可見的現象）

此の本には随処に此の語が出て来る（這本書裡到處出現這個詞）来る繰る刳る

随身、隨身〔名、自サ〕侍從（的人），隨從（的人）（=随従、御供）、侍從武官

随身門（兩旁有仿金剛塑像的日本神社外廓的正門）

随想〔名〕隨想、隨感

スポーツに就いての随想を書く（寫有關體育的隨感）

随想録（隨感錄、隨感集）

随徳寺〔名〕（把随と行く擬作寺名的詼諧說法）〔俗〕溜之大吉

一目散（に）随徳寺（一溜煙逃之夭夭）

随徳寺を決め込む（溜之大吉、溜之乎也）

随伴、随伴〔名、自サ〕跟隨，陪伴，陪同，伴隨，隨同，隨著

部長に随伴して大阪へ出張する（陪同部長去大阪出差）

此の問題に随伴して起る新しい困難（隨著這個問題產生的困難）

農工業生産の発展に随伴して人民の生活水準が絶えず高まっている（隨著工農業生産的發展人民的生活水準不斷提高）

随伴鉱石（伴生礦）

随筆〔名〕隨筆、漫筆、雜文、散文、小品文（=エッセー）

随筆を書く（寫隨筆）書く掻く欠く描く

随筆家（隨筆作者）

随筆集（隨筆集）

随分〔副〕（事物的程度）很、頗、非常、相當厲害

〔形動〕〔俗〕（責備人）心壞、冷酷、不像話

病人は熱の為に随分苦しんでいる（病人因發燒很難受）

随分（と）歩いた（走了相當遠的路）

随分捜した（找了好久）

彼の人の事は随分話に聞いている（關於他的事我聽人講得很多）聞く聴く訊く利く効く

日曜日の町は随分の人出であった（星期天街上人山人海）

知らない振りを為る何て随分だわ（假裝不知道壞透了！）

あら、随分だわ（壞透了！太冷酷了！）

困っているのに、少しも助けて呉れないとは随分だ（人家正在為難你連點忙都不想幫真冷酷啊！）

借りた物を返さないとは随分な男だ（借了東西不還這傢伙真不像話）返す還す反す帰す孵す

随神、惟神〔名、副〕〔古〕唯神、惟神

随神の道（唯神之道、神道）

随う、従う、順う〔自五〕跟隨、聽從、服從、遵從、順從、伴隨、仿效

先生に従って山を登る（跟著老師登山）

情欲を理性に従わせる（使情慾服從理性）

無理に従わせる（強硬服從）

心の欲する所に従う（隨心所欲）

草が風に従う（草隨風動）

実力に従って問題を与える（按照實力出題）

君の意見に従って行動する（按造你的意見行事）

時代の流行に従う（順應時代的流行）

年を取るに従い物分りが良くなる（隨著年齡增長對事物的理解也好多了）

登るに従って道が険しくなる（越往上爬路越陡）

河に従って曲る（順河彎曲）

古人の筆法に従って書く（仿照古人筆法書寫）

随える、従える〔他下一〕率領、使服從

部下を従えて（率領部下）

供の者を従える（帶著夥伴）

敵を従える（征服敵人）

従って〔接〕因此、因而

品は上等、従って値段も高い（東西好所以價錢也貴）

毎日遊んで許りいる、従って学校の成績も悪い（每天只是貪玩所以學校成績也不好）

随に、間に間に〔副〕隨著、任憑

木の葉が波の随に浮かんでいる（樹葉隨波漂浮）

風の随に花の香りが漂って来る（花香隨風飄來）

髄（髓）（ㄙㄨㄟˇ）

髄、髓〔名〕〔解〕髓，骨髓（=骨髄）。〔植〕（根莖中心的柔軟部分）髓，木髓、（事物的）精隨，奧義

〔漢造〕髓、精髓

骨の髄迄寒さが凍みる（寒風刺骨）凍みる沁みる滲みる染みる

葦の髄から天井覗く（坐井觀天）覗く覘く覬く除く

ム

脳髄（腦髓、腦）
脊髄（脊髓）
心髄（心髓，中心的髓、中心，中樞、心底，內心深處）
神髄、真髄（真髓，精髓、蘊奧）
精髄（精髓，精華、菁華）
髄管〔名〕〔解〕髓管
髄腔〔名〕〔動、植〕髓腔
髄溝〔名〕〔動〕髓溝
髄糸層〔名〕〔植〕（含）髓層
髄質〔名〕〔解〕髓質←→皮質
髄褶〔名〕〔解〕髓褶
髄鞘〔名〕〔植、解〕（神經纖維的）髓鞘
髄線〔名〕〔植〕髓（射）線
髄素〔名〕〔生化〕髓磷脂、髓脂質
髄内維管束〔名〕〔植〕髓維管束
髄脳〔名〕髓和腦、腦髓，腦漿，重要部分
髄板〔名〕〔動〕髓板、神經板
髄膜炎〔名〕〔醫〕腦膜炎（=腦膜炎）
髄虫、蟓虫〔名〕〔動〕蟓蟲（=螟虫）

砕（碎）（ㄙㄨㄟˋ）

砕〔漢造〕碎、弄碎、破碎、細碎
　破砕、破催（破碎、摧毀，擊潰，〔原〕分裂，裂變）
　粉砕（粉碎、摧毀、徹底打垮）
　玉砕（玉碎）←→瓦全
　粉骨砕身（粉身碎骨、鞠躬盡瘁、竭盡全力）
　零砕（零碎）
砕開機〔名〕（原料等的）粉碎機
砕開剤〔名〕〔化〕粉碎劑
砕塊熔岩〔名〕〔礦〕碎塊熔岩
砕鉱〔名、自サ〕碎礦、破碎礦石
　砕鉱機（碎礦機）
砕身〔名〕捨身忘我
　粉骨砕身（粉身碎骨、鞠躬盡瘁、竭盡全力）
砕石〔名、自サ〕碎石，碎石塊、粉碎石塊，把石頭弄碎
　砕石を敷く（鋪碎石塊）敷く若く如く
　砕石舗道（碎石路）

砕石舗道法（碎石築路法）
砕石術（〔醫〕〔結石〕碎石術）
砕石器（〔醫〕碎石器）
砕屑〔名〕〔地〕碎屑
　砕屑状（碎屑狀）
　砕屑鉱床（碎屑礦床）
　砕屑岩（碎屑岩）
砕炭機〔名〕碎煤機
砕土機〔名〕碎土機
砕破、催破〔名、自他サ〕破碎、碎破、弄碎、摧毀
砕氷〔名、自サ〕破冰、碎冰，砸碎的冰
　砕氷船（破冰船）
　砕氷能力（破冰能力）
砕片〔名〕碎片（=破片）
　爆風の為glassの砕片が飛び散る（因為爆炸氣浪玻璃碎片紛飛）
砕木〔名〕碎木
　砕木機（碎木機）
　砕木パルプ（碎木紙漿）
砕米〔名〕（稻穀脫殼時出的）碎米
砕け米〔名〕碎米（=屑米）
砕け米〔名〕（在脫穀或舂米時弄碎的）碎米
砕く〔他五〕打碎，弄碎、挫敗，摧毀、用淺近易懂的話說明、（把大鈔）找開，換成零錢、（以心を砕く形式）傷腦筋，絞盡腦汁，煞費苦心
　土を砕く（把土塊弄碎）
　瓶を粉粉に砕く（把瓶子打得粉碎）
　敵の勢いを砕く（挫敵人的銳氣）
　古典を砕いて説明する（把古典著作淺近易懂地加以說明）
　五円札を砕く（把五元鈔票找開）
　問題の解決に心を砕く（為解決問題而傷腦筋）
　皆で心を砕いて研究した（大家煞費苦心地進行了研究）
　身を砕く（拼命、粉身碎骨、費盡心思、竭盡全力）
砕ける〔自下一〕破碎，粉碎、（銳氣或氣勢等）受挫折，減弱、融洽起來，謙虛起來，平易近人、淺近易懂，容易理解

花瓶は棚から落ちて砕けて仕舞った（花瓶從架子上掉下來碎了）

意志を砕ける（意志衰退）

張り切った気持が砕ける（鼓起的幹勁洩氣了）

彼の人は砕けていて感じが好い（那人平易近人給人好印象）

砕けて説明する（淺近地加以説明）

此の心理状態をもっと砕けた言葉で言い直すと（若把這種心理狀態改用更加淺近易懂的話來説）

砕けた〔連體〕破碎的，粉碎的，謙虛的，和藹的，平易近人的，淺近易懂的，容易理解的

砕けた茶碗（破碎的碗）

砕けた態度（平易近人的態度）

砕けた説明（淺近易懂的説明、容易理解的説明）

砕け波〔名〕碎浪、白浪、上下翻騰的浪花

祟（ㄙㄨㄟˋ）

祟〔漢造〕鬼神作惡

祟る〔自五〕（鬼神）降災，作祟，遭殃，產生惡果

怨霊が祟って彼を取り殺した（冤魂作祟把他折磨死了）

寝不足が祟って病気に為る（由於睡眠不足得了病）

そんな事を為ると一家に祟る（做那種事全家要遭殃）一家一家

怠けたのが祟って落第した（因為懶惰結果沒考上）

祟り〔名〕祟，作祟，報應，做壞事的結果

此は悪魔の祟りだな（這是惡魔作祟呀！）

何の祟りが、不幸が続く（不知是什麼作祟不幸接連不斷）

食べ過ぎの祟りで御腹を壊した（因吃得太多結果鬧了肚子）

飲み過ぎの祟りで胃潰瘍に罹る（因飲酒過度得了胃潰瘍）

後の祟りを恐れて泣き寝入りを為た（懼怕後果忍氣吞聲）

触らぬ神に祟り無し（不觸犯鬼神鬼神不見怪、喻少管閒事免得麻煩）

祟り目〔名〕倒霉的時候，鬼作祟的時候

弱り目に祟り目（禍不單行、越背運越倒霉、黃鼠狼偏咬病鴨子）

歳（ㄙㄨㄟˋ）

歳〔漢造〕（也讀作歲）年，一年、歲月，年月，（助數詞用法）歲，年歲

凶歳（凶年、歉收年〔＝凶年〕）

豊歳（豐年〔＝豊年〕）

六十歳（六十歲）

百歳（百歲）

万歳，万才，万歳（萬歲、〔表示高興〕好極了，太好了，萬幸，幸甚）

才、才〔名〕才能、才智、才幹、才華

〔接尾〕（船貨或石材體積單位）一立方日尺（約等於0、0278立方米）

（木材體積單位）才（粗3x3、長364公分）

（容量單位）一勺的十分之一（約等於1、8毫升）

（紡織品單位）一平方英尺（約等於92平方厘米）

表示年齡的〝歲〞的俗寫

才の有る人（有才能的人）

数学（音楽）の才が有る（有數學〔音樂〕才能）

才を恃む（恃才）

才を伸ばす（發展才能）

才に走る（恃才好勝）

才に溺れる（過分恃才而失敗）

才を働かす（開動腦筋）

才が利く（有才氣）

才の利かない人（腦筋遲鈍的人）

十八才（十八歲）

満一才（滿一歲）

万才、万歳（萬歲、萬幸）

天才（天才）

秀才（秀才、有才華的人）

英才、穎才、鋭才（英才、才智聰穎的人）

ム

ム

奇才（奇才）
機才（機敏才智的人）
鬼才（奇才、才能過人）
学才（才學）
楽才（音樂的才能）
文才（文學上的才能）
芸才（技藝才能、藝術和學識）
多才、多材（多才）
多芸多才（多才多藝）
菲才、菲才（沒有才能、學疏才淺）
短才（不才、菲才）
不才（不才、菲才、無能）
異才、偉才（大才、奇才）
逸才、逸材（卓越的才能、卓越的人才）
俊才、駿才（英才、高材生）
頓才（機智、機靈、隨機應變的才能）
鈍才（蠢才）
小才（小才幹）
口才（口才、辯才）

歳寒〔名〕嚴寒季節
　歳寒の松柏（喻處逆境也不改其志）

歳計〔名〕歳計、年度總帳、年度總結算
　歳計剰余（年度盈餘）
　歳計欠損（年度虧損）

歳月〔名〕歳月（=年月）
　歳月を重ねる（日積月累）
　何年も歳月を重ねて（窮年累月）
　歳月を経るに従って（天常日久）経る減る
　困難に満ちた戦争の歳月に（在艱苦的戰爭年代）
　碌碌と為て歳月を送る物ではない（不可虛度歳月）送る贈る
　歳月流るる如し（歳月如流水-一去不復返）
　歳月人を待たず（歳月不待人）

歳差〔名〕〔天〕歳差
　歳差運動（歳差運動）

歳歳〔副〕每年、年年歳歳（=年年、毎年）
　年年歳歳人同じからず（年年歳歳不同人）

歳次〔名〕歳次、歳序、年度
歳事〔名〕歳事、一年的慣例
歳時〔名〕時令
歳時記〔名〕歳時記（按季節順序記載一年四季的各種慣行例事及自然變化等類似曆書的書）、俳句歳時記（俳句的季節用語註釋集）
歳首〔名〕歳首、年初（=年始）
　歳首の月齢（年初的月齢、元旦的月齢）
歳終〔名〕歳終、年終、歳暮、年底（=歳末）
歳出〔名〕（國家或公共團體等一個會計年度內的）歳出、支出←→歳入
　今年度は歳出が増大した（今年歳出增加了）
　東京都の歳出は年年増加している（東京都的歳出逐年在增加）年年年年
　歳出予算額（歳出預算額）
　歳出総額（歳出總額）
歳出入〔名〕一個會計年度收支總額
歳入〔名〕（國家或地方政府的）歳入、一年的收入、預算收入←→歳出
　国庫歳入（國庫收入財政收入）
　歳入不足（歳入不敷支出）
　歳入見込額（預計的歳入額）計る測る量る図る謀る諮る
　税率を上げて歳入の増加を図る（提高稅率以求增加歳入）上げる揚げる挙げる
　歳入関税（〔為增加國家歳入而徵收的〕財政關稅-區別於為保護本國工商業而徵收的關稅）
歳星、歳星〔名〕歳星（木星的別名）
歳霜〔名〕年月（=年月）
歳旦〔名〕元旦、元日、新年
　歳旦祭（元旦祭祀-正月初一在宮廷裡舉行的一種祭祀）
歳晩〔名〕年終、歳暮（=年末、歳末）
歳費〔名〕一年的費用，全年經費、（國會議員的）年薪，全年津貼
歳暮〔名〕（也讀作歳暮）歳暮，年底（=歳の暮れ、年末）←→歳旦、年禮，新年禮品
　慌しい歳暮の街頭（匆忙的年關街頭景像）
　慌しい遽しい
歳暮〔名〕歳暮，歳尾，年終，年末（=歳の暮れ）、年終酬贈的禮品，贈送年終禮品

歳暮の大売出し（年終大減價）
友人の御歳暮を為る（送給朋友一份年終禮品）
御歳暮の印迄に差し上げます（微不足道的東西權作歲尾的紀念）

歳末〔名〕歲末、年終、年底（＝歲の暮れ、年末）
慌ただしい年末風景（匆忙的年終景象）
十二月は年末の大売出しで商店街が活気付く（十二月份因年底大甩賣商店街繁華起來）
年末贈答品（年終禮品）
年末大サービス（年底大減價）

歳余〔名〕一年多、一年有餘（＝一年余り）

歳、年〔名〕年、歲月、年齡、年代、年號
年が暮れる（歲已雲暮、來到年底）
年の暮れ（年底、年終、歲末）
年の始め（年初）
年の瀬（年末）
年を越す（過年）
年を渡る（過年）
年を送る（辭歲）
今年は酉の年だ（今年是雞年）
新しい年を迎える（迎接新年）
年が明けたら直ぐ出発する（過了新年就動身）
一家団欒で年を越す（全家團圓過年）
彼は病院で年を越した（他在醫院過了年）
少々無理でも年の内に片付けて終おう（即使困難點也希望在一年內趕完）
年と共に記憶も薄れていった（隨著歲月的流逝記憶也淡薄了）
何卒良い御年を（祝新年快樂）
来る年も来る年も（年復一年）
年には勝てぬ（歲月不饒人）
年の経つのは速い（光陰似箭）
年は争えない（不服老不行）
年を取って若返る（返老還童、老當益壯）
年は薬（年老經驗多）
年の功（閱歷深）

年を取る（上年紀）
年を取って頭が惚ける（上了年紀腦筋遲鈍）
年が寄る（上年紀）
年問わんより世を問え（與其問年齡不如問閱歷）
年を拾う（上年紀）
年を食っている（上了年紀）
年が行っている（年紀大）
年の行かない（年齡尚小的）
年は幾つ（幾歲？）
御年は御幾つですか（你多大歲數？）
年の所為で目が良く見えなく為った（由於年齡關係眼睛有點不好了）
年の所為か此の頃物覚えが悪く為った（或許年紀大了近來記性不好）
彼の夫婦は親子程も年が違う（那對夫婦有如父女般年齡懸殊）
年に為ては老けて見える（按歲數看起來顯得老）
男の年は気、女の年は顔（男人年紀看心情女人年齡看面貌）
八十迄生きれば年に不足は無い（若活到八十歲壽命就不算短了）
年が経つ（歲月變遷、光陰消逝）
こんな年に生まれた人（生在這個時代的人）
年の夜（除夕）
年に一回（每年一次）
年を守る（守歲）
年改まる（改元，換年號、來到新年）
年が替わる（改換年號、改換年頭）
年が返る（歲月更新）

歳男、年男〔名〕〔古〕（武將家中）辦理新年裝飾的人、（立春前）撒豆驅邪的人（選本命年的男人充當）←→年女
兄が年男で豆を撒いた（今年是哥哥本命年他當撒豆驅邪迎福的人）

歳神、年神〔名〕喜福神（＝年德神、歲德神）

歳德、年德〔名〕（陰陽家以該年干支而定的）吉利方向（＝恵方、吉方）、喜福神（＝年德神、歲德神）

歳の市、年の市〔名、連語〕年貨市

ム

町は年の市で大騒ぎだ（街上擺出年貨攤很熱鬧）
年の市が立つ（開年貨市場）

歳の暮、年の暮れ〔名、連語〕歲暮、年底（=年末）←→年の始め
年の暮れは何処でも多忙だ（年底哪裡都忙）
年の暮れは何かと忙しい（年底總是忙得不可開交）

歳、年〔造語〕年、歲
幾年、幾歲（幾年、幾歲）
二年、二歲（二年、二歲）
八年（八年）
三年の年月（三年的時光）

遂（ㄙㄨㄟˋ）

遂〔漢造〕完成
未遂（〔法〕未遂）
完遂（完成、達成）
既遂（〔法〕既遂）←→未遂

遂行、遂行〔名、他サ〕（遂行是誤讀）完成、貫徹、執行
事業を遂行する（完成事業）
任務は必ず遂行します（一定完成任務）
職務を遂行する（執行職務）

遂に、竟に、終に〔副〕終於、竟然、直到最後（=とうとう、最後迄）
終に完成を見た（終於完成了）
終に約束を果たさなかった（終於沒有踐約）
終に口を利かなかった（直到最後一言未發、終於沒有開口）
方方探して終に見付け出した（到處尋找終於找到了）
終に革命が起きた（終於爆發了革命）起きる、熾きる
終に承知した（終於答應了）
何度も電話を掛けたのに、相手は終に来なかった（打了好幾通電話對方始終沒有來）
彼の人は一生終に結婚しなかった（那人終身都沒結婚）
台湾のアタック隊員は終に世界の最高峰―チョモランマ峰の頂上に立った（台湾

登隊員終於踏上了世界最高峯-珍穆朗瑪峯）
立つ 経つ 建つ 絶つ 発つ 絶つ 断つ 裁つ 截つ

遂げる〔他下一〕完成，達到（=果たす）、終於
宿望を遂げる（完成宿願）
思いを遂げる（實現心願、〔追求異性〕達到目的）
目的を遂げる（達到目的）
日進月歩の発展を遂げる（取得日新月異的發展）
長年の苦心の後研究を遂げた（經過多年努力完成了研究工作）
戦死を遂げる（終於陣亡）
悲壮な最期を遂げる（終於壯烈犧牲）
名を遂げる（終於成名）

退ける〔他下一〕挪開、移開（=退ける）
車が通れないから此処の荷物を退けて呉れ（車開不過去把這裡的東西移開）
道路の石を退ける（搬開路上的石頭）

解ける〔自下一〕解開、解消、解除、解明
靴の紐が解けている（鞋帶開了）
小包の紐が解け然うで解けない（包裹上的繩子雖然看著很鬆但解不開）
彼の怒りは解けた（他的氣解消了）
両家の確執は長い間解けなかった（兩家的爭執長期沒有解消）
禁が解ける（禁令解除）
校長を辞めて長い間の責任が解けた（辭去校長後解除了長期以來的責任）
明日限りで契約が解ける（合約過了明天就失效了）
難しい問題が解けた（難題解開了）
謎が解けた（謎解開了）

溶ける、融ける〔自下一〕溶化
塩は水に溶ける（鹽在水中溶化）
紅茶に入れた砂糖が溶けないで残っている（放在紅茶裡的砂糖沒有溶化沉澱在碗底）
口に入れると溶ける（一放進嘴裡就化）

熔ける、鎔ける〔自下一〕（金屬等）熔化（=蕩ける）
鉛を熱すると熔ける（鉛一加熱就熔化）

銀は九百六十度で熔ける（銀加熱到九百六十度就熔化）

遂せる、果せる 〔他下一〕（接動詞連用形）作完、作成

逃げ果せる（逃掉）

隠し果せないで終に白状した（隱瞞不住終於坦白了）

君には辛抱が為果せるか如何か問題だ（你能否堅持到底是個問題）

此の仕事は彼には遣り果せまい（這項工作他未必完成得了）

隧（ㄙㄨㄟˋ）

隧 〔漢造〕隧道、墓道

隧道、隧道 〔名〕隧道（＝トンネル）。〔古〕墓道（＝墓道）

隧道を掘る（挖隧道）掘る彫る

隧道を穿つ（挖隧道）

隧道を通す（鑿通隧道）通す透す徹す

隧道に入る（駛進山洞）入る入る

燧（ㄙㄨㄟˋ）

燧 〔名〕燧（古時取火具）

燧を鑽る（打火鐮、用火石取火）切る斬る伐る着る

燧岩 〔名〕〔礦〕燧石、黑硅石

燧石 〔名〕燧石、打火石（＝燧石、火打ち石，火打石）

燧、火打ち，火打 〔名〕（用火石火鐮等）打火

燧石、火打ち石，火打石 〔名〕火石、打火石（＝燧石）

火打ち石で火を打ち出す（用火石打火）

燧鉄、火打ち金，火打金 〔名〕火鐮、打火鐮

燧、火切り、火鑽 〔名〕〔古〕鑽木起火

穂（穗）（ㄙㄨㄟˋ）

穂 〔漢造〕穗

花穂（花穗、穗狀花）

禾穂（稻穗）

穂状 〔名〕穗狀

穂状花序（穗狀花序）

穂 〔名〕〔植〕穗、（物的）尖端

麦の穂（麥穗）

薄の穂（芒穗）

落ち穂拾い（拾落穗）

槍の穂（槍尖、矛頭）

筆の穂（毛筆尖）

穂に出る（心思外露）

帆 〔名〕帆

帆を揚げる（揚帆）揚げる上げる挙げる

帆を下す（下帆、收帆）下す卸す降ろす架ける搔ける画ける翔ける書ける駆ける懸ける

帆を掛ける（掛帆）掛ける描ける翔ける賭ける欠ける描ける駈ける斯ける

帆を張る（張帆）張る貼る

帆を畳む（疊帆、卷帆）

得手に帆（を上げる）（如魚得水、如龍得雲、大顯身手）

尻に帆を掛ける（喻急忙逃走）

歩、步 〔名、漢造〕步、步行、氣運

歩を進める（邁步、前進）

歩を運ぶ（邁進）

公園へ歩を向ける（向公園邁進）

一歩前進、二歩後退（進一步退兩步）

三歩前へ（向前三步）

徒歩（徒步、步行）

遊歩（散步、漫步）

牛歩（牛步、牛的步伐）

地歩（地步、位置、立足點）

国歩（國運、國勢）

退歩（退步）

進歩（進步）

散歩（散步）

漫歩（漫步）

独歩（自力、獨自步行、獨一無二）

穂先 〔名〕〔植〕芒、槍尖，矛頭，刀尖

槍の穂先に掛ける（以槍尖刺〔人〕）

穂薄、穂芒 〔名〕穗芒、出了穗的芒草

穂田 〔名〕（秋天）出稻穗的田

穂並 〔名〕稻（麥）穗出齊、出齊的稻（麥）穗

穂波 〔名〕稻浪、麥浪

ム

穂波が立つ（風吹麥浪生）立つ経つ絶つ断つ
裁つ建つ発つ

穂孕、穂孕み〔名〕（稻麥）孕穗、打苞

穂麦〔名〕抽穗的麥子

穂綿〔名〕葦絮、茅花（代用棉）

邃（ㄙㄨㄟˋ）

邃〔漢造〕深遠

深邃（深邃、幽深）

幽邃（幽邃、幽靜）

邃古〔名〕遠古

酸（ㄙㄨㄢ）

酸〔名〕酸味。〔化〕酸←→アルカリ(alkali)

〔漢造〕酸，酸味，辛酸，痛苦。〔化〕酸、氧（=酸素）

此の蜜柑は酸が強い（這個橘子酸味重）

酸とアルカリ(alkali)を中和させる（使酸和鹼中和）

辛酸（辛酸、辛苦）

硫酸（〔化〕硫酸）

塩酸（〔化〕鹽酸）

脂肪酸（〔化〕脂肪酸）

酸アミド(amide)〔名〕〔化〕銑胺

酸アルカリ滴定(alkali)〔名〕〔化〕酸鹼滴定、中和滴定

酸塩化物〔名〕〔化〕氯化醯基

酸化〔名、自サ〕〔化〕氧化

酸化し易い金属（易氧化的金屬）

鉄が酸化して錆が生じた（鐵氧化生鏽了）

酸化亜鉛（氧化鋅）

酸化アンチモニ(antimony)（氧化銻）

酸化エチレン(Athylen)（氧化乙烯）

酸化第一銅（氧化亞銅）

酸化第一鉄（氧化亞鐵）

酸化第二銅（氧化銅）

酸化第二鉄（氧化鐵、三氧化二鐵）

酸化第二水銀（一氧化汞、三仙丹）

酸化錫（氧化錫）

酸化第二錫（二氧化錫）

酸化カルシウム(calcium)（氧化鈣）

酸化ジルコニウム(zirconium)（氧化鋯）

酸化マンガン(德 mangan)（氧化錳）

酸化リチウム(lithium)（氧化鋰）

酸化リチウム水(lithium)（鋰鹽礦水）

酸化セリウム(cerium)（氧化鈰）

酸化セレン(德 Selen)（氧化硒）

酸化バナジウム(vanadium)（氧化釩）

酸化硼素（氧化硼）

酸化マグネシウム(magnesium)（氧化鎂）

酸化スカンジウム(scandium)（氧化鈧）

酸化鉄（氧化鐵）

酸化トリウム(德 Thorium)（氧化釷）

水酸化ナトリウム(德 Natrium)（燒鹼）

酸化バリウム(barium)（氧化鋇）

酸化モリブデン(德 Molybdenum)（氧化鉬）

酸化炎（氧化焰）

酸化剤（氧化劑）

酸化防止剤（阻氧化劑）

酸化染料（氧化染料）

酸化洗い（氧化沖洗）

酸化発酵（氧化發酵）

酸化抜染（氧化拔染）

酸化漂白（氧化漂白）

酸化形アルキド樹脂(alkyd)（氧化型醇酸樹脂）

酸化形フタル酸樹脂(phthalic)（氧化轉變鄰苯二甲酸樹脂）

酸化還元（氧化還原）

酸化酵素（氧化酶）

酸化重合（氧化聚和）

酸化性物質（氧化性物質）

酸化帯（〔地〕氧化帶，氧化區域、〔化〕〔煤氣發生爐內燃料的〕氧化層）

酸化池（（〔處理汙泥、汙水的〕氧化池、貯留池）

酸化電位（氧化電勢）

酸化物（氧化物）

酸価〔名〕〔化〕酸價

酸基〔名〕〔化〕酸基、酸根

酸欠〔名〕缺氧

さんけつくうき 酸欠空気（缺氧空氣-常發現於地下工程中、對人體有害普通大氣中含氧約20%、降低至6%以下時、能致人於死亡）
さんけつしょう 酸血症〔名〕〔醫〕酸中毒（=酸毒症）←→アルカリ血症
さんどくしょう 酸毒症〔名〕〔醫〕酸中毒（=酸血症）
さんこうせい 酸好性〔名〕嗜酸性
　さんこうせいさいぼう 酸好性細胞（嗜酸細胞）
　さんこうせいさいきん 酸好性細菌（嗜酸細菌）
さんこん 酸根〔名〕〔化〕酸根
さんすいそ 酸水素〔名〕〔化〕氫氧
　さんすいそえん 酸水素炎（氫氧焰）
　さんすいそばくはつガス 酸水素爆発ガス（氫氧起爆氣）
　さんすいそすいかん 酸水素吹管（氫氧吹管）
　さんすいそようせつ 酸水素熔接（氫氧氣焊）
さんせい 酸性〔名〕〔化〕酸性←→アルカリ性
　さんせい 酸性に為る（使成酸性）
　さんせいど 酸性度（酸度）
　さんせいどじょう 酸性土壌（酸性土壤）
　さんせいさんかぶつ 酸性酸化物（酸性氧化物）
　さんせいせんりょう 酸性染料（酸性染料）
　さんせいしょくばい 酸性触媒（酸性催化劑）
　さんせいげんしょうえき 酸性現象液（酸性顯影劑）
　さんせいていちゃくえき 酸性定着液（酸性定影液）
　さんせいしけん 酸性試験（酸性試驗）
　さんせいはんのう 酸性反応（酸性反應）
　さんせいはくど 酸性白土（酸性黏土）
　さんせいえん 酸性塩（酸式鹽）
　さんせいがん 酸性岩（酸性岩、酸式岩）
　さんせいしゅせきさんカリウム 酸性酒石酸カリウム（酒石酸氫鉀）
　さんせいしょう 酸性症（酸中毒）
　さんせいしょくひん 酸性食品（酸性食品-消化後在體內產生酸性物質的食品-指肉類、穀物等）
　さんせいせん 酸性泉（〔含多量的硫酸、鹽酸、亞硫酸等酸類的〕酸性溫泉或礦泉）
　さんせいたんさんえん 酸性炭酸塩（碳酸氫鹽）
　さんせいてんろほう 酸性転炉法（酸性轉爐煉鋼法）
　さんせいばいせんりょう 酸性媒染染料（酸性煤染料）
　さんせいひりょう 酸性肥料（酸性肥料-指連續使用可使土壤酸化的硫銨及自身為酸性的過磷酸鈣等肥料）
　さんせいへいろほう 酸性平炉法（酸性平爐煉鋼法）
　さんせいりゅうさんえん 酸性硫酸塩（酸式硫酸鹽）
さんせん、さんあらい 酸洗、酸洗い〔名、他サ〕〔冶〕酸洗
　さんあらいようのきはくさんすい 酸洗い用の稀薄酸水（酸洗用的稀酸液）
　いものをさんあらいする 鋳物を酸洗いする（酸洗鑄造物）
さんそ 酸素〔名〕〔化〕氧
　さんそかごうぶつ 酸素化合物（氧化物）
　さんそちりょうき 酸素治療器（氧治療器）
　さんそtent 酸素テント（氧氣帳）
　さんそmask 酸素マスク（氧氣罩）
　さんそけつぼう 酸素欠乏（缺氧）
　さんそ徳Bombe 酸素ボンベ（氧氣瓶）
　さんそたんたい 酸素担体（載氧體）
　さんそがんゆうりょう 酸素含有量（含氧量）
　さんそせいぞうこうじょう 酸素製造工場（製氧工廠）
　さんそせいぞうき 酸素製造機（氧氣機）
　さんそうわふきてんろ 酸素上吹転炉（純氧頂吹轉爐）
　さんそきゅうにゅう 酸素吸入（輸氧、氧氣吸入）
　さんそさん 酸素酸（含氧酸）
　さんそさんえん 酸素酸塩（含氧鹽酸）
　さんそぞくげんそ 酸素族元素（氧族元素）
　さんそacetylene 酸素アセチレン（氧乙炔）
　さんそacetyleneようせつ 酸素アセチレン熔接（氧乙炔焊接）
　さんそてんろ 酸素転炉（純氧頂吹轉爐）（=酸素上吹転炉）
さんてきてい 酸滴定〔名〕〔化〕酸量滴定法
　さんてきていそうち 酸滴定装置（酸滴定裝置）
さんど 酸度〔名〕酸性程度，酸味的程度。〔化〕酸度（鹼一分子中所含的羥基數）
さんにゅう 酸乳〔名〕酸乳、乳酸飲料
さんぱい 酸敗〔名、自サ〕（食物）腐敗變味、饐（=饐える）
　しょくもつがさんぱいした 食物が酸敗した（食物餿了）
さんはっこう 酸発酵〔名〕酸發酵
さんび 酸鼻〔名〕酸鼻、目不忍睹、悲痛心酸
　そのさんじょうたるやさんびをきわめた 其の惨状たるや酸鼻を極めた（其慘狀令人目不忍睹）
　くうしゅうのあとはさんびのきわみにたった 空襲の跡は酸鼻の極めに達した（空襲後的景像凄惨萬狀）
さんぶん 酸分〔名〕〔化〕酸分、含酸量

ム

酸味、酸味〔名〕酸味、酸的味道（=酢味、酸っぱ味、酸っぱい味）
　酸味を帯びる（帶酸味）
　林檎の走りは酸味が強い（新上市的蘋果很酸）
　酸味が有る（帶酸味）

酸無水物〔名〕〔化〕酸酐

酸油〔名〕〔化〕酸（性）油、未中和的油、含硫輕油（=サワー、オイル）

酸硫化物〔名〕〔化〕羥基硫化物、含氧硫化物

酸類〔名〕〔化〕酸類（醋酸、鹽酸等酸性物的總稱）

酸棗、核太棗〔名〕〔植〕酸棗（樹）

酸漿、鬼燈〔名〕〔植〕酸漿（一種茄科夏季結紅皮球形漿果，女孩去其內瓤，將其球形外囊放在口中、以舌壓之作響）、酸漿或類似酸漿的玩具
　酸漿提灯（紙糊小紅燈籠）
　酸漿を鳴らす（舌壓酸漿皮作響）

酸い〔形〕酸（=酸っぱい）
　私は酸いのが好きです（我愛吃酸的）
　酸いも甘いも噛み分ける（飽嚐酸甜苦辣、久經風霜）

酸葉、酸模，酸模，酸模〔名〕〔植〕酸模

酢、酢、醋〔名〕醋
　料理に酢を利かせる（醋調味）
　野菜を酢漬けに為る（醋漬青菜）
　酢で揉む（醋拌）
　酢で溶く（醋調）
　酢が利いてない（醋少、不太酸）
　酢が（利き）過ぎる（過份、過度、過火）
　酢で（に）最低飲む（數叨缺點、貶斥）
　酢でも蒟蒻でも（真難對付）
　酢に当て粉に当て（遇事數叨）
　酢に付け粉に付け（遇事數叨）
　酢にも味噌にも文句を言う（連雞毛蒜皮的事也嘮叨）
　酢の蒟蒻のと言う（說三道四、吹毛求疵）
　酢を買う（乞う）（找麻煩、刺激、煽動）
　酢を嗅ぐ（清醒過來）
　酢を差す（向人挑戰、煽惑別人）

簾、簀〔名〕（竹，葦等編的）粗蓆、簾子、（馬尾，鐵絲編的）細網眼，細孔篩子
　竹の簀（竹蓆、竹簾）
　葦簾（葦簾）
　簀を掛ける（掛簾子）
　簀を下ろす（放簾子）
　簀を巻き上げる（捲簾子）
　水嚢の簀（過濾網）

巣、窠、栖〔名〕（蟲、魚、鳥、獸的）巢，穴，窩。〔轉〕巢穴，賊窩。〔轉〕家庭、（鑄件的）氣孔
　鳥の巣（鳥巢）酢醋酸簾簀
　蜘蛛が巣を掛ける（張る）（蜘蛛結網）
　蜘蛛が巣に掛かる（蜘蛛結網）
　蜂の巣（蜂窩）
　巣を立つ（〔小鳥長成〕出飛、出窩、離巢）
　巣に帰る（歸巢）
　鳥が巣を作る（鳥作巢）
　雌鳥が巣に付く（母雞孵卵）
　悪の巣（賊窩）
　彼の森は強盗の巣に為っている（那樹林是強盜的巢穴）
　其処は丸で黴菌の巣だ（那裡簡直是細菌窩）
　二人は彰化で愛の巣を営んで（構えて）いる（兩人在彰化建立了愛的小窩）
　巣を構う（作巢，立家、設局，聚賭）

酸っぱい〔形〕酸（=酸い）
　レモンや梅干は酸っぱい（檸檬和梅乾酸）
　御飯が腐ったらしい、酸っぱい味が為る（飯好像餿了）
　此の蜜柑は酸っぱくて、口が曲がり然うだ（這個橘子酸得嘴都要歪了）
　此の林檎の酸っぱいのには閉口した（這個蘋果酸得我吃不消）
　口が酸っぱく為る迄話したが、彼は一向聞かない（說得口敝唇焦可是他根本不聽）
　口を酸っぱくして言う（費盡口舌絮絮叨叨地說）

酸っぱみ〔名〕酸意、酸味

此のジュースには少し酸っぱみが含まれている（這種果汁帶點酸味）

酸っぱがる〔他五〕覺得酸、嫌酸

酸茎〔名〕酸蘿蔔鹹菜（京都的特產）

酸塊〔名〕〔植〕醋栗（虎耳草科）

酸橘、醋橘〔名〕〔植〕（德島縣產）酸橘

蒜（ㄙㄨㄢˋ）

蒜〔漢造〕大蒜

蒜、大蒜〔名〕〔植〕蒜

蒜〔名〕蒜（＝蒜、大蒜）、山蒜（＝野蒜）

算（ㄙㄨㄢˋ）

算〔名〕（古時計算用的）算籌、（占卜算卦用的）算木（＝算木）、算，數、計算、用算盤算、希望，可能性

〔漢造〕算，計算、數、歲數、計謀、策劃

算を置く（〔舊〕計算、占卜，算卦）

算を乱す（〔轉〕逃走時極端混亂、亂紛紛、亂得一塌糊塗）

算を乱して敗走する（倉皇潰逃）

死傷算無し（死傷無數、傷亡不計其數）

算盤で一算願います（請用算盤給算一下）

算を入れる（用算盤計算）

算が合う（〔用算盤〕算得相符）逢う遭う遇う逢う合う

成功の算大也（成功的希望很大）

計算（計算、運算、估計，考慮）

卦算、圭算（鎮紙〔＝卦算、文鎮〕）

加算（〔數〕加法〔＝足算〕、合計，加在一起算）

減算（〔數〕減法〔＝引算〕）

乗算（〔數〕乘法〔＝掛算〕）←→除算、割算

除算（〔數〕除法〔＝割算〕）←→乗算、掛算

勝算（勝算、取勝的希望）

暗算（心算）←→筆算、珠算

運算（〔數〕運算、演算〔＝演算〕）

清算（清算，結帳、清理財產、結束，了解）

精算（細算糾正）←→概算

成算（成算、把握）

予算（預算）

検算、験算（驗算、核對）

通算（通計、總計）

宝算（聖壽、天皇的年齡）

打算（算計、盤算）

算する〔名、他サ〕算、計算、數達、有若干數目

数百万を算する（達數百萬）算する産する参する讃する賛する

千を以て算する（數以千計）

日曜の人出は無慮三十万を算した（星期日上街的人足有三十萬）

人口一千万と算せられる（人口計有一千萬）

算勘〔名〕用算木占卜、算帳

算木〔名〕（由六根約三寸長的四方棱木組成的）占卜用具、（一種計算用具）算籌

算式〔名〕〔數〕算式

算出〔名、他サ〕算出、計算出來、核算出來（＝割り出す）

所要経費を算出する（算出所需的經費）

此の数字は何から算出したのか（這個數字是從哪兒算出來的？）

算術〔名〕〔數〕算術

彼は算術が上手だ（他算術很好、他很會算術）

算術平均（算術平均、相加平均術）

算術級数（算術級數、等差級數）

算術数列（算術級數、等差級數）（＝算術級数）

算数〔名〕初級數學，（小學的學科名）算術、計數，數量的計算

算数が得意だ（擅長算數）

算数に暗い（不懂計算）

算数の観念が薄い（數量的觀念不強）

算段〔名、他サ〕籌措、張羅、設法籌集（＝工面）

金を算段する（籌措款項）

金の算段が付かない（籌不到款項、張羅不到錢）

如何にか算段して見よう（我將設法張羅一下看）

如何やら算段を為て五万円拵えた（百般設法籌到了五萬日元）

ム

無理な算段は止し為さい（不要勉強東拉西湊啦）

彼女は遣り繰り算段が旨い（她很會安排籌畫）旨い巧い上手い甘い美味い

算定〔名、他サ〕計算、推算、估計、估算
算定価格（估計價格）
年間総収入を算定する（估計全年總收入）
被害は約三十億円と算定される（遭受的損失估計約達三十億日元）
算定を誤る（推算錯誤）誤る謝る
算定風袋（〔商〕估定的皮重、包皮的估定重量）

算当〔名〕計算、算帳

算道〔名〕（律令制）學算術的學問（的人）、算術

算入〔名、他サ〕算入、計入、計算在內
雑費を損金に算入する（把雜費算在損失內）

算筆〔名〕算術和習字
算筆を長じている（擅長寫算）

算法〔名〕（algorithm 的譯詞）算法，演段、數學（古時中國和江戶時代常用於數學書名）

算用、算用〔名、他サ〕（俗）計算、計數（=計算、勘定）
支出を算用する（計算開支）
算用が合わない（計算不符）合う会う逢う遇う遭う
算用十八、手六十（學會算盤在年少學會寫字得到老）
算用数字（阿拉伯數字〔=アラビア数字〕）

算暦〔名〕算術和曆法

算盤、十露盤〔名〕算盤、〔轉〕利害得失的計算、〔轉〕如意算盤、日常的計算技術
算盤を置く（打算盤）
斯う値下がりしては算盤が合わない（價錢這麼跌可就不合算了）
世の中は算盤通りには行かない（世事不能盡如人意）
読み書き算盤（讀寫算）
算盤が持てない（不合算、無利可圖）
算盤を弾く（打算盤、計較個人利益）
算盤尽く（唯利是圖、愛打小算盤）

始めから算盤尽くで掛かる（從開頭就愛打小算盤）
算盤高い（吝嗇、專在錢上打算盤）（=勘定高い）
算盤珠（算盤珠）
算盤珠を弾く（打算盤）
算盤勘定（算盤計算）
算盤勘定が高い（吝嗇、鐵算盤、會打算盤、唯利是圖）

孫（ㄙㄨㄣ）

孫〔漢造〕孫、孫子、子孫後代
子孫（子孫、後代、後裔）
子子孫孫（子子孫孫、世世代代、子孫萬代）
児孫（兒孫、子孫）
嫡孫（嫡孫）
玄孫（玄孫）
外孫、外孫（外孫）←→内孫
曽孫、曽孫、曽孫、曽孫（曾孫）
末孫、末孫（後裔、後代子孫）
天孫（天神的子孫、〔神話〕〔天照大神的孫子〕瓊瓊杵尊）
皇孫（日皇的孫子、日皇的子孫）
王孫（王孫）

孫呉〔名〕〔史〕（中國的）孫子和吳子
孫呉兵法（孫吳兵法）

孫〔名〕孫子（=子の子）

〔造語〕隔代、間接
孫が出来た（有孫子了、抱孫子了）
初孫（長孫、大孫子）
孫弟子（徒孫）
孫は子より可愛い（孫子比兒子更可愛、疼孫子勝於疼兒子）

孫請〔名〕（建築工程等從總包工的）再轉包工

孫衛星〔名〕圍繞衛星運行的天體、圍繞月球運行的人造衛星

孫株〔名〕（股份有限公司增資發行新股後）第二次發行的股票

孫子〔名〕孫子和兒子、子孫，兒孫，後裔，後代
孫子の代迄伝える（傳到子孫後代）

孫小作人〔名〕從二地主手裡租地耕種的佃農（＝又小作人）
孫作〔名〕從二地主手裡租地耕種
孫太郎虫〔名〕〔動〕龍蝨
孫店〔名〕正房簷前搭接的棚子
孫弟子〔名〕徒孫、徒弟的徒弟
孫の手〔名〕（老人搔背用的）搔耙、老頭樂、不求人、如意
孫引き、孫引〔名〕（不查對原文）盲目抄用、間接引用（古典、文句）
　孫引きは誤りの元に為る（盲目抄襲引用是錯誤的根源）
孫庇、孫廂〔名〕〔建〕（正殿、正廳、正房前面）搭接的房簷
孫娘〔名〕孫女
孫枝〔名〕（枝上分出的）小杈

筍（ムㄨㄣˇ）

筍、笋〔漢造〕竹筍
筍、笋、竹の子〔名〕筍
　筍が出た（長出筍來）
　雨後の筍（雨後春筍）
　干し筍（筍乾）
　筍の衣（筍衣）
　筍生活（靠變賣〔身邊物品〕度日、過日子如剝筍衣）
　筍の親勝り（子勝其父、青出於藍）
筍貝〔名〕〔動〕穿孔貝
筍医者、竹の子医者〔名〕庸醫、江湖醫師、不成熟的醫師

損（ㄙㄨㄣˇ）

損〔名、自サ〕虧、虧損←→得
〔形動〕虧、吃虧、不利
〔漢造〕減少、損失，失策，損害，損壞
　商売上の損（生意方面的虧損）
　損を覚悟で売りに出す（甘受虧損拿去賣）
　結局損に為る（結果吃了虧）
　損を為て得を取れ（吃小虧占大便宜）
　損な立場に在る（處於不利立場）在る有る或る
　損な役回りを為る（充當倒霉的角色）摩る擦る刷る摺る磨る撒る
　減損（虧損、減少、磨耗）
　欠損、缺損（缺損，欠缺。〔轉〕虧損，虧累，賠帳）
　骨折り損（徒勞）
　汚損（汙損、沾汙）
　毀損、棄損（毀損、毀壞、敗壞）
　破損（破損、損壞）

損じる〔他上一〕損壞、損傷、傷害（＝損ずる）
〔接尾〕（接動詞連用形）做壞、做錯、失敗、沒成功
　器物を損じる（損壞器皿）
　機嫌を損じる（惹人不高興、得罪人）
　名声を損じる（損壞名譽）
　書き損じる（寫錯、寫壞）
　ボールを受け損じる（沒接住球）
　聞き損じる（聽錯）

損じ〔名〕損傷、損壞
　書き損じの紙（寫壞了的紙）
　輸送の時に損じを生じた（運輸中有了損傷）
　焼き損じのパン（烤壞了的麵包）

損する〔自、他サ〕損失、虧損（＝損を為る）←→得する
　彼の家は沢山の財産を損した（那家損壞了好多財物）
　少し損する（稍有損失）

損ずる〔自、他サ〕損壞、損傷、傷害
〔接尾、サ變型〕做壞、做錯、失敗、沒成功
　器物を損ずる（損壞器皿）
　名声を損ずる（損壞名譽）
　暑さの為体を損ずる（由於太熱損傷身體）
　此の家は大分損じている（這個房子損壞得相當厲害）
　機械が損じている（機器壞了）
　書き損ずる（寫錯、寫壞）
　ボールを受け損ずる（沒接住球）

損益〔名〕損益、盈虧

海外貿易の損益を見積もる（估計海外貿易的盈虧）
損益を抜けに為る（不計較損益）
損益無し（收支相抵）
損益勘定（〔總帳上的〕損益計算〔帳戶〕）
損益計算書（損益計算表）

損壞〔名、自他サ〕損壞、毀壞
器物損壞（損壞器具）
道路損壞（毀壞道路）

損害〔名、自他サ〕損害、損失、損傷、損耗
損害を与える（使受損害）
甚大な損害を蒙る（蒙受巨大損失）蒙る 被る 被る
損害を賠償する（賠償損失）
国家の独立と主権が損害を受ける（國家的獨立和主權受到損害）
台風で毎年大きな損害を受ける（由於颱風每年遭受很大損失）毎年毎年
我軍の損害は死者三名負傷者十名であった（我軍損傷死者三名負傷者十名）
損害保険（損害保險）
損害保険を掛けた（保上損害保險）
損害保険会社（損害保險公司）
損害賠償（損害賠償、損失賠償）
損害賠償を為る（賠償損失）
損害賠償を請求する（要求賠償損失）
損害賠償金（損害賠償金、損害賠款）

損気〔名〕損失，吃虧（的性情）（只作以下用法）
短気は損気（急躁則吃虧）

損金〔名〕賠的錢、虧空的錢
取引上の損金（交易上賠的錢）
損金は極僅かだ（賠的錢很少）

損失〔名、自サ〕損失、損害
損失を蒙る（蒙受損失）蒙る 被る 被る
損失を招く（招致損失）
損失を埋め合わせる（彌補損失）
取り返しの付かない損失（不可挽回的損失）
火事に因る損失は頗る大きい（因火災受的損失很大）因る 拠る 依る 由る 撚る 縒る 寄る

彼の死は国家に取って大きな損失である（他的死對國家是很大的損失）

損傷〔名、自他サ〕損傷、損壞
身体内部の損傷（身體内部的損傷、内傷）
国家の威信にを与えた（有損國家的威信）
自動車が衝突、車体損傷を甚だしい（汽車相撞車體損壞得很厲害）

損得〔名〕損益、得失、利害
損得に拘わらず（不拘損益、不拘得失）拘る 関る 係る
損得を考えたら此の仕事は出来ない（要考慮得失這項工作就不能做了）
損得償わず（得不償失）
損得半ばする（得失兼半）
差引損得無し（相抵不賠不賺）

損亡、損亡〔名〕損失、虧損（=損失、損害）
莫大な損亡を来たす（帶來很大的損失）

損耗、損耗〔名、自他サ〕損耗、消耗、虧損、損失
兵士の損耗（兵力的損耗）
無駄に精力を損耗するな（別白白消耗精力）

損友〔名〕損友、惡友←→益友
三損友（三損友）

損料〔名〕（租用衣服或器具的）租金（=借用料）
損料を払う（付租金）払う 掃う 祓う
損料を出して借りる（出租金租用）
損料貸し（收費出租）

損量〔名〕損失量、損耗量

損なう、害う〔他五〕損壞，破損、損害，傷害（健康或感情等）、損傷，死傷

〔接尾〕（接其他動詞連用形下）失敗，錯誤，沒成功，耽誤，失掉時機，險些，差一點
器物を損なう（打破器皿）
食器を損なわないように扱え（小心別打破碟碗）
積極性を損なう（挫傷積極性）
感情を損なう（傷害感情）
人の自尊心を損なう（傷害他人的自尊心）
団結を損なう（有損於團結）
一兵も損なう事無く勝つ（未損一兵而勝）

書き損なわないように気を付けて下さい（請注意不要寫錯〔寫壞〕）
一度や二度遣り損なっても諦めないで、何度でも遣り直し為さい（一兩次沒做成也別灰心重新再多做幾次吧！）
火が弱くて、御飯が出来損なった（火不旺飯沒煮熟）
朝寝坊を為て、汽車に乗り損なって終った（由於睡過頭誤了火車）
自動車に轢かれて、死に損なった（被汽車壓了差點死了）

損い〔接尾〕…壞、…錯
言い損い（口誤、說錯）
書き損い（筆誤、寫錯，寫壞）

くたばり損ない〔名〕〔罵〕該死的、老該死的
此のくたばり損ない奴（你這個該死的老傢伙）

損ねる〔他下一〕（損なう的通俗說法）傷害、損傷
〔接尾〕（接其他動詞連用形下）失敗、沒成功
先生の機嫌を損ねた（得罪了老師、使老師不高興了）
仕事を遣り損ねた（事情辦糟了）

松（ㄙㄨㄥ）

松〔漢造〕松樹
老松（蒼松、古老的松樹）
古松（古松）
青松（青松、蒼松）
落葉松〔植〕落葉松
唐松、落葉松（〔植〕日本落葉松）
門松（門松-新年在門前裝飾的松樹或松枝）

松韻〔名〕松韻、松濤
松濤〔名〕松濤（=松風）
松風〔名〕松風、松籟（=松風）
松風〔名〕松風，松籟，（茶道）水已滾沸（恰到好處）
松風が立つ（響起松籟）立つ 経つ 建つ 裁つ 断つ 絶つ 発つ

松籟〔名〕松籟，松風，松濤。〔喻〕茶炊中水滾開聲

松籟を聞く（聽松籟）聞く 聴く 訊く 利く 効く

松果腺〔名〕〔解〕松果腺
松果体〔名〕〔解〕松果體
松根油〔名〕〔化〕松油（蒸餾松樹根部而得的粗松節油）

松竹梅〔名〕松竹梅（歲寒三友、在日本認為吉慶物、用作喜慶的點綴）
正月には松竹梅を床の間に活ける（新年在壁龕裡擺上插有松竹梅的花瓶）

松柏〔名〕（常綠樹的代表）松柏。〔轉〕堅貞
松柏科の植物（松柏科的植物）
松柏の操（松柏之操、堅貞不屈）

松露〔名〕〔植〕松露，麥蕈（地下菌之一種供食用）、松葉上的露水

松〔名〕〔植〕松，松樹，松木、火把（=松明）、新年裝飾門前的松枝，裝飾松枝的期間（=門松）
松の実（松子）
松の内（新年期間-指元旦至正月七日）
松が過ぎてから（過了正月七日〔以後〕）

抹〔漢造〕抹、抹去、磨成粉末（=撫でる、擦る、塗る、擦り消す、塗り消す、粉に為る）
塗抹（塗抹，塗上，塗掉，抹去）
一抹（一縷、一股、一片）
濃抹（濃抹）

末（也讀作末）〔接尾、漢造〕末，底（=末、梢、端）、末尾，末期，最後，末節，最後（=大切で無い、詰まらない）、粉末（=粉）←→本元（根源）
十九世紀末期の科学（十九末期的科學）
月末迄に提出する（月底以前提出）月末 月末
今月末迄に提出する（本月底以前提出）
出発は五月の末です（五月底出發）
始末（始末，前後，原委，情形，情況，處理，應付，節儉，節約）
顛末（始末，原委，來龍去脈）
本末（本末）
週末（周末、星期六、星期六到星期天）
終末（煞尾、完結）
月末、月末（月終、月底）

ム

年末（年終）
歳末（年終、年底）
学年末（學年終了）
年度末（年度終了）
幕末（幕府的末期）
巻末（卷末）
語末（語尾）
文末（文末）
粗末（粗糙，簡陋、疏忽，簡慢、浪費）
瑣末（瑣碎、零碎、細小）
枝葉末節（末節、枝節）
粉末（粉末）
末〔名〕末端，末節，將來，前途，最後，結局，後裔，子孫，末世，亂世、晚年
〔形式名詞〕結果
三月の末頃（三月底前後）三月三月三か月
道の末（道路的盡頭）
明治の末（明治末年）
年の末（年末）
月の末（月底）
元も末も同じ太さだ（頭尾一樣粗）
君の論は末に走ると言う物だ（你的說法可以說是捨本求末了）
そんな事は末の問題だ（那是無關緊要的問題）
末の有る若者（有前途的青年）
末の見込が無い（將來沒出息）
彼の男は末の事を少しも考えない（那個人一點也不想將來的事）
末頼もしい（前途有望的）
末恐ろしい（前途不堪設想）
末の末迄契る（發誓白頭偕老）
末が案じられる（由衷地擔心將來）
口論の末殴り合いに為った（吵到最後互相毆打起來）
ジンギスカンの末（成吉思汗的後裔）
某の末（某人的後裔）某
彼が一番末です（兄弟姊妹中數他最年輕）
末は男の子です（最小的是個男孩子）

末の妹（幺妹）
木の末（樹梢）
流れの末（河川的下游）
此の世も末だ（已經末世了、此世也完了）
行く末長く栄える（活得長遠）栄える
停年で退職した労働者達は末を幸せに送っている（退休老工人們過著幸福的晚年）
末始終より今の三十（十鳥在林不如一鳥在手）
末の露本の雫（人生如朝露）
彼は散散回り道を為た末に自分の進む可き道を見付けた（他繞了一大圈終於找到了自己該走的路）
彼は散散道楽を為た末にへたばって終った（他是大肆荒唐了一陣結果完蛋了）
十分考えた末（充分考慮之後、充分考慮的結果）
其は十分考えた末決めた事だ（那是經過充分考慮之後決定的）

松ヶ枝、松が枝〔名〕松枝（＝松の枝）
松毬、松笠〔名〕松果、松球（＝松の実、松のぼっくり）
松毬、松陰嚢〔名〕松果、松球（＝松毬、松笠）
松ぼっくり〔名〕〔兒〕松果、松球（＝松毬，松笠，松毬，松陰嚢）
松毬魚〔名〕〔動〕松球魚
松飾り、松飾〔名〕新年裝飾正門的松枝（＝門松）
松飾りを為る（在正門裝飾松枝慶祝新年）為る為る
松飾りを取る（新年已過拆除裝飾正門的松枝）取る捕る獲る盗る執る採る摂る撮る
松枯葉（蛾）〔名〕〔動〕茶褐色大蛾（松毛蟲的成蟲）
松食い虫〔名〕〔動〕（松樹）象鼻蟲
松毛虫〔名〕〔動〕松毛蟲
松過ぎ、松過〔名〕新正剛過（一般指一月七日過後不久的時間）
松蟬〔名〕〔動〕春蟬（日本特有的一種鳴蟬）（＝春蟬）
松竹〔名〕松和竹
松竹を立てて祝う（立起裝飾松竹慶祝〔新年〕）
松茸、松蕈〔名〕〔植〕松蕈、松菌、松傘蘑

松茸狩りに行く（採松蕈去）行く行く
松菜〔名〕〔植〕碱蓬
松並木〔名〕松樹林蔭道、成排的松樹
松の内〔名〕新年門前裝飾有松枝期間（元旦到一月七日或十五日）（＝締めの内）
　松の内は休業（新年期間停止營業）
松葉〔名〕松葉，松針、〔舊〕針的別名
　松葉杖（架在腋下的拐杖、丁字拐）
　松葉牡丹（〔植〕草杜鵑、大花馬齒莧）
　松葉独活（〔植〕蘆筍、龍鬚菜）（＝アスパラガス）
　松葉菊（〔植〕龍鬚海棠）
　松葉掻き、松葉掻（〔摟草葉等的〕耙子）
　松葉蘭（〔植〕松葉蘭、松葉蕨、鐵掃把）
松の葉〔名〕松葉，（寫在禮品包裝紙上的謙詞）薄儀，薄敬
松林〔名〕松林、松樹林
松原〔名〕（海濱）松樹叢生的平原
松虫〔名〕〔動〕金琵琶
松虫草〔名〕〔植〕山蘿蔔、玉球花
松藻〔名〕〔植〕松藻、金魚藻
松脂〔名〕松脂、松香
　松脂油（松香油）
　松脂石鹼（樹脂皂）
松脂岩〔名〕〔地〕松脂岩
松山〔名〕松樹繁茂的山。〔地〕松山市（愛媛縣市名）
松雪草、待雪草〔名〕〔植〕雪花蓮
松蘿猿麻桛〔名〕〔植〕松蘿、女蘿、金線草
松明、炬火〔名〕（焚松的音便）（由松、竹、葦等扎成的）火把
　松明を点す（點火把）点す灯す燈す
　松明行列（火把遊行隊伍）
　松明で行く手を照らす（用火把照前面的路）
松花蛋〔名〕（中國食品的）松花蛋、皮蛋、變蛋（＝皮蛋）（ピータン）
たえだ松〔名〕〔植〕乳香松、火炬松

菘（ㄙㄨㄥ）

菘〔漢造〕青菜，白菜，黃芽菜的總名

菘〔名〕（日本春季七草之一）蕪菁、蔓青（＝蕪、蕪）

嵩（ㄙㄨㄥ）

嵩〔漢造〕高聳
嵩ずる、嵩ずる、亢ずる、昂ずる〔自サ〕加甚、劇烈化、越發…起來
　風邪が高じて肺炎に為った（感冒發展成了肺炎）
　彼は我儘が高じた（他越發放肆起來了）
嵩〔名〕體積、容積、數量。〔古〕威勢
　嵩（が）高い（體積大）嵩笠傘暈瘡
　嵩の大きい品（體積大的東西）
　車内に持ち込める荷物の嵩には制限が有る（能攜帶到車裡的行李體積是有限制的）
　川の水（の）嵩が増す（河水的水量增加）
　川の水（の）嵩が増える（河水的水量增加）
　嵩に掛かる（蠻橫，跋扈，威壓，盛氣凌人、乘優勢而壓倒對方）
　語気鋭く嵩に掛かった口調で言った（以語氣尖銳壓倒對方的口吻說）
傘〔名〕傘
　傘を差す（打傘、撐傘）傘笠嵩瘡暈暈
　傘を差して歩く（打著傘走）
　傘を差さずに行く（不打傘去）
　風で傘が御猪口に為る（風把傘吹翻過去）
　傘を広げる（撐開傘）
　傘を畳む（把傘折起）
　傘を窄める（把傘折起）
　傘の柄（傘柄、傘柄）
　傘一本（一把傘）
　傘の骨（傘骨）
　雨傘（雨傘）
　傘一張、傘一張（一把油紙傘）
　晴雨兼用の傘（晴雨傘）
　日傘（洋傘）
　蝙蝠傘（洋傘、旱傘）
　唐傘（油紙傘）
　折り畳傘（折疊傘）

ム

傘〔からかさ〕〔名〕紙傘、雨傘
　傘を広げる（撐開傘）
　傘を窄める（折起傘）
　傘を差す（撐傘、打傘）
　傘番組〔からかさばんぐみ〕（〔電視、廣播的〕預備節目）

笠〔かさ〕〔名〕笠、草帽、傘狀物
　田植えの人達は皆笠を被っている（插秧的人們都戴著草帽）
　蓑と笠（蓑衣和斗笠）
　ランプの笠（燈罩）笠傘嵩瘡暈
　電燈の笠（燈罩）
　茸の笠（菌傘）
　松茸の笠（松蘑菇的菌傘）
　笠に着る（依仗…的勢力〔地位〕）
　親の威光を笠に着て威張る（依仗父親的勢力逞威風）
　職権を笠に着て不正を働く（利用職權做壞事）
　笠の台が飛ぶ（被斬首、被解雇）台台台

暈〔かさ〕〔名〕〔天〕（日月等的）暈，暈輪、風圈、模糊不清的光環
　日暈（日暈、日光環）暈傘笠嵩瘡
　月暈（月暈、月暈圈）
　月に暈が掛かっている（月亮有暈圈）
　月は暈を被り明日の雨を知らせていた（月亮周圍出現風圈預兆第二天要下雨）
　じっと見詰めると、其の電灯の明るみは七色の暈に包まれている（目不轉睛地一看那電燈的亮光周圍包著七色的模糊光環）

瘡〔かさ〕〔名〕瘡（＝出来物）。〔俗〕梅毒，大瘡（＝梅毒）
　瘡が出来る（生瘡）
　瘡を掻く（長瘡、患梅毒）掻く書く欠く斯く画く

毬〔かさ〕〔名〕（橡樹、松樹等的）果實殼
　松毬（松果、松塔）

嵩む〔かさむ〕〔自五〕（體積或數量等）增大、增多
　費用が嵩む（費用增多）
　生活費が嵩む（生活費用提高）
　人件費が嵩む為に地方財政が硬直化している（由於人事開支增多地方財政有了困難）
　借金が雪達磨の様に嵩む（債務像滾雪球似地增加）

嵩上げ〔かさあげ〕〔名、他サ〕提高加固（堤壩等）
　嵩上げ工事（提高加固工程）

嵩高〔かさだか〕〔形動〕體積大，數量大，（態度）蠻橫，跋扈
　嵩高な荷物（大件行李）
　嵩高な（の）品物配達致します（運送大件行李）
　嵩高な物の言い方を為る（驕傲跋扈的口氣）
　嵩高に振る舞う（舉動蠻橫）

嵩張る〔かさばる〕〔自五〕（體積或數量等）增大、增多、體積大
　嵩張った包（體積大的包裹）
　此の荷物は軽いが、嵩張る（這個行李雖輕但體積很大）

嵩比重〔かさひじゅう〕〔名〕〔理〕體積比重

鬆（ムメㄥ）

鬆〔しょう〕〔漢造〕蓬鬆、寬緩不緊、管理不嚴

鬆、巣〔す〕〔名〕（蘿蔔，牛蒡，豆腐等的）空心洞、（鑄件的）氣孔
　鬆の通った大根（空了心的蘿蔔）

巣、窠、栖〔す〕〔名〕（蟲、魚、鳥、獸的）巢，穴，窩。〔轉〕巢穴，賊窩。〔轉〕家庭、（鑄件的）氣孔
　鳥の巣（鳥巢）酢醋酸簾簀
　蜘蛛が巣を掛ける（張る）（蜘蛛結網）
　蜘蛛が巣に掛かる（蜘蛛結網）
　蜂の巣（蜂窩）
　巣を立つ（〔小鳥長成〕出飛、出窩、離巢）
　巣に帰る（歸巢）
　鳥が巣を作る（鳥作巢）
　雌鳥が巣に付く（母雞孵卵）
　悪の巣（賊窩）
　彼の森は強盗の巣に為っている（那樹林是強盜的巢穴）
　其処は丸で黴菌の巣だ（那裡簡直是細菌窩）
　二人は彰化で愛の巣を営んで（構えて）いる（兩人在彰化建立了愛的小窩）
　巣を構う（作巢，立家、設局，聚賭）

簾、簀〔名〕（竹，葦等編的）粗蓆、簾子、（馬尾，鐵絲絲編的）細網眼，細孔篩子
　竹の簀（竹蓆、竹簾）
　葦簾（葦簾）
　簀を掛ける（掛簾子）
　簀を下ろす（放簾子）
　簀を巻き上げる（捲簾子）
　水嚢の簀（過濾網）

醋、酢、酸〔名〕醋
　料理に酢を利かせる（醋調味）
　野菜を酢漬けに為る（醋漬青菜）
　酢で揉む（醋拌）
　酢で溶く（醋調）
　酢が利いてない（醋少、不太酸）
　酢が（利き）過ぎる（過份、過度、過火）
　酢で（に）最低飲む（數叨缺點、貶斥）
　酢でも蒟蒻でも（真難對付）
　酢に当て粉に当て（遇事數叨）
　酢に付け粉に付け（遇事數叨）
　酢にも味噌にも文句を言う（連雞毛蒜皮的事也嘮叨）
　酢の蒟蒻のと言う（說三道四、吹毛求疵）
　酢を買う（乞う）（找麻煩、刺激、煽動）
　酢を嗅ぐ（清醒過來）
　酢を差す（向人挑戰、煽惑別人）

悚（ㄙㄨㄥˇ）

悚〔漢造〕恐懼、害怕的樣子
悚然、竦然〔形動タルト〕悚然
　覚えず悚然と為た（不禁悚然）

竦（ㄙㄨㄥˇ）

竦〔漢造〕害怕
竦然、悚然〔形動タルト〕悚然
　覚えず悚然と為た（不禁悚然）
竦む〔自五〕竦縮，竦懼、畏縮、縮成一團
　恐ろしい情景を見て立ち竦んだ（看到可怕的情景嚇得呆立不動）
　暗い夜道で誰かに怒鳴られて竦んで終った（在黑暗的路有人大喝一聲嚇得縮成一團）
　鼠は猫の前へ出ると竦んで終う（老鼠一看見貓就縮成一團）
　足が竦んで歩けなかった（兩腿發軟走不動了）
　部屋の隅に竦む（在屋角縮成一團）
竦み上がる〔自五〕竦縮、嚇得縮成一團
　嚇されて竦み上がる（嚇得縮成一團）嚇す威す脅す
竦まる〔自五〕〔俗〕竦縮，竦懼、畏縮、縮成一團（=竦む）
竦める〔他下一〕竦縮
　肩を竦める（竦間縮背）
　首を竦める（縮脖子）
　体を竦める（身體縮成一團）

慫（ㄙㄨㄥˇ）

慫〔漢造〕勸人做某事
慫慂〔名、他サ〕慫恿
　出馬を慫慂する（慫恿參加競選、慫恿親自出面）
　作品の発表を慫慂する（慫恿發表作品）

聳（ㄙㄨㄥˇ）

聳〔漢造〕高、驚動
聳然〔形動タルト〕巍然
　聳然と為て屹立する（巍然屹立）
屹然〔副、形動〕（山）屹立，巍然、（人）屹然挺立，高傲
　屹然と聳え立つ富士山（屹然聳立的富士山）
　屹然と聳え立つ山山（屹然聳立的群山）
　彼の人は屹然と為ている（他孤高寡合）
聳動〔名、自他サ〕聳動、震驚
　聳動を与える（給人很大震驚）
　世人の耳目を聳動させる（聳動世人的聽聞）
聳立〔名、自サ〕聳立
　聳立する山山（聳立的群山）
聳え立つ〔自五〕聳立、屹立（=聳える）
聳り立つ〔自五〕聳立、屹立（=聳え立つ）
　聳り立った険しい山（高高聳立的險峻的山）
　険しい嶮しい

五重の塔が聳り立つ（五重塔高高聳立）

屹立〔名、自サ〕屹立、聳立
　高山が屹立する（高山聳立）
　玉山が雲表に屹立している（玉山高聳入雲）

聳える〔自下一〕聳立、屹立
　雲に聳える塔の尖端（高聳入雲的塔尖）
　宝塔山の高峰が空高く聳えている（寶塔山峰高聳入雲）高峰高峰
　天安門広場には人民英雄記念碑が聳えている（天安門廣場上屹立著人民英雄紀念碑）

聳やかす〔他五〕聳起
　肩を聳やかして歩く（聳起肩膀架子十足地走路）

そう（ムメㄥˋ）

宋〔名、漢造〕宋、宋朝

宋音〔名〕宋音（唐音的異稱、宋朝以後傳入日本的漢字讀音、行火的行讀作行，風鈴的鈴讀作鈴，椅子的子讀作子）

宋学〔名〕宋代的儒學、程朱之學（=程朱学）

宋史〔名〕〔史〕宋史

宋襄の仁〔連語〕宋襄之仁、不必要的憐憫-左傳

宋朝〔名〕宋朝、〔印〕宋朝字（=宋朝活字）

そう（ムメㄥˋ）

送〔漢造〕送，遣，給，護送
　回送、廻送（轉送，轉遞，轉交、〔為接人或裝貨等〕調回、開回〔空車等〕）
　放送（〔無〕廣播、〔用擴音器等〕傳播，傳布〔消息〕）
　奉送（恭送〔高貴人士〕）
　運送（運送、運輸、搬運）
　後送（後送，往後方輸送、以後再寄）
　航送（海運、空運）
　別送（另寄）
　転送（〔依次〕傳送、傳遞）
　輸送（輸送、運輸、運送）
　油送（輸油、輸送石油）
　逓送（遞送、傳遞）
　郵送（郵寄）
　電送（電傳、電報傳真）
　発送（發送、寄送）
　目送（目送、行注目禮）
　葬送、送葬（送葬、送喪）
　護送（護送、押解）
　誤送（〔文件等的〕誤送、誤投）

送貨帯〔名〕送貨帶

送還〔名、他サ〕送還、遣返
　本国送還者（被遣返回國者）者者
　本国に送還される（被送還本國）
　捕虜を送還する（遣返俘虜）

送気〔名〕送氣
　送気管（送氣管、通風管）

送球〔名、自サ〕傳球，扔球，擲球（=パス）。〔體〕手球（=ハンドボール）
　送球を誤る誤る謝る
　一塁手から二塁送球した

送金〔名、自他サ〕匯款、寄錢
　送金を受け取る（收到匯款）
　学資を送金する（寄學費）
　国の母に送金する（給家鄉的母親寄錢）
　送金為替（匯款）
　送金手形（〔銀行的〕匯票）
　送金人（匯款人）人人人
　送金先（匯票收款人）
　送金手数料（匯費）

送迎〔名、他サ〕接送、迎送
　外国使節を送迎する（迎送外國使節）
　自動車で送迎する（用汽車接送）
　駅は送迎の客で賑わった（車站擠滿接送的人很熱鬧）

送り迎え〔名、他サ〕接送、迎送
　幼稚園へ行く子供の送り迎えを為る（接送上幼稚園的小孩）
　自動車で送り迎えする（用汽車接送）

送検〔名、他サ〕〔法〕送交檢察院
　書類送検（把文件送交檢察院）
　犯人を送検する（把犯人送交檢察院）

送行〔名〕送行（=見送り）

送行の辞（歡送辭）
送行会（歡送會）

送稿〔名、自サ〕送稿
編集部へ送稿する（向編輯部送稿）
取材記事を電話で本社へ送稿する（把採訪的消息用電話向總社送稿）

送辞〔名〕送別辭

送受〔名、他サ〕收發、收報和發報
送受信機（收發報機、收發兩用機）
送受話機（收發話機、手機、耳機）

送信〔名、自サ〕發報、播送、發射←→受信
暗号電文を送信する（拍發密碼電文）
送信局（發射報台、播送電台）

送水〔名、自サ〕送水、輸水
送水管（輸水管）

送籍〔名、自サ〕〔法〕（因結婚或入贅等）轉戶籍

送葬、葬送〔名〕送葬、送喪
送葬行進曲（葬禮進行曲）

送像〔名〕播送電視圖像←→受像

送達〔名、他サ〕送交（命令、傳票等）、運送，投遞，傳送，發送
令状を送達する（送交命令）
採用か否かは追って送達する（錄用與否隨後通知）否否
送達先（發送目的地、收信人住址）

送炭〔名、自サ〕運煤、送煤

送致〔名、他サ〕送交、（根據法律）解送
犯人を送致する（解送犯人）

送呈〔名、他サ〕送呈、送上（＝進呈）
拙著を一冊送呈します（謹送上拙著一冊）

送伝〔名、他サ〕依次傳遞

送電〔名、自サ〕輸電、供電
工場に送電する（向工廠供電）工場工場
送電を断つ（斷電、停止供電）立つ断つ経つ建つ絶つ裁つ発つ
送電線（輸電線、高壓線）

送付〔名、他サ〕發送、寄送、匯款
品物は別便で送付します（東西另行寄上）
送付先（發送地址）

送付者（發貨人、匯款人）者者

送り付ける〔他下一〕送交、送到（某處）

送風〔名、自サ〕送風、吹風
換気の為地下室に送風する（為了換氣往地下室通風）
送風機（鼓風機）
送風管（通風管道）

送別〔名、自サ〕送別
送別の辞（送別辭）
送別の宴を張る（設宴送別）張る貼る
送別会（送別會）

送本〔名、自サ〕發送書籍、發送的書籍
全部送本を済ませる（把書籍全部發送出去）
済む住む棲む澄む清む
出版元から各小売店へ送本する（由發行處向各零售店發書）

送油〔名、自サ〕輸送原油
送油管（輸油管）
送油パイプ、ライン（輸油管道線）
送油ステーション（輸油站）

送料〔名〕郵費、運費（＝送り賃）
定価に送料を添えて申し込む（以定價加上運費訂購）
送料共五百円（包括郵費共五百日元）
送料込み五百円（郵費在內五百日元）

送話〔名、自サ〕（電話或廣播等向外）通話、播送←→受話
送話が聞き取り難い（電話聽不清楚）
海を隔てた外国へ送話する（向海外通話）
送話器（話筒、送話器）

送る〔他五〕送，寄、派遣，打發，送行，送走、度過，傳送，傳遞、用假名標寫，標上假名
商品を送る（送貨）
荷物は車で送ります（東西用車送去）
本を郵便で送れ（請把書郵寄來！）
航空便で送る何日掛りますか（用航空寄要多少天？）
電報を送る（發電報、拍電報）
電報為替で金を送る（用電匯寄款）

ム

家から毎月三万円送って来ます（家裡每月寄三萬日元來）
兵を送る（派兵）
誰か適当な者を送ろう（派遣一個適當的人去吧！）
御客さんと戸口迄送る（把客人送到門口）
駅へ友人を送りに行って来た（到車站去送了朋友）
友達を駅迄送った（把朋友送到了車站）
彼は僕を家迄送って呉れた（他把我送到了家）
御宅迄御送り申しましょうか（我來送您回家吧！）
卒業生を送る（給畢業生送行、打發畢業生去工作）
晩年の楽しい生活を送る（度過晩年幸福的生活）
悲惨な生活を送る（過悲慘生活）
寂しい月日を送る（打發寂寞的歲月、過凄涼的日子）
のらくらして日を送る（游手好閒地度日）
夏休みは郷里で送る（暑假在家郷度過）
彼は革命家と為て送った（他度過了革命家的一生）
バケツを手で送る（用手傳遞水桶）
席を順に送る（依次移動座位）
前行へ一字送る（往前行挪動一個字）
バントで二塁へ送る（用輕擊使進二壘）
活用語尾を送る（用假名標寫活用詞尾）
動詞は普通語尾を送る（動詞一般用標寫詞尾）

贈る〔他五〕贈送、贈給、追贈
友人に土産を贈る（贈送禮物給朋友）
卒業生に記念品を贈る（贈送紀念品給畢業生）
賄賂を贈る（行賄）
僕は立派な日記帳を贈られた（人家贈送我一本漂亮的日記本）
博士号を贈る（授予博士稱號）
勲章を贈る（授予勳章）
彼は正三位を贈られた（他被追贈正三位）

送り、送〔名〕送,寄、送貨單,發貨單（=送り状）送行（者），伴送（者）、送葬。〔機〕（工具母機上）加工工具一定時間移動的距離，送進（量）、（印）移行，另起行
上海送りの品（寄至上海的東西）
送り先（寄往地點）
送り主，送主、贈り主、贈主（寄送人、發送人）
野辺の送り（送葬、送殯）
一字送りが出る（有一個字要移行）

送り狼〔名〕尾隨人後企圖伺機傷人的狼。〔轉〕（假託護送回家等）尾隨婦女用心不良的男人

送り仮名〔名〕送假名、漢字後面標寫的假名（為了便於訓讀日文的詞，在漢字後面用假名寫出部分，如起きる的きる，美しい的しい，指在漢字右下方用較小的片假名標寫的詞尾部分，助動詞，助詞等）
送り仮名を正しく送る（正確地寫上送假名）

送り回路〔名〕〔電〕供電電路、饋電電路、激勵電路

送り返す〔他五〕送回，退回，運回、遣送回國
不良品が多く雑じっているからメーカーに送り返す（因為夾雜著很多不良品退回給製造廠）
居留民が本国へ送り返される（僑民被遣送回國）

送り言葉〔名〕〔劇〕（暗示對方接言的）說白末句、結尾的詞

送り込む〔他五〕（把人或東西）送到、帶到（某處）
自動車で御婆さんを自宅迄送り込んだ（用汽車把老婆送到她家裡）
観光団の一行を宿へ送り込む（把旅遊團的一行帶到旅館去）
荷物を駅に送り込む（把行李送到車站）
月に人を送り込む（把人送到月球去）
敵中に送り込む（打進敵人內部）
スパイを送り込む（派間諜進去）

送り込み〔名〕送去，送到。〔機〕送進，送料

送り先〔名〕送達地點、交貨地
荷物を送り先に届ける（把貨物送到交貨地）

送り字〔名〕疊用句、重複符號（如国々、人々的々等）（=踊り字）

送り状〔名〕〔商〕送貨單、發貨單
　略式送り状（摘要送貨單）
　送り状を作る（開發貨單）

送り装置〔名〕〔機〕送料器、（游標卡尺的）微動送進裝置

送り出す〔他五〕送出，打發出去、（把貨物）發出去、（相撲）（把對方）從背後推出或撞出場外
　客を送り出す（送出客人）
　三千人の卒業生を送り出す（送出三千名畢業生）
　荷を送り出させる（叫人發貨）

送り出し〔名〕送出，發出、（相撲）（把對方）從背後推出或撞出場外、（機）導出
　送り出しロール〔機導棍〕
　送り出し式鉄橋架設マシン（伸臂式架橋機）

送り倒す〔他五〕（相撲）（把對方）從背後推倒或撞倒

送り賃〔名〕運費（=送料）

送り手〔名〕送貨人，寄件人、（廣播或通訊等的）提供者、〔機〕送進裝置←→受け手
　小包の送り手（包裹的寄件人）

送り届ける〔他下一〕送到、送達
　子供を学校へ送り届けてから会社へ行く（把孩子送到學校後再到公司去）
　注文した書物を送り届けて来た（訂購的書籍送來了）

送り人〔名〕發送人，寄件人、送行的人（=送り人）

送り人〔名〕送行的人←→迎え人

送りバント〔名〕〔棒球〕為使一壘的跑壘員跑到二壘的輕擊

送り主，送主，贈り主，贈主〔名〕贈送者、送禮的人

送り火〔名〕〔佛〕（陰曆七月十五日舉行盂蘭盆會之後在門前燃起的）送神火←→迎え火

頌、頌（ㄙㄨㄥˋ）

頌（也讀作頌）〔名〕頌、頌詩、歌頌
〔漢造〕歌頌、（詩經六義之一）頌、（文體之一）頌
　英雄の頌（英雄頌）

　偈頌（偈頌）
　風雅頌（風雅頌）
　周頌（周頌）
　商頌（商頌）
　伯夷頌（伯夷頌）

頌する〔他サ〕歌頌、歌功頌德
　英雄の功績を頌する（歌頌英雄的功績）
　誦する 証する 称する 頌する 抄する
　新春を頌する（歌頌新春）

頌詠〔名〕〔宗〕（基督教禮拜時）對上帝的贊頌

頌歌〔名〕頌歌
　頌歌を歌う（唱頌歌）歌う 唄う 詠う 謡う 謳う

頌詞〔名〕頌詞
　頌詞を呈上する（獻上頌詞）

頌詩〔名〕頌詩
　国王に頌詩を捧げる（向國王獻頌詩）捧げる 奉げる

頌辞〔名〕頌辭
　頌辞を捧げる（獻頌辭）捧げる 奉げる

頌春〔名〕（春節祝賀用語）頌春、祝賀新春

頌徳〔名〕頌德
　頌徳の碑を建てる（樹立頌德碑）立てる 建てる

頌〔名〕〔佛〕偈頌（=偈）

誦、誦（ㄙㄨㄥˋ）

誦（也讀作誦、誦）〔漢造〕背誦、吟誦
　暗誦、暗唱（背誦、記住）
　記誦（記誦）
　伝誦（傳誦）
　朗誦、朗唱（朗誦、朗讀）
　読誦（朗讀、朗誦）
　読誦（高聲誦經）
　念誦、念誦（念佛誦經）
　諷誦、諷誦（朗讀、念經）

誦する〔他サ〕頌、朗讀（=唱える）
　朗朗と誦する（朗誦）誦する 証する 称する 頌する 抄する
　李白の詩を誦する（誦李白的詩）

誦記〔名、他サ〕背誦（=暗誦）

誦吟〔名、他サ〕吟誦（詩歌等）

誦する〔他サ〕誦（詩歌、經文等）
　経を誦する（念經）
　漢詩を誦する（吟詩）

誦経、誦経〔名、自サ〕〔佛〕誦經、念經
　誦経の声を聞える（聽見念經聲）
　誦経料（布施）

一 (一)

一、壱 〔名〕一，一個（一つ）、最初，第一，首先（=最初、始め）、最好，第一；〔漢造〕逐一、万一、唯一、同一、画一、帰一、統一、純一、専一、壱州-地名

　一万円（一萬日元）
　一姫二太郎（頭胎女孩二胎男孩最理想）
　一列に並ぶ（排成一列）
　一に看病二に薬（護理第一藥劑其次）
　クラス一の成績（班裡最好的成績）
　一か八か（碰運氣、聽天由命）
　一に足すと三に為る（一加二等於三）
　一か八か遣って見よう（碰碰運氣、冒冒險）
　一から十迄（一切、全部）
　自分で一から十迄遣る（全由自己做）
　一を聞いて十を知る（聞一而知十）
　一の裏は六（否極泰來─骰子一的背面是六）
　一も二も無く（立刻、馬上）
　一も二も無く承諾した（立刻就答應了）
　世界一を争う（數一數二）
　此では一から遣り直した（這樣只好從新做起）

一握、一握，一握り 〔名〕一握、一把、一撮
　一握の砂（一把沙子）

一握、一握り 〔名〕一把、一小撮、輕而易舉地解決
　一握の土（一把泥土）
　一握の土地（一小塊土地）
　一握の異端分子（一小撮異端分子）
　一握の扇動者（一小撮煽動者）
　一握に為る（不費力地處理）
　敵を一握に為る（輕而易舉地打敗敵人）

一案 〔名〕一個辦法、一個方案
　一案を思い付く（想出了一個辦法）

一位 〔名〕首位，第一。〔數〕一位，個位數、（位階）一位
　世界の一位を占めている（占世界第一）占める 閉める 締める 絞める 染める 湿る
　ゼロから九迄は一位の数だ（從零到九是一位數）数 数
　正一位（正一位）
　従一位（從一位）

一位、櫟 〔名〕〔植〕櫟、水松

一葦 〔名〕小船，扁舟、一茵
　一葦の水（一茵之水、一衣帶水）葦 葦 芦 足 脚

一意 〔名、副〕一個意義、一心一意，專心致力、一味（=只管、専ら）
　一意勉強する（專心用功）
　一意化（〔數〕一致化）
　一意専心（一心一意、專心致力）
　一意専心学問に精進する（一心一意鑽研學問）
　一意性の定理（〔數〕單值定理）
　一意或る事に熱中する（一味專心於某件事）或る 在る 有る

一衣帯水 〔名〕一衣帶水，比喩距離近
　日本と韓国とは一衣帯水を隔てているのみだ（日本和韓國僅是一衣帶水之隔）
　日本と韓国とは一衣帯水を隔てている隣邦である（日本和韓國僅是一衣帶水之隔鄰國）

一一 〔名、副〕一一，一個一個，逐一，逐個（=一つ一つ）、一一，詳細（=詳しく）
　一一訪問した（一個個都訪問過了）
　一一例を挙げる暇が無い（無暇一一舉例）挙げる 揚げる 上げる 暇 暇
　質問に一一答える（一一回答問題）
　一一数え挙げられない（不勝枚舉）
　話は一一聞いた（話都聽到了）聞く 聴く 訊く 利く 効く
　私は其の事を一一話した（那事我都說了）
　一一文句を付ける（處處挑毛病）
　一一最もだ（頭頭是道）最も 尤も
　品物を一一手を取って見る（把東西一個一個拿在手上看）
　そんな事等一一気に為ては入られない（那些事怎能都放在心上呢？）入る 入る

一因 〔名〕一個原因、原因之一

其も家出の一因だ（那也是由家中出奔的一個原因）

此も成功の一因と言える（這也是成功的原因之一）之惟是此れ

一院〔名〕〔史〕（最上位的）太上皇、一所寺院、一個議院

一院制（一院制）

一員〔名〕一員、一份子（=一人、仲間）

僕も編集人の一員だった（我也曾經是編者之一）

若い頃合唱団の一員と為て、各地で出演した（年輕時候作為合唱團一員在各地演出）

一宇〔名、副〕（廟宇、房屋等）一座，一棟。〔古〕完全，一切

一宇の寺（一座寺院）

一円〔名、副〕（地區的）一帶（=全て）、（日幣）一元、〔古〕一點也（不），絲毫也（不）（=少しも）

此の辺り一円（這附近一帶）

関東一円に渡って地震が有った（關東一帶發生了地震）

京阪一円を襲った暴風雨（襲擊京都大阪一帶暴風雨）

一円合点致さず（一點也不明白）合点合点

一塩化沃素〔名〕〔化〕氯化碘

一塩基酸〔名〕〔化〕一元酸、一（鹼）階酸

一応、一往〔副〕一次，一下，首先，姑且，大致，大體，大略

念の為一応書類を調べて見て下さい（為了慎重起見請查一下文件看看吧！）

一応当人の意向も探って見なくても為らぬ（首先也得探聽一下本人的意見）

一応当人の意向を当たってからに為よう（先問一下本人的意向再說）

一応承諾した（姑且答應了）

もう遅いかも知れませんが、一応行って見ましょう（也許已經晚了先去看一下吧！）

御説は一応御尤だ（您的說法大體是有道理的）最も尤も

彼の言う事一応尤だ（他說的也有一番道理）

一応の調べは付いた（大致調查清楚了）

一応も二応も、一往も二往も（屢次、重複、再三）

一応も二応も注意して置いた（一再提醒過）

一億〔名〕一億、（日本）全國人民

一億一心（萬眾一心、舉國一致）

一音一義説〔名〕一音一義說（五十音圖中的各個音節都有其固有意義的學說）

一河〔名〕一條河、某條河、同一條河

一河の流れを汲むも他生の縁（同汲一條河流的水也是前世因緣）

一概に〔副〕一概、一律、籠統地、沒差別地

一概に然うとは言われぬ（不能一概那麼說）

一概には論じられない（不可一概而論）

一概に悪いとも言えない（也不能籠統地說不好）

一概に彼が悪いとは言えない（不能籠統地就說他不好）

一概に信ずる物ではない（不能盲目地相信）

一萼片〔名〕〔植〕合萼

一方〔名〕〔礦〕輪班作業制度的第一班組（的人）、（下礦井）一次，一回（=一番方）

一方〔名〕一方，一個方面、一面，另一面、（兩個中的）一個

〔副助〕（…する一方だ）一直、一個方向、只顧、越來越…

〔接〕且說、卻說、從另一方面說

一方では賛成し他方では反対する（一方面贊成另一方面反對）

靴下の一方丈穴が開く（襪子只有一隻出窟窿）開く開く

彼食う一方だ（他只顧吃、他專門吃）

褒める一方悪口を言う（一面讚揚一面又說壞話）

労働者の収入は増える一方だ（工人的收入一直在增加、工人的收入越來越增加）

一方的（一方面的、片面的、一面佔優勢的）

条約を一方的に破棄する（片面地廢棄條約）

一方通行（單行道、單向通行、單方面的意見）

多くの国国は既に独立を勝ち取っている一方、闘争は今尚激しい物が有る（許多國

家已經贏得了獨立而另一方面鬥爭仍然是激烈的）

一方〔名〕一般、普通、平常
　彼の悲しみ様は一方ではなかった（他的悲傷絕非尋常）

一方ならず〔連語、副〕非常、特別、格外、分外
　彼の話には一方ならず驚かされた（聽到他的話大吃一驚）
　一方ならず御世話に為りました（蒙您格外關照）
　一方ならず心配する（特別擔心）
　両親は一方ならず喜ぶ（雙親格外高興）

一方ならぬ〔連語、連体〕非常、特別、格外、分外
　一方ならぬ御世話に為りました（蒙您格外關照）

一月、一月〔名〕一月、正月（=正月、睦月）

一月〔名〕一個月（=一月）、〔方〕正月（=正月、睦月）、一輪明月

一月三舟〔名〕〔佛〕一月三舟（從船上望月，好像船停月亦停，船南月亦南，船北月亦北，比喻眾生對於佛教的理解各有不同）

一か八か〔連語〕碰運氣、聽天由命
　一か八かの勝負（憑運氣的比賽）
　一か八か遣って見よう（碰碰運氣看）

一から十迄〔連語〕一切、全部
　彼の話は一から十迄嘘だ（他說的都是謊言）
　一から十迄自分で遣って退ける（全部自己做）

一丸〔名〕一粒子彈、一個整體（=一纏め、一塊）
　打って一丸と為る（打成一片、使成為一個整體）
　全員一丸と為って困難に当たる（大家團結一致克服困難）

一眼〔名〕一隻眼（=片目、めっかち）、（反射式照相機）單透鏡，一個透鏡
　一眼を失う（一目失明）
　一眼レフ reflex camera（單鏡頭反射式照相機）

一義〔名〕一個道理、一個意義、根本意義、一番道理
　其にも一義有る（那也有一番道理）

一義的（一義的、一個意義的、根本意義的、第一義的）
　一義的な問題（最重要的問題）

一儀〔名〕一件事、（舊俗）那事（委婉地指性行為）
　御願いし度き一儀有り（想求你一件事）
　一儀に及ぶ（作了一次）

一議〔名〕商議一次、異議，不同意見
　一議に及ばす賛成する（不用商量完全贊成、無條件贊成）
　一議有る者は申し出よ（有不同意見的人請提出來）

一牛鳴地、一牛鳴地〔名〕（可以聽到牛叫的距離）不太遠的地方

一行〔名〕一行、一列
　一行置きに書く（隔一行寫）

一行〔名〕一行、同行者、一個行動
　観光団の一行（觀光團的人們）
　一行は三名であった（同行是三個人）
　一行十人は全員無事帰国した（同行十人都平安回國了）
　一言一行を慎む（一言一行都謹慎）一言一言慎む謹む

一行〔名〕文章的一行（一段）
　文章の一行（文章的一行）文章文章述べる陳べる延べる伸べる
　以上述べた中で故意に語る事を避けた一行が有る（在上述之中有故意刪去的一段）
一〔名〕

一具〔名〕一副、一套

一遇〔名〕一遇、見一次面
　千載一遇（千年一遇、千載難逢）

一隅〔名〕一隅、一角（=片隅）
　庭の一隅に梅の古木が植わっている（在院子的一角上栽著棵老梅）
　会場の一隅に売店を設けた（在會場的一角設了個販賣部）設ける儲ける

一軍〔名〕全軍（=全軍）、（職業棒球隊的）正規選手、第一軍（=第一軍）↔二軍

一軍、一戦〔名〕一個回合、一仗、一戰（=一戦）

一群、一群、一群，一群れ〔名〕一群

一

　　一群の鴨が飛んで来る（飛來一群野鴨）
　　一群の羊（一群羊）一群一叢一群一群れ人群れ
　　一群の野鳥が飛来する（飛來一群野鳥）
一群、一叢〔名〕（草木）一叢，一簇，一堆，一團
　　一叢の雲（一團雲彩）
一華〔名〕一朵花
一芸〔名〕一藝、一技
　　一芸の長が有る（有一技之長）
　　一芸は道に通ずる（觸類旁通、舉一反三）
一撃〔名、他サ〕一擊（＝一打、一打ち）
　　一撃の下に打ち倒す（一下子打倒）
　　一撃を食わす（予以一擊）
　　後頭部に一撃を食らった（後頭部挨了一拳）
一打、一打ち〔名、自サ〕一擊，打一下、一下子打倒
　　一打で倒す（一下子打倒）
　　一打に為る（一下子擊倒）
一打〔名〕〔棒球〕一打、一擊
　　一投一打（一投一打）
　　一打逆転のchance（一擊可轉敗為勝的機會）
一ダース〔名〕一打
　　タオル一ダース（毛巾一打）
一元〔名〕〔哲、數〕一元、元年、（皇帝在位期間只用）一個年號、（貨幣）一元
　　一元論（〔哲〕一元論）←→二元論、多元論
　　一元化（一元化、單元化）
　　一元二次方程式（〔數〕一元二次方程式）
　　一元的（一元的）
　　一元的運営（一元的經營）
一言、一言、一言〔名、自サ〕一言、一句話←→多言
　　会議で一言も発しなかった（在會議上一言未發）
　　一言居士（遇事必發言的人、事事都要提自己意見的人）
　　一言一行（一言一行）
　　一言一行を慎む（謹言慎行）慎む謹む

一言の挨拶も無く立ち去る（連一句招呼都不講就走了）
一言も無い（一言不發，默不作聲、無話可說，無可分辯）
然う言われると一言も無い（叫你這樣一說真是無可分辯）
一言の下に拒絶する（言下拒絕）
彼の要求を一言の下に撥ね付けた（他的要求我一口拒絕）
一言半句（一言半句）
一言半句も漏らすな（一個字也不要洩漏出去）漏らす洩らす盛らす守らす
一言半句も忽せに為ない（一個字也不放過）
一言で決める（一言為定）決める極める
一言も言わない（一言不發）
一言言わして貰い度い（請讓我說一句話）
一言で言えば（一言以蔽之）
君は何時も一言多い（你總是多話）
一言では言い尽くせない（一言難盡）
一言も触れない（避而不談）
一見〔名〕初次見面、（飯店、妓院等）新客，生客←→御馴染
　　一見の客（初會的客人）
一見〔名、他サ〕一見，一看、乍一看
　　百聞一見に如かず（百聞不如一見）如く若く敷く如くに
　　一見旧の如し（一見如故）
　　彼の本は一見の価値が有る（那本書值得一看）
　　一見して偽物と分る（一看就知道是假的）偽物贋物分る解る判る
　　彼は一見する所篤実な人らしい（乍一看他好像是個很篤實的人）
　　一見役者の様だ（乍看像個演員）
一見識、一見識〔名〕高見
　　一見識を持つ（頗有見解、有獨到之見）
一弦琴、一絃琴〔名〕單絃琴（＝須磨琴）
一弦器〔名〕單弦音響測定器
一原型〔名〕〔植〕單原型
一期〔名〕〔佛〕一生，一輩子、一次（＝一度）

一期の大事（一生的大事）
一期の不覚（一生的大錯）
一期の別れ（永別）
一期の浮沈（一生的浮沉、一生的遭遇）
一期の思い出に学校を創立する（為了一生的心願創立學校）
一期の男（偕老的男人、丈夫）
十六を一期と為て夭折した（十六歲就夭折了）
一期一会（一生只遇一次-出自日本茶道）
一期末代（永久、永生）
一期末代決して忘れぬ（永生不忘）
一期末代の誉れ（終生的榮譽）

一期〔名〕一期，一屆、第一期
一期生（第一期學生）
所得税を一期に五千円納める（所得税一期交五千円）納める 収める 治める 修める

一語〔名〕一語，一句話（=一言）、一個字、一個單詞
一語も漏らさじと耳を傾ける（一字不漏地注意傾聽）漏らす 洩らす 盛らす 守らす
一語（を）も聞き漏らさない（一句話也沒聽漏）
奮闘の一語に尽きる（一句話只有奮鬥）
素晴らしい一語に尽きる（一句話好得很）
英文電報の料金は一語幾等で計算するのですか（英文電報費是按一個字多少來計算嗎？）

一号〔名〕一號
一号ホーマー（〔棒球〕一號本壘打）

一伍一什〔連語〕一五一十、從頭到尾（=一部始終）

一合〔名〕一合（一升的十分之一-0、18公升）、（交鋒）一個回合
一合目（頭段路程、第一段路程-登山時到山頂里程的十分之一）
富士山の一合目（富士山的一合目、富士山由山脚到山頂登山路全長十等分的第一段）

一毫〔名〕絲毫、一點（=本の僅か）
一毫の差も無い（沒有絲毫之差）
一毫も仮借せず（毫不留情、毫不寛恕）

一ころ〔名〕〔俗〕一下子輸掉、一下子完蛋
彼が相手では、一ころで遣られる（若他是對手的話一下子就會被打倒）

一座、一坐〔名、自サ〕在座的人，全體、上位，首席（=上座）、（佛像）一尊、（攝政、關白的異稱）一座、一次，一席、同座，同席、（一個）劇團
一座の者は皆吃驚した（在座的人都吃了一驚）
一座の人人は皆感心した（所有在座的人都讚嘆不已）
冗談で一座を笑わせる（說笑話來逗大家笑）
御歴歴の一座（體面人物濟濟一堂）
一座三三五五散った（大家三三兩兩地散了）
一座の仏像（一尊佛像）
一座の説法（一次講道）
一座の演説（一次演說）
我我は時時一座する事が有る（我們有時會到）
一座の花形（全劇團的名角）
旅役者の一座（一個巡迴劇團）

一次〔名、造語〕初次，第一次，原始，第一手。〔數〕一次，線性
一次試験（初試）
一次史料（第一手史料、原始資料）
一次独立（線性無關）
一次従属（線性相關）
一次結合（線性組合）
一次変換（線性變換、一次變換）
一次方程式（一次方程式）
一次函数（一次函數）函数関数
一次産業（一次產業、第一次產業-農林畜牧水產）
一次産品（初級產品-農產品水產品等未加工的產品）
一次 X 線（〔理〕原 X 射線）
一次空気（〔理〕一次空氣）
一次元（〔數〕一次元）
一次コイル（〔電〕一次線圈、原線圈）
一次骨（〔動〕一次性硬骨）

一次転移（〔理〕一級轉變）
一次電池（〔電〕一次電池、原電池）
一次電流（〔電〕原電流）
一次内乳（〔植〕初生胚乳）
一次反応（〔化〕一次反應）
一次膜（〔動〕初生壁）
一次分裂組織（〔植〕初生分裂組織）
一次木部（〔植〕初生木質部）

一字〔名〕一字、一個字
一字の師（一字之師）
一字千金（一字值千金）
一字書（一筆寫完、每張紙只寫一字）
一字体（〔舊〕花押、用草書簽名）
一字三礼（一字三禮－佛教徒抄寫經卷時每寫一字向佛像禮拜三次以示虔誠）

一事〔名〕一件事←→万事
此の一事に依って明らかだ（從這一件事來看就很明瞭了）
一事が万事（從一件事可以推測一切）
彼は一事が万事の調子だ（他做什麼事都是這個調子）
一事不再理（判決不再審）
一事狂（〔熱衷於一事一物的〕偏執狂）

一つ事〔名〕一件事、同樣的事（=同じ事）
一つ事を何遍も言う（一件事說好幾遍）
一つ事を何時迄も為る（老做同樣的事）

一時〔名〕某時，某時期，一段時間、當時，一下子、暫時，臨時、一次，一點鐘←→永遠
一時は、偉い役者だった（曾經是個了不起的演員）偉い豪い
彼は一時此の町に滞在していた（他曾經在這個城鎮逗留一段時期）
一時記憶域（〔計〕暫存區）
其は只一時の事です（那只不過是一時的事情）
此の流行も一時の現象に過ぎない（這種時興只不過是暫時的現象）流行流行
一時見合わせる（暫停）
一時の思い付き（一時心血來潮）

一時は如何為る事かと心配した（當時我很擔心結果會怎麼樣）
一時凌ぎ（敷衍一時、將就一時、臨時對付、權宜之計）
一時凌ぎの遣り方（權宜之計）
晴れ、一時曇り（晴有時陰）
一時の間に合わせ（臨時湊合）
申込が一時に殺到した（申請的一下子來很多）
然う何も彼も一時には出来ない（哪能一下子就辦得了）
一時の快楽（暫時的快樂）
一時雇い（臨時工）
午後一時（下午一點鐘）
一時の汽車で立つ（搭一點鐘的火車走）
一時賜金、一時金（〔國家對有功或退職者一次所給的〕一次獎金、一次退職金）
一時的（一時的、暫時的）止める留める止める已める辞める病める
薬は一時的に痛みを止める（用藥暫時止住疼痛）止める留める泊める泊める富める
一時硬度（〔化〕暫時硬度）
一時硬水（〔煮沸後可變軟水的〕暫硬水）
一時預け（暫存）
手荷物を一時預けに為る（把手提行李暫存起來）
一時借入金（短期借款）
一時預り所（行李衣物暫存處）
一時磁石（〔理〕暫時磁鐵）
一時に（同時、一下子）
然う一時に、入って来ては行けません（別那麼一下子都進來）
一時乗客が殺到した（乘客同時蜂擁而來）
一時逃れ（逃避一時、敷衍一時）
一時逃れの策（逃避一時之策）
一時払い（一次付款）←→分割払い

一時期〔名〕一個時期、某一時期←→永続的、恒久的
彼の一時期が私の最も幸福な時でした（那個時期是我最幸福的時候）最も尤も

其は一時期大変に流行した（那在一個時期很流行）流行流行

一時間〔名、副〕一小時，一點鐘、（學校的）一節課
　一時間目（第一節課）

一時に〔副〕〔舊〕一次、一下子、同時（=一度に、同時に）
　そんな沢山の仕事は一時には出来ない（那麼一大堆工作一下子做不了）

一軸〔名〕一軸
　一軸船（單螺旋漿船）
　一軸結晶（〔礦〕單軸結晶）
　一軸圧縮試験（無側限壓縮抗壓試驗）

一七日、一七日、一七日、一七日〔名〕（人死後）頭七天的日子，頭七、第七日、頭七舉辦的佛事（=初七日）
　今日は一七日に当る（今天是頭七）当る中る

一日、一日、一日〔名〕一日，一號，初一（=ついたち）、一日，一天，終日，整天（=一日中）、一日，某日（=或る日）
　五月一日（五月一號）
　十年一日の如く（十年如一日）
　一日千秋で（一日三秋、度日如年）
　一日千秋の思いで（一日三秋、度日如年）
　一日千秋の思いで待つ（度日如年的心情等待、殷切地等待）
　一日三秋、一日三秋（一日三秋）
　一日三秋の思い（一日三秋之感）
　一日の計は晨に在り（一日之計在於晨）晨朝明日明日明日在る有る或る
　一日中、一日中（整天）
　一日の長（一日之長、略勝一籌）
　春の一日（春天的某一天）
　春の一日（春天的某一天）
　一日を費やす（費一天工夫）
　一日も欠かさず出勤する（一天也沒缺勤）
　一日君を待っていた（等了你一天）
　一日八時間労働する（一天八小時工作）
　丸一日（一整天）

一日に付き千円（每天一千日元）
一日三回服用（一天服用三次）
一日中労働する（整天工作、一天到晚工作）
一日も早く御元気に為られますよう（祝您早日恢復健康）早い速い
一日増しに（逐日=日増しに）増す益す鱒枡升
一日増しに春めいて来る（春意漸濃）来る来る繰る刳る
一日増しに良く為る（一天比一天好起來）
一日置（隔日、隔一天）
一日置に通院する（隔一天去一次醫院）
一日延ばし（一天一天地拖延下去）延ばす伸ばす展ばす
一日延ばしに延ばす（一天一天地拖延下去）
一日一善（一天作一件好事）
二月一日（二月一日）

一日、朔、朔日〔名〕初一←→三十日，晦日、晦
　四月一日はエイプリル、フールです（四月一日是愚人節）
　此の雑誌は毎月一日に発行される（這個雜誌每月一號發行）每月每月
　五月（の）一日（五月一日）

一樹〔名〕一棵樹
　一樹の陰、一河の流れも他生の縁（〔佛〕互不相識的行路人偶然同在一棵樹下休息同飲一條河的水都是前世的因緣）

一汁〔名〕一湯
　一汁一菜（一湯一菜、〔轉〕粗茶淡飯，簡單樸素的飯菜）
　朝は一汁一菜と決める（早飯定為一湯一菜）決める極める極める窮める究める

一旬〔名〕一旬、十天

一巡〔名、自サ〕轉一圈（=一回り）、（普遍地）做一回
　会場を一巡する（在會場裡轉一圈）
　会場の付近を一巡する（在會場附近轉一圈）
　打者一巡（〔棒球〕擊球員輪完一次）
　国内需要の一巡（供應完國內需要）須要（必要）

一

一巡植物（〔植一稔植物〕）

一女〔名〕一個女孩、長女
　一男一女（一男一女）

一助〔名〕一點幫助
　日本語研究者の一助（に）と為る（對日語研究者有一點幫助）

一丈〔數、副〕一丈

一条〔名〕一條，一道（=一筋）、（條款、章程）一條、一件事
　一条の細道（一條窄道）
　一条の煙（一縷煙）煙
　一条川（一條河）
　一条の炊煙（一縷炊煙）
　一条を加える（加上一條）加える咥える銜える
　彼の一条は如何為ったか（那件事怎樣了？）

一定〔名、形動、副〕〔古〕一定、必定（=屹度、必ず、確かに）

一定〔名、自他サ〕一定、規定←→不定
　一定の方針を立てる（樹立一定的方針）
　収入が一定した居ない（收入不固定）
　一定の速度で飛行する（按一定的速度飛行）
　一定した物価（統一的物價）
　学生の服装を一定する（規定學生的服裝）

一城〔名〕一城
　一城の主（一城之主、小團體的領袖）主主主

一場〔名〕一場，一席，一回，一場、一霎那，一瞬
　一場の講演を為る（作一次演說）
　一場の挨拶を述べる（講一番話 說幾句話）述べる陳べる伸べる延べる
　一場の春夢（一場春夢）
　喜びが一場の夢と為った（歡喜成了一場夢）喜び慶び歡び悦び
　一場の喜劇（一場喜劇）悲劇
　一場の夢と化する（化為一場夢）化する架する課する科する嫁する掠る

一帖〔數、副〕兩塊幕幔為一帖、半紙20張為一帖、洋紙24張為一帖、紫菜10張為一帖

一陣〔名〕一陣（=一頻り）、頭陣，先鋒
　一陣の風を起こった（颳起了一陣風）風風邪
　一陣の風が颯と吹いて来た（忽地颳來了一陣風）
　一陣二陣と段段繰り出す（頭陣二陣一批批地派出）

一人物〔名〕一個人物、有見識的人物

一途、一図〔形動〕專心，一心一意、死心眼，一味，只顧（=一筋、只管、直向）
　一途に思い込む（認定、深信不疑）
　一途な性質だ（死心眼）
　彼は自分が正しいと一途に思い込んでいる（他一直以為自己做得對）
　一途に真理を探究する（專心一致地探求真理）

一途〔名〕一條路，一個手段，一個方法、只，一個勁，唯一的方向
　今は唯戦争の一途有るのみ（現在只有戰爭這一條路）
　此の一途しかない（只有這一條路）
　輸入は増加の一途を辿る（進口不斷增加）
　病状は悪化の一途を辿った（病情一天比一天惡化）

一成分系〔名〕〔化〕單組份（物）系

一生面、一生面〔名〕新的方面、新局面
　一生面を開く（別開生面）開く開く
　演出に一生面を開く（在演出上別開生面）

一膳〔名〕一碗
　一膳飯（一碗飯、論碗賣的飯、出殯前家屬們吃的一碗訣別飯）
　一膳飯屋（小飯館、小吃店）

一族〔名〕一族、同族、整個家族
　彼の一族には優秀な人間が多い（那一家人才輩出）
　一族の者を引き連れて映画を見に行く（攜帶一家大小去看電影）
　一族郎党（一家老小、滿門家眷包括僕從）
　一族郎党を引き連れて（攜帶一家大大小小）

一存〔名〕個人意見
　私の一存では決め兼ねる（我一個人的意見不能決定）

一朵〔名〕一朵
　一朵の山桜（一朵山櫻花）
　一朵の雲（一朵雲彩）

一駄〔名〕一駄
　一駄の木材（一駄木材）木材木材

一代〔名〕一代，一生，某個時代，當代，一個時代，（一個君主在位期間）一代、第一代，初代←→永代、累代
　其は一代の不覚であった（那是一生的失敗）
　彼は一代で莫大な富を築いた（他一生積下了巨大的財富）
　一代記（一生事蹟的紀錄、言行錄、傳記）
　一代前（上一輩）
　一代雑種（〔植〕第一代雜交種）
　一代の英雄（一代的英雄）
　一代の数学家（當代數學家）
　戴冠式は一代一度の盛儀である（加冕禮是一代一度的盛典）

一大〔造語〕一大
　一大事件（一大事件）
　一大発見（一大發現）
　一大ｎｅｗｓ（一大新聞）

一大事〔名〕大事件
　国家の一大事（國家的大事件）
　一大事が出来した（發生了重大事件）出来
　一大事が起こった（發生了大事件）起る興る熾る怒る
　彼の人死んだら一大事だ（他若死了可不得了）

一対一〔名、連語〕一對一、對等
　一対一で話し合う（二人對談）
　一対一の関係（對等關係）

一諾〔名〕一諾
　一諾千金（一諾千金）
　一諾は千金の重みが有る（一諾值千金）

一夕偏〔名〕（漢字部首）歹

一団〔名〕一團，一群，一批（＝一塊）、一個團體，一個集團
　彼方に一団、此方に一団、人が集まっている（那邊一堆這邊一堆人聚集著）
　子供達は一団と為って押し寄せて来た（孩子們結成一隊蜂擁而至）
　一団を組織する（組成一個團體）

一段〔名、副〕（台階，地位）一級，一層、（文章）一段，一節、（淨琉璃）一段，更加，越發（＝一際、一入、一層）
　一段宛上る（一層一層地上）上る登る昇る
　階段を一段上る（一層一層地上樓梯）
　一段宛階段を上がる（一層一層地上台階）上がる挙がる揚がる
　文章の一段の大意（文章的一段的大意）
　文章文章延べる伸べる
　此の文章の一段の大意を述べて下さい（請述說這文章的這一段的大意）述べる陳べる
　一段物を遣る（說唱一段單段故事、演一齣獨幕劇）
　一段活用（〔語法〕上一段活用和下一段活用的總稱）
　一段圧縮機（〔機〕單極壓縮機）
　一段と熱心を加える（更加熱心）加える銜える咥える
　一段と引き立つ（格外顯眼）
　一段と固く団結する（更加緊密地團結起來）
　然うしたら一段と面白かろう（若是那樣就越發有意思了）
　彼の子も一段と立派に為った（那孩子越發有出息了）

一段落〔名、自サ〕一段落（＝一句切り）
　此で一段落付いた（這就告一段落了）
　談判は一段落を告げた（談判告了一段落）告げる次げる注げる継げる接げる
　今日で仕事が一段落する（工作今天告一段落）

一敵国〔名〕（不容忽視的強有力的）敵手、對手

一度、一度〔名、副〕一次、一回、一旦（＝一遍、若しも）
　一度見れば沢山だ（看一回就夠了）敵国敵国
　前に一度行った事が有る（以前去過一回）
　一度御試し下さい（請試一下看看）試す験す

一

其の内に御遊びに御出て下さい（哪天有空請來玩）

一度調べてから返事する（調查一下再回答）

一度は思案、二度は不思案（做慣就會大意失荊州）

一度始めたら止められない（一旦開始就停不下來）始める 創める 止める 已める 辞める 病める

一度に（同時一下子＝同時に、一時に）

一度に二つ事は出来ない（同時不能做兩件事）

一度に来ないで一人宛来給え（不要一起來一個人一個人地來吧！）

年に一度の事（一年一次的事情）

一度は我慢したが、今度は承知出来ない（忍讓過一次了這次可不讓了）

一度事が起こったら直ぐ知らせて呉れ（如果發生事故請馬上通知我）

一度機が熟せば（如果時機成熟）

一度決心したからには後ろへは引けない（一旦下了決心就不能往後退）

一同〔名、副〕大家、全體（＝皆、皆、何れも）

一同の者が立ち上がる（全體起立）

一同打ち揃って出掛けた（大家一起出門了）

一同賛成する（大家都贊成）

家内一同無事に過して居ります（全家都過得很好）

職員一同（全體職員）

一堂〔名〕一堂、一處

一堂に会する（會於一堂）会する 解する 介する 改する

喜びにに溢れて一堂に会する（歡聚於一堂）喜び 悦び 歓び 慶び

一道〔名〕一條，一線、一種技藝、（日本行政區劃）一道（北海道）

一道の光明（一線光明）

一道に長じる（有一技之長）

一道を極める（鑽研技術）極める 究める 窮める

一道に秀でる（精通一種技藝）

一道、一都、二府、四十三県（一道一都二府四十三縣）

一読〔名、他サ〕一讀、讀一回、念一次

一読の価値が有る（有一讀的價值）

此の小説は一読の価値が有る（這本小說值得一讀）有る 在る 或る

一読した位じゃ分からない（不是略讀一遍就能明白的）分る 解る 判る

一頓挫〔名、自サ〕一個挫折、一次失敗

事業は一頓挫を来たした（事業遭到一個挫折）来たす 来る 来る

一男〔名〕一個男孩子、長子，長男

一男を儲ける（生了個兒子）設ける 儲ける

一男一女を儲ける（生了一男一女）

一難〔名〕一個困難、一個災難

一難去った又一難（一波未平一波又起、禍不單行）又 復 亦 股 叉 俣

一二〔名〕一個兩個，一兩個，少數，若干（＝一つ二つ、少し、僅か）、第一第二、數一數二

一二度（一兩次）一二 二二 三二

一二回（一兩回）

一二人（一兩人）

一二聞き込んだ事が有る（我也略有所聞）

一二尋ね度い事が有る（我有一兩件事想要問你）尋ねる 訪ねる 訊ねる

一二心当たりが有る（我有點線索）

一二を争う（數一數二的、最優秀的）

一二を争う秀才だ（數一數二的高材生）

一人、一人〔名〕一人，一個人（＝一人）、〔古〕（右大臣）的別稱

一人一役（一人一職-不兼職）一役 一役

一人二役（一個人演兩個角色）

一人船室（單人艙位）

一人当千（以一當千）

一人乗り（單人乘）

一人の飛行機（單座飛機）

一人称〔名〕〔語法〕第一人稱、自稱

一人称で書く（以第一人稱書寫）書く 欠く 描く 搔く

此は一人称で書かれた小説だ（這是一本以第一人稱寫的小說）

一人前、一人前〔名〕（食物）一人份，一個人份、成年人、標準的人，能頂一個人，像樣的人，能勝任（獨立）的人←→半人前

料理一人前（一人份飯菜）

寿司一人前（一人份壽司）寿司鮨鮓

一人前百円（一人份一百日元）

料理を一人前取る（叫一份菜）

刺身を一人前注文する（訂一份生魚片）

一人前の食器（一份餐具）

一人前の費用を出す（出一個人的費用）

一人前に為る（長大成人）

一人前の男（成年男子）

息子もやっと一人前に為った（兒子已經成人了）

一人前の料金を取られる（要成年人的費用）

何を遣らせても一人前の仕事が出来ない（讓他做什麼也頂不了一個人）

芸は未だ一人前に出来ない（還不能獨立表演演技）

一人前の仕事（能頂一個人的工作）

一人前の賃金を取る（領一個人的全工資）

口丈は一人前だ（說話能頂一個人、只會耍嘴皮）

君は口丈は一人前だ（他光靠嘴是最拿手的）

一人前の商人（一個夠水準商人）商人商人商人

一人前の暮らし（像樣的生活）

一人、一人〔名〕一人，一個人、獨自，獨身，單身（也寫作独り）

御手伝いさんを一人雇う（請一位女傭人）

一人残らず検挙された（一個不漏地全被檢舉了）

一人残らず出掛けて終った（人一個也沒留全出去了）

一人と為て喜ばない者は無い（沒有一個人不喜歡）

一人と為て彼を褒めない者は無い（沒有一個人不誇獎他）

一人と為て賛成する者は無かった（沒有一個人贊成）

独りで決めて遣る（獨斷獨行）

独りで考える（獨自思考）

君は未だ独りですか（你還是單身嗎？）未だ未だ

一人一人、一人一人〔副〕各人，每一個人（=銘銘）、每人，一名一名地（=一人宛）

一人一人確り遣れば全体も良く為る（每個人都好好幹全體也就好起來了）

一人一人名前を呼び上げる（一個一個地叫名）

一人一人に手渡す（一個人一個人地交給）

一人宛〔副〕一個人一個人地（=一人一人、一人一人）

一人宛入って下さい（請一個人一個人地進來）

一人当たり、一人当り〔副〕每個人、每人平均（=一人当て、一人充て）

沢山有るが一人当たりに為れば、何程にも為らない（雖有很多但分給每人就沒有多少了）

一人当て、一人充て〔副〕每個人、每人平均（=一人当たり、一人当り）

一人口〔名〕自言自語（=独り言）、一個人生活，單身生活

一人口は食えぬが二人口は食える（一人吃不飽兩人吃不了、比喻兩個人過日子不比一個人費錢）

一人暮らし、一人暮し、独り暮らし，独り暮し〔名〕獨身生活

彼は未だ一人暮らしだ（他還是單身）

一人暮らしは呑気で良い（單身生活消遙自在）呑気暢気

一人暮らしを為る（過單身生活）

一人暮らし気儘だ（單身生活自由自在）

一人子、独り子〔名〕獨生子（=一人っ子、独りっ子）

一人っ子、独りっ子〔名〕〔俗〕獨生子

一人っ子なので甘やかされる（因為是獨生子所以很被寵愛）

一人っ子は両親の愛情を独占する（獨生子獨佔雙親的寵愛）

一人静〔名〕〔植〕銀線草、燈籠花

一人占め、独り占め〔名、自サ〕獨佔←→山分け

利益を一人占めする（獨佔利益）利益利益

一

市場を一人占めする（獨佔市場）市場市場
良い場所を一人占めに為ている（把好的地方獨佔去了）
広い部屋を一人占め（に）為る（一個人霸佔寬敞的房子）

一人相撲、独り相撲〔名〕唱獨角戲、（差太多）不能較量
誰も相手に為ないので一人相撲に終った（誰都不予理會結果落得唱獨腳戲）
一人相撲を取る（唱獨角戲）

一人旅、独り旅〔名〕獨自（一人）旅行
一人旅の人（獨自旅行的人）
東京へ一人旅を為る（獨自一人到東京去旅行）

一人立ち、独り立ち〔名、自サ〕（小孩）會站立、（經濟上）自立
一人立ちは未だ出来ない（還不會站著）
息子は既に一人立ちに為った（兒子已經能自立了）
一日も早く一人立ち出来る様に為り度い（想早日能夠自食其力）
一人立ちで活動出来る能力（有獨立工作的能力）

一人天下、独り天下〔名〕一個人的天下、獨斷獨行、飛揚跋扈
彼の家は主人の一人天下だ（那家是家長掌大權）

一人残らず〔副〕一人也不剩
一人残らず帰った（全部回去了）
殆ど一人残らず討死した（幾乎全部陣亡了）
彼等は一人残らず新聞記者だ（他們全都是新聞記者）

一人法師、独り法師〔名〕（一人法師的轉變）孤獨一人、無依無靠
一人法師に為る（成為孤伶伶一人）
一人法師で余生は心許無い（無依無靠晚年令人擔心）

一人息子、独り息子〔名〕獨子、獨生子

一人娘、独り娘〔名〕獨生女

一人者、独り者〔名〕一個人，獨自一人，獨身，單身漢

私は全くの一人者です（我完全是獨自一個人）私 私 私 私私私 私 私私
彼は一人者だ（他是個單身漢）

一如〔名〕〔佛〕一如，不二（表現雖不同但根源卻是一個）、成為一體
物心一如（物質與精神成為一體）物心 物 心

一任〔名、他サ〕完全委託
其の事は君に一任しよう（那件事完全交給你吧！）
会費の徴収を幹事に一任する（責成幹事收集會費）
交渉を一任する（完全委託辦交涉）

一念〔名〕一念、至誠、精誠
一念凝って岩をも通す（至誠可以穿石）通す徹す透す
一念天に通ず（至誠感天）
一念込めた作品（精心的創作）
母の一念で子供の病気が治った（全憑母親的細心護理孩子的病好了）直る治る
一念発起（〔佛〕一心向佛、決心去完成某件事）

一年、一年〔名〕一年、一週年、一年級、工作未滿一年、第一年、某年（=或る年）
一年を顧みる（回顧一年）顧みる省みる
一年の計は元旦に在り（一年之計在元旦）
一年切り（只限一年、一年為限）
一年生（一年級學生、初學）
僕は此の仕事は未だ一年生です（對這工作我還是小學生）
一年中（整年、一年到頭）
一年生草本（〔植〕一年生草本）
一年草（〔植〕一年生草本）
一年生植物（〔植〕一年生植物）
一年多年生草本（〔植〕一次結實多年生草本）
一年忌（一週年忌）
今日で丁度一年だ（到今天正好滿一年）
一年坊主（〔諷〕一年級學生）
兄は中学の一年です（哥哥是中學一年級學生）

5292

一年社員（工作未滿一年的公司職員）
一年議員（當選未滿一年的議員）
一年過ぎる（過一年）
一年の秋（某年秋天）

一能〔名〕一種技能（=一芸）
一芸一能に秀でる（有一技之長）

一の膳〔名〕（日本正式宴席）第一道菜主菜（=本膳）←→二の膳、三の膳

一の酉〔名〕十一月第一個酉日、酉日的廟會（=酉の市、酉の町）

一倍〔名、自サ〕一倍、加倍（=倍）
一倍半（一倍半）
一倍性（〔植〕單倍性）
一倍体（〔植〕單倍體）
人一倍の苦労を為る（比別人加倍勞累）
人一倍の努力を為る（比別人加倍努力）

一八、鳶尾〔名〕〔植〕鳶尾

一番〔名〕最初，第一，最好，最優秀，（歌舞、棋藝等）一場，一曲，一局。〔棒球〕第一打擊手（=一番バッター）
〔副〕最，頂（=最も）、試試，一次，先（=先ず一度、試みに）
一番列車（第一班火車）
一番茶（最初摘的茶）
一番星（傍晚出現的第一顆星）
一番に為る（得第一）
クラスで一番に為る（成為班上第一名）
黙っているのが一番だ（最好是不吭聲）
彼はクラスで一番だ（他在班裡最優秀）
一番の成績で卒業する（以優異成績畢業）
一番歌う（唱一曲）
将棋を一番を指しましょう（下盤象棋吧！）
序でに一番聞いて行こう（就便聽一齣再走吧！）
此が一番好きです（最喜歡這個）
一番左の方（在最左邊）
一番下に在る（在最下面）
一番暑い日（最熱的一天）
一番美しい（最好看的）

赤が一番好きだ（最喜歡紅色）
一番前の列（最前排）
一番先に来る（來得最早）
承知するか為ないか一番当って見よう（答應與否先問問看）
兎も角一番遣って見ようじゃないか（總之先做一下看看不好嗎？）
一番駆け（首先衝入敵陣、帶頭，領先）
一番館（首輪電影院=ファーストラン）
一番草（〔農〕〔稻田〕第一次除草）
一番子（第一胎孩子、〔一家中〕最好的孩子、〔家畜等〕最先下的後代）
一番勝負（一次決定勝負、只試一次）
一番煎（頭煎藥、首次泡的茶）
一番手（先鋒，第一批出動的隊伍、〔賽馬〕第一批起跑的馬、〔相撲〕在三個大關中爭奪冠軍最有力的競爭者）
一番抵当（法最先登記的抵押權-可從拍賣中優先取得補償）←→二番抵当
一番鶏（〔拂曉時〕頭一聲雞鳴）
一番成り（〔植〕最先成熟的果實）
一番乗り（先到場、首先騎馬闖入敵陣或敵城〔的人〕）
一番目（第一個、頭一齣戲）
一番槍（〔舊時〕在戰場上最先突入敵陣〔的人〕、〔轉〕首先立功〔的人〕）

一姫二太郎〔名〕頭胎生女兒第二胎生男孩、〔喻〕滿足心願、〔俗〕有一個女孩兩男孩

一秒〔數、副〕一秒（鐘）
一刻一秒を争う（分秒必爭）

一病〔名〕有點小病

一病息災〔名〕有點小病的人反而長壽

一分〔名〕十分之一，一成，百分之一（一成的十分之一）、一分（一寸的十分之一）、一錢（一兩的十分之一）、（江戶時代）一分金幣（=一分金）、（江戶時代末期）一分銀幣（=一分銀）
九分通り出来た、残りは一分だ（約已完成了九成、只剩下一成了）
一割一分の配当（一成一的紅利、百分之十一的紅利）
一尺二寸一分（一尺二寸一分）

一

二両一分（二兩一錢）
一分一厘（一分一厘、絲毫=僅か、本の少し）
一分一厘も違わない（絲毫不錯）
一分一厘の隙も無い（一點漏洞也沒有）
一分一厘の狂いも無い（絲毫不錯、分毫不差）

一分〔名、副〕一分（鐘）
一分一秒の狂いも無い（絲毫不錯、分毫不差）

一分〔名〕面子、臉面（=面目）
一分が立たぬ（丟面子）
此じゃ男の一分が立たないじゃないか（這麼一來我不就沒有面子了嗎？）

一分子層〔名〕〔植〕單分子層

一分子反応〔名〕〔化〕單分子反應

一部〔名〕一部，一冊，一份，一套、一部分 ←→ 全部
其の辞典を一部下さい（那本辭典請給我一本）
プリントを一部下さい（請給我一份油印講義）
数十冊で一部を成す百科全書（一部數十冊成套的百科全書）
一部に異論も有る様だ（一部份人似乎還有不同的論調）
工事が一部完成する（工程完成一部分）
一部の人は賛成している（一部分人贊成）
一部始終（從頭到尾、一五一十、源源本本）
彼は一部始終を知っている（一切他都知道）
事件の一部始終を語る（訴說整個事件的詳細經過）
今回の問題を一部始終良く皆に話し為さい（你把這次的問題從頭到尾對大家說一說）

一部分〔名、副〕一部分，少部分 ←→ 大部分
其は本の一部分丈（那只不過是一部分）
一部分の人丈行く（只一部分的人去）
一部分を見る丈では全部は分からない（只看一部分不能全部了解）

一物〔名〕一物，一件東西、同一物
無一物、無一物（一無所有）

一物一価〔名〕〔經〕一物一價
一物一価の法則（一物一價的規律）

一物〔名〕一物，一件東西、壞主意，陰謀。〔隱〕陰莖
一物も蓄えが無い（一點積蓄也沒有）蓄える 貯える
腹に一物が有る（心懷鬼胎、別有用心）

一文〔名〕一篇短文
一文を草する（寫一篇短文）草する 相する 走する 奏する

一文〔名〕一文，一文錢，很少的錢、一個字
一文も残らず使い果たした（分文不剩都花光了）
一文銭は鳴らぬ（孤掌難鳴）
一文の価値も無い（一文不值）
一文不通（目不識丁）
一文半銭（寥寥無幾，少許、極少的錢）
一文惜しみ（一文也捨不得、吝嗇鬼）
一文惜しみの百知らず（因小失大）
一文無し（一個錢也沒有、一文不名=文無し）
すっかり一文無しに為った（完全一文不名了）

一文商い〔名〕小本生意
一文商いを為る（經營小本生意）

一文字〔名〕一個字、（像一字形）筆直，直線形、（橫裱在字畫上下的）兩條錦綢或綾、頭盔後面護頸部分。〔古〕（日本舞台正面上方）橫掛的黑幕
目に一文字も無い（一個字也不識、目不識丁）
口を一文字に結んでいる（緊閉著嘴）
野原を一文字に横切る（一直穿越過原野）

一文字〔名〕一個字。〔古〕蔥（=葱-宮廷婦女用語來自古時蔥單稱做き）

一瞥〔名、他サ〕一瞥、看一眼
一瞥を与える価値も無い（連看一眼的價值也沒有）
一瞥も呉らない（連一眼也不看）
其の絵は一瞥して、偽物と分かった（那幅畫一眼就看出是假的）偽物偽物　贋物贋物

一別〔名〕一別、分別

一別以来（分別以來）
一別以来の挨拶（分別以來的問候）
一別以来もう五年に為る（分別以來已經有五年了）
一別以来随分久しい（別來已久）

一眸 〔名〕一眸、一望（＝一望）
一眸の内に収める（在一望之中）収める修める治める納める

一望 〔名〕一望
一望の下に眺められる（可以一眼望到）
一望千里（一望無際）
一望千里の平原（一望無際的平原）

一木 〔名〕一木
一木一草も無い砂漠（連一草一木都沒有的沙漠）砂漠沙漠
一木一石の労を致す（貢獻微力、略盡棉薄）
一木大廈の崩れるを支える能わず（大廈將傾非一木所能支、〔喻〕國家將亡個人無能為力）
一木造り（獨木雕、獨木雕像）

一枚 〔名〕（紙張、紙幣、畫片、鐵板、門票、車票等）一張、（木板）一塊、（汗衫、襯衣）一件、（墊子）一個、（褥子、床單）一床，一條、（草蓆）一領、（碟盤等）一個、（田地）一塊、一個人（＝一人）
一枚の紙（一張紙）
布団一枚（一條被子）
一枚の紙にも表裏有り（知面不知心）
田一枚（一塊田地）
入場券一人一枚に限り（入場券限每人一張）
彼が一枚加わったので面白く為った（加上了他一個人就更有趣了）
彼を一枚加えよう（加上他一個較好）
役者が一枚上（智謀手段高出一籌）
彼は君より役者が一枚上だ（他比你更高一籌）
一枚上で（高人一籌）
一枚岩（一塊岩石、整塊的岩石、〔喻〕堅如磐石）
一枚岩の団結（緊密的團結）
一枚落ち（象棋讓子、讓一個〝飛車〟或〝角〟）
一枚噛む（主動承擔一個角色）
其の計画には彼を一枚噛んでいる
一枚看板（穿著著名演員名字或其畫像的廣告牌、〔轉〕劇團的主要演員、劇團裡的骨幹分子、〔給人看的〕招牌幌子、〔俗〕壯門面的唯一好衣服＝一張羅）
彼女が此の一座の一枚看板だ（她是這個劇團的主要演員）
其の政党が軍閥打破を一枚看板に為ている（這個政黨以打倒軍閥作它的旗號）
一枚看板の洋服を台無しに為た（把唯一的好西裝給弄髒了）
一枚刷り，一枚刷，一枚摺り，一枚摺（〔印〕單張印刷品）
一枚刷りの絵（單張版畫）
一枚絵（單張版畫＝一枚刷りの絵）

一枚、一枚 〔名〕一枚、一張、一小片（＝一枚）

一抹 〔名〕一股、一片、一點
一抹の煙（一股煙）煙煙
一抹の雲（一片雲）
一抹の煙が立ち上る（升起一縷煙）
計画に一抹の不安が有る（計畫有一點靠不住）

一味 〔名〕〔中藥〕一味、一種味道、一個菜
此の丸薬は大黄一味で出来ている（這丸藥是由大黃一味藥配的）

一味、一身 〔名、自サ〕（做壞事的）一夥，同黨、一股。〔佛〕宗旨一樣，根本一樣
闇屋の一味（搞黑市的同夥）
此は彼等一味の陰謀だ（這是他們一夥的陰謀）
一味徒党（同夥＝仲間）
一味徒党を集める（招集同夥）
一味同心（同黨、同類、同夥＝一味、一身）
一味の者残らず逮捕された（一夥人全被逮捕了）
此の文章には一味の清新さが有る（這篇文章裡有一股清新氣）
一味の雨（〔佛教教義〕平等施與）

一脈 〔名〕一脈（＝一筋）

一脈相通じる物が有る（有一脈相通之點）

一眠〔名〕〔農〕蠶第一次脫皮的休眠期

一眠、一眠り〔名、自サ〕小睡一下子

電車の中で一眠する（在電車裡小睡一下子）

一眠してから仕事する（小睡一下子再工作）

一眠すれば元気に為る（小睡一下子精神就好了）

一名〔名〕一名、一個人（＝一人）、別名←→本名

一名欠席です（一名缺席）

費用は一名に付き千円掛かった（費用一個人花了一千日元）

中央大講堂、一名安田講堂（中央大禮堂又名安田禮堂）

一命〔名〕一條命

彼は祖国の為に一命を捨てた（他為祖國而犧牲了生命）

一命を取り留める（保住性命）

一命が助かる（保住性命）

一命落す（喪命）

一命に関わる病気（有生命危險之疾病）関る係る拘る

一面〔名〕一面、另一面、全體，滿，一片，（報紙）第一版，頭版、琴一張、鏡子一面

一面は海に臨んでいる（一面臨海）望む臨む

一面の真理が有る（有一面真理）

空一面赤く為った（滿天都紅了）

部屋一面が水に浸っていた（屋子全都浸水了）

外は一面の雪だ（外面是一片白色）外外がい

緑一面の稲田（一片綠油油稲田）

新聞の一面に出る（登在報上第一版）

一面観（片面的看法）

一面性（片面性）

物事を見るには一面性であっては為らない（看問題不能帶片面性）

一面的（片面的）

一面的な判断は公平でない（片面的判斷是不公平的）

一面識〔名〕一面之識、見過一次面

一面識も無い（沒見過面）

彼とは一面識も無い（和他沒有一面之識）

一面識人（有一面之識的人）

彼とは一面識が有る（我和他有一面之緣）

一毛〔名、數〕（長度、秤、貨幣的單位）一毫、一毛、極小

九牛の一毛（九牛之一毛）

一毛作（〔農〕單種、一年一收）←→二毛作

寒冷地の稲作は一毛作だ（寒冷地方種稻子是單季稻）

一網打尽〔名、連語〕一網打盡、一齊逮捕

密輸団を一網打尽に為る（把走私組織一網打盡）

一目〔名、自サ〕一隻眼、一眼，一看。〔圍棋〕一子、（項目的）一項，一款

一目して其と分かる（一眼就看得出來）

一目を取る（吃一個子）

一目の勝（贏一個子）

一目置く（〔圍棋〕先擺一個子。〔轉〕輸一籌，差一等）

彼の人には一目も二目も置いている（遠不如他）

一目散に（一溜煙地、飛快地）

一目散に逃げ出す（一溜煙似地逃跑）

一目瞭然（一目瞭然）

結果が如何為るかは一目瞭然だ（結果如何是一目瞭然的）

一目〔名〕一眼，一看，看一眼、一眼看穿，一眼望盡

一目で気に入る（一看就中意、一見鐘情）一目人目（旁人看見、世人眼光）

私は一目見て其の品が気に入った（那個東西我一看就中意）

彼女に一目惚れして終った（我一眼就愛上她了）終う仕舞う

一目で相手を見抜く（一眼就看透對方）

彼の陰謀を一目で見破る（一眼就識破他的陰謀）

彼女に一目会い度い（希望和她見一面）

山の上から町が一目で見渡される（從山上一眼就可以看到全部市街）

塔に登ると街が一目に見下せる（登上塔一眼就可以眺望全城）上る登る昇る

一門〔名〕一族（=一族）。〔佛〕同宗、同一宗門，一個師傅教的門生、（砲）一門

其は一門の誉です（那是一族的光榮）

平家の一門（平家一族）

一問一答〔名、自サ〕一問一答

新聞記者と一問一答する（和新聞記者一問一答）

記者と一問一答を交わす（和記者一問一答）

一夜、一夜〔名〕一夜（=一晩）、某夜（=或る夜）

一夜の中に出来る事でない（不是一個晚上可以做得到的）

一夜酒（一夜間釀成的酒、甜酒，江米酒=甘酒）

一夜造り、一夜造（一夜做成、趕製〔品〕）

一夜造りの甘酒（一夜間釀成的甜酒）

一夜造りの論文（趕忙寫出的論文）

一夜漬（醃一夜就吃的鹹菜、〔喻〕趕寫的文章或劇本，臨陣磨槍的學習，開夜車）

一夜漬の知識（膚淺的知識）

一夜漬の勉強では役に立たない（臨陣磨槍也無補於事）

一夜大尽（暴發戶）

一夜〔名、副〕一晚（=一夜、一晩）、某晚（=或る夜）、整夜（=通夜、通霄）

今宵一夜（今宵一夜）

一夜妻（只同床一夜的女人、露水姻緣、妓女=売春婦）

一夜茸（〔植〕墨汁鬼傘）

一夜さ〔名〕〔方〕一晚、某晚（=一夜、一夜）

一躍〔名、副、自サ〕一躍（=一飛び）

彼は一躍して部長に為った（他一躍而當了部長）

無名作家が一躍有名に為る（無名作家一躍成名作家）

一躍大スターに為る（一躍成為大明星）

一躍名を為す（一躍成名）名名名

一揖〔名、自サ〕拱手、略施一禮

一葉、一葉〔名〕一葉，一片樹葉、（紙等）一葉，一頁、一隻小船，扁舟

一葉落ちて天下の秋を知る（一葉落而知天下秋、一葉知秋）

一葉舟（一葉扁舟）

一葉の扁舟（一葉扁舟）

一葉の紙（一張紙）

一葉の写真（一張照片）

一葉目を覆えば泰山を見ず（貪小利而忘大義）

一様〔名、形動〕一樣，同樣、平常、普通、平等

一様に取り扱う（一樣的對待）

皆一様の扱いを受けた（大家都受到相同的待遇）

成績が一様で無い（成績不一樣）

一様に論じる（一概而論）

一様の服装を為ている（穿一樣的服裝）

一様に白い靴を履いている（一律穿白鞋）

尋常一様の人物（普普通通的人）

一陽来復〔名、連語、自サ〕一陽來復、一元復始、冬去春來、陰曆十一月冬至、否極泰來

一陽来復の兆が有る（有否極泰來的徵兆）

一翼〔名〕一翼、一部分任務

国家建設の一翼を担う（擔負國家建設的一部分任務）

一浴〔名〕〔攝〕一次洗片。〔紡〕（印染的）單浴（法）

一浴法（一次洗片法）

一浴現像定着（顯影定影結合）

一落〔名、自サ〕一個段落、一個事件、一次枯落

一覧〔名〕一看、一覽表

御一覧下さい（請看一看）

此の報告書を御一覧下さい（這報告請過目一下）

新聞を雑と一覧する（瀏覽報紙）

一覧表（一覽表）

一覧払い（憑票即付、見票付款）

一覧定期払い（見票後定期付款）

日本文法一覧（日本文法概要）

一卵性〔名〕同卵性（雙胞胎）

一卵性双生児（同卵雙胞胎）

一利〔名〕一利←→一害

一

百害有って一利無し（有百害而無一利）
一利一害（一利一弊、有利也有弊）
君の案も一利一害で万全とは言えない（你的方案也是互有利弊不能說是完善的）

一理〔名〕一理、一番道理
彼の言う事にも一理が有る（他說的也有一番道理）
一理有る意見（有理的意見）

一里〔名〕一里（一日里約3、93公里）
一里塚（里程碑）

一律〔名〕一律、一樣
一律に取り扱う訳には行かぬ（不能一律看待、不能同樣處理）
時間を一律に三十分繰り上げる（時間一律提前半小時）
料金を一律に一割値上げされた（費用一律提高一成）

一流〔名〕第一流，頭等、（技藝等）一個流派、獨特（的作風）
一流の劇場（頭等的戲院）
一流品（頭等貨）
彼は一流の大家と見られている（他被公認是一流專家）
彼は一流のpianistだ（他是一流的鋼琴家）
彼一流の文体です（是他獨特的文體）
彼一流の文章（有其獨特風格的文章）

一粒、一粒〔名〕一粒、一顆
一粒万倍（〔喻〕一本萬利）
一粒の麦（一粒麥子、為他人的幸福與繁榮而犧牲自己〔的人〕）
一粒種（獨子＝一人子）
一粒選，一粒選り，一粒選り（精選〔物〕）
一粒選の物（精選品、精華）
一粒選の社員（精心挑選出來的公司職員）

一両〔名〕（古代日幣單位）一兩。〔俗〕一元錢、一兩個、一輛（＝一両、一輛）
一両年（一兩年）
一両年内に完成（在一兩年內完成）
一両日中（一兩天之內）
一両日中に伺い（一兩天之內去拜訪）
一両人（一兩個人）

一輪〔名〕一朵（花）、一個車輪、一輪（明月）
梅の花が一輪二輪と咲き始めた（梅花一朵兩朵地開起來了）
梅花が一輪咲いた（開了一朵梅花）
一輪の名月（一輪明月）
一輪挿、一輪挿し（〔可以插一兩朵花的〕小花瓶）
一輪車（單輪車）
一輪roller（單輪壓路機）

一縷〔名〕一縷、一線（＝僅か、微か）
一縷の望みが有る（有一線希望）
一縷の望みを抱く（抱著一線希望）抱く抱

一塁〔名〕〔棒球〕第一累（＝ファースト、ベース）
一塁手（一壘手、一壘守壘員）

一類〔名〕同類，同夥、同族，同種（＝仲間）
強盗の一類を捕らえる（逮捕一夥強盜）

一礼〔名,自サ〕一禮、行一個禮
一礼して奥へ引っ込む（行一個禮就退到裡間屋子去）
恭しく一礼した（恭敬地行了一個禮）

一例〔名〕一個例子
此は本の一例に過ぎない（這不過僅僅是個例子）
一例を挙げる（舉一個例子）上げる揚げる挙げる

一列〔名〕一列，一行、一排，第一排，第一列、同一行列，同夥
一列に為って行進する（魚貫而行）
家が一列に並んでいる（房子排成一排）
一列横隊（一列橫隊）
一列縦隊（一列縱隊）

一連〔名〕一連串，一系列（＝一繋がり）、（用細繩串連的乾魚、乾果）一串、（紙）一令（500張）（連來自ream譯音）
一連の措置（一系列的措施）
彼は彼の一連の事件に関係している（他和那一連串的事件有關）

一連番号（順序號碼、連續號碼、連號）
一連番号を付ける（打上連續號碼）

一聯、一連〔名〕（律詩）一聯，一對句、（詩的）一節

一蓮託生〔名、連語〕〔佛〕一蓮託生、同生共死、同甘共苦、休戚與共
私と彼女とは一蓮託生の身だ（我和她生死與共）
死ぬ時は一蓮託生だ（同生同死）
一蓮託生の臍を固める（打定休戚與共的主意）
一蓮託生を決意する（〔辭職時〕決心一同辭職）

一路〔名、副〕一路、一直地（=真直ぐに）
一路平安を祈る（祝一路平安）
一路目的を邁進する（一直向目的邁進）
一路パリに向う（一路往巴黎、直接往巴黎）

一浪〔名〕〔俗〕（日本投考大學時）落榜賦閒一年（的人）、當了一年浪人
一浪覚悟で受験する（以考不上當一年浪人的決心來應考）

一六〔名〕骰子的么六點、每月逢一和六的日子（古時為集會日、休息日）
一六の日が縁日です（每逢一和六的日子有廟會）
一六銀行（〔俗〕當鋪=質屋）（來自一加六等於七和質同音）
一六勝負（賭錢、冒險、碰運氣）
一六勝負を遣る（賭輸贏、碰運氣、冒險從事）

一羽、一羽〔名〕（鳥、兔）一隻

一把〔名〕一把、一捆

一割〔名〕一成、十分之一
一割の手数料（一成手續費）
一割値引する（減價一成）
現金払い一割引き（付現金減價一成）
人員を一割減らす（裁減十分之一人員）

一、壱〔名〕一，一個（=一つ）、一方面（=一方、或は）、相同（=同じ）
一を以て他を計る（舉一反三）他他 計る 図る 測る 量る 諮る 謀る

心を一に為て（同心同德）
志を一に為る（統一意志）
一は良く一は悪い（一個好一個不好）
一は良く他は悪い（一個好一個不好）他外他
一は嬉しく、一は悲しい（幾家歡樂幾家愁）
今度の洋行は、一は公用の為、一は見学の為である（這次出國衣方面是為了公事另一方面是為了參觀）
一に為て二為らず（是一碼事、一而二二而一）

一に〔副〕另外，或者（=別に，又は）、完全（=偏に）
一に斯うも言う（另外也這樣說）
今日の成功は一に貴方の御蔭です（今天的成功完全是由於你的幫助）

一〔造語〕一

一荷〔名、數〕一件（貨物）、一擔，一挑

一過〔名、自サ〕一過，通過、〔醫〕一時性
台風一過数百戸の罹災者を出した（颱風一過造成了數百戶的受災者）
一過性歯痛（〔醫〕短暫性頭痛）

一価〔名〕〔化〕一價、〔數〕單質
一価アルコール（一元醇）
一価元素（一價元素）
一価関数（單質函數）関数函数

一下〔名、自サ〕下達
命令一下、直ちに出動する（命令一下立即出動）
号令一下（號令一下）

一顆〔名〕（石頭、水果、印章等）一顆、一個、一粒、一塊（=一つ）

一個、一箇、一ケ〔副、數〕一個，一件（=一個, 一箇、一つ）、一個人（=一人）
一個三分の一（一又三分之一）
一個年、一箇年、一ケ年（一年）
一個月、一箇月、一ケ月、一カ月（一個月=一月）
一個所、一箇所、一ケ所（一處、一個地方=一つ所）

一個、一箇〔名〕一個（=一個、一箇）。〔隱〕一百日元、流量單位（每秒一立方尺）
一個売り（單獨賣）

一

私は一個の書生に過ぎない（我只是一個書生）
トマトを一個上げた（給一個番茄）
大一個（一千日元）大大大大
一個百円（一個一百日元）

一個人、一個人〔名〕個人，私人、一個普通人、（團體中不擔任職務）的一員
一個人の資格で参加する（以個人資格參加）
一個人の資格で言う（以個人資格來說）言う云う謂う
一個人と為ての意見（作為個人的意見）

一家〔名〕一家，一家子，全家、（學術、技藝的）一家，一派。〔植〕雌雄同枝
一家を支える（養活一家）支える支える
新に一家を建てる（新蓋一所房子、另立門戶）立てる経てる絶てる発てる断てる裁てる点てる
彼は結婚して東京に一家を構えた（他已結婚在東京成家）
一家を上げて（全家）上げる挙げる揚げる
一家総出花見に行く（全家出去看花）行く往く逝く行く往く逝く
休日には一家揃ってピクニックに出掛ける（在假日全家出去郊遊）
彼は文法学者と為て既に一家を成している（作為語法學家他已成為一家）
一家言（獨樹一幟的主張）
一家言を吐く（發表獨樹一幟的主張）
一家心中（全家自殺）
一家団欒（一家團圓）

一家〔名〕〔老〕一家（＝一家）、親屬，同族，家族、一間房屋
一家一門（一族）

一家〔老〕一家、全家

一つ家〔名〕獨棟房子（＝一軒屋）、同一房子（＝同じ家）
私は彼女と一つ家に住む（我和她住在同一棟房子）住む棲む済む澄む清む

一回〔名〕一回，一次（＝一度）、一周，一圈（＝一回り）、（小說）一回，一章，一段
一週一回（一星期一次）
一回で懲懲した（一次就吃夠了苦頭）

月に一回（一月一次）月月
一回勝負（一次決定勝負）
一回使用（只用一次）
一回戦（〔體〕第一次比賽、第一場）
一回忌（一周年忌日）
一回転（轉一圈、〔多次反覆操作中〕完成一次）
一回分（〔藥〕一服，一劑、〔分期付款〕每一次所付的款項）

一回り〔名，自サ〕一周，一圈、（輪流）一圈、（按地支數）十二年、一輪、（粗細、大小等相差）一圈，一格
運動場を一回りする（繞運動場一圈）
此で皆一回り番が当たった（這就大家都輪到了）当る中る
一回りを為る（繞一圈）
市内の名所を一回りして来た（環遊了市內名勝）
当番が一回りする（值班輪一圈）
一回りも有る杉の木（有可以環抱那麼粗的杉樹）
年が一回り違う（歲數差十二歲）
兄とは年が一回り違う（和哥哥年齡差十二歲）
一回り小さい（小一圈）
一回り大きい（大一圈）
一回り小さい鞄（尺寸小一點的皮包）
其より此の方が一回り大きい（這比那大些）
一回り大きい人物（高人一等的人物）
彼の方が人間が一回り大きい（他比我肚量大）

一塊、一塊〔名〕一塊
一塊の土（一堆土）
一塊肉（獨子）
一塊の悪者（一小夥壞蛋）
一塊の肉（一塊肉）
一塊に為って押し寄せて来た（成為一團蜂擁而上）

一階〔名〕一層（樓）、一級
一階に住む（住在一樓）

位 一階を進む（位昇一級）
一階は商店に為っている（一樓是商店）

一介〔名〕一介、一個（=一人）
一介の書生（一介書生）
私は一介の絵描きに過ぎない（我只不過是個畫家）

一角〔名〕一角，一個角落（=一隅）。〔數〕一角、一角（江戶時代及中國貨幣單位）、（動物的）一個角。〔動〕獨角魚，一角鯨
病院は都市の一角に在る（醫院位於都市的一個角落）
町の一角（大街的一個角落）
二辺と一角（兩邊和一角）
此は氷山の一角に過ぎない（這不過是冰山的一角）
一角獣（獨角獸〔=ユニコール unicornio 葡〕、一角鯨、麒麟〔=麒麟〕）
一角獣座

一角，一廉、一角，一廉〔名〕〔舊〕相當好、了不起
一角の人物（了不起的人物）

一角、一廉〔名〕相當好，了不起、一份，某些，相當
一角の人物（了不起的人物）
一角の功績を上げる（樹立相當的功績）
彼は自分で一角の者と思っている（他自以為很了不起）
一角の身代（一份財產、相當的財產）
此が一角の御役に立てば幸いです（這若能對你有些用處就再好也沒有了）
子供も一角の役に立つ様に為った（小孩子也已成為好幫手）
一角の働き（一人份的工作量）

一画〔名〕（漢字的）一畫
一点一画を念入りに書く（一點一畫地用心寫）
一点一画を疎かに為ない（一點一畫都不馬虎）

一画、一劃〔名〕（土地的）一段、一個地段

一郭、一廓〔名〕一個地區
城外の一郭（城外的一個地區）

一鶴〔名〕一隻鶴
鶏群の一鶴（鶴立雞群）

一攫千金〔名、連語〕一攫千金
一攫千金を夢見る（夢想一下子發大財）
一攫千金の夢が外れた（發大財的美夢落空了）

一括〔名、他サ〕一包在內、總括起來（=一纏め）
一括に言う（總括起來說）
一括して売り度い希望だ（希望整批出售）
一括上程（匯總提出）
一括購入した方が得だ（整批買較便宜）
一括契約（一大堆契約）
一括購入（統一買進）
一括提案（一大堆提案）
一括払い（一筆付清）
一括処理（〔電算〕成批處理）

一括、一括り〔名〕一捆
一括に為る（綑成一把）

一喝〔名、他サ〕大喝一聲
主人の一喝に驚いて泥棒が逃げ出した（因為主人大喝一聲小偷就嚇跑了）
一喝して遣る（大喝一聲）

一巻〔名〕（書籍、書面、膠片的）一卷、（書籍、畫冊等）第一卷，第一冊

一巻の終り〔連語〕〔俗〕完了、一生終了
此の崖から落ちれば一巻の終わりだ（從這個懸崖掉下去就完蛋了）

一巻、一巻き〔名〕一卷、捲一次、一族
毛糸を一巻買う（買一卷毛線）

一管〔名〕（筆、笛等）一枝。〔能樂〕中只用笛子伴奏的表演

一環〔名〕（鏈子的）一個環節。〔轉〕一環，一部分
民生主義政策の一環と為て電力国営を行う（實行電氣國營作為民生主義政策的一環）
計画の一環を成す（構成計畫的一部分）成す為す生す

一貫〔名、自他サ〕一貫（重量單位=3、75公斤）。〔古〕銅錢一千文（或九百六十文）、一貫，貫徹到底

彼終始一貫労働者の味方だった（他始終一貫站在工人這邊）
首尾一貫している（始終一貫）
終始一貫（始終如一、貫徹始終）
一貫性（一貫性）
一貫番号（連續號碼＝一連番号）
一貫作業（一貫作業）
銑鋼鉄製造の一貫作業（冶煉生鐵與銅鋼的一貫作業）

一閑張り〔名〕透瓏漆器、凸花漆器（胎上貼多層紙或布、把胎抽去、漆上紅漆而成-由江戶時代飛來一閑所創始而得名）

一換歯性〔名〕〔動〕一換性牙齒

一簣〔名〕一簣、一筐（土）
一簣の功（一簣之功、最後的努力）
九仞の功を一簣に欠く（功虧一簣）

一基〔名〕一座、一台
灯台一基（燈塔一座）
モーター一基（馬達一台）
印刷機一基（一架印刷機）
石灯篭一基（一個石燈籠）

一揆〔名〕〔古〕志同道合，同心協力、（江戶時代或以前農民群眾）武裝暴動,武裝起義
一揆が起きる（發生農民作亂）
一揆を起こす（掀起農民的武裝暴動）
百姓一揆（農民作亂）
土一揆（〔室町時代的〕農民暴動）

一気〔名〕一口氣（＝一息）
一気に遣って退ける（一口氣做完）
一気に仕上げる（一口氣做完）
ビールを一気に飲み乾した（一口氣把啤酒喝完）
一気呵成（一氣呵成）
一気呵成にレポートを書き上げた（一氣呵成地寫好報告）

一季〔名〕一季（三個月）、（江戶時代雇工的一年合同）一季
一季半季の奉公人（一年半載的雇工）

一騎〔名〕一騎、一個騎兵

一騎討、一騎討ち（〔敵我雙方〕一個對一個地打）
一騎討なら彼には負けない（一個打一個的話不會輸給他）
一騎当千（一騎當千）
一騎当千の兵（以一當千的勇士）

一喜一憂〔名,連語、自サ〕一喜一憂
病人の容態は、今一喜一憂の状態です（現在病人的病情是忽好忽壞）
そんな事で一喜一憂するな（別為那種事弄得憂喜摻半）

一掬〔名〕（兩手的）一捧、少量、一點（＝一掬）
一掬の涙（一掬之涙）
一掬の水（一捧水）
一掬の同情の涙を注ぐ（灑一把同情之涙）

一脚〔名〕一隻腳,一條腿、（桌）一張、（椅）一把

一級〔名〕一級、頭等、一級（柔道、劍道、棋等未入段的最上級）
一級を進められる（提升一級）
一級酒（一級酒、一等酒）
一級品（一級品、頭等貨）

一挙〔名,自サ〕一舉
敵を一挙に粉砕する（一舉擊潰敵人）
勝負の決は此の一挙に在り（勝負在此一舉）
一挙一動（一舉一動）
一挙一動を苟くも為ぬ人（一舉一動一絲不苟的人）
一挙両得（一舉兩得）
然う為れば一挙両得だ（若那麼辦就一舉兩得了）
一挙手一投足（一舉一動、不費力，輕而易舉）
一挙手一投足に注意する（注意一舉一動）
一挙手一投足に気を配る（謹小慎微）
一挙手一投足の労を惜しむ（不肯費一點力氣）
一挙手一投足の労に過ぎない（不過舉手之勞）

一興〔名〕一種趣事、一種樂趣

然う為るのも又一興だ（那樣做也很有趣）
又復亦股又俣

一驚〔名、自サ〕一驚（=吃驚する）
一驚を喫する（吃一驚）

一局〔名〕一局、一盤（棋）
一局遣る（下一盤棋）
一局差す（下一盤棋）
一局打つ（下一盤棋）

一曲〔名〕一曲、一個曲子
一曲吹いて聞かせる（吹一個曲子給你聽聽）
一曲（を）歌う（唱一條歌）
一曲を奏でる（奏一曲）

一極性〔名〕〔生〕單極性

一区〔名〕（土地、都市、電車、汽車的）一區，一段、第一區
一区の地面（土地一塊）
一区五円（票價每段五元）

一句〔名〕（語言、俳句、詩歌）一句、一首
一句はっきり読む（一句一句清楚唸）読む詠む
春の季題で一句作る（以春天的季題作一首詩）作る造る創る

一系〔名〕一系、同一血統
万世一系の家系（萬世一系的門第）

一計〔名〕一計（=一策）
一系を案じ出す（想出一個計策）

一穴〔名〕一個洞、大小便共用的便池、一個穴位。
〔俗〕不二色的男人

一つ穴〔名〕一個洞
一つ穴の貉（一丘之貉）貉狢

一決〔名、自他サ〕（意見）達到一致、下決心
相談が一決した（商談已決、商定）
衆議一決（大家一致議定）

一犬〔名〕一隻狗
一犬虚に吠ゆれば万犬実を伝う（一犬吠形百犬吠聲、一人傳虛百人傳實）吠える吼える咆える

一件〔名〕一件事、一個事件、那件事、某件事
一件記録（〔某案件的〕有關記錄）
例の一件は片付いた（那一件事已經解決了）
一件は如何為っているかね（那件事怎麼樣了？）

一軒〔名〕一所，一戶（房子）、（屋頂相連的）一排房子
一軒一軒訪問する（一家一家地拜訪）
一軒一軒訪ねる（挨家打聽）訪ねる尋ねる訊ねる
一軒屋、一軒家（沒有鄰居的房子、獨門獨院）
山の奥の川岸の一軒屋（深山溪旁的獨立房子）
今度建つ高級住宅は皆一軒屋だ（這次蓋的高級住宅都是獨門獨院的）

一間〔名〕一間房、一間（房子的兩個柱子間的距離）、
一間（住宅、草蓆的長度單位-京間為1、97米-田舎間為1、82米=間）

ひと間〔名〕一間房子
家に着くや父は一間に僕を呼んだ（剛到家父親就把我叫到一間房子裡）家家家家家

一己、一個〔名〕一己、自己、個人（=一個人）
私一己の考え（我個人的想法）
一己の見（一己之見）

一顧〔名、他サ〕一看
一顧の価値も無い（不值一看）
一顧城を傾く（一顧傾城）

一戸〔名〕一戶、一家（=一軒）
一戸当り一千円（每家一千元）
一戸を構える（獨立一個門戶）
一戸建て（獨門獨院的房屋）

一向〔名〕一向，一心，專心、一向宗（淨土真宗的別稱）
〔副〕一向，完全，全然，總（=全く）。（下接否定）完全，一點也…（=少し）
一向（に）平気だ（完全不在乎）
一向（に）御無沙汰して居ります（一直沒有問候）
一向便りが無い（總沒有來信）
一向存じません（一點兒也不知道）
一向に驚かない（一點也不吃驚）
何事が有ろうとも一向に驚かない（不管發生任何事毫不吃驚）

一向、只管 〔名〕只顧、一味（=一途に）
  一向弁解に勤める（一味地辯白）勤める 努める 務める 勉める
  一向に勉強する（一個勁地用功）
  一向謝るのみ（一味認錯）謝る 誤る
  彼は一向勉学に励んだ（他一心一意地努力求學）
  一向仕事に尽す（全心投入工作）
  一向夫の無事を祈る（全心全意祈禱丈夫平安歸來）祈る 祷る

一向、頓 〔形動〕只顧、一心一意（=一途に、一向、只管、直向）
  一向に走る（只顧著跑）
  一向に撮影技術の向上に没頭する（一心一意地埋頭提高攝影技術）

一向き 〔名、形動〕一個方向、一個部分、一個側面、一心一意，專心（=直向）

一考 〔名、他サ〕想一想、考慮一下←→熟考
  此は一考を要する（這要想一想）要する 擁する
  一考の余地が有る（有考慮一下的餘地）
  一考して置こう（先考慮一下）

一項 〔名〕一項
  此の一項は取り消す（這一項取消）

一更 〔名〕一更、初更（晚七時至九時）

一校 〔名〕一個學校、全校。〔印刷〕初校，校對一次

一高一低 〔名、連語、自サ〕一高一低、忽高忽低
  一高一低の相場（忽高忽低的行情）
  相場は一高一低の有様だ（行情忽高忽低）

一刻 〔名〕〔古〕一刻鐘（一個時辰的四分之一、約今三十分鐘）。〔轉〕短時間、片刻。
〔形動〕頑固、愛生氣
  一刻を争う問題だ（是要爭取時間的問題、緊迫的問題）
  一刻を争う（分秒必爭）
  一刻も早く（立刻）
  一刻も忘れない（一刻也不忘）
  一刻も忽せに出来ない（刻不容緩）
  一刻千金（一刻値千金）
  一刻も猶予出来ない（刻不容緩）
  一刻攻（一口氣進攻敵人、不斷進攻）
  時間は一刻過去って行く（時間一刻一刻過去）
  そんな一刻な事を言う物ではない（別說那麼頑固話）
  一刻な人（頑固的人）
  一刻者（頑固的人、好生氣的人、急性人）
  彼の男は一刻で直ぐ怒る（他是個好怒的人動不動就生氣）怒る 怒る

一石 〔名〕一石
  米一石は十斗だ（稻米一石是十斗）米 来 米 米 米

一石 〔名〕一石。〔圍棋〕一盤，一局
  一石を投じる（引起風波、提出問題）
  其は一石二鳥だ（那真是一舉兩得）
  一石二鳥（一舉兩得、一箭雙鵰）
  一石を遣る（下一盤）
  一石願いましょうか（咱們下一盤吧！）

一国 〔名〕一國、全國
  一国一城の主（一國之主、一個獨立的人）主 主

一献 〔名〕一杯酒、便餐、小規模酒宴
  一献御受け下さい（請喝一杯）
  一献干す（乾一杯酒）干す 乾す 保す 補す
  一献差し上げよう（敬你一杯酒）
  一献差し上げ度い（想請您便餐一下）

一捆 〔名〕一捆
  生糸一捆（生絲一捆）

一切、一切 〔名、副〕一切，全部（=全て）、（下接否定）全，都（=全く、全然）
  一切の準備が終った（一切都準備好了）終る 終う
  費用は一切で五十円だ（費用總共是五十塊錢）
  一切君に任せる（一切委託給你了）
  仕事の一切を任せる（委託全盤工作）
  酒は一切飲まない（根本不喝酒）飲む 呑む 損する 損ずる

一切存じません（完全不知道）存じる存ず
る（想，打算，知道，認識）存する（有，生
存、在於，殘存）
一切知らない（完全不知道）
私は本件に一切関係有りません（我與此
事完全無關）有る在る或る
謝礼は一切頂きません（不收任何禮物）
頂く戴く
掛け売りは一切致しません（概不賒帳）
一切合切、一切合財（全部=すっかり）
一切合切で一万円に為る（一共一萬塊錢）
火事で一切の財産を失った（因火災把所
有的財產都損失了）
一切衆生（〔佛〕一切眾生、一切生物）
一切経（〔佛〕大藏經=大蔵経）
一切り〔名〕一段、一時
　劇の一切り（一段戲）
　彼も一切りは盛んな物で有った（他也曾得
意一時）
一切れ〔名〕一塊，一片。〔轉〕一點
　パン一切れ（一塊麵包）
　一切れの悲しみも無い（一點也不悲傷）
一菜〔名〕一個菜、一種菜
　一汁一菜（一湯一菜、簡單的飯菜）
一才、一歳〔名〕一歲，（木材）一立方尺，（織物）
一平方尺
一再〔名〕一再、多次
　注意したのも一再（の事）ではない（勸告
了不是一次兩次了）
　一再に止まらない（不止一次、好多次）止
まる留まる
　一再ならず（再三地、不止一次地）
　一再ならず我が領空を侵した（不止一次
地侵犯我國領空）犯す侵す冒す
一妻多夫〔名〕一妻多夫←→一夫多妻
一策〔名〕一策、一計、一個辦法
　其も一策だ（那也是一個辦法）
　一策を案じ出す（想出一個主意）
　窮余の一策（窮極之策、最後手段）
一昨〔造語、連体〕前（年、日等）、前天的
　一昨年、一昨年（前年）

一昨日、一昨日、一昨日（前天）
一昨晩（前天晚上）
一昨夜（前天晚上=一昨晩）
一昨十八日（前天十八日）
一昨昨〔造語〕大前（年、月、日等）
　一昨昨年、一昨昨年（大前年）
　一昨昨年に入学した学生（大前年入學的
學生）
　一昨昨日、一昨昨日、一昨昨日（大前天）
　一昨昨日の新聞（大前天的報紙）
　一昨昨日の晩（大前天晚上）
　一昨昨晩（大前天晚上）
一札〔名〕一份字據、一封信
　一札差し入れる（提出一份字據）
　一札を入れる（提出一份字據-悔過書、收據）
入れる容れる
　念の為に一札取る（為求慎重要求寫一張字
據）
一冊〔名〕（書）一冊、一本
一殺多生、一殺多生〔名〕〔佛〕一殺多生（殺一人
而拯救眾人的一種大乘的思想）
一山〔名〕一座山，一個大寺院（中的全部僧侶）
一山〔名〕一山，全山，一座山，一堆
　一山十円の蜜柑（一堆賣十元的橘子）
　仕事も此で一山越した（工作到現在終於過
了一關）
　一山を越える（越過一座山）越える超える肥
える
　一山当てる（投機發了財、很僥倖）当てる中
てる充てる宛てる
一産〔名〕〔動〕一胎、一窩
　豚は一産に六子乃至十子が普通（猪一般一
胎生六隻到十隻小猪）
一盞〔名〕一隻酒杯、一杯酒
　一盞を傾ける（喝一杯酒）
一粲〔名〕一笑、一顰
　一粲を博する（〔贈送詩文等時的客套話〕
僅博一笑）
一算〔名、他サ〕（用算盤）計算一次、打一次（算
盤）
一酸化炭素〔名〕〔化〕一氧化碳

一酸化炭素中毒で意識不明に為った（煤氣中毒昏迷不醒）

一散に、逸散に〔副〕一溜煙地（跑）（＝一目散に）
鼓声が響くと敵は一散に逃げた（鼓聲一響敵人就一溜煙地逃跑了）

一子〔名〕一子、一個兒子
一子を儲ける（生一個兒子）儲ける 設ける
一子相伝（單傳-把個人的技術只傳授給自己的一個兒子）

一矢〔名〕一矢，一枝箭、反駁一句
一矢を報いる（〔對敵人〕予以反擊、〔向辯論的對方〕給以反駁）

一死〔名〕一死。〔棒球〕一死，一人出局
一死以て国に報ずる（以死報國）報ずる 奉ずる 崩ずる 封ずる
人は本より一死有れども、或は泰山より重く、或は鴻毛より軽し（人固有一死或重於泰山或輕於鴻毛）

一糸〔名〕一根絲、（重量的）一絲，一點點
一糸纏わず（一絲不掛、赤身露體）
一糸乱れず（一絲不亂）

一指〔名〕一指、一根指頭
一指も触れさせない（連一根指頭也不讓碰、一點兒也不許干涉）

一指、一差，一差し〔名〕（舞蹈）一回，（將棋）一局
一指舞って下さい（請舞一回）
一指踊って下さい（請舞一回）

一紙〔名〕一張紙、一層紙、某一報紙
一紙半銭（一張紙半文錢、〔轉〕微小的東西）
一紙半銭も疎かに為ない（一點點東西也不糟蹋）

一式〔名、副〕一套（＝一揃い）
家財道具一式取り揃える（備好整套家用的器具）
釣道具一式（一套釣具）

一色〔名〕一色，一種顏色、一個整類、（生花）只插一種花
一色物（只插一種花的插花法-松、櫻、紅葉等）

一色〔名〕一色，一種顏色。〔轉〕清一色

一色画（單色畫）
辺りは白一色に包まれた（眼前一片雪白）
辺り 当り 中り 白城代

一色〔名〕一色，一種顏色、一種，一樣
黒一色で描く（用黑色一種顏色描繪）描く 画く
昼食の御数は卵だ（午餐的菜只有雞蛋一種）卵 玉子

一視同仁〔名、連語〕一視同仁
上に立つ者は一視同仁で無ければ成らぬ（身為領導者必須一視同仁）

一雌一雄（制）〔名〕〔動〕單配偶、單配性

一失〔名〕一失、一個失策
千慮の一失（智者千慮必有一失）

一室〔名〕一室，一個房間（＝一間）、同室，同房間（＝同じ部屋）、某室，某房間（＝或る部屋）
一室を借りる（租一個房間）
友と一室に泊まる（與朋友同宿一室）泊まる 止まる 留まる 停まる

一勺〔名〕一勺（一合的十分之一、0、018公升）、一勺（一坪的百分之一、0、033平方米）。〔登山〕一勺（一合的十分之一）

一酌〔名〕一杯酒、小宴會

一尺〔名〕一尺

一瀉千里〔名、連語、副〕一瀉千里
一瀉千里の勢いで仕事を片付ける（以一種一瀉千里之勢清理工作）
一瀉千里に書き上げる（一氣呵成）
一瀉千里に山を駆け降りる（一口氣跑下山）

一炷〔名〕焚一次香、一炷香、一根燈蕊

一首〔名〕（詩）一首

一種〔名、副〕一種，某種、稍許，一點
鯨は哺乳類の一種である（鯨魚是哺乳類的一種）
此の菓子には一種の風味が有る（這個點心別有一種風味）
此も一種の愛情表現だ（這也是一種愛情的表現）
一種異様な匂いが為る（有種怪味）匂い 臭い
彼は一種の天才だ（在某種意義上說他是個天才）

一種変わった所が有る（有一些出奇的地方）
変る代る替る換る

一朱金〔名〕一鉄金（江戸時代的一種金幣、十六個換〝小判〟一兩）

一朱銀〔名〕一鉄銀（江戸時代的一種銀幣、十六個換〝黃金〟一兩）

一周〔名、自サ〕一周，一圈（＝一回り）、周遊、滿一年
地球は一年で太陽を一周する（地球一年繞太陽一周）
場内を一周する（繞場一周）
世界一周（周遊世界）
世界一周旅行（環球旅行）
一周忌（〔佛〕一周年忌辰）
一周年（一周年、一個年頭）
一周年記念日（一周年紀念日）
一周期（〔天〕一自〔公〕轉周期）

一週〔名、數〕一週、一星期（＝一週間）
一週間（一星期、七天）
一週間の休暇（一週假期）
此の一週間（本週）
一週置き（每隔一週）

一蹴〔名、他サ〕踢開，拒絕、（比賽時）輕取，不費力地擊敗對方
相手の要求を一蹴する（拒絕對方的要求）
無理の要求を一蹴する（拒絕無理要求）
相手を軽く一蹴する（輕鬆地擊敗對方）

一宿〔名、自サ〕住一宿、住一晚
一宿一飯（一宿一飯、旅途中在別人家住一宿或吃一頓飯）
一宿一飯の恩義（一宿一飯之恩）
一宿一飯の恩義を忘れない（不忘一宿一飯之恩）
一宿一飯の恩義を受ける（有一宿一飯之恩）
受ける請ける享ける浮ける

一瞬〔名〕一瞬、一霎那（＝忽ち）
一瞬の猶予も無い（刻不容緩）
一瞬の内に見えなく為った（一眨眼就看不見了）
発表の一瞬が待ち遠しい（亟待發表）

一瞬に為て消え去る（轉瞬即逝）
一瞬間（一瞬間、霎那間）
其は一瞬間の出来事であった（那是一霎那間所發生的事）

一所〔名〕一處（＝一所）、同處（＝同じ所）、一起（＝一緒、一つに為る）
一所懸命（拼命地＝一生懸命）
一所懸命に勉強する（拼命用功）
彼は何を遣っても一所懸命に為る（他做什麼都拼命地幹）
落穂を一所に集める（把落穂收拾在一起）
一所不住（無一定住處）
一所不住の僧（雲遊的和尚）

一所、一処〔名〕同一處，同一地方，某處，某地方（＝一つ所）
彼はずっと一所に住んでいる（他一直住在同一地方）住む棲む済む澄む清む

一つ所〔名〕同一處，同一地方，某處，某地方（＝一所、一処）

一緒、一所〔名、自サ〕一起，一同、一齊，同時、一樣、加在一起、結婚、混在一起
一緒に行く（一起去）行く往く逝く行く往く逝く
一緒に持って来て下さい（請一起拿來吧！）
一緒に着いた（同時到達）
一緒に持って来る（一起拿來）来る来る
着いたのは一緒だった（是同時到達）
一緒に卒業した（同期畢業）
両親と一緒に暮している（和父母一起生活）
然う一緒に喋っては分からない（這樣一起講聽不清楚）分る解る判る
御都合良ければ御一緒しましょう（如果方便咱們一塊去吧！）
此を彼と一緒です（這和那是一樣的）
然う一緒に口に出しては困る（別那麼同時發言）
君の意見も僕と一緒だ（你的意見和我一樣）
全部一緒で御幾等（共計多少錢？）
手紙と一緒に送った（和信一起寄出）送る贈る

一

　一緒に為る（一同，一齊、遇見、會面、結婚，同居）為る成る鳴る生る
　　一緒に為って笑う（一齊笑）
　　弟も一緒に為って泣いた（弟弟也一齊哭了）
　　私達二人は良く一緒に為る（我們倆常見面）
　　三時に動物園で一緒に為ろう（三點在動物園會面吧！）
　　二人は一緒に為れないのを悲観している（兩個人正在懊喪不能結婚）
　　二人が一緒に為る（兩個人結為夫妻）
　　一緒くた（〔俗〕一塊、混在一起）
　　何も彼も一緒くたに為る（不管什麼都混在一起）
　　あんな連中と一緒くたに為れては困る（把我和他們那些人混為一談可不行呀！）
一書〔名〕一封信、另一本書、異本
　　一書を呈する（呈上一函）呈する　挺する　訂する
　　一書に曰く（另一本書說）
一つ書き、一つ書〔名〕（每條以一、二…形式開始）分成條項書寫（的文件）
　　一つ書きに為る（逐條列記）
　　一つ書きに為た物（逐條列明的文件）
一升〔名〕一升（約1.8公升）
　　一升枡（升-量糧食器具、約1.8公升）
　　一升買い（〔一升一升地買米〕貧苦生活）
一将〔名〕一將
　　一将功成りて万骨枯る（一將功成萬骨枯）駆る刈る狩る駈る借る　枯れる
一称〔名〕別名
一笑〔名、自他サ〕一笑、一個笑柄
　　破顔一笑する（破顔一笑）
　　彼は私の頼みを一笑に付した（他對我的請求一笑之置）付する　附する　賦する
一生〔名〕一生、終生、一輩子（=生涯）
　　一生を楽に送る（舒服地過一輩子）
　　私は一生其の日を忘れない（我一輩子忘不了那天）
　　習うは一生（活到老學到老）学ぶ

　彼は一生独身で通した（他過了一輩子單身生活）
　九死に一生（死裡逃生）
　九死一生（九死一生）
　運転手は幸いに九死に一生だ（司機幸運死裡逃生）
一生涯（一生、一輩子）
　　蟻の一生涯（螞蟻的一生）
　　そんな事は一生涯に二度と有るまい（那樣的事一輩子不會有兩次）
　　一生涯愛の教育事業に尽す（終身獻身於愛的教育事業）
一生懸命〔名、副、形動〕拼命地（一所懸命之訛）
　　一生懸命勉強する（努力地用功）
　　彼は研究に一生懸命だ（他努力做研究工作）
　　あんな一生懸命な人は見た事が無い（沒見過那樣努力工作的人）
一生面、一生面〔名〕新局面
　　演出に一生面を開く（在演出上別開生面）開く開く明く空く飽く厭く
一倡三歎、一唱三歎〔名、連語〕一唱三歎
　　一倡三歎の文（讓人一唱三歎的文章）文文文文
一食〔名〕一頓飯
　　一食五十円する（一頓飯要花五十元）
　　一食はパンに為る（有一頓飯是吃麵包）
一触即発〔名、連語、自サ〕一觸即發
　　一触即発の危機（一觸即發的危機）
　　一触即発の危機を防がれた（防止了一觸即發的危機）
一心〔名〕一條心，同心、一心一意、專心
　　一心に為って文法を研究している（一心一意研究文法）
　　一心に働く（一心一意地工作）
　　仕事に一心に為る（埋頭工作）
　　一心不乱（專心致志）
　　一心不乱に読む（專心致志讀書）読む詠む
　　一心同体（同心同德、一條心）
　　一心同体の間柄（知心的朋友）

5308

一心皮子房〔名〕〔植〕一心皮子房、單心皮子房

一心皮雌蕊〔名〕〔植〕一心皮雌蕊、單心皮雌蕊

一身〔名〕一身、全身
　一身の利益を図る（謀自己的利益）利益利益　図る謀る諮る計る測る量る
　一身を国家に捧げる（將此身獻給祖國）捧げる奉げる
　全責任を一身を引き受ける（全部責任自己承擔下來）
　衆望を一身を集める（集眾望於一身）
　一身に味方無し（凡事只能靠自己）味方身方（我方、同伴）見方（看法、見解）
　一身上（有關個人的事、與個人情況有關的事）
　私に取っては一身上の一大事です（對我個人說來是一件大事）
　一身上の都合で辞職する（因私事辭職、由於個人問題辭職）
　一身上の相談を為る（商談有關個人的問題）

一身御供〔名〕〔古〕（祭神的）活人犧牲、（為滿足他人願望的）犧牲者
　一身御供を捧げる（以活人獻祭）捧げる奉げる
　一身御供に為れる（被當作供神的犧牲品）

一つ身〔名〕一、二歲兒童所穿的無背縫的和服

一新〔名、自他サ〕一新、革新
　面目を一新する（面目一新）面目面目
　環境が変わると気分が一新する（環境改變精神也為之一振）変る換る替る代る

一新紀元〔名〕一個新紀元
　一新紀元を開く（開闢新紀元）開く開く
　一新紀元を画する（劃時代）画する劃する隔する

一審〔名〕〔法〕一審、初審
　一審で無罪と為る（初審被判無罪）

一進一退〔名、連語、自サ〕一進一退、忽好忽壞
　一進一退の病状（時好時壞的病情）
　父の病気は一進一退です（父親的病情時好時壞）

一神教〔名〕〔宗〕一神教←→多神教

一親等〔名〕直系親屬、一等親（＝一等親）

一炊〔名〕煮一頓飯
　一炊の夢（黃粱夢）

一睡〔名、自サ〕一睡（＝一眠り）
　昨夜は殆ど一睡も為なかった（昨晚幾乎沒闔眼）昨夜昨夜昨夜
　一睡も為ず（一覺也沒睡好）
　一睡の暇も無い（連睡一覺得空也沒有）暇閑隙

一穂〔名〕一個穗。〔轉〕一盞燈

一水酸基〔名〕〔化〕一羥基

一寸〔名〕一寸、近處、短距離
　一寸刻みに進む（邁小步走）
　一寸足（邁小步走）
　一寸の虫にも五分の魂（弱者也有志氣不可輕侮、匹夫不可奪其志）
　一寸下は地獄（一寸下面是地獄、比喻海員工作危險）
　一寸伸びれば尋伸びる（能渡過當前的困難以後就輕鬆了）伸びる延びる
　一寸の光陰軽んず可からず（一寸光陰一寸金、一寸光陰不可浪費）
　一寸先（眼前、近處）
　一寸先も見えない（伸手不見五指）
　一寸先は闇（前途莫測、前途黯淡）
　霧が深くて一寸先も見えない（霧很大伸手不見五指）
　一寸逃れ（敷衍一時＝一時逃れ）
　一寸逃れを言う（說敷衍一時的話）言う云う謂う
　一寸試し（碎屍萬段）
　一寸遣らず（寸步不許動、嚴密監視）
　一寸法師（矮子＝小人、一寸法師-日本童話中人物）

一寸、鳥渡〔副〕稍微，一點、一會兒，暫時、（下接否定）不太容易、相當
〔感〕喂
　一寸足りない（稍微不足）
　一寸考えても分かる筈だ（稍加考慮就會明白）分る解る判る

一寸聞くと変だ（乍一聽很奇怪）聞く聴く訊く利く効く
結果が分る迄一寸時間が掛かり然うだ（要判明結果看來要花一點時間）
彼は一寸名の知れた登山家だ（他是稍知名的登山家）名名
今度の仕事で一寸纏まった金が入った（這次工作進了一點錢）入る入る
一寸も違わない（絲毫不差）
一寸油断すると遣り損なう（一不小心就會弄錯）損う害う
一寸待って下さい（請等一會兒）待つ俟つ
一寸の間の辛抱だ（暫且忍耐一下）間間間
一寸直らない（不大容易修好）直る治る
一寸見当が付かない（不大容易估計）
此の時計は一寸直りません（這個錶不大容易修好）
此の雨は一寸止み然うも無い（這陣雨看來一時停不了）
高過ぎて一寸手が出ない（價錢貴得可買不起）
彼は一寸やそっとで音を上げる様な男ではない（他可不是輕易叫苦的人）
一寸此を持って下さい（請幫我拿一下）
近く迄来たので一寸寄りました（我到附近來所以順便串門子）
そんな事は一寸考えられない（難以想像是這樣）
一寸返事が出来なかった（我一時沒能回答上來）
一寸綺麗な家だ（相當漂亮的房子）綺麗奇麗
一寸した財産（相當多的財產）
君には一寸難しいかも知れない（對你來說也許是稍難了些）
ねえ、一寸手を貸してよ（喂！請幫忙一下呀！）
一寸、此は幾等ですか（喂！這個多少錢）
一寸、何処へ行くの（喂！要去哪裡？）
一寸貴方（您呀！）貴方貴女貴男
一寸済みません（〔對客人〕對不起）澄む清む棲む住む済む

一寸した〔連體〕極普通的、常有的、經濟實惠的
　一寸した事（微不足道的事）
　一寸した料理（經濟料理）
一寸見〔名〕乍看、初看
　一寸見に分からない（乍看不明白）分る解る判る
　一寸見が良い（初看不錯）良い好い善い酔い良い好い善い
　一寸見た丈では表だが裏だが分からない（乍看一下不知道是表面或是裡面）表表面面裏裏
一畝〔名〕〔農〕一畝
一世〔名〕〔佛〕一世（現在、過去、未來三世之一）、一生，一輩子、一代（＝一世）
　一世一代（一生一世，畢生、〔演員退休前的〕最後一次〔演出〕）
　一世一代の傑作（畢生的傑作）
　一世一代の名演技（退休前後一次精采演出）
　一世一期（一生一世、畢生）
一世〔名〕一生，一代、當代、（移民）第一代、（國王）一世
　一世の豪傑（一世的豪傑）
　一世の雄（一世之雄）雄雄雄雄
　彼の名は一世を風靡する（他的名聲風靡當時）
　日系米人の一世と二世（美籍日本人第一代和第二代）
　ジョージ一世（喬治一世）
　ナポレオン一世（拿破崙一世）
　一世一元（一代皇帝只用一個年號）
一斉〔名〕一齊、同時（＝一時）
　一斉に万歳に呼んだ（一齊高呼萬歲）
　一斉に拍手する（一齊拍手）拍手拍手
　一斉射撃（一齊射擊）
　敵に対して一斉射撃する（一齊對敵人開槍）
　一斉安（行情普遍下跌）
　一斉高（行情普遍上漲）
　一斉検挙（一齊檢舉、一齊逮捕）
一声〔名〕一聲、（能樂的）引子、（歌舞伎）演出出場和入場時的場面

一声〔名〕一聲、(最後決定性的)一句話、〔商〕(買賣時最後的殺價)一聲
　一声呼ぶ(喊叫一聲)叫ぶ
　彼女は一声で決まった(她一句話決定下來了)
　鶴の一声(權威者的一句話)
　鶴の一声で誰も逆らわなかった(權威者一聲令下誰都不反對了)
　もう一声(買賣時最後的殺價、再喊一聲)

一性雜種〔名〕〔動〕單性雜種、單因子雜種、一對基因雜種

一夕〔名、副〕一夕,一夜(=一晩)、某夜(=或る晩)
　一夕何処かで飲もう(〔我們〕在哪兒喝一晚上吧!)飲む呑む
　一朝一夕には出来ない(非一朝一夕所能辦到)
　一夕宴を設けて客を招く(某天晚上設宴招待客人)設ける儲ける

一夕偏〔名〕(漢字部首)歹旁

一席〔名〕(演講、宴會等)一席,一場,一回,首席,首位,第一位(=第一番)
　一席弁ずる(來一次演說)
　一席設ける(設宴宴客)設ける儲ける
　一席張る(設宴宴客)張る貼る
　一席(碁を)打つ(下一盤棋)
　一席打つ(演講一番)打つ撲つ
　一席と為る(得了第一)
　第一席(首座)

一隻〔名〕一隻、(小船)一艘
　一隻の靴(一隻鞋)靴沓履
　一隻手(一隻手)手手
　一隻眼(獨到的眼力、鑑別力)眼眼
　骨董に掛けて一隻眼を持っている(對骨董有一定的鑑別力)
　一隻眼を備える(具有獨特的眼力鑑別力)備える具える供える

一刹那〔名〕一剎那(=一瞬間)
　本の一刹那の出来事であった(那僅是一剎那間所發生的事情)
　一刹那の出来事だった(是一剎那間所發生的事情)

一節〔名〕(文章、樂曲)一節、(棒球、賽馬)一局,一段
　文章の一節(文章的一節)文章文章
　一節宛歌を練習する(分段練習歌唱)

一節切り、一節切〔名〕(江戶時代樂器)豎笛

一説〔名〕一說,一種說法,某一種說法,另一種說法、一種傳說
　其も一説だ(那也是一種說法)
　一説に依ると、斯う言う人物は存在しなかったと言う(據另一種說法這種人物並不存在)

一閃〔名、自サ〕一閃
　電光一閃の間に(電光一閃之間)間間間
　白刃一閃の間に勝負は着いた(白刃一閃之間就決定勝負)

一戦、一戦,一軍〔名、自サ〕一戰、一仗
　一戦を交える(交一次鋒、打一次戰)
　一戦を辞さない(不惜一戰)

一銭〔名〕一分錢、一個銅幣、一文錢
　一銭を笑う物は一銭に泣く(一文錢也能困倒英雄好漢、一文錢也不可輕視)
　一銭も無い(一文錢也沒有)

一線〔名〕一條線,一道界線 第一線(=最前線、第一線)、(賽馬時把馬橫排)一條線
　一線を画する(劃一道界線)
　彼等とは一線を画する(和他們劃清界線)
　一線に立つ(站在第一線)
　一線の記者(第一線記者)
　最後の一線を守る(守住最後一條線)守る守る盛る漏る洩る

一層〔副〕第一層(=一層)、寧可,倒不如,索性,乾脆(=寧ろ、反って)
　一層買わない方が良かった(倒不如不買好了)
　残して置くより一層飲んで終え(與其剩下莫如把它喝了)
　屈服する位なら一層死んだ方が増した(與其屈服不如去死)増す益す

一

どうせ何時か分かるだから一層今の内に話して終った方が良い（反正遲早會知道不如現在說好了）
一層の事（寧可，倒不如，索性，乾脆＝一層）

一層〔名、副〕更，越發（＝一際，更に）、（城樓等）一層
一層努力する（更加努力）
今後もより一層努力し度いと思います（今後想更加努力）
一層酷く泣き出した（越發痛哭起來）
十二月に為って一層寒く為った（到了十二月更冷了）
物価が上がって生活は一層苦しく為った（物價上漲生活更加困難了）

一双〔名〕一雙，一對，（手套等）一副，（屏風）一架
屏風一双（屏風一架）
手袋一双（一副手套）
六曲一双の屏風（六扇一架的屏風）

一掃〔名、他サ〕一掃、掃除，清除，消滅，肅清
滞貨を一掃する（銷清滯貨）
腐敗分子を一掃する（肅清腐敗分子）
塵を一掃する（清除垃圾）塵芥　塵芥
敵を一掃する（消滅敵人）敵敵　仇
弊風を一掃する（肅清壞風氣）
悪風の一掃を図る（設法清除惡劣風氣）図る　計る　測る　量る　諮る　謀る

一艘〔名〕〔船〕一艘，一隻

一束、一束〔名〕一束，一把，一捆
一束薪（一捆柴）薪薪
一束で売る（一把地賣）売る　得る　得
一束で買う（一把地買）買う　飼う

一足〔名〕（鞋、襪）一雙
一足飛び（並著雙腳跳、越級、一躍、飛躍、快跑
一足飛びに局長に為った（一躍而升了局長）
平社員から一足飛びに課長に為った（從一個小職員一躍成為課長）
小学校の先生から一足飛びに大学教授に為った（從小學教員一躍成為課長）
一足飛びに走って帰る（飛快地跑回）

一足〔名〕一步、距離很近、（時間）一下子
本の一足違いで友達に会えなかった（只差一步沒能見到朋友）会う　合う　逢う　遭う　遇う
私の家は会社から一足の所だ（我家離公司只有幾步遠）家家家家家　所　処
目的地迄もう一足だ（再一步就到目的地了）
一足遅れ来た（慢了一步）
一足御先に失礼します（我先走一步）

一帯〔名〕一帯、一條（帯子等）
日本海に面する一帯の地域が暴風雨に襲われた（面向日本海一帶地區遭受了暴風雨）
其の辺一帯は、皆労働者の新宿舎に為った（那一帶都變成了工人的新宿舍）
此の辺一帯は湿地です（這一帶是沼澤地）湿地湿地
一帯の山脈（一條山脈）

一隊〔名〕一隊、一群
どやどやと一隊が遣って来るのが見えた（看見了一群人蜂擁而來）来る　来る

一体〔名〕一體，同心合力。一種體裁，一種樣式。（佛像、雕像）一座，一尊
〔副〕根本，本來，原來。大體上，整個來說。到底，究竟
一体と為った働く（同心合力地工作）
全員一体と為った働く（大家同心合力地工作）
夫婦は一体（夫妻一體）
軍民一体（軍民一體）
漢字の一体（漢字的一種體裁）
今年は一体に寒い（今年一般說來比較冷）今年今年
一体丈夫な人ではなかった（本來身體就不健壯）丈夫　丈夫
米作は一体に良い方だ（整個來說水稻收成很好）
此の頃は一体不景気だ（近來生意大體上都不好）
一体君は如何する積りです（你究竟打什麼主意）積り　心算　心算

君は一体誰だ（你到底是誰？）
一体如何したのだ（你究竟是怎麼了？）
一体全体（究竟-語氣比一体強）
一体全体は此の様は何だ（到底是怎麼搞的？）
一体全体如何する積りか（你究竟想怎麼做？）

一旦〔副〕一旦，既然、一次，一度（＝一度、一度）、姑且，暫且（＝一応）
一旦緩急有れば（一旦情勢緊急、一旦有事）
一旦約束した以上は履行し無ければ成らない（既然約定了就得履行）
一旦約束したからには忠実に此を履行し無ければ成らない（既然約定了就得忠實履行）
一旦借りたが、又返した（借過一次可是又歸還了）
一旦家へ帰ってから又出掛ける積りです（打算先回家以後再出去）
一旦帰って出直す（暫且回去再出來）直す治す

一反、一段〔名〕距離單位（＝36尺、約11米）。地積單位（＝991，7平方公尺，一段為300坪，一町的十分之一，約為10公畝）。布疋單位（長2丈8尺寬9寸，一反長10米寬34厘米，適合做普通成人一件和服）（＝反、段）

一端〔名〕一端（＝片端）、（全體的）一部份
竿の一端（桿子的一端）
机の一端を持ち上げる（抬起桌子的一端）
縄の一端を机に結び付ける（繩子的一端繫在桌上）
一端を以て全般を推測する（以一部分來推測全體）
問題の一端を触れる（觸及問題的一部份）
所懐の一端を述べる（略述所感）述べる陳べる延べる伸べる
此で彼の性格の一端が分かる（由此可知他性格的一端）分る判る解る

一端〔名、副〕也算得上一個、也不遜於別人、也還好，也還夠，還算可以（＝人並み）
自分では一端の学者の積りで居る（他自以為也算得上一個學者了）

一端の職人（算得上是工匠、夠格的工匠）
子供がもう一端役に立つ（小孩也滿中用了）
一端役に立つ（滿有用處、蠻中用、蠻管用）
一端遣って退けた（還算做得來）退ける除ける
一端大人の様な顔を為ている（擺出一副大人般的面孔）
子供の癖に一端大人の様な口を利く（一個小孩竟說大人話）効く利く聞く聴く訊く

一致〔名、自サ〕一致、相符←→相違
一致の行動を取る（採取一致的行動）取る捕る摂る採る撮る執る獲る盗る
言行が一致しない（言行不一致）
一致団結（團結一致）
一致法（歸納法）
一致点（一致點、共同點）
ぴったり一致する（完全一致）
意見が一致する（意見一致）

一知半解〔名、連語〕一知半解（＝生齧り）
一知半解の徒（一知半解之輩）徒徒空仇

一着〔名、他サ〕第一名（到達）、（衣服）一件、穿衣服。（圍棋）下一個子
百メートルで一着に為る（一百公尺跑第一）成る為る鳴る生る
夏着一着（單衣一件）
着物を一着作る（做一套和服）作る造る創る
新しい服を一着に及ぶ（穿一套新衣服）
率先して緑色の袴を一着する（帶頭穿綠色的褲裙）緑色緑色

一著〔名〕一部著作、一個著作
一著を著す（寫一本書）著す表す現す顕す

一籌〔名〕一籌
一籌輸する（輸一籌）輸する揺する癒する湯する由する油する愉する諭する
何時も彼女には一籌を輸する外は無かった（總是只有輸她一籌）

一中節〔名〕（淨琉璃的一派）一中節、一中曲調（元祿寶永時代、始於京都都大夫一中、故名）

一

一昼夜〔名〕一晝夜
　一昼夜打通しで働く（一晝夜不間斷地工作）
　塩を為て一昼夜置く（加鹽後放置一晝夜）置く擱く措く

一丁〔名〕（豆腐）一塊、（轎子）一頂、（菜刀、剃刀、犁、鋤）一把、（飲食店用語）一盤，一碟，一份，一個，一下、一町（面積、距離單位）
　豆腐一丁（豆腐一塊）
　鋏一丁（一把剪刀）
　ラーメン一丁（拉麵一碗、一碗麵條）
　一丁始めて見るか（來一下怎樣？）始める創める初める
　将棋を一丁遣ろう（下一盤象棋吧！）
　一丁行きましょう（下一盤棋吧！）

一丁字〔名〕一個字
　目に一丁字も無い（目不識丁、文盲）

一町〔名〕（面積單位）一町（約100平方米）、（距離單位）一町（約109米）、一個城鎮（=町）

一町目〔名〕一町目（街巷區劃單位-段＝町目）

一挺〔名〕（墨）一塊、（槍）一枝、（鋤）一把

一張〔名〕繃一次弦、一張（弓、皮毛）、一面（琴）、一個（帳篷）、一件（袈裟）

一張羅、一帳羅〔名〕唯一的好衣服、唯一的一件衣服，只有一件的衣服
　一張羅の着物を着る（穿上唯一的好衣服）着る切る斬る伐る
　余所行きの一張羅を着て出掛ける（穿上唯一的好衣服出去）
　一張羅を盗まれて着る物が無い（唯一的一件衣服被偷了沒有衣服穿）盗む偸む

一張一弛〔名〕一鬆一緊、一嚴一寬

一朝〔名〕一旦、萬一（＝一旦）
　一朝に為て名を成す（一朝成名）名名成す為す生す
　一朝一夕（一朝一夕、一時半刻）
　一朝一夕には出来ない（非一朝一夕所能做到的）

一長一短〔名、連語〕一長一短、有長有短
　一長一短が有って決め兼ねる（各有利弊難以決定）

　何方も実用化の面では一長一短が有る（在實用方面雙方各有短長）面面面有る在る或る

一直〔名〕值一次夜班、（工廠等）上一個班，換一次班
　一直制（一班至）
　一直一休制（值一次夜班休息一班）

一直線〔名〕一條直線、筆直（＝真っ直ぐ）
　一直線を引く（畫一條直線）引く弾く轢く挽く惹く曳く牽く退く
　道は一直線に為っている（路是筆直的）
　道路が一直線に駅迄続いている（道路筆直地通到車站）

一対〔名〕一對
　一対の花瓶（一對花瓶）
　好一対（相配的夫妻、一對佳偶）
　其と此で一対だ（那個漢這個是一對）

一対一〔名〕一對一、對等
　一対一で話し合う（一對一交談）
　一対一の関係（對等關係）

一通〔名〕（信）一封、（文件）一份
　一通の速達（一封快信）
　書類一通（文件一份）
　手紙一通（一封信）

一通、一通り〔名、副〕大概，大略，普通，一般，一種，一套
　一通話した（說了個大概）
　一通読み終る（大概看完一遍）
　先方の話も一通聞かれば成らない（對方的說法也需要聽一聽）
　心配は一通で無い（非常擔心）
　一通の努力では出来ない（一般的努力是不行的）
　一通の学問（普通的學識）
　一通の常識（一般的常識）
　方法は一通しかない（方法只有一個）
　スキー用具を一通揃える（備齊一套滑雪用具）

一手〔名〕一手，單獨，獨自。（棋）一著，一步、招數、方法

一手に引き受ける（一手承擔）
工事を一手に引き受けた（把工程包下來）
一手販売、一手販売（〔經〕獨自經營、包銷）
此の一手で勝敗が決する（勝敗就在這一步了）
次の一手で勝敗が決する（下一步棋就可決勝負）決める極める極める窮める究める
押しの一手で勝つ（〔相撲〕用推的招數得勝）押し推し圧し捺し

一手〔名〕一手，獨自，獨力（＝一手）、一隻手、獨占、（象棋、圍棋）走一步棋、一組、一隊、一種、一類
其の仕事は一手に引き受ける（那工作我一手承擔）
スケジュールを一手で画策する（行程表一手策畫）
一手販売、一手販売（獨自經營）
一手遅れる（晚走了一步棋）送れる贈れる
一手が百人（一隊一百人）
此の一手は私が引き受ける（這一組由我負責）
此のスタイルは一手しかない（這樣式只有一種）
此の着物の色は一手しかない（這衣服的顏色只有一種）

一滴、一滴〔名〕一滴
近頃は酒は一滴も遣らない（近來一滴酒也不喝）
一滴の涙も無い無情な男（連一滴眼淚都沒有的冷酷的人）
一滴の涙も無い無情な高利貸（無血無淚的高利貸）
水は一滴も含んでいない（不含一滴水分）
大海の一滴（滄海一粟）
一滴の涙を溢す（掉下一滴眼淚）溢す零す
一滴の汗を流す（流一滴汗）凪がす和がす薙がす
雨が一滴落ちて来た（掉下一滴雨）

一擲〔名、他サ〕一擲、一投
千金を一擲するも惜しくない（一擲千金也在所不惜）
一擲千金（一擲千金）
乾坤一擲（破斧沉舟、孤注一擲、下最大決心）
古い習慣を一擲する（丟掉舊習慣）古い旧い奮い篩い揮い震い

一徹〔名、形動〕頑固、固執（＝一刻、意地っ張り）
老いの一徹で如何しても聴かない（由於老人的頑固脾氣怎麼也不應允）老い追い負い
一徹な（の）老人（頑固的老人）如何如何如何
一徹者（頑固的人＝一刻者）聞く聴く訊く効く利く

一天〔名〕整個天空，滿天、天下、全世界（＝天下）
雲一天を覆う（滿天密雲）覆う被う蔽う蓋う
一天俄かに掻き曇る（整個天空突然陰暗起來、驟然滿天濃雲密布）
一天四海（五洲四海、普天之下）

一点〔名〕一點，些微、（東西）一件、（比賽、遊戲得分）一分、（古時）一點，一刻（古時的一時為現在的兩個小時、一時分為四刻、最初一刻為一點、為今三十分鐘）
一点の雲も無い（一點雲彩也沒有）
一点の疑いも無い（毫無疑問）
問題を此の一点に絞って考えよう（把問題集中在這一點上來考慮吧！）絞る搾る
一点一画（一點一畫）
紅一点（一點紅、眾多人中只有一個女子）
美術品一点（美術品一件）
一点を取る（取得一分）取る捕る摂る採る撮る執る獲る盗る録る
午の一点（午時一刻）
一点張り一点張（專做一件事、一味）
規則一点張（一味以規則行事）
努力一点張で成功した（專靠努力而成功）
彼は文法一点張だ（他專搞語法）
知らない知らないの一点張（一直堅持不知道）

一

知らぬ存ぜぬの一点張で押し通した（一口咬定說不知道不曉得）

一転〔名、自サ〕旋轉一次、翻轉、顛倒、一轉，一變

路上で滑って一転する（在路上滑了一個跟斗）滑る統べる総べる

情勢が一転する（情勢一變）

心機一転（心機一轉、一轉念）

舞台は一転した（場面一換）

一転して敵の左翼を攻撃する（突然一變攻敵左翼）

一転機、一轉機〔名〕轉折點、重要轉變點

大病が彼の生活の一転機と為った（一場大病成了他生活中一個轉折點）

一斗〔名〕一斗（一石的十分之一、一升的十倍、約等於 18、039 公升）

斗升（量米糧用的斗＝斗）

一兎〔名〕一兔

二兎を追う者は一兎も得ず（逐二兔者不得其一、務廣而荒、一事無成）得る得る

一刀〔名〕一把刀、砍一刀（＝一太刀）

腰に一刀を差す（腰上插著一把刀）差す指す刺す挿す射す注す鎖す点す

一刀の下に切り捨てる（一刀殺死）下下下下

一刀両断（一刀兩斷、斷然、毅然決然）

一刀両断の処置を取る（採取斷然的處置）

一刀両断忽ち解決した（當機立斷立即解決了）

一刀彫（簡單雕刻〔品〕）

一党〔名〕一黨、一派、一幫、一夥

一党一派（一黨一派）

一統〔名、他サ〕同一血統、統一（＝統一）、全體，大家（＝一同）

天下を一統する（統一天下）

御一統様には御変り有りませんか（〔信上用語〕府上諸位都好嗎？）

一等〔名、副〕一等，頭等，最好、一個等級

競走で一等に為る（賽跑得第一）

一等で旅行する（坐頭等車船旅行）

然う為るのが一等だ（那樣做最好）

一等車で行く（搭頭等車去）車車 行く往く逝く行く往く逝く

一等 美しい物（最美的東西）

彼女が一等良く知っている（她最熟悉）

一等親（一等親、直系親屬＝一親等）

一等国（一等國）国国

一等星（〔天〕一等星－恆星中最亮的星）星星

一等賞（頭等獎）

一等品（頭等品）品品

一等航海士（大副）

一等寝台（一等臥舖）

一等兵曹（二級准尉）

罪一等を減じる（罪減一等）

一頭〔名〕（動物）一頭，一匹、一個頭

一頭牽きの馬車（單套的馬車）牽き引き弾き轢き挽き惹き曳き

一頭立ての馬車（一匹馬的馬車）立て建て断て絶て経て発て

一頭地（高出一個頭）

一頭地を抜く（出類拔萃、出人頭地、超群）抜く貫く貫く

一頭地を出す（出類拔萃、出人頭地、超群）

ライオン一頭（一隻獅子）

一燈、一灯〔名、副〕一盞燈

貧者の一燈（貧者的一燈、比喻窮人捐的錢雖少但意義重大）

一時〔名、副〕一個時辰（現在的兩小時）（＝一時）、一時，短時間，暫時（＝暫く）、一個時期，某一時期（＝或る時、一頃）、同時，一下子，一口氣

茶腹も一時（茶水也只能暫時充飢）

一時も油断出来ない（片刻也不能大意）

本の一時（短暫的一順）

一時も油断は為らぬ（一會也不可大意）

一時の間も待てない（一刻也等不了）間間間待つ俟つ

一時に集まる（同時集合）

一時攻（一氣猛攻）

一時逃れ（敷衍一時＝一寸逃れ）

一時〔名、副〕一個時辰（現在的兩小時）（ひととき）、一時，短時間，暫時（＝暫く）、一個時期，某一時期（＝或る時、一頃）、同時，一下子，一口氣

　憩いの一時（休息一下）憩い息い
　一時も油断しては為らぬ（一會也不可大意）
　一時は遣った歌（流行一時的歌曲）
　花も一時（好花不常開）

一得〔名〕一得
　一得有らば一失有る（有一得必有一失）有る在る或る
　一得一失（一得一失、有利有弊）
　一得一失は免れない（免不了有得有失）

一波〔名〕一個波浪、一個風潮，一個事件、一次（罷工）
　一波纔かに動いて万波随う（一波才動萬波隨起一種風潮要影響到各方面）纔か僅か
　一波動けば万波生ず（一波動萬波隨、牽一髮動全身、一件小事會引起許多風波）請ず招ず
　スト一波（一次罷工〔風潮〕）随う従う遵う
　春闘第一波（春季鬥爭第一次）

一派〔名〕一個流派、一黨，一夥（＝仲間）
　朱子学の一派（朱子學的一派）
　一派を成す（自成一派）成す為す生す茄子
　一党一派（一黨一派）
　鳩山と其の一派（鳩山及其一黨）
　其は彼等一派の仕業に違いない（這一定是他們一夥做的）

一杯〔名、副〕（滿）一杯，一碗，喝一杯（酒）、滿，充滿，占滿，剛夠，平衡，只一碗（不再添）、（船、烏賊、螃蟹）一隻
　酒を一杯飲む（喝一杯酒）飲む呑む
　一杯の美酒（一杯美酒）
　御茶を一杯何卒（請喝杯酒）
　塩をスプーン一杯入れる（放一匙鹽）入れる容れる要れる射れる居れる炒れる煎れる
　御飯を一杯食う（吃一碗飯）食う喰う
　一杯遣ろう（喝一杯吧！）
　一杯食う（受騙、上一個大當）
　一杯遣る（喝點酒）
　一杯食わす（欺騙）食わす喰わす
　一杯飯（一碗飯、給死人供的飯）
　一杯入っている（喝酒了）入る入る
　一杯の酒で真赤に為る（喝點酒就臉紅）
　一杯機嫌（微醉、陶然）
　一杯機嫌で冗談を言う（微醉之下開玩笑）言う云う謂う
　腹が一杯に為った
　此の電車は一杯で乗れない乗る載る
　一杯で溢れ然う（滿滿要溢出了）溢れ零れ毀れ
　悲しくて胸が一杯に為った（滿腹悲痛）
　明日一杯忙しい（明天整天沒空）明日明日明日
　時間一杯待つ（等待最後一刻）待つ俟つ
　精一杯遣って見よう（盡力而為吧！）
　門限一杯帰る（快要關門時回來）返る孵る変える代える換える替える蛙
　此で一杯だからもう負かりません（這剛好夠本錢不能再讓了）
　収支がやっと一杯だ（收支剛好相抵）
　商売を手一杯広げる（盡量擴充買賣）
　若さ一杯の二人（朝氣蓬勃的兩人）
　力一杯押したが戸は開かなかった（使勁推也沒推開門）開く開く明く空く飽く厭く
　今年一杯辛抱すれば良い（今年忍上一年就好了）良い好い善い佳い
　本棚には本が一杯積んであった（書架上堆滿著書）
　舟一杯（一隻船）
　烏賊一杯（一隻墨魚）

一敗〔名、自サ〕一敗、輸一次
　一敗を喫する（吃了一個敗仗）
　一敗に塗れる（一敗塗地）塗れる塗れる濡れる
　九勝一敗（九勝一敗）
　一敗地に塗れる（一敗塗地）

一白〔名〕（馬下肢的）白斑毛、（九星之一）一白

一泊〔名、自サ〕住一夜、〔船〕停泊一夜
一泊の客（住一晚的旅客）
一泊五千円（住一晚五千日幣）
箱根で一泊する（在箱根住一晚）
一泊旅行（住一晚的旅行）

一拍〔名、自サ〕一拍手，拍一下手。〔音〕一拍子。〔語〕一音節

一発〔名〕一發（槍彈，砲彈）、（打）一槍，一炮。〔棒〕全壘打一次、用拳頭打一下。〔俗〕一次
一発で打ち止める（一槍打中）
一発丈残った（只剩一粒子彈了）
一発で仕留める（一槍打中）
一発の銃声（一聲槍聲）
一発屋（專門打全壘打的名手）
一発批判を食らわせる（批評一場）
一発遣って見よう（做一次看看）
一発御見舞いするぞ（叫你嚐嚐我的拳頭）
一発回答（〔團體間交涉時〕只答覆一次）

一髪〔名〕一髮
危機が一髪に迫っている（危機迫近）
一髪千鈞（千鈞一髮）
間一髪（毫釐之差、危險萬分）
危機一髪（千鈞一髮）

一半〔名〕一半（=半ば、半分）
一半の責任を負う（負一半責任）
責任の一半を負う（負一半責任）
君にも一半の責任が有る（你也有一半責任）
二つに分けて其の一半を与える（分成兩個給一半）

一般〔名〕一般，全般、普通，廣泛，相同，相似 ←→特別、特殊
其は一般の説だ（那是一般的説法）
一般に（一般而言）
今年の作柄は一般に良好だ（今年的收成普遍都很好）
一般の席（一般席、普通席）
一般の会社（普通公司）
一般に良く知られている（人盡皆知）
一般に受ける映画（受一般人歡迎的影片）
AはBと一般だ（A和B一樣）
其ては遣らない一般だ（那和不做是一樣的）
一般人（普通人）
一般化（一般化、普及）
一般化力（〔理〕廣義立力）
一般化座標（〔數〕廣義座標）
一般会計（一般會計）←→特別会計
一般投票（普通投票、公民選舉）
一般的（一般的）
一般相対性原理（〔哲〕廣義相對性原理）
一般的に論ずれば（一般來說）
一般教書（〔美國總統年初在議會報告〕國情咨文）
一般向き（大眾化的）
一般法（一般法=普通法）←→特別法
一般性（一般性）
一般感覚（〔心〕一般感覺、普通感覺）
一般職（普通官職）←→特別職
一般概念（〔哲〕普通概念）←→具体概念
一般目的潜水艦（〔軍〕一般任務潛艇）
一般目的部隊（〔軍〕一般任務部隊）（=全般目的部隊）

一班〔名〕一個班、第一班、全班，整個班
一班に三人の女性を入れる（一班裡加入三名女性）
一班から進む（從第一班前進）

一斑〔名〕一部分（=一部）←→全部
一斑を述べる（略述一二）
一斑を伺うに足る（可見一斑）
一斑を見て全豹を卜す（見一斑而卜全豹）

一飯〔名〕一頓飯、一碗飯
一飯を振る舞う（招待吃一頓飯）
一宿一飯の恩義（一宿一飯之恩）
一飯の徳（一飯千金）

一臂〔名〕一臂、微力
一臂の力を貸す（助一臂之力）

一臂の労を惜しまない（勇於助人）

一匹、一疋〔名〕（小動物、魚、蟲）一隻（強調的說法）一名，一個（男）人、（絲綢）一匹。〔古〕錢十文或二十五文

一匹の犬（一隻狗）

男一匹（一個男子和）

猫の子一匹も居ない（連一個人影也沒有）

一匹狼（一匹狼、〔俗〕獨行客，不依靠組織力量單獨行動的人）

業界の一匹狼（工商界的獨行客）

一匹狼の政治家（單槍匹馬的政治家）

一筆〔名〕同一人的筆跡、（不蘸二次墨）一筆寫出、簡短文章、一封信、（土地總帳上的）一塊（土地）

一筆揮う（揮毫）揮う震う奮う振う篩う

一筆画（一筆畫的畫）

一筆で抹消する（一筆勾銷）

一筆書いて下さい書（請寫幾個字吧！請寫一封信吧！）く搔く欠く描く

一筆認める（簡單寫幾句）認める認める

紹介状を一筆御願いします（請寫一封介紹信）

一筆啓上（敬啓者-男子書信開頭用語）

一筆〔名〕（中途不蘸墨）一筆、略寫一筆、（江戶時代土地）一個區劃，一筆記錄的土地

一筆書きの絵（一筆畫）

一筆書き（一筆寫下來、分條寫的文章）

一筆で書いた字（一筆畫下來的字）

手紙を一筆記す（寫一封簡短的信）記す印す標す

一筆で書き上げる（一筆畫成）

此の字は一筆多過ぎた（這個字多寫了一筆）

一筆揮って下さい（請大筆一揮）

紹介状を一筆御願いします（請寫一封介紹信）

一票〔名〕一票

一票の差（一票之差）

一票の差に泣く（為一票之差惋惜）泣く無く鳴く啼く

清い一票（純潔的一張選票）

一瓢〔名〕一個酒葫蘆、一葫蘆酒

一瓢を携えて花見に行く（帶著一葫蘆酒去看花）

一品〔名〕一種，一樣、第一

料理一品（一樣菜、一道菜）

何れか一品を選べ（任選一樣吧！）選ぶ択ぶ撰ぶ

一品料理（零點的菜=アラカルト）←→定食

天下一品（天下第一）

此の絵は天下一品（這幅畫天下第一）

一品〔名〕〔舊〕（親王的）第一級

一顰一笑〔名〕一顰一笑、臉色

人の一顰一笑を伺う（看人臉色行事）伺う覗う窺う

一顰一笑を伺う（〔低三下四的〕仰人鼻息）

一夫〔名〕一夫、一個男子

一夫多妻（一夫多妻）←→一夫一婦、一夫一妻

一夫一婦（一夫一婦）

一夫一妻（一夫一妻）

一夫の勇（匹夫之勇）

一夫関に当たれば万夫も開く無し（一夫當關萬夫莫及）

一婦〔名〕一婦

一夫一婦（一夫一妻）

一夫一妻（一夫一妻）

一封〔名〕一封、一封信

金一封を与える（贈與一包錢）金金

金一封を賜る（賞賜一包錢）賜わる給わる

彼の熱烈なる一封を手紙（那封熱情的信）

一風〔名〕一個風格、別具一格、別開生面、古怪的

一風変わった男（古怪的人）変る代る替る換る

一風変ったデザイン（別開生面的設計）

彼女の文章は一風を為している（她的文章別具一格）文章文章

一風呂〔名〕洗個澡、沐浴一次

一風呂浴びる（洗個澡）

一服〔名、自他サ〕喝一杯茶、抽一支煙、一服（藥）、〔轉〕休息、（行情）平穩

一服召し上がっていらっしゃい（請喝一杯茶吧！、請抽一支煙吧！）

一服何卒（請喝一杯茶吧！、請抽一支煙吧！）

何卒一服上がって下さい（請喝一杯茶、請抽一支煙）上がる舉がる揚がる騰がる

粗茶ですが、一服何卒（請喝一杯粗茶）

一服吸う（抽一支煙）

一服勸める（敬一支煙）勸める進める薦める奬める

一服藥（一劑就見效的藥）藥藥

一服盛る（下一劑毒藥、為殺人調和毒藥）盛る漏る洩る守る

食後に一服する（飯後抽支煙）

一日三回一服宛飲み為さい（一天三次每次吃一服）一日一日一日一日

一日三回一服宛服用の事（一天三次每次吃一服）宛宛

一服の清涼劑（一服清涼劑、可以使人清醒頭腦的事物）

疲れたから一服しよう（疲倦了休息一會吧！）

皆さん一服下さい（大家休息一下吧！）

途中で一服する（在半路上休息）

一幅〔名〕一幅

一幅の絵巻物（一幅手卷）

掛軸一幅（一幅掛軸）

一腹〔名〕一母所生←→異腹

一腹の兄弟（同胞兄弟）兄弟兄弟

ひとはら〔名〕（動物）一母同胎、（魚的）一腹卵，同腹的魚卵

一兵〔名〕一兵、一個士兵

一兵も損なわない（不損一兵）

一兵も損なわずに勝つ（不損一兵就戰勝）勝つ且つ克つ

最後の一兵に至る迄戰う（戰到最後一兵）至る到る戰う闘う

一碧〔名〕一碧、一片碧綠

水天一碧（水天一碧、水天一色）

一片〔名〕一片、一點（=一枚、一枚、一片、僅か）

一片の土地（一片土地）

一片の肉（一片肉）

一片の花弁（一片花瓣）

一片の紙（一張紙）紙髮神守上

一片の通知（一紙通知）

木材の一片（一片木頭）木材木材

一片の同情（一點同情）

一片の雲も無い空（沒有一絲雲的天空）

一片の良心も持たない男（沒有一點良心的人）

一片の葉書が彼の運命を決した（一張明信片決定了他的命運）

彼は一片の挨拶も無く行って終った（他一聲不響就走了）終う仕舞う

一片食、一片食〔名〕〔方〕一餐、一頓飯

一変〔名、自他サ〕一變、完全改變、突然改變

今迄の生活を一変した（一改過去的生活）

原子兵器の発明は戦術を一変させた（原子武器的發明使戰術為之一變）

形勢が一変する（形勢一變）

其を聞くと彼は忽ち態度を一変した（一聽那事他突然改變了態度）

一遍〔名〕一回（=一度）、普通，一般（=一通り）、專一，純粹是，完全是（=直向）、一下子，同時（=一時）

一遍読む（念一遍）読む詠む

彼を一遍訪ねて行った事が有る（去找過他一趟）訪ねる尋ねる訊ねる

一遍こっきり（僅僅一次）

通り一遍の事を言う（說些不關痛癢的話）言う謂う云う

一遍こっきりで沢山だ（僅僅一次就夠了）

正直一遍の人（一本正經的人）

通り一遍の遣り方（例行公事的做法）

一遍に片付く（一下子處理好）

一篇、一編〔名〕一篇

一篇の詩（一篇詩）

童話の一篇（一篇童話）

一辺倒〔名〕一邊倒

一辺倒の方針を堅持する（堅持一邊倒的方針）
一辺倒の政策（一邊倒的政策）
向米一辺倒の政策を検討する（研究對美一邊倒的政策）

一歩〔名、自サ〕一歩（＝一足）
一歩も譲らない（一步也不讓）
終日一歩も外に出なかった（終日一步也沒出門）終日 終日 終日
一歩も譲らない態度（寸步不讓）
完成の一歩手前に在る（即將完成）或る 在る 有る
歩一歩（一步一步）
疲れて一歩も歩けない（累得一步也走不動）
向上の一歩を辿る（蒸蒸日上）

一〔造語〕一個，一回（＝一つ、一回）、一點，一下、某個時期以前
一晩（一晚上）
一筆書いて下さい（請寫一下）
一塊、一塊（一塊）
一幕（一幕）
一揃い（一對、一雙、一套）
火が人家を一舐めに為る（火將房屋一下燒掉）
一勝負（賽一回）
一冬越し（過一冬）
一雨降る（下一場雨）
一風呂浴びる（洗個澡）
一走りする（跑一會兒）
一目ちらり見る（看一眼、一瞥）
一安心（安心一點）
一目見た丈で好きに為る（一見鍾情）
一頃（有個時期）
一目見た丈で気に入る（一眼就看中）
一昔（往昔）
一休み（歇一會兒）

人〔名〕人、人類、一般人、他人、別人、人品、人才、人手、成人、大人。〔法〕自然人
男の人（男人）
田中と言う人（一個姓田中的人）
東京の人（東京人）
人を馬鹿に為る（欺負人、瞧不起人）
人を人とも思わぬ（不拿人當人）
人は火を使う動物である（人類是用火的動物）
人は万物の霊長である（人為萬物之靈長）
人も有ろうに君がそんな事を言うとは（（別人還可以怎麼會是你說出這種話來）
そんな事は人の世の常だ（那樣的事是人之常情）
党より人を選べ（要選人不要選黨）
人の言う事を聞く（聽從別人的話）
人の金に手を出す（拿別人的錢）
人の気も知らないで（也不了解人家的心情）
人の上（下）に立つ（付く）（處在別人頭上〔手下〕）
人が悪い（良い）（人品壞〔好〕）
貴方は人が悪いよ（你真壞啊！）
彼の人は実に人が良い（他為人真好）
山口さんはどんな人ですか（山口先生人品如何？）
政界（文壇）には人が居ない（政壇〔文壇〕沒有人才）
人を得ると言う事は難しい（適得其人很難）
制度は幾等良くでも其の運用に人を得無ければ駄目だ（無論制度多好如果運用不得其人也是不行）
人が足りない（人手不足）
人を立てて話し合う（通過中間人商量）
叔父さんの手許で人と為る（在叔父跟前長大）
人有る中に人無し（人雖多而人才寥寥無幾）
人衆ければ、天に勝つ（人多勝天）
人と入れ物は有り次第（人和器物多者多用少者少用）
人と屏風は直ぐには立たず（一味講理必定碰壁）
人には添うて見よ馬には乗って見よ（人要處處看馬要騎其看、路遙知馬力日久之人心）

人の一生は重荷を負うて遠きを行くが如し（人的一生如負重載而行遠路）

人の噂も七十五日（謠言只是一陣風-不久就會被遺忘）

人の口に戸は立てられぬ（人口封不住）

人の善悪は針を袋に入れたるが如し（人的善惡終必暴露）

人の疝気を頭痛に病む（為別人事操心-自尋煩惱）

人の宝を数える（數別人的珍寶、忌妒別人的財富-對自己毫無益處）

人の花は赤い（東西總是別人的好）

人の振り見て我が振りを直せ（借鏡他人矯正自己）

人の褌で相撲を取る（借花獻佛）

人の当に死何と為る、其の言や善し（人之將死其言也善）

人は一代、名は末代（人生一代名垂千古）

人は氏より育つ（人貴教養-不要看門第）

人は落ち目が大事（人貴雪裡送炭人貴處於逆境而心地坦然）

人は死して名を留む（人死留名）

人は善悪の友に由る（近朱者赤近墨者黑）

人は情（人要有感情）

人はパンのみにて生くる者に有らず（人不是只為吃飯活著-還要有精神生活）

人は人、我は我（你為你我為我、不要窺伺別人臉色要按自己信念行事）

人は見掛けに寄らぬ者（人不可貌相）

人は見目より徒心（心田重於容貌）

人木石に有らず（人非木石熟能無情）

人増せば、水増す（人多開銷大）

人を誤る（誤人、殺人）

人を射んとせば、先ず馬を射よ（射人先射馬）

人を怨むより身を怨め（不要抱怨別人要反躬自省）

人を思えば、身を思う（愛人則愛己）

人を食う（玩弄人、愚弄人、目中無人）

人を付けに為る（愚弄人、目中無人）

人を呪わば穴二つ（害人反害己）

人を見たら、泥棒と思え（防人之心不可無）

人を見て法を説け（要因材施教）

人を以て言を廃せず（不以人廢言）

徒人、直人（普通人,平常人、卑職、微臣、官位低的人,俗人,沒出家的人）

寄人、寄人（宮中〝御歌所〞的職員、古時幕府各機關的吏員）

ひとあせ
一汗〔名〕出一身汗
　体操して一汗搔く（做體操出一身汗）
　毎朝ランニングで一汗搔く（每天早上跑步出一身汗）
　働いて一汗流す（勞動而出一身汗）

ひとあた　　ひとあた
一当たり、一当り〔名〕試探一下
　一当り当たって見る（試試看）

ひとあた　　ひとあた
人当たり、人当り（待人接物的態度）

ひとあ
一当て〔名〕試探一下、（賭博、投機等）撈一把、賺一筆（錢）

ひとあめ
一雨〔名〕下一次雨、一場雨，一陣雨
　一雨毎に涼しく為る（一番雨一番涼）
　一雨降ったら涼しく為った（下一場雨就涼起來了）
　一雨有り然うだ（空氣非常緊張、似乎要有一場波瀾）
　一雨来然うだ（看樣子要下一陣雨）

ひとあ　　ひとあれ
一荒れ、一荒〔名〕一場暴風雨、（會議、比賽或心情不快等）大鬧一場，一場風波
　此の雲行きでは有り然うだ（看這種雲彩滾動情形似乎要來一場暴風雨）
　此の空模様では一荒来然うだ（這種天氣看樣子要起一場暴風雨）
　彼の顔付では、今晩一荒有り然うだ（看他那種神情今晚似乎要大鬧一場）
　会議は一荒有り然うだ（會議似乎要起一場風波）

ひとあわ
一泡〔名〕大吃一驚
　一泡吹かせる（使人大吃一驚）
　彼奴に一泡吹かして遣ろう（讓他嚇一大跳）

ひとあんしん
一安心〔名、自サ〕姑且安心、稍微安心、暫時放心
　子供が大学に入って一安心した（孩子進入大學暫且放了心）

此処迄済まして置けば一安心だ（做到這裡就可安心一點了）

一息〔名〕一口氣、一把勁、喘口氣，歇口氣
　一息に飲み込む（一口氣喝進去）
　一息に仕上げる（一口氣做完）
　一息に飲み干す（一口氣喝乾）
　後一息だ（再加一把勁、再加一點油）
　もう一息だ（只差一把勁、再用點力）
　今一息の所だ（再加一把勁就好了）
　一息に階段を駆け上がる（一口氣跑上樓梯）
　今一息と言う所で失敗する（就差那麼點勁而敗北、功虧一簣）
　もう一息と言う所で失敗した（就差那麼點勁而敗北、功虧一簣）
　ほっと一息付く（歇一口氣、休息一會兒）
　一息付く暇も無い（連喘口氣的時間都沒有）
　もう三万円有れば一息付けるのだ（再三萬元就可鬆一口氣了）
　御茶でも飲んで一息入れよう（喝杯茶歇一會兒吧！）

一重〔名〕一重，一層、（花瓣）單瓣（也寫作一重、単）←→八重
　紙一重の差（一紙之差、毫釐之差）
　壁一重を隔てる丈だ（只隔一層牆）
　隣とは壁一重を隔てしかない（和鄰居只隔一層牆壁）
　一重の桜（單瓣的櫻花）
　一重の椿（單瓣的山茶花）
　一重瞼、単瞼（單眼皮）

一重、単〔名〕和服單衣（＝一重物）←→袷
　一重を着る（穿單衣）
　一重の帯（單層腰帶）

一重ね〔名〕（衣服等）一堆、一套

一押し〔名〕一推、推一下
　もう一押しすれば此の木は倒れる（再推一下這棵樹就會倒）

一思いに、一思に〔副〕把心一狠、一狠心、一咬牙
　いっそ一思に死んで終い度い（乾脆死掉算了）

崖の上から一思に飛び下りた（把心一狠從崖上跳下去）
苦い薬を一思に飲みました（心一狠喝下了苦藥）
悩みを一思に打ち明ける（一咬牙把煩惱坦白說出來）
一思に跳ね起きる（一咬牙跳起來）

一抱え〔名〕一抱、用雙手合抱（的程度）
　一抱えの書物（一手抱起書的數量）
　此の木は一抱え有る（這棵樹有一人環抱粗）

一欠片〔名〕一小片、小碎片、一點點

一肩〔名〕抬（轎子等）一頭。〔轉〕負擔一部分責任費用等、援助
　一肩入れる（助人一臂之力）
　一肩脱ぐ（助人一臂之力）
　一肩担ぐ（負擔一部分責任費用）

一構え、一構〔名〕一棟房子
　崖下に在る一構えの屋敷（崖下的一棟房子）
　屋敷邸

一皮〔名〕一張皮、虛偽的外表
　一皮剥けば欲の塊だ（剝去虛偽的外表原來是個極其貪欲的人）
　善人面は為ているが一皮剥けば悪人だ（表面裝著大好人骨子裡是個壞蛋）

一際〔副〕格外
　中でも一際高い山（其中格外高的一座山）
　一際美しく見える（顯得格外好看）
　彼の広告は一際目立つ（那個廣告特別顯眼）
　彼の演技が一際光っていた（他的演技獨放光彩）
　一際努力する必要が有る（需要格外努力）
　今日は彼女は一際美しい（今天的她特別漂亮）

一齣、一闋〔名〕一段、一席
　落語の一齣を語る（說一段相聲）
　昔話を一齣語る（講一段往事）
　一齣小言を言われた（挨了一頓罵）
　演説を一齣打つ（作了一番演說）
　会話の一齣（一席會話）
　一齣演説する（發表一席演說）

一

彼は一齣喋ると出て行った（他講了一陣話就出去了）

一齣（ひとこま）〔名〕一個場面、一個鏡頭（=齣）
- 映画の一齣（電影的一個鏡頭）
- 歴史の一齣（歷史上的一幕）
- 一齣フィルム（底片的一個畫面）
- 生活の楽しい一齣（生活中的一個快樂情景）

一癖（ひとくせ）〔名〕怪癖、（性格等）各別、（令人覺得有些）特別
- 彼は一癖有る（他有一種怪僻）
- 一癖有る人物（各別的人物）
- 一癖有る顔付（相貌有些特別）
- 一癖有り気な様子（有些特別的樣子）
- 一癖も二癖も有る（陰陽怪氣的）
- 彼は一癖も二癖も有る（他這個人很難對付）

一口（ひとくち）〔名〕一口，一點點、一句話、一份，一股
- 一口に食う（一口吃下）
- 一口食べた（吃了一口）
- 本の一口頂きます（稍微吃一小口）
- 一口に飲み込んだ（一口就吞下去）
- 一口如何ですか（吃一點吧！）
- 朝から一口も食べていない（從早上還沒吃過一口東西）
- 一口も言わずに（一言不發地）
- 一口に言えば斯うだ（簡單說來是這樣）
- 一口に言い尽くせない（一言難盡）
- 一口に然うは言えない（不能那樣一概而論）
- 株に一口入る（入了一股）
- 一口乗ろう（我也認一股、我也算一份）
- 一口千円の寄付（一份一千日元的捐款）
- 一口話、一口噺、一口咄（短篇笑話）
- 一口商い、一口商（一口談妥的買賣、一口說定〔是否同意〕）

一工夫（ひとくふう）〔名〕下一番苦工、更加動腦筋，再考慮考慮
- 未だ一工夫足りない（還欠點工夫）
- 一工夫が足りない（考慮得不夠）
- 一工夫有って然る可きだ（應該再考慮考慮、應該再下一番功夫）

一苦労（ひとくろう）〔名、自サ〕費一些力氣
- 一苦労願おうか（請再加把勁吧！）
- 一苦労に二苦労も為た（費了九牛二虎之力）
- もう一苦労で出来上がるんだがなあ（再費一些力氣就完成了）

一腰（ひとこし）〔名〕一把腰刀

一頃（ひところ）〔名〕曾有一時、曾有一個時期
- 彼は一頃大阪に住んでいた（他曾在大阪住過一個時期）
- 一頃繁盛していた（曾繁盛一時）
- 私は一頃商売を為ていた事が有る（我有一段時期在做生意）
- 此のスタイルは一頃迎もは遭った（這種式樣曾經風行一時）

一盛り、一盛（ひとさかり）〔名、副〕盛行時期、一陣
- 一盛り過ぎた選挙（盛行時期已過的選舉）
- 一盛り話が弾む（一時談得很起勁）

一盛り（ひともり）〔名〕人群、人山人海（=人山）
- 喧嘩で一盛りを築いた（因為吵架圍了很多人）

一入（ひとしお）〔名、副〕浸染一次、更加，格外（=一際）
- 今一入の努力が必要だ（需要更進一步的努力）
- 病気に為ると寂しいが一入身み染みる（一生病更加感到寂寞）
- 末子丈に一入可愛い（只格外疼愛小兒子）
- 雨の中の紅葉は一入美しい（雨中的紅葉格外美麗）紅葉紅葉

一塩（ひとしお）〔名〕（烹飪）撒上一層鹽、鹽醃
- 一塩の鮭（鹽醃的鮭魚、醃製的鮭魚）
- 鮭の一塩（鹽醃的鮭魚、醃製的鮭魚）
- 一塩物（鹽醃的魚）

一頻り（ひとしきり）〔副〕一陣
- 雨が一頻り降った（下了一陣雨）
- 雨が一頻り降った止んだ（雨下了一陣就停了）
- ざあざあと大雨が一頻り降った（嘩啦嘩啦地下了一陣大雨）
- 一頻り降く風（一陣風）
- 一頻り蝉が鳴く（蟬叫了一陣）

花が一頻り咲き誇る（花盛開一時）
其の事件は一頻り世間を騒がせた（那個事件會在社會上轟動一時）
一頻り盛んだったが直ぐ衰えた（曾興盛一陣但立刻衰落下去了）

一仕事〔名〕一項工作、不容易的工作、費力的工作、重要工作
一仕事片付けてから其方に行くよ（這項工作做完後記得到那裏去）
其は一仕事だな（那可是一件不容易的事啊！）

一筋〔名〕（繩、道等）一條、專心、一心一意
一筋の縄（一條繩子）
道が一筋走っている（延伸著一條路）
一筋の光明（一線光明）
一筋の川（一條河）
図書館から運動場迄一筋の並木道が有る（從圖書館到運動場有一條林蔭大道）
一筋に思い込む（一心一意地想）
彼は彼女を一筋に思い詰めている（他一心一意地想著他）
彼女は学問一筋に打ち込む（她致力於研究學問）
一筋縄（一條繩子、〔轉〕普通的辦法）
一筋縄では行かない（用普通辦法是不行的）
彼は一筋縄では行かぬ男だ（他是個普通的辦法不能使他就範的人）
此の問題は一筋縄では解決出来ない（這問題不是用普通方法可以解決的）
一筋道（一條路）
青空の下を真直ぐ伸びている一筋道（在藍天下筆直延伸著一條街道）

一揃い、一揃〔名〕一套
茶の道具一揃い（一套茶具）
嫁入り道具一揃い（一套嫁妝）

一太刀〔名〕砍一刀
一太刀で敵を倒した（一刀把敵人砍倒了）

一溜まり、一溜り〔名〕支持一時
一溜りも無い（一會兒也支持不了、簡直不是對手、馬上就垮）
一溜りも無く負けた（一下子就輸了）
彼に掛かっては僕等一溜りも無い（要是碰上他像我這樣的簡直不是對手）
一溜りも無く投げ飛ばされた（一會兒也支持不了一下子就被摔倒了）
家家は猛火に一溜りも無く焼け落ちた（許多房屋剎那間就被烈火燒塌了）

一番〔名〕（鳥等雌雄）一對

一掴み〔名〕一把、〔轉〕少量（=一握り）
一掴みの米（一把米）
一掴みに為る（一把抓住）

一抓み、一抓、一撮み、一撮〔名〕一撮，一把。〔轉〕一小撮，極少，輕而易舉打敗
一抓の食費（極少的伙食費）
一抓の塩（一撮鹽）
此の料理には塩一抓振り掛ける（往這菜裡撒把鹽）
敵を一抓する（將敵人一網打盡）
一抓に為るぞ（一舉擊敗你、輕而易舉收拾你）

一跳び、一飛び、一つ飛び〔名〕一跳，一躍、一飛就到，一躍即過
一跳びする（跳一下）
此処を一跳びで飛び越す事が出来ますか（這裡一跳可以跳過去嗎？）
此処からホンコン迄一跳びた（從這裡到香港一飛就到）
ジェット機なら太平洋も一跳びだ（若是坐噴射機太平洋也一飛而過）

一寝入り、一寝入〔名、自サ〕睡一覺、打個盹、小睡一下子
夕食迄一寝入りする（在晚飯前睡一覺）
昼休みに一寝入りする（午休時間小睡一下子）

一飲み、一呑み〔名〕一口。〔轉〕認為不足懼，根本不放在眼裡
一飲みに飲む（一口吞下）
一飲みに為る（一口吞下）
一飲みに飲んで終った（一飲而盡）
蛇が蛙を一飲みに為る（蛇將青蛙一口吞進）

一飲みと侮る（輕侮、不放在眼裡）
一葉〔名〕一片樹葉、一艘船
　一葉舟（一葉扁舟）
一走り、一っ走、一つ走り〔名、自サ〕跑一下、跑一趟
　一走りで行けるよ（一跑就到、跑一下就到）
　薬屋迄一走りで呉れ（請到藥局跑一趟）
　郵便局迄一走り行って来る（我到郵局跑一趟就回來）
　一走り行って来て呉れないか（可不可以幫我跑一趟）
一旗〔名〕一面旗
　一旗揚げる（重整旗鼓、重新創辦事業）
　一旗揚げようと為て東京に出て来る（想要做一番事業來到東京）
一肌脱ぐ〔名〕助一臂之力、幫一把勁
　友達の為に一肌脱ぐ（助朋友一臂之力）
一働き〔名〕一鼓作氣地拼命工作、（奮發起來）大做一場
　私も東京で一働き遣って見度い（我也想在東京大做一場）
一花〔名〕一枝花，一朵花。〔轉〕一時的成功（榮耀）
　一花咲かせる（使榮耀一時）
　此の遍で一花咲かせ度い（但願這次能夠成功）
　彼で一花咲かせた事も有る（我也曾榮耀一時）
一晩〔名〕一晚上、某一晚上（＝或る晩）
　一晩寝られなかった（一晚上沒睡著）
　一晩考える（考慮一晚上）
　一晩中（一整晚）
　兄の家に一晩留まった（在哥哥家住了一夜）
　一晩友達訪ねて来た（有一天晚上朋友來訪）
一拉ぎ〔名〕一下子碾碎、一下子（輕而易舉地）壓倒
一捻り、一捻〔名〕擰一下、容易對付、與眾不同的嗜好，別出心裁
　あんな奴一捻りだよ（那種傢伙好對付）
　一捻り捻った言い方（別出心裁的說法）
一吹き〔名〕吹一下、一陣風、一股風

一節〔名〕（竹、草木）一節，一段，（文章、樂曲）一節，一段，（乾鬆魚）一條、一塊、一點，一椿，一件事
一節切〔名〕〔樂〕（來源於用一節竹子製作之意）豎笛（類似尺八的管樂器）
一舟〔名〕（裝魚類用船形盒子）一盒、（船形容器）一只
一骨〔名〕些許辛勞
　一骨折る（為別人效點勞）
一巻き、一巻〔名〕捲一次、一卷、一族
　毛糸を一巻買う（買一捲毛線）
一幕〔名〕〔劇〕一幕、一個場面、一個事件
　一幕物（〔劇〕獨幕劇）
　一幕丈見て帰った（看了一幕就回家了）
　夫婦喧嘩の一幕が有った（夫婦吵了一場）
　空港で父子対面と言う一幕が有った（在機場出現父子相逢的場面）
一先ず、一先〔副〕暫且、姑且（＝兎に角、一応）
　一先遣って見る（暫且試一試）
　一先試し見よう（暫且試一試）
　此で一先安心と言う所だ（這麼一來可以暫且放心了）
　一行一先旅館に落ち着いた（一行人暫時先住進旅館）
一纏め、一纏〔名〕湊在一起、總合在一起、歸攏在一起
　一纏めに為て送る（一塊兒送去）
　ばらばらの物を一纏めに為る（把零散的東西收拾在一起）
　書類を一纏めに為る（把文件收拾在一起）
　不用品は一纏めに為て置き為さい（不用的東西請放在一起）
一昔〔名〕往昔、過去（普通指十年以前）
　もう一昔の話だ（已經是過去的事）
　一昔も二昔も前の事だ（是好久好久的事了）
　其はもう一昔前の事だ（那已經是十年以前的事）
　十年一昔（十年就有很大的變遷）
一棟〔名〕（房屋）一棟，一幢，一間、同一棟房子，同一間房子

一叢〔名〕（草木）一叢，一簇，一堆，一團
　一叢の雲（一團雲彩）

一群れ、一群〔名〕（鳥、蟲、獸）一群
　一群の羊（一群綿羊）
　羊の一群（一群綿羊）
　雁が一群、くの字に為って飛んで行く（一群雁排成く字形飛去）

一群れ〔名〕人群、群眾

一巡り、一巡〔名、自サ〕一周，巡迴一周，（死者的）周年忌辰（＝一周忌）
　市内を一巡した（在市内轉了一圈）

一目惚れ〔名、自サ〕一見鍾情
　彼に一目惚れした（對他一見鍾情）

一儲け、一儲〔名、自サ〕賺一筆錢
　株で一儲けする（賣股票賺一筆錢）

一揉み、一揉〔名、他サ〕稍微揉一揉
　一揉揉んで遣ろう（幫你稍微揉一揉吧！給你揉一下吧！）

一役〔名〕一個任務
　彼にも一役遣って貰う（也讓他承擔一項任務）
　一役買う（〔主動地〕承擔某一任務、主動幫忙）

一休み、一休〔名、自サ〕休息一下
　途中で一休みする（在中途休息一下）
　此の辺で一休みして出掛けた（在這裡休息一下再走）

一〔名〕一、一個（＝一つ、一）（只用於數數時）
　一、二、三（一二三）

一〔名〕一、一個（＝一つ）（只用於數數時）（一的長音）
　一、二、三（一二三）

一つ〔名〕一（＝一）、一個、一歲、相同、一樣、一方面。（表示條文列舉）一項、第一
〔副〕稍微、一下、試一試（＝一寸、試しに、では）
　一つ二つ三つ（一個兩個三個）
　一つ穴の狢（一丘之貉）
　一つ百円（一個一百日元）
　一つと為て悪い物は無い（沒有一個是壞的）
　苺を一つ残らず食べて終った（草莓吃得一個也不剩）
　私の事等一つ考えて呉れない（就不能多關心我一點嗎？）
　一つ間違えば谷底だ（錯一步就是萬丈深谷）
　蜜柑を一つ下さい（請給我一個橘子）
　兄とは一つ違いだ（和哥哥差一歲）
　今年は一つだが年を越せば二つに為る（今年一歲過了年就兩歲）
　一つ、酒を飲まない事。二つ、賭事を為ない事（第一不許喝酒第二不許賭博）
　表紙は違いは内容は一つだ（封面不同內容一樣）
　一つ事を何遍も言う（同樣的事說好幾遍）
　心を一つに為て取り込む（使同心協力去做）
　全ての者が心一つに為る（萬眾一心）
　二人の気持が一つに為る（兩人心情一致）
　海と空が一つに為る（海天一色）
　皆と一つに為る（和大家打成一片）
　又一つには斯う言う理由も有る（另一方面還有那麼一種理由）
　一つには斯うも考えられる（一方面也可以這樣想）
　一つには家の為、一つには国の為（一方面為家一方面為國）
　一つには空腹の為、一つには疲労の為に動けなくなった（一來肚子餓一來疲倦動彈不得）
　全ては君の決断一つに掛かっている（一切都單看你的決心了）
　努力一つで成功する（只要有努力就會成功）
　手紙一つ満足に書けない（連一封信都寫不好）
　今年の冬は風邪一つ引かなかった（今年冬天連感冒也沒得過）
　彼の女は挨拶一つ為ない（那個女人連個招呼也不打）
　彼の母の手一つで育てられた（他是由母親一手養大的）
　一つ話して見よう（說一說吧！）
　一つ遣って見よう（試一試吧！）
　一つ食べて見ようか（吃看看吧！）

一

其では一つ御願いします（那麼就拜託吧！）
一つ宜しく御願いします（請您多關照一下）

一つ一つ、一つ一つ〔副〕一一地、一個一個地（＝一一、一つ宛）
　一つ一つ調べ上げる（逐一檢查）
　一つ一つ叮嚀に見直す（一一地重新細看）
　一つ一つの場合（各個場合）
　一つ一つ情況が違う（情況一個一個地不同）
　一つ一つ詳しく説明して呉れた（一一為我們做詳細的說明）

一つ置き〔名〕每隔一個
　其処に並べた碁石からに取り為さい（從那裏擺成一行的棋子中每隔一個拿掉一個）

一つ覚え〔名〕只記住一件事
　馬鹿の一つ覚え（死心眼、一條路跑到黑、一成不變的死腦筋）
　一つ覚えの決まり文句（千篇一律的老腔調）

一つ釜〔名〕一個鍋、吃一個鍋的飯
　一つ釜の飯を食う（吃一個鍋的飯的親密關係）
　一つ釜の飯を食った間柄（同甘共苦的親密關係）

一つ竈〔名〕同一個爐灶（＝一つ釜）

一つ掴み〔名〕一把
　小銭を一つ掴みに為てポケットに入れた（抓一把零錢塞進口袋裡）
　一つ掴みに為る（一把抓住）
　一つ掴みの米（一把米）米米米

一つ事〔名〕一件事、同樣的事
　一つ事を何遍も言う（一件事說好幾遍）
　一つ事を何時迄も為る（老做同樣的事）

一つ所〔名〕某處、同一處（＝一所、一処）

一つ飛び〔名〕一跳，一躍，一飛就到，一躍就到（＝一飛び、一跳び）

一つ寝〔名、自サ〕同床、共衾

一つ走り〔名〕（為了辦事）跑一趟、跑一跑（＝一走り）

一つ話〔名〕常說的得意話，常談的話題、珍奇的話，奇談，奇聞
　老人の一つ話（老人常說的得意的話）
　其は彼の一つ話だ（那句話是他的常談的話題）
　其は今でも我我の間で一つ話に為っている（那句話至今在我們之間還是個奇蹟）

一つ引き両、一つ引両〔名〕中黑家徽（圓圈中有一黑色橫道的家徽）（＝中黑）

一つ星〔名〕金星，太白星，長庚（晚間出現時）、啟明（早晨出現時）

一つ紋〔名〕只有背後的一個家徽（的和服）

伊（一）

伊〔漢造〕義大利、（舊地名）伊賀國（今三重縣西部）
　伊太利、イタリア（義大利）

伊賀〔名〕（古地名）伊賀（今三重縣西部）
　伊賀袴（下擺紮在腿上的一種褲裙－伊賀地方出身武士最先穿用故名）

伊語〔名〕義大利語（＝イタリア語）

伊佐木、鶏魚〔名〕〔動〕石鱸

伊勢〔名〕（古地方名）伊勢（今三重縣大半）、伊勢神宮
　伊勢参り（參拜伊勢神宮）
　伊勢へ七度熊野三度（越虔誠越好）
　伊勢海老、伊勢蝦（〔動〕龍蝦）
　伊勢神宮（伊勢神宮－日本皇室的宗廟）
　伊勢崎織り、伊勢崎織（群馬縣伊勢崎特產的綢子）

伊吹（白檜）〔名〕〔植〕檜、圓柏

伊吹防風〔名〕〔植〕防風

伊吹野豌豆〔名〕〔植〕野豌豆

伊吹糠穂〔名〕〔植〕粟草

伊万里焼〔名〕（日本九州）伊萬里市產的陶瓷

伊呂波〔名〕平假名四十七字的總稱、伊呂波歌開頭的三個字、初步，入門
　伊呂波の"い"も知らない（目不識丁）
　彼は無学で伊呂波さえ知らない（他不學無識連字母都不認得）
　会計の伊呂波から習う（從基礎開始學會計）習う倣う学ぶ
　伊呂波から習い始める（從頭學習）始める創める

英語を伊呂波から始める（從ABC開始學英文）
経済学の伊呂波（經濟學入門）

伊呂波歌〔名〕伊呂波歌（用四十七個平假名所譯涅槃經第十三聖行品之偈的歌、用四十七個平假名所編成的習字歌、是把涅槃經中的，諸行無常，是生滅法，生滅滅已，寂滅為樂，譯成日語的一首歌）
　伊呂波歌（用四十七個平假名所編成的習字歌）
　色は匂へど散り塗るを（光雖芳馥兮、飄零無奈）
　我が世誰ぞ常ならむ（我感人世兮、常住伊誰）
　有為の奥山今日越えて（幻境沉迷兮、而今超脫）
　浅き夢見し酔ひもせず（短夢已醒兮、醉鄉永離）

伊呂波歌留多、伊呂波ガルタ〔名〕印有伊呂波等四十七個假名為首字的短歌或諺語，的四十八張一副的紙牌

伊呂波順〔名〕按伊呂波歌排列的順序
　伊呂波順に為る（按伊呂波歌排列順序）

伊達〔名、形動〕俠氣，義氣（＝男伊達）、漂亮打扮、裝飾門面、追求虛榮
　伊達の若い衆（有俠氣的小伙子）
　元禄時代の浮世絵に見られる様な伊達な女（如同元禄時代風俗畫中出現的那樣服裝華麗的女人）
　伊達に眼鏡を掛ける（為了漂亮而戴眼鏡）眼鏡眼鏡
　伊達に英語を勉強しているのではない（我學英文不是為了裝門面）
　伊達の薄着（俏皮人不穿棉）

伊達男〔名〕愛打扮的人、俠客

伊達巻〔名〕（日本婦女繫在寬腰帶下面的）窄腰帶、魚肉雞蛋捲

伊達者〔名〕愛打扮的人、講究穿戴的人、花花公子（＝ダンディー）
　彼は伊達者だ（他是個愛打扮的人）

伊達姿〔名〕（指穿日本服裝的）服裝華麗的打扮、俊俏的風姿

衣、衣（一）

衣〔名、漢造〕衣、衣服（＝着物、衣）
　白衣の人（護士）
　白衣の天使（白衣天使、護士）
　衣を解き食を推す（解衣推食、師恩）推す押す圧す捼す
　衣、帛を重ねず（衣不重帛、節儉）
　衣は新に如くは莫く、人は故に如くは莫し（衣莫如新、人莫如故）
　更衣（換衣服、後宮的女官）
　上衣、上衣、上着（上衣、外衣）
　布衣，布衣，布衣（平民）
　浄衣，浄衣（白色獵衣、古代祭神穿的白衣、和尚祈神穿白衣）
　僧衣，僧衣（袈裟）
　白衣，白衣（白色衣服、穿白色衣服的人）
　紫衣，紫衣（過去天皇賜給高僧的紫袈裟）
　緇衣，緇衣（黑色衣服、黑袈裟、〔轉〕僧侶）

衣蛾〔名〕（蛀衣服的）蠹蟲、蛾蟲

衣冠〔名〕衣冠、（日本平安時代）官員的一種裝束、（平安時代的）略式朝服

衣冠束帶〔名、自サ〕（古代的）公卿禮服。〔神道〕神官的服裝

衣桁〔名〕（折疊式）衣架

衣裳、衣装〔名〕衣服（＝着物）、戲服，戲裝
　衣裳を着ける（穿衣服）着ける付ける漬ける就ける突ける漬ける衝ける附ける
　馬子にも衣裳（人是衣裳馬是鞍）
　衣裳の美を競う（炫耀服裝美麗）
　質素な衣裳を着ている（穿著儉樸服裝）
　衣裳を着け俳優（穿上戲服的演員）
　衣裳に凝る（講究穿著）
　嫁入り衣裳（嫁妝）
　花嫁衣裳（新娘禮服）
　芝居衣裳（戲裝）
　衣裳方（戲裝管理員、服裝師）
　衣裳人形（化裝人偶、戲裝模特兒）
　衣裳好み（喜歡穿戴、講究穿衣）
　衣裳部屋（服裝室、更衣室）

衣裳付（装扮技巧、服装師）
衣裳尽（極盡服裝之美、在服裝上用工夫）
衣裳付下稽古（彩排）
衣裳持（有很多衣服的人）
衣裳棚（衣櫥）
衣裳箪笥（衣櫥）
衣裳掛（服裝店櫥窗中的假人）
衣食〔名〕衣食、吃穿、生活
　衣食の心配は無い（不愁吃穿）
　衣食の為に働く（為衣食而工作）
　衣食足りで栄辱を知る（衣食足而知榮辱）
　衣食足りで礼節を知る（衣食足而知榮辱）
　衣食に奔走する（奔走生活）
　衣食に恵まれる（生活富裕）
　衣食に窮する（無法生活）窮する給する休する
　衣食の道（生活之道）
衣食住〔名〕衣食住、生活之道
　衣食住に困らない（吃穿住都不愁）
衣生活〔名〕穿著的習慣
衣帯〔名〕衣服和腰帶、穿衣束帶（＝裝束）
　衣帯を解かず（不解開衣帶）
衣嚢〔名〕〔舊〕衣袋（＝隠し、ポケット）
衣鉢、衣鉢、衣鉢〔名〕〔佛〕衣鉢。〔轉〕（藝術學問等由師傳傳授的）技藝，訣竅
　故人の衣鉢を継ぐ（繼承故人的衣鉢）継ぐ接ぐ注ぐ告ぐ
　師の衣鉢を継ぐ（受け継ぐ）（繼承老師的衣鉢）
　彼は父の衣鉢を伝えている（他繼承了父親的衣鉢）
衣服〔名〕衣服（＝着物、衣裳，衣装）
　衣服を整える（整理服裝）整える調える
　衣服一着作る（做一件衣服）作る造る創る
　木木が緑の衣服を纏う（樹木裹上綠裝）
衣料〔名〕衣料、衣服的材料
　衣料品（衣料）
　衣料品店（布莊）
　衣料費（服裝費）
衣料公害（衣料公害-因穿化學纖維製品引起的皮膚病等）
衣糧〔名〕衣服和糧食
衣類〔名〕衣服、衣裳（＝着る物）
　衣類を一纏めに為る（把衣服收拾在一起）
　自分の衣類を纏める（整理自己的衣服）
　衣類戸棚（衣櫥）
衣〔名〕衣服、裝束、外皮（如動物皮、鳥羽皮、芋頭皮）
　歯に衣着せぬ（直言不諱）衣絹布　布
　歯に衣着せぬ発言（坦率發言）
　蛇の衣（蛇皮）蝦海老
衣笠、衣傘、絹傘〔名〕（古時封建貴族出巡時撐的）黃羅傘、（佛像上頭的）寶蓋，華蓋
衣被ぎ、衣被〔名〕煮熟帶皮小芋頭
　衣被ぎを肴にビールを飲む（以煮熟帶皮小芋頭作酒餚喝啤酒）肴魚　飲む呑む
衣衣、後朝〔名〕（男女同眠的翌晨）各自穿衣分手，男女幽會的第二天早晨、（夫婦）離別，分手、（兩個東西）分離，離開
　首と胴の衣衣（身首異處）
衣擦、衣擦れ〔名〕（行動時）衣服摩擦、衣服摩擦聲
　衣擦の音が為る（衣服摩擦發聲）音音音
　さらさらと衣擦の音が為る（衣服摩擦沙沙作響）
衣〔名〕衣服，外衣、法衣，道袍、（油炸食品、藥丸等）麵衣，糖衣
　山山は緑の衣を着けた（群山披上了綠色的外衣）
　紫の衣を纏った僧侶（穿著紫色法衣的僧侶）
　蝦に衣を付けて油で揚げる（把蝦裹上麵衣用油炸）油脂膏上げる揚げる挙げる
衣更え，衣更，衣替え，衣替〔名、自サ〕更衣、換季、換裝
　衣更の季節（換季的季節）一色
　皆すっかり衣更（を）為て街が白一色に為った（大家都換了季街上變成清一色白）一色一色
　ショーウインドを衣更する（更換櫥窗裝飾）

ウインドの衣更を為る（更換櫥窗装飾）
衣手〔名〕衣袖（=袖）
衣偏〔名〕（漢字部首）衣字旁
衣〔漢造〕衣服（=着物）、袈裟（=袈裟）
　浄衣，浄衣（白色獵衣、古代祭神穿的白衣、和尚祈神穿白衣）
　僧衣，僧衣（袈裟）
　白衣，白衣（白色衣服、穿白色衣服的人）
　紫衣，紫衣（過去天皇賜給高僧的紫袈裟）
　緇衣，緇衣（黑色衣服、黑袈裟、〔轉〕僧侶）
衣紋、衣文〔名〕穿衣方法（=着熟し）、（日本衣服的）領子（特指胸前部分）
　衣紋を繕う（〔常指女子〕整襟、把身上的衣服整理整齊）
　衣紋鏡（穿衣鏡）
　衣紋描（畫細條的畫筆）
　衣紋竹（竹製掛衣架）
　衣紋着（穿衣方法）
　衣紋竿（掛衣竹竿）
　衣紋掛（衣架、吊衣架=ハンガー）
衣魚、紙魚、蠹魚〔名〕〔動〕衣魚、蠹魚、蛀蟲
　衣魚の食った本（蛀蟲蛀了的書）食う喰う食らう喰らう
　晴れ着を衣魚に遣られた（好衣服被蛀蟲咬壞了）
　蔵書を衣魚に遣られた（藏書好衣服被蛀蟲咬壞了）

医（醫）（一）

医〔名、漢造〕醫治、醫生、醫學、醫術
　医を業と為る（以醫為業）業業
　医は仁術也（醫者仁術也）
　外科医（外科醫師）
　漢方医（中醫）
　歯科医（牙醫）
　軍医（軍醫）
　校医（校醫）
　侍医（御醫）
　獣医（獸醫）
　名医（名醫）
　女医（女醫）
　専門医（專門醫師）
医する〔他サ〕醫治（=医す、癒す）
　渇を医する（解渴）
医す、癒す〔他五〕醫治、治療、解除
　病を医す（治病）病病
　渇を医す（解渴）
　傷を医す（養傷）傷瑕疵創
　苦しみを医す（解除痛苦）
医育者〔名〕兼任教學工作的醫師
医院〔名〕（私人經營沒有住院設備的）醫院、診療所（=診療所）
医員〔名〕醫務人員、醫師
　見習医員（實習大夫）
医科〔名〕醫科
　医科大学（醫科大學、醫學院）
医家〔名〕醫生（之家）
医化学〔名〕〔醫〕醫化學
医界〔名〕醫學界
医学〔名〕醫學
　漢方医学と西洋医学を結び付け、漢方薬に由る麻酔を研究する（中西醫結合研究中藥麻醉）
　医学の実習を為る（在醫院實習、當實習醫師）
　予防医学（預防醫學）
　医学生（醫學院學生）
　医学書（醫學書籍）
　医学士（醫學士）
　医学博士、医学博士（醫學博士）
　医学専門学校（醫學專科學校）
医官〔名〕醫官
医業〔名〕醫業、醫療工作
　医業を営む（行醫）
医局〔名〕（大學附屬醫院等的）研究室、診療部門、醫務室
医原病〔名〕〔醫〕醫原性疾病（由治療產生的疾病或副作用）
医師〔名〕醫師、大夫（=医者）

医師の診断を仰ぐ（請求醫師診斷）仰ぐ扇ぐ煽ぐ
医師免許状（醫師執照）
医師に見て貰う（請醫師看病）

医師、薬師〔名〕〔古〕（薬師的轉變）醫師、醫生

医者〔名〕醫師、大夫（=医師、医師、薬師）←→患者
医者に掛かる（請醫師看病）
医者に見て貰う（請醫師看病）
御医者さんの手当（診察）を受ける（接受醫師的診察）受ける請ける享ける浮ける
急いで医者を呼びに行く（趕緊去請醫師）
医者を開業する（開診療所）
医者の玄関構え（醫師的大門、粉飾外表）
医者の不養生（醫師不攝生、比喻言行不一致）
歯医者（牙醫）
目医者（眼科大夫）

医事〔名〕醫務、醫療事務
医事評論家（醫務評論家）

医術〔名〕醫術、醫道（=医道）
進んだ医術を習う（學習先進醫術）学ぶ
医術に長けている（精通醫術）長ける炊ける焚ける猛る
医術を習得する（學醫）
医術の力が及ばない（無法醫治）

医書〔名〕醫書
本草綱目は世界に名高い医書である（本草綱目是一部世界聞名的醫書）
医書専門店（醫書專門書店）

医聖〔名〕名醫、神醫
医聖と言われた人（被稱為神醫的人）

医長〔名〕主任醫師

医道〔名〕〔舊〕醫道（=医術）

医博〔名〕醫學博士（=医学博士、医学博士）

医方〔名〕醫術（=医術）

医務〔名〕醫務
医務室（醫務室、衛生所）
医務要員（醫務人員）

医薬〔名〕醫藥、醫療和藥品、醫藥用品、醫師和藥師
医薬施し用が無い（已經藥石無效）
医薬品（藥品）
医薬分離（醫藥分開）

医用〔名〕醫療用
医用電子工学（醫療用電子工程學）

医療〔名〕醫療、治療
医療を受ける（接受治療）
患者の医療を加える（醫治病人）加える咥える銜える
医療機械（醫療器械）
医療設備（醫療設備）
医療保険（醫療保険）
医療施設（醫療設施）
医療品箱（藥箱）
医療扶助（醫療補助）
医療輸送機（醫務輸送機）

壱（壹）（一）

壱、一〔名〕一，一個（=一つ）、最初，第一，首先（=最初、始め）、最好，第一；〔漢造〕逐一、万一、唯一、同一、画一、帰一、統一、純一、専一、壱州-地名
一万円（一萬日元）
一姫二太郎（頭胎女孩二胎男孩最理想）
一列に並ぶ（排成一列）
一に看病二に薬（護理第一藥劑其次）
クラス一の成績（班裡最好的成績）
一は八か（碰運氣、聽天由命）
一に足すと三に為る（一加二等於三）
一か八か遣って見よう（碰碰運氣、冒冒險）
一から十迄（一切、全部）
自分で一から十迄遣る（全由自己做）
一を聞いて十を知る（聞一而知十）
一の裏は六（否極泰來-骰子一的背面是六）
一も二も無く（立刻、馬上）
一も二も無く承諾した（立刻就答應了）
世界一を争う（數一數二）

此では一から遣り直した（這樣只好從新做起）

壱、一 〔名〕一，一個（＝一つ）、一方面、相同
壱を以て他を計る（舉一反三）他他 計る 図る 測る 量る 諮る 謀る
心を壱に為て（同心同德）
志を壱に為る（統一意志）
壱は良く壱は悪い（一個好一個不好）
壱は嬉しく、壱は悲しい（幾家歡樂幾家愁）
壱に為て二為らず（是一碼事、一而二二而一）

依、依（一）

依（也讀作依）〔漢造〕依靠、依據、依舊
帰依（〔宗〕皈依）

依願〔名〕依本人的志願
依願退職（辭職照准）
依願免官（辭職照准）

依拠〔名、自サ〕依靠、根據
大衆に依拠する（依靠大衆）
憲法に依拠する（根據憲法）
依拠があやふやだ（根據靠不住）
法令に依拠する（根據法令）

依然〔副、形動〕依然、仍舊、照舊
依然と為て前の態度を改めない（依然不改從前的態度）改める 革める 検める
依然と為て変わりが無い（依然如故）変り代り替り換り
問題は依然と為て解けない（問題仍然沒有解決）解く 説く 溶く
依然たる不景気（依然蕭條）

依存、依存〔名、自サ〕依存、依靠←→自立
外国に依存しない（不依靠外國）
我国は石油を殆ど外国から輸入に依存している（我國石油幾乎全依賴外國進口）
相互依存（互相依賴）

依託〔名、他サ〕委託、依靠
万事其の人に依託する（一切託付他）
台に依託して狙いを付ける（靠在架子上瞄準）台 台

販売を依託する（寄售）
依託学生（委託代教的學生、代教生）
依託射撃（架槍射擊、把槍架在樹枝或牆壁上進行的射擊）

依命〔名〕（官廳）依據命令
依命通達（遵命向下級機關傳達）

依頼〔名、他サ〕委託、依靠（＝頼み、頼る）
依頼に応じる（接受委託）
依頼を断る（謝絕委託）
依頼を拒む（謝絕委託）
手続を依頼する（委託辦理手續）
依頼の手紙（委託的信件）
訴訟事件の弁護を依頼する（請人做訴訟案件的辯護）
外に依頼す可き友人も無い（另外沒有可以依靠的朋友）外他
人に依頼せず自分で為る（不依靠別人自己做）
余り他人に依頼し過ぎる（過於依靠別人）
依頼心（依賴心）←→独立心
依頼心が強い（依賴心強、總想依靠別人）
依頼状（委託證書）

依怙〔名〕偏向、偏袒、偏愛
依怙の沙汰（偏向、偏袒＝依怙贔屓）

依怙地、依怙地、意怙地〔名、形動〕固執、彆扭、意氣用事（＝片意地）
依怙地な（の）人（固執的人）
依怙地な子供（彆扭的小孩）
依怙地に為る（賭氣）
益益依怙地に為る（更加固執起來）
依怙地を張る（固執己見）張る 貼る
依怙地で遣る（一意孤行）

依怙贔屓〔名、他サ〕偏向、偏袒（＝依怙、片贔屓）←→公平、公正
依怙贔屓の無い（公平的）
依怙贔屓の有る審判（不公平的裁判）
片一方に依怙贔屓する（偏袒一方）
先生は生徒に対して依怙贔屓を為ては行けない（老師對學生不應該偏袒）

依る、因る、由る、拠る、縁る〔自五〕依靠、仰仗、利用、根據、按照、由於

命令に依る（遵照命令）選る寄る縒る撚る倚る凭る

慣例に依る（依照慣例）

慣例に依って執り行う（按照慣例執行）

労働に依って収入を得る（靠勞力來賺錢）得る得る

辞書に依って意味を調べる（靠辭典來查意思）

話し合いに依って解決し可きだ（應該透過談判來解決）

基本的人権は憲法に依って保障されている（基本人權是由憲法所保障）

学生の能力に依り、クラスを分ける（依照學生的能力來分班）分ける別ける

天気予報に依れば明日は雨だ（根據天氣預報明天會下雨）明日明日明日

医者の勧めに依って転地療養する（按醫師的勸告易地療養）進める勧める薦める奨める

寄る〔自五〕靠近，挨近、集中、聚集、順便去、順路到、偏，靠、增多、加重、想到、預料到。〔相撲〕抓住對方腰帶使對方後退。〔商〕開盤

近く寄って見る（靠近跟前看）

側に寄るな（不要靠近）

もっと側へ御寄り下さい（請再靠近一些）

此処は良く子供の寄る所だ（這裡是孩子們經常聚集的地方）

砂糖の塊に蟻が寄って来た（螞蟻聚到糖塊上來了）

三四人寄って何か相談を始めた（三四人聚在一起開始商量什麼事情）

帰りに君の所にも寄るよ（回去時順便也要去你那裡看看）

何卒又御寄り下さい（請順便再來）

一寸御寄りに為りませんか（您不順便到我家坐一下嗎？）

此の船は途中方方の港に寄る（這艘船沿途在許多港口停靠）

右へ寄れ（向右靠！）

壁に寄る（靠牆）

駅から西に寄った所に山が有る（在車站偏西的地方有山）

彼の思想は左（右）に寄っている（他的思想左〔右〕傾）

年が寄る（上年紀）

顔に皺が寄る（臉上皺紋增多）

皺の寄った服（折皺了的衣服）

貴方が病気だったとは思いも寄らなかった（沒想到你病了）

時時思いも寄らない事故が起こる（時常發生預料不到的意外）

三人寄れば文殊の智恵（三個臭皮匠賽過諸葛亮）

三人寄れば公界（三人斟議、無法保密）

寄って集って打ん殴る（大家一起動手打）

寄ると触ると其の噂だ（人們到一起就談論那件事）

寄らば大樹の蔭（大樹底下好乘涼）

凭る、靠る〔自五〕凭、倚、靠

欄干に凭る（凭靠欄杆）

壁に凭る（靠牆）

机に凭って読書する（凭桌而讀）

柱に凭って居眠りを為る（靠著柱子打盹）

依り、因り（修助）遵照，按照、因為，由於

政府の命令に依り（遵照政府的命令）

病気に依り欠席する（因病缺席）

寄り〔名〕聚集、（腫瘤的）根、頭、硬心，凝聚。〔商〕開盤、（接尾用法）偏，靠。〔相撲〕抓住對方腰帶迫使後退

昨夜の会は大層人の寄りが好かった（昨晚上的會到會的人很多）

今日の寄りが悪い（今天到的人不多）

面皰の寄り（粉刺的頭）

腫れ物の寄りが首に出来る（脖子上長疙瘩）

南寄りの風（偏南風）

稍西寄りの所に（在偏西的地方）

左寄りの立場（偏左的立場）
海岸寄りの地帯（靠海岸地帶）
寄りを見せる（抓住對方腰帶推出界外）

依って、因って〔接〕（依りて的音便）因而、因此、所以
依って此で表彰する（因而予以表揚）

揖（一）

揖〔漢造〕拱手行禮
揖譲〔名〕以禮相讓、賓主行見面禮

欹（一）

欹〔漢造〕斜、傾側
欹てる、側てる〔他下一〕欹、側
耳を欹てる（側耳而聽、傾聽）
目を欹てて見る（側目而視、注視）
枕を欹てる（躺著傾聽）

夷（一ˊ）

夷〔名〕夷、消滅、夷平
夷を以て夷を制す（以夷制夷）
攘夷（排斥驅除通商的外國人）
東夷（中國古代指東方民族、蝦夷、古代京都對東北武士的稱呼）
焼夷弾（燒夷彈）
夷狄〔名〕夷狄、野蠻人。〔蔑〕外國人
夷、狄、戎、蛮〔名〕夷狄、野蠻人、魯莽武士、蝦夷（〝愛奴族〞蔑稱＝蝦夷、蝦夷）
夷を以て夷を制す（以夷制夷）恵比寿、恵比須（財神爺－日本七福神之一）
夷め〔名〕（北海道產）海帶古名
恵比寿、恵比須〔名〕財神爺（七福神之一）
恵比寿講（〔舊曆十月二十日商人〕祭財神＝恵比寿祭り）
恵比寿顔、恵比須顔（笑臉）←→閻魔顔
彼の人は何時も恵比寿顔を為ている（他總是笑容滿面）
借りる時の恵比寿顔、返す時の閻魔顔（借錢笑嘻嘻還時繃著臉）

宜（一ˊ）

宜〔漢造〕合適
適宜（適宜、適當）
機宜（恰合時宜）
便宜（便宜、權宜）
時宜（時宜、時機）
宜蘭（宜蘭）
宜〔副〕當然、的確（＝成程、如何にも）
宜なるかな（誠然如此）
宜〔副、形動〕宜、當然、的確（＝宜、成程）
宜なるかな（不亦可乎、難怪、怪不得）
時は金也と、宜なるかな（時者金也、誠哉斯言）
亦宜ならずや（不亦宜乎）
宜しい〔形〕（良い的鄭重說法、感嘆詞用法表示同意）好、行、可以、適當、沒關係
何方でも宜しい（哪一個都可以、怎麼都行）
何時伺えば宜しいですか（什麼時候去拜訪好呢？）伺う窺う覘う
用が無いから明日来なくて宜しい（明天沒事的話不來也沒關係）明日明日明日
此の方が宜しいと存じます（我想這樣比較好）
宜しければ次の議題に移ります（要是可以的話轉入下一個議題）移る写る映る遷る
誰でも宜しい（任何人都可以）
御都合の宜しい時（在您方便的時候）
喫煙しても宜しい（可以吸菸）
其で宜しい（那就妥當）
釣銭は宜しい（不用找錢了）
もう宜しいです（行啦！、已經可以啦！）
宜しい、引き受けた（好，我接受了）
宜しい、遣りましょう（好，做吧！）
宜しい、引き受けましょう（好，我答應下來吧！）
宜しい、然うし度いと言うなら（好吧！既然你願意那麼做）
此方で宜しゅう御座いますか（在這裡好嗎？）

宜しく〔副〕（來自文語形容詞宜し的連用形）適當地
（←宜しく願います）請多關照
（←宜しく御伝え下さい）請代問候
（下接文語可し）應當，應該，必須
（副助詞用法）真像，活像（表示得意的樣子）
君の判断で宜しく遣って下さい（你斟酌適當地處理吧！）
君の考えで宜しく遣って呉れ（就按你的想法好好做吧！）
何卒宜しく（願います）（請多關照）
後の事は宜しく頼む（以後的事就拜託你了）
宜しく御取り計らい下さい（請多提拔）
皆様に宜しく（請向大家問好）
母からも宜しくとの事です（我母親也向你問好）
兄が宜しくと申しました（我的哥哥向您問候）
宜しく反省す可きだ（應該好好省）
宜しく勉学に励む可し（應該努力學習）
伊達男宜しくベーレー帽を被る（頭戴無沿圓軟帽活像個花花公子）

宜しき〔名〕（來自文語形容詞宜し的連體形）適當、合適、相宜
指導宜しきを得る（領導得當）得る得る
先生の宜しき指導を得て見事大学に合格した（老師指導得當學生考上了大學）
繁簡宜しきを得る（繁簡得宜）

宜く、能く、良く、善く、好く、克く〔副〕好好地，仔細地、常常地，經常地、非常地，難為，竟能、太好了，真好
宜く御覧下さい（請您仔細看）
宜く考え為さい（好好想想）
病気は宜く為った（病好了）
宜く書けた（寫得漂亮）
宜く有る事（常有的事）
宜く転ぶ（常常跌倒）
宜く映画を見に行く（常去看電影）
彼は宜く学校をサボル sabotage（他常常翹課）
昔は宜く一緒に遊んだ物だ（從前常在一起玩）
昨夜は宜く眠れましたか（昨晚你睡得好嗎？）
彼女は歌が能く歌える（她唱歌唱得很好）
風邪が一向に宜く為らない（感冒一直不好）
御話は宜く分かりました（你說的我很明白）
此の肉は宜く煮た方が良い（這肉多煮一會兒較好）
若い時は宜く野球を遣った物だ（年輕時常打棒球）
青年の宜くする過ち（年輕人常犯的毛病）
日本には宜く台風が来る（日本經常遭颱風）
此の二人は宜く似っている（這兩個人長得非常像）
此の大雪の中を宜く来られたね（這麼大的雪真難為你來了）
御忙しいのに宜く御知らせ下さいました（難為您百忙中來通知我）
他人の前で宜くあんな事を言えた物だ（當著旁人竟能說出那種話來）
宜くあんな酷い事を言えた物だ（竟說出那樣無禮的話來）
あんな薄給で家族六人宜く暮らせる物だ（那麼少的薪水竟能維持一家六口的生活）
宜く御知らせ下さいました（承蒙通知太好了）
宜くいらっしゃいました（來的太好！）
宜く遣った物だ（做得太好了）

怡（一ˊ）

怡〔漢造〕和樂（=喜ぶ、楽しむ）
怡然〔副、形動タルト〕怡然、欣然
怡然と為て自ら楽しむ（怡然自得）楽しむ愉しむ
怡楽〔名、自他サ〕怡樂

洟（一ˊ）

洟〔名〕鼻涕
洟を啜る（吸鼻涕）洟鼻花華

洟を擤む（擦鼻涕）
鼻を擤む（擦鼻涕）
洟を垂らしている子（拖著鼻涕的孩子）垂らす足らす詐す
洟を引っ掛けない（連理都不理、不屑理會）

鼻〔名〕鼻、鼻子
鼻の頭（鼻尖）花華洟端
鼻の穴（鼻孔）
高い鼻（高鼻子）
尖り鼻（尖鼻子）
鷲（鉤）鼻（鷹勾鼻）
上を向いた鼻（朝天鼻）
胡坐を掻いた鼻（蒜頭鼻）
獅子鼻（獅子鼻、扁鼻）
象は鼻が長い（象鼻很長）
風邪を引いて鼻が効かない（因為感冒鼻子不靈）
鼻が良く効く（鼻子靈）
鼻が詰まる（鼻子不通）
鼻を撮む（捏鼻子）
鼻を鳴らす（哼鼻子、撒嬌）
鼻を穿る（穿る）（挖鼻孔、摳鼻子）
鼻を啜る（抽鼻子、吸鼻子）
鼻に皺を寄せる（皺鼻子）
鼻のぺちゃんこな子供（塌鼻子的小孩）
鼻で息を為る（用鼻子呼吸）
鼻の先で笑う（冷笑、譏笑）
木で鼻を括る（帶答不理、非常冷淡）
鼻が高い（得意揚揚）
鼻が凹む（丟臉）
鼻が曲がる（惡臭撲鼻）
鼻であしらう（冷淡對待）
鼻に（へ）掛かる（說話帶鼻音、哼鼻子、撒嬌、自滿）
鼻に（へ）掛ける（炫耀、自豪）
鼻に付く（討厭麻煩）
鼻の下が長い（好色、溺愛女人）
鼻の下が干上がる（不能糊口）
鼻も動かさず（不動聲色、裝模作樣、若無其事）
鼻を明かす（先下手、不動聲色、使大吃一驚）
鼻を折る（使丟臉、挫期銳氣）
鼻を欠く（得不償失）
鼻を高くする（得意揚揚、趾高氣揚）
鼻を突き合わす（面對面、鼻子碰鼻子、經常見面）
鼻を突く（撲鼻、刺鼻、受申斥、失敗）
鼻を撮まれても分らない程の闇（黑得身手不見五指）
鼻を放る（打噴嚏）

花、華〔名〕花、櫻花、華麗,華美、黃金時代,最美好的時期、精華,最好的、最漂亮的女人、花道,插花術,生花術、（給藝人的）賞錢、紙牌戲（=花札。花合わせ）、榮譽，光彩
梅の花（梅花）
花が咲く（開く）（開花）
花は散って仕舞った（花謝了）
花が萎む（花謝了）
花を付ける（開花）
花が実と為る（花結成果）
花を植える（種花）
花を摘む（切る）（摘〔剪〕花）
花に水を遣る（澆花）
花一輪（一朵花）
花一束（一束花）
花を手折る（採折花）
花の便り（開花的音信花信）
御花見（觀賞櫻花）
花の雲（櫻花如雲）
花を見に行く（看櫻花去）
上野の花は今が見頃だ（上野的櫻花現在正是盛開時節）
花の顔（花容）
花の装い（華麗服裝）
花の都（花都繁華都市）
大学生時代が花だ（大學時期是黃金時代）

今が人生の花だ（現在是人一生中最美好的時期）
彼の人も嘗ては花を咲かせた事が有った（他也曾有過得意的時候）
武士道の花（武士道的精華）
浪の花（鹽的異稱）
彼女は一行の花だった（她是一群人當中最漂亮的）
社交界の花（交際花）
職場の花（工作單位裡最漂亮的女人）
御花を習う（學習插花）
役者に花を呉れる（賞錢給演員）
花を引く（玩紙牌）
死後に花を咲かす（死後揚名）
藤山さんが出席してパーティーに花を添えた（藤山先生的出席給晚會增添了光彩）
言わぬが花（不說倒好不說為妙）
花が咲く（を咲かせる）（使…熱鬧起來）
花に風（嵐）（花遇暴風、比喻好事多磨）
花は折りたし梢は高し（欲採花而枝太高、可望而不可即）
花は桜木、人は武士（花數纓花人數武士）
花は根に、鳥は古巣に（落葉歸根、飛鳥歸巢）
花も実も有る（有名有實、既風趣又有內容）
花より団子（捨華就實、不解風情但求實惠）
花を折る（〔古〕打扮得花枝招展）
花を持たせる（榮譽讓給別人、給人面子）
花を持つ（獲得榮譽、露臉）
花を遣る（窮奢極欲）

端〔名〕（事物的）開始、（物體的）先端,盡頭
端から調子が悪い（從開始就不順利）
岬の端に在る（海角上的盡頭）

端〔接尾〕開始、正…當時
寝入り端を起こされる（剛睡下就被叫起來了）
出端を挫かれる（一開始就碰釘子）

涕、涙、泪〔名〕淚,眼淚、哭泣、同情
熱い涙（熱淚）熱い厚い暑い篤い
空涙（假淚、貓哭耗子假慈悲=嘘の泪）
御涙頂戴物（引人流淚的情節〔故事、節目等〕）
御涙頂戴の映画（賺人眼淚的電影）
血の涙（心酸淚）
涙を拭く（拭淚）拭く葺く吹く
涙を流す（流淚）
目から涙が溢れ出る（眼淚奪眶而出）
彼女の目から涙が溢れた（她的眼淚奪眶而出）
玉葱を刻んでいたら涙が出て来た（一切洋蔥眼淚就流了出來）
涙を堪えて可愛い息子を懲らしめた（忍著淚處罰心疼的兒子）堪える耐える絶える
涙を一杯溜めた目（眼淚汪汪的眼睛）溜める貯める矯める躊躇う
聞くも涙語るも涙の物語（所聽所講都是令人淒然淚下的故事）
母は涙乍に娘に秘密を打ち明けた（母簽邊哭邊將心裡的秘密告訴女兒）
眠っている子供の頬に涙の跡が付いていた（正在睡覺的孩子臉頰上留有淚痕）
涙が出る程笑う（笑到流淚）
思わず嬉し涙が出た（不禁高興得流出淚來）
涙を流して（邊流著眼淚）
涙を流し乍（邊流著眼淚）
涙を湛え乍話して呉れた（邊眼淚汪汪地講給聽了）湛える称える讚える
涙を押える（忍住眼淚）押える抑える
涙を催す（感動得流淚）
涙を払って別れた（揮淚而別）
目に涙を浮かべる（含淚）
涙を浮かべて発言する（含著眼淚發言）
涙をぽろぽろと溢す（淚珠簌簌地掉下來）溢す零す
涙の零れる話（令人同情的事）零れる溢れる毀れる溢れる
雀の涙（少許、一點點）
雀の涙程のボーナス（少得可憐的獎金）
血も涙も無い（狠毒、冷酷無情）

涙片手に（聲淚俱下地）
涙勝ち（愛哭、愛流淚）
涙に暮れる（悲痛欲絕、淚眼矇矓）暮れる
涙に沈む（非常悲痛）
涙に咽ぶ（哽咽、抽抽搭搭地哭）咽ぶ噎ぶ
涙を呑む（飲泣吞聲）
涙を揮う（揮淚）
涙ぐむ（含淚）
涙霞（淚眼矇矓）
涙顔（淚痕滿面）
涙川（淚如泉湧）
涙金（斷絕關係時給的少許贍養費）
涙曇り（眼淚汪汪）
涕（漢造）眼淚、鼻涕（通洟）

洟垂らし、洟垂し〔名〕愛流鼻涕（的人）、幼稚無知的人（=鼻っ垂らし）
洟垂らし小僧（愛流鼻涕的人）
未だ洟垂らしだ（還是個乳臭未乾的小孩）
此の洟垂らし奴が（這個幼稚無知的傢伙、沒有骨氣的東西）

洟垂、洟垂れ〔名〕鼻涕鬼、乳臭未乾的小孩（=鼻っ垂れ，洟垂らし，洟垂し）
洟垂小僧（流著鼻涕的孩子）
四十、五十は洟垂小僧（四十歲五十歲還算是小孩、四十歲五十歲還不算老）
三十、四十才は洟垂だ（都三四十歲的人了還那麼幼稚無知）
洟垂に何か出来るか（乳臭未乾的小孩子能做什麼？）

移（一ノ）

移〔漢造〕遷移、變化
転移（移轉）
推移（推移、便千）
移天易日（移天易日）

移管〔名、他サ〕移管
事務を地方公共団体に移管する（把事務移交地方公共團體管理）
事務を移管する（交接工作）

移監〔名、他サ〕移監、轉獄（把犯人移轉到別的監獄）

移器点〔名〕轉折點、轉向點

移行〔名、自サ〕過渡、移轉（=移り行き）
新制度へ移行する（過渡到新的制度）
管轄が区から市に移行する（管轄權由區移轉到市）

移項〔名、他サ〕〔數〕移項

移住〔名、自サ〕移住、移居
海外へ移住する（移居海外）
カナダに移住する（移居加拿大）
移住民（移民）民
移住者（移民）者
移住権（移居權）
移住動物（遷棲動物）

移出〔名、他サ〕（向外地、殖民地）運出（貨物）（有別於輸出）←→移入
産地から米を移出する（由產地運出大米）
産地から米を都市へ移出する（由產地向城市運出大米）

移乗〔名、自サ〕改乘、換車船（=乗り換える）
彼はヨットから本船に移乗した（他從遊艇轉乘到母船去了）

移譲、委譲〔名、他サ〕（把權限等）讓與、移交
株の移譲（轉讓股份）
地租を地方に移譲する（把土地稅讓與地方）

移植〔名、他サ〕移植、移種、移栽
苗を移植する（移苗）
苗木を移植する（移植樹苗）
角膜移植手術（角膜移植手術）
南方の茶を北方に移植する（南茶北移）

移審〔名〕送審、送上級審理
移審令状（送審令）

移棲〔名〕（鳥類定期的）移棲

移籍〔名、自サ〕移轉戶口、遷移戶口
居住地に移籍する（向居住地方移轉戶口）
本籍を居住地に移籍する（把原籍遷移到居住地）
彼は去年西武野球チームに移籍した（他去年轉籍到西武棒球隊了）

移送〔名、他サ〕移送、輸送
地方裁判所へ移送する（移送地方法院）

事件を最高裁へ移送した（把案件轉送最高法院）
荷物を移送する（輸送貨物）
移送ポンプ（轉運幫浦）

移築〔名、他サ〕移築、移建、遷築
明治村へ移築保存の予定（準備移築到明治村去保存）

移駐〔名、自サ〕（軍隊等）移防
山の裏に移駐する（移防到山區）
部隊が他所へ移駐する（部隊向他處移防）
他所余所

移牒〔名、自サ〕移文（把文件轉到另一個機關）

移調〔名、他サ〕〔音〕移調
ハ調の曲をト調に移調する（把C調樂曲移為G調）
ヘ調からニ調に移調する（把F調轉為D調）

移程〔名〕〔土木〕過渡（緩和）曲線的移位

移転〔名、自他サ〕轉移、遷移（＝引越）
権利の移転（權利的轉讓）
他の家へ移転する（搬到別的房子去）他他外
Bに権利を移転する（把權利轉讓B）
移転の祝いを為る（祝賀喬遷）
移転補償（遷移補貼、遷移費）
移転通知（遷移通知）
事務所を移転する（遷移辦公室）
荷物を取り纏めて移転する（把貨物整好搬走）

移動〔名、自サ〕移動、轉移←→固定
人口の移動（人口的移動）
都市の人口の移動を激しい（都市人口移動厲害）激しい烈しい劇しい
部隊が移動する（部隊移防）
移動演劇（巡迴演出）
移動舞台（活動舞台）
移動劇団（巡迴劇團）
移動診療（巡迴醫療）
移動文庫（巡迴圖書館）
移動証明書（調動證明書）
移動大使（巡迴大使）
移動展覧会（巡迴展覽會）
移動図書館（巡迴圖書館）
移動ウィンチ（移動絞車）
移動度（〔理化〕遷度、遷移率）
移動撮影機（活動攝影機）
移動映画班（巡迴放映班）
移動磁界（移動磁場）
移動電位（移動電位差）
移動波（移動波）
移動式足場（移動式手腳架）
移動書棚（移動書架）
移動期（〔生〕終變期）
横移動（〔機〕横動）
移動性盲腸（游動盲腸）
移動性高気圧（流動高氣壓）

移入〔名、他サ〕（從縣外、國外）運入、遷入、轉入←→移出
阿里山から木材を移入する（從阿里山運入木材）
移入米を倉庫を運ぶ（把運進的米搬入倉庫）米米米
次期の勘定に移入する（轉入下期帳內）
移入申告書（運進申請書）
移入労働者（遷入的工人）
移入組織（〔植〕轉輸組織）

移付〔名、他サ〕（權利、物品、文件等在機關之間的）轉移、移交

移封〔名、他サ〕（對諸侯等）移封、轉封（＝国替）

移民〔名、自サ〕移民、僑民
ブラジルへ移民する（往巴西移民）
イギリスへ移民する（移民英國）

移用〔名、他サ〕挪用（經費）
経費を移用する（挪用經費）
予算の移用（預算的挪用）

移流霧〔名〕〔氣〕平流霧

移徙、渡座〔名〕搬家、遷居（用於貴族、公卿遷居、神輿的出巡）（引っ越し的敬語）

移す、遷す〔他五〕遷移、變遷、轉移、推移
家を移す（搬家）写す映す

事務所を市内に移す（把辦事處搬到市內）
樽から徳利へ移す（從桶裡倒到酒壺）
御飯を御櫃に移す（把飯盛到飯桶裡）
風邪を移す（把感冒傳染給別人）
病院で風邪を移された（在醫院被傳染上感冒）
都を移す（遷都）都 都
怠け癖を仲間に移す（把偷懶毛病傳染給夥伴）
机を窓際に移す（把桌子挪到窗邊）
心を移す（變心、興趣轉到別的方面）
ポストを移す（變動工作崗位）
実行に移す（付諸實施）
時を移す（度過時間、虛度光陰）
時を移さず仕事に掛ける（立即著手工作）
色を移す（染上色）
移し絵（印紙畫）
写し絵（寫生畫）
映し絵（剪影畫）

映す〔他五〕映，照、放映
　鏡に映す（照鏡子）映す 写す 遷す 移す
　彼は鏡に自分の姿を映して見る（他用鏡子照了照自己）
　映画を映す（放映電影）
　スライドを映す（放幻燈片）
　絵がスクリーンに映す（把畫放映在螢幕上）
　月が地上に影を映す（月影映在地上）
　梅の枝が障子に影を映す（梅枝映在紙門上）

写す〔他五〕抄，謄，摹（=謄写する）、拍照（=撮る）、描寫，描繪（=書く）
　ノートを写す（抄筆記）
　名家の書を写す（臨摹名人的字）
　写真を写す（拍照、照像）
　大体の印象を絵に写す（把大致的印象描繪成畫）

移し絵、移絵〔名〕印紙畫
移文〔名〕傳閱的文件（=回し文、回文）
移る、遷る〔自五〕遷移、變遷、轉移、推移

家を移る（搬家）映る 写る
市内から市外に移る（從市內搬到市外）
家が郊外に移った（家搬到郊外了）
何時新しい家に移りますか（什麼時候搬到新房？）
世が移る（世事變遷、社會變化）
人手に移る（轉歸他人）
肺結核が移った（傳染上了肺炎）
隣家に火が移った（火延燒到鄰家了）
赤い色が紙に移った（紅色沾染到紙上了）
時代が移るに連れて物の考え方も変わって来た（隨著時代變遷對事物的想法也變了）
彼女は気が移り易い（她容易見異思遷）
別の話題に移ろう（換個話題談點別的吧！）
彼は此の学校に移って来た（他轉到這個學校來了）
香水の匂いが茶に移った（香水的香味沾染上茶葉了）匂い 臭い
時の移ると共に三民主義の優越性が益益明らかに為った（隨著時間變遷三民主義的優越性越來越明顯了）
話は実業計画に移った（話題轉到了實業計畫上面）
子供にジフテリアが移った（小孩子感染上白喉了）
主人の趣味が私にも移った（我也染上了先生的愛好）
色が移らない様に別別に洗い為さい（分開來洗免得被染色了）洗い 荒い 粗い
コーヒーの香りが缶に移った（罐子沾上了咖啡香味）
魚の臭いが移って生臭い（沾上了魚腥味發臭）魚 魚 魚

映る〔自五〕映照，顯像，相配，相稱
月の光が水に映る（月光映照在水中）映る 写る 遷る 移る
月が湖に映る（月亮映在湖裡）
テレビに映っている（照在電視裡）
目に映る（映入眼簾、看見）
此の辺はテレビが良く映らない（這一帶電視顯像不好）

此の写真は大層良く映っている（這張照片照得很好）

彼の着物は彼女にはさっぱり映らない（那件衣服她穿著一點兒也不適稱）

其のネクタイは服に映らない（那條領帶跟衣服不配）

帽子の色が服に映る（帽子顏色和衣服很調和）

写る、映る〔自五〕照像、映現

此の写真は大層良く写っている（這張照片照得很好）

移り、移〔名〕移動、推移、（以御移り的形式）對贈品的回禮（以火柴、日本紙等放在原贈品禮盒容器中表示回禮）

移り香、移香〔名〕遺香

移り香が為る（有遺香）

移り変わる、移り変る〔自五〕變遷、變化

時代と共に風俗が移り変わる（風俗隨著時代變化）

移り変わり、移り変り〔名〕變遷、變化

季節の移り変わり（季節的變化）

世の移り変わり（世事的變遷）

流行の移り変わりが激しい（流行不斷變化）流行流行

交通機関の移り変わりを調べる（調查交通事業的變遷）

移り気〔形動〕性情不定、心情易變、見異思遷

彼は移り気な男だ（他是個見異思遷的人）

移り気の人は成功しない（見異思遷的人是不會成功的）

彼は移り気で困る（他總是見異思遷真傷腦筋）

移り箸、移箸〔名〕（吃飯時一個菜接著一個菜地）連著夾菜吃（日俗認為是不禮貌）

移り身、移身〔名〕毫不費力地改變行動

移り身の速さ（變換之快、轉變之快）

移り易い〔形〕易變的、易感冒的，易傳染的

彼女は気が移り易い（她容易見異思遷）

移り行く、移行く〔自五〕推移、變遷

移り行く世の有様（不斷變遷的社會情況）

月日の行くのは速い物だ（時間過得真快）速い早い

移り行き〔名〕推移、變遷

世の移り行き（社會變遷）

移ろう〔自五〕（逐漸）變化、推移（=移る、遷る）

花萎み色移ろう（花萎色移）

貽（一ˊ）

貽〔漢造〕遺留

貽貝〔名〕〔動〕貽貝、殼菜（俗稱淡菜、瀨戶貝）

飴（一ˊ）

飴〔名〕飴糖、軟糖、麥芽糖

飴菓子（糖果）飴雨天鯨

子供が飴をしゃぶっている（小孩嘴裡含著糖）

飴を食わせる（給他一個甜頭吃）食わせる喰わせる

飴を舐めさせる（給他一個甜頭吃）舐める嘗める嘗める

飴を舐らせる（給他一個甜頭吃）

今の負けは飴を嘗めさせたんだ（剛才輸給他是故意給他的甜頭）利口　利巧　悧巧

彼は利口だから、飴を嘗めさせようと為ても駄目だ（因她很機靈想用好處籠絡也不成）

飴を含み孫を弄ぶ（含飴弄孫）

雨〔名〕雨、下雨、雨天、雨量

小糠雨（細雨＝細かい雨）天飴

大雨、大雨（大雨、豪雨）

俄か雨（驟雨＝驟雨）

霧の様な雨（濛濛細雨）

土砂降りの雨（瓢潑大雨）

滝如す雨（傾盆大雨）

降り続く雨（連綿的淫雨）

雨の多い地方（多雨的地方）

雨の少ない国（雨量少的國家）

雨が降り然うだ（要下雨的樣子）

雨が止む（雨住）

雨が上がる（雨住）

久しく雨が無い（好久沒下雨了）

雨に遇う（遇雨）
雨に降られる（遇雨）
雨に濡れる（被雨淋濕）
雨を防ぐ（防雨）
雨を凌ぐ（躲雨、避雨）
あ、雨だ（啊！下雨啦）
今日は雨だ（今天是下雨天）
弾丸の雨（彈雨）
拳骨の雨（拳頭雨點般落下）
雨降って地が固まる（下了雨地面就牢固起來、〔喻〕破壞之後才有建設、經過戰爭才有和平）

天〔名〕天（＝天、空）←→土
飴色〔名〕米黃色
飴牛、黃牛〔名〕黃牛
飴細工〔名〕糖人（糖的工藝品）、〔喻〕繡花枕頭、虛有其表，可以任意變形的東西
飴玉〔名〕糖果
飴玉をしゃぶる（含糖球）
飴玉をしゃぶらせる（討好、討人喜歡）
飴煮〔名〕用麥芽糖或砂糖煮（到拔出絲的程度）
山芋飴煮（拔絲山芋）
飴ん棒〔名〕棒棒糖
飴〔名〕餅、飴

疑（ー／）

疑〔漢造〕懷疑
嫌疑（嫌疑）
容疑（嫌疑）
懷疑（懷疑）
狐疑（猜疑）
質疑応答（問題解答）
半信半疑（半信半疑）

疑雲〔名〕疑雲、疑問
疑雲に包まれる（滿腹疑團）
疑雲を晴らす（解疑）

疑義〔名〕疑義、疑問
疑義を正す（質疑）
疑義を晴らす（解除疑問）

疑義を挟む（有疑義、懷疑）挟む鋏む挿む剪む
疑義を抱く（有疑義、懷疑）抱く懐く抱く
何等疑義を挟む余地は無い（毫無疑義）
其は些かの疑義をも容れない（那毫無疑問、那無需多疑）些か聊か容れる入れる

疑懼〔名他サ〕疑懼、疑慮和恐懼
疑懼の念を抱く（心懷疑懼）抱く懷く抱く

疑獄〔名〕疑獄、疑案、（大官僚等的）貪汙事件
疑獄を暴く（揭發疑案）暴く発く
疑獄を起こす（引起疑案）起す興す熾す
疑獄に連座する（被捲入貪汙事件）
内閣は疑獄事件に倒れた（内閣因貪汙案垮台了）倒れる仆れる斃れる

疑心〔名〕疑心、疑慮
疑心暗鬼を生ず（疑心生暗鬼）生ず請ず招ず
疑心を抱く（懷有疑心）抱く懐く抱く
疑心が募る（增加疑心）
彼等は互いに疑心を抱き、互いに軋轢を切り返す（他們互相猜疑互相傾軋）

疑似、擬似〔名〕〔醫〕疑似
疑似症（〔醫〕疑似症）←→真症
疑似符号（〔電〕疑似符號）
疑似軍事行動（〔軍〕準軍事行動）
疑似空中線（〔電〕假天線）
疑似コード（〔電〕假碼、假指令）

疑団〔名〕疑念
疑団を解く（解疑）解く説く溶く梳く
疑団を氷解する（疑團冰釋）

疑点〔名〕疑點
疑点が残る（留下疑點）
疑点を明らかに為る（把疑點弄清楚）
幾つかの疑点が残る（有幾個疑點）
疑点を質す（問清楚疑點）質す正す糾す紀す
疑点を残す（留下疑點）残す遺す
専門家に疑点を紀す（向專家問清楚疑點）

疑念〔名〕疑念

疑念を抱く（懷疑）抱く懷く抱く
疑念を晴らす（解除疑問）
ふと疑念が胸に浮かんだ（忽然懷疑起來）

疑問〔名〕疑問
疑問を抱く（懷疑）
本当か如何か疑問だ（真假值得懷疑）
疑問に思う（覺得可疑）思う想う
疑問が解けた（疑問解除了）解く説く溶く梳く
此の件に就いては少しも疑問の余地が無い
疑問代名詞（疑問代名詞）
疑問符を打つ（打問號）打つ撃つ討つ
疑問符（疑問號？＝クェスチョン、マーク）

疑陽性〔名〕〔醫〕（結核菌素反應的）疑似陽性反應

疑惑〔名〕疑惑、疑心→信用
疑惑を抱く（懷疑）
人の疑惑を招く（惹人懷疑）
疑惑を持つ（懷疑）
疑惑を解く（消除疑惑）

疑う〔他五〕懷疑、猜疑（＝怪しむ、訝る、危ぶむ）←→信じる
彼は私の言葉を疑った（他懷疑我的話）
私は彼が嘘を付いているのでは無いかと疑った（我懷疑他在說謊）
私は其の事実を疑わない（我不懷疑那個事實）
其は疑う余地が無い（那沒有疑問的餘地）
七度尋ねて人を疑え（未經徹底調查不要馬上懷疑別人）尋ねる訪ねる訊ねる
事の成否を疑う（懷疑事情能否成功）
私は自分の目を疑った（我不相信自己的眼睛）
彼を犯人かと疑う（懷疑他可能是犯人）

疑る〔他五〕〔俗〕懷疑、猜疑（＝疑う）
自分を陥れようと為ているのでは無いかと疑る（懷疑別人是不是正在想要陷害自己）

疑うらくは〔連語〕或許（＝多分）
疑うらくは是地上の霜かと（疑是地上霜）
是此之惟

疑い、疑〔名〕嫌疑、疑惑、疑問
疑いを抱く（懷疑）抱く抱く懷く
一点の疑いも無い（一點懷疑也沒有）
疑いを掛ける（懷疑）
有らぬ疑いを掛けられた（受到無故懷疑）
疑いが晴れる（解除嫌疑）
肺炎の疑いが有る（有肺炎的可能）有る在る或る
疑いの目で見る（用疑惑的眼光看）
疑いを解決する（解決疑惑）
共産主義の敗北は疑いの無い事だ（共産主義的失敗是毫無疑問的）

疑い無く〔副〕無疑地
疑い無く此は彼のミスだ（無疑地這是他的過失）
疑い無く成功するだろう（一定會成功）

疑い深い〔形〕多疑的、疑心大的、疑心重的（＝疑り深い）
疑い深い人（多疑的人）
疑い深い女（疑心重的女人）
余り疑い深いのも困る（疑心太大不好）
疑い深いする物ではない（別多心）

疑り深い〔形〕〔俗〕多疑的、疑心大的、疑心重的（＝疑い深い）
彼の男の疑り深いのには呆れる（真沒想到他的疑心這麼大）呆れる飽きれる厭きれる

疑わしい〔形〕可疑的、值得懷疑的、有疑問的、靠不住的
成功するか如何か疑わしい（能否成功頗有疑問）
彼が来るか如何か疑わしい（他來不來還說不定）来る来る如何如何如何
彼の行動には疑わしい所が有る（他的行動有點可疑）所処ところ所
事の真偽は疑わしい（事情的真偽令人懷疑）
日曜日の天気は疑わしい（星期日的天氣恐怕靠不住）
明日の天気は疑わしい（明天的天氣恐怕靠不住）明日明日明日

疑わしげ〔形動〕可疑的樣子
　疑わしげに見える（顯得可疑）
　疑わしげな目付きを為ている（露出可疑的眼神）

儀（一ˊ）

儀〔名〕禮儀、儀式、準則、規律、模型、儀器、（某件）事情、(接人稱代名詞下)表示主格(=事)
　婚礼の儀（婚禮）
　婚礼の儀を行う（舉行婚禮）
　即位の儀（登極大典、加冕禮）
　此の儀は如何に取り計らいましょうか（這件事情要怎樣處理呢？）
　家賃の儀は置って相談しよう（房租這事以後再商量吧！）
　其の儀許りは承知し兼ねる（唯獨此事礙難同意）
　私儀此の度退職致しました（我這次退職了）
　威儀（威儀、威嚴）
　盛儀（盛典、隆重的儀式）
　婚儀（婚禮、結婚儀式）
　容儀（端莊的儀容）
　典儀（典禮、儀式）
　渾天儀（渾天儀）
　地球儀（地球儀）
　水準儀（水平儀）
　測距儀（測距儀）
儀式〔名〕儀式、典禮
　儀式を行う（舉行儀式）
　儀式は厳かに執り行われた（儀式隆重舉行了）
　婚礼の儀式（婚禮）
　単なる儀式ではない（不僅僅是儀式）
　儀式菓子（儀式用的點心、只講究外表不重視味道）
　儀式張る（講究排場、拘泥虛禮、講求虛禮、故作莊重）
　儀式張る人（講究排場的人）
　儀式張らない会合（不拘禮節的集會）
儀杖〔名〕儀仗

儀杖隊（儀仗隊）
儀杖兵（儀仗兵）
　儀杖隊を閲兵する（檢閱儀仗隊）
儀装〔名〕為舉行（參加）儀式而裝飾
　儀装馬車（為參加儀式而裝飾的馬車）
儀典〔名〕儀式
　儀装局（禮賓司）
儀表〔名〕榜樣、模範（=手本、模範）
　一世の儀表と仰がれる（被尊為一代的師表）仰ぐ扇ぐ煽ぐ
　世の儀表と為る（成為社會上的榜樣）為る成る鳴る生る
儀容〔名〕儀容、風采
　儀容を繕う（整修儀容）
儀礼〔名〕禮節、禮儀、禮貌
　儀礼を重んずる（重視禮節）
　儀礼兵（儀仗兵）兵兵兵
　外交的儀礼（外交上的禮節）
　堅苦しい儀礼は抜きに為て（免去繁文縟節）
　儀礼的（禮節性的）
　儀礼的訪問（禮貌性的訪問）

誼（一ˊ）

誼〔名〕情誼
　故郷の誼（故郷之誼）故郷古里故里故郷
　友誼（友誼、友情）
　情誼、情宜（情誼、友誼）
　好誼、好宜（好意）
　高誼、厚誼（厚誼、厚情、厚意）
　交誼、交宜（交情、交往）
誼, 誼み、好, 好み〔名〕友情，友誼、因緣，關係
　日本の友達と誼を結ぶ（和日本朋友聯誼）結ぶ掬ぶ
　誼が深い（情誼深）
　友達の誼で相談に乗る（出於友情參予商談）
　近所の誼（友鄰之情）
　昔の誼（老交情）

昔の誼で力を貸す（看老交情給予幫助）
貸す　化す課す科す嫁す粕糟滓
誼を通じる（通好、友好往來）

遺、遺（一ˊ）

遺〔名〕遺失物
　道に遺を拾わず（路不拾遺）
　拾遺（拾遺集、侍從、諫官）

遺愛〔名〕遺愛，故人生前心愛之物，遺腹，遺子（＝遺兒、忘れ形見）
　遺愛の軸（生前心愛的畫）
　遺愛の品（生前喜愛之物）

遺詠〔名〕遺詩、臨終時作的詩

遺影〔名〕遺像

遺家族〔名〕遺屬、遺族
　戦没者の遺家族（陣亡者的遺屬）

遺戒、遺戒、遺誡、遺誡〔名〕遺訓、遺囑（＝遺訓）

遺骸、遺骸〔名〕遺骸（＝亡骸、死骸、遺体）
　遺骸を荼毘に付ける（火葬屍體）
　遺骸を手厚い葬る（鄭重地埋葬遺骸）

遺憾〔名、形動〕遺憾（＝残念）、可惜（＝口惜しい）
　斯かる事件が頻頻と為て起こるのは誠に遺憾に堪えない（這樣事件一再發生不勝遺憾）
　遺憾に存じます（太對不起了）
　遺憾の意を表する（表示遺憾）表する 評する
　万遺憾無きを期され度い（希望萬無一失）万 万
　遺憾千万（萬分遺憾）
　出来ないのが遺憾だ（可惜做不到）
　遺憾乍（遺憾的是…）
　遺憾乍御助力出来ない（遺憾得很我不能幫助您）
　遺憾乍御希望には添い兼ねる（遺憾的是難以滿足您的希望）
　遺憾乍私は参加出来ません（可惜的是我不能参加）
　遺憾無く（充分、完全）
　遺憾無く才能を発揮する（充分發揮才能）
　此の作品には彼の善さが遺憾無く発揮されている（他的長處充分表現在此作品中）

遺棄〔名、他サ〕遺棄
　死体を遺棄する（遺棄屍體）
　死体遺棄（遺棄屍體）
　遺棄罪（〔法〕遺棄罪）

遺却〔名、他サ〕忘卻、忘掉
　全てを遺却した（忘卻了一切）全て凡て総て統べて

遺教、遺教〔名〕遺教、遺訓

遺業〔名〕故人留下的事業
　遺業を継承する（繼承遺業）
　父の遺業を継ぐ（繼承父業）継ぐ告ぐ次ぐ注ぐ接ぐ

遺訓、遺訓〔名〕遺訓
　孫中山先生の遺訓を守る（遵守國父遺訓）
　守る護る守る盛る漏る洩る

遺賢〔名〕留在民間有才能的人
　野に遺賢無し（野無遺賢）野野

遺孤〔名〕遺孤（＝孤兒）
　身寄りの無い遺孤を収容する（收容無依無靠的遺孤）

遺稿〔名〕遺稿
　遺稿を整理する（整理遺稿）

遺骨、遺骨〔名〕遺骨、骨灰
　遺骨を納める（安放骨灰）納める治める収める修める
　遺骨を拾う（揀骨灰）

遺恨〔名〕遺恨、宿怨
　遺恨を晴らす（報舊仇）
　遺恨を抱く（懷有宿怨、懷恨）抱く抱く
　負けた事を遺恨に思う（以敗北為遺恨）

遺言、遺言、遺言〔名、他サ〕遺言、遺囑（法律用語讀作遺言）
　遺言を書く（寫遺囑）書く欠く描く掻く
　遺言検証（遺囑驗證）
　遺言を残す（留遺囑）残す遺す
　遺言を実行する（執行遺囑）全て凡て総て統べて

蔵書は全て母校に寄付するよう遺言して死んだ（留下藏書贈送給母校的遺言就過世了）
故人の遺言に依り、財産の一部が福祉施設に寄付された（依據死者遺囑把一部分財產捐給福利設施）
遺言して財産を学校に寄付する（留下遺囑把財產捐給學校）依る 寄る 拠る 因る 縁る 由る 選る
彼は遺言で自分の財産を妻に与えた（他在遺囑中把自己的財產給了妻子）
臨終の口頭遺言（臨終時口頭遺囑）
遺言書（遺書、遺囑=遺言狀）
遺言書を作成する（寫遺囑）
遺言状（遺書、遺囑）
自筆の遺言状（親筆寫的遺囑）
遺言状を作らせる（請別人給寫遺囑）作る 造る 創る

遺財〔名〕遺產
遺作〔名〕遺著
　遺作展（遺作展覽）
遺策〔名〕前人留下來的方案、失算，失策
遺産〔名〕遺產
　遺産を残す（留下遺產）残す 遺す
　遺産を継ぐ（繼承遺產）継ぐ 接ぐ 告ぐ 次ぐ
　文化遺産を保護する（保護文化遺產）
　遺産を分配する（分配遺產）
　遺産税（〔法〕遺產稅）
　遺産管理（〔法〕遺產管理）
　遺産相続（〔法〕遺產繼承）
　遺産相続人（〔法〕遺產繼承人）
遺子〔名〕遺兒（=遺児）
　恩師の遺子の世話を為る（照顧恩師的遺兒）
遺志〔名〕遺志
　父の遺志を継ぐ（繼承父親的遺志）
　先人の遺志を継ぐ（繼承先人的遺志）
　遺志を果たす（完成遺志）
　革命先烈の遺志を継ぐ（繼承革命先烈的遺志）
　故人の遺志を尊重する（尊重死者的遺志）
遺址〔名〕遺址、舊跡
　漢代の遺址（漢代的遺址）

古代の遺址を訪う（探訪古代遺跡）訪う 訪れる 訪ねる 訪う 訪う
遺児〔名〕遺子（=遺子、忘れ形見）、棄兒（=捨子）
遺事〔名〕死者的遺事、遺漏的事、軼事
遺失〔名、他サ〕遺失、失落、丟失←→拾得
　遠い昔に遺失した物（很早以前遺失的東西）物 物
　遺失物（遺失品=紛失物）
　遺失品（遺失物）品 品
　遺失者（失主）者 者
　遺失届（遺失報告）
遺珠〔名〕沒有發現的詩文佳作、被埋沒的人才
遺臭〔名〕（野獸）遺臭、臭跡
　犬に遺臭を追跡させる（讓狗追蹤野獸的臭跡）
遺習〔名〕遺習、遺風
　遺習を改める（改變舊習）改める 革める 検める
遺書〔名〕遺書，遺囑、遺著
　遺書を認める（寫遺囑、立遺囑）認める（書寫、吃、處置，準備）認める（看見、認識、承認、斷定、同意）
　遺書が発見された（發現了遺囑）
遺嘱〔名〕遺囑（=遺託）
遺臣〔名〕遺臣
　漢の遺臣（漢的遺臣）
　織田の遺臣（織田的遺臣）
遺制〔名〕殘存的舊制度
　封建遺制（封建殘遺）
遺精〔名、自サ〕〔醫〕遺精、夢遺
遺跡，遺蹟，遺迹，遺蹟〔名〕遺跡，故址、（死後的）繼承人
　古代文明の遺跡（古代文明的遺跡）
　大陸の遺跡を訪う（訪大陸遺跡）訪う 問う
遺像〔名〕遺像
遺贈〔名、他サ〕遺贈、遺囑贈與（非繼承人）（=贈る、遺わす）
　遺贈財産（遺贈的財產）
　遺贈者（遺贈人）者 者
　被遺贈者（受遺贈人）

一

遺産を母校に遺贈する（依遺囑把財產捐母校）

遺族〔名〕遺族、遺屬（=遺家族）
　革命烈士の遺族（革命烈士的遺族）
　遺族扶助料（〔公務人員〕遺族撫卹費）

遺存〔名、自サ〕遺存、留存

遺体〔名〕遺體
　遺体を引き取る（認領遺體）
　遺体を収容する（收容遺體）
　遺体安置室（停屍所、太平間）
　遭難者の遺体を探す（搜尋遇難者遺體）探す搜す

遺沢〔名〕遺澤

遺託〔名、他サ〕遺囑（=遺嘱）

遺脱〔名、自サ〕遺漏、脫漏（=遺漏）

遺著〔名〕遺作（=遺作）

遺勅〔名〕（已死天皇）遺命

遺伝〔名、自サ〕遺傳
　色盲は遺伝する（色盲遺傳）
　彼の病気が息子に遺伝した（他的病遺傳兒子了）
　遺伝性（遺傳性）
　隔世遺伝（隔代遺傳）
　遺伝子（遺傳基因=遺伝因子）
　遺伝因子（遺傳因子=遺伝子）
　遺伝学（遺傳學）
　遺伝素（定子）
　遺伝code（遺傳密碼）

遺徳〔名〕遺德
　遺徳を偲ぶ（懷念遺德）偲ぶ忍ぶ

遺尿〔名、自サ〕遺尿、尿床（=寝小便）
　遺尿症（〔醫〕遺尿症=夜尿症）

遺髪〔名〕（死者）遺髮

遺筆〔名〕（死人生前）文章、遺作

遺票〔名〕遺票（候選人死後選民將選票投給死者有親密關係的人）

遺品〔名〕（死者）遺物、遺失物（=忘れ物）

遺風〔名〕遺風、舊習
　封建時代的遺風が有る（有封建時代的遺風）
　彼の遺風を追う者が多い（很多人欽慕他的遺風）者者　多い覆い被い蔽い蓋い
　古い遺風を打破する（打破舊習）

遺腹〔名〕遺腹子、父親死後生的兒子
　遺腹の子（遺腹子）

遺物、遺物、遺物〔名〕（死者）遺物（=形見、遺品）、（出土）古物、遺失物品（=落し物）
　石器時代の遺物（石器時代的遺物）
　古代の遺物（古代的遺物）

遺文〔名〕（死者）遺文、（現代尚存）古代散失的文獻

遺芳〔名〕遺芳、留下的聲望（功績）、遺墨

遺墨〔名〕遺墨、生前的筆跡

遺命〔名、自他サ〕遺命、遺言
　父の遺命に依る（遵從先父遺言）依る寄る拠る因る縁る由る選る

遺留〔名、他サ〕（死後）遺留、遺忘（=置き忘れ）
　遺留品（遺留品、失物）品品
　遺留分（〔法〕繼承人應得最低限度的遺產）
　遺留品預り所（失物招領處）
　遺留物件（遺物）

遺老〔名〕遺老、（前朝）舊臣、（亡國）遺臣

遺漏〔名、自サ〕遺漏（=手落ち、手抜かり）
　計画に遺漏が有る（計畫中有漏洞）
　計画には遺漏が無い（計畫很周詳）
　資料を遺漏無く調べる（普遍檢查資料）
　遺漏の無いよう準備する（準備萬無一失）

遺す、残す〔他五〕留下，存留，遺留。〔相撲〕（頂住對方的進攻）叉開腳站穩
　書付を残して行った（留下字條走了）
　残して置いて明日食べろ（留著明天再吃吧！）
　少しも痕跡を残さない（一點都不留痕跡）
　彼は酒を一滴も残さず飲んで終った（他一滴不留把酒全喝光了）
　指紋を残さない様に手袋を嵌める（為了不留指紋戴上手套）
　小金を残す（積存零錢）
　働いて金を残す（做事存錢）

莫大な財産を残す（遺留大筆財產）
死んで後に妻子を残す（死後撇下妻子）
彼が残したのは借金丈だ（他只留下了債務）
彼は妻と四人の子供を残して死んだ（他撇下妻子和四個孩子死了）
後世に名を残す（名垂後世）
物理学上に確固たる足跡を残す（在物理學上留下不可磨滅的功績）
土俵際で辛うじて残す（在相撲場地邊勉強站住腳）

遺れる、忘れる〔自他下一〕忘記、忘掉、忘卻、忘懷、遺忘
数学の公式を忘れる（忘記數學公式）
忘れずに五時に起して下さい（別忘記五點叫醒我）
心の痛手を忘れようと努める（一心想忘掉心中的創痛）努める 勤める 務める 勉める
帽子を忘れる（帽子遺忘了）
傘を電車の中に忘れる（把傘遺忘在電車裡）
彼の家に本を忘れて来た（把書忘在他家裡了）
世間から忘れられた人（被社會遺忘了的人）
人に忘れられた（被人們遺忘、默默無聞）
寝食を忘れる（廢寢忘食）
我を忘れる（忘我、熱中）
恩を忘れる（忘恩）

頤（一ˊ）

頤〔漢造〕面頰
頤使、頤指〔名、他サ〕指使
人の頤使に甘んじない（不甘心受人指使）
女王の頤使に身を任せる（甘心受女王的指使）
頤、顎〔名〕顎（＝腭）、下巴，下額（＝頤）、釣鉤上的倒鉤（＝かかり）
上顎（上顎）
下顎（下顎）
顎の尖った顔（尖下巴的臉）
顎が長い（下巴長）
顎を出す（疲勞不堪、筋疲力盡）
彼は張り切り過ぎて顎を出した（他做得太賣力而累倒了）
長時間喋り続けて顎が草臥れた（講了半天的話下巴都酸了）
顎の骨（下巴骨）
顎の角張った人（四方下巴的人）
顎が落ちる（落ち然う）（格外好吃）
顎が干し上がる（無法餬口）干す乾す保す補す
顎で使う（頤使、頤指氣使）使う遣う
顎を撫でる（心滿意足、洋洋得意）
顎を外す（解頤、大笑）
顎を外して笑う（哈哈大笑）
余り笑ったので、顎が外れた（笑得下巴都歪了）
顎で蠅を追う（〔用下巴趕蒼蠅〕弱不盡鋒）追う負う

頤〔名〕頤、下巴（＝下顎）
水の深さは頤迄有る（水淹到了下巴）
頤が落ちる（好吃、味美、冷得打顫、饒舌）
頤で人を使う（以頤使人）
頤を叩く（說壞話、喋喋不休）叩く敲く
頤を解く（解頤、大笑）解く説く溶く
頤を外す（解頤、大笑）
頤を開く（饒舌）開く開く
頤で蠅を追う（體力衰弱已極）
頤の雫（比喻近在眼前但吃不到、咫尺天涯）雫滴
頤の口に入らぬ（比喻近在眼前但吃不到、咫尺天涯）
頤の離れる程（比喻味美、好吃）離れる放れる

彝（一ˊ）

彝〔漢造〕古時的一種酒器、常規
彝倫〔名〕一定不變的倫理

乙（ー﹀）

乙〔名〕乙（天干第二位＝乙）、乙，第二位、乙音（日本音樂比甲低一音程的音調）←→甲

〔形動〕別緻，漂亮，俏皮，奇怪，奇特，古怪

　甲乙二人の人（甲乙兩個人）
　甲乙二人の人が居った（有甲乙兩個人）居る　折る織る　居る入る要る射る鋳る炒る煎る
　成績は乙（成績是乙）
　今学期の成績は乙許りだ（本學期成績都是乙）
　一年乙組（一年級乙班）組組
　甲の薬は乙の毒（利於甲未必利於乙）
　乙な味（別有風味、別緻的風味）
　乙な味が為る別有風味）
　乙な身形（漂亮的服裝）
　乙な身形を為る（打扮得漂亮）
　乙な料理（別有風味的菜）
　乙な事を為る（做得很巧妙）
　乙な話（猥褻話、下流故事）
　乙な事を言うね（說得真俏皮）言う云う謂う
　此奴は乙だ（這可真有點意思）
　乙に気取る（非常裝腔作勢）

乙に〔副〕古怪
　乙に澄ます（裝模作樣）澄ます清ます済ます住ます棲ます

乙りき〔名、形動〕〔俗〕別緻、奇特
　乙りきな装丁（別緻的裝訂）
　乙りきな話（別緻有趣的話〔故事〕）
　乙りきな事を言う（說的話不同一般）

乙種〔名〕乙種、乙類、第二類

乙繞〔名〕（漢字部首）乙部（如乞、乳等字的部首）

乙夜、乙夜〔名〕（古時時刻）二更（約午後十時到十二時）

乙姫、弟姫〔名〕〔古〕年輕的公主，郡主，（故事中）龍宮仙女、龍宮美女
　浦島太郎が乙姫に歓待される（浦島太郎受龍宮仙女的款待）

乙女、少女〔名〕少女，處女、處女星座
　乙女の姿（少女的容貌）
　乙女時代（少女時代）
　乙女心、少女心（少女的心、純潔的心）

少女〔名〕少女、小姑娘
　少女時代（少女時代）
　少女趣味（少女興趣〔愛好〕）
　少女団（少女團、女童子軍）

乙女さび〔名〕少女的樣子、安詳的舉止←→男さび

乙女子、少女子〔名〕少女（＝女の子）

乙女座〔名〕〔天〕室女座、室女宮

乙矢〔名〕（兩支箭中）後射出的箭←→甲矢

乙〔名〕（十干之一）乙（＝乙）（木之弟之意）

乙、減り〔名〕傷耗，減量、（音樂）降調←→甲、上
　乙が立つ（有傷耗、減分量）立つ経つ建つ絶つ発つ経つ断つ裁つ截つ起つ
　乙を見る（估計傷耗）

乙甲〔名〕（指笛簫等）音調高低、頓挫抑揚（＝乙張）

乙張，乙張り，減張，減張り〔名〕〔俗〕音調的高低抑揚（＝乙甲）
　乙張の利いた台詞（鏗鏘有力的台詞）利く効く聞く聴く訊く　台詞科白
　此の作品の欠点は乙張が無い事だ（這部作品的缺點是沒有高潮和低潮）

已（ー﹀）

已〔漢造〕已，已經（已成、已然）、以（已上、已下、已降），已，終（生滅滅已-超脫生滅的世界、進入涅槃）

已上、以上〔名〕以上，超出，更多，完，終←→已下、以下
　三時間已上（三小時以上）
　五十已上（五十以上）
　収入已上の暮しを為る（過入不敷出的生活）
　此已上望むのは無理だ（更多的要求是不現實的）
　已上で終わります（到此完了）

已下、以下〔名〕以下，後面、以上、已上、無資格直接參見將軍的家臣（＝御目見得以下）（指御家人-江戶時代直屬將軍的下級武士）←→御目見得以上（指旗本）
　六才の以下小児（六歲以下的兒童）

以下、簡単に説明致します（後面簡單說明一下）

彼の力は僕以下だ（他力氣沒我大）

十人以下五人迄（十人以下五人以上）

以下省略（以下從略）

以下同じ（下同）

已然形〔名〕〔語〕已然形（口語語法中的假定形、如咲けば的咲け）

已める、止める、罷める、辞める〔他下一〕停止，放棄，取消，作罷。(寫作止める、已める、罷める) 戒除 (寫作止める、已める、罷める) (=止す) 辭職，停學 (寫作罷める、辭める)

止め！（〔口令〕停） 病める

討論を止めて採決に入る（停止討論進入表決）

雨が降ったら行くのを止める（下雨就不去）

旨く行かなかったら、其で止めて下さい（如果不好辦的話就此停下吧）

競走を中途で止める（賽跑跑到中途不跑了）

どんな事が有っても私は止めない（無論如何我也不罷休）

仕事を止めて一休みしよう（停下工作休息一下吧）

喧嘩を止めさせる（使爭吵停息下來）

彼を説得して其の計画を止めさせる（勸他放棄那個計畫）

旅行を止める（不去旅行）

酒も煙草も止める（酒也戒了煙也不抽了）

癖を止める（改掉毛病）

彼に酒を止めさせよう（勸他把酒戒掉吧）

そんな習慣を止めなくてはならぬ（那種習慣必須改掉）

仕事を辞める（辭掉工作）

会社を辞める（辭去公司職務）

学校を辞める（輟學）

彼は数年前に学校の教師を辞めた（他幾年前就辭去了學校教師的職務）

彼女は品行が悪いので学校を辞めさせられた（她由於品行不好被學校開除了）

病める〔自下一〕疼痛、患病，有病，呈病態

頭が病める（頭疼）

後腹が病める（產後痛。〔轉〕〔因費錢等〕事後感到痛苦）

病める母（患病的母親）

病める社会（病態的社會）

病める身を横たえる（臥病）

已め、止め、罷め〔名〕停止、作罷

こんな詰まらぬ話は止めに為よう（這樣無聊的話不要說了）

会は止めに為った（會不開了）

此の辺で止めに為て置こう（就到此為止吧）

已む、止む、罷む〔自五〕已、止、停止、中止

雨が止む迄待つ（等待雨停）

雨が止んでから出掛けよう（雨停了再走吧！）

痛みが止む（疼痛停止）

風が止む（風停）

二人は争って止まない（二人爭論不休）

隣室の騒ぎは何時迄も止まない（隔壁房間一直吵個不停）

声がぴたり止んだ（聲音一下子就止住了）

目的を達成しなければ止まない（不達到目的不罷休）

止むに止まれない（萬不得已）

止むに止まれぬ気持から敢行した（迫不得已斷然實行了）

倒れて後止む（死而後已）

此れは止むを得ずに為た事だ（這是不得已而做的事情）

止む方無し（毫無辦法）

已むを得ない（不得已、無可奈何、毫無辦法）

已むを得ず（不得已、無可奈何、毫無辦法）

止まない（迫切希望）

御成功を願って止みません（衷心希望您成功）

病む〔自、他五〕患病，得病，煩惱，憂傷（=患う、煩う）

胃を病む（患胃病） 止む 已む 罷む

胸を病む（患肺病）

病んで医に従う（患病只有從醫）

一寸した事で気を病む（為一點小事就煩惱起來）

一

其れ<ruby>位<rt>くらい</rt></ruby>の<ruby>失敗<rt>しっぱい</rt></ruby>でしくじりで<ruby>気<rt>き</rt></ruby>に<ruby>病<rt>や</rt></ruby>む<ruby>事<rt>こと</rt></ruby>は<ruby>無<rt>な</rt></ruby>い（那麼一點失敗無需煩惱）

<ruby>病<rt>や</rt></ruby>む<ruby>目<rt>め</rt></ruby>に<ruby>突<rt>つ</rt></ruby>き<ruby>目<rt>め</rt></ruby>（禍不單行）

<ruby>已<rt>や</rt></ruby>む<ruby>無<rt>な</rt></ruby>い〔連語、形〕不得已、無奈

<ruby>已<rt>や</rt></ruby>む<ruby>無<rt>な</rt></ruby>く（〔副〕不得已、無可奈何、毫無辦法）

<ruby>已<rt>や</rt></ruby>む<ruby>無<rt>な</rt></ruby>く<ruby>承知<rt>しょうち</rt></ruby>する（不得已而應允）

<ruby>已<rt>や</rt></ruby>む<ruby>無<rt>な</rt></ruby>く<ruby>中止<rt>ちゅうし</rt></ruby>した（無奈停止了、只好停止了）

<ruby>父<rt>ちち</rt></ruby>が<ruby>失業<rt>しつぎょう</rt></ruby>した<ruby>為<rt>ため</rt></ruby><ruby>已<rt>や</rt></ruby>む<ruby>無<rt>な</rt></ruby>く<ruby>進学<rt>しんがく</rt></ruby>を<ruby>諦<rt>あきら</rt></ruby>めた（由於父親失業只好放棄升學了）

<ruby>吹雪<rt>ふぶき</rt></ruby>の<ruby>為<rt>ため</rt></ruby><ruby>已<rt>や</rt></ruby>む<ruby>無<rt>な</rt></ruby>く<ruby>引<rt>ひ</rt></ruby>き<ruby>返<rt>かえ</rt></ruby>した（由於暴風雪不得已返回）

<ruby>已<rt>や</rt></ruby>む<ruby>無<rt>な</rt></ruby>き〔連語〕（不得已、無可奈何、毫無辦法）

<ruby>一時<rt>いちじ</rt></ruby><ruby>延期<rt>えんき</rt></ruby>の<ruby>已<rt>や</rt></ruby>む<ruby>無<rt>な</rt></ruby>きに<ruby>至<rt>いた</rt></ruby>った（不得已暫時延期了、不得不推遲一個時間）<ruby>至<rt>いた</rt></ruby>る<ruby>到<rt>いた</rt></ruby>

<ruby>已<rt>すで</rt></ruby>に、<ruby>既<rt>すで</rt></ruby>に〔副〕已，已經，業已，即將，正值，恰好

<ruby>既<rt>すで</rt></ruby>に<ruby>述<rt>の</rt></ruby>べた<ruby>様<rt>よう</rt></ruby>に（如已經說過那樣）

<ruby>此<rt>こ</rt></ruby>れは<ruby>既<rt>すで</rt></ruby>に<ruby>周知<rt>しゅうち</rt></ruby>の<ruby>事実<rt>じじつ</rt></ruby>と<ruby>為<rt>な</rt></ruby>っている（這已是眾所周知的事實）

<ruby>既<rt>すで</rt></ruby>に<ruby>量産<rt>りょうさん</rt></ruby>に<ruby>入<rt>はい</rt></ruby>っている（已經進入量產）

<ruby>既<rt>すで</rt></ruby>に<ruby>手遅<rt>ておく</rt></ruby>れだ（已經為時太晚）

<ruby>時<rt>とき</rt></ruby><ruby>既<rt>すで</rt></ruby>に<ruby>遅<rt>おそ</rt></ruby>し（為時已晚）

<ruby>既<rt>すで</rt></ruby>に<ruby>溺<rt>おぼ</rt></ruby>れんとしている（快要淹死了）

<ruby>時<rt>とき</rt></ruby><ruby>既<rt>すで</rt></ruby>に<ruby>夏休<rt>なつやす</rt></ruby>みだ（時值暑假）

<ruby>已<rt>すで</rt></ruby>にして、<ruby>既<rt>すで</rt></ruby>にして〔接〕不久便…、已而

<ruby>既<rt>すで</rt></ruby>にして<ruby>大雨<rt>おおあめ</rt></ruby>が<ruby>降<rt>ふ</rt></ruby>り<ruby>出<rt>だ</rt></ruby>した（不久便下起大雨）

<ruby>既<rt>すで</rt></ruby>にして<ruby>戦争<rt>せんそう</rt></ruby>の<ruby>火蓋<rt>ひぶた</rt></ruby>が<ruby>切<rt>き</rt></ruby>られた（不久便爆發了戰爭）

<ruby>以<rt>い</rt></ruby>（一ˇ）

<ruby>以<rt>い</rt></ruby>〔漢造〕以、用

<ruby>所以<rt>ゆえん</rt></ruby>（原因，理由，方法）

<ruby>私<rt>わたし</rt></ruby>の<ruby>結婚<rt>けっこん</rt></ruby>しない<ruby>所以<rt>ゆえん</rt></ruby>は<ruby>此処<rt>ここ</rt></ruby>に<ruby>在<rt>あ</rt></ruby>る（這就是我不結婚的理由）

<ruby>人<rt>ひと</rt></ruby>の<ruby>人<rt>ひと</rt></ruby>たる<ruby>所以<rt>ゆえん</rt></ruby>は<ruby>何<rt>なに</rt></ruby>か（人之所以為人理由是什麼？）

<ruby>君<rt>きみ</rt></ruby>が<ruby>彼<rt>かれ</rt></ruby>に<ruby>勝<rt>まさ</rt></ruby>る<ruby>所以<rt>ゆえん</rt></ruby>は<ruby>実<rt>じつ</rt></ruby>に<ruby>此<rt>こ</rt></ruby>の<ruby>点<rt>てん</rt></ruby>に<ruby>掛<rt>か</rt></ruby>かっている（你所以勝過他就在這一點上）

<ruby>日本<rt>にほん</rt></ruby>が<ruby>経済大国<rt>けいざいたいこく</rt></ruby>と<ruby>言<rt>い</rt></ruby>われて<ruby>所以<rt>ゆえん</rt></ruby>は、<ruby>国民<rt>こくみん</rt></ruby>に<ruby>勤勉性<rt>きんべんせい</rt></ruby>に<ruby>在<rt>あ</rt></ruby>る（日本之所以被稱為經濟大國的原因在於國民的勤勉性）

<ruby>以上<rt>いじょう</rt></ruby>は<ruby>此<rt>こ</rt></ruby>の<ruby>案<rt>あん</rt></ruby>を<ruby>提出<rt>ていしゅつ</rt></ruby>した<ruby>所以<rt>ゆえん</rt></ruby>である（以上是提出這個方案的原因）

<ruby>此<rt>これ</rt></ruby>が<ruby>私<rt>わたし</rt></ruby>の<ruby>辞退<rt>じたい</rt></ruby>する<ruby>所以<rt>ゆえん</rt></ruby>です（這是我辭退的理由）

<ruby>此<rt>こ</rt></ruby>れ<ruby>其<rt>そ</rt></ruby>の<ruby>名<rt>な</rt></ruby>が<ruby>有<rt>あ</rt></ruby>る<ruby>所以<rt>ゆえん</rt></ruby>である（這就是所有那個名字的由來）

<ruby>此<rt>これ</rt></ruby>が<ruby>友<rt>とも</rt></ruby>に<ruby>尽<rt>つ</rt></ruby>くす<ruby>所以<rt>ゆえん</rt></ruby>である（這是盡友誼之道）

<ruby>此<rt>こ</rt></ruby>れが<ruby>旧友<rt>きゅうゆう</rt></ruby>に<ruby>尽<rt>つ</rt></ruby>くす<ruby>所以<rt>ゆえん</rt></ruby>であろう（這也許就是對老朋友盡友誼的辦法）

<ruby>以夷制夷<rt>いいせいい</rt></ruby>〔名〕以夷制夷（＝<ruby>夷<rt>えびす</rt></ruby>を<ruby>以<rt>もっ</rt></ruby>て<ruby>夷<rt>えびす</rt></ruby>を<ruby>制<rt>せい</rt></ruby>す）

<ruby>以遠<rt>いえん</rt></ruby>〔名、造語〕〔鐵、空〕以遠、比…遠的、往前

<ruby>北海道<rt>ほっかいどう</rt></ruby><ruby>以遠<rt>いえん</rt></ruby>は<ruby>急行列車<rt>きゅうこうれっしゃ</rt></ruby>に<ruby>乗<rt>の</rt></ruby>った<ruby>方<rt>ほう</rt></ruby>が<ruby>好<rt>よ</rt></ruby>い（比北海道遠的坐快車好）

<ruby>盛岡<rt>もりおか</rt></ruby><ruby>以遠<rt>いえん</rt></ruby>の<ruby>列車<rt>れっしゃ</rt></ruby>は<ruby>運転休止<rt>うんてんきゅうし</rt></ruby>（從盛岡往前列車停開）

<ruby>山陽本線<rt>さんようほんせん</rt></ruby>は<ruby>広島<rt>ひろしま</rt></ruby><ruby>以遠<rt>いえん</rt></ruby>は<ruby>不通<rt>ふつう</rt></ruby>（山陽幹線從廣島往前不通車）

<ruby>以遠権<rt>いえんけん</rt></ruby>〔空〕（越境權-根據航空協定可以通過對方國家某地向第三國航行權利）

<ruby>以往<rt>いおう</rt></ruby>〔名〕以後，以降（＝<ruby>以後<rt>いご</rt></ruby>、<ruby>以降<rt>いこう</rt></ruby>），也有誤用作）以往，以前

<ruby>此<rt>こ</rt></ruby>の<ruby>遺跡<rt>いせき</rt></ruby>は<ruby>漢時代<rt>かんじだい</rt></ruby><ruby>以往<rt>いおう</rt></ruby>の<ruby>物<rt>もの</rt></ruby>である（這個遺跡是漢代以後的）

<ruby>以下<rt>いか</rt></ruby>、<ruby>已下<rt>いか</rt></ruby>〔名〕以下，後面←→以上、已上、無資格直接參見將軍的家臣（＝<ruby>御目見得以下<rt>おめみえいか</rt></ruby>）（指<ruby>御家人<rt>ごけにん</rt></ruby>-江戶時代直屬將軍的下級武士）←→<ruby>御目見得以上<rt>おめみえいじょう</rt></ruby>（指<ruby>旗本<rt>はたもと</rt></ruby>）

<ruby>六才<rt>ろくさい</rt></ruby><ruby>以下<rt>いか</rt></ruby>の<ruby>小児<rt>しょうに</rt></ruby>（六歲以下的兒童）

<ruby>以下<rt>いか</rt></ruby>、<ruby>簡単<rt>かんたん</rt></ruby>に<ruby>説明致<rt>せつめいいた</rt></ruby>します（後面簡單說明一下）

<ruby>彼<rt>かれ</rt></ruby>の<ruby>力<rt>ちから</rt></ruby>は<ruby>僕<rt>ぼく</rt></ruby><ruby>以下<rt>いか</rt></ruby>だ（他力氣沒我大）

<ruby>十人<rt>じゅうにん</rt></ruby><ruby>以下<rt>いか</rt></ruby><ruby>五人<rt>ごにん</rt></ruby><ruby>迄<rt>まで</rt></ruby>（十人以下五人以上）

<ruby>以下省略<rt>いかしょうりゃく</rt></ruby>（以下從略）

<ruby>以下同<rt>いかおな</rt></ruby>じ（下同）

<ruby>以外<rt>いがい</rt></ruby>〔名〕以外、之外←→<ruby>以内<rt>いない</rt></ruby>

<ruby>然<rt>そ</rt></ruby>う<ruby>為<rt>す</rt></ruby>る<ruby>以外<rt>いがい</rt></ruby>に<ruby>手段<rt>しゅだん</rt></ruby>は<ruby>無<rt>な</rt></ruby>い（此外沒有別的方法）

<ruby>此<rt>これ</rt></ruby><ruby>以外<rt>いがい</rt></ruby>に<ruby>方法<rt>ほうほう</rt></ruby>が<ruby>無<rt>な</rt></ruby>い（只有這個辦法）

関係者以外は立ち入りを禁ず（閒人免進）
ライン以外に退く（退到線外）退く 退く
彼以外には友人は無い（除他以外沒有朋友）
訪れる訪ねる尋ねる訊ねる未だ未だ
台北の近郊以外にも未だ多くの名所古跡を訪れた（除台北近郊之外還遊覽了很多名勝古蹟）

以後〔名〕以後，之後，今後，往後←→以前
四時以後は在宅（四點以後在家）
以後十分気を付け為さい（往後要好好注意）
以後（は）慎む様に（以後要注意）慎む謹む
五月以後は新しい家に移ります（五月以後搬到新房子）移る遷る写る映る

以降〔名〕以後（＝以後）
江戸時代以降（江戸時代以後）
八月一日以降（八月一日以後）
１９７０以降（1970年以後）
六月以降の集金日は十日と為る（六月以後的收款日定為十日）

以上、已上〔名，接助〕以上←→已下，以下，再，更，完，終，既然
三時間以上（三小時以上）
五十以上（五十以上）
二十歳以上（二十歳以上）二十歳
予想以上に多い（比預想的多）
以上の通り（如上）
以上申し上げました事（上述事項）
以上は本の計画の一端に過ぎない（以上只不過是計畫的一部份）
此以上好い物は有るまい（沒有比這再好的了）
此以上言う必要は無い（不必再多講了）
此以上我慢は出来ない（不能再忍耐了）
収入以上の暮しを為る（過入不敷出的生活）
此以上望むのは無理だ（更多的要求是不現實的）
以上で終わります（到此完了）
右の通り決定する。以上（決定如上完畢）

斯う為った以上はもう取り返しは付かない（已到這般地步就無法挽回了）
約束した以上は守ら無ければ成らない（既然約定了就必須遵守）
遣ると言った以上は、必ず遣ります（既然說做就一定做）

以心伝心〔名，連語〕〔佛〕以心傳心、心領神會、心心相印
口に出さなくても以心伝心で分かる（雖然沒有說出口來但也可以心領神會）分る解る判る
御互いに気持は以心伝心で直ぐ分る（心照不宣）

以西〔名〕以西
東経１３０度以西（東經130度以西）
事故の為東海道線沼津以西は不通（因為發生事故東海道線沼津以西不通車）

以前〔名〕以前、從前、過去←→以後
以前の出来事（以前發生的事）
メーデー以前（勞動節以前）
十日以前の出来事であった（是十天前發生的事）
急行で行けば十時以前に着きます（若坐快車十點以前就到）
以前は然うで無かった（過去不是那樣）
以前は此処等は田圃だった（過去這一帶是水田）
五十歳以前の著作（五十歳以前的著作）
其処には以前にも何度か行った事が有ります（以前也到哪裡去過好幾次）
我我は、以前知らなかった物を学び取る事が出来る（我們能夠學會原來不懂的東西）

以東〔名〕以東
スイス以東（瑞士以東）
東経１３０度以東（東經130度以東）

以内〔名〕以內←→以外
一週間以内に帰る（在一星期以內回來）飼える買える替える変える代える換える孵る返る
五百円以内の収入（五百日元以內的收入）

三日以内に申し出よ（要在三天之內提出申請）
投稿は九百字以内に限る（投稿限九百字以內）

以南〔名〕以南↔以北
多摩川以南は神奈川県である（多摩川以南是神奈川縣）
揚子江以南に（在長江以南）

以北〔名〕以北↔以南
東京以北（東京以北）
三十八度線以北だ（三十八度線以北）

以来〔名〕以來，以後、將來，今後（＝今後）
彼以来とんと御目に掛かりません（那次以來好久沒見了）
彼以来彼から何の連絡も無い（從那以後他渺無音信）
退任以来（退任以來）
御別れして以来三年経つ（和您分別以來已經三年了）
以来は酒を慎め（今後你要戒酒才好）
彼以来二度と同じ過ちを為ない（今後不要犯同樣的錯誤）

其れ以来、其以来〔連語〕從此以後、從那以後
其以来彼とは会って居ない（從那以後我再也沒見到他）

以為，謂意、思えらく，謂えらく〔副〕我以為、想來
余以為此只事為らず（我以為此事非同小可）

以て、以〔連語〕（…を以て）以，利用，使用、因為，由於，根據，（時間數量）到
〔接〕因此，因而、而且、並且、就此，對此
〔接尾〕用來構成副詞
一を以て十を知る（聞一知十）
言葉を以て思想を表わす（用言語表達思想）
表す 現す 著す 顕す
身を以て手本を示す（以身作則）示す 湿す
此を以て挨拶の言葉と致します（以此作致詞）
以上の理由を以て此の意見に賛成します（基於以上理由我贊成這個意見）
此を以て祝辞と為る（以此為祝詞）
彼は博識を以て聞こえる（他以博學聞名）
書面を以て御知らせ致します（用書面通知您）
俊敏を以て世に鳴る（以才智過人而聞名於世）鳴る 生る 為る 成る
老齢を以て引退する（因年老退休）
老齢の故を以て辞職を申し出た（因年老申請辭職）
此の事実を以てしても彼の正直な事が分かる（只憑這一事實也可以看出他的誠實）
此を以て第一位と為る（以此為第一）
十五点を以て満点と為る（以十五分為滿分）
今日は以て満二十歳と為りました（到今天已滿二十歲）
三月一日を以て退職する（於三月一日離職）
以て瞑す可しの心境（因此可以瞑目的心境）
利口で以て勤勉だ（既聰明又勤奮）
利巧で以て顔立ちも好い（既機伶又好看）
安価で以て美味（價廉而物美）
彼の人は謙虚で以て親しみ易い（那個人謙虛而且和藹可親）
貴殿以て如何と為す（對此尊意如何？）
今を以て黄金時代と為る（現今正值黃金時代）
今以て昔の儘だ（今仍如昔 如今還如往昔）
猶以て（仍然、更加）
全く以て（完全）
前以て連絡する（事先連繫）
何を為るにも先ず以て正しい行動を取ら無ければ為らない（不論做什麼首先要採取正當行動）

以てする〔連語〕應用…、活用…、雖有，雖是、依照
其の儘理論を以てしても実行を為るか為ないか未だ分からない（就僅有理論應用 能不能實行還未可知）

現代技術を以てすれば色色な困難を克服出来る（依現代的技術來做可以克服很多困難）

君の経験を以てすれば何との問題は無いだろう（如照你的經驗不會有任何問題吧！）

以ての外〔連語〕意外，沒想到，荒謬，豈有此理，毫無道理

以ての外の振舞だ（簡直荒謬絕倫的行徑）

以ての外の立腹（沒想到生這麼大的氣）

こんな悪戯を為る何て以ての外だ（沒想到這樣的調皮）

我輩に謝れ等は以ての外だ（讓我來道歉真是豈有此理）

こんなに遅く迄遊んでいる何て以ての外だ（玩到這麼晚真不像話）

私に弁償しろ等とは以ての外だ（要我賠償簡直沒有道理）

以て〔格助、接助、接頭〕以，用，連續，逐漸，（接在動詞前表加重語氣調整語氣）

筆以て書く（用毛筆寫）持て（持、拿著）

読み以て行けば（繼續讀下去）

老い以て在す（上了年紀）在す御座す在す御座す

以て騒ぐ（大吵大鬧）

以て離れる（遠離）離れる放れる

倚（ㄧˇ）

倚〔漢造〕依、靠

倚閭〔名〕倚閭（父母靠在裡門望兒子回來）

倚閭の望（倚閭而望）

倚る、凭る〔自五〕憑、倚、靠

欄干に倚る（憑靠欄杆）凭れる靠れる

壁に倚る（靠牆）

机に倚って読書する（靠桌讀書）

柱に倚って居眠りを為る（靠著柱子打瞌睡）

由る、因る、依る、拠る、縁る〔自五〕由於，基於，依靠，仰仗，利用，根據，按照，憑據，憑藉

私の今日有る彼の助力に因る（我能有今日全靠他的幫忙）

彼の成功は友人の助力に因る所が大きい（他的成功朋友的幫助是一大要因）

昨夜の火事は漏電に因る物らしい（昨晚的火災可能是因漏電引起的）昨夜昨夜

不注意に因って大怪我を為た（由於不小心受了重傷）

命令に依る（遵照命令）選る寄る縒る撚る倚る凭る

筆に依って暮らす（依靠寫作生活）

慣例に依る（依照慣例）

慣例に依って執り行う（按照慣例執行）

労働に依って収入を得る（靠努力來賺錢）得る得る

辞書に依って意味を調べる（靠辭典來查意思）

話し合いに依って解決し可きだ（應該透過談判來解決）

基本的人権は憲法に依って保障されている（基本人權是由憲法所保障）

学生の能力に依り、クラスを分ける（依照學生的能力來分班）分ける別ける

天気予報に依れば明日は雨だ（根據天氣預報明天會下雨）明日明日明日

医者の勧めに依って転地療養する（按醫師的勸告易地療養）進める勧める薦める奨める

成功不成功は努力如何に依る（成功與否取決於努力如何）如何如何如何

成功するか為ないかは君の努力如何に依る（成功與否取決於你自己的努力如何）

場合に依っては然う為ても良い（依據場合有時那麼做也可以）

親切も時に依りけりだ（給人方便要看什麼場合）

何事に依らず（不管怎樣）

演劇に依って人生の真実を探る（用演劇來探索人生的真實）

木に縁って魚を求める（緣木求魚）魚魚魚

寄る〔自五〕靠近，挨近，集中，聚集，順便去，順路到，偏，靠，增多，加重，想到，預料到。〔相撲〕抓住對方腰帶使對方後退。〔商〕開盤

近く寄って見る（靠近跟前看）

側に寄るな（不要靠近）

一

もっと側へ御寄り下さい（請再靠近一些）

此処は良く子供の寄る所だ（這裡是孩子們經常聚集的地方）

砂糖の塊に蟻が寄って来た（螞蟻聚到糖塊上來了）

三四人寄って何か相談を始めた（三四人聚在一起開始商量什麼事情）

帰りに君の所にも寄るよ（回去時順便也要去你那裡看看）

何卒又御寄り下さい（請順便再來）

一寸御寄りに為りませんか（您不順便到我家坐一下嗎？）

此の船は途中方方の港に寄る（這艘船沿途在許多港口停靠）

右へ寄れ（向右靠！）

壁に寄る（靠牆）

駅から西に寄った所に山が有る（在車站偏西的地方有山）

彼の思想は左（右）に寄っている（他的思想左〔右〕傾）

年が寄る（上年紀）

顔に皺が寄る（臉上皺紋增多）

皺の寄った服（折皺了的衣服）

貴方が病気だったとは思いも寄らなかった（沒想到你病了）

時時思いも寄らない事故が起こる（時常發生預料不到的意外）

三人寄れば文殊の智恵（三個臭皮匠賽過諸葛亮）

三人寄れば公界（三人對議、無法保密）

寄って集って打ん殴る（大家一起動手打）

寄ると触ると其の噂だ（人們到一起就談論那件事）

寄らば大樹の蔭（大樹底下好乘涼）

椅（ㄧˇ）

椅〔漢造〕有靠背的坐具

椅子〔名〕椅子。〔轉〕地位，崗位，交椅（=ポスト）

椅子に腰掛ける（坐在椅子上）

椅子に掛ける（坐在椅子上）掛ける書ける欠ける賭ける駆ける架ける描ける翔る

椅子に着く（坐在椅子上）着く付く突く就く衝く憑く点く尽く

椅子を勧める（讓座）勧める薦める進める

椅子の腕（椅子的扶手）

椅子の脚（椅子腳）脚足肢　葦芦蘆

椅子の背に凭れる（靠在椅背）凭れる凭れる

椅子を前に引き寄せる（往前拉椅子）

椅子を引き出す（拉出椅子）

椅子から立ち上がる（從椅子上站起來）

椅子を何脚も並べる（擺了好多把椅子）

寝椅子（躺椅）

揺り椅子、揺椅子（搖椅）

畳椅子、畳み椅子（折椅）

上げ起こし椅子（〔劇場的〕翻椅）

折り畳み椅子（折椅）

長椅子（長椅）

安楽椅子（沙發椅）

病人用歩行椅子（有輪子的病人輪椅）

椅子カバー（椅套）

椅子布団（椅墊）

空いた椅子（空缺）空く開く明く飽く厭く

椅子を保つ（保住職位）

椅子を失う（失掉職位）

椅子を狙う（覬覦地位）

大臣の椅子に座る（當上大臣、坐上大臣交椅）座る坐る据わる

社長の椅子を狙う（覬覦總經理地位）

椅子に噛り付く（捨不得離開職位）

椅子形〔名〕〔化〕（分子結構中的）椅式

椅、飯桐〔名〕〔植〕山桐子

艤（ㄧˇ）

艤〔漢造〕移船進岸

艤する〔他サ〕〔船〕裝備索具、裝備（船艦）（=艤装する）

艤装〔名，他サ〕〔船〕裝備索具、裝備（船艦）

ヨットを艤装する（裝備帆船）

艤装を施す（裝備船艦）

船を艤装する（替船裝備）船舟
艤装を解く（拆卸船上裝備）解く説く溶く
艤装工（船艦裝備工人）
艤装工場（船艦裝備廠）工場工場

蟻（ㄧˇ）

蟻〔漢造〕螞蟻
蟻蚕〔名〕〔動〕剛孵出的幼蠶（=毛蚕）
蟻酸〔名〕蟻酸（赤蟻體内的脂肪酸）、甲酸
　　蟻酸塩（甲酸鹽）
蟻集、蟻聚〔名〕像很多螞蟻般聚在一起
蟻走感〔名〕〔醫〕（皮膚上的）蟻走感
蟻垤、蟻垤〔名〕蟻垤、螞蟻窩、蟻塚（=蟻塚）
蟻付〔名〕（像螞蟻群接近甜食般）很多人群聚
蟻癢〔名〕〔醫〕（皮膚上的）蟻走感
蟻〔名〕〔動〕蟻、螞蟻
　　蟻の穴から堤も崩れる（千丈大堤潰於蟻穴）
　　蟻の這い出る隙も無い（連螞蟻爬出來的空隙都沒有，戒備得水洩不通）隙鋤鍬犁
　　蟻の思いも天に届く（有志者事竟成）思い想い重い
蜜蟻〔名〕〔動〕蜜蟻
蟻食、食蟻獸、喰蟻獸〔名〕〔動〕食蟻獸
蟻地獄〔名〕〔動〕沙押子、蟻獅（蛟蜻蛉的幼蟲）
蟻植物〔名〕〔植〕喜蟻植物、適蟻植物
蟻吸〔名〕〔動〕蟻鴷、歪脖（啄木鳥目的一種小鳥）
蟻塚〔名〕蟻塚、蟻垤、螞蟻窩
蟻の門渡り、蟻の門渡〔名〕（原意為〝螞蟻的行列〞）。〔解〕會陰（=会陰）
蟻の塔〔名〕蟻塚（=蟻塚）
蟻の町〔名〕貧民區、貧民窟（=貧民窟）
蟻巻、蚜虫〔名〕蚜蟲（=油虫）

刈、刈（割）（ㄧˋ）

刈、刈〔漢造〕割、殺、伐、鎌類農具
刈る〔他五〕割、剪
　　草を刈る（割草）刈る駆る狩る駈る借る
　　頭を刈る（剪髮）
　　此丈の草は一日では刈り切れない（這麼多的草一天割不完）

　　もう一寸短く刈って下さい（請再剪短一點）
　　羊毛を刈る（剪羊毛）
　　木の枝を刈る（剪樹枝）木樹枝枝
　　芝生を刈る（剪草坪）
駆る、駈る〔他五〕驅趕，追趕、使快跑、驅使，迫使，（用被動式駆られる、駈られる）受…驅使、受…支配
　　牛を駆る（趕牛）
　　自動車を駆って急行する（坐汽車飛奔前往）
　　馬を駆って行く（策馬而去）
　　国民を駆って戦争に赴かせる（驅使國民參加戰爭）
　　欲に駆られる（利慾薰心）
　　一時の衝動に駆られて自殺する（由於一時衝動而自殺）
　　感情に駆られる（受感情的支配）
　　好奇心に駆られる（為好奇心所驅使）
狩る、猟る〔他五〕打獵，狩獵、獵捕。〔舊〕搜尋，尋找
　　兎を狩る（打兔子）
　　猛獣を狩る（獵捕猛獸）
　　桜を狩る（尋找櫻花）
　　茸を狩る（採蘑菇）
借る〔他五〕（西日本方言）借、租、借助（=借りる）
枯る〔自下二〕〔古〕（枯れる的文語形式）枯
　　一将功成り万骨枯る（一將功成萬骨枯）
刈萓〔名〕〔植〕菅、苓草、黃背草、黃背茅
刈り上げる、刈上げる〔他下一〕割完、（從下往上）理髮
　　田を刈り上げる（割完稻子）
　　髪を短く刈り上げる（把頭髮剪短）
　　髪を刈り上げる（從下往上理髮）
刈り上げ、刈上げ〔名〕從下往上推頭（形成後面短前面長的髮型）
刈り入れる、刈入れる〔他下一〕收割
　　麦を刈り入れる（收割麥子）
　　もう刈り入れる時節だ（已經到了收割的時候）
　　農家は今刈り入れ時で忙しい（農家正在忙著收割）

刈り入れ、刈入れ〔名〕收割
　刈り入れが始める（開始收割）始める創める
　刈り入れが終る（收割完畢）
　麦の刈り入れの時節（麥子的收割季節）
　下の田はもう刈り入れ（を）為る方が良い（下面的田已經該收割了）

刈り株、刈株〔名〕（收割後剩下的）茬、殘株
　麦の刈株（麥茬）
　刈株畑（收割後布滿茬的田地）

刈り草地、刈草地〔名〕（飼料）草地、收割牧草的土地

刈り込む、刈込む〔他五〕剪短、修剪、割下收藏
　髪を短く刈り込む（把頭髮剪短）
　木を刈り込む（修剪樹枝）
　羊の毛を刈り込む（剪羊毛）
　草を刈り込んで飼葉を蓄える（割草貯飼料）
　蓄える貯える

刈り込み、刈込〔名〕剪短、修剪
　春秋二回庭木の刈り込みを為る（院子樹木春秋剪枝兩次）春秋春秋
　刈り込み鋏、刈込鋏（修剪〔樹枝用〕剪子、理髮剪子）

刈り田、刈田〔名〕收割完了的稻田

刈り束、刈束〔名〕一捆莊稼（乾草等）
　大麦の刈束の山（大麥捆的堆）

刈り取る、刈取る〔他五〕收割、剷除，消除
　稲を刈り取る（割稻）稲稲
　歪曲な思想を刈り取る（消除歪曲思想）
　悪事の芽は伸びない内に刈り取る（把壞事消滅在萌芽時）

刈り取り鎌、刈取鎌〔名〕收割用的鐮刀

刈り取り機、刈取機〔名〕收割機

刈り穂、刈穂〔名〕割下的稻穗

亦（一、）

亦、復、又〔名〕他、別、另外

〔造語〕（冠在名詞上表示間接、不直接延續等義）再、轉、間接

〔副〕又，再，還，也，亦，（敘述某種有關聯的事物）而、（表示較強的驚疑口氣）究竟，到底

〔接〕（表示對照的敘述）又，同時、（連接兩個同一名詞或連續冠在兩個同一名詞之上）表示連續、連續不斷之意、（表示兩者擇其一）或者、若不然

　又の名（別名）名名　俣股叉
　又の世（來世）
　又の日（次日、翌日、他日、日後）
　又に為ましょう（下次再說吧！）
　では又（回頭見！）
　又聞き（間接聽來）
　又從兄弟、又從姉妹（堂兄弟或姉妹、表兄弟或姉妹）
　又請け（間接擔保、轉包）
　又売り（轉賣、倒賣）
　又買い（間接買進、轉手購入）
　先食べた許りなのに又食べるのか（剛剛吃過了還想吃呀！）
　明日又御会いしましょう（我們明天再見吧！）
　彼は又元の様に丈夫に為った（他又像原來那樣健壯了）
　一度読んだ本を又読み返す（重看已經看過一次的書）
　又痛む様でしたら此の薬を呑んで下さい（若是再痛的話請吃這個藥）
　彼の様な人が又と有ろうか（還有像他那樣的人嗎？）
　又と無いチャンス（不會再有的機會）
　今日も又雨か（今天還是個雨天）
　私も又そんな事は為度くない（我也不想做那種事）
　彼も又人の子だ（他也並非聖人而是凡人之子）
　弟は又兄貴に輪を掛けた勉強家だ（而弟弟卻是個比哥哥更用功的人）
　夫は病気勝ちだが、妻は又健康其の者だ（丈夫常生病而妻子卻極為健康）
　此れは又如何した事か（這究竟是怎麼回事？）
　何で又そんな事を為るんだ（為什麼做那種事）

君は又大変な事を為て呉れたね（你可給我闖了個大亂子）
外交官でも有り、又詩人でも有る（既是個外交官同時又是個詩人）
人民中国は第三世界に属していて、超大国ではない、又其に為り度くも無い（人民中國屬於第三世界不是超級大國並且也不想當超級大國）
夢の様でも有るが又夢でも無い（似乎是做夢可又不是夢）
消しては書き、書いては又消す（擦了又寫寫了又擦）
出掛け度くも有り、又名残惜しくも有る（想走又捨不得走）
一人又一人と（一個人跟著一個人）
又一つ又一つと（左一個右一個地）
勝利又勝利へ（從勝利走向勝利）
町の南には山又山が重なっている（市鎮的南邊山連著山）
彼が来ても良い、又君でも良い（他來也行若不然你來也行）

股〔名〕股，胯。〔解〕髋，胯股，腹股溝
大股に歩く（邁大步走）
小股に歩く（邁小步走）
股を広げて立つ（叉開腿站立）立つ建つ経つ裁つ断つ絶つ発つ起つ截つ
全国を股に掛ける（走遍全國、〔轉〕活躍於全國各地）掛ける翔ける搔ける欠ける駈ける駆ける賭ける
人の股を潜る（鑽過他人胯下，受胯下之辱）潜る潜る懸ける架ける描ける駈ける駆ける書ける

叉〔名〕叉子、分岔、叉狀物
木の叉に腰掛ける（坐在樹叉上）
道の叉（岔路口）
三つ叉（〔電〕三通）
川が此処で叉に為る（河流在這裡分岔）

屹（一ヽ）

屹〔漢造〕高聳、直立
屹然〔副、形動〕（山）屹立，巍然、（人）屹然挺立，高傲
屹然と聳え立つ富士山（屹然聳立的富士山）
屹然と聳え立つ山山（屹然聳立的群山）
彼の人は屹然と為ている（他孤高寡合）
屹立〔名、自サ〕屹立、聳立
高山が屹立する（高山聳立）
玉山が雲表に屹立している（玉山高聳入雲）
屹度、急度〔副〕一定，必定、嚴峻地，銳利地
屹度成功する（一定成功）
屹度行くよ（一定去）行く往く逝く行く往く逝く
屹度知らせて下さい（請你務必告訴我）
二人が会えば屹度喧嘩する（兩人一見面必吵起來）会う合う逢う遭う遇う
屹度誤りを犯す（一定犯錯）誤り謝り犯す侵す冒す
明日屹度来る（明天一定來）来る来る明日明日明日
屹度睨む（使勁瞪一眼）
屹度に睨み付ける（狠狠地瞪了一眼）
屹度叱り付ける（嚴加申斥）
態度が屹度為る（態度變嚴肅）
口を屹度結んでいる（緊閉起嘴巴）結ぶ掬ぶ
屹度眉を寄せている（皺起眉頭）寄せる止せる
屹度叱り（嚴厲申斥－江戶時代最輕刑名）
屹度馬鹿〔名〕金玉其外敗絮其中（的愚蠢人）

曳（一ヽ）

曳〔感〕（用力時所發的聲）嘿、（表示強的感動）噯呀
曳と切り付ける（嘿的一聲砍上去）
曳しくじった（噯呀、糟了）しくじる
曳、如何とも勝手に為ろ（噯呀、隨你的便）如何如何如何
曳曳〔感〕（曳是假借字）（用力時所發的聲）嗨喲！、（多數人的）喊聲、笑聲
曳曳と力を入れて引く（嗨喲嗨喲地用力拉）
曳煙弾〔名〕曳煙彈、曳光彈
曳火弾〔名〕曳光彈

曳光彈〔名〕〔軍〕曳光彈

曳行〔名、他サ〕牽引
　曳行飛行（〔滑翔機的〕曳行飛行）

曳航〔名、他サ〕（航海）拖航
　新造船を港迄曳航する（把新造好的船拖到港口）

曳船〔名〕拖船、拖輪（＝曳航船）

曳船，曳き船，曳舟，曳き舟〔名〕拖船、（舊劇場）正面二樓坐位、（江戸時代）侍候高級妓女的妓女（＝曳船女郎）
　巨船が曳船に曳かれて波止場に橫付に為る（大船被拖船拖到碼頭靠岸）
　曳船料（拖船費）

曳く、引く、牽く〔他五〕曳、引、拉、牽←→押す
　綱を曳く（拉繩）曳く引く牽く彈く轢く挽く惹く退く
　袖を曳く（拉衣袖-促使注意）
　弓を曳く（拉弓、反抗）
　幕を曳く（拉幕）
　車を曳く（拉車）
　牛を曳く（牽牛）
　船を曳く（拖船）
　裾を曳く（拉著下擺）

引く、惹く、曳く、挽く、轢く、牽く、退く、轢く、碾く〔他五〕拉，曳，引←→帶領，引導，引誘，招惹、引進（管線），安裝（自來水等），查（字典）、拔出，抽（籤）、引用，舉例，減去，扣除，減價，塗，敷，繼承，遺傳，畫線，描眉，製圖，提拔，爬行，拖著走，吸氣，抽回，收回，撤退，後退，脫身，擺脫（也寫作退く）
　綱を引く（拉繩）
　袖を引く（拉衣袖、勾引、引誘、暗示）
　大根を引く（拔蘿蔔）
　草を引く（拔草）
　弓を引く（拉弓、反抗、背叛）
　目を引く（惹人注目）
　人目を引く服裝（惹人注目的服裝）
　注意を引く（引起注意）
　同情を引く（令人同情）
　人の心を惹く（吸引人心）
　引く手余った（引誘的人有的是）
　美しい物には誰でも心を引かれる（誰都被美麗的東西所吸引）
　客を引く（招攬客人、引誘顧客）
　字引を引く（查字典）
　籤を引く（抽籤）
　電話番号を電話帳で引く（用電話簿查電話號碼）
　例を引く（引例、舉例）
　格言を引く（引用格言）
　五から二を引く（由五減去二）
　實例を引いて説明する（引用實例說明）
　此は聖書から引いた言葉だ（這是引用聖經的話）
　家賃を引く（扣除房租）
　値段を引く（減價）
　五円引き為さい（減價五元吧！）
　一錢も引けない（一文也不能減）
　車を引く（拉車）
　手に手を引く（手拉著手）
　子供の手を引く（拉孩子的手）
　裾を引く（拖著下擺）
　跛を引く（瘸著走、一瘸一瘸地走）
　蜘蛛が糸を引く（蜘蛛拉絲）
　幕を引く（把幕拉上）
　声を引く（拉長聲）
　薬を引く（塗藥）
　床に油を引く（地板上塗一層油）床床油脂膏
　線を引く（畫線）
　蝋を引く（塗蠟、打蠟）
　罫を引く（畫線、打格）
　境界線を引く（設定境界線）
　眉を引く（描眉）
　図を引く（繪圖）
　電話を引く（安裝電話）
　水道を引く（安設自來水）

腰を引く（稍微退後）
身を引く（脫身、擺脫、不再參與）
手を引く（撤手、不再干預）
金を引く（〔象棋〕向後撤金將）
兵を引く（撤兵）
鼠が野菜を引く（老鼠把菜拖走）
息を引く（抽氣、吸氣）
身内の者を引く（提拔親屬）
風邪を引く（傷風、感冒）
気を引く（引誘、刺探心意）
彼女の気を引く（引起她的注意）
血を引く（繼承血統）
筋を引く（繼承血統）
尾を引く（遺留後患、留下影響）
跡を引く（不夠，不厭、沒完沒了）

曳網，曳き網，引網，引き網〔名〕曳網、拖網
目の粗い曳網（網眼大的拖網）粗い荒い洗い
目の細かい曳網（網眼小的拖網）

曳き馬〔名〕拉車的馬、挽馬

佚（一ˋ）

佚〔漢造〕（和〝逸〞同）安樂、不問世事、逃、清高灑脫、放蕩
安佚、安逸（安逸、遊手好閒）
淫佚、淫逸（淫佚、淫樂、淫亂）
散佚、散逸（散逸、散失、失傳）

佚文、逸文〔名〕殘存的文章、散失的文章、失傳的文章

役、役（一ˋ）

役〔名、漢造〕戰役（＝戰爭）、徭役，強制勞動、使役、任務，職務
西南の役（西南戰役）
戦役（戰役、戰爭）
使役（役使、驅使）
雑役（雜活、雜工）
服役（服兵役、服勞役）
懲役（徒刑）
苦役（苦工、徒刑）
兵役（兵役）
賦役（賦役、賦稅徭役）

役する〔他サ〕差役、使役（＝使う）
心を役する事多し（勞心的事很多、操心多、用心多）

役牛〔名〕役牛、耕牛←→乳牛、肉牛
役牛の代わりにトラクターを使う（使用耕耘機來取代耕牛）

役使〔名、他サ〕役使、驅使、徵用
役使を甘んずる（甘心被人使喚）

役馬〔名〕耕馬、駄馬

役夫〔名〕做肺力氣的工人（＝人夫）

役畜〔名〕役畜、耕畜
驢馬も役畜の一種だ（驢也是役畜的一種）

役務〔名〕勞役、勞務
役務賠償（勞役賠償－以勞役賠償對方損失）

役〔名、漢造〕任務、職務、角色
役が重過ぎる（任務過重）
外賓接待の役を仰せ付かる（接受接待外賓的任務）
重い役（重任）
彼女に案内役を頼んだ（請她做嚮導）
銘銘に役を割り当てる（逐一分配任務）
役に就く（擔任職務、就職）
役が付く（擔任負責的職務）尽く点く憑く衝く就く突く付く着く
役付き（負責人員）
彼の人は何の役に勤めているか（他擔任什麼職務？）
彼の方は工場で何の役に就いていますか（那位在工廠裡擔任什麼職務？）工場工場工廠
会長の役を退く（辭去會長的職務）退く退く
ハムレットの役を勤める（擔任哈姆雷特這個角色）勤める努める務める勉める
仲人の役を務める（擔任媒人的角色 沒人）
仲人仲人

一

彼の水夫の役は旨いですね（那個水手的角色演得很好啊！）旨い 巧い 上手い 甘い 美味い

此の劇で彼は一人二役を演じている（在那齣戲裡他一個人演兩個角色）

役を振る（分配角色、分配任務）振る 降る

役に立つ（有用處、有益處）立つ 経つ 建つ 絶つ 発つ 断つ 裁つ

役に立たない人間（無用的人）

こんな物は何の役にも立たない（這種東西沒什麼用處）

其は武器の役に立つだろう（那個東西可以當武器）

彼の中国語が大いに役に立った（他的中國話起了很大的作用）

スポーツは健康に大いに役に立つ（運動對健康很有益處）

役に立てる（供使用、效勞＝役立てる）

夫役、夫役、賦役（〔史〕勞役）

三役（〔相撲〕前三名大力士－大関、関脇、小結現在還包括横綱的總稱、

〔內閣、政黨、工會、公司等的〕三個重要職位三首腦）

重役（重要職位、〔公司的〕董事和監事的通稱）

助役（〔市長、鎮長、村長等的〕副手，助手，助理、〔鐵路〕站長助理，副站長）

大役（重大使命、艱鉅任務、〔電影、戲劇的〕重要角色）

大役（〔戲劇的〕代演者、替角）

同役（同事、同職務的人）

書役（抄寫員、文書、秘書）

主役（戲劇的主角←→端役、脇役、事件的重要人物）

端役（戲劇的配角，不重要的角色，不重要的工作，不重要的職務）

脇役、傍役（配角）

適役（適當的角色、適合的人才）

敵役、敵役（戲劇的反派角色、招怨的人）

配役（〔戲劇、電影〕分配角色）

監査役（監察人員）

収入役（〔市、鎮、村〕會計人員）

相談役（承受諮詢者、公司等的顧問）

取締役（公司的董事＝重役）

御役〔名〕（役目的敬語）任務、公務。〔女〕月經

御役御免（免職、作廢）

停年で御役御免に為る（因到年齡而免職）

役印〔名〕官職印（＝職印）

役印を押す（蓋官職印）押す 推す 圧す 捺す

役員〔名〕負責人員，高級職員，官員，幹部，幹事、（公司）董事

会の役員を選ぶ（選會的幹事）選ぶ 択ぶ 撰ぶ

役員会議（董事會）

役替え、役替〔名、他サ〕調職、調換角色（＝転任、転役）

役替に為る（調職）為る 成る 鳴る 生る

役柄〔名〕職務的性質、職位的身份（體面、尊嚴）。〔劇〕角色的類型（性格）

彼は良く自分の役柄を飲み込んでいる（他很理解自己所擔任職務的性質）

役柄上私にはそんな事を出来ない（因為職務上的關係我不能做那種事）上 上

役柄の者（有身份的人、有職位的人）者 者

役柄を重んずる（尊重職位的身份）

役儀〔名〕〔舊〕職務，任務（＝役目、勤め）、税，納税

役儀御苦労（您工作辛苦了）

役儀柄（職務、職位）

役者〔名〕演員。〔轉〕有才幹的人，人才

役者に為る（當演員）

彼は望み通りに役者に為った（他如願以償當了演員）

歌舞伎役者（歌舞伎演員）

京劇役者（平劇演員）

役者子供（少年演員、演員只懂技藝 不懂世故）

役者には年無し（演員可扮演任何年齡的角色）

此の役が出来るとは役者冥利に尽きる（能扮演這個角色是一個演員最大的幸福）

此丈役者が揃って入れば何でも出来る（有這些人才什麼事都辦得到）
中中の役者だ（有一套辦法的人）
役者が一枚上（才能高人一等、本領更高）
彼の方が僕より役者が一枚上だ（他的才能比我高一等、他比我更有一套）

役所〔名〕官署、官廳、政府機關
役所に勤める（在政府機關工作）勤める努める務める勉める
五時に役所が引ける（政府機關五點下班）
市役所に勤めている（在市政府工作）
御役所仕事（官府工作態度）
御役所仕事は不親切だ（官府工作態度不親切）比べる較べる
今の役所は昔の御役所とは比べ物に為らない（現在機關不比往昔的衙門）

役所〔名〕合適的位置
丁度良い役所（適才適所）良い好い善い良い好い善い
帳付け位が彼の役所だ（他做記帳工作還合適）

御役所仕事〔名〕（繁瑣和拖拉的）公事程序、官僚作風、機關作風

御役所式〔名〕〔俗〕官廳式、官樣、文牘主義、官僚作風
御役所式の決まり文句（官樣文章）

御役所風〔名〕〔俗〕官廳式、官樣、文牘主義、官僚作風（=御役所式）

役職〔名〕職務，官職、要職，重要職位
役職手当（職務津貼）
役職に就く（就要職）就く付く着く突く衝く憑く点く尽く

役姿〔名〕〔劇〕扮裝、上妝（打扮）
役姿での写真（劇照）
役姿で舞台に現れる（粉墨登場）現れる表れる顕れる

役僧〔名〕執事僧
彼の方は役僧です（那位是寺院執事僧）

役宅〔名〕官舍、公家宿舍、官邸（=公舍）

役立つ〔自五〕有用、有效

いざと言う時に役立つ（緊急時有用）
スポーツは健康に役立つ（運動有益健康）
研究に役立つ資料（對研究有用的資料）
テレビは科学の知識の普及化に役立つ（電視有益於普及科學知識）

役立てる〔他下一〕對…有用處、使…有用
少しの御金ですが何かの御用に役立てて下さい（錢雖少但多少對你有幫助請拿去用）
彼の中国語が大いに役立てた（他的中文起了很大作用）
漢方の技術を医療に役立てる（把漢方技術應用於醫療）
昔の物を今に役立てる（古為今用）

役付き，役付、役付き，役付〔名〕負責人員、負責職位
役付に為る（當了負責人員）
彼は未だ役付に為らない（他還是個普通職員）未だ未だ
役付の社員（公司的負責職員）

役得〔名〕工作上的好處、額外收入、外快
役得の有る仕事（有額外收入的工作）
役得の多いポスト（有很多外快的工作）多い被い覆い蔽い蓋い

役人〔名〕官吏
彼は外務省の役人だ（他是外交部的官吏）
役人を辞める（辭官、辭職）辞める止める病める已める
役人根性（官僚習氣）
役人風（官架子）負荷す付加す賦課す孵化す
役人風を吹かす（擺官架子）吹かす蒸かす拭かす噴かす葺かす更かす
役人風（官架子=役人風）
役人風を吹かせる（擺官架子）

役場〔名〕區（鄉、村）公所、辦事處、事務所
父は役場に出ている（父親在區公所工作）
村役場（村公所）村村
司法書士役場（司法代書事務所）

役不足〔名、形動〕大材小用、（對工作）表示不滿

此の役は彼の名優に取っては些か役不足の感が有る（這個角色要那個名演員來演頗有大材小用之感）
貴方にこんなポストでは役不足だ（叫你擔任這種職位是大材小用）貴方貴女貴男
役不足を言う（對工作表示不滿）言う云う謂う

役回り 〔名〕（分派的）任務、職務、角色
　私は何時も損な役回りだ（倒霉的事總輪到我）

役向き、役向 〔名〕職務（任務）的性質
　彼は其の役向を良く心得ている（他很了解他所擔任的職務）
　役向の事（有關職務性質的事項）

役目 〔名〕任務、職務（＝勤め）
　私の役目は日本語を教える事です（我的任務是教日語）
　然う為るのが私の役目です（那樣做是我的職責）
　役目を果たす（完成任務、盡責）
　役目を果してほっとする（完成任務鬆了一口氣）
　そんな事で此の役目が勤まるのか（那樣能盡責嗎？）勤まる務まる
　名詞の役目を為る（起名詞的作用）
　役目柄（職務的身份性質、因職務職位上的關係）
　役目柄放って置けない（職責攸關不能置之不理）置く描く擱く
　此は役目柄当然の事です（這是份內應該的）

御役目 〔名〕任務、職務（＝役目）
　御役目御苦労です（您為公務辛苦了）
　御役目で為る（當作任務來做、應付事情地做）

御役目的 〔形動〕單純任務觀點、敷衍塞責、應付事情
　御役目的に仕事を為る（以單純任務觀點知道）
　式を御役目的に済ました（草草地完成儀式）済む住む棲む清む澄む
　彼の先生の授業は御役目的だ（那位老師的教學只是應付差事）

役名 〔名〕職名、職銜
　役名は経理部長ですが、只の金庫番です（職務名稱是經理部長其實只是看守金庫吧！）只唯徒

役力士 〔名〕有頭衛力士（位居橫綱、大関、関脇、小結四級的相撲力士）

役割 〔名〕分配任務，分派職務、分派的職務，分派的任務
　委員の役割を決める（規定委員的任務）決める極める
　各自の役割を決める（決定各自的任務）
　役割を決める（派定任務）
　役割を果す（完成分派的任務）果たす
　彼は其の事件に重要な役割を演じた（他在那個事件中扮演了重要角色）
　役割実演法（職務演習法－工商企業經營管理者對所管部門事先的設想和職務的訓練）

抑（一、）

抑 〔漢造〕抑制、降低
　謙抑（謙虛）

抑圧 〔名、他サ〕壓抑、壓迫、壓制
　言論を抑圧する（壓迫言論）
　言論の自由を抑圧する（壓迫言論自由）
　欲望を抑圧する（抑制慾望）

抑鬱 〔名〕抑鬱
　抑鬱症（〔醫〕憂鬱症）

抑音 〔名〕〔語〕抑音
　抑音符（抑音符〔、〕）

抑止 〔名、他サ〕抑制、制止
　薬で病気の進行を抑止する（服藥控制病情發展）
　抑止回路（〔電〕禁止迴路）
　抑止力（〔軍〕威嚇力量）
　核抑止力（核威嚇力量）

抑制 〔名、他サ〕抑制、制止
　感情を抑制する（抑制感情）
　感情を抑制を効かない（抑制不了感情）
　インフレを抑制する（抑制通貨膨脹）

抑制ホルモン（〔醫〕抑素）
抑制液（剤）（〔攝〕定影劑）
抑制栽培（〔農〕抑制栽培）
抑制神経（〔醫〕抑制神經）
抑制型予算（抑制式緊縮預算）

抑揚〔名〕（聲調的）抑揚（＝イントネーション）、貶和褒，貶低和讚揚
言葉に抑揚を付けて話す（說話帶抑揚頓挫）
彼は日本語に抑揚を付けて読む（他制止抑揚頓挫地朗讀日語）
抑揚の有る音調（帶抑揚頓挫的音調）

抑揚格〔名〕（英國詩歌中的）抑揚格

抑抑揚格〔名〕（英國詩歌中的）抑抑揚格

抑留〔名、他サ〕扣留、扣下
船を抑留する（扣留船隻）
捕虜を抑留する（扣留俘虜）
漁船を抑留する（扣留漁船）
抑留者（被拘留者、被扣留的人）

抑える、押える，押さえる〔他下一〕按，壓、遏止，控制、扣押，拘留、抓住
風に吹き飛ばされないように紙を抑える（壓住紙張以免被風吹跑）
地図が飛ばないように抑えて下さい（請壓住地圖不要讓風颳走）
痛む腹を抑える（按著疼痛的肚子）痛む傷む悼む
叛乱を抑える（鎮壓叛亂）叛乱反乱氾濫
馬を抑える（勒馬、把馬勒住）
価格を抑える（控制住價格）
財産を抑える（查封財產）
感情を抑える（抑制感情）
涙を抑える（忍住眼淚）
証拠を抑える（拿到證據）
急所を抑える（抓住要害）
四人分は抑えて置く（扣押四人份）置く措く擱く
侵入の敵軍を抑える（阻攔侵入的敵軍）
犯人は現場で抑えられた（犯人當場被捕了）
給料を抑える（扣留工資、停發工資）
闇の商品を抑える（扣押走私的商品）
人の意見を抑えては行けない（不要壓制別人的意見）
手で目（耳、口）を抑える（用手掩目〔耳、口〕）
彼は日本語に掛けてはクラスを抑えている（在日語方面他壓倒了全班）

抑え，押え，押さえ〔名〕按，壓、抑制，鎮壓，鎮守、壓東西的重物，文鎮。〔軍〕殿軍，殿後的部隊
紙の上に抑えを置く（把文鎮壓在紙上）
抑えに隊長が居る（隊長在隊伍末尾）居る入る要る射る鋳る炒る煎る
抑えが効く（〔對人、物〕能制服住、能鎮住，壓得住）効く利く聞く聴く訊く
抑えが効かない（鎮壓不住、沒有威嚴）

邑（一ˋ）

邑〔名〕鄉村，村莊（＝村、里）、（封建諸侯的）領地
采邑（采邑、采地）

易、易（一ˋ）

易〔名、造語〕容易←→難
易より難へ（由易而難）
難を避けて易に就く（避難而就易）
易より難に進む（由易到難）
平易（簡明）
難易（困難與容易）
安易（容易、閒散）
簡易（簡便、簡單）
容易（容易）

易易〔副、形動〕非常容易（＝易しい）
其は易易たる事だ（那是非常容易的事）
そんな仕事は易易たる事だ（那種工作非常容易）

易易〔副〕輕易地、容容易易地
重い物を持ち上げる（把沉重的東西輕易地舉起）
易易（と）石を持ち上げる（輕易地將石頭舉起來）

一

　然う易易とは引き受けられない（不能那麼輕易地答應）
　易易と彼奴を許す訳には行かぬ（不能白饒那傢伙）
　私なら然う易易とは騙されない（要是我可不容易那麼輕易受騙）
　易易（と）遣って除けた（輕易地弄好了）除ける退ける退ける

易化〔名、他サ〕簡化、簡易化
　表現を易化する（簡化表現、使表現平易化）

易行道〔名〕〔佛〕易行道⇔難行道

易損品〔名〕（運輸中）易損壞物品、（包裝用語）小心易碎

易変〔名〕易變、容易改變
　天気の易変（天氣的易變性）
　気分の易変性（情緒的易變性）
　易変遺伝子（〔生〕易變基因）

易融〔名〕〔冶〕易熔
　易融性合金（易熔性合金）

易〔名、漢造〕易經、易，算卦、改變、交換
　易を見る（算卦）
　変易（變易）
　不易（不變）
　交易（交易、貿易）
　貿易（貿易）
　改易（〔江戶時代對諸侯、武士的刑罰〕改變身份貶為平民）

易学〔名〕周易之學、占卜學

易経〔名〕易經、周易

易簀〔名、自サ〕易簣（喻學者之死、臨終）（出自禮記檀弓篇〝曾子易簣〞）

易者〔名〕卜者、算卦者、風水先生
　易者身の上知らず（算命的不知自身禍福）

易姓革命〔名〕改朝換代

易断〔名〕占卜、算命

易い〔形、接尾〕容易，簡單（＝易しい）、（接動詞連用形下）表示容易⇔難しい
　御易い御用です（小事一段、不成問題）易い安い廉い
　易きに付く（避難就易）
　其は大変易い事です（那太簡單了）
　言うは易く、行うは難し（說來容易做起難）
　此の辞書は引き易い（這辭典容易查）
　風邪を引き易い（容易感冒）
　おべっかに動かされ易い（喜歡受人奉承）
　勝つと油断し易い（一勝利就容易大意）
　木造家屋は燃え易い（木屋容易著火）
　泣き易い（愛哭）
　彼女は傷付き易い年頃だ（她正是心靈容易受傷的年齡）
　ガラス（glass）は壊れ易い（玻璃容易下雨）
　夏は雨が降り易い（夏天容易下雨）
　分り易く説明して下さい（請淺顯易懂地說明一下）
　歩き易い道（好走的路）
　入り易い（容易進來）

安い〔形〕安靜，平穩，安穩、（用御安くない形式）
〔諺〕（男女間的關係）親密，不尋常
　安からぬ心持（不平靜的心緒）
　国家を泰山の安きに置く（使國家穩如泰山）
　霊よ安かれ（請安息吧！）霊
　二人は御安くない仲に為った（兩個人可親密極了）

安い、廉い〔形〕低廉、便宜⇔高い
　値段が安い（價格便宜）
　安い買物（買得很便宜的東西）
　此の洋服が二万円とは安い（這套西服二萬日元可真便宜）
　思ったより安く買った（買得比想像的便宜）
　安い物は高い物（買便宜貨結果並不便宜）
　安かろう悪かろう（便宜沒好貨、一分錢一分貨）

易き〔名〕（文語形容詞 易し的連體形）易⇔難き
　易きに付く（避難就易）

安き〔名〕（文語形容詞 安し的連體形）安穩、平穩
　泰山の安きに置く（穩如泰山）
　安きに居て危きを忘れず（居安不忘危）

易しい〔形〕容易的、簡單的、易懂的（＝易い分り易い）⇔難しい

人の真似を為るのは易しい（模仿別人容易）
易しい 優しい
易しい問題（容易的問題）
こんな易しい問題が解けないか（這麼簡單的問題你都不會解？）
此のテストは易しい過ぎる（這次測驗太簡單）
易しく嚙み砕いて説明する（淺顯易懂地說明一下）
易しい文章（易懂的文章）文章 文章
易しく言えば（簡單說來）
言うは易しいが行うは難しい（說得容易做起來難）言う 謂う 云う

優しい〔形〕優美的，典雅的、溫和的，安詳的，懇切的，慈祥的
優しい顔を為た仏像（表情優美的佛像）優しい 易しい
優しい姿（優美的姿態）
気立ちの優しい娘（性格溫柔的姑娘）
優しい物腰で応対する（以溫和的態度應對）
顔に似合わず優しい声を喋る（以與相貌截然不同的柔和語調說話）
人に優しくする（懇切待人）
母が優しい目で子供を眺めている（母親用慈祥的目光瞧著孩子）
優しい心遣い（親切的關懷）
優しい目付き（慈祥的眼光）

芸（藝）（一、）

芸〔名〕演技、技能、技術、技巧、手藝、技藝、武藝
〔漢造〕技能、技術、藝術、遊藝、（舊地名）安藝國
芸の出来る犬（會耍把戲的狗）
芸が無い（平凡、毫無意思）
猿に芸を為せる（教猴子耍把戲）
芸の虫（技術迷）
役者の芸が巧い（演員演技高超）旨い 巧い 上手い 美味い 甘い
彼の男は何の芸も無い（那個人百無一能）

芸を身に付ける（學會技能）付ける 尽ける 点ける 憑ける 衝ける 就ける 突ける 着ける
一芸に秀でる（一技之長）
芸は身の仇（藝喪其身、由於有一技之長反而害了自己）仇空徒 仇 敵
芸が細かい（細心、演技精湛、作戲精巧）
芸は身を助く（一藝在身勝積千斤）
芸を磨く（練功夫）磨く 研ぐ
六芸（六藝-禮樂書御書數）
才芸（才藝）
学芸（學問和藝術）
多芸（多才多藝）
無芸（無一技之長）
武芸（武藝、武術）
技芸（手藝、技術）
手芸（手工藝）
伎芸（演技）
遊芸（遊藝、技藝）
園芸（園藝）
演芸（表演藝術）
芸州（藝州）

芸域〔名〕演技的範圍、技藝範圍、藝術領域
芸域が広い（技藝範圍很廣）
芸域を広める（擴展藝術領域）
芸域を深める（加深技術範圍）

芸苑〔名〕藝苑、文藝界、藝術界（=芸林）

芸界〔名〕演藝界、藝術界

芸妓〔名〕藝妓（=芸者）

芸子〔名〕（關西方言）藝妓、歌舞伎（青年）演員、藝人（=芸者）

芸事〔名〕（彈唱歌舞等的）技藝
彼の人は芸事の嗜みが有る（那個人愛好歌舞音樂等）有る 在る 或る
小さい内から芸事を始めた（從小就學技藝）始める 創める

芸才〔名〕技藝才能、藝術和知識

芸者〔名〕藝妓、擅長技藝的人
芸者を揚げる（招妓陪酒）上げる 揚げる 挙げる

彼は中中の芸者だ（他是個多才多藝的人）

芸術〔名〕藝術
芸術の為に芸術（為藝術而藝術）
芸術は長く人生は短し（藝術是永恆的人生是短暫的）
民間芸術を重んじる（重視民間藝術）
芸術は至上也（藝術至上）
芸術至上主義（藝術至上主義）
芸術院（藝術院）
芸術院会員（藝術院會員）
芸術院賞（藝術院獎）
芸術家（藝術家）
芸術的（藝術的）
芸術品（藝術品）
芸術的良心（藝術的良心）
芸術映画（藝術電影）
芸術祭（紀念文化節舉行的藝術活動）
芸術作品（藝術作品）
芸術本能（藝術本能）
芸術形式（藝術形式）
芸術写真（藝術照片）

芸談〔名〕有關藝術技藝的談話
名人の芸談を聞く（聽名人有關藝術技藝的談話）聞く 聴く 訊く 利く 効く

芸当〔名〕特技，絕技、招數，勾當
危ない芸当を為る（要危險的把戲）
文学の翻訳は簡単な芸当ではない（文學翻譯不是簡單的絕技）
芸当を為る（要把戲）刷る 摺る 擦る 掏る 磨る 擂る 摩る
私はそんな芸当は出来ない（我不會那樣的招數）

芸道〔名〕技藝之道
芸道に勤しむ（勤奮技藝之道）
芸道一筋に生きる（一心一意靠技藝之道）

芸所〔名〕藝術傳統的地區

芸無し〔名〕沒有一技之長（的人）
私は芸無しです（我是個一無所長的人）

芸人〔名〕藝人、多才多藝的人
彼は中中の芸人だ（他真多才多藝）
二人組の芸人（二人一組的演員）二人組 二人組

芸能〔名〕藝術與技能、擅長藝術與技能的才能、演劇，歌謠，音樂，舞蹈，電影等的總稱、民間藝術、技藝（指歌舞，三弦等）（=芸事）
芸能選賞（文部大臣每年授與各種藝術作品的獎賞）
芸能界（藝術界）
芸能人（藝人）

芸風〔名〕演技（技藝）的風格
二人は芸風が違う（兩個人技藝的風格不同）

芸文〔名〕藝術和文學、藝術和學問
一国の芸文（一國的藝術和文學）

芸名〔名〕藝名
芸名を付ける（取藝名）付ける 尽ける 憑ける 突ける 着ける 附ける 浸ける 撞ける
師匠の芸名を受け継ぐ（繼承師傅的藝名）

芸林〔名〕藝術界、文藝界（=芸苑）
芸林に入る（進入文藝界）入る 入る

疫、疫（一ヽ）

疫（也讀作疫）〔名，漢造〕瘟疫、流行性急性傳染病（=疫病、疫病、疫病）
悪疫（瘟疫）
免疫（免疫）
防疫（防疫）

疫学〔名〕〔醫〕流行病學
疫学者（流行病學家）

疫病、疫病、疫病〔名〕疫病、傳染病
疫病が蔓延する（疫病蔓延）
疫病が流行る（疫病流行）
疫病を防ぐ（防止傳染病）
疫病予防ステーション（防疫站）
疫病を撲滅する（撲滅瘟疫）
疫病除の呪い（避瘟符咒）除け 避け
疫病神（瘟神、喪門神、討厭的人=疫病の神）
疫病神に取り付かれる（被一個討厭鬼纏上）
疫病神で敵を取る（借刀殺人）敵 仇 敵

疫痢（えきり）〔名〕〔醫〕小兒痢疾、嬰兒吐瀉症
疫癘（えきれい）〔名〕〔醫〕瘟疫（＝疫病、疫病、疫病）

益、益（一、）

益（えき）〔名、漢造〕有益，有用（＝為に為る）、利益，好處（＝儲け）←→損、害
　世の益に為らぬ人物（對社會沒有好處的人）
　世の益に為らぬ人間（對社會沒有好處的人）
　社会の益に為る仕事（對社會有益的工作）
　益の多い仕事（利益多的工作）多い蓋い蔽い被い覆い
　益を得る（受益、得到好處）得る得
　何の益も無い治療（一點也不見效的治療）
　何の益する所も無い（毫無益處）所処
　利益（利益、利潤）
　利益（功德、恩德、神明保佑）
　純益（純利）
　公益（公益）
　増益（增加）
　広益（廣益）
　実益（實際利益）
　裨益、被益（益處）
　便益（方便）
　損益（盈虧）
　有益（有益、有用）
　無益、無益（無益、沒用）

益する〔他サ〕有益、裨益←→害する、毒する
　世の益する事業（對社會有益事業）
　何の益する所も無い（毫無益處）所処
　社会に益する仕事を為度い（想做有益於社會的工作）
　体に益する（對身體有益）
　人を益する（利人）

益金（えききん）〔名〕利潤（＝利益金）←→損金
　益金を基金に繰り入れる（把利潤撥入基金）

益虫（えきちゅう）〔名〕〔農〕益蟲←→害虫
益鳥（えきちょう）〔名〕〔農〕益鳥←→害鳥
　燕は益鳥だ（燕子是益鳥）

益友（えきゆう）〔名〕益友、良友←→損友
　益友を選ぶ（選擇益友）選ぶ択ぶ撰ぶ

益（やく）〔名〕效益、效果（＝甲斐、益、効目）
　益も無い事（沒有益處的行為、徒勞無益的事）
　利益（功德、恩德、神明保佑）
　利益（利益、利潤）

益体（やくたい）〔名〕〔古〕有用
　益体も無い事許り言う（儘說廢話）
　益体（も）無い（無用）

益す、増す〔自、他五〕增長、增加、增添、增大（＝増える、増やす）←→減る
　川の水が増す（河水上漲）
　輸出が昨年より二割増した（出口比去年增加二成）
　速度が増す（增加速度）
　人口が増す（人口增多）
　年毎が増す（逐年增加）
　十ｇｒａｍ増すに七十円高く為る（每增加十公克貴七十日元）
　体重が五ｋｉｌｏｇｒａｍ増した（體重增五公斤）
　食欲が増す（增進食慾）
　人数を増す（增加人數）
　花を植えて美観を増す（栽花增添美觀）
　人手を増す（增加人手）
　分量を増す（增添份量）

益益、益、増増〔副〕益益、益發、越發、更加（＝愈愈、一層）
　人口は益益増える（人口益發增加）
　働く女性は益益増える一方だ（工作的婦女愈來愈多）
　寒さは益益厳しく為る（寒氣愈來愈重）
　益益親密に為った（越發親密起來）
　天気予報に反し、雨は益益激しく為って来た（跟天氣預報相反雨越下越大）

益荒男，丈夫、丈夫（ますらお）〔名〕大丈夫，男子漢、勇猛的武士，壯士（＝益荒猛男）
　益荒男振り（大丈夫氣概、男子漢氣派）

益荒猛男（ますらたけお）〔名〕壯士、豪傑（＝益荒男，丈夫、丈夫）

丈夫（じょうふ）〔名〕（男子的美稱）丈夫（＝益荒男、益荒男）

丈夫（じょうぶ）〔形動〕（身體）健康，壯健，堅固，結實
　体を丈夫に為る（使身體健壯起來）為る為

御蔭様で丈夫です（託您福我很健康）
丈夫で居る（〔身體健康）
母は元通りすっかり丈夫に為った（母親恢復得完全和過去一樣健康）
子供は田舎に居ると丈夫に育つ（孩子在鄉村裡會健康地成長起來）
丈夫な箱（結實的箱子）
丈夫に出来た靴（做得結實的鞋子）
此の織物は丈夫で長持ちする（這個料子結實耐用）
其は体裁を構わず丈夫一方に出来ている（那件東西做得不講外表只求結實）
気を丈夫に持つ（振作起來、不灰心）

大丈夫〔形動〕牢固，可靠，安全，安心，放心，不要緊
〔副〕（單用詞幹）一定、沒錯
〔名〕好漢、男子漢、大丈夫（=大丈夫、大丈夫、丈夫、益荒男）
動かしても大丈夫な様に確り縛って置け（要捆結實使它搖動也無妨）
戸締まりは大丈夫かね（門鎖得牢固嗎？）
此れなら大丈夫だ（如果這樣就沒錯啦）
そんなに無理して大丈夫かね（這樣勉強幹不要緊嗎？）
さあ、もう大丈夫だ（啊！現在算是安全了）
彼に任せて置けば大丈夫だ（交給他就放心啦）
此の水は飲んでも大丈夫でしょうか（這水喝也行吧！）
此の建物は地震に為っても大丈夫だ（這建築即使發生地震也沒問題）
大丈夫明日は天気だ（明天一定是好天氣）
自転車で行けば大丈夫間に合う（騎自行車去一定來得及）
彼は大丈夫成功する（他一定會成功）
彼の人には大丈夫任せて置ける（交給他做沒錯）

大丈夫、大丈夫〔名〕好漢、男子漢、大丈夫（=丈夫、益荒男）

異（一、）

異〔名、形動〕異、奇異、差異、異議、議論（=不思議）←→同
異を立てる（標新立異）
異と為るに足りない（不足為奇）
異な事（奇怪的事）
異な事を聞いた（聽到了怪事）聞く聽く訊く利く効く
縁は異な物（緣分是奇怪的）
異な事を言う様だが（我說這話也許很突然）
大同小異（大同小異）
特異（異常、特別、非凡、卓越）
変異（變異、變易）
怪異（奇怪、妖怪）
奇異（奇異、奇怪）

異位元素〔名〕〔理〕異（原子）序元素、異位素（=異位体）

異位体〔名〕〔理〕異（原子）序元素、異位素（=異位元素）

異域〔名〕異域、異國（=外国）←→故郷

異栄養〔名〕〔醫〕營養不良、缺乏營養

異化〔名、自他サ〕〔生〕異化，分解代謝、（語音的）異化。〔心〕異化←→同化
異化作用（異化作用）

異花受粉〔名、自サ〕〔植〕異花授粉
異花受粉させる（使異花授粉）

異客〔名〕異客，游子，外地人、盜賊

異学〔名〕（江戸時代）朱子學以外的儒學、異端之學，非正統之學
異学の禁（禁止朱子學以外的儒學）

異観〔名〕奇觀、罕見的景色
異観を呈する（呈現奇觀）呈する訂する挺する
桂林の山水は天下の異観（桂林山水是世界奇觀）

異汗症〔名〕〔醫〕異汗症（包括臭汗在內的汗液分泌異常）

異義〔名〕意義不同←→同義
同音異義の字（同音異義字）

異議〔名〕異議、反對意見
異議を申し立てる（提出異議）
異議無し（贊成、無反對意見）

異議を唱える（提出異議）唱える 称える
異議有り（有反對意見）

異格、違格〔名〕（平安時代的罪名）違格，違令，不合道理，違反格式

異教〔名〕〔宗〕（基督教指其他宗教、也泛指自己信奉以外的宗教）異教
異教徒（異教徒、信奉異教的人）

異郷〔名〕異鄉、他鄉、外國、仙境←→故鄉
異郷に病む（病倒他鄉）病む已む止む
異郷に流離う（流浪在異鄉、漂泊他鄉）
異郷に在って故国を思う（在海外懷念祖國）思う想う

異境〔名〕異國、外國（=外国）
異境で知人に会う（他鄉遇故知）会う遇う遭う逢う合う
異境の空（外國地方）

異形〔名、形動〕奇怪形狀（=異様）、妖魔鬼怪
異形の出で立ち（稀奇古怪的打扮）

異形、異型〔名〕〔生〕異形、異型
異形配偶子（異形配子）
異形染色体（異形染色體）
異形配偶子生殖（異配生殖）
異形多核細胞（異核體）
異形発生（異型有性世代交替、突變）
異形接合（異型接合）
異形胞子（異形孢子）
異形質（異質）
異形花（異形花）
異形煉瓦（〔建〕異形磚）
異形細胞（異細胞）
異形鉄筋（〔建〕變形鋼筋）
異形再生（異形再生）
異形継目（〔鐵軌的〕異形接縫、階狀接合）
異形分裂（異形分裂）
異形継目板（〔鐵〕異形搭接板、階狀接合板）

異極化合物〔名〕〔化〕異極化合物、有極化合物

異極鉱〔名〕〔礦〕異極礦、菱鋅礦

異曲同工〔名〕異曲同工（=同工異曲）

異口同音〔名、連語〕異口同聲
異口同音に（異口同聲地）
異口同音に褒める（異口同聲地誇獎）褒める誉める
異口同音に賛成を称える（異口同聲地表示贊同）称える唱える称える讃える湛える

異系〔名〕異系、不同系統
異系繁殖（〔動〕遠系繁殖、遠交）

異見〔名〕異議、不同意見、不同見解（=異存）
異見を立てる（表示異議、提出異議）
異見を抱く人（有不同意見的人）抱く抱く

異源同構造〔名〕〔生〕同型異源性

異好性〔名〕〔醫〕嗜異性

異国〔名〕異國、外國←→自国、故国、母国
異国人（外國人）
異国情緒、異国情調（異國情調、外國情趣）
異国の土と為る（客死國外）
異国風の身形（外國式的裝飾）
異国的（異國情調的=エキゾチック）
異国的な仕来たり（外國的習慣）

異国〔名〕〔古〕異國、異鄉

異才、偉才〔名〕偉才、奇才←→凡才

異彩〔名〕異彩、特色
異彩が有る（有特色的）有る在る或る
異彩を放つ（大放異彩、出類拔萃）

異材、偉材〔名〕異材、偉材、奇才、優秀的人物

異志〔名〕高遠的志向、異心，二心
異志を抱く（懷異心）抱く抱く

異翅類〔名〕〔動〕異翅類

異質〔名、形動〕不同性質、本質不同←→同質
異質の分子（異己分子）
異質の文化（異文化）
異質的（異質的）
両者は異質の物である（二者性質不同）
異質同形（〔礦〕異質同晶=異質同像）
異質染色質（〔植〕異染色體）
異質同像（〔礦〕異質同晶現像）

異質接合子（〔生〕雜合體、異型接合體）
異質倍数性（〔遺傳〕異源多倍性）
異質染色体（〔植〕異染色體）
異質倍数体（〔遺傳〕異源多倍體）
異質細胞（〔動〕異質細胞）

異種〔名〕異種、變種←→同種
　植物の異種を作る（栽培異種植物）作る創る造
　異種寄生（〔生〕轉主寄生）
　異種交配（〔生〕雜交、種間雜交）

異宗〔名〕〔宗〕不同的宗教

異臭〔名〕異臭、怪味
　異臭を放つ（發出異臭）
　辺りに異臭が漂っている（四處瀰漫著臭氣）
　異臭ぷんぷんと為て鼻を付く（異味刺鼻）付く突く着く就く衝く憑く点く尽く

異熟〔名〕〔植〕異熟
　雌雄異熟（雌雄蕊異熟）

異客〔名〕異客，遊子，外地人，盜賊

異称〔名〕異稱、別稱、別名
　如月は旧暦二月の異称だ（如月是陰曆二月的別稱）

異状〔名〕異狀、變化、異常狀態←→正常
　機械に異状が有る（機器運轉不正常）
　脈に異状は有りません（脈搏沒有變化）
　異状を認める（發現異狀）
　異状無し（沒有變化 一切正常 沒有情況）
　彼の腹部には異状を認めない（看不出他的腹部有異常現象）

異常〔名，形動〕異常、非常、不尋常←→正常
　異常な（の）人物（非常人物）
　彼は一寸異常だ（他有點異常）一寸一寸
　精神に異常を来す（精神失常）
　異常な努力を払う（做非凡的努力）
　脈に異常が無い（脈搏正常）
　状態が異常に見える（情況不正常）
　異常聴域（〔地〕異常聽域-火山爆發時震央較遠處反比近處聽得清晰的現象）
　異常光線（〔理〕特殊光線）
　異常児（畸形兒）
　異常凝縮（〔理〕異固縮）
　異常反応（〔醫〕變態反應）
　異常高熱（〔醫〕異常高燒）
　異常肥大（〔生〕肥大）
　異常食欲（〔醫〕異常食慾、乖食癖）
　異常分散（〔理〕反常分散、反常色散）
　異常増殖（〔醫〕贅生物、贅疣）
　異常染色質（体）（〔生〕異染色質〔體〕）
　異常心理学（變態生理學）

異色〔名〕異常顏色、特色，獨特
　異色の出来映え（優異的成果）
　異色の画家（作品）（有特色的畫家〔作品〕）
　彼は作家の中でも異色有る存在だ（他在作家中獨樹一格）
　異色有る人物（有特色的人物）

異食症〔名〕〔醫〕異食症、異食癖、食土症

異心〔名〕二心（＝二心）
　異心を抱く（懷有二心）抱く抱く

異人〔名〕外國人，西洋人，異人、奇人、別人，不同的人←→同胞
　青い目を為て異人（藍眼珠的外國人）
　同名異人（名同人不同）

異人種〔名〕不同人種
　異人種間の結婚（不同人種之間的姻緣）

異数〔名〕異數、異例，破例，破格，罕見
　異数体（〔生〕異倍體）
　異数性（〔動〕異倍性、非整倍性）
　異数の抜擢（破格的提拔）
　異数の出世（少有的出身）

異性〔名〕異性、不同性質（的東西）←→同性
　虫の鳴き声は異性を呼ぶ声だと言う（據說蟲子的叫聲是為了招呼異性的）言う謂う云う
　異性を知る（經驗男女關係）
　異性化ゴム（異構性橡膠）gom荷
　異性化（〔化〕異構化〔作用〕）
　異性体（〔化〕異性體）

いせい【異姓】〔名〕異性、他性←→同姓
いせつ【異説】〔名〕異說、異論←→通說定說
　異説を立てる（提出不同的說法）
　今迄の学説を不満と為て異説を立てる（對現有的學說不滿提出不同的學說）
いそう【異相】〔名〕與眾不同的相貌
いそうちい【異層地衣】〔名〕〔植〕異層地衣
いぞく【異俗】〔名〕異俗、不同的風俗
いぞくるい【異足類】〔名〕〔動〕異足類、異足屬
いぞん【異存】〔名〕〔老〕異議、不同意見（=不服、異議）
　異存を唱える（提出異議）唱える称える
　異存が無い（沒有異議、沒有反對意見）
　会議の決定に異存が有る（對會議的決定有異議）
いたい【異体、異體】〔名〕異狀，特殊形狀、異體，不同軀體。〔漢字〕異體字←→同体
　異体同心（異體同心）
　異体字（異體字）
　異体同形（〔生〕同形性）
　異体文字（異體字）
いたん【異端】〔名〕異端、邪說←→正統
　異端の説を唱える（提倡邪說）
　異端者（異端者、異己分子）
　異端視（視為異端、視為異己分子）
　他国者は異端視される（外國人被視為異己分子）
いちょう【異朝】〔名〕〔古〕外國、外國的朝廷（=外国）←→本朝
いと【異図】〔名〕異圖、二心
　異図を抱く（懷二心）抱く抱く
いど【異土】〔名〕異鄉、異國、外國（=異郷）
いどう【異同】〔名〕異同、差別（=違い）
　異同を弁ずる（辨別異同）弁ずる便ずる
　両者の異同は無い（二者沒有差別）無い綯い
　中国医学と西洋医学との異同（中西醫的差別）
いどう【異動】〔名、他サ〕調動、變動
　人事の大異動（人事大異動）
　毎年夏に人事の異動が有る（每年夏天都有人事異動）
　異動で台北へ移った（調到台北去了）移る遷る写る映る
　異動を行う（進行調動）
いのう【異能】〔名〕特殊的才能
　異能力士（臂力罕見的相撲力士）
いは【異派】〔名〕（與自己）不同的流派、另立的一派
いはくせき【異剝石】〔名〕〔礦〕異剝石
いはん、いはん【異版、異板】〔名〕（同一書刊的）不同版本
いばんごう【異番号】〔名〕異號、（電話）不同號碼
いふ【異父】〔名〕（同母）異父（=種変わり、種違い）←→異母、同父
　異父兄弟（同母異父兄弟）兄弟兄弟
いふごう【異符号】〔名〕〔數〕異號、反號
いふう【異風】〔名〕奇異風俗、奇異姿態、特殊的打扮
いふく【異腹】〔名〕同父異母（=腹違い）←→同腹
　異腹の姉妹達（同父異母兄弟）
いぶつ【異物】〔名〕異物，怪物。〔醫〕異物（如結石、假牙、嚥下的針等）
　飲み込んだ異物を吐き出す（吐出嚥下的異物）
いぶん【異文】〔名〕（同一作品）不同版本的文章、（同一作品不同版本中）不同的本文、和一般不同的文章
いぶん【異聞】〔名〕珍聞、奇聞
　砂漠の異聞（沙漠奇聞）
いぶんし【異分子】〔名〕異己分子←→同分子
　異分子を除名する（開除異己分子）
　人を異分子を視する（把別人當作異己分子）視する資する死する
いへん【異変】〔名〕異常變化、顯著變化
　天候の異変（天氣的反常）
　何の異変も起こらなかった（並沒發生什麼異常）起る怒る興る熾る
　病状に異変は無い（病情沒有變化）無い綯い
　病状の異変を知らせる（通知病情有顯著變化）
いぼ【異母】〔名〕（同父）異母（=腹違い）←→同母
　異母兄弟（異母兄弟）
いほうせい【異方性】〔名〕〔理〕各向異性、非均質
　異方性溶液（異晶）
いほう【異邦】〔名〕外國、異國←→本邦

異邦人（外國人＝外国人、〔宗〕猶太人卑稱其他民族為異邦人）

異本〔名〕（同一作品的）不同版本

異味〔名〕異味、珍味

異名、異名〔名〕別名（＝別名）、外號，綽號（＝仇名）←→本名

異名を取る（取外號）取る盗る獲る執る撮る採る摂る捕る

怪盗の異名を取る（有怪盗之稱）

異様〔形動〕奇怪、奇異

異様な風を為ている（打扮得奇怪）

異様に感ずる（覺得奇怪）

異様な声が為る（有奇怪的聲音）

彼の目は異様に輝いた（他的眼睛顯出異樣光彩）輝く耀く

一種異様な沈黙が続く（保持著一種異常的沉默）

異類〔名〕〔佛〕異類（人類以外的動物）、種類不同（的東西）、種族不同（的生物）

異類概念（不同的概念）

異例〔名〕破例、沒有先例←→常例

異例の措置（特別措施）

彼の昇進は異例だ（他的晉級是破例的）

異例の出来事（未曾有過的事情）

彼は異例の抜擢を受けた（他破例地被提拔）

異論〔名〕不同意見、異議

異論を唱える（提出不同意見）称える

異論を提出する（提出不同意見）

異論が無い（無異議）

君の意見には、誰も異論が無い（對你的意見誰都無異議）

此の問題に就いて色色異論が有る（關於這一問題有許多不同意見）色色種種

異〔名、接頭〕異、特異、不同、別的

異に為る（不同、不一樣）

人生観を異に為る（人生觀不一樣）

立場を異に為る（立場不同）

攻守所を異に為る（攻守異位）

意見を異に為る（意見不同）

首足所を異に為る（身首異處、被砍頭）

異国（異國、異鄉）

事〔名〕事情，事實，事務，事件，事端、（接雅號筆名等下）即，一樣，等於，就是

（用〝…た事が有る〞形式）表示經驗

（用〝…事に為る〞形式）表示主觀的決定，打算，習慣

（用〝…事に為る〞形式）表示結果是，就是、規定，決定

（用〝…事は無い〞形式）表示沒有必要，無需

（用〝…無い事には〞形式）表示假定，如果不

（用〝…と言う事だ〞或〝との事だ〞形式）表示據說，聽說

（用〝…事だ〞形式）表示最好

（用〝…丈の事は有る〞形式）表示值得，沒有白，有效果

（接形容詞連體形下）構成副詞

（接動詞，助動詞連體形下作為一句的結尾語）表示間接的命令，要求，規定，須知

（接名詞，代名詞，助動詞連體形下）作形式名詞用法

去年の事だ（是去年的事）言琴異

事の真相（事情的真相）

恐ろしい事（可怕的事情）

不愉快な事（不愉快的事情）

何の事か分らない（不知什麼事）

何の事も無い（沒什麼事）

其れは当たり前の事です（那是當然的事）

自分の事は自分で為る（自己的事情自己做）

私に出来る事なら何でも致します（只要是我能辦到的事什麼我都做）

然う為ると事が面倒に為る（那麼做的話事情可就麻煩了）

然う為ると事が簡単に為る（那麼做的話事情可就簡單了）

大変な事に為った（事情鬧大了）

毎日の事（每天的事情、每天的工作）

事に当たる（辦事、工作）

事を構える（借端生事、借題發揮）

変な事に為ったぞ（真成了怪事）

どんな事が有っても（不管發生什麼事也…）
此れからが事なんだ（將來可是件事〔要麻煩〕）
事が事だから面倒だ（因為事情非同小可所以不好辦）
一朝事有る時には駆け付ける（一旦有事趕緊跑上前去）
事此処に至っては何とも仕方が無い（事已至此毫無辦法）
事の起こりは野球の試合であった（事件是由棒球比賽引起的）
一難去って迄一難とは此の事だ（這事可真是所謂一波剛平一波復起）
僕の事は心配するな（不要擔心我的事）
試験の事はもう話すのを止めよう（關於考試的事別提了）
彼奴の事だから信用出来ない（因為是他所以不能相信）
私と為た事が何と言うへまを為たのでしょう（我這個人怎麼這麼糊塗呢？）
無料とは唯の事だ（免費就是不要錢）
豊太閤事豊臣秀吉（豐太閤即豐臣秀吉）
一度行った事が有る（曾經去過一次）
洋行した事が有る（出過國）
食べた事が無い（沒有吃過）
彼は笑った事が無い（他沒有笑過）
行った事は行ったが会えなかった（去是去過了可是沒見到）
明日彼に会う事に為ている（決定明天去見他）
毎朝冷水摩擦を為る事に為ている（每天早晨一定用冷水擦身）
酒を飲まない事に為ている（堅持不喝酒）
結局百万円損した事に為る（結果虧了一百萬日元）
彼とは明日会う事に為っている（跟他約定明天見面）
明日の朝九時に出発する事に為っている（決定明晨九點出發）
別に急ぐ事は無い（不必特別急）
慌てる事は無い（無需驚慌）

用心しない事には危険だ（如果不注意就危險）
有ると言う事だ（聽說有）
直に上京するとの事だ（聽說馬上就進京）
花が咲いたと言う事だ（聽說花開了）
矢張り自分で遣る事だ（最好還是自己做）
人一倍働く事だ（最好是比別人加倍工作）
合格したければ良く勉強する事だ（要考上最好是好好用功）
来た丈の事は有る（沒有白來一趟）
高い金を出した丈の事は有る（沒有白花大價錢）
早い事遣って仕舞え（趕快作完吧！）
長い事話した（說了好久）
旨い事遣った（做得好）
此処で遊ばない事（不要在此玩耍、禁止在此遊戲）
道路で遊ばない事（不許在馬路上玩耍）
枝を折らない事（不許折枝、禁止攀折）
早く行く事（早點去、要快去）
印鑑持参の事（務必帶印鑑）
今月中に納付の事（務必在本月內繳納）
死ぬ事は嫌だ（不願意死）
已める事が出来ない（不能罷休）
電車が無くて帰る事が出来ない（沒有電車不能回去）
残念な事には行かれない（可惜的是不能去）
此処で下車する事が有る（有時在這裡下車）
事と為る（從事、專事）
事有る時（一朝有事）
事有る時は仏の足を戴く（臨時抱佛腳）
事有れかし（唯恐天下不亂）
事が延びれば尾鰭が付く（夜長夢多）
事志と違う（事與願違）
事細かに（詳詳細細）
事だ（糟糕、可不得了）
事とも為ず（不介意、不在呼、不當回事）
事に触れて（一有事、隨時）

一

事も有ろうに（偏偏、竟會）
事を起す（起事、舉兵）
事を運ぶ（進行、處理）
事を分けて（詳細說明情由）
大仕事（大事業、重大任務、費力氣的工作）
見事、見ん事（美麗，好看、精彩，巧妙，整個，完全）
出来事（偶發的事件）

琴〔名〕古琴、箏
琴を弾く（彈箏）弾く引く轢く挽く惹く曳く牽く退く
琴を習う（學彈箏）学ぶ琴箏言事異殊

異なる、異る〔自五〕不同、不一樣（=違う）←→同じ
風俗も異なれば習慣も異なる（風俗不一樣的話習慣也不同）
風俗習慣は土地に依って異なる（風俗習慣因地而異）
品質は値段に依って異なる（品質依價格而不同）依る寄る拠る因る縁る由る選る
他と比較して格別異なった点は無い（跟其他比較起來並沒有特別不同的地方）他他
はっきりと異なる（截然不同）

異なるい〔形〕（文語形容動詞異なり的形容詞化）令人羨慕的（=異なりい、羨ましい）

異なりい〔形〕（文語形容動詞異なり的形容詞化）令人羨慕的（=異なるい、羨ましい）

異に〔副〕（文語形容動詞異なり的連用形）異常地、勝過、優於

異な〔連体〕怪、離奇、奇怪、奇特（=変な、妙な）
縁は異な物（緣由天定）
異な物（奇聞、怪事）
実に異な事が有る物だ（真是一件怪事）実に真に誠に允に信に愼に

異し、他し〔造語〕另外的、別的（=別の、他の）
異し国（異國、外國）
異し男（別的男人、情夫、薄情郎）
異し人（他人）
異し女（別的女人、情婦）
異し事は扨置き（他事暫且不提、閒話少說、言歸正傳）

異し、奇し、怪し〔形〕奇怪的、可疑的（=怪しい）

液（一、）

液〔名、漢造〕液體（=汁、体）
液を絞る（榨汁）絞る搾る
硫酸の液（硫酸液）
血液（血液）
唾液（唾液）
粘液（黏液）
水溶液（水溶液）

液圧〔名〕液壓
液圧ポンプ（液壓幫浦）
液圧プレス（液壓機、水壓機、油壓機）
液圧式ブレーキ（液壓式制動器）

液液平衡〔名〕〔化〕液液平衡

液液抽出〔名〕〔化〕液液抽取〔法〕

液温〔名〕液體的溫度
液温計（液體溫度計）

液化、液化〔名、自他サ〕液化←→気化
液化し易い（容易液化的）易い廉い安い
空気を液化する（液化空氣）
気体を液化する（液化氣體）
液化石油ガス（液化瓦斯）

液果〔名〕〔植〕漿果（果汁多的水果-如葡萄、柑橘=漿果）

液間電位（差）〔名〕液界電位差（兩種電解液接觸面電位差）

液材〔名〕（樹皮下較軟的）白木質、邊材（心材外增生的木質部）（=白太）

液剤〔名〕液體藥、藥水←→散剤、錠剤

液汁〔名〕汁液（=汁、汁）
果実の液汁（果汁）

液晶〔名〕〔化〕液晶〔體〕

液状〔名〕液狀、液態←→固形
液状を保つ（保持液體狀態）
液状のパラフィン（液狀石蠟、石蠟油）

液浸〔名〕〔化〕浸液
液浸法（浸液法）
液浸曲折計（浸液曲折計）

液相〔名〕〔化〕液相

えきそうせん
液相線（液相曲線）
えきそうぶんかい
液相分解（液相裂化）
えきたい
液体〔名〕液體、液態、流體←→気体、固体
こたい と えきたい な きたい こたい
固体が溶けて液体に為る（固體熔化成為液體）解ける溶ける説ける融ける熔ける梳ける鎔ける
えきたいくうき
液体空気（液體空氣）
えきたいさんそ
液体酸素（液態氧）
えきたいたんさん
液体炭酸（液態二氧化碳）
えきたいほうゆうぶつ
液体包有物（〔地〕液體包纏體）
えきたいねつりょうけい
液体熱量計（液體熱量計）
えきたいまさつ
液体摩擦（〔理〕液體摩擦）
えきたいおんどけい
液体温度計（液體溫度計）
えきたいひじゅうけい
液体比重計（液體比重計）
えきたいどうりょくがく
液体動力学（流體動力學）
えきたいせいりょくがく
液体静力学（流體靜力學）
えきたいねんりょう
液体燃料（液體燃料）
えきたい helium
液体ヘリウム（液態氦）
えきたい rocket
液体ロケット（液體燃料火箭）
えきたい honing
液体ホーニング（液體噴砂、液體磨料拋光）
えきたい ammonia
液体アンモニア（液態氨）
えきたい
液態〔名〕液體狀態
えきちゅう あつりょく けい
液柱（圧力）計〔名〕液柱式壓力計、液體壓力計
えきひ えきたいひりょう
液肥〔名〕〔農〕水肥（＝液体肥料）
えきべん
液便〔名〕〔醫〕（腹瀉時）液狀大便
えきほう
液胞〔名〕〔生〕液胞、空胞
えきめん
液面〔名〕液面
えきめんけい
液面計（液面指示器）
えきりょう
液量〔名〕液量
えきりょうけい
液量計（量杯、量筒）
えきれい
液冷〔名〕液體冷卻
えきれいしき engine
液冷式エンジン（液冷式發動機）
つゆ つゆ
液、汁〔名〕汁液、湯
こ くだもの つゆ すく
此の果物は液が少ない（這個水果水份很少）
つゆ ばいう
梅雨梅雨
おつゆ おかわ す
御液の御代りを為る（再來一碗湯）
つゆ す
液を吸う（喝湯）
そば つゆ
蕎麦の液（麵湯）
つゆ はかな はかな
露〔名〕露水、涙、短暫（＝儚い、果敢無い）

〔副〕一點也（不）（下接否定）(=少しも、ちっとも)
つゆ お お お お つゆつゆつゆ
露が下りる（下露水）降りる下りる露汁液
つゆばいう
梅雨梅雨
は つゆ お
葉に露が下りる（葉子沾上了露水）
つゆ たま たまたまたまたまたまたま
露の玉（露珠）玉弾球珠魂靈
つゆ しずく しずくしずく
露の雫（露珠）雫滴
つゆ したた
露の滴り（露珠）
くさ つゆ ぬ
草の露に濡れる（被草上的露水弄濕了）
め つゆ やど
目に露を宿す（目中含涙）
め つゆ ひか
目には露が光っている（目中含涙）
つゆ ひか
露が光る（露珠發亮、眼睛裡閃著眼淚）
そで つゆ
袖の露（涙沾襟）
つゆ いのち
露の命（短暫的生命、人生如朝露）
つゆ ま まあいだあいかん
露の間（一眨眼間）間間間間
つゆ ま な
露の間も無い（片刻也不、一點也不、絲毫也不＝露些かも無い）
つゆ よ
露の世（浮生、人生如朝露）
つゆ き
露と消えた（消失了、死了）
つゆばか じかん
露許りの時間（一點兒時間）
あなた ごきょうだい お あ つゆし きょうだいけいてい
貴方に御兄弟が御有りとは露知りませんでした（我一點也不知道你有兄弟）兄弟兄弟
あなた りゅうがくせい つゆし
貴方が留学生とは露知りませんでした（我あなたあなたあなた
一點也不知道你是留學生）貴方貴女貴男
あなたあなた
貴下彼方
かれ つゆうたが い
彼は露疑って居ない（一點也不懷疑他）
わたし かのじょ つゆほど うたが
私は彼女を露程も疑わなかった（我一點也沒有懷疑過他）
つゆ ばいう ばいう ばいう さみだれ
梅雨、黴雨、梅雨、黴雨〔名〕梅雨（＝五月雨）
ばいうき
梅雨期（梅雨期）
ばいうぜんせん
梅雨前線（梅雨鋒面）
つゆ もの か
梅雨で物が黴びる（梅雨天東西發霉）
つゆどき ばいうき
梅雨時（梅雨期．梅雨季節＝梅雨期）
つゆどき もの か
梅雨時には物が黴びる（梅雨季東西會發霉）
つゆどき かびやす
梅雨時は黴易い（梅雨時節容易發霉）
つゆ な にゅうばい
梅雨に為る（入梅雨期＝入梅）
つゆ はい にゅうばい
梅雨に入る（入梅雨期＝入梅）
つゆ い にゅうばい にゅうばい
梅雨の入り入（梅雨期＝入梅）
つゆいり にゅうばい つゆいり にゅうばい ついり
梅雨入、入梅、梅雨入、入梅、墜栗花（進入梅雨季）←→梅雨明け
つゆあ

梅雨が明ける（梅雨季結束）明ける 開ける 空ける 飽ける 厭ける
梅雨明け、出梅（梅雨季終了＝出梅）↔梅雨入り、入梅
梅雨晴れ（梅雨季終了＝梅雨明け、出梅、梅雨期間偶而放晴）
梅雨入晴れ、入梅晴れ（梅雨季終了＝梅雨明け、出梅、梅雨期間偶而放晴）
梅雨上がり（梅雨季終了＝梅雨明け、出梅）
梅雨型（梅雨型天氣）
梅雨冷え（梅雨季的驟冷）
梅雨寒（梅雨季的寒冷）

汁〔名〕汁液、湯（＝つゆ）。醬湯（＝味噌汁）。〔轉〕（藉別人力量或犧牲別人得到的）利益、好處
汁を絞る（榨出汁液）
蜜柑の汁を吸う（吸橘子汁）
煮出し汁（魚和海帶煮的湯）
汁を吸う（喝湯）
汁と飯（醬湯和米飯）
旨い汁を吸う（自己獨佔大部分利益．佔便宜．得到好處）

翌（一、）

翌〔漢造〕翌、次（日、月、年）、第二（天、月、年）
国慶節の翌日（國慶日的第二天）
翌年度の予算（下年度的預算）

翌朝、翌朝〔名〕次晨、第二天早晨（＝明くる朝）
翌朝に為るとけろりと直った（次晨就完全好了）直る 治る
帰宅の翌朝（回家的第二天早上）暁 曉

翌暁〔名〕次日拂曉

翌月〔名〕下個月（＝次の月）
翌月廻しに為る（延到下個月）廻す 回す
月末の払い翌月に延ばす（把月底應付款拖到下個月）延ばす 伸ばす 展ばす
翌月物（過月的款項、跨月的借款或貸款）

翌日〔名〕翌日、次日、第二天（＝次の日）
雨天の為翌日に延期する（因雨延期到第二天）
翌日物（貸出後第二天清償的貸款）

翌日物コール（第二天清償的貸款）call（短期通融資金）

翌秋〔名〕下一年秋季、第二年秋天
翌秋のリーグ戦での活躍を期待する（期望在第二年秋天聯賽中大顯身手）

翌春〔名〕翌春、下一年春季、第二年春天
結婚を翌春に延ばす（結婚延期到明年春季）延す

翌週〔名〕下一週、下星期
春休みは翌週から始まる（從下星期放春假）始る

翌夕〔名〕明天晚上、第二天晚上（＝明くる晩）

翌冬〔名〕翌冬、第二年冬季
翌冬に持ち越す（留待第二年冬天）

翌年、翌年〔名〕翌年、次年、第二年
入社した翌年に転任した（進入公司第二年就調職了）

翌晩〔名〕第二天晚上
メーデーの翌晩（五一勞動節的第二天早上）
翌晩も其の翌晩も同じ夢を見た（第二天晚上第三天晚上都做了同樣的夢）

翌翌〔名、造語〕第三（日、月、年）
翌日も翌翌日も雨だった（第二天第三天都下了雨）
翌翌年（後年）
翌翌月（下下個月）

翌檜、翌檜〔名〕〔植〕羅漢柏、絲柏（松柏科常綠喬木）

訳（譯）（一、）

訳〔名、漢造〕翻譯、（漢字的）訓讀（＝読み）
訳を付ける（翻譯）付ける 尽ける 点ける 憑ける 就ける 突ける 着ける 附ける 衝ける
此の本は訳が拙い（這本書譯得不好）拙い 拙い 不味い
和文中訳（把日文翻成中文）
此の訳は良く出来ている（這個翻譯得很好）
通訳（通譯員）
翻訳（翻譯）
文語訳（文語譯）

現代語訳（現代語譯）

訳する〔他サ〕翻譯（=訳す）
ドイツ語の原文から訳した小説（根據德文原文翻譯的小說）
此の詩は訳せない（這首詩不能譯）

訳す〔他五〕翻譯、解釋（=訳する）
次の日本語を中国語に訳せ（把下列日文譯為中文）
此の言葉は巧く日本語に訳せない（這個詞很難翻譯成日文）旨い巧い上手い甘い美味い

訳解、訳解〔名、他サ〕譯解、翻譯解說
暗号を訳解する（譯解密碼）
此の小説の訳解は旨い（這部小說的譯解很好）

訳業〔名〕翻譯工作、翻譯成果
訳業成る（完成翻譯工作）

訳語〔名〕譯語、翻譯用的詞←→原語
此の単語が適切な中国語の訳語が無い（這個單詞譯不出適當的漢語）
適切な訳語を付ける（加上恰當的譯語）
ぴったりした訳語を付ける（譯成一個非常恰當的詞句）
此の言葉にはぴったりした日本語の訳語が無い（這個詞句沒有適當的日語譯語）

訳載〔名、他サ〕翻譯後刊載（於雜誌、書報）
外国新聞の文章を訳載する（譯載外國報紙的文章）

訳詞〔名〕翻譯歌詞、翻譯的歌詞

訳詩〔名〕翻譯詩、翻譯的詩

訳者〔名〕譯者、翻譯者
此の本の訳者は信頼出来る（這本書的譯者很可靠）

訳出〔名、他サ〕譯出、翻譯出來
水滸伝を日本語に訳出する（把水滸傳翻譯成日文）

訳述〔名、他サ〕譯述、翻譯作品
源氏物語を現代語で訳述する（用現代語譯述源氏物語）

訳書〔名〕譯本、翻譯本←→原書
西洋文学を訳書で読む（閱讀西洋文學的翻譯本）読む詠む

訳注、訳註〔名〕翻譯和注釋、譯註，譯者註←→原注
訳注を参照せよ（請參看譯註）
訳注を付ける（加譯註）

訳読〔名、他サ〕譯讀
テキストを訳読する（譯讀原文）
外国書を訳読する（譯讀外文書）
訳読の巧い先生（譯讀很好的老師）旨い巧い上手い甘い美味い

訳筆〔名〕譯筆
訳筆が拙い（譯筆拙劣）拙い拙い不味い

訳文〔名〕譯文←→原文

訳本〔名〕譯本、翻譯本←→原本
外国文学の訳本を読む（讀外國文學的譯本）
此の本の訳本は幾種類も有る（這本書的譯本有好幾種）

訳補〔名、他サ〕譯文中的補充語、翻譯時補充原文

訳名〔名〕譯名←→原名
訳名は区区だ（譯名紛歧、譯名不統一）区区区区

訳了〔名、他サ〕譯完
紅楼夢を訳了した（譯完紅樓夢）

訳〔名〕意義，意思，理由，原因、道理、條理、（…訳だ）當然，怪不得，（訳のない）費事，麻煩，（…訳には行かない）不能…
単語の訳を辞書で調べる（在辭典上查單詞的意義）
何の事が訳が分からない（不知是什麼意思）分る判る解る
其は如何言う訳ですか（那是什麼意思？）
訳の分らない言葉（無意義的詞）
此には訳が有る（這裡有原因）
如何言う訳で遅刻したのか（為什麼遲到了？）
其で遅刻したと言う訳です（因此才遲到了的）
訳も無く泣き出す（沒有理由就哭起來、無緣無故就哭起來）

一

如何したのか全く訳が分からない（怎麼啦一點也不知是為什麼）
彼はそんなに忙しい訳は無い（他不會那樣忙的）
弁解する訳ではないが（並不是想要辯解）
訳の有る仲（有某種情形的交情）
斯う言う訳だから悪しからず（理由是這樣所以請不要見怪）
其なら怒る訳だ（既是那樣當然要生氣的）
訳の分かった人（懂得道理的人）
訳を説いて聞かせる（說明道理）
訳の分からない事を言う（說沒有道理的話、說莫名其妙的話）
訳は有りませんよ（沒什麼、不費事）
そんな事は訳有りませんよ（那毫不費事）
訳の無い仕事（輕而易舉的工作）
君に上げる訳には行かない（不能給你）
只今御話しする訳に参りません（現在不能說）
見ない訳には行かない（不能不看）
自分の職場を離れる訳には行かない（不能離開自己的職守）

訳合い、訳合〔名〕情形、緣故、道理、理由（=訳）
まあ斯う言った訳合です（大致就是這麼一種情形、大致就是這麼一回事）
訳合がはっきりしない（理由不清楚）

訳柄〔名〕緣故、緣由、情形、道理（=訳、訳合）
右の様な訳柄故、何卒宜しく（情形既如上述請多原諒）
訳柄を詳しく説明する（詳細說明緣由）

訳知り，訳知、分知り，分知〔名〕風流人物，雅士、通情達理的人，諳於人情世故的人
彼は珍しい訳知だ（他是少見通情達理的人）

訳無い〔形〕簡單的、輕而易舉的
実際遣って見たら訳無かった（實際做做看簡單得很）
此の位France語なら訳無く訳せる（翻譯這樣的法語很容易）

訳無く〔副〕簡單地、容易地、輕而易舉地
訳無く勝つ（輕而易舉地獲勝）
訳無く解く（易猜）
訳無く出来るでしょう（不費事就能做到吧！）

逸、佚（一、）

逸、佚〔名、漢造〕逸、安逸、散失、逃跑、任性、優秀
逸を以て労を待つ（以逸待勞）待つ俟つ
奔逸（逃跑、快跑）
後逸（棒球由於漏接球向後飛去）
安逸（安逸、遊手好閒）
驕逸（任性）
秀逸（優秀、傑出）
放逸、放佚（放蕩不羈）
隠逸（隱居）
淫逸、淫佚（淫逸）

逸する〔自、他サ〕失去（=失う、逃がす）、逸出，脫離（=逸れる、離れる）
機会を逸する（失去機會）
常軌を逸する（逸出常軌）
好機を逸する（失去好機會）
常軌を逸した行動（越出常軌的行為）
此の点を逸するな（不要遺漏此點）
原稿が多く逸した（原稿多數散失）

逸機〔名、自サ〕（比賽等）失去機會
今度又逸機したら、取り返しが付かない（這次又失去機會的話就無法挽回了）

逸球〔名、他サ〕〔棒球、壘球〕捕手漏接球（=パス、ボル passed ball。エラー error）

逸興〔名〕逸興、雅興、奇趣

逸才、逸材〔名〕才俊
逸才を物色する（物色才俊）
門下の逸才（門下的高足）

逸散に、一散に〔副〕一轉眼間、一溜煙地（=一目散に）
鼓声が響くと敵は逸散に逃げた（鼓聲一響敵人就一溜煙地逃跑了）
トンネル tunnel を抜けると汽車は逸散に走り出した（一穿過山洞火車就一直向前飛馳）

逸史〔名〕不見於正史的史實

逸事〔名〕軼事（＝逸話）

逸出〔名、自サ〕逸出，逃脫、傑出
　得難き逸出の人材（很難得的傑出人才）

逸出圈〔名〕〔天〕外大氣層（＝外気圏）

逸書、佚書〔名〕失傳的書

逸走〔名、自サ〕逃跑、跑到線外，在規定的線外跑

逸足〔名〕駿足，跑得快（的馬等）、（某人名下的）高足，高才，俊才
　門下の逸足（門下的高足）
　彼は当代の逸足だ（他是當代的高才）

逸脱〔名、自サ〕逸出、脱離、遺漏
　常軌を逸脱している（逸出常軌）
　本来の目的から逸脱する（脱離了原來的目的）
　活字を一字逸脱した（漏掉一個鉛字）
　所期の目的から逸脱する（脱離了預期目的）

逸品〔名〕（美術、骨董等）逸品、珍品、傑作、絶品
　古代漆器中の逸品と言える（堪稱古代漆器中的傑作）中中中中

逸文、佚文〔名〕名文、殘存的文章、散失的文章、失傳的文章

逸聞〔名〕珍聞

逸民〔名〕隱居士、老百姓
　泰平の逸民（太平盛世的逸民）

逸遊〔名、自サ〕逸遊、漫遊、遊手好閒

逸楽〔名〕逸樂
　逸楽に耽る（耽於逸樂）葺ける噴ける拭ける吹ける更ける老ける深ける

逸話〔名〕逸話、軼聞、奇文
　面白い逸話（有趣的軼聞）

逸早く、逸速く〔副〕迅速地、很快地、馬上（＝素早く）
　逸早く駆け付ける（很快地趕到）
　逸早く行動を取った（迅速採取行動）

逸物、逸物、逸物〔名〕優秀人物、尤物、駿馬、良犬

逸らす、逸す〔他五〕（視線、方向）離開、移開、岔開，錯過，偏離
　子供から目を逸らすな（要好好看著孩子不要往旁邊看）反らす剃らす

　目を逸らす（轉移視線）
　人を逸らさない（不得罪人、待人周到、圓滑）
　好機を逸らす（錯過好機會）
　チャンスを逸らす（錯過機會）
　話を逸らす（把話岔開、轉一個話題）
　巧く話を逸らす（把話題巧妙地岔開）

逸れる〔他下一〕（目標、方向、話題）偏離
　話を逸れる（離開話題）反れる剃れる
　弾丸を逸れる（子彈打歪、沒有打中）
　弾が逸れて人に当たる（子彈射偏打傷了人）当る中る
　音の調子が逸れる（音走調了）音音音
　脇道へ逸れる（走到岔路上）
　彼は私を避ける様に露地て終った（他好像故意躲避我走進一條小巷去了）

逸れ玉，逸玉、逸れ弾，逸弾〔名〕流彈（＝流れ弾）
　逸玉に当って思わぬ怪我を為る（中流彈而意外受傷）

逸れ矢〔名〕流箭
　逸れ矢に当って負傷する（中流矢而受傷）

逸る、早る〔自五〕著急、急躁、心情振奮（＝焦る）
　馬が逸る（馬咆嘯欲奔）
　心が逸る（心急、心情振奮）
　逸る心を抑える（抑制急切心情）抑える押える
　血気に逸る人（性急的人、意氣用事的人）

逸り雄，逸雄、早り雄，早雄〔名〕氣勢雄偉、血氣方剛的青年

逸り気、逸気〔名〕血氣方剛、年輕氣盛、雄偉的氣勢

逸り立つ、逸立つ〔自五〕充滿幹勁、精神抖擻

逸る〔自五〕〔俗〕失去機會、沒能（＝逸れる）
　ぐずぐずして電車に乗り逸る（磨磨蹭蹭沒能坐上電車）
　忙しくて芝居に行き逸る（忙得沒法去看戲）

逸れる〔他下一、接尾〕與同伴失散（接動詞連用形）失掉機會
　親に逸れて迷子に為る（與父母失散成了迷途的孩子）為る成る生る鳴る
　彼の子は人込で両親に逸れた（那小孩在人群中和父母走失了）

連れと逸れた（跟同伴走散）
電車に乗り逸れた（沒趕上電車）
食い逸れる（錯過吃飯時間、無法謀生）

意（一ヽ）

意〔名〕心意（=心、気）、意向（=考え）、意思，意義（=意味）

意に介する（介意）介する会する解する改する

意に介しない（不介意）

意の儘（如意、合意）

意の如く行かぬ（不如意）

意の儘に左右する（任意擺佈）

意を致す（致意）

万事意の如く行った（萬事如意）行く往く逝く行く往く逝く

些か意を強くする（差強人意）些か聊か

意を得ず（不如意、無可奈何、不得其意、莫名其妙）得る得る

満足の意を表する（表示滿意）表する評する

賛成又は反対の意を示す（表示贊成或反對）示す湿す

意の儘に為る（隨心所欲）

意の儘に振る舞う（為所欲為）

意に満たしない（不滿意）

意を尽くす（盡到心意）

意に従う（順從心意）従う随う遵う

意に背く（違背心意）背く叛く

意に注ぐ（一心一意、全神貫注）注ぐ雪ぐ濯ぐ灌ぐ

意に注がない（不注意）

意に当る（中意）当る中る

意に適う（正中下懷）適う叶う敵う

結婚の意は無い（無意結婚）無い綯い

其の意を解するに苦しむ（難以理解其意義）介する会する解する改する

意を留める（留意）留める止める

語句の意を解しない（無法解釋句子的意義）

意を決する（決意、決心）決する結する

意を迎える（迎合、逢迎）迎える向える

意を体する（體察其意）

意を汲む（尊重他人意見、會意）汲む組む酌む

意を知る（了解意義）

語句の意を知る（了解詞句的意義）

意を強うする（加強信心）

意に反する（違背心意）

読書百遍意自ずから通ず（讀書百遍意自通）自ら

意外〔名、形動〕意外、想不到（=思い掛けず）←→予期通り

意外に思う（感到意外）

意外な出来事（想不到的事件）

君に此処で出会うとは全く意外だ（真沒想到會在這裡碰到你）

こんな事に為ろうとは実に意外だ（沒料到會變成這樣結果）実に

意企〔名、他サ〕意圖

意気〔名〕意氣、氣勢、氣概、氣魄

人生意気に感ずる（人生感意氣）

意気投合する（意氣相投、情投意合）

意気衝天の勢い（氣勢衝天）

意気天を衝く（氣勢磅薄、氣勢衝天）

意気盛ん（意氣風發）

意気軒昂（氣宇軒昂）

意気盛んな青年（生氣勃勃的青年）

意気が衰える（氣勢衰退）

意気消沈（意氣消沉）

意気沮喪（意氣沮喪）

意気組、意気組み〔名〕幹勁、熱情、振奮的心情（=意気込み、意気込）

意気込む〔自五〕振奮、鼓起精神、興致勃勃、精神百倍

意気込んで仕事に取り掛る（鼓起精神開始工作）

是非とも洋行すると意気込む（一心想要出國）

彼は非常に意気込んで話し出した（他興致勃勃地談了起來）

意気込んで答える（精神百倍地回答）
意気込んで参加する（踴躍參加）

意気込み、意気込〔名〕幹勁、熱情、振奮的心情
大変な意気込みだ（幹勁十足）
意気込みが足りない（幹勁不足）
始めから意気込みが違う（打一開始幹勁就與眾不同）
始めの意気込みは何処へ遣（起初的幹勁沒有了）
意気込みを挫く（挫傷熱情、潑冷水）
意気込みが盛んに為る（熱情高漲）
大した意気込みじゃないか（幹勁可不小）

意気地、意気地〔名〕意氣，自尊心，自負、魄力，志氣，骨氣，好強心（=意地）
意気地を通す（堅持己見）
男の意気地を通す（為了維持男子的自尊心堅持到底意氣用事）通す 透す 徹す
男の意気地と為てそんな事は出来ない（憑著男子的自尊心不能做那種事）
意気地が無い（沒有志氣、沒出息、懦弱）無い 絢い
年を取ると意気地が無く為る（一上年紀就沒好強心了）
意気地の無さ然うな事を言う（說沒出息的話）言う 云う 謂う
意気地無し（沒志氣，不爭氣，不好強〔的人〕、懦夫、窩囊廢）
意気地無しの男（不爭氣的人、窩囊廢）
腰抜けの意気地無し奴（膽小鬼的窩囊廢）奴 奴 奴
彼奴は全く意気地無しだ（他簡直是個窩囊廢）

意気張り、意気張〔名〕意氣用事、固執己見、負氣、賭氣

意気張り尽〔名〕負氣、意氣用事、不服輸
意気張り尽で熱弁を振う（死不甘心大肆辯論）振う 奮う 揮う 震う 篩う

意気揚揚〔形動、連語、副〕得意揚揚、得意洋洋
意気揚揚と馬に乗って行く（洋洋得意地騎馬而去）行く 往く 逝く 行く 往く 逝く
意気揚揚と凱旋した（意氣風發地凱旋回來）

意義〔名〕意義，意思（=意味）、價值
文章の意義（文章的意義）文章 文章
単語の意義を調べる（查單字的意義）
人生の意義（人生的意義）
意義有る事業（有意義的事業）
意義有る生活を為る（過有意義的生活）
文化財産と為ての意義を失う（失去文化財產的價值）

意義学〔名〕語意學（=セマンティクス）

意義付ける〔他下一〕賦予意義、使有意義

意義符〔名〕語意符、部首（指漢字中有含意的偏旁如三點水）

意義深い〔形〕意義深遠的
意義深い論述（很有意義的論述）

意見〔名、自他サ〕意見，見解（=考え）、勸告，規勸，提意見
意見を述べる（陳述意見）述べる 陳べる 延べる 伸べる
意見を唱える（陳述意見）唱える 称える 称える 湛える 讃える
意見を持ち出す（提出意見）
意見を立てる（提出意見）立てる 経てる 建てる 絶てる 発てる 断てる 裁てる
意見を発表する（發表意見）
意見が纏める（意見一致）
意見が有る（有意見）有る 在る 或る
意見が纏まらない（意見不一致）
意見無し（沒有意見-開會用語）
意見が無い（沒有意見）
人の意見に賛成する（贊成別人意見）
人の意見に反対する（反對別人意見）
人と意見が違う（與別人見解不同）
彼女とは意見が合わない（和她意見不合）
人の意見を叩く（徵求別人的意見）
意見が一致しない（意見不一致）
人の意見を徴する（徵求別人意見）
人の意見を求める（徵詢別人意見）
意見を通す（堅持己見）
何処迄も自分の意見（固執己見）

人に意見（を）為る（勸告別人）
意見と餅は付く程練れる（意見愈討論愈好）
意見に付く（聽從意見）
幾等意見しても駄目だ（不管怎麼規勸也沒用）
意見書（意見書）
意見広告（付費在報紙上刊登的意見廣告）
度度意見したが如何しても改めない（屢次規勸總也不改）
色色意見しても一向効き目が無い（百般規勸一點也沒有用）

意固地、依怙地、依估地〔名、形動〕頑固、固執、彆扭
　意固地な（の）人（頑固的人、彆扭的人）
　意固地を張る（固執己見）張る貼る
　如何してああ意固地に為るのかな（為什麼要那樣彆扭呢？）

意向、意嚮〔名〕意向、打算（＝考え）
　意向を確かめる（問清意向）
　此の制度は廃止する意向である（這個制度打算撤銷）
　此の法律を改正する意向である（這條法律打算修改）

意志〔名、自サ〕意志（＝志）、意向（＝考え）
　確乎たる意志（堅決的意志）
　計画実行の意志が有る（有實行計畫的打算）
　意志が強い（意志堅強）
　意志が弱い（意志薄弱）
　意志薄弱（意志薄弱）
　自分の意志を貫く（貫徹自己的意志）
　大衆の意志に背く（違反大眾意願）叛く背く
　自分の意志を表明する（表明自己的志向）
　意志主義（〔哲〕唯意志論）
　意志的（有意志的）
　意志的な口元（有信心的表情）口元口許

意思〔名〕意思、心意、意圖（＝考え、思い）
　意思の疎通を欠く（缺乏互相了解）書く欠く描く搔く
　互いに意思が通じる（彼此思想溝通）

意思表示（表示意思、表示意見、〔法〕意思表示－為使權利義務在法律上生效而表示意見）
答えないのは拒否の意思表示であろう（不回答是表示拒絕吧！）
反対の意思表示を為る（表示反對）
意思実現（〔法〕〔可以看作同意的〕意思表現－如買方雖未表示同意訂立合同而已將賣方提供的商品用掉的行為）
意思能力（〔法〕意思能力－能為自己的行為作出判斷的精神能力－認為兒童、酒醉、瘋子等沒有意思能力因而他們的法律行為是無效的）

意字〔名〕表意文字（＝表意文字）←→音字

意地〔名〕心術，用心，固執，倔強，意氣用事、志氣，氣魄，要強心，物慾，食慾
　意地が悪い（心術不好、用心不良）
　意地の悪い質問（故意刁難的質問）
　意地を立て通す（意氣用事固執到底）
　男の意地（大丈夫的志氣）
　此の子は少しも意地が無い（這孩子一點也不要強）
　意地一つで持っている（全靠堅強意志支撐著）
　意地を張る（意氣用事堅持己見）張る貼る
　意地を通す（意氣用事堅持己見）通す透す徹す
　意地が汚い（嘴饞、貪食、貪婪）汚い穢い
　食い意地（貪食）
　意地に掛かる（固執己見、意氣用事）罹る掛る係る掛る繋る懸る架る
　意地に為る（固執己見、意氣用事）為る成る鳴る生る
　意地にも（不服氣、賭口氣）
　意地に為って反対する（故意反對）
　あんな奴には意地にも負けられない（為了爭口氣也不能服輸）

意地汚い、意地穢い〔形〕嘴饞、貪食、貪婪
　意地汚く食べる（吃得噁心）
　食う事に掛けては意地汚い男だ（他是個嘴饞的人）

金に意地汚い男だ（貪財的人）

意地腐り、意地腐〔名〕品行堕落（的人）、心地不良的人

意地づく〔名〕意氣用事、賭氣
　意地づくに為る（賭氣）
　意地づくで遣るから、失敗した（因意氣用事而失敗）

意地拗悪い〔形〕壞心腸的、心術不良的

意地張る〔他五〕固執、堅持己見、彆扭
　何処迄も意地張る人（彆扭到底的人、固執到底的人）

意地張り、意地張〔名〕固執、倔強、頑固、彆扭（的人）（=意地張り、意地張）
　意地張りも好い加減に為ろ（不要太彆扭了）

意地張り、意地張〔名〕固執、倔強、頑固、彆扭（的人）（=意地張り、意地張、強情張）
　意地張りの性質が直らない（倔強的性質沒有改變）

意地悪〔名、形動〕心術不良，壞心眼（的人）、破壞、刁難、作弄
　意地悪を為る（故意為難人、使壞）
　太郎の意地悪（太郎這個壞蛋）
　彼奴は意地悪だ（那傢伙心術不正）
　何て意地悪な雨だろう（多麼討厭的人呀！）

意地悪い〔形〕心術不良的，心眼壞的、不湊巧的，故意為難的
　そんなに意地悪くするな（別那麼為難人、別那麼使壞）
　意地悪い雨（討厭的雨）

意識〔名、他サ〕意識、自覺、知覺←→無意識
　意識有る（有意識的、自覺的）
　意識の無い（無意識的、不自覺的）
　意識を回復する（恢復自覺、醒過來）
　意識を失う（失去自覺、昏迷）失う 喪う
　過失を意識する（意識到過失）
　意識を取り戻す（恢復知覺）
　意識不明（不省人事）
　存在が意識を決定する（存在決定意識）
　意識的（有意識的、自覺得、故意的=故意）
　意識的に遣ったのだ（是故意幹的）

意趣〔名〕意思，意向（=考え）、意氣、賭氣（=意地）、仇恨，怨恨（=恨み）
　意趣を含む（懷恨）
　何の意趣も無い（毫無怨恨）
　意趣返し（報仇、復仇、報復=意趣晴らし）
　意趣返しを為る（報仇、復仇）
　意趣晴らし、意趣晴し（報仇、復仇、報復=意趣返し）

意匠〔名〕動腦筋，下功夫，構思（=工夫、趣向）、圖案，圖樣（=デザイン）
　意匠を凝らす（苦心構思、精心設計）凝らす 懲らす
　斬新な意匠（新奇的圖樣）
　意匠画（意匠畫、圖案畫）
　意匠紙（意匠紙、方眼紙）
　意匠登録（圖案註冊）

意想〔名〕意想、意料（=考え、思い）
　意想外（意想以外、出乎意料）
　意想外の好成績を収めた（獲得意想不到的好成績）収める 治める 納める 修める
　意想外の良い結果を得た（得到出乎意料的好結果）良い 好い 善い 佳い 得る 獲る 選る 得る 売る
　意想外な出来事（意外的事件）
　仕事は意想外に早く終わった（工作出乎意料地早結束了）早い 速い
　彼の驚きは意想外だった（他的驚訝出乎我的意料）

意中〔名〕心意、中意
　互いに意中を語る（互談心中話）語る 騙る
　相手の意中を探る（試探對方的心意）
　意中を話す（說心裡話）話す 離す 放す
　意中を打ち明ける（吐露真情）
　意中を明かす（吐露衷曲）明かす 開かす 空かす 飽かす 厭かす
　意中を察する（揣摩心事）
　意中の人（心上人、意中人）

意図〔名、他サ〕意圖、企圖、打算（=考え、目論見、企て、狙い）

どんな意図が有ったが分からない（不知道懷著什麼意圖）分る解る判る
意図が何処に有るのか分らない（不知其用意何在）
早期実現を意図する（希望早日實現）
此方の意図に反している（跟我們的企圖相反）
意図的（有企圖的）
意図的な行動を取る（採取有企圖的行動）取る捕る摂る採る撮る執る獲る盗る

意馬心猿 [名] 心猿意馬
意表 [名] 意表、意外
人の意表に出る（出人意料之外）
人の意表を付く提案（出人意料之提案）付く尽く衝く着く突く就く憑く

意味 [名] 意思，含意、意味，意圖，動機，用意，意義，價值
此の文句の意味が分らない（這個句子的意思不明白）
辞書で言葉の意味を調べる（翻辭典查話的意思）
此の言葉は如何言う意味ですか（這句話是什麼意思？）
私は別にそんな意味で言ったのではない（我說的可不是那種意思）
意味有り気な眼差し（有所示意的眼神）
広い意味での文法（廣義的語法）
或る意味に於いては進歩的である（在某種意義上是進步的）或る有る在る
此以上議論を続けても意味が無い（再繼續爭論下去也毫無意義）
意味を取り違える（誤解、務會）
好い意味に取る（往好處解釋、往好處想）
悪い意味に取る（往壞處解釋、往壞處想）
意味を成さない（沒有意義）成す為す生す
黙っているのは賛成を意味する（不作聲就意味著賛成）
今黙っていると同意を意味する（這個時候不作聲就意味著賛成）
成功を意味する（意味著成功）
意味の有る事業（有意義的事業、有價值的事業）

意味合い、意味合 [名] 意義、縁由、詳情、來龍去脈（=訳）
意味深 [形動] [俗] 意味深長、耐人尋味（=意味深長）
意味深な笑い方（耐人尋味的笑法）
意味深な一瞥（意味深長的一瞥）
意味深長 [形動] 意味深長、耐人尋味
其処が所謂意味深長な所だ（那正是耐人尋味的地方）
彼の女の目付は意味深長だ（她的眼神含有深意）
意味付ける [他下一] 使之具有意義（價値）、給予（某種）意義
誠実な努力が彼の仕事を意味付ける（誠懇的努力使他的工作有了意義）
意味論 [名] [語] 語義學
意訳 [名他サ] 意譯←→直訳
直訳よりも意訳の方が原作をより良く表現する（意譯比直譯能夠更好地表達原作）
意欲、意慾 [名] 意志、熱情
工作意欲を高める（提高工作熱情）
学習への意欲を高める（提高學習熱情）
意欲十分（充滿熱情）
意欲的（熱情的）
意力 [名] 意志力、毅力←→知力、体力
計画を遂行しようと為る意力（決心要完成計畫的意志力）

溢（一ヽ）

溢 [漢造] 溢出
横溢（充沛、飽滿）
脳溢血（腦溢血）
溢血 [名、自サ] [醫] 溢血
脳溢血（腦溢血）
皮下溢血（皮下出血）
溢水 [名、自他サ] 溢水、（使）水溢出
溢水罪（[法] 溢水罪-用水氾濫他人住宅廠礦等等罪行）
溢乳 [名] （嬰兒）溢乳
溢出 [名、自サ] （血、熔岩等）溢出
溢美 [名] 過獎

溢美の言です（過獎之言）事言異琴殊等
溢美の言に非ず（不是過份讚揚之詞）

溢流管〔名〕〔理〕溢流管

溢れる〔自下一〕溢出、充滿，洋溢
　河水が溢れた（河水氾濫了）炙れる焙れる
　河が溢れる（河水氾濫）河川皮革側
　目には涙が溢れていた（眼淚盈眶）
　彼女の目から涙が溢れた（她眼淚奪眶而出）
　溢れる程有る天然資源（豐富的自然資源）
　ビールがコップに溢れる（啤酒溢出杯子）
　彼の心は喜びに溢れた（他心裡充滿了歡喜）
　喜びに溢れた（喜氣洋洋）
　溢れる様な元気（精神飽滿）
　滋味溢れる文章（極有意思的文章）文章文章

溢す、零す〔他五〕灑掉，潑撒、溢出、發牢騷，鳴不平
　少し宛水を溢す（一點一點地灑水）少し些し
　バケツの水を溢さない様に持って行き為さい（好好提著水桶可不要把水灑了）
　塩を溢す（撒鹽）
　ほろりと涙を溢した（落淚）紛紛撒落貌
　パン屑を溢す（掉麵包屑）
　誰かインキを溢した（有了把墨水弄撒了）
　服にインキを溢して終った（衣服上撒了墨水）終う仕舞う
　米を床に溢した（把米弄撒在地板了）米米床床
　テーブルの上に一杯御飯粒を溢した（飯桌上掉滿了飯粒）
　何時も溢して許り居る（經常在發牢騷）
　身の不運を溢す（抱怨自己運氣不佳）
　幾等溢しても仕方が無い（怎樣發牢騷也無濟於事）
　物価が高いと溢す（為物價高而發牢騷）
　愚痴を溢す（發牢騷、出怨言）

溢れる、零れる〔自下一〕灑掉、溢出、洋溢，充滿
　丼の水が溢れた（大碗裡的水灑了）丼丼
　茶碗の水が溢れた（碗裡的水灑了）毀れる
　御茶を注ぎ過ぎて溢れて終った（茶斟得太滿溢出來了）
　御湯が煮え溢れている（開水煮得溢出來了）
　御飯が溢れているよ（掉了飯粒啦！）
　地面に米が一杯溢れている（撒得滿地是米）
　溢れる程酒を注ぐ（滿滿地斟上酒-幾乎要溢出）注ぐ告ぐ次ぐ継ぐ接ぐ注ぐ灌ぐ濯ぐ雪ぐ
　涙が溢れた（流出眼淚）
　有り難くて涙が溢れ然うだ（感激得幾乎流出了眼淚）
　愛嬌が溢れる許りだ（笑容滿面）
　溢れる様な笑を湛えている（笑容滿面）笑笑湛える称える讃える
　溢れる許りの笑を浮かべる（臉上充滿了笑容）
　部屋の中に笑が溢れて居た（屋子裡充滿了笑聲）
　溢れる程咲いた花（怒放的花）
　荷が車から溢れる（貨物從車子突出）
　ジャムが溢れる（果醬擠出）

溢れ、零れ〔名〕溢出、溢出的東西、灑落的東西、剩餘的東西
　御溢れを頂戴する（分享一點餘惠、撿剩的）

御溢れ、御零れ〔名〕〔俗〕溢出（物）、灑落（物）。〔轉〕剩下的一點東西
　御溢れを頂戴したに過ぎない（不過嚐到了些殘羹剩飯、不過跟著沾了點光）
　御溢れに与かる（跟著沾了點光）与かる預かる

義（ギ、、）

義〔名〕義（五常之一）、正義、義舉、義氣、正義、信義、道義、意義（=意義、意味）
　義の為に戦う（為正義而戰）戦う闘う
　義を重んずる（重義）
　義の為に死ぬ（為正義而死）
　義に勇む（見義勇為）
　義に厚い人（厚道人）厚い暑い熱い篤い

義に堅い（重義氣）堅い 硬い 固い 難い
朋友の義（朋友的義氣）
父子の義を結ぶ（結成義父子關係）結ぶ 掬ぶ
言簡に為て義深し（言簡義賅）
義を見て為ざるは勇無き也（見義不為無勇也）
仁義礼智信（人義禮智信）
大義（大義）
道義（道義）
信義（信義）
忠義（忠義）
節義（節義）
義疏、義疏（意義）
意義（意義）
字義（字義）
語義（語義）
本義（本來意義、主要意義）
第一義（根本意義）
広義（廣義）
釈義（解釋）
講義（講課）
仁義（仁義）
異義（意義不同）

義捐、義援〔名、自サ〕捐助、捐贈、捐獻
義捐金（捐款）
義捐金を募集する（募捐、募集捐款）
義捐金を募る（募捐、募集捐款）
風水害の義捐を集める（募集風水災捐款）

義金〔名〕捐款（=義捐、義援）
義金を募集する（募捐）

義解〔名他サ〕釋義、解釋意義
憲法義解（憲法釋義-書名）

義眼〔名〕假眼
義眼を入れる（安假眼）入れる 容れる 煎れる 炒れる 鋳れる 射れる 要れる
義眼を嵌める（安假眼）嵌める 填める 食める
片目が義眼で不自由が多い（一隻眼睛是假眼很不方便）多い 覆い 被い 蔽い 蓋い

義気〔名〕義氣、正義感（=義俠心）

義気に富む人（富有正義感的人）
義気の有る人（有正義感的人）有る 在る 或る

義旗〔名〕義旗、正義的旗幟
義旗を翻す（揭起義旗）

義挙〔名〕義舉
国を愛する義挙に出る（做愛國的義舉）

義俠〔名〕俠義、豪俠氣概（=男気、男伊達）
義俠心（正義感、豪俠氣概）
義俠に厚い（急公好義）厚い 暑い 熱い 篤い
義俠肌の人（急公好義的人）

義軍〔名〕正義的軍隊、正義之師
義軍を挙げる（舉正義之師）挙げる 上げる 揚げる

義士〔名〕義士、烈士、特指赤穗義士

義歯〔名〕假牙（=入れ歯）
義歯を入れる（鑲牙、裝上假牙）
義歯術（鑲牙術）
義歯製造機（假牙製造機）

義肢〔名〕義肢、假手、假腿
義肢を付ける（安上義肢）付ける 漬ける 着ける 就ける 突ける 衝ける 附ける

義手〔名〕假手
義手を付ける（安上假手）

義足〔名〕假腿、假腳
義足を付ける（安上義足）
義足の人（裝上義足的人）
義足を嵌める（安上義足）嵌める 填める 食める
彼の右足は義足だ（他的右腿是義腿）

義塾〔名〕義塾、（募捐建立的）私塾、慶應義塾大學的簡稱

義心〔名〕正義感、俠義心

義人〔名〕義士、正義之士、富有正義感的人

義絶〔名〕斷絕君臣，骨肉，婚姻，朋友關係
子女を義絶する（斷絕父子關係）

義戦〔名〕正義戰爭
義戦は必ず勝つ（正義戰爭一定取勝）勝つ 且つ 克つ

義賊〔名〕義賊、劫富濟貧的盜賊

義太夫（節）〔名〕義太夫（元禄年間竹木太夫所創淨瑠璃的一派-用琵琶或三弦伴奏）

義父〔名〕義父，繼父，養父，乾爹、公公、岳父 ←→実父

義母〔名〕義母，繼母，乾媽、婆婆、岳母←→実母

義子〔名〕義子、養子、乾兒子←→実子

義兄〔名〕盟兄、內兄、姐夫、丈夫的哥哥←→実兄

義弟〔名〕義弟、內弟、妹夫、夫的弟弟←→実弟

義兄弟〔名〕盟兄弟，結拜兄弟、內兄，內弟，姊夫，妹夫，大伯，小叔、異父母兄弟
　義兄弟の縁を結ぶ（結成把兄弟）結ぶ掬ぶ
　義兄弟に為る（成為內兄弟）為る成る鳴る生る

義姉〔名〕義姐、大姑（丈夫的姊姊）、大姨（妻的姐姐）、嫂子、盟姐、乾姐姐

義妹〔名〕小姨、小姑、弟妹、乾妹妹←→実妹

義姉妹〔名〕乾姐妹、姑表姐妹、兩姨姐妹、大姑小姑、大姨小姨、妯娌

義憤〔名〕義憤
　義憤に燃える（義憤填膺）燃える萌える
　人種差別に義憤を覚える（對人種歧視感義憤）覚える憶える

義兵〔名〕正義軍、正義之師
　義兵を起こす（興正義之師）起す興す熾す
　義兵を挙げる（興起正義之師）挙げる上げる揚げる

義僕〔名〕忠僕

義膜、偽膜〔名〕〔醫〕（發炎處因血、膿等形成的）義膜、假膜

義民〔名〕義民、為正義奮不顧身的農民（特指江戶時代農民起義的領導）

義務〔名〕義務、本分←→権利
　義務を果たす（履行義務）果す
　義務を尽くす（盡義務）尽す
　義務を負う（負有義務）負う追う
　義務の観念に乏しい（缺乏義務觀念）乏しい欠しい
　義務で働く（無償地工作）
　義務的（義務的、義務性的）
　義務教育（義務教育）
　只義務的に働いている（只是義務性的工作著-做得不那麼起勁）
　義務年限（〔規定必須擔任某種工作的〕義務年限）
　本校卒業生には教職の義務年限が有る（本校畢業生有必須在一定年限擔任教師的義務）
　国民には納税の義務が有る（國民有納稅的義務）

義務付ける〔他下一〕使具有…義務、規定必須…
　バンパーの取り付けが義務付けられている（規定必須安裝保險桿）

義勇〔名〕義勇
　義勇軍（義勇兵團）
　義勇艦隊（〔由商船組織的〕義勇艦隊）
　義勇兵制（義勇兵制、志願兵制）

義理〔名〕（交往上應盡的）情義，情面，情分，情理、姻親，親屬關係。〔古〕（詞的）意義
　義理を立てる（盡情分、維持情面）
　義理を欠く（欠情、失禮）欠く書く描く掻く
　義理を知らずだ（不懂人情的東西）
　義理にも然う為ねば為らぬ（看在情義上也必須那麼做）
　義理に絆される（礙於情面）絆
　世間への義理上（為了保持對外體面、為了遷就別人）
　其は義理の立たぬ事だ（那是沒有道理的事）
　義理の堅い人（在交往上決不欠情的人、嚴守交往禮節的人）難い硬い固い堅い
　義理が悪い（欠缺人情、不善於社交）
　彼の人は義理の堅い人だ（他是個講情義的人）
　義理を明らかに為る（弄清原由）摩る擂る磨る掬る擦る摺る刷る
　義理人情を尽す（仁至義盡）
　義理の兄（內兄、姐夫、大伯）
　義理の母（岳母、婆母）
　義理立て、義理立（盡情分、維持情面）
　義理立を為る（盡情分）
　義理攻め、義理攻（用情理逼迫）
　義理攻に為る（用情理逼迫對方）

一

義理知らず（不懂事故人情〔的人〕）
彼奴は義理知らずだ（那傢伙是個不懂事故人情的人）
義理合い、義理合（交際關係、往返＝付き合い）
友達の義理合（朋友的交往）
義理一遍（只是走虛面子、只是走走形式）
義理一遍で後は振り返らない（只是表面虛應一番以後就不理睬了）
義理堅い（在交往上決不欠情、嚴守交往禮節）
義理堅い人（嚴守交往禮節的人）
義理付き合い、義理付合（礙於情面的交往）
此は本の義理付合だ（這只是礙於情面的交往）
義理尽く、義理尽（礙於人情、為了盡人情）
義理尽で如何でも遣ね粘らぬ（礙於情面無論如何也得辦）
義理詰め（用情理逼迫、礙於情面）
義理尽め、義理尽（礙於人情、為了盡人情＝義理尽く、義理尽）
義理人情（人情世故、人情面子、情面）
義理人情を捨てる（破除情面）捨てる棄てる
義理張る（過分講求體面、過分送禮〔請客〕）
義理張るより頬張れ（與其講求體面莫如先求溫飽）

義烈〔名〕義勇忠烈
義烈の士（義士、忠烈之士）

義和団〔名〕（中國清朝）義和團
義和団運動（義和團運動）

裔（一ヽ）

裔〔名、漢造〕後裔（＝後裔、子孫）
平氏の裔（平氏的後裔）
裔孫（裔孫）
後裔（後裔＝子孫）
末裔（後裔、子孫）

詣（一ヽ）

詣〔漢造〕前往、去、到

参詣（參拜寺廟或神社）
造詣（造詣）
詣でる〔自下一〕參拜、禮拜（＝参る、参詣する）
御寺に詣でる（參拜寺院）
御正月に近くの神社に詣でる（新年到附近神社參拜）
詣で〔名〕參拜、禮拜（＝参詣）
初詣でを為る（年初參拜神社）刷る摺る擦る掏る磨る擂る摩る

駅（驛）（一ヽ）

駅〔名〕驛站、車站
東京駅（東京車站）
次の駅は何処ですか（下一站是哪裡呢？）
一駅乗り越した（坐過了一站）
汽車の駅（火車站）
貨物駅（貨物站）
始発駅（始發站）
終着駅（終點站）
通過駅（通過站、過而不停的車站）
駅ビル building（車站大廈）
宿駅（驛站）
駅員〔名〕站務員（＝駅務係）
駅売り、駅売〔名、自他サ〕在車站內售貨（的人）
駅売弁当（車站上賣給旅客的飯盒＝駅弁）
駅売の弁当（車站上賣給旅客的飯盒）
駅舎〔名〕車站的建築物、（古代的）驛館
駅手〔名〕車站搬運工人或勤務人員（＝駅務）（舊稱駅夫）
駅長〔名〕〔鐵〕站長
駅長室（〔鐵〕站長室）
駅亭〔名〕〔古〕驛站，宿驛（＝宿場）、驛亭，驛館（＝宿場の宿屋）
駅逓〔名〕〔古〕驛遞，驛傳、（明治時代的）郵政
駅逓局（〔古〕郵政局）
駅逓寮（明治時代的郵政局）
駅伝〔名〕〔古〕驛傳。〔古〕驛馬，驛站車馬、長距離接力賽跑，接力長跑
駅伝競走（長跑接力賽、長距離接力賽跑）
駅頭〔名〕車站（＝駅）

駅頭に出迎える（到車站去迎接）
駅頭に見送る（到車站送行）
駅頭で別れを告げる（在車站告別）告げる次げる注げる継げる接げる
駅頭で待つ（在車站附近等候）

駅止め，駅止，駅留め，駅留〔名〕〔鐵〕車站提貨、車站交貨、車站提取
駅止の貨物（車站交貨的貨物）
駅止の小荷物（到車站提取的行李）

駅馬、駅馬〔名〕〔古〕驛馬
駅馬車（〔古〕驛站間的公共馬車）

駅夫〔名〕火車站搬運工人或勤雜人員（=駅手）

駅弁〔名〕火車站販賣的飯盒（=駅売弁当）
駅弁大学（〔俗〕野雞大學-徒具大學之名而無大學之實的地方新制大學）

駅務掛〔名〕火車站搬運行李的勤務人員、行李收發員（舊稱駅夫）

駅路〔名〕驛路，驛站間的道路、公路，大道（=街道）

駅渡し〔名〕車站交貨

駅〔名〕〔古〕驛站（=宿場）

億（一、）

億〔名〕〔數〕億、萬萬
一億を突破した人口（突破了一億的人口）
億を数える（數以億計）
億以下切り捨て（億以下捨去）
巨億（鉅額、極多）

億兆〔名〕億兆、無數、〔古〕萬眾

億万〔名〕億萬、萬萬（=億）
億万長者（億萬富翁、大富豪）
何億万年（幾億萬年）

億劫、億劫〔名、形動〕感覺麻煩、懶不起勁
書き直すのは億劫だ帰る（懶得重寫感覺、重寫太麻煩）返る孵る変える代える換える
家に帰ると、もう出るのが億劫に為る（一回家就懶得出去了）家家家家家

億劫がる〔他五〕懶得做、嫌麻煩
字引を引くのを億劫がる（懶得查字典）引く退く牽く曳く惹く挽く轢く弾く

毅（一、）

毅〔漢造〕剛強
剛毅（剛毅）

毅然〔副、形動ダ〕毅然、堅決
毅然たる態度（堅決的態度）
毅然たる態度で拒絶した（以堅決態度拒絕了）
毅然と為て立つ（毅然站起）

憶（一、）

憶〔漢造〕想念、記憶、記得
追憶（追憶、回憶）
記憶（記憶）

憶説、臆説〔名〕臆說、假說、揣測之談
其は臆説に過ぎない（這不過是揣測之談）
言語の起源に関する臆説は数種有る（關於言語的起源的假設有數種說法）
臆説紛紛（臆說紛紛）
臆説を立てる（作揣測之談、說假話）立てる経てる絶てる発てる断てる建てる裁てる点てる

憶想、臆想〔名、他サ〕臆想、主觀想像

憶測、臆測〔名、他サ〕臆測、猜測、揣度
此は単に臆測に過ぎない（這不過是猜測而已）
臆測を逞しくする（任意揣測、胡亂猜想）

憶断、臆断〔名、他サ〕臆斷、憑主觀下判斷
調査も為ないで臆断を下す下す降す下す下ろす降ろす卸す

憶念〔名〕懷念、銘記

縊（一、）

縊〔漢造〕用細繩吊頸而死（=首を絞める、括る）
首縊り（自縊，上吊，懸梁、自縊的人，吊死鬼）
松の木の下に首縊りを発見する（發現松樹下有人上吊）

縊殺〔名、他サ〕縊死、勒死（=縊死）

縊り殺す、縊殺す〔他五〕縊死、勒死（=絞め殺す）
猫を縊り殺す（把貓勒死）

縊死〔名、自サ〕縊死、吊死（=首吊り、首縊り）

くびり死に、くびりしに 縊死〔名、自サ〕縊死、吊死（=縊死、首吊り）

縊首〔名、自サ〕自縊、上吊（=首吊り）
失恋の結果縊首し度いと言っている（由於失戀想去上吊）

くびれる〔自下一〕自縊、上吊、懸梁自盡
縊れれ死ぬ（吊死、自縊而死）縊れる括れる（中間變細）

括れる〔自下一〕中間變細
腰が括れている（腰部細）括れる縊れる括る縊る
首の括れた花瓶（細脖子花瓶）
湾の入口は括れていて、其処は一キロにも足りない（海灣的進口狹窄連一公里寬都不到）

縊る〔自五〕勒死、絞死
紐で縊る（用細繩勒死）縊る括る（勒緊）
自ら縊る（自縊）

翳（一ヽ）

翳〔漢造〕遮蔽、瞳孔上生薄膜的病
陰翳、陰影（陰影、〔轉〕〔文章的〕含蓄，耐人尋味）
雲翳（雲遮日）

翳む〔自五〕（眼睛上）長眼翳、（眼睛）發花，視力模糊
目が翳む（眼睛上長眼翳）翳む霞む
涙に翳んで来た（涙眼模糊）

翳み〔名〕眼睛模糊
目に翳みが掛かる（眼睛模糊）掛る係る繫る罹るか駆る駆る
翳み目、翳目、霞目（〔醫〕白膜病-眼疾的一種、弱視力的眼、矇矓眼）翳み霞

翳す〔他五〕蒙下，罩上（陰影）、（把手放在額上）遮光，手打涼棚、舉起照亮、（把拿的東西）舉到頭上
火に手を翳す（伸出手來烤火、烤手）
扇を額の所に翳す（用扇子在額頭上罩住陰影）
手を翳して眺める（手打涼棚眺望）眺める長める

手を翳して海の向うを見る（手遮著光眺望大海）
ランプに手を翳す（用手擋著燈）
手紙を月に翳して読んでいる（把信舉起來照著月光來讀）読む詠む
高く翳す（高高舉起）

翳る、陰る、蔭る〔自五〕光線被遮住、太陽西斜←→照る
月が翳る（雲遮月）
日が翳る（太陽被雲遮住、太陽西斜）
雲が出て日が翳る（太陽被雲遮住）
明るかった空が急に翳って来た（明朗的天空突然陰暗起來）
日は翳り、幾等か薄暗く為って来た（太陽西斜有些陰暗了）

翳り、陰り、蔭り〔名〕陰影、暗影
山襞の翳り（山巒重疊的陰影）

翳、陰、蔭〔名〕陰暗處，陰涼處，背光處。〔轉〕背後，暗地，暗中、（畫）（濃淡的）陰影（=日陰）←→日向
樹の陰（樹蔭）樹木
木の蔭で休む（在樹蔭下休息）
陰を捜して腰を下す（找個陰涼地方坐下）捜す探す下す卸す降ろす
電灯の陰に為った見えない（背著燈光看不見）
少し体を如何に貸して呉れ、陰に為る（擋了我的光線請你稍微挪動身體）
陰に為り日向に為り（明裡暗裡）
陰に為り日向に為り私の為に尽くして呉れ（明裡暗裡都幫了我的忙）
草葉の陰（九泉之下）
戸の陰に隠れる（藏在門後面）
陰で悪口を言う（背後罵人）言う謂う云う
陰で不平を言う（背後發牢騷）
陰で兎や角言う（背後說三道四）
陰で舌を出す（背後嗤笑）
陰で糸を引く（在暗中操縱、幕後牽線、幕後操縱）引く弾く轢く挽く惹く曳く牽く退く退く

誰が陰で操る人間が居るに違いない（一定有人在背後操縱）
陰に居て枝を折る（恩將仇報）枝枝折る居る織る
絵に陰を付ける（在畫上烘托出陰影來）附ける衝ける就ける着ける突ける

翼（一ヽ）

翼〔名〕（鳥、飛機）翼，翅膀、（軍隊、陣地的左右）翼、葉片
　翼を広げて飛ぶ（張開翅膀飛）広げる拡げる飛ぶ跳ぶ
　両の翼（兩翼）
　飛行機の翼（機翼）
　扇風機の翼（風扇葉片）
　建物の右翼（建築物的右側翼）
　比翼（比翼雙飛、恩愛的男女）
　尾翼（尾翼）
　鼻翼（鼻翼）
　主翼（主翼）
　機翼（機翼）
　羽翼（羽翼）
　左翼（左翼）
　鵬翼（鵬翼、飛機）
　輔翼（輔翼）
翼形、翼型〔名〕翼形（飛機機翼剖面的形狀）、翼狀
　超音速翼形（超音速翼形）
　翼形橋台（〔建〕羽翼式拱座）
翼贊〔名、他サ〕（對天子）協助、輔佐
翼肢動物〔名〕〔動〕翼肢動物（如蝙蝠）
翼車形〔名〕〔機〕葉輪式
　翼車形流速計（葉輪式流速計）
　翼車形水量計（葉輪式水量計）
　翼車形流量計（葉輪式流量計）
翼手竜〔名〕〔動〕翼手龍
翼手類〔名〕〔動〕翼手目
翼状〔名〕翼狀、翅膀形

翼状筋（〔解〕腋下翼狀肌）
翼足類〔名〕〔動〕翼足類
翼端〔名〕〔空〕（飛機的）翼端、翼梢
　翼端浮舟（〔水上飛機的〕翼梢浮筒）
　翼端速度（翼端速率、梢速）
翼膜〔名〕〔動〕（昆蟲的）翼膜
翼面〔名〕〔空〕（飛機的）翼剖面
　操縦翼面（可調節的翼面）
　翼面荷重（翼面載荷）
翼翼〔形動〕謹慎、小心（翼翼）
　小心翼翼と為ている（小心翼翼）
　小心翼翼（小心翼翼）
翼龍〔名〕〔動〕翼手龍（=翼手竜）
翼列〔名〕〔機〕翼棚、葉棚
　翼列隙間（葉棚間隙）
　翼列風洞（葉棚試驗風洞）
　翼列影響（葉棚效應）
翼下、翼下〔名〕翼下，翅膀下、隸屬於某團體組織系統、（有力者）保護之下
翼果、翼果〔名〕〔植〕翅果
翼〔名〕（鳥、飛機）翼，翅膀、（風車）翼板。〔轉〕（空中）使者
　翼を広げる（張開翅膀）広げる拡げる
　虎に翼を添える（為虎添翼）添える副える沿える
　鷹は翼を広げる（老鷹張開翅膀）
　翼が生える（長翅膀）生える栄える映える這える
　翼を打つ（鼓翅、振翅）打つ撃つ討つ
　友好の翼（友好使者）

臆（一ヽ）

臆〔漢造〕胸、揣測（主觀想法）、膽怯，畏縮
　胸臆（胸部、心中臆想）
　臆測（猜測、揣測）
　臆病（膽怯、怯懦）
臆する〔自サ〕畏縮，畏懼、膽怯、靦腆，害臊
　人の前に出ると臆して口も利けない（一到人前就害臊得說不出話來）利く効く聞く聴く訊く

人を見て臆する（見人就羞怯）
少しも臆する色無く（毫不畏縮地）
彼は臆する色も無く意見を述べた（他毫不畏縮地申訴了意見）述べる 陳べる 延べる 伸べる
臆せず突進する（勇往直前）

臆説、憶説〔名〕臆說、假說、揣測之談
其は臆説に過ぎない（這不過是揣測之談）
言語の起源に関する臆説は数種有る（關於言語的起源的假設有數種說法）
臆説紛紛（臆說紛紛）
臆説を立てる（作揣測之談、說假話）立てる 経てる 絶てる 発てる 断てる 建てる 裁てる 点てる

臆想、憶想〔名、他サ〕臆想、主觀想像

臆測、憶測〔名、他サ〕臆測、猜測、揣度
此は単に臆測に過ぎない（這不過是猜測而已）
単なる臆測に過ぎない（只不過是猜測而已）
其は臆測に過ぎない（那不過是猜測而已）
臆測を逞しくする（任意揣測、胡亂猜想）

臆断、憶断〔名、他サ〕臆斷、憑主觀下判斷
調査も為ないで臆断を下す（下す 下す 降す 下す 下ろす 降ろす 卸す）

臆病〔名、形動〕膽怯、怯懦、膽小←→大胆
彼は非常に臆病だ（他非常膽小）
臆病に為る（膽怯起來、害怕起來）為る 成る 鳴る 生る
臆病な事を言うな（不要說怯懦的話）
何と臆病な奴だ（實在是個膽小如鼠的傢伙）
臆病風（心虛、膽怯）
臆病風を吹かす（膽怯起來）吹く 拭く 噴く 葺く
臆病風を吹かれる（膽怯起來）
臆病神（心虛、膽怯）
臆病神が付く（膽怯起來）付く 着く 突く 就く 衝く 憑く 点く 尽く
臆病者（膽小鬼、怯懦鬼）

怠け者や臆病者の世界観（懶漢懦夫的世界觀）
臆病虫（膽小鬼、怯懦鬼）
彼は大の臆病虫だ（他膽小如鼠）
臆病窓（〔商店〕門上可以開關的小窗口〔關門後售貨等用〕）

臆面〔名〕靦腆、害臊的樣子、怯懦神色
臆面も無い弁解（厚顏無恥的辯解）
臆面も無く（恬不知恥、厚著臉皮）
臆面も無く嘘を付く（厚著臉皮撒謊）

臆見〔名〕臆測之見
此は彼の臆見に過ぎない（這只不過是他的主觀臆測而已）

繹（一ヽ）

繹〔漢造〕連續不斷、推究、抽絲
絡繹、駱驛（絡繹）
演繹（〔哲〕演繹、推論）←→帰納
繹繹〔形動タリ〕連續不斷、善走的樣子
繹騒〔形動タリ〕不斷吵雜、議論紛紛

議（一ヽ）

議〔名、漢造〕商議、提議、建議、批評、誹謗
議に上る（提上議程）上る 登る 昇る
学生の議をへて決めた（經過學生討論決定了）
議纏まらず（意見不一致）
其の議を可と為る（通過提案）
株主総会の議に付ける（提交股東總會討論）付ける 漬ける 着ける 就ける 突ける 衝ける 附ける
会議（會議）
回議（會稿）
協議（協議、協商）
閣議（內閣會議）
評議（評議、討論）
衆議（眾人商議）
合議（商談）
抗議（抗議）
建議（建議）

謀議（犯罪等的密策）
商議（商議、商量）
省議（內閣各省的會議）
提議（提議）
異議（異議、反對意見）
論議（討論、爭論）
和議（和議、合談）
非議、誹議、批議（誹謗）
不思議（奇怪、難以想像）

議する〔他サ〕商議、商談、議論（＝相談する）
　国事を議する（商議國事）
　国政を議する（商議國政）

議す〔他五〕商議、商談、議論（＝議する）

議案〔名〕議案
　議案を提出する（提出議案）

議院〔名〕議院，國會、國會大廈
　群衆が議院を取り囲んだ（群眾包圍了國會大廈）
　議院制度（議會制）
　議院運営委員会（議會營運委員會）
　議院内閣制（議會內閣制、內閣取得議會信任而存在的制度）

議員〔名〕（中央、地方）議員
　議員に選ばれる（被選為議員）選ぶ択ぶ撰ぶ
　議員を辞する（辭去議員職位）辞する持する侍する次する治する
　議員特典（議員特典-在國會開會期間非經議院同意不受拘捕、演說及表決在院外不負責任）
　議員立法（根據議員-提案的立法相對於根據政府的提案的立法而言）

議会〔名〕議會、國會
　議会を解散する（解散議會）
　議会の殿堂（國會大廈）
　議会で三分の二の多数を握る（控制議會三分之二的多數）
　議会制度（議會制度）
　議会制民主主義（代議制民主主義）
　議会政治（議會政治）
　議会主義（議會主義、議會內閣制）

議決〔名他サ〕決議、表決
　予算案を議決する（議決預算草案）
　不信任案を議決された（不信任案已通過）
　議決機関（決議機關）
　全会一致で議決された（全場一致通過）
　議決権（表決權）
　議決に従って行動する（按照議決採取行動）従う随う遵う

議事〔名〕議事、會議討論事項
　議事が始まる（開始討論）
　議事に入る（開始討論）
　議事に参加する（參加討論）
　議事の進行を妨害する（妨礙議程進行）
　議事を閉じる（結束討論）閉じる綴じる
　議事進行（進行討論）
　進行上程（提上議程）
　議事運営規則（議事進行規則）
　議事定数（規定參加會議人數）
　議事録（會議記錄）
　議事日程（議事日程）
　議事堂（會議廳、國會大廈）

議場〔名〕會場
　議場を騒がす（擾亂會場）
　議場は混乱に陥った（會場陷入了混亂）
　国連の議場（聯合國的會場）
　議場を整理する（整理會場）
　議場で大激論が行われた（在會場上進行了大辯論）

議席〔名〕議席
　民主党は過半数の議席を獲得した（民主黨取得了過半數的議席）
　議席を争う（爭奪議席）
　議席が有る（取得議員資格）有る在る或る
　議席に着く（當了議員）付く着く衝く突く就く憑く点く尽く
　議席を失う（丟掉議席）失う喪う

議題〔名〕議題、討論題目
　議題と為る（成為議題、提到議程上）為る成る鳴る生る

議題に上がる（提到議程上）上がる挙がる揚がる
議題に為る（作為議題、提到議程上）
議題に載せる（作為議題、提到議程上）載せる乗せる伸せる熨せる
議題を決める（決定議題）決める極める
今日の議題は予算案だ（今天議題是預算草案）

議長〔名〕議長、主席
議長に為る（作議長、作主席）
議長を選挙する（選舉議長、推選主席）
議長の槌（主席用的小木槌）槌鎚土壤椎
議長！緊急動議（主席！我有緊急動議）

議定、議定〔名、他サ〕議定，商定，約定、（議定的）規章，章程、
議定（明治初年由皇族，公卿，諸侯中選任的官職名，和總裁，参与合稱三職）
予算の分配方法を議定する（商定預算分配辦法）
議定書、議定書（議定書）
国際会議の議定書（國際會議的議定書）

議了〔名、他サ〕審議完了、討論完畢
議案を議了する（把議案審議完畢）
議了しない儘で決を取る（不等討論完畢就進行表決）

議論〔名、自サ〕爭論、爭辯
議論は止し給え（別爭論啦！）給う賜う
議論が飛び交う（眾說紛紜）
議論の余地は無い（沒有爭論的餘地）無い縒い
議論を戦わす（互相爭論）
議論に花が咲く（熱烈爭辯）
議論が沸騰する（熱烈討論）
議論が御免だ（別爭論啦！）

囈（一ヽ）

囈〔漢造〕囈語、夢話、胡說（＝囈言，譫言，囈言，譫言、寝言、戯言、戯言）

囈語〔名〕囈語、夢話、胡說（＝囈言，譫言，囈言，譫言）

詩人の囈語と為て一笑に附する（當作詩人的囈語付之一笑）

囈言，譫言，囈言，譫言〔名〕夢話、夢囈、胡說八道（＝出鱈目）
熱に浮かされて囈言を言う（燒得說夢囈）
熱が出て囈言を言う（燒得說夢囈）言い云う謂う
夢を見て囈言を言う（做夢說夢話）寝言（夢囈、夢話、胡說、嘮叨）
囈言を言うな（別胡說八道）戯言、戯言（蠢話、傻話、亂說、胡說八道）

圧（壓）（一ㄚ）

圧〔漢造〕壓、壓力、抑制
制圧（壓制）
鎮圧（鎮壓）
抑圧（壓制、壓迫）
弾圧（彈壓、鎮壓）
気圧（氣壓）
汽圧（汽壓、蒸氣壓力）
電圧（電壓）
高圧（高壓、強大壓力）
血圧（血壓）
水圧（水壓）

圧する〔他サ〕壓、壓制、壓倒、抑壓
威厳に圧せられる（為威嚴所壓）
会場を圧する熱弁（壓倒會場的雄辯）
辺りを圧する（鎮懾四方）当り中り
板を上から圧する（從上面壓板子）
敵を圧する（壓倒敵人）
一世を圧する（不可一世）

圧延〔名、他サ〕壓延、滾軋
四倍の長さに圧延する（壓延為四倍長）
圧延機（軋鋼機、滾軋機）
圧延工場（軋鋼廠）工場工場

圧潰試験〔名〕（對輪狀試料按直徑方向的）壓破試驗

圧巻〔名〕壓卷，壓軸、（經典、活動）精華部分，最精彩部份
此処が篇中の圧巻だ（這是一篇中精華地方）

現代小説の圧巻（現代小說中的精華）

圧感接着剤〔名〕〔化〕壓合膠黏劑

圧効果〔名〕〔理〕（照像材料的）壓效應

圧砕〔名、他サ〕壓碎、碾碎
　圧砕作用（〔地〕碎裂作用）

圧搾〔名、他サ〕壓榨、壓縮、壓擠
　実を圧搾して油を取る（壓榨種子取油）油脂膏
　圧搾空気（壓縮空氣=圧縮空気）
　圧搾酵母（〔化〕壓合酵母）
　圧搾空気弁（壓縮空氣閥）
　圧搾空気発動機（氣壓發動機）
　圧搾機（壓榨機、壓力機）
　圧搾ロール（軋輥）

圧殺〔名、他サ〕壓死、壓制
　犬子を圧殺する（壓死小狗）
　反対派の意見を圧殺する（壓制反對派的意見）

圧子〔名〕〔理〕壓（痕）子、壓痕物

圧死〔名、自サ〕壓死
　落盤で圧死する（因坍方而壓死）
　崩れた石垣の下敷に為って圧死した（石牆倒塌被壓死）

圧縮〔名、他サ〕壓縮、壓緊←→膨張
　気体を圧縮する（壓縮氣體）
　空気を圧縮して水に為る（把空氣壓縮成水）
　利潤を圧縮する（壓縮利潤）
　長い文章を短く圧縮する（把￥長篇文章縮短）
　圧縮歪（〔理〕壓縮應變）
　内容を半分に圧縮する（把内容縮為一半）
　圧縮力（壓縮力、壓力）
　原稿を半分に圧縮する（把原稿縮為一半）
　空気圧縮機（空氣壓縮機）
　圧縮性流体（可壓縮性流體）
　圧縮室（〔理〕壓縮室、壓縮區）
　圧縮成形（〔機〕擠壓成形）
　圧縮強さ（〔理〕耐壓強度）
　圧縮係数（〔理〕壓縮係數、壓縮因數）
　圧縮空気（壓縮空氣=圧搾空気）
　圧縮試験（〔理〕壓縮試驗、抗壓試驗）
　圧縮行程（〔機〕壓縮衝程）
　圧縮自己着火（〔理〕壓縮自燃、壓縮自發火）

圧勝〔名、自サ〕以絕對優勢取勝、大勝←→辛勝
　六十八対五で圧勝した（以六十八比五大勝）

圧条〔名、他サ〕〔農〕壓條（=取木、取り枝）

圧制〔名、他サ〕壓制、壓迫、鎮壓（=圧迫）
　軍閥の圧制（軍閥的壓迫）
　其は君、圧制だよ（你太霸道了）
　封建社会の圧制（封建社會的專制）
　圧制政治（壓制政治）
　圧制者（壓迫者）
　圧制を加える（加以壓迫）加える銜える咥える
　人人は王様の圧制に苦しんでいた（人們苦於國王的壓迫）

圧政〔名〕強權政治、專制政治、暴政
　軍閥の圧政に苦しむ（苦於軍閥之暴政）

圧接〔名〕〔機〕壓接、加壓焊接

圧舌器〔名〕〔醫〕壓舌板

圧舌子〔名〕〔醫〕壓舌板

圧着金属〔名〕包層金屬板、包層鋼板、包覆的金屬

圧抵布〔名〕〔醫〕（止血、消炎等）壓布、敷布

圧点〔名〕皮膚上壓力感覺點、（止血時）壓點

圧電気〔名〕〔理〕壓電、壓電現象

圧電効果〔名〕〔理〕壓電效應

圧倒〔名、他サ〕壓倒、凌駕
　舶来品は国産品に圧倒された（洋貨被國貨壓倒了）
　人口に於いて他市を圧倒している（在人口方面凌駕於其他城市之上）
　彼女の見幕に圧倒されて何も言えなかった（被她的氣勢壓得說不出話來）剣幕
　圧倒的（壓倒的、絕對的）
　彼は圧倒的多数で当選した（他以壓倒的多數當選了）

圧倒的な勝利を収める（獲得絕對的勝利）
収める 治める 納める 修める

圧迫〔名、他サ〕壓迫、壓住
胸に圧迫感を覚える（胸部有壓迫感）覚える 憶える
胸に圧迫を感じる（胸部有壓迫感）
生活の圧迫（生活的壓迫）
相手に圧迫感を与える（給對方有壓迫感）
精神的圧迫（精神壓迫）
敵に圧迫を加える（對敵人施加壓力）加える 咥える 銜える
言論を圧迫する（壓迫言論）
大国が小国を圧迫する（大國壓迫小國）
行動を圧迫する（壓制行動）
圧迫を受ける（受壓迫）受ける 請ける 浮ける 享ける

圧伏、圧服〔名、他サ〕壓服
武力を以て圧伏するよりも徳を以て心服させる可きです（以武力壓服不如以德使其心服）

圧粉鉄心〔名〕〔機〕壓粉鐵（磁）心、（磁性）鐵粉心

圧密〔名〕〔地〕固結、壓緊

圧力〔名〕壓力
圧力が高い（壓力大）
圧力が低い（壓力小）
圧力を加える（施加壓力）
圧力を掛ける（加壓、施加壓力）
圧力に怯まず（不怕壓力）
圧力が下げる（壓力減少）
圧力に屈する（屈服於壓力）
政治的圧力を用いる（使用政治壓力）
柱に圧力が掛かる（柱子承受壓力）
圧力釜（壓力鍋）
圧力水頭〔理〕壓〔水〕頭
圧力抵抗〔理〕壓差阻力
圧力団体（壓力團體）
圧力計（壓力錶）
圧力 tunnel（壓力水隧道）
圧力 head（〔理〕壓頭、水頭、壓位差）

圧濾器〔名〕壓濾機、壓力過濾機

圧す、押す、捺す、推す〔他五〕按，蓋，捺，壓，貼、推擠、冒著，不顧、押韻、壓倒、推測、推想，推斷，推論、推薦、推舉、推選、推戴←→引く
印を捺す（蓋印、蓋章）
判を捺す（蓋印、蓋章）
署名した処に印を捺す（在簽名下面蓋章）
スタンプを捺す（打戳印）
拇印を捺す（按手印）
金箔を捺す（貼金箔）
紙を捺す（貼紙）
ベルを圧す（按電鈴）
指で圧すと膿が出る（用指頭一按就出膿）
ぐいぐい推す（用力推）
そんなに推すな（別那麼擠啊！）
船を推す（搖船、盪舟）
一回推す（推一下）
船を棹で推す（用桿搖船）
櫓を推す（搖櫓）
車を推す（推車）
戸を推す（推門）
後ろから推す（從後面推）
病を押して仕事を為る（帶病工作）
風雨を押して行く（冒著風雨前往）
病気を押して出席した（冒著病出席了）
韻を押す（押韻）
大勢に圧される（被大勢壓倒）
世論に圧される（受到輿論壓力）
念を押す（叮囑、叮問、叮嚀）
駄目を押す（〔圍棋〕補空眼、叮囑，叮問，叮嚀
押しも押されも為ぬ（一般公認的、無可否認的）
彼は押しも押されも為ぬ立派な学者だ（他是一般公認的偉大學者）
押すに押されぬ（彰明較著的、無可爭辯的）
押すに押されぬ事実（無可爭辯的事實）
彼の口振りから推すと見込みが無い（從他口氣上推測大概沒希望）

他は推して知る可しだ（其他可想而知）
王さんを会長に推す（推舉王先生做會長）
新刊書を推す（推薦新書）

圧し、押し〔名〕推，推動、壓東西的重物，壓物石，鎮石（=重石、押さえ），壓制，壓力，威嚴，威力，魄力，毅力

漬物に圧しを為る（用重物壓鹹菜）
圧しを為る（用重物壓東西）
仲間に圧しが効く（在朋友中有威信）
漬物の圧しを強くする（把壓鹹菜的東西加重）
圧しが効く（有威嚴、能服人）
彼の人は圧しが効かない（他沒威嚴服不住人）
圧しが強い（有魄力、有毅力）
圧しが弱い（沒魄力、缺乏毅力、不能堅持）

圧し石〔名〕壓東西用的石頭、壓的石頭
圧し滓〔名〕壓榨後的渣滓
圧鮨、押し鮨〔名〕模壓壽司、大阪壽司（=大阪鮨、箱鮨）
圧し潰す，推し潰す，推潰す，押し潰す，押潰す〔他五〕擠碎、壓碎、壓迫

果物が押し潰された（水果擠破了）
人込みの中で殆ど押し潰され然うに為った（在人群裡差一點沒擠死）
満員電車で押し潰され然うに為った（在擁擠的電車裡差一點給擠扁了）
こんなに沢山詰め込んだら下の物が押し潰されて終う（裝那麼多下邊的東西要擠壞了）

圧し箱，圧箱，押し箱，押箱，推し箱，推箱〔名〕（做大阪式壽司用）模子、木盒
圧し拉ぐ，圧拉ぐ，押し拉ぐ，押拉ぐ，推し拉ぐ，推拉ぐ〔他五〕壓碎（=押し潰す）、沉重壓迫

生活の苦しみに押し拉がれている（深受生活痛苦的折磨）

圧す〔他五〕〔古〕壓扁，壓下、壓倒，使屈服
圧し合う〔自五〕擁擠

押し合い圧し合う（連推帶擠）
押し合い圧し合いする（你推我擠地擁擠）

圧し折る〔自五〕折斷、挫敗

棒を圧し折る（折斷棒子）
木の枝を圧し折る（壓斷樹枝）
鼻っ柱を圧し折る（挫其傲氣）

押（一ㄚ）

押〔漢造〕畫押，蓋印、看押，看管，押韻

花押（畫押、簽字）

押印〔名、他サ〕蓋印、蓋章（=捺印）

記名と押印（簽名蓋章）
押印機（壓印機、打印機）
押印者（蓋章人）

押韻〔名、自サ〕押韻

押韻辞典（詩韻辭典、韻府）
押韻詩（押韻詩）

押紙、押紙，押し紙〔名〕（貼在書籍或文件上的）備忘紙條、附簽（=付箋）

押収〔名、他サ〕〔法〕扣押、沒收

帳簿を押収する（扣押帳簿）
全ての武器を皆押収した（所有武器全沒收了）全て総て凡て統べて
押収物（扣押品、沒收品）

押送〔名、他サ〕〔法〕押解

犯人を押送する（押解犯人）
押送中に逃げられた（押送途中逃跑了）逃げる逃れる遁れる

押捺〔名、他サ〕蓋印、蓋章

押捺して提出せよ（蓋印後交出）

押柄、横柄、大柄〔形動〕傲慢←→謙虚

押柄な態度（傲慢無禮的態度）
押柄な態度で人を呼び付ける（用傲慢態度叫人）
押柄な口を利く（說話傲慢無禮）利く効く聞く聴く訊く
押柄な様子で入って来る（旁若無人的態度進來）来る来る
押柄に構える（趾高氣昂）
押柄に振る舞う（飛揚跋扈、舉止傲慢）

押さえる，押える、抑える〔他下一〕按，壓、遏止，控制、扣押，拘留，抓住

風に吹き飛ばされないように紙を抑える（壓住紙張以免被風吹跑）

一

地図が飛ばないように抑えて下さい（請壓住地圖不要讓風颳走）
痛む腹を抑える（按著疼痛的肚子）痛む傷む悼む
叛乱を抑える（鎮壓叛亂）叛乱反乱氾濫
馬を抑える（勒馬、把馬勒住）
価格を抑える（控制住價格）
財産を抑える（查封財產）
感情を抑える（抑制感情）
涙を抑える（忍住眼淚）
証拠を抑える（拿到證據）
急所を抑える（抓住要害）
四人分は抑えて置く（扣押四人份）置く措く擱く
侵入の敵軍を抑える（阻攔侵入的敵軍）
犯人は現場で抑えられた（犯人當場被捕了）
給料を抑える（扣留工資、停發工資）
闇の商品を抑える（扣押走私的商品）
人の意見を抑えては行けない（不要壓制別人的意見）
手で目（耳、口）を抑える（用手掩目〔耳、口〕）
彼は日本語に掛けてはクラスを抑えている（在日語方面他壓倒了全班）

押え，押さえ、抑え〔名〕按，壓、抑制，鎮壓，鎮守、壓東西的重物，文鎮。〔軍〕殿軍，殿後的部隊

紙の上に抑えを置く（把文鎮壓在紙上）
抑えに隊長が居る（隊長在隊伍末尾）居る入る要る射る鋳る炒る煎る
抑えが効く（〔對人、物〕能制服住、能鎮住、壓得住）効く利く聞く聽く訊く
抑えが効かない（鎮壓不住、沒有威嚴）

押え込む，押さえ込む、抑え込む〔他五〕〔柔道〕壓住、按住、扣住、控制住

押え込み，押さえ込み、抑え込み〔名〕〔柔道〕壓住、按住、扣住

押え付ける，押さえ付ける、抑え付ける〔他下一〕按住，壓住、鎮壓，壓制

軍人を押え付ける（壓制軍人）
暴徒を押え付ける（鎮壓暴徒）
押え付けられた馬（被勒住的馬）
押え付ける政策を取る（採取高壓政策）取る捕る摂る盗る撮る採る執る獲る
やっとの事で泥棒を押え付けた（好不容易把小偷給按住了）

押え綱，押さえ綱〔名〕（起重機、帳篷、煙囪等）牽索，支索、（電線桿）牽制繩，拉線

押え物，押さえ物、抑え物〔名〕（酒席最後的）壓桌法

押え技，押さえ技、抑え技〔名〕〔柔道〕擒拿法、扣壓法

押す，捺す，推す，圧す〔他五〕按，蓋，捺，壓，貼、推擠，冒著，不顧，押韻，壓倒，推測，推想，推斷，推論，推薦，推舉，推選，推戴←→引く

印を捺す（蓋印、蓋章）
判を捺す（蓋印、蓋章）
署名した処に印を捺す（在簽名下面蓋章）
スタンプを捺す（打戳印）
拇印を捺す（按手印）
金箔を捺す（貼金箔）
紙を捺す（貼紙）
ベルを圧す（按電鈴）
指で圧すと膿が出る（用指頭一按就出膿）
ぐいぐい推す（用力推）
そんなに推すな（別那麼擠啊！）
船を推す（搖船、盪舟）
一回推す（推一下）
船を棹で推す（用桿搖船）
櫓を推す（搖櫓）
車を推す（推車）
戸を推す（推門）
後ろから推す（從後面推）
病を押して仕事を為る（帶病工作）
風雨を押して行く（冒著風雨前往）
病気を押して出席した（冒著病出席了）
韻を押す（押韻）
大勢に圧される（被大勢壓倒）
世論に圧される（受到輿論壓力）

念を押す（叮囑、叮問、叮嚀）

駄目を押す（〔圍棋〕補空眼、叮囑，叮問，叮嚀

押しも押されも為ぬ（一般公認的、無可否認的）

彼は押しも押されも為ぬ立派な学者だ（他是一般公認的偉大學者）

押すに押されぬ（彰明較著的、無可爭辯的）

押すに押されぬ事実（無可爭辯的事實）

彼の口振りから推すと見込みが無い（從他口氣上推測大概沒希望）

他は推して知る可しだ（其他可想而知）

王さんを会長に推す（推舉王先生做會長）

新刊書を推す（推薦新書）

押せ押せ〔連語〕（工作）積壓起來、擁擠（=押すな押すな）、（期限）迫近

仕事が押せ押せに為る（工作積壓如山）為る成る鳴る生る

映画街は押せ押せで通れは為ない（電影街人山人海水瀉不通）

期限も押せ押せに為った（期限也越來越迫近了）

押すな押すな〔名、連語〕擁擠、人山人海、熙熙攘攘（來自擁擠的人們喊叫別擠了別擠了）

店の前は押すな押すなの人だかりだ（店鋪前人擠得水洩不通）人聚集很多人

押すな押すなの人出（人山人海）

押すな押すなの雑沓（擁擠得一塌糊塗）

万国博覧会の日本館は連日押すな押すなの人波だ（連日來人山人海的人群湧向萬國博覽會的日本館）

押し、推し〔名〕推，推動、（用重的東西）壓，（壓東西的）重物，壓的東西、威力，壓力，威嚴、魄力，堅持力，毅力，自信力，大膽，厚臉皮。

〔接頭〕（接動詞前）表示勉強，強行，硬要，加強語氣

押しも押されも為ぬ（眾所公認、一般公認的、地位穩固、牢不可破、無可否認的）

押しを為る（壓東西）

漬物の押しを強くする（把壓鹹菜的東西加重）

押しが利く（有威嚴、能服人）

彼の人は押しが利かない（他沒有威嚴不能服人）

押しが弱い（沒有魄力）弱い齢

押しが強い（有魄力、敢幹、自信力強）

斯う為れば押しの一手だ（既然這樣就只有堅持到底了）

押し通す（貫徹、強行到底）

押し黙る（老不說話、一言不發）

押し隠す（硬要隱瞞）

押し入る（強行進入）入る入る

押し頂く（拜領）

押し広げる（推廣、擴展）

押して〔副〕硬要、勉強（=恣意に、無理に）

押して頼む（強求、硬託）頼む侍む

押して聞く（硬要打聽）聞く訊く聴く利く効く

病気だったけれども押して出席した（雖然有病卻勉強出席了）

嵐なのに押して出掛けた（冒著風雨出去了）

推して（推想）

押っ、押〔接頭〕〔俗〕（冠於動詞之上加強語氣）表示有力、忽然、完全

押始める（幹起來、做起來）始める創める

押放出す（扔出去、趕出去）

旗を押っ立てる（立著旗子）

押っ魂消る（嚇呆）

ごり押し〔名〕〔俗〕強行、蠻幹

ごり押しに遣る（強行、蠻幹）

ごり押しに遣って成功した（用蠻幹取得成功）

ごり押しに押し切る（〔操縱會議等〕採取高壓手段）

押し合う〔自五〕互相推擠

押し合って部屋に入る（擠著進屋）

人の波で押し合って動きが取れない（由於人山人海而不能動彈）

出口で押し合って大勢が怪我を為た（在出口互相推擠許多人受了傷）

押し合い、押合い〔名、自サ〕互相推擠、行市不變

一

一

皆入るには入ったが酷い押し合いだった（倒是全都進去了就是擠得要命）
入口で押し合い(を)為ている（在門口互相推擠）
値の押し合いを為る（討價還價）

押し合い圧し合い、押合い圧合い〔連語、名、自サ〕擁擠、推擠
人人は押し合い圧し合いして進んだ（人們蜂擁前進）
群衆は押し合い圧し合い喚いている（群眾擁擠在一起吵吵鬧鬧）

押し明け、押明〔名〕〔古〕黎明、天亮（=夜明け）
押明方（黎明時分、拂曉）

押し開ける, 押開ける, 押し明ける, 押明ける〔他下一〕推開
ドアを押し開ける（推開門）
戸を押し開ける（推開門）

押し開けポンプ、押開けポンプ〔名〕〔理〕壓力抽水機、壓強抽水機

押し上げる、押上げる〔他下一〕推上去，壓上去，頂上去、提拔，提升，推舉，捧上台
ポンプで水を押し上げる（用抽水機抽水）
若芽が土を押し上げる（嫩芽把土頂起來）

押し上げ万力、押上げ万力〔名〕〔機〕千斤頂

押し上げ弁、押上げ弁〔名〕〔機〕升閥

押し当てる, 押当てる, 推し当てる, 推当てる〔他下一〕推碰到…上，推撞到…上。安放。遮掩，掩蔽。推測，推量，猜測，猜想
胸へ手を押し当てる（把手放在胸口）
壁に押し当てられた（被推撞到牆上了）
頭に手を押し当てる（以手掴頭）
袖を顔に押し当てる（以袖遮面）
此の中に何か有るが押し当てて御覧（這裡面有什麼猜猜看）

押し当て, 押当て、推し当て, 推当て〔名、形動〕猜測，猜想、觸摸、接觸
押当が外れた（猜錯了）
押当歪計（接觸式應變計）

押し板、押板〔名〕壓板（押東西的木板、石板、鐵板）、（壓縮用的）夾板

押し頂く, 押頂く, 押し戴く, 押戴く〔他五〕敬領
賞状を押し頂く（領受獎狀）
押し頂いて有り難がっている（把東西用雙手捧起表示感謝）

押し入る、押入る〔自五〕擠進、闖入
人込みの中に押し入る（擠進人群中）
強盗が家に押し入った（強盗闖進了住家）

押し入り、押入〔名〕強盗（=押し込み）

押し入れる、押入れる〔他下一〕塞入、擠入
新聞をポケットに押し入れる（把報紙塞進口袋裡）

押し入れ、押入〔名〕壁櫃、壁櫥
押入に終う（放到壁櫥裡）終う仕舞う
衣類押入（放衣服用的壁櫥）

押し売り、押売〔名、他サ〕硬賣，強行推銷。〔轉〕勉強叫人接受，硬性灌輸←→押買
余り押売されると、反って買う気に為らない（越是強行推銷反倒令人不想買了）
毎日押売が来る（每天都有叩門推銷的來）来る来る
押売的商法（硬性推銷的生意經）
押売御断り（謝絕敲門推銷）
思想許りは押売が出来る物ではない（唯有思想不能夠硬性灌輸）

押し絵、押絵〔名〕貼畫、貼花、包花（用厚紙製成花鳥人物等，然後用絲綢花布等包起，填上棉花使成凸起，再貼到木板或紙板上）
押絵羽子板（貼畫的毽子板）
押絵細工（包花工藝品）

押し送り、押送り〔名〕用櫓推進、搖櫓的船（=押送り舟）

押し及ぼす, 押及す、推し及ぼす, 推及す〔他五〕推及、推廣

押し返す、押返す〔他五〕推回去，頂回去、返回、折回、還擊、擊退，打退
進み来る者を押し返す（把走過來的人推回去）
舟は強い風に岸へ押し返された（船被大船頂回岸了）
山崩れで押し返した（由於山崩而折回了）

5402

贈り物を押し返した（把禮物退回去了）
敵の攻撃を押し返す（擊退敵人進攻）

押し隱す、押隱す〔他五〕隱藏、隱瞞（＝隱す）
心の喜びを押し隱して顔に出さない（隱藏內心的喜悅不形於色）

押し掛ける、押掛ける〔自下一〕蜂擁而來、不請自來（去）
記者が議員の所に押し掛けた（記者都跑到議員那裏去了）
客が大勢押し掛けた（來了很多客人）
彼の家の夕食に押し掛けよう（到他家去趕吃晚飯吧！）
押し掛け客（不請自來的客人、不速之客）
押し掛け女房（跑到夫家硬嫁的妻子、自己硬送上門的老婆）
彼は押し掛ける女房だ（她是硬嫁給他的）

押し貸し、押貸し〔名、他サ〕強借給別人
此方が頼みも為ないのに友人が押し貸しして呉れたのです（我並沒有懇求而是朋友硬借給我的）

押し固める、押固める〔他下一〕壓固，壓緊、壓縮的硬塊
手で押し固める（用手壓縮的硬塊）

押し紙，押紙、押紙〔名〕附籤（夾在書裡的紙籤＝付箋）、吸墨紙、硬向報販推銷的報紙

押し借り、押借〔名、他サ〕硬借、強借
金を押し借りする（強迫借錢、勒索金錢）

押し切る、押切る〔他五〕切斷，排除、不顧、不斷地搖櫓
沢山の紙を押し切る（把很多紙切開）
反対を押し切って断行する（不顧反對而硬幹下去）
両親の反対を押し切って結婚した（不顧父母的反對結了婚）
岸迄舟を押し切った（把船一氣搖到岸邊）

押し切り、押切〔名〕切割、鍘刀、騎縫印（＝割印）。〔角力〕推出圈外
押し切り機、押切機（〔機〕剪床）
侵略軍は遊撃隊に押し切りで殺された（侵略軍被游擊隊用鍘刀鍘死了）
押し切り判、押切判（騎縫印、對口印＝割印）

押し切り帳、押切帳（收據簿）

押し競、押競〔名、自サ〕（互推遊戲）擠香油（以推倒對方為勝）。〔俗〕娼婦，私娼
押し競饅頭、押競饅頭（擠香油）

押し競べ、押競べ〔名、自サ〕（遊戲）互推賽力（以推倒對方為勝）（＝押し競、押競）

押し込む、押込む〔自、他五〕闖進，硬擠進去，闖進去搶劫，塞入，勉強裝入，勉強灌輸
多くの人が押し込んで來た（很多人闖進來了）
隣は強盗に押し込まれた（鄰居被強盗搶劫了）
ポケットへ御菓子を押し込んだ（把點心塞進口袋）
押し込めばもっと入る（擠一擠還能容納一些）
口へ押し込む（往嘴裡塞）

押し込み、押込〔名〕塞進、塞入、擠入、壁櫥（＝押入）、（破門搶劫的）強盜
押し込み強盗、押込強盗（破門搶劫的強盜）
押込強盗を遣る（闖進屋裡行竊）

押し込める、押込める〔他下一〕塞進、監禁，禁閉
私達二十人は一室へ押し込められた（我們二十個人被塞進一間房子裡了）
鞄へ本を押し込める（把書塞進皮包裡）
罪人を牢屋に押し込める（把罪人關在監獄裡）

押し殺す，押殺す、推し殺す，推殺す〔他五〕壓死，擠死、抑制，噤住
危なく押し殺される所だった（差一點被擠死）
声を押し殺す（噤住聲音）
咳を押し殺す（忍住咳嗽）

押し壞す，押壞す、押し毀す，押毀す〔他五〕擠壞、壓壞
入口の戸が押し壞す（大門被擠壞了）

押し下げる、押下げる〔他下一〕壓低、往下壓、往下按
声を押し下げる（壓低聲音）
銃口を押し下げる（壓低槍口）

押し錠、押錠〔名〕（門上）插銷、掀鎖、暗鎖

押し錠を取り付ける（裝暗鎖）

押し推量、押推量〔名、他サ〕推測、猜想、揣度（=当て推量）
斯う思う私の押し推量だ（那麼想是我的推測）

押し鮨、圧鮨〔名〕模壓壽司、大阪壽司（=大阪鮨、箱鮨）

押し進む，押進む、推し進む、推進む〔自五〕挺進、推進、猛進
三時間に十五キロ押し進む（三小時挺進十五公里）

押し進める、押進める〔他下一〕推進、推行
計画を押し進める（推進計畫）
次第に文化事業を押し進める（漸漸地推行文化事業）

押し相撲、押相撲〔名〕〔相撲〕互相以推為進攻的招數

押し迫る、押迫る〔自五〕接近
年の瀬が押し迫る（快要到年底了）

押し強い、押し強い〔形〕頑強的，有魄力的，敢作敢為的，厚臉皮的，執拗的
押し強く談判する（頑強地談判、不退讓地談判）
押し強い人（有魄力的人）
あんな押し強い人に逢った事が無い（那樣厚臉皮的人真少見）

押し倒す、押倒す〔他五〕推倒、擠倒
前の人を押し倒す（把前面的人推倒）
前の人を床に押し倒した（把前面的人推倒地板上）床床

押し出す、押出す〔自、他五〕（從下面）頂出來，凸出來、（多數人）蜂擁而出、推出，擠出，撐出
室から外へ押し出す（從屋裡推出去）
竿で舟を押し出す（用篙把船撐出去）
膿を押し出す（擠膿）
レモンの汁を押し出す（擠檸檬汁）

押し出し、押出〔名〕推出。〔相撲〕將對方推出界外。〔棒球〕犧牲打、風采、儀表
押出機（壓出機、擠壓機）
押出装置（擠壓裝置）

押出ダイス（擠壓模）
押出ポンチ（擠壓沖床）
押出絵の具（管裝原料）
押出の立派な人（儀表出眾的人）
押出が良い（風度好）
彼の人は押出が立派だ（那個人儀表堂堂）
押出の悪い（利かない）男だ（是個其貌不揚的傢伙）
押し出し成形、押出成形（〔主要用於熱可塑性樹脂的〕擠壓模塑法）

押し立てる、押立てる〔他下一〕豎起，揭揚、猛進
旗を先頭に押し立てる行進する（前面打著旗子前進）
土俵際迄押し立てる（〔相撲〕猛推到圈界）

押っ立てる〔他下一〕豎起、立起、打起
赤旗を押っ立てて前へ進む（打著紅旗前進）

押し玉、押玉〔名〕〔撞球〕推撞（的球）

押し黙る、押黙る〔自五〕沉默、一言不發
一言も言わず押し黙っている（一言不發、默不作聲）

押し付ける、押付ける〔他下一〕按住，壓住、強加，強制，強迫
上から手で押し付ける（從上面用手按住）
石で漬物を押し付ける（用石頭把鹹菜壓住）
子供が頭を母親の胸に押し付けて泣いた（小孩把頭頂到母親懷裡哭了）
自分の意見を人に押し付けるな（別把自己的意見強加於人）
仕事を押し付ける（強迫工作）
悪い品物を私に押し付けた（硬把壞東西賣給我了）
罪を人に押し付ける（嫁罪於人）
互いに押し付けて責任を逃げようと為た（彼此互相推諉企圖逃避責任）
娘を私に押し付けようと為た（硬要把女兒嫁給我）
押し付けられた縁は続かぬ（強迫的姻緣不久長、強摘的瓜不甜）

押し付けがましい〔形〕強迫命令的、帶強迫態度的

押し付けがましくタクシー代迄私に支払わせた（強迫命令式的連車錢都叫我付了）
押し付けがましい態度で仕事を命ずる（用強迫命令式的態度吩咐工作）

押っ付ける〔他下一〕〔俗〕按住，壓住，強加，強制，強迫（＝押し付ける、押付ける）

押し包む、押包む〔他五〕（押し是加強語氣的接頭詞）包起，隱藏，隱瞞
瓦落多を風呂敷で押し包む（用包袱把破爛東西包起）
悲しみを押し包んで談笑する（把悲哀藏在心裡說說笑笑）

押し潰す，押潰す，推し潰す，推潰す〔他五〕擠碎、壓碎、壓迫
果物が押し潰された（水果擠破了）
人込みの中で殆ど押し潰され然うに為った（在人群裡差一點沒擠死）
満員電車で押し潰され然うに為った（在擁擠的電車裡差一點給擠扁了）
こんなに沢山詰め込んだら下の物が押し潰されて終う（裝那麼多下邊的東西要擠壞了）

押し詰まる、押詰る〔自五〕擠滿、裝滿、臨近、迫近、接近年底，年關逼近，困窘，窘迫
車内は一杯押し詰まっている（車廂裡裝得滿滿的）
期日が押し詰まる（期限逼近、快到期了）
愈愈押し詰まって嘸御忙しいでしょう（眼看來到年關想必很忙吧！）
今年も愈愈押し詰まった（今年眼看就要到年底了）

押し詰める，押詰める〔他下一〕填塞、逼到底，推到盡頭、追根究底、節省、緊縮
綿を押し詰める（填塞棉花）
弁当箱に御飯を押し詰める（把飯盒填滿）
鞄の中に衣類を押し詰める（往皮包裡裝塞衣服）
土俵際迄押し詰める（把對方逼到角力場邊緣、逼到走投無路）
押し詰めると両方の意見は同じ事に為る（追根究底雙方的意見是一樣的）
生活を押し詰める（在生活上徹底節省）
論文を押し詰める（縮短論文）

脱脂綿を瓶の中に押し詰める（把藥棉壓縮放進瓶中）

押し出る、押出る〔自下一〕硬衝出、闖進
部屋から押し出る（從屋裡衝出去）
世に押し出る（闖進社會）

押し通る、押通る〔自五〕硬闖過去、穿過去
群衆の中を押し通る（穿過人群）

押し通す、押通す〔他五〕堅持、固執、貫徹
己が信ずる処を押し通す（貫徹個人的信念）
彼は自分の意見を飽く迄も押し通した（他始終堅持己見）
荷車を目的地迄押し通す（把小推車直推到目的地）
此の方針で押し通す積りだ（打算本著這個方針貫徹到底）
医者で押し通す積もりだ（打算做一輩子醫生）
知らぬ存ぜぬで押し通して中中白状しない（一口咬定硬說不知道怎麼也不承認）
我儘を押し通そうと為る（想要蠻幹下去、一意孤行）
独身で押し通す（堅持獨身到底）
臆面も無く押し通す（無所顧忌地一意孤行）
大胆に押し通す（大膽硬做到底）
無理に押し通す（蠻做到底）

押し止める，押止める、押し止める，押止める〔他下一〕攔住、強留
無理に押し止められて一晩留まった（被強留下住了一晚）
自動車が巡査に押し止められた（汽車被警察攔住了）
発言を押し止める（制止發言）

押し取る、押取る〔他五〕〔俗〕急忙操起、趕緊拿起
矢庭に銃を押し取った（急忙拿起槍來）

押っ取り刀、押取刀〔名〕（緊急的時候）手拿著刀。〔轉〕匆匆忙忙，慌慌張張
押っ取り刀を駆け付ける（匆匆忙忙地跑去、急忙跑到）

押っ取り込める，押取込める、押っ取り籠める，押取籠める〔他下一〕〔俗〕完全圍住、團團包圍（＝押し取り込める）

押っ取り込めて殲滅する（團團包圍敵人加以殲滅）

押し流す、押流す〔他五〕沖走、沖跑、沖刷、沖擊
橋が洪水で押し流された（橋被大水沖走了）
子供が洪水で押し流された（小孩被大水沖走了）
時代の波に押し流される（被時代的潮流所驅使）
過去の事は押し流して咎めない（既往不咎）

押し均す、押均す〔他五〕（押し是接頭詞）弄平、平整、平均（=均す）

押し均し機、押均し機〔名〕〔機〕推土機、壓路機（=ブルドーザー）

押し均して、押均して〔副〕平均看來、一般看來（=押し並べて）
押し均して見ると（平均看來）
押し均して割り当てる（均攤）

押し並べる、押並べる〔他下一〕（押し是接頭詞）排列、擺（=並べる）

押し並べて、押並べて〔副〕概括說來，總括說來，一般說來，平均看來、完全、一律
押し並べて言えば（總括說來、一般說來）
押し並べて斯うは言えない（那不能一概而論）
春ともなれば押し並べて緑の世界と為る（一到春天就完全變成綠色世界）
押し並べて申し出通りに許可する（一律照准）
此処の人達は押し並べて親切だ（這裡的人都很親切）

押し抜き、押抜き〔名〕〔機〕沖孔、沖壓、沖裁
押し抜き型（沖模、沖孔模、沖裁模）
押し抜き機（沖壓機）
押し抜きブローチ（推刀）
押し抜きシャー（沖剪床）

押し退ける、押退ける〔他下一〕推開，排除、排擠掉，壓過別人
人を押し退けて通る（推開別人走過去）
人を押し退けて前へ出る（推開別人走上前去）
同僚を押し退けて社長に為った（壓過同事成為經理）
多く競争者を人を押し退けて優勝した（戰勝很多競爭對手取得了勝利）

押し羽、押羽〔名〕（飛禽翅膀根上的）短絨毛

押し歯、押歯〔名〕暴牙、虎牙（=八重歯、鬼歯、添歯）
彼女は押歯を見せて笑った（她露出虎牙笑了）

押し葉、押葉〔名〕夾在書裡的乾葉、標本葉
銀杏の押葉（銀杏的標本）

押し箱，押箱、推し箱，推箱〔名〕（做大阪式壽司用）模子、木盒

押し量る，押量る、推し量る，推量る〔他五〕猜測、推想
相手の心を押し量る（推測對方的心理）
此の事から丈は全体は押し量らない（單從這件事不能推測全局）

押っ始める、押始める〔他下一〕〔俗〕做起來、搞起來（押し始める的強調形）
又戦争を押っ始めた（又打起仗來了）

押し肌脱ぐ、押肌脱ぐ〔自五〕（押し是加強語氣接頭詞）脫掉上衣光著臂膀

押し拉ぐ，押拉ぐ、推し拉ぐ，推拉ぐ〔他五〕壓碎（=押し潰す）、沉重壓迫，壓得喘不過氣來
生活の苦しみに押し拉がれている（深受生活痛苦的折磨）

押し開く、押開く〔他五〕推開（=押し明ける）
戸を押し開く（推開門）
窓を押し開く（推開窗戶）

押し広げる、押広げる〔他下一〕推廣，擴充、支開，舖開，攤開、散布，傳播
勢力を押し広げる（擴充勢力）
業務を押し広げる（推廣業務）
赤十字会は至る所で医務活動を押し広げている（紅十字會到處推廣醫務活動）
蓆を押し広げる（舖開席子）
テントを押し広げる（支開帳篷）
流言を押し広げる（散布流言）
御座を押し広げる（舖開席子）

押し広める，押広める、推し広める，推広める〔他下一〕推廣，普及、擴大，擴展

販路を押し広める（推廣銷路）
優良品種を押し広める（推廣優良品種）
三民主義を押し広める（宣揚三民主義）
取引を押し広める（擴大交易）
考え方を押し広める（廣開思路）

押しピン、押ピン〔名〕圖釘（=画鋲）
押しピンで押す（用圖釘按上）

押し伏せる、押伏せる〔他下一〕強使伏下、按倒、壓倒
地面に押し伏せる（壓倒到地上）

押し船、押船〔名〕搖櫓的船

押っ圧す、押圧す〔他五〕（押し圧す的轉變）壓碎、壓迫（=押し潰す）

押っ圧折る、押圧折る〔他五〕折斷（=圧し折る）

押し隔てる、押隔てる〔他下一〕（押し是加強語氣接頭詞）隔開、隔離（=隔てる）

押し棒、押棒〔名〕〔機〕（內燃機的）推動桿、探推桿、頂桿

押しボタン，押ボタン、押し扣，押扣〔名〕按扣、電鈕
押しボタンを押す（按電鈕）
押しボタン戦争（電鈕戰爭）
押しボタン方式（按鈕式）
押しボタン投票方式（按鈕投票方式）

押し捲る〔自五〕拼命推、大力推動
強引に押し捲る（硬推到底）

押し曲げる〔他下一〕壓彎、弄彎（=曲げる）

押し回す〔他五〕到處奔走、大肆活動

押し麦、押麦〔名〕（裸麥、大麥的）麥片

押し向ける、押向ける〔他下一〕（押し是加強語氣接頭詞）非得朝向（=無理に向かせる）

押し目、押目〔名〕（交易）（連續上漲的行市）突然下跌
押し目を待って拾う（等候行市突然下跌時買進）
押し目買い（趁行市下跌時買進）

押し戻す、押戻す〔他五〕推回去、退回
群衆を押し戻す（把人群推回去）
闖入者を玄関先で押し戻す（在門口把闖入者推回去）

賄賂を押し戻す（退回賄賂、拒絕接受賄賂）

押し問答、押問答〔名、自サ〕頂嘴、爭論、口角
押し問答の挙句、此方の主張が容れられた（爭了一番我們的主張被接受了）
業務の為に社長と押し問答した（為了業務與經理發生口角）

押し屋、押屋〔名〕日本國營鐵路臨時雇員在月台上從後面推乘客擠車的幫手、維持車站秩序的專業人員
押し屋が乗客を電車に無理遣り押し込む（幫手把乘客硬往電車裡推）

押し破る、押破る〔他五〕推破、衝破
戸を押し破って家に入る（破門而入）

押し遣る、押遣る〔他五〕推開，推到一邊去、不採納，置之不理
杯を押し遣って飲まない（把酒杯推開不喝）
折角の計画を押し遣って採用しない（把很好的計畫放在一旁不採用）
折角の意見も押し遣る（寶貴的意見也不採納）

押し湯、押湯〔名〕〔冶〕（鋼錠的）縮頭、補縮冒口

押し寄せる、押寄せる〔自他下一〕湧上來，蜂擁而來、挪到近處，挪到一邊去
波が押し寄せる（浪打上來）
敵軍を押し寄せて来た（敵軍湧上來了）
潮の如く押し寄せる敵軍（蜂擁而來的敵軍）
一目彼女の姿を見ようと大勢の人が押し寄せた（為了想看她一眼很多人擁上來了）
片側押し寄せて置く（挪到旁邊去）
邪魔に為る物は隅の方に押し寄せて置く（把礙事的東西挪到角落裡去）

押し分ける、押分ける〔自下一〕（向左右）擠開、推開（=押し開く）
群衆を押し分けて通る（從人群中擠過去）
藪を押し分けて行く（推開草叢向前走）

押し渡る、押渡る〔自五〕勉強度過，艱辛地過活、闖到海外
腕一本で世を押し渡る（靠個人本事生活下去）

彼は海外へ押し渡った（他闖到海外去了）

押し割り、押割〔名〕壓開，壓碎←→引き割り、壓碎的賣米（=押割麦）

押し割り麦、押割麦〔名〕壓碎的麥粒

鴉（ーㄚ）

鴉〔漢造〕烏鴉
　晚鴉（傍晚時分歸巢的烏鴉）
　群鴉（群鴉）
　帰鴉（歸鴉）

鴉片、阿片〔名〕鴉片、大煙
　鴉片を吸う（吸食鴉片）
　鴉片煙管（煙槍）
　鴉片窟（鴉片館）
　鴉片戦争（鴉片戰爭）
　鴉片中毒（鴉片中毒、大煙癮）
　鴉片アルカロイド（鴉片生物鹼）

鴉、烏〔名〕烏鴉、落魄漢、行家，內行、火滅後的黑炭、愛大聲吵鬧的人、健忘的人、黑心的人
〔接頭〕黑色的
　烏が鳴く（烏鴉叫）鳴く無く泣く啼く
　烏の様に黒い（像烏鴉一般黑）
　末は烏の泣き別れ（結果是勞燕分飛不能團圓）
　烏の行水（過於簡單的沐浴）
　宿無しの烏（無家可歸的落魄漢）
　鵜の真似を為る烏（東施效顰）
　烏の雌雄（雌雄莫辨）
　烏は反哺の孝有り（慈烏有反哺之孝）
　烏の御灸（爛嘴邊）
　烏の足跡（中年婦女的眼角皺紋）
　旅烏、旅鴉（無固定住處流浪外鄉的人、外鄉人）
　烏猫（黑貓）
　烏石（黑色石頭、煤）

鴨（ーㄚ）

鴨〔漢造〕鴨（水鳥的一種）

鴨〔名〕野鴨。〔轉〕容易欺騙的人，容易被利用的人，容易對付的人，冤大頭
　鴨を打つ（打野鴨）打つ撃つ討つ
　鴨が引っ掛かる（要騙的人上鉤了）
　鴨に為る（拿人當冤大頭）刷る摩る擂る磨る掏る擦る摺る
　鴨に為る（當了冤大頭）為る成る鳴る生る
　何も知らない人を鴨に為る（讓什麼也不知的人當大頭）
　鴨が葱を背負って来る（比喻好事送上門來、越發隨心所欲、越發順心）来る繰る刳る来る
　家鴨（鴨子）
　野鴨（野鴨）

鴨る〔他五〕〔俗〕拿人當冤大頭（=鴨に為る）

鴨居〔名〕（門等的）上框、門上橫木←→敷居（門檻）
　背丈が鴨居に届く（身高頂門框）鳥居（日本神社入口的牌坊）
　鴨居に頭が支える（頭碰到門楣上了）支える支える遭える使える仕える閊える痞える

鴨撃ち〔名〕打野鴨
　鴨撃ちに出掛ける（打野鴨去）

鴨川染、加茂川染〔名〕京染、京都印染、大花友禪染

鴨南〔名〕雞絲麵
　鴨南蛮（雞絲麵、蔥花雞肉湯麵-過去用野鴨肉）

鴨の嘴〔名〕〔動〕鴨嘴獸、〔植〕鴨嘴草

鴨脚、銀杏、公孫樹〔名〕〔植〕銀杏、公孫樹
　銀杏に切る（〔烹飪〕切成銀杏葉狀）切る着る斬る伐る
　銀杏形（銀杏葉狀、半月形的一半）

鴨跖草，月草，鴨跖草，露草〔名〕〔植〕鴨跖草（鴨跖草科-可作染料和利尿劑=蛍草）

牙（ーㄚˊ）

牙〔漢造〕牙齒、（古時用象牙裝飾的）將軍棋。〔古〕牙行
　歯牙（牙齒、言詞）
　犬牙（犬齒）
　爪牙（爪牙、毒手）
　牙錢（介紹買賣所得的佣錢=口錢）

牙城〔名〕主將的居城。〔轉〕根據地

敵の牙城に迫る（迫近敵人的根據地）迫る 逼る

牙〔名〕（動物的）獠牙、犬齒(=牙)、象牙
象牙（象牙）

牙彫〔名〕牙雕、象牙雕刻

牙彫り〔名〕牙雕、象牙雕刻
牙彫りの人形（象牙雕刻的人偶）

牙〔名〕（哺乳動物的）犬齒、虎牙、獠牙
牙を立てる（張口要咬的樣子）立てる 経てる 建てる 絶てる 発てる 断てる 裁てる
牙に掛ける（咬）掛ける 書ける 書ける 欠ける 賭ける 駆ける 架ける 描ける 翔ける
猪の牙（野豬牙）
牙を噛む（咬牙切齒）噛む 咬む
牙を研ぐ（磨牙、準備加害）研ぐ 磨ぐ 砥ぐ
牙を鳴らす（咬牙懊悔、露出敵意）鳴らす 慣らす 馴らす 成らす 生らす 為らす 均す
牙を剥く（露出獠牙、準備加害）剥く 向く
牙を剥き出し、物凄い勢いを示す（張牙舞爪、氣勢洶洶）示す 湿す

歯〔名〕齒，牙，牙齒、（器物的）齒
歯の根（牙根）
歯の跡（牙印）
歯を磨く（刷牙）
歯を穿る（剔牙）
歯を埋める（補牙）
歯を入れる（鑲牙）
歯を抜く（拔牙）
歯が痛む（牙疼）
歯が生える（長牙齒）
歯が一本抜けている（掉了一顆牙）
此の子は歯が抜け代わり始めた（這孩子開始換牙了）
歯を剥き出して威嚇する（齜牙咧嘴進行威嚇）
歯車（齒輪）
鋸の歯（鋸齒）
櫛の歯（梳子的齒）
下駄の歯（木屐的齒）
歯が浮く（倒牙、牙根活動、令人感到肉麻）

歯が立たない（咬不動、比不上，敵不過，不成對手）
歯に合う（咬得動、合口味，合得來）
歯に衣を着せない（直言不諱、打開窗戶說亮話）
歯の抜けた様（殘缺不全、若有所失，空虛）
歯の根が合わない（打顫、發抖）
歯の根も食い合う（親密無間）
歯の根を鳴らす（咬牙切齒）
歯亡び舌存す（齒亡舌存、剛者易折柔者長存）
歯を食い縛る（咬定牙關）
歯を切す（咬牙切齒）
歯を出す（斥責、怒斥）

芽（一ㄚˊ）

芽〔漢造〕芽、徵兆
麦芽（麥芽）
嫩芽（嫩芽=若芽、新芽）
発芽（發芽）
腋芽（腋芽、側芽）
肉芽（肉芽、腋芽）
萌芽（萌芽、徵兆）

芽球〔名〕〔植〕微芽、原芽

芽茎〔名〕〔植〕匍匐莖(=走根)

芽型〔名〕〔植〕幼葉捲疊式、多葉捲疊式

芽胞〔名〕芽苞、孢子(=胞子)
芽胞体（孢子體）

芽〔名〕〔植〕芽
草木の芽が出る（草木發芽）草木 草木
大根の芽が出る（蘿蔔出芽）
芽が出る（運氣來到）芽 目 眼 女 雌
事業の芽が出る（事業有成功的跡象）
芽を吹く（抽芽）吹く 拭く 噴く 葺く
柳が芽を吹く（柳樹冒芽）
芽の内に摘む（在萌芽時摘掉）摘む 積む 詰む 抓む

目〔接尾〕（接在數詞下面表示順序）第…
（接在形容詞詞幹下表示程度）…一點兒的
（接在動詞連用形下表示正在該動作的開始處）區分點、分界線
三年目（第三年）

一

二人目（第二人）
二回目（第二回）
二日目（第二天）
三代目（第三代）
五日目（第五天）
二番目（第二個）
四番目の娘（第四個女兒）
二枚目（第二張）
五枚目の紙（第五張紙）
二つ目（第二個）
二度目（第二次）
二時間目（第二小時）
二合目（第二回合）
五番目の問題が解けなかった（第五道問題沒能解出來）
角を曲がって三軒目の家（轉過拐角第三間房屋）
少し長目に切る（稍微切長一些）
ハムを厚い目に切る（把火腿切厚些）
スカートを短目に作る（把裙子做短一點）
早目に行く（提早一點兒去）
幾分早目に出掛ける（提早一點兒出發）
風呂に水を少な目に張る（洗澡水少放些）
茶を濃い目に入れる（茶泡濃些）
大き目の方を選ぶ（挑選大一點兒的）
物価の上がり目（物價正在開始上漲時）
気候の変わり目（氣候轉變的當兒）
此処が勝敗の別れ目（這裡是分別勝敗之處）
落ち目に為る（走下坡）
死に目、死目（臨終）
境目（交界線、分歧點）
割れ目（裂縫）

目、眼、瞳〔名〕眼睛，眼珠，眼球、眼神、眼光，眼力、眼，齒，孔，格、點、木紋、折痕、結扣、重量、度數

〔形式名詞〕場合，經驗、外表，樣子（=格好）

目で見る（用眼睛看）
目が潤む（眼睛濕潤了）
目を開ける 開ける（睜開眼睛）
目の保養を為る（飽眼福）
目を閉じる（閉上眼睛）
目を擦る（揉眼睛）擦る
目を瞑る（閉上眼睛，死、假裝看不見，睜一眼閉一眼）
今回は目を瞑って下さい（這次請你裝成沒看見）
私は未だ目を瞑る訳には行かない（我現在還無法瞑目）
目の縁が黒ずんでいる（眼眶發青）
目に映る（看在眼裡、映入眼簾）移る写る遷る
始めて御目に掛かる（初次見面）
目を吊り上げる（吊起眼梢〔發火〕）
御目に掛かる（〔敬〕見面、會面=会う）
御目に掛ける（〔敬〕給…看、請您看=見せる）
目を掛ける（照顧、照料）
目が飛び出る（價錢很貴）
目が覚める（睡醒、覺醒、醒悟、令人吃驚）醒める冷める褪める
目の覚める様な美人（令人吃驚美人）
やっと目が覚めて真人間に為る（好不容易才醒悟而重新做人）
目が潰れる（瞎）
窪んだ目（塌陷的眼睛）
目が無い（非常愛好、熱中、欠慮）
怒りの目（憤怒的眼光）怒り
彼は酒に目が無い（他很愛喝酒）
笑みを浮かべた目（含笑的眼神）
ダンスに目が無い（跳舞入迷）
愛情に溢れた目で見る（用充滿愛情眼光看）
若い者は目が無い（年輕人不知好歹、年輕人做事沒分寸）
目から鼻へ抜ける（聰明伶俐）
目から火が出る（大吃一驚）
目と鼻の間（非常近、近在咫尺）間
違った目で見る（另眼相看）

学校と銀行とは目と鼻の間に在る（學校和銀行非常近）
目に余る（看不下去、不能容忍）
相手の目を避ける（避一下對方的眼光）
目に余る行為（令人不能容忍的行為）
目に障る（礙眼、看著彆扭）
目に為る（看見、看到）
目に付く（顯眼＝目に立つ）
変な目で見る（用驚奇的眼神看）
目に見えて（眼看著、顯著地）
羨 まし然うな目で見る（用羨慕的目光看）
目に見えて上達する（有顯著進步）
目の色を見て遣る（看眼色行事）
目にも留まらぬ（非常快）
目が回る（眼花撩亂、非常忙）
忙しくて目が回り然うだ（忙得頭昏眼花）
目の敵（眼中釘）
目が冴える（眼睛雪亮、睡不著）
益益目が冴えて眠れない（越來越有精神睡不著覺了）
目も当てられぬ（慘不忍睹）
目に這入る（看到、看得見＝目に触れる、目に留まる）
汚くて目も当てられぬ（髒得慘不忍睹）
目も呉れない（不加理睬）
目で目は見えぬ（自己不能看見後腦勺）
目を疑う（驚奇）
目に入れても痛くない（覺得非常可愛）
彼は孫を目の中に入れても痛くない程可愛がっている（他非常疼愛孫子）
目を配る（注目往四下看）
目に角を立てる（豎起眼角冒火、大發脾氣）
目を暗ます（使人看不見、欺人眼目）
目を凝らす（凝視）
目も一丁字も無い（目不識丁、文盲）
目を通す（通通看一遍）
一寸目を通す（過一下目）

目を留める（注視）
目には目を歯には歯を（以眼還眼以牙還牙）
カーペットの上の足跡に留まった（看到地毯上的腳印）
目にも留まらぬ（非常快）
目の上の瘤（經常妨礙自己的上司）
彼等に取って君は目の上のたん瘤のだ（他們把你視為眼中釘）
目にも留まらぬ速さで飛んで行った（很快地飛過去了）
目に物を見せる（懲治、以儆傚尤）
目の下（眼睛下面、魚的眼睛到尾巴的長度）
目に物を見せたら足を洗うだろう（給他教訓一番就會洗手不幹吧！）
目を離す（忽略、不去照看）
目の薬（眼藥、開開眼）
目を光らす（嚴加監視、提高警惕）
目の付け所（著眼點）
目は毫末を見るも其の睫を見ず（目見毫末不見其睫）
目は能く百歩の外を見て、自ら其の睫を見る能わず（目能見百步之外不能自見其睫）
目を丸くする（驚視）
目を奪う（奪目、看得出神）
目を剥く（瞪眼睛）
目を掩て雀を捕る（掩目捕雀、掩耳盜鈴）
目を喜ばす（悅目、賞心悅目）
目を塞ぐ（閉上眼假裝不看、死）
目の黒い内（活著時候、有生之日）
目がくらくらする（頭暈眼花＝目が眩む）
俺の目の黒い内はそんな事は為せない（只要我活著覺不讓人做那種事）
きらきら光る目（炯炯發光的眼）
目がきらきら光る（兩眼炯炯有神）
黒い目（黑眼珠）
目を見張る（睜開眼睛凝視、瞠目而視）
鵜の目鷹の目（比喻拼命尋找）
目を皿に為る（睜開眼睛拼命尋找）
魚の目（雞眼）

一

目の正月を為る（大飽眼福）
目で知らせる（用眼神示意）
目の梁を去る（去掉累贅）
目の色を変える（〔由於驚訝憤怒等〕變了眼神）
目は口程に物を言う（眼神比嘴巴還能傳情）
目が高い（有眼力、見識高）
目が物を言う（眼神能傳情）
彼は目が高くて南米との貿易を始めた（他有眼光而開始跟南美貿易）
目が利く（眼尖、有眼力）
遠く迄目が利く（視力強可以看得遠）
目が弱い（視力衰弱）
目が良い（眼尖、有眼力）
目が肥える（見得廣）
目は心の鏡（看眼神便知心）
彼の姿は不図目に留まる（他的影子突然映在眼裡）
目を引く（引人注目）
目を起す（交好運）
人の目を引く様に店を飾り立てる（為了引人注目把店鋪裝飾一新）
警察は彼に目を付けている（警察在注意他）
目を掠める（秘密行事、偷偷做事）
目を戻す（再看）
目を盗む（秘密行事、偷偷做事）
目を着ける（著眼）
親の目を盗んで彼の子は良く遊びに出る（那孩子常背著父母偷偷地出去玩）
人民の目には全く狂いが無い（人民眼睛完全沒有錯的）
目が詰んでいる（編得密實、織得密實）
目が届く（注意周到）
台風の目（颱風眼）
鋸の目（鋸齒）
櫛の目（梳齒）
碁盤の目（棋盤的格）
針の目（針鼻）
采の目（骰子點）

采の目を数える（數骰子點）
物差の目（尺度）
秤の目（秤星）
温度計の目（溫度計的度數）
法律家の目（法律家的看法）
目が切れる（重量不足、不足秤）
目を盗む（少給份量、少給秤）
目の細かい板を選ぶ（選擇細木紋的木板）
折目がきちんと為たズボン（褲線筆直的西裝褲）
結び目が解ける（綁的扣開了）
目が坐る（兩眼發直）
目が輝く（眼睛發亮）
目から涙が溢れ出る（眼淚奪眶而出）
目が光る（目光炯炯）
目から火花が出る（兩眼冒金星）
目が引っ込む（眼窩都塌了）
目と目を見合わせる（對看了一下）
目が塞がる（睜不開眼睛）
目に付かない（看不見的）
目が眩しい（刺眼）
目に霞が掛かる（眼睛朦朧、看不清楚）
目が廻す（頭暈眼花）
目に露を宿す（兩眼含淚、眼睛都紅了）
目が見えなく為った（眼睛瞎了）
目に涙を湛えている（眼淚汪汪的）
目の当りに見る（親眼看見）
目に這入らない（視若無睹）
此の目で見る（親眼目睹）
目には如何映したか（對…印象如何？）
目も当てられない（目不忍睹、不敢正視、不忍看）
目の中がちらちらする（兩眼冒金星、眼花一閃一閃地）
目の縁が赤く為る（眼圈發紅）
目の縁が潤む（眼睛有點濕潤了）
目の前に浮かぶ（浮現在眼前）
目の間を縮める（皺眉頭）
目は鋭い（目光敏銳）

目も合わない（合不上眼）
目は節穴同然だ（有眼無珠）
目を怒らして見る（怒目而視）
目をきょろきょろさせる（東張西望）
目をしょぼしょぼさせる（眼睛睜不開的樣子）
目を白黒させる（翻白眼）
目を背ける（不忍正視、把眼線移開）
目を醒ます（醒來）
目を醒まさせる（使…清醒、使…醒悟）
目を据えて見る（凝視）
目を凝らす（凝視）凝らす
目を楽しませる（悅目）
目を泣き腫らす（把眼睛哭腫了）
目を瞬く（眨眼）
目を細くする（瞇縫著眼睛）
目をぱちくりする（眨眼貌）
目をぱちぱちさせる（直眨著眼睛）
目をぱっちり開けて見る（睜開大眼睛看）
目を見開く（睜大了眼睛）
目を未来に開く（放開眼睛看未來）
目を向ける（面向、看到、把眼睛盯著、把眼光向著）
良い目を見る（碰到好運氣）
負い目が有る（欠人情、對不起人家）
鬼の目にも涙（鐵石心腸的人也會流淚、頑石也會點頭）
白い目で見る（冷眼相待）
長い目で見る（眼光放遠、從長遠觀點看）
流し目を送る（送秋波）
色目を使う（送秋波、眉目傳情、發生興趣）
日の目を見る（見聞於世、出世）
目が行く（往…看）
目を遣る（往…看）
目が堅い（到深夜還不想睡）
目が眩む（不能做正確判斷、鬼迷心竅）
目が散る（眼花撩亂）
目から鱗が落ちる（恍然大悟）

目で見て口で言え（弄清楚情況再說出來）
目と鼻の先（近在咫尺、眼跟前＝目と鼻の間）
目に青葉（形容清爽的初夏）
目に染みる（鮮豔奪目）
目に物言わせる（使眼色、示意）
目に焼き付く（一直留在眼裡、留強烈印象）
目の皮が弛む（眼皮垂下來、想睡覺）
目の毒（看了有害、看了就想要）←→目の薬
目を逆立てる（怒目而視）
目を三角に為る（豎眉瞪眼）
目を据える（凝視、盯視、目不轉睛）
目が据わる（〔因激怒醉酒等〕目光呆滯）
目を血走らせる（眼睛充滿血絲）
目を走らせる（掃視、掃視了一眼）
目を伏せる（往下看＝目を落とす）
傍目八目（旁觀者清）
大目に見る（不深究、寬恕、原諒）
親の欲目（孩子是自己的好）
刮目に値する（值得拭目以待）
空目を使う（假裝沒看見、眼珠往上翻）
衆目の一致する所（一致公認）
十目の見る所（多數人一致公認）
注目の的（注視的目標）
遠目が利く（看得遠）
二階から目薬（無濟於事、毫無效果、杯水車薪）
猫の目に様に（變化無常）
贔屓目に見る（偏袒的看法）
人目が煩い（人們看見了愛評頭論足）
見る目が有る（有識別能力）
目顔で知らせる（使眼色、以眼神示意）
目頭が熱く為る（感動得要流淚）
目頭を押さえる（抑制住眼淚）
目算を立てる（估計、估算）
横目を使う（使眼色、睨視、斜著眼睛看）
弱り目に祟り目（禍不單行、倒楣的事接踵而至）

一

脇目も振らず（聚精會神、目不旁視、專心致志）

酷い目に会う（倒楣了、整慘了）

酷い目に会わせる（叫他嘗嘗厲害）

嫌な目に為る（倒了大楣）

今迄色んな目に会って来た（今天為止嘗盡了酸甜苦辣）

彼の男の為に酷い目に見た（為了那人我吃盡了苦頭）

見た目が悪い（外表不好看）

見た目が良い（外表好看）

此の鞄は見た目が良いが、余り實用的ではない（這皮包外表好看但不大實用）

御目、お目〔名〕目，眼睛、看，眼力

御目が利く（有眼力、有鑑賞力）

御目が高い（眼力高）

御目に掛かる（〔会う的自謙語〕見面、會面）

初めて御目に掛かります（〔初次見面的客套話〕我初次見到您、久仰久仰、您好）

貴方には前に一度御目に掛かった事が有ります（我以前曾見過您一次）

彼の方には良く御目に掛かります（我常見到他）

ちっとも御目に掛かりません（我總是沒看見他）

佐藤さんに御目に掛り度いのですが（我想見見佐藤先生）

久しく御目に掛りませんでした（好久沒見面了、久違久違）

此処で御目に掛かれて嬉しゅう御座います（能在這裡見到你我很高興）

明日又御目に掛かります（明天再見）

思い掛けない所で御目に掛かりました（想不到在這裡見到了您）

（〔見せる的自謙語〕給人看、送給觀賞、贈送）

何を御目に掛けましょうか（給您看點什麼好呢?您要看什麼?）

何でも御目に掛けます（您要看什麼都可以）

御目に掛ける様な品は有りません（沒有值得您一看的東西）

此の本を貴方に御目に掛けます（這本書給您看看）

此れは御年玉の印に御目に掛けます（這是作為祝賀新年的一點小意思贈送給您）

御目に止まる（〔敬〕受到注意、受到賞識、被看中）

選手の奮闘が首相の御目に止まる（運動員的奮戰受到總理的注意）

彼の画が御目に止まりましたか（您看中了哪幅畫呢?）

奴〔接尾〕（接在體言下）（表示輕蔑）（有時對晚輩表示輕蔑）東西，傢伙、（表示自卑）鄙人，敝人

畜生奴（混蛋東西、兔崽子）奴目女芽雌

此奴奴（這小子、這個小子）

馬鹿奴（渾小子、混蛋東西）

親爺奴（老小子、老頭子）

此の私奴を御許して下さい（請寬恕我吧!）

牝、雌、女〔造語〕牝、雌、母←→牡、雄、男

牝牛（母牛）

牝花（雌花）

牝螺子（母螺絲）

女〔名、造語〕〔古〕女人，女性←→男、妻、雌，牝

女の子（女孩子）

女の童（女童、女孩）

女雛（扮成皇后的偶人）

端女（女傭）

女神（女神）

本の女（前妻）

女夫，夫婦，妻夫，夫婦（夫婦）

生まず女（石女）

手弱女（窈窕淑女）

女狐（牝狐）

女花（雌花）

女牛（牝牛）

馬〔漢造〕馬

駿馬、駿馬（駿馬）

馬手、右手（持韁繩的手，右手，右方，右側）←→弓手、左手

馬手に刀を持っている（右手執刀）刀刀

馬頭（〔佛〕馬面（地獄中的馬頭獄卒）←→牛頭）

牛頭馬頭（牛頭馬面）

芽ぐむ、萌む〔自五〕萌芽
　草木が芽ぐむ（草木發芽）草木草木

芽差す〔自五〕萌芽（=芽ぐむ、萌む）
　草木が芽差す（草木發芽）

芽出し〔名〕出芽，發芽、發出來的芽，嫩芽，新芽（=芽立ち）
　芽出し播き（出芽播種）播き巻き撒き蒔き捲き

芽立つ〔自五〕萌芽（=芽ぐむ、萌む、芽差す）

芽立ち〔名〕出芽，發芽，發出來的芽，嫩芽，新芽（=芽出し）

芽接ぎ、芽接〔名、他サ〕接芽、接芽法（一種接木法）

芽出度がる、目出度がる〔自五〕感覺可喜、感到高興

芽出度い、目出度い〔形〕可喜可賀的，吉慶的，吉利的、幸運的、順利的、有點傻瓜的，腦筋簡單的（=御目出度い）。〔俗〕死。〔古〕美麗的、漂亮的、豪華的
　目出度い日（吉慶的日子）
　目出度い前兆（吉慶的前兆）
　今日は息子が結婚する目出度い日だ（今天是兒子結婚的大喜日子）
　家中揃って元気に暮しているのは目出度い（家人團聚康泰地生活真是可喜可賀）
　御目出度い事が続く（喜事接連不斷）
　目出度く入学する（順利地入學）
　目出度い結末（順利的結束）
　運動会は目出度く終った（運動會順利結束了）
　物語は目出度く終わった（故事以大團圓結束了）
　一生懸命勉強して目出度く試験にパスした（很用功順利地通過了考試）
　彼の男は少々御目出度い（那傢伙有點傻、那傢伙有點蠢）
　御目出度い人（頭腦簡單的人）
　世の中が甘いと思うのは御目出度いです（認為世界是甘美的未免太愚蠢）
　御目出度い（〔俗〕過世）
　御目出度く為る（〔俗〕死）
　最も目出度き御住まい（非常漂亮的住宅）

御芽出度い、御目出度い〔形〕（目出度い、芽出度い的鄭重說法）可喜，可賀、忠厚、憨厚，愚傻，過分老實、過分樂觀、過於天真
　御目出度い事（喜事）
　其は御目出度い（那可是大喜）
　御目出度い前兆（吉祥之兆）
　彼の男は少々御目出度い（那個人有點傻氣）
　其は知らんとは君も余程御目出度いね（這件事情你都不知道你可實在太傻氣了）
　其は少し御目出度い考え方だ（那種想法有點過於樂觀）
　其は真に受ける程御目出度くは無い（決不會天真到那種程度把它信以為真）

御芽出度、御目出度〔名〕（結婚、懷孕、分娩等）喜慶事
　御正月から御目出度続きですね（新年以來您洗事重重的）
　御嬢さんは近近御目出度だ然うですね（聽說您的女兒最近要結婚了）近近
　御目出度は何時でしたかね（你什麼時候結的婚？）

御芽出度う、御目出度う〔感〕恭喜恭喜、可喜可賀（=御目出度う御座います）
　新年御目出度う（御座います）（恭賀新喜、新年恭喜、新年好）
　合格した然うで御目出度う（聽說你被錄取了可喜可賀）
　御全快の由御目出度う（御座います）（〔書信用語〕聽說您病已痊癒實在可喜、祝賀您病已痊癒）
　御目出度うを言う（道喜、祝賀、致賀詞）

芽生える〔自下一〕發芽、事物的萌芽，發端
　草木が芽生える（草木發芽）草木草木
　二人の間に友情が芽生える（兩個人之間產生了友情）
　新しい思想が芽生える（新思想萌芽了）

芽生え、芽生〔名、自サ〕發芽，出芽、萌芽

芽生えから育てた木（從一發芽就培養大了的樹）
　芽生えから観察する（從發芽開始觀察）
　現代文学の芽生え（現代文學的萌芽）
　愛の芽生え（愛情的萌芽）
　此の作品にはロマン主義の芽生えが見られる（在這作品裡可以看到浪漫主義的萌芽）
　芽生えの内に摘み取る（防患於未然）
芽吹く〔自五〕（草木）冒芽
　新芽が芽吹く（新芽吐綠）
　柳が芽吹く（柳條發青）

涯（一ㄚˊ）

涯〔漢造〕水邊、邊際
　水涯（水邊）
　天涯（天邊）
　生涯（一生）
涯分〔名、副、自サ〕合乎身分（=身の程）、盡全力，盡可能（=精一杯）
　涯分を尽くす（〔根據個人身份〕盡力而為）尽す

亜（亞）（一ㄚˇ）

亜〔接頭、造語〕亞，次，第二。〔化〕亞（表示無機酸中氧原子較少）、外語音譯
　南アジア亜大陸（南亞次大陸）
　亜米利加、アメリカ（美國）
　亜細亜、アジア（亞洲）
　亜刺比亜、アラビア（阿拉伯）
亜沿岸帯〔名〕〔地〕亞濱海帶
亜鉛〔名〕〔化〕鋅。〔俗〕鍍鋅薄鐵板，白鐵皮，馬口鐵（=亜鉛、トタン）
　亜鉛鉱（鋅礦）
　亜鉛葺きの屋根（用白鐵皮蓋的屋頂）
　亜鉛引き（〔化〕鍍鋅、包鋅）
　亜鉛黄（〔化〕鋅鉻）
　亜鉛凸版（鍍鋅鐵皮、トタン板）
　亜鉛鉄板（鍍鋅鐵皮、馬口鐵=トタン板）
　亜鉛版（鋅版）
　亜鉛鍍金（〔化〕鍍鋅）
　亜鉛華（〔化〕氧化鋅、鋅白）
　亜鉛素酸（〔化〕亞氯酸）
　亜鉛華軟膏（氧化鋅軟膏）
　亜鉛華絆創膏（氧化鋅橡皮膏）
亜欧〔名〕亞洲和歐洲
亜音速〔名〕〔理〕亞音速、亞聲速
亜科〔名〕〔生〕（動植物分類上的）亞目
亜寒帯〔名〕〔地〕亞寒帶←→亜熱帯
亜寒帯植物（亞寒帶植物）
亜灌木〔名〕〔植〕亞灌木
亜脚〔名〕〔動〕偽足、疣足、側足
亜喬木〔名〕〔植〕亞喬木
亜現役表〔名〕〔軍〕後備役官兵名冊、退役官兵名冊
亜現役部隊〔名〕〔軍〕已退役的後備隊
亜高山帯〔名〕亞高山帶
亜高木〔名〕〔植〕亞喬木（=高木）
亜綱〔名〕亞綱（生物分類學上綱、目之間的一級）
亜酸化窒素〔名〕〔化〕一氧化二氮、笑氣
亜酸化銅〔名〕〔化〕氧化亞銅、赤色氧化銅
　亜酸化銅整流器（氧化亞銅整流器）
亜種〔名〕〔生〕亞種
亜硝酸〔名〕〔化〕亞硝酸
　亜硝酸塩（亞硝酸鹽）
　亜硝酸カリウム（亞硝酸鉀）
亜聖〔名〕亞聖
亜成層圏〔名〕〔地〕亞等溫層、亞平流層
　亜成層圏で飛ぶ（在副平流層中飛行）飛ぶ跳ぶ
亜族〔名〕〔生〕亞族
亜属〔名〕〔生〕亞屬
亜炭〔名〕〔礦〕褐煤
亜低木〔名〕〔植〕亞灌木
亜土壌〔名〕〔地〕亞層土、〔農〕底土，下層土
亜熱帯〔名〕〔地〕亞熱帶、副熱帶←→亜寒帯
亜砒酸〔名〕亞砷酸
亜麻〔名〕亞麻
　亜麻油（亞麻油）
　亜麻科（亞麻科）
亜麻子〔名〕亞麻仁（=亜麻仁）

亜麻仁 〔名〕亞麻仁、亞麻籽
　亜麻仁油（亞麻仁油）
亜目 〔名〕〔生〕亞目
亜門 〔名〕〔生〕亞門
亜流 〔名〕追隨者、模仿者（=エピゴーネン Epigonen 德）
　彼は朱子の亜流だ（他是朱子的追隨者）
　彼はピカソ Picasso の亜流に過ぎない（他不過是畢卡索的模仿者）
亜硫酸 〔名〕〔化〕亞硫酸
　亜硫酸法（亞硫酸鹽製紙漿法）
　亜硫酸パルプ pulp（亞硫酸鹽紙漿）
　亜硫酸塩（亞硫酸鹽）
　亜硫酸漂白（亞硫酸漂白）
　亜硫酸ソーダ soda（亞硫酸鈉）
　亜硫酸ガス gas（二氧化硫）
亜燐酸 〔名〕〔化〕亞磷酸
亜鈴、啞鈴 〔名〕啞鈴
　啞鈴体操（啞鈴操）
　啞鈴体操を遣る（作啞鈴操）
　啞鈴一対（一對啞鈴）
　啞鈴模型（〔化〕啞鈴模型-簡單分子的模型）
亜瀝青炭 〔名〕次煙炭

唖（啞）（ーㄚˇ）

唖 〔漢造〕啞
　盲唖（盲啞）
　聾唖（聾啞）
　唖者（啞巴=唖、啞）
唖然 〔副、形動〕目瞪口呆
　意外の出来事に唖然と為る（事出意外不禁啞然）
　唖然と為て声も出ない（啞口無言）
唖鈴、亜鈴 〔名〕啞鈴
　啞鈴体操（啞鈴操）
　啞鈴体操を遣る（作啞鈴操）
　啞鈴一対（一對啞鈴）
　啞鈴模型（〔化〕啞鈴模型-簡單分子的模型）
唖 〔名〕啞巴、不會說話、啞口無言
　彼は生まれ付き唖だ（他生來就是啞巴）
　唖の振りを為る（裝啞巴）
　唖に為る（成了啞巴）
　唖の一声（千載難逢的事）一声一声
　唖が物言う（絕無僅有的事）
　唖の夢（心裡明白嘴說不出來）
　唖問答（彼此有話講不通）
唖聾 〔名〕啞巴（=唖）
唖 〔名〕啞巴（=唖）
盲、瞽 〔名〕瞎目、瞎人、文盲、沒有見識的人（=盲、明盲）←→目明き
　盲に為る（失明）
　明盲（文盲、睜眼瞎）
　怪我を為て盲に為った（受傷失明）
　盲の人は杖を使う（盲人使用手杖）遣う
　生まれ付きの盲（天生的瞎子）
　盲千人目明き千人（社會上的人好壞參半）
　盲に眼鏡（瞎子戴眼鏡、白費事）眼鏡
　盲蛇に怖じず（初生之犢不怕虎）
　盲の垣覗き（徒勞無益、白費勁）
　盲に提灯（瞎子點燈白費蠟）
　盲に抜身（毫無反應）
　私は盲で字が書けません（我是文盲不會寫字）
　彼は字の読めない盲だ（他是目不識丁的文盲）
　絵に就いては私は全くの盲です（對於繪畫我可是全沒見識）
聾 〔名〕聾子、嗅覺不靈、煙袋不透氣
　聾に為る（聾了）為る生る鳴る成る
　騒音で聾に為り然うだ（噪音簡直要把耳朵震聾了）
　聾に為る（使人成為聾子）擦る磨る掏る擦る摺る刷る摩る
　鼻聾（聞不到氣味）
　聾の早耳（沒懂裝聽懂、亂加推測、好話聽不見壞話聽得清）
　聾の立聴（聾子偷聽 聾子聽聲 不自量力）
　聾桟敷（劇場最後邊或三四層樓上聽不到唱詞的看台、最遠的坐位看戲、喻局外的不重要的地位）
　聾桟敷で芝居を見る（在最遠的坐位看戲）

聾桟敷に置かれる（被當作局外人、被安放在不重要的地位）置く擱く措く
私丈聾桟敷に置かれて何も知らなかった（就我一個人被蒙在鼓裡什麼也不知道）
聾地帯（〔廣播〕敷層面積不易收聽區域、收聽不清地區=ブランケット、エリア）
聾、耳廢〔名〕聾（=聾）
足萎え、蹇、跛〔名〕瘸子、癱子（=跛、跛、躄）
跛〔名、形動〕跛腳，瘸子（=跛）。不成雙，不成對
　片跛（一條腿瘸）
　跛に為る（腿瘸了）
　此の靴は跛だ（這鞋不是一雙）
　跛の靴下（不成雙的襪子）
跛〔名〕腿瘸，跛腳（的人）（=跛）。不成雙，不成對（=片跛）
　跛を引く（拖著瘸腿）
　跛の馬（瘸馬）
　跛の箸（不成雙的筷子）
　慌てて靴を跛に穿く（慌慌忙忙穿了不成雙的鞋）
　片方が壊れて跛に為る（壞了一個不成對了）
躄、膝行〔名〕（兩腿坐地）向前蹭行、癱子
　躄這（坐著向前蹭）

雅（ㄧㄚˇ）

雅〔漢造〕高雅、風雅
　文雅（文雅）
　典雅（典雅、雅致）
　風雅（風雅、雅緻）
　温雅（溫雅、溫柔典雅）
　優雅（優雅）
　清雅（清高優雅）
雅歌〔名〕風雅的詩歌。〔宗〕（舊約中的）雅歌
雅会〔名〕（詩人和藝術家等的）雅會
雅懐〔名〕優雅情懷、風流雅興（指欣賞風花雪月及賦詩吟歌等）
雅客〔名〕雅人、騷人墨客
雅楽〔名〕（古代宮廷中演奏的）雅樂、宮廷古樂
　雅楽を演奏する（演奏雅樂）

雅兄〔名〕雅兄（男人寫信時對朋友的尊稱）（=大兄、尊兄）
雅言〔名〕文雅之言，雅語、平安時代的文學語言，（和歌中使用的）中古語言←→俚言
　雅言を用いる、和歌を作る（用雅言作和歌）作る造る創る
雅言〔名〕（古時和歌中使用的）雅語、優美的語言（=雅びた言葉）
雅語〔名〕雅語（詩歌或俳句中用的詞語）（=雅言）←→俚語、俗語
雅号〔名〕（詩人、畫家、書法家等用的）雅號、筆名←→本名
　雅号を使う（使用筆名）使う遣う
　雅号を付ける（取個筆名）付ける漬ける着ける就ける突ける衝ける附ける
　夏目金之助の雅号は漱石と言う（夏目金之助的筆名叫漱石）言う云う謂う
雅趣〔名〕雅趣
　雅趣に富む（頗富雅趣）
　雅趣に富んだ庭（富有雅趣的庭院）
雅馴〔名、形動〕（文章）雅暢、文雅通順
雅称〔名〕雅號
　湖南省の雅称は芙蓉国と云う（湖南省的雅稱叫芙蓉國）
雅人〔名〕雅人、風流人
雅俗〔名〕雅俗、雅語和俗語
　雅俗混淆（雅俗混淆）
　雅俗折衷（雅俗折中）
　老少雅俗の別無く（不論老少雅俗）
雅致〔名〕雅緻、風趣
　其の庭は雅致の有る造りだ（那個庭院的構造很雅緻）有る在る或る
　雅致に富む（富於風趣）
雅文〔名〕優雅的文章、日本平安時代的假名文、擬古文,仿古文←→俗文
雅味〔名〕雅緻、風雅
　此の本は雅味が有る（這本書很風雅、此書有雅趣）
雅名〔名〕雅名、雅號（=雅号）
　豆腐の雅名は白壁と言う（豆腐的雅名叫做白壁）
雅量〔名〕雅量、寬宏大度

雅量を示す（表示雅量）示す 湿す
人を容れる雅量が有る（有容人的雅量）容れる 入れる 要れる 射れる 居れる
彼は雅量が有る（他有雅量）
雅量に乏しい（缺乏容人之量）乏しい 欠しい

雅 〔名、形動〕風雅、風流、雅緻、瀟灑
　雅心（雅量）
　雅男（風雅之士）
　雅を競う（競風雅）

雅男 〔名〕風雅的男子、風流瀟灑的男子

雅やか 〔名、形動〕風雅、風流
　装飾が雅やかだ（裝飾風雅）
　雅やかな舞（風雅的舞蹈）
　雅やか儀式（優美的儀式）

雅びた 〔連体、連語〕文雅、雅緻
　雅びた風俗（美好的風俗）
　雅びた人（風雅之士）

軋（一ㄚˋ）

軋 〔漢造〕碾壓、排擠（＝軋る）

軋轢 〔名〕傾軋、衝突、摩擦、不和、糾紛
　社内の軋轢が酷い（公司內部互相傾軋很嚴重）
　軋轢を避ける（避免衝突）避ける 避ける 除ける 除ける
　彼等の間に軋轢が生じた（他們之間發生了衝突）生じる 請じる 招じる
　両国間の軋轢が激しく為る（兩國間的衝突加劇）激しい 烈しい

軋む 〔自五〕（物體摩擦）吱吱作響、傾軋
　廊下がみしみしと軋む音が為る（走廊嘎吱嘎吱地作響）
　戸が軋む（門嘎吱嘎吱響）
　戸の蝶番が軋む（門上合葉嘎吱嘎吱響）

軋めく 〔自五〕摩擦或發澀吱吱作響
　ひっそりと階段が軋めいた（樓梯靜悄悄地吱吱作響）

軋る 〔自他五〕（摩擦）發嘎吱嘎吱響、傾軋（＝軋む）、緊緊貼靠、咬，嚙
　戸が軋る（門嘎吱嘎吱響）
　レールの軋る音（鐵軌的輾軋聲）音 音 音
　ドアの軋る音が為た（門嘎吱嘎吱作響）

訝（一ㄚˋ）

訝 〔漢造〕驚疑、驚異
　怪訝（詫異、莫名其妙）

訝る、訝かる 〔他五〕懷疑、納悶、詫異（＝怪しむ）
　私の言う事を素直に受け取らないで頻りに訝る（他不老老實實地聽信我的話而不斷地猜疑）
　心中頻りに訝る（心裡直納悶）心中 心中

訝しい 〔形〕奇怪的、令人詫異的、可疑的（＝疑わしい、不審、怪しい）
　彼の言動に訝しい所が有る（他的言行有可疑的地方）有る 或る 在る
　彼の言う事は随分訝しい（他說的事很可疑）言う 云う 謂う
　訝し然うな顔を為る（面現懷疑的臉色）擦る 刷る 揺る 磨る 摩る 掏る 摺る

訝しがる 〔他五〕覺得可疑、納悶（＝訝しいと思う）

訝しげ 〔形動〕覺得可疑的樣子、懷疑、納悶
　訝しげな態度（令人懷疑的態度）
　訝しげな目で見る（用懷疑的眼光看）
　彼女は訝しげに私を見た（她以奇怪的眼光看我）
　訝しげな顔を為ている（面泛懷疑的神色）
　訝しげに尋ねる（納悶地詢問）尋ねる 訪ねる 訊ねる 訪れる

訝しむ 〔他五〕覺得可疑、覺得奇怪、懷疑（＝怪しむ）

錏（一ㄚˋ）

錏、錣、錏 〔名〕盔下的護頸（用皮革或鐵片製成）

錏、錣 〔名〕粗糙銅錢、劣質銅錢（＝錏錢-室町時代至江戶時代通用的一種劣幣）

耶（ㄧㄝ）

耶〔名〕爺（稱父）、音字（耶馬台國）、莫耶劍
莫耶、莫邪（中國春秋時代刀工〝干將〞所鑄二把名劍之一-其妻〝莫邪〞將其頭髮放入爐中而鑄成）

耶穌〔名〕耶穌（＝イエス）
耶穌教（耶穌教、基督教）

噎（ㄧㄝ）

噎〔漢造〕食物塞住了喉嚨（＝噎ぶ，噎せぶ，咽ぶ，咽せぶ）

噎せる〔自下一〕噎住、嗆著、（因憤怒或悲傷而感到）胸口鬱悶
急に水を飲んで噎せる（急忙喝水噎住了）噎せる蒸せる咽る
煙草の煙に噎せる（因紙煙的煙打嗆）煙煙烟烟煙煙烟烟
彼女は煙草に噎せられて、頻りに咳き込む（她被香菸嗆著了一直咳嗽）
喉が噎せる（喉嚨噎住）喉咽
噎せる様な花の香り（撲鼻的花香）香り薰り馨り

噎せ返る，噎返る、咽せ返る、咽返る〔自五〕噎住，嗆著、窒息、悶人、抽泣
煙草の煙に噎せ返る（因紙煙的煙打嗆）煙煙烟烟煙煙烟烟
焚火の煙に噎せ返る（被爐火燻哭了）
噎せ返って咳き込む（嗆得直咳嗽）
部屋の中は噎せ返る暑さだ（屋裡熱得發悶）
顔を伏せて噎せ返る（低著頭抽搭地哭）伏せる臥せる
わっと許りに噎せ返って泣く（哇地抽搭地哭）泣く鳴く啼く無く

噎せっぽい〔形〕令人窒息的、嗆得很
室内は煙草の煙で噎せっぽかった（室內香菸味非常嗆）

噎せぼったい〔形〕噎得慌的、嗆得慌

噎ぶ，噎せぶ、咽ぶ、咽せぶ〔自五〕噎，嗆、抽泣，抽搭地哭（＝噎び泣く）
煙に噎ぶ（煙嗆得慌）煙煙烟烟煙煙烟烟

そんなに急いで飲むんじゃ有りません、噎びますわよ（別喝得那麼急會噎著的）急く堰く咳く
噎び乍ハンカチで涙を拭く（邊抽搭地哭邊用手帕擦眼淚）拭く吹く噴く葺く
感激の涙に噎ぶ（感激地抽泣）

噎び泣く、噎泣く〔自五〕抽泣
余程悔しかったらしく、自分の部屋で噎び泣いている（非常悔憤似地在自己的房間抽泣）
噎び泣き乍身の上話を為る（一邊抽泣一邊訴說身世）

噎び泣き、噎泣き〔名、自サ〕抽泣
彼女の噎び泣きを目の当りに為て涙を溢さぬ人は居なかった（看見她抽泣沒有人不掉下眼淚的）

噎び音〔名〕抽泣聲、抽搭、嗚咽

揶（ㄧㄝˊ）

揶〔漢造〕揶揄、嘲笑戲弄

揶揄〔名、自サ〕揶揄、奚落、嘲笑（＝からかう、嘲る）
勝手の人を揶揄しては行けない（不要隨便嘲弄人）
政客を揶揄した漫画（嘲笑政客的漫畫）政客政客
反対党の演説を揶揄する（奚落反對黨的演說）

椰（ㄧㄝˊ）

椰〔漢造〕椰子（＝椰子の木）

椰子〔名〕〔植〕椰子
椰子油（椰子油）
椰子の木（椰子樹）
椰子の実（椰子的果實）

爺（ㄧㄝˊ）

爺〔名〕〔俗〕老人、老頭子
爺や（老頭子、老僕）祖父祖父祖父祖父
御爺さん（老爺爺）

爺や〔名〕〔俗〕老人、老頭子
爺やを呼んで呉れ（把老僕替我叫過來）や（接在對人的稱呼下表示親暱）

爺〔名〕老頭、老人（=爺、年寄、老人）←→婆
　彼の爺は中中抜け目が無い（那位老頭子可精明得很）
　食えない爺（不好對付的老頭子）
　狸爺（老滑頭）

祖父〔名〕〔俗〕祖父、爺爺（=御祖父さん）

爺臭い〔形〕老裡老氣的、老氣橫秋的
　爺臭い様子を為ている（表現出老氣橫秋的樣子）爺婆祖父祖母

爺婆〔名〕老頭子和老太婆、老公公和老太太

爺穢い〔形〕骯髒的、邋遢的、老氣橫秋的
　爺穢い格好を為た人（衣著邋遢的人）格好恰好

爺〔名〕老頭、老人（=爺、年寄、老人）←→婆
　食えない爺（不好對付的老頭子）
　狸爺（老滑頭）

祖父〔名〕〔俗〕祖父、爺爺（=祖父）

爺爺〔名〕〔俗〕父親（下層社會用語）

爺〔漢造〕上年紀的男人
　老爺（老人、老爺=御爺さん）←→老婆
　好好爺（性情溫和的老人、好性情的老人）

爺〔名〕〔俗〕老人、老頭子
　御爺さん（老爺爺）
　爺や（老僕、老頭子）

御爺さん〔名〕老爺，老爺爺，老太爺，老先生，老公公，老頭子

御祖父さん〔名〕（祖父的尊稱或親密稱呼）祖父，公公，爺爺、外公，老爺，外祖父

御祖父様〔名〕（祖父的尊稱）祖父，爺爺，公公，外公，老爺，外祖父

御婆さん〔名〕（對老年婦女的稱呼）老太太、老奶奶
　御婆さん此処へ御掛け為さい（老奶奶這裡坐吧！）
　もうすっかり御婆さんに為った（已經是老太婆了）

御祖母さん〔名〕（祖母的敬稱）（口語的愛稱是御祖母ちゃん）祖母，奶奶，姥姥，外婆，外祖母
　御祖母さん此方へいらっしゃい（奶奶到這邊來）

　君の御祖母さんは御元気かい（你奶奶好嗎？）

御祖母様〔名〕（祖母的敬稱）祖母，奶奶、外婆，姥姥，外祖母
　御祖母様何卒此方へ（奶奶請到這邊來）
　貴方の御祖母様は御達者ですか（您的祖母身體好嗎？）

也（一ㄝˇ）

也〔漢造〕（用作漢語助詞）也、用作人名
　回也其庶乎（回也其庶乎）
　鉄也（鐵也）

也〔助動、ラ型〕〔古〕（表示斷定=だ、である）是、在（=に在る）、名叫，叫做（=と言う）、（接動詞終止形下）表示感動語氣（=わい）、表示推測，聽說（=様だ）
　千円也（一千元整）
　本日は晴天也（今日晴也）
　三国一の名山也（世界首屈一指之名山）
　大和なる法隆寺（在大和地方的法隆寺）なる為なり的連體形
　母なる人（做母親的人）なる的活用：なん、なり、ない、なる、なる、なれ、ない
　京都なる伯父の元に寄寓せり（寄居於京都的伯父家）
　偉大なる業績（偉大的業績）
　顔回なる者有り（有名叫顏回者）
　川中なる男（叫做川中的人）
　某なる者有り（有某氏者）某
　鹿ぞ鳴くなる（鹿鳴了）
　甚くさやげり也（聽說好像非常吵鬧）

態、形〔名〕體形，身材，個子、裝束，打扮，儀表
　態が大きい（身材高大）
　態は小さいが力は有る（個兒雖小力氣可大）
　態が構わない（不修邊幅）
　態が良い（衣冠整齊）
　男の態を為る（喬扮男裝）
　彼は水夫の態を為ている（他穿著水手的裝束）

此の態では人前へ出られない（這樣打扮見不得人）
そんな酷い態で行くと馬鹿に為れる（這樣寒傖打扮去了會受人輕視）

鳴り、鳴〔名〕聲、響
満座は暫く鳴りを静めた（全場一時鴉雀無聲）
鳴りを静める（突然鴉雀無聲、久無音訊）
先生が部屋に入って来ても学生達は鳴りを静めなかった（即使老師進了房間，學生們仍吵鬧不已）
鳴りを潜める（靜悄悄）
鈴の鳴りが良い（鈴的音好）鈴
此のベルは鳴りが悪い（這鈴聲壞了）
鳴りの良い楽器（聲音好聽的樂器）

冶（一せˇ）

冶〔漢造〕冶煉、妖豔
冶金（冶金）
冶工（冶工）
陶冶（陶冶、薰陶）
鍛冶、鍛冶（鍛造）
艶冶（妖豔）
遊冶郎（浪子、浪蕩公子）

冶金〔名〕冶金
冶金工場（冶金工廠、冶煉廠）工場工場
冶金コークス（冶金焦炭）
冶金学（冶金學）

冶工〔名〕鐵匠（=鍛冶屋）

野（一せˇ）

野〔名、漢造〕原野、民間、範圍、粗野、栽培。〔古〕地方名←→朝
虎を野に放つ（縱虎歸山）
野に下る（下野）下る降る
野に在る（在野）在る有る或る
人材を野に求める（求賢於野）
視野（視野、眼界、眼光）
分野（範圍、領域）

粗野（粗野、粗魯）
山野（山野、山林原野）
原野（原野＝野原）
荒野、荒野（荒野）
高野（高野山=日本佛教聖地）
広野（曠野）
曠野（曠野）
平野（平原）
緑野（綠野）
沃野（沃野）
在野（在野、居鄉）
朝野（朝野、全國）
下野（下毛野之略）（東山道八國之一）
下野（下台、加入在野黨）

屋、家〔名〕家，房屋(=家)。〔古〕屋頂(=屋根)
〔接尾〕（接名詞下表示經營某種商業的店鋪或從事某種工作的人）店、鋪、具某種專長的人、（形容人的性格或特徵）（帶有輕視的意思）人、日本商店、旅館、房舍的堂號、家號、雅號（有時寫作"舍"）
此の屋の主人（這房屋的主人）
屋鳴り振動（房屋轟響搖晃）
家主（房東）
空家、明家（空房子）
郵便屋さんが手紙を配っている（郵差在送信）
左官屋さんが来ました（瓦匠師傅來了）
薬屋（藥店）
魚屋（魚店）
肉屋（肉鋪、賣肉商人）
八百屋（菜鋪、萬事通）
新聞屋（報館、從事新聞工作者）
銀行屋（銀行家、從事銀行業務者）
本屋（書店、書店商人）
鍛冶屋（鐵匠爐、鐵匠）
闇屋（黑市商人）
雑貨屋（雜貨店）
土建屋（土木建築業）

万屋（雜貨店）
鍛冶屋（鐵匠）
菓子屋（點心鋪）
干物屋（洗衣店）
床屋（理髮匠）
豆腐屋（豆腐店）
宿屋（旅店）
屑屋（收破爛業）
料理屋（飯館）
風呂屋（公共澡堂）
ちんどん屋（化装奏樂廣告人）
荒物屋（山貨店）
問屋（批發商）
酒屋（酒店）
ペンキ屋（油漆店）
株屋（證券商）
飲み屋（小酒館）
電気屋（電器用品店）
左官屋（瓦匠）
米屋（米店）
金物屋（五金店）
郵便屋（郵差）
煙草屋（香菸鋪）
写真屋（照相館）
植木屋（花匠）
玩具屋（玩具店）
質屋（當鋪）
花屋（花店）
道具屋（舊家具店）
履物屋（鞋店）
古本屋（舊書店）
時計屋（鐘錶店）
靴屋（鞋店）
文房具屋（文具店）
石屋（石料鋪）
修理屋（修理鋪）
事務屋（事務工作人員）

政治屋（政客）
何でも屋（萬事通、雜貨鋪）
威張り屋（驕傲自滿的人）
恥かしがり屋（易害羞的人）
喧し屋（吹毛求疵的人、好挑剔的人、難對付的人）
分らず屋（不懂事的人、不懂情理的人）
千三つ屋（土地經紀人、撒謊大家、吹牛大王）
周旋屋（經紀人、代理店）
気取り屋（装腔作勢的人、自命不凡的人、紈綺子弟）
菊の屋（菊舍）
木村屋（木村屋）
高山屋（高山屋）
木材屋（木材行）
大和屋（大和屋）
鈴の屋（鈴齋-本居宣長的書齋名）

矢、箭〔名〕箭、楔子（=楔）
　矢を射る（射箭）
　矢を番える（把箭搭到弓弦上）
　矢の様に速い（像箭一般快）
　光陰矢の如し（光陰似箭）
　矢の音に怯える鳥（驚弓之鳥）
　矢は標的の真中に当った（箭中靶心）
　どしどし質問の矢を放つ（接二連三地提出質問）
　矢を入れる（嵌める）（釘楔子、鑲楔子）
　矢でも鉄砲でも持って来い（有什麼能耐儘管使出來）
　矢の催促（緊逼、緊催）
　矢の使い（催促的急使）
　矢も楯も堪らない（迫不及待、不能自制）
　弓矢（弓和箭、武器，武道）

八〔名、造語〕（只用於數數時）八、表示數量多
　五、六、七、八（五、六、七、八）
　八重咲き（重瓣花、開重瓣花）
　七転び八起き（百折不撓、幾經浮沉）

野営〔名、自サ〕野營、露營

野営演習（野營演習）
ピオニールが野営する（少年先鋒隊野營）

野猿、野猿〔名〕野生猿猴

野外〔名〕野外，郊外（=野原、郊外）、戸外，室外（=戸外）
野外観察に行く（到野外觀察自然）行く往く逝く行く往く逝く
野外の空気を吸う（呼吸野外空氣）
都塵を離れて野外の空気を吸う（離開都市塵寰呼吸野外空氣）
野外で演習を行う（到野外進行演習）
野外調査を為す（做野外調査）
今日の二時間目は理科の野外学習だ（今天第二堂課是野外科學活動）
野外で遊ぶのは健康に良い（在野外遊玩有益於健康）良い好い佳い善い良い好い佳い善い
野外劇（露天劇=ページェント）
野外撮影（室外撮影 外景拍攝=ロケーション）
野外劇場（露天劇場）
野外演奏会（露天演奏會）

野鶴〔名〕（野）野鶴。〔轉〕閒散，賦閒
閑雲野鶴（閒雲野鶴、比喩悠然自適）
野鶴鶏群に在り（鶴立雞群）

野雁〔名〕野雁

野羊、山羊〔名〕〔動〕山羊
野羊を飼う（飼養山羊）飼う買う
めえめえと野羊が鳴く（山羊咩咩叫）鳴く啼く泣く無く
野羊の皮（山羊皮）
野羊の皮で手袋を作る（用山羊皮做手套）作る造る創る

野球〔名〕（運動）棒球（=ベースボール）
野球を為る（打棒球）
野球の試合を見に行く（去看棒球比賽）
野球場（棒球場）
野球リーグ戦（棒球聯賽）
草野球（業餘棒球）
プロ野球（職業棒球）

野牛〔名〕〔動〕野牛

野牛〔名〕〔動〕放牧的牛（=野飼い牛）

野禽〔名〕野禽、野鳥←→家禽

野犬、野犬〔名〕野犬、野狗（=野良犬）
野犬狩り（捕野狗）

野径〔名〕原野的小徑（=野路）

野景〔名〕原野的景色、郊外風景

野狐禪〔名〕〔佛〕野狐禪（參禪未悟道卻自以為悟道的人=生禪）

野語〔名〕粗野的語言

野合〔名、自サ〕私通、勾結、同流合汙
野合の夫婦（私通的夫婦）

野菜〔名〕蔬菜（=青物）
野菜を作る（種菜）作る造る創る
庭で野菜を作る（在庭院種菜）
野菜が好きです（喜歡吃蔬菜）
野菜畑（菜園）
畑の野菜は緑滴る様に良く育っている（田裡的菜綠油油的長得很好）畑畠畑畠
野菜サラダ（生菜沙拉）
野菜市場（菜市場）市場市場
野菜スープ（菜湯）
野菜物（蔬菜、青菜）

野冊〔名〕（採集植物用的）標本夾、植物標本採集夾

野史〔名〕野史

野師、香具師〔名〕（廟會等時的）攤販、江湖商人，江湖藝人（=的屋、大道商人）

野次、弥次〔名〕（觀眾對演說者、演員、運動員等）發出的奚落聲，嘲笑聲，倒采、起鬨的人們，看熱鬧的人（=野次馬）
野次を飛ばす（發出奚落聲）飛ばす跳ばす
野次が喧しく演説が聞こえない（奚落聲太吵了聽不見演講）
野次に圧倒される（為奚落聲所壓倒）

野次る、弥次る〔他五〕（觀眾對演說者、演員、運動員等）奚落、嘲笑、喝倒采、潑冷水
講師が聽衆に野次られる（演講者被聽眾奚落）
歌詞を間違えて野次られた（唱錯了歌詞被奚落）
演説者を野次り倒す（喝倒采趕演講者下台）

運動場にどっと野次る声が起こった（在運動場上轟然喝倒采起來）

野次馬、弥次馬〔名〕起鬨的人們、看熱鬧的人
火事の現場は野次馬で一杯だ（火災的現場聚集了很多看熱鬧的人）
火事現場には大勢の野次馬が詰め掛けた（失火的現場聚集了很多看熱鬧的人）
野次馬に乗る（跟在後面起鬨）乗る 載る
野次馬根性（愛跟著起鬨）

野手〔名〕〔棒球〕野手、內野手和外野手的總稱（=フィルダー fielder）
野手選択（〔棒球〕外野手選擇錯誤-指外野手選擇錯誤結果打球員和跑壘員都未出局）

野趣〔名〕野趣、樸素風味
野趣に富んでいる（富有田園風味）
野趣に富むバーベキュー barbecue（富有田園風味的野餐）
野趣を帯びる（帶有野趣）帯びる 佩びる

野獣〔名〕野獸
野獣を前に為て少しも恐れない（在野獸面前一點也不害怕）恐れる 怖れる 畏れる 懼れる
野獣狩り（捕野獸）
野獣派（〔美術〕野獸派=フォービズム fauvisle法）

野乗〔名〕野史、稗史（=野史稗史）
稗史野乗（稗史野乘、稗官野史）

野心〔名〕野心，雄心，禍心，陰謀
彼は其の地位に野心が有る（他對那個地位抱著野心）
野心満満（野心勃勃）
野心家（野心家）
満満たる野心（野心勃勃）
野心に燃える（野心勃勃）燃える 萌える
野心を抱く（包藏禍心、心懷叵測）抱く 擁く 懷く 抱く
野心に駆られる（被野心所驅使）駆る 駈る 刈る 狩る 借る

野人〔名〕粗野的人，鄉下佬，在野的人，普通人
野人振りを発揮する（表現得很粗魯）
野人の立場で発言する（以普通人的身分發言）

野生（名、自サ、代）野生、鄙人（自謙之詞）
野生の鳥を飼う（飼養野鳥）飼う 買う
野生の動物を飼い馴らす（馴養野生動物）
野生の馬（野馬）
野生植物（野生植物）
此等の植物は熱帯に野生する（這些植物野生於熱帶）

野性〔名〕野性
野性的な魅力の有る人（有野性魅力的人）
野性的で逞しい男（粗壯男子漢）
野性を発揮する（逞野性）

野性味〔名〕粗野、粗魯
彼の男には野性味が有る（那個人有些粗魯）

野戦〔名〕〔軍〕野戰
野戦病院（〔軍〕野戰醫院）
野戦軍（〔軍〕野戰軍）
野戦砲兵中隊（野戰砲兵連）
負傷兵を野戦病院に収容する（把傷兵送入野戰醫院）

野選〔名〕〔棒球〕（內）外野手選擇失策（=野手選擇、フィルダーズ、チョイス fielder's choice）
野選で一塁に生きる（因外野手選擇失措打擊手安全進入一壘）生きる 活きる

野鼠、野鼠〔名〕〔動〕野鼠、田鼠

野草、野草〔名〕野草
野草が蔓延る（野草滋蔓）
野草料理（用野菜做的菜肴）
野草採集（採集野草）

野象〔名〕〔動〕野象

野地、谷地〔名〕沼澤地

野帳〔名〕〔史〕（丈量地畝的）現場記錄草冊

野鳥〔名〕野鳥、山鳥←→飼い鳥
野鳥を保護する（保護野鳥）
野鳥の森（野鳥森林區）

野兎、野兎〔名〕〔動〕野兔

野党〔名〕在野黨←→与党
政府の出した議案に野党が反対する（在野黨反對政府提出的議案）

野蛮〔名、形動〕野蠻、粗野（=未開）

野蛮な振舞（粗野的舉止）
野蛮な行為（野蠻行為）
野蛮な風習（野蠻的習俗）
戦争は野蛮な行為である（戰爭是野蠻的行為）

野卑、野鄙〔名、形動〕卑鄙、下流
野卑な言葉を言うな（別說下流話）言葉 詞 言う云う謂う
彼奴は人間が野卑だ（那傢伙為人卑鄙）
野卑な振舞を為るな（別撒野）

野暮〔名、形動〕〔俗〕土氣，庸俗、不風雅、不風流、不懂人情世故，不合時宜、愚蠢、傻氣←→粋、粹
野暮なネクタイを為た男（繫一條庸俗領帶的人）
彼の人は全くの野暮だ（那個人真不知趣）
野暮な事を言う（說愚蠢的話）
あんな事を言う丈野暮だ（說那樣話簡直愚蠢極了）
そんな事を聞く丈野暮だ（你問那種事太不知趣了）
彼はそんな野暮な人間ではない（他不是那樣不通人情世故的人）
彼は野暮な男だ（他是個庸俗的人、他是個笨蛋）

野暮ったい〔形〕有點庸俗的、有點愚蠢的
こんな野暮ったい服を着て歩けない（這樣庸俗的衣服穿不出去）
彼は野暮ったい身形を為ている（他穿著很土氣）
野暮ったい柄（庸俗的花紋）

野暮天〔名〕〔俗〕不知趣（的人）、不知好歹（的人）、不諳世事（的人）（=野暮）
随分野暮天の男だ（那傢伙太土氣了）

野暮用〔名〕〔俗〕庸庸碌碌的事務性工作、俗氣例行的事
一寸野暮用で近く迄来ましたので（因為有點俗事到這附近來的…）一寸一寸

野砲〔名〕〔軍〕野戰砲

野望〔名〕野心、奢望
軍事で全世界制覇の野望を抱いている（抱著以軍事稱霸全世界的野心）抱く抱く懷く擁く
野望に燃える（野心勃勃）燃える萌える
野望を遂げる（達到奢望）遂げる研げる磨げる砥げる

野郎〔名〕〔罵〕小子，傢伙。〔蔑〕男子，小夥子（=男）
彼の野郎とは二度と口を聞くまい（我再也不跟那小子說話）聞く聴く訊く効く利く
太い野郎だ（可惡的東西）
忌ま忌ましい野郎だ（可惡的傢伙）
馬鹿野郎（混蛋）
彼の野郎は未だ世の荒波を知らない（是小夥子還不懂人世的辛酸）未だ未だ
野郎共の遣る事は荒っぽい（男子們做事粗魯）
此の野郎、静かに為ろ（你這小子安靜點！）

野〔名、接頭、造語〕原野，田野（=原、野原、野良）、野生、（增添）表卑
野の花（野花）鼻華涏
野に出て働く（到田地裡工作、下田）
野を耕す（耕地、耕田）
野に出て花を摘む（到野地裡摘花）摘む積む詰む抓む
春の野（春天的原野）
野苺（野生草莓）
野兎（野兔）
野鴨（野鴨）
後は野と為れ山と為れ（以後演成如何情形全然不管，以後不管如何、不顧後果如何）
野に伏し山に伏す（一路上餐風露宿）

野薊〔名〕〔植〕薊

野遊び、野遊〔名、自サ〕郊遊、〔古〕（以前日本貴族武士）在野外打獵
野遊びに行く（去郊遊）行く往く逝く行く往く逝く

野荒らし、野荒し〔名〕毀壞田地，偷竊農作物（的人或動物）、野豬的別名（=猪）

野茨、野薔薇、野薔薇〔名〕〔植〕野薔薇（=野薔薇）

野馬〔名〕放牧的馬

野馬追い、野馬追〔名〕〔古〕武士騎馬在野地裡演習（訓練）

野飼い、野飼〔名、他サ〕放牧、牧養（=放し飼い）

野飼いの馬（放牧的牛）

野角〔名〕〔建〕稜角稍圓的木材

野掛け、野駆け〔名〕野遊，郊遊（=野遊び，野遊）、在野外舉辦的茶會（=野点）

野鍛冶〔名〕在野外打鐵

野風〔名〕野外的風

野菊〔名〕〔植〕野菊花、雞腸草的別稱（=嫁菜）

野狐〔名〕〔動〕野狐狸

野鶏頭〔名〕〔植〕野雞冠、青葙

野芥子〔名〕〔植〕苦菜、苦菜花

野扱〔名〕〔農〕在田裡脫粒

野駒〔名〕〔動〕野馬、（小鳥名）野駒，紅點頦

野晒し，野晒〔名〕丟在野外任憑風吹雨打（的東西）、骷髏（=髑髏、曝首）

野晒しに為る（丟在野外不管）

死体を野晒しに為る（屍體丟在野外任憑風吹雨打）

壊れた自転車を野晒しに為て置く（把壞了的腳踏車丟在外邊任憑風吹雨打）

野路〔名〕原野的道路（=野道）

野路子〔名〕〔動〕野鶲

野鹿〔名〕〔動〕野鹿

野猪、野猪〔名〕〔動〕野豬（=猪）

野宿〔名、自サ〕露宿、露營（=野営）

宿が取らずに野宿する（因為找不到旅館而露宿）

キャンプを張って野宿する（搭起帳篷露營）張る貼る

野宿を為て風邪を引いた（因為露宿感冒了）引く弾く轢く挽く惹く曳く牽く退く

野末〔名〕原野的盡頭（=野の果て）

野末に燃え立つ陽炎（在原野的盡頭搖曳的煙靄）

野芹〔名〕〔植〕野生芹菜、野蘑菇的別名

野育ち，野育〔名〕在野地裡成長，野生（=放し飼い）、沒受管教長大，沒有教養（的人）

野育ちの為行儀を知らない（沒有家教所以沒有禮貌）

野太刀〔名〕（日本人）古時配帶的無護手短刀

野太鼓、野幇間〔名〕〔蔑〕在歡場陪酒取樂的男人（=太鼓持ち）

野立ち、野立〔名〕貴人郊遊在野外稍微休息、在野外豎立

御野立所（日本天皇郊遊時休息的地方）

野立看板（立在野外的招牌）

野立て、野立〔名〕貴人郊遊在野外稍微休息、在野外豎立（=野立ち、野立）

野点〔名〕在野地泡茶、野外的茶會

野垂れる〔自下一〕倒在路旁、成為路倒（=行き倒れと為る）

野垂れ死に、野垂死〔名、自サ〕死在路旁（=行き倒れ）

飢えて野垂死する（餓死在路旁）飢える餓える植える

野壺〔名〕田地裡的糞坑（=肥溜め）

野積み、野積〔名〕（東西）堆放在室外

野面〔名〕原野上（=野原）、（石匠用語）採掘後未加工的岩石面、厚臉皮（=厚皮）

野面、野も狭〔名〕原野上、遍野（=野面、野一面）

野釣り、野釣〔名〕在野外釣魚

野寺〔名〕曠野中的寺院（=山寺）

野天〔名〕露天、室外（=露天、屋外）

野天で勉強する（在室外用功）

野天風呂（露天浴場）

野天興行（露天演出）

野中〔名〕野地裡

野中の一本杉（原野中的一株杉樹、孤獨的人）

野中の一軒屋（原野中孤獨的一棟房屋）

私は野中の一本杉です（我是個孤苦的人）

野墓〔名〕荒野裡的墳墓、火葬場

野袴〔名〕（江戶時代）武士旅行時穿的鑲著寬邊的和服裙子

野外れ〔名〕原野的盡頭

野鳩〔名〕野鴿子

野花〔名〕野花

野放し〔名〕放牧、放養、放任不加管教

野放しの牛（放牧的牛）

豚を野放しに為る（放養豬）

彼の子供は丸で野放しだ（他對孩子太放任了）

密輸が野放し状態に為っている（走私橫行處於無人管轄的狀態）

野原(のはら)〔名〕原野
　野原で凧を上げる(在原野放風箏)凧蛸章魚胼胝
　秋の野原は一面の黄金色だった(秋天的原野是一片黃金色)
野っ原(のっぱら)〔名〕〔俗〕原野(=野原)
野火(のび)〔名〕野火
　野火が野原を焼く(野火燎原)焼く妬く
野鶲(のびたき)〔名〕〔動〕黑喉石鵖
野蒜(のびる)〔名〕〔植〕山蒜
野伏、野臥(のぶし)〔名〕〔佛〕露宿在山野裡修行的和尚(=山伏)、民間武士(=野武士)
野武士(のぶし)〔名〕〔古〕(非武士階級的)民間武士、(戰時在山林野地劫奪戰敗武士的武器等的)遊勇,武裝農民集團。〔轉〕無所屬的人,無黨派的政客
野衾(のぶすま)〔名〕〔動〕鼯鼠
野伏せり、野伏り、野伏、野臥せり、野臥り、野臥(のぶせり)〔名〕民間武士(=野武士)、山賊,草寇(=山賊)、露宿在山野裡的乞丐
野太い(のぶとい)〔形〕〔俗〕厚臉皮的、膽大妄為的、嗓音粗大
　野太い声で話す(以粗大的聲音說話)
野葡萄(のぶどう)〔名〕〔植〕野葡萄、山葡萄
野辺(のべ)〔名〕原野(=野原)、送葬,送殯(=弔い)、火葬(=火葬)
　野辺に咲く花(在野地裡開的花)
　野辺の送り(送葬,送殯=弔い)
　泣く泣く野辺送りを済ませる(哭著送完了殯)
野放図(のほうず)〔形動〕蠻橫無理,散漫放縱,肆無忌憚、無窮無盡,無邊無岸
　野放図な奴(野蠻的傢伙)
　野放図に広がっている沼(無邊無岸的沼澤)
　事業を野放図に広げると危ない(無止境地擴展事業很危險)
　野放図に出しゃばる(亂出風頭)
野仏(のぼとけ)〔名〕立在野地裡的佛像
野道、野路(のみち、のじ)〔名〕原野上的道路(=野路)
野守り(のもり)〔名〕看守原野(特別是禁獵區)的人
野焼き、野焼(のやき)〔名〕(初春)為使田地肥沃放火燒田野

野山(のやま)〔名〕山野(=山野)
　野山で働く(在山野裡工作)
野山育ち(のやまそだち)〔名〕在山野間長大(的人)、性情粗野(的人)
野良(のら)〔名〕原野(=野原)、山地(=田畑)
　子供達が野良で遊ぶ(孩子們在原野玩耍)
野良犬(のらいぬ)(野狗=野犬)
野良着(のらぎ)(田間工作服)
野良仕事(のらしごと)(田裡工作、農事)
野良猫(のらねこ)(野貓)
野良仕事を為る(のらしごとをす)(做農事、做莊稼事)
　父は野良仕事に出ています(父親下田工作了)
野呂松人形、鈍間人形(のろまにんぎょう)〔名〕黑青色的喜劇木偶(=鈍間)
野分き、野分(のわき、のわ)〔名〕秋末冬初颳的大風、颱風(=野分け、野分)
野分け、野分(のわけ、のわ)〔名〕秋末冬初颳的大風、颱風(=野分き、野分)
野木瓜、郁子(むべ)〔名〕〔植〕野木瓜
野老(ところ)〔名〕山野多年生蔓草,根可食
野茨菰、沢瀉(おもだか)〔名〕〔植〕野慈菇
野蚕,桑蚕,桑子,野蚕,桑蚕,桑子(かいこ)〔名〕〔動〕桑蠶、野蠶(=蚕)

夜、夜、夜(一せ丶)

夜(や)〔漢造〕夜、黑夜、夜間←→昼
　昼夜(ちゅうや)(日夜)
　深夜(しんや)(深夜)
　日夜(にちや)(日夜=夜昼)
　十五夜(じゅうごや)(陰曆每月十五夜晚、陰曆八月十五夜晚)
　良夜(りょうや)(美好的夜晚)
　涼夜(りょうや)(涼爽的夜晚)
　終夜(しゅうや)(整夜、徹夜、通宵)
　秋夜(しゅうや)(秋月)
　徹夜(てつや)(徹夜、通宵)
　昨夜(さくや、ゆうべ)(昨晚)
　十夜(じゅうや)(〔淨土宗由陰曆十月六日至十五日〕十晝夜念佛)

夜陰〔名〕夜陰、黑夜
　夜陰に乗じて敵地に忍び込む（乘著夜間黑暗潛入敵區）

夜雨〔名〕夜雨

夜営〔名、自サ〕（軍隊）夜營、夜間宿營

夜宴〔名〕夜宴
　夜宴を張る（設夜宴）張る貼る

夜会〔名〕夜宴，晚間的宴會、晚會
　夜会でダンスを踊る（在晚會上跳舞）踊る躍る
　盛大な夜会に出た（參加了盛大的晚會）
　夜会服（晚禮服-指男子燕尾服、女子長襟露肩）

夜鶴〔名〕〔古〕夜鶴，夜鳴鶴，伏窩鶴，夜裡在巢中哺育幼鶴、（比喻）母愛

夜学〔名〕夜學，夜間學習、夜校
　夜学に行く（上夜校）行く往く逝く行く往く逝く
　夜学生（夜校學生）
　夜学で英語を習う（在夜校學英文）習う做う学ぶ
　夜学部（夜間部）

夜学校〔名〕夜校（＝夜学）

夜間〔名〕夜間↔昼間、昼間
　夜間は昼間よりずっと寒い（夜間比白天冷得多）
　夜間作業を為る（上夜班）
　夜間飛行（夜間飛行）
　夜間部（夜間部＝夜学部）
　夜間営業（夜間營業）
　夜間課程（夜間教授的課程）
　夜間受付（夜間傳達室）
　夜間通行禁止（夜間禁止通行）
　夜間外出禁止（夜間禁止外出）
　夜間効果（電波傳播夜間效應）

夜気〔名〕夜氣，夜間的冷空氣、夜間的氣氛
　夜気に当たると体に良くない（夜間接觸冷空氣對身體有害）当る中る
　夜気は体に悪い（夜間冷空氣對身體不好）
　夜気が迫る（夜幕降臨、快到夜靜的時候了）迫る逼る

夜業〔名、自サ〕夜班、夜間工作（＝夜鍋、夜業）
　夜業で帰りが遅く為る（因為上夜班回來晚了）
　注文が殺到して毎日夜業だ（訂單湧到天天加夜班）
　夜業手当（夜班津貼）

夜曲〔名〕〔音〕小夜曲（＝セレナーデ）夜曲（＝ノクターン）

夜勤〔名、自サ〕夜班、夜間勤務↔日勤
　夜勤を為る為る（夜間值班）
　今晩私は夜勤だ（我今天晚上夜班）
　夜勤手当（夜班費）
　夜勤の人と交替する（和上夜班的人換班）

夜具〔名〕寢具、臥具、被褥、舖蓋
　夜具を畳む（疊被）
　夜具綴針（做被褥等的縫針）

夜景〔名〕夜景
　高層建築の窓から大都会の夜景を眺める（從高層建築的窗戶眺望大都市的夜景）眺める長める
　台北の夜景を美しい（台北的夜景很美麗）台北台北

夜警〔名〕夜警、夜間的警備、夜間的警衛人員、夜間巡邏
　交替で夜警に付く（輪班值夜）
　夜警がビルを巡回する（守夜的人巡查大樓）
　夜警が回って来る（巡夜的警衛走過來）来る来る

夜行〔名〕夜行，夜間行走、夜車，夜間行駛的火車（＝夜行列車）
　百鬼夜行、百鬼夜行（百鬼夜行、百惡橫行，一群牛鬼蛇神胡作非為）
　夜行で台北を立つ（坐夜車離開台北）台北台北立つ断つ裁つ発つ建つ経つ絶つ
　八時の夜行で台北を立つ（坐八點夜車從台北出發）
　夜行性（夜行性）
　夜行性の動物（夜行性動物）
　夜行動物（夜行動物）
　夜行病（夢遊症＝夢遊病）

夜光〔名〕夜光

夜光虫（〔動〕夜光蟲）
夜光貝（〔動〕夜光貝、夜光螔螺）
夜光塗料（夜光塗料、發光漆）
夜光時計（夜光錶）
夜光の玉（夜明珠）玉珠弾球魂霊

夜航〔名〕夜航、夜航船

夜叉〔名〕〔佛〕夜叉（梵語 yaksa 的音譯）
夜叉の様な顔付（醜惡的面貌）
内心如夜叉（内心如夜叉）

夜周弧〔名〕〔天〕夜間弧

夜襲〔名、他サ〕夜襲
敵陣を夜襲する（夜襲敵陣）
敵に夜襲を掛ける（夜襲敵人、對敵人進行夜襲）書ける欠ける賭ける駆ける架ける描ける

夜色〔名〕夜色、夜景（＝夜景）

夜食〔名〕夜飯、宵夜
夜食を給する（供給夜餐）給する休する窮する

夜戰〔名〕〔軍〕夜戰

夜前〔名〕〔老〕昨夜（＝昨夜、昨夜）
夜前の雨（昨晚下的雨）

夜想曲〔名〕〔音〕夜曲（＝ノクターン）

夜中〔名〕夜裡、夜間
夜中に為った（到了深夜）
夜中遅く為っても働く（到了深夜還在工作）
夜中遅く迄読書する（讀書到深夜）
夜中に電話が掛かって来た（半夜裡來了電話）

夜中〔名〕〔老〕整個晚上、一夜、整夜（＝一晚中、終夜、終夜、終宵）
夜中大雨が降り続いた（大雨下了一夜）

夜中〔名〕夜半、半夜、子夜、午夜
夜中の二時半（夜裡兩點半）
夜中の二時迄掛かって、やっと仕上げた（直到半夜兩點才完成）

夜鳥〔名〕夜鳥、夜間出來活動的鳥、夜間啼鳴的鳥

夜直〔名〕值夜班 ←→日直

店の夜直を為る（在商店值夜班）刷る摺る擦る抉る磨る揺る摩る

夜天〔名〕夜空、夜裡的天空（＝夜空）

夜盗、夜盗〔名〕夜盜、夜間行竊的人
夜盜を働く（夜間行竊）
夜盜に入られる（夜間失盜）入る入る
夜盜虫、夜盗虫（〔動〕地蠶、地老虎＝根切り虫）
夜盜蛾（〔動〕夜盗蟲、夜蛾、切根蟲＝夜盗虫、夜盗虫）

夜尿症〔名〕〔醫〕夜尿症（＝寝小便）

夜半、夜半〔名〕半夜（＝夜中）
夜半の月（半夜的月亮）
夜半の嵐（半夜裡的暴風雨）
夜半来の雨が降り続く（從半夜下的雨仍未停）
夜半過ぎに雨が降った（半夜下了一場雨）
台風は今夜半上陸するでしょう（颱風將在今天半夜登陸）

夜分〔名〕夜間、夜晚、夜裡
夜分御伺いして失礼致しました（夜裡跑來打擾失禮得很）
夜分御邪魔して失礼しました（這麼晚來打擾您了）
夜分に為って涼しく為った（到夜間就涼快了）

夜盲〔名〕夜盲、夜盲症（＝鳥目）
夜盲症（夜盲症）

夜来〔副〕昨夜以來、入夜以來
夜来の雨もどうやら止んだ様だ（昨夜以來的雨好像已經停了）腫れる脹れる張れる貼れる
夜来の雨も上がって、今朝はすっかり晴れた（昨夜以來的雨停了今晨好晴朗）

夜郎自大〔名、形動〕夜郎自大
夜郎自大な人の鼻を折って遣た（挫了夜郎自大人的銳氣）
夜郎自大の感情（自命不凡的感情）

夜話、夜話〔名〕夜話、夜談、夜譚、在夜裡談話
文学夜話（文學夜話）

アラビアの夜話を聞く（聽天方夜譚）聞く聴く訊く利く効く

夜〔名〕夜、晩上、夜間（=夜）←→昼

夜が更ける（夜深）更ける深ける耽る吹ける拭ける噴ける葺ける

夜を更かす（熬夜）更かす葺かす拭かす吹かす負荷す付加す孵化す

夜を明かす（徹夜、通宵）明かす開かす空かす飽かす厭かす

夜を徹する（徹夜、通宵）徹する撤する

夜を日に継ぐ（日以繼月）継ぐ接ぐ告ぐ次ぐ注ぐ

夜を日に継いで工事を進める（日以繼月地進行工程）進める薦める勧める奬める

夜が明ける（天亮）明ける開ける空ける飽ける厭ける

夜が明けるのを待って出掛けた（等到天亮就出去）

夜が明けぬ内に（黎明前）

夜が明けてから（天亮以後）

夜が明けて間も無く（天亮後不久）

夜が更ける迄（直到夜深）

夜の明け抜けに（天剛亮時）

夜に入って（天黒之後、到了晩上）

夜の目も寝ずに（一夜也沒闔眼）

彼は夜の目も寝ずに、父の看病を為た（他一夜也沒闔眼看護父親的病）

夜も日も明けない（片刻也離不開）

夜を徹して仕事を為る（徹夜工作）

夜を籠める（夜幕籠罩）

夏は夜が短く、冬は夜が長い（夏天夜短冬天夜長）

夜明かし、夜明し〔名、自サ〕通宵、徹夜（=徹夜）

星を観測で夜明かし（を）為る（為觀測星宿而徹夜不眠）

読書に熱中して夜明かしした（埋首讀書通宵達旦）

友達と話を為て、夜明かしして終った（與朋友聊天聊了通宵）終う仕舞う

夜商い〔名〕〔俗〕夜間做生意、夜間營業

夜商人〔名〕〔俗〕夜市商人、晩上做生意的商人

夜明け、夜明〔名〕拂曉、黎明（=暁、明け方）←→日暮れ

夜明け前に出発する（拂曉前出發）

夜明け前に頂上を登る（拂曉前登上山頂）登る上る昇る

新しい時代の夜明け（新時代的黎明）

夜明け迄星の観測を為る（觀測星星到天亮）

近代日本の夜明けが訪れた（近代日本的新時代來臨了）訪ねる尋ねる訊ねる

夜遊び、夜遊〔名自サ〕夜裡遊玩、晩上遊蕩

夜遊びは体の毒だ（夜晩遊蕩對身體有害）

勉強しないで夜遊び許りしていて行けません（晩上不讀書光玩是不可以的）

夜網〔名〕夜間撒（的）網

夜網に行く（夜間去撒網）行く行く逝く行く行く逝く

夜嵐〔名〕夜間的暴風雨

夜歩き〔名、自サ〕夜間閒走

女の夜歩きは危険だ（女人家走夜路很危険）

女の夜歩きは物騒だ（女人家走夜路很危険）

夜軍〔名〕夜戰、夜間戰爭（=夜戰）

夜軍に為っては城に攻め入り、火を放つ（夜戰時攻入城放火）

夜市〔名〕夜市、夜間營業的市場（=夜店）

夜討ち、夜討〔名、自サ〕夜襲、夜盜←→朝駆け

夜討ち（を）為る（夜襲）

敵に夜討ちを掛ける（夜襲敵人）

夜風〔名〕夜風

夜風が身に染む（夜風刺骨）

夜風が身に染みる（夜風刺骨）

夜風が吹いて涼しい（晩風吹得很涼爽）吹く葺く拭く噴く

夜稼ぎ〔名、自サ〕夜間工作、夜間賺錢、夜間行竊

夜狩〔名〕夜間捕魚或狩獵

夜着〔名〕舖蓋，被子、棉睡衣（=掻巻）

夜着を掛ける（蓋被子）

夜着の襟（棉睡衣的領子）

夜汽車〔名〕夜班火車

夜汽車が疲れる（坐夜車累人）

夜汽車で台北を離れる（搭夜車離開台北）離れる放れる
夜霧〔名〕夜霧
　夜霧が立ち籠める（夜霧瀰漫）
　深い夜霧（濃密的夜霧）
　夜霧が大地を覆う（大地夜霧瀰漫）覆う被う蔽う蓋う
　夜霧が降る（降夜霧）降る振る
夜毎〔名、副〕每天晚上、每天夜裡（=每晚、夜な夜な）
　夜毎に悪夢に魘される（每天晚上被惡夢魘住）
夜籠り、夜籠〔名〕深夜、（在寺廟、神社）通宵齋戒祈禱
　夜籠りに出て来る月の光（深夜裡的夜光）
夜桜〔名〕夜裡的櫻花
　上野の夜桜を見物に行く（晚上去看上野公園的櫻花）見物（值得看的東西）
夜聡い〔名〕警醒、睡眠時易醒
夜寒、夜寒〔名〕夜寒，夜裡的寒氣、秋夜的寒氣，秋寒季節
　夜寒が身に染む（寒氣徹骨）
夜さり〔名〕〔文、方〕夜裡（=夜、夜）
　夜さりっ方（傍晚、黃昏）
夜仕事〔名〕〔俗〕夜裡活、夜裡工作、打夜作（=夜鍋）
夜すがら、終夜〔名〕整夜、通宵（=夜通し、夜もすがら、終夜、終宵、終夜）
　終夜仕事に取り組む（通宵工作）
夜攻め〔名〕〔古〕夜襲（=夜討ち）
夜空〔名〕夜裡的天空
　夜空に星が輝く（夜裡的天空星光閃耀）
　夜空に星が瞬く（夜裡的天空星光閃耀）
　花火が夜空を赤く染めた（煙火把夜空映紅了）
夜鷹〔名〕〔動〕夜鷹、（江戶時代）暗娼，野雞
　夜鷹蕎麦（夜裡賣麵條的小商販、夜裡肩挑小販賣的蕎麵條）
夜立ち、夜立〔名〕夜裡動身、夜裡啟程←→朝立
夜っぴで〔副〕〔俗〕整夜、終夜（=一晩中、夜通し、終夜、終宵）
　昨夜は夜っぴで寝られなかった（昨天整夜沒法睡著）昨夜昨夜

彼と夜っぴで話を交わした（跟他談了一整夜）
夜爪〔名〕夜裡剪指甲（日俗以為不祥、不吉-因為與世を詰める同音）
　出爪夜爪は切るな（出門前或夜間別剪指甲-因為犯忌諱）切る斬る伐る着る
夜詰め〔名〕〔古〕夜班，夜間勤務（=夜番、夜勤）、夜襲，夜間進攻
　夜詰めを為る（值夜班）
夜露〔名〕夜露、夜裡的露水←→朝露
　夜露に濡れる（被夜露濡濕）濡れる塗れる
夜釣り、夜釣〔名、自他サ〕夜晚釣魚、夜間垂釣
　夜釣りを為る（夜間垂釣）
夜通し〔名、副〕整夜、通宵（=一晩中、夜っぴで）
　子供が夜通し泣いて喧しく眠れなかった（孩子哭了一夜吵得不能睡覺）
　夜通し寝ないで看病する（徹夜不眠地看護病人）
　激しい風が夜通し吹き荒れた（狂風吹了一夜）激しい烈しい劇しい
夜伽〔名〕（警衛、看護、婦女、守靈等）通宵陪伴
　病床の夜伽を為る（通宵護理病人）
　夜伽を為る（徹夜陪伴、同床睡覺、守夜）
夜長〔名〕夜長
　追い追い夜長の時節に為って来る（逐漸來到夜長的季節）来る来る
　秋の夜長は読書に良い（秋天夜長適於讀書）良い好い善い佳い良い好い善い佳い
夜泣き、夜泣〔名、自サ〕嬰兒在夜裡哭
　夜泣する子（夜裡愛哭的小孩）
夜啼き，夜啼，夜鳴き，夜鳴〔名、自サ〕夜鳴、夜啼
　夜啼する小鳥（夜裡啼叫的小鳥）
　夜啼鶯（夜鶯）
　夜啼饂飩（夜間沿街叫賣麵條〔的商販〕=夜鷹蕎麦）
　夜啼蕎麦（夜間沿街叫賣麵條〔的商販〕=夜鷹蕎麦）
夜なべ、夜鍋、夜業〔名、自他サ〕夜裡的工作、夜裡做工作、加夜班
　夜鍋に針仕事を為る（夜裡做針線活）

夜鍋で仕上げる（開夜車趕製出來、加夜班完成）

夜な夜な、夜夜〔副〕每天晚上（＝毎晚、夜毎）←→朝な朝な

夜な夜な遅く迄研究を続けている（每天晚上都進行研究工作直到很晚）

此の辺りに夜な夜な御化けが出ると言う噂が有る（傳說這一帶每天晚上鬧鬼）

夜逃げ、夜逃〔名、自サ〕夜裡逃跑、乘夜逃跑

借金が払えないで夜逃（を）為た（因為還不起欠債乘夜逃跑了）

夜の目〔名〕睡眠（原義是夜間的眼睛或夜裡應當睡覺的眼睛）

夜の目も寝ずに（夜不成寐地）

夜の目も寝ずに働く（不眠不休地工作）

ボーイフレンドの為に夜の目も寝ずにセーターを編み上げた（為男朋友不眠不休地織了毛衣）

夜の目も寝ずに心配する（擔心得覺都睡不著）

夜目〔名〕夜裡看（的眼睛）、夜裡看東西

夜目にも其と分かる（就是夜裡看也認得）分る解る判る

夜目にも著く見える（夜裡看也很明顯）

峰峰が夜目にもはっきり見える（群峰在夜裡也清楚地呈現在眼前）

夜目でははっきりしない（夜裡看不清楚）

夜目遠目傘の内（〔女人〕夜裡看，離遠看，傘下看都顯得好看）

夜這い、夜這〔名〕〔俗〕（夜間男到女處）私通（呼的轉變）

夜這に為る（夜裡悄悄去私通）

夜這に行く（夜裡悄悄去私通）

夜這い星〔名〕〔俗〕流星（＝流星）

夜話、夜咄〔名、自他サ〕夜裡談話（＝夜話）

夜働き、夜働〔名、自サ〕夜裡工作（＝夜鍋）、夜間行竊（的人）（＝夜稼ぎ）、夜間襲擊（＝夜討ち）

夜働きで下書きを清書する（夜裡工作時謄寫稿件）

夜尿〔名〕〔古〕（夜間睡眠時）遺尿（＝寝小便）

夜番、夜番〔名〕夜班、打更、更夫（＝夜回り）

倉庫の夜番を為る（在倉庫值夜班）

工場の夜番を為る（在工廠值夜班）工場工場

夜番が拍子木を鳴らして歩く（更夫敲著梆子走）

夜更かし、夜更し〔名、自サ〕熬夜

夜更かし（を）為て体を壊す（熬夜傷身）壊す毀す

夜更かしは体に毒だ（熬夜對身體有害）

麻雀を為て夜更かしを為た（熬夜打牌）

夜更け、夜更〔名〕深夜、深更（＝深夜）

我我は夜更け迄語り合った（我們談到深夜）

彼女と夜更け迄デートを為た（跟女朋友約會到深夜）

こんな夜更けに何の用だ（這麼深更半夜的有什麼式呀？）

夜船、夜舟、夜船、夜舟〔名〕夜船、夜間航行的船

白河夜船（比喩酣睡什麼也不知道）

夜船に乗る（乘夜船）乗る載る

夜祭り、夜祭〔名〕夜祭、夜間舉行的祭典

夜祭りで境内が賑わう（神社院内因夜祭很熱鬧）

夜回り〔名、自サ〕守夜、打更夫（＝夜番、夜番）

夜回りが拍子木を打つ（更夫打梆子）打つ擊つ討つ

町内を夜回りする（在街上打更）

夜店、夜見世〔名〕夜市、夜攤子

夜店を冷やかして歩く（逛夜市）

夜店を出す（擺夜攤）

夜見の国、黄泉の国〔名〕黄泉、陰曹地府（＝黄泉）

夜道〔名〕夜路

暗い夜道（黑暗的夜路）

夜道を行く（走夜路）

夜道を為る（走夜路）

独りで夜道を歩く時は十分気を付け為さい（一個人走夜路要特別小心）独り一人

夜宮、宵宮〔名〕節日前舉行的小型廟會（＝夜祭り、夜祭、宵宮）

夜巡り〔名、自サ〕守夜、打更夫（＝夜番、夜番、夜回り）

夜もすがら、終夜、通夜、通宵〔副〕整夜、通宵（＝夜通し）←→終日

一

夜(よ)もすがら 虫(むし)がすだく（終夜蟲聲唧唧）
夜(よ)もすがら友達(ともだち)と語(かた)り明(あ)かした（徹夜不眠與朋友交談）
夜(よ)がな宵(よい)っぴて〔副〕通宵、整夜、一夜(=夜通(よどお)し、一晩中(ひとばんじゅう))←→日(ひ)がな一日(いちにち)（整天）
夜夜(よよ)、夜夜(よるよる)、夜夜(よなよな)〔副〕夜夜、每夜(=夜毎(よごと))
夜夜中(よるよなか)〔副〕三更半夜(=夜更(よふ)け、真夜中(まよなか))←→昼日中(ひるひなか)
夜夜中(よるよなか)に大声(おおごえ)で歌(うた)を歌(うた)う（三更半夜大聲唱歌）
夜(よる)〔名〕夜、夜裡、晚上←→昼(ひる)
夜(よる)に為(な)らない内(うち)に（乘天還沒黑）内中裏内
夜(よる)に為(な)っても未(ま)だ帰(かえ)らない（到了晚上還沒回來）未だ未だ
夜遅(よるおそ)く迄(まで)働(はたら)く（工作到深夜）
夜(よる)も昼(ひる)も（不分晝夜地）
夜(よる)も大分(だいぶ)更(ふ)けた（夜深了）大分大分大いた更ける深ける耽る吹ける拭ける噴ける葺ける
冬(ふゆ)が昼(ひる)が短(みじか)く、夜(よる)が長(なが)い（冬天晝短夜長）
夜顔(よるがお)〔名〕〔植〕葫蘆花、月光花(=夕顔(ゆうがお))
夜鶯(よるうぐいす)〔名〕〔動〕夜鶯(=ナイチンゲール nightingale)
夜昼(よるひる)〔名、副〕晝夜、日以繼月，晝夜不停地(=絶(た)えず)
夜昼(よるひる)の区別無(くべつな)く働(はたら)く（不分晝夜工作）
夜昼(よるひる)働(はたら)く（晝夜工作）
川(かわ)の水(みず)は夜昼流(よるひるなが)れて行(い)く（河水晝夜不停地流去）

頁（ㄧㄝˋ）

頁(けつ)〔漢造〕頁、頁岩（水成岩的一種）
頁岩(けつがん)、ページ岩(がん)〔名〕頁岩
油母頁岩(ゆぼけつがん)（油母頁岩、油頁岩）
頁岩油(けつがんゆ)（頁岩油）
頁(おおがい)、大頁(おおがい)〔名〕（漢字部首）頁部、頁字旁
頁(ページ)、ページ〔名〕頁
此(こ)の頁(ページ)には重要(じゅうよう)な事(こと)が書(か)かれている（這頁上寫著重要的事情）
二十頁(にじゅうページ)を見(み)て下(くだ)さい（請看第二十頁）
此(こ)の本(ほん)は十頁(じゅうページ)落(お)ちている（這本書掉了十頁）
頁(ページ)の狂(くる)っている本(ほん)（頁碼前後錯亂的書）
頁(ページ)を追(お)って読(よ)む（順著頁讀、逐頁讀）
歴史(れきし)に輝(かがや)かしい頁(ページ)を加(くわ)える（在歷史上增添光輝的一頁）
頁(ページ)を捲(めく)る（翻頁）
空白(くうはく)の頁(ページ)（空白頁）
偶数頁(ぐうすうページ)（偶數頁）奇数(きすう)
頁数(ページすう)（頁數）
頁付(ページづ)け（加頁碼）

掖（ㄧㄝˋ）

掖(えき)〔漢造〕在旁邊的、扶、藏、同〝腋〞
掖門(えきもん)、腋門(えきもん)〔名〕宮殿的旁門

腋（ㄧㄝˋ）

腋(えき)〔漢造〕腋、腋下(=腋(わき)、脇(わき)、腋(わき)の下(した)、脇(わき)の下(した))
腋花(えきか)〔名〕〔植〕腋花←→頂花(ちょうか)
腋窩(えきか)、腋窩(えきわ)〔名〕腋窩、腋下
腋窩検温(えきかけんおん)（腋下檢溫）
腋窩(えきか)の体温(たいおん)を測(はか)る（量腋下的體溫）計る測る図る謀る諮る
腋芽(えきが)、腋芽(わきが)〔名〕腋芽、側芽←→頂芽(ちょうが)
腋臭(えきしゅう)、腋臭(わきしゅう)、狐臭(わきが)〔名〕腋臭、狐臭
腋生(えきせい)〔名〕〔植〕腋生
腋(わき)、脇(わき)〔名〕腋下、（衣服）旁側，叉、側面，旁邊，旁處←→仕手(して)。〔連歌、俳句〕（発句(ほっく)後面由七、七音組成的）脇句(わきく)
腋(わき)を擽(くすぐ)る（胳肢腋窩使發癢）
荷物(にもつ)を腋(わき)に抱(かか)える（把東西夾在腋下）
腋明(わきあ)け（開叉的和服）
シャツの腋(わき)が綻(ほころ)びる（襯衣的腋窩處綻線了）shirt
箱(はこ)の腋(わき)に字(じ)を書(か)く（在箱子側面寫字）書く欠く描く掻く
学校(がっこう)の腋(わき)（學校旁邊）
道(みち)の腋(わき)に寄(よ)る（靠路邊）寄る拠る因る縁る依る由る選る縒る撚る
腋(わき)から口(くち)を出(だ)す（從旁邊插嘴）
腋(わき)に置(お)く（放在旁邊）置く擱く措く
腋(わき)へ寄(よ)れ（靠邊！）
子供(こども)を腋(わき)に呼(よ)ぶ（把小孩叫到旁邊）叫ぶ
腋(わき)に寄(よ)って立(た)ってい為(な)さい（靠旁邊站著吧！）

脇(わき)に寄(よ)って車(くるま)を避(さ)ける（靠路旁躲車）避ける 裂ける 咲ける 割ける 避ける 除ける

話(はなし)を脇(わき)へ逸(そ)らす（把話叉開 把話引到旁處）逸らす 反らす 剃らす

脇許(わきばか)り見(み)ている（盡往旁邊看）

脇(わき)へ寄(よ)る所(ところ)が有(あ)る（另外有要去的地方）

脇(わき)を勤(つと)める（演配角）（常寫成脇）勤める 努める 務める 勉める

脇連(わきつ)れ、ワキ連レ（配角）

脇明(わきあ)け〔名〕開叉的和服上衣、婦女和兒童和服褄下的開口（不縫合處）

脇(わき)ぐり〔名〕（腋下的）袖孔

脇毛(わきげ)，脇毛(わきげ)、腋毛(えきもう)〔名〕腋毛

脇戸(わきど)、脇戸(わきど)〔名〕旁門、耳門、大門旁邊的小門

脇(わき)の下(した)、脇(わき)の下(した)〔名〕腋下，胳肢窩、（衣服的）抬褄(わき)(=脇)

体温計(たいおんけい)を脇(わき)の下(した)に挟(はさ)む（把體溫計夾在腋下）挟む 鋏む 挿む 剪む

脇(わき)の下(した)から汗(あせ)が出(で)る（腋下出汗）

脇(わき)の下(した)に汗(あせ)を掻(か)く（腋下出汗）書く 欠く 描く 掻く

脇(わき)の下(した)を掻(か)く（搔腋下）

脇(わき)の下(した)に抱(かか)える（夾在腋下）

脇(わき)の下(した)を擽(くすぐ)る（胳肢腋窩使發癢）

脇(わき)の下(した)が綻(ほころ)びる（衣服的抬襟綻線了）

脇羽(わきばね)〔名〕（鳥類的）腋羽

業(ぎょう)、業(ごう)（一せヽ）

業(ぎょう)〔名〕學業、職業、行業、事業

業(ぎょう)を終(お)える（畢業）

学(がく)を修(おさ)め、業(ぎょう)を習(なら)う（修習學業）学ぶ

弁護士(べんごし)を業(ぎょう)と為(す)る（以律師為業）

医者(いしゃ)を終生(しゅうせい)の業(ぎょう)と為(す)る（以醫師為終生職業）

父(ちち)の業(ぎょう)を継(つ)ぐ（繼承父業）告ぐ 次ぐ 注ぐ 継ぐ 接ぐ

文筆(ぶんぴつ)を業(ぎょう)と為(す)る（以寫作為業）

業(ぎょう)に励(はげ)む（致力於自己的事業）

畢生(ひっせい)の業(ぎょう)を為(な)し遂(と)げる（完成畢生事業）

職業(しょくぎょう)（職業）

生業(せいぎょう)、生業(なりわい)（生業、職業）

転業(てんぎょう)（轉業、轉行）

正業(せいぎょう)（正當職業）

大業(たいぎょう)（大業、大事業）

電業(でんぎょう)（電器工業）

家業(かぎょう)（家業、職業、行業）

修業(しゅぎょう)、修業(しゅうぎょう)（學習學業）

稼業(かぎょう)（行業）

主業(しゅぎょう)（正業）

終業(しゅうぎょう)（做完業務、學完課程）

就業(しゅうぎょう)（就業、上班做事）

産業(さんぎょう)（產業）

従業(じゅうぎょう)（工作）

蚕業(さんぎょう)（養蠶業）

廃業(はいぎょう)（歇業）

商業(しょうぎょう)（商業）

残業(ざんぎょう)（加班）

創業(そうぎょう)（創業）

工業(こうぎょう)（工業）

操業(そうぎょう)（操作、作業）

企業(きぎょう)（企業、事業）

作業(さぎょう)（作業、勞動）

興業(こうぎょう)（振興工業）

航業(こうぎょう)（航業）

鋼業(こうぎょう)（鋼業）

授業(じゅぎょう)（授課、教授）

学業(がくぎょう)（學業）

受業(じゅぎょう)（受教）

事業(じぎょう)（事業、功業、企業）

始業(しぎょう)（開學）

罷業(ひぎょう)（罷工）

功業(こうぎょう)（功業、功績）

鉱業(こうぎょう)（礦業）

卒業(そつぎょう)（畢業）

休業(きゅうぎょう)（歇業、停業）

協業(きょうぎょう)（協作）

課業(かぎょう)（功課）

業界(ぎょうかい)〔名〕同業界

業界(ぎょうかい)の景気(けいき)（同業界的景氣）

業界紙(ぎょうかいし)（刊登同業界消息的報紙）

業界誌〔刊登同業界消息的雜誌〕
業界の顔役（同業界的頭面人物）
業間訓練〔名〕工作中的鍛錬
業者〔名〕（工商）業者、同業者
　業者を集める（招集同業者）
　業者を呼んで見積もらせる（叫廠商估計要多少錢）
　業者の間で値段を決める（在同業者之間規定價格）
　業者間の話し合いで値段を決める（由同業者協商規定價格）
　業者間の話（行話、同業的專用語）
　業者仲間（同行）
業主〔名〕業主、事業主、企業主
業種〔名〕工商業的種類、行業
　業種別（按行業）
　業種別の組合（按行業的工會）
　業種別賃銀（按行業的工資）
　如何なる業種に限らず、皆人民に奉仕する物である（不論哪個行業都是為人民服務）
業績〔名〕業績、成績、成就
　業績が著しく上がった（業績有了顯著的增進）上がる挙がる揚がる騰がる
　此の所会社の業績が思わしくない（近來公司業績不佳）
　業績を残す（留下了功績）残す遺す
　大きな業績を上げる（獲得很大的成就）
　業績相場（〔商〕〔因公司經營起色而〕上漲的股票價格）
　業績不良（成績不佳）
　業績報告（公司的業務報告）
業態〔名〕營業情況、企業情況
　業態を調べる（調查企業情況）
業務〔名〕業務、工作（＝仕事、業、勤め）
　業務を妨害する（妨礙工作）
　業務を怠る（怠工、不認真工作）怠る惰る
　業務に励む（努力工作）
　業務を拡張する（擴張業務、發展業務）
　業務上の過失（業務上的過失）上上

　業務を忠実に行う（認真工作）
　業務妨害罪（業務妨害罪）
　業務用書類（業務文件）
　業務管理（業務管理）
　業務分析（業務分析）
業〔名〕〔佛〕業，善惡的行為、生氣，憤怒（＝業腹）
　業が深い（罪孽深）
　業を煮やす（發急、不耐煩、急得發脾氣）
　罪業（罪惡、罪孽）
　業が煮える（發急、不耐煩、急得發脾氣）
　悪業（前世作孽的報應）
　非業（不是前世業緣）
　宿業（前世的善惡行為）
　自業自得（自作自受）
業因〔名〕〔佛〕業因、果報
業火〔名〕〔佛〕地獄之火、（比喻）激怒，大怒
業果〔名〕〔佛〕業果、應得的報應（＝因果）
　其は彼の業果だ（這是他應得的報應）
業苦〔名〕〔佛〕前世惡業之苦、前世作惡現世受苦
業晒し，業曝し，業さらし〔名〕〔佛〕（由於前世的惡業）現世丟臉。（罵）丟人現眼（＝恥曝し）
業突張，業突張り，強突張，強突張り〔名、形動〕〔俗〕剛愎（的人）、固執（的人）、貪婪而頑固（的人）
　業突張で一歩も譲らない（死頑固一步也不讓）
　彼は業突張だ（他是個頑固的人）
　業突張な老人（老頑固）浪人
　彼は業突張で仕様が無い（他太固執真沒辦法）
　業突張の金貸し（貪得無厭的高利貸者）
業腹〔名、形動〕滿腔怒火、怒火填膺（＝癪）
　如何考えても業腹だ（想來想去還是氣憤難忍）
　考えると業腹で堪らない（一想起來就滿腔怒火）堪まる溜まる貯まる
　けちだと思われるのも業腹だ（被人看作小氣真氣人）
　実に業腹だ（實在令人氣憤）実に実
　業腹に思う（憋氣）思う想う

業腹を煮やす（生氣）
業病〔名〕孽病（指一直把人折磨到死的不治之症-舊時迷信認為是前作孽的報應）
業風〔名〕〔佛〕地獄吹的大風
業報〔名〕〔佛〕因果報應、惡報
業〔名〕事情、事業、工作（=仕業、仕事、行い）
　此は容易な業ではない（這不是容易的事）
　人間の業とは思われない（彷彿不是人力所能作出來的）
　為す業も無く遊んでいる（無所事事地閒著）
技〔名〕技能，技術，本領，（相撲、柔道、劍術、拳擊等）招數，訣竅
　技を磨く（磨練技能）
　技を習う（學本事）
　技を競う（賽技能、比本領）
業事〔名〕技能、技巧（需要特殊訓練的動作或工作）
業師〔名〕（相撲等）技藝高超的人、善弄權勢的人，策略家
　政界の業師（政界的策士、政客）
業物〔名〕利刃、快刀
　名工の鍛えた業物（巧匠鍛造的利刃）

葉（一せˋ）

葉〔接尾，造語〕張，片，枚（計算片狀物的助數詞）、（草、樹、腦、肺）葉、（歷史時期分段）初葉，中葉，後葉、（飛機的）翼
　写真一葉（一張相片）
　写真を一葉を送る（寄一張相片）送る贈る
　紙一葉（一張紙）
　単葉（單葉、單翼）
　托葉（托葉）
　複葉（複葉、雙翼）
　広葉樹（闊葉樹）
　枝葉（枝葉、末節）
　前頭葉（前頂葉）
　視葉（視神經葉）
　闊葉樹（闊葉樹）
　針葉樹（針葉樹）
　紅葉、紅葉（紅葉）
　落葉（落葉）
　前葉（前葉、前頁）
　前葉体（原葉體）
　次葉（次葉、下頁）
　黄葉（黃葉、秋葉）
　小葉（小葉、葉突）
　初葉（第一頁、初期）
　中葉（中世、胞間層）
　後葉（後葉、後代，後裔，子孫）
葉腋〔名〕〔植〕葉腋（發嫩芽的地方）
葉縁〔名〕〔植〕葉緣
葉芽〔名〕〔植〕葉芽
葉脚〔名〕〔植〕葉基
葉原基〔名〕〔植〕葉原基
葉黄素〔名〕〔植〕葉黃素（=キサントフィル xanthophyll）
葉痕〔名〕〔植〕（落葉後葉柄上的）瘢痕
葉菜類〔名〕〔農〕葉菜類（如白菜、菠菜）←→根菜類
葉酸〔名〕〔化〕葉酸
　葉酸はビタミンB複合体の一つで、栄養障害に因る貧血を治すのに有効な薬物である（葉酸是一種複合乙種維生素是對於治療因營養不良引起的貧血有效的藥物）
葉軸〔名〕〔植〕（羽狀複葉的）葉軸
葉鞘〔名〕〔植〕葉鞘
葉序〔名〕〔植〕葉序
　植物の葉序は、葉の付き方に依って、互生、対生、輪生、叢生等に区別する事が出来る（植物的葉序按照葉子長的狀態可分為互生對生輪生叢生等幾類）
葉状〔名〕葉狀
　人間の肺は葉状を為ている（人的肺呈葉狀）
　葉状植物（葉狀植物、菌藻植物）
　葉状茎（葉狀枝）
　葉状体（葉狀體、菌體）
　葉状貫入（〔地〕層疊貫入）
　葉状炭（〔地〕紙煤）
葉身〔名〕〔植〕葉片、葉狀物
　プロペラの葉身（螺旋槳的葉片）
葉針〔名〕〔植〕葉針
　サボテンの葉針（仙人掌的葉針）
葉跡〔名〕〔植〕葉跡、葉柄痕

一

葉尖、葉前〔名〕〔植〕葉尖、葉的尖端
葉枕〔名〕〔植〕葉枕、葉座
葉底〔名〕〔植〕葉基
葉鉄〔名〕馬口鐵、鐵皮、洋鐵片（＝ブリキ）
葉肉〔名〕〔植〕葉肉
葉柄〔名〕〔植〕葉柄
葉片〔名〕〔植〕葉片（＝葉身）
葉脈〔名〕〔植〕葉脈
葉面〔名〕〔植〕葉面
葉綠鞘〔名〕〔植〕葉綠鞘
葉綠色〔名〕〔植〕葉綠色
葉綠素〔名〕〔植〕葉綠素（＝クロロフィル chlorophyll）
葉綠組織〔名〕〔植〕葉綠組織
葉綠体〔名〕〔植〕葉綠體
葉綠粒〔名〕〔植〕葉綠粒
葉裂〔名〕〔生〕分層、囊胚分層發育
葉蠟石〔名〕〔礦〕葉臘石
葉肋〔名〕〔植〕（葉的）葉筋、主脈、中脈

葉〔名〕葉（＝葉っぱ）
　葉が落ちる（葉落）
　木の葉（樹葉）
　楡の葉が出る（楡樹長葉子了）
　木の葉がすっかり無く為った（樹葉都掉了）
　葉を出す（生葉、長葉）
　木の欠いて根を断つな（修剪樹枝不要連根砍斷）
　葉のこんもり茂った松の木（葉子茂密的松樹）
　葉の出る前に花の咲く木（先開花後長葉的樹）微風微風

歯〔名〕齒，牙，牙齒、（器物的）齒
　歯の根（牙根）
　歯の跡（牙印）
　歯を磨く（刷牙）
　歯を穿る（剔牙）
　歯を埋める（補牙）
　歯を入れる（鑲牙）
　歯を抜く（拔牙）
　歯が痛む（牙疼）
　歯が生える（長牙齒）
　歯が一本抜けている（掉了一顆牙）
　此の子は歯が抜け代わり始めた（這孩子開始換牙了）
　歯を剥き出して威嚇する（齜牙咧嘴進行威嚇）
　歯車（齒輪）
　鋸の歯（鋸齒）
　櫛の歯（梳子的齒）
　下駄の歯（木屐的齒）
　歯が浮く（倒牙、牙根活動、令人感到肉麻）
　歯が立たない（咬不動、比不上，敵不過，不成對手）
　歯に合う（咬得動、合口味，合得來）
　歯に衣を着せない（直言不諱、打開窗戶說亮話）
　歯の抜けた様（殘缺不全、若有所失，空虛）
　歯の根が合わない（打顫、發抖）
　歯の根も食い合う（親密無間）
　歯の根を鳴らす（咬牙切齒）
　歯亡び舌存す（齒亡舌存、剛者易折柔者長存）
　歯を食い縛る（咬定牙關）
　歯を切す（咬牙切齒）
　歯を出す（斥責、怒斥）

刃〔名〕刃、刀刃（＝刃）
　刃が鋭い（刀刃鋒利）
　刃が鋭くて良く切れる（刀刃鋒利好切）
　刃を付ける（開刃）
　庖丁の刃（菜刀的刀刃）
　剃刀の刃（刮鬍刀刃）
　刃の付いた刀（開了刃的刀）
　刃が欠ける（毀れる）（被刀刃傷到）
　刃が切れなくなった（刀刃變鈍了）
　ナイフには鋭い刃が付いていた（這把刀有鋒利的刀刃）
　ナイフの刃が捲くれる（小刀刃變捲了）
　刃を拾う（磨刀）
　刃を研ぐ（磨刀）

羽〔名〕羽，羽毛（=羽）、翼，翅膀、（箭）翎、勢力，權勢（=羽振り）
　孔雀の羽（孔雀的羽毛）
　鷹の羽音（老鷹拍翅膀的聲音）
　蟬の羽（蟬翼）
　矢羽（箭翎）
　羽が利く（有權勢）
葉裏〔名〕〔植〕葉的背面
　オリーブの木が銀色に葉裏を翻して微風に靡いていた（橄欖樹的葉被閃著銀光隨風搖曳）
葉音〔名〕葉子被風吹所發出的聲音
葉書、端書〔名〕明信片（=郵便葉書）、記事簽
　葉書を書く（寫明信片）書く欠く描く搔く
　絵葉書（風景明信片）
　葉書を出す（寄明信片）
　往復葉書（〔回信郵資已付〕往返明信片）
　葉書電報（傳真電報）
　葉書で返事を為る（用明信片答覆）
　万国郵便連合葉書（國際通用明信片）
　葉書では失礼に為るから、封書で出し為さい（用明信片太失禮了請用信寄吧！）
葉隠れ、葉隠〔名〕隱沒在葉間、葉隱論語（有關武士修養的書、山本常朝口述、田代又左衛門陳基筆錄而成=葉隠れ聞き書き）
　木の実が葉隠れから時時見える（樹的果實在葉間隱約可見）
葉陰〔名〕樹的陰影、樹被
葉風〔名〕吹動樹葉的風
葉鶏頭、雁來紅〔名〕〔植〕雁來紅、三色莧、老少年
葉越し、葉越〔名〕透過葉縫
　葉越しに見える星（透過葉縫望見的月亮）
葉桜〔名〕花落後長出嫩葉的櫻樹。〔轉〕徐娘半老
葉挿し〔名〕插葉（將葉的全部或一部插入濕土中，使之從切口處發出根，芽，以獲得新枝的方法）
葉銹〔名〕〔植〕葉銹（病）
葉末〔名〕葉尖，葉梢。〔轉〕子孫，後代，末葉
　葉末に宿る露（葉尖上的露珠）
葉擦れ、葉擦〔名〕（草木的葉因風等）互相摩擦

葉擦れの音（樹葉的摩擦聲）
葉竹〔名〕（供觀賞用的）葉竹
葉煙草〔名〕煙葉、葉子煙
葉茶、葉茶〔名〕茶葉
　葉茶屋（茶莊、茶葉店〔=茶屋、茶舖〕）
葉月〔名〕陰曆八月
葉並み、葉並〔名〕葉子排列（整齊茂盛）情況
葉人参〔名〕嫩葉供食用的（秋季）胡蘿蔔
葉蜂〔名〕〔動〕葉蜂、鋸蜂
葉振り〔名〕葉子的排列、葉子的樣子
　葉振りの見事な樹木（葉子長得漂亮〔美觀〕的樹）
葉牡丹〔名〕〔植〕甘藍（葉子花色繁多供觀賞用）
葉巻き、葉巻〔名〕雪茄煙、葉捲煙（=シガー、葉卷煙草）
　葉巻を銜える（叼著雪茄）銜える咥える加える
　葉巻を吸う（吸雪茄煙）
　葉巻パイプ（雪茄煙菸斗）
　葉巻の吸い残し（雪茄煙的菸蒂）
　葉巻煙草（雪茄〔cigar〕）
葉巻き虫〔名〕〔動〕捲葉蟲（幼蟲吐絲，將植物的葉子縱捲，然後棲息其中，害蟲）
葉虫〔名〕〔動〕金花蟲
葉武者、端武者〔名〕小兵、步卒、列兵
葉群、葉叢〔名〕茂密的葉、叢生的葉
葉物〔名〕觀葉植物、（以食用葉部為主的）葉菜←→花物
葉蘭、葉蘭〔名〕〔植〕蜘蛛抱蛋、一葉

謁（一せヽ）

謁〔名、漢造〕謁見、拜謁（=御目見得）
　謁を賜う（賜謁、允許謁見）賜う給う
　謁を賜る（賜謁、允許謁見）賜わる給わる
　謁を通ずる（〔遞上名片〕求見）
　拜謁（拜謁）
　内謁（私下謁見）
謁する〔自サ〕晉謁、謁見（=謁見）
謁見〔名、自サ〕謁見
　謁見を賜わる（蒙接見、承賜見）賜わる給わる
　謁見室（接見室）

靨（ㄧㄝˋ）

靨、笑窪〔名〕笑窩、酒窩
　靨の有る顔（有酒窩的臉）有る在る或る
　笑うと可愛い靨が出来る（一笑就露出可愛的酒窩）
　惚れた目に痘痕も靨（情人眼裡出西施）
　靨百万ドル（一笑千金）

崖（ㄧㄞˊ）

崖〔漢造〕崖
　懸崖（懸崖、盆栽花木的垂盆）
　断崖（斷崖、懸崖）

崖〔名〕山崖、懸崖、峭壁（=絶壁）
　崖から落ちる（從懸崖上掉下來）落ちる堕ちる墜ちる
　崖を攀じ登る（攀登懸崖）
　崖が崩れる（懸崖塌陷）影陰蔭翳

崖崩れ〔名〕懸崖塌陷
　豪雨の為崖崩れが遭った（因為暴風雨懸崖發生了塌陷）遭う会う逢う遇う合う

崖道〔名〕崖上的道路

眥（ㄧㄞˊ）

眥〔漢造〕眼睛周邊（=眦、眥）、恨著看的樣子（=睨む）

眥眦、眥眥〔名〕眥眦、發怒時瞪眼睛
　眥眦の恨み（眥眦之怨、極小的仇恨）恨み怨み憾み

眦、眥〔名〕眼角（=目尻）
　眦を決する（堅目、瞪大眼睛、怒目而視-瞪起眼睛發怒或下決心的神色）決する結する
　眦に目糞が付いている（眼角有眼淚）付く着く突く就く衝く憑く点く尽く
　眦を吊り上げる（吊起眼角）

夭（ㄧㄠ）

夭〔漢造〕短命早死

夭死〔名、自サ〕夭折、夭亡（=夭折、若死に）

夭逝〔名、自サ〕夭折、夭亡（=夭折、若死に）
　夭逝を天才（天才早逝）

夭折〔名、自サ〕夭折、夭亡（夭死、早死に）

妖（ㄧㄠ）

妖〔漢造〕妖，妖怪、艷麗

妖異〔名〕妖異，怪事、妖怪

妖雲〔名〕妖雲、不祥的雲彩
　妖雲が漂う（風雲緊急、情勢險惡、氣氛緊張）
　妖雲が垂れ込めている（妖雲籠罩、籠罩著緊張空氣）

妖婉〔名ナ〕妖艷、妖冶（=妖艷）

妖艷〔名ナ〕妖艷、妖冶
　妖艷の（な）姿（妖艷的姿容）

妖花〔名〕妖艷的花、妖冶的女人

妖怪〔名〕妖怪、妖精（=化け物）
　白骨の妖怪が到頭孫悟空に退治されて終った（白骨精終於被孫悟空徹底消滅了）
　妖怪変化（牛鬼蛇神）

妖気〔名〕妖氣、邪氣
　妖気が漂う（妖氣瀰漫）
　妖気が身に迫る（邪氣襲人）迫る逼る
　妖気を発する（散發妖氣）

妖姫〔名〕妖婦、妖艷的女人

妖言〔名〕（惑眾的）妖言

妖光〔名〕妖光、不吉祥的光

妖術〔名〕妖術、魔法
　妖術を使う（施展妖術）使う遣う
　妖術で人を誑かす（用妖術騙人）
　妖術に掛かる（中了魔法）掛かる掛る係る懸る繋る罹る

妖女〔名〕妖婦、女妖，巫婆
　妖女と見紛う（錯看成妖婦、像妖婦似的）
　妖女の姿を連想する（連想起妖婦的姿態）

妖星〔名〕（舊時迷信認為預兆災禍的）妖星，不祥之星，彗星，掃把星

妖精〔名〕妖精、妖怪、精靈（主要指西方童話故事中花木或動物變成的女妖精）
　妖精物語（妖怪故事）
　花の妖精達が踊っている（一群百花仙子在跳舞）

ようば〔名〕妖婆

ようび〔名ナ〕妖艷

ようふ〔名〕妖婦、蕩婦、妖艷的婦女
　妖婦役の女優（扮演妖婦的女演員）
　妖婦型の女（妖婦型的女人）

ようま〔名〕妖魔、妖怪（=化物）
　妖魔の仕業（妖魔作祟）
　妖魔に魅入られる（被妖魔迷住）

ようれい〔形動〕妖艷美麗

腰（一幺）

よう〔漢造〕腰
　細腰（楊柳細腰）
　蜂腰（蜂腰）

ようかん〔名〕腰間
　腰間の秋水（腰掛秋水寶刀）
　腰間に秋水を手挟む（腰間配秋水寶刀）

ようきん〔名〕〔解〕腰脊
　大腰筋（腰大肌）
　腰筋膿腫（腰肌膿腫）

ようこ〔名〕〔樂〕腰鼓

ようしんけい〔名〕〔解〕腰神經

ようずいますい〔名〕〔醫〕腰椎麻醉

ようつい〔名〕〔解〕腰椎
　腰椎穿刺（腰椎穿刺）
　腰椎麻醉（腰椎麻醉）

ようつう〔名〕腰痛

ようぶ〔名〕腰部
　腰部に痛みを感ずる（感覺腰部疼痛）

こし〔名〕腰部、（衣服、裙子）腰身、（牆壁、隔扇）下半部、（年糕等）黏度

〔接尾〕（腰上的東西）把、件
　腰を曲げる（彎腰）
　腰を屈める（彎腰）
　腰を曲った老人（彎了腰的老人）
　腰を伸ばす（伸懶腰、休息）伸ばす延ばす展ばす

腰を掛ける（坐下、落坐）書ける欠ける賭ける駆ける架ける描ける翔ける懸ける搔ける駈ける

腰を下ろす（坐下、落坐）下ろす降ろす卸す
椅子に腰を掛ける（坐在椅子上）

腰を押す（在背後支持、挑唆）押す推す圧す捺す

腰を入れる（認真地做、專心做）容れる煎れる炒れる鋳れる射れる要れる居れる

腰を折る（彎腰，屈服、半途而廢，打斷話頭）折る織る居る

腰を落ち着ける（坐穩）

話の腰を折る（打斷話題）

腰を挫く（扭了腰）

腰を据える（下定決心、坐著不動、專心做）据える吸える饐える

腰を抜かす（嚇人、非常吃驚）抜かす貫かす

腰を据えて掛かる（沉著地做、安心做）掛る罹る係る繋る懸る架る

値段が高いので腰を抜かす（價錢貴得驚人）

腰を据えて仕事を掛かる（安安穩穩地坐下來工作）

腰を低くする（打躬作揖）

腰が重い（懶得動）思い想い

腰が痛い（腰痛）

腰が浮いている（心情浮躁、部沉著）

腰が悲しみ痛む（腰痠痛）痛む傷む悼む

腰が砕ける（鬆勁了、態度軟了、半途而廢）

腰が座る（站穩）座る坐る据わる

腰が低い（謙虛、謙恭、和藹）

腰が高い（驕傲、狂妄、自大）

腰が弱い（態度軟弱，沒骨氣、黏性不高）

腰が強い（態度強硬、黏度強）

腰が抜ける（嚇軟、嚇破了膽）抜ける貫ける

腰がだるい（腰痠）

障子の腰（紙拉門的下半部）

腰が立たない（直不起腰、伸不直腰）立つ経つ建つ絶つ発つ断つ裁つ起つ断つ

此のペンは腰が強い（這隻筆尖硬）
此の餅は腰が強い（這黏糕黏得很）
此の麵は腰が強い（這麵很黏）
太刀一腰（一把大刀）
袴一腰（一件和服裙褲）

腰〔接尾〕表示態度、姿勢的意思
強腰（強硬的態度）
喧嘩腰（挑戰的態度）

輿〔名〕轎子、肩輿、神輿（=神輿、神輿、御輿）
玉の輿（顯貴坐的錦輿、富貴的身分）
玉の輿に乗る（女人因結婚而獲得高貴的地位）
女は氏無くして玉の輿に乗る（出身貧寒的女子可因結婚而富貴）
神輿、神輿、御輿（神轎、〔俗〕腰，屁股）
神輿を担ぐ（抬神轎、給人戴高帽子）
神輿を下ろす（坐下）
神輿を据える（坐下不動、從容不迫）

輿〔漢造〕大地、車、轎、眾多，群眾
車輿（車和轎子）
乗輿（天子的車馬、一般交通工具）
神輿、神輿、御輿（神輿、供有神牌位的轎子）
神輿、御輿（神轎、〔俗〕腰，屁股）

腰上げ，腰上，腰揚げ，揚上〔名〕和服腰部往上打的褶（以備放長適合身長）
腰上を為る（腰部打上褶）
腰上を下ろす（放開腰部打的褶）

腰当て，腰当〔名〕圍腰、和服裡子腰部的墊部
寒いので腰当を為る（因為寒冷所以繫上圍腰）

腰板〔名〕（牆壁、拉窗、隔扇等下部的）圍板、和服裡子腰部的墊布
部屋の腰板を拭く（擦房間的牆圍板）拭く吹く噴く葺く

腰帯〔名〕〔老〕（和服）腰帶、日本婦女帶子下面繫的細帶

腰帯〔名〕〔解〕骨盆帶、（古時飾有金佩玉珂等的）腰帶

腰折れ，腰折〔名〕人老駝背、拙劣的和歌，歪詩，拙詩
腰折歌（拙劣的和歌，歪詩，拙詩）

腰折れ屋根、腰折屋根〔名〕〔建〕復折屋頂

腰垣〔名〕低籬笆、矮牆

腰掛ける〔自下一〕坐下來
何卒腰掛けて下さい（請坐）
此の電車で腰掛けられた事が無い（這路電車從來沒有空位）
石に腰掛けて休む（坐在石頭上休息）
道端の石に腰掛ける（坐在路旁的石頭上）

腰掛け，腰掛〔名〕凳子、一時棲身之處，臨時落腳處
腰掛に座る（坐在凳子上）座る坐る据わる
腰掛に掛ける（坐在凳子上）駈ける懸ける架ける駆ける賭ける欠ける書ける
長い腰掛（長凳子）
一時の腰掛（一時棲身之處）
腰掛の仕事（臨時工作）
今の仕事は本の腰掛です（現在的工作只是臨時的）
今の会社は本の腰掛の積りだ（現在的公司只是暫時的棲身之處）積り心算心算

腰刀〔名〕腰刀（=脇差）

腰切り半纏〔名〕（手藝人穿的）半截工作服

腰巾着〔名〕腰包，荷包。〔俗〕經常跟在身邊的人，形影不離的人，跟班兒
彼の子は御母ちゃんの腰巾着だ（那孩子經常跟在媽媽身邊）
彼の子は母の腰巾着だ（那孩子經常跟在媽媽身邊）
彼は社長の腰巾着だ（他是總經理的跟班）

腰砕け，腰砕〔名,自サ〕（相撲因腰力不支）摔倒、半途而廢
腰砕で土俵に倒れる（相撲因腰力不支摔倒在場上）
中途で腰砕に為るとは残念だ（半途而廢是可惜的）

腰気、白帶下〔名〕〔醫〕白帶（=下物）

腰障子〔名〕下半截帶裙板的紙拉窗或門

腰高〔名,形動〕高腰、高傲，狂妄、高腳盤（=高杯）。〔相撲〕沒有彎下腰（不穩姿勢）

腰高に帯を締める（和服帶子往上繫、高高地繫和服帶子）締める絞める占める閉める染める湿る

腰高障子（下截裝有一公尺左右高木板的格子窗或門）

腰高な態度（傲慢的態度）

腰高に寄り進む（沒有彎下腰就撲上去）

腰試〔名〕〔相撲〕力士在摔跤前檢驗腰力的動作

腰撓め、腰撓〔名〕槍托抵在腰部不瞄準就射擊、粗心大意，馬馬虎虎（=当てずっぽう）

腰撓で打つ（抵住腰放槍）打つ撃つ討つ

腰撓で決める（估量著決定）決める極める

腰撓射撃を為る（盲目射撃、放空槍）

腰撓で米価を決める（草率地規定米價）

腰付き、腰付〔名〕腰部的姿勢、腰姿

変な腰付で歩く（用奇怪的姿勢走路）

良い腰付を為ている（腰姿美力）

ふらふらした腰付（搖搖晃晃的姿勢）

確りした腰付で荷を担ぐ（腰板硬實地扛著行李）確り聢り

腰縄〔名〕（為了臨時需用）隨身掛在腰上的繩子、（綁輕罪犯）腰繩←→本縄

腰縄を打つ（綁犯人、綁上腰繩）打つ撃つ討つ

腰抜け、腰抜〔名〕癱瘓、膽怯，懦弱，窩囊廢，膽小鬼

腰抜外交（軟弱外交）

腰抜軍人（怕死的軍人）

此の腰抜野郎（你這個窩囊廢）

腰抜侍（怕死的武士）

彼奴があんな腰抜だとは思わなかった（沒想到他是那麼樣的一個窩囊廢）

腰の物〔名〕腰刀、（穿和服時用的）內圍裙（=腰巻）

腰羽目〔名〕壁板、護牆板

腰張り，腰張，腰貼り，腰貼〔名〕（牆壁或隔扇）下半截糊紙、下部嵌木板

壁の腰張を為る（在牆下部裱紙、在牆下部嵌木板）

腰紐〔名〕（和服）繫腰的細腰帶、兒童衣服上的腰帶

腰屏風〔名〕齊腰的屏風、矮屏風

腰布団〔名〕（老人、病人用）圍腰布條

腰弁〔名〕隨身帶的飯盒（=腰弁当）、小職員，小官吏（=安月給取り）

腰弁で出掛ける（帶著隨身飯盒出門）

一生腰弁で過す（當一輩子小職員）

腰骨〔名〕腰骨、忍耐力

滑って腰骨を打つ（滑倒摔傷了腰骨）

彼は腰骨が有る（他很有毅力）

腰骨が強い（毅力強）

腰っ骨〔名〕腰骨、堅持力，毅力，耐性（=腰骨）

腰っ骨が強い（毅力強）

腰巻き、腰巻〔名〕（日本婦女的）貼身裙（=湯文字）、（古時日本婦女纏在衣服外面的）圍裙、倉庫下半截周圍塗有厚泥的部分。〔俗〕附在書皮上介紹書的內容等的紙條

腰回り，腰回，腰廻り，腰廻〔名〕腰圍（的尺寸）（=ヒップ）

腰回を測る（量腰圍）測る計る量る図る謀る諮る

腰蓑〔名〕（古時捕魚人纏在腰上的）短蓑衣

腰蓑を付ける（圍上短蓑衣）

腰元〔名〕腰邊，身邊、（古時貴人的）宮娥，侍女

腰湯〔名〕坐浴、用水洗腰邊以下（=座浴、坐浴）

腰湯を使う（洗坐浴）使う遣う

腰弱〔名、形動〕腰部軟弱（的人）、缺乏毅力（的人）

こんな腰弱で如何する（那麼怯懦怎麼行啊！）

ぎっくり腰〔名〕（因椎間板突出或脊椎分離症在扭腰或持重物時的）腰部劇痛

邀（一幺）

邀〔漢造〕邀請、約請

邀撃〔名、他サ〕迎擊

敵を邀撃する（迎擊敵人）敵 仇

邀え撃ち、迎え撃ち、迎え討ち〔他下一〕迎擊

敵を迎え撃ち（迎擊敵人）

敵機を迎え撃ち（迎擊敵機）

肴（一幺ˊ）

肴〔漢造〕煮熟的葷菜

肴、肴〔名〕（原意為酒菜）酒菜，菜餚，下酒的菜、酒宴上助興的節目或話題

酒と肴（酒菜、酒和菜）肴 魚 魚

酒の肴が何も無い（沒有什麼酒肴）菜魚

刺身を肴に為て酒を飲む（拿生魚片下酒喝）飲む呑む

ピーナッツを肴に為てビールを飲む（拿花生米配啤酒喝）

酒の肴に鯣を出す（拿出魷魚乾來當酒菜）

酒の肴に歌でも歌おう（唱個歌來助酒興吧！）

人の事を肴に為る（把別人的事當話題）

人のスキャンダルを酒の肴に為ている（把別人的醜聞當作酒席上談笑的話題）

魚〔名〕（作為食物的）魚，魚肉、（作為水中動物的）魚，魚類（＝魚）

煮魚（燉魚）

焼き魚（烤魚）

魚の肉（魚肉）

魚の骨（魚骨頭）

魚を料理する（料理魚）

魚の様に料理している（當作魚肉來宰割）

魚の群れ（魚群）

魚を釣る（釣魚）

魚を捕まえる（捕魚）

池に魚が泳いでいる（魚在池中游）

此の川には魚が多い（這條河裡魚很多）

魚〔名〕魚（〝魚〟是文語式說法、現常使用〝魚〟形式）

川魚（河魚）

魚を捕る（打魚）取る摂る採る撮る執る獲る盗る録る

魚を釣る（釣魚）

木に縁って魚を求める（緣木求魚）依る拠る由る縒る寄る依る縁る選る撚る

水清ければ魚棲まず（水清無魚）棲む住む済む澄む清む

魚と水（如魚得水、非常親密）

魚と水の様な深い友情（魚水深情）

魚の目に水見えず（魚在水中不見水、〔喻〕人往往不注意到切身之事）

魚を得て筌を忘る（得魚忘筌、過河拆橋）

魚心有れば水心（你對我好我也對你好、你要有心我也有意、你幫我我也幫你）

魚〔名〕〔兒〕魚

御魚（魚）父

金魚（金魚）

魚〔名〕〔古語〕魚（＝魚、魚）

魚〔名〕〔古語〕魚（＝魚、魚）

魚〔名〕〔古語〕（當食品時的）魚（＝魚、魚）

堯（一ㄠˊ）

堯〔名〕〔史〕帝堯、唐堯

堯舜（堯舜）

揺（搖）（一ㄠˊ）

揺〔漢造〕動搖、搖擺

動揺（動搖、搖動、搖擺）

揺曳〔名、自サ〕搖曳（＝棚引く）

白煙が揺曳する（白煙搖曳）

煙が暫し空に揺曳する（煙在空中搖曳片刻）

揺転〔名〕〔體〕（滑冰的）搖擺旋轉

揺動〔名〕〔醫〕蹣跚步式。〔機〕相起伏，相漲落，搖動

揺動カム（搖擺凸輪）

揺動モーター（搖動液壓馬達）

揺籃、揺籃、揺り籠、揺籠〔名〕搖籃，搖車、（比喻）（事物的）發源，初級階段

赤ちゃんを揺籃に入れる（把嬰兒放在搖籃裡）

人類文明の揺籃（の）地（人類文明的發祥地）

揺籃期（初期）

会社の揺籃期（公司的初創時期）

揺籃時代（發展的初期、初級階段）

立体テレビは未だ揺籃時代に在る（立體電視還處於初級階段）在る有る或る

揺籃から墓場迄（從搖籃到墳墓、終生、一生、一輩子）

揺籃の歌（搖籃曲）
赤ん坊を揺籃に入れる（把嬰兒放在搖籃裡）
揺籃で揺られる（被用搖籃搖）
揺籃を揺する（搖動搖籃）

揺する〔他五〕搖晃，搖動、敲詐
木を揺する（搖晃樹木）揺する 輸する 強請る 譲る
揺籃を揺する（搖動搖籃）
赤子を揺すって寝かす（搖睡嬰兒）
木の実を揺すって落す（搖落樹上果實）
幾等揺すっても起きない（怎麼搖也不會醒）
体を揺すって高笑いする（搖晃著身體放聲大笑）
悪友に揺すられる（被壞朋友敲竹槓）
金を揺すり取られた（被敲去了一筆錢）

揺すれる〔自下一〕搖晃、搖動（＝揺れる）

揺す振る〔他五〕搖動，搖晃、震動、震撼
木を揺す振る（搖晃樹）
身体を揺す振る乍入って来る（搖搖擺擺地走了進來）身体 身体 入る 入る 来る 来る
此の作品は人の心を揺す振る物が有る（這個作品有扣人心弦之處）
此の発明は工業界を根底から揺す振った（這個發明使整個工業界為之震撼）

揺す振れる〔自下一〕搖動、搖晃（＝揺さ振れる）

揺さ振れる〔自下一〕搖動、搖晃（＝揺す振れる）

揺さ振る〔他五〕搖動、搖晃
木を揺さ振って実を落とす（搖落樹上果實）

揺すり〔名〕搖動
揺すりが足りない（搖得不夠勁）

揺すり起こす、揺すり起す〔他五〕搖醒（＝揺り起す）

揺すり蚊〔名〕〔動〕小蚊、蠓

揺る、淘る、汰る〔自、他五〕發生地震（＝揺れる）、搖動、擺動、用水掏、刷洗
風が柳の枝を揺る（風吹動柳枝）
水の中の砂を揺る（掏洗水裡的沙子）

揺るがす、揺がす〔他五〕搖動、震撼（＝揺り動かす）
国家の基礎を揺るがす（震撼國家基礎）
場内を揺るがす大歓声（震撼全場的喝采聲）
天地を揺るがす激しい落雷（震天動地的響雷）激しい 烈しい
世界を揺るがた七日間（震撼世界的七天）
銅鑼や太鼓の音が天を揺るがす（鑼鼓喧天）

揺るぐ、揺ぐ〔自五〕動搖
土台が揺るぐ（基礎動搖）
確信が揺るぐ（信念動搖）
其の会社の信用は揺るぎ出した（那個公司的信用動搖起來了）
断固と為て揺るが無い（堅定不移）

揺るぎ、揺ぎ〔名〕動搖
揺るぎの無い地歩を占める（占據固若磐石的地位）占める 閉める 締める 絞める 染める
学界に揺るぎ無い地歩を占める（在學術界占有不可動搖的地位）
揺るぎの無い団結（固若磐石的團結）
国に対する信頼は揺るぎの無い物である（對國家堅信不移）

揺るぎ出る、揺ぎ出る〔自下一〕大搖大擺地走出、趾高氣揚地走出來、（害怕地）哆嗦著走出來

揺らぐ、揺ぐ〔自五〕搖動，搖晃、動搖，搖搖欲墜
地震で家屋が揺らぐ（房子因地震搖動）
決心が揺らぐ（決心發生動搖）
身代が揺らぐ（經濟狀況不好）
木の枝が風に揺らぐ（樹枝隨風搖擺）
lampの灯りが揺らぐ（燈火搖晃不定）

揺らぎ、揺ぎ〔名〕搖動、〔理〕漲落，起伏，波動

揺らめく、揺めく〔自五〕搖動、搖盪、搖擺（＝揺らぐ、揺ぐ）
木の葉が水の上で揺らめく（樹葉在水上飄盪）
蝋燭の灯が微風に揺らめく（燭光在微風中搖動）

揺らめかす、揺めかす〔他五〕使動搖、使搖晃

揺らす〔他五〕搖動
幹を揺らさ振って実を落とす（搖樹幹把樹上果實搖落下來）

揺り上げる〔他下一〕往上抬
背負った子を揺り上げる（把背著的孩子往上抬）

揺り椅子〔名〕搖椅
揺り腕〔名〕〔機〕搖臂
揺り起こす、揺起す〔他五〕搖醒
　"火事だ"と揺り起こされる（被人搖醒說"著火了"）
揺り落とす、揺落す〔他五〕搖落（樹上的果實等）
揺り返す、揺返す〔他五〕（由於搖動的反作用而）反覆搖盪、盪來盪去、搖擺
揺り返し、揺返し〔名〕來回震盪，盪來盪去、（地震）餘震（＝余震）
　揺り返しが三日間続いた（餘震持續了三天）
揺り梃子〔名〕〔船〕搖臂桿
揺り火格子〔名〕〔機〕搖動爐箅
揺り棒〔名〕〔機〕搖桿、擺桿
揺り木馬〔名〕（玩具）搖木馬

遥（遙）（一幺ˊ）

遥〔漢造〕遙遠、安閒自在
　逍遥（散步）
遥遠〔名、形動〕遙遠
　遥遠な辺境（遙遠的邊疆）
遥拝〔名、他サ〕遙拜
　遥拝式（遙拜儀式）
　宮城に向って遥拝する（向宮城遙拜）
遥か、遥〔副、形動〕（空間、時間、程度）遙遠、遠遠
　遥か彼方に煙が見える（在遙遠的遠方可以看見煙）煙煙
　遥か昔の話（遙遠的古時故事）
　其の話も遥か昔の事に為った（這話已是很早以前的事情了）住む済む澄む棲む清む
　遥か向うに御爺さんと御婆さんが住んでいます（在遙遠的那一邊住著一位老公公和老婆婆）
　私の家は遥かに海を望む高台に在ります（我家在可以眺望大海的高處）家家家家
　此方の方が遥かに優れている（這個比那個還為優越）
　二人を比べると、彼の方が遥かに成績が優れている（兩個人一比較她成績好得多）

遥かに大きい（大得多）
遥けし〔形ク〕〔古〕遙遠（＝遥かだ、遠い）
　遥けき空（遠方的天空）
　遥けき故郷（遙遠的故鄉）故郷故鄉
遥遥〔副〕遙遠、遠遠
　屋上から四方を遥遥見渡す（從樓頂上遙望四方）
　窓から遥遥（と）観音山を見渡す事が出来る（從窗戶可以看見遠方的觀音山）
　南洋から遥遥（と）東京に帰る（從南洋萬里迢迢地回到東京）帰る返る孵る還る
　アフリカから遥遥台湾に帰る（從非洲千里迢迢回到台灣）変える代える換える
　遥遥北海道迄行った（到遙遠的北海道）
　遠路遥遥上京する（遙遠千里來到東京）

窯（一幺ˊ）

窯〔漢造〕窯-燒陶瓷器的地方
窯業〔名〕窯業、陶瓷工業
　窯業を営む（經營窯業）
　窯業美術（陶瓷美術）
窯〔名〕窯、爐
　煉瓦を焼く窯（燒磚的窯）窯釜鎌罐缶
　パン焼窯（麵包爐）
　炭焼窯（炭窯）炭墨隅
　窯で炭を焼く（用窯燒炭）焼く妬く
　瓦窯（瓦窯）
　石灰窯（石灰窯）
　回転窯（旋轉窯）
　窯入れ窯出し（裝窯卸窯）
竈〔名〕灶
　竈で湯を沸かす（在爐灶上燒開水）
釜〔名〕鍋、（日本茶道燒開水用的）鍋
　蒸気釜（做飯用汽鍋）釜鎌窯罐缶
　飯を炊く釜（燒飯的鍋）
　釜の蓋（鍋蓋）
　同じ釜の飯を食う（吃一鍋飯、在一起生活、受同樣款待）
　茶の湯の釜（燒茶水用的鍋）
　釜を起こす（成家立業、發財致富）

鎌〔名〕鎌刀、套人說話的話
　鎌で草を刈る（用鎌刀割草）鎌釜窯罐竈 竈
　刈る駆る借る駈る狩る
　鎌と鎚（鎌刀與鎚子）鎚土槌
　鎌と鍬（鎌刀與鋤頭）鍬桑
　一丁の鎌（一把鎌刀）
　鎌を掛ける（用策略套出秘密、用話套出對方不肯說的話來）

罐、缶〔名〕鍋爐（＝ボイラー）
　汽車の罐（火車的鍋爐）
　風呂の罐（燒洗澡水的鍋爐）
　罐を炊く（燒鍋爐）

窯元〔名〕（燒陶器或瓷器的）窯、窯爐、窯戶
　有田焼の窯元（製造有田陶器的窯戶）

謡（謠）（一ㄠˊ）

謡〔漢造〕歌謠、謠傳、日本能樂的唱詞（＝謡曲）
　民謡（民謠）
　俗謡（民謠、通俗歌謠、流行歌、俚曲）
　童謡（童謠）

謡曲〔名〕謠曲（抑揚其聲而歌唱的能樂的詞章、能樂的唱詞或腳本＝謡）

謡言〔名〕謠言、流言蜚語（＝風説、デマ）
　謡言を飛ばす（散布謠言）
　謡言に乗らない（不聽信謠言）

謡人結節〔名〕〔醫〕歌手聲帶結節（聲帶由於使用過度長出的小結節）

謡う、歌う、唄う、謳う、詠う〔他五〕歌唱，歌詠，歌頌，高唱，強調，表明
　歌を歌う（唱歌）
　小さいな声を歌う（低聲唱）
　歌ったり踊ったりする（載歌載舞）
　森の中で鳥が歌う（鳥在林中歌唱）
　梅を歌った詩（詠梅詩）
　英雄と歌われる（被歌頌為英雄）
　令名を歌われる（負盛名、有口皆碑）
　効能を歌う（開陳功效）
　自己の立場を歌う（強調自己立場）
　其は憲法にも歌っている（那點憲法中有明定）

謡い初め〔名〕正月開始唱歌謠的儀式（尤指江戶幕府在每年正月初二或初三舉行的儀式）

謡〔名〕謠曲、能樂的歌詞

謡物、歌物、唱物〔名〕唱曲（如謠曲、長唄等以曲調為重點的歌曲＝語り物）

謡唄い、歌歌い、歌謡い〔名〕〔俗〕歌手、歌唱家（＝歌い手）

咬（一ㄠˇ）

咬〔漢造〕咬（＝噛む、齧る）

咬筋〔名〕〔解〕嚼肌

咬痙〔名〕〔醫〕牙關緊閉證

咬合〔名、自サ〕〔醫〕（牙齒）咬合
　不正咬合（咬合不良）
　咬合面（咬合面）

咬傷〔名〕咬傷（＝噛み傷）

咬創〔名〕咬傷（＝噛み傷）

咬頭〔名〕〔解〕牙尖

咬面〔名〕〔醫〕（牙齒的）咬面

咬耗〔名〕〔醫〕（牙齒的）咬損、咬盡

咬む、噛む、嚙む〔他五〕咬，嚼。〔機〕（齒輪等）咬合、（流水）沖擊，拍岸
　犬に噛まれる（被狗咬）
　チューインガムを噛む（嚼口香糖）
　蚊に噛まれる（被蚊咬）
　鉛筆を噛むのは悪い癖だ（咬鉛筆是一種壞習慣）
　食物を良く噛む（好好咀嚼食物）
　御飯を良く噛んで食べる（飯要嚼細再嚥）
　噛む馬は終い迄（秉性難移）
　噛んで含める様に教える（諄諄教誨、詳加解釋）
　激流が岩を噛む（激流沖擊岩石）
　噛んで吐き出す様に言う（惡言惡語地說、以十分討厭的樣子說）
　波が岩を噛む（波浪沖擊岩石）
　川の浪が岸を噛む（河水浪花拍岸）

齧る〔他五〕咬、〔轉〕一知半解，稍微懂一點
　鼠が箱を齧る（老鼠咬盒子）
　鉛筆を齧らないで下さい（不要咬鉛筆）
　林檎を丸共齧る（整個蘋果啃著吃）

子供は皮の儘、林檎を齧る（孩子連皮吃蘋果）
親の臑を齧る（靠父母養活）臑脛
文学を少し齧っている（稍微懂得一點文學）
ラテン語を少し齧っている（稍微懂得一點拉丁文）
何でも齧って見る（什麼都想學一點）

窈（一幺ˇ）

窈〔漢造〕幽嫻美艷、幽靜深遠

窈然〔形動タリ〕深奧黑暗
　窈然たる空を仰ぐ（仰望深奧黑暗的天空）

窈窕〔副、形動〕窈窕，淑嫻高雅、（山水、宮殿）幽深
　窈窕たる淑女（窈窕淑女）
　窈窕たる美人（窈窕美人）

要（一幺ˋ）

要〔名〕要點，要領（=要）、主要，重要、必要，需要
　要を得ている（抓住了要點）得る得る
　簡に為て要を得た文章（簡明扼要的文章）文章文章
　簡に為て要を得る（簡明扼要）
　要は君の態度如何だ（主要在於你的態度如何）如何如何如何
　要を摘む（摘要）摘む積む詰む抓む
　巧みに要を掴んで物語る（巧妙地摘取要點講）掴む攫む
　要は遣り遂げる事だ（重要的是在於完成）
　彼は要注意人物だ（他是必須特別加以注意的人物）
　弁解の要は無い（沒有辯解的必要）
　枢要（樞要、機要、極其重要）
　肝要（要緊、重要、必要）
　切要（緊要、非常重要）
　重要（重要）
　主要、主要（主要）
　緊要（要緊、必要）
　大要（大要、要點、概要、摘要）
　提要（提要、概要）
　概要（概要、概略、大略）
　摘要（摘要、提要）
　必要（必要、必需、必須）
　須要（必需、必要）
　需要（要求、需求）
　強要（強迫要求、硬要）

要する〔他サ〕需要，必要、埋伏、摘要、歸納（=要約する）
　努力を要する（需要努力）要する擁する
　多言を要せず（無需多言）
　此は急を要する問題だ（這是急需解決的問題）
　完成迄更に二十日を要する（到完成還需要二十天）二十日二十日
　家を建て直すのには沢山の費用を要する（重新改建房子需要很多費用）
　取り扱いには細心の注意を要する（挪動時要特別小心）
　此の機械は取扱に熟練を要する（操作這機器需要熟練的技巧）
　道に要して（埋伏在路上）
　敵を道に要して急襲する（埋伏在路上突然襲擊敵人）
　要する所今言った様な訳だ（總括起來就像剛才說過的一樣）

要するに〔副〕要之、總之、總而言之（=詰まり）
　要するに君が譲歩すれば良いのだ（總之你若讓步就行了）
　要するに斯う言う事だ（總之就是這麼一回事）
　要するに彼の人は信用出来ない（總之那個人不可信任）

要す〔他サ〕需要，必要、埋伏、摘要、歸納（=要する）

要因〔名〕主要原因，主要因素。〔理化〕因數，因素，因子
　幾つかの要因が絡み合っている（幾個主要原因交織在一起）
　此の事故の要因と為て次の点を考えられる（這次事故的主要原因可以分析以下幾點）

要員〔名〕必要的人員、需要的人員、工作人員

安全の為に十分な要員を確保せねば為らない（為了安全必須確保有足夠人員）
要員の精鋭化と行政の簡素化（精兵簡政）
探検隊の要員が発表された（探險隊的主要成員已發表）
保安要員（保衛人員）
工作要員（工作人員）
関係要員（有關人員）
作業要員（工作人員）

ようえきち〔名〕〔法〕要役地（由於地役權而受益的土地）←→承役地

ようがい〔名〕要害，險要的地方、要塞，堡壘（＝砦）
自然の要害（天險、天然要塞）
要害の地（險要之地）
敵の要害を攻め落とす（攻克敵人堡壘）
敵の要害を陥れる（攻陷敵人要塞）陥る
相手の攻撃に備えて要害を固める（防備對方攻擊堅守堡壘）

ようぎ〔名〕要旨、中心思想

ようきゅう〔名、他サ〕要求、需要
会社側に賃金値上げを要求する（要求公司增加工資）
両親に御小遣いの値上げを要求する（向父母要求提高零用錢）
君の要求には応じられない（不能答應你的要求）
要求を提出する（提出要求）
要求を退ける（拒絕要求、駁回要求）退ける 斥ける
要求を満たす（滿足要求）満たす 充たす
要求に適う（符合要求）適う 叶う 敵う
時代の要求（時代的需要）
精神的要求（精神上的需要）
社会は真面目に働く人物を要求している（社會上需要認真服務的人）
会社は人材を要求している（社會需要人才）

ようぐ〔名〕必要的用具、必需的用具（＝必要品）
登山の要具を揃えて出発する（備齊登山用具出發）

ようげき〔名、他サ〕伏擊、狙擊←→出擊
敵を要撃する（伏擊敵人）
敵の要撃に遭う（遭到敵人伏擊）遭う 会う 逢う 遇う 合う
小勢を以て不意に敵を要撃する（以少數兵力突然伏擊敵人）
要撃機（截擊機）

ようけつ〔名〕要訣、秘訣、竅門（＝秘訣）
成功の要訣（成功的祕訣）

ようけん〔名〕重要的事情，要事、必要的條件
要件を処理する（處理要事）
要件をメモする（把要事記下來）
是非御相談し度い要件が有ります（有要事我想必須和您商量一下）
成功の要件は誠実だ（成功的必要條件是誠實）
要件を具備する（具備必要條件）
要件は未だ揃っていない（還不具備必要條件）
問題の解決する為の要件を整理する（整理為要解決問題的必要條件）
資格要件（具備資格）
入学資格の要件を満たす（符合入學資格的必要條件）満たす 充たす

ようご〔名〕重要語句（詞彙）（＝要言）
要語の索引を付ける（付上重要詞彙的索引）
突ける 漬ける 着ける 就ける 衝ける 附ける 点ける

ようこう〔名〕重要港口、要港（舊時設立〝海軍要港部〞擔任警備的港口、次於軍港）
海軍の要港（海軍的重要港口）
貿易上の要港（貿易上的重要港口）

ようこう〔名〕重要事項、要點
要項を書き留める（把要點記下來）
入学試験の要項を発表された（入學考試要點已公布）
学生募集要項（招生簡章）
募集要項（招募要點）
指示要項（指示要點）

ようこう〔名〕綱要、綱領

物理学要綱（物理學綱要）
法律学要綱（法律學綱要）
災害予防の要綱（防災綱要）
全国農業発展要綱（全國農業發展綱要）
社会科の要綱をノート に書き出して見る（把社會科的綱要抄寫在筆記上來看）
研究発表の要綱を配る（散發研究成果的報告綱要）

要塞〔名〕〔軍〕要塞（＝砦、要害）
要塞地帯は撮影禁止（要塞地帶禁止攝影）
敵の要塞を攻撃する（攻擊敵人的要塞）
要塞を築く（築要塞）

要旨〔名〕要旨、要點、大意
要旨を纏める（歸納要點）
文章の要旨を段落毎に纏め為さい（請在文章每個段落歸納要點）
電文の要旨は次の通り（電文要點如下）

要事〔名〕必要的事情、要緊的事情

要式〔名〕〔法〕要求格式、要求正式手續
要式行為（〔依照法規訂立契約等〕要求正式手續的法律行為）
要式証券（一定格式的有價證券〔依照法定格式製成的票據證券等〕）

要所〔名〕要衝、要地、要點、重要地點
要所を占める（占領要地）閉める絞める締める染める湿る
敵の要所を占める（占領敵人要地）
要所を抑える（抓住要點）抑える押える
要所を固める（鞏固要地）
交通の要所（交通要衝）
要所に見張を置く（在各個重要地點布置崗哨）置く描く

要証事実〔名〕〔法〕要證事實、要當事人作證的事實

要衝〔名〕要衝、要地（＝要所、要地）
シンガポールが東南アジアの要衝である（新加坡是東南亞洲的要衝）
要衝に軍隊を配置して警備に当たる（配置軍隊警備要衝）当る中

交通要衝（交通要衝）
軍事上の要衝（軍事要衝）

要償〔名、他サ〕〔法〕要求賠償
要償権（要求賠償損失的權利）

要職〔名〕要職、重要職務
要職を占める（居重要職務）
会社の要職に在る（身居公司要職）在る有る或る
父は政府の要職を付いている（父親擔任政府的要職）

要人〔名〕要人、重要人物
政府の要人と会談する（和政府要人會談）

要心、用心〔名、自サ〕注意，留神，小心、警戒，警惕，提防
飲食物に要心せよ（對飲食要注意）
掏摸に御要心（謹防扒手）
泥棒に要心する（防盗）
滑らない様に要心し為さい（小心別滑倒了）
火の要心（小心火災）
足下御要心（腳底留神）
季節の変わり目は要心しないと風邪を引く（季節交替時若不注意就容易感冒）
寝冷えしない様に要心する（注意睡覺時別著涼）
彼の人には要心し為さい（對那個人要留神點）
要心の上にも要心が肝要だ（小心再小心非常重要）
要心の為に余分に持って行く（身上多帶些錢以備萬一）
用心金（用作不時之需的錢、槍上的保險栓）
用心深い（十分小心的、十分謹慎的）
母は用心深い性格で、外出する時には何回も戸締りを確かめる（母親的性格非常謹慎小心外出時會好幾次確定是否關緊門戶）
用心深い人（小心謹慎的人）
用心深く行動する（小心從事）
用心時（〔危險或冬季容易發生火災的〕要特別注意的時候、要特別警惕的時候）

用心時の自身番（緊要時候親自戒備）
用心門（太平門）
用心棒（防身杖、頂門棍，門栓=心張棒、衛士，保鑣）
用心棒を一人抱える（雇一個保鑣）

要図〔名〕簡要的圖、略圖、草圖
作戦の要図を描く（畫作戰略圖）描く画く

要請〔名、他サ〕要求，請求。〔哲〕（posluate 的譯詞）（確定某種理論的）先決條件，必要條件。〔數〕公設
予算の増額を要請する（請求增加預算）
市民の要請に応える措置（應市民請求而採取的措施）応える答える堪える
立候補を要請する（要求提名為候選人）
急病人が出たので、救急車の出動を要請する（因有急病患者所以要求出動救護車）
時局の要請（時局的要求）
要請を受諾する（接受要求）

要説〔名〕概要、概論（=概説）

要素〔名〕要素，主要成分（=エレメント）。〔理化〕因素，因數，因子
健康は幸福の要素だ（健康是幸福的要素）
健康は幸福に取って不可欠の要素だ（健康是幸福不可缺少的要素）
危険な要素を含む（包含危險的因素）
重要な要素が加わる（加上重要的因素）
主な構成要素（主要成分）
生産の三要素（生產三要素）

要諦、要諦〔名〕要點、關鍵、訣竅
成功の要諦（成功的關鍵）
処世の要諦を悟る（懂得處世的訣竅）悟る覚る

要談〔名、自サ〕重要的會談
要談を交わす（進行重要的會談）
政府の首脳と要談する（和政府首腦會談）

要地〔名〕要地、要衝
交通上の要地（交通上的要衝）
軍事上の要地（軍事上的要衝）
戦略要地（戰略要地）

彼の山は最大の要地に為る（那座山成了最大的要地）

要点〔名〕要點、重點、要領
要点を述べる（述說要點）述べる陳べる延べる伸べる
要点を抜き書きする（摘錄要點）
要点をメモする（把要點記下來）
先生の御話の要点を纏める（歸納老師說的要點）
要点に触れる（涉及要點）
要点を掻い摘んで話す（扼要地說）

要部〔名〕主要部分、重要部分
飛行機の要部（飛機的主要機件）

要物契約〔名〕〔法〕實物合同（除當事者同意外要求交付實物為合同生效條件）←→諾成合同

要望〔名、他サ〕要求、希望、迫切期望
要望に応える（迎合要求、符合要求）応える答える堪える
要望書（請願書）
住民の要望に応えて図書館を造る（應居民要求修建圖書館）造る作る創る
クラスの全員の要望で、休みの日にハイキングに行く事に為った（應全班要求假日去踏青）

要務〔名〕重要任務
政府の要務を帯びた特使（負有政府重要任務的特使）帯びる佩びる
要務を帯びて出発する（負重任出發）
要務を帯びて（身負重任）

要目〔名〕要目、要點
要目を挙げる（舉出要點）上げる
要目索引（要目索引）
教授要目（講議提綱、教案）

要約〔名、他サ〕要點、概說、摘要，歸納
声明文の要約を新聞紙に載せる（把聲明文的概要登在報紙上）乗せる載せる熨せる伸せる
話の内容をノートに要約する（所說的內容摘錄在筆記上）
問題は次の三点に要約される（問題可以歸納為以下三點）
問題は次の様に要約される（問題可以歸納為如下）

要用〔名〕必要，重要、重要的事，要緊的事
  取り急ぎ要用のみ（〔書信用語〕特此奉告）
  先ずは要用迄（〔書信用語〕特此奉告）

要覽〔名〕要覽、簡章
  入学要覽（入學須知）
  受験要覽（應考簡章）
  業務要覽（業務要覽）
  台北交通要覽（台北交通要覽）

要理〔名〕主要理論、主要的道理
  聖教要理（聖教要理）

要略〔名、他サ〕歸納、概略、概要（＝要約）
  君の話を要略すれば（把你的話歸納起來的話）
  講演の要略をメモする（摘記演講概要）

要領〔名〕要領，要點、訣竅，竅門（＝骨）
  要領冴え解れば何でもない（只要抓住要領就沒有什麼）
  彼の説明は実に要領を得ている（他的說明很得要領）
  要領を掴む（抓住要領）
  質問の要領をはっきり取る（很清楚抓住問題的要領）
  要領を得ない（不得要領）
  一向に要領を得ない話だ（一點也不得要領的話）
  要領の良い男だ（精明乖巧的人）
  中中要領が飲み込めない（老抓不住竅門）
  要領が良い（手腕高、乖巧得法）
  彼位要領ものは居ない（沒有比他手腕更高明的）
  要領が悪い（笨拙、不會找竅門）
  もっと要領良く仕事を片付け為さい（請用更高明手腕處理工作）

要路〔名〕要衝，要道、重要的地位
  東西交通の要路（東西交通的要衝）
  此処は交通の要路だ（這裡是交通要道）
  彼の人は政界の要路に居る（那人居政界重要的地位）
  政府要路の方に御目に掛かる（會見政府要人）

要録〔名〕摘要、文摘
  小学校の指導要録（小學的指導摘要）

要〔名、形動〕扇軸。〔轉〕樞要，中樞，要點。〔植〕扇骨木，光葉石楠（＝要黐）
  肝心要の所でしくじった（在節骨眼上失敗了）
  要石（〔建〕拱心石、〔茨城縣鹿島神社的〕神石、〔轉〕樞紐，重要的據點）
  要垣（種植扇骨木的樹籬）
  要黐、扇骨木（〔植〕扇骨木、光葉石楠）

入用、入用〔名、形動〕需要，需用（＝入り用）、費用（＝入費、費用）
  地図が入用だ（需要地圖）
  タイピスと一名入用（〔廣告〕需要一名打字員）
  是非とも入用な品（必需之物）
  入用な（の）物は皆揃っている（需要的東西已經備齊）
  今入用ですから直ぐ届けて下さい（現在用得到請馬上送來）
  金が5千円入用だ（需用五千日元）
  一体幾等入用なのか（到底需要多少錢？）

入り用、入用〔名、形動〕必要的費用、需要（＝入用）
  幾等入用なんだ（需要多少錢呢？）
  御金5千円入用だ（需要五千日元）
  今入用なだけ買いましょう（現在把需要的買下來）
  入用な時何時でも使って下さい（需要時請隨時用）
  貯金を為て置かないと、御金の（が）入用の時に困る（若不把錢存起來到用錢時就不好辦了）

入る〔自五〕進入（＝入る-單獨使用時多用入る、一般都用於習慣用法）←→出る

〔接尾、補動〕接動詞連用形下，加強語氣，表示處於更激烈的狀態
  佳境に入る（進入佳境）
  入るを量り出ずるを制す（量入為出）
  入るは易く達するは難し（入門易精通難）

日が西に入る（日沒入西方）
今日から梅雨に入る（今天起進入梅雨季節）
泣き入る（痛哭）
寝入る（熟睡）
恥じ入る（深感羞愧）
つくづく感じ入りました（深感、痛感）
痛み入る（惶恐）
恐れ入ります（不敢當、惶恐之至）
悦に入る（心中暗喜、暗自得意）
気に入る（稱心、如意、喜愛、喜歡）
技、神に入る（技術精妙）
手に入る（到手、熟練）
堂に入る（登堂入室、爐火純青）
念が入る（注意、用心）
罅が入る（裂紋、裂痕、發生毛病）
身が入る（賣力）
実が入る（果實成熟）

要る、入る〔自五〕要、需要、必要（＝必要だ、掛かる）
金が要る（需要錢）
要らなく為った（不需要了）
間も無く要らなく為る（不久就不需要了）
要らない物を捨て為さい（把不要的東西扔掉吧！）
要るだけ持って行け（要多少就拿多少吧！）
居る煎る炒る鋳る射る要る入る
要る丈上げる（要多少就給多少）
旅行するので御金が要ります（因為旅行需要錢）
此の仕事には少し時間が要る（這個工作需要點時間）
此の仕事には可也の人手が要る（這個工作需要相當多的人手）
御釣りの要らない様に願います（不找零錢）
要らぬ御世話だ（不用你管、少管閒事）
要らない所へ顔を出す
返事は要らない（不需要回信）
要らない本が有ったら、譲って下さい（如果有不需要的書轉讓給我吧！）
要らない事を言う（說廢話）

居る〔自上一〕（人或動物）有，在（＝有る、居る）、在，居住、始終停留（在某處）、保持（某種狀態）

〔補動、上一型〕（接動詞連用形＋て下）表示動作或作用在繼續進行、表示動作或作用的結果仍然存在、表示現在的狀態

子供が十人居る（有十個孩子）
虎は朝鮮にも居る（朝鮮也有虎）
御兄さんは居ますか（令兄在家嗎？）
前には、此の川にも魚が居た然うです（據說從前這條河也有魚）
ずっと東京に居る（一直住在東京）
両親は田舎に居ます（父母住在鄉下）
住む家が見付かる迄ホテルに居る（找到房子以前住在旅館裡）住む棲む済む澄む清む
一晩寝ずに居る（一夜沒有睡）
兄は未だ独身で居る（哥哥還沒有結婚）未だ未だ
自動車が家の前に居る（汽車停在房前）
見て居る人（看到的人）
笑って居る写真（微笑的照片）
子供が庭で遊んで居る（小孩在院子裡玩耍）
映画を見て居る（在看電影）立つ経つ建つ絶つ発つ断つ裁つ截つ
鳥が飛んで居る（鳥在飛著）飛ぶ跳ぶ
彼は長い間此の会社で働いて居る（他長期在這個公司工作著）
花が咲いて居る（花開著）咲く裂く割く
木が枯れて居る（樹枯了）枯れる涸れる嗄れる駆れる狩れる刈れる駈れる
薬が効いて居る（藥見效）効く利く聞く聴く訊く
工事中と言う立札が立って居る（立起正在施工的牌子）言う云う謂う
時計は壊れて居て使えない（錶壞了不能用）壊れる毀れる使う遣う
食事が出来て居る（飯做好了）
彼は中中気が利いて居る（他很有心機）効く利く聞く聴く訊く
戸に鍵が掛かって居る（門鎖上了）掛る係る繋る權る懸る架る

一

居ても立っても居られない（坐立不安、搔首弄姿、急不可待）
歯が痛くて居ても立っても居られない（牙疼得坐立不安）
居ても立っても居られない程嬉しかった（高興得坐不穩站不安的）

炒る、煎る、熬る〔他五〕炒、煎
豆を炒る（炒豆）入る居る要る射る鋳る
玉子を炒る（煎雞蛋）

射る〔他上一〕射、射箭、照射
弓を射る（射箭）入る要る居る鋳る炒る煎る
矢を射る（射箭）
的を射る（射靶、打靶）
的を射た質問（擊中要害的盤問）
明るい光が目を射る（強烈的光線刺眼睛）
彼の眼光は鋭く人を射る（他的眼光炯炯射人）

鋳る〔他上一〕鑄、鑄造
釜を鋳る（鑄鍋）

入り、入〔名〕入、進入、加入、收入、費用
盆栽愛好者の仲間入りを為る（加入盆景愛好者一夥）
政界入費を為る（進入政界）
人の出入りが多い（進出的人多）
日の入り（日落）
大入り（滿場）
入りの多い映画（非常叫座的電影）
会場はもう可也の入りだ（會場裡的人已經不少）
土俵入り（相撲力士的入場儀式）
牛乳入りのコーヒー（加牛奶的咖啡）
模様入りの茶碗（帶花紋的飯碗）
宝石入りの指輪（鑲寶石的戒指）
一斤入りの瓶（裝一斤的瓶子）
此の箱は一ポンド入りだ（這盒子裝一磅）
実入り（結實、收入）
見入る（注視、看得出神）
魅入る（迷住、纏住）
入りが多い（收入多）
入りが少ない（收入少）

土用入り（入伏）
梅雨入りは何時ですか（什麼時候入梅？）

要り、入り、入用、入費〔名〕費用、開支
要りが嵩む（費用增加、開支增加）

要らざる〔連語〕〔古〕無須、不要、不需要
要らざる御世話だ（不用你管）

葯（一幺ˋ）

葯〔漢造〕花中雄蕊上端的小囊
葯床〔名〕〔植〕雄花托、（蘭科植物的）花窩

薬（藥）（一幺ˋ）

薬〔名、漢造〕（隱語）麻薬、薬（=薬）。〔植〕花藥
医薬（醫療和藥劑、藥品）
丸薬（丸藥、藥丸）
膏薬（膏藥=油薬）
粉薬、粉薬（粉藥、藥粉）
水薬、水薬（藥水）
毒薬（毒藥）
百薬（百藥、很多種藥）
麻薬（麻藥）
内服薬（內服藥）
胃腸薬（胃腸藥）
外用薬（外用藥）
漢薬（中藥=漢方薬）
製薬（製造藥品、成藥）
漢方薬（中藥=漢藥）
消毒薬（消毒藥）
服薬（服藥、吃藥）
弾薬（彈藥）
火薬（火藥）
加薬（主藥裡配上的輔助藥、什錦飯裡配的肉和蔬菜等、麵條裡的佐料、薑椒蔥蒜等調味料）
爆薬（炸藥）
農薬（農藥）

薬液〔名〕藥水、水藥

薬液に浸す（浸於藥水裡）浸す漬す
薬園〔名〕（栽培藥用植物的）藥圃
薬価、薬価〔名〕藥價、藥費（＝薬代）
　薬価が高い（藥價貴）
　薬価を払う（付藥費）払う掃う祓う
　薬価基準を改定する（重新規定藥價基準）
薬科〔名〕藥學科、藥學系
　薬科大学（藥科大學、藥學系）
薬害〔名〕藥害、藥物引起的副作用
　薬害を受ける（遭到藥物毒害）受ける請ける浮ける享ける
薬学〔名〕藥學
　中国は医学と薬学の偉大な宝庫である（中國是醫藥學的偉大寶庫）
　薬学博士（藥學博士）博士博士
薬学校〔名〕藥科學校
薬莢〔名〕彈莢、彈殼（＝ケース）
　薬莢入れ（彈殼盒）
　撃ち殻薬莢（空彈殼）
薬局〔名〕（醫院的）藥局、（藥劑師開業的）藥局，藥房
　病院の薬局（醫院的藥局）
　近くの薬局で薬を買う（在附近的藥房買藥）買う飼う
　薬局法（藥典）
　薬局方（藥典）
　薬局法に依って調剤した薬（根據藥典配置的藥）
薬効、薬効〔名〕藥的效力（＝薬の効目）
　薬効を表す（藥奏效）表す現す著す顕す
　薬効が現れる（藥奏效）現れる表れる顕れる
薬剤〔名〕藥劑
　薬剤師（藥劑師）
　薬剤書（〔有關配方、保存、鑑定的〕藥典）
　薬剤散布（撒藥）
　薬剤係（藥劑員、調劑員、司藥）
薬殺〔名、他サ〕毒殺、毒死
　狂犬を薬殺する（毒殺狂犬）

薬師〔名〕〔佛〕（日本）藥王廟、藥師光如來
　薬師如来（〔佛〕藥師如來、藥師琉璃光如來佛）
薬師、医師、薬師、医師〔名〕醫師、醫生（＝医者）
薬事〔名〕藥事（關於藥品、調劑、藥劑師醫療費等的事項）
　薬事法（藥劑法）
　薬事審議会（藥事審議會）
薬餌〔名〕藥品和食物、藥（＝薬）
　薬餌療法（藥療法）
　薬餌に親しむ（經常生病）
薬室〔名〕藥局，藥房（＝薬局）、（火器中填充火藥的）藥室
薬酒、薬酒〔名〕藥酒、藥用酒
薬種〔名〕藥材、（特指）中藥材
　薬種店（中藥鋪）
　薬種商（藥材商、藥鋪、生藥店）
薬商〔名〕藥商、藥店、藥鋪
薬疹〔名〕（因藥物中毒引起的）藥疹
薬性〔名〕藥性
薬石〔名〕藥物與石針、醫治，醫療
　薬石効無し（醫治無效-訃聞用語）
薬専〔名〕藥學專門學校（＝薬学専門学校）
薬草〔名〕藥草←→毒草
　薬草を採集する（採集藥草）
　薬草を採る（採集藥草）取る盗る獲る執る撮る採る摂る捕る
　薬草を栽培する（種植藥草）
　薬草を煎じる（煎藥）
　薬草麻酔法（草藥麻醉法）
　薬草麻酔法運用して手術を施す（運用草藥麻醉法施行手術）
　薬草園（藥圃）
　薬草学（藥草學）
薬袋〔名〕藥袋
薬代、薬代〔名〕藥費、醫療費，診察費
　薬代を払う（付藥費）払う掃う祓う
薬店〔名〕藥店、藥鋪（＝薬屋）
薬湯、薬湯〔名〕加藥的洗澡水，能治病的溫泉，有藥效的溫泉、湯藥（＝煎じ薬）

薬湯を煎じる（煎湯藥）

薬毒〔名〕藥毒、藥中所含的毒

薬嚢〔名〕藥袋、火藥囊

薬博〔名〕藥學博士（=薬学博士）

薬品〔名〕藥品、藥物
　救急用の薬品を常備する（經常預備急救用的藥品）
　化学薬品（化學藥品）
　工場薬品（工業用試劑）

薬物〔名〕藥物
　有効な薬物（有效的藥物）
　薬物で癌を抑える（用藥物控制癌症）
　薬物アレルギー（藥物過敏）
　薬物で炎症を抑える（用藥物控制發炎）
　薬物中毒（藥物中毒）
　薬物療法（藥物療法）

薬鋪、薬舗〔名〕藥店（=薬屋）

薬方〔名〕藥方、處方

薬包紙〔名〕包藥紙

薬味〔名〕藥品、藥劑、藥品種類、辣味佐料（指蔥，薑，辣椒，香菜之類）
　薬味立て（〔餐桌上〕調味品）
　薬味を入れる（加佐料）
　薬味箪笥（〔帶許多抽屜格子的〕中藥櫃）

薬名〔名〕藥名

薬用〔名〕藥用、作藥材用
　薬用植物（藥用植物）
　薬用の植物を採集する（採集藥用植物）
　薬用石鹼（藥皂）
　薬用酒（藥酒）

薬浴〔名〕藥水浴（治皮膚病或驅除寄生蟲）

薬理〔名〕〔醫〕藥理
　薬理作用（藥理作用）
　薬理学（藥理學）

薬力〔名〕藥力、藥效

薬料〔名〕藥材，藥的原料、藥費（=薬代）

薬礼〔名〕（付給醫生的）醫藥費、醫療費

　医師の薬礼を贈る（送給醫生醫藥費）

薬籠〔名〕藥箱（=薬箱）、（配在腰間的）小藥盒（=印籠）
　薬籠中の物（囊中物、自己隨時可以利用的人或物）
　自家薬籠中の物と為る（完全掌握在自己的手中）
　薬籠に親しむ（經常服藥）

薬罐，薬鑵，薬缶，薬鑵〔名〕（金屬製）水壺（=湯沸し）、禿頭（=薬罐頭）
　薬罐で湯を沸かす（用水壺燒水）
　薬罐を火に掛ける（把水壺放在火上）
　薬罐の口（水壺嘴）
　薬罐の鉉（水壺提梁）
　薬罐の蓋（水壺蓋子）
　薬罐がちんちんと音を立てている（水壺咕嚕咕嚕響）
　薬罐で茹でた蛸の様（無計可施）
　薬罐の蛸（進退維谷）
　薬罐と竿竹（風馬牛不相及）
　薬罐を被る（唯命是從）
　薬罐頭（禿頭=禿頭）
　薬罐を脱ぐ（忍無可忍）

薬研〔名〕（搗中藥用）藥研、藥碾子

薬〔名〕藥、釉料（=釉薬）、火藥。〔轉〕益處←→毒
　薬を調合する（配藥）
　薬を飲む（吃藥）
　薬を付ける（抹藥）
　目薬を差す（點眼藥）
　傷に薬を付ける（替傷口上藥）
　薬を処方する（開處方）
　薬を注射する（打針）
　薬が効く（藥有效）

此の薬は良く効く（這個藥很有效）
薬より養生（服藥不如養生）
薬禿げ（去釉）
薬掛け（上釉）
薬を塗る（上釉料）
薬を掛ける（上釉料）
薬九層倍（賣藥一本萬利）
陶器に薬を掛ける（瓷器塗上釉料）
体の薬に為る（對身體有益）為る成る生る鳴る
失敗が却って薬と為った（失敗中取得教訓）
苦労は身の薬（艱苦對人有益）
薬売りの効能者（老王賣瓜自賣自誇）
甲の薬は乙の毒（利於甲未必利於乙）
馬鹿に付ける薬は無い（混蛋無可救藥）
薬に為る程（極少、非常少）
毒にも薬にも為らない（無益也無害）為る成る生る鳴る
薬人を殺さず薬師人を殺す（藥不殺人而是庸醫殺人）

薬入れ〔名〕裝藥的容器（瓶、盒、袋、箱等）
薬掛け、釉掛け〔名〕（往陶瓷坯土上）上釉
薬食い〔名〕〔古〕進補、吃獸肉等補品
薬代〔名〕藥費、醫療費，診察費
薬土瓶〔名〕熬中藥的罐子、藥罐子
薬箱〔名〕（出診用）藥箱
薬風呂〔名〕加藥的洗澡水 有藥效的溫泉（＝薬湯、薬湯、煎じ薬）
薬日〔名〕〔古〕陰曆五月五日的別名（採藥）
薬瓶、薬壜〔名〕藥瓶、裝藥的瓶子
薬屋〔名〕藥店、藥房、藥商
薬指〔名〕無名指（＝無名指、名無し指）
薬玉〔名〕〔古〕（端午節掛在簾子或柱子上的）避瘟彩繡球袋，香荷包，（慶祝商店開張或新船下水典禮等用的）帶長彩條的花繡球

曜（一ㄠˋ）

曜〔漢造〕一星期各日的名稱、光耀、日月星辰，天體的總稱
　日曜（星期日）
　月曜（星期一）
　火曜（星期二）
　水曜（星期三）
　木曜（星期四）
　金曜（星期五）
　土曜（星期六）
　七曜（日月火水木金土、一週七日的名稱）
　九曜（九曜星－日，月，火，水，木，金，土，羅喉，計都、九曜紋－家徽之一種）
曜日〔名〕（一週的七個）曜日、星期
　曜日を忘れる（忘了星期幾）
　今日は何曜日ですか（今天星期幾？）今日
　明日は何曜日ですか（明天星期幾？）明日
　日曜日以外何曜日でも差し支えない（除了星期天以外星期幾都可以）
　日曜日（星期日）
　月曜日（星期一）
　火曜日（星期二）
　水曜日（星期三）
　木曜日（星期四）
　金曜日（星期五）
　土曜日（星期六）

鷂（一ㄠˋ）

鷂〔名〕〔動〕雀鷹（雌者俗稱鷂、雄者稱兄鷂、雌者可用於獵鷹）。〔轉〕自己無能而又詆毀他人才能（的人）
鷂〔名〕（為狩獵老鷹用）小母鷹、雀鷹、鷗（＝鷂）

幽（一ㄡ）

幽〔漢造〕隱蔽、僻靜、陰間
幽する〔他サ〕幽閉、幽禁（＝幽す、閉じ込める）
幽す〔他サ〕幽閉、幽禁（＝幽する、閉じ込める）
幽暗〔名、形動〕幽暗
幽遠〔名、形動〕幽遠、深遠
　幽遠の（な）趣（幽邃的意境）
　幽遠の境地（幽深的境遇）
幽界〔名〕幽冥界（＝彼の世、来世）
　幽界の人と為る（死亡）

幽鬼〔名〕亡靈、幽靈（=亡靈）

幽居〔名、自サ〕幽居、隱居

幽境〔名〕幽境、幽靜地方

幽玄〔名、形動〕玄妙，奧妙，深奧，（日本中古文藝作品的）言外餘韻，幽邃情趣
　幽玄の思想（玄妙的思想）
　幽玄体の作品（幽玄體的作品）
　幽玄に為て名状し難い物が有る（有幽玄不可名狀之處）

幽谷〔名〕幽谷
　深山幽谷の中の水のせせらぎ（深山幽谷中的潺潺水聲）

幽魂〔名〕幽魂、亡魂（=亡魂）
　願わくば幽魂地下に瞑せよ（願亡魂瞑目於地下）

幽寂〔名、形動〕幽寂
　幽寂な庭園（幽靜的庭園）

幽囚〔名〕囚犯
　幽囚の身と為る（成為囚犯）為る成る鳴る生る

幽愁〔名〕幽愁、幽思
　幽愁に耽る（沉於幽愁）耽る深ける更ける老ける吹ける噴ける葺ける拭ける
　言葉で言えぬ幽愁を催す（引起言語難以形容的幽思）

幽邃〔名、形動〕幽靜、幽深
　幽邃の（な）境（幽境、幽靜之地）境境
　幽邃の（な）庭園（幽靜的庭園）

幽栖、幽棲〔名、自サ〕幽棲，幽居，隱居、幽靜的住所
　奧山に幽栖する（隱居於深山）
　山奧に幽栖する（隱居於深山）

幽閉〔名、他サ〕幽閉、囚禁、軟禁
　牢屋に幽閉される（被囚在監獄裡）
　革命が起こり、王樣は塔に幽閉された（發生革命國王被囚禁在塔裡）

幽明〔名〕陰間和陽世、光明與黑暗
　幽明相隔てる（陰陽永隔、死別）
　幽明境を異に為る（幽明異境、離開人世）境境異異

幽冥〔名〕冥府，黃泉，陰間、陰暗

幽冥界（冥土）

幽門〔名〕〔解〕幽門
　幽門閉塞（幽門閉塞）

幽靈〔名〕幽靈，鬼魂、〔喻〕有名無實
　幽靈が出る（鬧鬼）
　彼の家には幽靈が出る（那家鬧鬼）
　幽靈の真似を為る（裝鬼）
　幽靈に取り憑かれる（被鬼迷住）
　幽靈屋敷（鬧鬼的房子）
　幽靈会社（有名無實的公司）
　幽靈人口（虛報的人口）

幽か、微か〔形動〕微弱，略微，微暗，模糊，朦朧，微賤，可憐，貧窮←→はっきり
　微かな声（微弱的聲音）
　微かに笑う（微微一笑）
　微かな希望（一線希望）
　微かに憶えている（模模糊糊記得）憶える覚える
　微かに輝く（略微有光）輝く耀く
　微かに記憶している（模模糊糊記得）
　遠くの方に島が微かに見える（遠方的海島隱約可見）
　戸の隙間から微かな明かりが漏れる（從門縫透出微弱的光亮）漏れる洩れる盛れる守れる
　微かな暮らし（可憐的生活）暮し暗し
　微かな存在（微賤的人、無足輕重的人）
　微かな生活を送る（過著貧困的生活）送る贈る
　微かに生きている（勉強活著）生きる活きる

幽し〔形ク〕〔古〕幽微（=幽かだ、微かだ）

悠（ーヌ）

悠〔漢造〕久、遠

悠遠〔名、形動〕悠遠
　悠遠な（の）昔（古昔、往昔）
　悠遠な理想（悠遠的理想）

悠久 〔名、形動〕悠久
悠久なる歴史（悠久的歷史）
悠久の昔（悠久的往昔）
中国は悠久なる歴史を持っている（中國有西悠久的歷史）
悠久に栄えて来た会社（繁榮悠久的歷史）
栄える生える映える這える

悠然、裕然 〔形動〕悠然、悠閒、不慌不忙、從容不迫
時間が迫っても悠然と構えている（儘管時間緊迫還是不慌不忙）
悠然たる態度（悠閒的態度）
悠然と遅刻して来た（姍姍來遲）

悠長、優長 〔形動〕從容不迫、沉著穩靜、不慌不忙、慢條斯理、慢騰騰
悠長な事を言っている時ではない（現在不是說三道四的時候－應該趕快行動起來）
悠長に構える（從容不迫）
悠長な態度（不慌不忙的態度）
悠長な人（慢條斯理的人）

悠悠 〔副、形動〕悠悠，悠然，從容不迫、悠閒、悠遠，悠久
悠悠歩いて行く（不慌不忙地走去）
悠悠たるかな天地（悠悠哉天地）
衆人環視の中を悠悠歩いて行く（在眾人環視下不慌不忙地走去）
遅刻し然うだと言うのに悠悠と歩いている（雖說要遲到了還悠哉地走）
悠悠と日本を遊覧する（暢遊日本）
悠悠と構えている（從容不迫）
悠悠五千年（悠久的五千年）
悠悠自適（休閒自得）
悠悠自適の生活を送る（過悠然自得的生活）
送る贈る
悠悠閑閑（悠閒）
悠悠閑閑と日を送る（悠閒度日）

悠揚 〔形動〕悠然自得、從容不迫、泰然自若
悠揚と為て迫らぬ態度（從容不迫的態度）

憂（ーヌ）

憂 〔漢造〕憂愁、擔憂
一喜一憂（一喜一憂）
内憂外患（內憂外患）
杞憂（杞人憂天）

憂鬱 〔名、形動〕憂鬱、鬱悶
連日の雨で憂鬱で仕方が無い（連日下雨覺得非常鬱悶）
連日の長雨で全く憂鬱極まる（連日下雨覺得非常鬱悶）極まる窮まる
仕事が捗らなくて憂鬱だ（工作不順利很鬱悶）
試験の事を考えると憂鬱に為る（一想到考試的事情就鬱悶難安）為る成る生る鳴る
憂鬱な顔を為ている（愁容滿面）
憂鬱症（〔醫〕憂鬱症）
憂鬱質（憂鬱質）

憂患 〔名〕憂患
憂患を共に為る（共患難）共友供伴摩る擂る磨る掏る擦る摺る刷る

憂苦 〔名〕憂苦
憂苦に満ちた一生（充滿憂苦的一生）
全ての憂苦に打ち勝つ（克服一切憂苦）全て総て凡て統べて
憂苦を忘れる（忘掉憂苦）

憂怕 〔名、他サ〕憂懼

憂国 〔名〕憂國
憂国の士（憂國之士）
憂国の情（憂國之情）情情聞く聴く訊く効く利く
憂国の士の演説を聞いて非常に感動させられた（聽憂國之士的演說非常感動）

憂愁 〔名〕憂愁（＝憂い，憂、愁い、愁）
憂愁の雲に包まれる（一片憂愁氣氛）
憂愁に鎖される（愁眉緊鎖）鎖す閉す
憂愁の色が濃い（充滿憂傷的氣氛）恋鯉来い請い故意

憂色 〔名〕憂色、愁容
憂色の漂う顔（愁容滿面）
憂色を帯びる（面帶愁容）帯びる佩びる

顔に憂色を湛える（面泛愁容）湛える称える讃える

憂戚〔名〕憂戚、憂傷

憂憤〔名〕憂憤、憤慨
憂憤遣る方無く（憤慨得不得了）
抑えられない憂憤の情（無法抑制的憤慨）抑える押える

憂悶〔名、自サ〕憂悶
憂悶の情を堪えない（不勝憂悶）堪える耐える絶える

憂慮〔名、他サ〕憂慮
前途が憂慮される（前途堪慮）
憂慮す可き事態（可慮的局勢）
憂慮の程を表す（表示擔心）表す現す著す顕す
顔に憂慮の色が現れている（面有憂色）
財政は今や憂慮す可き状態に在る（財政現在處於令人憂慮的狀態）在る有る或る
彼の将来を思うと憂慮に堪えない（一想到他的將來不勝憂慮）思う想う

憂い〔形〕痛苦、苦悶、憂愁（=辛い、苦しい）
旅は憂い物、辛い物（旅行是痛苦的艱辛的）憂い愛い

憂し〔形ク〕憂、愁、悶（=辛い）

憂き〔連体〕（文語形容詞憂し的連體形）痛苦的、憂愁的、苦惱的（=憂い）
憂き事事（苦惱的事）異言琴殊等糊塗古都
憂き日を送る（過痛苦的生活）送る贈る

憂き節〔名〕痛苦、悲惨
憂き節の里（花街柳巷、妓院街）里郷聡智

憂き身〔名〕多愁之身、愁苦的人
憂き身を窶す（熱衷於、專心致力於）
恋に憂き身を窶す（熱衷於戀愛、為戀愛而廢寢忘食）恋鯉来い請い故意
流行に憂き身を窶す人（拼命趕時髦的人）流行流行

憂き目〔名〕惨痛的經驗、苦頭
憂き目を見る（吃苦頭）
憂き目を忍ぶ（忍受艱辛）忍ぶ偲ぶ
憂き目に会う（吃苦頭）会う逢う遭う遇う合う

敗北の憂き目を見る（吃敗戰的苦頭）

憂さ〔名〕憂、愁、悶（=憂い、憂、愁い、愁）
憂さを晴らす（解悶、消愁）晴らす張らす貼らす腫らす
酒に憂さを紛らす（以酒解愁）

憂さ晴らし，憂さ晴し，憂さ晴〔名、自サ〕解悶、消愁（=気晴らし）
憂さ晴しに散歩する（散步解悶）
憂さ晴しに旅に出る（為解悶去旅行）旅度足袋
憂さ晴しに酒を飲む（飲酒消愁）酒鮭飲む呑む

憂う、愁う〔自、他下一〕憂愁（憂える、愁える的文語形式）
愁う可き事態（值得心的局勢）
国を憂え民を憂う（憂國憂民）
愁う可き無数の災禍を受けて来た（飽經憂患）

憂い，憂、愁い，愁〔名〕憂愁，憂鬱、憂慮，掛慮（=愁え、憂え）
愁いを帯びた顔（愁容滿面）
愁いの無い生活（無憂無慮的生活）
後顧の愁い無し（無後顧之憂）
憂事、愁事（憂愁）

憂える、愁える〔自、他下一〕擔心、憂慮（=嘆く、心配する）、患（病）
世を愁える（悲天憫人）
国を愁える（憂國）
前途を愁える（擔憂前途）
我が子の前途を愁える（擔憂孩子的前途）
愁えるに足りない事だ（不足憂慮的事）
病状の悪化を愁える（擔心病情惡化）

憂え、愁え〔名〕擔心、掛慮（=愁い、憂い、心配）
後顧の愁え（後顧之憂）
火災の愁え（發生火災之虞）
凶作の愁え（擔心歉收）
愁えを抱く（擔憂）
愁えなく（無憂無慮地）

危害を蒙る愁えは無い（沒有遭受危害的憂慮）
愁えを帯びた顔（面帶愁容）
愁えい沈む（陷於憂傷之中）
備え有れば愁え無し（有備無患）
愁えの反面には喜びが有る（黑暗之中自有光明、否極泰來）
愁えを掃う玉箒（一杯可解千愁）

憂わしい〔形〕可憂的、可嘆的（＝嘆かわしい）←→喜ばしい
憂わしげな様子（憂慮的樣子）
彼の前途は誠に憂わしい（他的前途實在值得憂慮）誠に実に真に

優（一ヌ）

優〔名、漢造〕優秀、優美、優雅、優異、優厚、演員、十足←→劣
優に優しい人柄（溫柔典雅的人）
優、良、可、不可（優秀、良好、及格、不及格）
英語の成績は優（英文成績優秀）
彼は優の優たる物である（他是最優秀的人）
優に六尺は有る（足有六尺高）有る在る或る
俳優（演員）
男優（男演員）
女優（女演員）
名優（名演員）
老優（老演員、技藝高超的演員）
珍優（滑稽演員、丑角）

優に〔副〕安詳端莊，溫文爾雅、足夠，足有，十足
優に優しい姿（安詳而溫柔的姿態）優しい易しい
身長は六尺は優に有る（身高足有六尺）見物見物（值得看）
其の点では優に大工場と太刀打ち出来る（在那一點上滿能和大工廠較量個上下）

工業展覧会を見物する人は優に二十万を越える（參觀工業展覽會的人足足有二十萬人以上）
家から学校迄優に一時間は掛かる（從家裡到學校足足要一小時）越える超える肥える

優渥〔名、形動〕優渥、優厚
優渥為る言葉を賜う（頒贈優厚的言詞）賜う給う
優渥為る御言葉を賜る（〔天皇〕賜予優渥的敕語）賜る給る
優渥な御言葉を頂く（〔天皇〕說給我深切關懷的話）頂く戴く

優位〔名、形動〕優位、優越的地位、優勢←→劣位
優位を占める（占優越地位）占める閉める締める絞める染める湿る
優位に立つ（占優勢）立つ経つ建つ絶つ発つ断つ裁つ
優位を保つ（確保優勢）
終始優位に試合を進める（始終占優勢地進行比賽）進める薦める勧める奨める
政治は経済に対して優位を占めざるを得ない（政治和經濟相比不能不占上風）得る得る

優越〔名、自サ〕優越
優越した地位を占める（占優越地位）
優越した地位に在る（居於優越地位）在る有る或る
優越感（優越感）←→劣等感
優越感を抱く（懷優越感）抱く抱く
優越感を傷付ける（傷害優越感）

優婉〔名、形動〕優雅、溫柔典雅
優婉な女性（溫柔典雅的女性）
優婉な振舞（優雅的舉止）

優艶、幽艶〔名、形動〕端麗、美麗
優艶な（の）娘（美麗的姑娘）

優雅〔名、形動〕優雅、優閒，優裕←→粗野
優雅な踊り（優雅的舞蹈）
優雅な身の熟し（優雅的舉止）
優雅な生活（優裕的生活）

優角〔名〕〔數〕優角←→劣角

優境学 〔名〕（euthenics 的譯詞）優境學（借改善生活狀況以改良人種的科學）

優遇 〔名、他サ〕優遇、優待←→冷遇
経験者を優遇する（對有經驗者給予優厚待遇）
優遇措置（優待措施）

優弧 〔名〕〔數〕優弧、大弧←→劣弧

優黒 〔接頭〕暗色（用於岩石）

優作 〔名〕傑作、優秀的作品

優者 〔名〕優秀者、優勝者

優秀 〔名、形動〕優秀
優秀な成績（優秀的成績）
優秀な成績を上げて卒業する（獲得優秀成績畢業了）
成績優秀（成績優秀）
優秀性（優秀性、優秀的性能）
優秀品（上等貨）
本校の優秀生（本校的高材生）
彼は優秀な技術者だ（他是優秀的技術人員）

優柔 〔名、形動〕溫柔、優柔寡斷
優柔不断（優柔寡斷）
優柔不断の男（優柔寡斷的人）
優柔不断の政策（優柔寡斷的政策）
彼は何時も優柔不断だ（他總是優柔寡斷）

優恤 〔名〕優厚撫卹

優駿 〔名〕（賽馬用的）駿馬

優勝 〔名、自サ〕優勝
コンクールで優勝する（在比賽中獲勝）
小学校の体育大会で優勝する（在小學體育大會優勝）
男子シングルスで優勝する（獲得男子單打冠軍）
優勝杯（優勝杯、獎杯）
優勝杯争奪戦（優勝杯賽）
優勝劣敗（優勝劣敗）
優勝劣敗は世の習い（優勝劣敗是司空見慣的事）
優勝カップ（優勝杯）
優勝候補（最有希望獲得優勝者）
優勝者（優勝者、冠軍）

優勝旗（優勝旗、錦旗）
優勝者名簿（冠軍名冊）
優勝旗を獲得する（獲得錦旗）

優賞 〔名、他サ〕厚賞、優厚的獎品
優賞を受ける（得到優厚的獎品）受ける請ける享ける浮ける
世界選手権を取った野球チームを優賞する（厚賞獲得世界冠軍的棒球隊）

優詔 〔名〕優渥詔書
優詔を賜わる（〔天皇〕頒賜優渥詔書）

優諚 〔名〕〔天皇〕頒布的感謝詔書的敕語、優渥上諭

優生 〔名〕〔生〕優生
優生手術（優生手術）
優生学（優生學=ユージェニックス）
優生結婚（優生結婚）
優生結婚相談所（優生結婚介紹處）
優生保護法（優生保護法）

優性 〔名〕優性←→劣性
優性遺伝（優性遺傳）

優勢 〔名、形動〕優勢←→劣勢
優勢を占める（占優勢）
優勢な敵を迎え撃ち（迎擊優勢的敵人）
僅かに優勢を保つ（稍微保持優勢）
敵は数に於いて優勢であった（敵人在數量上占優勢）数数

優先 〔名、自サ〕優先
抽籤に当たっては前回の落選者を優先させる（抽籤時讓上次落選者先抽）
乗客の安全を凡てに優先させる（乘客的安全優先於一切）凡て全て総て統べて
公務は私事に優先する（先公後私）
国の利益は個人の利益に優先する（國家的利益高於個人的利益）利益利益（神佛保佑）
シルバーシートは老人等の優先席です（博愛座是老人等的優先座）
優先順位（優先次序）
優先株（優先股-分紅時有優先權的股份）←→後配株（後分紅股）
優先権（優先權）
優先権を持つ（享有優先權）

優先権を取得する（取得優先權）
通行優先権（通行優先權）
優先的（優先的）
関係者を優先的に入れる（優先接納有關人員）入れる容れる要れる射れる居れる淹れる
優先的取り扱い（優先處理）

優占種〔名〕〔生〕優勢種

優占度〔名〕〔生〕優勢度

優待〔名、他サ〕優待
読者を優待する（優待讀者）
特に株主を優待する（特別優待股東）特に得に徳に
優待を受ける（受優待）受ける享ける請ける浮ける
優待券（優待券）

優退〔名、自サ〕（選拔賽等因連勝而）退出比賽

優長、悠長〔形動〕漫長、從容不迫、悠閒、沉著穩靜、慢條斯理
優長な事を言っている時ではない（現在不是說三道四的時候-應該趕快行動）言う云う謂う
優長に構える（從容不迫）
君にこんな優長な時間が有るのか（你還有那麼悠閒的時候嗎？）有る在る或る
優長な態度（悠閒的態度）
優長な人（慢條斯理的人）

優度〔名〕〔數〕似然

優等〔名〕優等←→劣等
優等の成績を収める（取得優等成績）収める納める治める修める
優等賞状（優等獎狀）
優等賞（優等賞）
優等生（優等生、模範生）←→劣等生

優白質〔名〕〔礦〕淡色岩

優美〔名、形動〕優美
優美な曲線（優美的曲線）
優美な物腰（優美的姿態）
優美な文章（優美的文章）文章文章
優美に見える（顯得很優美）

優品〔名〕佳品、優秀作品

書道の優品（書法的優秀作品）

優良〔名、形動〕優良
優良の成績を収める（獲得優良成績）収める納める治める修める
科学試験が優良の成績を収める（科學試驗獲得優良成績）
成績が優良だ（成績優良）
優良な品種（優良品種）
健康優良児を選ばれる（被選為健康寶寶）選ぶ択ぶ撰ぶ
優良児（優良兒童-多指體質）
優良品（優良品）
優良株（頭等股票、熱門股票、藍券）
優良品種（優良品種）

優麗〔名、形動〕溫柔美麗

優劣〔名〕優劣
何方も立派で優劣を付けられない（雙方都好不分優劣）付ける附ける漬ける着ける突ける
両者の間に優劣は付け難い（兩者不相上下）難い憎い悪い難い硬い堅い固い
優劣が付け難い（難分優劣）
両案の優劣を論ずる（討論兩案的優劣）
互いに優劣を競う（互爭優劣）
優劣の差が無い（分不出好壞）
優劣を争う（爭雌雄）
優劣の法則（顯性定律）

優婆夷〔名〕（梵 upasika）〔佛〕佛教的女信徒、信女←→優婆塞

優婆塞〔名〕（梵 upasaka）〔佛〕佛教的男信徒、善男←→優婆夷

優波尼沙土〔名〕u（梵 upanisad）奧義書（印度最古文獻〔吠陀〕經典的最後一部、其中多數是宗教、哲學著作）

優曇華〔名〕〔佛〕優曇華（一種三千年開一次想像的花）。〔轉〕非常少見的事情。〔動〕草蜻蛉的卵（看上像花被當吉或凶兆）。〔植〕產於印度的一種無花果
優曇華の花を咲く（遇到千載難逢的機會）咲く裂く割く

優れる、勝れる〔自下一〕出色、優秀、優越（＝優る、勝る）←→劣る，（身體、精神、天氣）好、佳（常使用否定－不佳）

他の物に優れている（比別的東西優越）他他外

他の者に優れている（比別人優越）

彼は優れた腕前を持っている（他擁有出色的本領）

彼は色色な点で私より優れている（他在許多方面比我強）

優れた人物が輩出する（人才輩出）

優れた技術（出色的技術）

天気が優れない（天氣不佳）

気分が優れない（心情不佳、感覺不舒服）

近頃健康が優れない（近來身體欠佳）

此の二、三日天気が優れない（這兩三天天氣不佳）

優れて、勝れて〔副〕特別、顯祝

好奇心は優れて若者に在る（好奇心在年輕人特別顯著）在る有る或る

字が人並み優れて旨い（字寫得特別好）旨い巧い上手い甘い美味い甘い

優る、勝る〔自五〕勝過←→劣る

昨日に優る今日の成績（一天勝過一天的成績）昨日昨日今日今日

健康は富に優る（健康勝於財富）交ざる混ざる雑ざる

実力は彼の方が優っている（論實力他勝過我）

無い物にも優る喜びだ（無上喜悅）喜び慶び歓び悦び

無いには優る（勝於無）

優るとも劣らない（有過之無不及）

事実は雄弁に優る（事實勝於雄辯）

優り、勝り〔接頭、接尾〕勝過，強過、優越，凌駕

優り劣り（優劣）

優り草（菊花的異稱）

優り水（〔河川或池塘因降雨而〕增漲的水＝増し水）

優り顔（傲慢的神色、以強者自居的神色）

親勝りの子（勝過父母的兒子）

彼女は男優りの女だ（她是個勝過男人的女人）

優〔造語〕溫柔、文雅、雅致（＝優しい）

優姿（溫文儒雅的姿態、文雅的舉止）

優男、優男（溫文儒雅的男子）

優女（溫柔的女人）

優形（舉止文雅、性情溫柔、姿態瀟灑、風流）

優形の男（溫文儒雅的的男子）

優しい〔形〕優美的，典雅的、溫和的，安詳的、懇切的，慈祥的

優しい顔を為た仏像（表情優美的佛像）優しい易しい

優しい姿（優美的姿態）

気立ちの優しい娘（性格溫柔的姑娘）

優しい物腰で応対する（以溫和的態度應對）

顔に似合わず優しい声を喋る（以與相貌截然不同的柔和語調說話）

人に優しくする（懇切待人）

母が優しい目で子供を眺めている（母親用慈祥的目光瞧著孩子）

優しい心遣い（親切的關懷）

優しい目付き（慈祥眼光）

易しい〔形〕容易的、簡單的、易懂的（＝易い、分り易い）←→難しい

人の真似を為るのは易しい（模仿別人容易）易しい優しい

易しい問題（容易的問題）

こんな易しい問題が解けないか（這麼簡單的問題你都不會解？）

此のテストは易しい過ぎる（這次測驗太簡單）

易しく噛み砕いて説明する（淺顯易懂地說明一下）

易しい文章（易懂的文章）文章文章

易しく言えば（簡單說來）

言うは易しいが行うは難しい（說得容易做起來難）言う謂う云う

優しさ〔名〕溫柔、文雅

優しさの溢れた女（非常溫柔的女子）

尤（ーヌノ）

尤〔名、形動〕（常用…なる形式）優異、突出（=尤物）

　尤なる者（最優秀者）

　彼は無恥の尤なる者である（他最無恥）

　彼はクラス中、成績の尤なる者である（他是班上成績優秀者）

　此は展覧の作品中尤なる者である（這是展出作品當中的傑作）

　菊の花の尤なる者（菊為花之最）

尤物〔名〕尤物、美人

　彼の店のマダムは中中の尤物だ（那個店的老板漂亮得很）

尤も、尤〔形動、接〕合理，正當，正確，理所當然，不過，可是（=但し、然し）

　尤もな意見（正確的意見）

　尤もな事を言う（說話合理、言之有理）言う云う謂う

　御尤もです（誠然不錯、您說的對）

　彼が怒ったのも尤もだ（他動怒也是理所當然的）怒る興る起る熾る

　彼の言い分にも尤もな所が有る（他的辯白也有些道理）

　彼女が君に腹を立てるのも尤もだ（也難怪她生你的氣）

　彼は然うするのも父親と為て尤もな事だ（他之所以那麼做也是作為父親理該做的）

　皆さんの仰る事は——御尤もな事許りです（大家說的句句都合乎道理）

　尤も千万（千真萬確）

　尤も例外は有る（不過例外還是有的）

　尤も全然異議が無い訳ではないが（不過倒並不是完全沒有異議…）

　然うすれば旨く行きます、尤も例外は有りますが（那樣做一定能做好可是也有例外）

　尤も全く意見の無い訳ではない（不過並非完全沒意見）貴方貴男貴女

　明日帰ら無ければ為らない、尤も貴方は別だ（明天必須回去不過你例外）明日明日明日

尤もらしい〔形〕好像有道理的、表面講得通的、好像很正經（老實）的

　尤もらしい言い方（似乎合乎道理的說法）

　尤もらしい意見（似乎合乎道理的意見）

　尤もらしい意見の述べる（發表聽起來很有道理的意見）述べる陳べる延べる伸べる

　尤もらしく見せる（裝扮得很正經老實）

　尤もらしく小声で話し出した（煞有其事地小聲說了起來）

　尤もらしく屁理屈を並べる（煞有其事地大講歪理）

　尤もらしい顔で冗談を言う（裝出一本正經的樣子開玩笑）

　彼の人の尤もらしい様子は可笑しい（那個人假裝正經的樣子真可笑）

尤も，尤，最も，最〔副〕最、頂

　尤も有意義な贈り物（最有意義的禮物）

　尤も勇敢に戦う（戰鬥得最勇敢）戦う闘う

　世界で尤も人口の多い国（世界人口最多的國家）

　其の点が尤も苦労した（這點是我最費心血的地方）

　事実こそ尤も説得力を持っている（事實是最具有說服力的）

　此の問題が尤も重要だ（這個問題是最重要的）

由、由、由（ーヌノ）

由、由〔漢造〕經由、緣由、原由、順隨

　経由（經由、經過、通過）

　原由，源由、原由，源由（原有、緣有）

　縁由、縁由（緣有、親戚、故舊）

　理由（理由、緣故）

　事由（事由、緣由、理由）

　来由、来由（來由、由來）

　自由（自由、任意）

由縁〔名〕因緣、關係（= 縁、所縁）

　彼とは一寸した由縁が有る（和他有過一面之緣）

由旬 〔名〕〔佛〕（梵 yojana）由旬、一天的路程（古代印度里程單位）

由由しい 〔形〕嚴重的、重大的、不得了的
　此の事件は教育上由由しい問題である（這個事件在教育上是個嚴重的問題）
　由由しい自然災害と戦う（和嚴重的自然災害做鬥爭）戦う闘う
　由由しい過ち（嚴重的錯誤）
　由由しい結果を招いている（造成嚴重後果）

由来 〔名,自サ,副〕由來，來歷，原來，本來（=抑抑）
　地名の由来を尋ねる（探詢地名的來歷）尋ねる訪ねる訊ねる
　寺宝の由来を調べる（調查鎮寺之寶的由來）
　此の建築様式は中国に由来している（這個建築樣式來自中國）
　ギリシアに由来する建築様式（源於希臘的建築樣式）
　彼は由来物を知らない男だ（他本來就是一個不懂道理的人）
　由来日本は四季の変化に富んだ所と為て知られている（日本向來是以富於四季變化的地方著稱）

由諸 〔名〕來歷、來源
　由諸の有る家柄（有來歷的門第、名門）
　由諸の有る家柄に生まれる（出生於名門）
　由諸の有る品（有來歷的東西）
　此処は由諸の有る町です（這裡是歷史上有名的城鎮）
　寺の由諸を訪ねる（詢問寺廟的由來）
　此の像が建てられた由諸が土台に刻まれている（這座雕像的由來被刻在基座上）

由る、因る、依る、拠る、縁る 〔自五〕由於，基於、依靠，仰仗，利用，根據，按照，憑據，憑藉
　私の今日有る彼の助力に因る（我能有今日全靠他的幫忙）
　彼の成功は友人の助力に因る所が大きい（他的成功朋友的幫助是一大要因）
　昨夜の火事は漏電に因る物らしい（昨晚的火災可能是因漏電引起的）昨夜昨夜
　不注意に因って大怪我を為た（由於不小心受了重傷）
　命令に依る（遵照命令）選る寄る継る撚る倚る凭る
　筆に依って暮らす（依靠寫作生活）
　慣例に依る（依照慣例）
　慣例に依って執り行う（按照慣例執行）
　労働に依って収入を得る（靠勞力來賺錢）得る得る
　辞書に依って意味を調べる（靠辭典來查意思）
　話し合いに依って解決し可きだ（應該透過談判來解決）
　基本的人権は憲法に依って保障されている（基本人權是由憲法所保障）
　学生の能力に依り、クラスを分ける（依照學生的能力來分班）分ける別ける
　天気予報に依れば明日は雨だ（根據天氣預報明天會下雨）明日明日明日
　医者の勧めに依って転地療養する（按醫師的勸告易地療養）進める勧める薦める奨める
　成功不成功は努力如何に依る（成功與否取決於努力如何）如何如何如何
　成功するか為ないかは君の努力如何に依る（成功與否決於你自己的努力如何）
　場合に依っては然う為ても良い（依據場合有時那麼做也可以）
　親切も時に依りけりだ（給人方便要看什麼場合）
　何事に依らず（不管怎樣）
　演劇に依って人生の真実を探る（用演劇來探索人生的真實）
　木に縁って魚を求める（緣木求魚）魚魚魚

寄る 〔自五〕靠近，挨近，集中、聚集、順便去，順路到、偏、靠、增多、加重、想到、預料到。〔相撲〕抓住對方腰帶使對方後退。〔商〕開盤
　近く寄って見る（靠近跟前看）
　側に寄るな（不要靠近）
　もっと側へ御寄り下さい（請再靠近一些）
　此処は良く子供の寄る所だ（這裡是孩子們經常聚集的地方）

砂糖の塊に蟻が寄って来た（螞蟻聚到糖塊上來了）

三四人寄って何か相談を始めた（三四人聚在一起開始商量什麼事情）

帰りに君の所にも寄るよ（回去時順便也要去你那裡看看）

何卒又御寄り下さい（請順便再來）

一寸御寄りに為りませんか（您不順便到我家坐一下嗎？）

此の船は途中方々の港に寄る（這艘船沿途在許多港口停靠）

右へ寄れ（向右靠！）

壁に寄る（靠牆）

駅から西に寄った所に山が有る（在車站偏西的地方有山）

彼の思想は左（右）に寄っている（他的思想左〔右〕傾）

年が寄る（上年紀）

顔に皺が寄る（臉上皺紋增多）

皺の寄った服（折皺了的衣服）

貴方が病気だったとは思いも寄らなかった（沒想到你病了）

時時思いも寄らない事故が起こる（時常發生預料不到的意外）

三人寄れば文殊の智恵（三個臭皮匠賽過諸葛亮）

三人寄れば公界（三人計議、無法保密）

寄って集って打ん殴る（大家一起動手打）

寄ると触ると其の噂だ（人們到一起就談論那件事）

寄らば大樹の蔭（大樹底下好乘涼）

凭る、靠る〔自五〕凭、倚、靠

欄干に凭る（凭靠欄杆）

壁に凭る（靠牆）

机に凭って読書する（凭桌而讀）

柱に凭って居眠りを為る（靠著柱子打盹）

由〔名〕緣由，緣故（=訳，謂われ），方法，手段，情由，情形（=旨），聽說，據說

由有り気な顔付（似乎有什麼緣故的神色）由葦

彼女は何か由有り気に見える（看來她似乎有什麼事）

由有り気な言葉（話裡似乎有話）

事の由（事情的由來）

そんなに遠く離れては会う由も無い（離那麼遠沒有辦法會面）

知る由も無い（沒法知道）

今と為っては知る由も無い（到了現在再也沒法知道）

此の由は先方に御伝え下さい（請把這種情形轉告對方）

本日東京到着の由（據說今天到達東京）

御元気の由何よりです（聽說您身體健康我非常高興）

由有り気〔形動〕似乎有緣故（=由）

由有る〔連体〕有地位的、有來歷的

由有る人（有地位的人、出身高貴的人）

由無い〔形〕無理由的，無故的，不得已的，沒辦法的、沒意思的，沒價值的

由無く人に逆らう（無故與人作對）

由無い事を言い張る（強詞奪理）

由無く彼の言い成りに為る（不得已只好聽他的）

由無き事を並べ立てる（說一大堆廢話）

由無い事に手を出す（參與無益義的事情）

由無し言〔名〕廢話

油（一ヌˊ）

油〔漢造〕油

石油（石油）

重油（重油、柴油）

軽油（輕油、汽油）

灯油、燈油（燈油、煤油）

鯨油（鯨魚油）

醤油（醬油）

肝油（魚肝油）

香油（香油）

鉱油（礦油）

鮫油（鯊魚油）

桐油、桐油（桐油）

一

揮発油（揮發油、汽油）
食用油（食用油）
大豆油（豆油）
含油（含有石油）
乾油（乾性油）
終油礼（〔天主教徒臨終〕塗油式）

油圧〔名〕〔機〕油壓
　油圧計（油壓計）
　油圧圧搾機（油壓機）
　油圧brake（油壓制動器）
　油圧pump（油壓抽水機）
　油圧motor（油壓馬達）
　油圧winch（油壓起重機）

油煙〔名〕油煙、黑灰、炭黑（=煤）
　油煙が立つ（冒油煙）立つ裁つ発つ建つ経つ絶つ断つ起つ截つ
　油煙が付く（燻上油煙）付く着く突く就く衝く憑く点く尽く搗く吐く附く撞く
　油煙を取る（清除油煙）取る捕る摂る採る撮る執る獲る盗る録る
　油煙で天井が黒く為る（頂棚被油煙燻黑了）為る生る鳴る成る
　油煙止め（吸煙罩）止め留め泊め停め富め
　顔が油煙で真黒に為った（臉因油煙燻得烏漆抹黑）
　油煙墨（油煙墨）

油管〔名〕〔機〕油管
油気熱交換器〔名〕蒸氣換熱器
油頁岩〔名〕〔礦〕油頁岩・油母頁岩（=オイル、シェール）
油庫〔名〕〔船〕油庫、油艙
油彩〔名〕油彩、油畫（=油絵）←→水彩
油剤〔名〕〔藥〕油劑、軟膏←→水劑
油細胞〔名〕〔植〕油細胞
油酸〔名〕〔化〕油酸
　油酸塩（油酸鹽）
油脂〔名〕油脂
　油脂工業（油脂工業）
油紙、油紙〔名〕油紙
　湿布の上に油紙を当てる（在濕布上面墊上油紙）当てる中てる充てる宛てる
　油紙に火の付いた様（見火就著、口若懸河）

油状〔名〕油狀、像油般的黏稠狀
油浸〔名〕（顯微鏡的）油浸法
油井〔名〕油井、石油井
　油井から石油が噴き出た（從油井裡噴出了石油）
油性〔名〕油性、油質
　油性の注射液（油性注射液）
　油性penicillin（油質青黴素）
　油性ペンキ（油性塗料、油漆）
油性〔名〕肥胖多油（的體質）←→荒れ性
油然〔名〕雲氣上升狀
油送〔名〕運輸石油
　油送パイプ（輸油管）
　油送船、油槽船（油船=タンカー）
油槽〔名〕油槽、油箱、油池
　油槽車（油槽車）
　油槽船、油送船（油船=タンカー）
油層〔名〕（石油）油層
　油層を掘り当てる（鑽到油層）
油単〔名〕（舖桌面、衣櫃等器具用的）油布、油紙
油断〔名、自サ〕疏忽大意、粗心大意、缺乏警惕
　油断大敵（千萬不可疏忽大意）
　彼の人には油断を為るな（對他要提高警覺）
　人の油断に乗ずる（乘別人疏忽大意）
　油断すると危ない（一有疏忽大意就危險）
　油断無く見張る（毫不疏忽地戒備）
　油断も隙も無い（非常謹慎）
　此の世は油断も隙も無い（這世界一刻也不能大意）
　相手の動きを油断無く見守る（毫不鬆懈地監視對方的動靜）
　一寸油断して居ったね（你有點大意了）
油滴〔名〕油滴
油田〔名〕〔礦〕油田
　油田を見付ける（發現油田）
　新しい油田を発見した（發現了新油田）
　油田地帯（油田地帶）
油土〔名〕（作雕塑、鑄金等原型用的）和油黏土

油団〔名〕（夏季用塗油或漆的）厚紙褥墊
油布〔名〕油布、漆布
油分〔名〕油的成分
油母頁岩〔名〕〔礦〕油頁岩（＝オイル、シェール）
　　油母頁岩からガソリンを精錬する事が出来る（油頁岩可提煉出石油）
油膜〔名〕〔機〕油膜
油霧潤滑〔名〕〔機〕油霧潤滑
油面計〔名〕〔船〕油面計、油位計
油溶染料〔名〕油溶染料
油浴〔名〕〔理〕油浴
油糧〔名〕油料（油脂、油脂原料、油粕等的總稱）
油量計〔名〕〔機〕油量計
油類〔名〕油類
油冷〔名〕〔機〕油冷。〔冶〕油淬火
　　油冷真空管（油冷電子管）
　　油冷変圧器（油冷便壓器）
　　油冷ピストン（油冷活塞）
　　油冷槽（淬火油槽）
油〔名〕油、髪油。〔轉〕活動力，勁
　　油で揚げる（用油炸）揚げる上げる挙げる
　　髪に油を付ける（往頭髪上抹油）油 脂 膏
　　油が乗る（起勁、有了活力）乗る載る
　　油が切れる（油用完、力氣用完）切れる着れる斬れる伐れる
　　此の時計は油が切れた（這個錶沒油了）
　　機械に油を差す（給機器上油）差す指す刺す挿す射す注す鎖す点す
　　油を差す（加油、鼓勵、打氣）
　　油を引く（加油、鼓勵、打氣）引く弾く轢く挽く惹く曳く牽く退く
　　油を塗る（加油、鼓勵、打氣）
　　油に水（水火不相容）
　　油が付く（沾上油）付く撞く吐く附く尽く点く憑く衝く就く突く着く潰く
　　油を売る（閒聊浪費時間、偷懶、磨蹭）売る得る得る
　　途中で油を売る（在路上磨蹭）
　　油を絞る（榨油、譴責、申斥）絞る搾る
　　一つ油を絞って遣ろう（教訓他一頓吧！）
　　油を注ぐ（加油，添油，唆使，煽動）注ぐ雪ぐ濯ぐ灌ぐ
　　火に油を注ぐ（火上加油）
　　其では火に油を注ぐ様な物だ（那無異是火上加油）
脂、膏〔名〕脂肪，油脂、〔喻〕活動力，工作性
　　顔に脂が浮く（臉上出油）油
　　此の牛肉は脂が多い（這塊肥牛肉）
　　脂が乗る（肥胖、很賣力、感興趣、純熟）
　　脂の乗った魚が美味しい（肥魚鮮美）
　　今丁度脂の乗った年頃だ（現在正是活力十足的年齢）
　　其の問題に入ると脂が乗って来た（一碰到那問題他就興趣高昂起來）
　　仕事に脂が乗ると大いに捗る（工作一入狀況就很快地完成了）
　　脂の乗った芸を披露する（表演純熟的技藝）
　　脂を取る（催逼、逼迫）
　　高利貸に脂を取られる（被高利貸催逼）
油揚げ、油揚、油揚〔名〕油炸豆腐、油炸的東西
　　鳶に油揚げを攫われた様（煮熟的鴨子飛了、弄得目瞪口呆）攫う浚う
油炒め、油燴め〔名〕油炒、油煎
油煎り、油熬り〔名〕油炒、油煎（＝油炒め、油燴め）
油色〔名〕紅褐色、琥珀色
油売り〔名〕賣油的人、偷懶（＝怠け者）
油絵〔名〕油畫↔水彩画
　　油絵の肖像画（油畫畫像）
　　油絵を描く（畫油畫）描く画く
　　油絵画家（油畫家）
油絵の具、油絵具〔名〕油畫顔料
　　油絵の具を塗る（上油畫原料）
油エステル樹脂〔名〕油變性酯樹脂
油粕〔名〕油渣、豆餅

草木の肥料に油粕を遣る（加豆餅作草木的肥料）草木草木

油桐〔名〕〔植〕油桐、桐子樹、罌子樹

油薬、脂薬、膏薬〔名〕藥膏、〔俗〕賄賂

油口〔名〕（能說會道的）油嘴、巧嘴

油気、脂気、油気、脂気〔名〕油氣，油味，油膩、油性、肥胖

　油気の物が有るから、火に注意し為さい（因有帶油氣的東西請注意煙火）

　油気の少ない肌（乾燥的皮膚）

　油気の無い髪（非油性的頭髮、沒抹油的頭髮）

　彼は油気が強い（他相當胖）

　油気の有る旨然うな肉（像是很好吃的肉）

油差し、油差〔名〕注油器，添油器，油壺、（給機器）加油的人，加油工

油搾り〔名〕榨油機、榨油工

油染みる〔自上一〕油污

　洋服が油染みる（西服沾上了油污）

　油染みた作業服（油污的工作服）

　油染みた手を洗剤で洗う（用肥皂粉洗油污的手）

油障子〔名〕油紙拉窗

油蝉〔名〕〔動〕秋蟬

油玉、油球〔名〕（漂在水上的）油珠子

油だらけ〔名〕沾滿了油

　油だらけの手（沾滿了油的手）

油手、脂手〔名〕（沾了油的）油手、易出汗的手

油照り、油照〔名〕酷熱、悶熱

　酷い油照りで、坐っていてもじりじりと蒸し暑い（非常酷熱坐著都悶熱得很）

　酷い油照りで、座って汗が出る（悶熱得坐著都出汗）座る坐る据わる

油菜〔名〕〔植〕油菜

油鞣し〔名〕（用）油鞣（皮革）

油粘土〔名〕（工事用）油和黏土

油引き，油引〔名〕刷油，擦油、油刷子

油ペイント〔名〕油塗料

油身、脂身、膏身〔名〕肥肉（=脂肉）↔赤身

　牛肉の油身（牛的肥肉）

　此の豚肉は油身が多い（這塊豬肉肥）豚肉豚肉

油虫〔名〕〔動〕蚜蟲（=蟻巻、蚜虫）、蟑螂，（俗稱）灶馬子（=ごきぶり）、〔俗〕不花錢跟著別人吃喝玩樂的人，寄生蟲

油女、油魚〔名〕〔動〕六線魚（=鮎魚女、鮎並）

油屋〔名〕賣油的（商人）、油店、石油專家

油焼き入れ鋼、油焼入れ鋼〔名〕油淬硬鋼

油桃、椿桃〔名〕〔植〕油桃、光桃

疣（一ヌˊ）

疣〔漢造〕肉瘤

疣贅〔名〕〔醫〕濕疣

疣〔名〕〔醫〕疣（=疣）

疣〔名〕〔醫〕疣，瘊子、凸起，疙瘩（=疣疣）

　疣が出来る（長瘊子）

　表面に疣が有る（表面有疙瘩）

　蛸の足の疣（章魚爪的吸盤）蛸章魚疙胼胝

　呼び鈴の疣を押す（按電鈴鈕）押す推す圧す捺す

　疣編（衣服上面有許多凸起的編法）

疣虫（螳螂=蟷螂）

疣猪〔名〕〔動〕疣豬

疣疣〔名、副〕疙瘩（=疣）、渾身發疹

疣蛙〔名〕〔動〕癩蛤蟆、蟾蜍（=蟾蜍、蟇蛙、蝦蟇）

疣痔〔名〕〔醫〕痔核（=痔核）

疣取、水蠟〔名〕白蠟（=水蠟蠟、虫白蠟）、水蠟樹（=疣取木、水蠟木）、〔動〕白蠟蟲（=水蠟蠟虫）

　疣取木、水蠟木〔植〕水蠟樹

疣鯛〔名〕〔動〕刺鯧、海鯧

蚰（一ヌˊ）

蚰〔漢造〕蚰蜒-節足動物、屬多足類

蚰蜒、蚰蜒〔名〕〔動〕蚰蜒，多足蟲，錢龍，錢串子、討厭的人

　蚰蜒眉（〔難看的〕濃眉）

　蚰蜒野郎（討厭的傢伙）

游、遊（一ヌˊ）

游、遊〔漢造〕（也讀作游、遊）遊玩、旅遊、遊覽、遊蕩、冶遊、交往。〔棒球〕游擊手

豪遊（揮霍無度的冶遊、揮金如土的遊玩）
交遊（交遊、交往、交際）
園遊会（園遊會）
歴遊（遊歷、周遊）
漫遊（漫遊）
回遊、廻遊（周遊，環遊、魚群按季節回遊）
周遊（周遊）
舟遊（乘船遊玩）
巡遊（巡遊、周遊）
外遊（外遊、出國旅行）
来遊（來遊覽、來觀光）
浮遊（浮游）

游泳、遊泳〔名、自サ〕游泳（=游ぎ、泳ぎ、水泳）。〔喻〕處世（=世渡り）
　此処は游泳禁止です（這裡禁止游泳）
　波が荒く游泳禁止に為る（波浪洶湧禁止游泳）
　宇宙を游泳する（太空漫步）
　游泳生物（〔動〕自游動物）
　游泳池（游泳池）
　游泳盤（〔動〕游泳膜）
　游泳術（游泳術、〔轉〕處世法）
　游泳術に長じている（善於處世）長ける 猛る 炊ける 焚ける
　游泳術を身に付ける（學會處世哲學）付ける 附ける 憑ける 潰ける 着ける 就ける 突ける 衝ける
　游泳術が巧い（處世圓滑）旨い 巧い 上手い 甘い 美味い
　彼は游泳術を心得ている（他懂得處世哲學）

游魚〔名〕游魚
游禽類〔名〕〔動〕水鳥類
游弋、遊弋〔名、自サ〕（軍艦）遊弋、巡邏
　游弋中の敵艦を見付ける（發現遊弋中的敵艦）敵艦 敵艦
　敵艦を求めて游弋する（為搜索敵艦而巡邏）
游ぐ、泳ぐ〔自五〕游，游泳，游水，泅水。〔轉〕擠過，穿過，度過，混過，（相撲等被推或撲空的游泳姿勢）向前栽去

　海で泳ぐ（在海裡游泳）
　プールで泳ぐ（在游泳池裡游泳）
　長江を泳いで渡る（游渡長江）
　武装して泳ぎ渡る（武裝泅渡）
　岸へ泳ぎ着く（游到岸邊）
　泳いで上る（向上游、逆流而游）上る 登る 昇る
　泳ぎ回る（到處游、游來游去）
　仰向けに泳ぐ（仰泳）
　一つ泳ごう（我們游一下吧！）
　私は少しも泳げない（我一點也不會游泳）
　泳いで行けるか（你能游過去嗎？）
　人波（群衆の中）を泳いで行く（從人群中游過去）
　世の中を泳ぐ（在社會上混、鑽營度世）
　時流に乗って泳ぐ（隨波逐流）
　時流に逆らって泳ぐ（抗拒時代潮流）
　体が泳ぐ（身體失去平衡、身體向前栽去）

游ぎ、泳ぎ〔名〕游泳
　泳ぎ場（游泳池、游泳區、游泳的地方）
　泳ぎ手（游泳者、游泳的人）
　君は泳ぎ方を知っているか（你會游泳嗎？）
　彼は泳ぎが上手だ（旨い）（他很會游泳）
　泳ぎに行く（去游泳）
　泳ぎ比べを為る（作游泳比賽）比べ 較べ
　泳ぎの心得が無い（不熟悉水性）
　仰向け泳ぎ（を為る）（仰泳）
　立ち泳ぎ（を為る）（立泳、踩水）
　平泳ぎ（を為る）（俯泳、蛙泳）
　泳ぎの中で泳ぎを覚え、実践を学び取る（在游泳中學會游泳在實踐中學會實踐）
　泳ぎを覚え様と為るからには一口二口水の呑む事は如何しても免れないだろう（既然要學會游泳就難免要喝幾口水）
　泳ぎ上手は川で死ぬ（善水者溺善騎者墜）

游がせる、泳がせる〔他下一〕（本來是泳ぐ的使役形）（為了便於作進一步的調查或掌握證據）讓犯人暫時消遙法外自由行動
　犯人を泳がせて置く（讓犯人暫時消遙法外）

猶（一ㄡˊ）

猶〔漢造〕猶疑、如同

猶子〔名〕姪，甥、養子，義子

猶予、猶与、容与〔名,自サ〕猶豫，遲疑、延期，寬限，緩期

　猶予している場合ではない（不是猶豫的時候）躊躇うたゆたう（躊躇）

　猶予なく斷行せよ（要毫不猶豫地斷然實行）

　十日間の猶予を与える（准許寬限十天）十日十日間間間

　支払いを暫く猶予して下さい（請把付款延期幾天）

　一刻も猶予出來ない（刻不容緩）

　刑の執行を猶予する（緩期執行）

　執行猶予（緩刑、緩期執行）

　猶予期間（〔經〕〔票據到期後的〕展期，寬限期、〔法〕寬限期，推遲期）

　債務履行の法定猶予期間（償還債務的法定寬限期）

猶太、ユダヤ〔judea〕〔名〕猶太

　猶太教（猶太教）

　猶太人（猶太人）

猶、尚〔副〕猶，尚，還，再，更，仍然，依然（=矢張り、未だ、更に）、猶如（=丸で）。〔接〕又，再者，尚且，而且（=又）

　彼の言葉は今猶耳底に在る（他的話還在我的耳裡）在る有る或る

　猶若干の疑問は殘る（還有若干疑問）

　雨は猶も降り續いている（雨還在不停地下著）

　期日は猶一週間有る（期限還有一週）

　日も猶定まらず（日期尚未決定）

　猶一層悪い事には（更糟的是…）

　猶大切な事には（更重要的是…）

　猶二三の例を付け加える為らば（如果再補充兩三個例子…）

　騙すのも良くないが盜むのは猶悪い（騙人固然不好偷東西的更糟糕）

　年を取っても猶当年の元気を失っていない（雖然老了精神仍不減當年）

　葉の草木に於けるは猶肺の動物に於けるが如くである（葉之於草木猶肺之於動物）草木

　水の魚に於けるは猶葉の草木に於けるが如く（水之於魚猶如葉之於草木）

　過ぎたるは猶及ばざるが如く（過猶不及）

　日時は記載の通り、猶雨天の時は中止します（時日不變遇雨則停止進行）

猶の事〔副、連語〕更加、越發（=猶、尚更、益益）

　其なら猶（の事）都合が良い（那樣的話就太好了）

猶猶、尚尚〔副〕更，更加，越發（=猶、尚更、益益）、還、再（=未だ未だ）、此外，加添，附加（=付け加える）

　然う為れば猶猶結構だ（那就更好了）

　此の工事は猶猶時間が掛かる（這項工程還需要很長時間）掛かる係る繋る罹る懸る架る

　猶猶議論の余地有る（還有爭論餘地）

　猶猶言い度い事は多く有る（此外想說的話還很多）

　猶猶申し添えますが私は彼とは何の関係も御座いません（此外我要強調的是他和我沒有任何關係）

　猶猶書き（〔信〕附言、再啟、又啟=追伸、追って書き）

郵（一ㄡˊ）

郵〔漢造〕郵寄

郵券〔名〕郵票（=郵便切手）

　郵券封入（信內付有郵票）

　郵券を封入する（信內裝入郵票）

　定価五百円、郵券代付可（定價五百日元可用郵票代付）

　代金は郵券でも差し支え有りません（貨款也可用郵票支付）

郵書〔名〕郵寄的信、郵信

　郵書が届いた（郵寄的信送到了）

郵政〔名〕郵政

　郵政省（郵政部）

　郵政大臣（郵政大臣、郵政部長）

　郵政相（郵政部長）

郵税〔名〕郵資、郵費

此の手紙の郵税は幾等ですか（這封信的郵費是多少？）
郵税支払い済み（郵資已付）
郵税先払い（預付郵資）
郵税不足（郵資不足）
郵税不足の無い様に御注意下さい（請注意不要欠郵資）
郵税不足ですから、不足料六十円頂きます（因郵資不足收欠資六十元）

郵船〔名〕郵船（=郵便船）
郵船出帆日（郵船起航日）
日本郵船株式会社（日本郵船股份公司）

郵送〔名〕郵寄
原稿を郵送する（郵寄原稿）
本を郵送する（郵寄書本）
郵送料（郵資、油費）
入学願書を郵送でも受付ます（郵寄入學志願書亦可受理報名）
郵送先名簿（收郵件人名冊）
此方に郵送して下さい（請郵寄給我）

郵袋〔名〕郵袋（=行嚢）
郵袋を汽車に載せる（把郵袋裝上火車）載せる乗せる伸せる熨せる

郵便〔名〕郵政、郵件
ストライキで郵便が遅れている（因罷工郵件遲誤了）遅れる後れる送れる贈れる
転居先不明で郵便が戻って来た（遷移地址不明郵件被退回來了）
此の小包を郵便で送るには幾等掛かりますか（這包裹郵寄要多少錢？）
郵便で送る（郵寄）
郵便を出す（寄信、寄郵件）
郵便が来る（來信、寄來郵件）
郵便を配達する（郵遞信件）
君に郵便が来ているよ（有你的信）
普通郵便（平信）
書留郵便（掛號信、掛號郵件）
航空郵便（航空郵件、航空信）
速達郵便（快遞郵件）
郵便切手（郵票）

郵便配達（投遞）
郵便配達員（郵遞員）
郵便切手を貼る（貼郵票）貼る張る
郵便配達区域（投遞區）
郵便行嚢（郵袋=郵便袋）
郵便葉書（明信片）
郵便物（郵件）
郵便受け（箱）（信箱）
配達不能郵便物（無法投遞郵件）
郵便局員（郵務員）
郵便局に行って、為替を引き出す（去郵局領匯票）
郵便局（郵局）
郵便集配局（郵件分發郵局）
郵便私書箱（郵局個人信箱）
郵便集配人（郵差=郵便配達員）
郵便船（郵政船）
郵便貯金（郵政儲蓄、郵政存款）
定期郵便船（定期郵船）
郵便書簡（帶信封簡易郵簡=ミニレター mini letter）
郵便年金（郵便年金保險）
郵便電信為替（郵政電匯、郵政電匯匯票）
郵便袋（郵袋=郵袋）
郵便振替貯金（郵政轉帳存款）
郵便番号（郵遞區號、郵政代號）
郵便為替（郵匯、郵政匯票）
郵便為替を受け取る（收到匯票）
郵便為替で五万円送る（郵寄五萬日元）
郵便箱（信箱）
郵便業務（郵政業務）
彼は二十年以上も郵便業務に携わって来た（他從事郵政業務達二十多年）
郵便箱を開ける（開信箱）開ける開ける
郵便箱に手紙を入れる（把信投入信箱）
郵便屋（郵差）
郵便料を完納した郵便物（繳完郵費的郵件）
郵便屋さん（〔俗〕郵差先生）

ゆうびんりょう
郵便料（郵費）
ゆうびんしゃ
郵便車（郵車）
ゆうびんpost
郵便ポスト（郵筒）
ゆうびんじどうしゃ
郵便自動車（郵車）
ゆうびんpost　てがみ　い
郵便ポストに手紙を入れる（把信投入郵筒）
ゆうびんけしいん
郵便消印（郵戳＝スタンプ）
ゆうびんれっしゃ
郵便列車（郵政列車、郵政車廂）

楢、楢（一ヌˊ）

ゆう　　しゅう
楢、楢〔漢造〕柔木，可作輓輪，古人用以鑽火

なら
楢〔名〕〔植〕枹，櫟，樹的總稱、枹，小橡樹（＝小
なら
楢）

遊、游（一ヌˊ）

ゆう　ゆう
遊、游〔漢造〕（也讀作遊、游）遊玩、旅遊、遊
覽、遊蕩、冶遊、交往、〔棒球〕游擊手

ごうゆう
豪遊（揮霍無度的冶遊、揮金如土的遊玩）
こうゆう
交遊（交遊、交往、交際）
えんゆうかい
園遊会（園遊會）
れきゆう
歴遊（遊歷、周遊）
まんゆう
漫遊（漫遊）
かいゆう　かいゆう
回遊、廻遊（周遊，環遊、魚群按季節回遊）
しゅうゆう
周遊（周遊）
しゅうゆう
舟遊（乘船遊玩）
じゅんゆう
巡遊（巡遊、周遊）
がいゆう
外遊（外遊、出國旅行）
らいゆう
来遊（來遊覽、來觀光）
ふゆう
浮遊（浮游）
ふゆうてん
不遊点（等光程焦點）
ゆういん
遊印〔名〕遊戲印章（與姓名印章不同，刻有詩句或成語、多用於詩畫落款）
ゆうえい　ゆうえい
遊泳、游泳〔名、自サ〕游泳（＝游ぎ、泳ぎ、水泳）、〔喻〕
よわた
處世（＝世渡り）
ここ　　　ゆうえいきんし
此処は游泳禁止です（這裡禁止游泳）
なみ　あら　ゆうえいきんし　な
波が荒く游泳禁止に為る（波浪洶湧禁止游泳）
うちゅう　ゆうえい
宇宙を游泳する（太空漫步）
ゆうえいせいぶつ
游泳生物（〔動〕自游動物）
ゆうえいち
游泳池（游泳池）
ゆうえいばん
游泳盤（〔動〕游泳膜）

ゆうえいじゅつ　　　　　　　　てん
游泳術（游泳術、〔轉〕處世法）
ゆうえいじゅつ　　た　　　　　　　　　　　　　　た　　　たけ
游泳術に長けている（善於處世）長ける猛
　た　　た
る炊ける焚ける
ゆうえいじゅつ　み　　つ
游泳術を身に付ける（學會處世哲學）付け
　つ　つ　つ　つ　つ　つ　つ
る附ける憑ける漬ける着ける就ける突ける
つ
衝ける
ゆうえいじゅつ　うま
游泳術が巧い（處世圓滑）旨い巧い上手い
うま　うま
甘い美味い
かれ　ゆうえいじゅつ　こころえ
彼は游泳術を心得ている（他懂得處世哲學）

ゆうえんち
遊園地〔名〕遊園地、遊樂場所
じどうゆうえんち
児童遊園地（兒童樂園）
ゆうかく　ゆうかく
遊客、遊客〔名〕遊手好閒的者、遊覽的客人、嫖客
おんせん　ゆうかく
温泉の遊客（溫泉遊客）
ゆうかく　ゆうろう
遊郭、遊廓〔名〕（舊時）妓院區、妓館區
ゆうかく　しばしば　かよ　　　　　　　　　しばしばしばしば
遊郭に屡と通う（常去嫖妓）屡屡屡
しばしばしばしば
数数数
ゆうがく
遊学〔名、自サ〕遊學、留學
English　ゆうがく
イギリスに遊学する（到英國留學）
がいこく　ゆうがく
外国に遊学する（到外國留學）
さんねんかんゆうがく
三年間遊学した（留學三年了）
ゆうぎ
遊技〔名〕遊藝、遊戲
ゆうぎじょう　　　　　　　　　　　　　　　ばじょう
遊技場（〔特指射擊遊戲的〕遊藝場）場場
ゆうぎ
遊戯〔名、自サ〕遊戲、玩耍
こども　ゆうぎ　きょう
子供が遊戯の興じる（小孩玩得很起勁）
ゆうぎ　きそく　まも　せいしん　やしな
遊戯で規則を守る精神を養う（以遊戲培養守規則的精神）守る守る盛る漏る洩る
ようちえん　こども　ゆうぎ　し
幼稚園の子供が遊戯を為ている（幼稚園的孩子在做遊戲）
ゆうぎしせつ
遊戯施設（遊樂設施）
ゆうぎば　　　　　　　　ばじょう
遊戯場（遊戲場）場場
れんあいゆうぎ
恋愛遊戯（戀愛遊戲）
ゆうぎ　じかん
遊戯の時間（遊戲時間）
それ　ゆうぎ　ことば　す
其は遊戯の言葉に過ぎない（那只不過是遊戲語言）
ゆうぎてき
遊戯的（遊戲的、愛玩耍的、開玩笑的）
ゆうぎてき　きぶん
遊戯的な気分（嬉戲的心情）
あそ　たわむ
遊び戯れる〔自下一〕玩耍、嬉戲、鬧著玩（＝戯れ
る）
ゆうきゅう
遊休〔名、自サ〕（設備等）空閒、閒置

遊休の施設を活用する（活用閒置裝備）
遊休資本（遊資、未利用的資本）
遊休施設（閒置設備）

遊俠〔名〕遊俠、俠客（=男伊達、男立）
遊俠の徒（遊俠之輩）
遊俠伝（遊俠傳）

遊興〔名、自サ〕遊玩、玩樂、飲酒招妓作樂
遊興費を沢山使う（花很多玩樂費用）遣う使う
遊興に耽る（沉溺於玩樂）深ける更ける老ける
遊興飲食税（遊樂飲食税）
友人と遊興に行く（和朋友去吃花酒）行く往く逝く行く往く逝く
遊興に金を散ずる（揮霍金錢飲酒作樂）散ずる参ずる

遊金、遊金，遊び金〔名〕遊資、閒錢
遊金を国家の建設に運用する（把遊資運用在國家的建設上）
遊金を銀行に預ける（把閒錢存在銀行裡）
遊金を利用して会社を経営している（利用遊資經營公司）

遊吟〔名、自サ〕遊吟、閒步吟詩
遊吟に唐詩を誦する（遊吟誦唐詩）誦する誦する

遊君〔名〕妓女（=遊女）
遊君に身を落す（淪為妓女）

遊軍〔名〕機動部隊、機動人員
遊軍記者（機動記者）
遊軍の出動を命ずる（命令機動部隊出動）命ずる銘ずる

遊芸〔名〕遊藝、技藝（指茶道、插花、舞蹈、音樂等）
遊芸を嗜む（嗜好技藝）
子供に遊芸を仕込む（教給孩子技藝）
彼女は遊芸なら何一つ出来ない物は無い（什麼技藝她都匯）

遊撃〔名〕〔軍〕游擊、〔棒〕游擊手（=ショートス、トップ）
遊撃する（打游擊）
遊撃を加える（打游擊）加える銜える咥える

遊撃隊（〔軍〕游擊隊）
遊撃戦（〔軍〕游擊戰）
遊撃手（〔棒〕游擊手=ショートストップ）
遊撃手を勤める（當游擊手）勤める努める務める勉める

遊行〔名〕信步而行、漫遊
ヨーロッパ遊行で見聞した事を報告する（報告在歐洲漫遊所見所聞的事）
夢中遊行（夢遊症）

遊行〔名、自サ〕〔古〕古時僧侶到各地雲遊（=行脚）
遊行の僧（雲遊僧）

遊合〔名〕〔機〕鬆動配合、動配合

遊山〔名〕〔老〕遊山、郊遊、出去遊玩（=ピクニック）、外出做消遣（=気晴らし）
物見遊山（遊山逛景）
遊山旅行（漫遊、遠足）
遊山に散歩を為る（出外走走散心）
遊山に出掛ける（出去消遣、去遊山玩水）

遊子〔名〕遊子、旅遊者、漫遊者、流浪者（=旅行者、旅人）
遊子の吟（遊子吟）
天涯の遊子（流浪天涯的人）

遊士〔名〕風流韻士（=雅男）

遊糸、遊絲、絲遊〔名〕（春天原野上蒸發出來的）遊絲狀蒸氣（=陽炎）
遊糸が立つ（地面上出現遊絲狀熱氣）立つ経つ建つ絶つ発つ断つ裁つ起つ截つ

遊資〔名〕〔經〕遊資、閒置資金
遊資を銀行に蓄える（把遊資存到銀行）蓄える貯える

遊尺〔名〕〔機〕遊標、遊標尺、副尺

遊手徒食〔名〕遊手好閒

遊女、遊女〔名〕〔古〕（驛站的）藝妓，歌女（=白拍子）、娼妓，妓女（=遊び女、浮かれ女、戯れ女）
遊女に身を落とす（淪為娼妓）
遊女を買う（嫖妓）買う飼う

遊食〔名、自サ〕坐食、不勞而食（=徒食居食い）
良い若い者が遊食する（健壯的青年坐著吃不做事）

遊星〔名〕行星（=惑星）
小遊星（小行星）

地球は一つの遊星である（地球是一個行星）

遊説〔名、自サ〕遊說、（政黨為競選）到各地演說
彼は一軒毎に遊説して歩いた（他一家一家的去遊說）
一軒一軒遊説する（一家一家的去遊說）
全国を遊説して回す（巡迴全國演講）回す 廻す
全国遊説（遊說全國）
遊説隊（講演隊）

遊船〔名〕遊船、遊艇

遊走〔名〕〔醫〕遊動、飄盪
遊走子（〔動、植〕遊動孢子）
遊走腎（〔醫〕遊走腎、遊離腎）
遊走子嚢（〔植〕遊動孢子嚢）
遊走細胞（〔植〕遊動細胞）

遊惰〔名、形動〕懶惰、怠惰
遊惰の徒（遊手好閒之徒）
人間は遊惰に為って駄目だ（人不可懶惰）
遊惰に日を送る（遊手好閒過日子）送る 贈る
遊惰な生活（遊手好閒的生活）
ぶらぶらと遊惰な日日を送る（遊手好閒過日子）駄 閒 日日 送る

遊底〔名〕〔機〕槍閂、閉鎖機

遊蕩〔名、自サ〕遊蕩、荒唐、沉湎於酒色
遊蕩に耽る（沉湎於酒色）
遊蕩の限りを尽す（極盡荒唐、放蕩不羈）
遊蕩息子（浪蕩子、敗家子）
遊蕩児（浪蕩子、敗家子）

遊動〔名〕遊動、流動
遊動円木（〔體〕浪木、浪橋）
遊動病院（流動醫院）
遊動肝臓（浮游肝、遊離肝）

遊標〔名〕〔機〕遊標、遊標尺

遊牝〔名、自サ〕獸類交尾

遊歩〔名、自サ〕散步
遊歩道路（散步道路）
遊歩道（散步專用道路）
遊歩場（散步場地）場 場

遊歩甲板（散步甲板、上層甲板）

遊び歩く〔自五〕到處遊逛、閒蕩

遊牧〔名、自サ〕遊牧
羊の群を連れて遊牧の生活を送る（帶著羊群過遊牧生活）
遊牧の民（遊牧民）
遊牧民（遊牧民）
遊牧民族（遊牧民族）
遊牧区（遊牧區）

遊民〔名〕（無業）遊民
遊民を集めて建設に従事させる（集中遊民從事建設）
高等遊民（〔有錢的〕高等遊民）

遊冶郎〔名〕浪子、浪蕩公子

遊弋、游弋〔名、自サ〕（軍艦）遊弋、巡邏
游弋中の敵艦を見付ける（發現遊弋中的敵艦）敵艦 敵艦
敵艦を求めて游弋する（為搜索敵艦而巡邏）

遊楽〔名、自サ〕（到野外、溫泉去）遊玩行樂
遊楽に出掛ける（出去遊樂）
遊楽に耽る（沉湎於遊樂）耽る 老ける 深ける 更ける
遊楽を事を為る（以遊樂為事）

遊覧〔名、自サ〕遊覽
名所旧跡を遊覧する（遊覽名勝古蹟）
市内をタクシーで遊覧する（搭計程車遊覽市內）
貴賓は有名な阿里山を遊覧した（貴賓遊覽了有名的阿里山）
遊覧客（遊覽客、遊客）
遊覧バス（遊覽車）
遊覧船（遊覽船）
遊覧旅行に行く（出去旅遊）

遊里〔名〕花街柳巷（=遊廓）
遊里に足を入れる（去逛妓院）
遊里語（〔江戶時代〕花街柳巷使用特殊語言）

遊離〔名、自サ〕脫離，離開、〔化〕游離
大衆から遊離した文学（脫離大眾的文學）大衆 大衆

民衆と遊離した政治家（脫離群眾的政治家）
君の考えは現実から遊離している（你的想法脫離現實）
遊離水（游離水）
遊離アルカリ（游離鹼）
遊離状態（游離狀態）
遊離窒素の固定（游離氮的固定）

遊猟〔名、自サ〕遊獵、打獵
遊猟に出掛ける（出去打獵）
遊猟地（打獵場地）

遊輪〔名〕〔機〕空轉輪、惰輪

遊歴〔名、他サ〕遊歷
諸国を遊歴する（遊歷各國）
各地を遊歴する（遊歷各地）
世界遊歴者（周遊世界者）

遊ぶ〔自五〕遊戲、遊覽、遊歷、遊學、遊蕩、閒置、賦閒
もう君と遊ばないよ（再也不和你玩了）
碁を打って遊ぶ（下棋玩）
何か為て遊ぼう（來玩什麼遊戲吧！）
皆でトランプを為て遊んだ（大家一起玩撲克牌）
テニスを為て遊びましょう（玩網球吧！）
道路で遊んでは行けません（不要在馬路上玩）
友達と広島に遊ぶ（和朋友遊覽廣島）
小豆島に遊ぶ（遊小豆島）
休暇中何を為て遊んだか（假期中做什麼消遣來著？）
若い時は随分遊んだ物だ（年輕的時候很荒唐了一陣）
彼は遊んで暮らしている（他遊手好閒的過日子）
私は七年程日本に遊んだ（他在日本遊學了約七年）
土地が遊んでいる（土地閒著沒有耕種）
此の土地が遊んでいる（這塊土地閒著沒有耕種）
機械が遊んでいる（機器閒置著）
機械が遊ばせて置く（把機器閒置不用）
原料不足で機械が遊んでいる（因為原料不足機器閒置著）
彼は失業して一年余りも遊んでいる（他失業賦閒了一年多）

遊び、遊〔名〕遊戲、遊玩、遊蕩、嫖賭、（機器零件間）空隙、空閒，蕭條，餘裕
子供は遊びに余念が無い（小孩子正在一心玩耍）
子供達は遊びに夢中で御飯も食べない（孩子們玩著著迷連飯也顧不得吃）
遊び盛りの子供（正當貪玩年齡的小孩）
江の島は一日の遊びには大変良い所だ（江之島是作一日之遊的最好地方）
遊びに夢中に為る（只顧玩耍）
田舎へ遊びに出掛ける（到鄉村去遊玩）
遊びに出る（出去玩耍）
友人の所へ遊びに行く（到朋友家去玩）
彼氏は遊びが好きだ（她喜歡嫖賭）
遊びが好きな人（喜歡嫖賭的人）
遊びを覚える（學會吃喝嫖賭）覚える憶える
隠れ遊びを為る人（暗地裡偷雞摸狗的人）
ハンドルの遊び（方向盤的空隙）
彼の操縦桿はが多く過ぎる（那個駕駛桿空隙過大）
今日は遊びだ（今天休息）
商売は丸で遊びです（生意蕭條）
遊びの有る顔（表情鬆弛臉、發呆臉）
名人の芸には遊びが有る（名手之技遊刃有餘）

遊び相手〔名〕遊伴、陪玩的朋友
遊び相手が居ない（沒人一塊玩）
子供の遊び相手に為る（陪著孩子玩）

遊び友達〔名〕遊伴、陪玩的朋友（＝遊び相手）

遊び明かす〔他五〕徹夜玩樂

遊び歩く〔自五〕到處遊逛、閒蕩

遊び紙〔名〕（書籍前後的）空白頁、襯頁

遊び金〔名〕遊資、閒置不用的錢（＝遊金）

遊び着〔名〕遊戲服、閒遊時的服裝

遊び暮らす〔自五〕逍遙歲月、無所事事地過日子

遊び車〔名〕〔機〕惰輪、空轉輪、調緊皮帶輪（＝仲立ち車、アイドラー）

遊び歯車〔名〕〔機〕空轉齒輪、空套齒輪

遊び事〔名〕玩耍、遊戲、消遣、娛樂
　遊び事は何でも上手である（玩什麼都是高手）

遊び仕事〔名〕邊玩邊作的工作、消遣一樣的工作
　今の仕事等は本の遊び仕事だ（現在的工作只不過是消遣一樣的工作）

遊び時間〔名〕〔計〕停機時間、空閒時間（＝アイドル、タイム）

遊び好き〔名〕好玩、好逛、好嫖賭
　遊び好きの人（好玩的人）

遊び戯れる〔自下一〕玩耍、嬉戲、鬧著玩（＝戯れる）

遊び手〔名〕好玩的人、會玩的人

遊び道具〔名〕玩具（＝玩具）
　子供の遊び道具を買う（買兒童玩具）

遊び人〔名〕遊手好閒的人、好賭博的人，賭徒、喜歡遊玩的人，花花公子

遊び場〔名〕玩的地方、遊戲場
　子供の遊び場（兒童遊戲場）

遊び嵌め〔名〕〔機〕轉動配合、空配合

遊び半分〔名、形動〕半當遊戲、漫不經心、隨隨便便、馬馬虎虎
　遊び半分で遣る事ではない（不是鬧著玩的事）
　遊び半分に仕事を為るなら遣らないで欲しい（要是做事馬馬虎虎就不要做了）

遊び惚ける〔自下一〕玩入迷、玩瘋了、貪玩、沉溺於遊戲、遊蕩成性

遊び女〔名〕藝妓、妓女、蕩婦（＝遊女、浮かれ女）

遊ばす〔他五、接尾〕使…玩耍（＝遊ばせる）、閒置不用、（為る的敬語）為，做
　（接冠有接頭詞御，御的動詞連用形、名詞之下）表示恭敬（＝為さる）
　子供を遊ばす（使小孩玩耍）
　子供を公園で遊ばす（讓小孩子在公園玩耍）
　機械を遊ばして置く（把機器擱著不用）
　道具を遊ばして置く（把工具擱著不用）
　金を金庫に遊ばして置く（把錢放在金庫裡閒著）
　何を遊ばす気ですか（您打算做什麼？）
　何を遊ばしますか（您打算做什麼？）
　何を遊ばす御積りですか（您打算做什麼？）
　御帰り遊ばす（回來）
　御帰り遊ばせ（您回來啦！）
　御覧遊ばせ（請您看）
　此の絵を御覧遊ばせ（請您看這張畫）
　本を御読み遊ばす（看書）

遊ばせる〔他下一〕使…玩耍、閒著（＝遊ばす）
　子供を遊ばせる（叫小孩玩耍）
　彼の家は客を安く遊ばせる（那一家叫客人花錢少而感到舒服）
　金を遊ばせて置く（把錢閒置不用）
　少しも体を遊ばせて置かない（一點也不叫身體閒著）

遊ばせ言葉〔名〕（資產階級婦女好使用的）最恭敬的客氣話（如御免遊ばせ）
　遊ばせ言葉を使う（說最敬語）
　嫌に遊ばせ言葉を使う（過份地使用最恭敬的客氣話）

遊び、遊〔名〕消遣、慰藉、排遣、消磨、寄託
　本の筆の遊びに書いた物だ（只不過是隨意寫著玩的）
　筆の遊びを為る（寫字消遣）
　老人の手の遊びに細工物を為る（老人做點手工來消遣）
　老いの遊び（老來的慰藉）
　手遊びに絵を書く（畫畫來解悶）

友（ーヌˇ）

友〔名〕友愛
　兄弟に友に（對兄弟友愛）兄弟兄弟
　朋友（朋友）
　親友（親密的朋友）
　学友（學友、校友、同窗）
　畏友（畏友、自己尊敬的朋友）
　師友（師和友、師事之友）
　詩友（詩友）

益友（益友）
知友（知心朋友、知己）
校友（校友、學友）
交友（交朋友）
盟友（盟友）

友愛〔名〕友愛
友愛の情（友情）情
友愛の情を結ぶ（結下有情）結ぶ掬ぶ
友愛精神（友愛精神）
友愛の絆を深める（加深友情）
友愛結婚（試婚、同居）
忘れ難き友愛（難忘的友愛）

友誼〔名〕友誼、友情
友誼を結ぶ（結交、結為友誼）
彼は友誼に厚い男（他是個情深誼厚的人）
厚い暑い熱い篤い
友誼に溢れる（充滿友情）
我我の友誼は四方に広がる（我們的友誼傳四方）
厚い友誼に感謝する（感謝深厚友誼）
友誼第一、試合第二（友誼第一比賽第二）
友誼団体（友誼團體、友好團體）
国際友誼（國際友誼）

友軍〔名〕友軍
友軍の到着を待つ（等待友軍的到來）待つ俟つ
友軍の応援を得る（得到友軍的支援）得る得る

友好、友交〔名〕友好
隣国と友好関係を結ぶ（與鄰國締交友好關係）
諸外国との友好関係を保つ（和各國保持友好關係）
友好的雰囲気の中で話し合いは行われた（在友好氣氛中進行了會談）
友好条約を結ぶ（締結友好條約）
友好協力（友好合作）
善隣友好（睦鄰友好）

友好代表団（友好代表團）

友情〔名〕友情
友情を寄せる（表示友情）
暖かい友情を寄せる（寄與溫暖的友情）
友情を大切に育てる（慎重培育友情）
二人の間に友情が芽生えた（兩人間產生友情）
友情に厚い（友情深厚）
友情を温める（重溫友情）温める暖める
彼等は堅い友情を結ばれている（他們的友情堅如磐石）堅い硬い固い難い

友人〔名〕友人、朋友（＝友達）
友人と付き合う（與友人交往）
親しい友人が二人居る（親密朋友友兩人）居る入る要る射る鋳る炒る煎る
友人に裏切られた（被朋友背叛了）
此の町に友人か親戚か有りますか（在這個城鎮有朋友或親戚嗎？）
人は其の付き合う友人で性格が分かる（憑其交往的朋友便可知一個人的性格）分る解る判る

友禅〔名〕〔染〕友禪綢（染上花卉花鳥等的一種絲綢＝友禪染め）
友禅の御召し（友禪綢衣服）
友禅模様（友禪花紋）
友禅縮緬（印花縐綢）
友禅染め（友禪綢-染上花卉花鳥等的一種絲綢）

友党〔名〕友黨
友党との密接な提携を進める（進行和友黨的密切合作）進める薦める勧める奨める

友邦〔名〕友邦、兄弟國家、友好國家、盟國

友、伴〔名〕友人、朋友（＝友達、友人）
大自然を友と為る（與大自然為友）
良き友を得る（得到好朋友）得る得る
類は友を呼ぶ（物以類聚）類比
友を選ぶ（擇友）選ぶ択ぶ
真の友（真正的朋友）真実
生涯の友（終生的朋友）

伴供〔名〕（與共同語源）隨從，伴侶、（寫作伴）伙伴，同伴（=仲間）
　主人の御供を為る（陪伴主人）
　供を連れて行く（帶隨從去）
　供は要らない、一人で行く（不要陪伴一個人去）
　伴に加わる（加入伙伴）
御伴、御供〔名、自サ〕陪同，隨從，陪同的人，隨員、（飯館等）為客人叫來的汽車
　途中迄御供しましょう（我來陪你一段路）
　御供致しましょう（我來陪您吧！）
　貴方の御供を為て参りましょう（我陪您去吧！）
　生憎急な用事が出来て御供出来ません（不湊巧有了急事不能奉陪）
　御供を三人連れて出張する（帶著三個隨員出差）
　彼は大統領の御供の一人です（他是總統的隨員之一）
　娘を御供に連れて行く事に為た（決定讓女兒陪同我去）
　御供が参りました（接您的汽車來了）
共〔名〕共同，同樣、一起，一塊；〔接頭〕共同，一起、同樣，同質；〔接尾〕共，都，全，總，共
　共の布で継ぎを当てる（用同樣的布補上）
　父と共に田舎へ帰る（和父親一起回鄉下）
　共に学ぶ共に遊ぶ（同學習同遊戲）
　苦労を共に為る（共患難）
　夫婦で共働きを為る（夫婦兩人都工作）
　共切れを当てる（用同樣的布料補釘）
　共裏（衣服表裡一樣、表裡一樣的顏色和布料的衣服）
　三人共無事だ（三人都平安無事）
　男女共優勝した（男女隊都獲得第一名）
　五軒共休みだった（五家商店都休息）
　運賃共三千円（連運費共三千日圓）
　郵送料共二百円（連郵費在內共三千日圓）
　風袋共三百gramme法（連同包皮共重三百公克）
伴垣〔名〕友人、朋友（=友達，友人）
　恙無しや伴垣（朋友們無恙否？）

友達〔名〕友人、朋友
　彼とは読書会で友達に為った（我和他是在讀書會交的朋友）
　遊び友達（一起玩的朋友）
　飲み友達（酒友）
　茶飲み友達（茶友、老後結合的伴侶）
　旅行で友達に為った（在旅途認識的朋友）
　幼友達（從小的朋友、青梅竹馬）
　昔からの友達（老朋友）
　学校の友達（同學、學友、校友）
　頼みに為らぬ友達（靠不住的朋友）
　友達付き合いを止める（絕交）止める已める辞める病める
　彼と友達付き合いを為る（和他交朋友）
　友達付き合い（朋友關係）
　友達甲斐（友情、夠朋友=友甲斐）
　友達甲斐が無い（不夠朋友）
　御前は友達甲斐の無い奴だ（你真不夠朋友）
　彼は友達甲斐の無い男だ（他是個不夠朋友的人）
共〔接尾〕（接體言下）表示複數及輕微的蔑視、（接第一人稱下）表示自謙
　家来共に申し付ける（吩咐僕人們）
　私共三人です（我們三個人）
　手前共では原価に近い御値段で奉仕して居ります（我們以接近成本的價格供應）
共〔接尾〕一共、連同
　家を地所共買う（連房子帶地皮一起買）
　蜜柑を皮共食べる（帶皮吃橘子）
友千鳥〔名〕成群的鷗鳥
友釣り，友釣、共釣り，共釣〔名〕以香魚釣香魚
　鮎の友釣（以香魚釣香魚）
友引〔名〕（陰陽道）諸事不宜、不宜出殯日（=友引日）
友船、伴船〔名〕同行的船、伴隨大船航行的船（=僚船）

有、有（ーヌˇ）

有、有〔名、漢造〕有、所有、具有、又有。〔佛〕迷惘←→無

無から有を生ずる（無中生有）生ずる請ずる招ずる
終に我が有に帰した（終於歸我所有）終に遂に
有か無か（有無與否、有或無）
一年有半（一年有半）
有資格者（有資格者）
十有五年の歳月は経った（經過十又五年歲月）経つ経る減る
固有（固有、特有、天生）
万有（萬有、萬物）
特有（特有）
稀有、希有（稀有、罕見）
未曽有（空前）
無何有の郷（烏托邦、理想國）
私有（私有）
領有（領有、占有、所有）
市有（市有）
所有（所有）
占有（占有）
専有（專有、獨占）
三有、三有（〔佛〕三界-欲界，色界，無色界、欲有，色有，無色有的總稱）
空有（空有）
偶有（偶然具有）

有する〔他サ〕有（=持つ）
国民は選挙の権利と義務を有する（國民有選舉的權利和義務）
全て国民は教育を受ける権利を有する（所有國民有接受教育的權利）全て総て凡て統べて
三月三十一日迄効力を有する（到三月三十一日有效）

有為〔名、形動〕有為
前途有為の青年（前途有為的青年）
有為の才を抱いて死ぬ（懷才不遇而死）抱く抱く
彼は有為の青年である（他是個有為的青年）

有為〔名〕〔佛〕有為←→無為、今世，現世

有意〔名、形動〕有意，存心、有意志，有意義，有意思←→無為
有意行為（意志行為）
有意で為た事（存心做的事）
有意犯（故犯）
有意的（有意的、存心的）
有意差（有意差、非偶然之差）
有意な差が認められる（被認為是有意造成的差距）

有意義〔名、形動〕有意義←→無意義
有意義な生活を送る（過有意義的生活）送る贈る
夏休みを有意義に過す（有意義地度過暑假）
有意義な一日だった（是有意義的一天）一日一日一日一日
其は大変な有意義な事である（那是很有意義的事情）

有意味〔名、形動〕有意義、有意思、有價值←→無意味
有意味な報道（有意義的報導）
有意味な区別（有意義的區分）

有位者〔名〕有勳位者

有益〔名、形動〕有益、有用←→無益
金を有益に使う（花錢花得有用處）使う遣う
有益な事を為る（做有益的事）
有益な書物（有益的書）
スポーツは健康に有益だ（運動有益健康）
子供等に有益な話を為て聞かせる（把有益的話講給孩子們聽）
子供に取って有益な御話だった（對小孩是有益的故事）

有煙炭〔名〕〔礦〕煙煤

有価〔名〕有貨幣價值
有価証券（〔經〕有價證券-指股票、支票、提貨單等）
有価証券を抵当に入れて金を借りる（以有價證券抵押來借款）

有界変動〔名〕〔數〕有界變分、有界變差
有界変動関数（有界變分函數）

有害〔名、形動〕有害←→無害

蚊は有害無益な虫です（蚊子是有害無益的昆蟲）
農作物に有害な昆虫（對農作物有害的昆蟲）
煙草は健康に有害だ（吸菸對健康有害）
此の観点は極めて有害である（這種觀點是極其有害的）極める 窮める 究める
人体に有害な物質（對人體有害的物質）

有蓋〔名〕有蓋←→無蓋
有蓋貨車（有蓋貨車、悶子車）

有殻類〔名〕〔動〕介殼類、甲殼類

有閑〔名、形動〕空閑、閑散
有閑な生活を送る（過閑散的生活）贈る
有閑マダン（有錢有閑不事生產的太太）
有閑階級（有閑階級）
有閑婦人（無所事事的婦女）

有管細胞〔名〕〔動〕管胞、管細胞、焰細胞

有感地震〔名〕〔地〕有感地震、可感地震

有期〔名〕有期←→無期
有期懲役（有期徒刑）
有期公債（〔定期償還的〕定期公債）
有期刑（有期徒刑）

有機〔名〕有機（物）←→無機
有機物（有機物）←→無機物
有機肥料（有機肥料）←→無機肥料
有機体（有機體、生物體）
有機化合物（有機化合物）←→無機化合物
有機酸（有機酸）
有機分子化合物（有機分子化合物）
有機化学（有機化學）←→無機化学
有機金属化合物（有機金屬化合物）
有機的（有機的）
資本の有機的構成（資本的有機構成）
有機栄養素（有機營養素）
有機源鉱物（有機礦物）
有機過酸化物（有機過氧化物）
有機感覚（有機感覺-饑餓、渴、疲勞等）

有気音〔名〕〔語〕送氣音

有気呼吸〔名〕〔生〕有氧呼吸

有給〔名〕有薪、有工資←→無給
有給休暇（工資照發的休假）
有給委員（有薪委員）

有業人口〔名〕就業人口←→失業人口

有極〔名〕（理、化）有極、極性、極化
有極分子（有極分子、極化分子）
有極結合（〔化〕極性結合、極鍵）

有棘細胞〔名〕〔生〕棘細胞

有勲者〔名〕有勳位者、有勳章者

有形〔名〕有形（物）←→無形
有形無形（有形無形）
有形無形の援助（有形無形的援助）
有形資本（有形資本-貨幣、土地）
有形財産（有形財產-動產、不動產）
有形損失（有形損失）
有形貿易（有形貿易）

有鍵楽器〔名〕〔樂〕有鍵樂器

有権者〔名〕有選舉權者、有權利者、有權力的人
満二十歳で有権者に為る（滿二十歲有選舉權）

有限〔名、形動〕有限←→無限
石油は有限な資源なので、大切に為なければ為らない（石油是有限的資源所以要妥善地應用）
有限花序（有限花序）←→無限花序
有限級数（有限級數）
有限直線（有限直線）
有限小数（有盡小數）
有限会社（有限公司）
有限責任（有限責任）←→無限責任

有る限り〔連語、副〕全、都、一切、所有的（=有らん限り、有りっ丈、残らず）
有る限りの力を出した（拿出了所有的力量）
有る限りの力を尽くす（竭盡全力）

有らん限り〔名、連語〕所有、一切、全部（=有る限り）、盡量（=出来る限り）
有らん限りの知恵を絞る（絞盡腦汁）絞る 搾る
有らん限りの財産を使い果たした（耗盡全部財產）

有(あ)らん限(かぎ)りの努力(どりょく)を為(す)る（盡一切努力、全力以赴）

有(あ)らん限(かぎ)りの方法(ほうほう)を試(こころ)みる（把各種方法都試一試）

有孔(ゆうこう)〔名〕有孔、穿孔、打眼

 有孔(ゆうこう)card（穿孔卡片）

 有孔消息子(ゆうこうしょうそくし)（有眼探針）

有孔性質(ゆうこうせいしつ)〔名〕多孔性、孔隙度

 有孔性質石灰岩(ゆうこうせいしつせっかいがん)（多孔石灰岩）

有孔虫(ゆうこうちゅう)〔名〕〔動〕有孔蟲

 有孔虫類(ゆうこうちゅうるい)（有孔蟲目）

 有孔虫軟泥(ゆうこうちゅうなんでい)（有孔蟲軟泥）

有功(ゆうこう)〔名〕有功

 有功(ゆうこう)の賞(しょう)（有功之賞）

 有功者(ゆうこうしゃ)に勲章(くんしょう)を授(さず)ける（頒授勳章給有功人員）

 有功章(ゆうこうしょう)（勳章）

有腔(ゆうこう)〔名〕〔動〕體腔

 有腔動物(ゆうこうどうぶつ)（體腔動物）

有効(ゆうこう)〔名、形動〕有效←→無效

 有効(ゆうこう)に使(つか)う（充分利用）使う遣う

 有効(ゆうこう)に為(な)る（生效）為る成る鳴る生る

 時間(じかん)を有効(ゆうこう)に過(す)す（充分利用時間）

 夏休(なつやす)みを有効(ゆうこう)に過(す)ごす（把暑假加以充分利用）

 有効(ゆうこう)な措置(そち)を取(と)る（採取有效的措施）取る捕る摂る採る撮る執る獲る盗る録る

 有効(ゆうこう)な手段(しゅだん)を講(こう)ずる（採取有效的手段）講ずる高ずる昂ずる嵩ずる

 此(こ)の切符(きっぷ)は今月一杯有効(こんげついっぱいゆうこう)だ（這張車票這月份都有效）

 証明書(しょうめいしょ)の有効期間(ゆうこうきかん)は一年間(いちねんかん)です（證件的有效期為一年）

 有効成分(ゆうこうせいぶん)（有效成分）

 有効射程(ゆうこうしゃてい)（有效射程）

 有効力(ゆうこうりょく)（有效力）

 有効期間(ゆうこうきかん)（有效期間）

 有効温度(ゆうこうおんど)（有效溫度）

 有効数字(ゆうこうすうじ)（有效數字）

有鈎条虫(ゆうこうじょうちゅう)〔名〕有鈎條蟲、豬肉條蟲

有簧楽器(ゆうこうがっき)〔名〕簧樂器

有妻(ゆうさい)〔名〕有妻、已婚

有罪(ゆうざい)〔名〕有罪←→無罪(むざい)

 有罪(ゆうざい)と認(みと)める（認為有罪）

 有罪(ゆうざい)の判決(はんけつ)が下(くだ)す（判決有罪）下す降す降ろす卸す

 有罪(ゆうざい)を宣告(せんこく)する（宣判有罪）

 有罪判決(ゆうざいはんけつ)（判決有罪）

有産(ゆうさん)〔名〕有產、有資產←→無産(むさん)

 有産階級(ゆうさんかいきゅう)（有產階級=ブルジョアジー(bourgeosie)）←→無産階級(むさんかいきゅう)

 有産階級(ゆうさんかいきゅう)と無産階級(むさんかいきゅう)のギャップ(gap)を少(すく)なくする（縮短資產階級和無產階級的差距）

有司(ゆうし)〔名〕官員(やくにん)（=役人）

 宜(よろ)しく有司(ゆうし)に付(ふ)して其(そ)の刑罰(けいばつ)を論(ろん)す可(べ)きである（宣付有司論其刑罰）

 百僚有司(ひゃくりょうゆうし)（文武百官=文武百官(ぶんぶひゃっかん)）

 百官有司(ひゃっかんゆうし)（文武百官=文武百官(ぶんぶひゃっかん)）

有史(ゆうし)〔名〕有史

 有史以来(ゆうしいらい)の出来事(できごと)（史無前例事）

 有史以来(ゆうしいらい)の大発見(だいはっけん)（有史以來的大發現）

 有史時代(ゆうしじだい)（有文字記載的歷史時代）

 有史以来(ゆうしいらい)のの記録(きろく)を破(やぶ)った（打破有史以來的紀錄）

有志(ゆうし)〔名〕志願,自願參加、志願者,自願參加者,志同道合者,同好者

 有志(ゆうし)の士(し)（有志之士）

 有志(ゆうし)の方(かた)は御参加下(ごさんかくだ)さい（志願者請參加）

 土地(とち)の有志(ゆうし)（當地熱心公益者）

 有志(ゆうし)を募(つの)る（徵求志願參加者）

 有志家(ゆうしか)（熱心參加者）

 有志(ゆうし)の参加(さんか)を歓迎(かんげい)します（歡迎志願者參加）

有刺(ゆうし)〔名〕有刺

 有刺鉄線(ゆうしてっせん)（有刺鐵絲、鐵蒺藜）

 有刺植物(ゆうししょくぶつ)（荊棘植物）

 有刺線(ゆうしせん)（有刺鐵絲、鐵蒺藜）

 有刺樹林(ゆうしじゅりん)（熱帶早生林）

 有刺線鉄条網(ゆうしせんてつじょうもう)（有刺鐵絲網）

有視界飛行〔名〕目視飛行←→計器飛行（儀器飛行）
計器飛行から有視界飛行に切り替える（從儀器飛行轉變為目視飛行）

有糸分裂〔名〕〔生〕有絲分裂、間接分裂

有糸核分裂〔名〕〔生〕有絲分裂、間接分裂（＝有糸分裂）

有事〔名〕有事、發生事情←→無事
有事に備える（防備有事）備える供える具える
一朝有事の際（一旦有事之時）際際

有資格者〔名〕有資格者、合格者、勝任者
教員有資格者（有資格任教師者）

有識〔名〕有知識、有學識、見識高
有識の士（有識之士）
有識の意見を聞く（聽有識者的意見）聞く聴く訊く利く効く
有識者（有見識的人）

有職〔名〕精通掌故（的人）（＝有職、有職，有識）

有職〔名〕有職業，有工作←→無職、精通掌故的人（＝有職，有識，有職，有識）
有職婦人（職業婦女）

有職、有識〔名〕有識之士、（某界）權威人士、精通掌故的人（＝有識、有職）
有職家（精通掌故的人、權威）
有職故実（精通掌故、通曉典章制度）

有翅類〔名〕〔動〕有翅類

有爵〔名〕有爵位
有爵者（有爵位）者者

有終〔名〕有終、貫徹始終
有終の美を成す（有始有終）成す為す生す茄子
有終の美を飾る（貫徹始終）

有衆〔名〕黎民、庶民、百姓、人民

有償〔名〕有代價←→無償
有償で取得する（付出代價取得）
物品を有償で交付する（收費發放物品）
有償貸付（有代價的貸款）
有償で土地を払い下げる（政府收費發放土地）
有償契約（買賣〔雇傭〕合同）

有色〔名〕有色
有色人種（有色人種）
有色野菜（顏色深的蔬菜）
有色体（〔植〕有色體）

有神論〔名〕〔宗〕有神論←→無神論

有針類〔名〕〔動〕有針亞綱

有人〔名〕（太空船等）有人、載人←→無人
有人ロケット（載人火箭）
有人機（有人駕駛機）

有髄歯〔名〕〔醫〕有髓牙

有髄神経〔名〕〔解〕有髓神經

有数〔名、形動〕有數、屈指可數
有数の学者（屈指可數的學者）
世界有数の化学家（世界屈指可數的科學家）
全国でも有数の大工場（在全國也是屈指可數的大工廠）工場工場

有声〔名〕有聲←→無声
詩は有声の画（詩是有聲的畫）
有声化（有聲化）
有声子音（有聲輔音）

有声音〔名〕〔語〕有聲音（聲帶振動的發音）←→無声音

有性〔名〕〔生〕有性（別）←→無性
有性世代（有性世代）
有性胞子（有性孢子）
有性生殖（有性生殖）←→無性生殖

有税〔名〕有税←→無税
有税品（有税品）品品
有税品だから二割高い（因為是有税品所以貴兩成）

有生物〔名〕有生物、生物

有節〔名〕（音、植）有節
有節語（音節清晰的語言）
有節音（有節音、音節清晰的語音）
有節胞子（有性孢子）

有線〔名〕有線←→無線
有線電話（有線電話）
有線放送（有線廣播）
有線電信（有線電信）

有髯〔名〕有髯、有鬍鬚
　有髯の紳士（留著鬍鬚的紳士）

有租地〔名〕〔法〕有稅地←→無租地

有爪類〔名〕〔動〕無爪綱

有体〔名〕〔法〕有形←→無体
　有体資産（有形資產）
　有体動産（有形動產）
　有体物（有形物體-固體、液體、氣體、外還包括電力、熱力）←→無体物

有体、有り体〔名〕〔老〕據實（=有りの儘）
　有体に言えば（老實說、說實在的）
　有体に白状する（據實坦白）
　有体に申し述べよ（據實講來！）

有袋動物〔名〕〔動〕有袋動物、有袋目動物

有袋類〔名〕〔動〕有袋目

有段者〔名〕（武術、圍棋、象棋等）有段者（即具有初級以上的技術級別的人）

有畜〔名〕〔農〕飼養家畜
　有畜農業（耕種兼飼養家畜的農業）
　有畜農家（飼養家畜的農戶）

有蹄動物〔名〕〔動〕有蹄動物

有徳，有得、有德〔名〕有德（者）
　有徳の士（有德之士）
　有徳者（有德者）者者

有徳〔名〕〔古〕有德，德高（=有徳、有得）、富裕

有得る、有り得る〔自下一〕能有，可能有、可能←→有り得ない
　其は有得る事だ（那是可能的事）
　そんな事は有り得ない（那是不可能的事）
　如何してそんな事が有得よう（哪裡會有那樣的事）
　有得可からざる、有り得可からざる〔連語〕不可能有的、不應該有的
　そんな事は有得可からざる話だ（那是不可能有的事）
　有得可からざる事件（不應有的事）

有得可き、有り得可き〔連語〕應有、該有、可能有
　そんな事は有得可き事ではない（那是不該有的事、那是不可能有的事）

意見は一致を見ないのは当然有得可き事である（意見有分歧是不足為奇的）

有毒〔名、形動〕有毒←→無毒
　有毒の植物（有毒植物）
　此の薬は人間に有毒だ（這藥對人有毒）
　有毒ガス（毒瓦斯）
　有毒ガスが発生する（發生瓦斯中毒）
　水銀は有毒液体である（水銀是有毒液體）

有能〔名、形動〕有能力、有才能←→無能
　有能の士を集める（集聚幹才）
　彼は聡明で有能だ（他聰明能幹）
　有能の作家（有才幹的作家）

有配〔名〕〔經〕有紅利←→無配
　有配の株（有分紅的股票）

有胚乳種子〔名〕〔植〕有胚乳的種子

有肺類〔名〕〔動〕有肺類動物

有半〔造語〕有半
　一年有半（一年有半、一年六個月）

有被花〔名〕〔植〕有被花

有尾目〔名〕〔生〕有尾目

有尾類〔名〕〔動〕有尾目（兩棲綱）

有夫〔名〕有夫
　有夫の身（有夫之婦、已婚婦女）
　有夫の女（有夫之婦）
　有夫姦（〔已婚婦女〕通姦、私通）

有婦〔名〕有婦
　有婦の身（有婦之人）

有柄葉〔名〕〔植〕有柄葉

有柄類〔名〕〔動〕有柄亞門

有望〔形動〕有希望、有前途
　有望な青年（有前途的青年）
　有望視される（被認為有希望）視する資する死する
　前途有望（前途有望）
　此の会社は将来有望だ（這公司大有前途）

有名〔名、形動〕有名、著名←→無名
　有名な作家（有名的作家）
　一躍有名に為る（一躍成名）
　有名なブランド（名牌）

受賞して一躍有名に為った（得獎而一舉成名）
有名な悪漢（臭名昭著的惡棍）
彼は愛妻家振りは有名だ（他疼妻子是出了名的）
有名な学者（著名的學者）
世界的に有名な避暑地（世界上有名的避暑地）
吉野は桜で有名だ（吉野以櫻花出名）
機知を持って有名である（以機智聞名）

有名無実〔名、形動〕有名無實
其の条約は今や有名無実と為った（那條約已經成為有名無實了）
此等は何れも有名無実のまやかしに過ぎない（這些都只不過是有名無實騙人的東西）

有名校〔名〕名牌學校
有名校出身者（名牌學校畢業者）

有名人〔名〕名人、著名人物

有名税〔名〕因著名而拿出的捐獻
其は一種の有名税さ（那是一種名氣的捐獻）

有名無名〔連語〕有名無名、著名和不著名
其の表には幾多の有名無名の人人が載っている（那個名單上載有許多著名和不著名的人們）

有毛類〔名〕〔動〕纖毛亞門

有余〔接尾、造語〕有餘、以上
一年有余の歳月が流れた（一年多的歲月過去了）
五十有余年（五十餘年）
百万有余の兵（百萬以上的軍隊）
有り余る、有余る〔自五〕有餘、過多
有り余る力（用不盡的力量）
有り余る程の経験を持っている（有極豐富的經驗）
有り余る才能（豐富的才能）
財産有り余る程有る（有用之不盡的財產）

有用〔形動〕重要、緊要

有用〔名、形動〕有用←→無用
有用な物（有用的東西）
国家に有用な人材（國家有用的人才）

牛や馬は人間に取って有用な動物だ（牛馬是對人類有用的動物）

有利〔名、形動〕有利←→不利
有利な立場に立つ（站在有利的立場、處於有利的地位）立つ経つ建つ絶つ発つ断つ裁つ起つ截つ
局面が有利に展開する（局面有利地展開了）
有利な条件で話が纏まった（以有利的條件談妥了）
形勢は我我に有利だ（形勢對我們有利）
預るなら普通預金より定期預金の方が有利だ（如要存款定期存款比普通存款有利）与る

有理〔名〕有理，合乎道理。〔數〕有理
有理化（〔數〕有理化）
有理式（〔數〕有理式）
有理関数（〔數〕有理函数）
有理形関数（〔數〕亞純函數）
有理数（〔數〕有理數）←→無理数

有料〔名〕收費←→無料
有料の施設（收費的設施）
見物は有料か無料か（觀覽收費不收費？）見物見物
有料道路（收費道路）
此の試写会は有料だ（這個試映會是收費的）
有料駐車場（收費停車場）
有料電話（收費電話）

有力〔形動〕有力←→無力
有力な地位（有力地位）
有力な反証を上げる（舉出有利的反證）上げる挙げる揚げる
有力者（有實力的人）者者
彼は町の有力者（他是鎮上有權勢的人）
有力筋（權威方面）
此の地方の有力な新聞（本地有影響力的報紙）
有力な根拠（有利的根據）
有力な手掛りを得た（得到了重要線索）得る得る
有力な候補者（最有希望當選候選人）

彼は最も有力な候補者だ（他是最有希望的候選人）最も　尤も
有力な容疑者と為て指名手配する（視為主嫌犯加以通緝）
反対論が有力に為って来た（反對論調佔了上風）
彼の紹介状は有力だった（他的介紹信很多力量）

有輪花〔名〕〔植〕輪生花

有鱗類〔名〕〔動〕有鱗目

有〔名〕有（＝存在）←→無
無から有は生じない（無中不能生有）

有為〔名〕〔佛〕世間變幻無常的一切現象、現世，塵世←→無為
有為転変（〔佛〕世事變幻無常、事物變遷不已）
有為転変の世の中（變幻無常的人世）
有為の奥山（塵世深山-以深山比喻塵世、言其難以超脫）

有縁〔名〕〔佛〕有緣、有緣份、互相有某種關係←→無縁
有縁の衆生（有緣眾生）

有卦〔名〕好運氣、紅運
有卦に入る（走運、走紅運）入る　入る
彼は有卦に入ったと見える（他似乎時來運轉了）

有情〔名〕有感情←→無情、衆生（指包括人在內的一切動物、對木石而言）←→非情
一切有情（一切有感覺的生命）

有情〔名〕有情、有感覺、有感情
人間は有情の生き物である（人是有感情的動物）

有心〔名〕有心，考慮周到，（中世紀詩歌理論用語）充滿情意的詩體，詩歌的理想境界，題材純正用詞優美（的連歌）←→無心

有象無象〔名〕〔佛〕森羅萬象，萬物。〔轉〕各種雜七雜八的東西，一群不三不四的人
皆有象無象許りだ（都是些廢物、全都是廢物）
有象無象許りで何の役にも立たない（盡是些雜七雜八的人毫無用處）

有頂天〔名、形動〕〔佛〕有頂天（九天中最高的天）、歡天喜地，興高采烈，得意洋洋

其は聞いてから彼は有頂天に為って喜ぶだろう（聽了這話他會歡天喜地高興起來）
有頂天の喜びに浸る（沉浸在狂歡之中）
喜び　慶び　歡び　悦び
有頂天に為って踊り出した（高興得手舞足蹈起來）

有髪〔名〕（僧人）蓄髮、帶髮
有髪の僧（帶髮之僧）

有無、有無〔名〕有無，有和沒有，有或沒有、願不願，肯不肯，可否
有無を論ぜず（不論有無）
異状の有無を報告せよ（要報告有沒有變化）
有無相通ずる（互通有無）
有無を言わせず（不容分說、不管三七二十一）言う　云う　謂う
回答の有無に拘らず（不管有無答覆）拘らず　関らず　係らず
有無を言わせず連行した（不容分說就帶走了）

有るか無し〔連語〕很少、微乎其微
有るか無しの金を取られる（被拿走僅有的錢）
有るか無しの金を出した（拿出了所有的錢）

有るか無きか〔連語〕似有似無的、有若無的、有等於無的、可有可無的
有るか無きかの髭（稀稀疏疏的鬍鬚）髭髯鬚
有るか無きかの存在（可有可無的人物）

有り無し、有無〔名〕有無、有和沒有、若有若無（＝有るか無いか、有る無し）
御金に有り無しに拘らず（不管有沒有錢）

有耶無耶〔名、形動〕含糊不清、糊裡糊塗、曖昧（＝曖昧、はっきりしない）
有耶無耶な返事を為る（回答得含糊不清）刷る　摺る　擦る　掏る　磨る　播る　摩る
有耶無耶な態度を取る（採取曖昧態度）録る　盗る　獲る　撮る　執る　採る　摂る　捕る
事を有耶無耶の裏に葬る（把事情隱蔽過去-想要不了了之）
事件は有耶無耶に終った（事情不了了之）終る　終う　仕舞う

有漏〔名〕〔佛〕（漏-意為煩惱）（充滿煩惱的）塵世的人、凡人（＝俗人）←→無漏

有漏の身（凡夫之身、尚未開悟的人）

有る、在る〔自五〕有，在，持有，具有，舉行，辦理、發生←→無い

〔補動、自五〕（動詞連用形+てある）表示動作繼續或完了

（…てある表示斷定）是，為（=だ）

本も有れば鉛筆も有る（既有書也有鉛筆）有る 在る 或る

未だ教科書を買って居ない人が有りますか（還有沒買教科書的人嗎？）未だ 未だ

何れ程有るか（有多少？）

机の下に何かが有りますか（桌下有什麼東西？）

gasが有る（有煤氣）

彼の家には広い庭が有る（他家有很大的院子）

子供は二人有る（有兩個孩子）

有る事無い事言い触らす（有的沒的瞎說）

銀行は何処に在るか（銀行在哪裡？）

彼には語学の才能が有る（他有外語的才能）

世に在る人（活著的人）

責任は彼に在る（責任在他）

会った事が有る（見過面）会う 合う 逢う 遭う 遇う

一番の難点は其処に在る（最大困難在此）

午後に会議が有る（下午有會議）

飛行機に乗った事が有るか（坐過飛機嗎？）乗る 載る

今日は学校が有る（今天上課）

日本へは一度行った事が有る（去過日本一次）行く 往く 逝く 行く 往く 逝く

昨日、火事が有った（昨天失火了）昨日 昨日

何か事件が有ったか（發生什麼事了嗎？）

今朝地震が有った（今天早上發生了地震）今朝 今朝

郵便局は五時迄有る（郵局五點下班）

木が植えて有る（樹栽著哪）

此の事は書物にも書いて有る（那事書上也寫著哪）

壁に絵が掛けて有る（牆上掛著畫）

もう読んである（已經唸了）

此は本である（這是書）

此処は彰化である（這裡是彰化）

或る、或〔連體〕某、有

或る人（某人、有的人）

或る時（折）（某時）

或る事（某事）

或る日の事でした（是某一天的事情）

或る程度迄は信じられる（有幾分可以相信）

或る意味では（從某種意義來說）

有る丈〔副〕所有、全部（=有りっ丈）

有る丈の力を出す（盡一切力量）

有る丈話して聞かせる（把全部都說給聽）

有り丈〔副〕所有、全部（=有る丈、有りっ丈）

有りっ丈〔副〕所有、全部（=有る丈、有り丈、有る限り、全て）

有りっ丈の声を出す（拉開嗓門喊）

有り丈の力を出す（盡一切力量）

有り丈持って来い（全都拿來）

彼は有りっ丈の金を使い果たした（他發光所有的錢）

有りっ丈の物を出して持て成す（拿出所有茶點招待客人）

有る時払い〔俗語〕有錢就給、有錢時付款、不定期付款

有る時払いの催促無し（〔商店信任顧客〕有錢時給不加催促）

有る時払いで良い（有錢的時候給就可以）

有平糖〔名〕（來自葡語alfeloa）糖瓜、糖棍

有り、在り〔自ラ〕有、存在（=有る、在る）

山有り川有り（有山有水）

有りの儘（據實）

物の有り無し（物之有無）

貸し間有り（房間出租）

有りと有らゆる人（所有一切的人）

有り合う、有合う〔自五〕現成、現有（=有り合わせる）

有り合う物で間に合わせる（拿現有的東西湊合）

有り合い、有合い〔名〕現成、現有（=有り合わせ）

有り合い物（現成的東西）

有り合わせる，有合せる、在り合わせる，在合せる
〔自下一〕現成，現有、正在
　有り合わせた物で食事を為る（以家裡現有的東西吃一頓飯）
　有り合わせた物で作る（用現成的東西做）作る造る創る
　其の場に有り合わせたので、其の事を聞いた（因為正好在場所以聽見了）

有り合わせ、有合せ〔名〕現成、現有
　有り合わせの金（現有的錢）
　有り合わせの品（現成的東西）
　有り合わせの金は此しか無い（現有的錢只有這些）
　有り合わせですが召し上がって下さい（現成的東西請用吧！）

有り明け、有明〔名〕（陰曆十六日以後）尚有殘月的黎明、天亮, 黎明（=夜明け）
　有明の月（黎明的殘月）
　有明月、有り明け月（〔黎明〕殘月）
　有明行灯、有り明け行灯（〔終夜放在床邊的〕長明燈、夜明燈）

有り内〔名ナ〕世上常有、常見（=有り勝ち、有勝ち）

有り勝ち、有勝ち〔名、形動〕常有、容易有
　其は有り勝ちな事だ（那是常有的事）
　此の病気は子供に有り勝ちだ（這種病兒童常患）
　子供に有り勝ちな病気（兒童常見的病）

有り難がる、有難がる〔自、他五〕感激，感謝（=有り難く思う）、尊敬，重視
　人の思い遣りを有り難がる（感激人家的關懷）
　肩書を有り難がる（重視官銜）

有り難い、有難い〔形〕難得的, 稀有的、值得感謝的, 值得慶幸的←→恨めしい
　本当に有り難い機会だ（真是難得的機會）
　御親切有り難う御座います（謝謝您的好意）
　有り難い事に私は達者だ（值得慶幸的是我很健康）

有り難味、有難味〔名〕恩惠、好處、可貴（=有り難さ、有難さ）
　親の有難味（父母之恩）
　友人の有難味が分かった（懂得朋友的寶貴）分る解る判る
　一向有難味が無い（一點也不值得寶貴）

有り難さ、有難さ〔名〕恩惠、好處、可貴（=有り難味、有難味）
　病気に為って初めて健康の有り難さが分った（生病才知健康的可貴）

有り難涙、有難涙〔名〕感激之淚
　思わず有り難涙を溢した（不由得感激涕零）溢す零す流す落す
　有難涙に暮れる（感激流淚）暮れる繰れる昃れる刳れる

有り難迷惑、有難迷惑〔名，形動〕添麻煩的好意、不受歡迎的好意
　こんな物貰っても有難迷惑だ（這樣東西反倒使我為難）
　下手に手伝って貰うのは有難迷惑だ（幫了倒忙反而給我帶來了麻煩）上手
　病中見舞に来て長尻を為れるのは有難迷惑だ（來探望病人長時間不走是不受歡迎的好意）

有り難う、有難う〔感〕謝謝（有り難い連用形有り難く的ウ音便）
　贈物有り難う（謝謝您的禮物）
　御手紙有り難う（謝謝您的來信）
　大きい有り難う（太感謝了）
　どうも有り難う（太感謝了）
　毎度有り難う御座います（常蒙光顧謝謝）

有り金、有金〔名〕現有的錢
　有金を残らず使った（把現有的錢都花了）使う遣う
　有金全部叩いても足りない（把身上所有的錢掏出來也不夠）叩く敲く

有り切れ，有切れ、在り切れ，在切れ〔名〕（商店中）現存的布匹、現成的布

有り気〔名、形動〕彷彿有、似乎有
　彼女は意味有り気に笑った（她意味深長地一笑）
　用有り気な顔（看樣子像有甚麼事似的臉）

有様、有様〔名〕樣子、情況、光景（=樣子、模樣）

一

盛んな有様（興盛的景象）
何と言う有様（簡直不成樣子）
戦争の有様（戰爭的情景）
海底の有様（海底的光景）
そんな有様では合格は難しい（照那樣子很難考上）

有り様、有様〔名〕樣子、情況、光景（=有様、様）、實情、實在（=有りの儘、誠）、該有的，可能有的（=有る可き等）、理想狀態，應有狀態

有様は斯うだ（事實是這樣的）
そんな事有様が無い（那是不可能有的事情）
此の会の有様（這個會的應有狀態）
研究所の有様（研究所的理想狀態）

有り高，有高、在り高，在高〔名〕現有數量、現額

在庫品の有高を調べる（查點庫存貨物的現存數量）
ストックの有高を調べる（清點庫存）

有田焼き、有田焼〔名〕（日本佐賀縣有田町產的）有田瓷器（=伊万里焼）

有りの儘、有の儘〔名、副、形動〕據實、照樣（=有った通り、其の儘、有体）

有りの儘を言う（照實說）
有りの儘の感情を表す（表現真實感情）表す 現す 著す 顕す
有りの儘に言えば（說老實話）
事実を有りの儘に報告する（據實報告情況）
有りの儘の事実（事情的真相）
物事を有りの儘に見る（客觀地看問題）
有りの儘を告白する（老實坦白）
有りの儘の自分を曝け出す（徹底地暴露自己）

有りの実、有の実〔名〕梨（忌諱梨-無し的同音說法）

有り触れる、有触れる〔自下一〕常有、常見、不稀奇

そんな事は有り触れた事だ（那是常有的事）
其は世の中に有り触れた事だ（那是世上常有的事）
此は世間に有り触れた品とは違う（這和一般常見的東西不同）

有り触れた品で珍しくも無い（常見的東西、沒有什麼新奇的）
有り触れた話（老生常談）

有らしめる〔自下一〕使…有、使…存在

彼の方は今日の私を有らしめた大恩人である（他是使我能有今天的大恩人）
永遠に光輝有らしめる作品（永放光芒的作品）

有らずもがな、非ずもがな〔連語〕多此一舉、不如沒有（=なくもがな）

有らずもがなの御喋り（多嘴多舌）
有らずもがなの御世辞（不如不說的恭維話）
彼の遣る事は有らずもがなだ（他所做的事多此一舉）
其の説明は有らずもがなだ（那種解釋簡直多餘）

酉（一ㄡˇ）

酉〔名〕（地支第十位）酉（=酉）、（漢字部首）酉部

酉〔名〕酉（十二支之一）、酉時（下午五時到七時、午後六時左右）、西方

酉の年（酉年）

鳥、禽〔名〕〔動〕鳥，禽類的總稱、雞（=鶏）

空飛ぶ鳥（飛禽）
空気銃で鳥を取る（打つ）（用空氣鎗打鳥）
囀る鳥（鳴鳥）
鳥も通わない処（僻遠之地）
鳥は古巣に帰る（落葉歸根）
鳥の将に死なんと為る其の鳴くや哀し（鳥之將死其鳴也哀）
鳥無き里の蝙蝠（山中無虎猴子稱王）
鳥疲れて枝を選ばず（倦鳥不擇枝、飢不擇食）

鳥、鶏〔名〕雞、雞肉

鶏〔名〕〔動〕雞

鶏を飼う（養雞）
鶏が時を作る（雞報曉）
鶏合わせ（鬥雞）
鶏を割くに何ぞ牛刀を用いん（殺雞焉用牛刀 - 大材小用）

酉の市〔名〕鷲神社（大鳥神社）每年十一月酉日的廟會（＝酉の町）

酉の時〔名〕酉時（＝酉）

酉の町〔名〕十一月酉日東京鷲神社（大鳥神社）的廟會（＝酉の市）

酉偏〔名〕（漢字部首）酉字旁

又（一ヌヽ）

又〔漢造〕又、另外
　十又五年（十五年）

又、亦、復〔名〕他、別、另外

〔造語〕（冠在名詞上表示間接、不直接延續等義）再、轉、間接

〔副〕又，再，還、也，亦，（敘述某種有關聯的事物）而

（表示較強的驚疑口氣）究竟，到底

〔接〕（表示對照的敘述）又，同時

（連接兩個同一名詞或連續冠在兩個同一名詞之上）表示連續、連續不斷之意

（表示兩者擇其一）或者、若不然

　又の名（別名）名名俁股叉
　又の世（來世）
　又の日（次日、翌日、他日、日後）
　又に為ましょう（下次再說吧！）
　では又（回頭見！）
　又聞き（間接聽來）
　又從兄弟、又從姉妹（堂兄弟或姊妹、表兄弟或姊妹）
　又請け（間接擔保、轉包）
　又売り（轉賣、倒賣）
　又買い（間接買進、轉手購入）
　先食べた許りなのに又食べるのか（剛剛吃過了還想吃呀！）
　明日又御会いしましょう（我們明天再見吧！）
　彼は又元の様に丈夫に為った（他又像原來那樣健壯了）
　一度読んだ本を又読み返す（重看已經看過一次的書）
　又痛む様でしたら此の薬を呑んで下さい（若是再痛的話請吃這個藥）

彼の様な人が又と有ろうか（還有像他那樣的人嗎？）
又と無いチャンス（不會再有的機會）
今日も又雨か（今天還是個雨天）
私も又そんな事は為度くない（我也不想做那種事）
彼も又人の子だ（他也並非聖人而是凡人之子）
弟は又兄貴に輪を掛けた勉強家だ（而弟弟卻是個比哥哥更用功的人）
夫は病気勝ちだが、妻は又健康其の者だ（丈夫常生病而妻子卻極為健康）
此れは又如何した事か（這究竟是怎麼回事？）
何で又そんな事を為るんだ（為什麼做那種事）
君は又大変な事を為て呉れたね（你可給我闖了個大亂子）
外交官でも有り、又詩人でも有る（既是個外交官同時又是個詩人）
人民中国は第三世界に属していて、超大国ではない、又其に為り度くも無い（人民中國屬於第三世界不是超級大國並且也不想當超級大國）
夢の様でも有るが又夢でも無い（似乎是做夢可又不是夢）
消しては書き、書いては又消す（擦了又寫寫了又擦）
出掛け度くも有り、又名残惜しくも有る（想走又捨不得走）
一人又一人と（一個人跟著一個人）
又一つ又一つと（左一個右一個地）
勝利又勝利へ（從勝利走向勝利）
町の南には山又山が重なっている（市鎮的南邊山連著山）
彼が来ても良い、又君でも良い（他來也行若不然你來也行）

全〔副〕（又的強調形式、常用於歌舞伎或評詞中）又，再，還，亦，也（＝又）

股〔名〕股，胯。〔解〕髖，胯股，腹股溝
　大股に歩く（邁大步走）
　小股に歩く（邁小步走）

一

股を広げて立つ（叉開腿站立）立つ 建つ 経つ 裁つ 断つ 絶つ 発つ 起つ 截つ

全国を股に掛ける（走遍全國、〔轉〕活躍於全國各地）掛ける 翔ける 搔ける 欠ける 駈ける 賭ける

人の股を潜る（鑽過他人胯下、受胯下之辱）潜る 潜る 懸ける 架ける 描ける 駈ける 駆ける 書ける

叉〔名〕叉子、分岔、叉狀物

木の叉に腰掛ける（坐在樹叉上）

道の叉（岔路口）

三つ叉（〔電〕三通）

川が此処で叉に為る（河流在這裡分岔）

叉從兄弟，叉從姊妹〔名〕從堂兄弟（姊妹）、從表兄弟（姊妹）

叉請け〔名、他サ〕間接作保、間接擔保、轉包（工），轉承攬（＝下請け）

叉写し，叉写，復写し，復写〔名、他サ〕轉抄、重抄

ノートを叉写しを為る（重謄筆記）

叉売り〔名、他サ〕轉賣、倒賣

叉買い〔名、他サ〕間接買進、轉手購入

叉貸し，叉貸，復貸し，復貸〔名、他サ〕轉借出去、轉租出去（＝転貸）

此の本は叉貸ししては行けない（借給你這本書可不准轉借給別人）

論文の資料を人に叉貸しする（把論文資料轉借給別人）

叉借り，叉借，復借り，復借〔名、他サ〕轉借進來、轉租進來（＝転借）

此の本は李さんが王さんから借りたのを私が叉借りしたのです（這本書是李先生從王先生借的現在我又從李先生轉借來了）

叉聞き，叉聞〔名、他サ〕間接聽到

叉聞きだからはっきりしない（是間接聽說的所以不清楚）

叉聞きだから確かな事は知らない（因為間接聽到的並不確實）

此の話は叉聞きではない（這話不是間接聽到的）

叉聞きは当てに為らない（傳聞不可靠）

噂を叉聞きする（間接聽到傳聞）

叉家来〔名〕〔古〕僕從，陪臣、家臣的家臣

叉しても〔副〕又、再

叉しても彼に騙された（又被他騙了）

叉しても財布を掏られた（錢包又一次被扒走了）掏る 刷る 摺る 擦る 磨る 擂る 摩る 為る

叉しても御面倒を掛けます（再次麻煩你了）

此の度の野球試合は叉しても失敗した（這次棒球賽又再度失敗了）掛ける 書ける 欠ける 賭ける

叉候〔副〕又（＝叉しても、再び）

叉候息子の自慢話が始まる（又開始替兒子吹噓了）

叉候雪が降り然うだ（又要下雪了）

叉頼み〔名〕轉託、間接請求、輾轉懇求

叉頼みは駄目だ（不許轉託、必須親自請求）

叉弟子〔名〕徒孫（＝孫弟子）

叉と〔副〕（下接否定語）再

叉と見られない光景（再也看不到的光景）

叉と無い機会（唯一的機會）

彼程の人叉と無いだろう（像那樣的人恐怕再也找不到了）

叉と無い〔形〕獨一無二的、難得的

叉と無い喜び（無比的高興）喜び 慶び 歓び 悦び

叉と無い珍品（無雙的珍品）

歴史こそ、叉と無い証人である（歷史是唯一的見證）

世界に叉と無い珍しい化石（世界上獨一無二的化石）

叉と無いchanceが遣って来た（難得的機會來了）

叉と無い話し相手（再也難得的談話對手）

叉隣〔名〕隔一家的鄰居

叉の生〔名〕來生（＝叉の世）

叉の名〔名〕別名、又名

杜鵑は、叉の名を不如帰とも言う（杜鵑又名不如歸）杜鵑 不如帰 時鳥 子規

叉の名を茂と言う（別名叫茂）茂 茂 杜鵑 不如帰 言う 謂う 云う

又の日〔名〕次日,翌日,第二天(=翌日)、日後,改天(=後日)
又の日に為ましょう(改天再說吧！、日後再說吧！)

又の世〔名〕來世(=又の生)

又の夜〔名〕次夜、翌夜、第二天夜間

又は〔接〕或是
手紙を出すか又は電報を打つか為なければ為らない(必須寄信或是打電報)
市役所又は出張所に御出で下さい(請到市政府或辦事處來)

又又〔副〕又、再(加強又的語氣)
又又騷動が起こる(又發生騷動)起る興る熾る怒る
又又變事が起こった(又發生了意外)

右、右 (ーヌヽ)

右、右〔漢造〕右、尊重
左右(左右方、身旁、大約、支配、支吾)
左右(左右〔=左右〕、情況、通知)
兎角、兎角(這個,那個、這樣、那樣、常常,易於)
座右、座右(座右、案頭、身邊)

右筆、祐筆〔名〕〔古〕(貴族的)文牘,秘書、(武家的)錄事,記錄員

右文〔名〕〔古〕尚文(重視學問、文教等)←→左武
右文左武(右文左武,以文武兩道治理國家、文武兼備,允文允武)

右往左往〔名、自サ〕(古讀作右往左往)東奔西跑、亂跑
群眾が右往左往する(群眾〔無次序地〕亂跑)
右往左往に逃げ惑う(東奔西跑地亂竄)
人人は右往左往する許りだった(人們只是驚惶失措地東奔西跑)

右岸〔名〕右岸←→左岸
右岸に小舟を寄せる(將小船停靠右岸)

右傾〔名、自サ〕右傾,向右傾斜、(政治思想)右傾(保守)←→左傾
右傾に反對する(反對右傾保守)
彼は右傾している(他思想右傾)

右舷〔名〕〔船〕右舷←→左舷
右舷船首の方に向かって(對著船頭右舷)
右舷の方向に船を認める(在右舷方向看見一條船)
舵を右舷取れ(右舵！)

右顧左眄〔名、自サ〕左顧右盼(=左顧右眄)
徒に右顧左眄する(一味左顧右盼、突然躊躇不前)徒悪戲

右近〔名〕〔古〕右近衛府(擔任皇宮警衛的官府=右近衛)←→左近、左近衛

右近の橘〔名〕日本皇宮紫宸殿正面階前右邊的柑橘樹(平安時代由右近衛府栽管)←→左近の桜

右心症〔名〕〔醫〕右心症

右心房〔名〕〔解、心〕右心房

右心室〔名〕〔解、心〕右心室

右水晶〔名〕〔地〕右旋水晶

右折〔名、自サ〕向右轉彎、右拐←→左折
十字路で右折する(在十字路口向右轉彎)右折右折
右折すると白い建物が見える(往右拐就看得見白色的建築物)
右折禁止(禁止右轉)
車が右折する(車向右轉彎)

右旋回〔名〕〔理化〕(光的偏振面)右旋(作用)

右旋光性〔名〕〔化〕右旋光興(使光的偏振面右旋的性質)

右旋水晶〔名〕〔地〕右旋水晶

右旋性〔名〕〔植〕右旋性(向右上方旋的性質)。〔化〕右旋(光)性(=右旋光性)

右旋糖〔名〕〔化〕右旋糖、葡萄糖(=デキストロース)

右足〔名〕右足、右腳←→左足

右側、右側〔名〕右側、右邊←→左側、左側
右側通行、右側通行(右側通行)
右側を通る(靠右邊走)
彼の右側に座る(坐在他的右側)座る坐る据わる

右大臣〔名〕〔史〕右大臣(舊時官職次於太政大臣和左大臣、是總理大政的長官之一)

右端、右端〔名〕右端←→左端
前列の右端に座る(坐在前排的右端)

一

右中間〔名〕〔棒〕右外野手和中外野手之間、右野手和中間手之間

右党〔名〕右派保守黨（＝右翼）、不會喝酒愛吃甜食的人（＝甘党）←→左党

右派〔名〕右派、保守派（＝右翼）←→左派
　右派分子（右派分子）
　社会党右派（社會黨保守派）

右府〔名〕〔史〕右大臣的別名（＝右大臣）←→左府

右辺〔名〕右邊，右側（＝右側、右側）。〔數〕（等式或不等式）右邊的數字，右項。〔圍棋〕（從中央開始）棋盤的右邊，右路←→左辺

右方〔名〕右方、右側、右邊
　右方に見える山（在右方可以看見的山）

右翼〔名〕右翅膀、右翼（部隊、艦隊）、右傾，右派，保守派。〔棒球〕右外野（＝ライト←→レフト）←→左翼
　飛行機の右翼（飛機的右翼）
　敵の右翼を衝く（攻擊敵人的右翼）衝く付く着く突く就く憑く点く尽く
　極端な右翼（極右翼、極右派）
　右翼勢力（右翼勢力、右派勢力）
　右翼的な保守思想（右傾保守思想）
　右翼投降主義路線（右傾投降主義路線）
　右翼団体（右翼團體、右派團體）
　右翼運動（右翼運動、日本法西斯運動）

右腕、右腕〔名〕右手腕←→左腕
　右腕で支える（用右手腕支撐）

右腕〔名〕右手（＝右腕）。〔轉〕得力助手，好幫手
　右腕に注射する（在右臂上打針）
　或る人の右腕と為て活躍する（作為某人的好幫手而活躍）或る在る有る
　彼は社長の右腕と為っている（他是總經理的得力助手）
　彼を右腕と頼む（靠他做個得力助手）

右〔名〕右邊，右方、上文、前文、勝過，比…強、右傾，右派←→左
　右へ曲る（向右拐彎）
　右の手（右手）
　車が右へ曲る（車子向右拐彎）
　其は右の引き出しに終った（那個放在右抽屜）終う仕舞う

右側通行（右側通行）
改札口を出たら右へ行き為さい（出了剪票口請往右走）
右へ倣え（向右看齊！）做う習う学ぶ
右する（往右邊走去）
右向け（向右轉！）
右回れ（向後轉！）回る廻る周る
右の事故に就いて運転手は次の通り語った（關於前述的車禍駕駛所言如下）
右の通り（如上）
右御礼迄（謹此致謝）
右総代（以上總代表）
報告の内容は右の通りである（報告內容如上）
柔道では彼の右に出る者が無い（柔道上沒有人勝過他）
弁舌に掛けて彼の右に出る者は居ない（他能言善辯無人能出其右）
彼の言説は右に傾いている（他的言論右傾）
著しく右寄りに為る（顯著地成為右派）
右から左へ（一手來一手去、到手就光）
月給が右から左へ無くなる（薪水到手裡就花光）
彼は金が手に入ると右から左へ使って終った（他一拿到錢就花光了）
右と言えば左（你說東他偏說西，故意反對）
彼奴は人が右と言えば左と言う（那傢伙是別人說東他就道西）

左〔名〕左、左面、左手、左派，左傾、喝酒（的人）←→右
　左へ曲がる（向左轉）
　左の目（左眼）
　一番左の人（最左邊的人）
　左向け左（〔口令〕向左轉！）
　左で投げる（用左手投）
　左が利く（左撇子、能喝酒）利く効く聞く聴く訊く
　左に傾く（左傾）
　左に属する（屬於左派）

左に走り地下に潜る（左傾而潛伏在地下）
貴方は左ですか（你喝酒嗎？）貴方貴女貴男
私は左の方で、甘い物は駄目だ（我愛喝酒不喜歡吃甜的）甘い甘い

右する〔自サ〕向右方去、右行

右利き、右利〔名〕右撇子←→左利き

右手、右手〔名〕右手，持韁繩的手、右邊，右面←→左手、弓手、弓手，左手
箸を右手で持つ（用右手拿筷子）
右手で見えるのが総統府です（右邊所看到的是總統府）
窓の右手に海が見える（窗戶右手邊可看見海）
右手を御覧下さい（請看右方）
右手に刀を持っている（右手拿著刀）

右左〔名〕左右，左和右、顛倒，相反，弄反、一手來一手去，有錢就花（＝右から左）
右左に注意して歩く（注意左右兩邊走路）
右左に別れる（左右分開、個自西東）別れる分れる解れる判れる
右左に行き交う（南來北往）
靴を右左に穿く（把鞋子左右穿錯）穿く刷く吐く掃く佩く履く
靴が右左だ（鞋子穿反了）
手袋が右左だ（把手套戴反了）
一万円は右左に無くなった（一萬日元一進一出就花光了）

右巻き〔名〕右轉，右旋、（植物蔓）右纏
一枚貝は大抵右巻きである（單殼貝一般是右旋）

右回り〔名〕右旋轉
右回りの発動機（右轉發動機）

右四つ、右四〔名〕〔相撲〕彼此將右手從對方左腋下捉住對方腰帶←→左四つ

幼（ーヌ、）

幼〔名、漢造〕幼少，幼年、年幼者，小孩（＝子供）
幼に為て力強く（年幼而力壯）
幼に為て学に長じ（年幼而優於學）
モーツアルトは、幼に為て音楽の才に長じていた（莫札特幼年就顯示出音樂才能）
長幼（長幼）
老幼（老幼、老少）
長幼の序を守る（遵長幼之序）守る守る漏る洩る盛る
老幼の別無く（不分老幼）
老幼を労る（照顧老幼）
老幼を問わず（無論老幼）問う訪う訪う弔う

幼芽〔名〕〔植〕幼芽、胚芽

幼魚〔名〕魚苗、魚秧（＝稚魚）
幼魚飼養槽（魚苗飼養池）
鮭の幼魚を放流する（放流鮭魚的幼苗）鮭酒
幼魚を池に放つ（把魚苗放到水池裡）

幼禽〔名〕〔動〕幼禽

幼君〔名〕幼君、幼主

幼形〔名〕〔生〕幼體
幼形類（幼形目）
幼形進化（幼體發育）

幼茎〔名〕〔植〕幼莖

幼狐〔名〕幼狐

幼根〔名〕〔植〕幼根、胚根

幼児、幼児，幼子〔名〕幼兒、幼童
幼児向けの絵本が沢山出版されている（以幼兒為對象的畫本出版很多）
幼児は国家の未来と希望なのだ（幼兒是國家的未來和希望）
幼児期（幼童期間）
幼児教育（幼童教育）
幼児の時から人と変わっていた（自幼就和常人不同）変る代る替る換る
老いて幼児に返る（返老還童）返る帰る孵る還る蛙変える代える換える替える買える飼える
幼児を道連れに為た心中事件が人人の涙を誘う（夫妻帶著幼兒一同自殺事件引起人們同情）

幼時〔名〕幼時、幼年時代

一

幼時を回想する（回憶童年）
幼時の思い出（童年的回憶）
彼は幼時に両親を失った（他幼小的時候失去了雙親）失う 喪う
アルバムを見乍幼時の思い出に耽る（看著照片沉浸在幼時的回憶裡）
幼時の友伴（幼年的朋友）共供更ける老ける深ける葺ける噴ける吹ける拭ける
人間は幼時の躾が大事だ（人在幼年時的教養很重要）

幼者〔名〕年幼者（＝子供）

幼弱〔名、形動〕幼兒軟弱
　幼弱の（な）児童（幼弱的兒童）

幼主〔名〕幼主、幼君、年幼的君主

幼樹〔名〕〔植〕幼樹、樹苗

幼女〔名〕幼女
　あどけない顔を為た幼女が遊んでいる（天真無邪的臉的幼女正在遊玩）
　幼女のあどけない笑顔（幼女天真的笑臉）

幼小〔名、形動〕幼小
　幼小の頃の記憶（幼時的記憶）頃頃
　顔に幼小の頃の面影が残っている（臉上還有童年時代的影子）

幼生〔名〕〔生〕幼蟲、幼體
　御玉杓子は蛙の幼生である（蝌蚪是青蛙的幼蟲）
　御玉杓子の尾と鰓は幼生器官と言う（蝌蚪的尾和鰓叫做幼體器官）尾尾
　幼生生殖（〔生物〕幼體生殖）
　幼生期（幼體期）

幼態成熟〔名〕〔動〕幼蟲期性成熟

幼稚〔名、形動〕幼稚、年幼（＝幼い）
　幼稚な子供（年幼的孩子）
　幼稚な考え（幼稚的見解）
　甥は未だ幼稚だから、難しい事は分からない（姪兒還年幼所以不懂事）分る解る判る
　当時の技術は極めて幼稚だった（當時的技術極不成熟）極める窮める究める
　此の子は六年生に為るのに未だ幼稚な遊びしか為ない（這孩子雖是六年級了卻盡是玩幼稚的遊戲）

彼の考えは未だ幼稚だ（他的想法還很幼稚）未だ未だ

幼稚症（〔醫〕幼稚型、嬰兒型）

幼稚産業（幼稚産業、後進産業）

幼稚園（幼兒園）

幼稚園教育（幼兒園教育）

幼稚園へ遣る（送到幼兒園去）

幼稚園の園児（幼兒園的小孩）

幼虫〔名〕〔動〕幼蟲←→成虫
　毛虫は蝶や蛾の幼虫です（毛蟲是蝴蝶或蛾的幼蟲）
　蠅の幼虫（蒼蠅的幼蟲）
　水薑は蜻蛉の幼虫です（水薑是蜻蜓的幼蟲）

幼鳥〔名〕〔動〕幼鳥、小鳥

幼童〔名〕幼童

幼年〔名〕幼年
　幼年時代（幼年時代）
　幼年の読物（兒童讀物）
　幼年時代を思い出す（憶起幼年時代）
　田舎で幼年時代を過す（在郷村度過童年時代）

幼名、幼名、幼名〔名〕乳名、小名

幼齢〔名〕幼齢
　幼齢林（幼樹林）

幼い，幼けない、稚い，稚けない〔形〕年幼的（＝幼い、あどけない）
　幼い時に親に別れた（幼時失去雙親）
　幼い幼児（天真的幼兒）

幼気ない〔連体〕（年幼）可愛、可憐、令人憐愛（＝幼気）

幼気〔名〕可愛、可憐、令人憐愛（＝可愛い、いじらしい）
　当時は未だ幼気な子供であった（那時還是個可愛的孩子）
　孤児の幼気な姿に涙をそそられる（孤兒的可憐樣子引人落淚）

幼い〔形〕年幼的、幼小的、幼稚的
　幼い時から（自幼）
　幼い時の事を思い出す（想起童年時的事情）
　彼の言う事が幼い（他說話幼稚）
　芸が幼い（技藝不夠成熟）

幼〔造語〕幼小的、幼時的、幼童的
　幼姿（幼時的面貌）
　幼遊び（幼童的遊戲）
　幼児、幼児（幼兒）
幼気〔形動〕年幼的樣子、孩子氣、稚氣
幼びる〔自上一〕帶孩子氣、帶有稚氣
幼顔〔名〕幼時的面貌
　幼顔に見覚えが有る（還記得小時候的面孔）
　有る在る或る
　彼は、何処か幼顔が残っている（他的臉上還有小時候的模樣）
幼心〔名〕孩心、童心、幼小心靈
　幼心にも物の道理が分ったらしい（他的臉上還有小時候的模樣）分る解る判る
幼友達〔名〕童年的朋友
　幼友達に会う（遇見童年的朋友）会う合う逢う遭う遇う
幼馴染み、幼馴染〔名〕（普通指男女之間）童年的朋友
　彼の人とは幼馴染だ（我和他是童年的朋友）
　彼は私の幼馴染です（他是我的童年朋友）

佑（ー又丶）

佑〔漢造〕保佑
　天佑、天祐（天佑、天助）
　神佑（神佑＝神助）
佑助〔名〕保佑
　天の佑助（天佑）天天天

宥（ー又丶）

宥〔漢造〕原諒
宥恕〔名、他サ〕寬恕、饒恕
　宥恕を請う（請求寬恕）請う乞う斯う
　過失を宥恕する（寬恕過錯）
宥免〔名、他サ〕寬恕
　過去の過ちを皆宥免する（完全寬恕過去的錯誤）
宥和〔名、自サ〕綏靖、姑息
　宥和政策を取る（採取綏靖政策）取る捕る摂る執る採る撮る執る獲る盗る録る

宥める〔他下一〕撫慰，安撫（＝和らげ静める）、饒恕，寬宥、調停，勸解（＝執り成す）
　泣く子を宥める（安撫哭的孩子、哄在哭的小孩）啼く泣く鳴く無く
　喧嘩を宥める（勸架）
　怒る彼を宥める（勸他息怒）怒る興る起る熾る
　人の怒りを宥める（使人息怒）怒り怒り
　双方を宥めて仲直りさせる（勸解雙方使言歸於好）
　宥めて騒ぎを静める（平息風波）静める沈める鎮める
宥め賺す〔他五〕用好話勸、哄
　宥め賺して薬を飲ませる（哄著吃藥）
　子供を宥め賺して学校へ行かせる（哄小孩上學）

柚、柚（ー又丶）

柚、柚〔漢造〕柚、柚子（＝柚、柚子）
柚、柚子〔名〕〔植〕柚、柚子
　柚色（橙黃色）
柚餅子〔名〕柚子上部切開、中間扒空、混入胡麻和生薑、塞滿味噌、蓋上上皮蓋蒸乾的東西
柚酒〔名〕柚子露酒
柚湯〔名〕冬至時放柚子進入熱水浴池、據說有預防感冒、皮膚凍裂的效果

祐（ー又丶）

祐〔漢造〕神明保佑
　天祐、天佑（天佑、天助）
祐筆、右筆〔名〕（古時日本貴族家庭的）秘書、（日本武家時代的）文書，記錄員

釉（ー又丶）

釉〔漢造〕釉-陶瓷器表面所塗的光滑質料（＝釉、釉薬、上薬、釉薬）
釉薬〔名〕釉、釉藥（＝釉、釉薬、上薬）
　釉薬を掛けて焼く掛ける書ける欠ける賭ける駆ける描ける架ける翔る焼く妬く
釉、釉薬、上薬〔名〕釉
　釉を塗る（上釉）

一

釉を掛ける（上釉）
薬を塗る（上釉）
薬を掛ける（上釉）
釉工（上釉工人）
釉コンデンサー（琺瑯電容器、瓷釉電容器）

釉掛け、薬掛け〔名〕（往陶瓷坯土上）上釉

釉とび〔名〕脱釉（窯業製品在乾燥或燒成過程中的瓷釉脱落現象）

釉禿〔名〕脱釉（＝釉とび）

誘（一ヌヽ）

誘〔漢造〕引誘、引起
　勧誘（勸誘、邀請、慫慂）

誘引〔名、他サ〕引誘
　人を誘引する（引誘人）
　悪の道に誘引する（引上邪路）

誘因〔名〕起因
　病気の誘因に為る（成為患病的原因）為る成る生る鳴る
　此の些細な事件が戦争の誘因と為った（這些小事件成為戰爭的起因）

誘掖〔名、他サ〕誘導、輔導、引導
　後進を誘掖する（輔導後進）

誘蛾灯〔名〕（夜間放在田裡的）誘蛾燈

誘拐〔名、他サ〕誘拐、拐騙
　子供を誘拐する（拐騙小孩）
　誘拐罪（誘拐罪）
　幼い子供を誘拐して身の代金を要求する（誘拐年幼的小孩要求贖金）
　誘拐事件（拐騙事件）
　誘拐魔（誘拐犯）

誘起〔名、他サ〕引起、誘發

誘殺〔名、他サ〕誘殺
　少女を誘殺する（誘殺少女）少女少女乙女

誘磁率〔名〕〔電〕導磁率

誘致〔名、他サ〕誘致，招徠、招致，導致
　観光客を誘致する（招徠觀光客）
　事業の失敗を誘致する（導致事業失敗）
　災害を誘致する（招致災害）
　村に工場を誘致する（誘導在村裡蓋工廠）工場工場
　道徳の頽廃は国家の滅亡を誘致する（道徳頽廢會導致國家滅亡）

誘電〔名〕〔電〕感應電
　誘電体（電介質）
　誘電物質（電介質）
　誘電分極（電介質極化）
　誘電余効（介電後效）
　誘電率（介電常數、電容率）

誘導〔名、他サ〕誘導，引導，導航。〔理〕誘導。〔電〕（電磁）感應、〔化〕衍生
　罹災者を安全な場所に誘導する（把受災者領到安全場所）
　先生に誘導されて避難する（由老師引導去避難）
　青年を正確な道に誘導する（引導青年走正確的道路）
　飛行機をA滑走路に誘導する（把飛機引導到A滑行跑道）
　誘導体（〔理〕誘導體、衍生物）
　誘導兵器（制導武器）
　誘導電流（感應電流）
　誘導単位（導出單位）
　誘導電気（感應電）
　静電誘導（靜電感應）
　誘導飛翔体（引導飛行器）
　誘導コイル（感應線圈）
　誘導電動機（感應電動機）
　誘導反応（〔化〕誘導反應、感應反應）
　誘導子（感應線圈、感應器）
　誘導磁界（感應磁場）
　誘導妨害（感應干擾）
　誘導リアクタンス（感抗）
　自己誘導（自感應）
　相互誘導（互感應）
　誘導訊問、誘導尋問（套供、誘導性的審訊）

誘導訊問に引っ掛かる（上了誘導性審訊的圏套）
誘爆〔名、他サ〕引爆
誘発〔名、他サ〕引起
　余病を誘発する（引起併發症）
　ガス爆発が落磐を誘発して被害が大きく為った（瓦斯爆炸引起塌陷損失越發嚴重）
誘惑〔名、他サ〕誘惑
　甘言で誘惑する（用花言巧語引誘）
　誘惑に負ける（經不住誘惑）
　名譽も金も彼を誘惑する事は出来なかった（名譽和金錢都無法誘惑他）
　悪友に誘惑する（被壞朋友引誘）
　誘惑と戦う（與誘惑戰鬥）
　女を誘惑する（誘惑女人）
　誘惑を打ち勝つ（戰勝誘惑）
　誘惑色（〔動〕誘惑色）
　誘惑腺（〔動〕誘惑腺）
誘く〔他五〕（多用連用形構成複合詞）引誘、誘騙、誘惑
　誘き出す（騙出來）
　誘き寄せる（引誘過來）
誘き入れる〔他下一〕引誘進入、騙進
　客を店に誘き入れる（把顧客引誘到店裡來）
誘き出す〔他五〕誘出、騙出來
　手紙で誘き出す（用信騙出來）
　隠れ家から誘き出す（把罪犯從巢穴引誘出來）
　虎を山から誘き出す（調虎離山）
誘き出し〔名〕誘出、引誘出來
　誘き出しの計（調虎離山之計）
　誘き出しの計を用いる（使用調虎離山之計）
　誘き出し政策（調虎離山之計）
誘き寄せる〔他下一〕引誘過來、誘到眼前
　敵を誘き寄せて一挙に討つ（引敵深入一舉殲滅）
　餌で鳥を誘き寄せる（用餌把鳥誘到近處）
誘う〔他五〕邀請（=誘う，招く）、勸誘，引誘（=勸める、誘惑する）

友を宴を誘う（邀友赴宴）
散歩に行こうと誘う（邀去散步）
自宅に誘う（邀請到家作客）
悪の道へ誘う（誘入邪途）
誘い、誘ない〔名〕邀請、引誘（=誘い）
　友の誘いを応ずる（應友人之邀）
誘う〔他五〕邀、勸誘（=勸める）、引誘，誘起，誘惑（=引き出す、促す、唆す）
　花見に人を誘う（邀友人看花）
　明日私の方から誘います（明天我來約你）
　今度は僕が誘うよ（下次我去邀你）
　母に買物に誘われた（母親邀我去買東西）
　友達を誘って水泳に行く（邀朋友去游泳）
　涙を誘う（引人落淚）
　彼女の話を聞いて人の涙を誘った（她的話使人潸然淚下）
　眠気を誘う（引人發睏）
　眠気を誘う様な音楽（引人入睡的音樂）
　悪友に誘われてとんでもない事を為た（受壞朋友的誘惑做了出乎意料的事）
　悪い道に誘われる（被引誘走邪路）
　敵を深く誘い込んで全滅させる（誘敵深入殲滅之）
誘い、誘〔名〕邀請、引誘、勸誘、誘惑
　誘いを受ける（受邀請、受誘惑）
　友人から旅行の誘いを受けた（朋友約我去旅行）
　誘いを掛ける（誘引、試探、誘惑）
　相手に誘いを掛けて話させる（誘使對方說、套對方的話）
　誘いに乗る（接受引誘、上圏套）
　誘いに乗ったら大変な事に為る（上當的話就不得了）
誘い合わせる〔他下一〕互相約定、互相邀請
　林さんと誘い合わせて明日映画を見に行く（跟林先生約好明天去看電影）
誘い入れる〔他下一〕引誘進來 勸誘加入（=誘い込む）

会員に誘い入れる（勸誘加入會員）
敵を深く誘い入れる（誘敵深入）

誘い掛ける〔自下一〕引誘、勸誘、誘惑
人に悪事を誘い掛ける（引誘人做壞事）

誘い込む〔他五〕誘進、誘入
相手を窮地に誘い込む（把對方誘入無路可走的境地）
敵を危地に誘い込む（把敵人誘進危險之地）

誘い出す〔他五〕引誘出來，約到外面，邀請外出、誘出
君が行って彼を誘い出して下さい（你去約他出來）
此の子は家に許り居るので偶には誘い出して下さい（這孩子老待在家裡請有時邀他出去走走）
甘言を誘い出す（用花言巧語引誘出來）
皆の興味を誘い出す様に話す（說得引人入勝）

誘い球〔名〕〔棒球〕吊球、誘人的球

誘い水〔名〕（為使抽水機壓井把水抽上來）作引子的水（＝飛び水）。〔轉〕話引子，導火線，火種
ポンプに誘い水を差す（把引水注入抽水機裡）差す指す刺す挿す射す注す鎖す点す
一人の発言が誘い水に為り討議が盛んに為って来た（一個人話引子便使討論熱絡起來）

鼬（一ㄡˋ）

鼬〔漢造〕小獸名，俗叫黃鼠狼，體長一尺上下，四肢短小，晝伏夜出，捕食小動物，肛門常放惡臭，毛可製筆

鼬〔名〕〔動〕鼬鼠、黃鼠狼
鼬ごっこ（小孩互相捏手背玩的遊戲、交替重疊手的一種遊戲、〔轉〕雙方重複無謂的動作〔沒有結局〕）
物価と賃銀の鼬ごっこ（物價和工資的螺旋上升）
鼬の最後屁（最後一招、黔驢技窮、窮途之策）
鼬の無き間の貂誇り（山中無老虎猴子稱大王）
鼬の目陰（手搭涼棚）
鼬の道（〔由於黃鼠狼不再走同一條路〕轉〕不再來往、絕交）
鼬の道切り（〔絕交、凶事等的〕凶兆、前兆、斷絕往來）
鼬火に祟る（得罪黃鼠狼火上房－俗信虐待黃鼠狼或聽到其哭聲，會因其作祟引起火災）
鼬の様な目（小圓眼睛）
本土鼬（本土貂）
朝鮮鼬（朝鮮貂）
蝦夷鼬（西伯利亞貂）

鼬紫蘇〔名〕〔植〕鼬瓣花、蕁麻

鼬パンダ〔名〕小貓熊、小熊貓

奄（一ㄢ）

奄〔漢造〕忽然、淹、闇、將斷氣的樣子

奄奄〔副、形動〕奄奄、微暗的
気息奄奄（奄奄一息－將斷氣的樣子）
気息奄奄と為ている（奄奄一息）
気息奄奄と為ていた（已經奄奄一息）

咽、咽、咽（一ㄢ）

咽、咽、咽〔漢造〕咽喉、抽泣、喝下
嗚咽（嗚咽＝咽び泣く）
咽下（嚥下＝嚥下、嚥下）

咽喉〔名〕咽喉，嗓子（＝咽、喉）。〔轉〕要害，要道
咽喉カタル（卡他性咽喉炎）
咽喉を傷める（弄壞了嗓子）傷める痛める悼める炒める
敵の咽喉を打つ（攻擊敵人要害）打つ撃つ討つ
敵の咽喉を扼する（扼住敵人要害）扼する約する訳する

咽頭〔名〕〔解〕咽頭、喉頭（＝咽、喉）
咽頭炎（咽頭炎）
咽頭カタル（卡他性咽喉炎）

咽，喉，咽，喉〔名〕〔解〕咽喉，喉嚨，嗓子（＝咽喉）、嗓音、歌喉、〔轉〕要害（＝急所）。〔印〕（書的裝訂部位）書背←→小口
咽が乾く（口渴、嗓子乾）乾く渇く止める已める辞める病める止める留める

咽の乾きを止める（止渴）止める留める停める泊める

咽を湿す（解渴、潤嗓子）湿す示す

咽を潤す（潤嗓子）

咽を締める（勒住喉嚨）締める閉める占める絞める染める湿る

咽を鳴らす（使喉嚨作響-如貓等）鳴らす為らす慣らす馴らす成らす生らす均す

咽が鳴る（饞得要命）鳴る為る成る生る

咽が痛い（嗓子痛）

咽を痛めている（鬧嗓子、害咽喉炎）痛める傷める悼める炒める

咽に支える（噎住、卡在嗓子）支える閊える痞える遣える使える仕える支える

急いで食べたので、御飯が咽に支えた（因為吃得太急飯都哽在喉嚨裡了）

言葉が咽に支える（言哽於喉）

咽が詰まる（噎住嗓子）

薬が咽に通らない（嚥不下去藥）

心配で食事が咽を通らぬ程（發愁得茶飯不思、擔心得吃不下飯）

咽が良い（嗓子好）良い好い善い佳い酔い良い好い善い佳い

良い咽を為ている（嗓音好、有好嗓子）

中中良い咽だ（歌喉真不錯啊！）

咽を聞かす（使人欣賞歌喉）聞かす訊かす聴かす効かす利かす

咽自慢（善於歌唱、業餘的歌唱比賽）

咽自慢大会（業餘歌唱比賽大會）

素人咽自慢（業餘歌唱家比賽會）玄人

咽が潰れて声が出ない（嗓子啞了發不出聲音）潰れる瞑れる

咽から手が出る（比喩非常渴望得到手）

咽から手が出る程欲しがっている（恨不得馬上得到手）

咽を押える（抓住要害）押える抑える

敵の輸送路の咽を押さえる（控制敵人運輸線的要害）

咽を扼して背を打つ（前後兩面夾攻、使無退路）扼する訳する約する打つ討つ撃つ

咽ぶ、噎ぶ〔自五〕噎，咽，嗆、抽泣

煙に咽ぶ（咽嗆）煙 煙

涙に咽ぶ（抽泣、流涙哽咽）

咽び乍でハンカチで涙を拭く（一邊抽泣一邊用手帕擦眼淚）拭く吹く噴く葺く

烟（一ㄢ）

烟、煙〔漢造〕煙、煤灰、香煙、煙霧狀體

香烟、香烟（〔祭奠的〕香煙）

硝煙（硝煙、火藥的煙）

煤煙（煙煤）

松煙（松煙）

排煙（排出來的煙、排除室内的煙）

炊煙（炊煙）

愛煙家（好吸煙的人）

喫煙（吸煙、抽煙）

節煙（節制吸煙）

禁煙、禁烟（禁煙，戒煙、禁止吸煙）

雲煙、雲烟（雲煙、雲霧和煙氣）

水煙（水霧、水煙袋、佛塔尖上火焰形裝飾）

翠煙（綠色的煙霧、籠罩在遠處綠樹上的煙霧）

烟管、煙管〔名〕煙管，煙袋（=煙管、キセル）、（鍋爐的）火管

煙管ボイラー（火管鍋爐）

煙管、キセル〔名〕煙管，煙袋（=煙管、烟管）、違規乘車（=煙管乗り）

煙管の雁首（煙袋鍋）

煙管で刻み煙草を吸う（用煙袋抽煙絲）

煙管筒（煙管、煙袋筒）銃

煙管張り（製造煙袋的人）

煙管の羅宇（ラオ）（煙袋桿）

煙管を叩く（叩打煙袋）

煙管を銜えている（叼著煙袋）銜える加える咥える

煙管通し（煙袋偵探）

煙管を詰める（裝煙）詰める積める摘める抓める
此の煙管は良く通らない（這個煙袋不太透氣）
煙管乗り（只買上下車站附近幾站的車票、中間車站逃票的）一種非法乘車法

畑草、煙草、菸、タバコ 〔名〕〔植〕菸，菸草、煙葉，香煙，紙煙

煙草を吹かす（吸煙）
煙草を吸う（吸煙）
煙草を飲む（吸煙）
煙草を一服遣る（吸支菸）
煙草一本（一支香菸）
健康の為に煙草を止めた（為了健康我戒了煙）止める辞める已める病める
御煙草は御遠慮下さい（請勿吸煙）
煙草は御吸いに為りますか（你抽煙嗎？）
煙草を止める（戒煙）
煙草を口から離さない（煙不離嘴）
煙草を吸い過ぎる（煙抽多了）
煙草の火を貸して下さい（借個火吧！）
銜え煙草で新聞を読む（叼著煙看報）
無闇に煙草の吸殻を捨てない様に（不要隨便扔煙蒂）
刻み煙草（煙絲）
パイプ煙草（煙絲）
水煙草（水煙）
水煙管水キセル（水煙管）
煙草入れ（香煙盒）
煙草盆（裝火柴、煙灰缸等的煙盤）
嗅ぎ煙草（鼻煙）
嗅ぎ煙草入れ（鼻煙壺）
葉煙草（煙葉）
巻煙草（香煙、煙卷）
煙草銭（煙錢、很少的錢）
此では煙草銭にしか為らない（這點錢只夠買香菸）

煙草代（煙錢、很少的錢）
煙草好き（喜歡抽菸〔的人〕）
煙草屋（賣香菸的商店或人）
煙草専売局（煙草專賣局）

畑る、煙る 〔自五〕〔方〕〔老〕冒煙、煙霧迷離（＝煙る）

畑、煙 〔名〕〔方〕煙（＝煙、烟）
波煙（煙波）

煙 〔名〕〔俗〕煙（＝煙、烟）
煙に為る（使煙消雲散）刷る摺る擦る掏る磨る擂る摩る

畑い、煙い 〔形〕〔俗〕嗆人的（＝煙い、煙たい）
畑たい、煙たい 〔形〕〔俗〕嗆人的（＝煙い、煙たい）
畑ったい、煙ったい 〔形〕〔俗〕嗆人的（＝煙い、煙たい）

畑がる、煙がる 〔自、他五〕怕煙（＝煙たがる）
煙たがる 〔自、他五〕怕煙（＝煙たがる）

煙る 〔自五〕冒煙、煙霧迷離，模糊不清，朦朧
ストーブが煙る（爐子冒煙）
此は良い炭だから、ちっとも煙らない（這是好炭一點煙也不冒）
台所の中が煙っている（廚房裡滿是煙）
町は春雨に煙っている（城鎮在煙雨裡朦朧不清）
雨に煙る春の日（煙雨迷離的春日）

畑、煙 〔名〕煙
煙を吐く（冒煙）吐く佩く掃く履く刷く穿く
煙を立てる（過日子）立てる経てる建てる絶てる発てる断てる裁てる
細細と煙を立てる（過窮日子）
火の無い所に煙は立たぬ（無火不生煙、事必有因）
煙に噎せる（被煙嗆得喘不過氣來）噎せる咽る生せる蒸せる
煙の様に消える（煙消雲散）
煙に為る（消失、火葬）為る成る鳴る生る

畑、煙 〔名〕〔俗〕煙（＝煙、烟）
煙に為る（煙消雲散、一場空）
彼の計画は煙に為る（他的計劃落了一場空）
煙の様な話（不著邊際的話）

一万円の金が煙に為って終った（一萬元白白花掉）終う仕舞う
煙に巻かれる（如墜五里霧中）巻く撒く蒔く捲く播く
煙に巻く（用大話騙人、使人莫名其妙）
彼の法螺話には一同煙に巻かれた（他的吹牛使大家如墜五里霧中）

煙たがる〔自、他五〕覺得煙嗆。〔轉〕感覺侷促，畏懼（＝煙がる）
　薪が燻るので煙たがる（柴火冒煙嗆得慌）薪薪
　我我は彼を煙たがっている（我們都怕他）
　皆彼を煙たがっている（大家都對他敬而遠之）

煙がる〔自、他五〕覺得煙嗆。〔轉〕感覺侷促，畏懼（＝煙たがる）

煙い〔形〕煙氣嗆人（＝煙たい）
　煙く目が痛い（被煙嗆得眼痛）

烟たい、煙たい〔形〕煙氣嗆人（＝煙い）。〔轉〕使人局促不安，使人發慌，使人畏懼的（＝煙い）
　部屋が煙たい（屋子裡煙氣嗆人）
　彼の人はどうも煙たい（那人總有點使人畏懼）

烟ったい、煙ったい〔形〕煙氣嗆人。〔轉〕使人局促不安，使人發慌，使人畏懼的（＝煙い、煙たい）

焉（一ㄢ）

焉〔助、漢造〕焉（置於句末、調整語氣）、用於構成形容詞，句末助詞
　我関せず焉（與我無關）
　忽焉（忽然、突然、驟然、遽然）
　溘焉（溘然、忽然）
　終焉（臨終、度晚年）

焉んぞ、安んぞ、焉んぞ、安んぞ〔副〕（焉にぞ，安にぞ的音便）焉、安（＝如何して）
　焉んぞ知らん今日の失敗は他日の成功と為るを（焉知今日的失敗不是他日的成功呢？）
　燕雀焉んぞ鴻鵠の志を知らんや（燕雀焉知鴻鵠之志）
　焉んぞ知らん（焉知、誰知）

煙（一ㄢ）

煙、烟〔漢造〕煙、煤灰、香煙、煙霧狀體
　香煙、香烟（〔祭奠的〕香煙）
　硝煙（硝煙、火藥的煙）
　煤煙（煙煤）
　松煙（松煙）
　排煙（排出來的煙、排除室內的煙）
　炊煙（炊煙）
　愛煙家（好吸煙的人）
　喫煙（吸煙、抽煙）
　節煙（節制吸煙）
　禁煙、禁烟（禁煙，戒煙、禁止吸煙）
　雲煙、雲烟（雲煙、雲霧和煙氣）
　水煙（水霧、水煙袋、佛塔尖上火焰形裝飾）
　翠煙（綠色的煙霧、籠罩在遠處綠樹上的煙霧）

煙雨〔名〕煙雨、濛濛細雨、毛毛雨（＝霧雨、糠雨）

煙雲〔名〕煙雲

煙炎、煙焰〔名〕煙焰
　煙炎天に漲る（煙焰漫天）

煙火〔名〕煙和火、炊煙、烽火、狼煙（＝狼煙、烽火）、焰火（＝花火）
　煙火の食（熟食）
　煙火中の人（煙火中人、塵世上的人）

煙霞〔名〕煙霞、山水的自然風景
　煙霞の痼疾（喜遊名川大山）
　煙霞の癖（喜遊名川大山）癖癖

煙害〔名〕（工廠、礦山、火山的煙塵引起的）煙害
　煙害を防ぐ（防止煙害）
　煙害で山林が枯れる（因受煙害山林枯槁）枯れる嘆れる涸れる駆れる狩れる駈れる

煙管、烟管〔名〕煙管，煙袋（＝煙管、キセル）、（鍋爐的）火管
　煙管ボイラー（火管鍋爐）

煙管、キセル〔名〕煙管，煙袋（＝煙管、烟管）、違規乘車（＝煙管乗り）
　煙管の雁首（煙袋鍋）
　煙管で刻み煙草を吸う（用煙袋抽煙絲）

キセルつつ
煙管筒（煙管、煙袋筒）銃
　キセルば
煙管張り（製造煙袋的人）
　キセル　ラウ　lao馬來語
煙管の羅宇（ラオ）（煙袋桿）
　キセル　たた
煙管を叩く（叩打煙袋）
　キセル　くわ　　　　　　　　　　　　くわ　くわ
煙管を銜えている（叩著煙袋）銜える加える
くわ
咥える
　キセルどお
煙管通し（煙袋偵探）
　キセル　つ　　　　　そう　つ　つ　つ　つ
煙管を詰める（裝煙）詰める積める摘める抓
める
こ　キセル　よ　とお
此の煙管は良く通らない（這個煙袋不太透
氣）
　キセルの
煙管乗り（只買上下車站附近幾站的車票、
中間車站逃票的）一種非法乘車法

煙室〔名〕（鍋爐的）煙室、煙箱、集火室

煙遮〔名〕煙幕（＝煙幕）

煙硝、焔硝〔名〕硝石，火硝，硝酸鉀，有煙火
藥，黑色火藥
　えんしょうひ
煙 硝 火（戲劇中所用的鬼火）

煙塵〔名〕煙塵
　えんじんしょうか
煙塵淨化（消除煙塵）

煙弾〔名〕〔軍〕煙幕彈、發煙彈

煙点〔名〕煙點（吸氣發動機燃料燃燒時不出煙的
火焰最大長度、對油脂加熱開始從表面連續冒煙
的溫度）

煙筒〔名〕煙囪（＝煙突）、煙袋（＝煙管、キセル）

煙道〔名〕（鍋爐的）煙道、（煙斗、煙嘴的）煙
管
　えんどうgas
煙道ガス（煙道氣、廢氣）

煙毒〔名〕（煉銅廠等冒出的）有害氣體

煙突〔名〕煙筒，煙囪（＝煙筒）。〔隱〕（出租汽車
司機為了侵吞車費）關著記程器載客
　えんとつ　そうじ
煙突を掃除する（打掃煙囪）
　えんとつ　けむ
煙突が煙る（煙囪冒煙）
　えんとつそうじにん
煙突掃除人（打掃煙囪的人）
　えんとつ　かさ　　　　　かさかさかさ
煙突の笠（煙囪帽）笠傘嵩
　えんとつ　つ
煙突が詰まる（煙囪堵住了）
　む　す　た　なら　えんとつ
無数に立ち並ぶ煙突（煙囪林立）

煙波〔名〕煙波、煙浪
　えんぱひょうびょう
煙波縹 渺（煙波縹緲）

煙幕〔名〕煙幕
　えんまく　は　　　　　　は　　　　　　は　は
煙幕を張る（放煙幕）張る貼る
　もくひょう　くらま　ため　えんまく　は
目標を晦ます為に煙幕を張る（為掩蔽目
標放煙幕）
　わへい　えんまく　は
和平の煙幕を張る（放出和平的煙幕）

煙霧〔名〕煙霧、煙塵（＝スモッグ）
　えんむしつ　　　　　　　　　　aerosol
煙霧質（煙霧劑＝エーロゾル）
　えんむき
煙霧器（噴霧器）

煙滅〔名，自サ〕煙滅、消滅（湮滅之訛）

煙路〔名〕（鍋爐的）煙道（＝煙道）

煙草、畑草、莨、タバコ〔名〕〔植〕菸，菸草、煙
葉，香煙，紙煙
　タバコ　ふ
煙草を吹かす（吸煙）
　タバコ　す
煙草を吸う（吸煙）
　タバコ　の
煙草を飲む（吸煙）
　タバコ　いっぷくや
煙草を一服遣る（吸支菸）
　タバコいっぽん
煙草一本（一支香菸）
　けんこう　ため　タバコ　や　　　　　　　　　　　　　や
健康の為に煙草を止めた（為了健康我戒了
や　や　や　や
煙）止める辞める已める病める
　お タバコ　ご えんりょくだ
御煙草は御遠慮下さい（請勿吸煙）
　タバコ　お　　　な
煙草は御吸いに為りますか（你抽煙嗎？）
　タバコ　や
煙草を止める（戒煙）
　タバコ　くち　はな
煙草を口から離さない（煙不離嘴）
　タバコ　す　す
煙草を吸い過ぎる（煙抽多了）
　　タバコ　ひ　か　くだ
煙草の火を貸して下さい（借個火吧！）
　くわ　タバコ　しんぶん　よ
銜え煙草で新聞を読む（叼著煙看報）
　むやみ　タバコ　すいがら　す　よう
無闇に煙草の吸殻を捨てない様に（不要隨
便扔煙蒂）
　きざ　タバコ
刻み煙草（煙絲）
　pipeタバコ
パイプ煙草（煙絲）
　みずタバコ　すいえん
水煙草（水煙）
　みずキセルみずkhsier東
水煙管水キセル（水煙管）
　タバコ　い
煙草入れ（香煙盒）
　タバコぼん
煙草盆（裝火柴、煙灰缸等的煙盤）
　か　タバコ
嗅ぎ煙草（鼻煙）
　か　タバコ　い
嗅ぎ煙草入れ（鼻煙壺）
　は　タバコ
葉煙草（煙葉）
　まきタバコ
巻煙草（香煙、煙卷）
　タバコせん
煙草銭（煙錢、很少的錢）

此では煙草銭にしか為らない（這點錢只夠買香菸）
煙草代（煙錢、很少的錢）
煙草好き（喜歡抽菸〔的人〕）
煙草屋（賣香菸的商店或人）
煙草専売局（煙草專賣局）

煙る、烟る〔自五〕〔方〕〔老〕冒煙、煙霧迷離（＝煙る）
煙、烟〔名〕〔方〕煙（＝煙、烟）
波煙（煙波）
煙〔名〕〔俗〕煙（＝煙、烟）
煙に為る（使煙消雲散）刷る摺る擦る掘る磨る擂る摩る
煙い、烟い〔形〕〔俗〕嗆人的（＝煙い、煙たい）
煙たい〔形〕〔俗〕嗆人的（＝煙い、煙たい）
煙がる、烟がる〔自、他五〕怕煙（＝煙たがる）
煙たがる〔自、他五〕怕煙（＝煙たがる）

煙る〔自五〕冒煙、煙霧迷離，模糊不清，朦朧
ストーブが煙る（爐子冒煙）
此は良い炭だから、ちっとも煙らない（這是好炭一點煙也不冒）
台所の中が煙っている（廚房裡滿是煙）
町は春雨に煙っている（城鎮在煙雨裡朦朧不清）
雨に煙る春の日（煙雨迷離的春日）

煙、烟〔名〕煙
煙を吐く（冒煙）吐く佩く掃く履く刷く穿く
煙を立てる（過日子）立てる経てる建てる絶てる発てる断てる裁てる
細細と煙を立てる（過窮日子）
火の無い所に煙は立たぬ（無火不生煙、事必有因）
煙に噎せる（被煙嗆得喘不過氣來）噎せる咽る生せる蒸せる
煙の様に消える（煙消雲散）
煙に為る（消失、火葬）為る成る鳴る生る

煙、烟〔名〕〔俗〕煙（＝煙、烟）
煙に為る（煙消雲散、一場空）
彼の計画は煙に為る（他的計劃落了一場空）

煙の様な話（不著邊際的話）
一万円の金が煙に為って終った（一萬元白白花掉）終う仕舞う
煙に巻かれる（如墜五里霧中）巻く撒く蒔く捲く播く
煙に巻く（用大話騙人、使人莫名其妙）
彼の法螺話には一同煙に巻かれた（他的吹牛使大家如墜五里霧中）

煙水晶〔名〕〔礦〕煙晶
煙出し、煙出し〔名〕排煙的天窗、煙囪（＝煙突）
小屋に煙出しを付ける（給小屋安裝排煙的天窗）

煙たがる〔自、他五〕覺得煙嗆。〔轉〕感覺侷促，畏懼（＝煙がる）
薪が燻るので煙たがる（柴火冒煙嗆得慌）薪薪
我我は彼を煙たがっている（我們都怕他）
皆彼を煙たがっている（大家都對他敬而遠之）

煙がる〔自、他五〕覺得煙嗆。〔轉〕感覺侷促，畏懼（＝煙たがる）

煙い〔形〕煙氣嗆人（＝煙たい）
煙く目が痛い（被煙嗆得眼痛）

煙たい〔形〕煙氣嗆人（＝煙い）。〔轉〕使人侷促不安，使人發慌，使人畏懼的（＝煙い）
部屋が煙たい（屋子裡煙氣嗆人）
彼の人はどうも煙たい（那人總有點使人畏懼）

煙ったい、烟ったい〔形〕煙氣嗆人。〔轉〕使人侷促不安，使人發慌，使人畏懼的（＝煙い、煙たい）

嫣（一ㄢ）

嫣〔漢造〕微笑的樣子、美麗鮮豔
嫣然、艶然〔副、形動〕嫣然（＝にっこり）
嫣然と笑う（嫣然一笑）
嫣然と微笑む（嫣然一笑）

臙（一ㄢ）

臙〔漢造〕（同胭）胭脂
臙脂、燕脂〔名〕胭脂（＝紅）、深紅色，胭脂色，（顏料）胭脂紅，洋紅（＝生臙脂）

臙脂色（深紅色）色 色 色
臙脂虫（胭脂蟲）虫 虫

妍（一ㄢˊ）

妍〔名〕美（＝麗しい、美しい、艶めかしい）
　妍を競う（爭妍）
　百花妍を競う（百花爭妍）
　互いに妍を競う（互相爭妍）
妍麗、娟麗〔形動〕美好

言、言（一ㄢˊ）

言〔名〕語言（＝言葉）
　彼は斯界の第一人である事は言を又無い
　（他是該方面首屈一指的權威自不待言）
　言を待たない（自不待言）待つ俟つ
　言を左右に為る（支吾其詞、顧左右而言他）
　左右左右左右兎角
　片言隻語（隻言片語）
　巧言（花言巧語）
　広言、高言（說大話）
　抗言（反駁）
　公言（言明、公開說）
　方言（方言、土話）
　題言（題字）
　食言（食言）
　代言（代言、代別人申述）
　放言（隨便說說、信口開河）
　失言（失言）
　妄言（妄言、胡言亂語）
　宣言（宣言、宣告）
　格言（格言）
　金言（金言、格言）
　謹言（謹啓）
　緒言、緒言（緒言、前言）
　序言（序言、前言）
　所言（所說、所述）
　用言（用言－動詞、形容詞、形容動詞的總稱）
　←→体言
　文言（文言、文語）

体言（體言－名詞、代名詞）
副言（副言－副詞、連體詞）
大言（大話）
名言（名言）
截断言（截斷言－接續詞、感嘆詞）
暴言（粗魯的話、不講理的話）
明言（明言、明確說出）
確言（斷言、肯定）
選言（〔邏輯〕選言）
不言（緘默不說）
浮言（流言蜚語）
不言実行（光做不說、埋頭苦幹）
侮言（侮辱人的語言）
誣言、誣言（汙衊、毀謗）
付言、附言（附言、附帶說）
箴言（箴言、格言）
進言（進言、建議）
多言（許多話、多嘴）
他言、他言（洩漏）
建言（建言、見義）
献言（獻言、進言）

言〔漢造〕說話、語（＝言）
　遺言（遺言）
　無言（無言、不說話）
　真言（真言、咒文）
　他言、他言（洩漏、對別人說）
　一言、一言、一言（一句話）

言偏〔名〕（漢字部首）言字旁
　議論の二字は何方も言偏です（議論這兩個字都是言字旁）

言意〔名〕語義、言語的含意

言下、言下〔名〕言下、語音未落、立即、馬上
　言下に答える（立即回答）
　言下に否定する（立即否定）退ける除ける
　言下に断る（立即拒絕）退ける除ける
　言下拒否する（立即拒絕）退ける引ける

私の要求は言下に斥ける（我的要求立即被拒絕了）退ける 斥ける

言上〔名、他サ〕上言、稟告、謹表
　御礼言上（謹表謝意）
　御礼言上する（謹表謝忱）

言外〔名〕言外
　言外の含む（弦外之音）
　言外に意味が有る（言外有話、話中有話）有る 在る 或る
　言外に匂わせる（言不盡意）匂う 臭う
　言外の仄めかす（言外暗示）

言及〔名、自サ〕言及、說到
　歴史は其の問題に言及していない（歷史沒有說到那個問題）
　記録は其の事件には言及してない（記錄沒有說到那個問題）
　言及し度い点が有る（有一點想要說到的）
　演説の中で社会問題に言及する（在演說中說到社會問題）

言句、言句〔名〕詞句
　難解な言句は使用しないで欲しい（希望不要使用難懂的詞句）

言言〔名〕每句話、字字句句
　言言肺腑を突く（句句擊中要害、句句動人心弦）付く 附く 潰く 吐く 搗く 尽く 点く 憑く 衝く 就く
　言言人の肺腑を突く（每一句話都動人肺腑）
　言言句句火を吐く（字字句句都充滿激情）吐く 佩く 履く 掃く 刷く 穿く

言行〔名〕言行
　言行一致の人（言行一致的人）
　言行一致（言行一致）
　言行を慎む（謹言慎行）慎む 謹む
　言行録（言行錄）

言語、言語〔名〕言語、語言（＝言葉）
　言語に絶する惨状（不可言喩的慘狀）
　彼は言語が明晰である（他說話口齒清晰）
　言語に絶する苦難（無法形容的艱苦）
　言語が粗暴である（言語粗魯）

　風景の美しさは全く言語に絶する（風景的美麗簡直難以形容）
　其は言語の不通に因る誤解だ（那是由於語言不通的誤解）因る 寄る 拠る 縁る 依る 由る 選る 縒る
　言語を持つのは人間丈である（只有人類有語言）

言語学（語言學）
言語教育（語言教育－發音、詞彙、文法、文字教育）
言語障害（語言障礙）
言語心理学（語言心理學）
言語中枢（語言中樞）
言語地理学（語言地理學）
言語団体（使用同一語言的集團）
言語地図（根據語言地理學繪製的地圖）
言語道断（〔佛〕言語道斷，非言語所能說明、荒謬絕倫，豈有此理，無以名狀）
　言語道断な処置（荒謬絕倫的處置）
　言語道断な不品行（無法無天的荒唐行為）
　言語道断な奴だ（可惡至極的傢伙）
　彼の行いは言語道断だ（他的行為真是可惡透頂）
　彼の言う事は余りにも言語道断である（他說的話荒謬至極）
　貧民窟の状態は言語道断だ（貧民窟的情況簡直無法形容）

言辞〔名〕言詞、言論、講話
　不遜な言辞を弄する（言詞不遜）弄する 労する 聾する
　不謹慎な言辞を弄する（賣弄不慎的言詞）
　不穏な言辞（不當的言詞）

言質、言質〔名〕諾言、許諾
　言質を与える（給予諾言）
　言質を取る（口頭約定、取得諾言）取る 録る 盗る 獲る 執る 撮る 採る 摂る 捕る
　言質を与えて終ったので今と為っては引っ込みが付かない（已經答應人家事到如今想挽回也來不及了）

言笑〔名〕言笑、談笑
　言笑の内に（在談笑之間、笑談中）

言責〔名〕對自己發言的責任、說明理由（是非）的責任
言責を負う（負言責）負う追う
言責は私に在る（對我所說的話負責）在る有る或る
言責が有る（有說明理由的責任）
言責は筆者に在る（言責在書寫人）

言説〔名〕言論、話語
言説に注意する（注意言談、小心說話）
不穏当な言説を弄する（玩弄不當的言論）

言談〔名〕言談、談吐

言動〔名、自サ〕言動、言行
言動を慎む（慎言行、謹言慎行）慎む謹む
不穏な言動が見られる（有不軌的言行）
感情を言動に表す（感情表現言行中）表す現す著す顕す
不穏な言動を為る（作不穩妥的言行）

言文〔名〕言語和文章
言文一致（言文一致）

言明〔名、自サ〕言明、說清
辞職を言明する（表明辭意）
言明を避ける（不願明說）避ける避ける
公然と言明する（公然聲明）
言明の限りではない（不須明說）
彼は全責任は自分に在ると言明した（他言明一切責任全在他身上）

言路〔名〕言路、進言之路
人の言路は開かざる可からず（人的言路不能不開）

言論〔名〕言論
言論の自由（言論自由）
言論の自由を守る（保護言論自由）守る守る盛る漏る洩る
言論界（新聞出版界）
言論を圧迫する（壓迫言論）

言〔接尾〕言、語、話（＝言葉）
一言二言（一言兩語、隻言片語）
独り言（自言自語）独り独り

彼女は何時もぶつぶつ独り言を言う（她總是喃喃自語）
私にも一言言わせて下さい（請讓我也說句話）
二言目には人を貶す（他一說話就損人）
二言三言も言わぬ内に（沒說上兩三句話的工夫）

事〔名〕事情，事實，事務、事件、事端、（接雅號筆名等下）即，一樣，等於，就是
（用〝…た事が有る〟形式）表示經驗
（用〝…事に為る〟形式）表示主觀的決定，打算，習慣
（用〝…事に為る〟形式）表示結果是，就是、規定，決定
（用〝…事は無い〟形式）表示沒有必要，無需
（用〝…無い事には〟形式）表示假定，如果不
（用〝…と言う事だ〟或〝との事だ〟形式）表示據說，聽說
（用〝…事だ〟形式）表示最好
（用〝…丈の事は有る〟形式）表示值得，沒有白，有效果
（接形容詞連體形下）構成副詞
（接動詞，助動詞連體形下作為一句的結尾語）表示間接的命令，要求，規定，須知
（接名詞，代名詞，助動詞連體形下）作形式名詞用法
去年の事だ（是去年的事）言琴異
事の真相（事情的真相）
恐ろしい事（可怕的事情）
不愉快な事（不愉快的事情）
何の事か分らない（不知什麼事）
何の事も無い（沒什麼事）
其れは当たり前の事です（那是當然的事）
自分の事は自分で為る（自己的事情自己做）
私に出来る事なら何でも致します（只要是我能辦到的事什麼我都做）
然う為ると事が面倒に為る（那麼做的話事情可就麻煩了）
然う為ると事が簡単に為る（那麼做的話事情可就簡單了）
大変な事に為った（事情鬧大了）
毎日の事（每天的事情、每天的工作）

事に当たる（辦事、工作）
事を構える（借端生事、借題發揮）
変な事に為ったぞ（真成了怪事）
どんな事が有っても（不管發生什麼事也…）
此れからが事なんだ（將來可是件事〔要麻煩〕）
事が事だから面倒だ（因為事情非同小可所以不好辦）
一朝事有る時には駆け付ける（一旦有事趕緊跑上前去）
事此処に至っては何とも仕方が無い（事已至此毫無辦法）
事の起こりは野球の試合であった（事件是由棒球比賽引起的）
一難去って迄一難とは此の事だ（這事可真是所謂一波剛平一波復起）
僕の事は心配するな（不要擔心我的事）
試験の事はもう話すのを止めよう（關於考試的事別提了）
彼奴の事だから信用出来ない（因為是他所以不能相信）
私と為た事が何と言うへまを為たのでしょう（我這個人怎麼這麼糊塗呢？）
無料とは唯の事だ（免費就是不要錢）
豊太閤事豊臣秀吉（豐太閤即豐臣秀吉）
一度行った事が有る（曾經去過一次）
洋行した事が有る（出過國）
食べた事が無い（沒有吃過）
彼は笑った事が無い（他沒有笑過）
行った事は行ったが会えなかった（去是去過了可是沒見到）
明日彼に会う事に為ている（決定明天去見他）
毎朝冷水摩擦を為る事に為ている（每天早晨一定用冷水擦身）
酒を飲まない事に為ている（堅持不喝酒）
結局百万円損した事に為る（結果虧了一百萬日元）
彼とは明日会う事に為っている（跟他約定明天見面）

明日の朝九時に出発する事に為っている（決定明晨九點出發）
別に急ぐ事は無い（不必特別急）
慌てる事は無い（無需驚慌）
用心しない事には危険だ（如果不注意就危險）
有ると言う事だ（聽說有）
直に上京するとの事だ（聽說馬上就進京）
花が咲いたと言う事だ（聽說花開了）
矢張り自分で遣る事だ（最好還是自己做）
人一倍働く事だ（最好是比別人加倍工作）
合格したければ良く勉強する事だ（要考上最好是好好用功）
来た丈の事は有る（沒有白來一趟）
高い金を出した丈の事は有る（沒有白花大價錢）
早い事遣って仕舞え（趕快作完吧！）
長い事話した（說了好久）
旨い事遣った（做得好）
此処で遊ばない事（不要在此玩耍、禁止在此遊戲）
道路で遊ばない事（不許在馬路上玩耍）
枝を折らない事（不許折枝、禁止攀折）
早く行く事（早點去、要快去）
印鑑持参の事（務必帶印鑑）
今月中に納付の事（務必在本月內繳納）
死ぬ事は嫌だ（不願意死）
已める事が出来ない（不能罷休）
電車が無くて帰る事が出来ない（沒有電車不能回去）
残念な事には行かれない（可惜的是不能去）
此処で下車する事が有る（有時在這裡下車）
事と為る（從事、專事）
事有る時（一朝有事）
事有る時は仏の足を戴く（臨時抱佛腳）
事有れかし（唯恐天下不亂）
事が延びれば尾鰭が付く（夜長夢多）
事志と違う（事與願違）
事細かに（詳詳細細）

事だ（糟糕、可不得了）
事とも為ず（不介意、不在呼、不當回事）
事に触れて（一有事、隨時）
事も有ろうに（偏偏、竟會）
事を起す（起事、舉兵）
事を運ぶ（進行、處理）
事を分けて（詳細説明情由）
大仕事（大事業、重大任務、費力氣的工作）
見事、見ん事（美麗，好看、精彩，巧妙、整個，完全）
出来事（偶發的事件）
言挙げ、言挙〔名〕（特意）提到、說到
言挙げ（を）為る（揚言）挙げ上げ揚げ
言霊〔名〕（古代日本信仰）語言内在的神靈、語言的威力
言霊の幸い国（語言的神靈帶來幸福的國家、日本的美稱）
言付かる、言付る〔他五〕受託（=言付けられる）
此の手紙を言付かって参りました（我受託把這封信帶來了）
言付かり物（託帶的東西、託付物）
言付ける、言付る〔自、他下一〕託詞、託付，託帶口信
病に言付けて来ない（託病不來）病病
彼に手紙を言付ける（託他把信帶去）
言付け、託け〔名〕託付、託帶口信
言付けを伝える（轉達囑託）
何か言付けは有りませんか（要不要帶口信去）
言問う〔自五〕問，訪問（=問う、訪問する）、說（=話す）
言葉、詞、辞〔名〕語言，言詞（=言語）、說法，措辭（=言い表し）、小説，戲曲中對白、歌劇，說唱中口白
日本へ行った時言葉が通じなく困った（到日本去的時候言語不通可真傷腦筋）
御互いに言葉が通じない（彼此語言不通）
一寸した言葉の行き違いが誤解を生じた（由於言語差錯發生了誤會）一寸一寸
医学上の言葉で言えば（若用醫學上的語言來說）

言葉が喉に支えて出て来なかった（言哽於喉）支える支える仕える閊える痞える
言葉で言い表す（用語言表達）表す現す顕す著す
言葉で言い表せない（用語言難以表達）
此の嬉しさは言葉では表せない（這個喜悦是用語言無法表達的）
言葉数の少なく人（沉默寡言的人）数数
言葉数の多い人（愛說話的人）
言葉多ければ恥多し（言多語失）
言葉尚耳に在り（言猶在耳）尚猶
言葉を慎む（慎言）慎む謹む
言葉が悪い（措詞不當）
彼の子は言葉が悪い（那孩子說化粗野）
言葉は国の手形（郷音是出生的標誌）
返す言葉が無い（無話可說）返す帰す反す還す孵す
適当な言葉が見付からない（找不到適當的字眼）
然う言われて彼女は返す言葉が無かった（被那麼一說她就無話可答了）
此の言葉の意味を教えて下さい（請告訴我這個詞的意思）
彼の人の言葉に御国訛が有る（那個人說話有地方口音）
言葉巧みに（花言巧語地）
言葉巧みに誘う（花言巧語地勸誘）誘う誘う
言葉を掛ける（搭話、打招呼）掛ける書ける欠ける賭ける駆ける架ける描ける翔ける
言葉を返す（回答、反駁）
彼は思い切って彼女に言葉を掛けた（他放開膽子向她打了個招呼）
言葉を交わす（交談）
言葉を花実を交ぜる（說得半真半假）交ぜる混ぜる雑ぜる
彼とは挨拶する丈で言葉を交わして事は無い（和他只是見面打招呼沒有交談過）
言葉を換えて言えば（換句話說）換える変える代える替える帰る返る孵る

易しい言葉に言い換える（換成通俗易懂的話來說）易しい優しい
言葉が穏やかである（語調和氣）
言葉がはっきりしている（說得清楚）
言葉を濁す（含糊其詞、敷衍應付）
言葉は立居を表す（說話表現品質）表す現す著す著す
彼は途中迄言って言葉を濁した（他把話說了半截就含糊其詞了）
言葉を尽くす（詳盡地說、言至意盡）
言葉を尽くして友を慰めた（用盡所有的話勸慰朋友）
言葉に余る（說不出來、無法表達）
言葉に甘える（承您這麼說-表接受對方好意）
言葉が足りない（詞不答意）
驚いて言葉が出ない（嚇得說不出話來）
言葉に鞘が有る（話裡有話）有る在る或る
言葉に花が咲く（談笑風生、說得起勁）割く裂く
言葉激しい叱責する（疾言厲色）激しい烈しい
言葉が身に染みる（語重心長）染みる沁みる凍みる浸みる滲みる
詞書（說明、序言）
言葉の先を折る（打斷話頭、搶嘴）居る織る
言葉を番う（約定）遣う使う
言葉を尖る（語調嚴厲起來）
書き言葉（書寫語言、文章語）
話し言葉（口語、白話）
言葉を飾る（美言、往好處說、撒謊）
言葉を飾らず言えば（老實說來）
田舎言葉（鄉音、土話）
編集者の言葉（編者的話）
祝いの言葉（祝辭）
言葉を残す（說到舌邊留半句、有言在先）残す遺す
言葉質〔名〕諾言

言葉尻〔名〕話尾巴、說錯了的話、語病
言葉尻を取らえる（抓住話尾巴、挑剔人家說錯的話）
言葉尻を取らえて非難する（挑人家的語病責備人）
言葉少な〔形動〕話少
言葉少なに答える（三言兩語地回答）答える応える堪える
言葉遣い〔名〕說法、措辭
言葉遣いの誤り（措詞不當）誤り謝り
言葉遣いが荒い（說話粗暴）荒い粗い洗い
言葉遣いは穏やかだ（說話要和氣）
言葉遣いが上品だ（措辭文雅）
言葉遣いに気を付け為さい（話語措辭要注意）
彼の人は言葉遣いが丁寧だ（那個人說話很客氣）叮嚀
言葉付き、言葉付〔名〕說法、口氣
落ち着いた言葉付きで語る（用從容的口氣說）語る騙る
言葉典〔名〕辭典、詞典←→事典
言葉の綾〔名、連語〕詞藻
其は言葉の綾に過ぎない（那只不過是玩弄措辭罷了）
御言葉〔名〕〔敬〕您的話、您的說法
御言葉に甘え帰らせて頂きます（謝謝您的好意我先告辭了）戴く頂く
御言添え、御言添〔名〕美言
御言添えを御願いします（請您美言幾句）
言の葉、言葉〔名〕語言（=言葉）、和歌（=和歌）
言の葉の道（日本詩歌藝術）
ざあます言葉〔名〕故做風雅們的說話腔調（ざあます=ございます的轉變）
言伝〔名〕傳說，傳聞、傳言、口信
彼女が結婚した事を言伝に聞いた（聽人說她結婚了）聞く聴く訊く利く效く
母から言伝を兄に伝える（把母親的口信轉告哥哥）
言祝ぐ、寿ぐ〔他五〕祝賀、祝壽、致賀詞←→呪う
新年を言祝ぐ（祝賀新年）
長寿を言祝ぐ（祝賀長壽）

言祝ぎ，言祝、寿ぎ〔名〕祝壽、祝辭

言う、云う、謂う〔他五〕說，講，道（＝話す、喋る）、說話，講話（＝口を利く）

講說，告訴，告誡，忠告（＝語る告げる）訴說，說清，承認（＝訴える、厳命する、是認する）表達，表明（＝言い表す）、（用…と言われる形式）被認為，一般認為

稱，叫，叫作，所謂（＝名付ける、称する）、傳說，據說，揚言（＝噂する、告げ口する）、值得提，稱得上、（接在數詞下，表示數量多）…之多、多至…

（用在兩個相同名詞之間、表示全部）全，都，所有的

（用…と言う形式構成同格）這個，這種，所謂

〔自五〕（人以外的事物）作響，發響聲（＝鳴る、音が為る）

寝言を言う（說夢話、作幻想）
小声で言う（小聲說）
馬鹿（を）言え（胡說）
誰に言うと無く言う（自言自語）
然う言わざるを得ない（不能不那麼說）
もう何も言わないで（什麼也別說啦！）
彼の言う事は難しい（他的話難懂）
良くもそんな事が言えた物だ（竟然能說出那種話來）
言い度い事が有るなら言わせて遣れ（如果有話要說就叫他說）
一体君は何を言おうと為ているのか（你究竟想要說什麼？）
明日の事は何とも言えない（明天如何很難說）
然うは言わせないぞ（那麼說可不行）
言い度くっても言わずに置け（想說也憋在肚子裡吧！）
人の事を兎や角言う物ではない（別人的事不要說三道四）
御礼を言う（道謝、致謝）
物を言う（說話）
大雑把に言えば良い（說個大概就可以）
然う言えば然うだよ（那麼說來可不是麼）
ちっとも物を言わない（一聲不吭）
驚いて物が言えなく為る（嚇得說不出話來）
物語の中では動物が物を言う（在故事裡動物會說話）
私の言う通りに為為さい（照我告訴那麼做）
言う事を聞かない子（不聽話的孩子）
人に言うな（別告訴別人）
年を取ると体が言う事を聞かなく為る（年紀一大腿腳就不靈了）
其れ見為さい、言わぬ事か、もう壊して終った（你瞧！不是說過了嗎？到底弄壞了）
頭痛が為ると言う（說是頭痛）
泣言を言う（哭訴、發牢騷）
何故来なかったか言い為さい（說明為什麼沒有來）
男らしく負けたと言え（大大方方地認輸吧！）
自分が悪かったと言った（他承認自己錯了）
何と言ったら好いだろう（怎麼表達才好呢？）
其の時の気持は何とも言えない（那時的心情簡直無法表達）
斯う言う事はDeutschland徳語で如何言うか（這種事情用德語怎麼表達？）ドイツ Duits 荷ドイツ 独逸
思う事が旨く言えない（不能很好地表達自己的心思）
塩は清める力が有ると日本では言われている（在日本一般認為食鹽能消毒）
彼は世間では人格者と言われている（一般認為他是個正派人）
私は米川と言います（我姓米川）
机の事を英語で何と言うか（桌子英語叫什麼？）
此れは牡丹と言う花です（這朵花叫作牡丹）
紅旗と言う雑誌を買った（買了叫作紅旗的雜誌）
彼の様な男を目から鼻に抜けると言う（他那樣的人就是所謂機靈透頂的人）
彼はtennisが旨いと言う（據說他網球打得好）
火事の原因は今取り調べ中だと言う（據說失火的原因正在調查中）

彼は僕が其れを盗んだと言う（他揚言我偷了那件東西）
特に此れと言う長所も無い（沒有特別值得一提的優點）
小さな町で病院と言う程の物は無い（是個小鎮沒有像樣的醫院）
彼は決して学者等とは言えない（他決稱不上是個學者）
二万台と言うトラクターを作り出した（生產了兩萬輛之多的拖拉機）
何千人と言う人が集まった（聚集了多達數千人）
村と言う村（所有的村莊）村
家と言う家は国旗を立てて国慶節を祝う（家家戶戶掛國旗慶祝國慶節）
温泉と言う温泉で殆ど行かない所は無い（所有的溫泉幾乎沒有沒去過的）
然う言う事は無い（沒有這種事）
嫌いと言う事は無いが（我並不討厭不過…）
金と言う武器が有る（有金錢這種武器）
貧乏と言う物は辛い（貧窮這種事很難受）
共産党宣言と言う本を何度も読んだ（多次閱讀了共產黨宣言這本書）
窓がたがた言う（窗戶咯嗒咯嗒響）
がんがんと言う音が為る（發出咣咣的響聲）
犬がきゃんきゃん言う（狗汪汪叫）
言うか早いか（說了…就、立刻、馬上）
言うか早いか実行した（說了就辦）
言う丈野暮だ（不說自明、無需多說）
言うに言われぬ（說也說不出來、無法形容）
言うに言われぬ趣（無法形容的趣味）
言うに及ばず（不用說、不待言、當然＝言うに及ばない、言う迄も無い）
日本語は言うに及ばず、英語も出来る（日語不用說英語也會）
言うに足らぬ（不足道、不值一說＝言うに足りない）
言うは易く行うは難し（說來容易作起難）
言うも愚か（不說自明、無需說、當然）
言って見れば（說起來、老實說、說穿了）
言って見ればそんなもんさ（說穿了就是那麼回事）
言わぬが花（不說倒好、不講為妙）
言わぬ事（果然不出所料、不幸言中）
こんなに怪我を為て、だから言わぬ事じゃない（果然不出所料傷得這麼重）
言わぬは言うに勝る（不說比說強、沉默勝於雄辯）

云う、言う、謂う〔自、他五〕說（＝云う、言う、謂う）
言える〔自下一〕能說，可以說（＝言い得る）（言う的可能形式）。說過，所說（文語言へり的連體形＝言っている）
然うも言える（也能那麼說）癒える
英語が言える（能說英文）
銀河の説明は簡単には言えない（關於銀河用簡單幾句話可說不清楚）
川端康成も言える如く（正如川端康成所說）
マルクスも言える如く（如馬克思也曾說過）
言わせる〔他下一〕（言う的使役形式）讓說、叫說
生徒に答えを言わせる（叫學生回答）答え応え堪え
僕に言わせれば斯うだ（依我來說是這樣的）
彼に言わせると何を言い出すか分からない（若叫他說不知會說出什麼來）分る解る判る
言わす〔他五〕〔方〕讓說、叫說（＝言わせる）
僕に言わせれば斯うだ（依我來說是這樣的）
言わず〔名〕不言
言わずして明らかである（不言而喻）
そんな事は言わずと知れた事だ（那種事是不說自明的）
…と言わず…と言わず（無論…無論、不管…不管）
犬は足と言わず衣服と言わず矢鱈に噛み付いた（狗不管是腿或衣服亂咬一通）
言わず語らず〔連語〕不言不語、默默無言
言わず語らずの中に了解し合う（在默默中互相了解）
言わず語らずの内に互いの気持が通じ合った（心照不宣）

言わずもがな〔連語〕（言わず+願望終助詞もが+感動終助詞な）不說為妙、不說也罷、不必說、不待言、當然
　其は言わずもがなの事だ（那是不必說的）
　言わずもがなの事を言う（說不應說的話）言う謂う云う
　青年は言わずもがな、年寄り迄集まった（不但青年連老人也都來了）
　英語は言わずもがな、日本語も話せる（別說是英文日語也會講）

言わでも〔連語〕不說為妙、不該說、不必說（＝言わずもがな）
　言わでもの事を言って叱られる（說了不該說的話而遭受申斥）叱る然る

言わぬ花〔連語〕不說為妙、說出來反而不美

言わば〔副〕說起來、可以說
　言わば一種の宣伝だ（說起來是一種宣傳）
　言わば詐欺だ（可以說欺騙）
　彼は言わば成人した赤ん坊（他可以說是一個大小孩）成人大人
　彼の人は幼稚で言わば子供だ（他幼稚得可以說是個小孩）
　言わば先ずそんな物さ（說起來也不過是這樣）
　言わば籠の鳥の様な物さ（說起來就像個籠中鳥）
　此処は僕には言わば第二に故郷である（這裡可以說是我的第二故鄉）故郷故郷

言われぬ〔連語、連体〕用言語不能表達、說不出來、無法形容
　言うに言われぬ妙味が有る（有無法形容的妙處）

言わん方無し〔形〕無法形容、不可言喻
　其の橋の壯觀さは言わん方無し（那座橋的壯觀是難以形容的）橋嘴端箸梯

言わんと為る事〔連語〕想說什麼、要說什麼
　言わんと為る事が分らない（不知要說些什麼）

言わん許り〔連語〕幾乎說出口來、簡直要…、滿臉現出…神氣
　出て行けと言わん許りに怒る（氣得幾乎要下逐客令）怒る興る起る熾る
　彼の尊大さは王様と言わん許りだ（他的妄自尊大簡直像個國王）
　痛いと言わん許りに眉を顰める（痛得幾乎要皺起眉頭）顰める顰める

謂〔名〕謂、意思（文語動詞いふ的名詞形）
　印象主義とは何の謂ぞや（何謂印象主義？）

謂れ、謂〔名〕緣故、理由、來歷、由來

曰く、曰〔名〕曰，說、理由、緣由、隱情

言い合う、言合う〔自、他五〕互相說、議論、爭吵、口角（＝言い争う）
　然うだ然うだと口口に言い合う（大家都說對對）
　口口に言い合う（異口同聲地議論）
　見解の相違で二人が言い合う（二人因意見不同吵架）
　悪口を言い合う（互相謾罵）
　小さい事を何時迄も言い合う（老為芝麻小事爭吵）

言い合い、言合い〔名、自サ〕互相談話、爭吵、口角（＝諍い、口論）
　言い合いから殴り合いに為った（由口角而扭打起來）為る成る生る鳴る
　悪口の言い合いを為る（對罵）刷る摺る擦る掏る磨る擂る摩る
　意見が違って言い合いに為る（因意見不合而互相爭吵）

言い合わせる、言合せる〔他下一〕協商、約定、商量好（＝話し合う、申し合わせる）
　予め言い合わせて反対する（事前協商好了一起反對）
　言い合わせた様に皆が賛成する（彷彿商量好了一樣表示贊成）
　皆が言い合わせた様に集まった（大家不約而同地聚在一起）
　言い合わせて一緒に出掛ける（約定一起出去）

言い当てる、言当てる〔他下一〕說中、猜對
　巧く言い当てた（說得正對、恰好猜對）旨い巧い上手い甘い美味い
　君は巧く言い当てた（你說得對、你剛好猜對了）当てる中てる充てる宛てる

答えを言い当てた（說對了答案）

もう少し言い当てる所だ（差一點就猜對了）

言い誤る〔他五〕說錯（＝言い損なう、言い違える）

人の名を言い誤る（說錯別人的名字）

うっかりして、人の名を言い誤る（由於馬虎說錯別人的名字）

発音を言い誤る（發音錯誤）

言い誤り、言誤り〔名〕說錯（＝言い違い）

今二十五と言ったが、其は二十三の言い誤りだった（剛才說二十五是說錯了應該是二十三）

言い争う、言争う〔他五〕爭論、爭吵（＝言い合う、口論する）

互いに言い争う（互相爭論）

御互いに言い争う（互相爭論）

彼とは言い争う気に為らない（我懶得跟他爭論）

言い争い、言争い〔名〕口角、爭吵、爭論

些細な事で言い争いを為る（為了一點小事而爭吵）

些細な事で言い争いに為る（為了一點小事而爭吵）

言い表わす、言表す〔他五〕表達、說明

言葉で言い表わす（用話來表達）

此の気持を言い表わす言葉を見付からない（找不到適當的話來表達我的這種心情）

自分の意見を言い表わす（表達自己的意見）

此の嬉しさは言い表わす事が出来ない（這種高興就無法表達呵）

言い置く、言置く〔他五〕留言、留話（＝言い残す）

言い置いて出掛けた（留話就走了）

不在だったので用件を言い置いて帰る（因為他不在留話就回來了）

又来ると言い置いて行った（留話說還會來就走了）

何か言い置く事は無いか（沒有要留話嗎？）

何も言い置いていない（沒留下什麼話）

言い置き、言置き〔名〕留言、留下的話

父の言い置きを忘れる（忘了父親的留言）

帰ったって？何か言い置きは無かったか（走了？沒留下什麼話嗎？）

言い送る、言送る〔他五〕轉告，轉達、函告

集まる時間を仲間に言い送る（把集合的時間傳達給同仁）

集合時間を同級生に言い送る（把集合時間傳達給同學）

今晩停電する事を言い送る（轉達今晚要停電）

良く勉強する様に言い送る（寫信叫他好好用功）

言い遅れる、言遅れる〔自下一〕說晚了、（想說而）未能說出（＝言いそびれる）

言い遅れかしたが私は当社の総務部長です（說晚了我是本社的總務部長）

言い落とす、言落す〔他五〕忘了說。〔古〕貶，往壞說，中傷

言い落とした彼には兄弟は無い（忘了說他沒有兄弟）

言い落とした事は無いか（有沒有忘記說的？）

大事な事を言い落とした（把要緊的話忘了說）

肝心な事を言い落とした（把要緊的話忘了說）

言い終わる、言終る〔自五〕說完

言い終わらない内に走り去った（沒等說完就跑去了）

言い終わらない中に飛んで行った（沒等說完就跑去了）

言い甲斐、言甲斐〔名〕說的效果、說的價值

御承知下されば言い甲斐が有った訳です（您如果肯答應的話也算我沒白說）

言い甲斐が有る（沒白說）

あんな奴に物を言っても言い甲斐が無い（那樣的傢伙對他說也是白費）

言い甲斐（の）無い（不值一說的，說也白說的、沒出息的，不長進的，不爭氣的）

言い甲斐（の）無い奴だ（沒出息的傢伙、不長進的東西）

言い返す、言返す〔自、他五〕反覆說、回答，回說、頂嘴，還口

同じ事を何度も言い返す（一件事反覆地說）
御早うと言い返す（回答說你早）
御休み為さいと言い返す（回答說晚安）
癪に触るから言い返して遣った（太氣人了就頂了他幾句）触る障る
相手も負けずに言い返した（對方也不服輸地回了嘴）

言い返し、言返し〔名、自サ〕頂嘴、還嘴（=口答え）
目上の人に言い返しする物ではない（不應該對長上還嘴）
負けずに言い返しを為る（毫不讓步地頂嘴）

言い替える、言い換える、言い変える〔他下一〕換句話說、改變話題、改變說法（=言い直す、言い改める）
此は言い替えると此の様に為る（這事換句話來說是這樣的）
易しい言葉に言い替える（換成易懂的話）易しい優しい
文章を易しく言い替える（把文章改寫成通俗易懂）文章文章
日本語を英語に（で）言い替える（把日語改說成英語）
唯言い替えた丈で内容に変わりは無い（換湯不換藥）

言い替え，言替え，言い換え，言換え〔名〕改變說法、換句話說（=言い直す）

言い掛ける、言掛ける〔他下一〕向…說，對…說話（=話し掛ける）、誣賴（=強いる）、剛要開始說（=言い始める、言い出す）。〔古〕（和歌）用雙關語說（=懸詞）
英語で言い掛けられた（他用英語對我說）
言い掛けたが直ぐ止して終った（剛要開始說馬上又不說了）
言い掛けて不図口を噤む（剛一開口忽然又不說了）
君は今何を言い掛けたの（你剛才要說什麼來著？）
盗んだと言い掛けられた（被誣賴行竊）

言い掛け、言掛け〔名〕開始說、雙關語（=懸詞）、藉口（=言い掛かり）

言い掛かり、言掛り〔名〕找碴，藉口，尋釁（=いちゃもん、難癖）、一旦出口

言い掛かりを為て喧嘩を売る（吹き掛ける）（找碴打架）
言い掛かりを付ける（找碴、藉口）付ける附ける漬ける撞ける吐ける搗ける尽ける点ける
不良に言い掛かりを付けられた（受到流氓找碴）
何とか言い掛かりを付けては、強請を為る（想法子找碴敲詐）強請強請
言い掛かり上後に退けない（說了就算數的）

言い方、言方〔名〕說法（=話様）、表現法（=表現し方）
言い方が下手（說得笨）
物の言い方が叮嚀だ（說話客氣）
丁寧な言い方（說得懇切）
物の言い方が上手だ（會說話）
言い方が悪い（不會說話）悪い難い憎い
言い方が拙い（說話不得體）拙い拙い不味い
横柄な言い方を為る（說話傲慢）
何と言う言い方だ（怎麼這樣說呢？）
彼の男は物の言い方を知らない（那人不懂表達方法）
もっと良い言い方が有るか（還有更好的表達方法嗎？）

言わん方無し〔連語、形ク〕無法形容、不可言喻、不可名狀
其の壯觀言わん方無し（其壯觀無法形容）

言い兼ねる、言兼ねる〔他下一〕難以開口、難說、不好意思說（=言い難い）
一寸言い兼ねる（有點難以開口、有點不好意思說）一寸一寸丁度
どんな事も言い兼ねない奴だ（什麼話都說得出來的傢伙）
私の口から言い兼ねます（我不好意思說）
斯うでは無いとは言い兼ねた（不好意思說不對、難以開口反對）

言い交わす、言交す〔他五〕交談，對談（=話し合う）、口頭約定，設定，私訂終身
朝の挨拶を言い交わす（互道晚安）
互いに別れの挨拶を言い交わす（互相道別）

言い交わした言葉を反故に為る（取消了口頭約定）
二人は固く言い交わした仲だ（兩個人已經山盟海誓）固い堅い硬い難い
彼女にはもう言い交わした相手が有る（她已經有了對象）

言い聞かせる、言聞かせる〔他下一〕說給…聽、勸說，勸告、訓誨
幾等言い聞かせてもうんと言わなかった（怎麼對他說也不應允）
将来を慎む様に言い聞かせる（勸告他以後要小心）
子供に危ない遊びを為ない様に言い聞かせる（勸告孩子不要做危險的遊戲）
私から良く言い聞かせます（讓我好好勸他）

言い聞かす〔他五〕說給…聽、勸說，勸告、訓誨（＝言い聞かせる、言聞かせる）

言い来り、言来〔名〕傳說（＝言い伝え）
昔からの言い来り（自古以來的傳說）

言い切る、言切る〔他五〕說完（＝言い終わる）、斷言，斷定，肯定
説明を言い切らぬ内に時間に為った（還沒說明完就到時間了）
話の言い切らない内に電話が切れた（還沒說完話電話就斷了）
承諾出来ないと言い切った（斷然說不能答應）
絶望とも言い切れない（也不能斷定是絕望了）
彼は彼奴が犯人だと言い切った（他一口咬定那傢伙是罪犯）
必ず遣ると言い切る（說定了一定做）

言い切り、言切り〔名〕說完、斷言
語の言い切りの形を文法で終止形と言う（話說完了的形式在語法上叫做終止形）

言い草，言草、言い種，言種〔名〕說法，說詞、藉口、不滿，牢騷、話柄
古い言い草（舊的說詞、老套了）古い旧い奮い揮い震い篩
彼の言い草が癪に障る（他的說法氣人）
彼奴の言い草が気に食わない（他的說法叫人生氣）

人騙しの言い草（騙人的說法）
唯の言い草に過ぎない（只不過是個藉口）
病気を言い草に学校を休む（藉口生病不上課）
あんなに優遇されて言い草も無いもんだ（那樣受優待就不該發牢騷）
今更何の言い草も無いもんだ（現在沒有什麼不滿了）
人の言い草に為る（成為人家的話柄）

言い腐す〔他五〕貶、往壞處說（＝貶す）
何と言い腐さても構わない（無論旁人怎樣褒貶也不在乎）

言い暮らす、言暮す〔他五〕一天到晚說、經常掛在嘴邊
息子の事を言い暮らす（一天到晚叨念兒子）
老婦人は行方不明の娘の事を言い暮らしている（老太太整天想念失蹤的女兒）

言い包める〔他下一〕（用花言巧語）蒙騙
巧く言い包めて金を出される（用花言巧語騙人出錢）
巧い事を言い包められた（被花言巧語蒙騙了）
黒を白と言い包める（黑白顛倒）
鷺を烏と言い包める（黑白顛倒）

言い消す〔他五〕否定、否認
そんな事は無いと言い消す（否認說沒有那麼一回事）
彼の話を言い消す（否定他的話）

言いけらく〔連語〕〔古〕云、曰
古人言いけらく…（古人說…）

言い拵える、言拵える〔他下一〕編謊話，託詞、美言玉成，好言相勸（＝宥める）
病気と言い拵えて学校を休んだ（託詞有病不上學）

言いこなす、言い熟す〔他五〕談得透徹、運用自如、說得非常流利、深入淺出地談
難しい事を易しく上手に言い熟す（把難懂的內容講得簡明貼切）
農民の言葉を上手に言い熟す（說出一口農民的話）
英語を巧く言い熟す（英語說得非常流利）旨い巧い上手い甘い美味い

言い込める，言込める、言い籠める，言籠める〔他下一〕駁倒、把…說得啞口無言（＝言い伏せる、遣り込める）

相手をすっかり言い込めた（把對方說得啞口無言）

言い懲らす〔他五〕諭戒、嚴厲責罵（＝厳しく叱る）

鋭い言葉に言い懲らされる（受到嚴厲語言的譴責）

言い止す、言止す〔他五〕說話沒完、說到中途

言い止して中座する（沒說完就中途退席）
言い止して口を噤んだ（話說到一半就停了）

言い渋る、言渋る〔他五〕結結巴巴地說、不肯說出口、不好意思說、吞吞吐吐

先を言い渋る（不好意思再說下去）
散散言い渋っていたが到頭話し出した（支吾了半天好容易才開了口）
事の訳を言い渋る（不肯言明事情的原因）

言い条、言条〔名、連語〕主張，意見、雖然說

言い条を良く聞く（好好地聽聽意見）聞く 聴く 訊く 利く 効く
子供とは言い条油断が為らない（雖然說是孩子也不能疏忽大意）

言い白ける〔自下一〕說得掃興、說得沒興趣

叱る側にも弱みが有るので、段段言い白けて来た（責備的人也有缺點所以說得越來越沒意思）

言い知らぬ、言知らぬ〔連語〕說不出的、難以形容的、難以表達的

彼は言い知らぬ喜びに浸った（他高興的難以形容）
言い知らぬ美しさ（難以形容的美）

言い過ぎる、言過ぎる〔他上一〕說得過分、表現過火、言過其實

ちと言い過ぎたかな（會不會說得有些過火了呢？）
余り腹が立ったので終い言い過ぎて終った（氣得我不由得說過火了）
彼は今世紀最大の文豪と言っても言い過ぎではない（稱他為本世紀第一大文豪也不為過）

言い過ぎ、言過ぎ〔名、自サ〕說得過分、言過其實

其は言い過ぎだ（那說得太過分了）

私の言い過ぎでした、許して下さい（我說得過分了請原諒）

言い過ごす、言過す〔他五〕說得過分、表現過火、言過其實（＝言い過ぎる、言過ぎる）

言い捨てる、言捨てる〔他下一〕說完就走開、說完就不管

失敬と言い捨てた儘奥へ入って終った（說一聲對不起就走進屋裡去了）
勝手に為ろと言い捨てて彼は立ち去った（他說一聲隨你便就走開了）

言い捨て、言捨て〔名〕說完就不管、只是說說而已、（連歌等不寫在紙上的）即興之作

単なる言い捨てに終る（只是說說而已）

言い損なう、言損う〔他五〕說錯，失言（＝言い誤る）、該說沒說（＝言いそびれる）

言い損なって赤くなる（因為說錯臉紅）
台詞を言い損なう（說錯了台詞）
早口言葉を言い損なう（把繞口令說錯了）
言い損なって相手を怒らせる（由於失言惹惱了對方）
恥ずかしくて言い損なった（因為害羞沒能說出口來）
父の機嫌が悪いので其の事を言い損なった（因為父親不高興所以那件事沒說出來）

言い損ない、言損い〔名、自サ〕說錯（＝言い誤り）

言い損ない為損ないは誰も有る（誰都免不了有說錯做錯）

言いそびれる〔他下一〕（因沒有機會或有顧慮而）尚未說出

遠慮して用件を言いそびれる（因為客氣沒有把要說的事情講出來）
金の事は言いそびれて終った（錢的事沒能說出口來）

言い足す、言足す〔他五〕補充說明

後で一寸言い足す（待會兒略作補充說明）一寸一寸
後から言い足す（隨後又補充說明）後後

言い出す、言出す〔他五〕開始說（＝言い始める）、說出口

そんな事は誰が言い出したか（那件事是誰先說的？）
彼は怒っていたから私は言い出さなかった（他正在生氣所以我沒開口）

言い出す機会を失った（錯過說出的機會）
其の場では一寸言い出し兼ねた（當場有點不方便說出來）
言い出したからに最後迄遣る（既然說了就做到底）
言い出し〔名〕開口說、開頭的話
　言い出しが面白い（開場白有意思）
言い出しっ屁、言出しっ屁、言い出し屁〔名〕〔俗〕誰先說起誰先做（原意喊臭的人就是放屁的人）
　言い出しっ屁だから君から遣り給え（你既然說了就先做吧！就由你先來吧！）
言い立てる、言立てる〔他下一〕陳述，列舉、強調，堅決主張、（向上級）稟報
　どんな事を言い立てて來るが知れない（說出什麼來都保不定）
　賛成の根拠を言い立てる（列舉贊成的理由）
　不賛成だと言い立てる（堅決表示不同意）
　盛んに言い立てる（極力主張）
　用事を言い立てて断る（藉口有事謝絕）
　有りの儘を言い立てる（照實稟報）
　見聞きした事を其の儘言い立てる（把所見所聞照實稟報）
言い立て、言立〔名〕主張、藉口
　彼の言い立てをもう一度聞いて見よう（再聽一聽他的主張吧！）
　病気を言い立てを為る（以生病為藉口）
言い違える、言違える〔他下一〕說錯
　時間を言い違える（說錯時間）
　名前を言い違える（把名字說錯）
　慌てて言い違えた（慌忙中說錯了）
言い違え、言違え〔名〕說錯（＝言い違い、言違）
言い違い、言違〔名〕說錯（＝言い損ない、言損い）
　時時言い違いを為る（有時候會說錯、時常說錯）
言い散らす、言散す〔他五〕宣揚，傳播（＝言い触らす）、瞎說，亂說（＝矢鱈に言う）
　勝手な事を言い散らす（隨便亂說）
　会社の内幕を言い散らす（宣揚公司內幕）內幕內幕
　悪口を言い散らす（亂說別人壞話）

有りも為ない事を言い散らす（瞎說些莫須有的事）
言い継ぐ、言継ぐ〔他五〕（一代一代）傳說下來、傳達，轉達、接著說
　代代言い継がれた物語（世世代代傳說下來的故事）
　一寸言い継いで下さい（請傳達一下）
言い継ぎ、言継〔名〕傳說（＝言い伝え）、傳話，轉達（＝取り次ぎ）、斡旋的人
言い付かる、言付かる〔他五〕被吩咐、被命令（＝言い付けられる）
　大事な用を言い付かる（被吩咐一項要緊的事）
　伯母から伝言を言い付かった（伯母吩咐我帶個口信）伯母叔母小母
　市場開発を言い付かる（受命開發市場）市場市場
　沢山仕事を言い付かっているから、迚も忙しい（安排我許多工作所以很忙）
言い付かる、言付かる〔他五〕受託
　手紙を言い付かって来た（託我把信帶給你）
　先生から伝言を言い付かって来た（老師託我給你帶來口信）
　彼女から手紙を言い付かった（她託我帶來一封信）
　母から宜しくと言い付かって来ました（我母親叫我向您問好）
　皆から宜しくと言い付かって来ました（大家託我向您問好）
言い付ける、言付ける〔他下一〕命令，吩咐、告狀，告發、說慣，常說（＝言い慣れる）
　買い物を言い付ける（吩咐買東西）
　早く帰る様に言い付けて下さい（請你告訴他早點回來）
　御用は何でも私に言い付けて下さい（有什麼事儘管吩咐我好了）
　子供の悪戯を其の親に言い付ける（把孩子的惡作劇告訴他的父母）
　そんな事を為たら御父さんに言い付けますよ（你那麼做我可要告訴爸爸了）
　小言を言い付けている（常愛嘮叨）
　堅苦しい挨拶は言い付けないので支え終った（拘謹的客套話說不慣舌頭打結了）

言い付ける、言付ける〔他下一〕託付、託帶口信
　彼に手紙を言い付ける（託他把信帶去）
　彼に言い付けた事を届けましたか（託他帶的口信帶到了嗎？）

言い付け、言付け〔名〕吩咐，命令、傳舌（=告げ口）
　言い付けを堅く守る（堅守命令）固い堅い硬い難い守る守る洩る漏る盛る
　親の言い付け通りに為る（照父母吩咐的那樣做）

言い付け、言付〔名〕託付、託帶口信
　言い付けを伝える（轉達囑託）
　彼に何か言い付けは有りませんか（有無要帶給他的口信）

言い尽くす、言尽す〔他五〕說盡、說完（=言い終える）↔言い残す
　言う丈の事を言い尽くした（該說的都說完了）
　一言では到底言い尽くす事が出来ない（真是一言難盡）一言一言一言
　言葉では言い尽くせない喜び（說不盡的喜悅）喜び悦び歓び慶び
　文句を言い尽くした（把牢騷都說出來了）

言い尽くせる〔自下一〕能說完、能說盡
　其は一言で言い尽くせる（那可以用一句話來概括）一言一言一言
　御親切は言葉では言い尽くせません（您的好意說也說不完）
　其の美しさは言い尽くせない（那種美無法表達）
　彼等の苦心は中中言い尽くせる物ではない（他們的嘔心瀝血一時也說不完）

言い繕う、言繕う〔他五〕粉飾、掩飾
　巧みに欠点を言い繕う（巧妙地掩飾缺點）

言い伝える、言伝える〔他下一〕傳說、轉達，轉告
　今尚言い伝えられている（現在仍然傳說著）
　此の湖には竜が居ると言い伝えられている（相傳這湖裡有龍）竜竜
　皆に言い伝えて置く（轉告大家）
　明日八時に出発すると皆に言い伝える（轉告給大家明天八點出發）明日明日明日
　向うへ言い伝え遣る（給對方帶個口信去）

言い伝え、言伝え〔名〕傳說、轉達，轉告（=言伝）
　昔からの言い伝え（自古以來的傳說）
　地方に残っている言い伝えを集める（搜集地方上遺留下來的傳說）
　何か彼の人から言い伝えが有りましたか（他帶來了什麼口信嗎？）

言伝〔名〕傳說、口信（=言付け、託け）
　言伝に聞く（傳聞）聞く聴く訊く利く効く
　王君から君に言伝を頼まれて来た（小王託我帶個口信給你）
　行かれる様なら、一つ御言伝を御願いします（如果您要去的話就託您帶個口信）

言い続ける〔他下一〕接著說、繼續說、傳說（=言伝える、言伝える）

言い募る、言募る〔他五〕越說越火、越說越僵、越說越激昂
　互いに言い募って到頭喧嘩に為った（雙方越說越火結果就吵起來了）
　互いに言い募った挙句、喧嘩に為った（雙方越說越僵結果打起來了）
　言い募った挙句が掴み合いに為った（越說越激昂結果毆打起來了）

言い詰める〔他下一〕駁倒、說得啞口無言（=言い籠める）
　兄が妹に言い詰められる（哥哥被妹妹駁倒）

言い通す、言通す〔他五〕頑強主張、主張到底、一口咬定（=言い張る）
　知らぬ存ぜぬの一点張りで言い通然うと為る（他想一口咬定硬說不知道不曉得）
　飽く迄も知らぬと言い通す（一口咬定說不知道）
　最後迄言い通して目的を達した（堅決主張到底終於達到目的）

言い直す、言直す〔他五〕重說（=言い換える）、改口說（=言い改める）
　もう一遍言い直して御覧（請再說一遍）
　もう一度言い直して御覧為さい（請再說一遍）
　一旦口から出した事を言い直しても後の祭りだ（一旦說出口的話再改口也來不及了）

分り易い様に易しい言葉で言い直す（改用通俗易懂的話說）易しい優しい

言い直し、言直し〔名〕改口重說
　ラジオ放送は文章と違って言い直しが出来ない（廣播和寫文章不一樣不能改口）

言い做す、言做す〔他五〕東說西說，費盡口舌地說，說得好像真的、講和，調停
　巧みに言い做す（說得很巧妙好像真的、花言巧語說得十分美滿）
　目の当たりに見たかの如くに言い做す（好像親眼看到似地說得煞有其事）
　二人の仲を巧く言い做す（把兩個人說和了、巧妙調停兩人的關係）

言い悩む、言悩む〔他五〕覺得難以啟口、很難啟齒

言い習わす，言習わす、言い慣わす，言慣わす〔他五〕多年傳說下來、說慣，一般都說
　旱魃に飢饉無しと言い習わしたのは水田の多い内地の事です（古來傳說天旱無災荒的說法是水田多的內地情況）

言い習わし，言習わし、言い慣わし，言慣わし〔名〕多年傳說下來的舊習、常說的話，口頭語，習慣說法
　昔から言い習わしで御盆には漁に出ない（多年傳下來的舊習中元節不出去打魚）
　然う言うのが言い習わしに為っている（那是習慣說法）

言い成り、言成り〔名〕唯命是從、沒有主見、百依百順（=言う儘、言うが儘、言う成り）
　何でも人の言い成りに為る（絲毫沒有主見）
　彼は奥さんの言い成りに為っている（他對太太百依百順）
　言い成り次第（順從、唯命是從）
　細君の言い成り次第（專聽老婆的話）
　言い成り放題（順從、唯命是從=言い成り次第）
　彼は如何にでも君の言い成り放題に為る（他完全聽從你的擺佈）
　言い成り三宝（順從、唯命是從）

言い慣れる、言い馴れる〔自下一〕說慣、叫慣
　日常言い慣れた言葉（家常話、口頭語）徒名仇名（虛名、風流名聲）

我等は彼の綽名を言い慣れている（我們習慣叫她的外號）綽名渾名（綽號）

言い悪い，言悪い、言い難い，言難い〔形〕難說的，不好說的、難以啟齒（=言い辛い）
　早口言葉は言い悪い（繞口令難說）
　簡単には言い悪い（難以簡單說）
　フランス語は言い悪い（法語難說）
　一寸言い悪い事だ（有點不好意思說）
　一寸言い悪いが、言わざるを得ない（雖然有點不好意思說出可是不得不說）
　一寸人前では言い悪かった（當著人有點不好意思說）
　そんな話は言い悪い（那話很難出口）

言い抜ける〔他下一〕託辭、支吾（=言い逃れる）
　今度は言い抜けられない（這回可不能支吾搪塞）
　何とか其の場を言い抜ける（設法搪塞過去）
　彼は危ない所を機知で言い抜けた（他很機智地擺脫危險的場面）

言い抜け、言抜〔名、自サ〕託辭、支吾搪塞（=言い逃れ）
　言い抜けが上手い（善於支吾搪塞）旨い巧い上手い甘い美味い
　巧みに言い抜けを為る（巧妙搪塞）

言い逃れる、言逃れる〔他下一〕託辭、支吾（=言い抜ける）
　証拠が上がっているから言い逃れる事は出来ない（證據確鑿不能抵賴）上がる揚がる挙がる

　今更言い逃れる様と為て然うは行かない（事到如今你再想敷衍了事可沒那麼容易）

言い逃れ、言逃れ〔名〕託辭、支吾（=言い抜け、言抜）
　彼是と言い逃れを設ける（百般推拖）設ける儲ける

言い値、言値〔名〕賣主開的價、開價、喊價←→付け値，付値（給價）
　言い値が高過ぎる（要價太貴、索價太高）
　言い値で買う（不還價就買）買う飼う
　言い値が出鱈目（亂開價）

言い残す、言残す〔他五〕沒說（完）、留話，留言（=言い置く）←→言い尽くす、言尽す

一

うっかりして用件を言い残す（一大意把事情忘了說）

何も言い残していなかった（什麼話也沒有留下）

余命幾許も無いが別に言い残す事も無い（活不了多久了但並沒有什麼留言）

言い罵る〔他五〕辱罵、喧嚷、吵嚷

言い逸れる〔他下一〕（失去機會）未得說出（=言いそびれる）

言い放す〔他五〕斥退

言い放つ、言放つ〔他五〕斷言、隨便說說，信口開河

絶対疚しい所は無いと言い放つ（斷言絕對沒有虧心處）

今度の試合では優勝して見せると言い放った（他斷言這次比賽一定獲得冠軍）

根も葉も無い事を言い放つ（不負責任說些毫無根據的話）

言い囃す、言囃す〔他五〕稱讚，讚揚（=誉めそやす）、傳說，宣揚（=言い触らす）

わいわい言い囃される程の偉い人ではない（並不是值得大捧特捧那樣的偉大人物）偉い豪い

余り言い囃すから有頂天に為っている（因為大捧特捧所以顯得得意洋洋）

世間で酷く言い囃されている（外間傳說得很厲害）

言い張る、言張る〔他五〕固執己見、堅持主張、硬說

確答を得度いと言い張った（堅持要得到一個明確的答覆）

彼は責任は自分に在ると言い張った（他堅持說責任在於自己）

言い張るな、嘘は嘘なんだ（別嘴硬謊話就是謊話）

言い開き、言開〔名、自サ〕辯解、辯白、分辯（=言い訳、弁解）

其の言い開きは通らぬ（你這種辯白行不通）

言い開きが出来ない（分辨不清）

言い開きの言葉も無い（無言辯解）

言い開きが立たない（不成辯解）

立派に言い開きする（義正詞嚴地進行辯解）

言い開きしても何も為らない（辯解也無用）

言広める〔他下一〕宣傳、宣揚、傳播（=言い触らす、宣伝する）

サービスの良い店は黙っていても客が言い広める（服務態度好的商店儘管自己不宣傳顧客也會給他做廣告）

噂を言い広める（把風聲傳播出去）

言い含める、言含める〔他下一〕仔細說給聽、再三囑咐

予め言い含めて置いた（事先詳細說給他聽了）

彼に事情が十分言い含めて有る（把情況跟他詳細說了）

心得違いの無い様に良く言い含めて遣るが良い（要好好地囑咐他不要胡鬧）

言い伏せる、言伏せる〔他下一〕說服、駁倒（=言い込める、言い負かす）

相手を言い伏せる（說服對方）

言い触らす、言触らす〔他五〕宣揚、揚言、散布、傳說（=言い広める）

根も葉も無い事を言い触らして歩く（到處傳說捕風捉影的事）

有る事無い事を言い触らす（說一些莫須有的事）

彼は死んだと言い触らされた（傳說他已經死了）

言い振り〔名〕說話的樣子、言談的姿態、口吻、腔調（較言い方語氣稍委婉）

奴の言い振りが気に食わない（那個人說話的腔調叫人討厭）

外交官の様な言い振りを為る（說話帶外交官的派頭）

言い古す，言古す、言い旧す，言旧す〔他五〕說得不新鮮的、說得陳腐了

其は言い古された言葉だ（那是說陳了的話、那是老生常談）

言い古した洒落（陳腐的俏皮話）

言い分、言分〔名〕主張，意見、牢騷，不滿（=文句）、藉口（=口実、言種）

君の言い分を言い給え（說說你的主張）

言い分は言わして遣れ（有什麼意見讓他說吧！）

双方の言い分を聞く（聽取雙方的意見）聞く 聴く 訊く 利く 効く

最もな言い分だ（說的很有道理）最も 尤も

君には大いに言い分が有る（我對你大有意見）有る 在る 或る

言い分が有っても我慢して給え（即使有意見要說也忍耐吧！）

此なら先方の言い分は有るまい（這樣對方不會再有什麼不滿意了吧！）

言い分ける〔他下一〕分別使用語言、正確使用語言

言い分け，言分、言い訳け，言訳〔名〕分辯，辯解、道歉，賠不是，語言用法上，分別語言的正確應用、措辭（寫作言い分け、言分）

言分を許さない（不許辯解）

欠席の苦しい言分を為る（為自己的缺席勉強辯解）

相手は此方の言分を聞いて呉れない（對方不肯聽我的分辯）此方此方此方此方

言分にも来ない（也不來道個歉）

言分の手紙を出す（發出道歉信）

言葉の言分が良い（措辭恰當）良い 好い 善い 良い 好い 善い

言葉の言分が悪い（措詞不當）

言い負かす，言負す〔他五〕說服、駁倒（=言い伏せる、言い籠る）

誰でも彼の人に言い負かされる（誰都說不過他）

事実を持って彼の人の説を言い負かす（用事實駁倒他的論點）

言い紛らす，言紛す〔他五〕支吾，敷衍、打岔

やっとの事で言い紛らした（好不容易支吾過去了）

話題を転じて上手に言い紛らした（把話題委婉地岔開、改變話題）

言い紛らわす〔他五〕支吾，敷衍、打岔（=言い紛らす、言紛す）

言い捲る、言捲る〔他五〕大談特談，一個勁地說、駁倒

卓を叩いて言い捲る（拍案高談闊談）

相手の話も聞かずに言い捲る（不聽對方的話猛講一通）

相手に散散言い捲られた（被對方駁得無言以對）

言い丸める〔他下一〕（用花言巧語）蒙片（=言い包める）

言い回す〔他五〕巧妙地說、宣揚，傳播（=言い触らす）

巧みに言い回す（花言巧語）

言い回し、言回し〔名〕說法、措辭

言い回しが拙い（措辭欠妥）不味い 拙い

言い回しが下手だ（措辭欠妥）

言い回しが上手い（善於言談）旨い 巧い 上手い 甘い 美味い

言い回しの上手な人（會說話的人）

此は日本語特有の言い回しだ（這是日本話特有的說法）

言い洩らす，言洩す、言い漏らす，言漏す〔他五〕洩漏、漏說、忘說（=言い落す）

一言も他人に言い洩らす（一個字也不要洩漏給別人）一言一言一言

一言も言い洩らすな（一句也不要漏說、一句也不要洩漏）

急いだので終言い洩らした（因為忙著忘了說）

言い破る、言破る〔他五〕駁倒（=言い負かす）、一語道破

謬見を言い破った（駁倒了謬論）

相手の論拠を言い破る（駁倒對方的論據）

言い様、言様〔名〕說法、措辭、表達方法（=言い方）

言い様が悪い（措詞不當、表達方式不好）

何とも言い様の無い美しさだ（美麗得無法形容）

言い様の無い見事さだ（美麗得無法形容）

物も言い様で角が立つ（一樣話不一樣說法）

持って回った言い様（拐彎抹角的說法）

言い淀む、言淀む〔他五〕吞吞吐吐地說、想說又不說、欲言又止

言葉が続かず言い淀む（吞吞吐吐地說、想說又不說、欲言又止）

言い寄る、言寄る〔自五〕追求（女性）（=口説く）

男にしっこく言い寄られる（被一個男人糾纏不清地追求）

彼女に言い寄ったが振られた（向她求愛可是被拒絕了）振る降る

言い渡す、言渡す〔他五〕命令，吩咐。〔法〕宣告，宣判
　父から言い渡された事を忘れた（把父親吩咐的話忘了）
　部下に出発を言い渡す（命令部下出發）
　無罪を言い渡す（宣告無罪）
　判決を言い渡す（宣判）

言い渡し、言渡〔名、自サ〕命令，吩咐。〔法〕宣告，宣判
　言い渡しの通りに為る（照吩咐行事）
　言い渡しを為る（宣判、被宣判）
　言い渡しを受ける（宣判、被宣判）
　判決の言い渡し（宣判）
　今日判決の言い渡しが有る（今天宣判）
　無罪の言い渡し（宣判無罪）
　死刑の言い渡し（宣判死刑）

言えらく〔連語〕（言へり的未然形＋接詞く）說、云、言、謂（＝言う事には）
　古人言えらく（古人說）

然う言えば〔連語〕那麼說來、那麼一說
　然う言えば然うだ（你那麼一說就對了）

然うかと言って〔連語〕雖然如此（但是）
　背は高くも無いが、然うかと言って低くも無い（個子雖不高但也不矮）

岩（一ㄢˊ）

岩〔漢造〕（巖的俗寫）岩石、岩層
　奇岩、奇巖（奇形怪狀的岩石）
　輝岩（〔礦〕輝岩）
　巨岩、巨巖（巨大岩石）
　基岩（基層岩石）
　火山岩（〔地〕火山岩）
　安山岩（〔地〕安山岩－主要用於建築材料）
　水成岩（〔地〕水成岩）
　火砕岩（〔地〕效成碎屑岩）

岩塩〔名〕〔礦〕岩鹽、鹽石、石鹽

岩窟、巖窟〔名〕岩窟、山洞（＝岩穴、岩屋）

岩圏〔名〕〔地〕岩石圏
岩質〔名〕〔地〕岩性
岩床〔名〕〔地〕岩石層
岩漿〔名〕〔地〕岩漿（＝マグマ）
　岩漿水（岩漿水）
　岩漿鉱石（岩漿礦石）
　岩漿ガス（岩漿氣）
岩礁〔名〕〔地〕岩礁、暗礁
　船が岩礁に乗り上げて大破する（船觸暗礁船身大破）
岩乗、頑丈〔形動〕（構造）堅固，堅實、（身體）強健，健壯
　岩乗な机（堅固的桌子）
　岩乗に出来ている（製造得堅固）
　此の自転車は岩乗に出来ている（這輛自行車製造得堅固）
　岩乗な人（身體強健的人）
　岩乗な体格の人（身體強健的人）
岩生植物〔名〕〔植〕岩生植物
岩石〔名〕岩石（＝岩）
　岩石の多い海岸（多岩石的海岸）蓋い蔽い被い覆い
　岩石学（岩石學）
　岩石成因論（岩石成因論）
　岩石分類学（岩類學、岩相學）
　岩石圏（岩石圏、地殻＝地殻）
岩屑〔名〕〔地〕岩屑、碎石
岩栓〔名〕〔地〕岩頸
岩筒〔名〕〔地〕火山筒、筒狀火成礫岩
岩頭、巖頭〔名〕岩頭、岩石上
　岩頭にスローガンが書いて有る（岩石上寫著標語）
岩盤〔名〕（地質）岩盤
岩粉〔名〕〔地〕岩塵
岩壁〔名〕岩壁、陡峭的岩石
岩脈〔名〕（形成火成岩的）岩脈、岩牆
岩棉〔名〕石棉
岩、石、巖、磐〔名〕岩、岩石（＝巖）
　岩を噛む（海浪激打岩石）
　岩を穿つ（鑿岩石）

岩に花（枯樹開花）花華澒鼻
　　岩を掘る（挖出岩石）掘る彫る
石〔名〕石頭、岩石、礦石、寶石、鑽石、圍棋子、打火石、硯石、墓石、（划拳）石頭（剪刀，布）
〔喻〕堅硬，沉重，頑固，冷酷無情
　　道に石を敷く（路上鋪石頭）
　　石の堤（石頭築的堤）
　　石を磨く（磨石頭）
　　石に彫る（刻在石上）
　　石を切り出す（採石）
　　石屋（石工、石商）
　　指環の石（戒指上的寶石）
　　十八石入りの時計（十八鑽的錶）
　　石を置く（〔圍棋〕擺子、下子）
　　ライターの石（打火石）
　　石を出す（出石頭）
　　石の様な冷たい心（鐵石般的冷酷心腸）
　　石の様に固い（堅如岩石）
　　石が流れて木の葉が沈む（事物顛倒、不合道理）
　　石に齧り付いても（無論怎樣艱苦也要…）
　　石に灸（無濟於事、毫無效果、無關痛癢）
　　石に針（無濟於事、毫無效果、無關痛癢）
　　石に漱ぎ流れに枕す（強辯、狡辯、強辭奪理）
　　石に錠（判）（雙保險、萬無一失）
　　石に謎掛ける（叫石頭猜謎、對牛彈琴）
　　石に花咲く（石頭開花〔決不可能〕、鐵樹開花）
　　石に布団は着せられず（墓石上蓋不了被子、父母死後再想盡孝就來不及了）
　　石に矢が立つ（精誠所至金石為開－來自李廣射石沒羽的故事）
　　石枕し流れに漱ぐ（枕石漱流、隱居林泉隨遇而安）
　　石の上にも三年（在石頭上坐上三年也會暖和的、功到自然成）
　　石を抱きて淵に入る（抱石入淵、危險萬分、飛蛾撲火、自取滅亡）
　　輕石（〔礦〕輕石、浮石）

　　墓石（墓石）
巖〔名〕岩石、大岩石←→細石、小石
　　巖の様な堅い決意（堅定不移的決心）堅い硬い固い難い
　　動かざる事巖の如し（穩如磐石）
岩穴〔名〕岩窟、岩洞
岩磯〔名〕礁石多的海濱、多岩石的海濱
岩絵の具〔名〕（東方畫用）礦物顏料
岩粔籹〔名〕炒米糖、米泡糖
岩垣〔名〕石牆
岩木〔名〕岩石和樹木、無感情的人（＝木石）
　　岩木を分けぬ（人非草木孰能無情）
　　岩木を結ばす（人非草木孰能無情）
岩組み、岩組〔名〕庭園山石。〔劇〕岩石佈景，假山石（＝石組）
岩雲〔名〕狀似岩石的夏雲
岩清水、石清水〔名〕從岩石縫流出清冷的水
岩田帶〔名〕（日俗）孕婦從受孕第五個月起纏的保胎腰帶
岩棚〔名〕岩棚（懸崖上）突出如平台的岩石
岩狸〔名〕〔動〕蹄兔（＝ハイラックス）
岩躑躅〔名〕〔植〕越橘、岩石間生長的杜鵑花
岩燕〔名〕〔動〕岩燕、歐洲燕
岩氷柱、岩垂冰〔名〕鐘乳石（＝氷柱石）
岩戸、石戸〔名〕石洞口、石洞門、石墓的門
岩飛び〔名〕從高的岩石上跳入水中、高崖跳水表演
岩魚、嘉魚〔名〕〔動〕嘉魚、紅點鮭、白點鮭
岩根〔名〕〔雅〕岩石（巖）、岩石的根部
岩場〔名〕〔登山〕攀登岩石的地方、岩石裸露的地方、岩石多的地方
岩肌、岩膚〔名〕岩石的表面
岩雲雀〔名〕〔動〕籬雀
岩襖〔名〕岩石屏障、像屏障似的岩石
岩風呂〔名〕利用岩石洞的天然浴池、周圍砌岩石的浴池
岩間〔名〕岩石縫
　　岩間から湧き出る泉（從岩石縫裡湧出的泉水）
　　溪谷の岩間に住む蟹（生息在溪谷石縫裡的螃蟹）住む棲む済む澄む清む

岩水 いわみず〔名〕溪流
岩道 いわみち〔名〕岩石路、多石的道路
岩虫 いわむし〔名〕〔動〕水蛭的一種
岩群 いわむら〔名〕岩石群
岩室 いわむろ〔名〕可住人的天然石洞、人工鑿的石室石屋
岩物 いわもの〔名〕（東方畫用）礦物顏料（＝岩絵の具）
岩屋、窟 いわや、いわむろ〔名〕石窟、岩洞（＝岩室）
岩山 いわやま〔名〕石山、多石的山
岩蓮華 いわれんげ〔名〕〔植〕石蓮花
岩緑青 いわろくしょう〔名〕（用孔雀石製的）綠顏料

延（一ㄢˊ）

延 えん〔漢造〕延長、延緩
　蔓延（蔓延）
　順延（依次延期）
　遅延（延遲、耽擱、誤點）
　遷延（遷延、拖延、耽擱、延誤）
延引、延引 えんいん、えんにん〔名、自サ〕拖延、遲延（＝遅延）
　延引を許さぬ（不許拖延）
　事故で会議の開始が延引する（會議因故拖延）
延会 えんかい〔名、自他サ〕延期開會，會議展期（日本國會）將議程推交下屆會議
延期 えんき〔名、他サ〕延期、展期
　会議を延期する（延期會議）
　雨天の際は翌日に延期する（下雨時延到第二天）際際
延見 えんけん〔名、他サ〕召見、邀見（＝引見）
延胡索 えんごさく〔名〕〔植〕延胡索、玄胡索（用作鎮痛劑）
延寿 えんじゅ〔名〕延年益壽（＝長生き、延命）
延焼 えんしょう〔名、自サ〕延燒、火勢蔓延（＝類焼、類火）
　忽ち隣家に延焼した（轉瞬間火勢蔓延到鄰居）
　山火事の延焼を防ぐ（防止山火蔓延）
延髄 えんずい〔名〕〔解〕延髓
　延髄麻痺（延髓性麻痺）
延声記号 えんせいきごう〔名〕〔樂〕延長號（＝フェルマータ）
延性 えんせい〔名〕〔理〕展性、延展性
　金、銀、白金は延性に富む（金銀鉑富於延展性）白金白金

延性破壊（〔理、化〕塑性破壞）
延滞 えんたい〔名、自サ〕遲延、拖延、耽擱
　支払いが延滞している（付款拖延）
　家賃の支払いが三ヶ月延滞している（房租拖欠三個月）三ヶ月三カ月三箇月三個月
　延滞利息（過期利息）
　延滞料（誤期費、過期罰款）
　延滞利子（過期利息）
　延滞金（過期未付欠款）
　延滞日数（拖延日數）
　延滞日歩（過期日拆、過期日息）
延着 えんちゃく〔名、自サ〕（交通工具等）誤點、遲到←→早着
　延着の郵便物（遲到的郵件）
　此の列車は二時間延着した（這班列車誤了二小時）
延長 えんちょう〔名、他サ〕延長、全長←→短縮
　直線を二倍に延長する（把直線延長為二倍）
　会議を二時間延長する（把會議延長兩小時）
　延長線上の一点をＡと為る（在延長線設一點為Ａ）
　我国の鉄道の延長は五万キロだ（我國鐵路的全長是五萬公里）kilometer
　延長戦（〔棒球〕〔平分後的〕延長局、決勝局＝エキストラ、イニング）extra inning
　今日の野球は延長戦に為った（今天的棒球賽打成平局所以比賽延長）
　延長記号（〔樂〕延長號）
延繞、延繞 えんにょう〔名〕（漢字部首）延部
延任 えんにん〔名〕延任、留任、延長任期
延年 えんねん〔名〕延年益壽
　延年草（〔植〕延齡草、蜀葵）
延納 えんのう〔名、他サ〕遲繳、過期繳納
　延納許可（批准緩交）
　授業料の延納を願い出る（申請學費緩期繳納）
延発 えんぱつ〔名、自サ〕開車誤點、起飛誤點、延期出發
　汽車が延発した（火車誤點了）
延命、延命 えんめい、えんみょう〔名、自サ〕延壽、延長生命（＝延寿）

延命策を講じる（設法拖延保全地位）講じる 高じる 嵩じる 昂じる
延命菊（延命菊、雛菊＝雛菊）
延命薬（長生不老藥）

延齢草〔名〕〔植〕延齡草、蜀葵（＝立葵）

延縄〔名〕（一種幹繩上栓許多釣絲的）釣魚具
延縄漁業（延繩漁業）
延縄漁船（延繩漁船）

延ばす、伸ばす〔自五〕延長，伸展（＝伸す）、展延，延緩，延遲、發展，施展，擴展、稀釋（＝溶かす）。〔俗〕打倒（＝打ち倒す）←→縮める
手を伸ばす（伸手）
寿命を延ばす（延年益壽）
授業時間を二十分延ばす（把上課時間延長二十分鐘）
腕を伸ばすしたが電灯に届かなかった（伸長手臂還是摸不到電燈）
足を伸ばして棚の上の物を取る（踮著腳拿架上的東西）
髪を延ばす（留頭髮〔不剪〕）
巻いた針金を伸ばす（把彎曲的鐵絲弄直）
彼女は髪を長く延ばしている（她留著一頭長髮）
着物の皺をアイロンで延ばす（把衣服的皺摺用熨斗燙平）
十メートル丈延ばす（伸展十公尺）
皺の寄った紙を延ばす（把有皺摺的紙打開）
期限を延ばす（延期）
出発を二日間延ばす（把出發日期延遲兩天）
会議を延ばす（延長會議、延遲會議）
支払いを延ばす（延遲付款）
返事を一日一日と延ばす（把回覆一天一天拖延下去）
今日出来る事は明日に延ばすな（今天能辦的事不要拖延到明天再辦）明日明日明日
才能を伸ばす（施展才能）
驥足を伸ばす（施展大能）
天賦の才能を伸ばす（施展天賦才能）
糊を延ばす（把漿糊加以稀釋）糊海苔則法矩
身代を伸ばす（增加財富、發財致富）
水で糊を延ばす（用水把漿糊加以稀釋）
財産を伸ばす（增加財富）
勢力を伸ばす（擴張勢力）
簡単に伸ばされた（很容易被打倒了）

延し，延、伸し，伸〔名〕伸展（＝伸ばす事）、側泳（＝水泳）

延びる、伸びる〔自上一〕延長，變長、伸長，展開，擴展、稀釋，溶解。〔俗〕倒下
寿命が延びる（壽命延長）
昼が延びて夜が詰まる（晝間變長夜間變短）
背が延びる（個子長高）
彼は背が延びた（他長高了）
髪が延びる（頭髮長長）
髭が延びた（鬍子長長了）
期限が延びる（期限延長）
鉄道が国境迄延びている（鐵路伸延到國境）
出発日が来週に延びる（出發日期延長到下週）
皺が延びる（皺紋展開）
ゴム紐は長く延びる（膠皮帶沒有彈性）
糊が延びる（漿糊變稀）
拉麺が延びて終った（麵條已經變爛了）
白粉が良く延びる（香粉拍得勻）
絵の具が良く延びる（顏色能塗得很均勻）
学力がぐっと延びる（學力大有進步）
貿易が目覚しく延びる（貿易大見發展）
身代が延びる（財產增多）
卵の生産高は毎年大幅に延びている（雞蛋產量每年大幅度增長）
徹夜してすっかり延びて終った（徹夜不眠疲倦得不能動彈）
一撃の下に延びて終った（一下子就昏倒了）

延び、伸び，伸〔名〕成長，進步，伸展、發展、伸懶腰、（塗料、香粉等）塗勻
延びが早い（長得快、進步快）早い速い
工業の延び（工業的發展）
経済の延びが速い（經濟發展迅速）
売り上げは大幅な延びを見せる（銷售額有了大幅增長）
延びの速い草（長得快的草）

髪の延びが遅い（頭髮長得慢）遅い晩い襲い

終業の合図で大きく延びを為る（一聽到下班鈴聲就使勁伸一個懶腰）

延びの良い白粉（能拍得勻的香粉）

此のペンキは延びが良い（這種油漆一塗就勻）

延び上がる，延上る、伸び上がる，伸上る〔自五〕蹺腳站起

延び上がって物を取る（蹺腳站起拿東西）

延び上がって中を見る（蹺腳站起往裡看）

延び尺，延び尺，伸び尺，伸び尺〔名〕〔建〕縮尺（=伸び尺）

延び延び，延延、伸び伸び，伸伸〔名、副、自サ〕拖延、欣欣向榮、舒暢，輕鬆愉快

借金の返還が延び延びに為った（借錢遲遲不歸還）

婚約は延び延びに為った（婚約遙遙無期）

返事が延び延びに為る（回信一拖再拖）

然う延び延びに為れては誰たって怒るさ（老是那樣拖拖拉拉無論是誰也要惱火的）

知らせが延び延びに為って申訳無い（通知拖延了真對不起）

草木が延び延びする（草木欣欣向榮）草木 そうもく 草木

延び延びと芝生に寝転ぶ（舒暢地躺在草坪上）

延び延びと横に為る（舒暢地躺著）為る成る鳴る生る

気持が延び延びする（心情舒暢）

試験も済んで身が延び延びした（考試已畢渾身輕鬆愉快）済む住む澄む棲む清む

延び延びと書いた文章（寫得流暢的文章）文章 文章

延延〔副、形動〕沒完沒了、喋喋不休

延延と続く行列（接連不斷的隊伍）

試合は延延と五時間に及ぶ（比賽沒完沒了長達五小時）

延びやか、伸びやか〔形動〕舒展暢旺、輕鬆愉快（=延び延び，延延、伸び伸び，伸伸）

延びやかにすくすくと育つ（舒展暢旺地成長）

延びやかな空気の家庭（氣氛愉快的家庭）

延びやかに眠れる（可以快活地睡覺）

延べる、伸べる〔他下一〕拉長，拖長、伸展，伸長（=延ばす，伸ばす）、展開（=広げる）

期日を延べる（拖延期限）延べる伸べる陳べる述べる

難民に救いの手を伸べる（對難民伸出救援的手）

床を延べる（鋪床）床床

新聞を延べる（攤開報紙）

陳べる、述べる、宣べる〔他下一〕敘述、陳述、說明、談論、申訴、闡明

事実を述べる（敘述事實）

事情を述べる（說明情況）

意見を述べる（陳述意見）

感想を述べる（發表感想）

祝辞を述べる（致賀詞）

事件の概要を述べる（敘述事件的概要）

上に述べた如く（如上所述）

はっきり述べて置いた（交代清楚了）

其は平易に述べて有る（淺顯地講述了那個問題）有る在る或る

延べ、延〔名〕金屬壓延（的東西）、延長、總計、總面積（=延べ坪）、總日數（=延べ日数）、期貨交易（=延べ取引）

銅の延べの煙管（銅壓延的煙袋）銅 銅 赤金

参加者は延べ十万以上に為る（參加者總計十萬人以上）

建坪は延べで何れ位に為りますか（總建築面積有多少？）

延べ日数（總計日數）

延べ払い延払い（延期付款）

延べ板、延板〔名〕金屬板，板狀金屬、（桿）面板

金の延板（金板）

延べ金、延金〔名〕壓延金屬板、刀劍、代替貨幣的黃金切片

延べ勘定、延勘定〔名〕延期付款、延期結算（=延べ払い、延払い）

延べ煙管、延煙管〔名〕金屬製煙袋

金の延煙管（金煙袋）

延べ竿、延竿、延べ棹、延棹〔名〕整根釣魚桿、日本三弦琴的整根琴柱←→継竿、継棹

延べ人員、延人員〔名〕總計人次
　三人に五日掛かれば延人員は十五人（三個人需要五天總計人次就是十五人）三人三人

延べ坪、延坪〔名〕建築總面積
　此の家の延坪は三十坪だ（這房子三十坪）

延べ取引、延取引〔名〕〔商〕期貨交易
　延取引を為る（做期貨交易）

延べ日数、延日数〔名〕總日數
　其は仕上げるには延日数数三十日位掛かるだろう（要完成那個工作大概需要三十個工作天）

延べ払い、延払い〔名〕〔商〕延期付款、定期付款（=掛け払い）
　延払い方式（定期付款方式）
　延払い輸出（定期付款出口）

延べ棒、延棒〔名〕壓延金屬條、桿麵棒
　金の延棒（金條）

延べ面積、延面積〔名〕建築總面積（=延べ坪、延坪）

延いては〔副〕進而、進一步
　両国の平和、延いては国際の平和の貢献し度い（希望對於兩國和平進而對於國際和平作出貢獻）
　延いては全国に影響を及ばす（進而給全國帶來影響）

沿（沿）（一ㄢˊ）

沿〔漢造〕沿、順

沿海〔名〕沿海←→遠洋
　沿海の都市（沿海的都市）
　沿海漁業（沿海漁業）
　沿海航路（沿海航線）
　沿海貿易（沿海貿易）

沿革〔名〕沿革、變遷（=移り変わり）
　学制の沿革（學制的變革）
　彰化の沿革を記した書物（記載彰化沿革的書籍）記す印す標す

沿岸〔名〕沿岸
　沿岸地方は風が強い（沿岸地方風大）
　沿岸帯（沿岸帶、潮線間的海底）

　沿岸漁業（沿岸漁業）
　沿岸貿易（沿岸貿易）
　沿岸都市（沿海城市）
　沿岸防御（海防）
　沿岸航路（沿岸航線）

沿線〔名〕沿線、沿路
　鉄道の沿線に在る（在鐵路沿線上）在る有る或る
　沿線の住宅地帯（沿線的住宅地帶）
　鉄道の沿線に住む（住在鐵路沿線上）住む棲む済む澄む清む
　沿線の景色（沿路的景色）
　沿線各駅（沿途各站）

沿道〔名〕沿途
　群衆が沿道に並ぶ（群眾沿途排列）
　沿道には草花が植えて有る（沿路都種花草）

沿路〔名〕沿路、沿途（=沿道）

沿う、添う〔自五〕沿，順、按照，遵循
　道に沿って柳の木が植えて有る（沿路邊種柳樹）沿う添う副う
　道路は海岸に沿って走っている（道路沿海岸延伸著）
　此の方針に沿って交渉する（按照這個方針進行交渉）

添う、副う〔自五〕增添，添上，緊跟，不離地跟隨，結婚，結成夫妻一起生活
　趣を添う（增添生趣）添う沿う副う然う
　影の形に添う如く（猶如影不離形、形影不離地）
　添われぬ縁と諦めた（認為結不成夫妻而死心蹋地了）
　連れ添う相手（配偶）
　添わぬ内が花（結婚前〔戀愛的時候〕最快樂）

副う〔自五〕符合、滿足（要求）
　御期待に副えず誠に申し訳有りません（很抱歉沒能滿足您的願望）
　名実共に副う（名符其實）
　身に副う（與身分相稱）
　身に副わない（與身分不相稱）

然う〔副〕那樣
〔感〕（表示驚訝）是嗎？、（表示肯定）是

然う怒るなよ（別那麼生氣啊！）
私も然う思う（我也是那樣想）
然うは言っても（話雖如此）
然う何時迄も放って置けない（也不能老那麼放著不管）
其は然うと（姑且不說）
値段は然う（は）高くない（價錢並不那麼貴）
嗚呼、然うですか、分りました（啊！是啊！我明白了）
然うです、其の通りです（是的，就是那樣）

沿い、添い〔造語〕沿、順
　川沿いの家（河沿的房子）
　線路沿いに行く（順著鐵路走）

炎（一ㄢˊ）

炎〔接尾、漢造〕〔醫〕炎，炎症、燃燒、火苗、熱，火，夏
　骨膜炎（骨膜炎）
　肝臟炎（肝炎）
　肺炎（肺炎）
　胃炎（胃炎）
　炎帝（炎帝）
　火炎、火焰（火焰）
　光炎、光焰（光焰）
　陽炎、陽炎、陽炎（春夏陽光照射地面蒸發的水氣）

炎威〔名〕炎威、炎熱（＝炎熱）

炎炎、燄燄〔副、形動〕熊熊
　炎炎たる猛火（熊熊烈火）
　炎炎と火は燃え上がった（燃起了熊熊烈火）

炎光反応〔名〕〔化〕焰色反應

炎光光度計〔名〕〔化〕火焰光度計

炎暑〔名〕炎暑、酷暑←→嚴寒
　炎暑を冒して赤道下の旅行を続ける（冒著炎暑繼續在赤道下旅行）冒す犯す侵す
　炎暑の折から御体に御気を付けて為さい（暑熱正盛請保重）

炎症〔名〕〔醫〕炎症、發炎
　炎症を起こす（發炎）起す興す熾す
　傷口が炎症を起す（傷口發炎）

炎症が退く（消炎）退く 退く引く弾く轢く挽く惹く曳く牽く

炎上〔名、自サ〕起火，燃燒起來、（大建築物等）失火，燒毀
　漏電で劇場が炎上した（劇場因為漏電燒毀了）
　漏電が原因で劇場が炎上した（劇場因為漏電燒毀了）
　飛行機が墜落炎上する（飛機墜毀起火）

炎色、焰色〔名〕焰色、火焰的顏色
　焰色反応（〔化〕焰色反應、火焰反應）
　焰色植物（〔植〕假藻門）

炎昼〔名〕炎熱的白天、炎夏的白晝
　炎昼の静けさ（炎晝的寂靜）

炎天〔名〕炎天、暑天、炎熱的天氣←→寒天
　炎天下（烈日當空）
　炎天に道路工事を為る（在暑天修馬路）

炎熱〔名〕炎熱
　炎熱焼くが如くである（炎熱如蒸）
　炎熱焼くが如く（炎熱如蒸）
　炎熱を冒して行軍する（冒著酷熱行軍）

炎、焰〔名〕火焰、火苗
　焰に包まれる（包在火焰之中）包む包む
　嫉妬の焰を燃やす（燃起嫉妒的火焰）
　焰が出る（冒火苗）
　焰の海と化す（變成一片火海）化す貸す化す課す嫁す
　怒りの焰を燃やす（怒火中燒）怒り怒り
　蝋燭の焰が揺れる（燭光搖曳）
　気付いた時は焰が既に天井を舐めていた（當發覺時火舌已經蔓延天花板上了）舐める嘗める

炎、焰〔名〕〔文〕火焰（＝焰、炎）
　ゆらゆらと上がる焰（冉冉上升的火苗）上がる挙がる揚がる騰がる
　嫉妬の焰が燃え上がる（燃起嫉妒的火焰）

研（一ㄢˊ）

研〔漢造〕研磨、鑽研、硯

研学〔名、他サ〕研究學問、鑽研學術

彼は研学の為アメリカへ行った（他為了研究學問到美國去了）

研究〔名、他サ〕研究
科学的研究（科學研究）
其は研究す可き問題だ（那是個值得研究的問題）
其は尚研究の要が有る（這還有研究的必要）
彼は研究心に富んでいる（他富有研究精神）
専門に研究する（專門研究）
文学に研究する（研究文學）
研究機関（研究機關）
研究団体（研究團體）
研究員（研究員）
研究会（研究會）
研究報告（研究報告）
研究家（研究家）
研究心（研究心、研究的意志）
研究室（研究室）
化学研究室（化學研究室）
研究室備え付け図書（研究室內備用的圖書）

研削〔名、他サ〕研磨
研削盤（磨床=グラインダー）
研削装置（研磨裝置）
研削器（研磨機）

研鑽〔名、他サ〕鑽研、研究
研鑽の結果（研究的結果）
多年研鑽の結果（多年研究的結果）
研鑽を積む（鑽研有素、積累研究）積む摘む詰む抓む
古典文学を研鑽する（鑽研古典文學）

研修〔名、他サ〕鑽研、研究、進修、培訓
日本語を研修する（進修日語）
研修制度（進修制度、培訓制度）
研修所（訓練所）
研修生（訓練生、研習員）

研北、硯北〔名〕〔信、敬〕（寫在受信人名旁、表示敬意之詞）案前、座前（=机下）

研磨、研摩〔名、他サ〕研磨、鑽研，研究
レンズを研磨する（研磨鏡片）
哲学を研磨する（研磨哲學）
研磨盤（研磨盤、磨光機=研磨機）
研磨機（研磨機、磨光機=研磨盤）
研磨紙（砂紙）
研磨材（研磨料）

研米機〔名〕碾米機

研ぐ、磨ぐ、砥ぐ〔他五〕擦亮、磨快、淘、修養，修練
鏡を磨ぐ（擦鏡子）説く解く溶く梳く
銅の鏡を磨ぐ（擦亮銅鏡）銅銅銅
庖丁を磨ぐ（磨菜刀）包丁
小刀を磨ぐ（磨小刀）小刀
米を磨ぐ（淘米）
水を磨ぐ（用水漂一漂）
心を磨ぐ（正心）

研ぎ，研，砥ぎ，砥〔名〕研磨、磨刀匠
研ぎの悪い剃刀（不好磨的剃刀、沒磨好的剃刀）
研ぎが足りない（沒磨好）
鋏を研ぎに出す（把剪刀拿出去磨）
研屋（磨刀匠）
研師（磨刀匠）

研革〔名〕鑿刀革

研師〔名〕〔舊〕磨刀匠、磨鏡子匠（=研物師）

研ぎ澄ます、研澄す〔他五〕磨快，擦亮。〔喻〕敏銳
研ぎ澄ました刀（磨快了的刀）
研ぎ澄ました鏡の様な月（像擦亮鏡子一般的月亮）
研ぎ澄ましたナイフ（磨利的小刀）
研ぎ澄ました神経（敏銳的神經）
神経を研ぎ澄まして敵の動性を窺う（集中注意力窺探敵人的動靜）窺う伺う覗う

研ぎ出し、研出し〔名〕磨出光亮、霞彩描金（=研ぎ出し蒔絵）
御影石の研ぎ出し（磨光的花崗石）
研ぎ出し蒔絵（霞彩描金、泥金畫-先上金銀粉後塗漆磨光）

研ぎ立てる〔他下一〕磨光、細磨
研ぎ立て，研立て，磨ぎ立て，磨立て〔名〕剛磨過（的東西）
　研ぎ立ての剃刀（剛磨過的剃刀）
研ぎ物、研物〔名〕磨刀（剪）、要磨的刀（剪）
　研物師（磨刀匠）
研ぎ屋〔名〕磨刀匠、磨刀剪店
研ぐ、磨ぐ、琢ぐ〔他五〕刷淨，擦亮，磨光，磨鍊，鍛鍊，打扮，修飾
　歯を磨く（刷牙）
　靴を磨く（擦皮鞋）
　廊下をぴかぴかに磨き上げる（把走廊擦得閃閃發亮）
　腕を磨く（鍛鍊技術、鍛鍊本領）
　技を磨く（練本事）
　刀を磨く（磨刀）
　レンズを磨く（磨鏡片）
　玉磨かざれば器を成さず（玉不琢不成器）
　玉磨かざれば光無し（玉不琢不亮）
　彼は毎朝中国武術を磨く（他每天早上練中國功夫）
　彼は柔道の試合に負けたので、〝技を磨いて又来ます〞と言った（因為他在柔道比賽輸了所以說〝還要練些好本事再來〞）
　彼の娘は少し磨けば見られる様に為る（那個姑娘稍微打扮就好看了）
研ぎ，研、磨き，磨〔名〕磨光，磨亮、鍛練，琢磨
　靴磨（擦鞋、擦皮鞋的）
　歯磨（牙粉、牙膏）
　良く磨の掛かった紫檀のテーブル（擦得發亮的紫檀桌子）
　磨を掛ける（精益求精）
　磨の加った人（千錘百鍊出來的人）
　学問に磨が掛かる（學問更加淵博）
　言葉の勉強に磨が掛かる（學語言必須求精琢磨）
　料理の腕に磨が掛かる（做菜的本領精益求精）

最近彼女のバイオリンは益益磨が掛かって来た（最近她的小提琴更加精湛了）
研き粉，研粉、磨き粉、磨粉〔名〕去汙粉，研磨東西用的粉（=磨き砂，研き砂）
研き砂、磨き砂〔名〕去汙粉（=磨き粉，磨粉、研き粉，研粉）

塩（鹽）（一ㄢˊ）

塩〔名、漢造〕鹽（=塩）、鹽類
　酸化して塩を生じる（酸化而生成鹽）生じる、請じる、招じる
　海水は塩分を含んでいる（海水裡含有鹽分）
　食塩（食鹽）
　米塩（米和鹽）
　岩塩（岩鹽、石鹽）
　硫酸塩（硫酸鹽）
塩安〔名〕〔化〕氯化氨
　塩安ソーダ法（氯化氨蘇打法）
塩異性〔名〕〔化〕鹽（同分）異構（現象）、鹽同質異能性
塩化〔名、自サ〕〔化〕氯化（作用）、成鹽（作用）
　塩化カリ、塩化加里（氯化鉀）
　塩化ナトリューム（氯化鈉、鹽）
　塩化カリウム（氯化鉀）
　塩化カルボニル（碳銑氯、光氣=ホスゲン）
　塩化カルシューム（氯化鈣）
　塩化マグネシューム（氯化鎂）
　塩化ビニール（聚氯乙烯）
　塩化ビニール樹脂（聚氯乙烯樹脂）
　塩化アセチル（乙銑氯）
　塩化アルミニウム（氯化鋁）
　塩化アンモニウム（氯化銨）
　塩化エチル（氯乙烷）
　塩化エチレン（氯化乙烯）
　塩化クローム（氯化鉻）
　塩化コバルト（氯化鈷）
　塩化コロンビウム（氯化鈳）
　塩化ストロンチウム（氯化鍶）

塩化スルフリル（硫銑氯）
塩化チオニル（亞硫銑二氯）
塩化トリウム（氯化釷）
塩化パラジウム（氯化鈀）
塩化ニッケル（氯化鎳）
塩化ビニリデン（乙烯又二氯）
塩化マンガン（氯化錳）
塩化メチル（氯化甲烷、甲基氯）
塩化物（氯化物）
塩化鉛（氯化鉛）
塩化金（氯化金）
塩化鉄（氯化鐵）
塩化銀（氯化銀）
塩化水素（氯化氫）
塩化錫（氯化錫）
塩化白金（氯化鉑）
塩化水銀（氯化汞）
塩化硫黄（氯化硫）
塩化亜鉛（氯化鋅）
塩化第一金（氯化亞金）
塩化第一鉄（氯化亞鐵）
塩化第二銅（氯化銅）
塩化第一錫（氯化亞錫、二氯化錫）
塩化第二錫（氯化錫、四氯化錫）
塩化第一水銀（氯化亞汞、甘汞）
塩化第二鉄（氯化鐵）
塩化第二水銀（氯化汞、昇汞）

塩害〔名〕（農作物、電線）鹽害、海水或潮風造成的災害
　海岸の畑の作物が塩害を受けた（海邊田裡作物因潮風而受災）

塩干〔名〕醃鹹曬乾、鹽醃後曬乾
　塩干魚（鹹魚乾）
　塩干加工品（鹽醃後曬乾的加工品）
　塩干物（鹹乾物）

塩基〔名〕〔化〕鹼
　塩基化する（鹼性化）化する架する課する科する嫁する掠る
　塩基度（鹼度）
　塩基性（鹼性）
　塩基性染料（鹼性染料）
　塩基性塩（鹼式鹽）
　好塩基性（喜鹼性）

塩規〔名〕〔藥〕鹽酸奎寧、二鹽酸奎寧

塩魚、塩魚、塩魚、塩肴〔名〕鹹魚

塩業〔名〕鹽業

塩湖〔名〕鹽湖（=鹹湖）←→淡湖、淡水湖

塩坑〔名〕鹽坑、採鹽場

塩鉱〔名〕鹽礦

塩酸〔名〕〔化〕鹽酸
　塩酸亜鉛（氯化鋅）
　塩酸アニリン（鹽酸苯胺）
　塩酸塩（鹽酸鹽、氫氯化物）
　塩酸ゴム（鹽酸橡膠）
　塩酸キニーネ（鹽酸奎寧）
　塩酸コカイン（鹽酸海洛因）
　塩酸モルヒネ（鹽酸嗎啡）
　塩酸ホロカイン（鹽酸哈洛卡因）

塩砂〔名〕〔化〕氯化銨

塩漿〔名〕〔醫〕加中性鹽抗凝的血漿

塩水、塩水〔名〕鹽水、鹹水、含鹽分的水←→淡水
　塩水で嗽する（用鹽水漱口）
　塩水で嗽を為る（用鹽水漱口）
　塩水湖（鹹水湖）
　塩水選（鹽水選〔稻、麥〕種）
　塩水に漬ける（醃到鹹水裡）付ける着ける就ける突ける衝ける附ける点ける

塩井〔名〕鹽井

塩生草原〔名〕鹽土草原

塩生植物〔名〕鹽生植物、鹽土植物
　塩生植物群落（鹽生植物群落）

塩税〔名〕〔經〕鹽稅

塩析〔名〕鹽析、加鹽分離

塩泉〔名〕鹽泉

塩素〔名〕〔化〕氯、氯氣

一

塩素と化合する（與氯化合）
塩素化（氯化）
塩素ガス（氯氣）
塩素パルプ（氯化法紙漿）
塩素水（氯水）
塩素加里（氯酸鉀）
塩素法（〔金屬〕氯化處理法）
塩素処理（氯處理、氯化）
塩素量（氯含量）
塩素消剤（脫氯劑）
塩素酸（氯酸）
塩素漂白（氯化物漂白）
塩素酸塩（氯酸鹽）
塩素爆鳴気（氣爆鳴氣）
塩素酸カリウム（氯化鉀）

塩蔵〔名、他サ〕鹽醃
塩蔵した魚（鹽醃的魚、鹹魚）
豚肉を塩蔵する（鹽醃豬肉）豚肉豚肉
塩蔵業者（醃製者）

塩田、塩田〔名〕鹽田、鹽灘
塩田法（鹽田製鹽法）
塩田化（鹽田化）

塩分〔名〕鹽分、鹹味
塩分が多量に含む（含有多量鹽分）
塩分が濃い（鹽分多）
塩分計（鹽液濃度計）
此の井戸はを含んでいる（這口井含有鹽分）
塩分を除く（除去鹽分）除く覗く覘く

塩浴〔名〕〔冶〕鹽浴
塩浴炉（鹽浴爐）

塩類〔名〕〔化〕鹽類
塩類泉（鹽泉）

塩梅、按配〔名〕（菜的）鹹淡，口味、情形，情況、方法
塩梅を見る（嚐嚐鹹淡）
此の御汁の塩梅は良く出来た（這湯的味道很好）

近頃塩梅が悪い（近來身體不好）
万事良い塩梅に行っている（一切都很順利）
こんな塩梅に遭る（要這樣做）
此の塩梅は今年も豊作でしょう（看情形今年也是豐收吧！）

塩〔名〕鹽，食鹽、鹹度（＝塩気、辛味、塩加減）
塩に漬ける（醃）付ける附ける点ける衝ける着ける就ける突ける
魚に塩を振る（往魚上撒鹽）振る降る
塩で漬ける（用鹽醃）
塩を振る（撒上鹽）
塩を一爪入れる（放一撮鹽）
塩を含んだ風（含著海上濕氣的風）
塩が甘い（淡、不夠鹹）
塩が辛い（鹹）辛い
塩漬けに為た魚（鹹魚）
塩が利き過ぎている（太鹹）
塩を踏む（體驗辛酸）
塩を撒く（撒鹽驅鬼避邪、趕走討厭的人）撒く巻く蒔く捲く播く
塩が浸む（嚐盡辛酸、生活經驗豐富）染む
もう少し塩を利かす（再加點鹽）
塩味を為る（用鹽調味）
もっと塩を利かせた方が良い（最好再鹹一點）
塩で味を付ける（加鹽調味）
塩の煮詰め作業（熬鹽）

潮、汐〔名〕潮，海潮、海水、〔轉〕時機（＝潮時）
潮の差し引き（漲潮和落潮）
潮の干満（満ち干）（落潮和滿潮）
潮の変り目（漲落潮之間）
潮が差す（漲潮）
潮が引く（退潮、落潮）
潮が満ちている（滿潮）
潮が渦巻く（潮水捲起漩渦）
潮に乗る（趁著潮水）
潮に乗じて船を出す（趁著漲潮出船）
潮を待つ（等待漲潮）

釣りには潮が悪い（潮水情況不適於釣魚）
潮の香り（海水氣味）
鯨が潮を吹く（鯨魚噴出海水）
潮を見て引上げる（伺機退場）
其れを潮に席を立つ（趁此機會退席）
引潮、引き潮（退潮）←→満ち潮
上潮、上げ潮（漲潮、滿潮）←→落ち潮、落潮、引き潮、引き潮

塩餡〔名〕鹹豆餡
塩塩梅〔名〕鹹度（＝塩加減）
　塩塩梅は丁度良い（鹹淡正適合）
塩入れ、塩入〔名〕（餐桌上）鹽瓶、鹽罐
塩魚、塩魚、塩魚〔名〕鹹魚
塩雲丹〔名〕鹽醃的海膽卵巢食品
塩圧し〔名、他サ〕（醃菜時）加鹽後用石頭壓上（的鹹菜）
塩加減〔名、自サ〕鹹度（＝塩塩梅）
　塩加減が良い（鹹淡恰好）
　塩加減を見る（嚐鹹淡）
　塩加減は丁度良い（鹹淡正好）
　塩加減を為る（調味）
塩釜、塩竈〔名〕熬鹽的鍋，鹽釜、糕乾，粉糕（用米麵和糖水以模壓成的糕點）
塩辛〔名〕醃的食品
　烏賊の塩辛（鹹烏賊）
　塩辛声（嘶啞聲、公鴨嗓）
　塩辛蜻蛉（〔動〕江雞、長江蜻蜓）
塩辛い〔形〕鹹的（＝しょっぱい）
　此の汁は塩辛い（這個湯鹹）
　此の漬物は本当に塩辛い（這鹹菜真鹹）
　海の水は塩辛くて飲めない（海水鹹不能喝）
　汗を舐めたら塩辛い味が為た（一舔汗水味道是鹹的）
塩鯨〔名〕鹹鯨魚肉
塩薬〔名〕鹽釉
塩気〔名〕鹽分、鹹味
　塩気が無い（沒有鹹味、太淡）
　塩気の有る水（含鹽分的水）
　塩気が強い（味道太鹹）
　塩気の多い食べ物（鹽分多的食物）
　塩気を付ける（加鹹味）
　此は少し塩気が足りない（這個有些不夠鹹）
　高血圧には塩気の物は行けない（對高血壓的人來說鹹的東西都不行）
塩煙、塩煙〔名〕由煮鹽鍋冒出的煙
塩胡椒〔名〕胡椒鹽
塩鮭、塩鮭〔名〕鹹鮭魚
　塩鮭を焼いた食う（烤鹹鮭魚吃）食う喰う
塩尻〔名〕（鹽田上撒鹽用的）研缽形沙堆、擂缽
塩瀬〔名〕一種厚的絲織品（做和服帶子等）
塩煎餅、塩煎餅〔名〕（一種米粉做的酥脆）鹹餅乾
塩出し〔名、他サ〕泡掉鹽分、去鹹味
　魚を塩出しする（用水泡魚除去鹽分）
　塩鮭の塩出しを為る（把鹹鮭魚泡在水裡去鹽分）
塩断ち、塩断〔名〕忌鹽（對神佛許願或因病在一段時間不吃含鹽的食物）
塩漬け，塩漬、塩漬け，塩漬〔名〕鹽醃
　塩漬けに為る（鹽醃）
　塩漬けの魚（鹹魚）
　白菜を塩漬けに為る（鹽醃白菜）
　塩漬けの肉（臘肉）
塩菜〔名〕鹹菜
塩煮〔名〕鹽煮的食物
　塩煮の豆（鹽煮豆）
　塩煮に為る（用鹽煮）
塩場〔名〕鹽場，鹽灘，鹽田、產鹽地
塩花〔名〕（為了避邪驅污）撒的鹽。〔古〕浪花、（餐館等為預祝生意興隆在門前放置的）小鹽堆（＝盛り塩）
塩浜〔名〕鹽灘、鹽田（＝塩田、塩田）
塩引き、塩引〔名〕醃魚、鹹魚（特指鹹鮭）
　塩引きの鮭（鹹鮭）
塩豚〔名〕鹹豬肉
塩乾し，塩乾、塩干し，塩干〔名〕醃鹹曬乾
　塩乾しの魚（乾鹹魚）
　大根を塩乾しに為る（把蘿蔔醃鹹曬乾）
塩豆〔名〕（炒的）鹹豆

塩味、塩味〔名〕鹹味
塩剝き、塩剝〔名〕生海蛤蠣肉片
塩剝、塩剝〔名〕〔化〕氯酸鉀的俗稱（=塩素カリウム）
塩蒸し、塩蒸〔名〕加鹽蒸（的食品）
　鯛の塩蒸し（用鹽清蒸鯛魚）
塩物〔名〕鹹魚（=塩魚、塩魚、塩魚）
塩揉み、塩揉〔名、他サ〕加鹽揉搓
　塩揉みの胡瓜（加鹽揉搓的黃瓜）
　胡瓜を塩揉みに為る（加鹽揉搓黃瓜）
塩焼け〔名〕汗鹹使衣服變色、因汗濕而變色
　塩焼けのワイシャツ whiteshirt（因汗濕而變色的襯衫）
塩焼き、塩焼〔名、他サ〕熬鹽、加鹽烤（魚）
　魚を塩焼き（に）為る（加鹽烤魚）
塩湯〔名〕含鹽分的溫泉、鹹白開水
塩汁〔名〕日本秋田縣產的一種魚醬汁（可代替醬油）
　塩汁鍋（日本秋田縣獨特的小鍋燉菜-以貝殼為鍋、用魚醬汁燉山蒜、豆腐）

筵（一ㄢˊ）

筵、宴、讌〔名〕宴、酒宴（=酒盛り）
　筵を張る（設宴）張る貼る
　筵を設ける（設宴）設ける儲ける受ける
　饗宴（饗宴、宴請）
　酒宴（酒宴）
筵、蓆、席、莚〔名〕草蓆，蓆子。〔舊〕坐席、座位
　蓆を編む（編蓆子）
　蓆を敷く（鋪蓆子）
　蓆を敷いて麦を干す（鋪上草蓆曬麥）
　針の蓆に座る（如坐針氈）
　宴の蓆（宴席）
筵戸〔名〕草蓆做的門
筵旗、蓆旗〔名〕草簾旗、蓆子旗（原為農民起義用、現為農民示威使用）

蜒（一ㄢˊ）

蜒〔漢造〕盤曲的樣子
蜒蜒、蜿蜒、蜿蜒〔副、形動〕蜿蜒
　蜿蜒と為て流れる（蜿蜒而流）
　黃河は蜿蜒と流れる（黃河蜿蜒而流）
　蜿蜒たる山脈（蜿蜒的山脈）
　蜿蜒長蛇の列（長蛇陣）
　蜿蜒と続く行列（蜿蜒不斷的行列）
　蜿蜒と起伏する山岳（蜿蜒起伏的峰巒）

閻（一ㄢˊ）

閻〔漢造〕閻-管地獄的神
閻王〔名〕閻王（=閻魔王、閻魔）
閻浮〔名〕（梵 jambu）〔佛〕人世、現世（=閻浮堤）
　閻浮堤（〔佛〕人世、現世）
　閻浮堤の身（凡夫、俗人）
　閻浮の身（凡夫、俗人）
　閻浮堤の塵（塵世的事物）
閻魔〔名〕〔佛〕閻王（=閻王）
　閻魔王（閻王）
　閻魔大王（閻王爺）
　閻魔庁（閻王殿、陰曹）
　閻魔顔（可怕的臉、沒笑容的臉）←→恵比寿顔
　借りる時は地蔵顔、返す時の閻魔顔（借錢時滿臉堆笑、還臉時毫無笑容）
　閻魔蟋蟀（〔動〕油葫蘆-蟋蟀的一種）
　閻魔帳（〔佛〕生死簿、〔學〕教師記分冊、〔警察機關〕黑名單）
　閻魔帳に載せる（寫在黑名單上）載せる乗せる伸せる熨せる
閻羅〔名〕閻魔（=閻魔）

厳、厳（嚴）（一ㄢˊ）

厳、儼、嚴〔形動、漢造〕嚴格、嚴肅、嚴厲、威嚴、莊嚴、儼然←→寛
　厳に戒める（嚴戒）戒める誡める警める縛める忌ましめる
　厳と為て動かない（絕不動搖）
　警戒を厳に為る（嚴加警戒）
　厳たる態度（嚴肅的態度）
　戒厳（戒嚴、嚴加戒備）
　威厳（威嚴）
　尊厳（尊嚴）

きんげん
謹厳（嚴謹）
しんげん
森厳（森嚴）
しょうごん　そうごん
荘厳、荘厳（莊嚴）
おごそ
厳たる〔連体〕儼然、莊嚴（=厳 かな）
げん　　じじつ
厳たる事実（千眞萬確的事實、不可爭辯的事實）
げん　　　　　ぎ　　　　　　　　　げんぜん
厳として、儼として〔副〕儼然（=厳 かに、厳然と）
　　　　げん　　　　　そん　　じじつ
其は厳として存する事実である（那是個確實存在的問題）
かれ　げんじ　ぶんだん　げん　　　　いっか　な
彼は現時の文壇に厳として一家を成している（他在目前的文藝界中儼然自成一家）一家
いっけ
一家

げん
厳に〔副〕嚴格、嚴厲（=厳しく）
げん　さ　と
厳に差し止める（嚴厲禁止）
けいかい　げん　　す
警戒を厳に為る（嚴加警戒）
げん　きんし
厳に禁止する（嚴禁）
げん　いまし
厳に戒める（嚴加訓誡）

げんか
厳科〔名〕嚴罰
げんかい
厳戒〔名、他サ〕嚴密的戒備
てき　しんにゅう　げんかい
敵の侵入を厳戒する（嚴防敵人的入侵）

げんかく
厳格〔名、形動〕嚴格←→寛大
げんかく　きょういく
厳格な教育（嚴格的教育）
げんかく　い
厳格に言えば（嚴格地來說）言う云う謂う
げんかく　たいど　と
厳格な態度を取る（採取嚴厲的態度）取る捕る摂る採る撮る執る獲る盗る録る
こども　げんかく　そだ
子供を厳格に育てる（嚴格教育孩子）
かれ　がくもん　つ　　　じつ　げんかく
彼は学問に就いては実に厳格だ（他對學問的態度一絲不苟）実実

げんかん
厳寒〔名〕嚴寒（=酷寒）←→酷暑
げんかん　かわ　こおり　は
厳寒で川に氷を張った（因為嚴寒河水結冰）
は
張る貼る
げんかん　おか　　かいこん　　　　　おか
厳寒を冒して開墾する（冒著嚴寒開墾）冒す
おか　おか
犯す侵す

げんきん
厳禁〔名、他サ〕嚴禁
かき　げんきん
火気厳禁（嚴禁煙火）
きょうしつ　きつえん　げんきん
教室では喫煙を厳禁する（在教室裡嚴禁吸煙）
えいがかん　きつえん　げんきん
映画館での喫煙を厳禁する（電影院內嚴禁吸煙）

げんくん
厳君〔名〕（對他人父親的敬稱）令尊（=父君）
ちちぎみ

げんけい
厳刑〔名〕嚴刑←→寛刑
げんけい　しょ
厳刑に処せられる（被處於嚴刑）

げんこく　げんこく
厳酷、厳刻〔形動〕嚴酷、嚴厲、苛刻
げんこく　ひひょう
厳酷な批評（嚴酷的批評）
げんこく　ひひょう　う
厳酷な批評を受けた（受到嚴酷的批評）
げんこく　しょばつ
厳酷に処罰する（嚴懲）

げんしゅ
厳守〔名、他サ〕嚴守
ひみつ　げんしゅ
秘密を厳守する（嚴守秘密）
じかん　げんしゅ
時間を厳守する（嚴守時間）
こうつうきそく　げんしゅ
交通規則を厳守する（嚴守交通規則）
きんえんげんしゅ　こと
禁煙厳守の事（嚴守禁煙）
しゅっきんじこく　げんしゅ
出勤時刻を厳守する（嚴守上班時間）

げんじゅう
厳重〔名、形動〕嚴厲、嚴格（=厳しい）
げんじゅう　きそく
厳重な規則（嚴格的規則）
げんじゅう　けいかい
厳重に警戒する（嚴加警戒）
げんじゅう　せ　　　　　　　　　　　せ　　せ
厳重に責める（嚴厲責備）責める攻める
けいかいげんじゅう
警戒厳重（戒備森嚴）
げんじゅう　けんさ
厳重な検査（嚴格檢查）
げんじゅう　こうぎ　もう　こ
厳重な抗議を申し込む（提出強烈抗議）
ちゅうしゃいはん　げんじゅう　と　し
駐車違反を厳重に取り締まる（嚴厲取締違法停車）

げんしゅく
厳粛〔名、形動〕嚴肅（=厳か、真面目）
おごそ　　まじめ
げんしゅく　ふんいき
厳粛な雰囲気（嚴肅的氣氛）
げんしゅく　きもち　な
厳粛な気持に為る（肅然起敬）
げんしゅく　せいめい
厳粛に声明する（嚴肅聲明）
げんしゅく　じじつ
厳粛な事実（鐵一般的事實、必須嚴肅對待的事實）

げんしゅん
厳峻〔名、形動〕嚴峻、嚴厲
げんしゅん　しんぱん
厳峻な審判（嚴峻的審判）

げんしょ　　こくしょ　ごくしょ　　　　　げんかん
厳暑〔名〕酷熱（=酷暑、極暑）←→厳寒
げんしょ　こう　　　　　　　　　　　　　　　こうそうろう
厳暑の候（〔書信用語〕酷暑季節）候候

げんせい
厳正〔名、形動〕嚴正、嚴格
げんせい　さいばん
厳正な裁判（嚴正的裁判）
げんせい　さいばん　おこな
厳正に裁判を行う（進行嚴正的裁判）
げんせい　たいど　と
厳正な態度を取る（採取嚴正的態度）
げんせいちゅうりつ
厳正中立（嚴守中立）

げんせき
厳責〔名、他サ〕言家責備、嚴厲譴責

厳選〔名、他サ〕嚴選
　厳選の結果、入賞者を決める（經過嚴選來決定得獎人）決める極める極める窮める究める
　厳選の結果受賞作が決まった（經過嚴選決定了得獎作品）決まる極まる
　材料を厳選した料理（材料經過嚴格挑選的菜肴）

厳然、儼然〔副、形動〕儼然、嚴肅
　厳然と構える（態度莊嚴）
　高山が厳然と聳える（高山儼然高聳著）
　厳然たる事実（無可爭辯的事實）
　厳然たる態度（嚴肅的態度）
　此の道徳律は今尚厳然と為て存在する（這種道德規範今天還是儼然存在著）

厳存、儼存〔名、自サ〕儼然存在、確實存在
　列記と為た証拠が厳存する以上承認せざるを得ない（既然有確實的證據存在就不得不承認）
　自然の世界に於いて大小強弱の対照が厳存する事は誠に止むを得ない（在自然界儼然存在著大小強弱的對照確實不得已的）止む已む病む

厳達〔名、他サ〕嚴諭、嚴飭、嚴令

厳探〔名、他サ〕嚴厲搜查、嚴加搜索
　犯人厳探中（正嚴密搜索犯人）
　犯人は目下厳探中である（正嚴密搜索犯人）

厳談〔名、自サ〕嚴厲談判、嚴厲質問
　厳談を持ち込む（提出嚴厲抗議）
　相手が約束を履行しないので厳談を遣った（因對方不履行契約故提出嚴厲質問）

厳冬〔名〕嚴冬←→暖冬
　厳冬が過ぎると春が来る（嚴冬一過春天就來）来る来る

厳罰〔名、他サ〕嚴罰、嚴懲
　厳罰を処す（嚴加懲處）処す書す
　違反者を厳罰を処す（違法者嚴加懲處）

厳秘〔名〕極秘、機密
　厳秘に付ける（機密處理）付ける就ける漬ける着ける突ける衝ける漬ける附ける
　会議の内容は厳秘に付ける（會議內容機密處理）

厳父〔名〕嚴父、（對他人父親的敬稱）令尊←→慈母
　厳父慈母（嚴父、慈母）
　厳父に育てられた（由嚴父培育起來）
　社長の厳父が亡くなった（總經理的父親去世）

厳封〔名、他サ〕嚴封、密封
　書類を厳封する（將文件密封）
　秘密書類を厳封する（將機密文件密封）

厳密〔形動〕嚴密
　厳密に調査する（嚴密的調查）
　厳密な意味で（在嚴密的意義上、嚴密說來）
　厳密な考証（嚴密的考證）
　厳密に言えば彼は学者ではない（嚴格說他不是一個學者）
　校正を厳密に行う（嚴密地進行校正）
　厳密な取り調べを行う（進行嚴密的審查）

厳命〔名、他サ〕嚴命、嚴令
　厳命を受ける（受到嚴命）
　厳命を下す（下嚴格命令）下す降す
　期日内に完成する様厳命を受けた（接到了限期完成的嚴厲命令）

厳令〔名、他サ〕嚴令、嚴命（＝厳命）

厳修〔名、他サ〕〔佛〕虔修法事

厳つい〔形〕嚴厲的，嚴肅的（＝厳しい）、不光滑的，不柔軟的，粗線條的（＝ごつい）
　厳つい物を言う振りを為る（說話故作嚴肅的樣子）
　厳つい顔（繃著臉、嚴肅的面孔）
　丈夫な品だが少し厳つい（東西是結實的只是有點粗）丈夫丈夫
　大きな厳つい手（粗糙的大手）
　厳つい肩（寬肩膀）

厳めしい〔形〕嚴肅的，莊嚴的（＝厳かだ）、嚴厲的，厲害的、堂皇的（＝素晴らしい）
　厳めしい軍服姿（威風凜凜的軍裝）
　厳めしい軍服姿で遣って来た（穿著威風凜凜的軍裝來了）
　厳めしい肩書き（顯赫的頭銜）

厳めしい式典（莊嚴的典禮）
彼は何時も厳めしい顔を為ている（他總是繃著一幅嚴肅的面孔）
厳めしい態度を取る（採取嚴肅的態度）録る 盗る 獲る 執る 撮る 採る 摂る 捕る
厳めしい御達し（嚴屬的指示）達し 達示
厳めしい掟（嚴格的規章）
厳めしい警備（戒備森嚴）
厳めしい建物（堂皇的建築）

厳しい、酷しい 〔形〕嚴格的，嚴屬的（=激しい）、屬害的（=甚だしい、酷い）、殘酷的（=酷い）←→緩い、弛い
厳しい規則（嚴屬的規則）
規則が厳しい（規章嚴格）
厳しい表情（嚴肅的表情）
厳しく叱る（嚴屬申斥）
厳しい先生（嚴屬的老師）
厳しく咎める（嚴屬譴責）
厳しい試練（嚴屬的考驗）
厳しく鍛える（刻苦鍛鍊）
厳しい寒さ（嚴寒）
暑さが厳しい（熱得很屬害）
厳しい抑圧（嚴屬鎮壓）
躾が厳しい（管教嚴格）
厳しい拒否（嚴正拒絕）
躾が厳しくする（嚴加管教）
厳しい拷問（殘酷的拷問）
生活が厳しい（生活艱苦）
厳しい条件（苛刻的條件）
子供に厳しい（對待孩子很嚴）
厳しい事態（嚴重的局勢）
厳しさが足りない（不夠嚴屬）

厳か 〔形動〕莊嚴、莊重、嚴肅
厳かな口調で（以嚴肅的語調）
厳かな様子（莊嚴的樣子、嚴肅的樣子）
厳かな儀式（莊嚴的儀式）
儀式は厳かに行われている（儀式莊嚴地進行著）
厳かな態度（嚴肅的態度）
厳かに言明する（隆重宣告）
厳かな声明（莊嚴的聲明）
厳かに宣言する（鄭重宣布）

癌（一ㄢˊ）

癌 〔名、漢造〕〔醫〕癌，惡性瘤。〔喻〕無法解決的難題，癥結，要害，禍根
癌に罹る（得癌症）罹る 係る 掛る 繋る 懸る 架る
発癌物質（致癌物質）
癌の制圧（抗癌）
対癌運動（抗癌運動）
癌の様に腐る（像癌一樣腐爛）
彼は舌に癌が出来た（他舌頭長了癌）
研究上の癌（關於研究的難關）
政界の癌（政界的禍根）
此の問題は東京都政の癌（這個問題是東京都政的癥結）
肺癌（肺癌）
胃癌（胃癌）
乳癌（乳癌）
皮膚癌（皮膚癌）
癌細胞（癌細胞）
癌患者（癌患者）
肝臓癌（肝癌）

癌腫 〔名〕〔醫〕癌腫、惡性腫瘤

顔（一ㄢˊ）

顔 〔漢造〕面孔、顔色
拝顔（拜謁）
玉顔（玉顔、龍顔）
天顔（龍顔、皇帝的容顔）
汗顔（汗顔、抱歉、慚愧）
厚顔（厚顔、無恥）
破顔（現出笑容）
紅顔（臉色紅潤）
童顔（兒童一般的面貌）
温顔（慈祥的面孔）

顔色、顔色 〔名〕面色
顔色を正す（正顔屬色）正す 質す 糾す 紅す

一

顔色を和らげる（和顔悦色）
顔色を失う（驚慌失措）失う喪う
顔色無し（臉上無光、不光彩、面無人色）
初回に六点も取られて全く顔色無しだ（第一局就被對方得了六分真丟人）
顔色を変える（變臉色）変える代える換える替える買える飼える帰える孵える返る還る蛙
顔色も変えない（不動聲色）

顔色 〔名〕臉色，氣色（=顔色）、神色，眼色（=顔付）

顔色が良い（氣色好）良い善い好い佳い良い善い好い佳い
顔色を変える（變臉色、翻臉）
顔色が白い（臉色白）
顔色が黒い（臉色黑）
顔色を失う（驚慌失措）失う喪う
顔色一つ変えず（毫無懼色）
輝く許りの顔色（紅光滿面）輝く耀く
病気なのか顔色が悪い（或許有病氣色不好）
顔色が優れない（臉色不好）優れる勝れる選れる
顔色が悪い（臉色不好、氣色不好）
顔色が優れないが何処が悪いのでは有りませんか（臉色不好是不是有什麼地方不舒服）
顔色を動かす（動聲色）
顔色を動かさない（不動聲色）
顔色に出す（現於神色）
不安な顔色を為る（顯出不安的神色）
顔色が曇っている（愁容滿面）
顔色を為る（現出、、、神色）
彼は長官の顔色許り読んでいる（他一味看首長的眼色行事）読む詠む
人の顔色を見る（看人臉色）
人の顔色を伺う（看人臉色、仰人鼻息）伺う窺う覗う

顔貌，顔貌，顔形 〔名〕容顔、容貌、臉龐（=顔付）

顔貌の良い女の子（容貌好看的女孩子）
顔貌の整った人（容貌端正的人）整う調う

顔貌は一向覚えていない（臉蛋一點也不記得）覚える憶える

顔面 〔名〕顔面、臉面（=面）

顔面に負傷する（顔面負傷）
顔面蒼白（面色蒼白）
顔面白癬（顔面白癬=疥）
顔面神経（顔面神經）
顔面神経痛（顔面神經痛）
顔面神経麻痺（顔面神經麻痺）
顔面骨（顔面骨）
顔面筋（顔面肌肉的總稱）

顔料 〔名〕顔料、胭粉

顔料を混ぜる（調顔料）混ぜる交ぜる雑ぜる
顔料色素（顔料色素）
顔料捺染（顔料印染）

顔 〔名〕（顔ばせ的轉變）容顔（=顔付）

花の顔（花容月貌、如花容顔）花華鼻涕
何の顔有ってか又君に見えん（有什麼臉和你再見）

顔 〔名〕臉，面孔、面子，臉面。〔轉〕面色，神色，表情，樣子。〔轉〕人

丸い顔（圓臉）
瓜実顔（瓜子臉）
ぽちゃぽちゃした顔（圓滾滾的臉）
顔を知っている（見過面、熟識、認識）
綺麗な顔（漂亮的面孔）
醜い顔（難看的面孔）
顔を背けて泣く（背著臉哭）泣く鳴く啼く無く
疲れた顔を為る（顯出疲倦的神色）
青くて痩せた顔（面黃肌瘦的樣子）痩せる瘠せる
平気な顔を為る（滿不在乎的樣子）
嬉しい顔を為る（滿面笑容）
顰めた顔顰める顰める（愁眉苦臉的樣子）
顔が青く為る（臉都青了）
顔が優れない（臉色不好）優れる勝れる選れる

顔を合わせる（會面、碰面）合わせる会わせる逢わせる遭わせる遇わせる併せる
真面目腐った顔を為る（作出一本正經的表情）
驚いた顔（驚慌的神色）驚く愕く
難しい顔を為る（顯出不高興的樣子）
知らない顔を為る（裝作不知道）
顔を綻ばせる（笑逐顏開）
何喰わぬ顔を為て行って終った（若無其事地走開了）終う仕舞う
顔が日焼けて黒く為った（臉曬黑了）
顔が無愛想に為った（板起臉）
顔が立つ（有面子、保全面子）立つ経つ建つ絶つ発つ断つ裁つ起つ截つ
顔が潰れる（臉上無光、不夠面子、丟臉）潰れる瞑れる
顔が立たない（臉上無光、不夠面子、丟臉）
顔を潰す（臉上無光、不夠面子、丟臉）
顔を立てる（賞臉）
顔を見合わせる（面面相覷）
顔を見交わす（彼此對視）
顔を見せる（露面、照面）
顔を見る（看見某人）
顔を横殴りに殴る（打嘴巴）殴る撲る
どうか僕の顔を立てて下さい（賞我個面子、不要叫我丟臉）
顔を合わせられない（沒臉見人）
顔がぽっと赤く為る（臉上發紅、臉發燒）
合わす顔が無い（沒臉見面）
何の顔提げて帰られよう（有什麼臉回去）提げる下げる
顔を関わる（與面子有關）関る係る拘る
顔が揃った（人到齊了、人全來了）
皆知っている顔許りだ（全是熟人）
新しい顔も幾等が見えた（也有一些生人）
大きいな顔を為る（洋洋得意）
一寸顔を貸して呉れ（勞駕到這邊來一下）
顔を挙げる（仰起臉）上げる揚げる挙げる

顔を貸す（替別人出頭、應約到場）化す課す科す嫁す
顔が売れる（有名望、出名、面子大）売れる熟れる
顔が広い（交遊廣、交際廣）広い拾い
顔が効く（有勢力）効く利く聞く聴く訊く
顔を利かす（憑勢力）
顔から火が出る（羞愧得面紅耳赤）
顔を洗って出直せ（洗洗臉再來、你不配跟我講話）
大衆に顔を向ける（面向群眾）向ける剝ける
顔を洗う（洗臉）
顔は母に似ている（面孔像母親）
顔が真っ赤に為る（臉漲得通紅）
顔が真っ青に為る（臉色蒼白）
顔が汚れる（丟臉）
顔さえ見せない（連面都不見了）
顔に赤味が差す（臉發紅）差す指す刺す挿す射す注す鎖す点す
顔に笑を浮かべる（面帶笑容）
顔に険が有る（面帶凶氣、面帶凶相）
顔に笑いを漂わす（面帶笑容）
顔に朱を注ぐ（滿臉通紅）注ぐ雪ぐ濯ぐ灌ぐ
顔に泥を塗る（敗壞名譽）
顔の道具が悪い（五官不正）
顔は丸潰れた（臉都丟盡了）
顔見知りする（認生）
顔向けが出来ない（拉不下臉來）
顔を彩る（化妝）
顔を拵える（化妝）
顔を作る（化妝）作る造る創る
顔を当る（刮臉）当る中る
顔を剃る（刮臉）剃る反る
顔を顰める（皺著眉頭）顰める顰める
顔を下に伏す（趴著）伏す臥す付す附す賦す
顔を背ける（背著臉、背過臉去）背ける叛ける

一

一

顔を反らす（把臉轉過去）反らす剃らす逸らす

顔を出す（出面、出席、來了）

顔を出さない（沒來）

窓から顔を出す（從窗子伸出頭）

彼の顔を覚えている（還記得他的面孔）覚える憶える

顔に白粉を塗りたくる（往臉上貼金）

顔に書いて有る（臉上寫著、臉上表現出來了）

顔を振る（扭過臉去、不答應）振る降る

ちゃんと御前の顔に書いて有る（我一眼就看透你的用意）

顔で分かる（臉上已經表現出來了）分る解る判る

顔で知れる（臉上已經表現出來了）

顔 〔造語〕（接他語後）表示神色、神氣、樣子、態度等意思

呆れ顔（吃驚的樣子、啞口無言的樣子）

主人顔（主人公的神氣）

思案顔（沉思的樣子）

見知り顔（面熟）

顔合わせ、顔合せ 〔名、自サ〕碰頭，會面、（不同劇團、製片廠演員）同台演出。〔體〕（競賽時的）對手，交鋒，相逢

恥かしくて人と顔合わせが出来ない（羞得不能見人）

新任社長の顔合わせ（新社長的初次聚會）

今日は本の顔合わせです（今天只是碰一碰頭）

役者の顔合わせ（演員的同台表演）

強敵同士が顔合わせした（勁敵相逢）

予選で強敵と顔合わせを為る（預賽時碰到了勁敵）

顔揃い、顔揃 〔名、自サ〕人員到齊、（特指知名人物）聚集一堂

今晩の京劇は良い顔揃いだ（今晚的平劇是出色演員的會演）

今晩の集いは顔揃いだ（今晚的聚會可是濟濟一堂）

頼もしい働き手許りの顔揃いだ（全是有為的能手齊聚一堂）

顔出し 〔名、自サ〕出席、露面、拜訪、參加一下、打個照面、訪問一下

世間へ顔出しが出来ない（無臉見人）

用は無いが一寸顔出し（を）為た方が良い（雖然沒有甚麼事還是去露露面好）

一寸友人の家に顔出しを為て来ます（到友人家中去拜訪一下）

偶に彼処にも為て来ます（を）為為さい（偶而也要到那裏打個照面問候一下）

顔立ち、顔立 〔名〕容貌、相貌（=顔付）

顔立ちが父親そっくりだ（長得跟父親一模一樣）

顔立ちが良い（長相好）

顔立ちが悪い（長相不好）

上品な顔立ち（眉目清秀）

顔付き、顔付 〔名〕相貌，臉形（=顔立ち）、表情，樣子（=顔色）

顔付きで彼の利口な事が分る（看相貌就可以知道他是個聰明人）分る解る判る

顔付きで分かる（從臉色上就能看出來）

鏡に向って色色な顔付きを為る（對鏡子作出種種的臉形）

心配然うな顔付きを為る（顯出擔心的樣子）

如何にも困った顔付き（顯出是為難的神色、非常為難的神情）

困った顔付きに為る（為難的樣子）

抜けた顔付き（無精打采的樣子）

獰猛な顔付き（猙獰的面孔）

厳粛な顔付き（嚴肅的面孔）

恐ろしい顔付きで私を睨み付けた（兇惡地瞪了我一眼）

顔作り、顔作 〔名〕相貌，臉形（=顔付き、顔貌）、化妝（=化粧）

顔繋ぎ、顔繋 〔名、自サ〕（為保持關係）前往敘舊，參加集會、從中介紹

顔繋ぎに訪ねる（為保持友誼而拜會）訪ねる尋ねる訊ねる訪れる

顔繋ぎの会（聯誼會、敘舊會）

顔繋ぎを頼む（請您給介紹介紹）頼む恃む

顔馴染み、顔馴染〔名〕熟識、熟人、面熟
　年来の顔馴染み（多年的朋友）
　昔からの顔馴染み（老朋友、老相識）
　彼の人とは顔馴染みだ（和那個人有些面熟、和他認識）

顔触れ、顔触〔名〕（參加的）人們，成員、（列名的）人員，名單，班底（=メンバー）
　新内閣の顔触れ（新内閣的成員）
　委員の顔触れは大分新しく為った（委員換了不少新人來）大分大分
　委員会の顔触れは未だ決定しない（委員會的成員還沒決定）

顔負け、顔負〔名、自サ〕甘拜下風，相形見絀，替他害羞
　大人も顔負けだ（大人都比不上）
　玄人顔負けの歌って振り（唱得比專業演員都好）素人
　専門家が顔負けする様な技術（專家們都甘拜下風的技術）
　彼の無作法には顔負けする（他那麼沒禮貌真令人替他汗顏）

顔見知り、顔見知〔名〕相識、熟人、熟識←→見ず知らず
　顔見知りに為る（相識）
　顔見知りの間柄である（相識、熟人）
　駅で顔見知りの人に会った（在車站遇到了熟人）会う合う逢う遭う遇う
　彼の人とは本の顔見知りです（我跟他只有一面之交）

顔見せ、顔見世〔名〕初次露面、自我介紹、歌舞技劇團全體演員為與觀眾見面而同台演出、全團演出的歌舞伎（=顔見世狂言）
　顔見世に集まる（聚合起來介紹自己）
　新役員が顔見世に集まる（新幹部聚合起來介紹自己）
　顔見世に出る（與民眾見面）
　顔見世興行（全班公演）
　顔見世に出演する（參加全班公演）

顔向け、顔向〔名〕（和別人）見面、露面
　世間に顔向けが出来ない（沒有臉見人）
　面目無くて顔向けが出来ない（沒有臉見人）

顔役〔名〕有聲望勢力的人，有頭有臉的人、（幫會、賭徒的）頭目，首領
　町内の顔役（街道中有聲望的人）
　土地の顔役（地方上有聲望的人）

顔汚し〔名〕丟臉、有傷顏面（=面汚し）

顔寄せ〔名、自サ〕集會、會面、（劇團有關演出的全體演員）見面會
　会議室で支店長の顔寄せが有る（在會議室開分店經理的會議）
　次の興行の顔寄せを行う（舉行下次演出全體演員的初次會面）

したり顔〔名〕得意的面孔
　したり顔で言う（洋洋得意的說）言う謂う云う
　彼はしたり顔で其の時の様子を話した（他得意洋洋地述說了當時的情景）話す離す放す

巖（一ㄢˊ）

巖〔漢造〕（岩的正體字）大石頭、險而高
岩〔漢造〕（巖的俗寫）岩石、岩層
　奇巖、奇岩（奇形怪狀的岩石）
　輝岩（〔礦〕輝岩）
　巨巖、巨岩（巨大岩石）
　基岩（基層岩石）
　火山岩（〔地〕火山岩）
　安山岩（〔地〕安山岩－主要用於建築材料）
　水成岩（〔地〕水成岩）
　火砕岩（〔地〕效成碎屑岩）

巖窟、岩窟〔名〕岩窟、山洞（=岩穴、岩屋）

巖頭、岩頭〔名〕岩頭、岩石上
　岩頭にスローガンが書いて有る（岩石上寫著標語）

巖、岩、石、磐〔名〕岩、岩石（=巖）
　岩を嚙む（海浪激打岩石）
　岩を穿つ（鑿岩石）
　岩に花（枯樹開花）花華洟鼻
　岩を掘る（挖出岩石）掘る彫る

巖〔名〕岩石、大岩石←→細石、小石

巌の様な堅い決意（堅定不移的決心）堅い
硬い固い難い
動かざる事巌の如し（穩如磐石）

广（一ㄢˇ）

广〔漢造〕以崖巖為屋、棟頭

广、麻垂れ、麻垂〔名〕（漢字部首）广部
广と病垂れは違い（广部和病部不同）

衍（一ㄢˇ）

衍〔漢造〕延伸、多餘的（文字）
敷衍、布衍、敷延（詳述、細說）

衍義〔名〕衍生的意義

衍字〔名〕錯寫（錯印）的多餘的字

衍文〔名〕因繕寫或刻版錯誤而多餘的字句

偃（一ㄢˇ）

偃〔漢造〕仰而倒、休止

偃臥〔名、自サ〕偃臥、俯臥

偃角〔名〕〔地〕斷層餘角、伸角、伸向

偃月〔名〕〔雅〕月牙、新月、娥眉月（＝新月）
偃月刀（偃月刀、關刀）

偃鼠〔名〕〔動〕偃鼠
偃鼠河に飲むも腹を満たすに過ぎず（安分守己、知足常樂）

偃武〔名〕偃武、停止武備

掩（一ㄢˇ）

掩〔漢造〕遮掩

掩蓋〔名〕〔軍〕遮蔽（物）、覆蓋（物）（＝覆い）

掩撃〔名、他サ〕掩擊、掩襲、奇襲、突然襲擊（＝不意撃ち）

掩護〔名、他サ〕掩護、救援、支援
海軍の上陸を掩護する（掩護海軍登陸）
地震の罹災者を掩護する（掩救受震災的人）
味方を掩護する（支援己方）
罹災者に掩護の手を差し伸べる（對遭受災害的人伸出救援之手）

掩壕〔名〕〔軍〕掩體、戰壕
掩壕に隠れる（隱蔽在掩體裡）

掩体〔名〕〔軍〕掩體

掩蔽〔名、他サ〕掩蔽、遮掩。〔天〕星食
煙幕で陣地を掩蔽する（用煙幕掩蔽陣地）
罪跡を掩蔽する（掩飾罪跡）
掩蔽壕（掩壕）
掩蔽地域（掩蔽地域）
月が星を掩蔽する（月亮遮住星星）

掩堡〔名〕掩體、掩壕（＝掩壕）

掩う、蓋う、被う、覆う、蔽う〔他五〕覆蓋，遮蓋、掩蓋，掩藏、籠罩，充滿，包括
トタンで屋根を掩う（用白鐵板蓋屋頂）
ビニールで苗床を覆う（用塑料薄膜蓋苗床）
両手で顔を掩って泣く（雙手掩著臉哭）
ランプを掩う（把燈罩上）
木が日を掩う（樹木蔽日）
雲が空を掩う（雲遮蔽天空）
ハンカチーフで顔を掩う（用手帕蒙上臉）
地面は一面氷雪に掩われている（遍地冰雪）
目を掩う許り（掩わしめる）惨状（令人不忍目睹的悲慘情景）
耳を掩って鈴を盗む（掩耳盜鈴）
非を掩う（掩蓋錯誤）
犯罪を掩う（掩飾犯罪）
自分の欠点を掩おうと為て彼是言う（想要掩飾自己的缺點找出很多說辭）
掩う可からざる事実だ（是掩蓋不了的事實）
其れは掩う可からざる事実だ（那是無法掩蓋的事實）
其は掩う事の出来ない事実だ（那是無法掩蓋的事實）
山は紅葉に掩われている（滿山紅葉）紅葉
雪に掩われた大地（被雪蓋上的大地）
硝煙戦場を掩う（硝煙籠罩戰場）
会場は活気に掩われている（會場上籠罩生動活潑的氣氛）
其の地域の形勢は暗雲に掩われている（那地區的形勢籠罩著烏雲）

ＡとＢとは相掩う物ではない（Ａ和Ｂ並不互相包容）
一言を以て之を蔽えば（一言以蔽之）

眼、眼（一ろ〜）

眼、眼〔名〕眼、眼力、要點
眼の配り（注意環境周圍）
眼を配る（注意環境周圍）
眼を付ける（〔隱〕注意，著眼、〔流氓〕有用意地町住對方）付ける着ける突ける衝ける附ける
肉眼（肉眼、凡人的眼睛）
心眼（慧眼、動查）
主眼（主要著眼點、主要目標）
複眼（複眼、不同的觀點）←→単眼
近眼（近視眼）
老眼（老花眼）
点眼（點眼藥）
具眼（有眼力、有見識）
千里眼（千里眼=天眼通）
句眼（漢詩或俳句中最重要部分）
着眼（著眼，注意、眼光，眼力）
天眼（富洞察力的眼睛、千里眼、因痙攣眼睛上翻）
慈眼（慈眼、佛眼）
開眼（佛像開光儀式、通曉佛家、領悟）
法眼（法眼=次於法印的僧位、日本中世紀以後授予畫家，儒家，醫師，連歌師的稱號）

眼炎〔名〕眼炎

眼下〔名〕眼下
全市を眼下に見下ろす（俯瞰全市）
人を眼下に見下ろす（瞧不起人）
眼下に見る（俯視、輕視）
眼下に見下す（輕視、瞧不起）
眼下の景色（目前的風景）
高官を眼下に見下す（瞧不起高官）

眼科〔名〕眼科
眼科医（眼科醫生）
眼科病院（眼科醫院）

眼窩、眼窠〔名〕〔解〕眼窩

眼界〔名〕眼界、視野（=視界）
眼界内に在る（在視野以內）在る有る或る
眼界外に在る（在視野以外）
眼界に入る（進入視野）入る入る要る射る居る鋳る炒る煎る
眼界が開ける（視野寬）開ける開ける明ける空ける飽ける厭ける
眼界が狭い（思路窄）
彼は眼界の広い人だ（他是一個眼界寬廣的人）
眼界の狭い人（思路窄）
眼界を広くする（大開眼界、廣開世面）
外国を旅行して来ると眼界が急に広く為る（從外國旅行歸來眼界大開）

眼球〔名〕〔解〕眼球、眼珠
眼球筋（眼球肌）筋筋
眼球（眼球突出）突出
眼球銀行（眼庫-保藏死人眼球用作移植眼角膜=アイバンク eyebank）

眼鏡、眼鏡〔名〕眼鏡。〔轉〕判斷，根據
眼鏡を掛けた人（戴眼鏡的人）掛ける欠ける書ける賭ける駆ける架ける描ける翔ける懸ける
眼鏡を外す（摘下眼鏡）
素通し眼鏡（沒度數眼鏡、平光鏡）
眼鏡の度を合わせる（驗光、配眼鏡）
度の強い眼鏡（度數深的眼鏡）
近視用の眼鏡（近視眼鏡）
夏に為ると黒い眼鏡を掛ける人が多い（夏天戴墨鏡的人就很多）
私は眼鏡を外すと、遠い所が良く見えない（我一摘下眼鏡就看不清較遠的地方）
虫眼鏡（放大鏡）
遠眼鏡（望遠鏡=望遠鏡）
眼鏡の蔓（眼鏡架）
眼鏡の蔓が折れた（眼鏡架斷了）
眼鏡のケース case（眼鏡盒）
眼鏡の縁（眼鏡框）

色眼鏡（帶色眼鏡）
片眼鏡（單眼鏡）
日除け眼鏡（太陽眼鏡）
眼鏡越しに見る（從眼鏡框上看人）
眼鏡が狂う（估計錯誤）
眼鏡に叶う（受到賞識、看中）叶う適う敵う
眼鏡蛇（眼鏡蛇＝コブラ）
眼鏡橋（拱橋）
眼鏡猿（眼鏡猴）

眼瞼〔名〕眼皮（＝瞼）

眼孔〔名〕眼窩、眼界，見識（＝見識）
眼孔が広い（見識廣）
眼孔が狭い（見識淺）
眼孔が甚だ小さい（眼界甚小）

眼光〔名〕眼光、眼力
眼光炯炯と為て人を射る（目光炯炯射人）射る煎る鋳る居る要る入る
眼光が鋭い（目光銳利）
眼光紙背に徹する（理解透徹）徹する撤する
眼光紙背に通る（理解透徹）通る透る

眼高手低〔名〕眼高手低（比喻只會批評、實際做起來很差）

眼識〔名〕見識、眼力
専門家の眼識（專家的眼識）
芸術の眼識を養う（鍛鍊藝術家的鑑賞力）
優れた眼識（眼力高）優れる勝れる選れる
眼識を持つ（有見識）

眼疾〔名〕眼病（＝眼病）

眼睛〔名〕瞳（＝瞳）、眼珠，眼球
眼睛疲労（〔醫〕眼睛疲勞、眼睛勞損）

眼前〔名〕眼前
卒業試験が眼前に迫っている（畢業考試迫在眼前）迫る迫る競る
其の絵はベニスの風景を眼前に躍如たらしめる（那幅畫把威尼斯的風景活現在眼前）

眼帯〔名〕〔醫〕眼帶、眼罩
眼帯を付ける（戴眼罩）附ける衝ける就ける着ける漬ける突ける点ける浸ける尽ける

眼中〔名〕眼中、目中
眼中に人無し（目中無人）
眼中に置かない（不放在眼裡）置く擱く措く
金の事等眼中に無い（不把金錢放在眼裡）綯い

眼底〔名〕眼底
眼底出血（眼底出血）

眼点〔名〕〔動〕眼點

眼肉〔名〕（鯽魚等）眼周圍的肉

眼杯〔名〕〔動〕眼杯

眼板〔名〕〔動〕單眼板

眼病〔名〕眼病（＝眼疾）

眼福〔名〕眼福
眼福を得る（很有眼福、一飽眼福）得る得る

眼目〔名〕重點、要點
問題の眼目と為る所は此処である（問題的重點就在這裡）
問題の眼目を捕らえ為さい（要抓住問題的要點）捕る取る摂る採る撮る執る獲る盗る

眼力、眼力〔名〕眼力、鑑別力
君の眼力には恐れ入った（我算佩服你的眼力了）
彼の人は恐ろしい眼力を持っている（他有驚人眼力）恐ろしい怖い怖い強い
素早く人物を見抜く眼力（有一眼看穿其為人的眼力）
鋭い眼力（敏銳的眼力）
彼女の眼力が鋭い（她的眼光銳利）
眼力の有る人（有眼力的人）

目〔造語〕目（＝目）
目の当り（眼前）
目映ゆい光（眩目的光）光

眼皮〔名〕眼皮（＝瞼）

眼間、目交い〔名〕眼前（＝目の前、目前）、眼睛和眼睛之間
父の面影が目交いに浮かぶ（父親的面貌浮在眼前）

眼指、眼差、目指〔名〕目光、眼神、視線
好意の目指で見る（用好意的眼光看）

軽蔑の目指で見る（以輕蔑的眼光看）人人人人
人人の目指は此の点に注がれた（眾人的視線都集中在這一點上）注ぐ雪ぐ濯ぐ濯ぐ
真剣な目指で授業を受ける（聚精會神地聽課）注ぐ告ぐ接ぐ継ぐ
目指を伏せる（低垂眼瞼、往下看）

眼の当たり，眼の当り，目の当たり，目の当り，面の当たり，面の当り〔名〕面前、眼前、親眼、當面
〔副〕親自、直接
惨事を目の当たりに見る（親眼看到慘劇）
彼の話を聞いてると故郷を目の当たりに見る思いが為る（聽到他的話我覺得好像親眼看見了故鄉）故郷故郷古里故里
目の当たり人を責める（當面斥責）攻める
目の当たり人に聞き父の声（直接聽見的父親的聲音）
目の当たり人に赤ちゃんの泣き声を聞いた（直接聽到嬰兒的哭聲）
目の当たり教えを受ける（親自領教）

眼、目、瞳〔名〕眼睛，眼珠，眼球，眼神，眼光，眼力，眼，齒，孔，格，點，木紋，折痕，結扣，重量，度數
〔形式名詞〕場合，經驗，外表，樣子（=格好）
目で見る（用眼睛看）
目が潤む（眼睛濕潤了）
目を開ける開ける（睜開眼睛）
目の保養を為る（飽眼福）
目を閉じる（閉上眼睛）
目を擦る（揉眼睛）擦る
目を瞑る（閉上眼睛，死，假裝看不見，睜一眼閉一眼）
今回は目を瞑って下さい（這次請你裝成沒看見）
私は未だ目を瞑る訳には行かない（我現在還無法瞑目）
目の縁が黒ずんでいる（眼眶發青）
目に映る（看在眼裡、映入眼簾）移る写る遷る
始めて御目に掛かる（初次見面）
目を吊り上げる（吊起眼梢〔發火〕）

御目に掛かる（〔敬〕見面、會面=会う）
御目に掛ける（〔敬〕給、看、請您看=見せる）
目を掛ける（照顧、照料）
目が飛び出る（價錢很貴）
目が覚める（睡醒、覺醒、醒悟、令人吃驚）醒める冷める褪める
目の覚める様な美人（令人吃驚美人）
やっと目が覚めて真人間に為る（好不容易才醒悟而重新做人）
目が潰れる（瞎）
窪んだ目（塌陷的眼睛）
目が無い（非常愛好、熱中、欠慮）
怒りの目（憤怒的眼光）怒り
彼は酒に目が無い（他很愛喝酒）
笑みを浮かべた目（含笑的眼神）
ダンスに目が無い（跳舞入迷）
愛情に溢れた目で見る（用充滿愛情眼光看）
若い者は目が無い（年輕人不知好歹、年輕人做事沒分寸）
目から鼻へ抜ける（聰明伶俐）
目から火が出る（大吃一驚）
目と鼻の間（非常近、近在咫尺）間
違った目で見る（另眼相看）
学校と銀行とは目と鼻の間に在る（學校和銀行非常近）
目に余る（看不下去、不能容忍）
相手の目を避ける（避一下對方的眼光）避ける
目に余る行為（令人不能容忍的行為）
目に障る（礙眼、看著彆扭）
目に為る（看見、看到）
目に付く（顯眼=目に立つ）
変な目で見る（用驚奇的眼神看）
目に見えて（眼看著、顯著地）
羨ましそうな目で見る（用羨慕的目光看）
目に見えて上達する（有顯著進步）
目の色を見て遣る（看眼色行事）
目にも留まらぬ（非常快）留まる

一

目が回る（眼花撩亂、非常忙）
忙しくて目が回り然うだ（忙得頭昏眼花）
目の敵（眼中釘）敵
目が冴える（眼睛雪亮、睡不著）
益益目が冴えて眠れない（越來越有精神睡不著覺了）
目も当てられぬ（慘不忍睹）
目に這入る（看到、看得見=目に触れる、目に留まる）
汚くて目も当てられぬ（髒得慘不忍睹）
目も呉れない（不加理睬）
目で目は見えぬ（自己不能看見後腦勺）
目を疑う（驚奇）
目に入れても痛くない（覺得非常可愛）
彼は孫を目の中に入れても痛くない程可愛がっている（他非常疼愛孫子）
目を配る（注目往四下看）
目に角を立てる（豎起眼角冒火、大發脾氣）
目を暗ます（使人看不見、欺人眼目）
目を凝らす（凝視）
目も一丁字も無い（目不識丁、文盲）
目を通す（通通看一遍）
一寸目を通す（過一下目）
目を留める（注視）
目には目を歯には歯を（以眼還眼以牙還牙）
カーペットの上の足跡に留まった（看到地毯上的腳印）足跡
目にも留まらぬ（非常快）
目の上の瘤（經常妨礙自己的上司）
彼等に取って君は目の上のたん瘤のだ（他們把你視為眼中釘）
目にも留まらぬ速さで飛んで行った（很快地飛過去了）
目に物を見せる（懲治、以敬傚尤）
目の下（眼睛下面、魚的眼睛到尾巴的長度）
目に物を見せたら足を洗うだろう（給他教訓一番就會洗手不幹吧！）
目を離す（忽略、不去照看）
目の薬（眼藥、開開眼）

目を光らす（嚴加監視、提高警惕）
目の付け所（著眼點）
目は毫末を見るも其の睫を見ず（目見毫末不見其睫）
目は能く百歩の外を見て、自ら其の睫を見る能わず（目能見百步之外不能自見其睫）
目を丸くする（驚視）
目を奪う（奪目、看得出神）
目を剥く（瞪眼睛）
目を掩て雀を捕る（掩目捕雀、掩耳盜鈴）
目を喜ばす（悅目、賞心悅目）
目を塞ぐ（閉上眼佯裝不看、死）
目の黒い内（活著時候、有生之日）
目がくらくらする（頭暈眼花=目が眩む）
俺の目の黒い内はそんな事は為せない（只要我活著覺不讓人做那種事）
きらきら光る目（炯炯發光的眼）
目がきらきら光る（兩眼炯炯有神）
黒い目（黑眼珠）
目を見張る（睜開眼睛凝視、瞠目而視）
鵜の目鷹の目（比喻拼命尋找）
目を皿に為る（睜開眼睛拼命尋找）
魚の目（雞眼）
目の正月を為る（大飽眼福）
目で知らせる（用眼神示意）
目の梁を去る（去掉累贅）
目の色を変える（〔由於驚訝憤怒等〕變了眼神）
目は口程に物を言う（眼神比嘴巴還能傳情）
目が高い（有眼力、見識高）
目が物を言う（眼神能傳情）
彼は目が高くて南米との貿易を始めた（他有眼光而開始跟南美貿易）
目が利く（眼尖、有眼力）
遠く迄目が利く（視力強可以看得遠）
目が弱い（視力衰弱）
目が良い（眼尖、有眼力）
目が肥える（見得廣）

目は心の鏡（看眼神便知心）
彼の姿は不図目に留まる（他的影子突然映在眼裡）
目を引く（引人注目）
目を起す（交好運）
人の目を引く様に店を飾り立てる（為了引人注目把店鋪裝飾一新）
警察は彼に目を付けている（警察在注意他）
目を掠める（秘密行事、偸偸做事）
目を戻す（再看）
目を盗む（秘密行事、偸偸做事）
目を着ける（著眼）
親の目を盗んで彼の子は良く遊びに出る（那孩子常背著父母偸偸地出去玩）
人民の目には全く狂いが無い（人民眼睛完全沒有錯的）
目が詰んでいる（編得密實、織得密實）
目が届く（注意周到）
台風の目（颱風眼）
鋸の目（鋸齒）
櫛の目（梳齒）
碁盤の目（棋盤的格）
針の目（針鼻）
采の目（骰子點）
采の目を数える（數骰子點）
物差の目（尺度）
秤の目（秤星）
温度計の目（溫度計的度數）
法律家の目（法律家的看法）
目が切れる（重量不足、不足秤）
目を盗む（少給份量、少給秤）
目の細かい板を選ぶ（選擇細木紋的木板）
折目がきちんと為たズボン（褲線筆直的西裝褲）
結び目が解ける（綁的扣開了）
目が坐る（兩眼發直）
目が輝く（眼睛發亮）
目から涙が溢れ出る（眼淚奪眶而出）

目が光る（目光炯炯）
目から火花が出る（兩眼冒金星）
目が引っ込む（眼窩都塌了）
目と目を見合わせる（對看了一下）
目が塞がる（睜不開眼睛）
目に付かない（看不見的）
目が眩しい（刺眼）
目に霞が掛かる（眼睛矇矓、看不清楚）
目が廻す（頭暈眼花）
目に露を宿す（兩眼含淚、眼睛都紅了）
目が見えなく為った（眼睛瞎了）
目に涙を湛えている（眼淚汪汪的）
目の当りに見る（親眼看見）
目に這入らない（視若無睹）
此の目で見る（親眼目睹）
目には如何映したか（對…印象如何？）
目も当てられない（目不忍睹、不敢正視、不忍看）
目の中がちらちらする（兩眼冒金星、眼花一閃一閃地）
目の縁が赤く為る（眼圈發紅）
目の縁が潤む（眼睛有點濕潤了）
目の前に浮かぶ（浮現在眼前）
目の間を縮める（皺眉頭）
目は鋭い（目光敏銳）
目も合わない（合不上眼）
目は節穴同然だ（有眼無珠）
目を怒らして見る（怒目而視）
目をきょろきょろさせる（東張西望）
目をしょぼしょぼさせる（眼睛睜不開的樣子）
目を白黒させる（翻白眼）
目を背ける（不忍正視、把眼線移開）
目を醒ます（醒來）
目を醒まさせる（使…清醒、使…醒悟）
目を据えて見る（凝視）
目を凝らす（凝視）凝らす
目を楽しませる（悅目）
目を泣き腫らす（把眼睛哭腫了）

目を瞬（またた）く（眨眼）
目を細（ほそ）くする（瞇縫著眼睛）
目をばちくりする（眨眼貌）
目をばちばちさせる（直眨著眼睛）
目をぱっちり開（あ）けて見（み）る（睜開大眼睛看）
目を見開（みひら）く（睜大了眼睛）
目を未来（みらい）に開（ひら）く（放開眼睛看未來）
目を向（む）ける（面向、看到、把眼睛盯著、把眼光向著）
良（よ）い目（め）を見（み）る（碰到好運氣）
負（お）い目（め）が有（あ）る（欠人情、對不起人家）
鬼（おに）の目（め）にも涙（なみだ）（鐵石心腸的人也會流淚、頑石也會點頭）
白（しろ）い目（め）で見（み）る（冷眼相待）
長（なが）い目（め）で見（み）る（眼光放遠、從長遠觀點看）
流（なが）し目（め）を送（おく）る（送秋波）
色目（いろめ）を使（つか）う（送秋波、眉目傳情、發生興趣）
日（ひ）の目（め）を見（み）る（見聞於世、出世）
目（め）が行（い）く（往…看）
目（め）を遣（や）る（往…看）
目（め）が堅（かた）い（到深夜還不想睡）
目（め）が眩（くら）む（不能做正確判斷、鬼迷心竅）
目（め）が散（ち）る（眼花撩亂）
目（め）から鱗（うろこ）が落（お）ちる（恍然大悟）
目（め）で見（み）て口（くち）で言（い）え（弄清楚情況再說出來）
目（め）と鼻（はな）の先（さき）（近在咫尺、眼跟前=目（め）と鼻（はな）の間（あいだ））
目（め）に青葉（あおば）（形容清爽的初夏）
目（め）に染（し）みる（鮮艷奪目）
目（め）に物（もの）言（い）わせる（使眼色、示意）
目（め）に焼（や）き付（つ）く（一直留在眼裡、留強烈印象）
目（め）の皮（かわ）が弛（たる）む（眼皮垂下來、想睡覺）
目（め）の毒（どく）（看了有害、看了就想要）←→目（め）の薬（くすり）
目（め）を逆立（さかだ）てる（怒目而視）
目（め）を三角（さんかく）に為（す）る（豎眉瞪眼）
目（め）を据（す）える（凝視、盯視、目不轉睛）
目（め）が据（す）わる（〔因激怒醉酒等〕目光呆滯）
目（め）を血走（ちばし）らせる（眼睛充滿血絲）
目（め）を走（はし）らせる（掃視、掃視了一眼）

目（め）を伏（ふ）せる（往下看=目（め）を落（お）とす）
傍目八目（おかめはちもく）（旁觀者清）
大目（おおめ）に見（み）る（不深究、寬恕、原諒）
親（おや）の欲目（よくめ）（孩子是自己的好）
刮目（かつもく）に値（あたい）する（值得拭目以待）
空目（そらめ）を使（つか）う（假裝沒看見、眼珠往上翻）
衆目（しゅうもく）の一致（いっち）する所（ところ）（一致公認）
十目（じゅうもく）の見（み）る所（ところ）（多數人一致公認）
注目（ちゅうもく）の的（まと）（注視的目標）
遠目（とおめ）が利（き）く（看得遠）
二階（にかい）から目薬（めぐすり）（無濟於事、毫無效果、杯水車薪）
猫（ねこ）の目（め）に様（よう）に（變化無常）
贔屓目（ひいきめ）に見（み）る（偏袒的看法）
人目（ひとめ）が煩（うるさ）い（人們看見了愛評頭論足）
見（み）る目（め）が有（あ）る（有識別能力）
目顔（めがお）で知（し）らせる（使眼色、以眼神示意）
目頭（めがしら）が熱（あつ）く為（な）る（感動得要流淚）
目頭（めがしら）を押（お）さえる（抑制住眼淚）
目算（もくさん）を立（た）てる（估計、估算）
横目（よこめ）を使（つか）う（使眼色、睨視、斜著眼睛看）
弱（よわ）り目（め）に祟（たた）り目（め）（禍不單行、倒楣的事接踵而至）
脇目（わきめ）も振（ふ）らず（聚精會神、目不旁視、專心致志）
酷（ひど）い目（め）に会（あ）う（倒楣了、整慘了）
酷（ひど）い目（め）に会（あ）わせる（叫他嘗嘗厲害）
嫌（いや）な目（め）に為（な）る（倒了大楣）
今迄（いままで）色（いろ）んな目（め）に会（あ）って来（き）た（今天為止嘗盡了酸甜苦辣）
彼（あ）の男（おとこ）の為（ため）に酷（ひど）い目（め）に見（み）た（為了那人我吃盡了苦頭）
見（み）た目（め）が悪（わる）い（外表不好看）
見（み）た目（め）が良（よ）い（外表好看）
此（こ）の鞄（かばん）は見（み）た目（め）が良（よ）いが、余（あま）り実用的（じつようてき）ではない（這皮包外表好看但不大實用）

目〔接尾〕（接在數詞下面表示順序）第…
（接在形容詞詞幹下表示程度）…一點兒的

（接在動詞連用形下表示正在該動作的開始處）
區分點、分界線

三年目（第三年）
二人目（第二人）
二回目（第二回）
二日目（第二天）
三代目（第三代）
五日目（第五天）
二番目（第二個）
四番目の娘（第四個女兒）
二枚目（第二張）
五枚目の紙（第五張紙）
二つ目（第二個）
二度目（第二次）
二時間目（第二小時）
二合目（第二回合）
五番目の問題が解けなかった（第五道問題沒能解出來）
角を曲がって三軒目の家（轉過拐角第三間房屋）
少し長目に切る（稍微切長一些）
ハムを厚い目に切る（把火腿切厚些）
スカートを短目に作る（把裙子做短一點）
早目に行く（提早一點兒去）
幾分早目に出掛ける（提早一點兒出發）
風呂に水を少な目に張る（洗澡水少放些）
茶を濃い目に入れる（茶泡濃些）
大き目の方を選ぶ（挑選大一點兒的）
物価の上がり目（物價正在開始上漲時）
気候の変わり目（氣候轉變的當兒）
此処が勝敗の別れ目（這裡是分別勝敗之處）
落ち目に為る（走下坡）
死に目、死目（臨終）
境目（交界線、分歧點）
割れ目（裂縫）

御目、お目〔名〕目，眼睛，看，眼力

御目が利く（有眼力、有鑑賞力）
御目が高い（眼力高）

御目に掛かる（〔会う的自謙語〕見面、會面）
初めて御目に掛かります（〔初次見面的客套話〕我初次見到您、久仰久仰、您好）
貴方には前に一度御目に掛かった事が有ります（我以前曾見過您一次）
彼の方には良く御目に掛かります（我常見到他）
ちっとも御目に掛かりません（我總是沒看見他）
佐藤さんに御目に掛り度いのですが（我想見見佐藤先生）
久しく御目に掛りませんでした（好久沒見面了、久違久違）
此処で御目に掛かれて嬉しゅう御座います（能在這裡見到你我很高興）
明日又御目に掛かります（明天再見）
思い掛けない所で御目に掛かりました（想不到在這裡見到了您）
（〔見せる的自謙語〕給人看、送給觀賞、贈送）
何を御目に掛けましょうか（給您看點什麼好呢？您要看什麼？）
何でも御目に掛けます（您要看什麼都可以）
御目に掛ける様な品は有りません（沒有值得您一看的東西）
此の本を貴方に御目に掛けます（這本書給您看看）
此れは御年玉の印に御目に掛けます（這是作為祝賀新年的一點小意思贈送給您）
御目に止まる（〔敬〕受到注意、受到賞識、被看中）
選手の奮闘が首相の御目に止まる（運動員的奮戰受到總理的注意）
彼の画が御目に止まりましたか（您看中了哪幅畫呢？）

芽〔名〕〔植〕芽

草木の芽が出る（草木發芽）草木草木
大根の芽が出る（蘿蔔出芽）
芽が出る（運氣來到）芽目眼女雌
事業の芽が出る（事業有成功的跡象）
芽を吹く（抽芽）吹く拭く噴く葺く

一

柳が芽を吹く（柳樹冒芽）
芽の内に摘む（在萌芽時摘掉）摘む 積む 詰む 抓む

奴〔接尾〕（接在體言下）（表示輕蔑）（有時對晚輩表示輕蔑）東西，傢伙。（表示自卑）鄙人，敝人
畜生奴（混蛋東西、兔崽子）奴目女芽雌
此奴奴（這小子、這個小子）
馬鹿奴（渾小子、混蛋東西）
親爺奴（老小子、老頭子）
此の私奴を御許して下さい（請寬恕我吧！）

牝、雌、女〔造語〕牝、雌、母←→牡、雄、男
牝牛（母牛）
牝花（雌花）
牝螺子（母螺絲）

女〔名、造語〕〔古〕女人，女性←→男、妻、雌、牝
女の子（女孩子）
女の童（女童、女孩）
女雛（扮成皇后的偶人）
端女（女傭）
女神（女神）
本の女（前妻）
女夫，夫婦，妻夫、夫婦（夫婦）
生まず女（石女）
手弱女（窈窕淑女）
女狐（牝狐）
女花（雌花）
女牛（牝牛）

馬〔漢造〕馬
駿馬、駿馬（駿馬）
馬手、右手（持韁繩的手、右手、右方、右側）←→弓手、左手
馬手に刀を持っている（右手執刀）刀 刀

馬頭〔名〕〔佛〕馬面（地獄中的馬頭獄卒）←→牛頭
牛頭馬頭（牛頭馬面）

眼医者、目医者〔名〕眼科醫師（=眼科医、目医師、目薬師）

眼草、目草〔名〕薄荷的異名

眼薬、目薬〔名〕眼藥、小恩小惠、小賄賂（=鼻薬）
目薬を差す（點眼藥）注す

目薬程（少量）
二階から目薬（遠水不解近渴、隔鞋搔癢、無濟於事）
目薬が効く（小賄賂起作用）
目薬の木（楓樹科的落葉喬木）

眼路、目路〔名〕眼前、眼界、視界、視野
目路の限り（眼界所及之處、目力所及）

眼白、目白、綉眼兒〔名〕繡眼鳥、白眼鳥
目白押（〔小孩互相壅擠的一種遊戲〕擠香油、擁擠，一個挨著一個）
切符売場には大勢の人が目白押に並んでいる（售票處有很多人一個挨著一個排著）
檻の前に子供が目白押に並んでいる（孩子在獸欄前一個挨著一個排著隊）
目白科（鳥類的一科、約八十種）
目白鮫（目白鮫科的海魚）
目白酸漿（茄科的多年草本）

眼の玉、目の玉〔名〕眼珠（=目玉、眼球）
目の玉の黒い内（未死之前、有生之年）
目の玉の黒い内にEuropaへ行って見度い（在有生之年想到歐洲看一看）

眼撥〔名〕〔動〕雲裳金槍魚

眼張〔名〕〔動〕鮶魚

眼〔名〕眼睛，眼珠、視界，視野（=眼、目玉）
眼を開く（睜開眼）
真丸の団栗眼（大圓眼睛）
怒りの眼を投げる（投以憤怒的眼光）投げる 凪げる 和げる 薙げる
眼を定める（定睛注視）
眼を塞ぐ（閉目、瞑目、死亡）
観念の眼を閉じる（死心、斷念）閉じる 綴じる

罨（一ㄢˇ）

罨〔漢造〕撒網捕魚（=網）、掩覆（=覆い被せる）

罨法〔名他サ〕〔醫〕濕敷
冷罨法（冷敷法）←→温罨法
温罨法（熱敷法）
罨法を施す（用濕敷治療）

演（一ㄢˇ）

演〔漢造〕引申、實習、表演、演講
　実演（實際演出、當場表演）
　公演（公演）
　講演（演說）
　好演（表演得好）
　出演（演出、登台）
　口演（演唱、講說）
　独演（獨演、個人演出）
　開演（開演）←→終演
　終演（演完、散戲）
　競演（競賽表演）
　共演（共同演出、合演）
　協演（協演）

演じる〔他下一〕演，扮演。〔轉〕作出（=演ずる）
　劇を演じる（演劇）
　醜態を演じる（出醜）

演ずる〔他サ〕演，扮演。〔轉〕作出（=演じる）
　踊りを演ずる（表演舞蹈）
　大失敗を演ずる（做出很大的失敗）

演繹〔名、他サ〕〔哲〕演繹、推論，推定←→帰納
　演繹法（邏輯演繹法）←→帰納法
　演繹的（演繹的）
　演繹的推理（演繹推理）

演歌、艶歌〔名〕一種在街頭說唱的民間流行歌曲
　演歌師（〔明治末期到昭和初期盛行的〕在街頭奏小提琴唱流行歌並賣歌集的街頭賣唱者）

演義〔名〕演義
　三国志演義（三國志演義）
　演義小説（長篇歷史小說）

演戯〔名、自サ〕演戲、戲劇演出（=演劇）

演技〔名、自サ〕演技、表演
　演技が巧い（演技好）旨い巧い上手い甘い美味い不味い
　演技が拙い（演技不好）拙い拙い不味い
　優れた演技を示す（表現優秀的演技）優れる勝れる示す湿す
　見事な演技を見せる（表演高超的技藝）
　彼女は此の頃演技力が付いた（她近來演技大有進步）力
　彼の彼は演技だよ（他是裝裝樣子罷了、他那樣是在演戲）
　目立たせる為の演技（吸引觀眾的表演）

演芸〔名〕表演藝術、曲藝
　余興に演芸が有る（有曲藝的餘興）有る在る或る
　演芸を遣る（文藝表演）
　演芸放送（廣播曲藝節目）
　演芸競演会（曲藝會演）

演劇〔名〕演劇、戲劇（=芝居）
　演劇を遣る（演劇）
　演劇を催す（演劇）
　演劇界（戲劇界）
　演劇は総合芸術である（戲劇是綜合藝術）

演算〔名、他サ〕演算、運算、計算（=運算）
　演算が巧い（運算得好）旨い巧い上手い甘い美味い不味い
　演算子（運算子、算符）
　演算記号（〔計〕運算符號）
　演算数（〔計〕運算數、運算量、操作數）
　演算子法（〔計〕運算法）
　演算装置（〔計〕運算器）
　演算code（〔計〕操作碼）
　演算register（〔計〕運算寄存器）

演習〔名、自サ〕（軍事）演習、共同研究，課堂討論（=ゼミナール）、練習←→実戦
　演習を行う（舉行演習）
　射撃演習（射擊演習）
　陸海空軍の合同大演習を行う（舉行陸海空軍聯合大演習）
　演習指揮官（演習指揮官）
　演習部隊（演習部隊）
　野外演習（野外演習）
　上陸演習（登陸演習）
　演習林（實驗林）
　演習室（討論室）

演出〔名、他サ〕演出、導演

原作者の演出に依って上演する（在原作者導演下上演）依る因る拠る縁る由る寄る
代表大会の演出を担当する（負責組織代表大會）
演出家（導演、舞台監督）
演出法（舞台演出藝術）
演出台本（腳本）
演出効果（街頭講演）

演説〔名、自サ〕演說、講演
演説を聞く（聽講演）聞く聴く聴く効く利く
演説が上手い（善於演說）旨い巧い上手い甘い美味い不味い
演説会（演說會）
滔滔と演説する（滔滔不絕地演說）
演説家（演說家）
街頭演説（街頭演講）
立会演説（〔不同意見的人同台〕競爭演說）

演奏〔名、他サ〕演奏
ショパンの練習曲を演奏する（演奏蕭邦的練習曲）
ピアノ協奏曲を演奏する行く（演奏鋼琴協奏曲）往く逝く行く往く逝く
ピアノの演奏を聞きに行く（去聽鋼琴演奏）聞く聴く聴く効く利く
演奏会（音樂會=音楽会、コンサート）
演奏会を開く（開演奏會）開く開く明く空く飽く厭く
演奏会を催す（舉行音樂會）

演台〔名〕（講演所用）講桌

演題〔名〕講題、演說題目、（曲藝等的）節目
人目を引く演題（醒目的演講題目）引く弾く轢く挽く惹く曳く牽く退く
演題未定（講題未定）

演壇〔名〕講壇、講台
演壇に立つ（登台演講、登上講台）立つ経つ建つ絶つ発つ断つ裁つ

演武〔名、自サ〕演武、練武
演武場（練武場）場場
演武台（練武台）

演舞〔名、自サ〕練習舞蹈、公演舞蹈
演舞場（舞蹈劇場）場場

演目〔名〕節目表、演出節目、演奏節目

演練〔名、他サ〕演練、實際操練

演し物、演物、出し物、出物〔名〕演出節目（＝レパートリー）
来月オペラ座の演物は御蝶夫人だ（下個月歌劇院的演出節目是蝴蝶夫人）
今日のオペラ座の演物は椿姫だ（今天歌劇院的演出節目是茶花女）
今月の歌舞伎座の演物は忠臣蔵です（這個月歌舞伎座的演出節目是忠臣藏）
演物を披露する（表演節目）
今、第一劇場の演物は何だろう（現在第一劇場的演出節目是什麼？）何何

儼（一ㄢˇ）

儼〔漢造〕莊重、恭敬、好像

儼乎〔形動、副〕儼然、莊嚴、嚴肅（＝厳か）
儼乎たる人生の進軍（走上嚴肅的人生道路）

儼然、厳然〔形動、副〕儼然、莊嚴、嚴肅
儼然と構える（態度莊嚴）
儼然たる事実（無可爭辯的事實）
住宅不足と言う儼然たる事実を無視しては行けません（對於住宅不足這一儼然事實不能視若無睹）
此の戒律は今尚御儼然と為て存在する（這條戒律現在依然存在）
高山が儼然と聳える（高山儼然高聳著）

儼存、厳存〔名、自サ〕儼然存在、確實存在
何と言おうが証拠が儼存する以上仕方が無い（無論說什麼既然現有證據存在就沒有別的辦法）
列記と為た証拠が儼存する以上承認せざるを得ない（既然有確實的證據存在就不得不承認）
自然の世界に於いて大小強弱の対照が儼存する事は誠に止むを得ない（在自然世界裡儼然存在著大小強弱的對照確是不得已的）

彥（一ㄢˋ）

彥〔漢造〕有學識和才能的人、對男人的美稱

才彦（有學識和才能）
俊彦（才智出眾）
彦〔漢造〕古時男人的美稱-現一般用在名字上←→姫
彦星〔名〕牽牛星（＝牽牛星）

宴（一ㄢˋ）

宴、筵、讌〔名〕宴、酒宴（＝酒盛り）
　宴を張る（設宴）張る貼る
　宴を設ける（設宴）設ける儲ける受ける
　饗宴（饗宴、宴請）
　酒宴（酒宴）
宴〔名〕酒宴
宴安〔名〕宴安、安樂
　宴安は鴆毒（宴安鴆毒-左傳）
宴飲〔名〕宴會、酒宴
宴会〔名〕宴會
　宴会を催す（舉行宴會）
　宴会に赴く（赴宴）赴く趣く
　御別れの宴会（告別宴會）
　宴会ホール（宴會廳）
　宴会に出席する（出席宴會）
　大小宴会の御用命に応じます（〔廣告〕承辦大小宴席）
宴席〔名〕宴席、宴會、酒席
　宴席に列する（參加宴會）
　宴席を設ける（設宴、擺宴席）設ける儲ける
宴楽〔名〕宴樂、作樂
　宴楽を事と為る（一味尋歡作樂）刷る摺る擦る掏る磨る摺る摩る為る
宴、讌〔名〕宴、宴會（＝宴会、酒宴、酒盛り）
　婚礼の宴（喜宴）

晏（一ㄢˋ）

晏〔漢造〕安閒（＝安らか）、晚（＝晚い）
晏如〔副、形動〕安然、晏然、從容（＝安らか）
　自分丈晏如と為ては居られない（不能一個人安然自在）
　焉んぞ晏如たるを得んや（焉能安然自在呢？怎麼能安然自在呢？）

晏然〔副、形動〕晏然、安然、不介意
　君の誤りを晏然と為て黙視する訳には行かない（我不能安然漠視你的錯誤）

堰（一ㄢˋ）

堰〔漢造〕防水的土壩
堰塞〔名〕堰塞
　堰塞湖（〔地〕堰塞湖、〔用堤圍成的〕人工湖〔＝堰止湖〕）
堰堤〔名〕堰堤、攔河壩（＝ダム）
　堰堤を築く（築攔河壩）
　堰堤を設けて人工湖を造る（修築堰堤造人工湖）造る作る創る
堰く、塞く〔他五〕堵住，堵塞，擋住（＝抑える、押える）、阻攔，妨礙（＝遮る）
　流れを堰く（擋住水流、截流）堰く塞く咳く急く
　親に堰かれた恋（被父母攔阻的戀愛）
　堰かれて募る恋の情（愛情越阻攔越強烈）
急く〔自五〕急、著急、急劇
　気が急く（著急）
　急いて事を仕損じる（忙中出錯）
　然う急くな（別那麼著急）
　気許り急いて少しも捗らない（光著急一點也沒有進展）
　息が急く（氣喘吁吁）
咳く〔自五〕咳嗽（＝咳く、咳を為る）
　頻りに咳く（不斷地咳嗽）堰く急く
咳〔名〕咳嗽（＝咳）
　咳が出る（咳嗽）
　咳を止める（止咳）
　咳を為る（咳嗽）
　咳に噎せる（咳得喘不過氣來）
　やっと咳が収まった（終於止了咳）
　激しく咳を為る（咳嗽得很厲害）
　百日咳（百日咳）
　乾咳（乾咳）
堰〔名〕堤堰、攔河壩（＝堰、井堰）
　堰を築く（築堤、修壩）

一

堰を切る（決堤、打破水閘、洪水奔流）切る着る斬る伐る

堰を切って落す（決堤、打破水閘、洪水奔流）

観衆は堰を切った様に場内に雪崩込んだ（觀眾像潮水一般地湧進了會場內）込む混む

堰を切った様に涙が流れた（涙水奪眶而出）溜まる貯まる堪る

其迄に溜まっていた涙が其の時堰を切った様に流れた（一直控制著的眼淚那時奪眶而出）

堰を切って落した様に泣き出す（突然放聲大哭起來）

いせき、井堰〔名〕堰、攔河壩

  堰を築く（築堤、修壩）

堰板〔名〕（挖地基或築堤時防止坍塌用）擋土板、（灌澆混凝土用）擋板、成形板

  堰板柵（擋板欄）

堰ぐち、閘口〔名〕堰口、攔河壩口

堰止め湖、堰止湖〔名〕地貌變化形成的湖-土石流擋住流水形成的湖

焔（焰）（ㄧㄢˋ）

焔〔名、漢造〕火焰（=焰、炎、焰、炎）

  火焔、火炎（火焰）

  光焔、光炎（光焔）

焔光〔名〕火焔

  焔光スペクトル（火焔光譜）

焔硝、煙硝〔名〕硝石、硝酸鉀、有煙火藥、黑色火藥

  焔硝火（戲劇中所用鬼火）

焔色、炎色〔名〕焔色、火焔的顏色

  焔色反応〔化〕焔色反應、火焔反應

焔、炎〔名〕火焔、火苗

  焔に包まれる（包在火焔之中）包む包む

  嫉妬の焔を燃やす（燃起嫉妒的火焔）

  焔が出る（冒火苗）

  焔の海と化す（變成一片火海）化す貸す化す課す嫁す

  怒りの焔を燃やす（怒火中燒）怒り怒り

  蝋燭の焔が揺れる（燭光搖曳）

  気付いた時は焔が既に天井を舐めていた（當發覺時火舌已經蔓延天花板上了）舐める嘗める

焔、炎〔名〕〔文〕火焔（=焔、炎）

  ゆらゆらと上がる焔（冉冉上升的火苗）上がる挙がる揚がる騰がる

  嫉妬の焔が燃え上がる（燃起嫉妒的火焔）

硯（ㄧㄢˋ）

硯〔漢造〕硯台（=硯）

  筆硯（筆硯、文筆工作、書信中問候工作者的寒喧語）

硯材〔名〕製硯台的石材

硯池〔名〕硯台放水之處（=硯の海）

硯滴〔名〕硯台水、硯水壺

硯北、研北〔名〕〔信、敬〕案前、座前（寫在受信人名旁邊表示敬意之詞）（=机下）

硯〔名〕硯台

  硯で墨を為る（在硯台上研墨）

  硯一面（硯一方、硯一塊）

硯瓶〔名〕硯水壺

硯の海〔名〕硯池、墨池（=硯池、墨池）

硯箱〔名〕硯台盒（內裝筆、墨、硯、鎮紙等）

硯蓋〔名〕硯台蓋、（宴會用）端魚的托盤、（喜慶宴席上）壓桌酒菜（=口取肴）

雁、鴈（ㄧㄢˋ）

雁、鴈〔名〕〔動〕雁（=雁）

  雁が鳴く（雁鳴）鳴く啼く泣く無く

  雁が鉤に為ったり竿に為ったりして空を渡って行く（雁從空中飛去忽而成人字形忽而成一字形）

  後の雁が先に為る（後來居上）

  雁が飛べば石亀も地団駄（龜看雁飛心著急、自不量力）

  雁も鳩も食わねば味知れぬ（不經一事不長一智）

雁瘡〔名〕〔醫〕癢疹性濕疹

雁木〔名〕（棧橋的）梯磴、（礦坑內）梯子、大鋸、（多雪地方）長屋簷下面的通道

  雁木車（擒縱輪-一種滑車）

雁木梯子（獨木梯子）
雁木鑢（粗銼）
がんくび
雁首〔名〕煙袋鍋、（煙管的）煙斗、煙袋鍋形的陶管子，彎缸管。〔俗〕頭，腦袋
雁首に煙草を付ける（把煙絲裝在煙袋鍋裡）付ける附ける漬ける着ける就ける突ける衝ける
雁首を挿げ替える（更換煙袋管、更換煙管的煙斗、更調人員）
雁首を揃える（湊齊人數）
雁首を切り落とす（砍掉腦袋）
がんこう
雁行〔名，自サ〕雁行，飛雁的行列、並行，並列，不相上下
二人はマラソン競走でトップ雁行して走った（兩個人在馬拉松比賽中始終在最前頭一前一後的跑）
雁行する二人の小説家（並駕齊驅的兩位小說家）
トップの選手に雁行する（與最優秀的選手不相上下）
がんじがらめ、がんじがらみ
雁字搦め、雁字搦み〔名〕五花大綁。〔喻〕妨礙，束縛，綑綁
雁字搦めに縛る（五花大綁）
雁字搦めに為る（五花大綁）
義理と人情の雁字搦め（人情義理的束縛）
規則で雁字搦めに為っている（被規則緊緊地束縛著）
がんしょ
雁書〔名〕書信（=手紙、書簡）
がんそく
雁足〔名〕〔植〕德國蘋果蕨
がんだれ
雁垂〔名〕（漢字部首）厂、厄部
がんぴ、がんび
雁皮、雁鼻〔名〕〔植〕雁皮（瑞香科）
雁皮紙（雁皮紙─一種雁皮做的上等薄紙）
がんまめ
雁豆〔名〕蠶豆的別名（=空豆）
がんもどき、がんもどき
雁擬き、雁擬〔名〕一種油豆腐（豆腐中摻有青菜海帶等）（=がんも）
がんらいこう、はけいとう、はけいとう
雁來紅、雁來紅、葉鷄頭〔名〕〔植〕雁來紅、三色莧、雞冠
かり
雁〔名〕〔動〕雁（=雁）
雁の声（雁聲）
雁の便り（書信）便り頼り
後の雁が先に為った（後來者趕在前頭）

かりがね、かりがね
雁金、雁が音〔名〕雁叫的聲音、雁（=雁）、飛雁形徽章圖案
かりまた
雁股〔名〕叉形箭頭（的箭）、雙箭頭

厭（一ㄢˋ）

えん
厭〔漢造〕厭、嫌惡
嫌厭（厭惡）
倦厭（厭煩）
えんお
厭惡〔名，他サ〕厭惡（=嫌い、憎む、嫌惡、厭忌）
えんき
厭忌〔名，他サ〕厭忌（=嫌う事）
えんけん
厭倦〔名〕厭倦
えんじん
厭人〔名〕討厭人、嫌惡別人、孤僻
厭人癖（孤僻）
厭人家の人（孤僻者、討厭與人交往的人）
えんせい
厭世〔名〕厭世←→樂天
厭世觀（厭世的人生觀）←→樂天觀
厭世主義（厭世主義）←→樂天主義
厭世思想（厭世思想）
厭世家（悲觀主義者）
えんせん
厭戰〔名〕厭戰←→好戰
厭戰氣分（厭戰情緒）
厭戰思想が漲る（充滿厭戰思想）
えんりえど、おんりえど
厭離穢土、厭離穢土〔名〕〔佛〕厭離穢土、喻脫離污穢的塵世，超塵
あく、あく
厭く、飽く〔自五〕滿足、膩煩，厭倦，厭煩
飽く無き野望（貪得無厭的野心）明く開く空く
貪欲で飽く事を知らない（貪心不足）
二人は飽きも飽かれも為ぬ仲だ（兩個好得如膠似漆）
彼は金も有れば權力も有るのに飽く事を知らない（他有錢又有權卻不知足）
飽く無き貪婪は投機人の本性だ（貪得無厭是投機人的本性）
あき、あき、あき、あき
厭き，厭、飽き，飽〔名〕夠、膩、厭煩
飽きが来る（夠了、膩了）
こんな仕事には飽きが来た（這工作已經膩了）
こんな生活には飽きが来た（對於這樣的生活以經厭煩）

5557

日本料理に飽きが来た（對日本料理膩了）
甘い物も度度だと飽きが来る（甜東西吃常了也會膩的）

厭き気味、厭気味〔名〕（有點）厭煩、厭膩（的心情）

厭き性，厭性、飽き性，飽性〔名〕沒常性、易變的性格、動不動就厭煩的性格
彼の人は飽き性だ（他是個沒常性的人）
彼は飽き性な人だから今度の仕事も続くまい（他是一個沒耐性的人所以這回這個工作也不會繼續多久的）
貴方は本当に飽き性の人ですね（您真是個沒常性的人啊！）

厭かす、飽かす〔他五〕使人厭膩，叫人吃飽，討人嫌（＝飽かせる）、（常用…に飽かして的形式）不惜，盡量用（＝ふんだんに使う）
客を飽かす程の御馳走攻め（令人厭膩的盛宴）明かす
御馳走攻めで客を飽かす（用盛餐饗客）
彼の演説は聴衆を飽かさない（他的講演令人聽起來不厭倦）
金に飽かして贅を尽くす（不惜金錢極盡奢侈）
金に飽かして家を建てる（不惜重資蓋房子）
金に飽かして書画を買い集める（不惜花錢買書畫）
暇に飽かして遊び歩く（閒來無事到處遊逛）

厭かず、飽かず〔連語〕不倦，不厭、不滿意，不滿足
終日厭かず眺める（終日百看不倦）
厭かずに医者通いを為る（耐心地就醫）
厭かず見入る（全神貫注地看）
尚厭かず思う（仍感不滿足、還認為不滿意）

厭きる、飽きる〔自上一〕夠、滿足，膩煩、厭煩，厭倦（接其他動詞連用形下構成複合動詞用法）夠、膩
此の子は何でも直ぐ飽きる（這孩子對什麼都沒有常性）
飽きる事を知らない（貪得無厭、不知滿足）
此の仕事にはもう飽きた（這工作已經做膩了）

此の絵は何度見ても飽きない（這幅畫看多少遍也不厭）
どんな好きな物でも、毎日食べると飽きて仕舞う（不管怎樣喜歡的東西如果天天吃也就膩了）
君の言い訳はもう聞き飽きた（你的辯白我已經聽膩了）
何度読んでも飽きる事が無い（百讀不厭）
飽きる程食う（吃個夠）
飽きる程見る（看個夠）
見飽きる（看夠）
食べ飽きる（吃膩）

厭き厭き，厭厭、飽き飽き，飽飽〔名、自サ〕厭煩、膩煩
彼の人の長談議にはもう飽き飽きだ（他的長篇大論已經聽膩了）
汽車の旅の長いのに飽き飽きする（乘火車旅行時間太長膩死人）
もう梅雨には飽き飽きした（梅雨連綿真厭煩）梅雨梅雨
人を飽き飽きさせる（使人厭煩）

厭き果てる〔自下一〕厭煩到極點
此の仕事には厭き果てた（這個工作我算膩透了）

厭う〔他五〕厭煩，厭嫌，吝惜、（常用假名寫不用漢字）珍重，珍惜，保重，愛護
世を厭う（厭世）
世を厭うて山に入る（厭世入山）
煩を厭わず（不厭其煩）
暑さを厭わず勉強する（不嫌炎熱地用功）
苦労を厭わぬ（不辭勞苦）
兵法は偽り厭わない（兵不厭詐）
十分体を御厭い下さい（務請保重貴體）

厭目、糸目〔名〕細線、（風筝的）提線、（由一貫重的繭抽出的）生絲的重量、（陶器等上刻的）細紋、柳樹芽、（用作釣餌的）沙蠶、擔心
凧の糸目を直す（調整風筝提線）
糸目模様（細花紋）
金に糸目を付けない（不吝惜金錢）

厭わしい〔形〕討厭、厭煩←→好ましい

何処を見ても厭わしい事許りだ（看什麼都覺得討厭）
顔を見るのも厭わしい（看見他就煩）

厭、嫌〔名、形動〕討厭、厭惡、不喜歡↔好き
厭な顔を為る（露出不高興的神情）
厭な気持（厭煩的心情）
厭な顔一つ為ず（一點也沒露出不願意的神色）
聞いていて厭に為る（聽得厭煩）
夏は暑くて厭です（夏天熱得令人討厭）
もう生きるのが厭に為った（已經活膩了）
徒でも厭です（白給也不想要）
厭なら止し給え（不願意就不要做好了）
厭と言う程（厭煩、厲害、夠嗆）
彼の人に会うのが厭だ（我不願意見他）
厭と言う程殴る（痛打一頓）
雨は厭と言う程降り続いた（雨下得沒完沒了）

否〔感〕（表示否定對方的話）不，不對、（表示將要作出否定或肯定而又把話停下來）哦，那麼，是啊
〔接〕（插在句子中間否定上邊說的話表示正確說來應該是…）不、豈止
否、然うではない（不，不是那樣）
否、そんな事は無い（不，沒有那種事）
出掛けるかい－否、出掛けない（出去嗎？不，不出去）
否、何でもないんです（哦〔不〕，沒什麼）
否、又参ります（那麼改日我再來）
否、其れなら又御電話します（哦，那麼回頭我再打電話）
日本、否、世界の名作だ（是日本，不，是世界的名著）
其れは三人でも出来ない、否、五人でも出来るもんか（那三個人也做不了，不，五個人也談何容易）
私は六つ否、其の倍でも食べられるよ（我能吃六個，哪裡，六個的兩倍也能吃得下）

厭厭、嫌嫌〔名、副〕小孩搖頭（表示不願意、不喜歡）、無奈，勉強，不得已
赤ん坊が厭厭を為る（小孩子搖頭表示不願意）
厭厭引き受ける（勉強地承擔下來）
厭厭勉強する（硬著頭皮學習）
厭厭乍（勉強地、不願意地）
厭厭乍出掛ける（勉強地走了出去）
彼女は厭厭乍引き受けた（她勉強地答應下來了）

厭がらせ、嫌がらせ〔名〕故意使人不痛快或討厭（的言行）、惹人生氣
厭がらせを言う（說風涼話、說使人不痛快的話）
厭がらせを為る（故意使人不痛快、做令人討厭的事）

厭気，嫌気，厭気，嫌気〔名〕不高興，討厭、（行情不順）情緒低落
厭気を出すな（別不耐煩）
厭気が差す（感覺厭煩）
仕事に厭気が差して来た（對工作感到厭煩）

厭地，厭地、忌地，忌地〔名〕〔農〕忌連作、因連作而減產

厭味、嫌味〔名、形動〕令人討厭，刺耳，造作、令人不高興的話，挖苦話
彼の男は何処か厭味が有る（那個人有些地方令人討厭）
厭味に聞こえる（聽得刺耳）
厭味の無い色（雅致的顏色）
厭味を言う（說譏誚話）
文章は旨いが少し厭味が有る（文章倒好就是有點造作）
厭味たっぷり（過於挖苦）
厭味の無いさっぱりと為た人（直爽的人）
彼は散散厭味を並べ立てた（他數落了一大堆挖苦人的話）

厭らしい、嫌らしい〔形〕討厭的（=形厭わしい）、下流的（=猥りがわしい）↔好もしい
厭らしい色（刺眼的顏色）
厭らしい態度（令人不快的態度）
厭らしい奴（討厭鬼）
厭らしい目付き（下流的眼神）

女に向って厭らしい事を言う（對婦女說下流話）

人の悪口を言って本当に厭らしい（講別人壞話實在令人討厭）

燕（一ㄢˋ）

燕〔漢造〕燕（=つばめ）

燕窩〔名〕燕窩（=燕巣、燕巣）

燕脂、臙脂〔名〕胭脂（=紅）、深紅色（=生臙脂）

燕脂色（深紅色）色色色

燕脂虫（胭脂蟲）虫虫

燕子花、燕子花、杜若、燕子花〔名〕〔植〕燕子花

燕雀〔名〕燕和雀、小人物←→鴻鵠

燕雀焉んぞ鴻鵠の志を知らんや（燕雀焉知鴻鵠之志）焉んぞ安んぞ

燕雀鳳を生まず（燕雀不生鳳、狐兔不乳馬）

燕巣、燕巣〔名〕燕窩（=燕窩）

燕麦〔名〕〔植〕燕麥（=オート麦、烏麦）

燕尾服〔名〕燕尾服

燕尾旗〔名〕燕旗、狹長三角旗

燕尾双晶〔名〕燕尾形

燕〔名〕〔動〕燕

燕の巣（燕窩）

若い燕（上年紀婦女的年輕的情夫）

燕魚〔名〕〔動〕泰勒海燕（熱帶產鱸目海魚）、文鰩魚的異稱（=飛魚）

燕万年青〔名〕〔植〕七筋姑（百合科多年生草、結球狀液果）

燕鶏〔名〕〔動〕何愛青鳥、麝雉（南美產）

燕鯎〔名〕〔動〕四鰓鱸（馬鰱目海魚）

燕算用〔名〕合計、算總帳

燕水仙〔名〕〔植〕火燕蘭（石蒜科多年生草、原產墨西哥觀賞植物、有毒、孤挺花的一種）

燕千鳥〔名〕〔動〕燕鴴

燕灰色鳶〔名〕〔動〕燕尾鳶

燕〔名〕〔雅〕〔動〕燕（=燕）

燕〔名〕〔雅〕〔動〕燕（=燕）

燕〔名〕〔方〕〔動〕燕（=燕）

燕鱒、燕鱝〔名〕〔動〕蝶魟、蝴蝶魚

諺（一ㄢˋ）

諺〔漢造〕諺語、俗語、成語、古諺（=諺）

古諺（古諺語）

西諺（西方的諺語）

俗諺（俗諺）

俚諺（俗語、方言）

諺解〔名〕困難的書籍用平明的話來解說

諺語〔名〕諺語、俗語（=諺、イディオム）

諺語辞典（諺語辭典）

諺文、諺文、諺文〔名〕（朝 ommum）諺文、朝鮮文字（=ハングル）

諺〔名〕諺語、俗語、成語、古諺

諺にも有る通り（俗語說…）有る在る或る

時は金也と言う諺が有る（有句諺語說時者金也）金金言う云う謂う

験、験（驗）（一ㄢˋ）

験〔名、漢造〕效驗，驗證（=験、効目、験，徵）、徵兆、試驗、實驗

薬の験が見えない（藥不見效）

験が無い（沒有徵兆）無い縋い

験が良い（好徵兆）良い好い善い良い好い善い

修験道（修驗道-密宗一派）

霊験（靈驗、神佛的感應）

験者〔名〕修驗道的修行者（=修験者）

験者道（以〝役小角〞為開山祖的密教的一派、在山裡修行以念咒祈禱為主）

修験者（修驗道的修行者-以帶大刀，拄金剛杖，吹法螺，留長髮，戴頭巾，穿袈裟為特徵）

験〔名、漢造〕驗證，效驗（=効目、效果）、徵兆，苗頭、試驗，檢驗

験が見えない（不見效）

効験（效驗、功效）

実験（實驗、經驗、體驗）

試験（試驗、檢驗、化驗、測驗）

体験（體驗、經驗）

経験（經驗）

受験（報考、應試）

験算、検算〔名、他サ〕驗算、核對、核算（=試し算）

合っているか如何か験算する（驗算一下看對不對）如何如何如何
答案を出す前に験算（を）為る（在交卷前進行驗算）

験電気、検電気〔名〕〔理〕驗電氣

験する〔他サ〕核對（＝験算する）、經驗（＝経験する）、試驗，查驗（＝取り調べる）

験、徴〔名〕徵兆，徵候（＝兆し）、效驗，效力（＝効目）
雪は豊年の験と言う（據說瑞雪兆豐年）
験 徴 印 記 標 首 首級
薬の験が現れた（藥奏效了）

印、標〔名〕符號、標識、徽章、證明、表示、紀念、商標
爪印（爪印）標、印 徴、験 首、首級
チョークで印を付ける（用粉筆做個記號）
星の印を付ける（加上星形符號）
間違えない様に印を付けて置く（打上記號以免弄錯）
印に其のページを折って置く（折上那一頁當記號）
正しい答に印を付けよ（在正確答案上打上記號）答え応え堪え
鳩は平和の印である（鴿子是和平的象徵）
松は操の印である（松樹是節操的象徵）
操 節
会員の印を付けている（配戴著會員的徽章）
彼に金を渡したのは信任の印を示す物だ（把錢交給他那就是信任的一種證明）
受け取った印に印を押して下さい（請您蓋上印章作為收到的證明）
改心の印も見えない（沒有悔悟的證明）
改心した印に煙草を止める（戒煙表示悔改）
生きている印（活著的證據）
妊娠の印（懷孕的證明）
誰か来た印に煙草の吸殻が有る（有煙頭證明有人來過）
友情の印と為て品物を贈る（這禮品用作友誼的表示）
愛情の印（愛情的表示）
感謝の印と為て（作為感謝的表示）

本の御礼の印に（微表謝意）
箱根へ行った印に（作為去箱根的紀念）
阿里山に行った印のステッキ（stick）を買う
ばつ印（X記號－ばつ寫作X、表示否定、不要或避諱的字所用的符號）
鷹標（鷹牌）
松標の醤油（松牌的醬油）

記、誌〔名〕記錄

印〔名〕印（＝印、押手）

験す、試す〔他五〕試、試試、試驗（＝試みる）
性能を試す（試驗性能）
新薬を犬に試す（對狗試用新藥）
機械を試す（試機器）
試して見たが中中良い（試過了很好）
此の病気には湯治が良い然うです、一度試して御覧為さい（這種病聽說洗溫泉好請試一試看）

験し、試し，試〔名〕試、試驗、嚐試（＝試み）、驗算
試しに買う（試購）例し
一箇月試しに使って見る（試用一個月）
一箇月 一個月 一カ月 一ケ月
試しに何行か読んで見る（唸幾行看看）
試しに働いて貰ってから雇うか如何かを決めよう（等試用之後再決定雇還是不雇用！）
物は試しだ。一つ遣って見よう（事情要試一試先做做看吧！）
試し焼き（照相的樣張）
試しを為て見る（驗算一下）
試し算（驗算、核算）

嚥（一ㄢˋ）

嚥〔漢造〕咽、嚥（＝呑む、呑み込む）

嚥下、嚥下〔名、他サ〕嚥下
嚥下困難（〔醫〕嚥下困難）

艷（艷）（一ㄢˋ）

艷〔名、形動、造語〕鮮艷，香艷、艷麗、艷事
百花艷を競う（百花爭艷）

豊艶（豐盈而豔麗）
嬌艶（嬌豔）
妖艶（妖豔）

艶歌、演歌〔名〕（明治、大正時期）一種在街頭說唱的民間流行歌曲

艶歌師、演歌師（〔明治末期到昭和初期盛行在街頭奏小提琴唱流行歌的〕賣唱者、賣歌集者）

艶句〔名〕艷句（吟詠風流韻事的詼諧短詩）

艶書〔名〕情書（=恋文、love letter）
艶書を送る（寄情書）送る贈る

艶状〔名〕情書（=艷書）
艶状で心を打ち明ける（被情書打動了）

艶笑〔名〕媚笑，嫣然一笑、艷情的詼諧故事
艶笑小咄（艷情軼事、艷情小故事）
艶笑文学（艷情詼諧文學）

艶色〔名〕艷麗的姿色
人の目を引く艶色（引人注目的艷麗姿色）

艶美〔名、形動〕艷美

艶福〔名〕艷福
艶福家（有艷福的人）

艶聞〔名〕艷聞、艷事、風流韻事
彼には艶聞が絶えた事が無い（關於他不斷有男女關係的流言）堪える絶える耐える
艶聞が広まる（風流韻事四傳）
艶聞を流す（傳播艷聞）

艶冶〔名、形動〕妖豔（=婀娜）

艶容〔名〕艷容

艶麗〔名、形動〕艷麗
艶麗な姿（艷麗的姿容）
艶麗な女（妖豔的女人）
艶麗な文体（艷麗的文體）

艶〔名〕光澤，光亮，興趣，妙趣。〔俗〕艷事，風流事、妖豔，嫵媚
艶の有る顔色（有光澤的面孔）顔色顔色
艶の有る紙（有光紙）有る在る或る紙神髪上
艶インキ（有光墨水）
靴を磨いて艶を出す（把皮鞋擦亮）
床を磨いて艶を出す（把地板磨得光亮）床床

艶を消す（消光）
艶を出す（發光）
そんな艶の無い話は止めよう（不要說那些沒趣的話）
話に艶を付ける（談得趣味橫生）
艶を付ける（為了促進談判等餽贈錢款）
艶物語（艷史）
艶事（艷事）
艶の有る声（帶嫵媚的聲音）
彼には艶種が多い（他有很多風流韻事）

艶紙〔名〕有光紙

艶薬〔名〕釉料（=釉薬、釉薬）

艶消し、艶消〔名、自サ、形動〕去掉光澤、掃興（=色消、野暮）
艶消しに為る（去掉光澤）
艶消し硝子（磨光玻璃、毛玻璃）
艶消し電球（磨砂燈泡）
艶消し写真（暗光紙照片）
艶消し剤（消光劑）
艶消しペンキ（無澤油漆）pek荷
計画は艶消しに為る（給計畫潑冷水）
艶消しな（の）男だ（沒風趣的人）
其は艶消しな話だ（那真是掃興的話）
艶消しな事を言うな（別講掃興的話）

艶事〔名〕艷事，風流事（=濡れ事）、（歌舞伎等演出的）風流場面，戀愛場面，艷情戲
彼の人には艶事が絶えない（他風流韻事不斷）絶える堪える耐える

艶出し〔名、他サ〕上光、磨光、艷光
艶出しを為る（磨光、擦出亮光）
写真を艶出しする（替照片上光）
艶出し機（艷光機）
艶出し盤（磨光盤）
艶出し粉（亮光粉）
艶出し紙（光面紙）
艶出し仕上げの手袋（上光皮手套）

艶種〔名〕艷事、艷聞、桃色新聞、風流話題
彼には艶種が多い（他的艷聞很多）

艶っぽい〔形〕〔俗〕妖艷、含情脈脈、含有色情味的
　艶っぽい話（艶聞）

艶艶〔副、自サ〕光潤、光滑、光亮
　髪が艶艶と為ている（頭髮亮光光的）
　皮膚が艶艶する（皮膚光潤）
　艶艶した髪（有光澤的頭髮）
　雨に濡れた若葉が艶艶と光っている（被雨淋的嫩葉油亮亮的）
　林檎の様な艶艶と為た頬っぺた（像蘋果般紅潤的臉頰）
　彼女は頬が艶艶している（他的臉蛋很光潤）

艶艶しい〔形〕光澤、光亮
　艶艶しい皮膚（光潤的皮膚）
　艶艶しい髪の毛（光亮的頭髮）

艶場〔名〕（歌舞伎的）戀愛場面（=濡れ場）

艶話〔名〕艶聞、風流韻事、桃色新聞

艶拭き〔名、他サ〕（把地板、家具等）擦光、擦亮
　体育館の床板の艶拭きを為る（把體育館的地板擦亮）

艶布巾〔名〕（擦木器使發光的）油抹布
　艶布巾を掛ける（用油抹布擦）

艶めく〔自五〕有光澤，發出光澤、妖艷，嫵媚，含情脈脈
　真珠が艶めく（珍珠發出美麗光澤）
　艶めいて話す（光澤而美麗的頭髮）

艶物〔名〕（淨琉璃等的）艷情故事、艷情曲
　艶物を一段語らせる（叫他唱一段艷情曲）

艶やか、艶か、艶〔形動〕有光澤、光潤
　艶やかな顔（面色紅潤）
　艶やかな美しい髪（光澤而美麗的頭髮）
　艶やかな皮膚を為ている（皮膚光潤）

艶やか、艶か、艶〔形動〕艷麗、婀娜
　艶やかに装う（服飾華貴）
　花の様に艶やかだ（艷麗如花）
　艶やかな女性（婀娜多姿的女人）
　艶やかさが目を奪う（鮮艷奪目）

艶姿〔名〕艷姿、艷麗的姿態

艶く、生めく〔自五〕顯得年輕貌美、顯得妖艷、顯得嬌媚、顯得優雅
　艶いた女の姿（妖艷的女人姿態）
　艶いた女（嬌媚的女人）

艶かしい、生めかしい〔形〕艷麗的、妖艷的、嬌媚的、優美的、文雅的
　艶かしい黒髪（美麗的黑髮）
　艶かしい姿（嬌態）
　艶かしい目付き（嬌媚的眼神）
　艶かしい姿が目の前にちらつく（嬌態在眼前若隱若現）
　艶かしい仕種（肉感的動作）
　艶かしい話（艷聞）
　艶かしい描写（色情的描寫）

贋（一ㄢˋ）

贋〔漢造〕偽造的東西、假東西
　真贋（真偽）

贋作〔名、他サ〕偽作、偽造作品（=贋物、贋物）
　贋作の絵（偽作的畫）
　宋代の陶器を贋作する（偽造宋代陶器）

贋造〔名、他サ〕偽造，假造、偽造品，贋品（=偽造）
　贋造紙幣を発見する（發現假鈔票）
　紙幣を贋造する（偽造紙鈔）
　贋造物（贋品）
　贋造骨董（仿造的骨董、假造的骨董）

贋、偽〔名〕假冒、贋品
　贋の証明（假證件）
　贋の証文（假證據）
　贋の真珠（假珍珠）
　贋の印鑑を作る（偽造印鑑）作る造る創る
　贋医者（密醫）
　偽君子（偽君子）

贋書き，贋書，偽書き，偽書〔名〕偽筆、偽書、假字跡

贋金、偽金〔名〕假錢
　贋金作り（造偽鈔者）
　贋金使い（用假錢的人）

贋首、偽首〔名〕假首級

贋札、偽札、贋札〔名〕假鈔票
　贋札を掴ませる（塞給假鈔票）掴む攫む
贋物 偽物 贋物〔名〕假冒的東西、冒牌貨←→本物、真物
　贋物の琥珀（假琥珀）
　此のサインは贋物だ（這個簽字是假的）
　贋物は贋物であり仮面は剥ぎ取る可きである（假貨就是假貨偽裝應當揭穿）
　巧妙に作られた贋物を見破る（看穿造得好巧的冒牌貨）
　旨く拵えた贋物（這個假貨做得好）旨い巧い上手い甘い美味い
　贋物を掴まされる（被騙買假貨）
贋者、偽者〔名〕假冒的人、冒充的人
　贋者の弁護士（冒牌律師）
　真っ赤な贋者（純屬冒牌貨、道地的冒充者）
　小説家の贋者が現れる（出現冒充小說家的人）現れる表れる顕れる

因（一ㄣ）

因〔名、漢造〕〔佛〕因、原因←→果
　準備不足が失敗の因を為す（準備不足是失敗的原因）為す成す生す茄子
　病因（病因）
　原因（原因）
　要因（主要原因）
　宿因（宿因）
　遠因（遠因、間接原因）
　近因（近因、直接原因）
　勝因（勝利原因）
　敗因（失敗原因）
　訴因（起訴的原因）
　素因（原因、體質、素質）
　成因（成因、原因）
因果〔名、形動〕因果，原因和結果。〔佛〕因果報應，不幸，厄運，命中注定，宿命的
　前世の因果（前世的因果報應）前世前世
　前世関係に明らかに為る（弄清因果關係）
　因果の小車（因果循環、報應不爽）

因果は回る小車（因果循環、報應不爽）回る廻る周る
　因果を含める（說明原委使人斷念）
　因果と諦める（認為是命中注定而死心）
　彼に因果を含めて辞職させた（說明原委叫他辭職了）
　何の因果でこんな目に逢うだろう（做了甚麼孽才遭受到這樣的報應！）逢う会う合う遭う遇う
　因果な身の上（不幸的身世）
　因果な子（不幸的孩子、厄運的孩子）
　因果な事には（糟糕的是…）
　因果覿面（現世現報、報應不爽）
　因果応報（因果報應）
　因果の胤を宿す（私通懷胎、珠胎暗結）胤種
　不幸な目に逢うのも因果応報だと言う（據說遭受不幸也是因果報應）
　因果は皿の縁（報應不爽）縁縁縁　縁縁
　因果率（〔哲〕因果律）
　昔の因果は皿の縁、今の因果は針の先（報應不爽）
因業〔名、形動〕〔佛〕孽，罪孽，殘酷，無情，刻薄
　因業な家主（殘酷無情的房東）
　因業な遣り方（殘酷無情的作法）
　因業親爺（殘酷無情的老傢伙）親爺親父
　余り因業な事を為るな（不要太作孽了）
　因業者（殘酷無情的人、刻薄的人）者者
因子〔名〕因子，因素，要素，要因（=ファクター）。〔數〕因子，因數，商，遺傳因子
　無数の因子が互いに絡み合っている（無數因素互相糾纏在一起）
　遺伝因子（遺傳因子）
　因子分析（因子分析）
　因子型（遺傳型、基因型）型型
因習、因襲〔名〕因習，因襲，舊習，舊例，慣例
　因習を打破する（打破舊習、打破慣例）
　因習を取られる（墨守成規、因循守舊）
　因習の殻を破る（打破舊框框）

因習的（因循的、守舊的）
　因習的な遣り方（老辦法）
　因習的な考え方を根本から改める（從根本上改變舊習慣）改める 革める 検める

因循〔名、形動〕因循，保守，沿襲，猶豫不決，優柔寡斷，拖拉
　因循な態度を取る（採取因循守舊的態度）
　因循姑息（因循姑息）
　因循な人（優柔寡斷的人）

因数〔名〕〔數〕因數、因子
　因数分解（〔數〕因數分解）
　因数に分解する（解成因子）

因念、因縁〔名〕〔佛〕因緣，定數，注定的命運，理由，由來，關係
　此も因縁だ（這也是命中注定）
　其の謂われ因縁は斯うだ（它的由來是這樣的）言う 云う 謂う
　謂われ因縁を尋ねる（詢問始末根由）尋ねる 訪ねる 訊ねる
　因縁が浅くない（因緣非淺、關係非淺）
　彼の一家との因縁が浅くない（和他們一家的關係很深）
　因縁を付ける（找理由、找麻煩、藉口、找碴）付ける 漬ける 着ける 就ける 突ける 衝ける 附ける
　与太者が人に因縁を付ける（流氓向人找麻煩）

因明〔名〕〔佛〕因明（古代印度邏輯學的一種推理方法）

因由〔名、自サ〕因由、原由、原因
　不況の因由を探求する（探索經濟衰退的原因）

因陀羅，インダラ，因陀羅，インドラ〔名〕〔宗〕（印度吠陀神話的）因陀羅神、雷神

因る、依る、由る、拠る、縁る〔自五〕由於、基於、依靠，仰仗，利用，根據，按照，憑據，憑藉
　私の今日有る彼の助力に因る（我能有今日全靠他的幫忙）
　彼の成功は友人の助力に因る所が大きい（他的成功朋友的幫助是一大要因）
　昨夜の火事は漏電に因る物らしい（昨晚的火災可能是因漏電引起的）昨夜 昨夜
　命令に依る（遵照命令）選る 寄る 縒る 撚る 倚る 因る 凭る
　筆に依って暮らす（依靠寫作生活）
　慣例に依る（依照慣例）
　慣例に依って執り行う（按照慣例執行）
　労働に依って収入を得る（靠勞力來賺錢）得る 得る
　辞書に依って意味を調べる（靠辭典來查意思）
　話し合いに依って解決し可きだ（應該透過談判來解決）
　基本的人権は憲法に依って保障されている（基本人權是由憲法所保障）
　学生の能力に依り、クラスを分ける（依照學生的能力來分班）分ける 別ける
　天気予報に依れば明日は雨だ（根據天氣預報明天會下雨）明日 明日 明日
　医者の勧めに依って転地療養する（按醫師的勸告易地療養）進める 勧める 薦める 奨める
　成功不成功は努力如何に依る（成功與否取決於努力如何）如何 如何 如何
　成功するか為ないかは君の努力如何に依る（成功與否取決於你自己的努力如何）
　場合に依っては然う為ても良い（依據場合有時那麼做也可以）
　親切も時に依りけりだ（給人方便要看什麼場合）
　何事に依らず（不管怎樣）
　演劇に依って人生の真実を探る（用演劇來探索人生的真實）
　木に縁って魚を求める（緣木求魚）魚 魚 魚

寄る〔自五〕靠近、挨近、集中、聚集、順便去、順路到、偏、靠、增多、加重、想到、預料到。〔相撲〕抓住對方腰帶使對方後退。〔商〕開盤
　近く寄って見る（靠近跟前看）
　側に寄るな（不要靠近）
　もっと側へ御寄り下さい（請再靠近一些）

此処は良く子供の寄る所だ（這裡是孩子們經常聚集的地方）

砂糖の塊に蟻が寄って来た（螞蟻聚到糖塊上來了）

三四人寄って何か相談を始めた（三四人聚在一起開始商量什麼事情）

帰りに君の所にも寄るよ（回去時順便也要去你那裡看看）

何卒又御寄り下さい（請順便再來）

一寸御寄りに為りませんか（您不順便到我家坐一下嗎？）

此の船は途中方方の港に寄る（這艘船沿途在許多港口停靠）

右へ寄れ（向右靠！）

壁に寄る（靠牆）

駅から西に寄った所に山が有る（在車站偏西的地方有山）

彼の思想は左（右）に寄っている（他的思想左〔右〕傾）

年が寄る（上年紀）

顔に皺が寄る（臉上皺紋增多）

皺の寄った服（折皺了的衣服）

貴方が病気だったとは思いも寄らなかった（沒想到你病了）

時時思いも寄らない事故が起こる（時常發生預料不到的意外）

三人寄れば文殊の智恵（三個臭皮匠賽過諸葛亮）

三人寄れば公界（三人計議、無法保密）

寄って集って打ん殴る（大家一起動手打）

寄ると触ると其の噂だ（人們到一起就談論那件事）

寄らば大樹の蔭（大樹底下好乘涼）

凭る、靠る〔自五〕凭、倚、靠

欄干に凭る（凭靠欄杆）

壁に凭る（靠牆）

机に凭って読書する（凭桌而讀）

柱に凭って居眠りを為る（靠著柱子打盹）

因り、依り（修助）遵照、按照、因為、由於

政府の命令に依り（遵照政府的命令）

病気に依り欠席する（因病缺席）

寄り〔名〕聚集、（腫瘤的）根、頭、硬心、凝聚。〔商〕開盤、（接尾用法）偏，靠。〔相撲〕抓住對方腰帶迫使後退

昨夜の会は大層人の寄りが好かった（昨晚上的會到會的人很多）

今日の寄りが悪い（今天到的人不多）

面皰の寄り（粉刺的頭）

腫れ物の寄りが首に出来る（脖子上長疙瘩）

南寄りの風（偏南風）

稍西寄りの所に（在偏西的地方）

左寄りの立場（偏左的立場）

海岸寄りの地帯（靠海岸地帶）

寄りを見せる（抓住對方腰帶推出界外）

因りて，因て、依りて，依て〔接〕因此、因而

因りて彼の善行を表彰する（因而表揚他的善行）

因って、依って〔接〕（依りて的音便）因而、因此、所以

依って此で表彰する（因而予以表揚）

因って来たる、因って来る〔連語、連體〕根本的、所由來的

因って来たる所を究明する（究明根源）

因って来たる原因（由來的原因、根本的原因）

因りけり〔連語〕要看…、取決於…、根據…

冗談も時に因りけり（開玩笑也得看時候）

行くか如何かは気持に因りけり（去或不去視心情而定）

因、縁、便〔名〕依靠，借助、因緣，關係

一枚の写真を思い出の因と為る（以一張照片作為紀念）

此のネックレスが姉を偲ぶ唯一の因です（這條項鍊是唯一可以懷念姊姊的東西）偲ぶ忍ぶ

身の寄せる因も無い（無依無靠）

因を頼って就職する（透過關係就業）頼む恃む頼る

因む〔自五〕（和…）有因緣、有關聯、來自

地名に因んで名を付ける（因地命名）名名

生まれた土地に因んで此の名を付ける（因出生地而取了這個名字）
旧正月に因む様々行事（有關舊曆年的種種傳統活動）
此は仏教に因んだ物である（這是和佛教有因緣的、這是由來於佛教的）

因〔名〕因緣、關係（＝縁、縁）
何の因も無い人（毫無關係的人）
此の土地には因も無い（此地素無因緣）

因に〔接〕順便、附帶（＝序に）
因に言う（附帶說明）
因に一寸申し上げる（順便說一下）
因に田中氏は本校の卒業生であります（順便說一下田中先生是本校畢業生）

姻（一ㄣ）

姻〔漢造〕婚嫁
婚姻（婚姻、結婚）
姻戚〔名〕〔俗〕姻親、親戚
姻族〔名〕〔俗〕姻親、親戚（＝姻戚）

音、音（一ㄣ）

音〔漢造〕聲音、聲響、音樂、音訊←→韻
知音（知音，知己，熟人，相識）
母音、母音（母音）
子音、子音（子音）
福音（福音、佳音、好消息）
音書〔名〕書信、音訊（＝書狀、便り、音信）
音信、音信〔名、自サ〕音信、通訊（音信是舊的用法＝音信）（＝便り、訪れ）
先生と音信する（與老師通訊）
音信が絶える（斷絕通信）絶える耐える堪える
久しく音信が無い（久無音信）
音信不通、音信不通（音訊全無）
音物〔名〕〔古〕禮物，贈品（＝贈り物、進物）、賄賂

音〔名〕聲音，聲響（＝音、音声）、音色、音感、發音。〔漢字〕音讀←→訓
音を出す（發音、發出聲音）
音が悪い（音色不好）
音が高い（聲音高）
音の感じが良い（音感好、音色佳）善い好い佳い良い善い好い佳い良い
澄んだ音（清脆的聲音）澄む清む住む棲む済む
lの音とrの音の区別（l音和r音的區別）
漢字を音で読む（用音讀讀漢字）読む詠む
音の強度（〔理〕音強）
川の音は川だ（川的音讀是川）
音を正確に話す（發音正確地說）話す離す放す
楽音（樂音）←→騒音、噪音
騒音、噪音（噪音）
高音（高音）←→低音
硬音（硬音）
慣用音（慣用發音、習慣發音）
発音（發音）
増音（擴音）
玉音、玉音（日皇的聲音）
玉音（大札，您的來信、清脆的聲音、日皇的聲音）
濁音（濁音）
同音（字音相同、同樣音高、同聲發言）
半濁音（半濁音）
清音（清音）
声音（聲音）
表音（表音、標音）
字音（漢字的讀音）
漢音（漢音）
呉音（呉音）
唐音（唐音）
宋音（唐音的異稱）
訛音（不正確的發音）
顎音（顎音）
古音（指呉音，漢音以前的漢字讀音）
五音、五音（宮商角徴羽、音色）

語音（語音）
　長音（長音）
　短音（短音）
　単音（單音）
　調音（調音、發音動作）
　潮音（海濤聲）
音域〔名〕音域
　テノールの音域（男高音的音域）
　音域の広い声（音域寬的嗓音）
　彼の音域は大して広くない（他的音域不很寬）
音韻〔名〕音韻、聲韻
　音韻学（音韻學、語音學）
　音韻論（語音學）
音価〔名〕（語音學）音值。〔樂〕（表現在樂譜上的特定音符的）音的長短
音界〔名〕〔理〕聲場
音階〔名〕〔樂〕音階
　音階が正しい（音階正確）
　長音階（大音階）←→短音階
　五音音階（五音音階）
　音階を練習する（練習音階）
音楽〔名〕音樂
　音楽を習う（學習音樂）学ぶ
　音楽の聞くのは好きです（喜愛聽音樂）聞く聴く訊く効く利く
　音楽を奏する（奏音樂）奏する相する草する走する
　音楽を好む（愛好音樂）
　音楽の夕べ（音樂晚會）
　音楽を合わせて歌う（合著音樂唱歌）
　標題音楽（標題音樂）
　絶対音楽（純音樂、無標題音樂）
　民俗音楽（民間音樂）
　軽音楽（輕音樂）
　音楽愛好者（音樂愛好者）
　音楽ホール（音樂廳）
　音楽聾（音痴、不懂音樂）
　音楽の好きの人（喜歡音樂的人）

　音楽家（音樂家）
　音楽学校（音樂學校）
　音楽科（音樂科）
　音楽堂（音樂堂）
　音楽会（音樂會）
　音楽隊（樂隊）
音感〔名〕〔樂〕音感
　音感教育（音感教育、聽覺訓練）
　絶対音感（〔樂〕絕對音感）
音義〔名〕每個音的意思。〔漢字〕字音和音義
　音義説（一音一義説）
音響〔名〕音響、聲音
　此の講堂は音響の具合が悪い（這座講堂音響條件不好）
　人体に対する音響の影響を研究する（研究音響對人體的影響）
　音響を防ぐ（防音）
　音響を通さない壁（隔音的牆）
　音響止めの天井（防止回音的天花板）
　音響機雷（音響水雷）
　音響学（音響學）
　音響測探機（〔理〕回聲測探儀）
　音響効果（〔電影等〕音響效果）
　音響電気効果（〔理〕聲電效果）
　音響測位（〔理〕聲波測距法）
　音響の良い劇場（音響效果好的劇場）
音曲、音曲〔名〕日本曲藝和歌曲的總稱、（用三弦伴奏的）俗曲，小曲
　音曲話（帶小曲的單口相聲）
音訓〔名〕字音和字義、漢字的音讀和訓讀
音源標定〔名〕〔軍〕音響測距、聲測
　音源標定に依る修正（聲測校正）
音叉〔名〕音叉
　音叉標準周波時計（音叉標準頻率電鐘）
音詩〔名〕（tonepoem 的譯詞）〔樂〕音調詩（通用於管弦樂隊的一種樂曲、試圖用音調來表示詩、故事等）
音字〔名〕標音文字（如注音符號、日文假名等）←→意字
音質〔名〕音質

音質の良いラジオ（音質好的收音機）
音質の悪いラジオ（音質不好的收音機）

音色、音色〔名〕〔樂〕音色
琴と笛とは音色を異に為る（琴和笛的音色不同）異異
此のピアノの音色が良い（這架鋼琴的音色好）良い善い好い佳い良い善い好い佳い
綺麗な音色の出る笛（音色美好的笛子）
此の笛は奇麗な音色が為る（這笛子音色很好）
ピアノとバイオリンでは音色が違い（鋼琴和小提琴的音色不一樣）
優しい音色優しい易しい（優雅的音色）
音色が違い（音色不對、音色不同）

音数律〔名〕（詩的）音節數的格律、音素韻律（五七調、七五調）

音声〔名〕聲音、語音
音声が荒れている（嗓音壞了）
音声がはっきりしている（聲音清楚）
音声を高くする（提高聲音）
音声学（語音學）
音声器官（發音器官）
音声記号（音標、發音符號）
音声言語（聲音語言、口頭語言）
音声表記（音標、發音符號）

音節〔名〕（＝シラブル syllable）
単音節（單音節）
多音節（多音節）
音節を分つ（分成音節）分つ別つ
単音節の語（單音節語）
日本語の音頭は三音節である（日語的音頭是三音節）
英語のpencilは二音節で、日本語のペンシルは四音節だ（英語pencil是二音節日語的ペンシル是四音節）

音素〔名〕（語音學）（語言的最小單位）音素

音速〔名〕〔理〕音速
超音速ジェット機（超音速噴射機）
超音速飛行機（超音速飛機）

音痴〔名〕音痴、五音不全（的人）、不懂音樂的人。〔轉〕某一方面感覺遲鈍（的人）
音痴の人（五音不全的人）
彼の人は音痴だ（他五音不全、他不懂音樂）
方向音痴（方向搞不清〔的人〕）
匂い音痴（嗅覺不靈的人）匂い臭い

音調〔名〕音調、語調、聲調、（詩歌的）音律，韻律
音調の良い曲（音調好的曲子）
音調に抑揚が有る（聲調裡有抑揚頓挫）
日本語の音調（日語的語調）
鋭い音調で非難する（用尖銳的聲調責難）

音通〔名〕（日語五十音圖的同列或同段的）通音、音的通用（如煙、烟）、（日語漢字語彙中）同音漢字的通用（如豪勇、剛勇）

音程〔名〕〔樂〕音程
音程が狂う（音程不準）
正しい音程で歌う（用正確的音程唱）
全音程（全音程）
半音程（半音程）
協和音程（諧和音程）
四分音程（四分音程）四分四分

音吐〔名〕聲音、發音
音吐朗朗と読み上げる（高聲朗誦）
音吐朗朗（聲音朗朗）

音頭〔名〕領唱（的人）、發起（人）、帶頭（人）、（雅樂中管樂的）領奏人、集體舞蹈，集體舞曲
音頭を取る（領唱、發起、首唱、首創）取る捕る摂る採る撮る執る獲る盗る
乾杯の音頭を取る（提議乾杯）
救済運動の音頭を取る（發起救濟運動）
私を音頭を取りますから皆さん万歳を三唱して下さい（我帶頭請大家三呼萬歲）
伊勢音頭（伊勢集體舞〔曲〕）
木遣り音頭（運木曲、滾運木材合唱曲）
音頭取り（領唱者、首唱者、發起人）
合唱の音頭取りを遣る（當合唱的領唱者）
ストライキの音頭取り（罷工領頭的人）
騒動の音頭取り（暴動領頭的人）

謀叛の音頭取り（造反領頭的人）
彼の音頭取りで仕事が捗る（由於他的倡導工作得以進展）

音読、音讀, 音読み〔名〕音讀、朗讀←→訓読、黙読
漢字を音読する（音讀漢字）
教科書を音読する（朗讀教科書）

音波〔名〕〔理〕音波、聲波
人の耳では聞き取れない音波を超音波と言う（耳朵聽不見的音波叫超音波）
音波を出す（發出聲波）
音波探知機（音波定位器、聲波測距儀）
音波計（音波計）
音波ビーコン（音響信標）

音盤、音板〔名〕唱片（＝レコード）

音引き、音引〔名〕（辭典）按音順查字←→画引き、画引（筆畫查字）
音引索引（音順索引）

音標文字〔名〕音標文字、音標，發音符號
万国〔国際〕音標文字（國際音標）

音便〔名〕音便（日語為發音方便在單詞或文節一部所起的發音變化-共有イ音便 撥音便 促音便、ウ音便四種）

音符〔名〕讀音輔助符號（如漢字的重疊號様々的々、假名的濁音號、半濁音號。促音符號っ、長音符號－等）
音符を書く（寫音符）書く欠く描く掻く
音符を読む（讀音符）読む詠む
四分音符（四分音符）四分四分
付点音符、符点音符（符點音符）

音譜〔名〕〔樂〕樂譜
音譜を見乍ピアノを弾く（邊看樂譜邊彈鋼琴）弾く引く轢く挽く惹く曳く牽く退く

音部記号〔名〕〔樂〕譜號、音部符號

音名〔名〕〔樂〕音名（表示音的高度的名稱如C、D、E）←→階名（音階名）

音訳〔名、他サ〕音譯（借漢字的音表示日語外來語-如俱樂部、グラブ、倫敦）

音律、音律〔名〕音律、音調、旋律
音律が美しい（音調優美）

音量〔名〕音量、聲量
ラジオの音量を大きくする（放大收音機的音量）
ラジオの音量を小さくする（降低收音機的音量）
音量調節器（音量控制器）
テレビの音量を調節する（調節電視的音量）

音〔名〕聲音，音響（＝声）、音信（＝便り）、名聲
波の音（濤聲）波浪並
音が為る（有聲響）摩る擂る磨る擦る摺る刷る掏る
小銃の音が為た（槍響了、有槍聲）
音を立てる（弄出聲音、發出聲響）立てる経てる建てる絶てる発てる断てる裁てる点てる
爆竹の音が聞こえて来る（傳來爆竹聲）来る来る
音の立てない様に（悄悄地）
大きな音を立てる（發出巨響）
ラジオの音を小さくして下さい（請把收音機聲音關小一點）
家が凄まじい音を立てて倒れた（房子轟隆一聲倒地了）
音の大きさ（聲音的大小）
音無き川は水深し（靜流水深、大智若愚）
音に聞く（傳聞、文名）
其の後何の音も無かった（其後杳無音信）
音に聞こえた剛の者（鼎鼎大名的勇士）
音に聞く三国一の富士の山（名聞天下的富士山）

音合わせ、音合せ〔名〕（演奏前各種樂器的）調音（＝チューニング）、（廣播或演戲前）試音

音消し〔名〕消音器、減聲器

音沙汰〔名〕信息、消息、音信（＝消息便り）
其の後何の音沙汰も無い（其後杳無音信）

音〔名〕聲音、音響、樂音、音色（＝音、声）、哭聲
鐘の音（鐘聲）
音が良い（音響好）

音が出る（有響、作聲）
何処からか笛の音が聞こえて来る（不知從哪裡傳來笛聲）
虫の音（蟲聲）
バイオリンの音に耳を傾ける（傾聽小提琴的聲音）
音を上げる（〔俗〕發出哀鳴、叫苦表示受不了、折服、服輸）上げる挙げる揚げる
仕事が多過ぎて音を上げる（工作太多叫苦連天）
ぐうの音（〔俗〕呼吸堵塞發出的哼聲）
ぐうの音も出ない（一聲不響、啞口無言）

音締め、音締 〔名〕扭緊（弦樂器）的弦、調整音調、（調整弦後的）音調，音色
三味線の音締を為る（調整三弦的音調）
三味線三味線
粋な音締（美妙的音調）

と 〔名〕聲音（=音、響き、音、声）

殷（一ㄣ）

殷 〔名、漢造〕殷朝，殷商、豐盛、轟鳴
殷鑑遠からず（殷鑑不遠）

殷殷 〔副、形動〕轟轟，隆隆、憂鬱樣
殷殷たる砲声（隆隆的砲聲）
雷鳴が殷殷と轟く（雷聲隆隆）
憂心殷殷（憂心忡忡）

殷鑑 〔名〕前車之鑑
殷鑑遠からず（殷鑑不遠）

殷墟 〔名〕殷墟（河南省安陽西北小屯村的殷朝都城遺址）
殷墟文字（甲骨文）

殷賑 〔名、形動〕繁榮、繁華、興旺
町が殷賑を極める（街上極為繁榮）極める窮める究める

殷盛 〔名、形動〕繁榮、繁華、興旺、昌盛（=殷賑）
殷盛を極める（極為富饒）

殷富 〔名、形動〕殷富、豐富

茵（一ㄣ）

茵 〔漢造〕墊子、褥席（=茵、褥、敷物）

茵、褥 〔名〕褥子、褥墊（=布団）

草を茵に為て寝る（鋪草而臥、蓆草而臥）眠る

陰、蔭（一ㄣ）

陰、蔭 〔名、漢造〕（陰陽的）陰、陰影、陰暗處，背陰處、暗中，背後、光陰←→陽
陰に籠る（悶在裡面）
陰に陽に（明中暗中、公開地和背地裡）
彼は陰に陽に私を助けて呉れた（他在明裡暗裡都幫助了我）呉れる暮れる繰れる刳れる
緑の林が陰を成す（綠樹成蔭）成す為す茄子
彼女は陰に籠り易い（她的性格抑鬱多愁）
鐘の音は陰に籠ってごーんと響いた（陰沉的鐘聲嗡然入耳）音音音
樹陰（樹蔭=木陰）
山陰（山的北側）←→山陽
緑陰（綠蔭、樹蔭）
光陰（光陰、歲月）
寸陰（寸陰）
陰陽、陰陽、陰陽（陰陽、易學、陰極和陽極）

陰暗 〔名、形動〕陰暗

陰萎 〔名〕〔醫〕陽萎（=インポテンツ）

陰イオン 〔名〕〔理〕陰離子←→陽イオン
陰イオン交換（陰離子交換）
陰イオン活性剤（陰離子活性劑）

陰陰 〔副、形動〕陰暗、陰沉、陰鬱
陰陰滅滅（陰鬱、無精打采）

陰雨 〔名〕陰雨、霪雨
陰雨の時節（陰雨連綿的季節）

陰鬱 〔形動〕陰沉，陰暗、憂鬱，鬱悶（=鬱陶しい）←→明朗
陰鬱な空模様（天色陰沉）
陰鬱な天気（陰沉的天氣）
陰鬱な顔付（憂鬱的面容）
陰鬱を晴らす（排遣鬱悶）
其を考えると陰鬱に為る（一想到那件事就不痛快）為る成る鳴る生る

陰雲〔名〕陰雲

陰影、陰翳〔名〕陰影，陰暗（=曇、陰）、〔轉〕（文章的）含蓄，耐人尋味（=ニュアンス法）
地上に陰影を落す（往地上投影）
絵に陰影を付ける（給畫加陰影）附ける点ける衝ける就ける衡ける着ける漬ける
陰影に富む文章（富於寓意的文章）
陰影画法（〔美〕陰畫畫法）

陰火〔名〕鬼火（=鬼火、狐火）

陰窩〔名〕〔解〕隱窩、腺窩

陰画〔名〕〔照相〕底片（=ネガ）←→陽画、ポジ

陰核〔名〕〔解〕陰核、陰蒂（=クリトリス、核）

陰関数〔名〕〔數〕陰函數

陰気〔名、形動〕陰暗、陰鬱，憂鬱（=鬱陶しい）←→陽気
陰気な天気（陰暗的天氣）
陰気な部屋（陰暗的房間）
陰気な顔付（愁眉苦臉）
陰気な顔を為る（愁眉苦臉）
子供を死んだので家中が陰気に為った（因為孩子死了家裡變得憂鬱了）家中 家 中
陰気臭い（鬱悶的、陰暗的）
彼は陰気に見える（他看來不開朗）
陰気臭い人物（不開朗的人）
陰気臭い部屋（陰暗的房間）

陰極〔名〕〔理〕陰極（=マイナス）、磁石的南極←→陽極
陰極管（〔無電〕陰極管）
陰極オシログラフ（〔電〕陰極線示波器）
陰極線（〔無電〕陰極線）
陰極線管（〔無電〕陰極射線管、電子射線管）

陰金、田虫〔名〕〔醫〕腹股溝癬（=頑癬）

陰具片〔名〕〔動〕（昆蟲）生殖突

陰茎、陰莖〔名〕〔解〕陰莖（=ペニス）

陰険〔名、形動〕陰險
陰険な手段を弄する（耍弄陰險手段）弄る労する聾する
彼は陰険な男だ（他是個陰險人物）
陰険な目付きを為ている（目光陰險）

陰刻〔名、他サ〕（印章）陰刻、陰文篆刻←→陽刻

陰惨〔名、形動〕悽慘、悲慘
陰惨な光景（悽慘的光景）
陰惨を極める（悲慘已極）極める窮める究める
目を覆い度くなる様な陰惨な光景（慘不忍睹的情景）

陰子〔名〕〔理〕陰子、電子（=陰電子）

陰湿〔名、形動〕陰濕、潮濕
陰湿な窪地（潮濕的窪地）

陰唇〔名〕〔解〕陰唇
大陰唇（大陰唇）
小陰唇（小陰唇）

陰森〔形動〕陰森
陰森な声（陰森的聲音）
陰森たる夜色益益暗く（陰森的夜色越來越暗）
陰森なる灯の色（陰暗的燈光）

陰生植物〔名〕〔植〕陰地植物

陰性〔名、形動〕陰性，消極，不開朗、〔醫〕陰性、〔化〕陰電性←→陽性
陰性の（な）男（不開朗的人）
陰性の（な）性格（消極的性格）
陰性反応（〔醫〕陰性反應）
ツベルクリン反応陰性（結核菌素反應陰性）
陰性元素（陰電性元素）

陰晴〔名〕陰晴
陰晴定まらず（陰晴不定）
陰晴相半す（半陰半晴）

陰嚢、陰囊〔名〕〔解〕陰嚢（=金玉）
陰嚢水腫（陰嚢水腫）

陰部〔名〕〔解〕陰部

陰文〔名〕（篆刻）陰文、陰刻←→陽文

陰謀、隱謀〔名〕陰謀、密謀
陰謀を企てる（計畫陰謀）
列車転覆の陰謀を企む（計畫翻覆列車的陰謀）
陰謀家（陰謀家）
相手の陰謀を見破る（揭穿對方的陰謀）

陰毛〔名〕〔解〕陰毛（=下の毛、恥毛）
陰陽、陰陽、陰陽〔名〕陰陽、易學、〔理〕陰極和陽極
　陰陽家（陰陽家）
　電池の陰陽兩極（電池的正負兩極）
　陰陽五行說（陰陽五行說）
　陰陽道、陰陽道（陰陽學、陰陽術）
陰葉〔名〕〔植〕陰葉
陰暦〔名〕陰暦、舊暦、農暦←→陽暦
　陰暦の正月（春節、陰暦年）
陰に〔副〕背地、暗中（=陰で、こっそり）
　陰に陽に（公然和暗中）
　陰に陽に彼を庇っていた（明中暗中袒護他）
陰る、翳る、蔭る〔自五〕光線被遮住、太陽西斜←→照る
　月が陰る（雲遮月）
　日が陰る（太陽被雲遮住、太陽西斜）
　日が陰ると急に寒く為る（太陽一被遮住立刻冷起來）
　雲が出て日が陰る（太陽被雲遮住）
　夕方に為って庭が陰って來た（到了傍晚院子裡陰暗起來）
　明るかった空が急に陰って來た（明朗的天空突然陰暗起來）
　日は陰り、幾等か薄暗く為って來た（太陽西斜有些陰暗了）
陰り、蔭り、翳り〔名〕陰影、暗影
　山襞の陰り（山巒重疊的陰影）
陰、蔭、翳〔名〕陰暗處，陰涼處，背光處。〔轉〕背後，暗地，暗中，（畫）（濃淡的）陰影（=日陰）←→日向
　樹の陰（樹蔭）樹木
　木の蔭で休む（在樹蔭下休息）
　陰を捜して腰を下す（找個陰涼地方坐下）捜す探す下す卸す降ろす
　電灯の陰に為った見えない（背著燈光看不見）
　少し体を如何に貸して呉れ、陰に為る（擋了我的光線請你稍微挪動身體）
　陰に為り日向に為り（明裡暗裡）
　陰に為り日向に為り私の為に尽くして呉れ（明裡暗裡都幫了我的忙）
　草葉の陰（九泉之下）
　戸の陰に隠れる（藏在門後面）
　陰で悪口を言う（背後罵人）言う謂う云う
　陰で不平を言う（背後發牢騷）
　陰で兎や角言う（背後說三道四）
　陰で舌を出す（背後嗤笑）
　陰で糸を引く（在暗中操縱、幕後牽線、幕後操縱）引く弾く轢く挽く惹く曳く牽く退く尻く
　誰か陰で操る人間が居るに違いない（一定有人在背後操縱）
　陰に居て枝を折る（恩將仇報）枝枝折る居る織る
　絵に陰を付ける（在畫上烘托出陰影來）附ける衝ける就ける着ける突ける
影〔名、造語〕影，影子，映影，（日、月、星、燈等的）光
　カーテンに映る人の影（映在窗簾上的人影）影陰蔭翳映る移る写る遷る
　自分の影にも怯える（連自己的影子也怕）怯える脅える
　鏡に映った影（照在鏡中的映像）
　池に山の影が映る（山影映在池中）
　並木が道の上に影を落している（林蔭樹照在路上）
　暗い影に覆われている（籠罩上一片陰影）覆う被う蔽う蓋う
　影の形に添うが如く（形影不離、如影隨形）添う沿う
　影も形も無い（無影無蹤、蹤影全無、完全改觀）
　見る影も無い（面目全非、不復當初、與舊日大不同、人瘦得變了樣子）無い絢い
　影が薄い（不久於人世了，氣息奄奄，奄奄一息、沒有精神，不受重視，吃不開）
　彼の人ももう影が薄く為った（他也已經有些吃不開了）
　噂を為れば影が差す（說曹操曹操就到）差す指す刺す挿す射す注す鎖す点す
　影の薄い内閣（搖搖欲墜的內閣）

影の薄い人（無精打采的人、不受重視的人）
影を隠す（藏起來、不露面）隱す画す劃す隔す
影を潜める（隱藏起來）潜める顰める
影を打つ（撲空）打つ討つ撃ち
春の日影（春天的陽光）
月の影（月光）
窓から差し込む月影（從窗戶射進來的月光）
月影月影
星の影（星光）
星影（星光）
陰歌、陰唄〔名〕（歌舞伎）（演員出台或退場時）後台所唱的歌
陰口〔名〕背地裡罵人、暗中說壞話、造謠中傷（＝陰言）
陰口を利く（背地裡罵人）利く効く聞く聴く訊く
人の陰口を利く物ではない（不可以背地裡罵人）
陰口を叩く（背地裡罵人）叩く敲く
陰口を叩く人（造謠中傷的人）
陰口を耳に為る（聽到背地說的壞話）
陰言〔名〕〔舊〕背地裡罵人、暗中說壞話、造謠中傷（＝陰口）
陰膳〔名〕（家屬為長期在外的人祝福每日在用飯時）供的飯菜
父の旅行中、母は毎日陰膳を据えて、無事を祈った（父親旅行期間母親天天吃飯時供上一碗飯祝路上平安）据える吸える饐える
陰地、蔭地〔名〕太陽照不到的地方、背陰的地方
陰乍ら〔副〕暗自、在背地裡（＝密に、人知れず）
陰乍ら案じている（暗自擔心）
陰乍ら無事を祈る（默祝平安）
陰日向〔名〕向陽地和背陽地。〔轉〕表裡，當面和背後
人に対して陰日向が合っては行けない（對人不要當面一樣背後又一樣）
陰日向無く黙々と働く（不管有沒有人看著埋頭苦幹）
陰日向の有る人（表裡不一的人）

陰日向の無い働き振り（表裡如一的工作作風）
陰弁慶〔名〕背地裡逞威風的人、假勇敢的人（＝内弁慶）
家の子供は陰弁慶で仕方が無い（我家孩子在家是英雄出外是狗熊真沒辦法）家家家家
陰干し、陰干、陰乾し、陰乾〔名、他サ〕陰乾，晾乾、陰乾品←→日干日乾
セーターを陰干しに為る（晾乾毛衣）
薬草を陰干しに為る（把藥草陰乾）
濡れた鞄を陰干しに為る（把濕皮包晾乾）
陰干しの大根葉（陰乾的蘿蔔葉）
陰間〔名〕（江戶時代）相姑、相公、龍陽、鬻男色的少年
陰間茶屋（相公妓館）
陰祭り、陰祭〔名〕（非正式祭祀之年）簡單的祭祀←→本祭
陰紋〔名〕用雙鉤法鉤出的花紋←→紋章

堙（一ㄣ）

堙〔漢造〕土山、堵塞
堙滅，隠滅，堙滅，湮滅〔名、自他サ〕湮滅、消滅
証拠を堙滅する（消滅證據、銷毀證據）
証拠堙滅を図る（企圖消滅證據）図る謀る諮る計る測る量る

湮、溋（一ㄣ）

湮、溋〔漢造〕消滅、埋沒（＝塞がる、埋もれる、沈む）
湮没、隠没〔名、自サ〕湮沒、沉沒、埋沒（＝堙滅, 湮滅, 隠滅, 堙滅, 湮滅）
湮滅, 堙滅, 隠滅, 湮滅, 堙滅〔名、自他サ〕湮滅、消滅
証拠を堙滅する（消滅證據、銷毀證據）
証拠堙滅を図る（企圖消滅證據）図る謀る諮る計る測る量る

慇（一ㄣ）

慇〔漢造〕憂、情意周到（＝懇ろ、傷む）
慇懃〔名、形動〕懇切，有禮貌（＝懇ろ、丁寧）、友誼，交情（＝誼み）、（男女）私通
慇懃に礼を述べる（恭恭敬敬地致謝）述べる陳べる伸べる延べる

慇懃な挨拶（很懇切的寒喧）
慇懃な物腰（有禮貌的態度）
慇懃な間柄（親密的關係、很有交情）
慇懃を重ねる（交情深、友誼深厚）
慇懃を通ずる（私通）
人目を忍んで慇懃を通ずる（暗自私通）忍ぶ　偲ぶ

慇懃無礼〔名、形動〕表面恭維內心瞧不起
ああ言うのを慇懃無礼と言うのだ（像那樣的情形叫做貌似恭維心實輕蔑）言う云う謂う

吟（一ㄣˊ）

吟〔名、漢造〕吟詠、吟詠的詩歌、（謠曲）吟聲的高低
　病中吟（病中吟）
　某某の吟（某人吟詠的詩歌）
　弱吟（弱吟、低吟）
　呻吟（呻吟、愁苦）
　詩吟（吟詩）
　朗吟（朗誦）
　名吟（名詩歌、出色的吟詠）
　沈吟（沉吟、低吟、低唱）
　苦吟（苦心吟誦、苦心寫詩）
　白頭吟（白頭吟）

吟じる〔他上一〕吟詠、吟誦、呻吟（=呻る）
　詩を吟じる（吟詩）

吟ずる〔他サ〕吟詠、吟誦、作（詩、俳句）（=吟じる）
　詩を吟ずる（吟詩）
　一句吟ずる（作一首詩）

吟詠〔名、他サ〕吟詩、作詩
吟客〔名〕詩人
吟行〔名、自サ〕邊吟邊走、（同好為吟詠詩歌）遊覽名勝古蹟，郊遊
吟社〔名〕〔舊〕詩社
吟誦、吟唱〔名、他サ〕吟誦、朗誦
　詩を吟誦する（朗誦詩）
吟醸〔名、他サ〕（選取上等原料）精心釀造
　吟醸酒（精心釀造的酒）

吟声〔名〕吟詩聲
　朗らかな吟声（爽朗的吟詩聲）
吟味〔名、他サ〕玩味，仔細體會，斟酌，考量，精選。〔古〕審問，審訊
　用語を吟味する（斟酌用詞、推敲用詞）
　品物は良く吟味してから買い為さい（東西要斟酌以後再買）
　計画を再吟味する（計畫重新考量）
　吟味が足りない（推敲得不夠）
　罪人を吟味する（審訊罪犯）
　蒸し返して其の件を吟味する（重審那個案件）
吟遊詩人〔名〕（歐洲中世紀法國的）吟遊詩人

寅（一ㄣˊ）

寅〔漢造〕寅（地支的第三位）
　庚寅、庚寅（庚寅）
　丙寅、丙寅（丙寅）
寅〔名〕寅（十二支之三）、寅時（午前四點左右或午前三時至五時之間）、東北東
虎〔名〕〔動〕虎。〔俗〕醉漢（=酔っ払い）
　虎射ち（獵虎）
　虎に為る（喝醉）
　大酒を飲んで大虎に為る（喝得酩酊大醉）
　虎に翼（為虎添翼）
　虎の威を借る狐（狐假虎威）
　虎の尾を踏む（踩虎尾〔喻〕非常危險）
　虎は死して皮を残し、人は死して名を残す（虎死留皮人死留名）
　虎は千里行って千里帰る（虎行千里終必歸窩〔喻〕母子情深）
　虎を画いて犬に類す（畫虎不成反類犬）
　虎を飼って禍を後に残す（養虎為患）
　虎を野に放つ（放虎歸山遺患日後）

淫（一ㄣˊ）

淫〔漢造〕淫、過度
　荒淫（荒淫）
　邪淫（邪淫、淫亂）
　書淫（讀書狂、愛書狂）

淫する〔自サ〕荒淫，淫亂、沉溺、過度
　漫画に淫する（漫畫迷）淫する印する因する
　富貴も淫する能わず（富貴不能淫）
　酒色に淫する（沉溺於酒色）
　書に淫する（沉湎於書）
淫佚、淫逸〔名、形動〕淫逸、淫亂、淫樂
淫雨〔名〕霪雨、長期的陰雨（=長雨）
　降り続く淫雨（連綿的霪雨）
淫虐〔名、形動〕淫虐
　淫虐な暴君（淫虐的暴君）
淫行〔名〕淫亂的行為
淫祀〔名〕祭祀邪神
淫祠〔名〕祭祀邪神的廟宇
　淫祠邪教（淫祠、邪教邪魔外道）
淫事〔名〕淫亂行為（=淫行）
淫書〔名〕淫書（=春本、エロ本）
淫女〔名〕淫婦，荒淫的婦女、妓女
淫蕩〔名、形動〕淫蕩
　淫蕩な生活（淫蕩的生活）
淫売〔名、自サ〕賣淫、賣淫婦，妓女
　淫売を為る（賣淫）
　淫売窟（妓院街）
　淫売婦（娼妓、妓女）
　淫売屋、淫売宿（妓院）
淫靡〔名、形動〕淫靡
　淫靡な風（淫靡之風）
淫婦〔名〕淫婦←→貞婦、貞女
淫風〔名〕淫風
淫奔〔名、形動〕淫亂、淫蕩（=淫ら，淫、猥ら、猥）
　淫奔な女（淫蕩的女人）
淫欲、淫慾〔名〕淫慾
　淫欲に耽る（沉溺於淫慾）更ける老ける深ける吹ける拭ける噴ける葺ける
　淫欲に制する（克制淫慾）制する精する製する征する
淫楽〔名〕淫樂
　淫楽に耽る（沉溺於淫樂）
淫乱〔名、形動〕淫亂、淫蕩（=淫ら，淫、猥ら、猥）
　淫乱な男（淫亂的男人）
　淫乱な女（淫亂的女人）
淫猥〔名、形動〕淫猥、猥褻
　淫猥な画（春畫）
　淫猥な書物（淫穢的書）
淫ら，淫、猥ら，猥〔形動〕淫亂、淫猥、猥褻
　淫らな風俗（淫亂的風俗）
　淫らな事を言う（講淫穢的話）
　淫らな生活（淫亂的生活）
　淫らな目付きで見る（用猥褻的眼神看）
　淫らな気持を起こす（生起淫蕩的念頭）

銀（一ㄣˊ）

銀〔名、漢造〕〔化〕銀（=銀、白銀、白金）。〔古〕銀錢、銀色（=銀色）。〔象棋〕銀將（=銀将）、銀行
　銀のカップ（銀杯）
　銀の鈴（銀鈴）鈴錫
　銀の針（銀針）
　銀を被せる（包銀）
　銀相場（銀價）
　銀本位制（銀本位制）
　銀メダル（銀質獎章）
　白銀（白銀、白雪）
　金銀（金銀、金幣銀幣、金將銀將）
　水銀（水銀）
　賃銀、賃金（工資、薪水）
　洋銀（鎳銀、西洋銀幣）
　路銀（路費、旅費）
　労銀（工資）
　勧銀（勧業銀行=勧業銀行）
　日銀（日本銀行=日本銀行）
銀位〔名〕（銀製品、銀幣）銀的成色、純銀率
銀緯〔名〕〔天〕銀緯
銀貨〔名〕銀幣
　銀貨を潰す（熔化銀幣）
　五十銭の銀貨（五角的銀幣）
銀河〔名〕銀河、天河（=天の河）
　銀河系（〔天〕銀河系）

　　　　ぎん が けいがいせいうん
銀河系外星雲（〔天〕銀河系外星雲）
　　　　ぎん が ざひょうけい
銀河座標系（銀道座標）
　　　　ぎん が けいないせいうん
銀河系内星雲（〔天〕銀河系內星雲）
　　　　ぎん が せいうん
銀河星雲（〔天〕銀河星雲）

ぎんかん
銀漢〔名〕銀河（=銀河）

ぎんかいしょく
銀灰色〔名〕銀灰色

ぎんかい
銀塊〔名〕銀磚、銀條
　　　　ぎんかいそうば
　　　銀塊相場（銀塊市價）

ぎんがみ
銀紙〔名〕銀紙，銀箔、（包香菸等用）錫紙，鋁紙

ぎんがわ
銀側〔名〕（錶）銀殼
　　　ぎんがわ　うでどけい
　　　銀側の腕時計（銀殼手錶）
　　　ぎんがわかいちゅうどけい
　　　銀側懷中時計（銀殼懷錶）
　　　ぎんがわどけい
　　　銀側時計（銀殼錶）

ぎんき
銀器〔名〕銀器

ぎんぎせる
銀煙管〔名〕銀製煙袋、（江戶時代隱語）花花公子

ぎんぎつね
銀狐〔名〕〔動〕銀狐、銀狐皮

ぎんぎょ　　しろなうお
銀魚、銀魚〔名〕〔動〕銀魚（金魚的一種）。〔動〕
　　　しらうお
白魚（=白魚）、游魚、錦鱗

ぎんきょうしけん
銀鏡試験〔名〕〔化〕銀鏡試驗

ぎんぐさり
銀鎖〔名〕銀鏈

ぎんけい
銀経〔名〕〔天〕銀經

ぎんけい
銀鶏〔名〕〔動〕（中國南部、西藏的）銀雞

ぎんこう
銀行〔名〕銀行
　　　ぎんこう　　かね　ひ　だ
　　　銀行から金を引き出す（由銀行提款）
　　　ぎんこう　　よきん　ひ　だ
　　　銀行から預金を引き出す（由銀行提取存款）
　　　かね　ぎんこう　あず
　　　金を銀行に預ける（把錢存進銀行）
　　　ぎんこう　とりひき　はじ
　　　銀行と取引を始める（開始和銀行交易）始め
　　　はじ
　　　る創める
　　　ぎんこうしんよう
　　　銀行信用（銀行信用）
　　　ぎんこうよきん
　　　銀行預金（銀行存款）
　　　ぎんこういん
　　　銀行員（銀行職員）
　　　ぎんこうてがた
　　　銀行手形（銀行〔簽發或承兌的〕票據）
　　　ぎんこうがわせ
　　　銀行為替（銀行匯兌）
　　　ぎんこうがわせてがた
　　　銀行為替手形（銀行匯票）
　　　ぎんこうでんぽうがわせ
　　　銀行電報為替（銀行電匯）
　　　ぎんこうとうどり
　　　銀行頭取（銀行總經理）
　　　ぎんこうか
　　　銀行家（銀行業者）

　　　ぎんこうぼき
　　　銀行簿記（銀行簿記）
　　　ぎんこうけん
　　　銀行券（銀行券、鈔票）
　　　ぎんこうわりびき
　　　銀行割引（銀行貼現）
　　　ぎんこうこぎって
　　　銀行小切手（銀行支票）
　　　ぎんこうかしつけ
　　　銀行貸付（銀行貸款）
　　　けつえきぎんこう
　　　血液銀行（血庫）
　　　しへいはっこうぎんこう
　　　紙幣発行銀行（發券銀行）

ぎんこう
銀光〔名〕銀光
　　　ぎんこう　　はな
　　　銀光を放つ（發銀色光）
　　　ぎんこう　　はっ
　　　銀光を発する（發銀色光）

ぎんこう
銀坑〔名〕銀礦坑、銀礦山

ぎんこう
銀鉱〔名〕銀礦、銀礦石、銀礦山

ぎんこんしき
銀婚式〔名〕銀婚式（結婚二十五週年紀念慶祝儀式）

ぎんざ
銀座〔名〕銀座（東京都中央區繁華街名）、（德川幕府直轄的）銀幣鑄造廠（在今銀座）
　　　ぎんざ　　よみせ
　　　銀座の夜店（銀座的夜市）
　　　あたみ　ぎんざ
　　　熱海の銀座（熱海的銀座、熱海的繁華街）

ぎんざいく
銀細工〔名〕銀工藝品

ぎんさつ
銀札〔名〕銀牌、〔史〕（江戶時代各藩發行）代替銀幣的紙幣

ぎんざめ
銀鮫〔名〕〔動〕銀鮫

ぎんざん
銀山〔名〕銀礦山

ぎんし
銀糸〔名〕（刺繡或裝飾用）銀線、銀色的線

ぎんじ
銀地〔名〕銀色質地、覆上銀箔或銀泥的布（紙）
　　　ぎんじ　　はなもよう　あ
　　　銀地に花模様が有る（銀地上有花紋）

ぎんしゃ
銀砂〔名〕銀砂、銀粉、銀箔粉末

ぎんすなご
銀砂子〔名〕（繪圖等用）銀箔粉末

ぎんしゃり
銀舎利〔名〕〔俗〕白米飯

ぎんしゅ
銀朱〔名〕〔化〕銀朱（顏料）

ぎんしょう
銀将〔名〕〔象棋〕銀將（日本將棋棋子名）

ぎんしょく　ぎんいろ　しろがねいろ
銀色、銀色、銀色〔名〕銀色、白銀色
　　　ぎんしょく　つき　ひかり
　　　銀色の月の光（銀色的月光）

ぎんしょく
銀燭〔名〕銀燭臺、美麗的燈光
　　　ろうじょうろうか　　てら　　ぎんしょく　ひかり
　　　楼上楼下を照せる銀燭の光（照亮樓上樓下的美麗燈光）

ぎんす
銀子〔名〕銀子、銀錢（=金子）
　　　　　　　　　　　　　　きんす

ぎんすじ
銀筋〔名〕（制服領、袖或褲上綉的）銀色絲條

ぎんせかい
銀世界〔名〕銀世界、白雪皚皚的景色
　　　いちめん　　ぎんせかい
　　　一面の銀世界（一片白雪皚皚的景色）

朝起きて見ると一面の銀世界だった（早晨起來一看一片白雪皚皚的景色）

銀製〔名〕銀製（品）
　銀製品（銀製品）
　銀製立像（銀製立像）

銀雪〔名〕白皚皚的雪

銀扇〔名〕扇面貼銀箔的扇子

銀盞花〔名〕〔植〕銀盞花、朝露草

銀髯〔名〕銀髯、銀鬚、白鬍子

銀建て〔名〕〔商〕用銀價或銀本位貨幣標價

銀作り、銀作り〔名〕銀製（的東西）

銀泥〔名〕銀泥、膠和銀粉（繪畫用）
　銀泥の屏風（塗銀泥的屏風）

銀笛〔名〕銀笛、銀色豎笛

銀滴定〔名〕〔化〕銀液滴定、銀鹽定量

銀電量計〔名〕銀電解式電量計

銀時計〔名〕銀錶殼、舊時東京帝國大學成績優秀畢業生

銀流し〔名〕（水銀加上砥石粉塗在黃銅上使呈銀色的）假貨。〔轉〕虛有其表，繡花枕頭
　彼の人は銀流し丈に過ぎない（那個人只不過是虛有其表）

銀梨子地〔名〕（漆器上撒銀粉繪製的）銀泥畫、銀彩繪

銀杏、銀杏〔名〕〔植〕銀杏，公孫樹（=銀杏）、銀杏的果實，白果

銀杏、鴨腳、公孫樹〔名〕〔植〕銀杏，公孫樹、（切菜）扇形（銀杏葉形）
　銀杏に切る（切成扇形、切成銀杏葉形）
　銀杏返し（〔日本女子髮型〕銀杏捲-頭上左右梳兩個髮髻、流行於明治大正年代）
　銀杏髷（〔日本女子髮型〕銀杏髷-把島田髷梳成銀杏葉狀）
　銀杏形（銀杏葉形）

銀鼠、銀鼠〔名〕銀灰色（=銀鼠色）

銀波〔名〕（日月映照的）銀色波浪

銀杯、銀盃〔名〕銀杯，銀製酒杯、鍍銀酒杯、（優勝獎的）銀杯，銀獎盃

銀牌〔名〕銀獎牌
　二着に為って銀牌を貰う（名列亞軍得到銀獎牌）

銀箔〔名〕銀箔、銀葉
　銀箔を掛ける（上銀箔）
　銀箔紙（銀箔紙）

銀白色〔名〕銀白色
　銀白色に塗る（塗成銀白色）

銀白方解石〔名〕〔礦〕層解石、珠光石

銀髪〔名〕白髮（=白髮、白髪）
　銀髪の老婆が現れた（白髮老婆出現了）
　銀髪の老人（白髮老人）

銀盤〔名〕銀盤、（美稱）冰面，雪面
　銀盤の女王（溜冰皇后，溜冰女冠軍）
　銀盤に舞う（冰上舞）

銀版写真〔名〕銀版照像（=ダゲレオタイプ）

銀版法〔名〕銀版照像法

銀屏風〔名〕貼銀的屏風、銀色屏風

銀覆輪〔名〕（刀柄、刀鞘、鞍座等的）銀色鑲邊

銀縁〔名〕銀框、銀邊
　銀縁の眼鏡（銀框眼鏡）眼鏡眼鏡

銀ぶら〔名、自サ〕在東京銀座閒逛
　銀ぶらに行こう（到東京銀座逛逛去吧！）
　ショーウインドーを眺め乍銀ぶら（を）為る（一邊觀看商店櫥窗一邊在銀座閒逛）

銀粉〔名〕（繪畫等用）銀粉

銀宝〔名〕〔動〕銀尾、錦鰤

銀本位〔名〕〔經〕銀本位（幣制）

銀幕〔名〕銀幕（=スクリーン）、電影（界）
　銀幕のスター（電影明星）
　銀幕の女王（影壇的女王）

銀磨き〔名〕擦銀粉
　銀磨きを掛ける（用擦銀粉擦）

銀無垢〔名〕〔俗〕純銀

銀飯〔名〕〔俗〕白米飯（=銀舎利）

銀メダル〔名〕銀質獎章

銀鍍金〔名〕鍍銀
　銀鍍金が剝げた（鍍銀剝落了）剝げる剝げ接げる

銀モール〔名〕銀辮帶、銀索、銀絲緞

銀翼〔名〕銀翼，飛機翼。〔轉〕飛機
　銀翼を連ねる（排開銀翼）連ねる列ねる

青空に銀翼が光る（晴朗的天空上機翼輝耀）

銀輪〔名〕銀色的輪、銀製的輪、自行車的美稱
銀輪を走らせて家路を急ぐ（騎著自行車奔回家去）
銀輪部隊（自行車部隊）

銀鱗〔名〕銀鱗、魚的美稱

銀鈴〔名〕銀鈴、清脆的聲音

銀嶺〔名〕積雪的山嶺、白皚皚的山嶺

銀、白銀、白金〔名〕銀、銀色、銀幣（＝銀）
銀造りの器（銀器）
銀造りの太刀（銀製大刀）

銀蘆〔名〕〔植〕蒲蘆

引（一ㄣˇ）

引〔名、漢造〕引（樂府得一種）、引言、牽引、引導、引退、引用、承引、引申
牽引（牽引、拖拉）
拘引、勾引（傳訊）
援引（援引、引用）
延引（拖延、遲延）
承引（應允、答應）
誘引（引誘）
我田引水（只顧自己、自私自利）

引火〔名、自サ〕引火、著火、點燃
煙草の火がガソリンに引火する（香煙的火把汽油引著了）
ライターの火がガソリンに引火した（打火機的火把汽油引著了）
引火の危険が無い（沒有著火的危險）
引火点（〔理〕燃點）
引火性（〔理〕可燃性）

引決〔名、自サ〕引咎自殺
敗戦で引決した（由於戰敗而引咎自殺了）

引見〔名、他サ〕接見
客を引見する（接見客人）
総理大臣がドイツ大使を引見する（總理大臣接見德國大使）

引航〔名、他サ〕（海）引航、拖航（＝曳航）
軍艦を引航している（拖著軍艦航行）

引首印〔名〕蓋在書畫右上角的長方形圖章

引証〔名、他サ〕引證
古書から引証する（從古書引證）
多くの引証に依り証明する（憑許多證據加以證明）

引水〔名、他サ〕引水（入田）
引水路（引水的渠道）

引赤〔名〕〔醫〕刺激皮膚使血液在刺激處集中而發紅的作用
引赤薬（引赤藥、發紅藥－如松節油、辣椒、芥子）

引責〔名、自サ〕引咎、承擔責任
引責辞職（引咎辭職）
引責辞職する（引咎辭職）

引接〔名、他サ〕引見、接見（＝引見）

引率〔名、他サ〕率引、率領
先生に引率されて遠足に行く（由老師率領著去郊遊）行く往く逝く行く往く逝く
学生を引率して旅行に行く（率領學生去旅行）
生徒を動物園に引率する（把學生帶到動物園）
引率者（領隊）者者

引退〔名、自サ〕引退、退職
会長が引退する（會長要引退）
政界から引退する（從政界引退）

引致〔名、他サ〕強制帶走、拘捕
犯人を引致して取り調べる（逮捕犯人進行審問）
容疑者を引致して取り調べる（逮捕嫌疑者進行審問）
引致状（拘捕證）

引導〔名〕引導（＝導き）。〔佛〕引導（眾生皈依佛門或死者往生淨土）、僧人在死者棺前為超度亡魂所講的經
引導を渡す（〔對死者〕指示西方大路、拋棄，離棄、（撤職、解雇、離婚等時）宣告最後的決意）
女に引導を渡す（向女方宣告自己的決心〔使死心塌地〃〕）

引喩〔名〕（修辭）引喻

引喩法（引喩法）

引用〔名、他サ〕引用
ナポレオンの言葉を引用する（引用拿破崙的話）
前例を引用する（引用前例）
此の文章には引用が多過ぎる（這篇文章引文太多）文章　文章
引用符（引號）
引用文（引用文）

引力〔名〕〔理〕引力，萬有引力、吸引力，魅力←→斥力
万有引力（〔理〕萬有引力）
引力の法則（萬有引力的法則）
引力定数（萬有引力常數）
潮の干満は月の引力に原因する（漲潮退潮是由於月球的引力）潮汐塩
満ち潮、引き潮は月の引力で起こる（漲潮退潮是由於月球的引力產生的）起こる　興る　熾る　怒る

引例〔名〕引例、舉例
引例を挙げる（舉例）上げる 挙げる 揚げる
引例を示す（舉例）示す 湿す
引例の豊富な辞書（例句豐富的詞典）

引かす、落籍す〔他五〕〔俗〕（替藝妓等）贖身
芸者を引かす（替藝妓贖身）

引かれる、惹かれる〔自下一〕被吸引住、被牽掛住、被迷住（=引かされる）
美に引かれる（為美所惑）
情に引かれる（拘於情感）
海の美しさに引かれる（被海的美麗吸引住）

引かれ者〔名〕被綁押赴刑場的人、被逮捕押送監獄的人
引かれ者小唄（故作鎮靜、假裝硬漢）

引かされる〔自下一〕被吸引住、被牽掛住、被迷住、割捨不掉
子供に引かされる（捨不得孩子）
人情に引かされる（拘於人情）
美に引かされる（為美所惑）
情に引かされる（拘於情感）

引ける、退ける〔自下一〕下班，放學、（以気が退ける的形式）難為情，不好意思，拉不下臉來、（退く、引く的可能形）能退、減價，降價
学校は五時に退ける（學校五點放學）
会社が退けてから、映画へ行こう（公司下班後看電影去吧！）
金を借りるのはどうも気が退ける（借錢總覺得不好意思）
度度御小遣を貰うのも気が退ける（一再要零用錢也拉不下臉來）
もう少し後ろへ退けないか（能否再向後退一點？）
値段は幾等か退けますか（價格能否便宜些）
値段は引けません（不能減價）割引
もう一円も退けません（一日元也不能再讓了）

引け，引、退け〔名〕下班，收工，收攤、遜色，見絀，惡於，虧損，賠錢。〔商〕收盤
引けに為る（下班、收工、收攤）
早引け、早退け（早退）
役所の引けは六時だ（機關是六點下班）
引けを取る（相形見絀、比不上、有遜色）
誰にも引けは取らない（不亞於任何人）
私は日本語ではクラスの誰にも引けを取らない（我在日語方面不遜於班上任何人）
引けが立つ（賠錢、出了虧空）

引け際、退け際〔名〕臨完，末了、臨下班時，臨放學時，引退時（=引き際）。〔商〕臨近收盤時分
退け際に客がどやどやと来る（臨下班時來了一幫客人）

引け相場、引相場〔名〕收盤時的行情（=引け値,引值、終り値）

引け値、引値〔名〕收盤時的行情（=大引值段、引け相場,引相場）

引け高、引高〔名〕〔商〕收盤價高←→引け安、引安

引け時、退け時〔名〕下班時、放學時
退け時には電車が混む（下班時電車擠）

引き時，退き時、引時，退時〔名〕脫身（撒手）的好時候，好機會、退休的時候
今は退時だ（現在正是脫身的好機會）

引け目、引目 〔名〕短處，弱點、自卑感、（穀物液體等因倒裝引起的）減量
引目が有る（有短處）
仲間に引目を感ずる（在同仁間有自卑感）

引く、惹く、曳く、挽く、轢く、牽く、退く、轢く、礑く 〔他五〕拉，曳，引←→帶領，引導，引誘，招惹、引進(管線)，安裝（自來水等）、查（字典）、拔出，抽（籤），引用，舉例，減去，扣除，減價，塗，敷，繼承，遺傳，畫線，描眉，製圖，提拔，爬行，拖著走，吸氣，抽回，收回，撤退，後退，脫身，擺脫（也寫作退く）
綱を引く（拉繩）
袖を引く（拉衣袖、勾引、引誘、暗示）
大根を引く（拔蘿蔔）
草を引く（拔草）
弓を引く（拉弓、反抗、背叛）
目を引く（惹人注目）
人目を引く服裝（惹人注目的服裝）
注意を引く（引起注意）
同情を引く（令人同情）
人の心を惹く（吸引人心）
引く手余った（引誘的人有的是）
美しい物には誰でも心を引かれる（誰都被美麗的東西所吸引）
客を引く（招攬客人、引誘顧客）
字引を引く（查字典）
籤を引く（抽籤）
電話番号を電話帳で引く（用電話簿查電話號碼）
例を引く（引例、舉例）
格言を引く（引用格言）
五から二を引く（由五減去二）
実例を引いて説明する（引用實例說明）
此は聖書から引いた言葉だ（這是引用聖經的話）
家賃を引く（扣除房租）
値段を引く（減價）
五円引き為さい（減價五元吧！）
一銭も引けない（一文也不能減）
車を引く（拉車）
手に手を引く（手拉著手）
子供の手を引く（拉孩子的手）
裾を引く（拖著下擺）
跛を引く（瘸著走、一瘸一瘸地走）
蜘蛛が糸を引く（蜘蛛拉絲）
幕を引く（把幕拉上）
声を引く（拉長聲）
薬を引く（塗藥）
床に油を引く（地板上塗一層油）床床油脂膏
線を引く（畫線）
蝋を引く（塗蠟、打蠟）
罫を引く（畫線、打格）
境界線を引く（設定境界線）
眉を引く（描眉）
図を引く（繪圖）
電話を引く（安裝電話）
水道を引く（安設自來水）
腰を引く（稍微退後）
身を引く（脫身、擺脫、不再參與）
手を引く（撒手、不再干預）
金を引く（〔象棋〕向後撤金將）
兵を引く（撤兵）
鼠が野菜を引く（老鼠把菜拖走）
息を引く（抽氣、吸氣）
身内の者を引く（提拔親屬）
風邪を引く（傷風、感冒）
気を引く（引誘、刺探心意）
彼女の気を引く（引起她的注意）
血を引く（繼承血統）
筋を引く（繼承血統）
尾を引く（遺留後患、留下影響）
跡を引く（不夠，不厭、沒完沒了）

引き、引 〔名〕提拔，引薦，照顧（=贔屓）、門路，後台（=伝手、手蔓）、（釣魚時的）引力，拉力
先生の特別の引きが有る（老師特別關照他）

社長の引きで重役に為った（由於社長的關照當上了董事）
旧社会では相当の引きが無いと職に付くのは難しい（過去社會沒有相當門路找職業很不容易）
叔父さんの引きで入社出来た（靠叔叔的門路得以進到公司做事）
僕には良い引きが一つも無い（我一點門路都沒有）
引きが強いから大物が釣れたぞ（因拉力大釣了個大東西呀！）

引き、引〔接頭〕接動詞前加強語氣
引き返す（返回）
引き続く（繼續）
引き下がる（退出、離開）
引き篭る（悶居在家）
刀を引き抜く（拔出刀來）
犯人を引き渡す（引渡犯人）

引き、引〔接尾〕塗上一層，折價，減價，削價（=割引）
ゴム引きのレーンコート（塑膠雨衣）
ビニール引きの切れ（塗有塑料的布）切れ布
定価の二割引で売る（按定價八折出售）売る得る得る

引く手、引手〔名〕拉攏的人，引誘者，邀請者，求婚者、（舞蹈）收手動作
引く手数多の娘（求婚者很多的姑娘）
引手数多（來邀請者很多）

引き手、引手〔名〕（門等）手把（=ノップ）、嚮導、帶路人、車夫
引き出しの引手（抽屜的把手）
引手茶屋（變相營業的茶館）
引手の中年の親父（拉車的中年人）

引き合う、引合う〔自五〕互相拉，互相扯，互相牽手、合算，划算，夠本，成交。〔商〕（講買賣的）詢問，函詢
両方から縄を引き合う（從兩頭扯繩子）
手を引き合って歩く（互相牽著手走）
十分に引き合う仕事だ（一項很有利可圖的工作）
引き合わない商売（不合算的買賣）
此で怒られては引き合わない（這要是再被申斥一頓可就划不來了）
一生懸命遣って文句を言われたのでは引き合わない（拼命做反而挨刮真不划算）
引き合って呉れると有り難いが（若是成交可就謝天謝地）
詳細に就いては事務所宛に御引き合って下さい（詳細情況請函詢辦事處）

引き合い、引合い、引合〔名〕互相拉、交易，詢價、引證、見證人、連累、牽連
綱を引合を為る（互相拉繩、拔河）
引合を受ける（接受交易）
引合を出す（出價）
沢山の引合を受ける（收到很多詢價函詢）
引合が成立した（交易達成協議）
外国商社からカメラを買い度いと引合が有った（接到外國商社洽購照相機的詢問）
引合書（詢價單）
引合人、引き合い人（〔法〕見證人）
彼が何時も引合に出す物（他經常引為例證的東西）
事件の引合に出される（被拉去當事件的見證人）
引合を食う（受牽連）
引合に為る（受牽連）

引き合わせる、引合せる〔他下一〕校對，核對，比較、合上，對起來，介紹，引見
原稿を校正刷りを引き合わせる（按照原稿校對校樣）
帳面を引き合わせる（核對帳目）
着物を引き合わせる（把衣服整理一下）
襟を引き合わせる（把領子合起來）
伝票と品物の引き合わせは済んだ（貨單和貨物核對完了）
両方を引き合わせて真偽を確かめる（把雙方來比較一下來確定真偽）
友達を母に引き合わせる（向母親引見朋友）
彼の方に御引き合わせ致しましょう（我給你向他介紹一下吧！）
二人を引き合わせる（使兩人見面）
神の御引き合わせだ（這是老天爺成全的）

引き合わせ、引合せ〔名〕校對，核對、介紹，引見。〔古〕（情書用）一種無皺紋信箋、檀紙（一種有皺紋的白色日本紙用在包裝裱糊等）
　校正の引き合わせを為る（把校樣核對一下）
　訳文を原文と引き合わせを為る（把譯文和原文對照）
　全く神の御引き合わせです（真是奇遇、真是神的撮合-使我們碰在一起）

引き合わす〔他五〕校對，核對，比較、合上，對起來、介紹，引見（=引き合わせる引合せる）

引き明け、引明〔名〕拂曉、黎明（=明け方）
　夜の引明に（在天亮的時候）

引き開ける〔自下一〕拉開用力拉開
　閉まったドアを引き開ける（把關著的門拉開）閉まる締まる絞まる
　蓋を引き開けて見ると、中身は何も無い（把蓋子拉開一看裡面什麼也沒有）中身中味

引き上げる, 引上げる、揚き上げる, 揚上げる〔自、他下一〕捲揚、打撈、歸回、返回、撤回、撤離、提升、提拔、提高，漲價、收回、取回←→引き下げる
　沈没船を引き上げる（打撈沉船）
　荷物を山へ引き上げる（把貨物捲揚到山上）
　網を引き上げると魚が一杯掛かっていた（魚網打撈上來裡邊裝滿了魚）
　外国から引き上げる（從國外回來）
　海外から本国へ引き上げる（由海外返回本國）
　軍隊を引き上げる（撤退軍隊）
　委託品を引き上げる（收回寄售的貨）
　選手達は意気揚揚と引き上げて来た（選手們得意洋洋地凱旋而歸）
　会場から引き上げる（退出會場）
　戦区から引き上げる（由戰區撤出）
　運賃を引き上げる（提高運費）
　値段を引き上げる（提高價錢）
　生活水準を引き上げる（提高生活水準）
　補欠からレギュラーに引き上げる（由候補提升為正式選手）
　一階段引き上げる（提升一級）
　人才を引き上げる（提拔人才）人才人材

引き上げ, 引上げ、揚き上げ, 揚上げ〔名〕撈上、撤回、歸來、提升、提拔
　沈没船の引き上げ（沈船的打撈）
　引き上げ船（撤回僑民的船）船船
　故国の引き上げ（返回祖國）
　賃金の引き上げ（提高工資）
　米価の引き上げ（提高米價）
　物価の引き上げに反対する（反對提高物價）

揚き上げ者、揚上者〔名〕（因戰爭等）由海外歸國者、撤退者，撤離者
　彼は外国の揚上者です（他是從國外回來的）
　揚上者が益益多く為る（從海外歸國的人越來越多）

引き上げ斜面、引上斜面〔名〕（船塢中的）滑台、滑路、船台

引上船架〔名〕〔船〕船台

引足〔名〕〔舊〕接生婆（=産婆）

引上婆〔名〕（走路時）向後拖的腿、（走路不抬腳）拖著腳步走

引き当てる、引当てる〔他下一〕中籤，中彩、對照，對證，比較
　籤を引き当てる（中籤）
　一等の時計を引き当てる（抽中頭彩的錶）
　彼の言う所と引き当てる（和他的話對證比較一下）

引き当て、引当〔名〕抵押，擔保、專用基金、指望，期望
　引当物（抵押品）
　引当金（專用基金）
　家を引当に金を借りる（以房子抵押貸款）

引き網, 引網、曳き網, 曳網〔名〕曳網、拖網
　目の粗い引網（網眼很大的拖網）粗い荒い洗い
　目の細かい引網（網眼小的拖網）細い

引き板、引板〔名〕（用來嚇走田間害蟲的）鳴器（=鳴子）

引き入る、引入る〔自五〕隱藏，隱退、斷氣，咽氣
　山林に引き入る（隱退山林）

引き入れる、引入れる〔他下一〕引進來，拉進來、引誘入夥，拉攏進來←→引き出す

車を庭内に引き入れる（把車拉進院子裡）
　自転車を庭に引き入れる（把腳踏車牽進院子）
　山を切り開き、水を引き入れる（劈山引水）
　邪道に引き入れる（引入歧途）
　味方に引き入れる（拉攏到自己這邊來）
　無理遣りに悪い仲間に引き入られた（硬被拖下水）
引色〔名〕〔古〕要退卻的跡象（形勢）
引き受ける、引受ける〔他下一〕答應，接受、承擔，保證、承兌，認購、照應、繼承
　注文を引き受ける（接受訂貨）
　出来もしない仕事を引き受ける物ではない（不可以接受根本就做不到的工作）
　責任を引き受ける（承擔責任）
　工事を引き受ける（包工）
　身元を引き受ける（當保人）
　万事は私が引き受ける（一切由我來承擔）
　株を引き受ける（認股）
　手形の支払いを引き受ける（承兌票據）
　二カ月は引き受ける（擔保二個月）二カ月二ヶ月二箇月二個月
　子供が私に引き受ける（孩子由我來照料）
　父の事業を引き受ける（繼承父業）
　後は俺が引き受けた（餘下由我來應付）
引き受け、引受け、引受〔名〕承擔，承受，負責。〔經〕承兌，認購，保證
　手形の引受を拒む（拒絕承兌票據）
　引受拒絶（〔經〕拒絕承兌）
　引受手形（承兌票據）
　引受公債（〔經〕〔由特定銀行等〕承擔發行的公債）
　引受人（承兌人、保付人）
　引受手（承兌人、保付人）
　引受銀行（發行公債的承辦銀行）
　引受会社（發行公債的承辦公司）
　引受シンジケート（債券認購銀行團）
引き祝い、引祝い〔名〕（娼妓、藝妓被贖身跳出苦海的）慶祝儀式

引き動かす、引動かす〔他五〕牽動，驅動，拉動、打動
　静止設備を引き動かす（牽動靜止設備）
　彼女は其の話を聞いて、心が引き動かされた（她聽了他的話心被打動了）
引き歌、引歌〔名〕引用古人的和歌、為刻劃某種情趣從有名古歌中引用的引用歌
　源氏物語引歌の研究（源氏物語引用歌的研究）
引き写す、引写す〔他五〕照抄，抄襲、抄寫，重抄
　此の論文は他人の引き写した物だ（這篇論文是照抄別人的）
　此の文章を綺麗に引き写して下さい（把這篇文章清晰地抄下來）
引き写し、引写〔名〕照抄、照描（＝敷き写し）
　此の論文は他人の引き写しだ（這篇論文是照抄別人的）
　参考書を引写しに為たレポート（抄襲參考書而成的報告）
引き移る、引移る〔他五〕遷移、搬遷（＝引っ越す）
　田舎に引き移る（搬到鄉村）
　東京から名古屋に引き移る（從東京遷到名古屋）
引き負う、引負う〔他五〕〔古〕私用、盜用（主人的錢）（＝使い込む）
引き負い、引負〔名〕〔古〕承擔、（商店伙計自負盈虧）代行交易、盜用主人的錢
引き起こす，引起す、惹き起こす，惹起す〔他五〕引起，惹起、扶起，拉起
　紛争を引き起こす（引起糾紛）
　戦争を引き起こす（引起戰爭）
　大問題を引き起こす（惹起很大問題）
　持病を引き起こす（勾起舊病）
　連鎖反応を引き起こす（引起連鎖反應）
　其の演説が原因と為って大騒動を引き起こす（由於那演講引起大騷動）
　転んだ者を引き起こす（扶起摔倒的人）
　倒れた電柱を引き起こす（扶起倒下的電線桿）
　酔っ払いを引き起こす（扶起醉漢）

引き起こし、引起し〔名〕〔植〕延壽草、延命草
引き落とす、引落す〔他五〕把…拉下來。〔相撲〕（抓住對方手臂）拉倒，拖倒
　　ぐいと力を入れて引き落とした（猛然一用力把對方拉倒）
引き落とし、引落し〔名〕拉下，拖下。〔相撲〕（抓住對方手臂）拉倒，拖倒
引き折る〔他五〕〔古〕折疊、拉斷
引き下す、引下す〔他五〕拉下、曳下
　　馬上から引き下す（由馬上拉下）
　　旗を引き下す（把旗子拉下）
引き音、引音〔名〕長音、拉長音
引き返す、引返す〔自、他五〕返回、折回、反覆，反過來，倒回來
　　途中から引き返す（中途返回）
　　途中から家へ引き返す（中途返回家）
　　一日で引き返す事が出来る（一天能夠來回）
　　一日一日一日一日
　　進む事も引き返す事も出来ない（進退兩難）
　　直ぐ引き返したが間に合わなかった（馬上就折回了可是沒有趕上）
　　汽車が引き返す（把火車倒回來）
引っ返す、引返す〔自五〕返回、折回（＝引き返す、引返す）
引き返し、引返〔名〕（演戲當中換道具）拉上幕又立即拉開幕、下襬裡子使用和表面一樣的衣料製成的婦女禮服（盛裝和服）
引き換える，引換える、引き替える，引替える〔自、他下一〕兌換，交換，相反，不同
　　物を物と引き換える（以物易物）
　　小切手を現金を引き換える（把支票兌成現金）
　　昨年と引き換えて今年の冬は迚も暖かい（和去年相反今年冬天非常溫暖）
　　兄は大人しい、其に引き換えて弟はやんちゃだ（哥哥很老實相反地弟弟卻很淘氣）
　　昨日の雨に引き換えて今日は良い御天気だ（昨天下雨相反地今天是好天氣）
引き換え，引換、引き替，引替〔名、副〕兌換，交換、相反，不同
　　引換払い（現金交易）
　　手形と引換に現金を支払う（憑票付現）
　　品物は代金と引換で差し上げる（交了價款就給東西、一手交錢一手交貨）
　　代金と引換に品物を渡す（交了價款就給東西、一手交錢一手交貨）
　　此に引換（與此相反、反之）
　　此と引換（與此相反、反之）
引っ替え、引替〔名〕交換、兌換（＝引き換え、引換、引き替え，引替）
　　服を取っ替え引っ替えして着る（不斷地換穿衣服）着る切る斬る伐る
引屈〔名〕膕、腿窩、腿彎（＝膕）
引き掛ける〔他上一〕掛上，吊起來、披上、拉上關係
引っ掛ける、引掛ける〔他下一〕掛上、鉤破、披上、欺騙、大口喝、潑上，濺上、鉤釣、找藉口，借機會
　　服を釘に引っ掛ける（把衣服掛在釘子上、釘子勾破了衣服）
　　浴衣を引っ掛ける（披上浴衣）
　　外套を引っ掛けて出掛ける（披上外套出門）
　　女を引っ掛ける（騙女人）
　　敵を引っ掛ける（欺騙敵人）
　　酒を一杯引っ掛ける（喝一杯酒）
　　ビールを引っ掛ける（大口喝啤酒）
　　鉤針で引っ掛ける（用釣鉤釣）
　　魚が針に引っ掛ける（魚咬住鉤被釣上來了）
　　唾を引っ掛ける（往人身上吐口水）
　　花も引っ掛けない（毫不理睬）
　　水を引っ掛ける（濺水）
　　車に泥水を引っ掛けられた（車上濺上泥水）
　　出張に引っ掛けて帰省する（利用出差的時候順便回家）
引っ掛かる、引掛る〔自五〕掛上，掛住、卡住、牽連，連累、受騙
　　凧が木の枝に引っ掛かる（風箏掛在樹枝上）
　　凧蛸章魚胼胝枝枝
　　凧が電線に引っ掛かった（風箏掛在電線上）
　　着物が釘に引っ掛かって破れた（衣服掛在釘子上鉤破了）破れる敗れる
　　税関で引っ掛かる（被海關扣住）
　　検品で引っ掛かる（檢查品質沒有通過）

魚の骨が喉に引っ掛かる（魚刺卡在喉嚨上）
蜻蛉が蜘蛛の巣に引っ掛かる（蜻蜓掛在蜘蛛網上）
厄介な事に引っ掛かった（被麻煩事牽連上了）
計略に引っ掛かる（中計、上當）
ぺてんに引っ掛かる（受騙、上當）
詐欺に引っ掛かる（受騙）
悪い女に引っ掛かる（被壞女人欺騙）

引っ掛かり、引掛り〔名〕掛住的地方，掛鉤，關係，牽連
何も引っ掛かりが無いので此の戸は開け難い（因為沒有抓柄所以這扇門不好開）
私は彼の事件とは何の引っ掛かりも無い（我跟那件事毫無瓜葛）
引っ掛かりを作る（拉關係）作る創る造る
本の少し引っ掛かりが有る（略微有點關係）有る在る或る

引き菓子、引菓子〔名〕（婚禮、法會時）分贈的點心

引き金，引金、引き鉄，引鉄〔名〕（槍的）扳機、誘因
引金を引く（扣扳機）
引金に指を掛ける（手指扣住扳機）

引金物〔名〕〔建〕拉椿、固定栓

引き木，引木、曳き木，曳木〔名〕（手推磨的）把手

引き切る〔他五〕拉斷，曳斷，拖斷。〔轉〕中斷，中止

引き切り無し、引切りなし〔名〕不間斷

引き切り鋸，引切鋸、挽き切り鋸、挽切鋸〔名〕窄條齒細鋸、橫拉的鋸

引きも切らず、引も切らず〔連語、副〕連接不斷、絡繹不絕
客が引きも切らず詰め掛ける（客人絡繹不絕地到來）
引きも切らず観光客が訪れる（遊客絡繹不絕）

引っ切り無しに、引切無しに〔副〕接連不斷地、不停地
引っ切り無しに喋る（不住嘴地說、喋喋不休）
引っ切り無しに咳を為る（不停地咳嗽）
引っ切り無しに電話が掛かって来る（一直打電話來）来る来る
引っ切り無しに続く（絡繹不絕）
通りを自動車が引っ切り無しに通る（街上車子川流不息）通る透る

引き際、引際〔名〕引退時，抽身撒手時（=引け際、引際、退け際，退際）

引け際、引際、退け際、退際〔名〕臨完，臨下班、（交易所）臨收盤時分
引際が大切だ（臨完時很要緊）
引際に客がどやどやと来た（臨下班時來了一幫客人）
引際が肝心だ（快完時很重要）肝心肝腎
引際に為った急に仕事が出来た（臨下班時突然來了工作）

引裂き抵抗〔名〕〔理〕抗扯（裂）

引き句、引句〔名〕引用句、引用的俳句

引き具す、引具す〔他五〕〔老〕帶領、率領（=引き具する）
軍隊を引き具す（率領軍隊）

引き具する〔他サ〕率領、伴同，伴隨、具備
供を引き具する（伴隨侍候人）供共友伴

引き比べる〔自下一〕拿來比較
人の苦労を我が身に引き比べる（拿別人辛勞跟自己比較）
我が身に引き比べて泣いた（設身處地哭了起來）

引き越す〔自五〕搬遷，搬家（=引っ越す、引越す）、追過，趕過

引っ越す、引越す〔他五〕搬家、遷居
郊外へ引っ越す（搬到郊外去住）
南向きの部屋に引っ越す（搬到朝南的房間）
父の転勤の為台中に引っ越す（父親調換工作而遷居台中）
台北から高雄へ引っ越す（從台北搬到高雄）

引っ越し、引越し、引越〔名〕搬家、遷居
引越を手伝う（幫忙搬家）
新居に引越（を）為る（遷入新居）
引越を為る（搬家）

三年の間に引越を五回した（三年間搬了五次家）間 間間

引っ越し車、引越し車〔名〕搬家車

引っ越し先、引っ越し先、引越先〔名〕遷往處、新搬的住址

引っ越し蕎麦、引っ越し蕎麦、引越蕎麦〔名〕搬家後送給左右街坊的蕎麥麵條

　近所に引っ越し蕎麦を配る（給左鄰右舍分送蕎麵條）

引き込む、引込む〔他五〕引進來，拉進來、拉攏進來，引誘進來，傷風，感冒

〔自五〕悶居（家中）、隱退，退居，退縮，塌陷（=引っ込む、引込む）

　電線を家へ引き込む（把電線拉到屋裡）
　流れを庭に引き込んで池を作る（把水引到院子裡做一個水池）
　彼を仲間に引き込む（拉他入夥）
　水道を引き込む（引進水管、裝自來水）
　彼を仲間に引き込めば心強い（拉他入夥就有信心了）
　すっかり風邪を引き込んだ（感冒非常嚴重、患重感冒）
　家に許り引き込んでいる（光在家裡悶居）
　家に引き込んで本を読む（在家裡閉門讀書）読む詠む
　田舎に引き込む（隱居鄉間）
　後に引き込む（向後退縮）後後後後
　隅に引き込まないで此方へ出て来い（別縮在角落到這邊來）隅墨炭此方此方
　出しゃばらずに引き込んでいろでしゃばる（別出風頭往後退一退、你不要多嘴多舌）
　痩せて目が引き込でいる（瘦得眼殼塌了）瘦せ瘠せ

引き込み、引込〔名〕引進，引入，撤回，撤銷、（歌舞伎演員）退場（=引っ込み、引込）

　電線の引き込み（電燈的室內線）
　如何にも引き込みが付かなく為る（欲罷不能、下不了台）如何如何
　引き込みが付く様に為て遣る（給你找台階下）

引っ込む、引込む〔自、他五〕拉入，拉進、拉攏、引進，引入、隱退，深居，縮進，凹入，塌陷，畏縮，退縮←→出張る

　仲間に引っ込む（拉攏入夥）
　鉄道を工場迄引っ込む（把鐵路線舖到工廠裡）
　家に引っ込んで本を読む（在家裡閉門讀書）
　家に引っ込む（留在家裡）
　店を畳んで田舎に引っ込む（歇業返鄉）
　海岸線が引っ込んでいる（海岸線凹入著）
　海岸線が引っ込んだ所（海岸線凹入處）
　瘤が引っ込んだ（瘤消腫了）
　痩せて目が引っ込でいる（瘦得眼殼都塌陷了）
　出しゃばらずに引っ込でいろ（別出風頭往後退一退、你不要多嘴多舌）
　用の無い者は引っ込出ろ（沒事的人讓開）
　下手糞、引っ込め（笨傢伙下台吧！）
　此の家は道路から引っ込んでいる（這房子從馬路邊縮進一些）
　彼の家は大通りから引っ込んだ所に在る（他的家在大街進去點的地方）
　彼は早早に書斎に引っ込んだ（他很快就進書房了）早早早早
　表面へ出ずに引っ込んでいる（不露面而退縮著）

引っ込み、引込〔名〕拉進，拉入、撤回，撤銷、（歌舞伎）演員退場

　今と為っては引っ込みが付かない（到了這種地步真下不了台）

引っ込み脚〔名〕（飛機）能縮回的起落架

引っ込み勝ち〔名、形動〕常待在家裡，不常外出、有些消極（退縮）

　病気で引っ込み勝ちだ（因為有病常待在家裡）
　彼は此の頃引っ込み勝ちだ（這些日子他常待在家裡）
　引っ込み勝ちで意見を言わない（有些消極不愛發表意見）
　引っ込み勝ちな人（意志消沉的人、畏首畏尾的人）

引っ込み管〔名〕（水道、瓦斯等的）引進管、室內管

引っ込みケーブル〔名〕引進電纜、室內電纜

引っ込み思案〔名〕畏首畏尾、消極的想法、畏縮保守、因循消極←→出しゃ張り
　内気で引っ込み思案な性格を直し度い（想改掉害羞和畏首畏尾的性格）
　彼は何事のも引っ込み思案だ（不管什麼事他總是畏縮保守）

引っ込み線、引き込み線〔名〕專用鐵路線（支線）、電線的室內線
　列車を引っ込み線に入れる（把列車開進專用線）
　汽車に引っ込み線に入れる（把火車開到支線上）
　電話の引っ込み線（電話的支線）

引っ込める、引込める〔他下一〕縮入，縮回、抽回，撤回
　亀の頭を引っ込める（龜縮回頭）
　亀の首を引っ込めた（烏龜把頭縮回）
　意見を引っ込める（撤回意見）
　手を引っ込める（撒手、把手抽回）
　出した以上は引っ込める訳には行かない（既然提出就不能再撤回來）

引っ込ます、引込ます〔他五〕撤回、縮回
　足を引っ込ます（把腳縮回）
　手を引っ込ます（把手縮回來）

引き籠もる、引籠る〔自五〕悶居，閉居、隱退，隱居（=引き込む、引込む）
　家に引き籠もって勉強する（閉居家裡用功）
　風邪に引いて家に引き籠もる（因感冒不出門）
　貴方は引き籠もって許り居ないで外で運動でも為為さい（你不要老是悶在家裡請到外面去走動走動）
　家に許り引き籠もって居ては体に毒です（老悶在家裡對身體有害）
　田舎に引き籠もる（隱居鄉下）

引っ籠もる、引籠もる〔自五〕隱居、閉居（=引き籠もる、引籠る）

引き下がる、引下る〔自五〕退出，離開、辭職、撒手，作罷
　客間から引き下がる（退出客廳、從客廳出來）
　此の辺で引き下がった方が良い（最好就此告退、最好就此罷手）
　決して引き下がる物ではない（決不罷休）

引き下げる、引下げる〔他下一〕降低，使後退、攜帶，率領←→引き上げる
　物価を引き下げる（降低物價）
　幕を引き下げる（把幕放下）
　金利を引き下げる（降低利率）
　運賃を引き下げる（降低運費）
　兵を引き下げる（退兵、撤兵）
　列を後ろへ引き下げる（讓隊伍向後退）
　提案を引き下げる（撤回提案）
　コストを引き下げる（降低成本）
　前列を一歩引き下げる（使前排向後退一步）

引き下げ、引下げ〔名〕降低、減低
　物価の引き下げ（降低物價）
　賃銀の引き下げ（減低工資）

引き索〔名〕（海）曳纜、拉索

引き裂く、引裂く〔他五〕撕破、強迫遠離，挑撥離間
　彼女は手紙を引き裂く（她把信撕掉）
　二人の仲を引き裂く（拆散兩人的友情）
　息子と嫁との仲を引き裂く（挑撥兒子和媳婦的關係）

引き去る、引去る〔自、他五〕消失，撤走、乾涸、拉走，撤走，減去，扣去
　津波が引き去る（海嘯平息）
　水溜りの水が引き去る（水塘的水乾涸）
　洪水の水が引き去る（洪水退了）
　五から三を引き去る（五減三）
　警官が泥棒を引き去る（警察把小偷捉走了）
　鼠が野菜を引き去る（老鼠把菜拖走）
　税金を引き去った額（扣除稅金的數額）

引き算、引算〔名〕〔數〕減法←→寄算、足算

引き潮、引潮〔名〕退潮（=下げ潮、干潮）←→上潮、滿潮、差潮
　引潮を待つ（等待落潮）待つ俟つ

引潮に為る（退潮）為る生る鳴る成る

引潮を待って潮干狩りに行く（等退潮後到海灘去趕海-拾魚介等）行く往く逝く行く往く逝く

引き絞る、引絞る〔他五〕用力拉、用力喊

弓を引き絞る（把弓拉滿）

幕を引き絞る（把幕拉開）

弓を引き絞ってひゅうと射る（把弓拉圓後嗖地一聲射出）射る居る入る要る鋳る炒る煎る

声を引き絞る（拼命叫喊、扯開嗓子喊）

声を引き絞って呼ぶ（拼命叫喊）叫ぶ

引き締まる、引締る〔自五〕緊閉、（精神）緊張、（行市）看漲←→引き緩む

口許が引き締まっている（嘴形端正）

口元がぐっと引き締まっている（緊閉著嘴）

心が引き締まる（精神緊張）

筋肉の引き締まった体（肌肉緊繃的體格）

引き締まった態度（嚴肅態度）

引き締まった文章（緊湊的文章）文章 文章

相場が引き締まる（行市見挺、行情看漲）

引き締める、引締める〔他下一〕勒緊，使緊張、緊縮，節儉

手綱を引き締める（勒緊韁繩）

帯を引き締める（勒緊腰帶）

気を引き締める（振作精神）

崖の縁で馬の手綱を引き締める（懸崖勒馬）

心を引き締める（振作精神）

生徒を引き締める（使學生鎮作起來）

規律を引き締める（加強紀律）

気持を引き締めて準備を為る（緊張起來準備考試）

家計を引き締める（節儉家庭開支）

財政を引き締める（緊縮財政）

融資を引き締める（緊縮融通資金）

市場を引き締める（控制市場）市場 市場

引き締め、引締め〔名〕拉緊、緊縮、緊繃

金融引き締め（經融緊縮）

財政の引き締め政策（才正的緊縮政策）

総選挙に備え、党内の引き締めを強める（為大選準備加強黨內團結）

引障子〔名〕拉門、拉窗

引き据える、引据える〔他下一〕（把抓來的人）強迫坐下、硬壓著坐下

四人の作家が逮捕され、法廷に引き据えられた（四名作家被捕被強行拉上法庭坐下）

引綱、引き綱、引綱〔名〕拉繩、縴繩

引き墨、引墨〔名〕（剃眉後用的）眉黛、描眉

引き摺る、引摺る〔自、他五〕拖，拖延、硬拉

疲れた足を引き摺る（累得曳足而行）

疲れた足を引き摺って歩く（累得曳足而行）

長い裾を引き摺る（拖曳長的衣襟）

返答を年末迄引き摺る（把答覆拖延到年底）

仕事を引き摺る（拖延工作）

仕事を引き摺っては行けない（不要拖延工作）

泥棒を交番へ引き摺る（把小偷拉到派出所去）

嫌がる子供を引き摺って帰る（硬把不願意的孩子拖回去）

引き摺り、引摺〔名〕穿著拖地長衣打扮得花枝招展不工作的女人、前頭低的木屐

御引摺（拖著下擺的女人、打扮得花枝招展而遊手好閒的女人＝無精女）

引摺下駄（前頭低的木屐）

引き摺り上げる〔他下一〕拉上來、拖上來

引き摺り落とす〔他五〕拉掉，拖落、（把地位高的人）拉下馬

引き摺り下す、引摺り下す〔他五〕拉下來、拖下來

引き摺り込む、引摺り込む〔他五〕拉進來

一室に引き摺り込んでリンチを加える（拉進一個屋子裡加以私刑）加える 咥える 銜える

仲間に引き摺り込む（拉攏入夥）

悪い仲間に引き摺り込まれる（被壞朋友拖下水）

彼を車の中に引き摺り込む（把他拉進車裡）

引き摺り出す、引摺り出す〔他五〕拉出來、拖出來

引き摺り出して殴り付ける（拉出來痛毆）

家から引き摺り出す（從家裡揪出來）
寝床から引き摺り出す（從被窩裡拉出來）

引き摺り回す，引摺り回す〔他五〕拉著到處繞、領…到處走
　荷車を引き摺り回す（拉著車到處繞）
　御上りさんを東京中引き摺り回す（領著鄉下人在東京到處繞）

引き倒す〔他五〕拉倒、曳倒
　柱に綱を掛けて引き倒す（把繩子拴在柱子上拉倒）

引き倒し〔名〕拉倒、拖倒

引き出す，引出す，抽き出す，抽出す〔他五〕拉出、取出、抽出、引出、提出
　繭から糸を引き出す（由繭抽絲）繭眉
　押し入れから布団を引き出す（從壁櫥拉出被褥）
　引き出しを引き出す（拉出抽屜）
　犯人を法廷に引き出す（把犯人提到法庭）
　話を引き出す（引出話題）
　棚から雑誌を引き出す（從書架抽出雜誌）
　預金を引き出す（提取存款）
　貯金を引き出す（提取存款）
　答えを引き出す（做出答案）
　正しい結論を引き出す（提出正確結論）
　才能を引き出す（把才能引導出來）
　厩から馬を引き出す（把馬從馬房拉出）

引き出し，引出し，抽き斗し，抽斗〔名〕抽屜、抽出，提出
　机の引出にノートを入れる（把筆記本放到桌子的抽屜裡）
　本を引出の中に入れる（把書放進抽屜裡）
　引出を開ける（拉出抽屜）開ける明ける空ける飽ける厭ける
　預金の引出（提取存款）
　貯金の引出（提取存款）
　預金の引出に銀行へ行く（去銀行提取存款）

引き立つ，引立つ，引っ立つ〔自五〕特別顯眼，分外好看、旺盛，高漲
　回りの赤で緑色が引き立つ（由於周圍的紅色綠色很顯眼）

満開の桜の中に松の緑が引き立って見える（在盛開的櫻花中松樹的綠色更加醒目）
白いドレスが彼女を一段と引き立せている（白色的禮服更加襯托出她的美）
髪にリボンを付けると一段と引き立つ（頭髮一繫上髮帶就個外好看）
日に当たって紅葉が一段と引き立つ（在陽光下紅葉格外好看）紅葉紅葉
一撮の塩で味が引き立つ（加一小撮鹽味道更好）
何を為ても気が引き立たない（做什麼也提不起精神來）
景気が未だ引き立たない（景氣尚無起色）未だ未だ
気が引き立たない（情緒不高）
商況が引き立つ（交易興旺）

引っ立つ〔自五〕特別顯眼，分外好看、旺盛，高漲（＝引き立つ、引立つ）

引き立てる，引立てる〔他下一〕襯托、提拔，關照、鼓勵、強行拉走、關閉
　掛軸が部屋を引き立てている（掛畫點綴著屋子好看）
　掛軸が部屋の静けさを引き立てている（掛畫把屋子的肅靜氣氛襯托出來）
　白雪が庭の紅梅を引き立てている（白雪把院子裡的紅梅映得分外鮮豔）白雪白雪
　後進を引き立てる（提拔後進）
　引き立てて貰った恩人（承蒙照顧的恩人）
　後輩を引き立てる（提拔後進）
　気持を引き立てる（振起精神）
　病人の気を引き立てる（鼓勵病人）
　気を引き立てる（鼓勵、給…打氣）
　罪人を引き立てる（把犯人拉走）罪人罪人
　罪人を刑場に引き立てる（把犯人押赴刑場）
　戸を引き立てる（關上門）
　障子を引き立てる（關上紙拉門）

引き立て，引立〔名〕提拔，照顧，舉薦，後台，後盾
　御引立を蒙る（承蒙照顧）蒙る被る
　毎度御引立を蒙り有り難う存じます（多蒙光顧深為感謝）

御引立に預り有り難う御座います（多蒙光顧謝謝你）預り与り

上司の引立で出世する（由於上司的提拔而高昇）

引き立て役、引立役〔名〕襯托，襯托的人或物、照料者，支援者，舉薦者

引立役に為る（當陪襯）

彼の引立役に為っている（給他做陪襯）

醜女は美人の引立役（醜婦襯托出美女的漂亮）醜女醜女

御嫁さんの引立役（女儐相）

引っ立てる、引立てる〔他下一〕帶走、拉走

犯人を引っ立てる（押解犯人）

警官が犯人を引っ立てて行った（警察押解犯人去了）

引き千切る〔他五〕撕碎、扯掉

草稿の紙を惜し気も無く引き千切る（把草稿毫不吝惜地撕碎）

無理にボタンを引き千切る（硬扯掉鈕釦）

引き継ぐ、引継ぐ〔他五〕（事務、工作）接辦、繼承

仕事を引き継ぐ（把工作接過來）

退職者の仕事を引き継ぐ（接替退職者的工作）

遺産を引き継ぐ（繼承遺産）

伝統文化を引き継ぐ（繼承傳統文化）

引き継ぎ、引継ぎ、引継〔名〕交接、交代、繼承

事務の引継を済ませる（辦完事務的交接）済む住む澄む棲む清む

彼は事務の引継を済ませた（他已辦完事務的交接）

後任に事務の引継を為る（把工作移交給後任）

事務の引継が終った（事務交待完了）

遺産の引継（繼承財産）

引き繕う〔他五〕（繕う的強調說法）修整、修飾、打扮

引き付ける、引付ける〔自他下一〕（小孩）抽筋，痙攣發作、誘惑，拉到身邊

此の子は良く引き付ける（這個孩子時常抽筋）

此の子は急に引き付ける（這個孩子突然抽筋）

磁石が釘を引き付ける（磁石吸釘）

磁石が鉄片を引き付ける（磁石吸鐵片）

引き付ける力（吸引力、誘惑力）

人を引き付ける力（吸引人、誘惑人）

彼には何処か人を引き付ける所が有る（他有一種說不出的吸引力）

心を引き付ける（奪人心坎）

身近に引き付ける（拉到身邊）

敵軍を本拠点に引き付けて撃つ（把敵人引到根據地加以消滅）撃つ打つ討つ

火鉢を引き付ける（把火盆拉到身邊）

車を戸口で引き付ける（把車拉到門口）

引き付け、引付け〔名〕（小孩）抽筋，（突發性）痙攣。〔古〕憑證，妓院

引き付けを起す（痙攣發作）起す興す熾す

子供が引き付けを起こす（小孩痙攣發作）

引っ付ける、引付ける〔他下一〕黏上，貼上，拉到身邊，引誘。〔俗〕用各種手段使男女結為夫婦

糊で引っ付ける（用漿糊黏上）糊則法矩海苔

体を壁に引っ付ける（把身體貼到牆上）

引っ付く、引付く〔自五〕黏住。〔俗〕（男女）勾搭上，結為夫婦←→離れる

歯にチューインガムが引っ付いた（口香糖黏到牙齒上了）

汗でシャツが体に引っ付く（襯衫因汗水黏在身上）

服に餅が引っ付く（衣服黏上黏糕）

靴にガムが引っ付く（鞋底黏上口香糖）靴履沓

彼の二人が引っ付いた（他倆勾搭上了）

引き続く、引続く〔自、他五〕連續、繼續

引き続く雨天（連日下雨、陰雨連綿）

雨天が引き続く（連日下雨、陰雨連綿）

引き続く大雨で川の水が溢れ然うだ（由於連日下雨河水要氾濫了）大雨大雨

引き続いて損を為る（連續虧損）

此に引き続いて講演が有る（這個以後接著有演講）

引き続き、引続〔名、副〕連續、繼續
　引続開会する（繼續開會）
　三回引続（連續三次）
　弟も兄に引続入選した（弟弟繼哥哥之後也當選了）
　引続映画を上映します（接著放映電影）
　今後も引続行う（今後也繼續進行）
　彼は引続三回入賞した（他連續三次得獎）
　農業は引続豊作に恵まれた（農業連年豐收）

引き綱、引綱〔名〕纜繩、拖索、拉繩
　船の引綱（船的纜繩）船舟
　鐘の引綱（敲鐘的拉繩）鐘金鉦
　窓の引綱（窗戶的拉繩）
　滑車の引綱（滑車的拉繩）

引き潰す〔他五〕碾碎、磨碎

引き詰める〔他下一〕拉緊，繃緊、縮短，縮減、節約
　差し詰め引き詰める、散散に射る（搭箭拉弓狠狠地射）煎る炒る鋳る要る居る入る
　家計を引き詰める（縮減家庭開支）

引っ詰め、引詰〔名〕垂髻（=引っ詰め髪）

引き攣る、引攣る〔自五〕（因燙傷等）結成傷疤、痙攣，抽筋，發僵，僵硬
　火傷の後が引き攣っている（火傷後皮膚結痂）
　足が引き攣る（腿抽筋）
　私は水泳に足が引き攣る（我游泳時腿抽筋）
　顔を引き攣らせて怒鳴る（扳著臉罵人）

引き攣り、引攣〔名〕（燙傷等的）傷疤、痙攣
　火傷の後が引攣に為る（燙傷後結成傷疤）
　手術で腹に引攣が出来る（因手術腹部留下傷疤）
　足に引攣を起こす（腿抽筋）起す興す熾す
　水泳中足に引攣を起す（游泳時腿抽筋）
　引攣が取れる（抽筋好了）
　引攣が緩む（抽筋好了）

引き攣れる、引攣れる〔自下一〕抽筋（=引き攣る、引攣る）
　表情を引き攣れる（表情僵硬）

引っ攣れ、引攣れ〔名〕〔俗〕燙傷等的傷疤（=引っ攣り、引攣、引っ釣り、引釣）
　引っ攣れが残る（留下傷疤）

引っ攣り、引攣、引っ釣り、引釣〔名〕〔俗〕燙傷等的傷疤（=引っ攣れ、引攣れ）

引き連れる、引連れる〔他下一〕帶領、率領
　子供を引き連れてピクニックに出掛ける（帶領孩子出去郊遊）
　学生達を引き連れて見学に行く（帶領學生去參觀）
　御供を引き連れて視察する（帶著隨行視察）

引き出物、引出物〔名〕（宴客時）主人贈給客人的贈品
　引出物を客に配る（把回贈禮物分贈客人）

引き戸、引戸〔名〕拉門←→開き戸
　引戸を引き立てる（關上拉門）
　引戸を開ける（拉開拉門）開ける開ける明ける空ける飽ける厭ける

引き時，引時、退き時，退時〔名〕脫身的好時機、退休的時候
　今が引時だ（現在正好脫身）

引け時，引時、退け時，退時〔名〕下班時、放學時
　引時には電車が込む（下班時電車擠）込む混む
　引時で電車は大変混んでいる（正好下班時電車非常擠）
　引時には電話が込む（下班時電話忙）

引き解く、引解く〔他五〕解開、啟開（=解く）

引き止める，引止める、引き留める，引留める〔他下一〕挽留、制止←→追い立てる
　客を引き止める（挽留客人）
　引き止められて御馳走に為る（被留下來吃飯）
　友人に引き止められて帰りが遅く為った（被朋友留住回家晚了）
　進入を引き止める（制止進入）
　行こうと為る人を引き止める（制止要去的人）
　喧嘩を引き止める（制止打架）

馬を引き止める（勒住馬）
言葉を尽くして心を引き止める（費盡口舌留住他的心）

引き留め碍子 〔名〕〔電〕拉椿絕緣子

引き取る、引取る 〔自、他五〕離去、收留、收回，收買，收養，交接
一先ず引き取って考え直す（暫時回去重新考慮一下）
用が済んだ人は御引き取り下さい（辦完事的人請離去）
小包を引き取る（領取包裹）
身柄を引き取る（把本人領回、釋放）
不良品を引き取る（收回不良品）
死体を引き取る（領回屍體）
荷物を引き取るに行く（去領行李）
駅からトランクを引き取る（由車站取回皮箱）
息を引き取る（嚥氣、死去）
人の話を引き取る（接著別人的話講下去）
子を引き取る（收養孩子）

引き取り、引取り 〔名〕領取、領回、交接
品物の引き取りが終る（物品領取完畢）
御買い上げ商品の引き取りは出来兼ねます（商品售出概不退換）

引き取り人、引取人 〔名〕領取人、收養人
引取人の無い死体（無人認領的屍體）

引き取り手、引取手 〔名〕領取人、收養人（=引き取り人、引取人）

引き直す、引直す 〔他五〕重拉，重架、改變，改正、復原，還原
風邪を引き直す（又再感冒）
正妻を引き直す（扶正）
元の関係を引き直す（恢復原來關係）

引き抜く、引抜く 〔他五〕拔出、選拔、拉攏
大根を引き抜く（拔蘿蔔）
ナイフを引き抜く（拔出刀來）
束の中から一本引き抜いた（從一捆中抽出一根來）
成績の良い者を引き抜いて留学させる（選拔成績好的派去留學）
優秀な人材を引き抜いてプロジェクトチームを作る（選拔優秀人才組成研究小組）
他社から映画女優を引き抜く（把別公司的電影女演員拉攏過來）
他所の選手を引き抜く（挖別隊的選手）他所

引き抜き、引抜 〔名〕拔出，選拔，拉拔、拉攏、〔劇〕脫去外裝，露出內裝
大根の引抜（拔蘿蔔）
選手の引抜（選拔選手、把選手拉攏過來）
引抜細工（浮雕細工）
他党からの引抜は遣らない（不從他黨拉攏人）
引抜加工（拉拔加工、拉製）
引抜鋼管（拉製鋼管、無縫鋼管）

引き抜き編み、引抜き編み 〔名〕（毛衣等）跳針編織

引っこ抜く、引こ抜く 〔他五〕〔俗〕抽、拔（=引き抜く、引抜く）
畑の大根を引っこ抜く（拔田裡的蘿蔔）畑畠畑畠

引き退く、引退く 〔自五〕退出、後退

引き退ける、引退ける 〔他下一〕拉走、拉開
カーテンを引き退ける（拉開窗簾）
覆いを引き退ける（揭開覆蓋）

引き伸ばす，引伸ばす、引き延ばす，引延ばす
〔他五〕拉長，拖長、放大，放大的照片←→縮める
文章を引き伸ばす（把文章寫長）
糊を引き伸ばす（稀釋漿糊）
返事を引き伸ばす（拖延答覆）
期日を引き伸ばす（延期）
写真を引き伸ばす（相片放大）
ゴム紐を引き伸ばす（把鬆緊帶拉長）ゴム護謨
此の写真をキャビネ版に引き伸ばす（把這張照片放大承六吋照片）

引き伸ばし，引伸ばし、引き延ばし，引延ばし 〔名〕拖長，拖延、放大，放大的照片
会期を引き伸ばし（延長會期）
引き伸ばし戰術に出る（採取拖延戰術）
写真の引き伸ばし（放大照片）

此はライカの引き伸ばしだ（這是萊卡相機放大的照片）
引き伸ばし機（放大器）
此の写真は引き伸ばしが出来ますか（這張照片可以放大嗎？）
引き伸ばし用暗箱（放大用暗箱）
現像、焼付、引き伸ばし（洗相，印相，放大）

引き縄、引縄〔名〕拉繩、（捕魚的）排鈎

引き剥がす、引剥がす〔他五〕剝下、撕下
木の皮を引き剥がす（剝下樹皮）
貼り紙を引き剥がす（把糊的紙撕下來）
魚の皮を引き剥がす（剝下魚皮）
壁のポスターを引き剥がす（撕下牆上廣告）

引っ剥がす、引剥がす〔他五〕剝下、撕下（=引き剥がす、引剥がす）
貼り紙を引っ剥がす（撕下糊的紙）

引剥ぎ、引剥〔名〕路劫（=引き剥ぎ、追い剥ぎ）

引き外す〔他五〕拉開，拉掉，卸下（=外す）、擺脫，逃脫（=逃げる）

引き外し装置〔名〕〔機〕活動装置、活齒輪

引っ外す〔名〕拉開，拉掉，卸下、擺脫，逃脫（=引き外）

引き離す、引離す〔他五〕拉開，使分離、使疏遠、（賽跑、競賽）拉下很遠，遙領先（=引っ付ける、くっつける）
彼の取っ組み合っている子供を引き離す（拉開扭打在一起的小孩）
二人の仲を引き離す（使兩人疏遠、離間兩人）
二着を十メートル引き離して悠悠と勝つ（把第二名拉下十公尺綽綽有餘地獲勝）
二位を大きく引き離してゴールに飛び込んだ（把第二名拋在後頭很遠很快衝到終點）

引き放つ〔他五〕拉弓射箭，拉開間隔，留出空檔、強使離開、拉開，打開

引き払う、引払う〔他五〕離開、遷出，搬走
東京を引き払う（離開東京）
名古屋を引き払って上京する（從名古屋搬到東京去）
家を引き払ってアパートに住む（騰出房屋搬到公寓去）

引き札、引札〔名〕（開業或推銷）廣告（=びら、散し）。〔舊〕（抽籤用的）籤
引札を配る（分發抽籤）

引き舟、引舟、引き船、引船〔名〕拖船、被拖的船、（舊、劇）正面樓座、（江戶時代）侍候高級妓女的妓女（=引舟女郎）
巨船が引舟に曳かれて波止場に横付けに為る（大船被拖船拖到碼頭靠岸）
引舟料（拖船費）

引き棒〔名〕〔機〕拉杆

引き幕、引幕〔名〕〔劇〕（向左右拉的）幕←→揚幕、垂幕
引幕を引く（拉幕）引く曳く弾く轢く挽く惹く牽く退く
舞台に引幕を付ける（替舞台扯上拉幕）

引き窓、引窓〔名〕（用繩開關的）天窗
台所の引窓を開ける（把廚房的天窗拉開）開ける開ける
講堂の引窓を開ける（把禮堂的天窗拉開）

引き眉、引眉〔名〕畫的眉
引眉を描く（描眉）描く画く
引眉を為る（描眉）摩る刷る摺る擦る掏る磨る擤る
引き眉毛、引眉毛（畫的眉毛）
引眉の女（描眉的女人）

引き回す、引回す〔他五〕領著到處走（遊逛）、指導，教導、圍上，圈上（帷幕）。〔古〕（死刑犯處決前）遊街示眾
上京した親を東京中引き回す（領著來東京的父母遊逛東京）
昨日は一日彼の人に引き回された（昨天一天被他領著到處遊逛）昨日昨日
幕を引き回す（周圍上帷幕）
柱に縄を引き回す（用繩子把柱子圍上）
十分引き回して遣れ（好好教導教導、好好地指導一下）
十分引き回して遣って欲しい（希望好好地教導教導他）

引き回し、引回し〔名〕指導、（江戶時代）（死刑犯處決前）遊街示眾、斗篷、無袖外衣（=インバネス、丸合羽）

御引き回しを願います（請您多指導）

宜しく御引き回しを願います（請您多指導）

御引き回しに与る与る預るる（承蒙您的指導〔關照〕）

御引き回しに与りまして御礼し上げます（承您關照謝謝！）

町中引き回しの上打ち首と為る（在鎮上遊街示眾後斬首）

引き回し鋸〔名〕線鋸

引き毟る〔他五〕揪、拔、拿、撕（＝毟る）

引き目鈎鼻、引目鈎鼻〔名〕日本畫中（眼睛畫成一條線、鼻子畫成L字形）的臉部臉譜

引き戻す、引戻す〔他五〕拉回、領回

ボートを綱で引き戻す（用繩把小艇拉回來）

両親に郷里に引き戻す（被父母拉回故郷）

親戚から子を引き戻す（把孩子從親戚那裡領回）

家出息子を引き戻す（把離家出走的兒子帶回來）

引き物、引物〔名〕（宴客時）主人贈給客人的贈品（＝引き出物、引出物）（隔開用）帷幕，幕幔（＝帳）、（門等）把手（＝引き手、引手）

引け物、引物〔名〕次品、瑕疵品

引き破る〔他五〕撕破、扯破（＝引き裂く）

引き緩む、引緩む〔自五〕（行市）下跌←→引き締まる

引き寄せる、引寄せる〔他下一〕靠近，挪近、吸引

関係者以外は引き寄せない（非有關人員不要靠近）

椅子を手元に引き寄せる（把椅子挪到身邊）

子供を引き寄せる（把小孩拉到眼前）

其の劇場は客を引き寄せる（那座劇場吸引觀眾）

引艾〔名〕〔植〕陰行草

引き分ける、引分ける〔自、他下一〕（比賽）不分勝負，平局，拉開，排解

日没の為引き分けた（因為天黑不分勝負、因為天黑所以打成平局）

喧嘩を引き分ける（拉開打架的人、排解爭吵）

両者の間に入って引き分ける（鑽到兩人中間把他們拉開、從中調停）間間間

引き分け、引分〔名〕拉開、不分勝負

試合は三対三の引分に終った（比賽以三比三打成平手）

引分に為った（打成平局了）

此で引分に為よう（就算平局吧！）

引き綿、引綿〔名〕把棉絮上鋪上的一層絲棉

引き渡す、引渡す〔他五〕引渡、交給，交還、拉上

人質を引き渡す（引渡人質）

犯人を引き渡す（引渡犯人）

犯人を警察に引き渡す（把犯人交給警察）

迷子を親に引き渡す（把迷路的孩子交還父母）

落し物を落し主に引き渡す（把遺失物交還失主）

店を債権者に引き渡す（把店交給債權人）

軒に針金を引き渡す（把屋簷拉上鐵絲）軒簷檐

引き渡し、引渡し〔名〕交給、交還、交貨

引き渡しを要求する（要求交還）

犯人の引き渡し（引渡罪犯）

金を引き渡し（交款）

引き渡し値段（交貨價格）

引っ搔き硬さ〔名〕〔理〕劃痕硬度

引っ搔き回す、引搔回す〔他五〕（搔き回す的強調形）弄亂，翻亂、攪亂，擾亂

机の中を引っ搔き回す（把桌子裡頭翻亂）

引き出しの中を引っ搔き回す（把抽屜裡頭翻亂）

一人で社内を引っ搔き回す（一個人把公司內攪得一塌糊塗）

一人で会議を引っ搔き回した（他一個人攪亂了會議）

引っ搔く、引搔く〔他五〕搔、撓

痒い所を引っ搔く（搔癢處）

猫に引っ搔かれた（被貓撓了）

犬が地面を引っ搔く（狗扒地）

引っ担ぐ、引担ぐ〔他五〕（一下子）背起、用力挑起

袋を引っ担ぐ（用力扛起袋子）

引っ被る、引被る〔他五〕（猛然）蓋上，蒙上、（把別人工作、責任）承擔過來
　布団を引っ被って寝て終う（蓋上被就睡著）
　布団を頭から引っ被って寝て終う（把頭蓋上被就睡著了）
　自分で責任を引っ被る（將責任全攬在身上）

引っ括る、引括る〔他五〕捆上、紮上
　引っ括ってぶち込む（紮好扔進去）
　紐で袋の口を引っ括る（用繩子把口袋紮好）
　泥棒を引っ括る（把小偷綁起來）
　新聞を紐で引っ括る（用繩子把報紙捆上）

引っ括める、引括める〔他下一〕包括在內、概括、總共
　引っ括めて言えば（總括說來、總而言之）
　問題を引っ括めて考えよう（總括問題再來考慮吧！）
　全部引っ括めて幾等ですか（全部總共多少錢？）
　雑費迄引っ括めて五十円（包括雑費在內五十元）
　水道電気代も引っ括めて家賃は月三万円です（包括水電費在內房租每月三萬日元）

引っ繰り返す、引繰り返す〔他五〕弄倒，翻倒、顛倒，翻過來、推翻
　インキ壺を引っ繰り返す（把墨水瓶弄倒）
　慌てて茶碗を引っ繰り返した（慌張弄翻了碗）
　バケツを引っ繰り返して水を溢した（水桶弄翻而流出水來）
　卵焼きを引っ繰り返す（把煎蛋翻過來）
　カードを引っ繰り返す（把牌子翻過來）
　順序を引っ繰り返す（把順序顛倒過來）
　札を引っ繰り返す（把牌子翻過來）
　ポケットを引っ繰り返して捜す（把口袋翻出來找）捜す探す
　負けていた試合を最後に引っ繰り返す（把已經輸了的比賽最後轉變過來）
　試合を引っ繰り返す（扭轉比賽勝負）
　前回の決定を引っ繰り返す（推翻上次的決定）
　従来の学説を引っ繰り返す（推翻以前的學說）
　有罪の判決を引っ繰り返す（推翻有罪的判決）
　蛮族の支配を引っ繰り返す（推翻了蠻族統治）

引っ繰り返し、引繰り返し〔名〕翻過來、倒過來
　図形を引っ繰り返しに為る（把圖形倒過來）
　額が引っ繰り返しに為っている（匾額掛倒了）

引っ繰り返る、引繰り返る〔自五〕翻倒、顛倒、逆轉
　舟が引っ繰り返った（船翻了）
　コップが引っ繰り返る（杯子倒了）
　車が引っ繰り返る（車子翻覆）
　強風で植木鉢が引っ繰り返る（因強風而吹倒花盆）
　バナナの皮を踏んで引っ繰り返った（踩到香蕉皮摔了一跤）
　天地も引っ繰り返る様な騒ぎ（鬧得天翻地覆）
　町中引っ繰り返る様な大騒ぎだ（鬧得滿城風雨）
　天地が引っ繰り返る様な変化（天旋地轉的變化）
　予想が引っ繰り返る（估計錯誤）
　形勢が引っ繰り返った（形勢逆轉）

引っ手繰る〔他五〕搶奪、奪取
　金を引っ手繰る（搶錢）
　帽子を引っ手繰って逃げた（搶了帽子就跑了）
　鞄を引っ手繰られた（皮包被搶了）
　急いで彼の手から引っ手繰った（很快地從他手裡搶過來了）

引っ掴む、引掴む〔他五〕（用力、猛然）抓住
　首筋を引っ掴む（抓住頸脖）
　相手の足を引っ掴む（猛然用力抓住對方的腿）
　帽子を引っ掴んで飛び出した（猛然抓帽子就跑出去了）

引っ捕らえる、引捕らえる〔他下一〕抓住、逮住（=捕らえる）
　掏摸を引っ捕らえる（逮住扒手）
　泥棒を引っ捕らえる（逮住小偷）

引っ叩く、引叩く〔他五〕〔俗〕用力打
　横っ面を引っ叩く（賞一記耳光）
　平手で顔を引っ叩く（賞一記耳光）

引っ張る、引張る〔他五〕（用力）拉，拖、拉上、拉進、拉走、拉攏、引誘、拖拉。〔棒球〕（向左或右面）打球。〔古〕處以磔刑
　袖を引っ張る（拉衣袖）
　耳を引っ張る（揪耳朵）
　ぐいと引っ張る（使勁拉）
　綱を引っ張る（拉繩子）
　ゴールにテープを引っ張る（在終點拉上裁判繩）
　境界の所に綱を引っ張る（在邊界拉上繩子）
　部屋毎に電話線を引っ張る（每個房間拉進電話線）
　物を言わずに引っ張って来る（不容分說就拉來）来る
　警察に引っ張って行く（揪到派出所去）
　仲間に引っ張る（拉攏為同夥）
　女を引っ張る（引誘女人）
　語尾を長く引っ張る（拉長語尾）
　話を引っ張る（拖長談話）
　勘定を引っ張る（拖延欠款不付）
　支払いを引っ張って置く（拖延支付）置く擱く措く

引っ張り〔名〕〔理〕拉伸、拉扯
　引っ張り試験（拉扯試驗）
　引っ張り強さ（抗拉強度、耐拉強度）
　引っ張り応力（抗拉應力）
　引っ張り力（張力、拉力）力力
　引っ張り強さの点から言えばナイロンは綿よりずっと強いです（從耐拉強度來說尼龍比棉花強）

引っ張り凧、引張凧〔名〕各方面互相爭搶、受歡迎的人或物
　人気が有って方方から引張凧の人（因有人緣被各方面互相爭搶的人）
　彼女は今や方方から引張凧の人気者だ（她現在是到處受歡迎的紅人）
　ウォークマンは若者達の間で引張凧だ（隨身聽很受年輕人歡迎）
　彼の作品は引張凧で読まれている（他的作品很受歡迎都爭著要看）
　何処へ行っても引張凧（到哪裡都受歡迎）

引っぺがす〔他五〕〔俗〕（用力）剝掉、撕掉（=引っ剥がす）
　汚い半纏を引っぺがす（脫下髒的工作服）
　汚い穢い

飲、飮（ーㄣˇ）

飲、飮〔名、漢造〕飲酒，飲料、飲、喝、隱忍
　一瓢の飲（一瓢飲）
　牛飲馬食（暴飲暴食）
　痛飲（痛飲、暢飲）
　鯨飲（暴飲）
　吸飲（吸飲、啜飲）
　飲恨（飲恨）
　飲泣（飲泣）

飲泣〔名、自サ〕飲泣（=啜り泣き）
　親友の死に飲泣する（為親友之死而飲泣）

飲酒〔名、自サ〕〔佛〕飲酒
　飲酒戒（〔佛教五戒之一〕飲酒戒）

飲食、飲食〔名、自サ〕飲食
　飲食に気を付ける（注意飲食）
　飲食費（飲食費）
　飲食店（飲食店、餐廳、飯館）
　飲食物（飲食品）

飲み食い、飲食〔名、他サ〕飲食、吃喝（=飲食、飲食）
　盛んに飲み食いする（大吃大喝）
　若者達は盛んに飲み食いする（年輕人大吃大喝一頓）
　夏は飲み食いに気を付けなければ為らぬ（夏天必須注意飲食）
　此の広間は飲み食いが禁じられている（在這大廳裡禁止吃喝）

飲み食らう〔他五〕喝酒吃菜、又吃又喝、喝大酒

飲泉〔名〕醫治疾病的口服溫泉水
飲用〔名他サ〕飲用、喝
　飲用に適する（適於飲用）
　飲用水（飲用水）水水
　飲用に適しない（不適於飲用）
　此の水は飲用に適しない（這水不適於飲用）
　飲用に供する（供飲用）供する叫する
　狂する饗する
　飲用噴水（飲用噴泉）
飲料〔名〕飲料、喝的東西
　飲料水（飲用水＝飲用水）
　アルコール分の無い飲料（沒有酒精成分的飲料）
　清涼飲料（清涼飲料）
飲み料、飲料〔名〕飲料、酒錢（＝飲み代）、自己喝的那一份
飲量〔名〕飲量、飲用的分量
飲む、呑む〔他五〕喝，飲，吞，吸，吞沒（寫作吞む）、藐視，不放在眼裡、（不得已）接受、暗中攜帶。〔商〕（證券商或經紀人）侵吞、（謠曲）特殊發音之一（字音末尾的つ發成鼻音）
　水を飲む（喝水）
　酒を飲む（喝酒）
　薬を飲む（吃藥）
　子供が乳を飲む（小孩喝奶）
　酒をしょっちゅう飲む人（經常喝酒的人）
　ぐいぐい飲む（咕嘟咕嘟地喝）
　飲みに行きましょうか（喝酒去吧！）
　一杯飲もうではないか（我們喝上一杯吧！）
　今日は飲まず食わずだ（今天是沒吃也沒喝）
　酒は飲んでも飲まれるな（人喝酒不能讓酒醉人、喝了酒不要亂鬧）
　一口に呑む（一口吞下）
　蛇が蛙を呑んだ（蛇把青蛙吞下去了）
　波が船を呑んだ（波浪把船吞沒了）
　果物の種を呑んで終った（把果核吞下去了）
　煙草を飲む（吸菸）
　一日一箱飲む（一天吸一包）
　一日に何本御飲みですか（您一天吸菸幾支？）
　涙を飲む（飲泣）
　声を飲む（吞聲）
　恨みを飲む（飲恨）
　涙を飲んで彼と別れた（忍著眼淚和他分手了）
　敵を呑む（把敵人不放在眼裡）
　彼は君を呑んで掛かっている（他根本瞧不起你）
　気を呑まれる（被氣勢壓倒）
　相手に呑まれては行けない（不要被對方嚇倒）
　相手の要求を飲む（無可奈何地接受對方的要求）
　こんな条件は迚も飲む事は出来ない（這種條件怎麼也不能接受）
　懐に短刀を呑む（懷裡暗中攜帶短刀）短刀
　凶漢は匕首を呑んでいた（凶手暗帶著匕首）
　飲む打つ買う（吃喝嫖賭）
飲み、呑み〔名〕喝、（酒桶或醬油桶上的）桶嘴（＝呑み口）、（證券經紀人在交易所外的）套購行為（＝呑み行為）
　徒飲み（白喝不給錢）
　飲み友達（酒友）
飲み明かす，飲明す、呑み明かす，呑明す〔他五〕通宵飲酒
　今夜は呑み明かそうじゃないか（我們今晚痛飲一夜吧！）
　久し振りで会った友達と呑み明かした（和久別重逢的朋友喝了一夜酒）
飲み歩く〔自五〕走了一家又一家在酒館喝酒
飲み掛ける、呑み掛ける〔他下一〕剛開始喝（酒）、喝到半途停下不喝
　呑み掛けたら電話だ（剛端起酒杯就來了電話）
飲み掛け，飲掛、呑み掛け，呑掛〔名〕喝到半途中止、喝剩下的殘餘物
　呑み掛けで席を立つ（喝到半途就退席）
　呑み掛けの酒（未喝完的酒）

呑み掛けの煙草（未吸完的煙）
其は僕の呑み掛けだよ（那是我喝剩的）

飲み切る、呑み切る〔他五〕喝完、喝光（=飲み尽くす）

飲み薬，飲薬，呑み薬，呑薬〔名〕内服藥←→塗り薬、付け薬
一日に三回呑み薬を飲む（一天吃三次藥）
呑み薬と注射で病気が直った（連吃藥帶打針病好了）

飲み癖、飲み癖〔名〕喝酒的習慣、酒癮
飲み癖が付く（養成喝酒的習慣、喝上癮）

飲み下す、飲下す〔他五〕（食物等）吞下，嚥下（=飲み込む、呑み込む）、（嚥下）要說的話
ごくりと飲み下す（一口氣吞下、咕嘟地吞下）

飲み口、飲口〔名〕（酒等）剛入口時的味道、愛喝酒，嗜酒（的人）（=飲み手、上戸）、碗杯等接觸嘴唇的部分，喝的樣子，喝時的嘴形（=飲みっ振り）
此の酒は飲み口が良い（這酒味道好）酒鮭良い好いい善いい佳い良い好いい善いい佳い
此の煙草は飲み口が良くない（這種香煙味道不好）
彼は中中飲み口の方だ（他是個嗜酒如命的人）

飲み口、飲口〔名〕（安在酒桶或醬油桶上的）桶嘴、套管、煙袋嘴

飲み競べ、飲み（っ）競、飲みっこ〔名〕比喝酒、比酒量
飲み競べを為る（比賽喝酒）
飲み競べを為て負かす（比賽喝酒輸了）

飲み込む、呑み込む〔他五〕（囫圇）吞下，嚥下、領會，理解、熟悉
唾を呑み込む（吞口水）
ごくりと呑み込む（一口氣地吞下）
一息に呑み込む（一口吞下）
涙を呑み込む（把眼淚咽在肚裡）
蛇が蛙を呑み込んだ（蛇吞了青蛙）
渦巻きは其のボートを呑み込んだ（漩渦吞沒了那隻小船）
桜桃の種を呑み込まない様に為なさい（小心別把櫻桃核吞下去）桜ん坊 桜桃 桜桃

葉巻は吹かす物で呑み込む物ではない（雪茄煙是往外噴的而不是吸進肚裡的）
骨を呑み込む（領會訣竅）
彼の気性を呑み込む（熟悉他的脾氣）
彼の人の性格は中中呑み込めない（那個人的性格摸不透）
私には要点が呑み込めなかった（我沒有抓住要點）
彼は人を逸らさない骨を良く呑み込んでいる（他很懂得不得罪人的竅門）
彼には其の情勢が良く呑み込めていない様だ（他似乎還沒有很好地理解這個形勢）
生徒に此の事を良く呑み込ませるは容易ではない（讓學生完全領會這一點並不容易）

飲み込み，飲込み，呑み込み，呑込〔名〕（囫圇）吞下，嚥下、領會，理解、熟悉（=納得）
呑み込みが速い（領會得快）
呑み込みが良い（善於領會）
呑み込みの悪い子供（理解能力差的孩子）
早呑み込みする（囫圇吞棗）

飲み止す〔自五〕喝（吸）到一半就中止
飲み止して席を立った（喝到中途而離席）

飲み止し〔名〕喝（吸）剩下的殘餘物、喝（吸）到一半就中止
酒の飲み止し（喝剩下的酒）
煙草の飲み止し（吸剩下的香煙頭）

飲み騒ぐ〔自五〕飲酒作樂、狂飲
忘年会で飲み騒ぐ（在忘年會上狂飲作樂）

飲み代、飲代〔名〕酒錢、喝酒的錢（=酒代、酒手）
飲み代が出来た（有了酒錢了）
飲み代を強請る（勒索酒錢）

飲み過ぎる、呑み過ぎる〔他下一〕喝（吸）太多、喝（吸）過量
酒を呑み過ぎる（飲酒過量）
一杯呑み過ぎた（喝多了點）
睡眠薬を呑み過ぎて死んだ（吃安眠藥過量死去）
煙草は（を）呑み過ぎては行けない（吸菸不可過多）

飲み過ぎ、呑み過ぎ〔名〕飲酒過量

前夜の呑み過ぎ（前天晚上飲酒過了量）

飲み助，飲助，呑み助，呑助〔名〕〔俗〕酒鬼，好喝酒的人（=呑兵衛、飲兵衛，飲んだくれ）
彼は呑助だ（他是個酒鬼）

飲み捨て、飲捨〔名〕（紙菸等）吸半截扔掉、扔掉的菸頭

飲み倒す、呑み倒す〔他五〕喝酒不付錢（=唯飲する）、喝酒喝得傾家蕩產（=呑み潰す）
無頼に飲み倒される（被流氓白喝酒）無頼破落戶無頼

飲み尽くす、呑み尽くす〔他五〕喝完、喝光（=飲み切る、飲み乾す）

飲み付ける、呑み付ける〔他下一〕使勁喝、喝慣，吸慣
呑み付けた煙草（吸慣了的香菸）

飲む続ける〔他下一〕連續喝、不停地喝、痛飲
彼は朝から晩迄飲む続けた（他從早上喝到晚上）

飲む続け〔名〕連續喝、不停地喝、痛飲
飲む続けの一週間（痛飲的一周）
今朝から飲む続けだ（從今天早上起就喝個不停）今朝今朝

飲み潰す，飲潰す，呑み潰す，呑潰す〔他五〕喝得傾家蕩產、喝酒消耗時間
家屋敷を呑み潰す（把房產喝光）
丸一日を呑み潰す（喝了整整一天）

飲み潰れる，飲潰す，呑み潰れる，呑潰れる〔自下一〕醉倒
駅のホームにで呑み潰れている男（倒在站台上的醉漢）
彼は床に飲み潰れていた（他醉倒在床上）床床

飲みっ振り〔名〕喝酒的樣子、喝法
君は飲みっ振りが良いね（你喝得真痛快呀！）

飲み手、飲手〔名〕愛喝酒的人、酒徒（=酒飲み、上戸）
彼は中中の飲み手だ（他酒量好、他很能喝酒）

飲み出〔名〕（酒）有的是、喝不完、耐喝
飲み出の無い酒（不多的酒）
此は相当に飲み出が有る（這些酒可真夠喝的了）

飲み友達〔名〕酒友（=飲み仲間）

飲み仲間〔名〕酒友（=飲み友達）
彼等は飲み仲間だ（他們是酒友）

飲み直す〔自五〕再喝、重喝
二次会で飲み直す（在正式宴會的再一次宴會上又再喝起）

飲み難い、呑み難い〔形〕難喝、不好喝←→飲み良い
此の薬は呑み難い（這藥難喝）
呑み難い酒（不好喝的酒）

飲み逃げ〔名〕喝了酒不付錢就跑、（在宴會席上）不等結束就先逃席

飲み残り、呑み残り〔名〕喝（吸）到半途而止、喝（吸）剩下的殘餘物（=飲み止し、飲み掛け）
酒の呑み残り（喝剩下的酒）
煙草の呑み残り（吸剩下的煙）

飲み干す，飲干す、飲み乾す，飲乾す〔他五〕喝光，喝乾
一息に飲み干す（一口氣喝乾）
コップの水を一息に飲み干す（把玻璃杯的水一口氣喝光）kop荷
皆さん、ぐっと飲み干して下さい（各位一口乾了吧！）

飲み回す、飲回す〔他五〕傳杯飲酒、傳杯而飲

飲み回し〔名、他サ〕傳杯飲酒、傳杯而飲

飲み回る〔他五〕從這家喝到那家、挨著家喝（=梯子飲みを為る、梯子酒を為る）
彼は昨夜バーを一軒一軒飲み回った（他昨晚一家一家地喝遍了酒吧間）昨夜昨夜

飲み水、飲水〔名〕飲用水、可以喝的水←→使い水（一般用水）
此の井戸の水は飲み水に為らぬ（這口井的水不能喝）
此の地方は飲み水にも不自由している（這個地方連喝水都不方便）

飲み物、飲物〔名〕飲料
飲み物は何と何か有りますか（有些什麼飲料？喝的有些什麼？）
御飲み物は何に為さいますか（要喝點蛇麼？您要點什麼喝的？）
何か飲み物を下さい（來點什麼喝的吧！）
飲み物は此の費用に含みません（這費用不包括飲料在內）

気分を爽快に為る飲み物（能神清氣爽的飲料）

飲み屋、飲屋、呑み屋、呑屋〔名〕酒館小酒館（=居酒屋）
一杯飲屋（小酒館）

飲み良い、呑み良い〔形〕好喝、可口（=飲み良い）←→飲み難い、呑み難い
飲み良い酒（好喝的酒、好酒）

飲まれる、呑まれる〔他下一〕（呑む、飲む的被動形）被喝掉、被吞沒、被（對方、場面、氣勢等）壓倒
子供等にジュースをすっかり呑まれて終った（果汁被孩子們全喝光了）
浪に呑まれる（被波濤吞沒）
人波に呑まれる（被埋沒在人群裡）
気力に呑まれる（被氣勢壓倒）
彼女は彼の恐ろしい様子に呑まれて何も言わなかった（她懾於他那可怕的神氣一聲沒吭）

飲める、呑める〔自下一〕（水、酒等）能喝，（菸）能抽、能喝酒，有酒量
其の水は呑める（那個水能喝）
此の煙草は呑めない（這個菸不能吸）
君は呑めるかね（你能喝酒嗎？）
彼は中中呑める然うだ（看來他很能喝）
呑める口（有點酒量）

飲めや歌え〔連語〕又喝又唱、狂飲歡鬧
飲めや歌えの大騒ぎを遣る（又喝又唱地喧鬧）
飲めや歌え一寸先は闇だ（今朝有酒今朝醉、別管明天的事）一寸一寸

飲ます〔他五〕請喝，給喝（=飲ませる）、請人喝酒
子供に薬を飲ます（餵孩子吃藥）

飲ませる〔他下一〕請喝，給喝（=飲ます）、使人覺得喜歡喝，很好喝
何卒水を一杯飲ませて下さい（請給我一杯水喝）
子供達に病気予防の漢方薬を飲ませる（讓孩子們喝預防疾病的中藥）
一寸飲ませる酒だ（值得一喝的好酒）
中中良い酒を飲ませて呉れる店（能提供好酒的店）

飲んだくれる〔自下一〕酩酊大醉
飲んだくれて死ぬ（酗酒而死）

飲んだくれ〔名〕酩酊大醉（的人）,醉漢、喝大酒的人，酗酒者（=大酒飲む）
飲んだくれが道に倒れている（醉漢倒在路上）
彼は飲んだくれで厄介者だ（他喝起酒來沒有完真麻煩）
彼は飲んだくれだ（他是個酒鬼）

飲兵衛、呑兵衛〔名〕酒鬼、酗酒者、喝大酒的人（=呑み助、飲んだくれ）
息子が呑兵衛で困っている（兒子是個酒鬼感到頭痛）

飲太郎、呑太郎、暢太郎〔名〕酒鬼，酗酒者，喝大酒的人（=呑兵衛、飲兵衛）、逍遙自在的人，無憂無慮的人，漫不經心的人（=呑気者、暢気者）

ぐい飲み〔名〕一口氣喝下、深底大杯
大ジョッキでぐい飲みする（用大玻璃杯一口氣喝下去）
強い酒のぐい飲みは体に良くない（烈酒喝得太急對身體不好）
志野焼のぐい飲み（志野陶器的大杯子）

隱、隐（一ㄣˇ）

隱、隐〔漢造〕隱藏、隱蔽、隱匿、隱遁、憐憫、（古地名）隱岐国、隱州←→顯
惻隱（惻隱、同情）
惻隱の情に動かされる（動惻隱之心）
隱密（秘密、暗中）
隱密の計画（秘密的計畫）

隱逸〔名〕隱居、隱遁（的人）

隱花植物〔名〕〔植〕隱花植物←→顯花植物

隱居〔名,自サ〕隱居,退休,閒居、退休的老人、（舊法）放棄戶主權（把戶主及財產讓給繼承人）把官位及俸祿讓給子孫（江戶時代對公卿、武士的處分之一）
郊外に隱居する（隱居郊外）
隣の御隱居さん（隔壁的退休老人）
家督を長男に譲って隱居する（把家業讓給長子而引退）

隱君子〔名〕隱士、菊花的別名

隠見、隠顕〔名、自サ〕忽隠忽現、若隠若現、隠約可見
　海中遥かに二、三の小島が隠見するのを見る（在海裡遠處隠約可見有二三個小島）
　山小屋が朝靄の中に隠見する（山中小屋在朝露中忽隠忽現）
　隠見インキ（隠顕墨水）

隠元〔名〕〔植〕菜豆，四季豆（由隠元和尚傳到日本故名）、隠元和尚（明朝僧人1654年東渡日本開創黄壁宗）
　隠元豇豆、菜豆（菜豆、扁豆=隠元）
　隠元豆（菜豆、扁豆=隠元）

隠語〔名〕隠語、黒話、行話
　隠語を使って話す（説黒話）
　隠語で話す（説黒話）
　隠語を使う（説黒話）

隠士〔名〕隠士、隠居者（=隠者）

隠者〔名〕隠士
　隠者上戸（越喝酒越不高興的人）

隠棲、隠栖〔名、自サ〕隠居
　隠棲の場所（隠居的地方）
　故郷に隠棲した（在故郷隠居了）故郷故郷

隠然〔副、形動〕潜在、隠密
　隠然たる勢力（潜在的勢力）
　学界に隠然重きを為す（在學界無形中受到重視）

隠退〔名、自サ〕隠退、隠居

隠退蔵〔名、他サ〕隠蔵、隠匿
　隠退蔵物資（隠匿的物資-特指軍人或軍火公司在日本投降後趁亂隠藏的政府物資）

隠宅〔名〕隠居處、隠匿處（=隠れ家）

隠頭花序〔名〕〔植〕隠頭花序

隠匿〔名、他サ〕隠匿、隠藏
　隠匿物資（隠匿的物資）
　物資を隠匿する（隠匿物資）
　隠匿罪（〔法〕隠匿罪）

隠遁〔名、自サ〕隠遁、遁世
　深山で隠遁生活を送る（隠遁深山）
　隠遁の生活（隠遁的生活）

隠忍〔名、自サ〕隠忍
　隠忍して機運の熟するのを待った（隠忍静待時機成熟）
　隠忍自重して再起を期する（隠忍持重以圖再起）期する記する規する帰する

隠微〔名、形動〕隠微、隠密、玄妙
　隠微で捕らえる（隠微的推撒）捕える捉える
　隠微の間に計画を進める（暗中推行計畫）間間間進める勧める薦める奨める
　隠微な教義（玄妙的教義）

隠秘〔名、他サ〕隠密、秘密、奥秘

隠避〔名、他サ〕隠避、隠庇（如供給資金、唆使逃走等妨礙追索和逮捕犯人）
　隠避罪（隠庇罪）

隠伏〔名、自他サ〕隠伏、隠藏

隠蔽〔名、他サ〕隠蔽、隠瞞、隠藏
　罪跡を隠蔽する（隠蔽罪跡）
　事実の隠蔽（隠瞞事實）
　隠蔽色（〔動〕隠藏色、保護色）
　隠蔽力（〔塗料〕遮蓋力、遮蓋本領）

隠謀、陰謀〔名〕陰謀、密謀
　隠謀を企てる（計畫陰謀）
　相手の隠謀を暴く（揭穿對方的陰謀）
　隠謀家（陰謀家）
　相手の隠謀を見破る（揭穿對方的陰謀）

隠約〔名〕隠約、含蓄、吞吞吐吐
　隠約の間に（隠約之間）間間間
　隠約の間に仄めかす（隠約地透露）

隠喩、陰喩〔名〕（修辞）隠喩、暗喩（=メタファー metaphor）←→直喩
　隠喩的な（に）（隠喩地）

隠〔漢造〕隠藏、隠蔽、隠匿、隠遁（=隠）

隠坊、隠亡〔名〕（火葬場的）焚屍工人、看墳人，守墓人

隠れん坊〔名〕捉迷藏（=隠れ遊び）
　隠れん坊の鬼（捉迷藏的捉人者）
　隠れん坊を為る（玩捉迷藏遊戲）

隠密〔名、形動〕秘密，暗中、（江戸時代的）密探
　隠密に事を取り計る（秘密策劃）

事を隠密の内に運ぶ（在秘密中行事）内内中裡家
隠密の計画（秘密的計畫）

隠す〔他五〕掩蓋、遮蓋、隱藏、隱瞞←→現す
　木の為に景色が隠されて見えない（景緻被樹擋住看不見）
　過失を隠す（掩蓋錯誤）
　過ちを隠す（文過飾非）
　両手で顔を隠す（兩手摀住臉）
　姿を隠す（失蹤、不知下落、躲藏起來）
　身を隠す所が無い（無處藏身）
　手紙を引き出しの中に隠す（把信藏在抽屜裡）
　引出の奥深く手紙を隠した（把信藏在抽屜最裡頭）
　頭隠して尻隠さず（藏頭露尾 顧前不顧後）
　年を隠す（隱瞞年齡）
　犯罪を隠す（隱瞞罪行）
　隠さずに話す（照實說）
　今更何を隠そう（事到如今還有什麼可隱瞞的）
　姓名を隠す（隱姓埋名）
　素性を隠す（隱瞞自己身世、隱姓埋名）

隠し〔名〕隱藏、衣袋、陰部
　君には少しも隠し立てを為ない（對你絲毫也不隱瞞）
　隠し錠（暗鎖）
　隠し詞（隱語、黑話）
　隠しマイク（竊聽器）
　隠し所（陰部）
　隠しに手を入れる（把手放在衣袋裡）
　財布を隠しに入れる（把錢包放進衣袋裡）
　上着の隠し（上衣口袋）
　隠し付きの服（有口袋的衣服）
　内隠し（暗口袋）
　外隠し（明口袋）

隠し味〔名〕〔烹〕察覺不出來的少量佐料
　スープに隠し味と為て醤油を少し入れる（湯裡加少量醬油當佐料）

隠し絵〔名〕畫中隱畫、猜謎畫
隠し男〔名〕情夫、姘夫
隠し女〔名〕情婦、姘婦
隠し構え〔名〕（漢字不守）（三匡兒）
隠し釘〔名〕暗釘、從外部看不見的釘子
隠し芸〔名〕（宴會參加者在席上所作的）餘興、技藝
　隠し芸を持っている（會特技）
　宴会に隠し芸を遣る（在宴會上表演餘興）
隠し子〔名〕私生子
隠し言葉、隠し詞〔名〕隱語、黑話（=隱語）
隠し事〔名〕秘密、隱情
　彼女は隠し事が出来ない質だ（她為人不會藏私作假）
　彼は僕に何か隠し事を為ているに違いない（他一定在做什麼對我保密的事情）
隠し田〔名〕（為逃稅而）偷耕的田、偷稅的私田、黑田
隠し立て〔名〕隱瞞
　君に少しも隠し立てを為ない（對你絲毫也不隱瞞）
　隠し立て無しに話す（毫不隱瞞地說）
隠し球〔名〕〔棒〕掩球（守場員用手套掩球以迷惑對方）
　隠し球に引っ掛かる（上了掩球的當）
隠し戸〔名〕暗門、秘密的門
隠し所〔名〕（男女）陰部、隱藏處，秘密的地方
隠し撮り〔名、自他サ〕偷偷地拍照、竊照
隠し縫い〔名〕〔縫紉〕暗針腳、暗縫的針腳
隠し値段〔名〕〔商〕最低價格
隠し配線〔名〕〔電〕（建築物等）暗線
隠し場所〔名〕隱藏的地方、藏東西的地方
隠しボタン〔名〕暗扣
隠しマイク〔名〕〔電〕竊聽器

隠れる〔自下一〕隱藏，隱遁、隱蔽、逝世，駕崩←→現れる
　木の陰に隠れる（藏在樹後）
　物の隠れた性質（事物內在的性質）
　人込みに隠れる（隱藏在人群中）
　月が雲に隠れた（月亮被雲遮住）

一

彼は世の中から全く隠れて暮らしている（他過著與世隔絕的隱遁生活）
隠れた慈善家（隱蔽的慈善家）
隠れた敵（隱蔽的敵人）
彼の人は隠れた発明家だ（他是一個無名的發明家）
此は彼の隠れた一面を示す（這表現出他隱蔽不外露的一面）
御隠れに為る（去世）

隠れ〔名〕隱藏，隱蔽處、逝世、駕崩
　隠れ遊び（捉迷藏＝隠れん坊）
　御隠れに為る（逝世、去世）

隠れ家、隠れ処〔名〕隱匿處、隱居處
　隠遁者の隠れ家を捜し当てる（找到隱士的隱居處）
　犯人の隠れ家を突き止めた（查明犯人的隱匿處）

隠れ笠〔名〕隱身笠

隠れ蟹〔名〕〔動〕寄生蟹

隠れ里〔名〕（交通不便的）偏僻鄉村、與世隔絕的村莊

隠れ場〔名〕隱匿處

隠れ道〔名〕秘密的道路、秘密通路

隠れ蓑〔名〕隱身簑衣，隱身衣、〔喻〕偽裝，遮羞布，畫皮
　敵の隠れ蓑を引き剥がす（剝掉敵人的偽裝）
　偽善者の隠れ蓑を引き剥がす（揭開偽善者的畫皮）
　審議会をを隠れ蓑に為る（以審議會做遮羞布）

隠れも無い〔連語〕盡人皆知的、眾所周知的、掩蓋不住的
　隠れも無い事実（盡人皆知的事實）
　彼の実力は世間に隠れも無い（他的實力人人皆知）

隠れん坊〔名〕捉迷藏（＝隠れ遊び）
　隠れん坊を為る（玩捉迷藏遊戲）

印（ㄧㄣˋ）

印〔名、他サ、漢造〕印章，圖章、痕跡（＝跡、印）。〔佛〕印，掐指、印刷、印度

　印を押す（蓋章）押す推す圧す捺す
　印を彫る（刻印章）彫る掘る
　足の印（腳印）
　印を結ぶ（掐指、掐訣—表示徹悟或發誓）結ぶ掬ぶ
　捺印（蓋章）
　調印（簽字、蓋章）
　実印（登記印章、正式印章）
　封印（封口上蓋的章）
　認印（便章、常用印章）
　影印（影印）
　烙印（烙印、火印）
　日印（日印）
　引首印（蓋在書畫右上角的長方形圖章）

印する〔他サ〕印上、留下痕跡
　全国遍く足跡を印する（足跡遍及全國）
　遍く普く印する淫する因する
　全国各地に足跡を印する（足跡遍及全國）
　日本に第一歩を印する（初次來到日本）

印影〔名〕（圖章的）印跡
　印影の真偽を照合する（核對印跡的真假）

印欧語〔名〕（語言）印歐語（＝インド、ヨーロッパ語）
　印欧語族（印歐語系）

印可〔名、他サ〕〔佛〕印可（師父承認並證明弟子已修行得道）、某種技藝得師密傳授予（的）證明

印画〔名、他サ〕〔照相〕印相、洗相片
　印画紙（印相紙）

印鑑〔名〕印鑑，圖章、〔古〕（通過關卡或城門的）護照
　印鑑証明（印鑑證明）
　印鑑を押す（蓋圖章）

印形〔名〕〔古〕圖章、公章的總稱

印金〔名〕（在絲綢上黏的）金花紋

印行〔名、他サ〕印刷發行、刊行

印刻〔名、他サ〕刻字、篆刻、銘刻
　印刻師（刻字匠）

印材〔名〕刻印的材料（石頭、水晶、象牙、木頭、橡皮等）

印刷〔名、他サ〕印刷

広告を印刷する（印刷廣告）
急いで印刷する（趕緊印刷）
ポスターを印刷する（印刷海報）
印刷がはっきりしませんから、原稿を見せて下さい（因為印刷不清楚請把原稿給我看）
印刷物（印刷品）
印刷局（印刷局）
印刷物在中（內有印刷品）
印刷電信機（電傳打字電報機）
印刷機械（印刷機）
印刷所（印刷廠）
印刷工（印刷工人）
印刷術（印刷技術）
凸版印刷（凸版印刷）
印刷版（印刷版-凸版、凹版、平版總稱）
印刷インク（印刷油墨）
印刷回路（〔電〕印刷電路）

印紙〔名〕印花（=収入印紙）、〔俗〕油票
印紙を貼る（貼印花）貼る張る
印紙税（印花稅）

印字〔名、他サ〕印字，打字、印的字，打的字
印字機（〔用福爾摩斯電碼的〕電報收報機、打字機=タイプライター）

印地〔名〕〔古〕五月五日端午節在河邊或海邊兩隊兒童對投石子爭勝負的遊戲（=印地打、石合戦）

印璽〔名〕日本國璽和天皇印璽的總稱

印綬〔名〕印綬、〔轉〕任職
印綬を帯びる（任官）帯びる佩びる
印綬を解く（辭官、卸任）解く説く溶く
首相の印綬を帯びる（任首相職）

印書〔名、他サ〕〔古〕印本，印刷的書、（用打字機）打字，打出的字

印章〔名〕圖章（=印形、判、判子）
印章を押す（蓋章、蓋印）押す推す圧す捺す

印象〔名〕印象
忘れ難い印象（難忘的印象）
少しも印象に残っていない（印象裡一點也沒有）

印象が薄い（印象淡薄）
深い印象を残す（留下深刻的印象）残す遺す
鮮やかな印象（鮮明的印象）
日本の印象は如何でしたか（對日本印像怎樣？）如何如何如何
人に良い印象を与える（給人好印象）
人に悪い印象を与える（給人壞印象）
印象付ける（給以深刻印象）
彼の一言が私の心に深く印象付けられた（他的一句話深深地印在我心裡）一言一言一言
彼の人の印象は深く残っている（他留給我們深刻的印象）
彼の人は第一印象が迚も良かった（那個人給我的第一印象很好）
彼の人は第一印象が悪かった（他給人的最初印象不好）
印象主義（印象主義、藝術至上主義）←→写実主義
印象的（印象的、給人深刻印象的）
印象的な描写（生動的描寫）
印象派（〔美〕印象派）
印象批評（〔對作品〕根據主觀印象的評論）

印税〔名〕印花稅、版稅
著者に印税を払う（付給著者版稅）払う祓う掃う

印相〔名〕印相（印章的形狀顏色字體等）、一種印度舞蹈、佛像的面容
印相学（印相學-憑印章刻印字體等卜吉凶）

印池〔名〕印泥盒

印伝〔名〕由印度傳來的皮革（羊皮、鹿皮、鞣革、熟皮）
印伝革（〔作皮帶用〕有漆繪花紋的牛、羊、鹿鞣皮）

インド〔名〕印度
インド哲学（印度哲學）
インド洋（印度洋）
インド教（印度教）
インド更紗（印度一帶產的印花花布）
インド共和国（印度共和國-首都ニューデリー New Delhi 新德里）

一

<ruby>印肉<rt>いんにく</rt></ruby>〔名〕印泥、印色
<ruby>印匣<rt>いんばこ</rt></ruby>、<ruby>印箱<rt>いんばこ</rt></ruby>〔名〕印匣
<ruby>印判<rt>いんばん</rt></ruby>〔名〕〔古〕印、圖章（＝<ruby>判子<rt>はんこ</rt></ruby>、<ruby>印章<rt>いんしょう</rt></ruby>）
　<ruby>印判<rt>いんばん</rt></ruby>を<ruby>押<rt>お</rt></ruby>す（蓋章）押す推す圧す捺す
　<ruby>印判師<rt>いんばんし</rt></ruby>（刻字匠）
<ruby>印譜<rt>いんぷ</rt></ruby>〔名〕（名家）印鑑集
<ruby>印面<rt>いんめん</rt></ruby>〔名〕印章的刻字面、郵票上的圖案
<ruby>印棉<rt>いんめん</rt></ruby>、<ruby>印綿<rt>いんめん</rt></ruby>〔名〕印度產的棉花
<ruby>印籠<rt>いんろう</rt></ruby>〔名〕〔古〕印盒、（江戶時代）（配在腰間的）小藥盒
　<ruby>印籠<rt>いんろう</rt></ruby>を<ruby>下<rt>さ</rt></ruby>げる（配帶小藥盒）下げる提げる
　<ruby>印籠<rt>いんろう</rt></ruby>をぶら<ruby>下<rt>さ</rt></ruby>げる（配帶小藥盒）
<ruby>印<rt>かね</rt></ruby>〔名〕烙印（＝<ruby>焼印<rt>やきいん</rt></ruby>、<ruby>烙印<rt>らくいん</rt></ruby>）
<ruby>印<rt>しる</rt></ruby>す、<ruby>標<rt>しる</rt></ruby>す〔他五〕做記號、加上符號（＝<ruby>印<rt>しるし</rt></ruby>を<ruby>付<rt>つ</rt></ruby>ける）
　<ruby>赤鉛筆<rt>あかえんぴつ</rt></ruby>で<ruby>印<rt>しる</rt></ruby>して<ruby>置<rt>お</rt></ruby>く（用紅筆畫上符號）印す標す記す
　チョークで<ruby>印<rt>しる</rt></ruby>して<ruby>置<rt>お</rt></ruby>く（用粉筆畫上符號）
　<ruby>本<rt>ほん</rt></ruby>に<ruby>年月日<rt>ねんがっぴ</rt></ruby>を<ruby>印<rt>しる</rt></ruby>す（把年月日刻在樹上）
　<ruby>登頂記念<rt>とうちょうきねん</rt></ruby>に<ruby>山頂<rt>さんちょう</rt></ruby>の<ruby>岩<rt>いわ</rt></ruby>に<ruby>年月日<rt>ねんがっぴ</rt></ruby>を<ruby>印<rt>しる</rt></ruby>して<ruby>帰<rt>かえ</rt></ruby>った（為紀念爬到山頂在岩石上做了年月日的記號就回來了）記す
<ruby>記<rt>しる</rt></ruby>す、<ruby>誌<rt>しる</rt></ruby>す〔他五〕書寫、記載、銘記
　<ruby>氏名<rt>しめい</rt></ruby>を<ruby>記<rt>しる</rt></ruby>す（寫上姓名）
　<ruby>特<rt>とく</rt></ruby>に<ruby>記<rt>しる</rt></ruby>す<ruby>可<rt>べ</rt></ruby>き<ruby>事<rt>こと</rt></ruby>も<ruby>無<rt>な</rt></ruby>い（沒有特別值得記載的事情）
　<ruby>其<rt>そ</rt></ruby>の<ruby>事<rt>こと</rt></ruby>は<ruby>歴史<rt>れきし</rt></ruby>に<ruby>記<rt>しる</rt></ruby>されてない（那事歷史沒記載）
　<ruby>心<rt>こころ</rt></ruby>に<ruby>記<rt>しる</rt></ruby>す（銘記在心）
　<ruby>胸<rt>むね</rt></ruby>に<ruby>記<rt>しる</rt></ruby>して<ruby>忘<rt>わす</rt></ruby>れない（記在心裡不忘）
<ruby>印<rt>しるし</rt></ruby>、<ruby>標<rt>しるし</rt></ruby>〔名〕符號、標識、徽章、證明、表示、紀念、商標
　<ruby>爪印<rt>つめじるし</rt></ruby>（爪印）<ruby>標<rt>しるし</rt></ruby>、<ruby>印徴<rt>しるししるし</rt></ruby>、<ruby>験首<rt>しるししるし</rt></ruby>、<ruby>首級<rt>しるししるし</rt></ruby>
　チョークで<ruby>印<rt>しるし</rt></ruby>を<ruby>付<rt>つ</rt></ruby>ける（用粉筆做個記號）
　<ruby>星<rt>ほし</rt></ruby>の<ruby>印<rt>しるし</rt></ruby>を<ruby>付<rt>つ</rt></ruby>ける（加上星形符號）
　<ruby>間違<rt>まちが</rt></ruby>えない<ruby>様<rt>よう</rt></ruby>に<ruby>印<rt>しるし</rt></ruby>を<ruby>付<rt>つ</rt></ruby>けて<ruby>置<rt>お</rt></ruby>く（打上記號以免弄錯）
　<ruby>印<rt>しるし</rt></ruby>に<ruby>其<rt>そ</rt></ruby>の<ruby>ページ<rt>page</rt></ruby>を<ruby>折<rt>お</rt></ruby>って<ruby>置<rt>お</rt></ruby>く（折上那一頁當記號）
　<ruby>正<rt>ただ</rt></ruby>しい<ruby>答<rt>こた</rt></ruby>に<ruby>印<rt>しるし</rt></ruby>を<ruby>付<rt>つ</rt></ruby>けよ（在正確答案上打上記號）答え応え堪え

　<ruby>鳩<rt>はと</rt></ruby>は<ruby>平和<rt>へいわ</rt></ruby>の<ruby>印<rt>しるし</rt></ruby>である（鴿子是和平的象徵）
　<ruby>松<rt>まつ</rt></ruby>は<ruby>操<rt>みさお</rt></ruby>の<ruby>印<rt>しるし</rt></ruby>である（松樹是節操的象徵）操節
　<ruby>会員<rt>かいいん</rt></ruby>の<ruby>印<rt>しるし</rt></ruby>を<ruby>付<rt>つ</rt></ruby>けている（配戴著會員的徽章）
　<ruby>彼<rt>かれ</rt></ruby>に<ruby>金<rt>かね</rt></ruby>を<ruby>渡<rt>わた</rt></ruby>したのは<ruby>信任<rt>しんにん</rt></ruby>の<ruby>印<rt>しるし</rt></ruby>を<ruby>示<rt>しめ</rt></ruby>す<ruby>物<rt>もの</rt></ruby>だ（把錢交給他那就是信任的一種證明）
　<ruby>受<rt>う</rt></ruby>け<ruby>取<rt>と</rt></ruby>った<ruby>印<rt>しるし</rt></ruby>に<ruby>印<rt>いん</rt></ruby>を<ruby>押<rt>お</rt></ruby>して<ruby>下<rt>くだ</rt></ruby>さい（請您蓋上印章作為收到的證明）
　<ruby>改心<rt>かいしん</rt></ruby>の<ruby>印<rt>しるし</rt></ruby>も<ruby>見<rt>み</rt></ruby>えない（沒有悔悟的證明）
　<ruby>改心<rt>かいしん</rt></ruby>した<ruby>印<rt>しるし</rt></ruby>に<ruby>煙草<rt>たばこ</rt></ruby>を<ruby>止<rt>や</rt></ruby>める（戒煙表示悔改）
　<ruby>生<rt>い</rt></ruby>きている<ruby>印<rt>しるし</rt></ruby>（活著的證據）
　<ruby>妊娠<rt>にんしん</rt></ruby>の<ruby>印<rt>しるし</rt></ruby>（懷孕的證明）
　<ruby>誰<rt>だれ</rt></ruby>か<ruby>来<rt>き</rt></ruby>た<ruby>印<rt>しるし</rt></ruby>に<ruby>煙草<rt>たばこ</rt></ruby>の<ruby>吸殻<rt>すいがら</rt></ruby>が<ruby>有<rt>あ</rt></ruby>る（有煙頭證明有人來過）
　<ruby>友情<rt>ゆうじょう</rt></ruby>の<ruby>印<rt>しるし</rt></ruby>と<ruby>為<rt>し</rt></ruby>て<ruby>品物<rt>しなもの</rt></ruby>を<ruby>贈<rt>おく</rt></ruby>る（這禮品用作友誼的表示）
　<ruby>愛情<rt>あいじょう</rt></ruby>の<ruby>印<rt>しるし</rt></ruby>（愛情的表示）
　<ruby>感謝<rt>かんしゃ</rt></ruby>の<ruby>印<rt>しるし</rt></ruby>と<ruby>為<rt>し</rt></ruby>て（作為感謝的表示）
　<ruby>本<rt>ほん</rt></ruby>の<ruby>御礼<rt>おれい</rt></ruby>の<ruby>印<rt>しるし</rt></ruby>に（微表謝意）
　<ruby>箱根<rt>はこね</rt></ruby>へ<ruby>行<rt>い</rt></ruby>った<ruby>印<rt>しるし</rt></ruby>に（作為去箱根的紀念）
　<ruby>阿里山<rt>ありさん</rt></ruby>に<ruby>行<rt>い</rt></ruby>った<ruby>印<rt>しるし</rt></ruby>のステッキを<ruby>買<rt>か</rt></ruby>う
　ばつ<ruby>印<rt>じるし</rt></ruby>（Ｘ記號－ばつ寫作Ｘ、表示否定、不要或避諱的字所用的符號）
　<ruby>鷹標<rt>たかじるし</rt></ruby>（鷹牌）
　<ruby>松標<rt>まつじるし</rt></ruby>の<ruby>醤油<rt>しょうゆ</rt></ruby>（松牌的醬油）
<ruby>首<rt>しるし</rt></ruby>、<ruby>首級<rt>しるし</rt></ruby>〔名〕（立功的證據）首級
　<ruby>首級<rt>しるし</rt></ruby>を<ruby>挙<rt>あ</rt></ruby>げる（〔在戰場上〕取下敵人的首級）
　<ruby>御首級頂戴<rt>みしるしちょうだい</rt></ruby>（要你的腦袋）
<ruby>験<rt>しるし</rt></ruby>、<ruby>徴<rt>しるし</rt></ruby>〔名〕徵兆，徵候（＝<ruby>兆<rt>きざ</rt></ruby>し）、效驗，效力（＝<ruby>効目<rt>ききめ</rt></ruby>）
　<ruby>雪<rt>ゆき</rt></ruby>は<ruby>豊年<rt>ほうねん</rt></ruby>の<ruby>験<rt>しるし</rt></ruby>と<ruby>言<rt>い</rt></ruby>う（據說瑞雪兆豐年）
　<ruby>験<rt>しるし</rt></ruby> <ruby>徴<rt>しるし</rt></ruby> <ruby>印<rt>しるし</rt></ruby> <ruby>記<rt>しるし</rt></ruby> <ruby>標<rt>しるし</rt></ruby> <ruby>首<rt>しるし</rt></ruby> <ruby>首級<rt>しるし</rt></ruby>
　<ruby>薬<rt>くすり</rt></ruby>の<ruby>験<rt>しるし</rt></ruby>が<ruby>現<rt>あらわ</rt></ruby>れた（藥奏效了）
<ruby>記<rt>しるし</rt></ruby>、<ruby>誌<rt>しるし</rt></ruby>〔名〕記錄
<ruby>印<rt>しるし</rt></ruby>〔名〕印（＝<ruby>印<rt>いん</rt></ruby>、<ruby>押手<rt>おして</rt></ruby>）
<ruby>印許<rt>しるしばか</rt></ruby>り〔名、副〕微少
　<ruby>印許<rt>しるしばか</rt></ruby>りの<ruby>品<rt>ひん</rt></ruby>（一點點的東西）品品科
　<ruby>本<rt>ほん</rt></ruby>の<ruby>印許<rt>しるしばか</rt></ruby>りの<ruby>物<rt>もの</rt></ruby>ですが<ruby>何卒<rt>どうぞ</rt></ruby><ruby>御収<rt>おおさ</rt></ruby>め<ruby>下<rt>くだ</rt></ruby>さい（不過一點點小意思請您收下吧！）

印半纏、印半天〔名〕在衣領或背上印有商號姓名等的一種日本外衣

印〔造語〕委婉表示忌諱的話、在人名下表示親密

丸印（金錢、圓圈記號）
わ印（淫書、春畫）淫猥
キ印（〔俗、隱〕瘋子）（キ是気違い的頭音＝気違い）
彼奴はキ印だ（他是個瘋子）
矢印（彌三郎）

御印〔名〕（謝意等的）表示（＝印）
本の御印です（不過是一點表示、只是我的一點心意）

胤（ㄧㄣˋ）

胤〔漢造〕胤、後裔
後胤（後裔、子孫）
落胤（貴族的私生子＝落し胤）
胤裔（後裔、子孫）
皇胤（天皇血統＝皇裔、皇統）

胤〔名〕父方的血統
胤違いの兄弟（異父同母的兄弟）兄弟
彼等は胤は同じだが腹が違う（他們同父不同母）
胤を宿す（懷孕）
彼の胤を宿す（懷孕他的孩子）
因果の胤（非婚生子女）
一粒種（獨生子）一粒一粒
一粒種の男の子（獨生子）

種〔名〕（植物的）種子、（果實的）果核、（動物的）品種、（引起喜怒哀樂、不和、憂慮等的）根源，起因，原因，原料，（新聞的）材料，題材，（會談的）話題，（魔術等的）機關，秘密，訣竅、湯裡的材料
種を蒔く（播種）蒔く撒く播く巻く捲く
種を取る（留取種子）取る撮る採る執る捕る摂る
西瓜の種（西瓜籽）
桃の種を取る（取出桃核）
此の頃は種の無い葡萄が沢山有ります（最近有很多無子的葡萄）
種の良い馬（良種馬）
種を取る為に飼う（作種畜飼養）飼う買う
玩具が子供達の喧嘩の種（玩具成了孩子們吵架的原因）
不和の種を蒔く（種下不和的種子）
パンの種（酵母）
菓子の種を仕込む（準備做點心的原料）
其の料理屋で食べさせる物は種が良い（那家飯館使用真材實料）
新聞の種に為る（成為新聞材料）
新聞の種を漁る（搜索新聞材料）
話の種が尽きた（沒可說的了）
種を握っている（掌握了秘密〔內情〕）
種の無い手品は出来ない（沒有訣竅變不了戲法）
種を明かす（揭露秘密、洩漏老底）
種を上がる（機關〔秘密〕被揭穿）上がる挙がる揚がる騰がる
蒔かぬ種は生えぬ（不種則不收、不勞則不獲）

蔭（ㄧㄣˋ）

蔭〔漢造〕陰影。〔舊〕庇護
樹蔭、樹陰（樹蔭＝木陰、樹蔭）
涼蔭（涼蔭）
緑蔭、緑陰（綠蔭）
庇蔭（庇蔭）

蔭る、翳る、陰る〔自五〕光線被遮住、太陽西斜←→照る
月が蔭る（雲遮月）
日が蔭る（太陽被雲遮住、太陽西斜）
雲が出て日が蔭る（太陽被雲遮住）
明るかった空が急に蔭って来た（明朗的天空突然陰暗起來）
日は蔭り、幾等か薄暗く為って来た（太陽西斜有些陰暗了）

蔭り、翳り、陰り〔名〕陰影、暗影
山襞の蔭り（山巒重疊的陰影）

一

蔭、翳、陰 〔名〕陰暗處，陰涼處，背光處、〔轉〕背後，暗地，暗中、（畫）（濃淡的）陰影（＝陰）←→日向

樹の蔭（樹蔭）樹木
木の蔭で休む（在樹蔭下休息）
蔭を捜して腰を下す（找個陰涼地方坐下）捜す探す下す卸す降ろす
電灯の蔭に為った見えない（背著燈光看不見）
少し体を何うに貸して呉れ、蔭に為る（擋了我的光線請你稍微挪動身體）
蔭に為り日向に為り（明裡暗裡）
蔭に為り日向に為り私の為に尽くして呉れ（明裡暗裡都幫了我的忙）
草葉の蔭（九泉之下）
戸の蔭に隠れる（藏在門後面）
蔭で悪口を言う（背後罵人）言う謂う云う
蔭で不平を言う（背後發牢騷）
蔭で兎や角言う（背後說三道四）
蔭で舌を出す（背後嗤笑）
蔭で糸を引く（在暗中操縱、幕後牽線、幕後操縱）引く弾く轢く挽く惹く曳く牽く退く退く
誰が蔭で操る人間が居るに違いない（一定有人在背後操縱）
蔭に居て枝を折る（恩將仇報）枝枝折る居る織る
絵に蔭を付ける（在畫上烘托出陰影來）附ける衝ける就ける着ける突ける

蔭地、陰地 〔名〕太陽照不到的地方、背陰的地方

憖 （一ㄣˋ）

憖 〔漢造〕肯、謹慎的樣子

憖 〔副、形動〕勉強，硬、用不著，滿可不必，悔不該，倒不如，貿然，輕率，不徹底，不充分，不上不下，馬馬虎虎，一星半點（＝憖い）

憖 〔副、形動〕（憖い的口語形）用不著，滿可不必，悔不該，倒不如，貿然，輕率，不徹底，不充分，不上不下，馬馬虎虎，一星半點

憖会わなければ良かった（倒不如不見面好了）会う遇う逢う遭う合う

憖学校等出ていない方が良い（倒不如不上學好了）良い好い好い良い好い好い
憖口を出すと酷い目に逢う（多嘴多舌要吃大虧）
憖な事を為る（做了一半就撂下）為る為る
憖な稽古なら始めない方が良い（馬馬虎虎練習倒不如不練習的好）
斯う言う細工の品は当節憖な金では手に入りません（像這樣的工藝品目前用一星半點的錢是買不到的）
憖僅かな遺産が有った為に身を持ち崩した（只是因為有了一星半點的遺產搞得身敗名裂）

憖い 〔副、形動〕勉強，硬、用不著，滿可不必，悔不該，倒不如，貿然，輕率，不徹底，不充分，不上不下，馬馬虎虎，一星半點（＝憖）

憖い女が柔道等習っても仕様が無い（女人勉強學柔道也沒用）
憖い口を出したのが悪かった（糟就糟在不該多嘴多舌）
憖い知っているから困る（只一知半解所以難辦）
憖い泳ぎを知っていたのが溺れる原因だった（所以淹死了是有一點水性）
憖いの（な）練習は止めるが良い（練習不認真還是不練好）止める已める辞める病める

殃 （一ㄤ）

殃 〔漢造〕害、災禍
殃禍 〔名〕災難、災禍（＝災い、禍）
殃災 〔名〕災難

秧 （一ㄤ）

秧 〔漢造〕稻子和草木的苗、幼魚
秧歌（秧歌、插秧時唱的歌）
秧歌劇 〔名〕秧歌劇
秧鶏、水鶏 〔名〕〔動〕（鳥類）秧鷄

鞅 （一ㄤ）

鞅 〔漢造〕忙碌、馬頸上套的皮帶

鞅掌〔名、自サ〕（主要用於書信）辛勤任事、宣勞、效勞
　　寝食を忘れて国事に鞅掌する（廢寢忘食為國宣勞）
　　国事に鞅掌して席の暖まる暇も有らず（辛勤國事席不暇暖）
鞅、胸繫〔名〕鞅（套在馬頸上用於駕車的皮帶）←→鞦（接在馬鞍後繞過馬尾皮帶）
*面掛、面懸、面繫、羈（掛在馬臉上的繩以固定馬轡）

羊（一尢ˊ）

羊〔漢造〕羊
　　綿羊、緬羊（綿羊＝羊）
　　白羊宮（白羊宮、雄羊宮）
　　羚羊、羚羊（羚羊）
　　牧羊（牧羊）
羊羹〔名〕羊羹、（工）可調墊鐵
　　練り羊羹（熬的羊羹）
　　蒸し羊羹（蒸的羊羹）
　　芋羊羹（芋頭羊羹）
　　栗羊羹（栗子羊羹）
　　羊羹色（紫檀色、黑紫色）
　　羊羹色の羽織（舊得褪色的黑紫色的和服外套）
羊群〔名〕羊群
羊群岩〔名〕〔地〕羊背石、鼓盆地形（＝羊背岩）
羊背岩〔名〕〔地〕羊背石、鼓盆地形（＝羊群岩）
羊脂〔名〕羊脂、羊油
羊歯、羊歯,歯朶〔名〕羊齒，蕨類（＝裏白）、羊齒類植物的總稱
　　羊歯類、羊歯類（〔植〕羊齒類）
羊舍〔名〕羊牢、羊圈
羊水〔名〕（生理）羊水
　　羊水が出た（出羊水了）
羊腸〔名、形動〕羊腸、羊腸線（＝腸線）、羊腸狀（＝九十九折、葛折）
　　羊腸線（外科手術用羊腸線）
　　羊腸の小径（羊腸小路）
　　羊腸たる小径（羊腸小路）
　　羊腸たる山道（羊腸似的山路）
羊頭〔名〕羊頭
　　羊頭狗肉（掛羊頭賣狗肉）
　　羊頭を掲げて狗肉を売る（掛羊頭賣狗肉）売る得る得る
羊斑〔名〕〔天〕譜斑（太陽表面出現的斑紋）
羊皮〔名〕羊皮
羊皮紙〔名〕羊皮紙
　　重ね書き用羊皮紙（可以削去重寫的羊皮紙）
羊皮綴じ〔名〕（書籍的）羊皮裝訂、羊皮封面
羊肉〔名〕羊肉（＝マトン mutton）
　　厚切りの羊肉（厚羊肉片）
羊膜〔名〕〔解〕羊膜
　　羊膜腔（〔解〕羊膜腔）
　　羊膜炎（羊膜炎）
　　羊膜類（〔動〕羊膜類）
羊毛〔名〕羊毛
　　羊毛を刈る（剪羊毛）刈る駆る駈る借る
　　上質の羊毛（優質羊毛）
　　炭化羊毛（炭化羊毛、去雜羊毛）
羊毛猿〔名〕〔動〕羊毛猿
羊毛脂〔名〕羊毛脂（＝ラノリン lanolin）
羊酪〔名〕羊乳酪
羊駝、駱馬〔名〕〔動〕美洲駝、無峰駝
羊蹄〔名〕〔植〕羊蹄
羊〔名〕〔動〕羊、綿羊
　　羊飼い、羊飼（牧羊人）
　　アルプスの羊飼い（阿爾卑斯山的牧羊人 Alps）
　　羊の群（羊群）
　　羊の鳴き声（羊的叫聲）
　　羊の毛を刈る（剪羊毛）
　　羊の歩み（羊走向屠宰場的步伐、光陰歲月、比喻步步接近死期）
羊雲〔名〕〔氣〕絮狀雲
羊偏〔名〕（漢字部首）羊字旁（如〝羚〞的〝羊〞旁）

佯（一尢ˊ）

佯〔漢造〕詐、假裝（＝偽る、騙す）
佯狂、陽狂〔名〕裝瘋、裝瘋賣傻（的人）

洋（一尤ˊ）

洋〔名、漢造〕海洋、東洋和西洋、西洋式、大而寬廣

洋の東西を問わず（不論東洋或西洋）
太平洋（太平洋）
大洋（大洋、大海）
海洋（海洋）
北洋（北洋）
南洋（南洋）
和漢洋（日本中國與歐美）
和洋折衷（中西合璧）

洋医〔名〕〔舊〕西醫大夫、西洋人的大夫←→漢方医

洋画〔名〕西洋畫、西洋影片←→邦画、日本画

姉は洋画の勉強を為ている（姊姊正在學習西畫）
洋画を見るのが好きだ（喜歡看歐美影片）
洋画専門の映画館（專放映西方影片的電影院）

洋灰〔名〕水泥（=セメント）

洋学〔名〕〔舊〕西學、西洋學術（江戶時代相對漢學和學而言）

洋学に秀でる（長於西洋學術）
洋学を学ぶ（學習西學）習う

洋楽〔名〕西樂、西洋音樂←→邦楽

私は洋楽のレコードを沢山集めている（我收集很多西洋音樂的唱片）
洋楽器（西洋樂器）
洋楽家（西樂家）

洋傘〔名〕陽傘、旱傘（=蝙蝠傘）

洋菓子〔名〕西洋糕點←→和菓子

洋菓子店（西洋糕點店）
御土産に洋菓子を買う（禮品是買西式糕點）買う飼う

洋瓦〔名〕洋瓦←→日本瓦

洋館〔名〕〔舊〕洋房、西式建築

洋弓〔名〕西式弓、西式射箭（術）（=アーチェリー）

洋琴〔名〕（中國、朝鮮的）洋琴，揚琴，古琴、鋼琴（=ピアノ）

洋銀〔名〕白銅（銅鎳鋅合金）、西洋銀幣

洋銀のスプーン（鎳銀湯匙）
洋銀鑞（鋅白銅焊料）

洋犬〔名〕西方品種的狗

洋剣〔名〕馬刀、軍刀（=サーベル）

洋語〔名〕西方語言、（江戶時代）外來語

洋行〔名、自サ〕出洋，出國、外國商行

洋行を命ぜられる（被派出國）
洋行帰りの教授（留學歸國的教授）
山田洋行（山田洋行）
洋行帰り（留洋回來）
洋行して見聞した事を随筆に書く（把留洋期間的見聞寫成隨筆）書く欠く描く掻く

洋紅〔名〕洋紅、胭脂紅（=カルミン）

洋紅色（洋紅色）

洋菜〔名〕（主要指明治初年由西方引進的）西洋蔬菜

洋裁〔名〕西方剪裁、西式縫紉（術）←→和裁

母に洋裁を習う（向母親學習西服剪裁）
洋裁師（西服裁縫）
洋裁と和裁を習う（學習做西裝和和服）

洋才〔名〕（江戶時代）西方學術的知識才能←→漢才

和魂洋才（日本精神為體西方學術為用）

洋算〔名〕〔舊〕西洋算法、西方數學←→和算

洋紙〔名〕（用紙漿為原料造的紙）←→和紙、日本紙

洋字〔名〕西方文字、羅馬字

洋式〔名〕西式、西洋式（=西洋風）←→和式

洋式の客間（西式客廳）
トイレを洋式に作り替える（把洗手間改為西式）
洋式トイレ（西式廁所）
居間を洋式に改める（把起居室改為西式的）改める革める検める

洋室〔名〕西式房間（=洋間）←→和室

ホテルの部屋は洋室が殆どです（旅館房間幾乎全為西式）
洋室をリザーブして下さい（請給我預訂西式房間）

洋酒〔名〕西洋酒←→日本酒

洋種〔名〕西洋系統、西洋品種

洋種の犬（西洋狗）

洋書〔名〕西洋書籍、外文書、洋裝書←→和書、漢書，漢書
書店を頼んでで洋書を取り寄せる（委託書店函購外文書籍）
辞書と首っ引きで洋書を読む（手拿詞典讀外文書、拼命查詞典讀外文書）読む詠む
洋書部（外文書籍部）
洋書専門店（專銷西洋書的書店）

洋床〔名〕海底、海洋下的地面

洋上〔名〕海上、海洋上
洋上に漂う（在海上漂流）
難破して洋上を彷徨う（船遇難在海上漂流）彷徨うさ迷う
難破船が洋上を彷徨っている（遇難的破船漂在海上）
洋上作戦（海戰）
洋上会談（船上會談）

洋食〔名〕西餐←→和食
洋食を食べる（吃西餐）
洋食に為ますか、和食に為ますか（吃西餐或日本料理？）
洋食器（西餐餐具）
レストランデで洋食を食べる（在西餐廳吃西餐）

ヨシン、洋真、ヨージン〔名〕〔化〕曙紅（染料）

洋装〔名、自サ〕西裝，西服、（書籍）洋裝，精裝←→和裝
洋装の婦人（穿洋裝的婦人）
洋装本（洋裝書、精裝本）

洋凧〔名〕（尼龍製）美國三角風箏

洋刀〔名〕西洋式的刀、軍刀、配刀（=サーベル）

洋灯、洋燈〔名〕洋燈、煤油燈（=ランプ）

洋陶〔名〕西洋式陶器←→和陶
洋陶も扱っています（也經營西洋陶器）

洋綴じ、洋綴〔名〕西式裝訂（本）←→和綴じ
書棚の隅から洋綴じの本を取り出す（從書櫃角落取出西式裝訂的書）

洋梨、洋梨〔名〕洋梨（=ペア）
洋梨形の物（洋梨狀的東西）

洋生〔名〕西式糕點（=洋生菓子）←→和生

洋白〔名〕〔冶〕鋅白銅、鎳銀、銅鎳鋅合金（=洋銀）
洋白削り屑（鋅白銅切屑）

洋髪〔名〕西式髮型
洋髪の婦人（梳西式髮型的婦人）

洋品〔名〕西洋貨、西洋服飾品（=舶來品）
洋品店でズボンのベルトを買う（在西洋服飾品店買褲用腰帶）
洋品店（洋貨店、服飾店）
洋品雑貨を売る店（賣各種服飾品的商店）

洋舞〔名〕西方舞蹈（近代舞、芭蕾舞總稱）（=モダンダンス）←→邦舞、日舞

洋風〔名〕西式←→和風
洋風の家具（西式家具）
洋風の建築（西式建築）
高台に洋風の洒落た家を建てられた（高岡上蓋了一棟漂亮的西式洋房）

洋服〔名〕西服、洋裝←→和服
和服より洋服の方が便利だ（穿西裝比穿和服方便）
洋服を一着作る（穿一套西服）作る造る創る
洋服を着る（穿西裝）着る切る斬る伐る
注文の洋服（定做的西裝）
出来合いの洋服（現成的西裝）
洋服屋（西服店、西服縫紉師）
洋服掛（西裝架、西裝衣掛）
洋服箪笥（衣櫥、衣櫃）
洋服地（西服料子）

洋癖〔名〕〔舊〕崇洋思想（=西洋気触れ）

洋本〔名〕西方書籍、西式裝訂書，洋裝書←→和本
洋本を専門に売る店（專賣西洋書籍的書店）

洋間〔名〕西式房間（=洋室）←→日本間
此の家には洋間が一間有る（這房子有一間西式房間）
洋間に絨毯を敷く（在西式房間鋪地毯）敷く如く若く
洋間にピアノを置く（在西式房間裡擺鋼琴）置く措く擱く

洋洋〔副、形動〕（水量）充沛貌、汪洋，大海洋、（前途）遠大貌

河が平野を洋洋と流れる（河水浩浩蕩蕩地流過平原）
洋洋たる青海原（浩淼的海洋）
洋洋たる大海（汪洋大海）
前途洋洋（前途無量）
前途は洋洋たる物だ（前途遠大得很）
私達の将来は洋洋と為ている（我們的前途無限遠大）

揚（一尢ˊ）

揚〔漢造〕發揚、讚揚
浮揚（漂浮、浮起）
飛揚（飛揚、飛翔）
抑揚（抑揚、褒貶）
称揚、賞揚（稱揚、稱讚）
顕揚（頌揚、揚名）
止揚（揚棄）

揚音〔名〕〔語〕重音（＝アクセント）

揚棄〔名、他サ〕揚棄（＝止揚）（＝アウフヘーベン德）
封建社会の矛盾を揚棄する（揚棄封建社會的矛盾）

揚言〔名、他サ〕揚言、公然聲稱
揚言して憚らない（大言不慚）

揚水〔名、自他サ〕抽水、汲水
揚水発電所（抽水發電機）
揚水pumpで水を汲み出す（用抽水唧筒汲水）
揚水stationステーション（抽水站）
揚水機（抽水機）

揚炭機〔名〕〔礦〕煤炭提升機

揚地〔名〕碼頭卸貨場（＝水揚げ地）

揚程〔名〕〔機〕（抽水機抽水的）揚程
高揚程弁（〔船〕高揚程閥）

揚揚〔副、形動〕揚揚（得意）、洋洋（得意）
意気揚揚と凱旋する（意氣揚揚地凱旋回來）

揚抑格〔名〕（詩）揚抑格、長短格

揚陸〔名、自他サ〕（船舶向陸地）卸貨，卸船（＝陸揚げ）、登陸（＝上陸）
揚陸が手間取る（卸船費工夫）
揚陸crane クレーン（卸貨吊車）

揚陸する（登陸）
揚陸費（卸貨費）
揚陸指揮官（登陸指揮官）

揚力〔名〕〔理〕（飛機的）升力、浮力、舉力
揚力係数（升力係數）
滑走揚力（滑翔升力）

揚がる、揚る〔自五〕（食品）炸好
蝦天が揚がる（蝦炸好了）
天婦羅が揚がった（炸魚蝦炸好了）

揚がる，揚る、上がる，上る、挙がる、挙る、騰がる、騰る〔自五〕升起、揚起、揚名
名が揚がる（揚名、出名）名名
彼の人の前では頭が揚がらぬ（在他面前抬不起頭、敵不過他）
闘志が揚がる（鬥志高昂）
方方から賛成の声が揚がった（贊成的聲音四起）
風船が空に揚がっている（氣球升上了空中）

揚げる、上げる、挙げる〔他下一〕卸貨、抽上，吸上、帶領、嘔吐、揚起，宣揚
船荷を揚げる（卸船上的貨）明ける空ける開ける飽ける厭ける
ポンプで水を揚げる（用抽水機抽水）
客を二階へ揚げる（把客人請到二樓）
船に酔って揚げる（暈船嘔吐）
棟を揚げる（上樑）
髪を揚げる（梳頭）
原っぱで凧を揚げる（在草地放風箏）凧蛸章魚肼胝
花火を揚げる（放焰火）
凧を揚げる（放風箏）
手を揚げる（舉手）
顔を揚げる（揚起臉）
旗を揚げる（懸起旗）
名を揚げる（揚名）名名
錨を揚げる（起錨、拔錨）錨碇怒り
網を揚げる（收網）
本を本棚に揚げる（把書放到書架上）

揚げ、揚〔名〕油炸（的食品）（=天婦羅）、炸豆腐（=油揚げ）
　精進揚げ（素炸）
　揚げを二枚下さい（給我來兩塊炸豆腐）

揚げ、揚、上げ、上〔名〕舉，抬，揚，懸，漲、（衣服過大過長在腰肩疊起縫的）縫褶
　肩揚げ（肩部縫褶）
　肩の揚げを下す（放開肩上的褶子）下す卸す降ろす

揚げ足，揚足、挙足〔名〕抬腿，抬起的頭。〔轉〕（抓）過失，（揭）短處
　揚げ足を取る（抓住短處、吹毛求疵）取る捕る攝る採る撮る執る獲る盜る
　人の揚げ足取りは止め為さい（別揭他人短處）
　言う事が前後食い違ったので、揚げ足を取られた（因為說話前後不一致被抓住了錯誤）

揚げ油、揚油〔名〕炸東西的油（菜子油、麻油之類）

揚げ板，揚板、上げ板，上板〔名〕（地窖等的）蓋板（=上げ蓋）、浴室地上放的木板

揚げ縁、揚縁〔名〕（舊式商店前面能夠吊起來的）活動木板走廊（夜間可立起門板用）

揚げ卸ろし、揚卸し、上げ下ろし，上下し〔名、他サ〕拿放、裝卸、褒貶
　箸の揚げ卸ろし（筷子的拿放）
　荷物の揚げ卸ろし（貨物的裝卸）
　箸の揚げ卸ろしにも煩い（喧しい）（講究多）煩い五月蠅い
　荷物の揚げ卸ろしが大変だ（貨物的裝卸很費勁）
　人の揚げ卸ろしを為る（褒貶人）刷る摺る擦る掏る磨る播る摩る
　言い様に人を揚げ卸ろしする（信口說人家好壞）

揚げ滓、揚滓〔名〕油渣（=揚げ玉、揚玉）

揚句、挙句〔名〕連歌俳句的末句←→発句、〔轉〕結果，最後（=終り、終い）
　口論の揚句掴み合いに為った（爭吵一陣最後揪打起來了）
　揚句の果て（到了最後）

　揚句の果てに金迄取られた（到了最後還把錢損失了）
　揚句の果ては首に為った（弄到最後被革職了）
　揚句の果てが刑務所入り（弄到最後進了監獄）
　病気の揚句到頭死んで終った（久病不癒終於死去）
　相談の揚句斯う決まった（商量以後這樣決定了）

揚げ代、揚代〔名〕嫖費、嫖錢（舊時付妓女的費用）

揚げ出し、揚出し〔名〕（不沾麵粉）油炸，乾炸、油炸豆腐（=揚げ出し豆腐）

揚げ玉、揚玉〔名〕油渣（=揚げ滓、揚滓）、炸白薯丸子

揚げ超、揚超〔名〕政府收入超過支出（=引き揚げ超過）←→散超、払い超

揚げ索、揚索〔名〕（海）揚帆索

揚げ戸、揚戸〔名〕向上開的門（窗）、吊門（窗）（=突き上げ戸）
　揚げ戸を下す（放下吊門窗）

揚げ豆腐、揚豆腐〔名〕油炸豆腐（=生揚げ）

揚げ鍋、揚鍋〔名〕（炸東西用）平口鍋（=天婦羅鍋）

揚げ荷、揚荷〔名〕卸上岸的貨

揚げ場〔名〕卸貨碼頭
　揚げ場人足（碼頭搬運工）

揚げ羽蝶、揚羽蝶〔名〕〔動〕鳳蝶

揚げ雲雀、揚雲雀〔名〕在高空飛翔的雲雀

揚げ蓋，揚蓋、上げ蓋，上蓋〔名〕（地窖等的）蓋板（=揚げ板，揚板、上げ板，上板）

揚げ巻き，揚巻、総角〔名〕（古代兒童的髮型）總角、〔動〕蟶

揚げ幕、揚幕〔名〕〔劇〕舞台出入口的簾子←→引幕
　揚げ幕から登場する（從舞台出入口出場）

揚げ餅、揚餅〔名〕油炸年糕

揚げ物、揚物〔名〕油炸食品、贓品

揚げ屋、揚屋〔名〕妓院

揚繰り網、揚繰網〔名〕〔漁〕一種大型拖網

陽（一尢ˊ）

陽〔名、漢造〕陽，向陽（=日向）、太陽、陽春、表面（=上辺）、陽極←→陰

- 陰に陽に（暗中或公開地、百般）
- 陽に賛成して陰に反対する（陽奉陰違）
- 彼は私を陰に陽に庇って呉れた（他百般保護我）呉れる暮れる繰れる刳れる
- 陽電気（正電）
- 陽イオン（陽離子）
- 陰陽二気（陰陽二氣）
- 電気には陰と陽とが有る（電有陰和陽）有る在る或る
- 山陽（山的南邊）
- 落陽（夕陽）
- 夕陽、夕陽、夕日（夕陽）
- 洛陽（洛陽、京都的雅稱）
- 太陽（太陽）
- 重陽（重陽）

陽画〔名〕（照像）正片，相片（=ポジティブ）←→陰画

陽函数、陽関数〔名〕〔數〕顯函數←→陰函数

陽気〔名、形動〕陽氣，天氣，氣候、季節、時令、爽朗，活潑、熱鬧、歡樂、活躍←→陰気

- 陽気発する処金石亦透る（陽氣發處金石亦透、精神一到何處不成-朱子語錄）透る通る徹る
- 結構な陽気（好天氣）
- 良い陽気に為った（天氣暖和起來了）
- 結構な陽気に為った（到了宜人季節）
- 漸く春らしい陽気に為った（漸漸像春天一樣的氣候了）
- 陽気が良い（氣候好）良い善い好い良い善い好い
- 陽気の所為だ（是天氣的關係）
- 陽気の所為か関節が痛む（大概天氣的緣故關節痛）
- 陽気の加減で（由於氣候的關係）
- 陽気の加減で体の具合が悪い（由於時令的關係身體不舒服）
- 陽気の所為に為る（歸因於氣候的關係）
- 彼は陽気な人だ（他是個爽朗的人）
- 陽気な人（爽朗的人）
- 陽気な性格（爽朗的性格）
- 極めて陽気な人（非常快活的人）
- 陽気に暮らす（愉快地過日子）
- 陽気に歌う（歡唱、興高采烈的唱歌）
- 子供達が陽気に遊び回っている（孩子們熱鬧歡騰地到處玩）
- 陽気に騒ぐ（歡鬧）
- 歌って踊って陽気に騒ぐ（唱歌跳舞盡情歡鬧）
- 酒は気分を陽気に為る（酒使人心情愉快）

陽起石〔名〕〔礦〕陽起石

陽極〔名〕〔理〕陽極，正極、（磁石）北極←→陰極

- 陽極電圧（陽極電壓）
- 陽極泥（〔化〕陽極澱渣）
- 陽極線（〔理〕陽極射線）

陽光〔名〕陽光，日光（=日光）、〔電〕陽輝光

- 春の陽光に浴びる（曬在春天的陽光下）
- 春の陽光が燦燦と降り注ぐ（春天的陽光燦爛照人）
- 陽光を見る（看到陽光，時來轉運、出世，問世）

陽刻〔名、他サ〕陽刻（刻印時字體浮雕的方法）←→陰刻

陽子〔名〕〔理〕（陽）質子、（正）質子（=プロトン）

- 陽子シンクロトロン（質子同步加速器）

陽樹〔名〕〔植〕陽地樹-喜歡向陽生長的樹（如赤松、白樺、栗樹等）

陽春〔名〕陽春、春天、陰曆正月的別稱

- 陽春の麗らかな日差しに誘われて散歩する（在陽春風和日麗的氣氛下吸引到外面散步）
- 陽春の候（陽春季節）
- 陽春三月に（在陽春三月）

陽性〔名〕（性格）快活，開朗、〔醫〕（化驗反應）陽性←→陰性

- 性格が陽性な人（性格爽朗的人）
- ツベルクリン反応が陽性に為る（結核菌素反應是陽性的）
- 陽性石鹸（陽肥皂）
- 陽性梅雨（驟雨式梅雨）梅雨梅雨

陽性元素（陽性元素）

陽端子〔名〕〔電〕正極接頭、正極接線柱

陽転〔名，自サ〕〔醫〕（結核菌素反應的）陽性轉化、由陰性轉為陽性
　小さい時に陽転した（小時候陽性轉化）
　BCGを接種して陽転する（接種卡介苗轉為陽性）

陽電気〔名〕〔電〕正電、陽電←→陰電気

陽電子〔名〕〔電〕正電子、陽電子

陽動〔名〕掩蔽真相的行動
　陽動作戰（聲東擊西的作戰、調虎離山的作戰、佯動作戰）
　陽動作戰を遣る（佯攻）
　陽動作戰を出て敵を惑わした（虛張聲勢迷惑敵人）

陽德〔名〕陽德（天地孳生萬物的功德）、公開的德行，明面的好事←→陰德

陽物〔名〕〔解〕陽物、陰莖

陽文、陽文〔名〕（印章、碑、鐘等上面浮雕的）陽文←→陰文

陽報〔名〕現世的報應、明顯的報應
　陰德有れば陽報有り（善有善報）

陽明学〔名〕王陽明學說、知行合一的學說
　陽明学派（〔日本明治維新前夕的〕陽明學派）

陽葉〔名〕〔植〕向陽的葉子

陽暦〔名〕陽曆、太陽曆（=太陽暦）←→陰暦

陽当たり，陽当り，日当たり，日当り〔名〕向陽、日照
　陽当たりの良い部屋（向陽的屋子）
　此の部屋は陽当たりが良い（這間房子向陽）
　陽当たりの悪い家（不向陽的房子）
　陽当たりに出す（放到向陽處）
　陽当たりで休む（在向陽處休息）
　陽当たりで休みましょう（在向陽處休息吧！）
　陽当たりで編み物を為る（在向陽處打毛衣）

陽射し，陽射，日差し，日差〔名〕陽光照射、照射的陽光
　陽射が強い（陽光強、太陽毒）
　窓が陽射を受けて輝く（窗戶被陽光照得發亮）
　夏の強い陽射（夏天的強烈陽光）
　春の陽射を浴びる（沐浴在春天的陽光下）
　明るい陽射（明亮的陽光）
　陽射が薄らいだ（陽光弱了）

陽の目、日の目〔名〕日光、陽光
　陽の目を見ない（不見太陽、不見聞於世，埋沒、議案等束諸高閣）
　陽の目を見る（見太陽、出世，問世，見聞於世、議案等成立）
　彼の作品は長い間陽の目を見ずに埋れていた（他的作品長期被埋沒難見天日）

陽炎、陽炎、陽炎〔名〕（春夏季節地面在陽光照射下蒸發的）水氣、霧靄、暖氣流
　陽炎が立つ（地面上出現游絲）
　春の野に陽炎が立つ（春天的原野上有縷縷熱氣升騰）

楊（一尢ˊ）

楊〔漢造〕楊柳
　水楊、川柳、楊柳（〔植〕楊柳）
　白楊、白楊、白楊（〔植〕銀白楊）

楊弓〔名〕（江戶時代遊戲用）小弓
　楊弓場（〔設在神社或鬧市的〕射箭場、射箭遊戲場）

楊子、楊枝〔名〕牙籤（=妻楊枝、小楊枝）、牙刷（=歯ブラシ）
　楊枝を使う（使用牙籤）使う遣う
　食後に楊枝を使う（飯後剔牙）
　餅を楊枝に挿して食べる（黏糕用牙籤插上吃）挿す差す指す刺す射す注す鎖す点す加える
　楊枝を口に銜えて歩き回るのは、みっともない（嘴裡叼著牙籤到處跑真難看）銜える咥える
　楊枝で重箱の隅を穿る（吹毛求疵、拘泥細節、雞蛋裡挑骨頭）
　楊枝を違える（小的差錯）
　楊枝に目鼻を付けた様（枯瘦如柴）

一

楊枝を一本削った事も無し（連一根牙籤也沒削過、比喻不慣於做精細的工藝）

楊梅、楊梅，山桃〔名〕〔植〕楊梅
　楊梅酒（楊梅酒）

楊柳、楊柳，水楊，川柳〔名〕〔植〕楊柳、垂楊柳（＝柳、猫柳）

瘍（一尢／）

瘍〔名、漢造〕〔醫〕腫瘍（＝瘡、出来物）
　潰瘍（潰瘍）
　肺膿瘍（肺膿瘍）
　腫瘍（〔醫〕腫瘤）
　腫瘍が出来る（長腫瘤）
　悪性腫瘍（惡性腫瘤）
　昨年の春の初め脇腹に瘍が出来る（去年春初腹側長瘡）

仰（一尢ˇ）

仰、仰、仰〔漢造〕仰、向上
　欽仰、欽仰（欽仰）
　景仰、景仰（景仰）
　敬仰、敬仰（敬仰）
　信仰（信仰）
　渇仰（虔信、非常仰慕）

仰仰しい、業業しい〔形〕誇張、誇大
　仰仰しく言う（誇大其辭）言う云う謂う
　仰仰しい肩書（炫耀的頭銜）
　仰仰しい事を言う（誇大其辭）
　そんな仰仰しくする事は無い（用不著那麼小題大作的）
　仰仰しく宣伝する（大肆宣傳）
　仰仰しい宣伝を遣る（大肆宣傳）
　仰仰しい見出し（聳人聽聞的標題）

仰臥〔名、自サ〕仰臥←→伏臥
　ベッドに仰臥する（仰臥在床上）

仰角〔名〕〔數〕仰角←→俯角
　仰角の度を増す（提高仰角度）増す益す
　大砲の仰角（砲的射角）

仰山〔副、形動〕〔方〕很多，極多（＝沢山）、誇張，誇大（＝大袈裟）

　仰山に有る（有的是、多極了）有る在る或る
　仰山の金を使う（花很多錢）金金遣う使う
　仰山に言う（誇大其辭）
　言う事が仰山だ（誇大其辭、說得過火）

仰視〔名、他サ〕仰視（＝仰ぎ見る）
　空を仰視する（仰望天空）

仰天〔名、自サ〕非常吃驚、大吃一驚
　吃驚仰天（非常吃驚、大吃一驚）
　人人は仰天して表に飛び出した（人們大吃一驚紛紛跑了出去）表面

仰望〔名、他サ〕景仰、仰慕

仰ぐ〔他五〕仰視、敬仰、仰仗、仰賴、仰藥←→俯く
　天を仰いで嘆息する（仰天嘆息）
　天を仰いで大笑する（仰天大笑）
　俳優者を師と仰ぐ（拜藝人為師）
　我我は彼を首領と仰ぐ（我們遵奉他為首領）
　会長に仰ぐ（推為會長）
　師と為て仰ぐ（尊為師長）
　人に助けを仰ぐ（依賴別人幫助）
　外国の供給を仰がねば為らぬ（必須仰仗外國的供給）
　毒を仰ぐ（服毒、仰藥自殺）

煽ぐ、扇ぐ〔他五〕（用扇子等）搧（風）
　火を煽ぐ（搧火）
　寝ている子を煽ぐ（給睡著孩子搧風）
　彼は扇子を広げてバタバタ煽いた（他打開扇子拍搭拍搭地搧）
　ストーブの火が消え然うに為ったので、団扇で煽いだら良く燃え出した（因為爐火要滅用團扇一搧就旺起來了）

仰のく〔自五〕仰（＝仰向く）

仰のけ、仰〔名〕仰著、朝上（＝仰向け）
　仰のけに倒れる（仰面朝天地倒下）

仰のけ様、仰様〔名〕仰著、仰面朝天
　仰のけ様に倒れた（仰面朝天地倒下）

仰のける〔他下一〕仰、仰起（＝仰向ける）

仰向く、仰むく〔自五〕仰←→俯く

彼の人の鼻は仰向いている（他的鼻子向上仰著）
寝返りを打って仰向く（翻身仰臥）
仰向き加減（臉稍微往上仰）

仰向き、仰むき〔名〕仰、仰面朝天（=仰のけ、仰、仰向け、仰むけ）
仰向きに寝る（仰著睡）
仰向きに為って泳ぐ（仰著游泳）
人形の顔が少し仰向きだ（洋娃娃的臉有點向上仰）

仰向け、仰むけ〔名〕仰、仰著（=仰のけ、仰、仰向き、仰むき）
仰向けに眠る（仰著睡）
仰向けに泳ぐ（仰著游泳）
仰向けに倒れる（摔個四腳朝天）

仰向け様〔名〕仰著、仰面朝天（=仰のけ様、仰様）

仰向ける、仰むける〔他下一〕仰、仰起（=仰のける）←→俯ける
体を仰向ける（仰著身體）
箱を仰向けて下さい（請把盒口朝上）
首を仰向ける（仰頭）
一寸顔を仰向けて下さい（請把臉稍微上）

仰る、仰有る〔自五〕〔敬〕說、叫、稱（仰せ有る的轉變）
御名前は何と仰いますか（您叫甚麼名字？）（命令形用 仰い不用 仰れ）
仰いよ（您講啊！）
嘘仰い（你老撒謊）
何も仰らなかった（什麼也沒說）
何か仰る事は御座いませんか（您沒有什麼事要講嗎？）
何と仰いましたか（您說什麼？）
先生が其の様に仰いました（老師是那樣說的）
御入用の物が有れば、仰って下さい（您如果要甚麼請告訴我）
早く仰って下さい（請您快點說啊！）
私に仰るのですか（您是對我說的嗎？）
仰る通りです（您說的對）

仰せ、仰〔名〕吩咐、囑咐（=言い付け）。〔敬〕您的話（=御言葉）
貴方の仰せなら何事でも致します（您的吩咐什麼事情無不照辦）
何でも仰せの儘です（我完全聽從您的吩咐）
仰せに従って（遵命）従う随う遵う
仰せに従いましょう（遵命辦理）
仰せの通りです（您說得對、您說的很對、您說的是）
仰せ御尤です（您說得對、您說的是、的確是這樣）尤も最も
有り難い仰せを頂く（受到深為感動的慰問）頂く戴く

仰出で〔名〕吩咐、指示

仰言〔名〕您的話、吩咐的話

仰せ出す〔他五〕〔古〕（封建地位高的人）宣布、宣稱、發表公告

仰せ付かる〔自五〕被吩咐、被命令（=言い付かる的敬語形式）

仰せ付ける〔他下一〕吩咐、命令（言い付ける的敬語形式）
私に役に立つなら御遠慮無く仰せ付けて下さい（如果我能有用處請您不客氣吩咐）
何でも遠慮無く仰せ付けて下さい（請不要客氣有什麼事就吩咐吧！）
謁見を仰せ付けられる（被召見）
院長を仰せ付けられる（被任命為院長）

仰せ付け〔名〕〔敬〕吩咐、命令、指示
御客様の仰せ付けで御届けしました（按顧客的吩咐給您送來了）

仰せられる〔他下一〕說（= 仰る仰有る）（文語動詞仰す的未然形仰せ＋られる構成）

仰け反る〔自五〕（身體）向後仰←→のめる 向前倒
仰け反る程に驚いた（嚇得身體向後仰）
仰け反って倒れる（向後仰面倒下）
仰け反って笑いこける（仰面朝天大笑）
母親の背中で赤ちゃんが仰け反って泣いている（嬰兒在媽媽背上仰著頭哭）

痒（癢）（一尢ˇ）

痒〔漢造〕癢（=痒い）

痛痒（痛癢、利害關係）
何の痛痒も感じない（無關痛癢）
隔靴掻痒（隔鞋搔癢）
隔靴掻痒の感が有る（有隔鞋搔癢之感）

痒疹〔名〕〔醫〕痒疹

痒い〔形〕癢的
痒い所を掻く（搔癢處）所 処 掻く書く欠く描く搔る摩る
痒い所に手が届く様に良く世話を為る（無微不至地照顧、體貼入微）刷る摺る擦る掘る磨る
虫に刺された所が痒くて堪らない（蟲叮的地方癢得要命）刺す指す挿す差す射す注す
痒ければ此の薬を付け為さい（發癢的話請擦上這個藥）
手が痒い（手發癢）
背中が痒い（背脊發癢）
痒くも痛くも無い（不痛不癢、不介意）

痒み〔名〕發癢（的程度）
痒み止め（止癢、止癢劑）

むず痒い〔形〕癢癢的、刺癢的
霜焼がむず痒い（凍瘡癢得要命）むず（=んず）（表示想像或假定）
背中がむず痒い（背後癢癢的）
汗疹がむず痒い（痱子刺癢）
体がむず痒くて堪らない（身上刺癢得受不了）堪る溜る貯まる
虫に刺されてむず痒い（被蟲螫了很刺癢）
腕の気触れた後がむず痒い（手腕起疹後很刺癢）

痒い〔形〕〔俗〕癢的（=痒い）

養（ㄧㄤˇ）

養〔漢造〕養育、飼養、保養、教養、收養
教養（教養、休養、素養）
休養（休養）
栄養、営養（營養、滋養）
静養（靜養）

養痾〔名〕養病、療養

養蛙〔名〕養蛙、飼養田雞

養育〔名、他サ〕養育、撫養

孤児を引き取って養育する（把孤兒領來撫養）孤兒孤兒
孤児を養育する（撫養孤兒）
養育者（撫養者）
養育費（撫育費）
養育院（保育院）
養育里親（〔收養別人子女的〕養父養母）←→純粋里親

養家〔名〕養父母的家←→実家、生家
養家先の親（養父養母、繼父繼母）

養魚〔名〕人工養魚
鰻の養魚で名高い所（以養鰻聞名的地方）所 処 兎
養魚場（養魚場）場 場

養鶏〔名〕養雞
養鶏業（養雞業）
副業に養鶏を営む（經營養雞作副業）

養狐〔名〕飼養狐狸
養狐場（養狐場）場 場 狐 狐

養虎〔名〕養虎
養虎の憂え（養虎之患）憂え愁え患え虎 虎 寅

養護〔名、他サ〕養護、保育、撫育
虚弱児童を養護する（保育體弱兒童）
体の弱い子供を養護する（撫育體弱的小孩）体 身体 身体 身体
養護学級（保育班）
養護学校（保育學校）
養護教諭（〔在中小學從事保健管理和指導的〕保育老師）

養蚕〔名、自サ〕養蠶
家では少し許り養蚕を為た（家裡只養一些蠶）家家家家家
中国は養蚕の発祥地である（中國是養蠶的發祥地）
我国は養蚕が盛んだ（我國養蠶很盛）
養蚕業（養蠶業）
養蚕農家（養蠶農戶）
養蚕室（養蠶室）

養子〔名〕養子←→実子
　親戚の子を養子に為る（把親戚的兒子收養為養子）為る為る
　兄の三番目の男の子を養子に貰う（把哥哥的三兒子過繼過來）
　娘に養子を取る（招贅女婿）取る捕る摂る採る撮る執る獲る盗る
　養子縁組（〔法〕收養、過繼-和沒有血緣關係的人結成父子關係的法律行為）
　養子先（養父或繼父的家）

養い子〔名〕養子、過繼的兒子（=養子）

養女〔名〕養女、繼女
　親類の娘を養女に貰う（過繼親戚的女孩作養女）
　母は養女と為て育てられた（母親是給別人當養女撫養長大的）
　娘を弟の家に養女に遣る（把女兒過繼給他叔叔）

養い嫁〔名〕童養媳

養父〔名〕養父←→実父
　彼の手紙を見た養父は大変怒りました（看了他的信的養父非常生氣）

養母〔名〕養母←→実母

養父母〔名〕養父母

養祖父〔名〕養祖父

養祖母〔名〕養祖母

養嗣子〔名〕〔法〕（舊民法）繼承家業的養子

養親〔名〕養父、養母、繼父、繼母←→養子

養い親〔名〕養父母（=養親）

養親子〔名〕〔法〕養父母和養子

養樹園〔名〕苗圃

養生、養性〔名、自サ〕養生，養身、（病後）療養，保養、〔建〕養生
　良く養生すれば長生き出来る（善於養生就能長壽）
　十分に御養生為って下さい（請您好好注意保養身體）
　日頃の養生が大切だ（日常的修養很要緊）
　温泉で神経痛の養生を為る（在溫泉療養神經痛）刷る摺る擦る掏る磨る擂る摩る
　リューマチの養生の為に温泉に行く（為治療風濕病去洗溫泉）行く往く逝く
　病後の養生の為に海岸へ行く（病後到海邊去修養）行く往く逝く
　養生の甲斐有って回復した（療養有效恢復了健康）

養殖〔名、他サ〕養殖、飼養繁殖
　鰻を養殖する（養殖鰻魚）
　牡蠣の養殖（養殖牡蠣）
　牡蠣を養殖する（養殖牡蠣）
　真珠を養殖する（養殖珍珠）
　伊勢の真珠の養殖で良く知られている（伊勢以珍珠的養殖而聞名）
　養殖場（養殖場）場場
　養殖鮪（養殖的金槍魚）

養成〔名、他サ〕培養、造就
　技術員を養成する（培養技術人員）
　熟練工を養成する（培養熟練工）
　体力を養成する（培養體力）
　看護婦を養成する（培訓護士）
　人材を養成する（造就人才）
　幹部を養成する（培養幹部）
　新しい選手を養成する（培養新運動員）
　此の習慣を養成する事は大切である（養成這種習慣很重要）
　養成工（見習工、學徒工=見習工）
　養成所（訓練班、培訓班、培訓學校）所所処
　看護婦養成所（護士培訓班）
　タイピスト養成所（打字員培訓班）

養畜〔名〕飼養家畜
　養畜の事業（飼養家畜的事業）
　養蚕養畜（養蠶和飼養家畜）

養兎〔名〕〔農〕養兔
　養兎場（養兔場）場場兎兎

養豚〔名〕〔農〕養豬
　養豚業を発展させる（發展養豬事業）豚豚
　農家に養豚を勧める（鼓勵農家養豬）勧める奨める薦める進める
　養豚場（養豬場）場場

養分〔名〕養分

養分を吸い上げる（吸收養分）
養分を吸収する（吸收養分）
養分を与える（給予養分）
草や木は根から養分を取る（草木由根吸收養分）盗る獲る執る撮る採る摂る捕る

養蜂〔名〕養蜂
養蜂業（養蜂業）蜂蜂
養蜂所（養蜂場、蜂場）
養蜂箱（蜂箱）

養毛剤〔名〕生髮水

養鯉〔名〕養殖鯉魚

養老〔名〕贍養老人，照料關懷老人，養老，度晚年
養老院（養老院、敬老院）鯉鯉
故郷に帰って養老を為る（回家鄉養老）故郷故郷
養老年金（養老金、退休金）
養老保険（養老保險）
養老年金を受け取る（領取養老年金）
養老保険に入る（加入養老保險）入る入る
養老年金受給者（養老金領取人）

養う〔他五〕養育、扶養、飼養、養成、修養、培養、休養、療養、收養
小さい時に両親を失って叔父に養われた（幼時雙親去世由叔父養大成人）
幼い時から祖母に養われた（從小由祖母拉拔大的）幼い幼い稚い
牛乳で嬰児を養う（用牛奶養育嬰兒）嬰児嬰児
子を養うのは親の義務である（扶養子女是父母的義務）子子
妻子を養う（扶養妻子）
家族を養う（養活一家人）
豚を養う（養豬）
馬を養う（養馬）
敵が養った手先（敵人飼養的走狗）
早起きの習慣を養う（培養早起的習慣）
度胸を養う（培養膽量）
勤労の風を養う（培養勤勞的習慣）風風

問題を分析し解決する能力を養う（培養分析問題解決問題能力）
精神を養う（休養精神）
幼時から良い習慣を養う（從小養成良好習慣）
病を養う（養病）病病
自宅で病気を養う（在家中養病）
鋭気を養う（養精蓄銳）
英気を養う（養精蓄銳）
人に養われた子（被別人收養的孩子）人人人子子

養い〔名〕養育、養分（＝肥し）
養いの親（養身父母）
養い子（養子＝螟子）
養い親（養父母＝養親）
養い嫁（童養媳）
質素な食事も身体の養いに為る（粗茶淡飯也能滋養身體）体身体身体
不味い物も体の養いに為る（粗茶淡飯也能滋養身體）不味い拙い拙い
体の養いに為る（保養身體）

怏（一尢ヽ）

怏〔漢造〕不悦（＝心が楽しくない）

怏怏〔副、形動〕不悦
怏怏と為て楽しまず（怏怏不樂）楽しむ愉しむ

恙（一尢ヽ）

恙〔漢造〕病、憂
微恙（小病）
無恙（無恙）

恙〔名〕恙，病（＝病気）、恙蟲（＝恙虫病）

恙無い〔形〕無恙的、無病的、平安的（＝無事だ、異狀が無い）
恙無く帰国した（平安歸國了）
一行は恙無く到着した（他們一行人平安無事地到達了）
工事が恙無く進む（工程進行順利）

恙虫〔名〕〔動〕恙蟲（古稱〝砂虱〞-恙蟲為病原體的傳染病、發高燒、局部淋巴腫大、全身發疹）

恙虫病（恙蟲病）

様（樣）（一ㄤˋ）

様〔名，形動，漢造〕（接動詞連用形下）樣式，樣子，一樣，同樣、花樣

泳ぎ様が巧い（游泳的方式很好）旨い巧い上手い甘い美味い甘い

こんなに壊れては直し様が無い（壊得這樣沒法修理）壊れる毀れる

話し様が悪い（說的方式不好）

言い様も無い程美しい（美得無法形容）

此では遣り様が無い（這樣沒辦法做）

彼は大変な喜び様だった（他高興得不得了）

彼は疲れている様だ（看樣子他累了）

彼の喜び様は非常な物であった（他高興得不得了）

彼の人とは一度何処かで会った様な気が為る（跟他彷彿在哪裡見過面）

此の事件は君には荷が重過ぎる様だ（這個工作對你似乎過重了）

雨が上がった様だ（雨好像停了）上がる挙がる揚がる騰がる

丸で夢でも見る様だ（簡直像在作夢）居る要る入る射る鋳る炒る煎る

彼はAmericaに居る様に聞いている（聽說他在美國）聞く聴く訊く効く利く

聞き様に依っては悪口とも取れる（看你怎麼聽法也可聽成是壞話）

見付からないのは君の探し様が悪いのだ（找不到是你找的方法不對）探す捜す

短刀様の凶器（像短刀那樣的凶器）

歯brush様の物（類似牙刷的東西）物物

上代様（古代的書法）

唐様に書く（寫成中國風格）唐唐書く描く欠く搔く

丸で雪の様だ（簡直像雪一樣）

兄弟の様に親しい（親如兄弟）兄弟兄弟兄弟兄弟

真昼の様に明るい（像白晝一般明亮）

君の様に日本語が話せたら良いのだ（像你那麼會說日本話該多好呀！）

学生達に対しては春の様に暖かい（對學生而言像春天般的溫暖）暖かい温かい

兄弟の様な彼の面倒を見る（像兄弟一般地照顧著他）

花弁の様な唇（花瓣似的嘴唇）

嵐の様な拍手（暴風雨般的掌聲）

以上の様な方法で（用以上那樣方法）

前記の様な条件（如上述的條件）

以上の様な結果に為った（出現了以上那樣的結果）

pistolの様な物を脅す（用形狀像手槍一樣的東西威脅）脅す威す嚇す

彼の言った様に為ろ（按照他說的那樣做吧！）

一度見た事が有る様だ（似乎見過一次）

東京の様な大都会（像東京那樣的大都市）

泣き度い様な気持が為る（彷彿要哭的心情）

彼は決して嘘を付く様な男ではない（他決不是會說謊的人）

此の病気では死ぬ様な事は無い（這個病不會死人的）

遅れる様な事は為ない（不做落後的事）

練習すれば泳げる様に為る（一練習就會游泳）為る成る生る鳴る

命に依って東京へ出張する様に為った（奉命決定到東京去出差）

風呂を冷まさない様に為ろ（不要把浴池水弄涼）

煙草を止める様に為る（決定戒菸）止める辞める病める已める

間に合う様に早く出掛ける（早些出發以便趕得上）

汽車に遅れない様に急ぐ（急忙趕路以免誤了火車）

転ばない様に気を付ける（小心別摔著）

人に知られない様に為て下さい（請不要讓別人知道）

早く健康に為ります様に御祈りします（願您早日恢復健康）

一日も早く貴方の病気が良く為ります様に（祝你早日康復）一日一日一日一日

一

皆に良く分かる様に説明する（淺顯易懂地向大家解釋）
忘れ物の無い様に（別忘了東西）
林さんに会議室に來る様に言って下さい（去請林先生到會議室來一趟）
一様（一樣、同樣、平常、普通）
同様（同樣）
図様（圖樣、圖案、花樣）
文様、紋様（花樣、花紋、圖案=模樣）
模様（花樣，花紋，圖案，樣子）
斯様（這樣、如此）

様式〔名〕樣式、方式、格式
生活の様式が違う（生活方式不同）
書類の様式を統一する（統一文件的樣式）
生活様式は、国に依って其其違いが有る（生活方式依每個國家而產生種種不同方式）
一定の様式に従って書類を書く（按一定的格式寫文件）従う 遵う 随う
詩の様式を取る（採用詩的體裁）
Gothic様式（哥德式）
様式化（公式化、規範化）
様式化された作品が多い（公式化的作品多）

様子、容子〔名〕情況，情形，樣子，表情，姿態，跡象，徵兆，好像，似乎，緣故，根由
敵の様子を窺う（窺伺敵情）窺う 伺う 覗う
様子が大変可笑しい（情況很可疑）
カーテンの隙間から中の様子を窺う（從窗簾縫隙窺伺裡面的動靜）変る 代る 替る 換る
一寸來ない間に町の様子ががらりと変わった（一陣子沒來街上樣子全變了）間 間 間
学校の様子を家に帰って父母に話す（回家後把學校的情形告訴父母親）家 家 家 家
様子を探る（探查情況）帰る 返る 還る 孵る 代える 替える 変える 換える
土地の様子に明るい（熟悉當地情況）
薬を暫く飲んで様子を見ましょう（暫時先吃藥再看看情況）
様子が良い（容貌美麗）良い 善い 好い 佳い
様子が可笑しい（樣子可疑）

驚いた様子（吃驚的樣子）
役者らしい様子の人（外表像演員的人）
楽しい様子だ（高興的樣子）
先生らしい様子の人（外表像老師的人）
一向に困った様子も無い（一點也沒有為難的樣子）
彼は私を見て吃驚した様子だった（他看見我好像很吃驚的樣子）
何か様子か有り然うだ（似乎有什麼緣故）
何か特別な様子が有るらしい（似乎有什麼特殊緣故）
雨が降り然うな様子だ（看光景要下雨）
其の家には人の住んでいる様子が全くない（那間房子好像不像有人住）
帰る様子が無い（沒有回來的跡象）
出掛けた様子も無い（看樣子沒有出去）
何処にも居ない様子だ（好像哪裡都看不到他）居る 煎る 炒る 鋳る 射る 入る 要る

様子振る〔自五〕擺架子、端姿勢
様子振って歩く（端著架勢走）

様相〔名〕樣子，情況，情勢，〔哲〕（mood的譯詞）程式，樣式，論式
唯ならぬ様相が呈している（呈現非同小可的情況）呈する 挺する 訂する
事態は深刻な様相を呈して来た（事態顯得越來越嚴重）
事件は複雑な様相を帯びて来た（事件帶著複雜情況而來）

様態〔名〕樣態，樣子，情況（=様相）、〔語法〕（動詞）體，語態（=相、アスペクト）
様態の助動詞（樣態助動詞-指然うだ、然うです）

様だ〔比況自動詞、形動ダ〕似乎，好像，如同、（様に為る表示趨勢）逐漸，已經，結果、（動詞連用形+様に）（表示目的）為了，以便、表示祝願，希望，要求
雪の様だ（好像雪一樣）
今日は暑くて丸で夏の様だ（今天熱得好像夏天一樣）
知らない様だ（好像不知道）

赤ちゃんの手の平は紅葉の様だ（嬰兒的手掌像紅葉一樣）紅葉紅葉
先生は次の様に語った（老師講了如下的話）語る騙る
例えば水泳の様な夏のスポーツ（如游泳那樣的夏季運動）例え喩え譬え仮令
皆寝た様だ（大家似乎都睡了）
父は今日も帰りが遅い様だ（父親今天似乎也回來得很晚）遅い晩い襲い
子供が歩ける様に為る（小孩會走了）
原作を読める様に為った（現在已經能看原著了）
風邪を引かない様に家に居た（為了不感冒而待在家裡）
間に合う様に早く出掛ける（早些出發免得遲到）
体に気を付ける様に（請保重身體）
人を知らせない様に（請不要告訴別人）
どうか無事で有ります様に（祝您平安）
彼女に言わない様に為ろ（注意不要告訴她）

様〔名〕樣子，情景，姿態，（也寫作方）那個時候，方法，手段
此の絵は海の荒れ狂っている様が良く描かれている（這幅畫把海上波濤洶湧的情景表現得很好）
此の絵は海の様が良く描かれている（這幅畫把海浪表現得很好）
煙の棚引く様が見える（可以看到煙雲繚繞的情景）煙煙
様を変える（改變面貌）変える換える替える代える帰る返る還る孵る蛙
町の様が一変した（街上的情況全變了）
様を作る（裝點門面、故作姿態）作る創る造る
様に為らない（不成體統、不成樣子）
帰る様に（在回去的時候）
治療の様（治療的方法）

様〔代〕〔敬〕（江戶時代婦女用語）您（＝貴方）、他（＝彼の人、彼の方）

様〔接尾〕接在人名或表示人的名詞下表示尊敬、用於表示恭敬或客氣
旦那様（主人、老爺）
田中様（田中先生〔女士〕）
御嬢様（小姐）
山田様が御見えに為りました（山田先生來訪了）
御客様（客人）
中村様（中村先生〔女士〕）
御医者様（醫生、大夫）
御父様（父親大人）
御天道様（太陽）
神様〔神〕
御苦労様（您辛苦了、勞駕您了）
御待ち遠様（讓您久候了）
御馳走様（承您款待了－飯後客套話）
御気の毒様（真可惜、真可憐）

様、態〔名、接尾〕（様的轉變）〔俗〕（難看）樣子，醜樣，醜態，狼狽相，窘狀。（接動詞連用形下）表示動作方法，樣式，時候
何と言う様だ（瞧這是什麼樣子？）
何だ其の様は（瞧你成了什麼樣子！）
其は何と言う様だ（瞧你那狼狽相）
其の様は何だ（看你那狼狽相！）
様（を）見ろ（活該！自作自受！）
様（あ）見やがれ（活該！）
良い様だ（活該！大快人心）
様は無い（不成樣子、不成體統）
書き様が悪い（字寫得不好）
後ろ様に倒れる（身體朝後倒下）
振り返様見る（一回身就看見）
立ち上がり様頭がぐらぐらする（剛一站起來就頭昏眼花）

様〔接尾〕（様的轉變多用於口語、様比様的尊敬或客氣的語氣強烈）表示對人的尊敬、（有時候也接在動植物等下）表示擬人化親愛或敬意（＝様）
（接在表示心意用語下）表示客氣、親切、敬意語氣
北山様（北山先生）
息子様（令郎）
王様（王先生）
御隣様（鄰居）
奥様（太太、夫人、你內人）

一

科長様（科長）
車掌様（車掌小姐）
御医者様（醫生、大夫）
御回り様（警察、刑警）
象様（大象）
御芋様（白薯）
御猿様（猴子）
御苦労様、御苦労さま（您辛苦了、勞駕了）
御馳走様、御馳走さま（蒙您招待了、謝謝您的款待）
御早う様（您早！）
ちゃん〔接尾〕（様的轉變）對自己人表示親暱，親切的稱呼、（下層社會用語）爸爸
兄ちゃん（哥哥）
姉ちゃん（姉姉）
父ちゃん（父親）
御父ちゃん、御父様（父親）
様変わり、様変り〔名、自サ〕情況發生變化。〔商〕行情突變
様様〔接尾〕（接對自己有益的事物或人名下）表示值得感謝、感激的意思
御天道様様だ（多虧神明保佑的呀！）
金を貰った時丈は親父様様だ（只有給了錢的時候才感謝爸爸）
居乍に為てフットボール試合が見られるとはテレビ様様だ（多虧有電視在家裡才能看到足球賽）
様様〔名、形動〕種種、各式各様、形形色色（=色色、種種）
人の性格は様様だ（人的性格千差萬別）
世の中には様様な人間が居る（社會上甚麼様的人都有）
同じ言葉は様様に解釈される（一句話可能有各種各様的解釋）
皆様様に趣向を凝らしたプレゼントを持ち寄った（每個人都帶來各種別出心裁的禮物）
空の色は様様に変わる（天氣千變萬化）
様様な色の花が咲き乱れている（各式各様的花五彩繽紛地盛開著）
様付け、様づけ〔名〕〔俗〕（稱呼人）加敬稱

人を様付けで呼ぶ（在人名下加敬稱稱呼人）叫ぶ
彼は下男様付けを為て呼ぶ（他稱呼僕人時都加敬稱）

英（一ㄥ）

英〔名〕花、花房、英俊、英國（=イギリス、英吉利）
落英（落花）
石英（石英）
紫雲英、紫雲英（紫雲英）
蒲公英（蒲公英）
俊英（英俊）
英雲岩〔名〕〔礦〕雲英岩
英貨〔名〕英國貨幣，英鎊、英國貨
英貨十ポンド（英鎊十磅）
英貨に換算する（折合英鎊）
英貨債（英鎊債券）
英貨国債（英鎊公債）
英貨の下落（英鎊跌價）
英貨の騰貴（英鎊漲價）
英貨の排斥（排斥英國貨）
英会話〔名〕英語會話
英学〔名〕英學（指英語、英國文學等廣泛有關英國的學識）。〔史〕英學（指德川末期至明治中期通過英語學習的西方各種科學知識）
英気〔名〕英氣，才氣、活力，精力
英気の持主（有才氣的人）
英気を養う（養精蓄銳）
英京〔名〕英國、首都倫敦（=ロンドン）
英傑〔名〕英傑、英豪
一代の英傑（一世之雄、一代英豪）
英語〔名〕英語
英語で話す（用英語說）
英語を話す（說英語）
英語に訳す（譯成英語）訳す約す扼す
英語がぺらぺらだ（英語說得很流利）
英語が出来る（會說英語）
英語が上手い（英語棒）旨い巧い上手い甘い美味い

英語が下手だ（英語不好）
英国〔名〕英國（＝イギリス、英吉利）
　英国贔屓（親英派〔的人〕）
　英国嫌い（仇英派〔的人〕）
　英国訛（英國腔）
　英国国教会（英國聖公會）
　英国合金（鑄造用銅鋁合金）
　英国風（英國風格、英國式）
　英国人（英國人）
　英国風に為る（使英國化）
英魂〔名〕英魂（＝英靈）
　彼の英魂は永に青史に留まる（他的英魂永存青史）
　英魂を慰める（悼慰英魂）
　英魂を弔う（悼慰英魂）
英才、鋭才、穎才〔名〕英才（＝秀才）←→鈍才
　天下の英才（天下之英才）
　英才を育成する（培育英才）
　英才教育（英才教育）
英作文〔名〕英語作文、英譯的文章（＝英作）
英姿〔名〕英姿（＝雄姿）
　英姿颯爽（英姿颯爽）
　颯爽たる英姿（颯爽英姿）
英資〔名〕英國資本、卓越的天資
英詩〔名〕英文詩
英字〔名〕英文、英國文字
　英字新聞（英文報）
　英字ビスケット（英文字母餅乾）
英式〔名〕英式、英國方式
　英式調練（英式訓練）
　英式熱単位（英國熱單位－略稱BTU－British Thermal Unit）
英主〔名〕英主、明君
英習字〔名〕英語習字、練習寫英文
　英習字帳（英文習字帖）
英俊〔名〕英俊、英才
英書〔名〕英文書籍
　彼は英書を沢山読んでいる（他讀了很多英文書）

英人〔名〕英國人（＝イギリス人）
　英人気質（英國人的脾氣）
英数字〔名〕〔計〕字母數字字符
英炭〔名〕英國煤
英断〔名〕英斷、果斷、英明的決斷（＝勇斷）
　英断を欠く（不夠果斷）欠く掻く描く書く
　君の英断を待つ（有待你的當機立斷）待つ俟つ
　英断を下す（當機立斷）下す降す
　此の事は一大英断を下す必要が有る（這件事需要採取果斷措施）下す下ろす
英知、叡知、叡智〔名〕睿智、才智、洞察力
　英知に満ちた表現（充滿睿智的表現）
　大衆の英知と力を発揮させなければ為らない（必須發揮大家的智慧和力量）
　英知に富んだ聡明な政治家（富有才智而聰慧的政治家）
英哲〔名〕英哲（＝英俊）
英図〔名〕宏圖、英明的計畫
　彼の英図も空しかった（他的英圖也白費了）空しい虚しい
英独〔名〕英德、英國和德國
　英独辞典（英德辭典）
英噸、英トン〔名〕英噸、大噸、長噸（＝ロングトン）（約1016公斤）
英武〔名〕英武
英風〔名〕高尚的品德、優美的風度
　英風を慕う（傾慕優美的風度）
英仏〔名〕英法、英國和法國
　英仏辞典（英法辭典）
英文〔名〕英文、英國文學
　英文を和訳する（英譯日、英文日譯）
　手紙を英文で書く（用英文寫信）
　英文和訳（英譯日、英文日譯）
　英文専攻（專攻英國文學）
　英文典（英語語法書）
　英文学（英國文學）
　英文法（英國語法）
　英文解釈（對英語的解釋、英譯日）

英文タイプ（英文打字）
英文科（英國文學課程、英國文學系）

英米〔名〕英美、英國和美國
英米法（英美法系）

英法〔名〕英國的法律、日本舊制高校以英語為第一外語的班級

英本国〔名〕英國本土（指不列顛或英格蘭）

英邁〔名、形動〕英明傑出、才智過人
英邁な人物（傑出的人物）
英邁な君子（明君）

英名〔名〕英名
英名一世を覆う（英名蓋世）覆う蓋う蔽う被う
其の英名天下に轟く（其英明震天下）

英明〔名、形動〕英明
英明な措置（英明的措施）
英明な指導（英明的領導）
英明果断（英明果斷）
英明闊達（英明豁達）

英訳〔名、他サ〕譯成英文、英譯本
和文英訳（日譯英）
紅楼夢を英訳する（把紅樓夢譯成英文）
徐志摩選集を英訳で読む（讀徐志摩選集的英譯本）読む詠む

英雄〔名〕英雄
英雄視される（被視為英雄）視する資する死する
不世出の英雄（稀世的英雄）
英雄崇拝（英雄崇拜）
英雄的（英勇的）
英雄主義（英雄主義）
英雄的な死に方（英勇犠牲）
英雄色を好む（英雄愛美人）
英雄は英雄を知る（英雄識英雄）

英蘭〔名〕英格蘭、英國和荷蘭
英蘭銀行（英格蘭銀行）

英里〔名〕英里、哩（＝マイル）

英略〔名〕英明的謀略

英領〔名〕英國領土、英屬

英霊〔名〕英靈（＝英魂）
烈士の英霊（烈士的英靈）
英霊を祭る（祭奠英靈）
護国の英霊（護國的英靈）

英連邦〔名〕英聯邦（＝イギリス連邦）

英露〔名〕英俄、英國和俄國
英露協約（英俄協約）
英露協商（英俄協約）

英和〔名〕英國和日本、英語與日語
英和対訳（英日對譯）
英和辞典（英日辭典）

英、花房〔名〕〔植〕成串開放的花，總狀花、花萼（＝萼）
菊の花房（菊花的花萼）

桜（櫻）（一ㄥ）

桜〔漢造〕櫻
観桜（看櫻花、觀賞櫻花）

桜花、桜花〔名〕櫻花（＝桜の花）
桜花爛漫（櫻花爛漫）
桜花爛漫の良い時節（櫻花燦爛的美好季節）良い善い好い良い善い好い

桜樹〔名〕櫻樹、櫻花樹（＝桜の木）

桜桃〔名〕櫻桃（＝桜桃、桜ん坊）、櫻桃樹（＝桜樹）、（誤用）山櫻桃（山桜桃、梅桃）

桜桃、桜ん坊〔名〕櫻桃（櫻桃樹的果實）、櫻樹籽（＝桜の実）

桜〔名〕〔植〕櫻樹、櫻花、淡紅色（＝桜色）、馬肉的別稱（＝桜肉）
桜の花が散った（櫻花謝了）
桜が咲きました（櫻花開了）
桜には、山桜、染井吉野、八重桜等種類が多い（櫻花有野櫻，吉野櫻，重瓣櫻等很多種類）
桜は日本の国花と為れている（櫻花被作為日本的國花）

桜雨〔名〕櫻花盛開時的雨

桜色〔名〕櫻花色、淡紅色、粉紅色
顔がほんのり桜色に為る（臉上稍微發紅）

桜梅〔名〕〔植〕櫻梅（梅花的一種、開淡紅色的重瓣花）

桜海老、桜蝦〔名〕〔動〕櫻蝦、桃蝦
桜貝〔名〕〔動〕櫻蛤、亮櫻蛤
桜紙〔名〕一種小張的薄手紙（=鼻紙，鼻紙，塵紙）
桜粥〔名〕小豆粥
桜狩り、桜狩〔名〕（到野外）觀賞櫻花（=花見）
　桜狩りに行く（去賞櫻花）行く往く逝く行く往く逝く
桜木〔名〕櫻花樹（=桜の木）、櫻木，櫻花樹木材
　花は桜木、人は武士（花數櫻花、人數武士）
桜草〔名〕〔植〕櫻草、報春花科植物的總稱
　桜草科（報春花科）
桜鯛〔名〕櫻鯛（鱸科海魚）、櫻花季節在內灣捕獲的鯛魚
桜蓼〔名〕〔植〕桜蓼、日本蓼、紅花日本蓼
桜茶屋〔名〕為觀賞櫻花的遊人而設的茶亭
桜漬け、桜漬〔名〕醃櫻花
桜時〔名〕櫻花季節
桜肉〔名〕馬肉（=馬肉）
桜人〔名〕賞櫻人
桜干し、桜干〔名〕沙丁魚乾
桜飯〔名〕櫻花飯（用白米加醬油和酒調味略帶紅色的米飯）
桜餅〔名〕櫻葉糕（用鹽醃櫻花樹葉捲的豆沙餡糕點）
桜湯〔名〕（用醃櫻花沏的）櫻花茶
桜蘭〔名〕〔植〕球蘭、玉蝶梅

嬰（一ㄥ）

嬰〔名、漢造〕〔樂〕升音，升號（=シャープ ゛#〃）
嬰孩、保守←→変
　退嬰（退縮、保守）
　嬰孩（嬰孩=赤子）
嬰記号〔名〕〔樂〕升音符號（=シャープ ゛#〃）←→変記号
嬰児、嬰児，緑児〔名〕嬰兒、嬰孩（=乳飲み子、赤子、赤ん坊）
　嬰児死亡率（嬰兒死亡率）
　後に嬰児を残して死ぬ（丟下嬰兒死去）後後残す遺す
　丸丸と太った嬰児（胖嘟嘟的嬰兒）

膺（一ㄥ）

膺〔漢造〕征伐、心胸、當受
　服膺（服膺、牢牢記住）

膺懲〔名、他サ〕膺懲、討伐、征伐
　膺懲の師を興す（興討伐之師）興す起す熾す
　敵を膺懲する（征伐敵人）

霙（一ㄥ）

霙〔漢造〕雪花、雨雪同時降落
霙〔名〕霙、雨雪、夾帶雨的雪、雨雪交加
　霙混じりの雨（夾雜雪的雨）混じり交じり雜じり
　雨が霙に変わった（雨變成雨雪交加、雨裡夾起雪來了）変る代る替る換る
　霙の降る日（雨雪交加的日子）降る振る
　霙が降っている（雨雪交加）

嚶（一ㄥ）

嚶〔漢造〕鳥鳴聲
嚶鳴〔副、形動〕鳥鳴、喻朋友間同氣相求

罌（一ㄥ）

罌〔漢造〕小口大肚的瓶、罌粟-可製鴉片
罌粟、芥子、米嚢花〔名〕〔植〕罌粟、芥菜籽、罌粟的種子
　罌粟油（罌粟油）油油
　罌粟酢（用罌粟籽做的醋）
　芥子粒（罌粟種子、〔轉〕微小）粒粒
　彼に良心等芥子粒程も無い（他一點良心也沒有）
　芥子玉（像罌粟籽一樣的小斑點花樣、露珠）
　芥子人形（極小的玩具娃娃）
　芥子頭（頭頂留一小撮頭髮的光頭）
　芥子坊主（〔帶外皮的〕罌粟果實、只留下頭頂上一小塊的兒童髮式=芥子頭）

瓔、瓔（一ㄥ）

瓔、瓔〔漢造〕用珠玉綴成的頸飾
瓔珞〔名〕〔史〕瓔珞（古代印度貴族或佛像頭頸部上串珠形的裝飾品）
　頸の瓔珞（頸上的瓔珞）頸首

鶯（一ㄥ）

鶯〔漢造〕黃鶯
　鶯声（鶯聲）
　鶯語（鶯鳴、鶯鳴聲、多嘴）
　鶯囀（鶯囀）
　老鶯（老鶯、晚鶯）
鶯〔名〕〔動〕鶯，黃鶯（＝春告鳥）。〔俗〕歌喉好的人
　鶯歌い燕舞う素晴らしい情勢（鶯歌燕舞大好情勢）
　鶯鳴かせた事も有る（也曾風騷一時）
　昔は鶯を鳴かせた事も有る（當年也曾風騷一時、當年也曾紅極一時）
　梅に鶯（相得益彰）
鶯色〔名〕鶯歌綠、茶綠色（＝鶯茶）
鶯茶〔名〕鶯歌綠、茶綠色（＝鶯色）
鶯貝〔名〕〔動〕鶯蛤
鶯砂〔名〕灰綠色的砂
鶯草〔名〕〔植〕琉璃草（＝瑠璃草）
鶯染め〔名〕染成茶綠色
鶯菜〔名〕油菜，蕪青，小白菜等的嫩菜苗（採時於鶯鳴季節故名）
鶯張り〔名〕鶯聲地板（日本京都知恩院日本木造地板鋪法、一踩便發出鶯聲般的地板）
鶯豆〔名〕煮熟的甜碗豆
鶯餅〔名〕一種撒上青豆粉的豆餡糕點
鶯の囀り〔名〕黃鶯婉轉的鳴叫聲

纓（ーㄥ）

纓〔名、漢造〕〔古〕纓、帽帶
　立纓（立帽帶-天皇用）
　卷纓、卷纓、卷纓（卷帽帶-武官用）
　細纓、細纓（細帽帶-武官用帽）
　垂纓（垂帽帶-文官用）←→立纓、卷纓、卷纓、卷纓
　繩纓（繩纓）

鷹、鷹（ーㄥ）

鷹、鷹〔漢造〕鷹（＝鷹）
鷹揚，大樣、鷹揚、大樣〔形動〕大方，闊綽，慷慨，豪爽，從容，沉著，高傲，尊大
　彼は金遣いが鷹揚だ（他花錢大方）
　鷹揚な金遣いを為る（花錢大方）
　人間が鷹揚だ（為人落落大方）
　鷹揚な人柄（為人大方、為人豁達）
　鷹揚に育つ（自幼就生活闊綽）
　鷹揚な態度（沉著的態度、落落大方的態度）
　鷹揚に構える（擺架子、氣派十足、落落大方）
　鷹揚に頷く（大模大樣點頭）頷く 肯く
鷹〔名〕〔動〕鷹
　鷹を使う（放鷹捕鳥）使う 遣う
　鷹を飢えても穗を摘まず（節義之士雖貧不貪不義之財）飢える 餓える 植える 摘む 積む 詰む 抓む
　能有る鷹は爪を隱す（比喻有才能者不輕易顯露於外）
高〔名〕高，高度、上漲、提高、量，數量，份量、金額，價格，價值。〔古〕俸祿額。（高＋が）最多，不過是，充其量
　高下駄（高木屐）
　高望み（奢望）
　今日の相場は五十円高（今天行情上漲五十日元）
　収穫高（收穫量）
　生産高（產量）
　収入高（收入額）
　売上高（銷售額）
　出来高払い（按完工數量計酬）
　金高（金額）
　残高（餘額）
　損害の高は五百円位だ（損失金額約達五百萬日元）
　禄高十万石を領する（領俸祿米十萬石）領する 了する 諒する
　高が課長じゃないか（充其量也不過是個科長）
　高が千円許りの物だ（充其量不過是一千多日元）
　高が二、三人の相手にびくびくするな（對方只不過是兩三個人用不著害怕）

高が知れる（其程度有限、沒有什麼了不起的）
貯金は有るが高の知れた物だ（有些存款不過很有限）
高を括る（不放在眼裡、認為不值一顧－表示輕蔑之意）
余り高を括る物じゃないよ（不要過於樂觀呀！不要太自信了）
落第する事は有るまいと彼は高を括っていた（他自以為不會考不上而目中無人）

鷹飼い、鷹飼〔名〕養鷹、江戶時代為德川幕府或諸侯飼養狩獵用鷹的人（=鷹匠）

鷹匠〔名〕養鷹、江戶時代為德川幕府或諸侯飼養狩獵用鷹的人（=鷹飼い、鷹飼）

鷹狩り、鷹狩〔名〕放鷹抓鳥

鷹野〔名〕放鷹抓鳥（=鷹狩り、鷹狩）

鷹の爪〔名〕〔植〕鷹爪、瓜草、朝天椒、高級茶的品種名

鷹派〔名〕激進派、強硬派←→鳩派

鸚、鵡（一ㄥ）

鸚、鵡〔漢造〕〔動〕鸚鵡

鸚哥、音呼〔名〕〔動〕（鸚鵡的一種）鸚哥

鸚鵡〔名〕〔動〕鸚鵡
鸚鵡の真似を為る（學舌）刷る摺る擦る掏る磨る播る摩る
鸚鵡の嘴（鸚鵡嘴）
鸚鵡病（〔醫〕鸚鵡病）

鸚鵡返し〔名〕鸚鵡學舌、照話學話、用對方的原話回答對方
鸚鵡返しに言う（照話學話、機械式地重覆別人的話）言う云う謂う

鸚鵡貝〔名〕〔動〕鸚鵡螺

迎（一ㄥˊ）

迎〔漢造〕迎接、迎合
歓迎（歡迎）←→歓送
送迎（迎送、接送）

迎合〔名、自サ〕迎合、逢迎、投其所好
上役に迎合する（逢迎上級）
親の意に迎合しようとは思わない（不想迎合父母的心意）

迎春〔名〕迎春、迎接新春、迎接新年（用於賀年卡上作新年賀詞）

迎接〔名、他サ〕迎接（=応接）
迎接に暇無し（應接不暇）
迎接突起（〔動〕受精錐）

迎賓〔名〕迎賓
迎賓館（迎賓館－主要接待外國貴賓的館舍）

迎う、邀う〔他下二〕迎，迎接，歡迎，接待，請，接，聘請，邀請，娶、迎合，迎擊，應戰，對敵，來到，遇到（=迎える）

向かう〔自五〕向著，對著，朝著，相對，面向、往…去，向…去，朝…去，趨向，傾向，轉向、接近，將近，鄰近，對，反抗，對抗
東に向かって立っている（面向東站著.朝東站著）
壁に向かって坐る（面向牆坐、面壁而坐）坐る座る据わる
此の部屋は南に向かっているので日当たりが良い（這棟房子朝南所以陽光充足）
向かう処には敵する者が無い（所向無敵.所向披靡）敵する適する
向かって右へ曲がる（〔向著前方〕向右轉）
向かって左から（〔從自己方向看〕從左到右）
風に向かって走る（頂著風跑）
鏡に向かう（照鏡子）
海に向かって建てた家（面海修建的房屋）
其は親に向かって言う言葉か（那是對父母說的話嗎？）初めて始めて創めて
彼の人と面と向かって話したのは、今日は初めてだ（跟他面對面談話今天還是第一次）
強敵に向かって怯まぬ（面對強敵毫不膽怯）
彼はかっと為って私に向かって来た（他勃然大怒我撲過來了）
船は長崎から香港に向かった（船由長崎向香港駛去）
汽車で上海へ向かう（搭火車前往上海）
大阪へ向かう列車の中で友達に会った（在開往大阪列車上遇到了朋友）会う遇う逢う遭う合う
彼の病気はもう快方に向かっている（他的病情已在好轉）

時勢の向かう処を察す可きである（應當洞察局勢的發展趨向）

当店も日を追って隆盛に向かって来た（我店也日益興隆起來）

中日友好は人心の向かう処である（中日友好是人心所向）

春に向かう（接近春天）

秋の末に向かうと木の葉が落ちる（接近秋末時樹葉就落）

年末に向かうと、もっと忙しく為る（臨近年底更加忙碌起來）

敵に向かう（抗敵. 對敵）

向かって来る敵を皆倒した（全殲了來犯的敵人）

目上に向かって何事だ（怎能跟上司頂撞呢！）

向かう処敵無し（所向無敵. 所向披靡）

天に向かって唾する（仰天而唾. 害人反害己. 搬起石頭砸自己的腳）

迎える〔他下一〕迎，迎接，歡迎，接待，請，接，聘請，邀請，娶（=娶る）、迎合、迎擊，應戰，對敵，來到，遇到

笑顔で迎える（笑臉相迎）

空港迄出て客を迎える（到機場迎接客人）

客を家迄自動車で迎えた（用汽車把客人接到了家）

主人は彼を愛想良く迎えた（主人和藹可親地接待了他）

医者を迎える（請醫師）

専門家を迎える（請專家）

新しい社長を迎えて会社を立ち直そうと為ている（想請一位新經理把公司重振起來）

客を迎えて会食する（邀請客人一起吃飯、請客吃飯）

彼は京劇の女優を妻に迎えた（他娶了一位平劇演員當妻子）

息子に嫁を迎える（給兒子娶媳婦）

他人の意を迎える（迎合別人的心意）

社員達は社長の意を迎える為に、誰も反対の意見を言わなかった（公司職員為迎合經理的心意誰冶沒提反對的意見）

腹背に敵を迎える（腹背受敵）

敵の上陸を迎える準備を為た（做好了迎擊敵人登陸的準備）

新年を迎える（迎接新年、新年到了）

新しい年を迎えれば新しい気分に為る物だ（迎新年氣象新）

此の一年間、次次に色色な出来事を迎えた（這一年中接二連三遇到了許多事情）

嬉しい事を迎えれば疲れを忘れる（人逢喜事精神爽）

迎え、迎い〔名〕迎，迎接、迎接的人、接，請

駅へ友人を迎えに行く（到火車站去接朋友）行く行く

御迎えには、私は参りましょう（我去迎接吧！）

駅の前は御迎えの車で一杯だ（車站前停滿了接人的汽車）未だ未だ

私は未だ道を知らないので、迎えを寄越して下さい（我因不認識路請派人來接一下）

空港は迎えで一杯だ（機場上擠滿了迎接的人）

御迎えが来る（阿彌陀佛來迎、死期臨近）来る繰る刳る

迎え車（迎接客人的車）

医者を迎えに行く（去請醫師）行く往く逝く行く往く逝く

迎え入れる〔他下一〕迎入、請進來、迎進家裡、迎進屋裡

客を迎え入れる（把客人迎進家裡）

シングル、ヒットでランナーを本塁に迎え入れる（一壘打把跑壘員迎入本壘）

迎え撃つ、迎え討つ、邀え撃つ〔他五〕迎擊

敵を迎え撃つ（迎擊敵人）

迎撃〔名、他サ〕迎撃←→出撃

敵を迎撃する（截擊敵人）

迎撃戦闘機（迎撃戰鬥機）

迎撃用ミサイル（截撃飛彈）

迎え角〔名〕迎角，攻角，沖角、（機翼）傾角，入射角

迎え酒〔名〕為解宿醉而飲的酒

二日酔いには迎え酒が効く（第二天早晨飲酒能解宿醉）利く効く聞く聴く訊く

むかえとる
迎え取る〔他五〕接受、迎娶，迎人
　嫁を迎え取る（娶媳婦）

むかえび
迎え火〔名〕迎魂火（中元節的一種活動、陰曆妻月十三日夜為迎接亡靈在門前點的火）←→送り火
　迎え火を焚く（點迎魂火）焚く炊く

むかえみず
迎え水〔名〕中元節為迎接亡魂在盂蘭盆架上供奉的水、（水泵）起動注水（=呼び水）

盈（一ㄥˊ）

えい
盈〔漢造〕滿

えいき
盈虧〔名、自サ〕（月的）盈虧，圓缺、〔喻〕盛衰（=盈虚）

みちかけ　みちかけ　みちかけ　みちかけ
盈ち虧け，盈虧、満ち欠け，満欠〔名、自サ〕（月的）盈虧
　月が満欠する（月有盈虧）
　月の満欠を研究する（研究月球的盈虧）
　星の満欠を観測する（觀測月球的盈虧）

えいきょ
盈虚〔名、自サ〕（月的）盈虧，圓缺、〔喻〕盛衰

えいげつ
盈月〔名〕盈月、由缺到圓的月亮←→虧月

み　み　み
盈つ、充つ、満つ〔自五〕滿、充足（=満ちる）
　百人に満たない会員（不滿百人的會員）
　十三歳に満たざる者（不滿十三歲者）
　盈つれば虧く（月盈則虧）

蛍（螢）（一ㄥˊ）

けい
蛍〔漢造〕螢火蟲（=蛍）

けいか　ほたるび
蛍火、蛍火〔名〕螢火，螢光、灰火，餘燼
　蛍火を以て須弥を焼く（以螢火燒須彌山、〔喻〕自不量力）焼く妬く

けいこう
蛍光〔名〕螢火蟲的光。〔理〕螢光
　蛍光を発する（發出螢光）
　蛍光透視法（螢光透視法）
　蛍光体（螢光體）
　蛍光灯（日光燈）
　蛍光板（螢光屏）
　蛍光照明（螢光照明）
　蛍光塗料（螢光塗料）
　蛍光染料（螢光染料）

けいせき　ほたるいし
蛍石、蛍石〔名〕〔礦〕螢石、氟石

けいせつ
蛍雪〔名〕苦學

　蛍雪の功を積む（積螢雪之功、刻苦用功）積む抓む詰む摘む
けいせつじだい
蛍雪時代（學生時代）

ほたる
蛍〔名〕〔動〕螢火蟲
　蛍が光る（螢火蟲發光）
　蛍の光（螢光、螢光曲）
　蛍が消えた（螢火蟲不見了）
　蛍合戦（交配時期螢群集飛舞的情景）
　蛍二十日に蝉三日（〔喻〕事物的全盛期很短）

ほたるいか
蛍烏賊〔名〕〔動〕螢魷

ほたるがい
蛍貝〔名〕〔動〕小樞螺

ほたるかずら
蛍蔓〔名〕〔植〕（藥用）紫草

ほたるがり　ほたるがり　　　　　　　　　　ほたると
蛍狩り、蛍狩〔名〕捕螢火蟲（=蛍取り）
　蛍狩りに行く（去捕螢火蟲）行く往く逝く
　行く往く逝く

ほたるぐさ　　　　　　　　つゆくさ
蛍草〔名〕鴨跖草（=露草）

ほたるさいこ
蛍柴胡〔名〕〔植〕長列柴胡

ほたるぶくろ
蛍袋〔名〕〔植〕紫斑風鈴草

営（營）（一ㄥˊ）

えい
営〔名、漢造〕營造、經營、營利、軍營、兵營
　造営（營造、興建）
　経営（經營、營運）
　自営（獨自經營、獨資經營）
　官営（官營、國營、政府經營）
　市営（市營）
　私営（私營、私人經營）
　民営（民營、私營）
　陣営（陣營、陣地）
　宿営（宿營）
　屯営（駐紮）
　兵営（兵營、營房）
　野営（野營、露營）
　夜営（夜營）
　露営（露營、野營）
　設営（修建、建築、建立）

えいい
営為〔名〕經營、（經營的）事業

えいえい
営営〔副、形動〕孜孜不倦、忙忙碌碌
　営営と働く（孜孜不倦地工作）

毎日営営と働く（每天孜孜不倦地工作）
営営と為て仕事を従事する（孜孜不倦努力工作）

営外〔名〕兵營外←→営内
営外に住む（住在兵營外）住む棲む済む澄む清む

営業〔名、自サ〕營業、經商
九時迄営業する（營業到九點）
午後九時迄営業する（營業到下午九點）
只今営業中（正在營業中）
営業が振るわない（生意蕭條）
営業中（營業中、現在營業）
営業を始める（開始營業）始める創める
営業停止（停止營業）
営業禁止（禁止營業）
営業鑑札（營業牌照）
二十四時間営業（日夜營業）
営業組合（同業公會）
営業所得（營業收入）
営業税（營業稅）
営業年度（營業年度）
営業報告（營業報告）
営業案内（營業介紹）
営業主、営業主（經營者、老板）
営業用（營業用）
営業用器物（營業用器具）
営業用の自動車（營業用汽車）
営業所（營業所）
営業許可（營業許可、營業執照）
営業許可願い（營業執照申請）
営業許可を受ける（獲得營業執照）
営業許可を取り消す（吊銷營業執照）
風俗営業（有關風化的營業-指妓院、咖啡廳、舞廳等）

営舎〔名〕營舍、兵營
営舎に帰る（歸營）帰る変える代える換える替える返る孵る蛙
営舎を建てる（修建營房）建てる立てる経てる絶てる発てる断てる裁てる点てる

営所〔名〕兵營、營房（=營舍、兵營）
営所を離れる（離開營房）離れる放れる

営繕〔名〕修繕、修建
営繕費（修繕費）
営繕課（修繕課）

営倉〔名〕（舊時軍營的）禁閉室
重営倉（重禁閉）
軽営倉（輕禁閉）
営倉に入れられる（被禁閉）入れる容れる居れる要れる射れる淹れる炒れる煎れる

営巣〔名、自サ〕（鳥類）築巢、窩巢、作窩
営巣地（築巢地）

営造〔名、他サ〕營造、建築（=建造）
倉庫を営造する（建築倉庫）
病院を営造する（建築醫院）
営造物（〔法〕建築物、公共建築物）

営団〔名〕經營財團（=経営財団）（第二次世界大戰中設立的半官半民的特殊財團、戰後有些改為〝公団〞繼續保存下來）
食糧営団（糧食經營財團）

営地〔名〕〔軍〕營地

営中〔名〕〔軍〕營內、兵營中

営庭〔名〕營內廣場

営田〔名〕種田，經營農業、營田（古代土地經營的一種形態-有公營田、私營田）

営内〔名〕〔軍〕營內、營裡←→営外
営内に住む（住在營裡）
営内当番（營內值班）

営農〔名、自サ〕務農、經營農業
営農団地（日本農業協同組合的集體土地）

営門〔名〕〔軍〕營門、兵營的門

営養、栄養〔名〕營養、滋養
営養に富む（富於營養）
営養が良い（營養好）良い良い善い好い良い善い好い
営養が有る（有營養）有る在る或る
営養が無い（沒有營養）無い綯い
営養を取る（攝取營養）取る盗る獲る執る撮る採る摂る捕る

牛の営養に為る草（對牛隻營養的草）為る成る鳴る生る
営養が足りない（營養不足）
もっと営養を増やす（增加營養）増やす殖やす
営養原形質（營養原生質）
営養状態（營養狀態）
営養管（消化道）
営養細胞（營養細胞）
営養剤（補藥）
営養細胞核（營養核）
営養化学（營養化學）
営養系（〔植〕無性系）
営養葉（〔植〕營養葉）
営養雑種（〔植〕無性雜種、營養體雜種）
営養体生殖（〔植〕無性繁殖）
営養過多（營養過剩）
営養士（營養師）
営養価（營養價值）
営養素（營養素）
営養失調（營養失調）
営養物（營養品）
営養食（營養品、有營養的食物）
営養不良（營養不足）
営養障碍（消化不良）
営養不足（營養不良）
営養分（養分）
営養分に富む（有營養）

営利〔名〕營利、謀利
営利を度外視する（拋棄營利觀點）視する資する死する
営利に汲汲と為ている（急切於謀利）
営利本位（營利本位）
営利主義（營利主義）
営利事業（營利事業）←→公益事業
営利的（以營利為目的的）
営利会社（營利公司）
営利行為（〔法〕營利行為）

営力〔名〕〔地〕營力、作用力（影響地形變化的力量）
外的営力（外力、外來力-指冰河、風水作用=外因的地質營力）
内的営力（內力、內營力-指地震、火山活動、地殼運動=內因的地質營力）

営林〔名〕森林管理
営林地帯（林區）
営林署（森林管理處-日本森林管理機構）
営林局（林業局）
営林場（林場）場場

営む〔他五〕經營、營造、從事
事業を営む（經營事業、辦事業）
法事を営む（做法事、舉辦法事）
弁護士の業を営む（當律師）
生活を営む（過活、營生）
独立して生計を営む（獨立謀生）
大邸宅を営む（營建大住宅）

営み〔名〕營生、行為、工作、辦理、從事
日日の営み（日常生活）日日日日日日
冬の営みを為る（準備過冬）
性の営み（性交）
法事の営み（做法事）

蠅（一ㄥˊ）

蠅〔漢造〕蒼蠅（=蠅）
蠅頭〔名〕蠅頭、〔喻〕極小
蠅頭の文字（蠅頭小楷）
蠅〔名〕〔俗〕蒼蠅（=蠅）
蠅叩き，蠅叩，蠅叩き，蠅叩〔名〕蒼蠅拍
蠅取り，蠅取，蠅取り，蠅取〔名〕捕蠅、蒼蠅拍（蠅叩き，蠅叩、蠅叩き，蠅叩）、捕蠅蜘蛛（=蠅取り蜘蛛）
蠅取り紙、蠅取紙〔名〕捕蠅紙、黏蠅紙
蠅取り蜘蛛、蠅取蜘蛛〔名〕〔動〕捕蠅蜘蛛
蠅取り粉，蠅取粉，蠅取り粉，蠅取粉〔名〕滅蠅粉
蠅取粉を撒く（撒滅蠅粉）撒く巻く蒔く捲く播く
蠅帳、蠅帳〔名〕防蠅紗帳、防蠅紗罩

食物を蠅帳に入れる（把食品放入防蠅紗帳裡）植物入れる容れる

蠅〔名〕〔動〕蠅，蒼蠅（=はい）。〔轉〕渺小人物

蠅を追う（驅蠅、趕蒼蠅）追う負う

蠅を追い払う（驅蠅、趕蒼蠅）

蠅の糞の染み（蒼蠅屎的痕跡）糞糞

自分の頭の蠅を追え（自掃門前雪、少管閒事）

蠅が実に煩い（蒼蠅真討厭）実に真に誠に允に信に慎に

蠅が実に五月蠅い（蒼蠅真討厭）

蠅が集った物を食べては行けない（不要吃蒼蠅落過的東西）

蒼蠅、青蠅（〔動〕綠頭蒼蠅、〔罵〕糾纏不休的人）

蠅座〔名〕〔天〕蒼蠅（星）座

蠅地獄〔名〕〔植〕捕蠅草（=蠅取り草、蠅取草）

蠅滑り〔名〕蒼蠅打滑（對禿頭的嘲笑語）

蠅取り草、蠅取草〔名〕〔植〕捕蠅草（=蠅地獄）

蠅取り撫子、蠅取撫子〔名〕〔植〕高雪輪、撲蟲瞿麥（=虫取撫子）

蠅取り虫、蠅取虫〔名〕〔動〕螳螂（=螳螂）

蠅払い〔名〕（趕蒼蠅用）蠅甩子

贏（ーㄥˊ）

贏〔漢造〕盈、有餘、勝

贏余〔名〕盈餘（=使い残り）、獲利（=儲け）、閏月（=閏月）

贏利〔名〕賺錢、獲利（=儲け）

贏得る、勝得る、勝ち得る〔他下一〕贏得、獲得、取得

勝利を贏得た（贏得了勝利）

成功を贏得る（獲得成功）

郢（ーㄥˇ）

郢〔漢造〕中國春秋戰國時代的楚都

郢曲〔名〕（原指春秋楚郢都的俚曲）郢曲（日本古代的歌謠俚曲-神樂歌、催馬樂、風俗歌、今様、朗詠等的總稱）

影、影（ーㄥˇ）

影、影〔漢造〕影、陰影、形像

陰影、陰翳（陰影）

形影（形影）

人影、人影（人影）

投影（投影）

撮影（攝影）

近影（近影、最近拍的相片）

月影、月影（月光）

影向、影向（神佛顯靈）

影印、景印〔名、他サ〕影印

影印本（影印本）

影響〔名、自サ〕影響

影響する所が大きい（影響很大）

悪い影響を及ぼす（与える）（給予不良影響）

大きな影響を与える（給予很大影響）

良い影響を及ぼす（与える）（給予好的影響）

影響力（影響力）

影響を受ける（受影響）

互いに影響し合う（互相影響）

子供達に悪い影響を及ぼす恐れが有る（恐怕對孩子們產生不良影響）

異常な天候が影響して収穫が減った（受反常天氣影響欠收）

影供、影供〔名〕向神像或遺像上供、供品

影写〔名、他サ〕（用薄紙蒙在底樣上）描、描摹

影写本（摹本）

影鈔本〔名〕摹本（=影写本）

影像〔名〕肖像，畫像，雕像（=肖像）、影子，陰影

路面にくっきりと為た人の影像を落す（人的影子清清楚楚地映在路面上）

影向、影向〔名〕（神佛）顯靈

影〔名、造語〕影，影子，映影，（日、月、星、燈等的）光

カーテンに映る人の影（映在窗簾上的人影）影陰蔭翳映る移る写る遷る

自分の影にも怯える（連自己的影子也怕）怯える脅える

鏡に映った影（照在鏡中的映像）

池に山の影が映る（山影映在池中）
並木が道の上に影を落している（林蔭樹照在路上）
暗い影に覆われている（籠罩上一片陰影）覆う被う蔽う蓋う
影の形に添うが如く（形影不離、如影隨形）添う沿う
影も形も無い（無影無蹤、蹤影全無、完全改觀）
見る影も無い（面目全非、不復當初、與舊日大不同、人瘦得變了樣子）無い絢い
影が薄い（不久於人世了、氣息奄奄、奄奄一息、沒有精神、不受重視、吃不開）
彼の人ももう影が薄く為った（他也已經有些吃不開了）
噂を為れば影が差す（說曹操曹操就到）差す指す刺す挿す射す注す鎖す点す
影の薄い内閣（搖搖欲墜的內閣）
影の薄い人（無精打采的人、不受重視的人）
影を隠す（藏起來、不露面）隠す画す劃す隔す
影を潜める（隱藏起來）潜める顰める
影を打つ（撲空）打つ討つ撃つ
春の日影（春天的陽光）
月の影（月光）
窓から差し込む月影（從窗戶射進來的月光）月影月影
星の影（星光）
星影（星光）

陰、蔭、翳〔名〕陰暗處，陰涼處，背光處。〔轉〕背後，暗地，暗中、（畫）（濃淡的）陰影（＝日陰）←→日向

樹の陰（樹蔭）樹木
木の蔭で休む（在樹蔭下休息）
陰を捜して腰を下す（找個陰涼地方坐下）捜す探す下す卸す降ろす
電灯の陰に為った見えない（背著燈光看不見）
少し体を如何に貸して呉れ、陰に為る（擋了我的光線請你稍微挪動身體）
陰に為り日向に為り（明裡暗裡）

陰に為り日向に為り私の為に尽くして呉れ（明裡暗裡都幫了我的忙）
草葉の陰（九泉之下）
戸の陰に隠れる（藏在門後面）
陰で悪口を言う（背後罵人）言う謂う云う
陰で不平を言う（背後發牢騷）
陰で兎や角言う（背後說三道四）
陰で舌を出す（背後嗤笑）
陰で糸を引く（在暗中操縱、幕後牽線、幕後操縱）引く弾く轢く挽く惹く曳く牽く退く
誰が陰で操る人間が居るに違いない（一定有人在背後操縱）
陰に居て枝を折る（恩將仇報）枝枝折る居る織る
絵に陰を付ける（在畫上烘托出陰影來）附ける衝ける就ける着ける突ける

影画、影絵〔名〕剪影畫（＝写し絵）、手影遊戲、側面影像（＝シルエット silhouette 法）
影画を映す（照影畫）映す写す移す遷す
影画芝居（影戲、皮影戲）

影写真〔名〕X光照片、X光拍製的影像

影法師〔名〕（照在地上或窗上的）人影
窓の影法師（窗戶上的影子）
路上に長い影法師が映っている（路上映著很長的人影）
夕日に長い影法師を引く（夕陽照出一個長長的人影）引く弾く轢く挽く惹く曳く牽く退く

影身〔名〕如影隨形（的人）、（迷信）看影像（正月十五日月光照出自己的人影卜吉凶）
影身に為って助ける（如影隨形地從旁幫助）助ける援ける

影武者〔名〕〔古〕大將或重要人物的替身。〔轉〕幕後人物，操縱者（＝黒幕）
背後の影武者は誰か（幕後人物是誰？）
其の背後に影武者が居て彼を操縱している（被幕後人物在背地裡操縱著他）

えい（一ㄥˇ）

頴〔名、漢造〕穎、芒（＝芒）、（物的）尖端。〔轉〕聰穎

穎を脱す（脱穎而出、顯露頭角）脱す奪す
花穎（稻科植物的花穎）
禾穎（禾穎）
秀穎（優秀聰穎）
俊穎（聰明英俊）

穎果〔名〕〔植〕穎果

穎悟〔名、形動〕聰明、聰穎
資性穎悟（天資聰穎）

穎才、英才、鋭才〔名〕英才
穎才を教育する（教育英才）
穎才教育（英才教育、培養人才的教育）
教育を育成する（培育英才）

穎脱〔名、自サ〕脱穎、人才出眾
嚢中の錐は穎脱せざるを得ず（嚢中之錐終必脱穎而出）得る得る

穎割り、穎割、貝割り、貝割、穎割れ、穎割、貝割れ、貝割〔名〕子葉
穎割葉（子葉、剛出芽的嫩葉）

応（應）（一ㄥˋ）

応〔名、漢造〕答應，同意，願意、應付，對待、適應，配合
応と答える（回答說同意）
否か応か返事を為ろ（願意不願意趕快回答）
否厭嫌否稻鰡
否か応かの返事を為る（作同意或不同意的回答）
否でも応でも然う為なければ成らぬ（不管願意與否也得那樣做）
否でも応でも斯う為くては成らぬ（不管願意與否也得那樣做）
否も応も無い（不管願意不願意，沒有異議）
否応無しに引っ張っていった（不容分說就拉走了）
呼応（呼應）
内応（内應、通敵）
臨機応変（臨機應變）
対応（對應，對待、調和、均衡、適應，應付）
相応（適應、適宜）

照応（照應、呼應）
適応（適應、適合）
感応（感應、反應、誘導）
反応（反應、反響）

応援〔名、他サ〕援助、救援、支援、聲援
応援に行く（前往援助）
応援を求める（求援）
引っ越しの応援に行く（去幫助別人搬家）
引越
今度の蹴球試合には全校が応援に行った（這次的足球賽全校都去助威）
彼方此方から応援の声が聞こえる（到處能聽到聲援的聲音）彼方此方彼方此方
応援に來る（前來支援）來る來る
応援に駆け付ける（趕往支援）
応援軍（援軍）
応援旗、応援旗（啦啦隊的旗幟）
応援団（啦啦隊）
応援歌（啦啦隊歌、加油歌）
応援演説（聲援演說）
応援演説を為る（作聲援演說）

応化〔名、自サ〕〔生〕適應環境。〔化〕應用化學
気候に応化する（適應氣候）

応急〔名〕應急
応急の策を取る（採取應急對策）取る盗る獲る執る撮る採る摂る捕る
応急の処置を取る（採取應急措施）
応急に造ったバラック（應急趕造的工房）造る作る創る
何とか応急の方法を考えよう（總得想個應急辦法）
取る工事（緊急工程、搶修工程）
応急舵チェーン（〔海〕緊急用舵鏈）
応急手当（急救、緊急治療）
応急策（緊急對策、緊急措施）
応急処置（應急措施、緊急措施）
応急装置（緊急裝置、應急器械）
応急防禦（〔軍〕倉促防禦）

応急道路（應急簡易公路）
応急車（急救車、救護車）
応急渡河（〔軍〕急速渡河）
応急修理（搶修）
応急爆破（〔軍〕急速爆破）
応護、擁護〔名、他サ〕（神佛的）保佑、加佑
応射〔名、自サ〕（對敵人的射撃用槍砲）還撃、反撃
応射を受ける（受到還撃）受ける請ける浮ける享ける
応手〔名〕〔圍棋〕還手，還著，還步，還招。〔轉〕對策，應對辨法
型破りの攻めなので応手が難しい（因為是破例的新攻法還原位很困難）
応手に苦しむ（很難應付）
応需〔名〕應…要求、（廣告等用語）滿足顧客需要
入院応需に六千円都合して貰い度い（因應付住院需要請借我六千日元）
入院応需（有住院設備、隨時可以住院）
応需生産（接受訂貨生産、照訂貨生産）
応酬〔名、自サ〕應答，對答，應付、還撃，回敬，報復
巧みな応酬振りだ（應對得很漂亮）
負けずに応酬する（不示弱地還撃）
杯の応酬を為る（互相換杯敬酒）杯盃
活発な議論の応酬（互相爭論得很激烈）
応召〔名、自サ〕（軍人）應徵（入伍）、應召，應召喚
家族を故郷に残して応召する（把家屬留在故郷應徵入伍）故郷故郷
応接〔名、自サ〕應接、接待（=持て成す）
客に応接する（接見客人）
応接に暇が無い（應接不暇）
客の応接を為る（接待客人）
応接日（會客日）日日日
応接室（會客室、客廳）室室
応接間（會客室、客廳=応接室）

応接室の調度（客廳的家具陳設）
応接間で客に会う（在客廳會見客人）会う逢う遭う遇う合う
客に応接室に通す（把客人讓到客廳）
応接者（接待員）
応接係（接待員、招待員）
応戦〔名、自サ〕應戰
敵の攻撃に応戦する（還撃敵人）
敵の砲撃に応戦する（還撃敵人的砲撃）
応訴〔名、自サ〕〔法〕（被告的）應訴
応対〔名、自サ〕應對、接待
応対が上手だ（善於應對）
終日客の応対に忙しい（終日忙於接待客人）終日終日終日忙しい忙しい
澱み無く応対する（對答如流）澱み淀み
応対が行き届く（接待周到）
応諾〔名、自サ〕應允、答應（=承諾）
迚も応諾出来ない（萬難答應）
申し入れを応諾する（接受申請）
こんな条件では迚も応諾出来ない（這種條件很難答應）
交渉の申し入れを応諾する（對提議談判表示同意）
応徴〔名、自サ〕應徵、被徵用（=徵用）
応答〔名、自サ〕應答、應對
応答流れるが如し（對答如流）
すらすらと流れる様に応答する（對答如流）
応答に窮する（無言對答）窮する給する休する
質疑応答（回答質疑）
はきはきと応答する（爽快應答）
応答が巧みだ（答得巧妙）
応答分析装置（Response Analyzer 的譯詞）反應分析儀（=アナライザー）
応答ビーコン（〔無〕應答器信號、響應器信號）
応分〔名〕量力、合乎身分
応分の寄付（量力的捐助）

応分の寄付を為る（量力捐助）

応変〔名〕（林積）應變
　臨機応変（臨機應變）
　応変の処置を取る（採取臨機應變的措施）

応募〔名、自サ〕應募、認購（公債、股票等）、報名參加，投考
　志願兵に応募する（參加志願軍）
　国債募集に応募する（認購公債）
　銀行員に応募する（應徵銀行職員）
　応募書類（應徵文件）
　応募申し込む（申請認購、報名投考）
　応募価格（認購價格）
　応募者（應募者、認購者、報名者）
　応募原稿（應徵稿件）
　大学入学応募者は年年増加する（報名投考大學者年年增加）年年年

応報〔名〕（因果）報應（=果報）
　因果応報（因果報應、善有善報惡有惡報）

応報刑主義〔名〕〔法〕報應刑罰主義、懲罰主義←→教育刑主義

応用〔名、他サ〕應用，適用，實用，運用，利用
　科学を実地に応用する（把科學應用到實際上）
　此の理論は色色な場合に応用が効く（這個理論可以應用到各個方面）効く利く聞く聴く訊く
　理論を実践に応用する（理論應用於實踐）
　応用が広い（應用範圍廣）広い拾い
　応用が狭い（應用範圍狹）
　応用科学（應用科學）
　応用数学（應用數學）
　応用化学（應用化學）
　応用問題（應用問題）
　応用芸術（應用藝術）
　応用力学（應用力學）

応力〔名〕〔理〕〔機〕應力、脅迫
　応力元（初應力）
　応力歪図（應力應變圖）
　応力曲げ（彎曲應力）
　応力亀裂（應力開裂、環境開裂）
　応力度（應力強度）
　応力緩和（應力鬆弛）
　作用応力（工作應力）
　応力繰り返し数曲線（疲勞強度變化曲線）
　ずれ応力（切應力、切鍵強）

応ずる〔自サ〕應答、回應、答應、響應、適應、按造（用…に応じて）（=応じる）
　力には力に応ずる（以武力回武力）
　敵の砲火に応ずる（對敵人砲火加以反擊）
　一言で応ずる（一口答應）一言一言一言
　幾等言っても応じない（怎麼說也不答應）
　挑戦に応ずる（應戰、接受挑戰）
　注文に応ずる（接受訂貨）
　召集に応ずる（應徵）
　募集に応ずる（應募）
　必要に応じて（按照需要、必要時）
　収入に応じて支出する（量入為出）

応じる〔自上一〕應答、回應、答應、響應、適應、按造（用…に応じて）（=応ずる）
　質問に応じる（回答質疑）
　挑戦に応じる（應戰、接受挑戰）
　需要に応じる（滿足需要）須要
　然う簡単には応じられない（不能那麼簡單接受）
　機に応じて遣る（隨機應變）
　規則に応じて処理する（照章辦事）

応える、答える〔自下一〕回答、答覆、答應（=答える、応じる）

応え、答え〔名〕回答、答覆
　応えも為ず（並不答覆）

応える〔自下一〕反應，響應，報答、感應，強烈影響，打擊
　歓呼に応える（回答歡呼、向歡呼者致意）答える応える堪える
　御恩に応える（報答恩情）
　期待に応える（不辜負期待）
　彼は皆の期待に応えて見事優勝した（他不辜負大家的期望得到了冠軍）

好意に応える（不辜負好意）
今日の暑さは身に応える（今天的暑熱真夠瞧的）
暑さが酷く応える（熱得夠受）
寒さが身に応える（冷得厲害）
今度の失敗は彼には相当応えた様だ（這次的失敗可夠他受的）
胸に応える（打動心靈）
真情溢れる友の言葉が彼の胸に応えた（友人充滿真情的話觸動了他的心）

答える〔自下一〕回答、答覆、解答
答えて言う（回答說）応える堪える
答える言葉が無い（無話可答）
然うだと答える（回答說是的）
質問に答える（回答提問）
私は如何答えて良いか分らなかった（我不知道怎樣答覆是好）
呼べば答える程の所だ（近在咫尺）
問題に正しく答える（正確地解答問題）
問題が難し過ぎて答えられない（問題太難答不出來）

応え、応〔名〕反應，響應，感應（=響き）、效應（=効目）
手応えが無い（沒反應）無い絢い応え 応 答え 答
手応えが有る（有反應、做得很賣力）有る在る或る
歯応えが好い（有咬頭、筋道）好い良い善い
幾等突いても応えが無かった（怎麼戳也沒反應）
幾等薬を飲んでも応えが無い（怎麼吃藥也沒效）飲む呑む

答え、答〔名〕回答，答覆，（問題的）解答，答案
即座の答え（當場答覆）応え堪え
はっきりした答えを為る（作出明確的回答）
何度も戸を叩いたが答えが無かった（敲了好幾次門可是沒人答應）
旨い答え（漂亮的解答）
答えを出す（解答）

答えが違う（答錯）
答えを求める（求解答）
計算機が答えを出した（計算機作出了答案）

映（ーㄥˋ）

映〔漢造〕映
反映（反映、反射、反照）
上映（上映、放映）

映画〔名〕電影（=活動写真、シネマ、キネマ）
映画を見に行く（看電影去）行く往く逝く行く往く逝く
ワイドスクリーンの映画（寬銀幕電影）
映画を上映する（放映電影）
映画を撮影する（拍電影）
映画に為る（拍成電影）
映画脚本（電影劇本）
映画を映す（放映電影）
映画を撮る（拍電影）盗る獲る執る採る摂る捕る取る
映画スター（電影明星）
映画主題歌（電影主題歌）
映画ファン（影迷）
映画祭（電影節）
映画スタジオ（攝影棚）
映画吹替え所（電影譯製場）
白黒映画（黑白片）
天然色映画、色彩映画、カラー映画（彩色影片）
記録映画（紀錄片）
ニュース映画（新聞片）
劇映画（故事片、藝術片）
漫画映画（漫畫片）
科学教育映画（科教片）
時代劇映画（古裝影片）
発声映画、トーキー映画（有聲電影）
無声映画、サイレント映画（無聲電影）
立体映画（立體電影）
音楽映画（音樂影片）

映画界（電影界、穎談）

映画劇場（電影院＝映画館）

映画劇（故事片、藝術片）

映画フィルム（電影膠片）

映画館（電影院）

映画女優（電影女演員）

映画監督（電影導演）

映画製作（電影攝製）

映画製作所（電影製片廠）

映画化（拍攝成電影）

映画俳優（電影演員）

小説を映画化する（把小說拍攝成影片）

映写〔名、他サ〕放映（影片、幻燈片）

此の映画の映写時間に二時間です（這部電影放映兩小時）

記録映画を映写する（放映紀錄影片）

映写機（電影放映機）

映写幕（銀幕）

映写技師（電影放映員）

映写室（放映室）

映射〔名、自サ〕照射、投射、映照

夕日が窓に映射している（夕陽照在窗上）

映像〔名、自他サ〕〔理〕映像，影像、印象、形象（＝イメージ、面影）

テレビの映像が振れている（電影的映像搖晃不定）振れる触れる降れる

映像周波数（映像頻率）

鏡に映った映像（照在鏡子裡的硬像）

映像受信機（電視接收機）

映像増幅器（視頻放大器）

映像人間（通過電視等培養教育出來的人）←各自人間、文学人間

記憶に残っている映像（留在記憶裡的印象）

映帯〔名、自サ〕映現、輝映（＝映発）

映発〔名、自サ〕映現、輝映（＝映帯）

紅葉が湖水に映発する（紅葉映現在湖水裡）紅葉紅葉

篝火が水面に映発する（篝火輝映在水面上）

映倫〔名〕電影倫理規定管理委員會（＝映画倫理規定管理委員会）

映ずる〔自サ〕映照、映入眼簾、留下映像（＝映じる）

月が水に映ずる（月映在水中）

東京は君の目に如何映じたか（你對東京的印象如何？）如何如何

目に映ずる（映入眼簾、留下映像）

夕日の光が雲に映ずる（夕陽映照在雲彩上）

映じる〔自上一〕映照、映入眼簾、留下映像（＝映ずる）

湖上に映じる夕日（映在湖上的夕陽）

中国人の目に映じた日本（中國人眼裡的日本）

映る〔自五〕映照，顯像、相配、相稱

月の光が水に映る（月光映照在水中）映る写る遷る移る

月が湖に映る（月亮映在湖裡）

テレビに映っている（照在電視裡）

目に映る（映入眼簾、看見）

此の辺はテレビが良く映らない（這一帶電視顯像不好）

此の写真は大層良く映っている（這張照片照得很好）

彼の着物は彼女にはさっぱり映らない（那件衣服她穿著一點兒也不適稱）

其のネクタイは服に映らない（那條領帶跟衣服不配）

帽子の色が服に映る（帽子顏色和衣服很調和）

写る、映る〔自五〕照像、映現

此の写真は大層良く写っている（這張照片照得很好）

移る、遷る〔自五〕遷移、變遷、轉移、推移

家を移る（搬家）映る写る

市内から市外に移る（從市內搬到市外）

家が郊外に移った（家搬到郊外了）

何時新しい家に移りますか（什麼時候搬到新房？）

世が移る（世事變遷、社會變化）

人手に移る（轉歸他人）

肺結核が移った（傳染上了肺炎）
隣家に火が移った（火延燒到鄰家了）
赤い色が紙に移った（紅色沾染到紙上了）
時代が移るに連れて物の考え方も変わって来た（隨著時代變遷對事物的想法也變了）
彼女は気が移り易い（她容易見異思遷）
別の話題に移ろう（換個話題談點別的吧！）
彼は此の学校に移って来た（他轉到這個學校來了）
香水の匂いが茶に移った（香水的香味沾染上茶葉了）匂い 臭い
時の移ると共に三民主義の優越性が益益明らかに為った（隨著時間變遷三民主義的優越性越來越明顯了）
話は実業計画に移った（話題轉到了實業計畫上面）
子供にジフテリアが移った（小孩子感染上白喉了）
主人の趣味が私にも移った（我也染上了先生的愛好）
色が移らない様に別別に洗い為さい（分開來洗免得被染色了）洗い 荒い 粗い
コーヒーの香りが缶に移った（罐子沾上了咖啡香味）
魚の臭いが移って生臭い（沾上了魚腥味發臭）魚 魚 魚

映ろう〔自五〕映、照（＝映る）

映り、映〔名〕映現，照像，（彩色的）配合
　此のフィルムは映りが悪い（這個底片不好拍照）
　此の写真は映りが良い（這張照片照得好）
　此のテレビは映りが良い（這台電視畫面鮮明）
　此の二つの色は映りが良い（這兩種顏色配合起來好看）
　此の部屋に此のカーテンでは映りが悪い（這間屋子用這種窗簾不相稱）

映す〔他五〕映，照，放映
　鏡に映す（照鏡子）映す 写す 遷す 移す
　彼は鏡に自分の姿を映して見る（他用鏡子照了照自己）
　映画を映す（放映電影）
　スライドを映す（放幻燈片）
　絵がスクリーンに映す（把畫放映在螢幕上）
　月が地上に影を映す（月影映在地上）
　梅の枝が障子に影を映す（梅枝映在紙門上）

移す、遷す〔他五〕遷移、變遷、轉移、推移
　家を移す（搬家）写す 映す
　事務所を市内に移す（把辦事處搬到市內）
　樽から徳利へ移す（從桶裡倒到酒壺）
　御飯を御櫃に移す（把飯盛到飯桶裡）
　風邪を移す（把感冒傳染給別人）
　病院で風邪を移された（在醫院被傳染上感冒）
　都を移す（遷都）都 都
　怠け癖を仲間に移す（把偷懶毛病傳染給夥伴）
　机を窓際に移す（把桌子挪到窗邊）
　心を移す（變心、興趣轉到別的方面）
　ポストを移す（變動工作崗位）
　実行に移す（付諸實施）
　時を移す（度過時間、虛度光陰）
　時を移さず仕事に掛ける（立即著手工作）
　色を移す（染上色）
　移し絵（印紙畫）
　写し絵（寫生畫）
　映し絵（剪影畫）

写す〔他五〕抄，謄，摹（＝謄写する）、拍照（＝撮る）、描寫，描繪（＝書く）
　ノートを写す（抄筆記）
　名家の書を写す（臨摹名人的字）
　写真を写す（拍照、照像）
　大体の印象を絵に写す（把大致的印象描繪成畫）

映し出す、映出〔他五〕映出、突出，昭示於眾
　幻燈で名画を映し出す（用幻燈把名畫放映出來）
　原子爆禁止問題が大きく映し出されて來る（禁止原子彈氫彈問題大為突出起來）來る 來る 來

映し絵，映絵、写し絵，写絵〔名〕剪影畫。〔古〕幻燈，相片

映える〔自下一〕映照，襯托、（顯得）好看，漂亮，顯眼
  夕日に映える西の空（夕陽映照的西方天空）
  映える生える栄える這える
  昇る朝日に花が映える（花兒映照在朝暉）昇る上る登る
  其の色では帯が映えない（那種顏色襯托不出腰帶來）
  彼の赤いコートを着ると彼女は映える（她穿那件紅大衣看起來很漂亮）
  映えない人（不顯眼的人）
  彼のみすぼらしくて映えない男だ（他衣服襤褸其貌不揚）
  映えない一生を過す（沒沒無聞地度過一生）

映え、映〔名〕映照、顯眼，奪目
  夕映（夕照、晚霞）
  仕立て映が為る（〔服裝等〕做工漂亮）

映え映しい〔形〕顯得華麗的、漂亮的、光彩奪目的
  墨染にては映映しき事も無し（身穿黑袈裟也沒什麼漂亮的）

硬（ㄧㄥˋ）

硬〔漢造〕硬
  強硬（強硬）
  生硬（生硬、死板、呆板）

硬鉛〔名〕〔化〕硬鉛、鉛銻合金

硬音〔名〕〔語〕硬音

硬化〔名、自サ〕硬化、（態度等）強硬起來。〔商〕（行市）見挺←→軟化
  動脈が硬化する（動脈硬化）
  態度が硬化して来た（態度強硬起來）
  動脈硬化（動脈硬化）
  相手の態度が硬化した（對方的態度變強硬了）
  硬化症（〔醫〕硬化症）
  硬化油（硬化油、固體脂肪-用作肥皂等）
  多発性硬化症（〔醫〕多發性硬化症）

硬貨〔名〕硬貨、金屬貨幣（=コイン）←→紙幣
  五百円硬貨（五百日元硬幣）

硬岩〔名〕〔地〕硬岩石、堅岩

硬球〔名〕（棒球、網球、桌球）硬球、甄球←→軟球

硬教育〔名〕硬性教育、高壓式教育、斯巴達教育

硬玉〔名〕〔礦〕硬玉、翡翠

硬鋼〔名〕硬鋼
  硬鋼線（硬鋼絲）

硬膏〔名〕〔醫〕硬膏←→軟膏

硬口蓋〔名〕硬口蓋、硬顎（上顎的前半部）←→軟口蓋
  硬口蓋音（顎音）

硬骨、鯁骨〔名〕硬骨、剛毅、堅強
  硬骨漢（硬漢子）
  硬骨魚（硬骨魚）
  硬骨の士（剛毅之士）

硬砂岩〔名〕〔地〕硬砂岩、雜砂岩

硬材〔名〕硬木材

硬磁〔名〕硬質瓷器、高溫燒成的瓷器

硬式〔名〕硬式←→軟式
  硬式庭球（硬式網球）

硬質〔名〕硬質←→軟質
  硬質陶器（硬質陶器）
  硬質硝子、硬質ガラス（硬質玻璃）
  硬質合金（硬質合金）
  硬質護謨、硬質ゴム（硬質橡膠）

硬焼〔名〕死燒、重燒
  硬焼マグネシア（死燒氧化鎂、死燒鎂氧）

硬水〔名〕硬水（鎂等鹽類或石灰質較多的水）←→軟水
  硬水は洗濯に適しない（硬水不適於洗衣服）
  硬水軟化（水的軟化）
  硬水軟化剤（水的軟化劑）

硬性〔名〕硬質←→軟性
  硬性下疳（〔醫〕硬性下疳）

硬節〔名〕〔解〕生骨節

硬石鹸〔名〕鈉皂

硬着陸〔名、自サ〕（火箭）以快速垂直方式著陸←→軟着陸

硬調〔名〕（照片）對比強。〔商〕（行情）看漲←→軟調

硬調画面（黑白對比鮮明的圖像）

硬直〔名、自サ〕僵硬、僵直←→柔軟
　手足が硬直する（手足僵硬）手足手足
　死体の硬直（屍體的僵硬）
　手足が硬直して動けない（手足僵硬不能動彈）
　死後硬直（死後僵硬）
　硬直した態度を為る（取る）（採取僵硬的態度）

硬点〔名〕〔植〕胼胝〔體〕

硬度〔名〕（金屬等）硬度、水含鈣鎂鹽類的程度、X射線透過物體的程度
　硬度計（〔理〕硬度計）

硬軟〔名〕硬軟、硬和軟、強硬和軟弱
　硬軟両様の手口（軟硬兼施）
　硬軟両様の構えで応対する（以硬軟兩種方法來對付）
　硬軟両派（強硬派和軟弱派）
　硬軟色色の手を攻める（用軟硬不同的方法進攻）攻める責める
　硬軟材料（〔經〕〔市場行情的〕看漲和看落兩種因素）

硬脳膜〔名〕〔解〕硬腦膜
　硬脳膜炎（硬腦膜炎）

硬派〔名〕強硬派、死硬派、政經新聞記者、（不談女色的）頑固派、（好動武的）暴徒，流氓。〔商〕看漲的人，買方←→軟派

硬皮症〔名〕〔醫〕硬皮症

硬筆〔名〕鉛筆、鋼筆等的總稱←→毛筆
　硬筆習字（硬筆習字）
　履歴書を硬筆で書く（用鋼筆寫履歷表）

硬文学〔名〕硬性文學（指理論性思想性較強的哲學，歷史，文法等，別於小說，詩歌等輕鬆的軟性文學）←→軟文学

硬変〔名、自サ〕硬化
　肝硬変（肝硬化）肝肝

硬膜液〔名〕〔攝〕硬化液（劑）

硬膜組織〔名〕〔植〕厚壁組織

硬鱗魚〔名〕〔動〕硬鱗魚、光鱗魚

硬鑞〔名〕硬焊料

硬張る、強張る〔自五〕發硬、變硬、僵硬←→和らぐ
　shirtに糊を付けて硬張らせる（把襯衣漿硬）
　糊でshirtが硬張る（漿洗的衣服硬梆梆的）
　態度が硬張る（態度變強硬）
　靴が雨に当たって硬張る（鞋遭雨淋濕而變硬）
　緊張の余り顔が硬張っている（緊張得繃緊了臉）什麼也說不出口）
　硬張った手（僵硬的手）
　舌が硬張って何も言えなかった（舌頭僵住了什麼也說不出口）

硬い、堅い、固い〔形〕硬的，緊的，堅固的，堅實的、堅強的、堅定的、堅決的←→柔らかい、緩い
　硬い鉛筆（硬鉛筆）難い難い
　此の肉は硬くて食べられない（這肉硬得沒法吃）
　鉄の様に硬い（鐵一般地硬）
　堅い基礎（鞏固的基礎）
　堅い砦（堅固的堡壘）
　敵の防禦は堅い（敵人的防禦很堅固）
　堅い決心（堅定的決心）
　堅く信じて疑わない（堅信不疑）
　此の靴は堅い（這個鞋緊）
　堅い結び目（繋緊的結）
　堅く絞ったタオル（用力擰乾的毛巾）
　二人は堅い握手を為た（兩個人緊緊地握手）
　堅い店（有信用的商店）
　堅い商売（堅實的生意、正經的買賣）
　硬い文章（生硬的文章）
　人が硬い（為人可靠）
　頭が硬い（腦筋頑固）
　堅い読み物（理論性的讀物）
　堅く断る（嚴厲拒絕）
　堅く禁ずる（嚴禁）
　優勝は堅い（確信能得冠軍）
　合格は堅い（堅信能錄取）

難い〔形〕難的（＝難しい）←→易い
 解するに難くない（不難理解）難い·硬い·堅い·固い
 想像するに難くない（不難想像）
 一通りの努力では成功は難い（一般的努力是難以成功的）
 難きを先に為て獲るを後に為（先難後獲）

難い〔接尾〕（接動詞連用形構成形容詞）難以
 予測し難い（難以預測的）
 理解し難い（難以理解的）
 得難い人物だ（是個難得的人）

難い、悪い〔接尾〕（接動詞連用形下構成形容詞）困難的、不好辦的
 食べ難い（不好吃、難吃）憎い
 読み難い（難唸、不好唸）
 話し難い（不好說、難開口）
 答え難い質問（難以回答的提問）
 扱い難い機械（難以掌握的機器）
 此のペンは書き難い（這隻鋼筆不好寫）
 此処では話し難いので一寸出よう（在這裡不好說話我們出去吧！）
 字が小さくて読み難い（字太小了很難讀）
 彼の前ではどうも切り出し難いかった（在他面前實在難以開口）

憎い、悪い〔形〕可憎的，可惡的，可恨的、（用作反語）漂亮，令人欽佩，值得欽佩
 憎い奴（可惡的傢伙）
 殺して遣り度い程憎い（恨得想把他殺死）
 中中憎い事を言うな（你說得真漂亮啊！）
 中中憎い振る舞いだ（令人欽佩的舉動）

國家圖書館出版品預行編目資料

日華大辭典(八) / 林茂編修.
-- 初版. -- 臺北市：蘭臺, 2020.07-
ISBN 978-986-9913-79-9(全套：平裝)

1.日語 2.詞典

803.132　　　　　　　　　　　　　　109003783

日華大辭典(八)

編　　　修：林茂(編修)
編　　　輯：塗宇樵、塗語嫻
美　　　編：塗宇樵、塗語嫻
封面設計：塗宇樵
出　版　者：蘭臺出版社
發　　　行：蘭臺出版社
地　　　址：台北市中正區重慶南路1段121號8樓之14
電　　　話：(02)2331-1675或(02)2331-1691
傳　　　真：(02)2382-6225
E—MAIL：books5w@gmail.com或books5w@yahoo.com.tw
網路書店：http://5w.com.tw/
　　　　　　https://www.pcstore.com.tw/yesbooks/
　　　　　　https://shopee.tw/books5w
　　　　　　博客來網路書店、博客思網路書店
　　　　　　三民書局、金石堂書店
總　經　銷：聯合發行股份有限公司
電　　　話：(02) 2917-8022　　傳　真：(02) 2915-7212
劃撥戶名：蘭臺出版社　帳號：18995335
香港代理：香港聯合零售有限公司
電　　　話：(852)2150-2100　　傳　真：(852)2356-0735
出版日期：2020年7月 初版
定　　　價：新臺幣12000元整（全套不分售）
ISBN： 978-986-9913-79-9

版權所有・翻印必究